U0101759

第十四卷

中华经典藏书

史学经典（三）

北京出版社

北京出版社

本卷目录

史学经典（三）

史学经典

（三）

史　通

〔唐〕刘知几　撰

史通原序

唐彭城刘知几撰

长安二年①，余以著作佐郎兼修国史②，寻迁左史③，于门下撰起居注④。会转中书舍人⑤，暂停史任，俄兼领其职⑥。今上即位⑦，除著作郎、太子中允、率更令⑧，其兼修史皆如故⑨。又属大驾还京⑩，以留后在东都⑪。无几，驿征入京，专知史事⑫，仍迁秘书少监⑬。自惟历事二主⑭，从宦两京，遍居司籍之曹⑮，久处载言之职⑯。昔马融三入东观⑰，汉代称荣；张华再典史官⑱，晋朝称美。嗟予小子，兼而有之。是用职思其忧⑲，不遑启处⑳。尝以载削余暇㉑，商榷史篇，下笔不休㉒，遂盈筐箧㉓。于是区分类聚㉔，编而次之。

昔汉世诸儒，集论经传，定之于白虎阁，因名曰《白虎通》㉕。予既在史馆而成此书，故便以《史通》为目。且汉求司马迁后，封为史通子㉖，是知史之称通，其来自久。博采众议，爰定兹名㉗。凡为廿卷㉘，列之如左，合若干言。于时岁次庚戌，景龙四年仲春之月也㉙。

---

①长安二年：公元702年，武则天改国号为周的第十二年。

②著作佐郎：唐代著作局于著作郎下设佐郎四人。

③寻：不久。迁：徙官，调动官职。左史：唐高宗改起居郎为左史，掌录帝王言行。

④门下：官署名，即门下省。撰起居注：掌录帝王言动、法度，以修记事之史。

⑤会：适逢。中书舍人：中书省的属官，掌管诏令、侍从、宣旨、接纳上奏文表等事。

⑥俄：不久。兼领其事：谓兼任史职。

⑦今上：指中宗李显。即位：指李显复位，恢复国号唐。

⑧除：拜官，授职。太子中允：太子左春坊设太子中允二人，协助左庶子掌侍从、赞相、礼仪、驳正启奏等。率（lǜ，音虑）更令：官名，掌宗族次序、礼乐、刑罚等之政令。

⑨修史：指与徐坚、吴竞等参修《则天实录》。如故：跟原来一样。

⑩又属（zhǔ，音主）大驾还京：知几于神龙二年（706），随从中宗自东都洛阳迁返长安。属，随从。大驾，帝王出行车驾，这里代指中宗。

⑪留后：官名。节度使的辅佐官吏。

⑫专知：专门主持。

⑬秘书少监：官名。秘书省以监为长官，少监次之。掌经籍图书，兼领著作、太史二局。

⑭二主：指武后、中宗。

⑮司籍：掌理图书。曹：分职治事的官署或部门。

⑯载言：掌录王事，即史官职务。

⑰马融：字季长，才高博洽，为东汉通儒。他仕途坎坷，曾遭禁锢和流放，于安帝和桓帝时，三入东观著述。东观（guàn，音贯），在汉洛阳南宫，是当时修史处所。

⑱张华：字茂先，博学多闻。魏末任佐著作郎，参修国史，入晋任司空，领著作，兼修国史。典，掌管，担任。

⑲这句是说，因连任修史要职，思之内心忧虑。是用，因此。

⑳不遑启处（chǔ，音楚）：没有闲暇的时候。语出《诗经·小雅·四牡》。遑，闲暇。启处，消停，休息。

㉑载削：修撰史书的意思。

㉒下笔不休：曹丕《典论·论文》："下笔不休，专意撰著。"

㉓遂盈筐箧（qiè，音妾）：意谓终于积稿很多。盈，满。筐箧，盛物竹器。

㉔区分类聚：加以分类归纳。

㉕《白虎通》：即《白虎通义》，汉班固撰，四卷。

㉖《汉书·司马迁传》："宣帝时，迁外孙杨恽祖述其书（指《史记》），遂宣布（流传）焉。至王莽时，求封迁后为史通子。"

㉗爰：于是。

㉘凡：总共。

㉙景龙四年：即公元710年。景龙，唐中宗年号。　　仲春之月：春季的第二个月，即农历二月。

【浦按】

清人浦起龙，于《史通原序》后按曰："此刘氏《自序》，当冠正目之首，诸本错置后人序例之间，非体。观此一序，简明典切，即可征其史笔之洁。古者经疏、文选，凡有自序者，皆与正书同注。"见《史通通释》。

史通卷之一
内　篇

六家第一

自古帝王编述文籍，《外篇》言之备矣。古往今来，质文递变[①]，诸史之作，不恒厥体。榷而为论，其流有六[②]：一曰《尚书》家，二曰《春秋》家，三曰《左传》家，四曰《国语》家，五曰《史记》家，六曰《汉书》家。今略陈其义，列之于后。

《尚书》家者，其先出于太古。《易》曰"河出《图》，洛出《书》，圣人则之[③]。"故知《书》之所起远矣。至孔子观书于周室，得虞、夏、商、周四代之典，乃删其善者，定为《尚书》百篇。孔安国曰[④]："以其上古之书，谓之《尚书》。"《尚书璇玑钤》曰[⑤]："尚者，上也。上天垂文象布节度[⑥]，如天行也。"王肃曰[⑦]："上所言，下为史所书，故曰《尚书》也。"推此三说，其义不同。盖《书》之所主，本于号令，所以宣王道之正义，发话言于臣下，故其所载，皆典、谟、训、诰、誓、命之文[⑧]。至如《尧》、《舜》二典直序人事，《禹贡》一篇唯言地理，《洪范》总述灾祥，《顾命》都陈丧礼，兹亦为例不纯者也[⑨]。又有《周书》者[⑩]，与《尚书》相类，即孔氏刊约百篇之外，凡为七十一章。上自文、武，下终灵、景，甚有明允笃诚[⑪]，典雅高义；时亦有浅末恒说，滓秽相参，殆似后之好事者所增益也。至若《职方》之言，与《周书》无异；《时训》之说，比《月令》多同[⑫]。斯百王之正书，《五经》之别录者也。

自宗周既殒，《书》体遂废，迄于汉、魏，无能继者。至晋广陵相鲁国孔衍[⑬]，以为国史所以表言行，昭法式[⑭]，至于人理常事，不足备列。乃删汉、魏诸史，取其美词典言，足为龟镜者[⑮]，定以篇第，纂成一家。由是有《汉尚书》、《后汉尚书》、《魏尚书》，凡为二十六卷。至隋秘书监太原王劭，又录开皇、仁寿时事，编而次之，以类相从，各为其目，勒成《隋书》八十卷，寻其义例，皆准《尚书》。原夫《尚书》之所记也，若君臣相对，词旨可称，则一时之言，累篇咸载。如言无足纪，语无可述，若止故事，虽有脱略[⑯]，而观者不以为非。爰逮中叶，文籍大备，必剪截今文，模拟古法，事非改辙，理涉守株[17]。故舒元所撰《汉》、《魏》等书[18]，不行于代也。若乃帝王无纪，公卿缺传，则年月失序，爵里难详，斯并昔之所忽，而今之所要。如君懋《隋书》[19]，虽欲祖述商、周，宪章虞、夏[20]，观其所述，乃似《孔子家语》，临川《世说》[21]，可谓画虎不成反类犬也[22]，故其书受嗤当代，良有以焉[23]。

《春秋》家者[24]，其先亦出于三代。按《汲冢琐语》记太丁时事[25]，目为《夏殷春秋》。孔子曰："疏通知远，《书》之教也"；"属辞比事[26]，《春秋》之教也。"知《春秋》始作与《尚书》同时。《琐语》又有《晋春秋》，记献公十七年事。《国语》云：晋羊舌肸习于春秋，悼公使傅其太子。《左传》昭（公）二年，晋韩宣子来聘，见《鲁春秋》曰："周礼尽在鲁矣[27]。"斯则春秋之目，事匪一家。至于隐没无闻者，不可胜载。又按《竹书纪年》[28]，其所纪事皆与《鲁春秋》同。《孟子》曰："晋谓之《乘》，楚谓之《梼杌》，而鲁谓之《春秋》，其实一也[29]。"然则乘与纪年、梼杌，其皆春秋之别名者乎！故《墨子》曰："吾见百国春秋"，盖皆指此也。

逮仲尼之修《春秋》也，乃观周礼之旧法，遵鲁史之遗文，据行事，仍人道；就败以明罚，因兴以立功；假日月以定历数，藉朝聘而正礼乐；微婉其说，隐晦其文；为不刊之言[30]，著将来之法。故能弥历千载，而其书独行。又按儒者之说春秋也，以事系日，以日系月；言春以包夏，举秋以兼冬，年有四时，故错举以为所记之名也。苟如是，则晏子、虞卿、吕氏、陆贾[31]，其书篇第本无年月，而亦谓之春秋，盖有异于此者也[32]。

至于太史公著《史记》，始以天子为本纪，考其宗旨，如法《春秋》。自是为国史者，皆用斯法。然时移世异，体式不同。其所书之事也，皆言罕褒讳，事无黜陟[33]，故马迁所谓整齐故事耳[34]，安得比于《春秋》哉！

《左传》家者，其先亦出于左丘明[35]。孔子既著《春秋》，而丘明受经作传。盖传者，转也，转受经旨以授后人。或曰：传者，传也，所以传示来世。按孔安国注《尚书》，亦谓之传，斯则传者，亦训释之义乎？观《左传》之释经也，言见经文而事详传内，或传无而经有，或经阙而传存。其言简而要，其事详而博，信圣人之羽翮，而述者之冠冕也。

逮孔子云没，经传不作。于时文籍，唯有《战国策》及《太史公书》而已。至晋著作郎鲁国乐资[36]，乃追采二史，撰为《春秋后传》。其书始以周贞王续前传鲁哀公后[37]，至王赧入秦，又以秦文王之继周，终于二世之灭，合成三十卷。当汉代史书，以迁、固为主，而纪传互出，表志相重，于文为烦，颇难周览。至孝献帝，始命荀悦撮其书为编年体，依附《左传》著《汉纪》三十篇[38]。自是每代国史，皆有斯作，起自后汉，至于高齐[39]。如张璠、孙盛、干宝、徐广、裴子野、吴均、何之元、王劭等[40]，其所著书，或谓之春秋，或谓之纪，或谓之略，或谓之典，或谓之志，虽名各异，大抵皆依《左传》以为的准焉[41]。

《国语》家者[42]，其先亦出于左丘明。既为《春秋内传》，又稽其逸文，纂其别说，分周、鲁、齐、晋、郑、楚、吴、越八国事。起自周穆王，终于鲁悼公，别为《春秋外传·国语》，合为二十一篇。其文以方《内传》，或重出而小异。然自古名儒贾逵、王肃、虞翻、韦曜之徒[43]，并申以注释，治其章句，此亦《六经》之流，《三传》之亚也。

暨纵横互起，力战争雄，秦兼天下，而著《战国策》[44]。其篇有东西二周、秦、齐、燕、楚、三晋、宋、卫、中山，合十二国，分为三十三卷。夫谓之策者，盖录而不序，故即简以为名。或云，汉代刘向以战国游士为之策谋，因谓之《战国策》。至孔衍，又以《战国策》所书，未为尽善，乃引太史公所记，参其异同，删彼二家，聚为一录，号为《春秋后语》。除二周及宋、卫、中山，其所留者七国而已。始自秦孝公，终于楚、汉之际，比于《春秋》，亦尽二百三十余年行事。始衍撰《春秋时国语》，复撰《春秋后语》，勒成二书，各为十卷。今行于世者，唯《后语》

存焉。按其书序云："虽左氏莫能加。"世人皆尤其不量力，不度德。寻衍之此义，自比于丘明者，当谓《国语》，非《春秋传》也。必方以类聚，岂多嗤乎！

当汉氏失驭，英雄角力，司马彪又录其行事，因为《九州春秋》[45]，州为一篇，合为九卷。寻其体统，亦近代之《国语》也。自魏都许、洛，三方鼎峙；晋宅江、淮，四海幅裂。其君虽号同王者，而地实诸侯。所在史官，记其国事，为纪传者则规模班、马，创编年者则议拟荀、袁[46]。于是《史》、《汉》之体大行，而《国语》之风替矣[47]。

《史记》家者[48]，其先出于司马迁。自《五经》间行，百家竞列，事迹错糅，前后乖舛。至迁乃鸠集国史，采访家人[49]，上起黄帝，下穷汉武，纪传以统君臣，书表以谱年爵，合百三十卷，因鲁史旧名，目之曰《史记》。自是汉世史官所续，皆以《史记》为名。迄乎东京著书，犹称《汉记》[50]。至梁武帝，又敕其群臣，上自太初，下终齐室，撰成《通史》六百二十卷[51]。其书自秦以上，皆以《史记》为本，而别采他说，以广异闻；至两汉以还，则全录当时纪传，而上下通达，臭味相依；又吴、蜀二主皆入世家，五胡及拓拔氏列于《夷狄传》。大抵其体皆如《史记》，其所为异者，唯无表而已。其后元魏济阴王晖业，又著《科录》二百七十卷[52]，其断限亦起自上古，而终于宋年。其编次多依仿《通史》，而取其行事尤相似者，共为一科，故以《科录》为号。皇家显庆中，符玺郎陇西李延寿抄撮近代诸史，南起自宋，终于陈，北始自魏，卒于隋，合一百八十篇，号曰《南、北史》[53]。其君臣流别，纪传群分，皆以类相从，各附于本国。凡此诸作，皆《史记》之流也。

寻《史记》疆宇辽阔，年月遐长，而分以纪传，散以书表。每论家国一政，而胡、越相悬[54]；叙君臣一时，而参、商是隔[55]。此其为体之失者也。兼其所载，多聚旧记，时采杂言，故使览之者事罕异闻，而语饶重出。此撰录之烦者也。况《通史》以降，芜累尤深，遂使学者宁习本书，而怠窥新录。且撰次无几，而残缺遽多，可谓劳而无功，述者所宜深诫也[56]。

《汉书》家者[57]，其先出于班固。马迁撰《史记》，终于今上[58]。自太初已下，阙而不录。班彪因之，演成《后记》[59]，以续前篇。至子固，乃断自高祖，尽于王莽，为十二纪、十志、八表、七十列传，勒成一史，目为《汉书》。昔虞、夏之典，商、周之诰，孔氏所撰，皆谓之"书"。夫以"书"为名，亦稽古之伟称。寻其创造，皆准子长，但不为"世家"，改"书"曰"志"而已。自东汉以后，作者相仍，皆袭其名号，无所变革，唯《东观》曰"记"，《三国》曰"志"。然称谓虽别，而体制皆同。历观自古，史之所载也，《尚书》记周事，终秦穆，《春秋》述鲁史，止哀公，《纪年》不逮于魏亡[60]，《史记》唯论于汉始。如《汉书》者，究西都之首末，穷刘氏之废兴，包举一代，撰成一书。言皆精练，事甚该密，故学者寻讨，易为其功。自尔迄今，无改斯道。

于是考兹六家，商榷千载，盖史之流品，亦穷之于此矣。而朴散淳销[61]，时移事异，《尚书》等四家[62]，其体久废，所可祖述者，唯《左传》及《汉书》二家而已。

---

①质文递变：意谓世事变异，有时尚质，有时尚文，交递变化。

②其流有六：《尚书》为记言家，《春秋》为记事家，《左传》为编年家，《国语》为国别家，《史记》为通古纪传家，《汉书》为断代纪传家。

③"河出《图》"三句：见《周易·系辞上》。谓古时黄河出现了背有文字的龙马，洛水出现了背有图形的神龟，圣人据以画出八卦，著成《洪范九畴》。

④孔安国：孔子后裔，以治《尚书》为汉武帝博士。

⑤《尚书璇玑钤》：鲁迅《汉文学史纲要》：“《尚书璇玑钤》，乃汉人侈大之言，不可信。”

⑥文象：日月星辰之类。　　节度：节序度数。

⑦王肃：字子雍，三国魏人。与郑玄争胜，善贾逵、马融之学，撰《圣证论》。

⑧典、谟、训、诰、誓、命：谓《尚书》有《尧典》、《皋陶谟》、《伊训》、《大诰》、《汤誓》、《顾命》等篇。

⑨为例不纯：谓《尧典》等篇，叙述人事、地理、灾祥、丧礼之事，与《尚书》记言体例不符。

⑩《周书》：指世所传《汲冢周书》，亦题曰《逸周书》。今佚。

⑪明允笃诚：明白惬当，笃实可信。

⑫《职方》、《时训》：谓《逸周书·职方解》与《周礼·夏官司马下·职方氏》基本相同，《逸周书·时训解》，实际是《礼记·月令》的节文。

⑬孔衍：字舒元，晋朝人。博通经学，长于著述。

⑭昭法式：明示法度。

⑮龟镜：龟卜镜照。比喻前知与反省。

⑯“言无足纪”四句：是说有事无言者不收。

⑰守株：用《韩非子·五蠹》“守株待兔”故事，以喻拘泥不知变通。

⑱《汉》、《魏》等书：指《汉尚书》、《魏尚书》等。

⑲君懋：王劭字。王劭，隋文帝时为著作郎，炀帝时官终秘书少监。撰《隋书》八十卷。

⑳宪章：效法。

㉑《孔子家语》：杂采秦汉诸书所载孔子的遗文逸事，综合以成篇。临川《世说》：指南朝宋临川王刘义庆所撰《世说新语》。

㉒画虎不成反类犬：语出《后汉书·马援传》。“犬”字本作“狗”。比喻好高骛远，反贻笑柄。

㉓良有以焉：真是有道理啊。

㉔《春秋》家：即以《春秋》为代表的记事家。《春秋》亦儒家经典之一，鲁国编年体史书，孔子删修。

㉕太丁：商世系，有两大（即太）丁。此处疑指汤子大丁（早死），而非纣祖大丁。

㉖疏通知远：语出《礼记·经解》。意谓通达博古。属（zhǔ，音主）辞比事：语出《礼记·经解》。谓连缀文辞，排比史事。

㉗周礼尽在鲁矣：《春秋》遵周公之典以序事，故曰“周礼尽在鲁矣”。

㉘《竹书纪年》：相传为战国魏之史书，因其为竹简，后人名为《竹书纪年》。它有较高史料价值。

㉙这句引自《孟子·离娄下》。晋《乘》（shèng，音胜）、楚《梼杌》（táowù，音桃兀）、鲁《春秋》，皆各国史书别名，而又通称为《春秋》。

㉚不刊：不可磨灭。

㉛晏子：晏婴，春秋齐人。继其父弱为齐卿，后相景公，名显诸侯。有《晏子春秋》。虞卿：战国时游说之士。因进说赵孝成王，为赵上卿，故称虞卿。有《虞氏春秋》十五篇。今佚。吕氏：吕不韦，秦大商人。庄襄王以之为相。秦始皇年幼即位，尊不韦为仲父，主政。曾命门客编撰《吕氏春秋》。陆贾：汉初楚人。以客从刘邦建汉王朝，有辩才。有《楚汉春秋》和《新语》。

㉜有异于此：意谓不以编年而称《春秋》者，不过以褒贬之义，附于《春秋》罢了。

㉝黜陟（chùzhì，音触至）：贬抑或抬高。

㉞整齐故事：《史记·太史公自序》：“余所谓述故事，整齐其世传，非所谓作也。而君比之于《春秋》，谬矣。”

㉟《左传》：《春秋左氏传》的简称，知几以为编年史的代表。左丘明：春秋鲁国人。曾任鲁太史，为《春秋》作传，成《春秋左氏传》。

㊱乐资：晋时人，在荀悦后。曾撰《春秋后传》三十一卷。

㊲周贞王：据《竹书纪年》，即周贞定王介。

㊳荀悦：字仲豫，东汉人。聪慧博学，尤好著述。遵献帝之命，依《左传》体撰成《汉纪》三十篇。

㊴高齐：北朝之一。高洋废东魏王朝，自称帝，建号齐，史称北齐或高齐。

㊵张璠、孙盛：《隋书·经籍志》：“《后汉纪》三十卷，张璠撰。”“《魏氏春秋》、《晋阳秋》，孙盛撰。干宝：字令升。晋元帝时以佐著作郎领修国史，著《晋纪》二十卷。徐广：字野民，南朝宋人。领著作，撰《晋纪》四十五卷。裴子野：字几原，南朝梁著作郎、中书侍郎，撰《宋略》二十卷。吴均：梁奉朝请，撰编年体《齐春秋》三十卷。何之元：南朝陈人，撰《梁典》三十卷。王劭：撰编年体《北齐志》十七卷。

㊶的（dì，音弟）准：准的，即标准。

㊷《国语》家：知己就其体例分国叙事，列为国别史之代表。

㊸贾逵：东汉人。精通《左传》、《国语》，为之《解诂》五十一篇。王肃：见《尚书》家注。虞翻：三国吴人。为《老子》、《论语》、《国语》训注，皆传于世。韦曜：三国吴人，本名昭，史为晋讳而改曜。为《春秋外传国语》二十二卷作注。

㊹《战国策》：汉刘向编订战国时诸国史料所成之书，内容多述当时游说之士的言论活动。分十二国，共三十三篇。

㊺司马彪：字绍统，晋宗室。曾注《庄子》，作《九州春秋》

㊻荀、袁：荀，荀悦，见《左传》家注。袁，袁宏，晋朝人。有逸才，撰《后汉纪》三十卷。

㊼替：衰微。

㊽《史记》家：纪传家之祖。古者谓史记为春秋。

㊾家人：指百家。

㊿东京著《汉记》：东汉时修撰之《东观汉记》。初名《汉记》。

51《通史》：吴均奉梁武帝敕所撰，起三皇，迄齐代。

52《科录》：《北史·常山王遵附元晖传》："晖雅好文学，招集儒士崔鸿等，撰录百家要事，以类相从，名为《科录》。"

53《南、北史》：唐人李延寿删补宋、齐、梁、陈及魏、齐、周、隋八代史而成，凡一百八十卷。

54胡越相悬：胡地在北，越在南，相距遥远，故曰胡越相悬

55参（shēn，音申）商是隔：参星居西方，商星在东方，出没不相见。

56述者所宜深诫：意谓模仿《史记》者，无其笔力，贪其博远，非芜即缺，病所必致，述者自当深诫。

57《汉书》家：浦起龙注："此为纪传正家，断代为书始于此。"

58今上：指汉武帝，依司马迁语。

59班彪：字叔皮，东汉人。好著作，博采遗事异闻，作西汉史《后传》六十五篇，以补《史记》太初（汉武帝年号）以后之阙。

60不逮于魏亡：谓《竹书纪年》未尽魏衰而止，正与《汉书》全代对照。

61朴散淳销：淳朴的风格逐渐消失。

62《尚书》等四家：指《尚书》、《春秋》、《国语》、《史记》。

史通卷之二

内　篇

二体第二

三五之代，书有典、坟[①]，悠哉邈矣，不可得而详。自唐、虞以下迄于周，是为《古文尚书》。然世犹淳质，文从简略，求诸备体，固以阙如。既而丘明传《春秋》，子长著《史记》，载笔之体[②]，于斯备矣。后来继作，相与因循，假有改张，变其名目，区域有限，孰能逾此！盖荀悦、张璠[③]，丘明之党也；班固、华峤[④]，子长之流也。惟此二家，各相矜尚[⑤]，必辨其利害，可得而言之。

夫《春秋》者[⑥]，系日月而为次，列时岁以相续，中国外夷，同年共世，莫不备载其事，形于目前；理尽一言，语无重出，此其所以为长也。至于贤士贞女，高才俊德，事当冲要者，必肝衡而备言[⑦]；迹在沉冥者，不枉道而详说。如绛县之老[⑧]，杞梁之妻[⑨]，或以酬晋卿而获记，或以对齐君而见录。其如贤如柳惠[⑩]，仁若颜回[⑪]，终不得彰其名氏，显其言行。故论其细也，则纤芥无遗；语其粗也，则丘山是弃。此其所以为短也。

《史记》者，纪以包举大端，传以委曲细事，表以谱列年爵，志以总括遗漏，逮于天文、地

理、国典、朝章，显隐必该，洪纤靡失。此其所以为长也。若乃同为一事，分在数篇，断续相离，前后屡出，于《高纪》则云语在《项传》，于《项传》则云事具《高纪》⑫。又编次同类，不求年月，后生而擢居首帙，先辈而抑归末章，遂使汉之贾谊将楚屈原同列⑬，鲁之曹沫与燕荆轲并编⑭。此其所以为短也。

考兹胜负，互有得失。而晋世干宝著书，乃盛誉丘明而深抑子长，其义云：能以三十卷之约，括囊二百四十年之事，靡有遗也⑮。寻其此说，可谓劲挺之词乎？按春秋时事，入于左氏所书者，盖三分得其一耳。丘明自知其略也，故为《国语》以广之。然《国语》之外，尚多亡逸，安得言其括囊靡遗者哉？向使丘明世为史官，皆仿《左传》也。至于前汉之严君平、郑子真⑯，后汉之郭林宗、黄叔度⑰，晁错、董生之对策⑱，刘向、谷永之上书⑲，斯并德冠人伦，名驰海内，识洞幽显，言穷军国⑳。或以身隐位卑，不预朝政；或以文烦事博，难为次序。皆略而不书，斯则可也。必情有所吝，不加刊削，则汉氏之志传百卷，并列于十二纪中，将恐碎琐多芜，阑单失力者矣㉑。故班固知其若此，设纪传以区分，使其历然可观，纲纪有别㉒。荀悦厌其迂阔㉓，又依左氏成书，剪截班史，篇才三十，历代褒之，有逾本传。然则班、荀二体，角力争先，欲废其一，固亦难矣。后来作者，不出二途。故晋史有王、虞㉔，而副以干《纪》㉕；《宋书》有徐、沈㉖，而分为裴《略》㉗。各有其美，并行于世。异夫令升之言，唯守一家而已。

---

①典、坟：《五典》、《三坟》，传说中我国最古的书籍。

②载笔之体：史书的体例。

③荀悦：张璠：指编年体史书荀悦《前汉纪》、张璠《后汉纪》。

④班固、华峤：指纪传体断代史班固《汉书》和华峤《后汉书》。华峤，晋朝人，才学深博。其《后汉书》“文质事核”，惜已佚。

⑤矜尚：显其能而自夸。

⑥《春秋》：指编年史《左传》。

⑦盱（xū，音虚）衡：扬眉举目。此处谓详察毕录。

⑧绛县之老：典出《左传·襄公三十年》。赵孟召请绛县之老，向他谢罪说：“我没有才能，承担着君王的大事，由于晋国有很多不测之忧患，未能任用您，这是我的罪过。”赵孟，晋国的卿大夫，故云“酬晋卿而获记”。

⑨杞梁之妻：典出《左传·襄公二十三年》。齐庄公攻打莒国，齐大夫杞殖（即杞梁）和华还（即华周）载着甲士去助战，杞殖战死。齐庄公回国，在都城郊外遇见杞殖之妻，派人向她吊唁。杞殖妻辞谢说：“我不能在郊野为他吊丧。”故云“以对齐君而见录”。

⑩柳惠：柳下惠，即展禽。《史通通释》按：“惠见《左传·僖公二十六年》，有此明文。今云不彰不显，与颜子并说，是《史通》疏处。

⑪颜回：字子渊，孔子弟子，乐道安贫，后世儒家尊为“复圣”。《春秋》、《左传》却无其名。

⑫《高纪》、《项传》：《史记·高祖本纪》、《汉书·项籍（羽）传》。于《高纪》涉及项事，于《项传》涉及高祖，互为主宾。

⑬汉之贾谊将楚屈原同列：指《史记·屈原贾生列传》。屈原，楚怀王时人。贾谊，汉文帝时人。将，与。

⑭鲁之曹沫与燕荆轲并编：指《史记·刺客列传》。曹沫，《左传》、《穀梁传》均作曹刿，以勇力事鲁庄。荆轲，卫人，游燕，为太子丹知遇，刺秦王政（即秦始皇）。

⑮引自干宝《晋纪》。括囊，包罗。

⑯严君平、郑子真：君平名遵，子真名朴，二人皆修道守默，礼聘不应，是汉代隐士。皇甫谧《高士传》卷中有此二人传。

⑰郭林宗、黄叔度：皆东汉名士。范滂称颂林宗“隐不违亲，贞不绝俗”。林宗称颂叔度“汪汪若千顷之波，澄之不清，挠之不浊”。

⑱晁错、董生之对策：晁错，汉孝文帝诏举贤良文学士，错在选中。上亲策之，以明国体、通人事、能直言三道之要对策，惟错为高第。董生，董仲舒，汉孝景时为博士，下帷读讲，三年不窥园。武帝举贤良文学，凡三问，仲舒三对。生平讲学

著书，推尊儒术。

⑲刘向、谷永上书：刘向，字子政，为人刚直。汉成帝时，先拜中郎，后迁光禄大夫，曾数奏封事（密封的章奏）。谷永，字子云，博通经书，直言敢谏。汉成帝时，数上疏言得失。

⑳军国：军务国政。

㉑阐单失力：意谓编年史或帝纪插入学行，致使文章割裂，松散无力。

㉒纲纪：大纲要领。

㉓迂阔：不切于事情。

㉔王、虞：王隐，字处叔。晋元帝召为著作郎，命撰晋史。虞预，字叔宁，任著作郎，私撰《晋书》。

㉕干《纪》：即干宝《晋纪》

㉖徐、沈：徐爰，南朝宋人。《宋碎》，本何承天、山谦之、苏宝生所撰，徐爰勒为一史。沈约，字休文，南朝宋人。博通群籍，著《宋书》百卷。

㉗裴《略》：即裴子野《宋略》。其叙事评论，为沈约所称赏。

载言第三

古者言为《尚书》，事为《春秋》，左右二史，分尸其职[①]。盖桓、文作霸[②]，纠合同盟，春秋之时，事之大者也，而《尚书》阙记。秦师败绩，缪公诫誓[③]，《尚书》之中，言之大者也，而《春秋》靡录。此则言、事有别，断可知矣。

逮左氏为书，不遵古法，言之与事，同在传中。然而言事相兼，烦省合理，故使读者寻绎不倦[④]，览讽忘疲。

至于《史》、《汉》则不然，凡所包举，务存恢博，文辞入记，繁富为多。是以《贾谊》、《晁错》、《董仲舒》、《东方朔》等传[⑤]，唯止录言，罕逢载事。夫方述一事，得其纲纪，而隔以大篇，分其次序。遂令披阅之者，有所懵然[⑥]。后史相承，不改其辙，交错纷扰，古今是同。

按迁、固列君臣于纪传，统遗逸于表志[⑦]，虽篇名甚广而言无独录。愚谓凡为史者，宜于表志之外，更立一书[⑧]。若人主之制册、诰令，君臣之章表、移檄[⑨]，收之纪传[⑩]，悉入书部，题为《制册书》、《章表书》，以类区别。他皆仿此，亦犹志之有《礼乐志》、《刑法志》者也。又诗人之什，自成一家。故风、雅、比、兴，非《三传》所取[⑪]。自六义不作[⑫]，文章生焉。若韦孟讽谏之诗[⑬]，扬雄出师之颂[⑭]，马卿之书封禅[⑮]，贾谊之论过秦[⑯]，诸如此文，皆施纪传。窃谓宜从古诗例[⑰]，断入书中。亦犹《舜典》列《元首之歌》[⑱]，《夏书》包《五子之咏》者也[⑲]。夫能使史体如是，庶几《春秋》、《尚书》之道备矣。

昔干宝议撰晋史，以为宜准丘明，其臣下委曲，仍为谱注。于时议者，莫不宗之。故前史之所未安，后史之所宜革。是用敢同有识，爰立兹篇，庶世之作者，睹其利害。如谓不然，请俟来哲[⑳]。

---

①左右二史，分尸其职：《春秋·序》："左史记言，右史记事，事为《春秋》，言为《尚书》。"尸，主持，引申为承担。。

②桓、文作霸：谓春秋时齐桓公首称霸主，晋文公继霸。

③秦师败绩，穆公诫誓：《尚书·秦誓》："秦穆公伐郑，晋襄公帅师败诸崤。"注："史迁穆作缪。未载缪公诫誓之辞。"

④寻绎：反复玩索。

⑤东方朔：字曼倩，诙谐滑稽。以奇计俳辞得亲近，为汉武帝弄臣，官至太中大夫。

⑥懵（méng，音萌）然：无知的样子。

⑦遗逸：指隐士。

⑧更立一书：意谓纪传史应在纪、传、表、志外，再立一书部。

⑨移檄（xí，音习）：古代官府用以征召、晓喻、申讨等的文书。

⑩纪传：此指纪传体史书，而非纪与传。

⑪《三传》：即《左传》、《公羊传》、《穀梁传》。

⑫六义：《诗经·大序》说诗有六义。指风、雅、颂、赋、比、兴。

⑬韦孟讽谏之诗：《汉书·韦贤传》："韦贤，邹人也。其先韦孟，家本彭城，为楚元王傅。及孙王戊，荒淫不遵道，孟作诗讽谏。"

⑭扬雄出师之颂：扬雄无《出师颂》。查《文选》卷四十七扬雄《赵充国颂》后，载有史孝山之《出师颂》。

⑮马卿之书封禅：司马相如，字长卿。《汉书·司马相如传》载有其《封禅书》。封禅，帝王祭天地的典礼。在泰山上祭天，称封；在泰山下梁父山上祭地，称禅。

⑯贾谊之论过秦：指贾谊《过秦论》。

⑰窃谓：私下认为。

⑱《元首之歌》：《尚书》中的一段歌咏。载于《尚书·虞书·益稷》。

⑲《夏书》包《五子之咏》：即《尚书·夏书·五子之歌》。夏王太康（启的儿子）失邦，醉心于游乐，五个弟弟等待他于洛水之北，怨其打猎不返，故作歌。原文久已失传。

⑳请俟来哲：请待后来之贤者。

本纪第四

昔汲冢竹书是曰《纪年》，《吕氏春秋》肇立纪号[①]。盖纪者，纲纪庶品[②]，网罗万物，考篇目之大者，其莫过于此乎？及司马迁之著《史记》也，又列天子行事，以本纪名篇。后世因之，守而勿失。譬夫行夏时之正朔，服孔门之教义者[③]，虽地迁陵谷[④]，时变质文，而此道常行，终莫之能易也。

然迁之以天子为本纪，诸侯为世家，斯诚谠矣[⑤]。但区域既定，而疆理不分[⑥]，遂令后之学者罕详其义。按姬自后稷至于西伯[⑦]，嬴自伯翳至于庄襄[⑧]，爵乃诸侯，而名隶本纪。若以西伯、庄襄以上，别作周、秦世家，持殷纣以对武王[⑨]，拔秦始以承周赧[⑩]，使帝王传授，昭然有别，岂不善乎？必以西伯以前，其事简约，别加一目，不足成篇。则伯翳之至庄襄，其书先成一卷[⑪]，而不共世家等列，则与本纪同编，此尤可怪也。项羽僭盗而死[⑫]，未得成君，求之于古，则齐无知、卫州吁之类也[⑬]，安得讳其名，呼之曰王者乎？春秋吴、楚僭拟[⑭]，书如列国。假使羽窃帝名，正可抑同群盗[⑮]，况其名曰西楚，号止霸王者乎？霸王者，即当时诸侯。诸侯而称本纪，求名责实，再三乖谬。

盖纪之为体，犹《春秋》之经，系日月以成岁时，书君上以显国统[⑯]。曹武虽曰人臣[⑰]，实同王者，以未登帝位，国不建元[⑱]。陈《志》权假汉年[⑲]，编作《魏纪》，亦犹《两汉书》首列秦、莽之正朔也[⑳]。后来作者，宜准于斯。而陆机《晋书》，列纪三祖[㉑]，直序其事，竟不编年。年既不编，何纪之有？夫位终北面，一概人臣，倘追加大号，止入传限，是以弘嗣《吴史》，不纪孙和[㉒]，缅求故实，非无往例。逮伯起之次《魏书》，乃编景穆于本纪[㉓]，以戾园虚谥，间厕武、昭[㉔]，欲使百世之中，若为鱼贯[㉕]。又纪者，既以编年为主，唯叙天子一人。有大事可书者，则见之于年月；其书事委曲，付之列传。此其义也。如近代述者魏著作、李安平之徒[㉖]，其撰《魏》、《齐》二史，于诸帝篇，或杂载臣下，或兼言他事，巨细必书，洪纤备录，全为传体，有异纪文，迷而不悟，无乃太甚[㉗]。世之读者，幸为详焉。

---

①肇立纪号：创立纪的名称。《吕氏春秋》有十二纪。

②庶品：众类。

③“行夏时之正朔”二句：喻言本纪法立而分定。夏时正朔，用夏朝的历法，以建寅之月（旧历正月）为每年第一月。

④陵谷：《诗经·小雅·十月之交》：“高岸为谷，深谷为陵。”喻世事变迁。

⑤谠（dǎng，音党）：正直。

⑥疆理：划分，界限。

⑦“姬自后稷”句：《史记·周本纪》自其始祖后稷叙起而至周文王。姬，周姓。西伯，西方诸侯之长，即周文王。

⑧“嬴自伯翳”句：《史记·秦本纪》远溯“秦之先帝，颛顼之苗裔”至庄襄王史事，但自伯翳始姓嬴氏。

⑨持殷纣以对武王：意谓以周武递代殷纣。

⑩拔秦始以承周赧（nǎn，音蝻）：按周赧死后，东周延续七年而亡。又三年（前 246），嬴政始继庄襄为秦王，至前 221 年，一统天下，更号皇帝。

⑪先成一卷：指《史记·秦本纪》述伯翳至庄襄王已单独为一卷，文甚不简。

⑫僭（jiàn，音见）盗：越分冒用王号。

⑬无知：春秋时齐国诸公子，因其“弑君而立，故不书爵”。州吁：春秋卫国诸公子，因弑其君为卫人所杀。

⑭僭拟：超越本分，自比于居上位者。

⑮群盗：指陈胜、吴广等。

⑯国统：国家纲纪。

⑰曹武：曹操，曹丕称帝后，追谥曰武帝。

⑱建元：立年号。

⑲陈《志》权假汉年：陈寿《三国志·魏志·武帝纪》，其纪年起自汉献帝初平元年，终于建安二十五年。权假，暂借。

⑳秦、莽：指秦二世和王莽。

㉑陆机《晋书》：即陆机《晋纪》。陆机，字士衡，晋朝的名士。三祖：指司马炎建晋称帝后，所追尊之宣帝懿、景帝师、文帝昭。

㉒“弘嗣《吴史》”二句：《三国志·吴志·韦曜传》：孙皓即位，欲为父和作纪，曜执以和不登帝位，宜名为传。弘嗣，韦曜字，即韦昭，时任太史令。

㉓“伯起之次《魏书》”二句：魏收（字伯起）编著《魏书》，有《恭宗景穆皇帝纪》。恭宗元晃，太武皇帝长子，年二十四而薨。

㉔“戾园虚谥”二句：汉武帝戾太子因巫蛊事遇害，议谥曰戾，置园邑曰戾园。魏收以元晃比戾太子，《汉书》则未尝以戾太子为纪，而夹插于武、昭二纪之间。武、昭、汉武帝、汉昭帝。

㉕鱼贯：比喻相续而行。

㉖魏著作：魏澹，字彦深（本字彦渊），其《后魏书》，义例与魏收多所不同。李安平：李百药，唐朝人，辑有《北齐书》。

㉗无乃：岂不是，反诘词。

世家第五

自有王者，便置诸侯，列以五等，疏为万国[①]。当周之东迁，王室大坏，于是礼乐征伐自诸侯出[②]，迄乎秦世，分为七雄。司马迁之记诸国也，其编次之体，与本纪不殊，盖欲抑彼诸侯，异乎天子，故假以他称，名为世家。

按世家之为义也，岂不以开国承家，世代相续？至如陈胜起自群盗，称王六月而死，子孙不嗣，社稷靡闻，无世可传，无家可宅，而以世家为称，岂当然乎？夫史之篇目，皆迁所创，岂以自我作故，而名实无准。且诸侯、大夫，家国本别。三晋之与田氏[③]，自未为君而前，齿列陪臣，屈身藩后[④]，而前后一统，俱归世家。使君臣相杂，升降失序，何以责季孙之八佾舞庭[⑤]，管氏之三归反坫[⑥]？又田齐列号东帝，抗衡西秦[⑦]，地方千里，高视六国，而没其本号，唯以田完制名[⑧]，求之人情，孰谓其可？

当汉氏之有天下也，其诸侯与古不同。夫古者诸侯，皆即位建元，专制一国，绵绵瓜瓞[⑨]，卜世长久。至于汉代则不然。其宗子称王者[⑩]，皆受制京邑，自同州郡；异姓封侯者，必从宦天朝，不临方域，或传国唯止一身，或袭爵才经数世，虽名班胙土⑪，而礼异人君，必编世家，实同列传。而马迁强加别录，以类相从，虽得画一之宜，讵识随时之义？

盖班《汉》知其若是，厘革前非。至如萧、曹茅土之封⑫，荆、楚葭莩之属⑬，并一概称传，无复世家，事势当然，非矫枉也。自兹已降，年将四百。及魏有中夏，而扬、益不宾⑭，终亦受屈中朝，见称伪主。为史者必题之以纪，则上通帝王；榜之以传，则下同臣妾。梁主敕撰《通史》⑮，定为吴、蜀世家。持彼僭君，比诸列国，去泰去甚，其得折中之规乎⑯！次有子显《齐书》，北编《魏虏》⑰；牛弘《周史》，南记萧詧⑱。考其传体，宜曰世家。但近古著书，通无此称。用使马迁之目，湮没不行；班固之名，相传靡易者矣⑲。

---

①五等：指公、侯、伯、子、男五等爵位。疏：分。

②“礼乐”句：语出《论语·季氏》。谓天下昏乱，天子失势，制礼作乐及征讨决定于诸侯。

③三晋：春秋末，晋为韩、赵、魏三家卿大夫所分，史称三晋。田氏：陈完奔齐，改姓田氏，卒谥敬仲。其九世孙田和，立为齐侯。《史记》有《田敬仲完世家》。

④陪臣：家臣，即诸侯所属之大夫。屈居藩后：也指诸侯之大夫。藩，藩国，代指诸侯。

⑤季孙之八佾（yì，音义）舞庭：季孙以大夫僭用天子乐舞，故孔子责之。见《论语·八佾》。

⑥管氏之三归反坫（diàn，音店）：《论语·八佾》：“邦君为两君之好，有反坫；管氏（管仲）亦有反坫。”三归，谓娶三姓女。反坫，反爵之坫。互相敬酒后，把空爵（酒器）反置坫（两楹间的土台）上。谓管仲不知礼。

⑦列号东帝，抗衡西秦：秦为西帝，齐为东帝，两相抗衡，不应秦列本纪，而将齐列为世家。

⑧唯以田完制名：甚至齐世家之名亦不同于列国以国名为目，竟以田完制名。

⑨绵绵瓜瓞（dié，音蝶）：谓子孙繁衍昌盛。

⑩宗子：皇族子弟。

⑪虽名班胙（zuò，音作）土：意谓纵然名义上给予祭祀与土地，（即名义上是诸侯）。胙，祭肉，代指祭祀。

⑫萧、曹茅土之封：萧何、曹参汉初封侯，《史记》立《萧相国世家》、《曹相国世家》。茅土，指受封为王侯。

⑬荆、楚葭莩之属：汉高祖六年春正月，封兄贾为荆王，泽为燕王，弟交为楚王。《史记》为之立《楚元王世家》、《荆燕世家》。葭莩，芦苇和杆内之膜，古人以喻亲属。

⑭扬、益：指三国时的吴、蜀。

⑮梁主敕撰《通史》：梁武帝命吴均撰《通史》。

⑯“持彼僭君”四句：论于蜀不够允当。　　去泰去甚：意谓未免太过分。《老子·无为》：“是以圣人去甚，去奢，去泰。”

⑰“子显《齐书》”二句：梁萧子显撰《南齐书》，将北朝元魏列入列传，题为《魏虏传》。

⑱牛弘：隋文帝时人，撰《周史》十八卷。　　萧詧（chá，音察）：梁武帝之孙，曾一度立为梁主，《周书》为之立传。

⑲靡易：没有改变。

列传第六

夫纪传之兴，肇于《史》、《汉》。盖纪者，编年也；传者，列事也。编年者，历代帝王之岁月，犹《春秋》之经；列事者，录人臣之行状，犹《春秋》之传。《春秋》则传以解经，《史》、《汉》则传以释纪。寻兹例草创，始自子长，而朴略犹存①，区分未尽。如项王宜传，而以本纪为名。非惟羽之僭盗，不可同于天子；且推其序事，皆作传言，求谓之纪，不可得也。或曰：迁纪五帝、夏、殷，亦皆列事而已，子曾不之怪，何独尤于《项纪》哉②？对曰：不然。夫五帝之与夏、殷也，正朔相承，子孙递及，虽无年可著，纪亦何伤！如项羽者，事起秦余，身终汉始，殊夏氏之后羿③，似黄帝之蚩尤④。譬诸闰位⑤，容可列纪；方之骈拇⑥，难以成编。且夏、殷之纪，不引他事。夷、齐谏周⑦，实当纣日，而析为列传，不入殷篇。《项纪》则上下同载，君臣交杂，纪名传体，所以成媸[⑧]。

夫纪传之不同，犹诗赋之有别，而后来继作，亦多所未详。按范晔《汉书》记后妃六宫，其实传也，而谓之为纪；陈寿《国志》载孙、刘二帝，其实纪也，而呼之曰传。考数家之所作，其未达纪传之情乎？苟上智犹且若斯，则中庸故可知矣。

又传之为体，大抵相同，而述者多方，有时而异。如二人行事，首尾相随，则有一传兼书，包括令尽。若陈馀、张耳合体成篇[⑨]，陈胜、吴广相参并录是也[⑩]。亦有事迹虽寡，名行可崇，寄在他篇，为其标冠。若商山四皓，事列王阳之首[⑪]；庐江毛义，名在刘平之上是也[⑫]。

自兹已后，史氏相承，述作虽多，斯道多废。其同于古者，唯有附出而已[⑬]。寻附出之为义，攀列传以垂名，若纪季之入齐[⑭]，颛臾之事鲁[⑮]，皆附庸自托，得厕朋流。然世之求名者，咸以附出为小。盖以其因人成事，不足称多故也。窃以书名竹素[⑯]，岂限详略，但问其事竟如何耳。借如召平、纪信、沮授、陈容[⑰]，或运一异谋，树一奇节，并能传之不朽，人到于今称之。岂假编名作传，然后播其遗烈也！嗟乎！自班、马以来，获书于国史者多矣。其间则有生无令闻，死无异迹，用使游谈者靡征其事，讲习者罕记其名，而虚班史传，妄占篇目。若斯人者，可胜纪哉！古人以没而不朽为难，盖为此也。

---

①朴略：指质朴简要的风格。

②尤：责怪，归咎。

③夏氏之后羿：据《左传·襄公四年》，夏太康沉湎于游乐，后羿推翻其统治，自立为君号有穷氏。

④似黄帝之蚩尤：蚩尤与黄帝长期争战，但终未夺得王位，项羽适与之相似。

⑤闰位：古人称非正统的帝位为闰位。

⑥骈拇：骈拇枝指，比喻多余的东西。

⑦夷齐谏周：周武王伐纣时，伯夷、叔齐叩马而谏。

⑧媸：丑陋，引申为缺陷。

⑨陈、张合体成篇：《史记》、《汉书》均以陈馀、张耳合传。

⑩陈、吴相参并录：《史记·陈涉世家》、《汉书·陈胜传》均插叙吴广事。

⑪四皓列王阳之首：《汉书·王吉》等传，传首有叙，叙内云：汉兴有东园公、绮里季、夏黄公、甪里先生。四人须发皆白，故称四皓。王吉，字子阳，故称王阳。

⑫毛义在刘平之上：《后汉书》卷六十九《刘平》等传前，首叙毛义事迹。

⑬附出：指纪传史中列传的附传。

⑭纪季入齐：纪，春秋时小国。季，纪侯弟。这句谓季以邑入齐为附庸，以喻附传。

⑮颛臾事鲁：颛臾为鲁之附庸国。亦喻附传。

⑯竹素：竹简和白绢，指书、史。

⑰召平：秦汉之际人，隐居种瓜。其事附见《汉书·萧何传》。纪信：汉初人，曾诈为刘邦出降。其事附见《汉书·项籍传》。　沮授：东汉末年人。其事附见《后汉书·袁绍传》。陈容：三国时人。其事附见《三国志·魏志·臧洪传》。

史通卷之三

内　篇

表历第七

盖谱之建名，起于周代，表之所作，因谱象形。故桓君山有云[①]："太史公《三代世表》，旁行邪上，并效周谱。"此其证欤？夫以表为文，用述时事，施彼谱牒[②]，容或可取，载诸史传，未见其宜。何则？《易》以六爻穷变化[③]，《经》以一字成褒贬[④]，《传》包五始[⑤]，《诗》含六义[⑥]。故知文尚简要，语恶烦芜，何必款曲重沓[⑦]，方称周备。

观马迁《史记》则不然矣。天子有本纪，诸侯有世家，公卿以下有列传，至于子孙昭穆[⑧]，年月职官，各在其篇，具有其说，用相考核，居然可知。而重列之以表，成其烦费，岂非谬乎？且表次在篇第，编诸卷轴，得之不为益，失之不为损。用使读者莫不先看本纪，越至世家，表在其间，缄而不视[⑨]，语其无用，可胜道哉！

既而班、《东》二史[⑩]，各相祖述，迷而不悟，无异逐狂[⑪]。必曲为铨择，强加引进，则列国年表或可存焉。何者？当春秋、战国之时，天下无主，群雄错峙，各自年世。若申之于表以统其时，则诸国分年，一时尽见[⑫]。如两汉御历，四海成家，公卿既为臣子，五侯才比郡县，何用表其年数以别于天子者哉！

又有甚于斯者。异哉，班氏之《人表》也[⑬]！区别九品[⑭]，网罗千载，论世则异时，语姓则他族。自可方以类聚，物以群分，使善恶相从，先后为次，何藉而为表乎？且其书上自庖牺[⑮]，下穷嬴氏，不言汉事，而编入《汉书》，鸠居鹊巢[⑯]，茑施松上[⑰]，附生疣赘[⑱]，不知剪截，何断而为限乎？

至法盛书载中兴[⑲]，改表为注，名目虽巧，芜累亦多。当晋氏播迁，南据扬、越，魏宗勃起，北雄燕、代，其间诸伪，十有六家，不附正朔，自相君长。崔鸿著表[⑳]，颇有甄明，比于《史》、《汉》群篇，其要为切者矣。若诸子小说，编年杂记，如韦昭《洞纪》、陶弘景《帝代年历》[㉑]，皆因表而作，用成其书。既非国史之流，故存而不述。

---

①桓君山：桓谭，字君山，东汉人。博学多通，著《新论》二十九篇。

②谱牒：记述氏族或宗族世系的书。

③《易》以六爻穷变化：《周易》用六爻来穷尽变化。《周易》把组成卦的一长划或两短划叫爻，重卦六划，故称六爻。

④《经》以一字成褒贬：杜预《春秋经传集解序》："《春秋》虽以一字为褒贬，然皆须数句以成言。"

⑤《传》包五始：《传》，指《公羊传》。五始，元者，气之始；春者，四时之始；王者，受命之始；正月者，政教之始；公即位者，一国之始。

⑥《诗》含之义：见《载言》注。

⑦款曲重沓：委婉曲折，重复拖沓。

⑧昭穆：古代宗法制度，宗庙或墓地的辈次排列，以始祖居中，以左右为昭穆。

⑨缄（jiān，音尖）而不视：封闭不看。

⑩班、《东》二史：指《汉书》和《东观汉记》。

⑪逐狂：《韩非子·说林上》："狂者东走，逐者亦东走，其东走则同，其所以东走之为则异。"

⑫"诸国分年"二句：《史记》的《十二诸侯年表》、《六国年表》，将春秋、战国时各国年代与周、秦年代对照列表，极便查考。

⑬班氏之《人表》：指《汉书·古今人表》。

⑭九品：古代官职的九个等级。

⑮庖牺：即伏羲，古代传说中的部落酋长。相传他始画八卦，教民捕鱼畜牧。

⑯鸠居鹊巢：语出《诗经·召南·鹊巢》。本喻强占他人住所，此喻史事安排不当。

⑰茑（niǎo，音鸟）施松上：比喻依附。茑，小灌木，茎具蔓性。

⑱附生疣赘：皮肤上附生的肉瘤和瘊子。比喻多余无用的东西。

⑲法盛书载中兴：《新唐书·艺文志》："何法盛《晋中兴书》八十卷。"

⑳崔鸿著表：《魏书·崔鸿传》："鸿，字彦鸾，博录经史，撰为《十六国春秋》。其表曰：'又别作序例一卷，年表一卷。'

㉑韦昭《洞纪》：据《三国志·吴志·韦曜传》，韦昭曾作《洞纪》三卷。韦昭，即韦曜。帝代年历：《南史·隐逸传》："陶弘景，字通明……著《帝代年历》。"

书志第八

夫刑法、礼乐、风土、山川，求诸文籍，出于《三礼》[①]。及班、马著史，别裁书志，考其所记，多效《礼经》。且纪传之外，有所不尽，只字片文，于斯备录。语其通博，信作者之渊海也。

原夫司马迁曰书，班固曰志，蔡邕曰意[②]，华峤曰典[③]，张勃曰录[④]，何法盛曰说[⑤]。名目虽异，体统不殊。亦犹楚谓之梼杌，晋谓之乘，鲁谓之春秋，其义一也。于其编目，则有前曰《平准》，后云《食货》；古号《河渠》，今称《沟洫》[⑥]；析《郊祀》为《宗庙》[⑦]，分《礼乐》为《威仪》[⑧]；《悬象》出于《天文》[⑨]，《郡国》生于《地理》[⑩]。如斯变革，不可胜计，或名非而物是，或小异而大同。但作者爱奇，耻于仍旧，必寻源讨本，其归一揆也[⑪]。若乃《五行》、《艺文》，班补子长之阙；《百官》、《舆服》，谢拾孟坚之遗[⑫]。王隐后来，加以《瑞异》[⑬]；魏收晚进，弘以《释老》。斯则自我作故，出乎胸臆，求诸历代，不过一二者焉。大抵志之为篇，其流十五六家而已，其间则有妄入编次，虚张部帙，而积习已久，不悟其非。亦有事应可书，宜别标题，而古来作者，曾未觉察。今略陈其义，列于下云。

夫两曜百星，丽于玄象[⑭]，非如九州万国[⑮]，废置无恒。故海田可变，而景纬无易[⑯]。古之天犹今之天也，今之天即古之天也，必欲刊之国史，施于何代不可也？但《史记》包括所及，区域绵长[⑰]，故书有《天官》，读者竟忘其误，榷而为论，未见其宜[⑱]。班固因循，复以天文作志，志无汉事而隶入《汉书》，寻篇考限，睹其乖越者矣[⑲]。降及有晋，迄于隋氏，或地止一隅，或年才二世，而彼苍列志[⑳]，其篇倍多，流宕忘归，不知纪极[㉑]。方于《汉史》，又孟坚之罪人也[㉒]。窃以国史所书，宜述当时之事。必为志而论天象也，但载其时彗孛氛祲[㉓]，薄食晦明[㉔]，裨灶、梓慎之所占[㉕]，京房、李郃之所候[㉖]。至如荧惑退舍，宋公延龄[㉗]，中台告坼，晋相速祸[㉘]，星集颍川而贤人聚[㉙]，月犯少微而处士亡[㉚]，如斯之类，志之可也。若乃体分濛澒[㉛]，色着青苍，丹曦、素魄之躔次[㉜]，黄道、紫宫之分野[㉝]，既不预于人事，辄编之于策书，故曰刊之国史，施于何代不可也。其间唯有袁山松、沈约、萧子显、魏收等数家[㉞]，颇觉其非，不遵旧例，凡所记录，多合事宜。寸有所长，贤于班、马远矣。

伏羲已降，文籍始备。逮于战国，其书五车，传之无穷，是曰不朽。夫古之所制，我有何力，而班《汉》定其流别，编为《艺文志》。论其妄载，事等上篇。《续汉》已还，祖述不暇。夫前志已录，而后志仍书，篇目如旧，频烦互出，何异以水济水，谁能饮之者乎[35]？且《汉书》之志天文、艺文也，盖欲广列篇名，示存书体而已。文字既少，披阅易周，故虽乖节文，而未甚秽累。既而后来继述，其流日广。天文则星占、月会、浑图、周髀之流[36]，艺文则四部、《七录》、《中经》、秘阁之辈[37]，莫不各逾三箧[38]，自成一家。史臣所书，宜其辍简[39]。而近世有著《隋书》者，乃广包众作，勒成二志[40]，骋其繁富，百倍前修。非唯循覆车而重轨[41]，亦复加阔眉以半额者矣[42]。但自史之立志，非复一门，其理有不安，多从沿革。唯艺文一体，古今是同，详求厥义，未见其可。愚谓凡撰志者，宜除此篇；必不能去，当变其体。近者宋孝王《关东风俗传》亦有《坟籍志》[43]，其所录皆邺下文儒之士，雠校之司[44]，所列书名，唯取当时撰者。习兹楷则[45]，庶免讥嫌。语曰："虽有丝麻，无弃菅蒯[46]。"于宋生得之矣。

夫灾祥之作，以表吉凶，此理昭昭，不易诬也[47]。然则麒麟斗而日月蚀，鲸鲵死而彗星出[48]，河变应于千年，山崩由于朽壤[49]。又语曰："太岁在酉，乞浆得酒；太岁在巳，贩妻鬻子[50]。"则知吉凶递代，如盈缩循环，此乃关诸天道，不复系乎人事。且周王决疑，龟焦蓍折[51]，宋皇誓众，竿坏幡亡[52]，枭止凉师之营[53]，鹏集贾生之舍[54]。斯皆妖灾著象，而福禄来钟[55]，愚智不能知，晦明莫之测也。然而古之国史，闻异则书，未必皆审其休咎[56]，详其美恶也。故诸侯相赴，有异不为灾，见于《春秋》，其事非一。洎汉兴，儒者乃考《洪范》以释阴阳[57]。其事也如江璧传于郑客，远应始皇[58]；卧柳植于上林，近符宣帝[59]。门枢白发，元后之祥[60]；桂树黄雀，新都之谶[61]。举夫一二，良有可称。至于蜚蜮蝝螽[62]，震食崩坼，陨霜雨雹，大水无冰，其所证明，实皆迂阔。故当春秋之世，其在于鲁也，如有旱雩舛侯[63]，螟螣伤苗之属，是时或秦人归禭[64]，或毛伯赐命[65]，或滕、邾入朝，或晋、楚来聘[66]，皆持此恒事，应彼咎征，昊穹垂谪[67]，厥罚安在？探赜索隐，其可略诸[68]。且史之记载，难以周悉。近者宋氏，年唯五纪，地止江、淮，书满百篇[69]，号为繁富。作者犹广之以《拾遗》，加之以《语录》[70]。况彼《春秋》之所记也，二百四十年行事，夷夏之国尽书，而《经传集解》卷才三十[71]，则知其言所略，盖亦多矣。而汉代儒者，罗灾眚于二百年外[72]，讨符会于三十卷中，安知事有不应于人，应而人失其事？何得苟有变而必知其兆者哉！

若乃采前文而改易其说，谓王札子之作乱，在彼成年[73]；夏征舒之构逆，当夫昭代[74]；楚严作霸，荆国始僭称王[75]；高宗谅阴，亳都实生桑谷[76]。晋悼临国，六卿专政，以君事臣[77]；鲁僖末年，三桓世官，杀嫡立庶[78]。斯皆不凭章句，直取胸怀，或以前为后，以虚为实。移的就箭[79]，曲取相谐；掩耳盗钟[80]，自云无觉。讵知后生可畏，来者难诬者邪[81]！又品藻群流，题目庶类，谓莒为大国[82]，菽为强草[83]，鹙著青色[84]，负蠜非中国之虫[85]，鸜鹆为夷狄之鸟[86]。如斯诡妄，不可殚论[87]。而班固就加纂次，曾靡铨择，因以五行编而为志，不亦惑乎？且每有叙一灾，推一怪，董、京之说，前后相反[88]；向、歆之解，父子不同[89]。遂乃双载其文，两存厥理。言无准的，事益烦费，岂所谓撮其机要，收彼菁华者哉！

自汉中兴已还，迄于宋、齐，其间司马彪、臧荣绪、沈约、萧子显，相承载笔，竞志五行[90]。虽未能尽善，而大较多实。何者？如彪之徒，皆自以名惭汉儒，才劣班史，凡所辩论，务守常途。既动遵绳墨，故理绝河汉[91]。兼以古书从略，求征应者难该；近史尚繁，考祥符者易洽。此昔人所以言有乖越，后进所以事反精审也。然则天道辽远，裨灶焉知[92]？日蚀不常，文伯所对[93]。至如梓慎之占星象[94]，赵达之明风角[95]，单飏识魏祚于黄龙[96]，董养征晋乱于苍鸟[97]，斯皆肇彰先觉，取验将来，言必有中，语无虚发，苟志之竹帛，其谁曰不然。若乃前事已往，后来追证，课彼虚说，成此游词，多见其老生常谈，徒烦翰墨者矣。

子曰："盖有不知而作之者，我无是也。"又曰："君子于其所不知，盖阙如也。"又曰："知之为知之，不知为不知，是知也[98]。"呜呼！世之作者，其鉴之哉！谈何容易，驷不及舌[99]，无为强著一书，受嗤千载也。

或以为天文、艺文，虽非《汉书》所宜取，而可广见闻，难为删削也。对曰：苟事非其限，而越理成书，自可触类而长[100]，于何不录？又有要于此者，今可得而言焉。夫圆首方足，含灵受气，吉凶形于相貌，贵贱彰于骨法[101]，生人之所欲知也。四肢六腑，痾瘵所缠[102]，苟详其孔穴，则砭灼无误[103]，此养生之尤急也。且身名并列[104]，亲疏自明，岂可近昧形骸，而远求辰象！既天文有志，何不为人形志乎？茫茫九州，言语各异，大汉輶轩之使[105]，译导而通，足以验风俗之不同，示皇威之广被。且事当炎运[106]，尤相关涉，《尔雅》释物[107]，非无往例。既艺文有志，何不为方言志乎？但班固缀孙卿之词以序《刑法》，探孟轲之语用裁《食货》，《五行》出刘向《洪范》[108]，《艺文》取刘歆《七略》[109]，因人成事，其目遂多。至如许负《相经》、扬雄《方言》[110]，并当时所重，见传流俗。若加以二志，幸有其书，何独舍诸？深所未晓。历观众史，诸志列名，或前略而后详，或古无而今有，虽递补所阙，各自以为工，榷而论之，皆未得其最。

盖可以为志者，其道有三焉：一曰都邑志，二曰氏族志，三曰方物志。何者？京邑翼翼，四方是则[111]，千门万户[112]，兆庶仰其威神[113]；虎踞龙蟠[114]，帝王表其尊极[115]。兼复土阶卑室[116]，好约者所以安人[117]；阿房、未央[118]，穷奢者由其败国。此则其恶可以诫世，其善可以劝后者也。且宫阙制度，朝廷轨仪[119]，前王所为，后王取则。故齐府肇建，诵魏都以立宫[120]；代国初迁，写吴京而树阙[121]。故知经始之义，卜揆之功[122]，经百王而不易，无一日而可废也。至如两汉之都咸、洛，晋、宋之宅金陵，魏徙伊、瀍，齐居漳、滏[123]，隋氏二世，分置两都[124]，此并规模宏远，名号非一。凡为史者，宜各撰《都邑志》，列于《舆服》之上。金石、草木、缟纻、丝枲之流[125]，鸟兽、虫鱼、齿革、羽毛之类，或百蛮攸税[126]，或万国是供，《夏书》则编于《禹贡》[127]，《周书》则托于《王会》[128]。亦有图形九牧之鼎[129]，列状四荒之经[130]。观之者擅其博闻，学之者骋其多识。自汉氏拓境，无国不宾[131]，则有邛竹传节[132]，蒟酱流味[133]，大宛献其善马[134]，条支致其巨雀[135]。爰及魏、晋，迄于周、隋，咸以遐迩来王[136]，任土作贡[137]。异物归于计吏[138]，奇名显于职方[139]。凡为国史者，宜各撰《方物志》，列于《食货》之首。

帝王苗裔，公侯子孙，余庆所钟[140]，百世无绝。能言吾祖，郯子见师于孔公[141]；不识其先，籍谈取消于姬后[142]。故周撰《世本》，式辨诸宗[143]；楚置三闾[144]，实掌王族。逮乎晚叶，谱学尤繁[145]。用之于官，可以品藻士庶；施之于国，可以甄别华夷。自刘、曹受命，雍、豫为宅[146]，世胄相承[147]，子孙蕃衍[148]。及永嘉东渡[149]，流寓扬、越；代氏南迁，革夷从夏[150]。于是中朝江左[151]，南北混淆；华壤边民，虏汉相杂。隋有天下，文轨大同[152]，江外、山东[153]，人物殷凑[154]。其间高门素族[155]，非复一家；郡正州曹，世掌其任。凡为国史者，宜各撰《氏族志》，列于《百官》之下。盖自都邑以降，氏族而往，实为志者所宜先，而诸史竟无其录。如休文《宋籍》[156]，广以《符瑞》；伯起《魏篇》[157]，加之《释老》。徒以不急为务，曾何足云。惟此数条，粗加商略，得失利害，从可知矣。庶乎后来作者，择其善而行之。

或问曰：子以都邑、氏族、方物宜各纂次，以志名篇。夫史之有志，多凭旧说，苟世无其录，则阙而不编，此都邑之流所以不果列志也。对曰：按帝王建国[158]，本无恒所[159]，作者记事，亦在相时。远则汉有《三辅典》[160]，近则隋有《东都记》[161]。于南则有宋《南徐州记》、《晋宫阙名》[162]，于北则有《洛阳伽蓝记》、《邺都故事》[163]。盖都邑之事，尽在是矣。谱牒之作[164]，盛于中古。汉有赵岐《三辅决录》[165]，晋有挚虞《族姓记》[166]。江左有两王《百家谱》[167]，中原有《方思格》[168]。盖氏族之事，尽在是矣。自沈莹著《临海水土》[169]，周处撰《阳羡风土》[170]，厥类众夥，谅非一族。是以

《地理》为书，陆澄集而难尽[171]，《水经》加注，郦元编而不穷[172]。盖方物之事，尽在是矣。凡此诸书，代不乏作，必聚而为志，奚患无文[173]？譬夫涉海求鱼，登山采木[174]，至于鳞介修短，柯条巨细，盖在择之而已。苟为渔人、匠者[175]，何虑山海之贫罄哉？

---

①《三礼》：儒家经典《周礼》、《仪礼》、《礼记》。

②蔡邕：字伯喈，东汉人。博学擅文，曾与杨赐等奏定《六经》文字。

③华峤：西晋人。他有"良史之志"，所撰《后汉书》"改志为典"。

④张勃：西晋时人，著《吴录》三十卷。

⑤何法盛：字之元。《陈书·何之元传》："法盛变纪为典，……志为说。"

⑥平准、河渠：《史记》之《平准书》、《河渠书》，《汉书》改为《食货志》、《沟洫志》。

⑦"析《郊祀》"句：晋人司马彪《续汉书》，改《郊祀志》曰《祭祀》，其子目有《郊》、《宗庙》等。

⑧分《礼乐》为《威仪》：在《礼乐》中又分志《威仪》。

⑨"《悬象》"句：谓何法盛《晋中兴书》中的《悬象记》，出于《天文志》。

⑩"《郡国》"句：《汉书》称《地理志》，《后汉书》称《郡国志》。

⑪一揆（kuí，音葵）：一个道理。

⑫《史通》研究者，皆不同意《史通》谓《百官》、《舆服》二志创始于三国吴人谢承。程千帆云："《汉书·百官公卿表》实兼具志、表二体。

⑬王隐加《瑞异》：王隐《晋书》无考。《宋书》有《瑞符》。

⑭两曜百星，丽于玄象：两曜，指日月。百星，泛指众星。丽，附着。玄象，天的代称。

⑮九州：这里指地方行政区划。万国：指诸侯封国。

⑯"海田可变"二句：谓苍海可变桑田，而景星运转的方向不会改变。

⑰区域：谓土地之界画。这里指世代。

⑱榷而为论，未见其宜：刘知几反对史书叙天文，故云。榷，商榷，商讨。

⑲乖越：不相称。

⑳彼苍列志：天文列志。《诗经·秦风·黄鸟》："彼苍者天，歼我良人。"后因以彼苍为天的代称。

㉑不知纪极：语出《左传·文公十八年》。纪极，极限。

㉒孟坚之罪人：谓《汉书》之后，史书中天体星象之文尤多，成为史书之累。

㉓彗孛（bèi，音贝）：彗星。氛祲（jìn，音尽）：不祥之气，妖氛。

㉔薄食：日月无光曰薄，亏毁为蚀。

㉕裨（pí，音皮）灶、梓慎：春秋时两个星象家。

㉖京房：字君明，西汉人，精通易理。李郃，字孟节，东汉人，善观星象。候：观测。

㉗"荧惑退舍"二句：春秋时，宋景公头曼三十七年（前480)），荧惑（火星别名）守心（宋国分野）。司星子韦对景公说："祸当及君，移之可免。"景公则断然不移祸于相，不移祸于民，不移祸于年辰。子韦道：您有这些人德的话，天必三赏您，荧惑必移动三舍，舍行七里，您将延年二十一岁。见《吕氏春秋·季夏纪》。

㉘中台告坼（chè，音彻），晋相速祸：西晋惠帝时，赵王伦谄事贾后，求任录尚书，司空张华反对，由此结怨。时中台星裂开，赵王伦叛乱，废杀贾后，诬诛张华。中台，星名。坼，裂开。

㉙"星集颍川"句：陈寔字仲弓，东汉名士。某日，寔与诸子侄往晤名士荀淑父子。见《世说新语·德行》。刘孝标《注》引《续晋阳秋》云："于时德星聚。太史奏：五百里贤人聚。"

㉚"月犯少微"句：谢敷隐居太平山，东晋政府以博士征他，不就。月犯少微，不久，谢敷病故。见《世说新语·栖逸》刘孝标《注》。少微，星名，又名处士星。处士，隐居不仕之士。

㉛濛澒（hòng，音讧）：古人指宇宙未形成前的混沌状态，即元气未分的样子。

㉜丹曦素魄之躔（chán，音缠）次：日月运行的轨迹。丹曦，日。素魄，月。

㉝黄道：古人认为太阳运行的轨道。紫宫：星座名，亦称紫微。分野：古代天文家把十二星辰的位置跟地上州国的位置相对应，称分野。

㉞袁山松：东晋人，博学能文，著《后汉书》百卷。又，沈约《宋书》、萧子显《南齐书》、魏收《魏书》。浦起龙云："四

人皆专志本朝象变者。”

㉟“以水济水”二句：意谓雷同附和，谁还愿读它呢。《左传·昭公二十年》晏子语。以水济水，用水接济水。比喻雷同附和，纯属多余。济，接济，帮助。饮，原文作“食”。

㊱星占：观察星宿变动以测人事之吉凶。月会：望月而知运会（时势）。浑图：指浑天说。周髀（bì，音必）：天覆盖着地。

㊲《四部》：三国魏荀勗分书籍为甲乙丙丁四部。《七录》：是继《七略》、《七志》以后的一部图书分类目录专著。《中经》：宫廷所藏的经书。秘阁：古代禁中藏书之所。

㊳莫不各逾三箧（qiè，音妾）：谓两志书卷都各超过三箱，数量很大。

㊴辍简：不编著《艺文志》的意思。辍，停止。

㊵二志：指《隋书》的《天文志》和《经籍志》。

㊶语出《说苑·善说》：“《周书》曰：前车覆，后车戒。”重轨，重蹈覆辙。

㊷《后汉书·马援传》叙援子廖上疏明德皇后，引长安谚语：“城中好广眉，四方目半额。”这里用眉阔半额，比喻史志著录书目将占全书很大篇幅。

㊸宋孝王曾任北齐北平王文学，增扩其《别录》，改书名为《关东风俗传》。见《北齐书》。

㊹雠校之司：主管校对文字的官吏。

㊺楷则：法式。

㊻这两句出自《左传·昭公二十年》。这里引喻私家撰著书目的优点也应重视。菅（jiān，音尖）蒯（kuǎi，音㧟），都是多年生草本植物。

㊼诬：欺罔，欺骗。

㊽“麒麟斗”二句：语出《淮南子·天文训》，是古人对日月蚀和彗星出的解释。

㊾河变：指黄河清。《拾遗记》：“丹邱千年一烧，黄河千年一清。”朽壤：坏土层。《左传·成公五年》有“山有朽壤而崩”之句。

㊿马总《意林》引《正书》曰：“太岁在酉，乞浆得酒；太岁在巳，贩妻鬻子。”谓灾有自然之理。太岁，岁星，即木星。古代方士术数以太岁所在为凶方。

51《太平御览》卷三二八引《太公兵法》：“武王使散宜生卜伐殷，钻龟，龟不兆，下占于地数蓍，蓍交而折。……太公退曰：……龟者枯骨，蓍者折草，何足以辨吉凶？”

52刘裕镇压孙恩、卢循起义，军行至左里，麾竿断折，旗沉江中。刘裕则以不祥之兆，为誓师之辞，士气大振，卢循败走。

53六国前凉主张重华以谢艾为中坚将军，率军击后赵石虎将麻秋。军出振武，有二枭鸣于军营，遂大败麻秋。见《晋书·张轨传》。

54贾谊为长沙傅三年，有鹏鸟飞入谊舍。鹏形似枭，不祥之鸟，乃作《鹏鸟赋》以自宽。不久，文帝思谊，征之入朝。见《汉书·贾谊传》。

55著象：显露的征象。钟：聚。

56休咎：吉凶。

57儒者：指董仲舒、刘向等。《洪范》：《尚书》篇名。汉儒的“天人感应”说，常以此为立论根据，如刘向著有《洪范五行传论》。

58秦始皇三十六年，郑客从关东行至华阴，望见素车白马自华山上下，持璧予客，曰：“为我遗（赠）滈池君（水神），今年祖龙死。”语毕忽不见。郑客献璧，即始皇二十八年过江时所沉。见《汉书·五行志中之上》。

59西汉昭帝元凤三年（前78），上林苑内枯柳断仆而自起复活。有虫食其叶成文：“公孙病已当立。”不久，宣帝（初名病已，后改询）即位。见《汉书·五行志中之下》。

60汉哀帝建平四年，长安、郡国百姓聚会，歌舞祭祀西王母。又传递书简称，西王母告百姓，佩此书者可不死，如不信，可观看门轴下当有白发。不久，哀帝崩，成帝母王太后（即元后）临朝干政。

61汉成帝时民谣：“邪径败良田，谗口乱善人。桂树华不实，黄雀巢其颠。故为人所羡，今为人所怜。”意谓汉祚已绝，新都侯王莽将篡位。桂色赤，汉德火，颜色相应。王莽则自谓黄。谶（chèn，音衬），预言。

62蜚蜮蝝螽：谓将有害虫出现，但不为灾。蜚，恶臭之虫。蜮，传说一种能含沙射人至死的水虫。蝝（yuǎn，音元），小蝗虫。螽（zhōng，音中），螽斯，蝗类害虫。

63旱雩（yú，音于）舛候：谓天旱求雨，节候错乱。雩，祭祀求雨。

64螟螣（téng，音滕）：食禾苗的蝗属害虫。秦人归禭（suì，音岁）：《左传·文公九年》：“秦人来归僖公、成风之禭，礼也。”此时秦已强大，赠送僖公、成风（鲁庄公妾）的助丧衣被，尽追吊之礼，以示尊鲁。

㊺诸侯即位，天子赐命。鲁文公初即位，周襄王派毛伯卫前来赐给文公策命。见《左传·文公元年》。

㊻春秋时期，滕侯曾朝鲁五次，邾子朝鲁七次，晋聘问鲁十一次，楚聘问鲁三次。

㊼恒事：常事。咎征：凶险的征兆。昊（hào，音浩）穹：苍天。垂谪：谴责。垂，自上施于下，敬词。

㊽探赜（zé，音责）索隐：探索深奥的道理，搜寻隐秘的事迹。语出《周易·系辞上》。

㊾宋氏百篇：指沈约《宋书》一百卷。年唯五纪：南朝刘宋仅历六十年，十二年为一纪，故称年唯五纪。

㊿《拾遗》、《语录》：《宋拾遗》十卷，梁少府卿谢绰撰。《宋齐语录》十卷，孔思尚撰。

㉑《经传集解》：即《隋书·经籍志》著录之杜预《春秋左氏经传集解》三十卷。

㉒罗灾眚（shěng，音省）：罗列灾祸。

㉓王札子杀召伯、毛伯事，在《左传·宣公十五年》。董仲舒附会为成公时，未达其说。

㉔据《左传》，昭公九年，陈灾。董仲舒以为楚严王为陈讨夏征舒（陈大夫），因灭陈。陈之臣子毒恨，故致火灾。按：楚严王之灭陈在宣公十一年。昭公九年所灭者，乃楚灵王时。

㉕据《左传》，桓公三年日蚀。京房《易传》以为后楚严王，兼地千里。按：楚自武王即僭号，历文、成、穆三王，始至于严，相隔四世。又，鲁桓薨后，世历严、闵、厘、文、宣，凡五君，而楚严作霸，与桓公三年日蚀无关。荆国，即楚国。

㉖《书序》曰：“伊陟相太戊（商王），亳有桑谷共生。”刘向以为殷道衰，高宗（武丁）尽居丧之哀，天下应之。既获显荣，怠于政事，而国将危亡，故桑谷之异见。”按：桑谷自太戊时生，非高宗时之事。高宗又本不都于亳（今河南商丘北）。桑谷，古时迷信以桑、谷二木生于朝为不祥之兆。谅阴，天子居丧之称。也作谅闇

㉗鲁成公十七年六月日蚀。晋厉公诛四大夫，四大夫欲杀厉公。后莫敢责大夫，六卿遂相勾结专晋，国君还事之（反倒事臣）。按：鲁成公十七年十二月日蚀，而非六月。

㉘春秋鲁大夫孟孙（仲孙）、叔孙、季孙，都是鲁桓公的后代，故称三桓。文公死后，杀子赤，立宣公。按：僖公末年，乃“文公末世”之误。见《汉书·五行志中之下》。

㉙移的（dì，音地）就箭：不是拿箭瞄准靶子，而是移动靶子来将就箭。意在讽刺《五行志》所载汉儒之说未免牵强。

㉚掩耳盗钟：语出《淮南子·说山训》，比喻自欺欺人。

㉛“后生可畏”二句：出自曹丕《与吴质书》。后生可畏，谓青年人可以超越先辈，他们是值得敬畏的。难诬，难以欺骗。

㉜题目庶类：品评众类。莒（jǔ，音举）为大国：鲁襄公二十四年秋，大水。刘向以为是襄公慢邻国，因此邾伐其南，齐伐其北，莒发其东。邾、莒小国，与齐同称强大，所以知几这样说。见《汉书·五行志中之上》。

㉝《汉书·五行志中之下》：“（鲁）定公元年陨霜杀菽（大豆）。”董仲舒以为菽是草中之强者，天戒若曰：加诛于强臣。是时季氏逐昭公死于外，定公得立。

㉞《汉书·五行志中之上》称，汉昭帝时有鹈鹕，或名青鹭，集昌邑王殿下，王使人射杀之。刘向以为水鸟色青，青乃祥瑞之兆。

㉟负蠜（fán，音凡）：虫名，又名草螽。《尔雅·释虫》：“草螽，负蠜。”按：负蠜，中国所生，不独出南越。

㊱鸜鹆（qúyù，音渠玉）：俗称八哥。《左传·昭公二十五年》：“鸜鹆来巢。”刘向以为夷狄之鸟，失考。

㊲殚（dān，音丹）论：详尽论述。

㊳桓公三年，日蚀。董仲舒以为鲁、宋杀君，易许田。京房以为后楚严称王，兼地千里。

㊴《左传·庄公七年》：“夏，恒星不见，夜明也。星陨如雨，与雨偕也。”刘向以为夜中者，中国也。刘歆以为昼象中国，夜象夷狄。

㊵彪、绪、约、显……竞志五行：指司马彪《续汉书·五行志》，臧荣绪括束两晋史事为《晋书》，兼有纪、录、志、传，沈约《宋书》，萧子显《南齐书·五行志》。

㊶理绝河汉：本于《讲理子·逍遥游》：“吾惊怖其言，犹河汉而无极也。”比喻言论迂阔失实。河汉，银河。

㊷《左传·昭公十八年》：“夏五月……宋、卫、陈、郑皆火（火灾）。裨灶曰：‘不用吾言，郑又将火。’子产曰：‘天道远，人道迩，……灶焉知天道?’郑不祭火除灾，也没再发生火灾。

㊸《左传·昭公七年》：“晋侯谓伯瑕（即士文伯）曰：‘吾所问日食，可常乎?’对曰：‘不可。’”

㊹梓慎之占星象：故事见《左传·昭公十七年》。

㊺赵达之明风角：三国吴人赵达，善于占算吉凶隐伏。风角，古占候之术，即候四方四隅之风，以占吉凶。

㊻据《后汉书·方术传》，单飏精通天文算术。汉灵帝熹平末年，黄龙出现于谯郡。单飏说：“其国当有王者兴。不及五十年，龙当再现。其年冬，魏受禅。”

㊼晋人董养，因洛阳城东北角地陷，有二鹅出，认为是晋将乱的征兆，便与妻荷担入蜀。见《晋书·隐逸传》。

⑱孔子论知：引文见《论语》的《述而》、《子路》、《为政》等篇。

⑲驷不及舌：语出《论语·颜渊》。谓说话当慎重，否则难以收回。

⑩⓪触类则长（zhǎng，音掌）：碰上同类事物加以扩大。《周易·系辞上》："引而伸之，触类而长。"长，增益，扩大。

⑩①相貌、骨法：《史记·淮阴侯传》："贵贱在于骨法，忧喜在于容色。骨法，旧指人的骨相。

⑩②痾瘵（ēzhài，音讹债）：疾病。

⑩③砭灼：针灸，谓以针刺或以艾灸。

⑩④身名："身谓人形，名谓天象。"

⑩⑤𬨎（yóu，音由）轩之使：指汉代通使西域的使节张骞等。𬨎轩，古代使臣乘坐的轻车。

⑩⑥炎运：五行家认为汉以火德统治天下。这里代指汉朝。

⑩⑦《尔雅》释物：即释草、木、虫、鱼、鸟、兽等篇。

⑩⑧刘向《洪范》：指刘向《洪范五行传论》。

⑩⑨刘歆《七略》：包括《辑略》、《六艺略》、《诸子略》、《诗赋略》、《六书略》、《术数略》、《方技略》。

⑪⓪许负《相经》：西汉温县妇人，曾给周亚夫相过面，有《相经论》三卷。扬雄《方言》：西汉扬雄有《方言》十三卷。

⑪①"京邑翼翼"二句：出自《诗经·商颂·殷武》。谓商都气象雄伟，为四方标准。

⑪②千门万户：形容屋宇广大或人户众多。这里指唐朝京都长安。

⑪③兆庶：兆民，百姓。

⑪④虎踞龙蟠："钟山龙盘，石头虎踞。"（张勃《吴录》引虞溥《江表传》）形容建业（今南京）的地势险要雄伟。

⑪⑤表其尊极：显示其极度尊严。

⑪⑥土阶卑室：房屋简陋。

⑪⑦好约者所以安人：喜好节俭的统治者用来安抚百姓。

⑪⑧阿房：秦始皇宫名。未央：汉宫名。

⑪⑨轨仪：法则，仪制。

⑫⓪北齐文宣帝高洋，于天保九年，在邺下（今河北临漳北）营建三台，改曹魏铜雀为金凤，金兽为圣应，水井为崇光。东魏北齐均都于邺下，故云诵魏都以立宫。见《北齐书·文宣纪》。

⑫①北魏孝文帝，于太和十七年（493）决定迁都洛阳，并派遣蒋少游赴南齐都城建业（今南京），摹绘其宫苑建筑图样。见《魏书·孝文帝纪》。代国，北魏初期国号。树阙，营建宫阙。

⑫②"经始之义"二句：意谓营建都城之始，择都以建宫室宗庙。

⑫③晋、宋：东晋和刘宋。金陵：今南京。魏：北魏。伊、瀍：入洛之伊河、瀍涧，代指洛阳。漳、滏：漳河、滏水，代指邺城。

⑫④隋氏二世：指隋文帝杨坚，炀帝杨广。两都：东都洛阳，西都大兴（长安）。

⑫⑤缟纻：白绢和纻麻布。枲（xǐ，音洗）：大麻。

⑫⑥百蛮攸税：各少数民族所纳的贡赋。攸，所。

⑫⑦《尚书·夏书》有《禹贡》一篇。

⑫⑧《王会》：《逸周书》篇名。

⑫⑨九牧之鼎：夏朝用九州贡金铸成的饰有物象的大鼎。

⑬⓪《山海经》有《大荒东经》、《大荒南经》、《大荒西经》、《大荒北经》，故云四荒之经。

⑬①宾：归顺，服从。

⑬②邛竹传节：邛竹杖以节为奇，故曰传节。

⑬③蒟（jǔ，音举）酱流味：蒟酱味美可佐食。以上二句出左思《蜀都赋》。蒟，植物名。果实名蒟子，可作酱以佐食，故称蒟酱。

⑬④大宛：汉代西域国名，其国产良马。

⑬⑤条支：西域国名。条支盛产大雀，其卵如瓮。

⑬⑥王：朝谒天子。

⑬⑦任土作贡："任其土地所有，定其贡赋之差。

⑬⑧计吏：掌管山林池泽税赋的官吏。

⑬⑨职方：官名，掌管地图和四方的职责。

⑭⓪余庆：大福。钟：聚。

⑭《左传·昭公十七年》：郯国国君来鲁国朝见。宴会上，叔孙昭子问他：贵国为何用鸟名作官名。郯君答道：我远祖少皞氏挚立为帝王时，凤凰恰好飞临，所以用鸟名作官名。孔子听说后，拜见郯君则向他学习。孔公，孔子。

⑭晋大夫荀跞朝周，籍谈任副使。周景王责备晋国不献特产。籍谈答道："晋居深山，戎狄之与邻，而远王室。……拜戎不及，其何以献器?"景王又责问谈的高祖籍黡掌管晋国官书，谈应熟悉晋与周的关系史，并讥讽籍谈"数典而忘其祖"。见《左传·昭公十五年》。姬，周王族姓。姬后，姬姓后裔。

⑭《世本》：先秦史书。已佚。式辨诸宗：辨识各同姓世系。式，语首助词。

⑭三闾：楚国的屈、景、昭三大宗族贵族，掌管这三族的官名三闾大夫。屈原曾任此官。

⑭晚叶：近代的意思。谱学：即高门世族的家史。

⑭雍：雍州，今陕西地区，这里指曹魏统治中心。豫：豫州，今河南地区，这里指刘备任豫州牧的根据地。

⑭世胄（zhòu，音宙）：犹世家，贵族的子孙。

⑭蕃衍：繁盛众多。

⑭永嘉：晋怀帝年号（307—312）。东渡：指晋政权从洛阳迁都建业。

⑮"代氏南迁"二句：北魏孝文帝迁都洛阳，诏令改为汉族姓氏，使用汉语，学习汉族文化。夏，华夏，汉族。

⑮中朝：指跟随西晋政权南迁的中原地区世族大家。江左：指江南土著族姓。

⑮文轨大同：统一了礼乐制度。

⑮江外：江南，指南朝诸政权。山东：指北朝诸政权。

⑮人物殷凑：有才德的人很多。殷凑，众多。

⑮高门：富豪之家。素族：普通氏族。

⑮休文《宋籍》：沈约《宋书》。沈约，字休文。

⑮伯起《魏篇》：魏收《魏书》。魏收，字伯起。

⑮建国：建都。

⑮恒所：固定地址。

⑯《三辅典》：疑即《三辅黄图》。三辅，京城及其附近地区。

⑯《通志·六艺略》著录邓世隆《东都记》三十卷。

⑯《南徐州记》：南朝宋山谦之撰，一卷。《晋宫阙名》：或即见于《北堂书钞》的《晋宫阁记》。

⑯《洛阳伽蓝记》：北魏羊衒之撰。伽（qié，音茄）蓝，梵语译音，佛寺。《邺都故事》：无考。亦或晋陆翙《邺中记》。

⑯谱牒：记述氏族或宗族世系的书。

⑯东汉赵岐，就东汉三辅之地人物，定其贤愚善否（音匹，恶），撰成《三辅决录》。

⑯晋人挚虞，鉴于汉以后姓氏谱牒多散失，便广搜族姓谱牒，撰成《族姓昭穆》十卷。

⑯两王《百家谱》：指南朝齐王俭《百家集谱》及梁王僧孺《百家谱》、《百家谱集钞》。

⑯《新唐书·艺文志》著录北魏《方思格》一卷。

⑯三国时吴将沈莹，撰《临海水土异物志》（或作《临海水土志》）。临海，郡名（今浙江绍兴东），领五县。

⑰《阳羡风土》：晋人周处撰。阳羡（今江苏宜兴南），周处故乡。

⑰南齐陆澄，曾汇集百六十家之说，撰成《地理书》百四十九卷。

⑰北魏郦道元，鉴于桑钦（或郭璞）《水经》粗略，为之作注，撰成《水经注》四十卷。

⑰奚：为何。患：忧虑，担心。

⑰涉海求鱼，登山采木：两句出自葛洪《抱朴子·钧世》："古书虽多，未必尽美，要当以为学者之山渊，使属笔者采伐渔猎其中。"

⑰渔人：捕鱼的人。匠者：伐木工人。

史通卷之四

内　篇

论赞第九

《春秋左氏传》每有发论，假君子以称之[①]。二《传》云公羊子、谷梁子，《史记》云太史公。既而班固曰赞，荀悦曰论，《东观》曰序[②]，谢承曰诠[③]，陈寿曰评，王隐曰议，何法盛曰述，常璩曰课[④]，刘炳曰奏[⑤]，袁宏、裴子野自显姓名[⑥]，皇甫谧、葛洪列其所号[⑦]。史官所撰，通称史臣。其名万殊，其义一揆[⑧]。必取便于时者，则总归论赞焉。

夫论者所以辨疑惑[⑨]，释凝滞[⑩]。若愚智共了，固无俟商榷。丘明"君子曰"者，其义实在于斯。司马迁始限以篇终，各书一论。必理有非要，则强生其文[⑪]，史论之烦，实萌于此。夫拟《春秋》成史，持论尤宜阔略[⑫]。其有本无疑事，辄设论以裁之，此皆私徇笔端[⑬]，苟炫文彩[⑭]，嘉辞美句，寄诸简册，岂知史书之大体，载削之指归者哉[⑮]？

必寻其得失，考其异同，子长淡泊有味，承祚偄缓不切[⑯]，贤才间出，隔世同科。孟坚辞惟温雅[⑰]，理多惬当。其尤美者，有典诰之风[⑱]，翩翩奕奕[⑲]，良可咏也。仲豫义理虽长[⑳]，失在繁富。自兹以降，流宕忘返，大抵皆华多于实，理少于文，鼓其雄辞，夸其俪事[㉑]。必择其善者，则干宝、范晔、裴子野是其最也，沈约、臧荣绪、萧子显抑其次也，孙安国都无足采[㉒]，习凿齿时有可观[㉓]。若袁彦伯之务饰玄言[㉔]，谢灵运之虚张高论[㉕]，玉卮无当[㉖]，曾何足云[㉗]！王劭志在简直[㉘]，言兼鄙野，苟得其理，遂忘其文。观过知仁[㉙]，斯之谓矣。大唐修《晋书》，作者皆当代词人，远弃史、班，近宗徐、庾[㉚]。夫以饰彼轻薄之句，而编为史籍之文，无异加粉黛于壮夫，服绮纨于高士者矣。史之有论也，盖欲事无重出，文省可知。如太史公曰：观张良貌如美妇人；项羽重瞳[㉛]，岂舜苗裔。此则别加他语，以补书中，所谓事无重出者也。又如班固赞曰：石建之浣衣，君子非之[㉜]；杨王孙裸葬[㉝]，贤于秦始皇远矣。此则片言如约，而诸义甚备，所谓文省可知者也。及后来赞语之作，多录纪传之言，其有所异，唯加文饰而已。至于甚者，则天子操行，具诸纪末，继以论曰，接武前修[㉞]，纪论不殊，徒为再列。

马迁《自序传》后，历写诸篇，各叙其意。既而班固变为诗体，号之曰述。范晔改彼述名，呼之以赞。寻述赞为例，篇有一章[㉟]，事多者则约之使少，理寡者则张之令大，名实多爽，详略不同。且欲观人之善恶，史之褒贬，盖无假于此也[㊱]。然固之总述，合在一篇，使其条贯有序，历然可阅。蔚宗《后书》[㊲]，实同班氏，乃各附本事，书于卷末，篇目相离，断绝失次。而后生作者，不悟其非，如萧、李《南、北齐史》[㊳]，大唐新修《晋史》，皆依范《书》误本，篇终有赞。夫每卷立论，其烦已多，而嗣论以赞，为黩弥甚[㊴]。亦犹文士制碑，序终而续以铭曰；释氏演法[㊵]，义尽而宣以偈言[㊶]。苟撰史若斯，难以议夫简要者矣。

至若与夺乖宜[㊷]，是非失中[㊸]，如班固之深排贾谊，范晔之虚美隗嚣[㊹]，陈寿谓诸葛不逮管、萧[㊺]，魏收称尔朱可方伊、霍[㊻]，或言伤其实，或拟非其伦[㊼]。必备加击难[㊽]，则五车难尽[㊾]。故略陈梗概，一言以蔽之。

①《左传》在记述史事结尾处，常引录“君子曰”作品评。

②《东观汉记》邓禹、吴汉两传论，首标“序曰”。

③谢承：三国吴人，著有《后汉书》一百三十卷。

④常璩《华阳国志》始有“譔曰”的论赞体。常璩，字道将，成汉江原人。

⑤刘炳：字延明，北魏人，著有《三史略记》八十四卷。

⑥袁宏：字彦伯，晋朝人，撰《后汉纪》三十卷。裴子野：梁武帝时官至中书侍郎，著有《宋略》

⑦皇甫谧（mì，音密）：字士安，晋朝人，著有《帝王世纪》、《列女传》、《高士传》等。葛洪：字稚川，自号抱朴子，因以名书。与干宝友善，著述甚富。

⑧一揆（kuí，音葵）：一个道理。

⑨所以：用来。

⑩凝滞：淤滞不通。

⑪则强生其文：却勉强增加一段论赞。

⑫阔略：简要。

⑬私徇笔端：意谓将个人意愿注诸笔端。

⑭苟炫文采：轻率地炫耀文彩。

⑮载削之指归：撰修史书的宗旨。

⑯承祚：陈寿字。偄（ruǎn，音软）缓不切：委婉从容。切，急迫。

⑰孟坚：班固字。温雅：和易高雅。

⑱典诰之风：形容文章风格典雅恢宏。典，指《尚书》的《尧典》、《舜典》。诰，指《大诰》、《康诰》之类。

⑲翩翩奕（yì，音义）奕：形容《汉书》文辞优美富艳。

⑳仲豫：荀悦字。

㉑“鼓其雄辞”二句：意谓力逞其雄辩之辞，显示其骈俪能事。

㉒孙安国：名盛，晋朝人。著有《魏氏春秋》、《晋阳秋》。

㉓习凿齿：字彦威，晋朝人。著有《汉晋春秋》

㉔彦伯：袁宏字。玄言：深奥之言。

㉕谢灵运：谢玄孙，袭封康乐公。奉宋武帝之命修撰《晋书》，“粗立条流，书竟不就”。

㉖玉卮（zhī，音支）无当：谓玉杯虽贵重，无底则无用。《韩非子·外储说右上》：“夫瓦器至贱也，不漏，可以盛酒。虽有乎千金之玉卮，至贵，而无当，漏，不可盛水，则人孰注浆哉?”

㉗曾：复，更。

㉘这句说王劭《齐志》“志存实录”。

㉙《论语·里仁》：“观过（考察一个人的过失），斯知仁矣（就知道他有无仁德）。”

㉚宗：效法。徐、庾：徐陵、庾信，南北朝后期著名骈文家，二人齐名，其文号徐庾体。

㉛重瞳：双瞳仁。

㉜《汉书·石建传·赞》：“石建之浣衣，……君子讥之。”是因有失大臣体面。

㉝汉代杨王孙主张裸葬，临终嘱其子云：“吾欲裸葬，以反吾真，必无易（改变）吾意!”孔子赞其“贤于秦始皇远矣”（见《论语·子路》）。

㉞接武：脚步前后相接，即赓续其事。武，足迹。

㉟篇有一章：述赞分缀自此始。

㊱假：借助。

㊲蔚宗《后书》：即范晔《后汉书》。范晔，字蔚宗。

㊳萧、李《南、北齐史》：梁萧子显《南齐书》、唐李百药《北齐书》。

㊴为黩（dú，音读）弥甚：更加烦琐冗滥。

㊵释氏演法：佛教宣讲佛法。

㊶偈（jì，音计）言：佛家吟唱的词句。偈，梵语偈陀之省。

㊷与夺：或取或舍。乖宜：或乖谬或正确。

㊸失中（zhōng，音众）：或失理或中理。

㊹隗（wěi，音伟）嚣：东汉人。政治上反复无常，依违屡变。

㊺《三国志·蜀志·诸葛亮传·赞》："诸葛亮之为相也，可谓识治之良才，管（仲）、萧（何）之亚匹（不相上下）矣。然连年动众，未能成功，盖应变将略，非其所长与！"

㊻魏收在《魏书·尔朱荣传》中，称颂尔朱荣（因功，累拜天柱大将军）可比伊尹、霍叔（周武王之弟，名处，封于霍，称霍叔）。

㊼拟非其伦：比喻不伦不类的意思。

㊽必备加击难（nàn，音男去声）：定要完全加以抨击责难。

㊾五车难尽：写很多书也难以尽述。五车，言书之多。《庄子·天下》："惠施多方（学术广博），其书五车。"

序例第十

孔安国有云：序者，所以叙作者之意也。窃以《书》列典谟，《诗》含比兴，若不先叙其意，难以曲得其情①。故每篇有序，敷畅厥义②。降逮《史》、《汉》，以记事为宗，至于表、志、杂传，亦时复立序③。文兼史体，状若子书，然可与诰誓相参，风雅齐列矣。迨华峤《后汉》，多同班氏。如《刘平》、《江革》等传④，其序先言孝道，次述毛义养亲。此则《前汉·王贡传》体⑤，其篇以四皓为始也⑥。峤言辞简质⑦，叙致温雅⑧，味其宗旨，亦孟坚之亚欤⑨？爰洎范晔⑩，始革其流，遗弃史才，矜炫文彩⑪。后来所作，他皆若斯。于是迁、固之道忽诸⑫，微婉之风替矣⑬。若乃《后妃》、《列女》、《文苑》、《儒林》，凡此之流，范氏莫不列序。夫前史所有，而我书独无，世之作者，以为耻愧。故上自《晋》、《宋》，下及《陈》、《隋》，每书必序，课成其数⑭。盖为史之道，以古传今，古既有之，今何为者？滥觞肇迹⑮，容或可观；累屋重架⑯，无乃太甚⑰？譬夫方朔始为《客难》⑱，续以《宾戏》、《解嘲》⑲；枚乘首唱《七发》⑳，加以《七章》、《七辩》㉑。音辞虽异㉒，旨趣皆同㉓。此乃读者所厌闻，老生之恒说也㉔。

夫史之有例㉕，犹国之有法。国无法，则上下靡定㉖；史无例，则是非莫准㉗。昔夫子修经㉘，始发凡例㉙；左氏立传，显其区域㉚。科条一辨，彪炳可观㉛。降及战国，迄乎有晋，年逾五百，史不乏才，虽其体屡变，而斯文终绝㉜。唯令升先觉㉝，远述丘明，重立凡例，勒成《晋纪》。邓、孙已下㉞，遂蹑其踪㉟。史例中兴，于斯为盛。若沈《宋》之志序㊱，萧《齐》之序录㊲，虽皆以序为名，其实例也㊳。必定其臧否，征其善恶㊴，干宝、范晔，理切而多功，邓粲、道鸾，词烦而寡要㊵，子显虽文伤蹇踬㊶，而义甚优长。斯一二家，皆序例之美者。夫事不师古，匪说攸闻㊷，苟模楷曩贤㊸，理非可讳㊹。而魏收作例，全取蔚宗㊺，贪天之功以为己力㊻，异夫范依叔骏㊼，班习子长。攘袂公行，不陷穿窬之罪也㊽？盖凡例既立，当与纪传相符。按皇朝《晋书》例云："凡天子庙号㊾，唯书于卷末。"依检孝武崩后，竟不言庙曰烈宗㊿。又按百药《齐书》例云："人有本字行者，今并书其名。"依检如高慎、斛律光之徒，多所仍旧，谓之仲密、明月[51]。此并非言之难，行之难也[52]。又《晋》、《齐》史例皆云："坤道卑柔，中宫不可为纪[53]，今编同列传，以戒牝鸡之晨[54]。"窃惟录皇后者既为传体，自不可加以纪名。二史之以后为传，虽云允惬[55]，而解释非理[56]，成其偶中[57]。所谓画蛇而加足，反失杯中之酒也[58]。

至于题目失据，褒贬多违，斯并散在诸篇，此可得而略矣。

---

①曲得其情：语出《淮南子·说林训》。谓曲折委婉地表达修史情义。

②这两句指《尚书》篇《序》、《诗经》章《序》。敷畅，铺叙发挥。厥，其，指示代词。

③时复：往往。

④《后汉书》卷六十九，有刘平与江革的合传。刘平于更始天下乱时，曾扶母避难。江革少失父，遭乱负母避难。

⑤《汉书》卷七二中，有王吉与贡禹的合传。《后汉书》，刘、江等孝义合传序末李贤《注》云："自此以上，并华峤之词

也。”

⑥四皓：即商山四皓。汉初商山四个隐士，名东园公，绮里季、夏黄公、角里先生。四人须眉皆白，故称四皓。

⑦简质：简洁质朴。

⑧叙致：文章风格。

⑨这句谓仅次于班固。《文心雕龙·史传篇》亦云：“若司马彪之详实，华峤之准当，则其冠也。”

⑩爰：语端助词。洎（jì，音计）：及，至。

⑪矜炫：自负炫耀。

⑫忽诸：突然断绝。诸，助词。

⑬微婉：精妙委婉。替：衰微。

⑭课成其数：依先例凑足数目。

⑮滥觞：江河发源的地方。这里是起源的意思。肇（zhào，音照）迹：开创，创始

⑯累（lěi，音垒）屋重（chóng，音虫）架：叠床架屋，比喻重复累赘。

⑰无乃：岂不是，反诘词。

⑱东方朔因被汉武帝视为俳优（伶人），故作《答客难》以揭露君主不尊重人才。

⑲班固为表达不从政，而决心继承父彪撰著汉史的意愿，特作《答宾戏》一文。扬雄因被人讥为迂阔无能，便作《解嘲》以舒怀。

⑳西汉著名文学家枚乘作《七发》，以劝戒贵族子弟不能“久耽安乐，日夜无极”。

㉑《七章》：作者无考。《七辩》：张衡十九岁的作品，而“结采绵靡”（刘勰语），为世所称。

㉒音辞：指语言形式。

㉓旨趣：宗旨及意义。

㉔老生之恒说：老书生常常讲的话，没有什么新意。恒，常，经常。

㉕例：凡例，即通例、章法。

㉖靡定：没有一定准则。靡，无。

㉗是非莫准：是非失去标准。

㉘夫子修经：指孔子修《春秋》。

㉙发：创立。凡例：指孔子修《春秋》时所拟定的属辞、比事的章法。

㉚这两句是说，左丘明为《春秋》作传，既能阐幽发微，又能表现其规范，不失其义例。

㉛科条一辨，彪炳可观：意谓科条完全分辨清晰，文彩焕发而有魅力。科条，法令条规。《公羊》学家谓《春秋》书法有三科九旨之说，即在三段中包含着九种意思。

㉜斯文终绝：是说《左传》之后，修撰史书的条例被人淡忘。

㉝令升：干宝字。干宝《晋纪》，已佚，其《凡例》无考。

㉞邓、孙：邓粲、孙盛。邓粲，东晋人，高洁博学。著有《元明纪》和《老子注》。孙盛，字安国，晋朝人。著有《魏氏春秋》、《晋阳秋》。

㉟蹑（niè，音聂）踪：追踪，即追随其后而学之。

㊱沈约《宋书》，其《志序》、《律》合一卷。《志序》则是全《志》之《总序》。

㊲萧子显《南齐书》的《良政》、《高逸》、《孝义》、《倖臣》诸传都有《序》，只有《文学传》无《序》。

㊳这句是说，史书例之为体，晋后复兴。

㊴“必定其臧否（zāngpǐ，音脏匹）”二句：定要确定其褒贬，证明其善恶。

㊵道鸾：檀道鸾，字万安，南朝宋人。曾任国子博士、永嘉太守。著《续晋阳秋》二十卷。

㊶蹇踬（jiǎnzhì，音检至）：滞涩不畅。

㊷《尚书·说命下》：“事不师古，以克永世，匪说攸闻。”意谓建功业不以古为法，而国家能长治久安，是我傅说所未听说过的。说（yuè，音月），傅说，相传曾筑于傅岩之野，商高宗武丁举以为相，出现殷中兴的局面。因是说于傅岩，故命为傅姓，号傅说，并作《说命》以赞颂。攸，所。

㊸模楷曩（nǎng，音攮）贤：以先贤为榜样。曩，从前。

㊹理非可讳：意谓道理自彰而不隐蔽。

㊺“魏收作例”二句：魏收修《魏书》，确曾自拟三十五例。范晔（字蔚宗）、魏收序例内容，均已无从考校。但知几之说，当有所本。

㊻“贪天之功”二句：出自《左传·僖公二十四年》。原意谓把天的功绩，说成是自己的力量。后谓抹杀别人的力量，把功劳算到自己身上。

㊼范依叔骏：谓范晔史书多依傍华峤。叔骏，华峤字。

㊽“攘袂（mèi，音妹）公行”二句：意谓公然剽窃，岂不等同破壁偷盗的罪吗？攘袂，捋起袖子，这里是公然窃取意思。陷，沦为，引申为等同。

㊾庙号：皇帝死后，升祀太庙，追尊为某祖某宗，谓之庙号。

㊿《晋书·孝武纪》，纪末未书其庙号，只有《资治通鉴》题为《烈宗孝武皇帝纪》。

[51]据李百药《北齐书》，高仲密名慎，以字行，斛律明月名光，以字行。

[52]《尚书·说命下》："非知之艰，行之惟艰。"意谓探知道理并不难，而是切实实践难。

[53]坤道卑柔：是说女性地位卑贱性格柔顺。宫中不可为纪：史书不应立《皇后纪》。中宫，皇后住处，这里用为皇后的代称。

[54]《尚书·牧誓》："牝鸡无晨，牝鸡之晨，惟家之索。"意谓母鸡不司晨，母鸡若司晨打鸣，这家必衰落萧索。引喻皇后不得干预国政，于理欠通。

[55]允惬（qiè，音妾）：允当。

[56]解释非理：指用牝鸡不能司晨，比喻皇后不应干预朝政。

[57]偶中（zhòng，音众）：偶然中理。

[58]这里用《战国策·齐策二》画蛇著足的故事，画蛇先成者饮酒，"为蛇足者，终亡（失掉）其酒"。以此比喻《晋齐史例》的解释，实为多此一举。

题目第十一

上古之书，有三坟、五典、八索、九丘[1]，其次有《春秋》、《尚书》、梼杌、志、乘。自汉已下，其流渐繁，大抵史名多以书、记、纪、略为主。后生祖述，各从所好，沿革相因[2]，循环递习[3]。盖区域有限，莫逾于此焉。至孙盛有《魏氏春秋》，孔衍有《汉魏尚书》[4]，陈寿、王劭曰志[5]，何之元、刘璠曰典[6]。此又好奇厌俗，习旧捐新，虽得稽古之宜[7]，未达从时之义。榷而论之，其编年月者谓之纪[8]，列纪传者谓之书[9]，取顺于时，斯为最也。夫名以定体[10]，为实之宾[11]，苟失其途，有乖至理[12]。按吕、陆二氏，各著一书[13]，唯次篇章[14]，不系时月。此乃子书杂记，而皆号曰春秋。鱼豢、姚最著魏、梁二史[15]，巨细毕载，芜累甚多[16]，而俱榜之以略，考名责实[17]，奚其爽欤[18]！

若乃史传杂篇，区分类聚，随事立号，谅无恒规[19]。如司马迁撰皇后传，而以外戚命章[20]。按外戚凭皇后以得名，犹宗室因天子而显称[21]，若编皇后而曰外戚传，则书天子而曰宗室纪，可乎？班固撰《人表》，以古今为目。寻其所载也，皆自秦而往，非汉之事，古诚有之，今则安在？子长《史记》别创八书，孟坚既以汉为书，不可更标书号，改书为志，义在互文[22]。而何氏《中兴》易志为记[23]，此则贵于革旧，未见其能取新。

夫战争方殷，雄雌未决[24]，则有不奉正朔，自相君长。必国史为传，宜别立科条。至于陈、项诸雄[25]，寄编汉籍；董、袁群贼[26]，附列《魏志》[27]。既同臣子之例，孰辨彼此之殊？唯《东观》以平林、下江诸人列为载记[28]。顾后来作者[29]，莫之遵效。逮《新晋》始以十六国主持载记表名[30]，可谓择善而行，巧于师古者矣。观夫旧史列传，题卷靡恒。文少者则具出姓名，若司马相如、东方朔是也。字烦者唯书姓氏，若毌将、盖、郑、诸葛传是也[31]。必人多而姓同者，则结定其数，若二袁、四张、二公孙传是也[32]。如此标格[33]，足为详审。至范晔举例，始全录姓名，历短行于卷中，丛细字于标外，其子孙附出者，注于祖先之下，乃类俗之文案孔目、药草经方[34]，烦碎之至，孰过于此？窃以《周易》六爻[35]，义存象内；《春秋》万国，事具传中。读者研寻，篇终自晓，何必开帙解带[36]，便令昭然满目也。自兹已降，多师蔚宗。魏收因之，则又甚矣。其有魏世邻国编于魏史者，于其人姓名之上，又列之以邦域，申之以职官，至如江东帝主则云僭晋司马叡、岛夷刘裕㊲，河西酋长则云私署凉州牧张寔、私署凉王李暠㊳。此皆篇中所具，又于卷首具列㊴。必如收意，使其撰《两汉书》、《三国志》，题诸盗贼传㊵，亦当云僭西楚霸王项羽、伪宁朔王隗嚣㊶。自余陈涉、张步、刘璋、袁术㊷，其位号皆一一具言㊸，无所不尽者也。

盖法令滋彰㊹，古人所慎。若范、魏之裁篇目，可谓滋彰之甚者乎？苟忘彼大体，好兹小数，难与议夫“婉而成章”，“一字以为褒贬”者矣㊺。

---

①八索、九丘：相传为古代书名。《左传·昭公十二年》：“是能读三坟五典八索九丘。”《疏》引孔安国《尚书序》：“八索乃八卦之说，九丘为九州之志。”

②相因：互相因袭，前后相承。

③递习：顺次更迭，交互学习。

④孔衍：字舒元，晋朝人。通诗书，练识旧典。

⑤王劭：字君懋。北齐时为魏牧幕僚，入周为著作佐郎。著有《齐志》

⑥何之元：南朝陈人。好学有才思，著《梁典》三十卷。刘璠：字宝义，南朝梁著作郎。曾著《梁典》三十卷。

⑦稽古：稽考古道。

⑧纪：指荀悦《汉纪》、袁宏《后汉纪》之类。

⑨书：指《汉书》、《后汉书》之类。

⑩名以定体：书名系依书的体制而定。

⑪《庄子·逍遥游》：“名者实之宾也。”即名是实的宾位。

⑫“苟失其途”二句：意谓若偏离途径，便会违背极正确之理。

⑬吕、陆：吕，指吕不韦，著有《吕氏春秋》。陆，指陆贾，著有《楚汉春秋》。

⑭唯次篇章：按篇章次序编排成书，而不是依年月列史事。

⑮鱼豢（huàn，音幻）：三国时人，曾任魏郎中。撰《魏略》三十八卷。姚最：南朝陈人，姚察之弟。撰《梁后略》十卷。

⑯芜累（léi，音雷）：文辞繁杂累赘。

⑰考名责实：考核书名与实际内容是否相符。

⑱奚其爽欤：名实多么不符啊！爽，差，不符。

⑲谅无恒规：实无固定法则。

⑳命章：作为传的题目。

㉑宗室：皇族。

㉒义在互文：意义只在变换用字。

㉓何氏《中兴》：何法盛《晋中兴书》。

㉔“战争方殷”二句：战争正激烈，胜负未定。殷，盛，引申为激烈。

㉕陈、项：陈胜、项羽。

㉖董、袁：董卓、袁绍、袁术。

㉗《魏志》：《三国志·魏志》，也称《魏书》。

㉘平林、下江：是西汉末年，两部农民起义军称号。公元22年，王常等引一部绿林军西行，号下江兵，平林人陈牧起兵响应，号平林兵。《东观汉记》将其辑入载记类。

㉙顾：连词。表示转折关系，相当于“但是”。

㉚《新晋》：《晋书》为唐初新撰，故当时称《新晋书》。《晋书·载记》凡三十篇。

㉛《汉书》卷七十七是盖（gě，音革）宽饶、诸葛丰、刘辅、郑崇、孙宝、毋将隆等合传。

㉜《三国志·魏志》卷六合传中有袁绍、袁术，卷八合传中有张扬、张燕、张绣、张鲁、公孙瓒、公孙度等。

㉝标格：风范，这里是标题的意思。

㉞文案孔目：公文条目。经方：古代医药方书的统称。

㉟六爻（yáo，音尧）：《周易》把组成卦的一长划或两短划叫爻。“—”是阳爻，“- -”是阴爻。重卦六划，故称六爻。

㊱开帙（zhì，音志）解带：解带打开书套。意谓费事翻书查阅。帙，书套。

㊲司马叡（ruì音锐），瑯琊恭王的觐妃夏侯铜环与晋将牛金私通所生子，冒姓司马，袭封。永嘉之乱，帝被杀，叡即位，是为元帝。《魏书》列传八四篇目作“僭司马叡”。僭，越分称帝王之尊号。刘裕字德舆，早年卖鞋为生。初投靠刘牢之，任参军。桓玄称帝，裕举兵削平玄，控制东晋政权。后胁追恭帝禅位，改国号宋。《魏书》列传卷八五篇目为“岛夷刘裕”。岛夷：南北朝封建统治者各以正统自居，互相诋毁，北朝称南朝为岛夷。

㊳张寔：前凉张轨子。晋元帝时进大都督凉州牧，在位六年，年号建兴。《魏书》列传卷八七篇目为“私署凉州牧张寔”。私署，自封爵位。李暠（gǎo，音搞）：通兵法，习武艺。晋隆安年间，据敦煌、酒泉，自立为凉公。《魏书》列传卷八七篇目为“私署凉王李暠”。

㊴卷首具列：指《魏书》的总目。

㊵诸盗贼：指陈胜、吴广、绿林、赤眉、黄巾等农民起义军及其领袖。

㊶隗（wěi音伟）嚣：依附光武（刘秀）后，封西州大将军；后又称臣于公孙述，为宁朔王。

㊷张步：赤眉、绿林反抗汉政权，他聚地主武装割据一隅，自号五威将军。刘璋：刘备围成都，璋出降，调任于南郡。孙权取荆州，以璋为益州牧。袁术：董卓将废汉献帝，以为后将军。不久，据寿春，领扬州事，僭帝号，自称仲家。

㊸位号：爵位与名号。

㊹《老子》第五十七章：“法令滋彰，盗贼多用。”知几引以斥繁文滋彰，愈加明细。

㊺一字褒贬：晋、杜预《春秋经传集解序》：“春秋虽以一字为褒贬，然皆须数字以成言。”形容记事论人用字措辞严格而有分寸。

断限第十二

夫书之立约[①]，其来尚矣[②]。如尼父之定《虞书》也[③]，以舜为始[④]，而云“粤若稽古帝尧”[⑤]；丘明之传鲁史也，以隐为先[⑥]，而云“惠公元妃孟子[⑦]”。此皆正其疆里，开其首端。因有沿革，遂相交互[⑧]，事势当然，非为滥轶也[⑨]。过此以往，可谓狂简不知所裁者焉[⑩]。

夫子曰：“不在其位，不谋其政[⑪]。”若《汉书》之立表志，其殆侵官离局者乎[⑫]？考其滥觞所出，起于司马氏。按马《记》以史制名，班《书》持汉标目。《史记》者，载数千年之事，无所不容；《汉书》者，纪十二帝之时[⑬]，有限斯极[⑭]。固既分迁之记，判其去取，纪传所存，唯留汉日[⑮]；表志所录，乃尽牺年[⑯]，举一反三，岂宜若是？胶柱调瑟[⑰]，不亦谬欤！但固之踳驳[⑱]，既往不谏[⑲]，而后之作者，咸习其迷[⑳]。《宋史》则上括魏朝[㉑]，《隋书》则仰包梁代[㉒]。求其所书之事，得十一于千百。一成其例，莫之敢移[㉓]；永言其理[㉔]，可为叹息！

当魏武乘时拨乱[㉕]，电扫群雄，锋镝之所交，网罗之所及者，盖唯二袁、刘、吕而已[㉖]。若进鸩行弑[㉗]，燃脐就戮[㉘]，总关王室，不涉霸图[㉙]，而陈寿《国志》引居传首。夫汉之董卓，犹秦之赵高[㉚]，昔车令之诛，既不列于《汉史》，何太师之毙，遂独刊于《魏书》乎[㉛]？兼复臧洪、陶谦、刘虞、孙瓒生于季末[㉜]，自相吞噬。其于曹氏也，非唯理异犬牙，固亦事同风马[㉝]，汉典所具，而魏册仍编，岂非流宕忘归，迷而不悟者也？

亦有一代之史，上下相交，若已见他记，则无宜重述。故子婴降沛[㉞]，其详取验于《秦纪》；伯符死汉，其事断入于《吴书》[㉟]。沈录金行，上羁刘主[㊱]；魏刊水运，下列高王[㊲]。唯蜀与齐各有国史，越次而载，孰曰攸宜[㊳]？自五胡称制，四海殊宅[㊴]。江左既承正朔[㊵]，斥彼魏胡[㊶]，故氐、羌有录[㊷]，索虏成传[㊸]。魏本出于杂种[㊹]，窃亦自号真君[㊺]。其史党附本朝[㊻]，思欲凌驾前作，遂乃南笼典午[㊼]，北吞诸伪[㊽]，比于群盗，尽入传中，但当有晋元、明之时[㊾]，中原秦、赵之代[㊿]，元氏膜拜稽首，自同臣妾[51]，而反列之于传，何厚颜之甚邪！又张、李诸姓，据有凉、蜀[52]，其于魏也，校年则前后不接[53]，论地则参商有殊[54]，何预魏氏而横加编载？

夫《尚书》者，七经之冠冕[55]，百氏之襟袖[56]。凡学者必先精此书，次览群籍。譬夫行不由径[57]，非所闻焉。修国史者，若旁采异闻，用成博物[58]，斯则可矣。如班《书·地理志》，首全写

《禹贡》一篇。降为后书，持续前史。盖以水济水，床上施床[59]，徒有其烦，竟无其用[60]，岂非惑乎？昔春秋诸国，赋诗见意，《左氏》所载，唯录章名[61]。如地理为书，论自古风俗，至于夏世，宜云《禹贡》已详，何必重述古文，益其辞费也[62]？

若夷狄本系种落所兴[63]，北貊起自淳维[64]，南蛮出于槃瓠[65]，高句丽以鳖桥获济[66]，吐谷浑因马斗徙居[67]。诸如此说，求之历代，何书不有？而作之者，曾不知前撰已著，后修宜辍[68]，遂乃百世相传，一字无改。盖骈指在手[69]，不加力于千钧；附赘居身[70]，非广形于七尺。为史之体，有若于斯，苟滥引他事，丰其部帙[71]，以此称博，异乎吾党所闻。

陆士衡有云："虽有爱而必捐[72]。"善哉斯言，可谓达作者之致矣[73]。夫能明彼断限，定其折中[74]，历选自古，唯萧子显近诸。然必谓都无其累[75]，则吾未之许也[76]。

---

①立约：确定范围。

②尚：久古，久远。

③尼父：孔子（字仲尼）。《虞书》：《尚书》的《虞书》、《夏书》的省称。

④以舜为始：陈汉章认为："《史通》当云'以夏为始。'"《尚书》本夏史所记。

⑤粤若：始如。粤，乃，始也。稽古：稽考古道，研习古事。

⑥隐：鲁隐公息姑。《春秋》始自鲁隐公元年（前722)，左丘明依经作传，与之相同。

⑦《左传》在隐公元年前，先述隐公父惠公（弗涅）、嫡母孟子卒，继室声子生隐公等事，此种"交互"，自属"事势当然"。

⑧交互：参合交错。

⑨滥轶：漫溢越限。轶，超过。

⑩狂简不知所裁：意谓志大而疏略于事，不懂得剪裁。《论语·公冶长》："子在陈，曰：'归与！归与！吾党之小子狂简，斐然成章，不知所以裁之。'"

⑪《论语·泰伯》："不在其位，不谋其政。"这里借喻记述史事不应超越其所属范围。

⑫殆：岂，难道。侵官：越犯他人的职权。离局：擅离职守。侵官、离局，均用作比喻。

⑬十二帝：指西汉高祖、惠、文、景、武、昭、宣、元、成、哀、平及孺子婴等。

⑭斯：助词。极：尽，极限。

⑮"既分迁之记"四句：是说《史记》为通古纪传史，所书史事，年止汉武帝，太初之后，缺而不录。《汉书》则只应记载汉代的史事。判，分辨，判别。

⑯这两句指《汉书·古今人表》著录三皇、五帝以次人名，《五行志》首录《洪范》，都超越了汉代范围。

⑰胶柱调瑟：语出《盐铁论·相刺》和《淮南子·齐俗训》。比喻拘泥而不知变通。胶柱，胶住瑟上架弦调音的柱，则音无从调节。

⑱踳（chǔn，音蠢）驳：杂乱。

⑲既往不谏：意谓过去的不能再挽回。语出《论语·微子》。

⑳咸习其迷：都学习其迷失之处。

㉑《宋史》：指沈约《宋书》。魏朝：指曹魏王朝。

㉒《随书》礼仪、音乐两志记事都始于北齐、梁代。

㉓莫之敢移：莫敢移之，没有人勇于更改。

㉔永言其理：久成定理之意。言，语中助词，无义。

㉕魏武：魏武帝曹操。乘时拨乱：把握时机治理世乱。

㉖锋镝（dí，音迪）：兵刃及箭镞，泛指兵器。二袁：袁绍、袁术。刘：刘表，字景升。官渡之战，得踞江、汉。吕：吕布，骁勇善战，号为"飞将"。

㉗进鸩（zhèn，音振）弑君：东汉少帝刘辩（灵帝子），光熹元年（189）即位，不久，被董卓废为王，并用鸩酒毒死。

㉘王允、吕布合谋杀死董卓，暴其尸于市。时天热，卓体肥，脂流于地。守尸吏燃火插入卓脐中，数日始灭。

㉙"总关王室"二句：谓董卓被诛，乃东汉王朝史事，与曹魏无关，不应断入《三国志》。

㉚赵高：秦时宦者。始皇崩于丘沙，他与李斯矫诏赐长子扶苏死，立胡亥为二世皇帝。后又杀二世，立子婴。

㉛车令：中车府令，官名。这里代指赵高。

㉜臧洪：字子源，曾任广陵太守张超郡功曹。天下纷乱，促超起兵讨董卓。后为袁绍所杀。陶谦：曾任徐州刺史，镇压黄巾起义。刘虞：东汉末任幽州牧。孙瓒：即公孙瓒。因诬害刘虞，遭刘虞部属及袁绍军共击，兵败自杀。季末：末世，末代，指东汉末年。

㉝非唯：不但。理异犬牙，事同风马：理既不相制约（"犬牙相制"）；事也风马牛不相及。

㉞子婴降沛：刘邦率军西进，直抵霸上，子婴被迫投降。子婴，秦始皇长子扶苏之子。沛，沛公，刘邦。

㉟伯符：孙策字。官渡之战，策密谋袭击许都，兵未发，被人杀害。《吴书》：即《三国志·吴志》。

㊱依据阴阳五行推算，曹魏以土德王，色尚黄；晋承魏统以金德王，色尚白。但沈约《晋书》却以晋上承蜀汉帝统，与五行不符。羁，牵延，接续。

㊲《魏书·律历志》以元魏属水德，故谓"魏刊水运"。但自孝庄以下诸帝纪，却述及北齐帝王威势。高王，指北齐文宣帝高洋。

㊳越次；不循政权承接次序。攸宜：是恰当的。攸，是，结构助词。

㊴五胡：晋武帝死后，我国北方少数民族，相继建立王朝，旧史称为五胡。称制：行使皇帝权力。殊宅：割据分裂而独霸一方的意思。

㊵江左：指东晋、南朝。正朔：本指帝王历法，这里代指正统。

㊶魏胡：指北魏及五胡。

㊷《宋书》有《氐胡传》，《南齐书》有《氐羌传》。《氐羌录》则为何法盛《晋中兴书》篇名。

㊸《宋书》有《索虏传》，《南齐书》有《虏传》。

㊹杂种：鄙称古代我国北方部族，包括胡及鲜卑族等。

㊺北魏太武帝拓跋焘于440年改年号为太平真君。

㊻党附：偏私。

㊼典午："司马"的隐语，即晋朝的代称。

㊽诸伪：指匈奴、羯、氐、羌、徒河等。

㊾元、明：指东晋元帝司马睿和明帝司马绍。

㊿秦：指氐族苻健前秦、羌族姚苌后秦。赵：指匈奴刘渊前赵、羯族石勒后赵。

51"元氏"二句：谓五胡十六国时期，鲜卑拓跋部还很弱。

52张：指张实。其子骏建国，号前凉。李：指李雄。雄据成都，称帝，建号成，其侄李寿又改号为汉，旧史称成汉。

53"其于魏也"二句：是说前凉、成汉的兴亡，都在北魏道武帝重建国家，改国号为魏（386）之前，《魏书》不应列载其史事。校年，推算政权年月。

54这句说前凉、成汉地处偏远，与魏无关，魏书也不应载其事。参（shēn，音深）商，二星名，参星居西方，商星居东方，出没两不相见，因以喻彼此不相关涉。浦起龙释以上三句："此痛斥《魏书》越载东晋及十六国也。晚出称尊，跨压往代，徒增可丑。"

55七经：指《周易》、《尚书》、《春秋》、《周礼》、《仪礼》、《礼记》、《左传》。冠冕：古代帝王、官吏的帽子，比喻居首位的组成部分。

56襟袖：比喻重要的组成部分。

57行不由径：语出《论语·雍也》。谓行动光明正大不走歪门邪道。径，小路，引申为邪路。

58博物：博识多知，这里是充实内容的意思。

59床上施床：语出《颜氏家训·序致》。比喻内容重复。施，安。

60竟：终。

61《左传》记载各诸侯卿大夫赋诗明志者凡三十一处，一般不录全诗，而只提其章名。

62益其辞费：更增冗赘无用之言。

63种落：部族。

64北貊（mò，音末）：北狄。淳维：匈奴的始祖。

65槃瓠（hú，音胡）：古代神话中人名。

66传说高句丽祖先朱蒙，夫余国人以其为非人所生，谋杀之。朱蒙乃弃夫余东南走，中途遇水，欲渡无桥，追兵将及，而鱼鳖并浮为桥，朱蒙得渡，定居纥升骨城，号高句丽。见《魏书·高句丽传》。

⑰传说辽东鲜卑族人奕落韩，生二子，长吐谷浑，幼若洛廆，各自建成部落。廆因两部落的马相斗，大怒，远逐其兄，自称慕容氏。见《晋书》、《魏书》的《吐谷浑传》。

⑱辍：停止。

⑲骈指：手的大拇指或小拇指旁多生出来的一个手指。

⑳附赘：皮肤上附生的肉瘤。

㉑部帙：部头卷帙。

㉒陆机《文赋》："亦虽爱而必捐。"意谓有所爱必当有所弃。士衡，陆机字。

㉓达：明白，理解。致：旨趣。

㉔折中：无过与不及之意。

㉕累（lěi，音类）：缺陷，误失。

㉖这句是说并不求全责备。许，赞同，承认。

编次第十三

昔《尚书》记言，《春秋》记事，以日月为远近，年世为前后，用使阅之者雁行鱼贯[①]，皎然可寻。至马迁始错综成篇，区分类聚。班固踵武[②]，仍加祖述。于其间则有统体不一[③]，名目相违[④]，朱紫以之混淆[⑤]，冠履于焉颠倒[⑥]，盖可得而言者矣。

寻子长之列传也，其所编者唯人而已矣。至于龟策异物[⑦]，不类肖形[⑧]，而辄与黔首同科[⑨]，俱谓之传，不其怪乎[⑩]？且龟策所记，全为志体，向若与八书齐列，而定以书名，庶几物得其朋，同声相应者矣[⑪]。孟坚每一姓有传，多附出余亲[⑫]，其事迹尤异者[⑬]，则分入他部，故博陆、去病昆弟非复一篇[⑭]，外戚、元后妇姑分为二录[⑮]。至如元王受封于楚[⑯]，至孙戊而亡[⑰]。按其行事，所载甚寡[⑱]，而能独载一卷者，实由向、歆之助耳[⑲]。但交封汉始，地启列藩[⑳]；向居刘末，职才卿士[㉑]。昭穆既疏，家国又别[㉒]。适使分楚王子孙于高、惠之世，与荆、赵并编[㉓]；析刘向父子于元、成之间，与王、京共列[㉔]。方于诸传[㉕]，不亦类乎？

又自古王室虽微，天命未改[㉖]，故台名逃责，尚曰周王[㉗]；君未系颈，且云秦国[㉘]。况神玺在握，火德犹存[㉙]，而居摄建年[㉚]，不编《平纪》之末，孺子主祭[㉛]，咸书《莽传》之中。遂令汉余数岁[㉜]，湮没无睹[㉝]，求之正朔，不亦厚诬[㉞]？当汉氏之中兴也，更始升坛改元[㉟]，寒暑三易。世祖称臣北面，诚节不亏[㊱]。既而兵败长安，祚归高邑，兄亡弟及[㊲]，历数相承。作者乃抑圣公于传内[㊳]，登文叔于纪首[㊴]，事等跻僖，位先不窋[㊵]。夫《东观》秉笔，容或陷于当时[㊶]，后来所修，理当刊革者也[㊷]。

盖逐兔争捷，瞻乌靡定[㊸]，群雄僭盗，为我驱除。是以史传所分，真伪有别，陈胜、项籍见编于高祖之后[㊹]，隗嚣、孙述不列于光武之前[㊺]。而陈寿《蜀书》首标二牧[㊻]，次列先主[㊼]，以继焉、璋。岂以蜀是伪朝，遂乃不遵恒例。但鹏、鷃一也，何大小之异哉[㊽]？

《春秋》嗣子谅闇[㊾]，未逾年而废者，既不成君，故不别加篇目。是以鲁公十二[㊿]，恶、视不预其流[51]。及秦之子婴，汉之昌邑[52]，咸亦因胡亥而得记，附孝昭而获闻[53]。而吴均《齐春秋》乃以郁林为纪[54]，事不师古，何滋章之甚欤[55]！观梁、唐二朝撰《齐》、《隋》两史，东昏犹在[56]，而遽列和年[57]；炀帝未终，而已编恭纪[58]。原其意旨[59]，岂不以和为梁主所立，恭乃唐氏所承[60]，所以黜永元而尊中兴[61]，显义宁而隐大业[62]。苟欲取悦当代[63]，遂乃轻侮前朝。行之一时，庶叶权道[64]；播之千载，宁为格言[65]！

寻夫本纪所书，资传乃显[66]；表志异体，不必相涉。旧史以表志之帙介于纪传之间，降及蔚宗，肇加厘革[67]，沈、魏继作，相与因循[68]。既而子显《齐书》、颖达《隋史》[69]，不依范例，重遵班法。盖择善而行，何有远近；闻义不徙，是吾忧也[70]。

若乃先黄、老而后《六经》[71]，后外戚而先夷狄[72]；老子与韩非并列[73]；贾诩将荀彧同编[74]；《孙弘传赞》，宜居《武、宣纪》末[75]；宗庙迭毁，枉入《玄成传》终[76]。如斯舛谬[77]，不可胜纪。今略其尤甚者耳[78]，故不复一一而详之。

---

①鲍照《代出自蓟北门行》："雁行缘石径，鱼贯度飞梁。"这里引喻史书编纂应条理井然不紊。雁行，群雁相次飞行的行列。鱼贯，鱼群相接而游进。

②踵武：继续前迹，比喻接续。

③统体：全体，这里指体例。

④名目相违：谓篇名与内容相抵牾。

⑤《论语·阳货》："恶紫之夺朱也。"这里用朱紫比喻是非、优劣。

⑥冠履：帽、鞋。

⑦《史记·龟策列传》杂述龟卜之事，全为志体，与人物传记迥异。

⑧不类肖形：本不近似的意思。

⑨黔首：黎民，百姓，这里泛指历史人物。

⑩向宗鲁先生认为："《龟策传》盖记卜筮之人，因及其所用之具。"

⑪同声相应：比喻如乐声相和。

⑫余亲：指传主的兄弟或子孙。

⑬事迹尤异：功业更为卓异。

⑭《汉书》以卫青与霍去病合传。霍光（去病异母弟，封博陆侯），为武、昭、宣帝时重臣，故未附兄传，另与金日磾合传。

⑮《汉书》有《外戚传》、《元后传》。元后，元帝之后，王莽之姑母。其他后妃则入外戚传。

⑯元王：刘交，刘邦同父少弟。

⑰孙戊：刘交之孙刘戊。

⑱载：浦起龙认为"当作'成'"。

⑲这句是说：楚元王刘交与刘向及其子歆合传，元王因刘向父子而显名。

⑳地启列藩：意谓发迹于汉王朝分赐诸侯王的封国。

㉑卿士：官名，位次相当大夫。刘向曾任光禄大夫。

㉒"昭穆既疏"二句：意谓宗族辈分既不相接，封爵也不相袭。

㉓适：宜，应该。高、惠：高祖刘邦，惠帝刘盈。荆、赵：刘邦从父兄刘贾，以功封荆王。高祖子刘友，封为赵王。

㉔王、京：王吉、京房。

㉕方：比拟，相比。

㉖二句谓王朝虽然衰微，但上天的赐命没有改变。《左传·宣公三年》："周德虽衰，天命未改。"

㉗周景王建迻（yí，音移）台（故址在今河南洛阳），周赧（nǎn，音蝻）王因负债而逃居此台，后人因名为逃债台。责，古通"债"。

㉘公元前 207 年 10 月，刘邦率军攻至霸上，秦王子婴被迫乘素车白马，颈系丝带，请降。

㉙神玺：帝王的玉制之印。火德：五行家推定汉王朝为火德，色尚赤，秦为金德，色尚白。火胜金，故汉代秦。

㉚平帝刘衎崩，王莽选立宣帝玄孙刘婴为皇太子，改元居摄。按：《汉书·平帝纪》后，未为孺子婴立纪，只在《王莽传》中以居摄纪年。

㉛主祭：主持宗庙祭祀，即继承君位。

㉜汉余数岁：指孺子婴居摄三年（6）至初始元年（8）。

㉝湮（yīn，音因）没：埋没。

㉞正朔：朝廷颁布的历法。这里代指正统。厚诬：深加欺骗，欺罔太甚。

㉟王莽地皇三年，刘玄在淯阳（今河南南阳南）称帝，改元更始。

㊱世祖：东汉光武帝刘秀庙号。诚节不亏：始终恪守臣节的意思。

㊲刘秀与兄刘伯升同时起兵，与王莽昆阳战后，更始帝企图削夺伯升兵权，诬杀伯升。刘秀在鄗（hào，音号），今河北柏

乡）就帝位，建元建武改鄗为高邑。祚，帝位。

㊳圣公：刘玄字。

㊴文叔：刘秀字。

㊵《左传·文公二年》：鲁国在太庙举行大祭祀，将僖公的位次升到其兄闵公之前。君子认为有失礼制，故汤王不先契（商族始祖帝喾的儿子），文王不先窋（不窋 zhù，音住；周王朝始祖弃的儿子，弃死，继任为王）。

㊶这两句是说：人君多以谄为恭，东汉史臣修本朝史，难免取悦于当时。容或，或许，难免。

㊷刊革：改变。

㊸用《吕氏春秋·慎势》引《慎子》故事和《诗经·小雅·正月》"瞻（瞧着）乌爰止（停下来），于谁之屋"的诗句，比喻群雄争夺帝位尚无分晓。靡定，未定。

㊹见：被。

㊺孙述：公孙述，先自立为蜀王，后即帝位，国号成。

㊻二牧：指益州牧刘焉、刘璋。

㊼先主：刘备。

㊽"鹏鷃"二句：用《庄子·逍遥游》鹌鹑嘲笑大鹏的故事，比喻陈寿不应以蜀小偏安，而变其体例。

㊾谅闇：天子、诸侯居丧之称。

㊿鲁公十二：指春秋时鲁国君主隐、桓、庄、闵、僖、文、宣、成、襄、昭、定、哀十二公。

51《左传·文公十八年》：文公的次妃敬嬴生了宣公。敬嬴受宠，而又私下依靠仲襄。仲襄杀死了太子恶及其弟视，立宣公为国君。故恶、视不预十二公之流。

52扶苏长子子婴，因胡亥而得记。汉武帝李夫人生昌邑哀王刘髆（bó，音伯）。其传附于《昭帝纪》。

53汉昭帝刘弗陵，武帝子。《汉书》有《昭帝纪》。

54郁林王名昭业，南朝齐武帝萧赜之孙，公元 493 年即位。

55滋章：这里是主观随意的意思。

56南朝齐东昏侯萧宝卷，明帝萧鸾子

57南朝齐和帝萧宝融，初封南康王，后自立为帝。《南齐书》有《和帝纪》。

58炀帝：隋炀帝杨广。《恭纪》：《隋书·恭帝纪》。恭帝，杨广孙杨侑。

59原其意旨：推究其用意所在。

60唐氏：指李唐王朝。

61永元：齐东昏侯年号。中兴：齐和帝年号。

62义宁：隋恭帝年号。大业：隋炀帝年号。

63当代：指梁朝和唐朝。

64庶：庶几，或可。叶：符合。权道：权宜之计。

65播：流传。宁为格言：岂是准则。

66资：借助。传：传记。

67肇加厘革：开始加以整理改革。

68相与因循：互相袭用。

69颖达：孔颖达，通经学，善历算。贞观七年与魏徵等撰成《隋史》。

70二句出自《论语·述而》。谓听到义在那里，却不能亲身赴之，这是我的忧虑哩！

71刘鉴泉云："先黄、老乃班（固）驳马（司马迁）语，非谓编次。"黄、老，黄帝与老子，道家之祖。

72《汉书·外戚传》列在匈奴、西南夷、西域等传之前。班固这样安排，是因王莽前必连元后。

73指《史记·老庄申韩列传》

74贾诩、荀彧，皆曹操初起时谋士，《三国志》以之与荀攸合传。裴松之在传评中注云："列传之体，以类相从，诩不编程（昱）、郭（嘉）之篇，而与二荀并列，失其类矣。"刘说本此。将，与。

75孙弘：公孙弘，字季。汉武帝时，历官至丞相，宣帝时"纂修洪业，招选茂异（卓越的人才）"。

76《汉书·韦贤传》附其少子玄成传。在传末追述自高祖以来宗庙迭毁之诏令奏议，依例应收入《礼志》中。

77舛（chuǎn，音喘）谬：错误。

78略其尤甚者耳：择取其错误最突出的罢了。

称谓第十四

孔子曰："唯名不可以假人[1]。"又曰："名不正则言不顺[2]，""必也正名乎！"是知名之折中，君子所急[3]。况复列之篇籍，传之不朽者邪！昔夫子修《春秋》，吴、楚称王而仍旧曰子[4]。此则褒贬之大体，为前修之楷式也[5]。

马迁撰《史记》，项羽僭盗而纪之曰王，此则真伪莫分，为后来所惑者也。自兹已降，讹谬相因，名讳所施，轻重莫等。至如更始中兴汉室[6]，光武所臣，虽事不成，而历数终在[7]。班、范二史皆以刘玄为目，不其慢乎？古者二国争盟，晋、楚并称侯伯[8]；七雄力战，齐、秦俱曰帝王。其间虽胜负有殊，大小不类，未闻势穷者即为匹庶[9]，力屈者乃成寇贼也。至于近古则不然，当汉氏云亡，天下鼎峙，论王道则曹逆而刘顺[10]，语国祚则魏促而吴长[11]。但以地处函夏[12]，人传正朔，度长絜短[13]，魏实居多。二方之于上国[14]，亦犹秦缪、楚庄，与文、襄而并霸[15]。逮作者之书事也，乃没吴、蜀号谥，呼权、备姓名[16]，方于魏邦，悬隔顿尔[17]，惩恶劝善，其义安归[18]？续以金行板荡，戎、羯称制[19]，各有国家，实同王者。晋世臣子党附君亲，嫉彼乱华，比诸群盗。此皆苟徇私忿，忘夫至公。自非坦怀爱憎[20]，无以定其得失。至萧方等始存诸国名谥[21]，僭帝者皆称之以王。此则赵犹人君，加以主号[22]；杞用夷礼，贬同子爵[23]。变通其理，事在合宜，小道可观，见于萧氏者矣。

古者天子庙号，祖有功而宗有德[24]，始自三代，迄于两汉，名实相允[25]，今古共传。降及曹氏，祖名多滥，必无惭德，其唯武王[26]。故陈寿《国志》独呼武曰祖，至于文、明，但称帝而已。自晋已还，窃号者非一。如成、穆两帝[27]，刘、萧二明[28]，梁简文兄弟[29]，齐武成昆季[30]，斯或承家之僻王[31]，或亡国之庸主，不谥灵缪[32]，为幸已多[33]，犹曰祖宗，孰云其可？而史臣载削[34]，曾无辨明，每有所书，必存庙号，何以申劝沮之义[35]，杜渝滥之源者乎[36]？又位乃人臣，迹参王者[37]，如周之亶父、季历[38]，晋之仲达、师、昭[39]，追尊建名，比诸天子，可也。必若当涂所出[40]，宦官携养，帝号徒加[41]，人望不惬[42]。故《国志》所录，无异匹夫，应书其人，直云皇之祖考而已[43]。至如元氏，起于边朔[44]，其君乃一部之酋长耳。道武追崇所及[45]，凡二十六君。自开辟以来，未之有也。而《魏书·序纪》[46]，袭其虚号，生则谓之帝，死则谓之崩，何异沐猴而冠[47]，腐鼠称璞者矣[48]！

夫历观自古，称谓不同，缘情而作，本无定准。至若诸侯无谥者，战国已上谓之今王；天子见黜者[49]，汉、魏已后谓之少帝。周衰有共和之相[50]。楚弑有郏敖之主[51]，赵佗而曰尉佗[52]，英布而曰鲸布[53]，豪杰则平林、新市[54]，寇贼则黄巾、赤眉[55]，园、绮友朋，共云四皓，奋、建父子[56]，都称万石。凡此诸名，皆出当代，史臣编录，无复张弛[57]，盖取叶随时，不藉稽古。及后来作者，颇慕斯流，亦时采新名，列成篇题。若王《晋》之《十士》、《寒俊》[58]，沈《宋》之《二凶》、《索虏》[59]，即其事也。唯魏收远不师古，近非因俗，自我作故[60]，无所宪章[61]。其撰《魏书》也，乃以平阳王为出帝[62]，司马氏为僭晋，桓、刘已下[63]，通曰岛夷。夫其谄齐则轻抑关右[64]，党魏则深诬江外[65]，爱憎出于方寸[66]，与夺由其笔端[67]，语必不经，名惟骇物[68]。昔汉世原涉大修坟墓[69]，乃开道立表[70]，署曰南阳阡，欲以继迹京兆，齐声曹尹[71]，而人莫之肯从，但云原氏阡而已。故知事非允当，难以遵行。如收之苟立诡名[72]，不依故实[73]，虽复刊诸竹帛，终罕传于讽诵也。

抑又闻之，帝王受命，历数相承，虽旧君已没，而致敬无改，岂可等之凡庶[74]，便书之以名者乎？近代文章，实同儿戏。有天子而称讳者，若姬满、刘庄之类是也[75]。有匹夫而不名者，若步兵、彭泽之类是也[76]。史论立言，理当雅正。如班述之叙圣卿也[77]，而曰董公惟亮；范赞之言季孟也[78]，至曰隗王得士。习谈汉主，则谓昭烈为玄德[79]。裴引魏室[80]，则目文帝为曹丕。夫以淫乱之臣[81]，忽隐其讳；正朔之后[82]，反呼其名。意好奇而辄为，文逐韵而便作[83]。用舍之道，其例无恒，近代为史，通多此失。上才犹且若是[84]，而况中庸者乎[85]？今略举一隅，以存标格云尔[86]。

---

①语出《左传·成公二年》。谓只有名位不可借给别人。

②语出《论语·子路》。谓名分不正，就不能顺理成章。

③折中：洽当，准确。急：紧要。

④这句是说：吴、楚之君自称王，《春秋》贬之曰子。

⑤大体：原则。楷式：典范。

⑥更始：新末刘玄（淮阳王）年号，这里代指刘玄。

⑦历数：朝代更替的次序。

⑧侯伯：诸侯盟主。

⑨匹庶：庶人，平民。

⑩王道：以仁义治天下的正统。曹、刘：指曹操、刘备。

⑪国祚：国家世传的福运。

⑫函夏：指中原之地。

⑬度（duó，音夺）长絜（xié，音斜）短：衡量长短，指史书评论优劣。絜，衡量。

⑭二方：指蜀、吴。上国：指曹魏。

⑮二句是说：蜀主刘备可比秦缪，吴大帝孙权可比楚庄王。文、襄：指晋文公重耳和晋襄公驩。

⑯原注云："谓鱼豢、孙盛等。"这里指《魏略》、《魏氏春秋》。

⑰这二句说：同曹魏相比，悬殊竟然如此。意即三国旧史之称谓，崇权势而蔑统祚。

⑱其义安归：其意义何在？

⑲金行板荡：西晋政局变乱。西晋五行属金。《诗经·大雅》有《板》《荡》二篇，讥刺周厉王败坏国家，后因以板荡指政局变乱。戎、羯称制：五胡各自为政。称制，行使皇帝权力。

⑳坦怀爱憎：襟怀坦荡，爱憎分明。意即秉笔无私。

㉑据《隋书·经籍志》，萧方撰《三十国春秋》三十卷。

㉒赵：指赵武灵王。

㉓《左传·僖公二十七年》：杞桓公前来鲁国朝见，由于用的是夷人的礼节，所以《春秋》称他为"杞子"。

㉔语出《汉书·贾谊传》。宗，祖先。

㉕相允：相一致。允，得。

㉖这二句是说：本纪若必用庙号称祖，只曹操一人当之无愧。

㉗成、穆两帝：指东晋显宗成帝司马衍、孝宗穆帝司马聃。

㉘刘、萧二明：指南朝宋太祖明帝刘彧、南齐高宗明帝萧鸾。

㉙梁简文兄弟：指梁简文帝萧纲、孝元帝萧绎。

㉚武成昆季：指北朝齐世祖武成帝高湛及显祖文宣帝高洋、肃宗孝昭帝高演。昆季，兄弟。

㉛僻王：邪僻（乖戾）之王。

㉜灵缪：据张守节《谥法解》"不勤成名曰灵，好祭思怪曰灵。名与实爽曰缪（同'谬'）"。

㉝为幸已多：已是很幸运了。

㉞载削：修撰史书。

㉟劝沮（jǔ，音举）：勉励和阻止。《韩非子·类柄》有"明诽誉以劝沮"语。

㊱杜：杜绝，制止。渝滥：泛滥。

㊲迹参王者：行迹与帝王等同。参，齐，等同。

㊳亶（dǎn，音胆）父：即古公亶父，周文王的祖父，是周部族开发岐山南部平原的领导者。季历：即王季，亶父的末子，

周文王的父亲。不窋（zhù，音住）。

㊴仲达：司马懿字仲达，善谋略。为曹操父子重用。司马师，懿长子，继其父为魏大将军。司马昭，懿次子，兄司马师死后，继任魏大将军，专国政。

㊵当涂：指曹魏。本术士谶语（预言）："当涂而高者魏，魏当代汉。"

㊶宦官携养：曹操的父亲曹嵩，本夏侯氏之子，养于宦官曹腾，因冒姓曹。三国魏明帝（曹睿）时追尊腾为高皇帝。

㊷人望不惬（qiè，音妾）：声望不能满足。

㊸祖考：祖先（指曹腾）。徒：白白地，不起作用。

㊹边朔：北方边陲。拓跋魏兴起于北方平城一带，故云"起于边朔"。

㊺道武：道武帝拓跋珪。追崇所及：追崇为帝王的。

㊻《魏书》在道武帝拓跋珪纪前，立一《序纪》，追纪先世达二十七人。

㊼沐猴而冠：弥猴戴帽子，比喻虚有其表，讽刺凭借权势窃取名位。

㊽腐鼠称璞：《战国策·秦策三》："郑人谓玉未理（琢磨）者璞，周人谓鼠未腊（xī，音西；制成干肉）者朴。周人怀（揣着）朴过郑，贾（兜售）曰：'欲买朴乎?'郑贾曰：'欲之。'出其朴，乃鼠也。"这里引喻以假乱真。

㊾见黜（chù，音触）：被废免。

㊿周厉王出奔后，由共和伯代理政事，故号共和。共和之相，即指共和伯。

(51)《左传·昭公元年》：楚国的公子围准备到郑国聘问，没有走出国境，听说楚王有病就回去了。入宫问候楚王病情，用绳索把他绞死。安葬楚王于郑邑，称他为郑敖。敖，楚国称无谥号的国君为敖。

(52)秦末任嚣为南海尉，病将死，命赵佗行南海尉事，人因呼为尉佗。

(53)英布：曾犯法被黥面（古刑法，脸上刺字），故又称黥布。楚汉相争时，随刘邦击灭项羽于垓下。

(54)平林：平林兵。新莽时农民起义军。新市：新市兵，西汉末农民起义军。

(55)赤眉：西汉末年农民起义军（眉均涂成赤色）。

(56)奋、建父子：指西汉石奋、石建。因石家为高官厚禄之家，父子皆号万石君。

(57)张弛：紧张与弛缓，这里是改变的意思。

(58)王《晋》：王隐《晋书》。《史通通释》："《十士》、《寒俊》，文与《二凶》、《索虏》对举，亦列传中之篇名也。

(59)沈《宋》：沈约《宋书》

(60)自我作故：从我开始作为成例。指不因袭前人旧例，有所创新。

(61)宪章：效法。

(62)北魏孝武帝元修，初封平阳王。普泰二年（532），高欢率兵进入洛阳，拥立孝武帝。永熙三年（534），孝武帝在高欢逼迫下西奔长安，投靠宇文泰。魏收谄高齐，《魏书》撰有《出帝平阳王修纪》。

(63)桓、刘：桓玄、刘裕。

(64)关右：指西魏。《魏书》未给西魏诸帝作纪。

(65)党魏：偏袒北魏。江外：指东晋、刘宋。

(66)方寸：喻心，即主观意图。

(67)与夺：赐予与褫夺。

(68)经：常道，指常行的义理、原则等。名惟骇物：标题只在惊骇众人。

(69)原涉为其父（生前为南阳太守）大修坟墓。原涉，字巨先，西汉人。

(70)汉武帝时，京兆尹曹莽茂陵，民称其道为京兆阡。原涉，慕其名，为其父修墓所开之道署曰南阳阡。

(71)齐声曹尹：企图与京兆长官声望等同的意思。

(72)苟立诡名：轻率地立怪异标题。

(73)故实：有历史价值的旧事。

(74)凡庶：寻常平民。

(75)称讳：称其名。姬满：周穆王。他曾西征犬戎。刘庄：东汉明帝，光武帝第四子。在位时，法令分明，善刑理，又重儒学。

(76)步兵：三国魏阮籍，性洒脱，好庄老。曾为步兵校尉，世称阮步兵。彭泽：陶潜，志行高洁，善诗文。曾任彭泽令，世称陶彭泽。

(77)董贤字圣卿，因貌美善媚，为汉哀帝所宠幸，行卧不离。年二十二，官至大司马，卫将军。《汉书》本传有"宛娈董公，惟亮天功"语。

⑱季孟：隗嚣字。

⑲习氏《汉晋春秋》以蜀为正统，其编目叙事皆称蜀先主刘备为昭烈皇帝，至于论中语则呼为玄德。习，习凿齿，字彦威，晋朝人。博学能文。

⑳裴：裴松之，南朝刘宋时人。博学，著有《晋纪》。魏室：曹魏，这里代指《三国志·魏志·文帝纪》。

㉑淫乱之臣：指董贤和隗嚣。

㉒正朔：即帝位。正朔之后，指曹丕即帝位之后。

㉓逐韵：押韵，协韵。

㉔上才：学识超凡的人。犹且如是：尚且如此。

㉕中庸：中才。

㉖标格：规范，标准。

史通卷之五

内　　篇

采撰第十五

子曰："吾犹及史之阙文[1]。"是知史之有阙，其来尚矣[2]。自非博雅君子，何以补其遗逸者哉[3]？盖珍裘以众腋成温[4]，广厦以群材合构[5]。自古探穴藏山之士[6]，怀铅握椠之客[7]，何尝不征求异说，采摭群言[8]，然后能成一家，传诸不朽[9]。观夫丘明受经立传，广包诸国，盖当时有《周志》、《晋乘》、《郑书》、《楚杌》等篇[10]，遂乃聚而编之，混成一录。向使专凭鲁策[11]，独询孔氏，何以能殚见洽闻[12]，若斯之博也？马迁《史记》，采《世本》、《国语》、《战国策》、《楚汉春秋》。至班固《汉书》，则全同太史[13]。自太初已后，又杂引刘氏《新序》、《说苑》、《七略》之辞[14]。此并当代雅言，事无邪僻[15]，故能取信一时，擅名千载[16]。

但中世作者，其流日烦，虽国有册书，杀青不暇[17]，而百家诸子，私存撰录，寸有所长，实广见闻。其失之者，则有苟出异端，虚益新事[18]，至于禹生启石[19]，伊产空桑[20]，海客乘槎以登汉[21]，姮娥窃药以奔月[22]。如斯踳驳[23]，不可殚论，故难以污南、董之片简[24]，沾班、华之寸札[25]，而嵇康《高士传》[26]，好聚七国寓言。玄晏《帝王纪》[27]，多采《六经》图谶[28]，引书之误，其萌于此矣。

至范晔增损东汉一代，自谓无惭良直，而王乔凫履[29]，出于《风俗通》[30]，左慈羊鸣[31]，传于《抱朴子》[32]。朱紫不别[33]，秽莫大焉。沈氏著书[34]，好诬先代，于晋则故造奇说，在宋则多出谤言，前史所载，已讥其谬矣。而魏收党附北朝，尤苦南国[35]，承其诡妄，重以加诸[36]。遂云马睿出于金牛[37]，刘骏上淫路氏[38]。可谓助桀为虐[39]，幸人之灾[40]。寻其生绝胤嗣[41]，死遭剖斲[42]，盖亦阴过之所致也[43]。晋世杂书，谅非一族，若《语林》、《世说》、《幽明录》、《搜神记》之徒[44]，其所载或诙谐小辩、或神鬼怪物。其事非圣，扬雄所不观[45]；其言乱神，宣尼所不语[46]。皇朝新撰《晋史》，多采以为书[47]。夫以干、邓之所粪除[48]，王、虞之所糠秕[49]，持为逸史[50]，用补前传，此何异魏朝之撰《皇览》[51]，梁世之修《遍略》[52]，务多为美，聚博为功，虽取悦于小人，终见嗤于君子矣。

夫郡国之记，谱牒之书[53]，务欲矜其州里[54]，夸其氏族。读之者安可不练其得失[55]，明其真伪者乎？至如江东"五俊"[56]，始自《会稽典录》[57]，颍川"八龙"[58]，出于《荀氏家传》[59]，而修晋、汉史者，皆征彼虚誉[60]，定为实录。苟不别加研核，何以详其是非？又讹言难信，传闻多失，至如曾参杀人[61]，不疑盗嫂[62]，翟义不死[63]，诸葛犹存[64]，此皆得之于行路[65]，传之于众口，倘无明白，其谁曰不然。故蜀相薨于渭滨，《晋书》称呕血而死[66]；魏君崩于马圈，《齐史》云中矢而亡[67]；沈炯骂书，河北以为王伟[68]；魏收草檄，关西谓之邢邵[69]。夫同说一事，而分为两家，盖言之者彼此有殊，故书之者是非无定。况古今路阻[70]，视听壤隔[71]，而谈者或以前为后，或以有为无，泾、渭一乱[72]，莫之能辨。而后来穿凿[73]，喜出异同，不凭国史，别讯流俗[74]。及其记事也，则有师旷将轩辕并世[75]，公明与方朔同时[76]；尧有八眉[77]，夔唯一足[78]；乌白马角，救燕丹而免祸[79]；犬吠鸡鸣，逐刘安以高蹈[80]。此之乖滥[81]，往往有旃[82]。

故作者恶道听途说之违理，街谈巷议之损实。观夫子长之撰《史记》也，殷、周已往，采彼家人，安国之述《阳秋》也[83]，梁、益旧事，访诸故老[84]。夫以刍荛鄙说[85]，刊为竹帛正言，而辄欲与《五经》方驾[86]，《三志》竞爽[87]，斯亦难矣。呜呼！逝者不作[88]，冥漠九泉[89]；毁誉所加，远诬千载[90]。异辞疑事，学者宜善思之。

---

①语出《论语·卫灵公》。意即我还能够看到史书的空缺。阙，隙，空缺。

②尚：久远。

③遗逸：遗文散籍。

④语出《慎子·知忠》。集狐腋（狐腋下的皮毛很少）而成裘，因以比喻积少成多。

⑤《陈书·世祖纪》引《元嘉元年诏》："庶几众材必萃（聚集），大厦可成。"广厦，大房子。

⑥《太史公自序》有"探禹穴，窥九疑"之句。《索隐》引张晏曰："九疑葬舜，故窥之，寻（瞬时）上探禹穴。盖以先圣所葬处，有古册文，故探窥之，亦搜采远矣。"探穴藏山本此。

⑦语出扬雄《方言》卷首《答刘歆书》。谓随身携带笔简，以备随时记述。铅，石墨笔。椠（qiàn，音欠），木简。

⑧语出孔安国《尚书序》。采摭（zhí，音直）：择取掇拾。

⑨诸：之于二字的连读。

⑩《周志》：周代史官所修史书。《郑书》：郑国史书。　《晋乘》、《楚杌》，见《六家》"春秋家"注。

⑪鲁策：鲁国《春秋》。

⑫殚（dān，音丹）见治闻：语出班固《西都赋》，谓见闻广博。

⑬赵翼《廿二史劄记》卷一云："……乃今以《汉书》对比，武帝以前，如《高祖纪》及《诸侯王年表》、《诸臣列传》多与《史记》相同。"

⑭刘向校订汉政府秘阁藏书时，将春秋、战国、秦、汉间零散史料，整理分类，编辑成《新序》十篇、《说苑》二十篇。其子刘歆又卒父业，总群书而撰成《七略》(我国最早的图书目录分类著作)。

⑮雅言：合乎义理的正言。　邪僻：乖戾不正。《荀子·劝学》有"防邪僻而近中正"之语。

⑯擅名：大有名望。

⑰杀青不暇：谓中古史事日烦，史书难以兼收并蓄。杀青，以火炙简令汗，取其青易书，复不蠹，谓之杀青。又称汗青，汗简。

⑱虚益新事：虚增奇闻异事的意思。

⑲《淮南子·修务训》说：禹治水至嵩高山下，化为石，其妻涂山氏，方生启。

⑳《吕氏春秋·本味》："有侁氏女采桑，得婴儿于空桑（中空的桑树干段）。母居伊水，命曰伊尹。"

㉑张华《博物志》及《荆楚岁时记》载：有一海客乘槎（竹筏），由海而浮登天河。海客，居海滨的人。汉，银汉、天汉，即天河。

㉒张衡《灵宪》说："后羿之妻（姮娥），窃不死之药以奔月。"姮娥，也作嫦娥，月神名。

㉓踳（chǔn，音蠢）驳：杂乱。

㉔这句说：难以玷污南史、董狐的片纸。南史，春秋齐国史官。他据实而书，不畏权贵。董狐，春秋晋国太史。孔子赞扬说："董狐，古之良史也，书法不隐。"（见《左传·襄公二十五年》）

㉕班、华：班固、华峤。　　寸札：犹言寸纸（片纸）。札，古时写字之小木筒。。

㉖嵇康：字叔夜，博洽多闻，崇尚老庄。仕曹魏为中散大夫。其《高士传》"撰录上古以来圣贤隐逸遁心逸名者，集为传赞。"

㉗晋代皇甫谧，自号玄晏先生，撰《帝王世纪》十卷。

㉘图谶（chèn，音衬）：汉代宣扬符命占验的书。

㉙东汉王乔，明帝时为邺令，每月朔自县诣台（到禁城）。帝异其数来而无车骑。侦知其临至时，辄有双凫（野鸭）从东南飞来。因伏伺凫来，举罗（网）张之，但得一双舄（xì，音细；鞋）。见《后汉书·王乔传》。

㉚《风俗通》：即应劭《风俗通义》。

㉛左慈能"幻化隐身"。曹操想杀他，他顿时隐入壁中。后操遇慈于阳城山头，急令追捕，他又化为羊，鸣于羊群，人莫能辨。见《后汉书·方术传》。

㉜据《北堂书钞》，左慈故事乃葛洪《抱朴子》之佚文。

㉝《论语·阳货》："恶紫之夺朱（正色）也。"后用朱紫比喻正邪、是非。

㉞沈氏著书：指沈约《晋书》。

㉟苦：病，恨。　　南国：指南朝。

㊱重以加诸：又加以诬罔之语。

㊲王劭说：沈约《晋书》造奇说云，琅琊国姓牛的与夏后妃私通，生元帝，因远叙宣帝以毒酒杀牛金，符证其状。《魏书》承孙盛《晋阳秋》之谈，认为司马睿为晋将牛金子。

㊳沈约《宋书》说："孝武（刘骏）于路太后处寝息，时人多有异议。"《魏书》因云骏烝（上淫）其母路氏。

㊴助桀为虐：语出《史记·留侯世家》，比喻帮助恶人干坏事。夏桀为古时暴君之典型。

㊵幸人之灾：指看到别人遭灾祸反而高兴。

㊶生绝胤嗣：活着时断子绝孙。胤嗣，后嗣之人（子孙）。

㊷剖斲（zhuó，音卓）：凿破棺椁，剖裂尸体。事与《北齐书·魏收传》相符。

㊸阴过：隐秘的过失。

㊹《史通通释》注：《语林》，裴荣撰。《世说新语》、《幽明录》，刘义庆撰。《搜神记》，干宝撰。

㊺《汉书·扬雄传》："（雄）自有大庆（大可庆境幸之事），非圣哲之书不好也。"

㊻《论语·述而》："子不语怪（怪异）、力（暴力）、乱（变乱）、神（鬼神）。"宣尼，孔子。

㊼赵翼说："采异闻入史传，惟《晋书》及《南、北史》最多。"见《廿二史劄记》卷八。

㊽干、邓：干宝、邓粲。　　粪除：摈弃。

㊾王、虞：王隐、虞预。　　糠秕：比喻废弃之物。

㊿逸史：正史以外的历史记载。

51 魏文帝于黄初元年（220），命令王象、刘劭等，集五经群书，以类相从，撰成《皇览》（我国最早的类书）。

52 徐勉入华林撰《遍略》，举何思澄等五人协助。

53 谱牒：记述氏族或宗族世系的书。

54 矜：自夸，炫耀。

55 练：熟悉，深知。

56 江东"五俊"：指薛兼、纪瞻、闵鸿、顾荣、贺循。俊，才智出众的人。

57 《会稽典录》：虞预撰，为会稽人物志。

58 东汉颍川人荀淑，八个儿子（俭、绲、靖、焘、汪、爽、肃、旉）都有名，时人称为"八龙"。见《后汉书·荀淑传》。

59 《荀氏家传》：荀伯子撰。

60 征：证。

61 曾参杀人：实际是与曾子（参，孔子门人）同名的人杀了人。故事见《战国策·秦策一》。

62 不疑盗嫂：诬称直不疑与其嫂通奸。见《汉书·直不疑传》。

63 东郡太守翟义，在征讨王莽时，兵败被杀。王昌反对王莽时，诈称自己是成帝之子，并说翟义未死，奉天命拥兵讨莽。见《汉书·王昌传》。

64 诸葛亮率军北伐，病死军中，秘未发丧。司马懿疑亮仍存，撤军而复悔。见《三国志·蜀志·诸葛亮传》。犹存，还活着。

⑥这句是说得之于道听途说，实不足信。

⑥裴松之认为：诸葛亮病死于渭滨，未曾呕血，曹魏“盖因亮亡而自夸大也”。

⑥南齐太尉陈显达奉命攻荆州，北魏孝文帝率军抵抗，大破齐军，北还途中死于谷塘行宫。《魏书》及《南·北史》均无魏孝文中矢而死之记载。马圈，地名，即马圈戍。

⑥沈炯曾为王僧辩草拟声讨侯景檄文，不是声讨河北高澄。高澄邀侯景，王伟为景作答书。梁武帝骂澄的信实出王伟手笔。《史通》似误。

⑥考魏、齐、周诸史，皆无收檄邵作，出自关西（函谷关以西）人语之文。邢邵，字子才，北齐人。有才思，善属文。

⑦古今路阻：谓时代不同，思想认识难免有障碍。

⑦视听壤隔：视听又受地域限制。

⑦泾、渭一乱：比喻是非完全混乱。古人认为渭水清，泾水浊，因以喻是非。

⑦穿凿：牵强地解释。

⑦别讯流俗：另询问世俗之人。

⑦“师旷将轩辕并世”的故事，见于《列子·汤问》。师旷，春秋晋乐师。将，与，介词。轩辕，黄帝。

⑦这句所举事例，出处未详。公明，曹魏平原人管辂，字公明。方朔，东方朔，汉武帝时人。

⑦《尚书大传》：“尧八眉。”

⑦夔（kuí，音葵）精通音乐。尧曰：“夔一足矣。”意谓有夔一人为乐正就行了。《说文解字》夔如龙，一足的夔，则指古代传说中像龙的独脚怪兽。

⑦燕太子丹为人质于秦，思念故国。秦始皇刁难他说：“乌头白，马生角，乃可。”丹“仰而叹，乌即头白；俯而嗟，马亦生角。”。

⑧葛洪《神仙传》云：淮南王刘安（刘邦之孙），受八公丹经。药成，被诬谋反，遂白日升天。鸡犬随之，鸣天上，吠云中。

⑧乖滥：乖谬失实。

⑧旃（zhān，沾）：助词，之焉二字合读。

⑧安国：孙盛，字安国，著有《晋阳秋》。

⑧故老：指年高有德之人。

⑧刍荛（chúráo，除饶）：指割草打柴的人。

⑧方驾：比喻匹敌。

⑧《三志》：指晋《乘》、楚《梼杌》、鲁《春秋》。竞爽：争荣，争胜。

⑧逝者不作：死人不能复活执笔。

⑧冥漠九泉：承上句说，都在阴曹地府。

⑨诬：欺骗。

载文第十六

夫观乎人文，以化成天下①；观乎国风，以察兴亡②。是知文之为用，远矣大矣。若乃宣、僖善政，其美载于周诗③；怀、襄不道，其恶存于楚赋④，读者不以吉甫、奚斯为谄，屈平、宋玉为谤者，何也？盖不虚美，不隐恶故也⑤。是则文之将史⑥，其流一焉，固可以方驾南、董⑦，俱称良直者矣。

爰洎中叶，文体大变，树理者多以诡妄为本，饰辞者务以淫丽为宗，譬如女工之有绮縠⑧，音乐之有郑、卫⑨。盖语曰：不作无益害有益⑩。至如史氏所书，固当以正为主。是以虞帝思理⑪，夏后失御⑫，《尚书》载其元首、禽荒之歌⑬；郑庄至孝⑭，晋献不明⑮，《春秋》录其大隧、狐裘之什⑯。其理谠而切⑰，其文简而要，足以惩恶劝善，观风察俗者矣。若马卿之《子虚》、《上林》⑱，杨雄之《甘泉》、《羽猎》⑲，班固《两都》⑳，马融《广成》㉑，喻过其体㉒，词没其义㉓，繁华而失实，流宕而忘返，无裨劝奖㉔，有长奸诈，而前后《史》、《汉》皆书诸列传，不其谬乎！

且汉代词赋，虽云虚矫[25]，自馀他文，大抵犹实。至于魏、晋已下，则讹谬雷同。榷而论之，其失有五：一曰虚设，二曰厚颜，三曰假手[26]，四曰自戾[27]，五曰一概。何者？昔大道为公，以能而授[28]，故尧咨尔舜，舜以命禹[29]，自曹、马已降[30]，其取之也则不然。若乃上出禅书，下陈让表，其间劝进殷勤，敦谕重沓[31]，迹实同于莽、卓[32]，言乃类于虞、夏[33]。且始自纳陛，迄于登坛[34]。彤弓卢矢[35]，新君膺九命之锡[36]；白马侯服[37]，旧主蒙三恪之礼[38]。徒有其文，竟无其事。此所谓虚设也。古者两军为敌，二国争雄，自相称述[39]，言无所隐。何者？国之得丧，如日月之蚀焉，非由饰辞矫说所能掩蔽也。逮于近古则不然。曹公叹蜀主之英略，曰"刘备吾俦"[40]；周帝美齐宣之强盛，云"高欢不死"[41]。或移都以避其锋[42]，或斲冰以防其渡[43]。及其申诰誓[44]，降移檄[45]，便称其智昏菽麦[46]，识昧玄黄[47]，列宅建都[48]，若鷦鷯之巢苇[49]，临戎贾勇[50]，犹螳螂之拒辙[51]。此所谓厚颜也。古者国有诏命[52]，皆人主所为，故汉光武时，第五伦为督铸钱掾，见诏书而叹曰："此圣主也，一见决矣[53]。"至于近古则不然。凡有诏敕，皆责成群下，但使朝多文士，国富辞人，肆其笔端[54]，何事不录。是以每发玺诰，下纶言[55]，申恻隐之渥恩[56]，叙忧勤之至意。其君虽有反道败德[57]，唯顽与暴。观其政令，则辛、癸不如[58]；读其诏诰，则勋、华再出[59]。此所谓假手也。盖天子无戏言[60]，苟言之有失，则取尤天下[61]。故汉光武谓庞萌"可以托六尺之孤"，及闻其叛也，乃谢百官曰：诸君得无笑朕乎[62]？是知褒贬之言，哲王所慎[63]。至于近古则不然。凡百具寮[64]，王公卿士，始有褒崇，则谓其珪璋特达[65]，善无可加；旋有贬黜，则比诸斗筲下才[66]，罪不容责[67]。夫同为一士之行，同取一君之言，愚智生于倏忽，是非变于俄顷，帝心不一，皇鉴无恒[68]。此所谓自戾也。夫国有否泰[69]，世有污隆[70]，作者形言，本无定准。故观猗与之颂[71]，而验有殷方兴；睹《鱼藻》之刺，而知宗周将殒[72]。至于近古则不然。夫谈主上之圣明，则君尽三、五[73]；述宰相之英伟，则人皆二八[74]。国止方隅，而言并吞六合[75]；福不盈眦，而称感致百灵[76]。虽人事屡改，而文理无易，故善之与恶，其说不殊，欲令观者，畴为准的[77]？此所谓一概也。于是考兹五失，以寻文义，虽事皆形似，而言必凭虚[78]。夫镂冰为璧[79]，不可得而用也；画地为饼，不可得而食也。是以行之于世，则上下相蒙[80]；传之于后，则示人不信。而世之作者，恒不之察，聚彼虚说，编而次之，创自起居[81]，成于国史，连章疏录，一字无废，非复史书，更成文集[82]。

若乃历选众作，求其秽累[83]，王沉、鱼豢[84]，是其甚焉；裴子野、何之元，抑其次也。陈寿、干宝，颇从简约，犹时载浮讹[85]，罔尽机要[86]。唯王劭撰《齐》、《隋》二史，其所取也，文皆诣实，理多可信，至于悠悠饰词[87]，皆不之取。此实得去邪从正之理，捐华摭实之义也[88]。

盖山有木，工则度之[89]。况举世文章，岂无其选，但苦作者书之不读耳[90]。至于诗有韦孟《讽谏》[91]，赋有赵壹《嫉邪》[92]，篇则贾谊《过秦》[93]，论则班彪《王命》[94]，张华述箴于女史[95]，张载题铭于剑阁[96]，诸葛表主以出师[97]，王昶书字以诫子[98]，刘向、谷永之上疏[99]，晁错、李固之对策[100]，荀伯子之弹文[101]，山巨源之启事[102]，此皆言成轨则[103]，为世龟镜[104]。求诸历代，往往而有。苟书之竹帛，持以不刊[105]，则其文可与三代同风，其事可与《五经》齐列。古犹今也，何远近之有哉？

昔夫子修《春秋》，别是非，申黜陟[106]，而贼臣逆子惧。凡今之为史而载文也，苟能拨浮华，采贞实[107]，亦可使夫雕虫小技者[108]，闻义而知徙矣[109]。此乃禁淫之堤防[110]，持雅之管辖[111]，凡为载削者，可不务乎？

---

①语出《周易·贲卦》。谓考察人类文化，便可施教化而使国家大治。

②二句是说：采民谣观风俗，可以测知国家的兴亡。

③宣、僖：指周宣王姬静、鲁僖公姬申。周之卿士尹吉甫作《崧高》、《烝民》等诗，颂宣王德行善政。见《诗经·大雅·荡之什》。鲁公子奚斯作《駉》、《閟宫》等诗，颂扬僖公的政绩。见《诗经·大雅·鲁颂》。

④怀、襄：楚怀王、楚顷襄王。《楚辞》中，屈原的《离骚》、《怀沙》、《哀郢》等篇，以及宋玉的《九辩》、《招魂》等篇，都揭露了怀、襄的昏庸无道。

⑤不虚美，不隐恶：语出《汉书·司马迁传·赞》。

⑥将：与，介词。

⑦方驾：两车并行，比喻不相上下。南：南史，春秋齐国史官，古之良史。　董：董狐，春秋晋国史官，古之良史。

⑧女工：旧指女子所做的缝纫、刺绣等工作。　绮：有花纹或图案的丝织品。　縠（hú，音胡）：绉纱。

⑨音乐之有郑、卫：春秋时郑国、卫国的音乐，古人认为淫乱不正。

⑩不作无益害有益：语出《尚书·旅獒》。意谓不做无益的事来妨害有益的事。

⑪虞帝思理：舜帝一心想着治理国家。

⑫禹即天子位，国号夏后。　御：统治。

⑬元首之歌：载《尚书·虞书·益稷》。内容为舜帝自勉并激励大臣为国奋发。　禽荒之歌：《尚书·夏书·五子之歌》的第二首。内容指斥夏帝太康沉迷于女色和田猎。

⑭郑庄：郑庄公。郑庄孝母的故事，载于《左传·隐公元年》。

⑮晋献不明：晋献公昏庸。据《左传·僖公五年》，晋献公宠信骊姬，逼死太子申生。

⑯大隧：郑庄公曾因母亲姜氏对弟弟和自己有亲疏之分，怒逐姜氏，并发誓："不及黄泉，无相见也。"旋失悔，便挖地道与母相见，且赋诗说："大隧之中，其乐也融融。"　狐裘：晋献公命令大夫士芀为公子重耳、夷吾筑蒲邑、屈邑的城墙。士芀退而赋诗说："狐裘尨（méng，音萌）茸（纷乱），一国三公（预见献公父子将有权力之争），吾谁适从?"

⑰理谠（dǎng，音党）而切：道理直而严谨。

⑱马卿：司马相如，字长卿。　《子虚》、《上林》：原为司马相如《天子游猎赋》的两部分。

⑲《甘泉》、《羽猎》：扬雄讽谏汉成帝之作。

⑳《两都》：指班固的《东都赋》与《西都赋》。

㉑马融：字季长，东汉经学家。马融针对俗儒宜废武功之见，撰《广成赋》以陈文治武功之不可偏废。

㉒喻过其体：偏重引用典故而忽视内容。

㉓词没其义：华丽的文词掩盖了义理。

㉔无裨（bì，音必）奖劝；无益奖许劝勉。。

㉕虚矫：虚浮造作。

㉖假手：借助他人著述的意思。

㉗自戾（lì，音立）：自相矛盾。戾，违背。

㉘《礼记·礼运》："大道之行也，天下为公，选贤与能。"授，授官。

㉙二句出自《论语·尧曰》。尧让位给舜时说："啧啧！你这位舜……"舜让位给禹时，也说了这一番话。

㉚曹、马：指曹魏和东西晋司马氏政权。

㉛敦谕：敦促开导。　重沓：重叠堆积。

㉜莽、卓：王莽、董卓。

㉝虞、夏：舜、禹。

㉞纳陛：凿殿基为登升的陛级，纳之于檐下，不使露而升，故名。为古代赐给有特殊功勋者的"九锡"之一。　登坛：升登坛场。古时帝王即位、祭祀、会盟，多设坛场，举行隆重仪式。

㉟彤弓卢矢：红色的弓和黑色的箭。古代帝王用以赐给有功的诸侯。

㊱膺（yīng，音英）：承受。　九命之锡：古代新君即位，旧主赐给九种器物以示尊礼。

㊲白马：复姓。相传商纣王的庶兄微子乘白马朝周，因以为氏。　侯服：古代称离王城一千里以外的方五百里的地区为侯服。

㊳三恪：古代新的王朝为笼络人心，巩固统治，往往封前代三个王朝的子孙，给以王侯名号，称三恪。恪，（kè，音克），尊敬的意思。

㊴称述：称扬其事。

㊵"曹公"二句：曹操赤壁之战失利，引军从华容道脱出包围后，对诸将说："刘备吾俦也。"吾俦（chóu，音筹），与我

同类。

㊶“周帝”二句：周文帝（宇文泰）出兵讨伐北齐文宣帝高洋，高洋亲自统兵迎战。宇文泰听说高洋军容严整，感叹道：“高欢（高洋父，曾执魏政十六年）不死矣！”因而退兵。

㊷关羽进攻曹仁于樊，威震华夏。曹操和臣僚议决迁都许昌。见《三国志·蜀志·关羽传》。

㊸北周畏惧齐军西渡侵扰，经常派遣士兵凿碎河面冰层。见《北史·齐文宣帝纪》。斲（zhuó，音卓）：削，凿。

㊹申：颁布。诰誓：指帝王文书。

㊺移檄：指官府文书。

㊻曹魏征讨孙吴的檄文中说：“孙权小子，未辨菽麦。”智昏菽麦，愚钝得连豆麦都辨认不清。

㊼浦起龙注：“定是宇文诮高（欢）语，未觏（见）其文，俟补。”识昧玄黄：谓愚昧得分不清黑色与黄色。

㊽列宅：割据一方的意思。

㊾《荀子·劝学篇》：“南方有鸟焉，名曰蒙鸠（鹪鹩），以羽为巢，而编之以发，系之苇苕。风至苕折，卵破子死。巢非不完也，所系者然也。”此语意谓国小居危。

㊿临戎贾（gǔ，音古）勇：临战奋勇。贾勇，有余勇以待售。

51螳螂之拒辙：义同“螳臂当车”，比喻自不量力。

52诏命：诏书诰令。

53“第五伦”四句：事见《后汉书·第五伦传》。第五伦，字伯鱼，曾任督铸钱掾。

54肆：放纵，逞。

55纶言：皇帝的诏书。

56渥恩：厚恩。

57反道败德：违反正道，德行败坏。

58辛、癸：即商纣、夏桀。

59勋、华：即尧（名放勋）、舜（名重华）

60《吕氏春秋·重言篇》：“天子无戏言。”

61尤：怨恨。

62“汉光武”数句：见于《后汉书·刘永传》。“可以托六尺之孤（幼小孤儿），寄百里之命（国家命脉）”二句，出自《论语·泰伯》。

63哲王：明哲之君。

64凡百具寮：众多官吏。寮，同“僚”。

65圭璋：贵重的玉器，比喻品德高尚。　特达：出众，不凡。

66斗筲（shāo，音烧）：都是很小的量器，因以比喻人之才识短浅，器量狭小。

67罪不容责：坏得再指责也不过分。

68皇鉴无恒：皇帝评价没准谱儿。

69否（pǐ，音匹）泰：《周易》两卦名，比喻顺逆或穷通。

70污隆：低陷高出，比喻兴衰。

71《诗经·商颂·那》首句为“猗与那与！”（旖旎啊旖旎啊！）为歌颂成汤之辞。

72《诗经·小雅·鱼藻》，为讽刺周幽王之作，全诗写幽王在镐京纵酒作乐。　殒：衰亡。

73三、五：三皇、五帝。

74二八：高阳氏（颛顼）有才子八人，谓之八恺；高辛氏（帝喾）有才子八人，谓之八元。见《左传·文公十八年》。

75方隅：边境四隘，引申为弹丸之地。　六合：天地四方。

76福不盈眦（zì，音字）：比喻福分很小。　感致百灵：感动了很多神灵。

77畴（chóu，音筹）为准的（dì，音弟）：以谁为标准？畴，谁。

78凭虚：凭借虚构。

79镂（lòu，音陋）冰为璧：把冰块雕刻成玉器。比喻劳而无功。

80蒙：欺诈。

81起居：即起居注，皇帝日常言行的记录。

82纪昀云：“八字确当。”

83秽累（léi，音雷）：污杂累赘。

㉞王沉：字处道，晋王柔孙。好学，善属文。

㉟时载浮讹：时有虚浮讹误的缺憾。

㊱罔尽机要：未能完全做到精要。

㊲悠悠：庸俗。《晋书·王导传》："悠悠之谈，宜绝智者之口。"

㊳捐华摭（zhí，音直）实：抛弃浮华，取尚朴实。

㊴二句出自《左传·隐公十一年》。工则度（duó，音夺）之：木匠就加以丈量。

㊵"岂无"二句：是说当厚积薄发，不读书，故无所取材。苦，患。

㊶韦孟《讽谏》：见《载言》注。

㊷赵壹：字元叔，东汉人。其《刺世嫉邪赋》，激愤地批判了社会的不合理现象。

㊸贾谊《过秦》：即贾谊《过秦论》。

㊹班彪《王命》：东汉光武帝初即位，分裂势力仍多，班彪撰《王命》加以劝戒。

㊺据《晋书·张华传》云："当闇主（昏庸的晋惠帝）虐后（暴虐的贾后）之朝，华惧后族之盛，作《女史箴》以为讽。"张华，字茂先，西晋人。博学，有文才。

㊻张载：字孟阳，西晋人。早年随父入蜀，途经剑门关，感于蜀人常恃险割据，乃作《剑阁铭》以警告蜀人。

㊼三国蜀后主建兴五年（227），诸葛亮上表奏请北伐魏，并忠谏后主。这就是著名的《出师表》

㊽王昶：字文舒，三国魏人。他给子侄们取名都用含意廉实的字，如其侄名沉字处道，其子名深字道冲。并写信告诫他们要人如其名。

㊾刘向、谷永之上疏：见《二体》注。

⑩⁰晁错对策：见《二体》注。　李固：字子坚，东汉人。时梁太后摄政，外戚专权，李固在对策中指陈弊政，竟被梁冀等诬杀。

⑩¹荀伯子：南朝宋人，官御史中丞，正直敢言。　弹文：弹劾大臣的奏章。

⑩²山巨源：山涛，字巨源，"竹林七贤"之一。他任吏部尚书时，重视人才，甄拔人物，各为品题，时人称为"山公启事。"

⑩³轨则：法度。

⑩⁴龟镜：龟可卜吉凶，镜能别美丑，义同借鉴。

⑩⁵不刊：不可磨灭。

⑩⁶申黜陟：申明褒贬。

⑩⁷采贞实：意谓采录正而真实的史事。

⑩⁸雕虫小技：比喻微不足道的技能。语出扬雄《法言·吾子》："或问：'吾子好赋？'曰：'童子雕虫篆刻。'俄而曰：'壮夫不为也。'"

⑩⁹语出《论语·述而》。谓听到义在那里，却不能亲身赴之。

⑪⁰淫：指浮华之风。

⑪¹持雅之管辖：坚持雅正之道的关键。

补注第十七

昔《诗》、《书》既成，而毛、孔立《传》[①]。传之时义，以训诂为主[②]，亦犹《春秋》之传，配经而行也。降及中古，始名传曰注。盖传者转也，转授于无穷；注者流也，流通而靡绝[③]。惟此二名，其归一揆。如韩、戴、服、郑[④]，钻仰《六经》[⑤]，裴、李、应、晋[⑥]，训解《三史》[⑦]，开导后学，发明先义[⑧]，古今传授，是曰儒宗[⑨]。

既而史传小书，人物杂记，若挚虞之《三辅决录》[⑩]，陈寿之《季汉辅臣》[⑪]，周处之《阳羡风土》[⑫]，常璩之《华阳士女》[⑬]，文言美辞列于章句，委曲叙事存于细书[⑭]。此之注释，异夫儒士者矣[⑮]。

次有好事之子，思广异文，而才短力微，不能自达[⑯]，庶凭骥尾，千里绝群[⑰]，遂乃掇众史之异辞，补前书之所阙。若裴松之《三国志》[⑱]，陆澄、刘昭《两汉书》[⑲]，刘彤《晋纪》[⑳]，刘孝标《世说》之类是也[21]。

亦有躬为史臣，手自刊补，虽志存该博[22]，而才阙伦叙[23]，除繁则意有所吝[24]，毕载则言有所妨，遂乃定彼榛楛[25]，列为子注[26]。若萧大圜《淮海乱离志》[27]，羊衒之《洛阳伽蓝记》[28]，宋孝王《关东风俗传》[29]，王劭《齐志》之类是也[30]。

榷其得失，求其利害，少期集注《国志》[31]，以广承祚所遗[32]，而喜聚异同，不加刊定，恣其击难[33]，坐长烦芜[34]。观其书成表献，自比蜜蜂兼采[35]，但甘苦不分，难以味同萍实者矣[36]。陆澄所注班史，多引司马迁之书，若此缺一言，彼增半句，皆采摘成注，标为异说，有昏耳目，难为披览。窃惟范晔之删《后汉》也，简而且周，疏而不漏，盖云备矣。而刘昭采其所捐，以为补注，言尽非要，事皆不急。譬夫人有吐果之核，弃药之滓，而愚者乃重加捃拾，洁以登荐[37]，持此为工，多见其无识也。孝标善于攻缪[38]，博而且精，固已察及泉鱼[39]，辨穷河豕[40]。嗟乎！以峻之才识，足堪远大，而不能探赜彪、峤[41]，网罗班、马[42]，方复留情于委巷小说，锐思于流俗短书[43]。可谓劳而无功，费而无当者矣[44]。自兹已降，其失逾甚。若萧、羊之琐杂[45]，王、宋之鄙碎[46]，言殊拣金[47]，事比鸡肋[48]，异体同病，焉可胜言。大抵撰史加注者，或因人成事[49]，或自我作故[50]，记录无限，规检不存[51]，难以存一家之格言，千载之楷则[52]。凡诸作者，可不详之？

至若郑玄、王肃[53]，述《五经》而各异，何休、马融[54]，论《三传》而竞爽[55]，欲加商榷，其流实繁。斯则义涉儒家，言非史氏，今并不书于此焉。

---

①毛《传》：《毛诗诂训传》。以《诗经》为毛公所传，故称《诗经》为《毛诗》。毛公，或谓毛亨，或谓毛苌，今学者多认为是毛苌。　　孔《传》：即今传西晋末伪《孔安国古文尚书传》。

②训诂：训者，释所言之理也；诂者，通古今之言，而明其故也。诂本作故。

③靡绝：不断。

④韩：韩婴，汉文帝时博士。推究《诗经》之意，著《韩诗内传》（已佚）、《韩诗外传》。　　戴：戴德、戴圣，叔侄皆为汉代著名《礼》学家。戴德编删《礼记》，人称《大戴礼记》，戴圣编删《礼记》，人称《小戴礼记》。　　服：服虔，字子慎，东汉著名史学家。有《春秋左氏传解谊》。　　郑：郑玄，字康成，东汉著名经学家。意主博通，遍注《五经》。

⑤钻仰：深入研究。六经：《诗经》、《尚书》、《礼记》、《乐经》、《周易》、《春秋》。

⑥裴：裴骃，字龙驹，松之之子。他以徐广《史记音义》为基础，广采众说，撰成《史记集解》。　　李：李斐、李奇，其生事不详。　　应：应劭，字仲达，东汉人。著有《汉纪注》、《汉书集解》、《风俗通义》等。　　晋：晋灼，西晋尚书郎。著有《汉书集注》。

⑦三史：唐以前，一般指《史记》、《汉书》、《东观汉记》

⑧发明先义：阐明先人的义理。

⑨儒宗：指以训诂为主的儒家一派。

⑩冯舒云："赵岐（东汉人）撰《三辅决录》，挚虞为注。今本（《史通》）作赵歧，便失本意。"

⑪三国蜀杨戏著《季汉辅臣赞》，陈寿撰《蜀志》时，多所采录，并为之注疏。杨《赞》、陈注载《蜀志·杨戏传》后。

⑫周处之《阳羡风土》：见《书志》注。

⑬常璩之《华阳士女》：常璩，字道将，曾在十六国成汉政府掌著作。其所著《华阳国志》，具有很高史料价值。其中有《先贤士女总赞》一卷。

⑭细书：指附注或夹注。

⑮浦起龙说："异夫儒士者，于本文外增补事绪，是注家之变体。"

⑯不能自达：不能自求显达。

⑰凭骥尾：比喻依附他人而成名。《史记·伯夷列传》："附骥尾而行益显。"司马贞《索隐》："苍蝇附骥尾而致千里。"骥，千里马。　　绝群：超群。

⑱裴松之《三国志》：裴松之注《三国志》，见《称谓》注。

⑲陆澄：字彦渊，南朝齐人。有《汉书注》一卷。　　刘昭：字宣卿，南朝梁人。他除注范晔《后汉书》纪传外，又兼注

司马彪《续汉书》，用补范书之缺。

⑳刘彤《晋纪》：《梁书·刘昭传》："昭伯父彤，集众家《晋书》，注干宝《晋纪》为四十卷。"

㉑刘孝标：名峻，南朝梁人。好学，人有异书，必往借读。为《世说新语》所作之注，大大丰富了《世说》的内容。

㉒该博：博学多识。

㉓伦叙：条理次序，这里指镕裁成章的能力。

㉔意有所吝：不忍割爱的意思。吝，吝惜。

㉕榛楛（hù，音户）：指丛生的杂木。《诗经·大雅·旱麓》有"榛楛济济"之句，后因以榛楛比喻粗劣而杂乱的事物或资料。

㉖子注：书中正文下的小字分注。

㉗萧大圜：字仁显，梁简文帝子。　　《淮海乱离志》：共四卷，叙侯景之乱。其作者，或认为萧世怡，或认为萧园肃，而《旧唐书》、《新唐书》与《史通》相合，认为出于大圜。

㉘羊衒之《洛阳伽蓝记》：见《书志》注。

㉙宋孝王《关东风俗传》：见《书志》艺文志注。

㉚王劭《齐志》：王劭，字君懋，在隋曾专掌国史修撰事。有《齐志》二十卷。《齐志》有无自注，则因《齐志》已佚而不可知。

㉛裴松之字世期，刘知几避李世民名讳，改称少期。裴松之注《三国志》，见《称谓》注。

㉜承祚：陈寿字。　　遗：漏略。

㉝恣其击难（nàn，音南去声）：任其互相抵牾。恣，放纵，无限制。

㉞坐：因。　　长：助长。

㉟蜜蜂兼采：蜜蜂采百花而酿蜜的意思。

㊱萍实：萍蓬草的果实。《孔子家语·致思》："孔子曰：吾闻童谣曰：楚王渡江得萍，大如斗，赤如日，剖而食之，甜如蜜。"此句针对裴松之"甘逾本质"语而言。

㊲捃（jùn，音俊）拾：拾取。　　洁以登荐：洗净进献给人。

㊳攻缪（miù，音谬）：指摘错误。缪，纰缪，错误。

㊴《列子·说符》："察见渊鱼者不祥。"这里引以说明有很强的洞察力。泉，本作渊，避唐高祖李渊名讳改作泉。

㊵春秋时有人读史书说："晋师三家涉河。"子夏纠正说："非也，是己亥也。"原来是因形近而讹，即己与三相近，豕与亥相近。见《吕氏春秋·察传》。这里引以说明刘孝标熟谙典籍之功力。

㊶探赜（zé，音则）彪、峤：探索司马彪、华峤所未发现的深奥道理。赜，幽深奥妙。

㊷网罗班、马：网罗班固、司马迁所遗漏的史事。

㊸方复：反而。　　委巷：弯曲小巷。　　小说：浅薄琐屑的言论。　　锐思：专心。　　短书：杂记之书。

㊹二句是说：博而寡要，徒劳无功。

㊺萧、羊：萧大圜、羊衒之。

㊻王、宋：王劭、宋孝王。

㊼言殊拣金：语言迥异排沙拣金的要求。《世说新语·文学》："排沙简金，往往见宝。"拣金，也作简金。

㊽鸡肋：谓"弃之可惜，食之无所得"

㊾因人成事：依靠别人的力量办成事情。这里指广录他人之说。

㊿自我作故：从我开始作为成例。这里指自以为是，主观随意。故，故事，成例。

51规检不存：没有确立体例。

52楷则：法式。

53郑玄、王肃：都是东汉经学大师，兼通古今之文，而又各有卓见。

54何休：字邵公，东汉今文经学家。曾著《公羊解诂》、《左氏膏肓》、《谷梁废疾》等。　　马融：字季长，东汉经学家。治《春秋》，著《三传异同说》。

55竞爽：争胜，引申为各有千秋。

因习第十八

盖闻三王各异礼，五帝不同乐[①]，故传称因俗[②]，《易》贵随时[③]。况史书者，记事之言耳。

夫事有贸迁[4]，而言无变革，此所谓胶柱而鼓瑟，刻船以求剑也[5]。

古者诸侯曰薨，卿大夫曰卒。故《左氏传》称楚邓曼曰："王薨于行，国之福也[6]。"又郑子产曰："文，襄之伯，君薨大夫吊[7]。"即其证也。按夫子修《春秋》，实用斯义。而诸国皆卒，鲁独称薨者，此略外别内之旨也[8]。马迁《史记》西伯已下[9]，与诸列国王侯[10]，凡有薨者，同加卒称，此岂略外别内邪？何贬薨而书卒也？

盖著鲁史者，不谓其邦为鲁国；撰周书者，不呼其上曰周王。如《史记》者，事总古今，势无主客，故言及汉祖，多为汉王，斯亦未为累也[11]。班氏既分裂《史记》，定名《汉书》，至于述高祖为公、王之时，皆不除沛、汉之字。凡有异方降款者[12]，以归汉为文。肇自班《书》，首为此矣；迄于仲豫[13]，仍踵厥非[14]。积习相传，曾无先觉者矣。

又《史记·陈涉世家》，称其子孙至今血食[15]。《汉书》复有《涉传》，乃具载迁文。按迁之言今，实孝武之世也；固之言今，当孝明之世也[16]。事出百年，语同一理。即如是，岂陈氏苗裔祚流东京者乎[17]？斯必不然。《汉书》又云："严君平既卒，蜀人至今称之[18]。皇甫谧全录斯语[19]，载于《高士传》。夫孟坚、士安年代悬隔[20]，至今之说，岂可同云？夫班之习马，其非既如彼；谧之承固，其失又如此。迷而不悟，奚其甚乎[21]！

何法盛《中兴书·刘隗录》[22]，称其议狱事具《刑法志》[23]，依检志内，了无其说。既而臧氏《晋书》、梁朝《通史》[24]，于大连之传，并有斯言，志亦无文，传仍虚述。此又不精之咎[25]，同于玄晏也。

寻班、马之为列传，皆具编其人姓名，如行状尤相似者[26]，则共归一称，若《刺客》、《日者》、《儒林》、《循吏》是也[27]。范晔既移题目于传首，列姓名于卷中[28]，而犹于列传之下，注为列女、高隐等目[29]。苟姓名既书，题目又显，是则邓禹、寇恂之首[30]，当署为公辅者矣[31]；岑彭、吴汉之前[32]，当标为将帅者矣。触类而长[33]，实繁其徒[34]，何止《列女》、《孝子》、《高隐》、《独行》而已。

魏收著书，标榜南国[35]，桓、刘诸族[36]，咸曰岛夷。是则自江而东，尽为卉服之地[37]。至于《刘昶》、《沈文秀》等传[38]，叙其爵里[39]。则不异诸华。岂有君臣共国，父子同姓，阖闾、季札，便致风土之殊[40]；孙策、虞翻[41]，乃成夷夏之隔[42]。求诸往例，所未闻也。

当晋宅江、淮，实膺正朔[43]，嫉彼群雄，称为僭盗。故阮氏《七录》[44]，以田、范、裴、段诸记[45]，刘、石、苻、姚等书[46]，别创一名，题为"伪史"。及隋氏受命，海内为家，国靡爱憎，人无彼我，而世有撰《隋书·经籍志》者，其流别群书，还依阮《录》。按国之有伪，其来尚矣。如杜宇作帝[47]，勾践称王[48]，孙权建鼎峙之业[49]，萧詧为附庸之主[50]，而扬雄撰《蜀纪》[51]，子贡著《越绝》[52]。虞裁《江表传》[53]，蔡述《后梁史》[54]。考斯众作，咸是伪书，自可类聚相从，合成一部，何止取东晋一世十有六家而已乎？

夫王室将崩，霸图云构[55]，必有忠臣义士，捐生殉节。若乃韦、耿谋诛曹武[56]，钦、诞问罪马文[57]，而魏、晋史臣书之曰贼，此乃迫于当世，难以直言。至如荀济、元瑾兰摧于孝靖之末[58]，王谦、尉迥玉折于宇文之季[59]，而李刊齐史[60]，颜述隋篇[61]，时无逼畏，事须矫枉，而皆仍旧不改，谓数君为叛逆。书事如此，褒贬何施？

昔汉代有修奏记于其府者[62]，遂盗葛龚所作而进之[63]，既具录他文，不知改易名姓，时人谓之曰："作奏虽工，宜去葛龚。"及邯郸氏撰《笑林》[64]，载之以为口实[65]。嗟乎！历观自古，此类尤多，其有宜去而不去者，岂直葛龚而已！何事于斯，独致解颐之诮也[66]。凡为史者，苟能识事详审，措辞精密，举一隅以三隅反，告诸往而知诸来[67]，斯庶几可以无大过矣。

①《礼记·乐记》："五帝殊时，不相沿乐；三王异世，不相袭礼。"意谓时代不同，礼乐亦异。

②因俗：因袭旧俗。《史记·齐太公世家》："太公至国，修政，因其俗。"

③语出《周易·随卦》："大亨贞无咎，而天下随时，随时之义大矣哉。"随时，谓顺应时势。

④贸迁：变易，改换。

⑤刻船以求剑：故事载《吕氏春秋·察今》，后演变成成语"刻舟求剑"。比喻拘泥固执，不知变通。

⑥楚武王将伐随国而心跳。他的夫人邓曼说：君王的福禄尽了。这次作战，君王死在路上，就是国家的福分了。见《左传·庄公四年》。

⑦"郑子产"三句：载《左传·昭公三年》，乃晋国为少姜举行丧礼而接待郑国游吉时，子太叔所说的话。刘知几误作子产。文，襄之伯，谓晋文公，晋襄公称霸时。

⑧《公羊传·隐公十年》："《春秋》录内而略外。"意谓尊重鲁国君主而轻视其他诸侯。

⑨西伯：西方诸侯之长，即周文王。

⑩此指《史记》之各《世家》。

⑪累（lèi，音类）：误失，缺陷。

⑫降款：投降归附。

⑬荀悦字仲豫。

⑭仍踵厥非：依然沿袭其（指班固）错误。厥，其，指示代词。

⑮血食：古时杀牲取血，用以祭祀，故名。至今血食，谓陈胜的子孙还健在。

⑯孝明：东汉明帝刘庄。

⑰这句是说：难道陈胜的子孙有福分直到东汉还活着吗？按西汉武帝至东汉明帝相隔二百多年。

⑱严君平：见《二体》注。二句见《汉书·严君平传》。

⑲皇甫谧：字士安，自号玄晏先生，晋朝人。著有《帝王世纪》、《高士传》等。

⑳孟坚：班固字。悬隔：相隔很远。

㉑奚其：何其，多么。

㉒何法盛《中兴书》：见《表历》注。刘隗：字大连，东晋人。他与刁协并为元帝司马睿所宠。

㉓章宗源《隋书经籍志考证》云：《刑法志》当作《刑法书》。

㉔臧氏《晋书》：臧荣绪《晋书》，见《书志·五行》注。

㉕不精之咎：粗率的过失。

㉖行状：品行，业绩。

㉗日者：以占候卜筮为业的人。　　循吏：奉职守法的官吏。

㉘卷中：指传记中。

㉙范晔《后汉书》本为《逸民》，此云《高隐》，是因避唐太宗李世民名讳。

㉚邓禹、寇恂：都是汉光武帝刘秀的辅佐之臣。邓字仲华，东汉政权建立后，受封高密侯。寇字子翼，时人认为有宰相之器。

㉛公辅：三公和辅相。

㉜岑彭、吴汉：都是汉光武帝著名将帅。岑彭，字君然，东汉政权建立后，任廷尉行大将军事。吴汉，字子颜，东汉政权建立，任命为大司马。

㉝触类而长（zhǎng，音掌）：碰上同类事物加以扩大。长，增益，扩大。

㉞《尚书·仲虺之诰》："简贤附势，实繁有徒。"原义是这样的人很多，此处谓这样的类别会很多。

㉟标榜南国：为南朝国家标目。标榜，题额，引申为标目。

㊱桓，刘：桓玄，刘裕。

㊲卉服：用草织的衣服，即"东南之夷"的衣着。《尚书·禹贡》："岛夷卉服。"

㊳刘昶：字休道，南朝宋文帝刘义隆第九子，降北魏，被封为丹阳王。　　沈文秀：字仲远，本为南朝宋臣，后投降并仕于北魏。

㊴爵里：官爵和籍贯（国籍）。

㊵阖闾：吴王阖闾，是春秋末期诸侯的霸主。　　季札：吴王寿梦之子，有贤名，吴人多次拥立他为君主，均不受，并出奔他国。阖闾是季札长兄诸樊之子。　　风土之殊：异国之别的意思。

㊶孙策：见《断限》注。　　虞翻：见《六家》注。孙策（孙权之兄）曾任东汉讨逆将军，时虞翻为其功曹，后吴建立政

权，虞翻又仕吴为骑都尉。

㊷夷夏之隔：即将孙策、虞翻分属两国。

㊸实膺正朔：实际继承了正统。膺，受，引申为继承。

㊹阮氏《七录》：阮孝绪《七录》，见《书志》“艺文志”注。

㊺田、范、裴、段诸记：指田融所撰《赵书》，范亨所撰《燕书》，裴景仁所撰《秦记》，段龟龙所撰《凉记》。

㊻刘、石、苻、姚：十六国中的前赵刘氏、后赵石氏、前秦苻氏、后秦姚氏。这里用以代指十六国政权。

㊼杜宇作帝：战国时七雄称王，杜宇在蜀称帝，号望帝。传说禅让后化为杜鹃。

㊽勾践：春秋时越王。为吴王夫差战败，困于会稽。其后卧薪尝胆，发愤图强，终于灭掉吴国。

㊾孙权：字仲谋，三国吴开国皇帝。赤壁之战后，西联蜀汉。北抗曹魏，成鼎足三分的局面。

㊿萧詧（chá，音察）：梁武帝之孙，好学善属文。曾被宇文泰立为梁主，上疏称臣，实为附庸。

(51)扬雄《蜀纪》：即扬雄《蜀王本纪》。顾颉刚认为其书记事较《华阳国志》可靠。

(52)子贡《越绝》：《越绝书》十六卷，多认为撰者为子贡。明代杨慎考证为东汉袁康所撰。

(53)据《晋书》和《旧唐书》，《江表传》二卷，撰者西晋虞溥。裁，裁制，撰著。

(54)据《唐书》，《后梁春秋》十卷，记萧詧事迹，唐蔡允恭撰。述，编纂。

(55)霸图云构：割据争霸局面已形成。云，已，时间副词。

(56)建安二十三年，少府耿纪、丞相司直韦晃起兵谋杀曹操，事败，诛三族。见《后汉书·献帝纪》。

(57)三国魏扬州刺史文钦，因怨恨司马懿，遂与毋丘俭假称奉旨，发兵向司马懿问罪，被司马昭击败。　三国魏诸葛诞，因见王凌，毋丘俭相继被杀，心颇恐惧，遂反，司马昭讨斩之。

(58)东魏孝静帝武定五年（547），尚书祠部郎中元瑾、梁降人荀济等企图谋害权势日盛的高澄，事败被诛。三年后，澄弟高洋废孝静建北齐。荀济，字子通，与梁武帝为布衣交，后逃往东魏。孝靖，即东魏孝静帝。　兰摧：与下文玉折为成语，意谓甘愿尽忠守节而死。

(59)北周（宇文氏政权）末年，隋高祖杨坚总揽大权。益州总管王谦、相州总管尉迟迥等相继起兵讨伐杨坚，兵败被杀。

(60)李：指李百药。

(61)颜述隋篇：指颜师古参加编纂的《隋书》。颜师古，名籀，以字行，为唐代通儒。博览群书，精于训诂。

(62)其府：自己家。

(63)葛龚：字元甫，东汉人。和帝时以善文记知名。

(64)邯郸淳著《笑林》三卷。邯郸淳，字子叔，三国魏人。师于曹喜，博学有才。

(65)口实：话柄，借口。

(66)解颐：开颜而笑。颐，面颜。

(67)“先诸”句：出自《论语·学而》。意谓告诉你一件，你能有所发挥，举一反三。

邑里第十九

昔《五经》、诸子，广书人物，虽氏族可验，而邑里难详[①]。逮太史公始革兹体，凡有列传，先述本居[②]。至于国有弛张[③]，乡有并省[④]，随时而载，用明审实。按夏侯孝若撰《东方朔赞》云[⑤]：“朔字曼倩，平原厌次人。魏建安中[⑥]，分厌次为乐陵郡，故又为郡人焉。”夫以身没之后，地名改易，犹复追书其事，以示后来。则知身生之前，故宜详录者矣。

异哉！晋氏之有天下也。自洛阳荡覆[⑦]，衣冠南渡[⑧]，江左侨立州县[⑨]，不存桑梓[⑩]。由是斗牛之野[⑪]，郡有青、徐、吴、越之乡[⑫]，州编冀、豫[⑬]。欲使南北不乱，淄、渑可分[⑭]，得乎？系虚名于本土者，虽百代无易[⑮]。既而天长地久，文轨大同。州郡则废置无恒，名目则古今各异。而作者为人立传，每云某所人也，其地皆取旧号，施之于今。欲求实录，不亦难乎！

且人无定质[⑯]，因地而化。故生于荆者，言皆成楚[⑰]；居于晋者，齿便从黄[⑱]。涉魏而东。已经七叶；历江而北，非唯一世[⑲]。而犹以本国为是，此乡为非。是则孔父里于昌平[⑳]，阴氏家于新野[㉑]，而系纂微子，源承管仲[㉒]，乃为齐、宋之人，非关鲁、邓之士[㉓]。求诸自古，其义无闻。

且自世重高门㉔，人轻寒族㉕，竞以姓望所出里邑相矜㉖。若仲远之寻郑玄，先云汝南应劭㉗；文举之对曹操，自谓鲁国孔融是也㉘。爰及近古，其言多伪。至于碑颂所勒㉙，茅土定名㉚，虚引他邦，冒为己邑㉛。若乃称袁则饰之陈郡㉜，言杜则系之京邑㉝，姓卯金者咸曰彭城㉞，氏禾女者皆云巨鹿㉟。在诸史传，多与同风㊱。此乃寻流俗之常谈，忘著书之旧体矣。

又近世有班秩不著者㊲，始以州壤自标，若楚国龚遂、渔阳赵壹是也㊳。至于名位既隆㊴，则不从此列，若萧何、邓禹、贾谊、董仲舒是也㊵。观《周》、《隋》二史，每述王、庾诸事，高、杨数公，必云琅琊王褒，新野庾信，弘农杨素，渤海高颎，以此成言，岂曰省文，从而可知也㊶。

凡此诸失，皆由积习相传，浸以成俗㊷，迷而不返。盖语曰："难与虑始，可与乐成㊸。"夫以千载遵行，持为故事，而一朝纠正，必惊愚俗。此庄生所谓"安得忘言之人而与之言"㊹，斯言已得之矣。庶知音君子，详其得失者焉。

---

①邑里：籍贯。

②本居：原籍。

③国有弛张：谓国家疆域或有所扩大或有所缩小。

④乡有并省：乡或合并或撤销。

⑤夏侯湛，字孝若，西晋人。文章宏富，貌美，京都人称他与潘岳为"连璧"。《文选》载其《东方朔画赞并序》。下文所引，即见《赞序》。

⑥魏建安：建安本为汉献帝年号。时曹操擅权，故夏侯湛称"魏建安"。

⑦洛阳荡覆：谓西晋衰亡。洛阳，西晋首都，代指西晋。荡覆，废毁。

⑧衣冠：统治者的穿戴，代指西晋统治者。　　南渡：西晋为前赵所灭。琅邪王司马睿在建康（今南京）即位，重建政权，保有江南之地。

⑨侨立州县：东晋初，在江南设置与北方州县同名的州县，以安置从北方逃来的士族，故称侨立州县。

⑩桑梓：《诗经·小雅·小弁》："惟桑与梓，必恭敬止。"桑梓因父母所植而加以恭敬。后用以喻故乡。

⑪斗牛之野：古代天文学说，把十二星辰的位置跟地上州、国的位置相对应。就天文说，称分星；就地上说称分野。

⑫这句是说：侨置的青州、徐州，都在古吴、越两国境内。青州原在今山东北部，侨置于盱州（今江苏淮阴东南）。徐州原在淮北，侨置于钟离（今湖北汉川东）。

⑬冀州原在今河北，侨置于盱州。豫州原在今河南，侨置豫州在今淮水之南。

⑭淄（zī，音姿）渑（shéng，音绳）：二水名，都在山东省。相传二水味异，合则难辨。后以"淄渑"比喻合则难辨的事物。

⑮浦起龙说："二句有讹脱，文亦可省。"无易，不变。

⑯质：禀性，气质。

⑰荆楚：指楚国。

⑱嵇康《养生论》："齿居晋而黄。"是说晋人喜欢吃枣，常吃则牙齿变黄。晋，今山西及河北西南地区。

⑲以上四句说：东晋南迁，北魏已历七世，江南人北渡，不止一代。叶，犹世，三十年。

⑳孔父里于昌平：孔子的故乡在鲁国昌平。昌平：今山东曲阜。

㉑阴氏家于新野：汉武帝妃阴丽华家乡在新野（今属河南）。

㉒二句说：按源流，孔子是宋微子之后，属宋人；阴氏是管仲之后，属齐人（管仲七世孙管修从齐国来到楚国，为阴大夫，因以阴为氏。）

㉓邓：古国名，故地在今河南邓县。这里代指新野。

㉔高门：富贵的士族。

㉕寒族：门第寒微的家族。

㉖这句说：竞相以族姓中有声望的人所出之地来夸耀。

㉗这二句说：如应劭（字仲远）攀附郑玄，先说自己是汝南应劭。按汝南为应氏族望所在。其父应奉，少有才名，桓帝时

官司隶校尉。追思屈原，作《感骚》三十篇。

㉘这二句说：孔融（字文举）应答曹操时，自称是鲁国孔融。

㉙勒：雕刻，引申为记载。

㉚茅土定名：受封诸侯定国名。此指受封叙族谱。茅土，古代分封诸侯，取祭坛上一色土，以茅包之，给受封者在封国立社。

㉛原注："今西域胡人多有姓明及卑者，如加五等爵，或称平原公，或号东平子，为明氏出于平原，卑氏出于东平故也。"

㉜陈郡：郡治（治所）在今河南淮阳。陈郡为袁氏族望所在。

㉝京邑：指长安。

㉞卯金：指刘姓。　咸：皆，都。　彭城：郡治在今江苏铜山。

㉟禾女：指魏姓。　巨鹿：郡名，约当今河北南自平乡、任县至晋县、藁城一带地区。

㊱原注："如《隋史·牛弘传》云：'安定鹑觚人也。本姓尞氏。'至它篇所引，皆谓之陇西牛弘。"

㊲班秩不著：官位品级不著称。

㊳浦起龙注："（龚）遂非楚国而曰楚国，（赵）壹非渔阳而曰渔阳，标所望也。"

㊴隆：高。

㊵《史记·萧相国世家》称萧何"沛丰人也"。《后汉书·邓禹传》称邓禹"南阳新野人也"。《汉书·贾谊传》称贾谊"洛阳人也"。《汉书·董仲舒传》称仲舒"广川（今河北枣强东北）人也"。

㊶浦起龙注："每举一人，必带地望（籍贯），殊觉词费。"

㊷浸：逐渐。

㊸语出《商君书·更法》。意谓难以共担创业的困苦，可以同享成功的欢乐。

㊹语出《庄子·外物》。意谓我哪里能够遇到忘言（注重把握意义）的人来和他谈论呢！

史通卷之六

内　篇

言语第二十

盖枢机之发，荣辱之主[①]，言之不文，行之不远[②]，则知饰词专对[③]，古之所重也。夫上古之世，人惟朴略[④]，言语难晓，训释方通。是以寻理则事简而意深，考文则词艰而义释，若《尚书》载伊尹立训[⑤]，皋陶矢谟[⑥]，《洛诰》、《康诰》、《牧誓》、《泰誓》是也[⑦]。周监二代，郁郁乎文[⑧]。大夫、行人[⑨]，尤重词命[⑩]，语微婉而多切[⑪]，言流靡而不淫[⑫]，若《春秋》载吕相绝秦[⑬]，子产献捷[⑭]，臧孙谏君纳鼎[⑮]，魏绛对戮杨干是也[⑯]。战国虎争，驰说云涌[⑰]，人持《转丸》之辩[⑱]，家挟《飞钳》之术[⑲]，剧谈者以谲诳为宗[⑳]，利口者以寓言为主[㉑]，若《史记》载苏秦合从[㉒]，张仪连横[㉓]，范雎反间以相秦[㉔]，鲁连解纷而全赵是也[㉕]。

逮[㉖]汉、魏已降，周、隋而往，世皆尚文[㉗]，时无专对。运筹画策，自具于章表；献可替否[㉘]，总归于笔札。宰我、子贡之道不行[㉙]，苏秦、张仪之业遂废矣。假有忠言切谏，《答戏》、《解嘲》[㉚]，其可称者，若朱云折槛以抗愤[㉛]，张纲埋轮而献直[㉜]。秦宓之酬吴客[㉝]，王融之答虏使[㉞]，此之小辩[㉟]，曾何足云。是以历选载言，布诸方册[㊱]，自汉已下，无足观焉。

寻夫战国已前，其言皆可讽咏，非但笔削所致[㊲]，良由体质素美[㊳]。何以核诸？至如"鹑贲"、"鸜鹆"[㊴]，童竖之谣也；"山木"、"辅车"[㊵]，时俗之谚也；"皤腹弃甲"，城者之讴也[㊶]；

"原田是谋"，舆人之诵也[42]。斯皆刍词鄙句[43]，犹能温润若此，况乎束带立朝之士，加以多闻博古之识者哉！则知时人出言，史官入记，虽有讨论润色，终不失其梗概者也[44]。

夫《三传》之说，既不习于《尚书》；两汉之词，又多违于《战策》。足以验氓俗之递改[45]，知岁时之不同。而后来作者，通无远识，记其当世口语，罕能从实而书，方复追效昔人，示其稽古[46]。是以好丘明者，则编摹《左传》[47]；爱子长者，则全学史公。用使周、秦言辞见于魏、晋之代，楚、汉应对行乎宋、齐之日。而伪修混沌[48]，失彼天然，今古以之不纯，真伪由其相乱。故裴少期讥孙盛录曹公平素之语[49]，而全作夫差亡灭之词[50]。虽言似《春秋》，而事殊乖越者矣[51]。

然自咸、洛不守[52]，龟鼎南迁[53]，江左为礼乐之乡，金陵实图书之府[54]，故其俗犹能语存规检[55]，言喜风流[56]，颠沛造次[57]，不忘经籍。而史臣修饰，无所费功。其于中国则不然[58]，何者？于斯时也，先王桑梓[59]，翦为蛮貊[60]，被发左衽[61]，充牣神州[62]。其中辩若驹支[63]，学如郯子[64]，有时而遇，不可多得。而彦鸾修伪国诸史[65]，收、弘撰《魏》、《周》二书[66]，必讳彼夷音[67]，变成华语，等杨由之听雀[68]，如介葛之闻牛[69]，斯亦可矣。而于其间，则有妄益文彩，虚加风物[70]，援引《诗》、《书》，宪章《史》、《汉》[71]。遂使沮渠、乞伏[72]，儒雅比于元封[73]，拓跋、宇文[74]，德音同于正始[75]。华而失实，过莫大焉。

唯王，宋著书，叙元、高时事[76]，抗词正笔，务存直道[77]，方言世语[78]，由此毕彰。而今之学者，皆尤二子以言多滓秽，语伤浅俗[79]。夫本质如此，而推过史臣，犹鉴者见嫫母多媸，而归罪于明镜也[80]。

又世之议者，咸以北朝众作，《周史》为工。盖赏其记言之体，多同于古故也。夫以枉饰虚言[81]，都捐实事[82]，便号以良直，师其楷模[83]，是则董狐、南史，举目可求，班固、华峤，比肩皆是者矣[84]。近有敦煌张太素、中山郎余令[85]，并称述者，自负史才。郎著《孝德传》，张著《隋后略》。凡所撰今语，皆依仿旧辞。若选言可以效古而书，其难类者，则忽而不取，料其所弃，可胜纪哉！

盖江芊骂商臣曰："呼！役夫，宜君王废汝而立职[86]。"汉王怒郦生曰："竖儒，几败乃公事[87]！"单固谓杨康曰："老奴，汝死自其分[88]。"乐广叹卫玠曰："谁家生得宁馨儿[89]！"斯并当时侮嫚之词，流俗鄙俚之说。必播以唇吻，传诸讽诵，而世人皆以为上之二言不失清雅[90]，而下之两句殊为鲁朴者[91]，何哉？盖楚、汉世隔，事已成古，魏、晋年近，言犹类今。已古者即谓其文，犹今者乃惊其质。夫天地长久，风俗无恒，后之视今，亦犹今之视昔[92]。而作者皆怯书今语，勇效昔言，不其惑乎！苟记言则约附《五经》，载语则依凭《三史》[93]，是春秋之俗，战国之风，亘两仪而并存[94]，经千载其如一，奚以考今来古往[95]，质文之屡变者哉？

盖善为政者，不择人而理，故俗无精粗，咸被其化；工为史者，不选事而书，故言无美恶，尽传于后。若事皆不谬，言必近真，庶几可与古人同居[96]，何止得其糟粕而已。

---

①《周易·系辞上》："言行，君子之枢机。枢机之发，荣辱之主也。"意谓言行是体现君子品德的关键，这关键一启动，就主宰了荣辱。枢机，户枢与弩牙，比喻事物的关键部分。

②语出《左传·襄公二十五年》。意谓语言没有文采，就不能流传久远。

③饰词：藻饰文词。　　专对：随机应答不拘成命，即独立地去谈判酬酢。

④朴略：简约质朴。

⑤伊尹立训：《史记·殷本纪》、《书序》都说太甲元年伊尹所作；传世的《伊训》，乃商汤训告伊尹之辞。

⑥皋陶矢谟：《尚书·皋陶谟》，为舜、禹、皋陶讨论如何继承尧的事业的记录。

⑦《洛诰》：《尚书》篇名，为洛邑建成后，周公告诫成王的话。　　《康诰》：《尚书》篇名，为周公封康叔时的诰词。

《牧誓》:《尚书》篇名,为周武王伐纣,在牧野誓师之辞。　　《泰誓》:《尚书》篇名,为周武王伐纣,渡过黄河,会诸侯而历数纣王暴行之辞。

⑧语出《论语·八佾》。意谓周朝的礼仪制度是借鉴夏商两代而制定的,多么丰富多彩呀!

⑨行人:通使之官,即使臣。

⑩词命:辞命,即古代列国之间使者聘问应对之辞。

⑪微婉而多切:精微婉转而又质朴无华。

⑫流靡(mǐ,音米)而不淫:流丽而不过分。靡,美好。

⑬晋厉公派遣大夫吕相向秦国宣告绝交,其文简切有力。见《左传·成公十三年》。

⑭郑国派遣大夫子展、子产率兵讨伐陈国,大捷。子产献捷于晋,晋平公责问陈有何过失,子产回答得十分得体。见《左传·襄公二十五年》。

⑮齐、鲁、陈、郑四国联军戡定宋国内乱后,鲁桓公私取宋珍藏的郜国大鼎,纳于太庙。鲁大夫臧哀伯认为非礼,谏请归还给宋。见《左传·桓公二年》。

⑯晋悼公之弟杨干搅乱了军队的行列,执掌军法的魏绛诛杀了扬干的仆从,以示惩戒。悼公怒,欲杀绛。绛呈书申述,悼公感悟而使佐新军。见《左传·襄公三年》。

⑰驰说(shuì,音税):游说。

⑱《转丸》:《鬼谷子》篇名。今佚。《文心雕龙·论说》:"暨战国争雄,辨士云涌,纵横参谋,长短角势,《转丸》骋其巧辞,《飞钳》伏其精术。"

⑲《飞钳》:《鬼谷子》篇名。言从(纵)横辩说之术。飞钳,言察是非语,飞而钳持之。"

⑳剧谈:畅言,疾言。此处是游谈的意思。　　谲(jué,音决)诳:欺诈。　　宗:宗旨。

㉑利口:能言善辩。　　寓言:有所寄托或比喻之言。

㉒苏秦:战国时著名游说家。游说燕赵韩魏齐楚六国,合纵抗秦,佩六国相印,为纵约之长。

㉓张仪:战国时著名游说家。以连横之策游说六国背弃纵约,共同事秦。

㉔秦昭王时,宣太后及其弟穰侯专权,范雎离间了昭王和他们的关系,以称霸的策略说动昭王。昭王废太后,逐穰侯,任命范雎为相。

㉕公元前206年,秦军大破赵军于长平后,进围邯郸,赵王震恐,援赵魏军畏葸不前,魏王派新垣衍劝说赵王尊秦为帝以求和。齐人鲁仲连则力驳新垣衍帝秦谬论,"谈笑却秦兵"。

㉖逮(dài,音代):到,及。

㉗尚文:注重文采。

㉘献可替否:建议可行的方法,废止不可行的方法。《左传·昭公二十年》:"臣献其可,以去其否。

㉙语出《论语·先进》。意谓宰我、子贡(都是孔子的学生)擅长辞令的辩术,不再流行。

㉚《答戏》、《解嘲》:指班固《答宾戏》和扬雄《解嘲》。

㉛朱云正直敢谏。汉成帝时,上书求借上方剑,斩佞臣张禹,帝怒欲杀之,御史拖他下殿,他攀断了栏杆,辛庆忌救助得免。抗愤,违抗成帝"罪死不赦"的愤怒。

㉜张纲,东汉顺帝时任御史。顺帝汉安元年奉命与杜乔、周举等八人徇行风俗,其他七人赴任,纲独埋车轮于洛阳都亭下,曰:"豺狼当道,安问狐狸!"遂上书奏劾大将军梁冀罪行,京师震动。

㉝秦宓字子敕,三国蜀人。有才学,机敏善辩。与吴使张温辩难,对答如流,温大敬服。事见《三国志·蜀志·秦宓传》。酬,应答。

㉞王融字元长,南齐人。博涉经史,兼有文才,累官中书郎。在与北魏使者房景高、宋弁的辩论中,难倒了宋弁。事见《南齐书·王融传》。

㉟小辩:小小的辩难。

㊱方册:方策,即书籍。

㊲笔削:修改。

㊳体质素美:语言质朴优美而无雕琢之弊。

㊴晋献公围虢国都城上阳,问于卜偃,卜偃以童谣对云:"鹑之贲贲,天策焞焞,火中成军,虢公其奔。"意谓鹑火星闪光,天策星暗淡,映鹑火进军,虢公必逃奔。　　《左传·昭公二十五年》:"童谣有之,曰:'鸜鹆之鸲之,公出辱之。'"意谓八哥八哥,国君出逃蒙受耻辱。

㊵《左传·隐公十一年》:周谚有之曰:"山有木,工则度(测量)之。"　　《左传·僖公五年》:"谚所谓'辅(脸颊)车

（牙龈）相依，唇亡齿寒者'，其虞、虢之谓也。"

㊶《左传·宣公二年》："城者讴曰：'睅其目，皤（pó，音婆）其腹，弃甲而复。'"意谓筑城的人们唱歌说：鼓着他（指华元）的两眼，挺着他的大肚，丢弃了铠甲又回来。

㊷《左传·僖公二十八年》：晋侯患之，听舆人之诵，曰：'原田每每，舍其旧而新是谋。'"意谓晋文公担心军心动摇，听到役卒们诵诗说："平原耕地上青草茂盛，舍弃了旧地而谋求新地。"

㊸刍词鄙句：粗俗朴野的词句。

㊹梗概：大略，大概。

㊺氓（méng，音萌）俗：民俗。

㊻稽古：研习古事。

㊼编摹：仿效编纂。

㊽《庄子·天地》："孔子曰：'彼假浑沌氏之术者也。'"意谓他是借浑沌氏之术以修身的。刘知几改假为"伪"，反其义而用之。

㊾裴少期即裴松之，唐人避李世民讳，改其字世期为少期。曹公即曹操。《三国志·魏志·武帝纪》裴注引孙盛《魏氏春秋》："（曹操）答诸将曰：'刘备，人杰也，将生忧寡人。'臣松之以为，……孙盛制书，多用左氏以易旧文，如此者非一。"

㊿越军包围吴都。吴王夫差说："勾践将生忧寡人。"意谓勾践准备让我活着就有忧虑。这"夫差亡灭之词"，用之于曹操，显然不妥。

(51)乖越：极不相符。

(52)咸、洛：咸阳与西晋都城洛阳。

(53)龟鼎：元龟与九鼎，皆国之重器，因以喻帝位。

(54)金陵：晋建兴初改为建康，其地当今之江苏南京市。

(55)规检：法式，规范。

(56)风流：风韵。

(57)颠沛造次：困顿仓猝。

(58)中国：指中原。

(59)桑梓：故乡。

(60)翦为蛮貊（mò，音末）：尽为蛮貊（古代称南方少数民族）。

(61)被发左衽：披散着头发，衣襟向左边开（谓沦为落后民族）。

(62)充牣（rèn，音认）：充满。　神州：指中原。

(63)晋卿范宣子在朝廷上责备戎族酋长驹支，说诸侯受其影响都不听晋君的话。驹支据理答辩，词锋锐利。见《左传·襄公十四年》。

(64)学如郯子：见《书志》"后序"注。

(65)彦鸾：崔鸿字。　伪国诸史：指崔鸿所撰《十六国春秋》。

(66)收、弘撰《魏》、《周》二书：指魏收所撰《魏书》和牛弘所撰《周史》。

(67)讳彼夷音：忌讳用少数民族语言。

(68)东汉杨由听大雀鸣叫而知吉凶。事见《后汉书·杨由传》。

(69)介（部族名）君葛卢听到母牛的叫声，能断定它已生了三头小牛，并都用作祭品了。见《左传·僖公二十九年》。

(70)风物：风光，景物。

(71)宪章：效法。

(72)沮渠：复姓。晋有沮渠蒙逊，建北凉政权。　乞伏：鲜卑族部落之一，十六国时建立西秦政权。

(73)元封：汉武帝年号。这里代指汉朝。

(74)拓跋：北魏皇族的姓，这里代指北魏。　宇文：鲜卑族复姓。宇文觉建北周政权。

(75)德音：善言。　正始：三国魏齐王曹芳年号。这里代指中原政权。

(76)王、宋：指王劭、宋孝王。王劭撰《齐志》，宋孝王撰《关东风俗传》。　元、高：元指元氏西魏，高指高氏北齐。

(77)抗词正笔：言词正直，秉笔公正。　直道：正直之道。

(78)世语：当世流行的语言。

(79)"而今"三句：系针对《北史·王劭传论》中"文辞鄙秽，体统繁杂"而言。尤，责怪。

(80)二句说：如同从镜子里看嫫母很丑，就归罪于明镜。嫫母，古代传说中的丑妇。《荀子·赋》注："嫫母，丑女，黄帝时人。”

㉛枉：徒然，白白地。

㉜捐：舍弃，抛弃。

㉝原注：“如周太祖实名黑獭，魏本索头，故当时有童谣曰：‘狐非狐，貉非貉，燋梨狗子啮断索。’……诸如此事，难可弃遗，而《周史》以为其事非雅，略而不载。赖君懋（王劭）编录，故得权闻于后。”模楷，模范，范例。

㉞比肩：肩并肩，形容人多。

㉟张太素：名大业。唐高宗时，官东台舍人兼修国史。著有《隋后略》、《敦煌张氏家传》。 郎余令：唐初官著作佐郎。著有续梁元帝《孝德传》之《孝子后传》。

㊱楚成王立商臣为太子，后又打算废黜他而立王子职。商臣为证实这一消息，就按他老师的主意，宴请成王之妹江芊，故意不礼貌。江芊便骂他：“呼！役夫（鄙贱之人），宜君王之欲杀女（汝）而立职也。”见《左传·文公元年》。

㊲郦食其（yìjī，音义基）建议刘邦复立六国后裔，以削弱项羽的力量。张良得知后，则力陈这个建议的危害。刘邦听了骂道：“竖儒，几败而公事！”见《史记·留侯世家》。竖儒，卑琐浅陋的小儒。乃公，你的父亲。

㊳单固有才能，魏正始年间，为兖州刺史令狐愚的别驾，与从事杨康一起，成为令狐愚的心腹。后愚与王凌通谋，欲废齐王曹芳而立曹彪。康至洛阳揭发了这件事。司马懿问单固是否知此事，单固答不知。杨康本以为自己能受封拜，结果和单固一样被斩。临刑时，单固骂杨康：“老奴，汝死自分耳！”自其分（fèn，音奋），自食其果的意思。

㊴卫玠风神秀异，为乐广之婿，人称“妇公冰清，女婿玉润”。卫玠年二十七即亡，时人多以为是被“看杀”的。《晋书》中广、玠二传均无“宁馨儿”语。王衍幼时造访山涛，山涛叹云：“何物老妪，生宁馨儿！”宁馨儿，这样的孩儿。

㊵清雅：高洁文雅。

㊶鲁朴：鲁钝朴拙。

㊷《汉书·京房传》：“臣恐后之视今，犹今之视前也。

㊸《三史》：魏晋六朝以《史记》、《汉书》、《东观汉记》为《三史》。

㊹亘两仪而并存：连绵不断而与天地并存。两议，指天地。

㊺《史通增释》云：“‘奚以’下脱一‘考’字。《叙事篇》云：‘何以考时俗之不同，察古今之有异。’即其例也。”据以补之。

㊻与古人同居：意谓学习古籍而能探揣古意。

浮词第二十一

夫人枢机之发，亹亹不穷①，必有徐音足句，为其始末②。是以伊、惟、夫、盖，发语之端也③；焉、哉、矣、兮，断句之助也④。去之则言语不足，加之则章句获全。而史之叙事，亦有时类此。故将述晋灵公厚敛雕墙，则且以不君为称⑤；欲云司马安四至九卿，而先以巧宦标目⑥。所谓说事之端也。又书重耳伐原示信，而续以一战而霸⑦，文之教也⑧；载匈奴为偶人象郅都，令驰射莫能中，则云其见惮如此⑨。

昔尼父裁经⑩，义在褒贬，明如日月，持用不刊⑪。而史传所书，贵乎博录而已。至于本事之外⑫，时寄抑扬⑬，此乃得失禀于片言⑭，是非由于一句，谈何容易，可不慎欤！但近代作者，溺于烦富⑮，则有发言失中⑯，加字不惬⑰，遂令后之览者，难以取信。盖《史记》世家有云：赵鞅诸子，无恤最贤⑱。夫贤者当以仁恕为先，礼让居本。至如伪会邻国，进计行戕⑲，俾同气女兄，摩笄引决⑳，此则诈而安忍㉑，贪而无亲，鲸鲵是俦㉒，犬豕不若㉓，焉得谓之贤哉！又《汉书》云：萧何知韩信贤㉔。按贤者处世，夷险若一㉕，不陨获于贫贱，不充诎于富贵㉖。《易传》曰：知进退存亡者，其唯圣人乎㉗！如淮阴初在仄微㉘，堕业无行，后居荣贵，满盈速祸；躬为逆上㉙，名隶恶徒㉚。周身之防靡闻㉛，知足之情安在？美其善将，呼为才略则可矣，必以贤为目，不其谬乎㉜？又云：严延年精悍敏捷，虽子贡、冉有通于政事，不能绝也㉝。夫以编名《酷吏》，列号“屠伯”，而辄比孔门达者，岂其伦哉㉞！且以春秋至汉，多历年所㉟，必言貌取人，耳目不接，又焉知其才术相类㊱，锱铢无爽㊲，而云不能绝乎？

盖古之记事也，或先经张本[38]，或后传终言[39]，分布虽疏，错综逾密[40]。今之记事也则不然，或隔卷异篇，遽相矛盾；或连行接句，顿成乖角[41]。是以《齐史》之论魏收，良直邪曲，三说各异[42]；《周书》之评太祖，宽仁好杀，二理不同[43]。非惟言无准的，固亦事成首鼠者矣[44]。夫人有一言[45]，而史辞再三，良以好发芜音，不求谠理[46]，而言之反复，观者惑焉。

亦有开国承家，美恶昭露，皎如星汉，非靡沮所移[47]，而轻事尘点[48]，曲加粉饰。求诸近史，此类尤多[49]。如《魏书》称登国以鸟名官[50]，则云“好尚淳朴，远师少皞”[51]；述道武结婚蕃落[52]，则曰“招携荒服，追慕汉高[53]。”自馀所说，多类于此。按魏氏始兴边朔[54]，少识典、坟；作俪蛮夷[55]，抑惟秦、晋[56]。而鸟官创置，岂关郯子之言？髦头而偶[57]，奚假奉春之策[58]？奢言无限，何其厚颜[59]！又《周史》称元行恭因齐灭得回[60]，庾信赠其诗曰：“虢亡垂棘反，齐平宝鼎归[61]。”陈周弘正来聘[62]，在馆赠韦夐诗曰：“德星犹未动，真车讵肯来[63]？”其为信、弘正所重如此。夫文以害意，自古而然，拟非其伦，由来尚矣。必以庾、周所作，皆为实录，则其所褒贬，非止一人，咸宜取其旨归，何止采其四句而已？若乃题目不定[64]，首尾相违，则百药、德棻是也[65]；心挟爱憎，词多出没[66]，则魏收、牛弘是也[67]。斯皆鉴裁非远，智识不周[68]，而轻弄笔端，肆情高下[69]。故弥缝虽洽，而厥迹更彰[70]，取惑无知，见嗤有识。

夫词寡者出一言而已周，才芜者资数句而方浃[71]。按《左传》称绛父论甲子[72]，隐言于赵孟；班《书》述楚老哭龚生[73]，莫识其名氏。苟举斯一事，则触类可知。至嵇康、皇甫谧撰《高士记》，各为二叟立传[74]，全采左、班之录，而其传论云：“二叟隐德容身[75]，不求名利，避远乱害，安于贱役。”夫探揣古意，而广足新言[76]，此犹子建之咏三良[77]，延年之歌秋妇[78]。至于临穴泪下[79]，闺中长叹[80]，虽语多本传，而事无异说。盖凫胫虽短，续之则悲[81]；史文虽约，增之反累。加减前哲[82]，岂容易哉！

昔夫子断唐、虞以下讫于周，剪截浮词，撮其机要。故帝王之道，坦然明白。嗟乎！自去圣日远，史籍逾多，得失是非，孰能刊定？假有才堪厘革[83]，而以人废言，此绕朝所谓“勿谓秦无人，吾谋适不用”者也[84]。

---

①枢机：枢为户枢，机为门阃；枢主开，阃主闭。并言以比喻事物的关键部分。　亹（wěi，音尾）亹：义同“娓娓”，形容谈论不倦。

②始末：指文句的发语词和句末助词。

③发语之端：即《文心雕龙·章句》所说的“发端之首唱”。

④断句之助：即“表性情”的句末语气词。　刘淇《助字辨略·序》：“构文之道，不过实字虚字两端，实字其体骨，而虚字其性情也。”

⑤《左传·宣公二年》：“晋灵公不君（失君道），厚敛雕墙（增多税收以雕饰墙壁）。”

⑥《史记·汲黯传》：“黯姑姊（父亲的姐姐）子司马安，少与黯为太子洗马。安文深巧，善宦，官四至九卿。”

⑦《左传·僖公二十五年》：“晋侯（晋文公）围原（原邑），命三日之粮。原不降，命去之（撤离）。谍（间谍）出，曰：‘原将降矣。’军吏曰：‘请待之。’公曰：‘信，国之宝也，民之所庇也（百姓的庇护），得原失信，何以庇之？所亡滋多（所失更多）。’退一舍而原降。”下文“一战”，指晋、楚城濮之战。

⑧文：指晋文公。

⑨《史记·酷吏·郅都传》：“匈奴素闻郅都（汉景帝时官中尉）节居边，为引兵去，竟郅都死不近雁门。匈奴至（甚至）为偶人象郅都（雕制郅都像貌的木偶），令骑驰射，莫能中，见惮（被吓得）如此。”

⑩裁经：修订《春秋》。

⑪不刊：意即无须修改，不可磨灭。

⑫本事：原事，实事。

⑬抑扬：褒贬。

⑭禀：体现。

⑮溺：沉迷不悟，过分。

⑯发言失中（zhòng，音众）：发语词用得不恰当。中，得当，恰当。

⑰加字不惬（qiè，音窃）：句末助词用得不妥帖。

⑱《史记·赵世家》："赵简子（赵鞅）在位，尽召诸子与语，无恤最贤。"

⑲无恤之姐为代王夫人。赵简子死，无恤继位为赵襄子。简子既葬，请来代王，席间指使厨师击杀代王，并随即派兵平了代地。见《史记·赵世家》。

⑳二句承上说：无恤之姊听说夫死国亡，泣而呼天，用簪自刺而亡。代人为了纪念她，把她死的地方称作摩笄（jī，音鸡；发簪）山。俾，使。同气，有血统关系的亲属。引决，自杀。

㉑诈而安忍：狡诈而习于残忍。

㉒鲸鲵是俦：与凶恶之人为伍。鲸鲵，比喻凶恶之人。俦，伴侣，伙伴。

㉓犬豕（shǐ，音屎）不若：不如猪狗。

㉔萧何建议刘邦"养其民以致贤人，……天下可图"，并推荐韩信。见《汉书·萧何传》。

㉕夷险若一：不论处于顺境或是逆境，节操始终如一。

㉖二句出自《礼记·儒行》。意谓不因贫穷而丧失志气，不因富贵而自满失去节制。诎，音屈。

㉗《周易·乾卦·文言》："知进退存亡而不失其正者，其唯圣人乎！"意谓知道进退存亡的道理，又不迷失正确方向的人，恐怕只有圣人吧！

㉘淮阴：指韩信。韩信曾封淮阴侯。　仄微：贫贱。

㉙逆上：背叛君上。

㉚恶徒：罪犯。

㉛周身之防靡闻：意谓不懂得自我保护。

㉜二句似有偏颇。因为《史》、《汉》中的"贤"，指贤良，并非指圣贤。

㉝《汉书·酷吏·严延年传》："（延年）为人短小精悍，敏捷于事，虽子贡、冉有通艺于政事，不能绝也。"绝，超过。

㉞达者：通达事理的贤者。　伦：同类。

㉟多历年所：经历的年数多，时间长。

㊱才术：才略。

㊲锱铢（zīzhū，音姿朱）无爽：丝毫不差。古代一两的二十四分之一为一铢，六铢为一锱。

㊳张本：设伏笔。

㊴终言：结论。

㊵错综逾密：交错综合更加严密。

㊶顿成乖角：立刻形成抵触。

㊷原注："李百药《齐书序》论魏收云：若使子孙有灵，窃恐未挹（未必推崇）高论。至《收传论》又云：足以入（司马）相如之室，游尼父（孔子）之门。……于《尔朱畅传》又云：收受畅财贿，故为《荣传》多减其恶。是三说各异。"

㊸原注："令狐德棻《周书·元伟传》称文帝（宇文泰，西魏封为太祖）不害诸元，则云：'太祖天纵宽仁，性罕猜忌。'于《本纪论》又云：'渚宫制胜（攻克江陵），阖城孥戮（诛及梁元帝子孙）。'……是为二理不同。"

㊹首鼠：首鼠两端，迟疑不定，没有准谱儿。

㊺浦起龙说："此句当作'人惟一格'（一个人只有一种品质）。"

㊻谠（dǎng，音党）理：正直之理。

㊼非靡沮所移：意谓不是游词所能移易的。

㊽轻事尘点：轻意加以玷辱。尘点，污染，玷辱。

㊾纇（lèi，音类）：缺点，毛病。《淮南子·氾论》："明月之珠，不能无纇。"

㊿北魏道武帝拓跋珪制定官名，皆拟远古云鸟之义。如诸曹走使谓之凫鸭，取飞之迅疾义。见《魏书·官氏志》。登国，道武帝年号（386—395）。

51远师少皋：传说古部落领袖少皋（少昊）初立为王时，洽有凤凰飞临，故以鸟名命官名。

52这句是说：北魏道武帝让诸公主分别嫁给周围少数民族政权的君主。

53《魏书·崔玄伯传》记载：道武帝让崔玄伯讲《汉书》，当讲到娄敬说服汉高祖将鲁元公主嫁给匈奴时，"善之，嗟叹者良久"。

(54)边朔：北方边陲之地。

(55)作俪：通婚。

(56)抑惟秦、晋：而且结为秦、晋之好。秦、晋，春秋时秦、晋两国世为婚姻，故后以喻联姻。

(57)髦头：披发的前驱骑士。这里指有披发习俗的少数民族。

(58)奉春之策：指娄敬向汉高祖所献和亲以改善与匈奴的关系的策略。奉春，时娄敬任郎中，号奉春君。

(59)奢言：夸大的言词。　厚颜：厚颜（厚着脸皮）无耻（不知羞耻）。

(60)元行恭当为元伟之误。《周书·元伟传》记载，元伟出使北齐，被扣为人质。及北周灭北齐，才得释放，庾信因写诗赠他。元行恭虽曾任周官，但本为齐人，故不能说齐灭回周。

(61)虢（guó，音国）：春秋国名。　垂棘：地名，产美玉。此用《左传·僖公二年》事："晋以垂棘之璧，假道于虞以伐虢。"庾诗以垂棘之璧和宝鼎比喻元伟。

(62)《周书·韦敻传》记载，韦敻性恬淡，不慕荣禄，居宅幽美，明帝宇文毓称他为逍遥公。南朝陈尚书周弘正出使周，访问了他，并赠以诗。

(63)德星：比喻贤士。　真车：真人（有才德的人）之车。　讵（jù，音巨）：岂。

(64)题目：品评人物的简括词语。

(65)原注：《齐史》，李百药所撰。《周史》，令狐德棻所撰也。

(66)词多出没：闪烁其词的意思。

(67)原注：《魏书》，魏收所撰。《周史》载元行恭等，此本牛弘所撰也。

(68)鉴裁：审察，识别。　非远：没有远大的眼光。　智识不周：智慧才识不周密。

(69)肆情高下：任意褒贬。

(70)而厥迹更彰：然其痕迹却更明显。

(71)这句说：才识浅陋的用数句才能说透彻。

(72)绛父即绛县老人。事见《二体》注。

(73)龚胜、龚舍都以名节著称，世称"楚两龚"，王莽篡位，派人请龚胜，欲拜为上卿。胜辞不受，绝食而死。一老人往吊，哭泣甚哀。事见《汉书·两龚传》。

(74)《高士记》：即《高士传》。　二叟：指绛县老人和吊唁龚胜的老人。

(75)隐德容身：隐秘德行以全身。

(76)足（jù，音巨）：增补，增加。《集韵·遇韵》："足，益也。"

(77)子建之咏三良：即曹植（字子建）的《三良诗》。三良，春秋时秦国大夫子车氏的三个儿子"皆国之良（贤人）"，被杀了为秦穆公殉葬。"国人哀之，为之赋《黄鸟》（《诗经》中的一篇）。"

(78)延年之歌秋妇：即颜延之的《秋胡行》。颜延之，字延年，南朝宋著名诗人。秋胡事详后《品藻》。

(79)临穴泪下：曹植《三良诗》有"揽涕登君墓，临穴仰天叹"之句。

(80)闺中长叹：颜延之《秋胡行》第八首有"明发动愁心，闺中夜长叹"之句。

(81)二句出自《庄子·胼拇》。意谓野鸭的腿虽然短，接上一段便造成了悲哀。

(82)加减前哲：增删前贤史书。

(83)厘革：整理改正。

(84)晋国人担心秦国要任用晋大夫士会，就设计让秦国派他回来，并且送还他的妻子儿女。士会临行前，绕朝（秦国大夫）送他马鞭，对他说："子无谓秦无人，吾谋适不用也。"

叙事第二十二

夫史之称美者，以叙事为先。至若书功过，记善恶，文而非丽①，质而非野②，使人味其滋旨，怀其德音③，三复忘疲，百遍无斁④，自非作者曰圣⑤，其孰能与于此乎？昔圣人之述作也⑥，上自《尧典》，下终获麟⑦，是为属辞比事之言⑧，疏通知远之旨⑨。子夏曰："《书》之论事也，昭昭然若日月之代明⑩。"扬雄有云："说事者莫辨乎《书》，说理者莫辨乎《春秋》⑪。"然则意指深奥，诰训成义⑫，微显阐幽，婉而成章⑬，虽殊途异辙，亦各有美焉⑭。谅以师范亿载，规模万古⑮，为述者之冠冕，实来者之龟镜⑯。既而马迁《史记》、班固《汉书》，继圣而作，抑其次也[17]。故世之学者，皆先曰《五经》，次云《三史》，经史之目，于此分焉。

尝试言之曰：经犹日也，史犹星也。夫杲日流景[18]，则列星寝耀[19]，桑榆既夕，而辰象粲然[20]，故《史》、《汉》之文，当乎《尚书》、《春秋》之世也，则其言浅俗，涉乎委巷[21]，垂翅不举[22]，懘籥无闻[23]。逮于战国已降，去圣弥远，然后能露其锋颖，倜傥不羁[24]。故知人才有殊，相去若是，校其优劣，讵可同年[25]？自汉已降，几将千载，作者相继，非复一家，求其善者，盖亦几矣[26]。夫班、马执简[27]，既《五经》之罪人[28]；而《晋》、《宋》杀青[29]，又《三史》之不若。譬夫王霸有别，粹驳相悬[30]，才难不其甚乎[31]！

然则人之著述，虽同自一手，其间则有善恶不均，精粗非类。若《史记》之《苏》、《张》、《蔡泽》等传[32]，是其美者。至于《三、五本纪》，《日者》、《太仓公》、《龟策传》，固无所取焉。又《汉书》之帝纪，《陈》、《项》诸篇，是其最也。至于《淮南王》、《司马相如》、《东方朔传》，又安足道哉！岂绘事以丹素成妍[33]，帝京以山水为助[34]。故言媸者其史亦拙，事美者其书亦工[35]。必时乏异闻，世无奇事，英雄不作[36]，贤俊不生，区区碌碌[37]，抑惟恒理[38]，而责史臣显其良直之体，申其微婉之才，盖亦难矣。故扬子有云："虞，夏之书，浑浑尔；商书，灏灏尔；周书，噩噩尔；下周者，其书憔悴乎[39]？"观丘明之记事也，当桓、文作霸，晋、楚更盟[40]，则能饰彼词句，成其文雅。及王室大坏，事益纵横[41]，则《春秋》美辞，几乎翳矣[42]。观子长之叙事也，自周已往[43]，言所不该，其文阔略[44]，无复体统。洎秦、汉已下，条贯有伦，则焕炳可观[45]，有足称者。至若荀悦《汉纪》，其才尽于十帝[46]；陈寿《魏书》，其美穷于三祖[47]。触类而长，他皆若斯。

夫识宝者稀，知音盖寡。近有裴子野《宋略》、王劭《齐志》，此二家者，并长于叙事，无愧古人。而世人议者皆雷同[48]，誉裴而共诋王氏。夫江左事雅，裴笔所以专工[49]；中原迹秽，王文由其屡鄙[50]。且几原务饰虚辞[51]，君懋志存实录[52]，此美恶所以为异也。设使丘明重出，子长再生，记言于贺六浑之朝[53]，书事于侯尼于之代[54]，将恐辍笔栖牍[55]，无所施其德音[56]。而作者安可以今方古，一概而论得失？

夫叙事之体，其流甚多[57]，非复片言所能觇缕[58]，今辄区分类聚，定为三篇，列之于下。（以上为序）

夫国史之美者，以叙事为工，而叙事之工者，以简要为主。简之时义大矣哉[59]！历观自古，作者权舆[60]，《尚书》发踪[61]，所载务于寡事[62]；《春秋》变体，其言贵于省文。斯盖浇淳殊致[63]，前后异迹。然则文约而事丰[64]，此述作之尤美者也。始自西汉，迄乎三国，国史之文，日伤烦富。逮晋已降，流宕逾远。寻其几句，摘其烦词，一行之间，必谬增数字；尺纸之内，恒虚费数行。夫聚蚊成雷[65]，群轻折轴[66]，况于章句不节，言词莫限，载之兼两[67]，曷足道哉？

盖叙事之体，其别有四：有直纪其才行者，有唯书其事迹者，有因言语而可知者，有假赞论而自见者。至如《古文尚书》称帝尧之德，标以"允恭克让[68]"；《春秋左传》言子太叔之状，目以"美秀而文[69]"。所称如此，更无他说，所谓直纪其才行者。又如《左氏》载申生为骊姬所谮，自缢而亡[70]；班史称纪信为项籍所围，代君而死[71]。此则不言其节操，而忠孝自彰，所谓唯书其事迹者。又如《尚书》称武王之罪纣也，其誓曰："焚炙忠良，刳剔孕妇[72]。"《左传》纪随会之论楚也，其词曰："荜辂蓝缕，以启山林[73]。"此则才行事迹，莫不阙如，而言有关涉，事便显露，所谓因言语而可知者。又如《史记·卫青传》后，太史公曰："苏建尝责大将军不荐贤待士[74]。"《汉书·孝文纪》末，其赞曰："吴王诈病不朝，赐以几杖[75]。"此则传之与纪，并所不书，而史臣发言，别出其事，所谓假赞论而自见者。然则才行、事迹、言语、赞论，凡此四者，皆不相须[76]。若兼而毕书，则其费尤广。但自古经史，通多此颣[77]。能获免者，盖十无一二[78]。

又叙事之省，其流有二焉：一曰省句，二曰省字。如《左传》宋华耦来盟[79]，称其先人得罪于宋，鲁人以为敏[80]。夫以钝者称敏，则明贤达所嗤，此为省句也。《春秋经》曰："陨石于宋五[81]。"夫闻之陨，视之石，数之五。加以一字太详，减其一字太略，求诸折中，简要合理，此为省字也。其有反于是者，若《穀梁》称郄克眇，季孙行父秃，孙良夫跛，曹公子手偻[82]，齐使跛者逆跛者，秃者逆秃者，眇者逆眇者[83]。盖宜除"跛者"已下句，但云"各以其类逆"。必事加再述，则于文殊费，此为烦句也。《汉书·张苍传》云："年老，口中无齿。"盖于此一句内去"年"及"口中"可矣。夫此六文成句，而三字妄加，此为烦字也。然则省句为易，省字为难，洞识此心，始可言史矣。苟句尽余剩，字皆重复，史之烦芜，职由于此[84]。

盖饵巨鱼者[85]，垂其千钧，而得之在于一筌[86]；捕高鸟者，张其万罝，而获之由于一目[87]。夫叙事者，或虚益散辞，广加闲说，必取其所要，不过一言一句耳。苟能同夫猎者、渔者，既执而罝钓必收[88]，其所留者唯一筌一目而已，则庶几骈枝尽去[89]，而尘垢都捐，华逝而实存，滓去而沈在矣[90]。嗟乎！能损之又损，而玄之又玄[91]，轮扁所不能语斤[92]，伊挚所不能言鼎也[93]。（以上尚简）

夫饰言者为文，编文者为句，句积而章立，章积而篇成。篇目既分，而一家之言备矣。古者行人出境[94]，以词令为宗；大夫应对，以言文为主。况乎列以章句，刊之竹帛，安可不励精雕饰[95]，传诸讽诵者哉？自圣贤述作，是曰经典，句皆《韶》、《夏》[96]，言尽琳瑯[97]，秩秩德音[98]，洋洋盈耳[99]。譬夫游沧海者，徒惊其浩旷；登泰山者，但嗟其峻极，必摘以尤最[100]，不知何者为先。然章句之言，有显有晦。显也者，繁词缛说[101]，理尽于篇中；晦也者，省字约文，事溢于句外[102]。然则晦之将显[103]，优劣不同，较可知矣。夫能略小存大，举重明轻，一言而巨细咸该[104]，片语而洪纤靡漏，此皆用晦之道也。

昔古文义，务却浮词。《虞书》云："帝乃殂落，百姓如丧考妣[105]。"《夏书》云："启呱呱而泣，予不子[106]。"《周书》称"前徒倒戈"，"血流漂杵"[107]。《虞书》云："四罪而天下咸服[108]。"此皆文如阔略，而语实周赡[109]。故览之者初疑其易，而为之者方觉其难，固非雕虫小技所能斥苦其说也[110]。既而丘明受经，师范尼父。夫经以数字包义，而传以一句成言，虽繁约有殊，而隐晦无异。故其纲纪而言邦俗也[111]，则有士会为政，晋国之盗奔秦[112]；邢迁如归，卫国忘亡[113]。其款曲而言人事也[114]，则有犀革裹之，比及宋，手足皆见[115]；三军之士，皆如挟纩[116]。斯皆言近而旨远，辞浅而义深，虽发语已殚，而含义未尽[117]。使夫读者望表而知里，扪毛而辨骨，睹一事于句中，反三隅于字外。晦之时义，不亦大哉！洎班、马二史，虽多谢《五经》[118]，必求其所长，亦时值斯语[119]。至如高祖亡萧何，如失左右手[120]；汉兵败绩，睢水为之不流[121]，董生乘马，三年不知牝牡[122]；翟公之门，可张雀罗[123]，则其例也。

自兹已降，史道陵夷[124]，作者芜音累句，云蒸泉涌[125]。其为文也，大抵编字不只，捶句皆双[126]，修短取均[127]，奇偶相配[128]。故应以一言蔽之者，辄足为二言；应以三句成文者，必分为四句。弥漫重沓，不知所裁[129]。是以处道受责于少期[130]，子昇取讥于君懋[131]，非不幸也。

盖作者言虽简略，理皆要害，故能疏而不遗，俭而不阙。譬如用奇兵者，持一当百，能全克敌之功也。若才乏俊颖，思多昏滞[132]，费词既甚，叙事才周[133]，亦犹售铁钱者，以两当一，方成贸迁之价也[134]。然则《史》、《汉》已前，省要如彼；《国》、《晋》已降[135]，烦碎如此。必定其妍媸，甄其善恶[136]。夫读古史者，明其章句，皆可咏歌；观近史者，悦其绪言，直求事意而已[137]。是则一贵一贱，不言可知，无假榷扬[138]，而其理自见矣。（以上用晦）

昔文章既作，比兴由生[139]，鸟兽以媲贤愚，草木以方男女[140]，诗人骚客，言之备矣。洎乎中代[141]，其体稍殊，或拟人必以其伦，或述事多比于古。当汉世之临天下也，君实称帝[142]，理异殷、周；子乃封王，名非鲁、卫。而作者犹谓帝家为王室[143]，公辅为王臣[144]。磐石加建侯之言[145]，带河申俾侯之誓[146]。而史臣撰录，亦同彼文章，假托古词，翻易今语。润色之滥，萌于此矣。

降及近古，弥见其甚。至如诸子短书，杂家小说，论逆臣则呼为问鼎[147]，称巨寇则目以长鲸[148]。邦国初基，皆云草昧[149]；帝王兆迹，必号龙飞[150]。斯并理兼讽谕，言非指斥，异乎游、夏措词[151]，南、董显书之义也[152]。如魏收《代史》[153]，吴均《齐录》[154]，或牢笼一世[155]，或苞举一家[156]，自可申不刊之格言[157]，弘至公之正说[158]。而收称刘氏纳贡，则曰："来献百牢"[159]；均叙元日临轩[160]，必云"朝会万国"。夫以吴征鲁赋[161]，禹计涂山[162]，持彼往事，用为今说，置于文章则可，施于简册则否矣[163]。

亦有方以类聚，譬诸昔人。如王隐称诸葛亮挑战，冀获曹咎之利[164]；崔鸿称慕容冲见幸，为有龙阳之姿[165]。其事相符，言之谠矣[166]。而卢思道称邢邵丧子不恸，自东门吴已来，未之有也[167]；李百药称王琳雅得人心，虽李将军恂恂善诱，无以加也[168]。斯皆虚引古事，妄足庸音[169]，苟矜其学[170]，必辨而非当者矣。

昔《礼记·檀弓》，工言物始[171]。夫自我作故，首创新仪[172]，前史所刊，后来取证。是以汉初立槥，孟坚所书[173]；鲁始为髽，丘明是记[174]。河桥可作，元凯取验于毛《诗》[175]；男子有笄，伯支远征于《内则》[176]。即其事也。按裴景仁《秦记》称苻坚方食，抚盘而诟[177]；王劭《齐志》述洛干感恩，脱帽而谢[178]。及彦鸾撰以新史[179]，重规删其旧录[180]，乃易"抚盘"以"推案"，变"脱帽"为"免冠"[181]。夫近世通无案食[182]，胡俗不施冠冕，直以事不类古，改从雅言，欲令学者何以考时俗之不同，察古今之有异？

又自杂种称制[183]，充牣神州[184]，事异诸华，言多丑俗[185]。至如翼犍，昭成原讳[186]；黑獭，周文本名[187]。而伯起革以他语[188]，德棻阙而不载[189]。盖龙降、蒯聩[190]，字之媸也；重耳、黑臀[191]，名之鄙也。旧皆列以《三史》，传诸《五经》，未闻后进谈讲，别加刊定。况齐丘之犊[192]，彰于载谶[193]；河边之狗，著于谣咏[194]。明如日月，难为盖藏，此而不书，何以示后？亦有氏姓本复，减省从单，或去"万纽"而留"于"[195]，或止存"狄"而除"厍"[196]。求诸自古，罕闻兹例。

昔夫子有云："文胜质则史[197]。"故知史之为务，必藉于文。自《五经》已降，《三史》而往，以文叙事，可得言焉。而今之所作，有异于是。其立言也，或虚加练饰，轻事雕彩；或体兼赋颂，词类俳优[198]。文非文，史非史，譬夫龟兹造室，杂以汉仪[199]，而刻鹄不成，反类于鹜者也[200]。(以上妄饰)

---

①文而非丽：有文采而不淫丽。

②质而非野：有朴实的内容而不流于粗俗。

③滋旨：韵味和旨趣。　德音：嘉言，善言。

④斁（yì，音义）：厌弃。《诗经·周南·葛覃》："为絺为绤，服之无斁。"《传》："斁，厌也。"

⑤《礼记·乐记》："作者之谓圣。"曰圣，即为圣。

⑥指孔子修《春秋》。

⑦《春秋·哀公十四年》："西狩获麟。孔子曰：'吾道穷矣。'"传说孔子作《春秋》，至此而止。

⑧属（zhǔ，音主）辞比事：语出《礼记·经解》。指连缀文辞，排列史事。

⑨疏通知远：语出《礼记·经解》。意谓通达而博古。

⑩子夏三句：出自《尚书大传略说》。意谓《尚书》议论史事，如同日月那样正大光明。昭昭然，明白的样子。代，同"大"。蒋礼鸿《字义通释》："代与大同音通用。"

⑪"说事"二句，出自扬雄《法言·寡见》辨，明晰。

⑫意指：意之所在。　诰训成义：告诫之文和教导之辞都有深刻的涵义。

⑬二句出自《左传·成公十四年》。意谓能阐明精妙幽深的道理，而又婉转有文采。

⑭亦各有美：各擅其胜的意思。

⑮二句“谅以”：意谓确实可用来作为千秋万代的模范和法式。

⑯冠冕：比喻为人敬重的标志。　　龟镜：龟可卜吉凶，镜能别美恶，犹言借鉴。

⑰抑：则。

⑱杲（gǎo，音搞）日流景：明亮的太阳放射着光芒。景，亮光。

⑲寝耀：失去光芒。

⑳桑榆既夕：天色已晚。桑榆，比喻日暮。《淮南子·天文训》：“日西垂景在树端，谓之桑榆。　　辰象粲然：星辰就会闪闪发光。

㉑委巷：屈曲小巷，与大雅之堂相对。

㉒垂翅不举：以鸟为喻，谓敛翅不飞。

㉓滞龠（zhì yuè，音志月）：音调不和谐。

㉔倜傥（tìtǎng 替倘）不羁：洒脱，不拘束。

㉕讵可同年：岂可相提并论？同年，相等，等同。

㉖几（jī，音机）：很少。

㉗执简：撰述。

㉘罪人：二字过当（批评过重）。

㉙《晋》、《宋》：干宝《晋纪》、沈约《宋书》。　　杀青：古代写字于竹简，先用火炙竹简令汗，取其青易写，且免虫蠹，谓之杀青。引申为史册。

㉚《荀子·王霸》：“粹而王，驳而霸。”意谓纯粹地崇尚道义能成王天下，驳杂地义利兼顾只能称霸。这里用以比喻纯杂之优劣。

㉛才难：人才难得。

㉜苏：苏秦。　　张：张仪。　　蔡泽：战国时纵横家，曾任秦相。

㉝“绘事”句：谓绘画以色彩而成其美。丹，红。素，白。妍，美。

㉞帝京：帝都，京城。

㉟这二句与《言语》“工为史者，不择事而书”，似有抵牾。

㊱作：产生，兴起。

㊲区区碌碌：琐碎平庸的意思。

㊳抑：还是，表示选择。　　恒理：常理。

㊴扬雄语出自《法言·问神》。虞、夏之书，指《尚书》中的《尧典》、《皋陶谟》等篇；商书，指《汤誓》、《盘庚》等篇；周书，指《西伯戡黎》、《牧誓》等篇；下周者，指《文侯之命》、《秦誓》等篇。浑浑：浑厚质朴的样子。灏灏，远大的样子。噩噩，严正的样子。

㊵更（gēng，音庚）盟：交替为盟主。

㊶事益纵横：世事更加繁杂交错。

㊷翳（yì，音义）：隐蔽，引申为绝迹。

㊸自周以往：周代以前。

㊹不该：不完备。　　阔略：粗疏。

㊺焕炳：文采明丽。

㊻十帝：指西汉高祖至哀帝的十位皇帝。

㊼三祖：指魏之太祖曹操、世祖丕、烈祖睿。

㊽雷同：比喻人云亦云。

㊾专工：特别精巧。

㊿迹秽：事迹芜杂。　　屡鄙：往往朴野。

51几原：裴子野字。

52君懋：王劭字。

53贺六浑之朝：指高洋建立的北齐政权。高洋的父亲高欢，字贺六浑。

54侯尼于：也指北齐政权。据《北史·齐文宣纪》，文宣皇帝高洋，降生后，其母明太皇命之曰“侯尼于”。

㊺辍笔栖牍：停止著述。

㊻德音：善言，嘉言。

㊼流：流派，种类。

㊽覼（lóu，音楼）缕：委曲，原委。

㊾时义：意义。

㊿作者权舆：谓作者以下述《尚书》、《春秋》作为创始的规范。权舆，比喻开始，因“选衡自权（秤锤）始，造车自舆（车的载人的部分）始”。

(61)《尚书》发踪：《尚书》开始。发踪出于《史记·萧相国世家》。原意是解开绳索放狗，这里是开始的意思。

(62)寡事：事少而精的意思。

(63)浇淳：浮薄与质朴。

(64)文约事丰：文辞简洁而内容丰富。

(65)聚蚊成雷：语出《汉书·中山靖王传》。比喻冗词赘语，为害很大。

(66)群轻折轴：语出《战国策，魏策一》。比喻虚费文字看似小问题，一旦多了就会损害整本史书。

(67)载之兼两：（文字多得）要用加倍的车辆装载。兼两，加倍的车辆。两，通“辆”，指车，不是数词。

(68)允恭克让：语出《尚书·尧典》。意谓信实恭勤，善能谦让。允，信实。恭，恭勤。克，能。让，谦让。

(69)美秀而文：谓貌美才秀而又有修养。见《左传·襄公三十一年》。

(70)晋献公妃骊姬想把自己的儿子立为太子，企图把太子申生毒死。申生仁孝，不予揭露，自缢而死。事见《左传·僖公四年》。

(71)“班史”二句：项羽围困刘邦于荥阳，事急，纪信伪为刘邦出降，邦得逃脱，羽怒，烧杀信。见《汉书·高帝纪》。

(72)二句出自《尚书·泰誓上》。意谓用焚烧炮烙的酷刑对待忠良之臣，剖开孕妇之腹观看胎儿。

(73)二句出自《左传·宣公十二年》。意谓驾着柴车穿着破衣开辟山林。形容创业艰苦。原文作“荜路蓝缕”。

(74)见《史记·卫将军骠骑传·赞》。苏建，西汉名将，从卫青击匈奴，以功封平陵侯。卫青，汉武帝时名将，以击匈奴有功，拜大将军。

(75)吴王刘濞装病不朝见皇帝，文帝则赐给他几杖（几案与手杖，供平时靠身和走路时扶持之用）以示尊敬。

(76)相须：互相配合，相依。

(77)纇（lèi，音类）：疵瑕，毛病。

(78)原注：“唯左丘明、裴子野、王劭无此也。”

(79)《左传·文公十五年》记载，宋国司马华耦，来鲁国参加盟会。其先人，指司马华耦的曾祖鲁国旧臣司马华督。

(80)鲁人以为敏：愚钝的人以为慧捷。

(81)见《左传·僖公十六年》。意谓五块石头落到宋国。

(82)眇：双目失明。　　手偻（lǚ，音吕）：手指弯曲。引文见《穀梁传·成公元年》，而非引自《公羊传》。

(83)逆：迎接，接见。

(84)职：主要。《诗经·小雅·十月之交》：“下民之孽，匪降自天，噂沓背憎，职竞由人。”毛《传》：“职，主也。”他本注误，故略详之。

(85)饵：以饵（鱼食）垂钓。

(86)筌：捕鱼的竹器。

(87)一目：一个网眼。

(88)这句说：捕到鱼鸟后就收起罗网和钓竿。

(89)骈枝：骈拇枝指。比喻多余而无用的记述。

(90)沈：汁液，这里指精华。

(91)前句出自《老子·德经》，后句出自《老子·道经》。意谓精简再精简，才能臻于精妙又精妙。玄，精妙。

(92)这句说：古代斲轮的名匠轮扁，难以说出运用斧头的诀窍。故事见《庄子·天通》。

(93)《吕氏春秋·本味》：伊尹“说汤以至味曰：鼎中之变，精妙微纤，口弗能言，志不能喻。伊挚，即伊尹。

(94)行人：官名，掌朝觐聘问。

(95)励精：振起精神。

(96)《韶》：传说是虞舜时代的乐曲名。　　《夏》：《大夏》，相传为夏禹乐曲名。

(97)琳琅：玉石名。比喻语言优美。

(98)语出《诗经·大雅·假乐》。秩秩，清明。

(99)语出《论语·泰伯》。洋洋，美盛的样子。

(100)尤最：最佳的。

(101)缛（rù，音入）说：繁琐的叙述。

(102)这句说：事在言外，使人思而得之。

(103)将：与。

(104)咸：都。　该：包容。

(105)语出《尚书·舜典》。意谓帝尧去世了，百姓如同死了父母一样悲痛。

(106)二句出自《尚书·益稷》。意谓启降生时，一落地就呱呱地啼哭，我（夏禹）顾不上爱抚他。

(107)《尚书·武成》记载，周武王伐纣，商朝前方的军队倒戈，后方军队溃退，血流成河，可漂起木杵。

(108)"四罪"句：出自《尚书·舜典》。是说舜惩罚了共工，欢兜、三苗、鲧等四个罪人，天下的人都对舜很敬服。

(109)周赡：指内容丰富完整。

(110)斥苦其说：指斥其粗劣的论述。苦，通"盬"，滥恶，粗劣。

(111)纲纪：大纲要领。这里是提纲挈领的意思。

(112)晋国士会有战绩，被任命为统帅，兼任太傅。这时晋国的盗贼都逃到了秦国。见《左传·宣公十六年》。

(113)据《左传》，齐桓公于僖公元年，迁邢国于陈仪，僖公二年，封卫于楚丘城。"邢迁如归，卫国忘亡"，说明复国后的邢、卫社会安定，齐桓公有政治远见。

(114)款曲：详尽。

(115)《左传·襄公十二年》记载，宋大夫南宫长万杀了国君宋闵公后，逃到陈国，宋人请求陈国归还。由于南宫长万太勇猛，陈国人先把他灌醉，再用犀牛皮把他包起来，等送到宋国，他的手脚竟挣破犀牛皮而露了出来。

(116)楚伐萧（宋附庸国），楚庄公得知士兵感到寒冷，便巡视三军，抚慰将士，使之就像穿上了棉衣，忘记了寒冷。挟纩，披着棉衣，比喻因受抚慰而感到温暖欣悦。

(117)"发语"二句：即言已尽而意无穷的意思。

(118)谢：逊，不如。

(119)亦时值斯语：也常遇到这一类佳句。

(120)《史记·淮阴侯传》：萧何听说韩信逃跑，来不及汇报刘邦，亲自去追。有人禀告刘邦说："丞相何亡。""上大怒，如失左右手。"五字状尽刘邦对萧何的倚重。

(121)《史记·项羽本记》："汉军却（后退），为楚所挤（逼迫），多杀。汉卒十余万人，皆入睢水，睢水为之不流。"写汉军溃败及死亡之惨重。

(122)《太平御览》卷六百一十一引《汉书》曰："（董仲舒）少耽学业，……十年不窥园，乘马三年不知牝牡（母马公马）。"说明董仲舒非常专心学业。

(123)《史记·汲郑列传·赞》："始翟公为廷尉，宾客阗门（挤满门庭）；及废，门外可设雀罗（可张网捕雀）。翟公失势后门庭之冷落，于此可见。

(124)陵夷：渐趋衰败。

(125)云蒸泉涌：形容芜音累句的作者纷纷涌现。

(126)捶句：锤炼文句手，捶，与"锤"通。

(127)修短：长短。

(128)奇（jī，音机）偶：单数与双数。

(129)裁：删减。

(130)处道：晋王沉字处道，。沉与荀顗、阮籍等共撰《魏书》四十八卷。　少期：裴松之字世期，刘知几避唐太宗李世民讳改称少期。按，《魏书·邓哀王传》曰：容貌姿美。裴松之曰：一貌之言而分以为三，亦叙述之一病也。

(131)子昇：温子昇，字鹏举，北魏著名文士。王劭曾讥评温子昇的《永安记》。

(132)思多昏滞：思维昧乱滞涩。

(133)才周：勉强臻于周详的意思。

(134)贸迁：买卖，交易。

(135)原注："《国》谓《三国志》，《晋》谓《晋书》也。"

(136)向宗鲁云："'善'疑'美'。"浦起龙云："此下似有脱句。"

⑰浦起龙注"悦其"二句云："意无余蓄，惟言句可悦耳。

⑱无假榷扬：无须借助商讨而彰明。

⑲比兴：《诗经·大序》说诗有六义。其中的比是指物譬喻，兴是借物以起兴，是诗歌的两种艺术表现手法。

⑭王逸《楚辞章句·离骚经序》："（屈原）作《离骚》，依诗取兴，引类譬喻。故善鸟、香草，以配忠贞；恶禽、臭物，以比谗佞。"

⑭中代：中世，指汉至南北朝。

⑭程千帆云："殷、周共主皆称王，及汉承秦制，称共主为帝，其臣子乃有封王者。"

⑭王室：秦汉之前，王室指周室。汉代皇子封为王，但仍用王室指朝廷。

⑭公辅：三公和辅相。

⑭《史记·文帝纪》："高帝封王子弟，地犬牙相制，此所谓磐石之宗也。"建侯，分封诸侯。

⑭《史记·功臣表序》："使河（黄河）如带，泰山若厉（砺石），国以永宁，爰及苗裔（后代子孙）。"

⑭问鼎：图谋君位。

⑭长鲸：即鲸鱼，以喻不义之人。

⑭草昧：天地初开时的混沌状态。，草，草创，昧，冥昧。

⑮兆迹：发迹，兴起。　　龙飞：比喻皇帝的兴起或即位。

⑮曹植《与杨德祖书》："昔尼父（孔子）制《春秋》，游、夏之徒不能措一辞。"游、夏，即子游（言偃）、子夏（卜商），二人都是孔子弟子中擅长文学者。

⑮南、董：南史、董狐，春秋齐、晋之良史。详见《采撰》注。　　显书：明白揭露。

⑮《代史》：即《魏书》。北魏初，国号代。

⑮吴均《齐录》：指吴均《齐春秋》

⑮牢笼一世：包括一代的史事。

⑮苞举一家：通贯一个朝代的史事。苞举，犹包举。

⑮不刊：不可磨灭。　　格言：可作为准则的著述。

⑮弘至公之正说：弘扬最公正的正直论述。

⑮《魏书·世祖太武帝纪下》："太平真君十一年十二月，义隆（刘宋文帝名）使献百牢，贡其方物。"百牢，指各种牲畜。

⑯元日：农历正月初一。　　临轩：皇帝不坐正殿而至殿前。

⑯《左传·哀公七年》："夏，公会吴于鄫。吴来征百牢。"征赋，征收赋税，实际是勒索。

⑯《左传·哀公七年》："禹会诸侯于涂山，执玉帛者万国。"

⑯简册：古代书写文学之竹板。即典籍，史册。

⑯王隐《晋书》已佚。《世说新语·方正》注引诸葛亮遗高祖（司马懿）巾帼（女子），欲以激怒，冀获曹咎之利。又，楚、汉相争时，项羽命大司马曹咎固守成皋，但因不能容忍汉军侮辱性挑战，渡泗水应战，结果惨败于泗水中。见《史记·项羽本纪》。

⑯《太平御览》卷五七〇引崔鸿《十六国春秋》说：慕容冲因有龙阳之姿，而为苻坚（前秦君主）所宠爱，纳之后庭。龙阳，战国时魏有宠臣食邑龙阳，号龙阳君。后因称男色为龙阳。

⑯谠：直。

⑯《北齐书·邢邵传》记载："养孤子恕，慈爱特深。……及卒，痛悼虽甚，不再哭。其高情达识，开遣滞累（困惑于尘俗），东门吴以还所未有也。"东门吴，人名。《战国策·秦策三》："梁人有东门吴者，其子死而不忧。"卢思道，字子行，曾师事邢邵，有才学。

⑯李百药《北齐书·王琳传》："（琳）字子珩……轻财爱士，得将卒之心。既及难，当时田夫野老，知与不知，莫不为欷歔流涕。观其诚信感物，虽李将军（广）之恂恂善诱，殆无以加矣。"雅，甚。

⑯陆机《文赋》："放（仿）庸音（平凡的音乐）以足曲。"

⑰苟：聊且。　　矜：炫耀。

⑰二句是说：《礼记·檀弓》工于记述事物的开始。《梁书·何胤传》："胤曰：《檀弓》两卷，皆言物始。"

⑰新仪：新的法则。

⑰《汉书·高帝纪》："令士卒从军死者为槥（huì，音会），归其县，县给衣衾棺葬具。"槥，小棺材。

⑰服丧期间用麻束发以志哀，这个记载，始见于《左传·襄公四年》。

⑰黄河孟门津渡口水急浪险，常有渡舟覆没。杜预请于河上建浮桥，遭议者反对，杜预便引《诗经·大雅·大明》中"造舟

为梁，不显其光”之句为证。杜预，字元凯，西晋人。博学，多谋略，人称杜武库。

⑯北魏刘芳（字伯支）征引《礼记·内则》以证明“古者男子妇人俱有笄”。笄（jī，音机），盘发之簪。

⑰汤球辑《三十国春秋》引裴景仁《秦记》：“（苻坚）讨姚苌于此地，断其运水之路，人有渴死者。俄而降雨于苌营，……于是苌军大振。坚方食，抚盘而诟（骂）曰：‘天其无心，何降泽贼营！”

⑱王劭《齐志》已佚，引文无可考。《北齐书·万俟（mòqí 音莫奇）普传》附子洛传：洛，字受洛干。因有战功，“（高祖）亲扶上马。洛免冠稽首曰：‘愿出死力，以报深恩。’”

⑲彦鸾：崔鸿字。　新史：指崔鸿所辑《十六国春秋》。

⑱重规：李百药字字重规。这里指李百药所辑《北齐书》。

⑱帽：古代北方少数民族的头巾。　冠：古代汉族成年男子的发饰。

⑱案食：持案进食。案，古代一种有足的食器，用来放置和端送食物。

⑱杂种：杂乱的种族，指北方各少数民族。含有轻蔑意。

⑱充牣（rèn，音认）：充满。

⑱丑俗：粗俗。

⑱什翼犍为北魏道武帝拓跋珪祖父，后追谥为高祖昭成帝。犍，阉割过的公牛。

⑱北周文帝宇文泰，字黑獭。

⑱伯起革以他语：指魏收《魏书》讳称翼犍。

⑱德棻阙而不载：指令狐德棻等修《周书》对宇文泰不称黑獭。

⑲尨（máng，音忙）降：颛顼八才子之一。见《左传·文公十八年》。尨，多毛狗。　蒯聩（guì，音贵）：春秋卫灵公太子，后为卫庄公。聩，瞎子。

⑲重耳：春秋晋献公子，后为晋文公。　黑臀：晋文公子，后为晋成公。臀，屁股。

⑲齐丘之犊：余嘉锡认为“此谓翼犍”。

⑲谶（chèn，音衬）：预言吉凶得失的文字

⑲河边之狗：余嘉锡认为指黑獭。　谣咏：王劭《齐志》载谣云：“獾獾头圆圈，河中狗子破尔苑（花园）。”

⑲《魏书·官氏志》“勿忸于氏”，后改为“于氏”。万、勿、纽、忸，右声通。

⑲《魏书·官民志》“厍狄氏”，后改为“狄氏”

⑲语出《论语·雍也》。意谓文采多于朴实就像史书。

⑲俳优：古代指演滑稽戏的艺人。

⑲《汉书·西域传》：“龟兹王治宫室，作徼道（巡行警戒的道路）周卫，如汉家仪。”汉家仪，汉朝的建筑模式。

⑳二句出自《后汉书·马援传》。比喻仿效虽不算成功，但还近似。鹄（hú，音胡），天鹅。鹜，鸭子，泛指野鸭。

史通卷之七

内　篇

品藻第二十三

盖闻方以类聚，物以群分[①]，薰莸不同器，枭鸾不比翼[②]。若乃商臣、冒顿[③]，南蛮、北狄，万里之殊也；伊尹、霍光[④]，殷年汉日，千载之隔也。而世之称悖逆则云商、冒[⑤]，论忠顺则曰伊、霍者，何哉？盖厥迹相符[⑥]，则虽隔越为偶，奚必差肩接武[⑦]，方称连类者乎？

史氏自迁、固作传，始以品汇相从[⑧]。然其中或以年世迫促，或以人物寡鲜[⑨]，求其具体必同[⑩]，不可多得。是以韩非、老子，共在一篇；董卓、袁绍，无闻二录。岂非韩、老俱称述者，

书有子名[11]；袁、董并曰英雄，生当汉末。用此为断，粗得其伦。亦有厥类众伙，宜为流别[12]，而不能定其同科，申其异品[13]，用使兰艾相杂[14]，朱紫不分[15]，是谁之过欤？盖史官之责也。

按班《书·古今人表》，仰包亿载，旁贯百家，分之以三科，定之以九等[16]。其言甚高，其义其惬。及至篇中所列，奚不类于其叙哉！若孔门达者，颜称殆庶[17]，至于他子，难为等衰[18]。今乃先伯牛而后曾参，进仲弓而退冉有[19]，求诸折中[20]，厥理无闻。又楚王过邓，三甥请杀之[21]，邓侯不许，卒亡邓国。今定邓侯入下愚之上[22]，夫宁人负我[23]，为善获戾[24]，持此致尤[25]，将何劝善？如谓小不忍，乱大谋，失于用权[26]，故加其罪。是则三甥见几而作[27]，决在未萌[28]，自当高立标格[29]，置诸云汉[30]，何得止与邓侯邻伍，列在中庸下流而已哉[31]？又其叙晋文之臣佐也，舟之侨为上[32]，阳处父次之[33]，士会为下[34]。其序燕丹之宾客也[35]，高渐离居首[36]，荆轲亚之，秦舞阳居末[37]。斯并是非瞀乱[38]，善恶纷拿[39]，或珍瓴甋而贱璠玙[40]，或策驽骀而舍骐骥[41]，以之为监[42]，欲谁欺乎？

又江充、息夫躬谗谄惑上[43]，使祸延储后[44]，毒及忠良[45]。论其奸凶，过于石显远矣[46]。而固叙之，不列佞幸[47]。杨王孙裸葬悖礼[48]，狂狷之徒，考其一生，更无他事，而与朱云同列[49]，冠之传首，不其秽欤？

若乃旁求别录，侧窥杂传，诸如此谬，其累实多。按刘向《列女传》载鲁之秋胡妻者[50]，寻其始末，了无才行可称，直以怨怼厥夫[51]，投川而死。轻生同于古冶[52]，殉节异于曹娥[53]，此乃凶险之顽人，强梁之悍妇[54]，辄与贞烈为伍，有乖其实者焉。又嵇康《高士传》，其所载者广矣，而颜回、蘧瑗[55]，独不见书。盖以二子虽乐道遗荣[56]，安贫守志，而拘忌名教[57]，未免流俗也。正如董仲舒、扬子云，亦钻仰四科[58]，驰驱六籍[59]，渐孔门之教义[60]，服鲁国之儒风[61]，与此何殊，而并可甄录。夫回、瑗可弃，而扬、董获升，可谓识二五而不知十者也。

爰及近代，史臣所书，求其乖失，亦往往而有。借如阳瓒效节边城，捐躯死敌[62]，当有宋之代，抑刘、卜之徒欤[63]？而沈氏竟不别加标榜[64]，唯寄编于《索虏》篇内。纪僧真砥节砺行[65]，终始无瑕，而萧氏乃与群小混书[66]，都以恩幸为目。王颁文章不足[67]，武艺居多，躬诣戚藩，首阶逆乱[68]。撰隋史者如不能与枭感并列[69]，即宜附出《杨谅传》中[70]，辄与词人共编，吉士为伍[71]。凡斯纂录，岂其类乎？

子曰："以貌取人，失之子羽；以言取人，失之宰我[72]。"光武则受误于庞萌[73]，曹公则见欺于张邈[74]。事列在方书[75]，惟善与恶，昭然可见。不假许、郭之深鉴[76]，裴、王之妙察[77]，而作者存诸简牍，不能使善恶区分，故曰谁之过欤？史官之责也。夫能申藻镜，别流品[78]，使小人君子臭味得朋[79]，上智中庸等差有叙，则惩恶劝善，永肃将来[80]，激浊扬清[81]，郁为不朽者矣[82]。

---

①二句出自《周易·系辞上》。意谓道理按类综合，品物依群区分。方，道理，义理。

②薰莸（yóu，音尤）：香草和臭草。　　枭鸾不比翼：凶恶的鸟与鸾凤不能并翅齐飞。

③商臣：楚成王太子，听说要废他而另立太子，迫使成王自缢而死，遂得即位为穆王。　　冒顿（mòdú，音莫独）：秦末汉初匈奴单于，公元前209年杀死其父头曼自立。见《史记·匈奴传》。

④伊尹：汤代汤王名臣。佐汤代夏桀，被尊为阿衡（宰相）。　　霍光：字子孟，霍去病异母弟。汉武帝时，出入宫庭，谨言慎行，未尝有过。昭帝、宣帝时，秉政二十年，族党满朝，权倾内外。

⑤悖逆：违乱忤逆。

⑥厥：其，他们。　　迹：指言行。

⑦隔越：时代地区距离很远。　　偶：合，谐。　　差肩接武：肩挨肩，脚印接脚印。比喻十分贴近。

⑧品汇：事物之品种类别，这里指人的德行类别

⑨年世促迫：年代短暂。　　寡鲜（xiǎn，音显）：稀少。

⑩具体：指德行细节。

⑪书有子名：韩非的著作名《韩非子》，老子的著作名《老子》。

⑫流别：流派。

⑬同科：相同的品类。　申：阐明。

⑭兰艾相杂：比喻好坏混杂。

⑮朱紫不分：形容善恶不辨。古人以朱色为正色，紫色为间色，固以朱紫比喻正邪、是非。

⑯三科、九等：《汉书·古今人表叙》："可与为善，不可与为恶，是谓上智；可与为恶，不可与为善，是谓下愚；可与为善，可与为恶，是谓中人。"每类又分三等，共九等，所谓"因兹以列九等之序"。

⑰颜：颜回，孔门弟子中最杰出者。殆庶：词出《周易·系辞上》。近似的意思。后用为近乎圣人之称。

⑱等衰：分成等级

⑲原注："伯牛、仲弓并在第二等，曾参、冉有并在第三等。"伯牛，冉伯牛，孔子弟子。冉雍，字仲弓。冉求，字子有。

⑳折中：中正而不偏颇。

㉑楚文王攻打申国，路过邓国。邓侯说："吾甥也。"留下予以招待。骓甥、聃甥、养甥请求杀掉楚王，说："亡邓国者，必此人也。"邓侯认为杀自己的外甥会被人耻笑，因而不许。后来邓国果为楚所灭。

㉒原注："即第七等。"

㉓宁人负我：宁愿别人愧对我。

㉔为善获戾：做好事反而获罪。

㉕持此致尤：因此招到怨责。

㉖失于用权：有失掌权的原则。

㉗见几而作：看到事情的细微迹象即有所行动。

㉘决在未萌：决策于事前的意思。

㉙标格：风范。

㉚置诸云汉：列入上等。云汉，天河，这里代指上等。

㉛原注："三甥皆在第六等。"

㉜舟之侨：虢国大夫，后投奔晋国，晋文公任为戎右。后因作战违令被杀。见《左传·僖公二十八年》。

㉝阳处父：晋国大夫。因性格刚毅，遭人忌恨，为贾季所杀。见《左传·文公六年》。

㉞士会：晋国大夫。为人能贱而有耻，柔而不犯。

㉟燕丹：燕国太子丹。

㊱高渐离：燕国人。与荆轲交好。荆轲刺秦王失败后，他曾混入秦宫以筑击秦王，未中，被杀。

㊲秦舞阳：燕国勇士，荆轲去刺秦王，秦舞阳为其副手。

㊳瞀（mào，音冒）乱：昏乱。

㊴纷拿：牵持杂乱。

㊵瓴甋（dì，音弟）：即砖。《诗经·陈风·防有鹊巢》："中唐有甓。"《笺》："甓（砖），瓴甋也。"　璠玙：鲁国的宝玉。

㊶策：鞭马使进。　驽骀（tái，音台）：劣马。　骐骥：千里马。

㊷监：通"鉴"，借鉴。

㊸江充：初于赵太子丹有隙，诬告太子丹与其姊及王后内宫奸乱，汉武帝怒，废太子丹，江充则受到汉武帝信任。后与太子据有隙，又诬陷太子据行巫蛊事（指巫师使用邪术加祸于人）。太子被迫杀了江充。　息夫躬：曾与孙宠诬杀东平王刘云，受到汉哀帝信任。后来被弹劾结党，畏罪自杀。

㊹储后：太子的别名。这里指汉武帝的戾太子。

㊺忠良：指被息夫躬诬害的刘云、御史大夫贾延、丞相王嘉、左将军公孙禄等。

㊻石显：汉元帝时任中书令，贵幸倾朝。因杀萧望之，众论汹汹。后失权，病死。

㊼佞幸：以谄媚得宠幸者。

㊽杨王孙：汉武帝时人。学黄老之术，家业千金。病危时嘱其子说："吾欲裸葬，以返吾真。"　悖：违背。

㊾朱云：见《言语》注。

㊿鲁国人秋胡，结婚五天就到陈地去做官。五年后，在回家路上看到采桑女，以言语挑逗。不料回到家，采桑女就是他的妻子。其妻因此怨忿，投河而死。

51怨怼：怨恨。

(52)古冶：即古冶子。传说齐景公时，有公接、田开疆、古冶子三勇士，恃功骄傲。晏婴劝景公除掉三人，于是设计让景公送去两个桃子，要他们论功大小领取桃子。三人互不相让，争论起来，先后自杀。见《晏子春秋·谏下》。

(53)曹娥：东汉会稽上虞人。十四岁时，因其父迎神江边，不慎溺毙。曹娥沿江嚎哭整十七昼夜，最后投江而死。见《后汉书·列女传》。

(54)强梁：强横。

(55)蘧瑗（qúyuàn，音渠院）：字伯玉，春秋卫大夫蘧庄子之子。卫大夫史鳍知其贤，屡荐于灵公，皆不用。

(56)乐道遗荣：以守儒术为乐，而弃仕途求荣。

(57)拘忌：拘束畏忌。　名教：指封建礼教

(58)钻仰：仰而求之，钻研求之。　四科：德行、言语、政事、文学为孔门四科。

(59)驰驱：涉猎。　六籍：六经，即《诗》、《书》、《易》、《礼》、《乐》、《春秋》。

(60)渐：浸润，熏陶。

(61)服：服膺，牢牢记在胸中，衷心信服。

(62)刘宋武帝三年（422），北魏重兵攻打滑台，城东北角崩坏，宋将王景度逃跑，司马阳瓒坚守奋战。后来部众溃散，瓒独拒降战死。

(63)抑：或许。　刘：刘康祖，刘宋勇将，在与北魏激战尉氏县时阵亡。　卜：卜天与，刘宋太子刘劭进宫刺杀太祖，卜天与奋死与之搏斗，被劭部下击杀。

(64)沈氏：指沈约。

(65)纪僧真：南朝齐人。出身寒微，而容貌言吐，雅有士风。世祖曾目送之曰："人何必计门户，纪僧真常贵人所不及。"

(66)这句说：萧子显把纪僧真列入《幸臣传》。

(67)王颏（kuǐ，音跬）：北周人，年轻时好游侠，二十岁后方知读书。曾任北周露门学士，入隋任著作佐郎。

(68)"躬诣"二句：是说王颏亲至藩王府，带头叛乱。

(69)枭感：即杨玄感。隋杨素之子，官至礼部尚书。隋炀帝大业九年，起兵反叛，围攻东都洛阳。后又欲取关中，兵败被杀。隋炀帝下诏改其姓为"枭"。

(70)杨谅：字德章，隋文帝杨坚少子。任并州总管，阴有异图，文帝死，发兵反。为杨素击败，斥废为民。

(71)吉士：善士。

(72)《孔子家语》："子羽（澹台灭明）有君子之容，而行不胜其貌；宰我（宰予，字子我）有文雅之辞，而智不充其辩。"因此，孔子认为，以貌取子羽，以言取宰我，都是错误的。

(73)庞萌事见《载文》注。

(74)曹公：曹操。　张邈：字孟卓，官陈留太守。董卓之乱，与曹操共举义兵，深得曹操信任。后竟与其弟超谋叛曹操。

(75)方书：文书，这里指史书。

(76)许：许劭，东汉人。喜品评人物。曾评曹操说："子治世之能臣，乱世之奸雄。"　郭：郭泰，字林宗，东汉贤士。博通经典，性明知人，品题海内人物，为时所重。

(77)裴：裴楷，字叔则，西晋人。博通群书，识见超卓，史称其有知人之鉴。　王：王戎，字浚冲，西晋人。神采秀彻，聪敏善谈，为竹林七贤之一。

(78)藻镜：品藻镜察，即品评鉴别之意。　流品：类别，等级。

(79)臭（xiù，音秀）味得朋：以思想志趣相同者为友，即各得其所爱的意思。臭味，气味，指思想志趣等。

(80)永肃将来：永为后人所敬服。

(81)激浊扬清：冲去污水，浮上清水。比喻除恶扬善。语出《尸子·君治》。激，冲除。

(82)郁：茂盛，引申为富有生命力。

直书第二十四

夫人禀五常①，士兼百行②，邪正有别，曲直不同。若邪曲者，人之所贱，而小人之道也；正直者，人之所贵，而君子之德也。然世多趋邪而弃正，不践君子之迹，而行由小人者，何哉？语曰："直如弦，死道边；曲如钩，反封侯③。"故宁顺从以保吉，不违忤以受害也。况史之为务，申以劝诫，树之风声④。其有贼臣逆子，淫君乱主，苟直书其事，不掩其瑕，则秽迹彰于一

朝，恶名被于千载。言之若是，吁可畏乎！

夫为于可为之时则从⑤，为于不可为之时则凶。如董狐之书法不隐，赵盾之为法受屈⑥，彼我无忤，行之不疑，然后能成其良直，擅名今古⑦。至若齐史之书崔弑⑧，马迁之述汉非⑨，韦昭仗正于吴朝⑩，崔浩犯讳于魏国⑪，或身膏斧钺⑫，取笑当时；或书填坑窖，无闻后代。夫世事如此，而责史臣不能申其强项之风⑬，励其匪躬之节⑭，盖亦难矣。是以张俨发愤，私存《默记》之文⑮；孙盛不平，窃撰辽东之本⑯。以兹避祸，幸获两全。足以验世途之多隘⑰，知实录之难遇耳。

然则历考前史，征诸直词，虽古人糟粕，真伪相乱，而披沙拣金，有时获宝⑱。按金行在历⑲，史氏尤多。当宣、景开基之始⑳，曹、马搆纷之际，或列营渭曲，见屈武侯㉑，或发仗云台，取伤成济㉒。陈寿、王隐咸杜口而无言，干宝、虞预各栖毫而靡述。至习凿齿，乃申以死葛走达之说㉓，干令升亦斥以抽戈犯跸之言㉔。历代厚诬，一朝如雪㉕。考斯人之书事，盖近古之遗直欤㉖？次有宋孝王《风俗传》、王劭《齐志》㉗，其叙述当时，亦务在审实㉘。按于时河朔王公㉙，箕裘未陨㉚；邺城将相㉛，薪构仍存㉜。而二子书其所讳，曾无惮色。刚亦不吐㉝，其斯人欤？

盖烈士徇名㉞，壮夫重气㉟，宁为兰摧玉折㊱，不作瓦砾长存。若南、董之仗气直书，不避强御㊲；韦、崔之肆情奋笔，无所阿容㊳。虽周身之防有所不足㊴，而遗芳余烈㊵，人到于今称之。与夫王沉《魏书》，假回邪以窃位㊶，董统《燕史》㊷，持谄媚以偷荣㊸，贯三光而洞九泉㊹，曾未足喻其高下也。

---

①禀：天性所赋。　　五常：仁、义、礼、智、信。

②百行：多方面的品行。

③东汉顺帝死后，大将军国戚梁冀擅权，要立蠡吾侯为帝，太尉李固认为应立年纪较长而有德行的清河王为帝。梁冀因得太后之助，阴谋得逞，桓帝立，李固被处死暴尸路边，梁冀的朋党胡广等被封为侯。童谣即是这一史实的反映。　　《乐府集》郭茂倩注："《后汉书·五行志》，顺帝之末，京都童谣。"

④风声：好的风气。

⑤从：顺利。

⑥赵盾为了躲避晋灵公的迫害，便从晋国逃走，未出境时，灵公却被大夫赵穿杀了，盾重返国都。太史董狐在朝堂上写道："赵盾弑其君。"赵盾不服。董狐说："子为正卿，亡不越境，返不讨贼，非子而谁。"赵盾默然承罪。孔子赞董狐为"古之良史"，谓其"书法不隐"。事见《左传·宣公二年》。

⑦擅名古今：大有名望于古今。

⑧齐史之书崔弑：《左传·襄公二十五年》载齐崔杼弑公以说于晋。详见《采撰》注。

⑨《后汉书·蔡邕传》："王允曰：'武帝不杀司马迁，使作谤书，流于后世。'"李贤注："凡史官记事，善恶必书，谓迁所著《史记》，但书汉家不善之事，皆为谤也，非独指武帝之身。"

⑩韦昭仗正：见《六家》之《国语》家段和《载言》弘嗣《吴史》注。

⑪崔浩字伯渊，北魏人。他在任著作郎时，奉命续撰邓渊《国书》，成三十卷。著作令史闵堪等为讨好浩，请将《国书》刻石置路旁，以示直笔。因《国书》对北魏祖先国破家亡之事毫无隐晦，而遭贵族大臣诬陷，以受贿罪被杀。见《魏书》本传。

⑫身膏斧钺：被杀的意思。膏，蘸，引申为受。

⑬强项：性格刚强而不肯低首下人。

⑭匪躬：尽忠而不顾其身。《周易·蹇卦》："王臣蹇蹇·匪躬之故。"《疏》："尽忠于君，匪以私身之故而不往济君，故曰：匪躬之故。"

⑮张俨字子节，三国吴人，以博闻多识拜大鸿胪。宝鼎年间使于晋，贾充、荀勖等欲傲以所不知，皆不能屈。著有《默记》三卷。

⑯孙盛所撰《晋阳秋》，“词直而理正，咸称良史”，触怒了桓温。其子畏祸而窃改写之。盛无奈，遂另写两个定本寄至辽东慕容隽处保存。

⑰世途：世路，世间人事的经历。

⑱“披沙”二句：出自《世说新语·文学》。比喻从大量事物中选取精华，可获宝物。

⑲金行：指晋朝，详《断限》注。

⑳宣、景：指宣帝司马懿、景帝司马师。

㉑诸葛亮北伐，兵屯渭水之南五丈原，司马懿领兵拒守，坚壁不出，诸葛亮送女人衣饰给司马懿以挑战。武侯，诸葛亮，生前封武乡侯。

㉒三国魏高贵乡公曹髦即帝位后，鉴于“司马昭之心，路人皆知”于是亲率僮仆数百，鼓噪而出。中护军贾充迎战于南阙下，太子舍人成济在贾充指挥下，挺戈前向，刺死曹髦。仗，兵器。云台，即陵云台。

㉓死葛走达：见《采撰》注。葛，诸葛亮。达，仲达，司马懿字。

㉔干令升：干宝。　抽戈犯跸：指成济刺死曹髦事。犯跸，侵犯皇帝车驾将要经过的道路，此指行刺皇帝。

㉕雪：洗雪，洗除。

㉖遗直：谓直道而行，有古之遗风。

㉗宋孝王《风俗传》：见《书志》“艺文志”注。

㉘审实：详实。

㉙河朔：指北魏。

㉚箕裘：谓克承父业。《礼记·学记》：“良冶之子，必善为裘；良弓之子，必善为箕。”箕裘未陨，谓北魏世业犹存。

㉛邺城：北齐都城，用以代指北齐。

㉜薪构仍存：比喻王劭撰《齐志》时，高齐将相的后裔仍有地位。薪构，本《左传·昭公七年》：“其父析薪（劈柴），其子弗克负荷（儿子不能负担）。”《尚书·大诰》注：子乃不肯为堂基，况构立屋乎?”

㉝刚亦不吐：意谓不畏强暴。《诗经·大雅·烝民》：“柔亦不茹，刚亦不吐，不侮矜寡，不畏强御。”

㉞烈士：刚正有节操之士。　徇名：为保持名节而死。徇，同“殉”。

㉟壮夫：意气勇壮的大丈夫。　重气：重视气节。

㊱宁为兰摧玉折：语出《世说新语·言语》。意谓宁可守身洁白而死。

㊲强御：豪强势力。

㊳阿（ē，音呵）容：曲从容忍。

㊴周身之防：保全自己的措施。

㊵遗芳余烈：遗留下了美好的风范和业绩。

㊶王沉字处道，任曹魏秘书监时，与阮籍等共撰《魏书》，多为时讳而善叙事。因向司马昭告密，曹髦被杀后，司马昭封他为安平侯。　回邪：邪僻，乖戾。

㊷十六国后燕董统受诏撰《燕史》，对后燕史事的记载，褒美失实。

㊸偷荣：窃取荣华富贵。

㊹贯三光而洞九泉：“若九地之下与重天之颠”，即天渊之别，形容差别极大，高下悬殊。三光，日、月、星，代指天。

曲笔第二十五

肇有人伦[①]，是称家国。父父子子，君君臣臣[②]，亲疏既辨，等差有别。盖“子为父隐，直在其中”[③]，《论语》之顺也[④]；略外别内，掩恶扬善，《春秋》之义也。自兹已降，率由旧章[⑤]。史事有事涉君亲，必言多隐讳，虽直道不足，而名教存焉。其有舞词弄札，饰非文过，若王隐、虞预毁辱相凌[⑥]，子野、休文释纷相谢[⑦]。用舍由乎臆说，威福行乎笔端，斯乃作者之丑行，人伦所同疾也[⑧]。亦有事每凭虚，词多乌有：或假人之美，藉为私惠[⑨]；或诬人之恶，持报己仇。若王沉《魏录》滥述贬甄之诏[⑩]，陆机《晋史》虚张拒葛之锋[⑪]，班固受金而始书，陈寿借米而方传[⑫]。此又记言之奸贼，载笔之凶人[⑬]，虽肆诸市朝[⑭]，投畀豺虎可也[⑮]

然则史之不直，代有其书，苟其事已彰，则今无所取[⑯]。其有往贤之所未察，来者之所不知，今略广异闻，用标先觉。按《后汉书·更始传》称其懦弱也，其初即位，南面立，朝群臣，羞愧流汗，刮席不敢视[17]。夫以圣公身在微贱[18]，已能结客报仇，避难绿林，名为豪杰。安有贵为人主，而反至于斯者乎？将作者曲笔阿时[19]，独成光武之美；谀言媚主，用雪伯升之怨也[20]。且中兴之史，出自东观[21]，或明皇所定[22]，或马后攸刊[23]。而炎祚灵长[24]，简书莫改，遂使他姓追撰，空传伪录者矣[25]。陈氏《国志·刘后主传》云："蜀无史职，故灾祥靡闻[26]。"按黄气见于秭归[27]，群鸟堕于江水[28]，成都言有景星出[29]，益州言无宰相气[30]，若史官不置，此事从何而书？盖由父辱受髡，故加兹谤议者也[31]。

古者诸侯并争，胜负无恒，而他善必称，己恶不讳。逮乎近古，无闻至公，国自称为我长，家相谓为彼短。而魏收以元氏出于边裔，见侮诸华，遂高自标举，比桑乾于姬、汉之国[32]；曲加排抑，同建业于蛮貊之邦[33]。夫以敌国相仇，交兵结怨，载诸移檄[34]，用可致诬，列诸缃素[35]，难为妄说。苟未达此义，安可言于史邪？夫史之曲笔诬书，不过一二，语其罪负[36]，为失已多。而魏收杂以寓言，殆将过半，固以仓颉已降，[37]罕见其流，而李氏《齐书》称为实录者[38]，何也？盖以重规亡考未达[39]，伯起以公辅相加[40]，字出大名[41]，事同元叹[42]，既无德不报，故虚美相酬，然必谓昭公知礼，吾不信也[43]。语曰："明其为贼，敌乃可服[44]。"如王劭之抗词不挠，可以方驾古人[45]。而魏收持论激扬，称其有惭正直[46]。夫不彰其罪，而轻肆其诛，此所谓兵起无名，难为制胜者。寻此论之作，盖由君懋书法不隐，取咎当时[47]。或有假手史臣，以复私门之耻，不然，何恶直丑正，盗憎主人之甚乎[48]！

盖霜雪交下，始见贞松之操，国家丧乱，方验忠臣之节。若汉末之董承、耿纪[49]，晋初之诸葛、毋丘[50]，齐兴而有刘秉、袁粲[51]，周灭而有王谦、尉迥[52]，斯皆破家殉国，视死犹生。而历代诸史，皆书之曰逆[53]，将何以激扬名教，以劝事君者乎！古之书事也，令贼臣逆子惧；今之书事也，使忠臣义士羞。若使南、董有灵，必切齿于九泉之下矣。

自梁，陈已绛，隋、周而往，诸史皆贞观年中群公所撰，近古易悉，情伪可求。至如朝廷贵臣，必父祖有传，考其行事，皆子孙所为，而仿彼流俗，询诸故老，事有不同，言多爽实[54]。昔秦人不死，验苻生之厚诬[55]；蜀老犹存，知葛亮之多枉[56]。斯则自古所叹，岂独于今哉！

盖史之为用也，记功司过，彰善瘅恶[57]，得失一朝，荣辱千载。苟违斯法，岂曰能官[58]。但古来唯闻直笔见诛，不闻以曲词获罪。是以隐侯《宋书》多妄[59]，萧武知而勿尤[60]；伯起《魏史》不平，齐宣览而无谴[61]。故令史臣得爱憎由己，高下在心[62]，进不惮于公宪，退无愧于私室[63]，欲求实录，不亦难乎？呜呼！此亦有国家者所宜惩革也[64]。

---

①肇：开始。

②"父父"二句：语出《论语·颜渊》，意谓父亲要像父亲，儿子要像儿子，君要像个君，臣要像个臣。

③"子为"二句：语出《论语·子路》。

④顺：通"训"，教诲。《逸周书·大聚》："立正长（官名）以顺幼，立职丧（官名）以恤死。"

⑤率（shuài，音帅）由旧章：遵循先前的规矩。

⑥晋元帝以王隐为著作郎，命撰晋史，时著作郎虞预正私撰《晋书》，因对中原情况生疏，屡访王隐，并借王隐史稿加以剽窃。后来却嫉恨并排斥王隐。见《晋书·王隐传》。

⑦沈约（字休文）撰《宋书》称"（裴）松之已后无闻焉"。裴松之的曾孙子野更撰《宋略》，在叙述约父璞之死时，则书作璞不从义师而被戮，沈约得知后，立即登门向子野谢过，消除双方纠纷。

⑧疾：憎恨。

⑨私惠：私恩。

⑩王沉所撰《魏书》已佚，述甄后事无考。郭孔延评云："王沈不忠于魏，故甄后之贬，滥述其诏。"

⑪司马懿拒诸葛亮，《三国志·魏志·明帝纪》及《晋书·宣帝纪》均载其事。而《晋书》则虚张懿之胜算。

⑫历史上传说，班固著《汉书》有收受贿赂的行为，但无具体说法，后人不信。陈寿借米，见于《晋书·陈寿传》："或云丁廙、丁仪有盛名于魏，陈寿谓其子曰：'可觅千斛米见与，当于尊公作佳传。'丁不与之，竟不为立传。"此亦不为后人所信。

⑬载笔之凶人：杨守敬认为："此欲澄清史职，非狠也。"

⑭肆诸市朝：处死并陈尸于市。

⑮投畀（bì，音必）豺虎：谓将违背史职的人扔给豺虎去吃。语出《诗经·小雅·巷伯》，原指将那些进谗言陷害别人的人扔给豺虎去吃。

⑯"苟其"二句：谓前人已说过，就不必再重复。

⑰刘玄，光武帝之族兄。王莽末光武与兄伯升起兵，号玄为更始将军。后共议立更始为天子，改元更始。刮席，低头吹座位上的浮尘。

⑱圣公：刘玄字。

⑲将：相当于"是"。曲笔阿（ē，音呵）时：谓不敢直书其事，以迎合时俗。

⑳刘縯字伯升，光武帝刘秀长兄。王莽篡夺政权，群雄并起。昆阳战后刘縯、刘玄争权炽烈，縯不接受玄指挥，玄伺机杀了刘縯。见《后汉书·刘縯传》。

㉑东观：在汉洛阳南宫。东汉明帝时，命班固等在此修撰《汉记》，书成名为《东观汉记》。

㉒明皇：即汉明帝刘庄。

㉓马后攸刊：汉明帝马皇后，马援之小女。明帝死后，她亲撰《显宗（明帝）起居注》，删去其兄马防参与医疗明帝之事。见《后汉书·马皇后纪》。攸，所。刊，雕刻，引申为撰写。

㉔炎祚灵长：谓汉王朝统治时间长久。汉代以火德王，遂称汉为炎汉。炎祚，汉朝的国运。灵长，广远绵长。

㉕"遂使"二句：指《后汉书》之曲诋刘玄。

㉖《三国志·蜀志·后主（刘禅）传》评："国不置史（史官），注记无官，是以行事多遗，灾异靡书。"蜀不置史之说，后世有异议。灾祥，吉凶之征兆。

㉗黄气见于秭归：载于《三国志·蜀志·先主（刘备）传》。黄气，正气，瑞相。秭归，汉县名，属南郡，今属湖北。

㉘《三国志·蜀志·后主传》裴注引《汉晋春秋》："（建兴九年）冬十月，江阳有鸟，从江南飞渡江北，不能达，堕水死者以千数。"

㉙《三国志·蜀志·后主传》："景耀元年……史官言景星见。"于是大赦，改元。景星，杂星名，也称瑞星、德星。

㉚益州言无宰相气：《三国志·蜀志·费祎传》云：延熙十四年夏，成都望气者曰："都邑无宰相气。"

㉛"盖由"二句：《晋书·陈寿传》云：陈寿之父为马谡参军，马谡失街亭被诸葛亮处死，寿父亦被牵连受髡刑（剃去头发）。寿为立传，谓"应变将略，非其所长"。

㉜桑乾：指北魏，因其始建国于桑乾河地区。　姬：周王朝族姓，此指周朝。

㉝建邺：指南朝，因宋、齐、梁（惟元帝暂居江陵）、陈皆都建业（今江苏南京）。

㉞移檄：古代官府文书，多作征召、晓喻、申讨等用，其特点是"辞刚而义辨"。

㉟缃素：古代书写本用缣素，染成浅黄色的，称缃素。这里作为史书的代称。

㊱罪负：罪过。

㊲仓颉：传说中的黄帝时造汉字的人。

㊳李氏《齐书》：指李百药《北齐书》。

㊴重规：李百药字。　亡考：指李百药已死的父亲李德林。　未达：尚未显贵之时。

㊵李德林，字公辅，年十五即博通群书，善属文，深受魏收器重。魏收为他取字说："识度天才，必至公辅，吾辄以此字卿。"

㊶字出大名：谓其字由魏氏而起。大名，魏姓氏称。《左传·闵公元年》："魏，大名也。"

㊷顾雍字元叹。蔡邕避怨居吴，雍从邕学琴技书法，"专一清静，敏而易教。伯喈（邕字）贵异之，谓曰：'卿必成名，今以吾名与卿。'故雍与伯喈同名。"

㊸"然必谓"二句：《论语·述而》："陈司败问（鲁）昭公知礼乎，孔子曰：'知礼。'"二句即对孔子的回答提出疑义。陈司败也对别人说：鲁昭公娶同姓女，有悖于礼。

㊹"明其"二句：指明敌人为贼，才可以降服他。这是《汉书·高帝纪》新城三老董公对刘邦说的话。

㊺方驾：比喻匹敌或媲美。

㊻"魏收"二句：指魏收对王劭修史，评论偏激。

㊼君懋：王劭字。　取咎当时：得罪了当时的统治者。

㊽盗憎主人：盗贼憎恨财物的主人。《左传·成公十五年》："伯宗每朝，其妻心戒之曰：'盗憎主人，民恶其上（百姓厌恶其长官）。'"

㊾董承：官车骑将军。汉献帝曾密诏承与刘备等诛讨曹操，谋泄，被曹操处死。　耿纪：官少府。建安二十三年，纪与太医令吉本、司直韦晃等起兵诛讨曹操，兵败被杀。

㊿诸葛：诸葛诞，见《因习》注。毋丘：毋丘俭，三国魏镇东将军。高贵乡公二年，俭与扬州刺史文钦起兵讨伐司马氏，战败被杀。

51刘秉：字彦节，南朝宋宗室。　袁粲：字君倩，南朝宋人，官至尚书令。　刘宋末，政权为齐王萧道成把持，顺帝刘准即位后，刘、袁密谋以太后诏杀萧道成，事泄，均被杀。

52王谦，尉迥：已见《因习》注。

53皆书之曰逆：上列诸人，皆忠于旧政权，而史书追述其事，皆称之叛逆。刘知几认为有违封建伦常教义，亦不合史笔。

54爽实：失实。

55苻生字长生，十六国前秦的第二代帝王。《晋书·载记·苻生传》称其"荒耽淫虐，杀戮无道"。而《洛阳伽蓝记》卷二云："（隐士）赵逸又云：自永嘉以来二百余年，建国称王者十有六君，皆游其都邑，自见其事。国灭之后，观其史书，皆非实录，莫不推过于人，引善自向。苻生虽好勇嗜酒，亦仁而不杀，观其治典，未为凶暴。及详其史，天下之恶皆归焉。"

56"蜀老"二句：浦起龙注："未详。按王应麟《困学纪闻》云：'武侯事迹淹没多矣。'然则蜀老事王氏亦未有所考也。"

57司：窥察，引申为揭露。　彰善瘅（dàn，音旦）恶：表扬善的，憎恨恶的。

58官：公正。程千帆《笺记》引《吕氏春秋·本生》注："官，正也。"《史记·孝文纪》《索隐》："官，公也。"

59隐侯：沈约谥号。妄：虚妄不实。

60萧武：浦起龙认为是梁武帝萧衍。　尤：怨恨。

61《北史·魏收传》记载："齐宣谓收曰：'卿为人作文章，道其好者，岂能皆实。'收无以对，战栗而已。"齐宣，北齐文宣帝高洋。

62高下在心：谓史官品评人物好坏，一任己意。

63"进不"二句：意谓只是口称上不畏惧国法，下无愧于个人。公宪，朝廷法律。《后汉书·张陵传》："今申公宪，以报私恩。"

64惩革：惩戒革除。

鉴识第二十六

夫人识有通塞，神有晦明，毁誉以之不同，爱憎由其各异。盖三王之受谤也，值鲁连而获申①；五霸之擅名也，逢孔宣而见诋②。斯则物有恒准，而鉴无定识③，欲求铨核得中④，其唯千载一遇乎！况史传为文，渊浩广博，学者苟不能探赜索隐，致远钩深⑤，乌足以辩其利害⑥，明其善恶?

观《左氏》之书，为传之最，而时经汉、魏，竟不列于学官⑦，儒者皆折此一家⑧，而盛推二传⑨。夫以丘明躬为鲁史，受经仲尼，语世则并生，论才则同耻⑩。彼二家者，师孔氏之弟子，预达者之门人⑪，才识本殊，年代又隔，安得持彼传说，比兹亲受者乎！加以二传理有乖僻⑫，言多鄙野，方诸《左氏》，不可同年⑬。故知《膏肓》、《墨守》⑭，乃腐儒之妄述；卖饼、太官⑮，诚智士之明鉴也。

逮《史》、《汉》续作，踵武相承⑯。王充著书⑰，既甲班而乙马⑱；张辅持论，又劣固而优迁⑲。然此二书，虽互有修短，递闻得失⑳，而大抵同风㉑，可为连类。张晏云㉒：迁殁后，亡《龟策》、《日者传》，褚先生补其所缺㉓，言词鄙陋，非迁本意。按迁所撰《五帝本纪》、七十列传，称虞舜见阨，遂匿空而出㉔；宣尼既殂，门人推奉有若㉕。其言之鄙，又甚于兹，安得独罪褚生，而全宗马氏也㉖？刘轨思商榷汉史㉗，雅重班才，惟讥其本纪不列少帝，而辄编高后㉘。按弘非刘氏，而窃养汉宫㉙。时天下无主，吕宗称制㉚，故借其岁月㉛，寄以编年。而野鸡行事，自具《外戚》[32]。譬夫成为孺子，史刊摄政之年[33]；厉王流彘，历纪共和之日[34]。而周、召二公，各世家有传[35]。班氏式遵曩例[36]，殊合事宜，岂谓虽浚发于巧心，反受嗤于拙目也[37]。

刘祥撰《宋书·序录》[38]，历说诸家晋史，其略云："法盛《中兴》，荒庄少气[39]，王隐、徐广，沦溺罕华[40]。"夫史之叙事也，当辩而不华，质而不俚，其文直，其事核[41]，若斯而已可也。必令同文举之含异[42]，等公幹之有逸[43]，如子云之含章[44]，类长卿之飞藻[45]，此乃绮扬绣合[46]，雕章缛彩[47]，欲称实录，其可得乎？以此诋诃，知其妄施弹射矣[48]。

夫人废兴，时也，穷达，命也。而书之为用，亦复如是。盖《尚书》古文，《六经》之冠冕也，《春秋左氏》，《三传》之雄霸也。而自秦至晋，年逾五百，其书隐没，不行于世。既而梅氏写献[49]，杜侯训释[50]，然后见重一时，擅名千古。若乃《老经》撰于周日[51]，《庄子》成于楚年[52]，遭文、景而始传[53]，值嵇、阮而方贵[54]。若斯流者，可胜纪哉！故曰"废兴，时也，穷达，命也。"适使时无识宝，世缺知音，若《论衡》之未遇伯喈[55]，《太玄》之不逢平子[56]，逝将烟烬火灭，泥沉雨绝，安有殁而不朽，扬名于后世者乎！

---

①曹植《与杨德祖书》："昔田巴毁五帝，罪三王，一旦而服千人，鲁连一说，使终身杜口。"三王，夏禹、商汤、周文武。鲁连，鲁仲连，战国齐人。高蹈不仕，喜为人排难解纷。

②《汉书·董仲舒传》："仲尼之门，五尺之童，羞称五伯（霸），为其先诈力而后仁谊也。"《论语·宪问》："子曰：'晋文公谲（诡诈）而不正。'"更是孔子径诋五霸之言。孔宣，孔子，因唐贞观十一年（637），诏尊孔子为宣父。

③恒准：固定的标准。　鉴无定识：鉴别优劣没有确定的见解。

④铨（quán，音全）核：衡量核定。

⑤"探赜（zé，音责）"二句：出自《周易·系辞上》。意谓探索深奥的道理，搜寻隐秘的事迹，而治学广博精深。赜，幽深玄妙。

⑥乌：何。　辩：与"辨"通。判别，分辨。

⑦学官：学校。

⑧折：责难，指斥。

⑨汉代董仲舒推崇《公羊传》，汉宣帝喜好《榖梁传》，二传遂列于学官。

⑩"语世"二句：是说论身世左丘明与孔子同处一个时代，论好恶二人也相同。《论语·公冶长》："子曰：'巧言、令色（伪善的容貌）、足恭（过分恭顺），丘明耻之，丘亦耻之。"

⑪"彼二家"三句：杨士勋《榖梁疏》述《榖梁传》源流云："榖梁子名淑，字元始，鲁人，一名赤，受经于子夏（卜商，孔子弟子）。"预达者之门人，即跟随孔子显贵的门人。

⑫乖僻：乖张偏执。

⑬不可同年：不能相提并论，不能相比。

⑭何休字邵公，东汉著名今文经学家。《左氏膏肓》、《公羊墨守》，皆何氏所著。

⑮《太平御览》卷八六〇引《魏志》："严翰字公仲，学问特善《春秋公羊》。司隶钟繇不好《公羊》而好《左氏》，谓《左氏》为太官（掌皇帝饮食宴会），而谓《公羊》为卖饼家。"

⑯踵武：比喻继承前人的事业。武，足迹。

⑰王充著书：指王充著《论衡》。王充，字仲任，东汉人。曾师事班彪，通百家学说。

⑱《论衡·超奇》："班叔皮（班彪字）续太史公书百篇以上，记事详悉，义理浅备，观读之者以为甲，而太史公乙。"

⑲"张辅"二句：张辅字世伟，西晋时任尚书郎。他曾较论司马迁、班固说："迁之著述，辞约而事举，叙三千年事，唯五十万言。班固叙三百年事，乃八十万言，烦省不同，不如迁一也。良史叙事，善足以奖劝，恶足以鉴诫，人道之常，中流小事，亦无取焉，而班皆书之，不如二也。毁贬晁错，伤忠臣之道，不如三也。"

⑳递：交错。

㉑同风：风格相同。

㉒张晏：字子传，三国魏人

㉓张晏语见《史记·太史公自序》裴骃《集解》。

㉔《史记·五帝本纪·舜》："舜名重华，父曰瞽叟，爱后妻子，常欲杀舜。使舜穿（挖）井，舜穿井为匿空旁出。"《索隐》："空音孔。"《正义》：言舜潜匿穿孔旁，从他井而出也。见阨，被虐待。

㉕《史记·仲尼弟子传》："有若，少孔子十三岁，……孔子既殁，弟子思慕。有若状似孔子，弟子相与共立为师，师之如夫子时也。"

㉖全宗：完全尊崇。

㉗刘轨思：仕北齐为国子博士，说《诗》甚精。按《北齐书·儒林传》，不载其论史之文。

㉘汉惠帝无子，取后宫美人子为太子。惠帝崩，太子立为皇帝，年劝，出怨言，吕后幽禁之于永巷。

㉙吕后幽禁少帝于永巷后，立恒山王刘弘为皇帝。两少帝虽同以高后编年，但说"弘非刘氏"而窃养汉宫，与史实不符。

㉚吕宗称制：吕氏家族临朝行使皇帝权力。

㉛借其岁月：借用吕后临朝称制的年代。

㉜野鸡：雉。吕后名雉，故憎称野鸡。　　《外戚》：《外戚传》。

㉝成：周成王。　　摄政之年：以周公摄政作为编年。

㉞《史记·周本纪》：周厉王暴虐，民怨沸腾。"厉王出奔于彘，召公、周公行政，号曰共和。共和十四年，厉王死于彘。"

㉟"周、召"二句：是说《史记》虽以周、召二公执政的共和纪年，但他们的事迹仍各有《世家》记载。

㊱式遵：效法遵从。

㊲"岂谓"二句：出自陆机《文赋》。浚发，涌发。拙目，谓见识浅陋。

㊳刘祥：字显征，南朝齐人。永明中撰《宋书》。后因讥刺朝政，被流放广州，不久病卒。见《南齐书》。

㊴法盛《中兴》：何法盛《中兴书》。　　荒庄：草盛的样子，引申为辞采富赡。

㊵王隐、徐广：指王隐《晋书》，徐广《晋纪》。详见《二体》注和《六家》"左传家"注。沦溺，孱弱而沉滞。

㊶"辩而"四句：出自《汉书·司马迁传赞》。质而不俚，质朴而不粗俗。核，实在，真实。

㊷文举：孔融字。孔融，好士，善文章，建安七子之一。　　含异：心怀奇特相异之气。《文心雕龙·风骨》："公斡亦云：'孔氏卓卓，信含异气，笔墨之性，殆不可胜。'"

㊸公斡：东汉刘桢字。桢兼善诗文，建安七子之一。　　有逸：曹丕《与吴质书》称："公斡有逸气，但未遒耳。"逸气，超脱尘俗之气概。

㊹子云：扬雄字。　　含章：蕴含着美质。

㊺长卿：司马相如字。　　飞藻：文采飞扬。

㊻绮扬绣合：光色飞扬，五彩俱备，形容辞采绚美。

㊼雕章缛（rù，音入）彩：谓刻意修饰文章的字句。

㊽弹（tán，音坛）射：用言语指责。

㊾梅氏写献：指古文《尚书》。晋永嘉之乱，古文《尚书》并亡。至东晋，豫章内史梅赜，始得孔安国之传，奏之。

㊿杜侯训释：指杜预训释《左传》。杜预，字元凯，西晋人。自谓"有《左传》癖"，撰《春秋左氏经传集解》。

51《老经》：《老子》，又称《道德经》。老子，姓李，名耳，字伯阳，谥曰聃。他和庄周是道家代表人物。

52《庄子》：庄周撰。庄周才华横溢，著书十余万言，往往出以寓言。主张清静无为，独尊老子。

53文、景：汉文帝、汉景帝。二帝均喜欢老、庄。

54嵇、阮：嵇康、阮籍。嵇、阮均好老庄，西晋玄风亦颇盛。

55伯喈：蔡邕字。据《抱朴子》，蔡邕曾得异书，即《论衡》。

56《太玄》：扬雄撰，仿《周易》之作。　　平子：张衡字。张衡通《五经》，贯六艺，尤精天文、阴阳、历算。他喜读《太玄》，赞扬扬雄"妙极道数"。

探赜第二十七

古之述者，岂徒然哉[①]！或以取舍难明，或以是非相乱。由是《书》编典诰，宣父辨其流[②]；《诗》列风雅，卜商通其义[③]。夫前哲所作，后来是观，苟失其指归[④]，则难以传授。而或有妄生穿凿，轻究本源，是乖作者之深旨，误生人之后学，其为谬也，不亦甚乎！

昔夫子之刊鲁史，学者以为感麟而作[⑤]。按子思有言：吾祖厄于陈、蔡，始作《春秋》[⑥]。夫以彼聿修[⑦]，传诸诒厥[⑧]，欲求实录，难为爽误[⑨]。是则义包微婉，因攫莓而创词[⑩]；时逢西狩，乃泣麟而绝笔[11]。传者徒知其一，而未知其二，以为自反袂拭面，称吾道穷[12]，然后追论五始[13]，定名三叛[14]。此岂非独学无友，孤陋寡闻之所致邪[15]?

孙盛称《左氏春秋》书吴、楚则略，荀悦《汉纪》述匈奴则简，盖所以贱夷狄而贵诸夏也[16]。按春秋之时，诸国错峙，关梁不通[17]，史官所书，罕能周悉。异乎炎汉之世，四海一家，马迁乘传求自古遗文[18]，而州郡上计[19]，皆先集太史[20]，若斯之备也。况彼吴、楚者，僻居南裔，地隔江山，去彼鲁邦，尤为迂阔[21]，丘明所录，安能备诸?且必以蛮夷而固略也，若驹支预于晋会[22]，长狄埋于鲁门[23]，葛卢之辨牛鸣[24]，郯子之知鸟职[25]，斯皆边隅小国，人品最微[26]，犹复收其琐事，见于方册。安有主盟上国，势迫宗周[27]，争长诸华[28]，威陵强晋，而可遗之者哉?又荀氏著书[29]，抄撮班史，其取事也，中外一概，夷夏皆均，非是独简胡乡，而偏详汉室。盛既疑丘明之摈吴、楚，遂诬仲豫之抑匈奴，可谓强奏庸音，持为足曲者也[30]。

盖明月之珠不能无瑕，夜光之璧不能无颣[31]，故作者著书，或有病累。而后生不能诋诃其过，又更文饰其非，遂推而广之，强为其说者，盖亦多矣。如葛洪有云[32]:“司马迁发愤作《史记》百三十篇，伯夷居列传之首，以为善而无报也；项羽列于本纪，以为居高位者非关有德也。”按史之于书也，有其事则记，无其事则阙。寻迁之驰骛今古[33]，上下数千载，春秋已往，得其遗事者，盖唯首阳之二子而已[34]。然适使夷、齐生于秦代，死于汉日，而乃升之传首，庸谓有情[35]。今者考其先后，随而编次，斯则理之恒也，乌可怪乎?必谓子长以善而无报，推为传首，若伍子胥、大夫种、孟轲、墨翟、贾谊、屈原之徒[36]，或行仁而不遇，或尽忠而受戮，何不求其品类，简在一科，而乃异其篇目，各分为卷。又迁之纰缪[37]，其流甚多。夫陈胜之为世家，既云无据；项羽之称本纪，何必有凭。必谓遭彼腐刑，怨刺孝武[38]，故书违凡例，志存激切[39]。若先黄，老而后《六经》，进奸雄而退处士[40]，此之乖刺[41]，复何为乎?

隋内史李德林著论，称陈寿蜀人，其撰《三国志》，党蜀而抑魏[42]。刊之国史，以为格言。按曹公之创王业也，贼杀母后，幽逼主上[43]，罪百田常[44]，祸千王莽。文帝临戎不武[45]，为国好奢，忍害贤良，疏忌骨肉[46]。而寿评皆依违其事[47]，无所措言。刘主地居汉宗[48]，仗顺而起[49]，夷险不挠[50]，终始无瑕。方诸帝王，可比少康、光武；譬以侯伯，宜辈秦缪、楚庄[51]。而寿评抑其所长，攻其所短[52]。是则以魏为正朔之国，典午攸承[53]；蜀乃僭伪之君，中朝所嫉[54]。故曲称曹美，而虚说刘非，安有背曹而向刘，疏魏而亲蜀也?夫无其文而有其说，不亦凭虚亡是者邪?

习凿齿之撰《汉晋春秋》，以魏为伪国者，此盖定邪正之途，明顺逆之理耳。而檀道鸾称其当桓氏执政[55]，故撰此书，欲以绝彼瞻乌[56]，防兹逐鹿[57]。历观古之学士，为文以讽其上者多矣。若齐冏失德，《豪士》于焉作赋[58]；贾后无道，《女史》由其献箴[59]。斯皆短什小篇，可率尔而就也[60]。安有变三国之体统，改五行之正朔，勒成一史，传诸千载，而藉以权济物议[61]，取诫当时。岂非劳而无功，博而非要，与夫班彪《王命》[62]，一何异乎[63]?求之人情，理不当尔[64]。

自二京板荡[65]，五胡称制，崔鸿鸠诸伪史，聚成《春秋》[66]，其所列者，十有六家而已。魏收云：鸿世仕江左，故不录司马、刘、萧之书，又恐识者尤之，未敢出行于外[67]。按于时中原乏主，海内横流，逖彼东南[68]，更为正朔[69]。适使素王再出[70]，南史重生，终不能别有异同，忤非其议[71]。安得以伪书无录，而犹罪归彦鸾者乎?且必以崔氏祖宦吴朝，故情私南国，必如是，则其先徙居广固，委质慕容[72]，何得书彼南燕[73]，而与群胡并列!爱憎之道，岂若是邪?且观鸿书之纪纲，皆以晋为主，亦犹班《书》之载吴、项[74]，必系汉年，陈《志》之述孙、刘，皆宗魏世。何止独遗其事，不取其书而已哉!但伯起躬为《魏史》，传列《岛夷》[75]，不欲使中国著书，推崇江表，所以辄假言崔志，用纾魏羞[76]。且东晋之书，宋、齐之史，考其所载，几三百篇，而伪邦坟籍，仅盈百卷。若使收矫鸿之失，南北混书，斯则四分有三，事归江外。非唯肥瘠非类⑦，众寡不均；兼以东南国史⑱，皆须纪传区别。兹又体统不纯，难为编次者矣。收之矫妄，其可尽言乎！

于是考众家之异说，参作者之本意，或出自胸怀，妄申探赜⑲；或妄加向背，辄有异同。而流俗腐儒，后来末学⑳，习其狂狷㉑，成其诖误㉒，自谓见所未见，闻所未闻，铭诸舌端，以为口实。唯智者不惑，无所疑焉。

---

①徒然：谓空无所据。

②《史记·孔子世家》："（孔子）追迹三代之礼，序《书传》，上纪唐虞之际，下至秦缪，编次其事。"宣父，孔子。唐贞观十一年，诏尊孔子为宣父。

③卜商字子夏，在孔子弟子中，他以文学著称。孔子死后，他序《诗》传《易》。

④指归：意旨，意向。

⑤感麟而作：有感于获麟不祥而作。

⑥孔子在去陈国的路上，经过陈、蔡之间的匡城，匡人把他当成曾掠夺并残害过匡人的阳货，便囚禁了孔子。见《史记·孔子世家》。子思，孔伋，孔子的孙子。

⑦聿（yù，音玉）修：代指祖父。《诗经·大雅·文王》："无念尔祖，聿（助词）修厥德。"

⑧诒（yí，音宜）厥：指子孙。《诗经·大雅·文王有声》："诒厥孙谋，以燕翼子。"

⑨"欲求"二句：意谓力求据实记录，就不会有所失误。

⑩攫莓：孔子困于陈、蔡之间，断炊七天，颜回讨来米才开始做饭。快熟的时候，孔子望见颜回从甑里抓了一把饭吃。孔子说："昨夜梦见祖先，希望祭以洁食。"颜回说："不能祭祀了，刚才有灰尘掉进甑里，弃食不祥，所以我抓起吃了。"以此说明困厄励志。据《吕氏春秋·任数》，莓应作煤（灰尘）。

⑪"时逢"二句：《左传·哀公十四年》："西狩（打猎）获麟。孔子曰：'吾道穷矣。'"传说孔子因而感伤，作《春秋》至此而止。

⑫"反袂"二句：出自《公羊传·哀公十四年》。反袂拭面，挥袖擦脸，形容悲伤。

⑬五始：《公羊》家所说的《春秋》章法。一、元年，二、春，三、王，四、正月，五、公即位。

⑭三叛：指三个带着土地投奔鲁国的小国叛臣，即邾国的庶其、莒国的牟夷、邾国的黑肱。所谓"三叛人名（三个背叛国君的人记载了名），以惩不义。"见《左传·昭公三十一年》。

⑮《礼记·学记》："独学而无友，则孤陋而寡闻（学识浅陋，见闻不广）。"

⑯所以：用来。

⑰关梁：指水路要会之处。关，关隘之门。梁，津梁。

⑱"马迁"句：《西京杂记》卷六："太史公司马谈世为太史，子迁，年十三，使乘传行天下，求古诸侯史记。"传（zhuàn，音撰），驿站的车马。

⑲上计：战国、秦、汉时，年终，地方官本人或遣吏至京上计簿，将全年人口、钱、粮、盗贼、狱讼等事报告朝廷。

⑳太史：《汉书·司马迁传》如淳注引《汉仪注》："太史公，武帝置，位在丞相上，天下计书先上太史公，副上丞相。"

㉑迂阔：迂曲遥远。

㉒驹支：见《言语》"辩若驹支"注。

㉓《左传·文公十一年》记载，冬十月，鲁国在咸打败狄人，抓住了长狄侨如（狄族鄋瞒部酋长），杀了他，并把他的头割下来埋在鲁国的子驹门下。

㉔葛卢之辨牛鸣：见《言语》"介葛之闻牛"注。

㉕郯子之知鸟职：见《书志》"后序"节注。

㉖人品最微：人的等级最低下。

㉗宗周：周为诸侯所宗仰，故王都所在称宗周。

㉘争长（zhǎng，音掌）：争执班秩坐次的先后。

㉙荀氏著书：指荀悦（字仲豫）所著《汉纪》。

㉚"强奏"二句：出自陆机《文赋》："放庸音以足曲。"意谓强奏平庸的曲子以充数。

㉛颣（lèi，音类）：瑕疵，毛病。

㉜葛洪：字稚川，自号抱朴子，晋朝人，始以儒术知名，后好神仙导养之法。下面的评论，见于《西京杂记》卷下。

㉝驰骛：奔走，引申为涉猎。

㉞首阳之二子：指伯夷、叔齐。

㉟庸谓有情："言如此或可云发愤之故。"

㊱伍子胥：名员，春秋楚人。与孙武共佐吴王阖闾伐楚。吴王夫差立，伐越大破之，越请和，子胥谏不从，后被迫自杀。种：文种，春秋越大夫，字少禽。与范蠡同事越王勾践，出计灭吴，功成，为勾践赐剑自杀。　孟轲：即孟子。　墨翟：春秋战国之际思想家，墨家学派的创始人。

㊲纰缪（pīmiù，音批谬）：错误。

㊳腐刑：古代的宫刑，即破坏生殖机能的酷刑。　怨刺孝武：怨恨讽刺汉武帝。

㊴激切：激烈率直的言论。

㊵处士：隐居不仕之士。

㊶乖刺：违忤，不和谐。

㊷党蜀而抑魏：偏向蜀汉而贬抑曹魏。

㊸"曹公"三句：建安十九年十一月，伏皇后写信给她的父亲屯骑校尉伏完，讲述曹操目无献帝的种种情况。曹操得知后，逼迫献帝废掉伏后，派华歆和郗虑入宫行刺，伏后被下暴室，囚禁而死。

㊹罪百田常：罪过远比田常大。田常，即田成子，春秋时齐简公相，残暴毒狠，杀简公和大夫子我等。

㊺文帝：魏文帝曹丕。　临戎不武：打仗对阵，缺乏战略。

㊻疏忌骨肉：疏远忌恨亲骨肉。曹丕令其弟弟曹植七步中作诗，"不成者，行大法"。

㊼依违其事：对其事依违两可，没有明确的见解。依，赞成。违，反对。

㊽地居汉宗：谓门地（门第）属汉朝宗室。

㊾仗顺：循理。

㊿夷险：偏义指险。夷，平安。

(51)宜辈秦缪、楚庄：应比作秦缪公、楚庄王。

(52)抑其所长，攻其所短：贬抑其所长，攻讦其所短。《三国志·蜀志·先主传》云："先主之弘毅宽厚，知人待士，盖有高祖之风，英雄之器。……机权干略，不逮魏武，是以基宇亦狭。"

(53)典午：指司马氏之晋朝。典午，"司马"的隐语。　攸：所。

(54)中朝：指中原正统政权。此指曹魏。

(55)檀道鸾所著《续晋阳秋》，已佚，无可考。《晋书·习凿齿传》："是时（桓）温觊觎非望，凿齿在郡，著《汉晋春秋》以裁正之。……于三国之时，蜀以宗室为正，魏武虽受汉禅晋，尚为篡逆。"

(56)瞻乌：《诗经·小雅·正月》："瞻乌爰止，于谁之屋。"后因以瞻乌比喻乱世流离失所的人民。这里指觊觎帝位。

(57)《史记·淮阴侯传》："（蒯通）对曰："秦失其鹿，天下共逐之，于是高材疾足者先得焉。"后因称国家分裂之时，竞争天下为逐鹿。

(58)《晋书·陆机传》："齐王冏矜功自伐，受爵不让。机恶之，作《豪士赋》以刺焉。"齐冏，西晋齐王司马冏，因平赵王司马伦有功，拜大司马，专擅朝政。

(59)贾后，晋惠帝皇后。惠帝软弱，贾后干预朝政，荒淫纵欲。"张华惧后族之盛，作《女史箴》以为讽。"见《晋书·张华传》。

(60)率尔：轻遽的样子。

(61)藉以权济物议：藉以暂且声援众人的议论。济，接济，引申为声援。

(62)《汉书·叙传》："（班）彪对（隗嚣）曰：'今民皆讴吟思汉，乡仰刘氏。'嚣曰：'先生言周、汉之势可也，而谓汉家复兴疏矣。'彪既感嚣言，又愍狂狡（争战）之不息，乃著《王命论》，以救时难。"

(63)一何：何其，多么。

(64)理不当尔：按情理不当如此。尔，如此。

(65)二京：西晋都城洛阳和长安，此指西晋。　板荡：《诗经·大雅》二篇名，讥刺周厉王残暴无道。后因以板荡指政局变乱。

(66)"崔鸿"句：是说崔鸿（字彦鸾）搜集十六国国书，撰成《十六国春秋》。鸠，聚集，搜集。

(67)"魏收"五句：《魏书·崔光传》附崔鸿传："鸿二世仕江左，故不录僭晋、刘、萧之书，又恐识者责之，未敢出行（发行）于外。"

⑱逖（tì，音替）：遥远。

⑲更（gēng，音庚）为正朔：交替以正统自居。

⑳素王：指孔子。王充《论衡·定贤》："孔子不王，素王之业在《春秋》。"

㉑忤非其议：提出相反意见。

㉒崔鸿的曾祖跟随慕容德南渡黄河，居住青州广固。委质，归顺。

㉓南燕：晋时十六国之一。

㉔吴、项：吴广、项羽。

㉕传列《岛夷》：《魏书》列桓玄、刘裕、萧道成及其子孙与萧衍于《岛夷》。

㉖纾：消除。

㉗肥瘠：肥瘦。

㉘东南国史：指东晋和南朝的官修史书。

㉙探赜（zé，音责）：探索深奥的道理。

㉚末学：指学识肤浅无根的人。

㉛狂狷：狂妄褊急。

㉜诖（guà，音卦）误：被欺蒙牵累。

史通卷之八

内　篇

模拟第二十八

夫述者相效，自古而然。故列御寇之言理也[①]，则凭李叟[②]；扬子云之草《玄》也[③]，全师孔公[④]。苻朗则比迹于庄周[⑤]，范晔则参踪于贾谊[⑥]。况史臣注记，其言浩博，若不仰范前哲，何以贻厥后来[⑦]？盖模拟之体，厥途有二：一曰貌同而心异，二曰貌异而心同。

何以言之？盖古者列国命官，卿与大夫为别。必于国史所记，则卿亦呼为大夫，此《春秋》之例也。当秦有天下，地广殷、周，变诸侯为帝王，目宰辅为丞相。而谯周撰《古史考》[⑧]，思欲摈抑马《记》[⑨]，师仿孔《经》[⑩]。其书李斯之弃市也[⑪]，乃云"秦杀其大夫李斯。"夫以诸侯之大夫名天子之丞相，以此而拟《春秋》，所谓貌同而心异也。

当春秋之世，列国甚多，每书他邦，皆显其号[⑫]，至于鲁国，直云我而已。如金行握纪[⑬]，海内大同，君靡客主之殊，臣无彼此之异。而干宝撰《晋纪》，至天子之葬，必云"葬我某皇帝"，时无二君，何我之有？以此而拟《春秋》，又所谓貌同而心异也。

狄灭二国，君死城屠[⑭]；齐桓称霸，兴亡继绝[⑮]。《左传》云："邢迁如归，卫国忘亡[⑯]。"言上下安堵，不失旧物也[⑰]。如孙皓暴虐[⑱]，人不聊生，晋师是讨，后予相怨[⑲]。而干宝《晋纪》云："吴国既灭，江外忘亡。"岂江外安典午之善政[⑳]，同归命之未灭乎[㉑]？以此而拟《左传》，又所谓貌同而心异也。

春秋诸国，皆用夏正[㉒]。鲁以行天子礼乐，故独用周家正朔。至如书"元年春王正月"者，年则鲁君之年，月则周王之月。如曹、马受命[㉓]，躬为帝王，非是以诸侯守藩[㉔]，行天子班历[㉕]。

而孙盛魏、晋二《阳秋》，每书年首，必云“某年春帝正月”。夫年既编帝纪，而月又列帝名。以此而拟《春秋》，又所谓貌同而心异也。

五始所作[26]，是曰《春秋》；《三传》并兴，各释经义。如《公羊传》屡云：“何以书？记某事也。”此则先引经语，而继以释辞，势使之然，非史体也。如吴均《齐春秋》，每书灾变，亦曰：“何以书？记异也。”夫事无他议，言从己出，辄自问而自答者，岂是叙事之理者邪？以此而拟《公羊》，又所谓貌同而心异也。

且《史》、《汉》每于列传首书人名字，至传内有呼字处，则于传首不详。如《汉书·李陵传》称陇西任立政，至匈奴招陵，“陵字立政曰：‘少公，归易耳[27]。’”夫上不言立政之字，而辄言“字立政曰少公”者，此省文，从可知也。至令狐德棻《周书》于《伊娄穆传》首云“伊娄穆字奴干”，既而续云太祖“字之曰：‘奴干作仪同面向我也[28]。’”夫上书其字，而下复曰字，岂是事从简易，文去重复者邪？以此而拟《汉书》，又所谓貌同而心异也。

昔《家语》有云：“苍梧人娶妻而美，以让其兄，虽为让，非让道也。”又扬子《法言》曰：“士有姓孔字仲尼，其文是也，其质非也。”如向之诸子，所拟古作，其殆苍梧之让，姓孔字仲尼者欤？盖语曰：世异则事异，事异则备异[29]。必以先王之道持今世之人[30]，此韩子所以著《五蠹》之篇[31]，称宋人有守株之说也。世之述者，锐志于奇，喜编次古文，撰叙今事，而巍然自谓《五经》再生[32]，《三史》重出，多见其无识者矣[33]。

惟夫明识之士则不然。何则？其所拟者非如图画之写真，熔铸之象物，以此而似也。其所以为拟者，取其道术相会[34]，义理玄同[35]，若斯而已。亦犹孔父贱为匹夫[36]，栖皇放逐[37]，而能祖述尧、舜，宪章文、武[38]，亦何必居九五之位，处南面之尊[39]，然后谓之连类者哉！

盖《左氏》为书，叙事之最。自晋已降，景慕者多，有类效颦[40]，弥益其丑。然求诸偶中，亦可言焉。盖君父见害，臣子所耻，义当略说，不忍斥言。故《左传》叙桓公在齐遇害[41]，而云“彭生乘公，公薨于车[42]。”如干宝《晋纪》叙愍帝殁于平阳[43]，而云“晋人见者多哭，贼惧，帝崩。”以此而拟《左传》，所谓貌异而心同也。

夫当时所记或未尽，则先举其始，后详其末，前后相会，隔越取同。若《左氏·成（公）七年》，郑获楚钟仪以献晋，至九年，晋归钟仪于楚以求平[44]，其类是也。至裴子野《宋略》叙索虏临江，太子劭使力士排徐湛、江湛僵仆[45]，于是始与劭有隙。其后三年，有江湛为元凶所杀事。以此而拟《左传》，亦所谓貌异而心同也。

凡列姓名，罕兼其字。苟前后互举，则观者自知。如《左传》上言羊斟，则下曰叔牂[46]；前称子产，则次见国侨[47]，其类是也。至裴子野《宋略》亦然。何者？上书桓玄，则下云敬道[48]；后叙殷铁，则先著景仁[49]。以此而拟《左氏》，又所谓貌异而心同也。

《左氏》与《论语》，有叙人酬对，苟非烦词积句，但是往复唯诺而已，则连续而说，去其“对曰”、“问曰”等字。如裴子野《宋略》云：李孝伯问张畅：“卿何姓？”曰：“姓张。”“张长史乎[50]？”以此而拟《左氏》、《论语》，又所谓貌异而心同也。

善人君子，功业不书，见于应对[51]，附彰其美。如《左传》称楚武王欲伐随，熊率且比曰：“季梁在，何益[52]！”至萧方等《三十国春秋》说朝廷闻慕容俊死[53]，曰：“中原可图矣！”桓温曰：“慕容恪在，其忧方大[54]！”以此而拟《左氏》，又所谓貌异而心同也。

夫将叙其事，必预张其本，弥缝混说，无取眷言[55]。如《左传》称叔辄闻日蚀而哭，昭子曰：子叔其将死乎？秋八月，叔辄卒[56]。至王劭《齐志》称张伯德梦山上挂丝，占者曰：“其为幽州乎？”秋七月，拜为幽州刺史[57]。以此而拟《左氏》，又所谓貌异而心同也。

盖文虽缺略，理甚昭著，此丘明之体也。至如叙晋败于邲，先济者赏[58]，而云：“中军、下军争舟，舟中之指可掬[59]。”夫不言攀舟扰乱，以刃断指，而但曰“舟指可掬”，则读者自睹其事矣。至王劭《齐志》述高季式破敌于韩陵，追奔逐北，而云“夜半方归，槊血满袖[60]。”夫不言奋槊深入，击刺甚多，而但称“槊血满袖”，则闻者亦知其义矣。以此而拟《左氏》，又所谓貌异而心同也。

大抵作者，自魏已前，多效《三史》[61]，从晋已降，喜学《五经》。夫史才文浅而易摸，经文意深而难拟，既难易有别，故得失亦殊。盖貌异而心同者，摸拟之上也；貌同而心异者，摸拟之下也。然人皆好貌同而心异，不尚貌异而心同者，何哉？盖鉴识不明，嗜爱多僻，悦夫似史而憎夫真史，此子张所以致讥于鲁侯[62]，有叶公好龙之喻也[63]。袁山松云：“书之为难也有五：烦而不整，一难也；俗而不典，二难也；书不实录，三难也；赏罚不中[64]，四难也；文不胜质，五难也。”夫拟古而不类，此乃难之极者，何为独阙其目乎？呜呼！自子长以还，似皆未睹斯义。后来明达，其鉴之哉[65]！

---

①列御寇：战国郑人，生活时代早于庄子。汉刘向说：“其学本于黄帝、老子，号曰道家。”相传《列子》八篇为其所撰。

②则凭李叟：指《列子》本于黄帝、老子。李叟，即老子，因老子姓李名耳。

③《玄》：指扬雄《太玄经》

④孔公：孔子。

⑤苻朗：字元达，苻坚之堂兄子。神气爽迈，幼怀远操。苻坚赞其为苻家千里驹。著《苻子》数十篇。　比迹：齐步，并驾。

⑥参踪：仿效。

⑦贻厥后来：遣留给后世子孙。《诗经·大雅·文王有声》有“贻厥孙谋”之句，后因以贻厥指子孙。

⑧谯周字允南，三国蜀人。“凭旧典，以纠迁（司马迁）之谬误”，而撰《古史考》二十五篇。

⑨马《记》：司马迁《史记》

⑩孔《经》：指《春秋》。

⑪弃市：古代在闹市执行死刑，陈尸街头示众，称弃市。秦二世即位，赵高专权，诬斯子由通盗，将李斯腰斩。

⑫显其号：明确地写出国名。

⑬金行握纪：司马氏执政。金行，五行家以为晋朝属金德。

⑭狄灭二国：指狄人伐而灭邢卫二国。见《左传·闵公元年》、《闵公二年》。　城屠：屠城，狄军破城时大肆屠杀百姓。

⑮兴亡继绝：兴起灭亡的国家，继续断绝的世代。

⑯《左传·闵公二年》：“齐桓公迁邢人于夷仪，二年，封卫于楚丘。邢迁如归，卫国忘亡。”

⑰安堵：相安，安居。　旧物：先代的典章制度。

⑱孙皓：三国吴末帝，孙权之孙，继孙休为吴主，暴虐无道。

⑲后予相怨：争先恐后的意思。《尚书·仲虺之诰》“奚独后予”，意谓为什么单单把我们排在后边。

⑳典午：“司马”的隐语，指晋朝。

㉑归命：指孙皓。西晋灭吴，迁孙皓于许昌，赐号归命侯。

㉒古代历法有三种确定岁首的方法：夏正，是夏朝纪年方法，就是以正月为岁首。商朝以十二月为岁首，称殷正。周朝以十一月为岁首，称周正。

㉓曹、马：指曹魏和司马氏政权。

㉔这句是说：并不是保卫天子的诸侯。

㉕班历：历法。

㉖五始：见《表历》篇“《传》包五始”注。

㉗李陵：字少卿，李广之孙。武帝时任骑都尉，击匈奴，战败投降。昭帝时陇西任立政赴匈奴，招陵还国。陵向任说：“少公（任立政字），归易耳，恐再辱，奈何！”按“字立政”，当是呼立政之字。

㉘伊娄穆字奴干，北周人，太祖宇文泰的亲信。“尝人白事，太祖望见，悦之，字之曰：‘奴干作仪同，面见我矣。’于是拜车骑大将军仪同三司。”

㉙备：政治措施。《韩非子·五蠹》："夫古今异俗，新故异备。"

㉚持：治理。

㉛韩子：韩非，战国韩诸公子，与李斯同师事荀卿。法家代表人物。

㉜巍然：高傲自是的样子。

㉝多：只。

㉞道术：道德学术。

㉟玄同：完全相同。

㊱《论语·子罕》："子曰：'吾少也贱，故多能鄙事。'"孔父，指孔子。父，古代男子的美称。匹夫，庶人，平民。

㊲栖皇放逐：奔忙不定地周游。

㊳"祖述"二句：出自《礼记·中庸》。祖述，师法前人，加以陈说。宪章，效法。

㊴九五之位、南面之尊：均指帝位。《周易·乾卦》"九五"，数术家说是人君的象征。古代以坐北朝南为尊位，因以帝王统治为南面。

㊵效颦（pín，音贫）：东施效颦（丑女东施效西施胸疼皱眉），比喻不善模仿，弄巧成拙。

㊶桓公在齐遇害事，见《左传·桓公十八年》。

㊷"彭生"二句：齐侯宴请桓公，使公子彭生乘御车，桓公薨于车。

㊸西晋愍帝被匈奴刘聪俘虏后，横遭侮辱，并在平阳被刘聪杀害。

㊹楚军伐郑，郑国俘虏了楚国的钟仪，把他献给晋国。鲁成公九年，晋侯听取了范文子的建议，释放了钟仪，以求晋楚和好。

㊺裴子野《宋略》已佚，难以详考。刘劭，字休远，宋文帝长子，立为皇太子。后因在宫中行巫蛊，文帝怒而欲废之。劭与始兴王刘浚等合谋，于元嘉三十年二月率兵入宫，杀文帝及其亲近大臣江湛等，自立为帝，改元太初。见《宋书·江湛传》。

㊻列姓名而兼其字：见《左传·宣公二年》。

㊼《左传》中多次称子产为侨或公孙侨。据《文心雕龙·才略》"国侨以修辞捍郑"句，证明子产也称国侨。

㊽敬道：桓玄字。

㊾《宋书·刘湛传》引《南史·范泰传》："泰卒，初赠开府。殷景仁（殷铁）曰：'泰素望不重。'竟不果。及葬，王弘抚棺哭曰：'君生平重殷铁，今以此为报。'"

㊿《宋书》卷四十六《张劭传》附张畅传，"姓张"前有"答曰"二字。

51应对：指言语之酬答。

52"如"下数句：事见《左传·桓公六年》。

53萧方等《三十国春秋》：见《称谓》注。　　慕容俊：慕容皝第二子，字宣英。皝死后，继立为燕王。永和八年称帝，都邺。

54慕容恪：字玄恭，皝之第四子。

55眷（juàn，音卷）：反顾。　　言：犹然、焉，语尾助词。

56事见《左传·昭公二十一年》。

57"王劭"五句。王劭《齐志》，见《六家》之《尚书》家注。事见《北齐书·张亮传》。张亮，字伯德。东魏武定初拜太中大夫。"薛琡尝梦亮于山上挂丝，以告亮，且占之曰：'山上丝，幽字也。君其为幽州乎?'数月，亮出为幽州刺史。"

58济：渡。

59"中军"二句：载《左传·宣公十二年》，为楚伐郑的战况。中军、下军，古代行军作战，分上、下、中三军，由主将所处的中军发号施令。掬（jū，音居），两手捧。

60事见《北齐书·神武志上》：北魏永熙元年，高欢率军与尔朱兆军大战于韩陵（山名，在今河南安阳东北），大败兆军，高欢将高季式以七骑追奔。"夜久，季式还，血满袖。"

61《三史》：指《史记》、《汉书》、《东观汉纪》

62子张：孔子的弟子颛孙师，字子张。

63叶公好龙：比喻表面上似乎喜爱某种事物，实际上并非真正爱它。

64赏罚不中：赏罚不当。这里是褒贬不公允的意思。

65其：当，助动词。

书事第二十九

昔荀悦有云："立典有五志焉[①]：一曰达道义，二曰彰法式，三曰通古今，四曰著功勋，五曰表贤能。"干宝之释五志也，"体国经野之言则书之[②]，用兵征伐之权则书之[③]，忠臣、烈士、孝子、贞妇之节则书之[④]，文诰、专对之辞则书之[⑤]，才力技艺殊异则书之[⑥]。"于是采二家之所议，征五志之所取，盖记言之所网罗[⑦]，书事之所总括，粗得之于兹矣。然必谓故无遗恨，犹恐未尽者乎？今更广以三科，用增前目：一曰叙沿革，二曰明罪恶，三曰旌怪异[⑧]。何者？礼仪用舍，节文升降则书之[⑨]；君臣邪僻，国家丧乱则书之[⑩]；幽明感应[⑪]，祸福萌兆则书之。于是以此三科，参诸五志，则史氏所载，庶几无阙。求诸笔削，何莫由斯[⑫]？

但自古作者，鲜能无病。苟书而不法，则何以示后[⑬]？盖班固之讥司马迁也，"论大道则先黄、老而后《六经》，序游侠则退处士而进奸雄，述货殖则崇势利而羞贱贫[⑭]。此其所蔽也[⑮]。"又傅玄之贬班固也[⑯]，"论国体则饰主阙而折忠臣[⑰]，叙世教则贵取容而贱直节[⑱]，述时务则谨辞章而略事实。此其所失也。"寻班、马二史，咸擅一家[⑲]，而各自弹射，递相疮痏[⑳]。夫虽自卜者审，而自见为难[㉑]，可谓笑他人之未工，忘己事之已拙。上智犹其如此，而况庸庸者哉！苟目前哲之指踪[㉒]，校后来之所失，若王沉、孙盛之伍，伯起、德棻之流，论王业则党悖逆而诬忠义，叙国家则抑正顺而褒篡夺，述风俗则矜夷狄而陋华夏[㉓]。此其大较也[㉔]。必伸以纠摘，穷其负累[㉕]，虽擢发而数，庸可尽邪[㉖]！子曰："于予何诛[㉗]？"于此数家见之矣。

抑又闻之，怪力乱神，宣尼不语[㉘]；而事鬼求福，墨生所信[㉙]。故圣人于其间，若存若亡而已。若吞燕卵而商生[㉚]，启龙漦而周灭[㉛]，厉坏门以祸晋[㉜]，鬼谋社而亡曹[㉝]，江使返璧于秦皇[㉞]，圯桥授书于汉相[㉟]，此则事关军国，理涉兴亡，有而书之，以彰灵验，可也。而王隐、何法盛之徒所撰晋史，乃专访州闾细事，委巷琐言，聚而编之，目为鬼神传录，其事非要，其言不经，异乎《三史》之所书，《五经》之所载也[㊱]。

范晔博采众书，裁成汉典，观其所取，颇有奇工。至于《方术》篇及诸蛮夷传，乃录王乔、左慈、廪君、槃瓠[㊲]，言唯迂诞，事多诡越[㊳]。可谓美玉之瑕，白圭之玷[㊴]。惜哉！无是可也。又自魏、晋已降，著述多门，《语林》、《笑林》、《世说》、《俗说》[㊵]，皆喜载调谑小辩，嗤鄙异闻[㊶]，虽为有识所讥，颇为无知所说[㊷]。而斯风一扇，国史多同。至如王思狂躁，起驱蝇而践笔[㊸]，毕卓沉湎，左持螯而右杯[㊹]，刘邕榜吏以膳痂[㊺]，龄石戏舅而伤赘[㊻]，其事芜秽，其辞猥杂[㊼]。而历代正史，持为雅言。苟使读之者为之解颐[㊽]，闻之者为之抚掌，固异乎记功书过，彰善瘅恶者也[㊾]。

大抵近代史笔，叙事为烦。榷而论之，其尤甚者有四：夫祥瑞者，所以发挥盛德，幽赞明王[㊿]。至如凤皇来仪[51]，嘉禾入献[52]，秦得若雉[53]，鲁获如麕[54]，求诸《尚书》、《春秋》，上下数千载，其可得言者，盖不过一二而已。爰及近古则不然。凡祥瑞之出，非关理乱，盖主上所惑，臣下相欺，故德弥少而瑞弥多，政逾劣而祥逾盛。是以桓、灵受祉[55]，比文、景而为丰[56]；刘、石应符，比曹、马而益倍[57]。而史官征其谬说，录彼邪言，真伪莫分，是非无别。其烦一也。

当春秋之时，诸侯力争，各擅雄伯，自相君臣。《经》书某使来聘，某君来朝者，盖明和好所通，盛德所及。此皆国之大事，不可阙如。而自《史》、《汉》已还，相承继作。至于呼韩入侍[58]，肃慎来庭[59]，如此之流，书之可也。若乃藩王岳牧[60]，朝会京师，必也书之本纪，则异乎《春秋》之义[61]。夫臣谒其君，子觐其父，抑惟恒理[62]，非复异闻。载之简策，一何辞费[63]？其烦二也。

若乃百职迁除[64]，千官黜免，其可以书名本纪者，盖惟槐鼎而已[65]。故西京撰史[66]，唯编丞相、大夫；东观著书，止列司徒、太尉[67]。而近世自三公以下，一命已上[68]，苟沾厚禄，莫不备书。且一人之身，兼预数职，或加其号而阙其位，或无其实而有其名[69]。赞唱为之以劳，题署由其力倦[70]。具之史牍，夫何足观？其烦三也。

夫人之有传，盖唯书其邑里而已。其有开国承家，世禄不坠[71]，积仁累德，良弓无改[72]，项籍之先世为楚将[73]，石建之后廉谨相承[74]，此则其事尤异，略书于传可也。其失之者，则有父官令长，子秩丞郎[75]，声不著于一乡，行无闻于十室，而乃叙其名位，一二无遗。此实家牒，非关国史。其烦四也。

于是考兹四事，以观今古，足验积习忘返，流宕不归，乖作者之规模，违哲人之准的也[76]。孔子曰："吾党之小子狂简，斐然成章，不知所以裁之[77]。"其斯之谓矣。

亦有言或可记，功或可书，而纪阙其文，传亡其事者。何则？始自太上，迄于中古，其间文籍，可得言焉。夫以仲尼之圣也，访诸郯子，始知少皞之官[78]；叔向之贤也，询彼国侨，载辨黄熊之祟[79]。或八元才子[80]，因行父而获传[81]；或五羖大夫，假赵良而见识[82]。则知当时正史，流俗所行，若三坟、五典、八索、九丘之书[83]，虞、夏、商、周春秋、梼杌之记，其所缺略者多矣。

既而汲冢所述，方《五经》而有殊，马迁所书，比《三传》而多别，裴松补陈寿之阙，谢绰拾沈约之遗[84]，斯又言满五车，事逾三箧者矣。夫记事之体，欲简而且详，疏而不漏。若烦则尽取，省则多捐，此乃忘折中之宜，失均平之理。惟夫博雅君子，知其利害者焉。

---

①立典：修撰史书。　志：要旨。

②体国经野：语出《周礼·天官·序官》。意谓划分都城，让官宦贵族分别居住，分配田地给平民居住耕作。泛指治理国家。

③权：谋略。

④烈士：指坚贞不屈的刚强之士。

⑤文诰：帝王任命或封赠的文书。　专对：遇事出使，交涉应对，能随机行事。

⑥才力技艺：才干和技能。

⑦网罗：比喻法律，这里指修史的准绳。

⑧旌：宣扬。

⑨节文：（对礼仪的）节制修饰。《史记·孙叔通传》："礼者，因时世人情为之节文者也。"

⑩丧乱：死丧祸乱。

⑪幽明感应：阴间与人世的相互感应。

⑫"求诸"二句：是说修撰史书，哪一种不是遵循这些。

⑬示后：垂示后人。　《左传·庄公二十三年》："书而不法，后嗣（子孙）何观。"

⑭"论大道"三句：出自《汉书·司马迁传》　处士：隐居不仕之士。货殖：经商者。

⑮蔽：毛病，缺憾。

⑯傅玄：字休奕，西晋人。博学能文，善解音律。勤于笔耕，著《傅子》百二十卷，惜已佚。下面引文，见《意林》五引，今本错入杨泉《物理论》中，说见杨明照《史通释补》。

⑰饰主阙：意谓粉饰朝廷。　折：贬抑，指斥。

⑱世教：当时的正统思想。　取容：取悦于人者。　直节：正直的节操。

⑲咸擅一家：都各有所长。

⑳弹射：用言语指责。　递相疮痏（wěi，音伟）：彼此互相揭短。疮痏，创伤，瘢痕，喻人之短处。

㉑自卜者审：自我估量者明。　自见为难：有自知之明是很难的。

㉒指踪：发踪指示的省略语。比喻启迪训诲。

㉓陋：丑化。

㉔大较：大略，大概。

㉕纠摘：收集摘录。　负累（lěi，音垒）：牵累，拖沓。

㉖"擢发"二句：疵误擢发难数的意思。庸，何，哪。

㉗于予何诛：语出《论语·公冶长》。原意是对于宰予（孔子的学生）么，不值得责备。这里是如宰予一样，哪里还值得指责呢？

㉘《论语·述而》："（孔）子不语怪（怪异）、力（暴力）、乱（变乱）、神。"

㉙《墨子·明鬼下》："子墨子曰：'今吾为祭祀也，上以交鬼之福，下以合欢聚众。'"

㉚传说殷的祖先契，母亲叫简狄，一天去河边洗澡，见玄鸟下了个蛋，简狄取而吞之，因怀孕生契。见《史记·殷本纪》。

㉛相传夏之衰，有二神龙止于王庭，夏帝卜请其漦（涎沫），藏于柜椟。至周厉王末，启椟观之，漦流于庭，化为玄鼋。后宫童妾遇之怀孕，生褒姒。周幽王宠褒姒，导致西周灭亡。

㉜《左传·成公十年》记载：晋景公梦见一个长发恶鬼，毁掉宫门和寝门闯进来。说："你杀了我的子孙，不仁义。"巫师因之预言："君王吃不上新收的麦子了。"不久，晋景公病死。

㉝《左传·哀公七年》记载：曹国有人梦见一伙君子站在祭庙边，商量灭曹，始封国君曹叔振铎请求等一下公孙强。后来曹伯阳即位，喜欢射鸟，边境果有一善射鸟的公孙强，为其所宠爱，并让他执政。曹伯阳听了他的话，背弃晋国而侵犯宋国，以致为宋所灭。

㉞江使返璧于秦皇：注见《书志》"五行志"节。

㉟圯（yì，音义）桥授书于汉相：汉张良行刺秦始皇失败后，一天，游下邳圯上（桥上），遇一老父，授《太公兵法》一册曰："读此则为王者师矣。"见《史记·留侯世家》。

㊱不经：无稽，没有根据。　《三史》：此三史即谓上所引《国语》、《左传》、《史记》。

㊲王乔、左慈：见《采撰》注。　廪（lǐn，音凛）君：古代巴郡南郡有个氏族，相传始立为氏族首领者巴氏子务相，称廪君。说他死后，魂魄世为白虎。　槃瓠（hú，音胡）：古神话中人名。详见《断限》注。廪君、槃瓠事，均见《后汉书·南蛮传》。

㊳诡越：奇特不实。

㊴白圭之玷：白玉的瑕疵，比喻缺陷。

㊵《语林》：东晋处士裴启著。《笑林》：东汉邯郸淳撰。　《世说》：《世说新语》，南朝宋刘义庆撰。　《俗说》：梁有《俗说》一卷。

㊶嗤鄙异闻：人们轻视非笑的奇闻。

㊷说：同"悦"，喜爱。

㊸《三国志·魏志·梁习传》裴注引《魏略·苛吏传》："（王）思又性急，尝执笔作书，蝇集笔端，驱之复来，如是再三。思恚怒，自起逐蝇，不能得，取笔掷地踏坏之。"狂躁，暴躁。

㊹毕卓字茂世，曾任晋吏部郎。放达嗜酒，曾对人说："右手持酒杯，左手持蟹螯，拍浮酒船，便足了一生矣。"见《晋书》本传。

㊺《宋书·刘穆之传》："（刘）邕所至嗜食疮痂（疮口硬壳），以为味似鳆鱼。"他还故意鞭伤吏卒，为的是吃他们伤口上的疮痂。后以嗜痂成癖比喻爱好怪诞的事物已成为一种癖好。

㊻朱灵石：南朝宋人。少好武艺，放纵不羁。曾剪纸方寸，贴于舅枕，舅卧时，以刀悬掷之，舅不敢动。舅头有大瘤，灵石伺舅眠密割之，其舅猝然而死。

㊼芜秽：杂乱。　猥杂：琐碎芜杂。

㊽解颐（yí，音宜）：开颜而笑。颐，面颊。

㊾彰善瘅（dàn，音旦）恶：表扬善的、憎恨恶的。彰，表扬。瘅，憎恨。

㊿幽赞明王：隐微地歌颂贤圣之君。

51《尚书·益稷》："箫韶九成，凤皇来仪。"后以凤凰来仪为瑞应。

52生长得特别茁壮的禾稻，古时认为是吉瑞的象征，称为嘉禾。汉王充《论衡·讲瑞》："嘉禾生于禾中，与禾中异穗，谓之嘉禾。"

53《汉书·郊祀志》："（秦）文公获若石云，于陈仓北坂城祠之。其神或岁不至，或岁数来。来也常以夜，光辉如流星，从东南来，集于祠城，则若雄鸡，其声殷云，野鸡夜雊。以一牢祠，命曰陈宝。"

54《公羊传·哀公十四年》："春，西狩获麟……麟者，仁兽也，有王者则至，无王者则不至。有以告者曰：有麕（獐子）而角者。孔子曰：'孰为来哉！孰为来哉！反袂拭面，涕沾袍。"

55桓、灵：东汉末桓帝和灵帝，在他们统治下，宦官专权，动乱迭起，民不聊生，汉朝走向衰亡。　祉（zhǐ，音止）：

福。

㊻文、景：西汉文帝和景帝，他们统治时期，国泰民安，史称"文景之治"。

㊼"刘、石"二句：十六国时期匈奴族刘渊所建前汉政权和羯族石勒所建后赵政权，其所应验的符瑞，远比曹魏和司马氏政权多。

㊽呼韩：指匈奴首领呼韩邪单于。汉宣帝时，呼韩来朝"赞谒称藩臣"。见《汉书·宣帝纪》。

㊾《晋书·文帝纪》："景元三年夏四月，肃慎来献楛矢、石砮、弓、甲、貂皮等，天子命归于大将军（司马昭）府。"肃慎，古族名，女真族之先民。

㊿岳牧：相传尧舜时有四岳、十二州牧分管政务和方国诸侯，合称岳牧。后泛指封疆大吏。

(61)义：义法，原则，法则。

(62)抑惟恒理：则是常理。

(63)一何：何其，多么。

(64)迁除：调任拜官。

(65)槐鼎：槐，三槐；鼎，有三足。故用以比喻三公之位。也泛指宰辅等执政大臣。

(66)西京撰史：指西汉史官修撰当代史书。

(67)东观（guàn，音贯）著书：指东汉史官修撰史书。东观，在汉洛阳南宫，为东汉史臣修史之所。　　司徒：官名，主管教化，为三公之一。　　太尉：官名，其尊几近丞相。

(68)一命：最低一级的官。命，官阶。

(69)"或加"二句：原注：《南、北》诸史以后，大抵皆然。"

(70)赞唱：朝廷任命官吏，由赞礼官在朝堂宣唱被任命者的姓名官职。　　题署：书写，签署。

(71)世禄：世代享有的禄位。

(72)良弓无改：意谓子承父业。《礼记·学记》："良弓之子，必学为箕。"

(73)《史记·项羽本纪》："项氏世世为楚将，封于项，故姓项氏。"

(74)《史记·万石君传》："万石君，名奋，姓石氏。……无文学，恭谨无与比。……长子建，次子庆，皆以驯行孝谨。"

(75)令长：县令，县长。　　子秩丞郎：儿子的品级是丞郎（小官）。

(76)哲人：圣哲之人。　　准的（dì，音弟）：标准。

(77)"吾党"三句：引自《论语·公冶长》。意谓我们那里的学生志向都很远大，文彩又都斐然可观，我不知道怎样去指导他们。

(78)"夫以"三句：见《书志》"能言吾祖"注。

(79)《左传·昭公七年》："郑子产聘于晋。晋侯有疾，韩宣子逆（迎）客，私焉（私下），曰：'寡君寝疾，于今三月矣。……今梦黄熊人于寝门，其何厉鬼也？'（子产）对曰：以君之明，子为大政，其何厉之有？昔尧殛鲧于羽山，其神化为黄熊，以人于羽渊，实为夏郊，三代祀之。晋为盟主，其或者未之祀也乎？'韩子祀夏郊。晋侯有间，赐子产莒之二方鼎。"

(80)八元：古代传说中的八个才子：伯奋、仲堪、淑献、季仲、伯虎、仲熊、叔豹、季狸。

(81)行父：季文行父，鲁国执政大臣。其荐八元事，见于《左传·文公十八年》。

(82)《史记·秦本纪》："晋灭虞，虏虞君与其大夫百里奚，百里奚亡秦走宛，楚鄙人执之。（秦）缪公闻百里奚贤，以五羖羊皮赎之，授之国政，号曰五羖（gǔ，音古）大夫。"

(83)三坟、五典：见《二体》注。　　八索、九丘：见《题目》注。

(84)谢绰拾沈约之遗：指梁谢绰借鉴沈约《宋书》撰《宋拾遗》十卷。

人物第三十

夫人之生也，有贤不肖焉[①]。若乃其恶可以诫世，其善可以示后，而死之日名无得而闻焉，是谁之过欤？盖史官之责也。

观夫文籍肇创，史有《尚书》，知远疏通，网罗历代。至如有虞进贤，时宗元凯[②]；夏氏中微，国传寒浞[③]；殷之亡也，是生蜚廉、恶来[④]；周之兴也，实有散宜、闳夭[⑤]。若斯人者，或为恶纵暴，其罪滔天；或累仁积德，其名盖世。虽时淳俗质，言约义简，此而不载，阙孰甚焉[⑥]。

洎夫子修《春秋》，记二百年行事，《三传》并作，史道勃兴。若秦之由余、百里奚⑦，越之范蠡、大夫种⑧，鲁之曹沫、公仪休⑨，齐之甯戚、田穰苴⑩，斯并命代大才，挺生杰出⑪。或陈力就列⑫，功冠一时；或杀身成仁⑬，声闻四海。苟师其德业，可以治国字人⑭；慕其风范，可以激贪励俗⑮。此而不书，无乃太简⑯？

又子长著《史记》也，驰骛穷古今，上下数千载。至如皋陶、伊尹、傅说、仲山甫之流⑰，并列经诰，名存子史⑱，功烈尤显，事迹居多。盍各采而编之⑲，以为列传之始，而断以夷、齐居首⑳，何龌龊之甚乎㉑？既而孟坚勒成《汉书》，牢笼一代，至于人伦大事，亦云备矣。其间若薄昭、杨仆、颜驷、史岑之徒㉒，其事所以见遗者，盖略小而存大耳。夫虽逐麋之犬，不复顾免㉓，而鸡肋是弃㉔，能无惜乎？当三国异朝，两晋殊宅㉕，若元则、仲景㉖，时才重于许、洛㉗；何桢、许询㉘，文雅高于扬、豫㉙。而陈寿《国志》、王隐《晋史》，广列诸传，而遗此不编。此亦网漏吞舟㉚，过为迂阔者㉛。

观东汉一代，贤明妇人，如秦嘉妻徐氏㉜，动合礼仪，言成规矩，毁形不嫁，哀恸伤生，此则才德兼美者也。董祀妻蔡氏，载诞胡子㉝，受辱虏廷，文词有余，节概不足㉞，此则言行相乖者也。至蔚宗《后汉》，传标《列女》，徐淑不齿，而蔡琰见书。欲使彤管所载㉟，将安准的？

裴几原删略宋史，时称简要。至如张祎阴受君命，戕贼零陵，乃守道不移，饮鸩而绝㊱。虽古之钼麑义烈㊲，何以加诸㊳？鲍昭文宗学府㊴，驰名海内，方于汉代褒、朔之流㊵。事皆阙如，何以申其褒奖？

夫天下善人少而恶人多㊶，其书名竹帛者，盖唯记善而已。故太史公有云："自获麟以来，四百余年，明主贤君、忠臣死义之士，废而不载，余甚惧焉㊷。"即其义也。至如四凶列于《尚书》㊸，三叛见于《春秋》㊹，西汉之纪江充、石显㊺，东京之载梁冀、董卓㊻，此皆干纪乱常，存灭兴亡所系。既有关时政，故不可阙书。

但近史所刊，有异于是。至如不才之子，群小之徒，或阴情丑行，或素餐尸禄㊼，不其秽乎？抑又闻之，十室之邑，必有忠信，而斗筲之才㊽，何足算也。若《汉》传之有傅宽、靳歙㊾，《蜀志》之有许慈㊿，《宋书》之虞丘进[51]，《魏史》之王宪[52]，若斯数子者，或才非拔萃，或行不逸群，徒以片善取知，微功见识，阙之不足为少，书之唯益其累[53]。而史臣皆责其谱状[54]，征其爵里[55]，课虚成有[56]，裁为列传，不亦烦乎？

语曰："君子于其所不知，盖阙如也[57]。"故贤良可记，而简牍无闻，斯乃察所不该[58]，理无足咎。至若愚智毕载，妍媸靡择[59]，此则燕石妄珍[60]，齐竽混吹者矣[61]。夫名刊史册，自古攸难；事列《春秋》，哲人所重。笔削之士，其慎之哉！

---

①不肖：不才，不正派。

②有虞：即虞舜。　　元凯：八元八凯。《左传·文公十八年》："季文子使太史克对（鲁宣公）曰：'昔高阳氏有才子八人：苍舒、隤敳（tuíái，音颓挨）、梼戭（yǎn，音衍）、大临、尨（páng，音庞）降、庭坚、仲容、叔达，齐圣广渊，明允笃诚，天下之民谓之八恺。"八元，见《书事》"八元才子"注。

③寒浞：古史传说夏代有穷国君后羿的宠臣，初辅佐寒国君伯明氏，后羿夺得帝相的政权后，任浞为相。浞又杀羿自立。

④蜚廉、恶来：父子皆殷纣之臣。《史记·秦本纪》："蜚廉生恶来，恶来有力，蜚廉善走，父子俱以材力事殷纣。

⑤散宜、闳（chong，音红）夭：散宜即散宜生，周初人。相传受学于太公望，后与太公望、南宫括、闳夭（事文王，足智多谋）同辅周文王。曾献美女珍宝于纣，以释文王之囚。后佐武王伐纣灭商。按：散、闳二人，明列《尚书·君奭》，《史通》乃与元凯等同以缺载为疑，失之疏忽。

⑥阙孰甚焉：没有比这更大的缺憾啊。

⑦由余：其先晋人，亡入戎，能晋言。奉使入秦见秦缪公。缪公以女乐赠戎王，戎王受而悦之。由余数谏不听，遂奔秦。

秦用由余谋伐戎，益国十二，开地千里，遂霸西戎。　　百里奚：见《书事》“五羖大夫”注。

⑧范蠡：字少伯，春秋越大夫，辅佐越王勾践刻苦图强，卒灭吴国。以勾践为人可与共患难，不能同安乐，去越入齐，改名鸱夷子皮。到陶经商，称朱公。　　种：文种，春秋越大夫。详见《探赜》注。

⑨曹沫：《左传》作曹刿，春秋时鲁人。齐桓公伐鲁，鲁庄公请和，会盟于柯，沫以匕首劫桓公，迫其尽归侵地。　　公仪休：鲁博士，曾任鲁相。“奉法循理，无所变更，百官自正。使食禄者（官吏）不得与民争利，受大者不得取小（勇于承担重任）。”见《史记·循吏列传》。

⑩甯戚：春秋卫人，齐大夫。因讴商歌，桓公知其贤，引为亲信，成为辅佐桓公成就霸业的重要人物。　　田穰苴（rǎngjū，音瓤居）：即司马穰苴，齐田氏的同族，春秋时名将。齐景公时为将军，曾击败燕、晋军队，收复齐国失地。

⑪命代：命世，著名于当世。　　挺生杰出：卓异不凡。

⑫陈力就列：语出《论语·季氏》。意谓能够施展自己的才力，再行任职。

⑬杀身成仁：谓为了成全仁德，可以不顾自己的生命。

⑭字人：字民，抚养人民。《逸周书·本典》：“字民之道，礼乐所生。”

⑮激贪励俗：冲激贪赃枉法，劝勉世俗民风。

⑯无乃：岂不是，反诘词。

⑰皋陶：传说虞舜时的司法官。《论语·颜渊》：“舜有天下，选于众，举皋陶，不仁者远矣。”　　伊尹：见《品藻》“伊尹、霍光”注。　　傅说（yuè，音月）：殷相。相传说曾筑于傅岩之野，武丁访得，举以为相，使殷出现中兴的局面。因得说于傅岩，故命为傅姓。　　仲山甫：鲁樊侯，鲁献公次子，宣王时为卿士。《诗经·大雅·烝民》颂其功德。

⑱子：指先秦百家的著作。

⑲盍：何不。

⑳夷、齐：伯夷、叔齐。

㉑龌龊：浅陋而器量狭小。

㉒薄昭：西汉吕后弟。文帝即位，封昭为轵（zhǐ，音只）侯。时淮南厉王骄恣，昭多次致函劝诫。　　杨仆：汉武帝时，南越反，拜为楼船将军，有功，封将梁侯。　　颜驷：张衡《思玄赋》注引《汉武故事》曰：“孝武（汉武帝）过郎署，见一郎鬓发皓白，问：‘何其老也?’对曰：‘臣颜驷。文帝好文，臣好武；景帝好老，臣尚少；陛下好少，臣已老。是以三叶不遇。’上感其言，擢为都尉。”史岑：字子孝，以文章显。王莽以为谒者。

㉓《吕氏春秋·士容》：“良狗志在獐麋豕鹿不在兔。”比喻以存大略小为旨趣。

㉔鸡肋：比喻乏味又不忍舍弃之物。因鸡肋“弃之如可惜，食之无所得”。

㉕殊宅：指不同的辖域和都城。

㉖元则：三国魏桓范，字元则，有智囊之称。司马懿起兵讨曹爽，为爽出谋策，爽不纳。后与爽同为司马懿所杀。　　仲景：张机字仲景，东汉末名医。皇甫谧《释劝》：“华陀存精于独识，仲景垂妙于定方。”

㉗许：许都，指曹魏。　　洛，洛阳，指西晋。

㉘何桢：字元幹，西晋人。有文学器干，容貌甚伟。初仕魏，入晋为尚书光禄大夫。　　许询：字玄度，东晋人。《世说新语·言语》：“刘尹曰：‘清风朗月，辄思玄度。’”注引《晋中兴士人书》曰：“询能清言，于时士人皆钦慕仰爱之。”

㉙杨、豫：指何桢的故里、许询的活动地。何为庐江人，“庐江郡属扬州”；许的主要活动在东晋的侨置豫州。

㉚网漏吞舟：这里比喻史职不严，任己意取小而遗大。吞舟，吞舟之鱼。

㉛迂阔：不切实际。

㉜秦嘉，西汉桓帝时为上郡掾，其妻徐淑因病还母家，未及面别，彼此以诗和书信赠答。秦嘉未及归家而死，徐淑的兄弟逼淑改嫁，淑自毁面容以示守节决心。

㉝董祀妻蔡氏：蔡琰，字文姬，东汉蔡邕女。博学能文，善音律。兴平中，为乱兵所虏，嫁南匈奴左贤王，生二子，居留匈奴十二年。

㉞节概：志节气概。章学诚说：“刘知几讥范史之传蔡琰，其说甚谬。”

㉟彤管：女史记事所用的赤管笔。《后汉书·皇后纪·序》：“女史彤管，记功书过。”

㊱东晋恭帝为琅琊王时，以张祎为郎中令。刘裕逼恭帝让位，封其为零陵王。进而密派张祎以药酒毒杀零陵王。张祎叹道：“鸩君而求生，何面目视息世间哉!”于是自饮之而死。见《晋书·忠义传》。守道，遵守封建伦理的常道。

㊲钽麑（chúní，音除尼）：春秋晋灵公时力士。灵公无道，赵盾数谏。公患之，使钽麑往杀盾，晨往，盾盛服将朝，尚早，坐而假寐。麑以盾为贤，不忍杀，无以报命，乃触庭槐自杀。见《左传·宣公二年》。

㊳何以加诸：怎么能超过张祎?

㊴鲍昭：鲍照，字明远，南朝宋人。工诗文，其诗尤文辞赡丽遒逸。　文宗：受众人宗仰的文章大家。　学府：比喻学问渊博。

㊵褒、朔：王褒、东方朔，都是汉代著名辞赋家。

㊶《庄子·胠箧》："天下之善人少而不善人多。"

㊷"自获麟"六句：引自《史记·太史公自序》所载司马谈之言。

㊸四凶：古代四个凶人，指不服从舜控制的四个部族首领浑敦、穷奇、梼杌、饕餮。

㊹三叛：见《探赜》"定名三叛"注。

㊺江充、石显：见《品藻》注。

㊻东京：指东汉。　梁冀：东汉顺帝梁皇后之兄。官至太傅。居职暴恣，多行不法，百僚侧目。　董卓：见《断限》注。

㊼素餐尸禄：谓无所事事而空受俸禄。刘向《说苑·至公》："尸禄素餐，贪欲无厌。"

㊽斗筲之才：比喻人之才识短浅，器量狭小。筲，竹器，容斗二升。

㊾傅宽：跟随刘邦起事，南征北讨，封阳陵侯。　靳歙：跟随刘邦起事的将领，曾封建武侯、信武侯等。

㊿许慈：字仁笃，擅长郑玄经学，曾任蜀汉博士。

(51)虞丘进：字豫之，南朝宋人。"徒以心一乎主，遂飨封侯之报。"

(52)王宪：字显则，前秦丞相王猛孙。归北魏后，为本州中正，领选举事。《魏书》述其生平，只有百六十字，而仕履竟占百二十字。

(53)唯益其累：只能增加史书的芜累。

(54)责：征求。

(55)爵里：爵位和籍贯。

(56)课虚成有：稽考虚无，使成实有。

(57)"君子"二句：出自《论语·子路》。意谓君子对于所不懂的，大概采取保留态度。

(58)察所不该：考察不详审。

(59)妍媸靡择：美丑莫辨，无从选择。

(60)燕石妄珍：误以燕石为珍宝。《汉书·应劭传》注引《阙子》："宋之愚人得燕石梧台之东，归而藏之，以为大宝。"

(61)齐竽混吹：滥竽充数，比喻滥列于史传的平庸之人。

史通卷之九

内　篇

核才第三十一

夫史才之难，其难甚矣。《晋令》云①："国史之任，委之著作②，每著作郎初至，必撰名臣传一人。"斯盖察其所由③，苟非其才，则不可叨居史任④。历观古之作者，若蔡邕、刘峻、徐陵、刘炫之徒⑤，各自谓长于著书，达于史体，然观侏儒一节⑥，而他事可知。按伯喈于朔方上书⑦，谓宜广班氏《天文志》。夫《天文》之于《汉史》，实附赘之尤甚者也⑧。必欲申以掎摭⑨，但当锄而去之，安可仍其过失，而益其芜累？亦奚异观河倾之患⑩，而不遏以堤防，方欲疏而导之，用速怀襄之害⑪。述史如此，将非练达者欤⑫？孝标持论谈理，诚为绝伦。而《自叙》一篇，过为烦碎；《山栖》一志，直是文章⑬，谅难以偶迹迁、固⑭，比肩陈、范者也⑮。孝穆在齐，有志《梁史》，及还江左，书竟不成。嗟乎！以徐公文体，而施诸史传，亦犹灞上儿戏，异乎真将军[16]，幸而量力不为，可谓自卜者审矣[17]。光伯以洪儒硕学[18]，而迍邅不遇[19]。观其锐情自叙[20]，欲以垂示将来，而言皆浅俗，理无要害[21]，岂所谓“诵《诗》三百，虽多，亦奚以为”者乎[22]！

昔尼父有言：“文胜质则史[23]。”盖史者当时之文也，然朴散淳销，时移世异，文之与史，较然异辙[24]。故以张衡之文，而不闲于史[25]；以陈寿之史，而不习于文。其有赋述《两都》[26]，诗裁《八咏》[27]，而能编次汉册[28]，勒成宋典[29]。若斯人者，其流几何?

是以略观近代，有齿迹文章而兼修史传[30]。其为式也，罗含、谢客宛为歌颂之文[31]，萧绎、江淹直成铭赞之序[32]，温子昇尤工复语[33]，卢思道雅好丽词[34]，江总猖獗以沉迷[35]，庾信轻薄而流宕[36]。此其大较也[37]。然向之数子所撰者，盖不过偏记杂说，小巷短书而已，犹且乖滥踳驳[38]，一至于斯。而况责之以刊勒一家，弥纶一代[39]，使其始末圆备，表里无咎，盖亦难矣。

但自世重文藻，词宗丽淫[40]，于是沮诵失路，灵均当轴[41]。每值西省虚职，东观伫才[42]，凡所拜授，必推文士。遂使握管怀铅[43]，多无铨综之识[44]；连章累牍[45]，罕逢微婉之言。而举俗共以为能[46]，当时莫之敢侮[47]。假令其间有术同彪、峤[48]，才若班、荀[49]，怀独见之明[50]，负不刊之业[51]，而皆取窘于流俗[52]，见嗤于朋党。遂乃哺糟歠醨[53]，俯同妄作[54]，披褐怀玉[55]，无由自陈。此管仲所谓“用君子而以小人参之，害霸之道”者也[56]。

昔傅玄有云[57]：“观孟坚《汉书》，实命代奇作[58]。及与陈宗、尹敏、杜抚、马严撰中兴纪传[59]，其文曾不足观。岂拘于时乎？不然，何不类之甚者也？是后刘珍、朱穆、卢植、杨彪之徒[60]，又继而成之。岂亦各拘于时，而不得自尽乎[61]？何其益陋也?”嗟乎！拘时之患[62]，其来尚矣。斯则自古所叹，岂独当今者哉！

---

①《晋令》：晋贾充等撰，已佚。

②著作：晋元康中秘书省设大著作（著作局），专掌国史编纂。官属有著作郎、著作佐郎。

③察其所由：考察他的经历，即考察他是否有修史实践。

④叨（tāo，音涛）居：忝列，不胜任而窃据其位。

⑤蔡邕：见《书志》注。　　刘峻：字孝标，南朝梁人。好读书，有书淫之称。曾居东阳紫岩山讲学。“负材矜能”，自比冯敬通。　　徐陵：字孝穆，南朝陈人。文章绮艳，与庾信齐名。刘炫：字光伯，少以聪敏见称。周武帝时，和王劭同修国史。

⑥侏儒一节：桓谭《新论》：“谚曰：‘侏儒见一节，而长短可知。’”侏儒，梁上短柱，这里喻指局部。

⑦蔡邕（字伯喈）与卢植、韩说（yuè，音月）等撰《后汉记》，未及成，遭程璜等诬陷，流放朔方（在今内蒙古自治区境内），因上书（《汉书十志疏》）自陈。

⑧附赘：附赘悬疣，比喻多余无用的东西。附赘，皮肤上附生的肉瘤。

⑨掎摭（jǐzhí，音儿直）：指摘，指明错误而摘出之。

⑩河倾：河水泛滥。

⑪怀襄：“怀山襄陵”的省略语，指水势很大。《尚书·尧典》：“汤汤洪水方割，荡荡怀山襄陵。”

⑫将：恐。　　练达：精练畅达。

⑬直是文章：程千帆认为即《载文》“非复史书，更成文籍”之意。

⑭偶迹：并行，不相上下。

⑮比肩：并肩，比喻相当。　　陈、范：陈寿、范晔。

⑯汉代周亚夫为将军，驻军细柳，汉文帝至细柳军营视察，守卫因未得将令不许入。文帝召见将军，周亚夫以军礼见。文帝感叹道：“此真将军矣。向者灞上、棘门军，若儿戏耳。”见《史记·绛侯世家》。比喻徐陵乏史传之才。

⑰自卜者审：能自我估量的人心明。审，明。

⑱光伯：刘炫字。　　洪儒硕学：学问渊深博洽的读书人。

⑲迍邅（zhūnzhān，音谆沾）：指处境困难。

⑳锐情：专心一意。

㉑理无要害：无切中要害之理。

㉒“诵《诗》”二句：出自《论语·子路》。这里引喻刘炫虽然博学，修史则其所短。

㉓语出《论语·雍也》。意谓文采胜过朴实就是史。

㉔较然：明显的样子。

㉕闲：通“娴”。熟练，熟习。朱骏声《说文通训定声·乾部》，“闲，假借为娴。”余嘉锡考证，张衡并非“不闲于史”，而是不为朝廷所用，“不得秉史笔”。

㉖赋述《两都》：指班固。班固有《两都赋》。

㉗诗裁《八咏》：指沈约。明人所辑《沈隐侯集》有其所撰《八咏诗》。

㉘汉册：指《汉书》。

㉙宋典：指《宋书》。

㉚齿迹：列迹，参与创作。

㉛式：规格，榜样。　罗含：字君章，晋朝人。谢尚赞誉他是“湘中之琳琅”。按史传无其“兼修史传”的记载。　谢客：南朝宋谢灵运小字客儿，时人称之为谢客。

㉜萧绎：即梁元帝。好学，博综群书，下笔成章。其有关史学著作有《孝德传》、《忠臣传》。　江淹：字文通，南朝梁人。年轻时以能文名世，晚年才思衰退，人谓之“江郎才尽”。

㉝温子昇：见《叙事》“子昇取讥于君懋”注。　复语：对偶句。

㉞卢思道：字子行，北齐人。聪爽善文，辞藻富赡。其史学著作有《知己传》一卷。　丽词：骈俪的文辞。

㉟江总：字总持，南朝陈人。写作多为艳诗，号为狎客。　猖獗以沉迷：陷溺于游宴，任意而行。

㊱庾信：见《论赞》注。　流宕：放荡。

㊲大较：大略，大概。

㊳乖滥：乖违浮泛。　踳驳：杂乱。

㊴弥纶：包罗，统括。

㊵词宗丽淫：文辞追求过分华丽。

㊶沮诵失路：意谓史家不得志。沮诵，据说为黄帝右史，与他颉共造文字。《晋书·卫恒传》：“恒，字巨山，为四体书势曰：‘黄帝之史，沮诵仓颉，始作书契，纪纲万事。’”失路，比喻人不得志。　灵均当轴：意谓辞赋家居史官要职。灵均，屈原字，此处代指辞赋家。当轴，比喻官居要职。

㊷西省：中书省。唐代高宗龙朔中将中书省改名为西台，故称。此处代指隶属于中书省的史馆。　东观：汉代章、和二帝以后为聚藏图书之处。　伫才：谓聚集文学之士。

㊸握管怀铅：谓执笔修史。刘歆《西京杂记》三：“扬子云（雄）好事，常怀铅（铅粉笔）提椠，从诸计吏，访殊方绝域之语，以为裨补輶轩（周秦常以岁八月遣輶轩之使求异代方言）所载。”

㊹铨综：权衡综合。

㊺连章累牍：连篇累牍，形容篇幅很多，文辞冗长。

㊻举俗：举世。

㊼莫之敢侮：莫敢侮之，没有人敢轻慢他们。

㊽彪、峤：班彪、华峤。

㊾班、荀：班固、荀悦。

㊿独见：独到的见解。

(51)负不刊之业：承担不可磨灭的修史事业。

(52)取窘于流俗：为世俗之人所鄙笑。

(53)哺糟歠醨（chuòlí，音啜离）：语出《楚辞·渔父》。原意为吃酒糟饮薄酒。这里比喻迁就流俗，坐食俸禄。

(54)俯同妄作：屈从流俗而率意写作。

(55)披褐怀玉：比喻身处微贱却有真才实学的人。褐，粗毛或粗麻短衣，泛指贫苦人的衣服。

(56)害霸：《说苑·尊贤》：“桓公曰：‘何如而害霸？’管仲对曰：‘不知贤，害霸。信而复使小人参之，害霸。’”

(57)傅玄：见《书事》注。

(58)引文见于《傅子》。命代，命世，著名于当世。

(59)陈宗：字平仲，东汉人。曾与班固等共撰《世祖（光武帝）本纪》。　尹敏：字幼季，东汉人。深究儒学，曾上书抨击东汉政权。　杜抚：字叔和，东汉人。少有高才，曾任校书郎。　马严：字威卿，名将马援兄子，与杜抚，班固等勘定

《建武起居注》。　　中兴纪传：《困学纪闻》卷十二注："此即《东观汉记》之创始也。"

⑥⓪刘、朱、卢、杨：刘珍、卢植等撰集《东观汉记》，见《六家》"东观日记"注。刘珍，字秋孙，曾奉邓太后诏，与马融等校定东观百家。朱穆，字公叔，拜尚书，曾著论奏二十篇。卢植，字子干。少与郑玄师事马融，能通古今学。杨彪，字文先，名儒杨震之曾孙。熹平中，征拜议郎。

⑥①自尽：谓自己竭尽其心力。

⑥②拘时：拘泥于时俗。

序传第三十二

盖作者自序，其流出于中古乎？按屈原《离骚经》，其首章上陈氏族[①]，下列祖考[②]；先述厥生[③]，次显名字[④]。自叙发迹[⑤]，实基于此。降及司马相如，始以自叙为传。然其所叙者，但记自少及长，立身行事而已。逮于祖先所出，则蔑尔无闻[⑥]。至马迁，又征三闾之故事[⑦]，放文园之近作[⑧]，模楷二家，勒成一卷[⑨]。于是杨雄遵其旧辙[⑩]，班固酌其余波[⑪]，自叙之篇，实烦于代。虽属辞有异[⑫]，而兹体无易。

寻马迁《史记》，上自轩辕，下穷汉武，疆宇修阔，道路绵长[⑬]。故其自叙，始于氏出重黎[⑭]，终于身为太史。虽上下驰骋，终不越《史记》之年。班固《汉书》，止叙西京二百年事耳。其自叙也，则远征令尹[⑮]，起楚文王之世；近录《宾戏》[⑯]，当汉明帝之朝。苞括所及，逾于本书远矣。而后来叙传，非止一家，竞学孟坚，从风而靡[⑰]。施于家牒[⑱]，犹或可通，列于国史，多见其失者矣。

然自叙之为义也，苟能隐己之短，称其所长，斯言不谬，即为实录。而相如自序，乃记其客游临邛[⑲]，窃妻卓氏[⑳]，以《春秋》所讳，持为美谈。虽事或非虚，而理无可取。载之于传，不其愧乎！又王充《论衡》之《自纪》也，述其父祖不肖，为州闾所鄙，而己答以瞽顽舜神，鲧恶禹圣[㉑]。夫自叙而言家世，固当以扬名显亲为主，苟无其人，阙之可也。至若盛矜于己[㉒]，而厚辱其先，此何异证父攘羊[㉓]，学子名母[㉔]？必责以名教，实三千之罪人也[㉕]。

夫自媒自炫[㉖]，士女之丑行。然则人莫我知，君子不耻[㉗]。按孔氏《论语》有云："十室之邑，必有忠信，""不如某之好学也。"又曰："吾每自省吾身，为人谋而不忠乎？与朋友交而不信乎[㉘]？"又曰："文王既没，文不在兹乎[㉙]？"又曰："吾之先友尝从事于斯矣[㉚]。"则圣达之立言也，时亦扬露己才，或托讽以见其情[㉛]，或选辞以显其迹[㉜]，终不盱衡自伐[㉝]，攘袂公言[㉞]。且命诸门人"各言尔志"，由也不让，见嗤无礼[㉟]。历观扬雄已降，其自叙也，始以夸尚为宗[㊱]。至魏文帝、傅玄、陶梅、葛洪之徒[㊲]，则又逾于此者矣。何则？身兼片善，行有微能，皆剖析具言，一二必载。岂所谓宪章前圣，谦以自牧者欤[㊳]？

又近古人伦，喜称阀阅[㊴]，其荜门寒族[㊵]，百代无闻，而骍角挺生[㊶]，一朝暴贵，无不追述本系，妄承先哲[㊷]。至如仪父、振铎[㊸]，并为曹氏之初；淳维，李陵[㊹]，俱称拓拔之始。河内马祖，迁、彪之说不同[㊺]；吴兴沈先，约、炯之言有异[㊻]。斯皆不因真律，无假宁楹[㊼]，直据经史，自成矛盾。则知扬姓之寓西蜀，班门之雄朔野[㊽]，或胄纂伯侨[㊾]，或家传熊绎[㊿]，恐自我作故[51]，失之弥远者矣。盖谄祭非鬼，神所不歆[52]；致敬他亲，人斯悖德[53]。凡为叙传，宜详此理。不知则阙，亦何伤乎？

---

①氏族：指姓氏源流。

②祖考：父亲。生曰父，死曰考。又尊称亡父曰皇考。屈原《离骚》："帝高阳之苗裔兮，朕皇考曰伯庸。"

③先述厥生：先叙述自己的出生。

④次显名字：《离骚》："名余曰正则兮，字余曰灵均。"

⑤发迹：谓成长扬名。

⑥蔑尔：没有。尔，助词。

⑦三闾：指屈原，屈原曾任三闾大夫。

⑧放：仿。　文园：汉文帝的墓所，司马相如曾为文帝陵园令，因以代称司马相如。

⑨"模楷"二句：谓司马迁效法屈原《离骚》和司马相如《自叙》，撰成《太史公自序》。

⑩扬雄有《自叙》，载《汉书》本传。

⑪指班固《汉书·叙传》。

⑫属（zhǔ，音主）辞：连缀文辞，即遣词记述。

⑬"疆宇"二句：谓范围广阔，时间久长。

⑭重黎：古代司天地的官。《国语·楚语下》："颛顼受之，乃命南正重司天以属神，命火正黎司地以属民。"

⑮远征令尹：班固《汉书·叙传》："班氏之先，与楚同姓，令尹子文之后也。"令尹，官名，子文曾任令尹。

⑯《宾戏》：即《答宾戏》。

⑰从风而靡：如草随风倒伏，比喻屈从于世风。

⑱家牒：旧时家族世系的谱牒。

⑲梁孝王死，司马相如还成都，家贫无以为生，往依临邛（四川邛崃）令王吉。

⑳司马相如游临邛，宴于豪富卓王孙家。卓王孙有女名文君，新寡居家，相如弹琴挑逗之。文君与相如夜奔成都。结为夫妻。

㉑瞽顽舜神：谓舜的父亲无知妄为，迫害舜，虽有目而不能分别好恶，故时人谓之瞽，配字曰瞍。舜则圣明。　鲧恶禹圣：禹之父鲧，为四凶之一，禹则有至高无上的人格。

㉒盛矜于己：大肆自夸。

㉓证父攘羊：《论语·子路》："吾党有直躬者，其父攘羊，而子证之。"攘羊，偷羊，比喻扬亲之过。

㉔《战国策·魏策》："宋人有学（游学）者，三年反（返）而名其母（直呼母名）。母曰：'名我，何也?'子曰：'尧舜名、天地名，母贤不过尧舜，大不过天地，是以名母也。'"

㉕三千之罪人：《孝经·五刑》："子曰：'五刑之属三千，而罪莫大于不孝。'"

㉖自媒自炫：不靠媒妁自求婚姻，而又自我炫耀。

㉗"人莫"二句：意谓君子不以人不了解自己而感到羞耻。《论语·学而》："人不知而不愠（怨恨），不亦君子乎?"

㉘语出《论语·学而》。意谓替别人办事是否尽心竭力了呢？同朋友往来是否诚实呢？

㉙"文王"二句：出自《论语·子罕》。意谓周文王死后，一切文化遗产不都在我（孔子）这里吗？

㉚《论语·泰伯》："昔者吾友尝从事于斯矣（就曾这样做了）。"

㉛托讽：寄托讽意。

㉜选辞：卑顺之言。选，与"巽"通。

㉝盱（xū，音虚）衡：扬眉举目。　自伐：自夸。

㉞攘袂公言：捋起袖子，激昂地在众人前公开讲述。

㉟"由也"二句：仲由（字子路）态度不谦虚，被孔子讥为无礼。见《论语·先进》。

㊱始以夸尚为宗：开始以夸耀为主旨。

㊲魏文帝曹丕《典论·自叙》历述平董卓、脱张绣及论射、击剑、弹棋之事，皆著于篇。"　傅玄：见《书事》注。陶梅：疑为梅陶。《世说新语·方正》注：梅颐弟陶，字叔真。王敦咨议参军。　葛洪：见《论赞》注。

㊳宪章：效法。自牧：自我修养。《周易·谦卦》："谦谦君子，卑以自牧也。"

㊴阀阅：功绩和经历。也以指世家门第。

㊵荜门寒族：门第卑微的家族。荜门，草门。

㊶骍（xīng，音星）角：赤色牛。这里喻指出身寒微的人。　挺生：得志的意思。

㊷妄承先哲：妄称自己承袭前代圣贤的族系。

㊸仪父：《通志·氏族略》："周武王封安之苗裔邾挟为附庸，挟以下至仪父，名字始见《春秋》。"　振铎："曹叔振铎者，周武王弟也。武王已克殷纣，封叔振铎于曹。"

㊹淳维："匈奴始祖名。"也作谆维。　李陵：《宋书·索虏传》："索头虏姓托跋氏，其先汉将李陵后也。"

㊺“河内”二句：是说关于司马氏的先祖，司马迁和司马彪所说的不一样。

㊻“吴兴”二句：是说吴兴沈氏的先祖，沈约和沈炯所说不同。

㊼不因真律，无假宁楹：谓孔子因真律（疑为殷律）及梦安坐于两楹之间，乃自知其先为殷人。从亲身实感来，非若马、沈“直据经史，自相矛盾”也。

㊽班固《幽通赋》称颂其世家门第：“雄朔野以飏声。”

㊾《汉书·扬雄传》：“扬雄，字子云，蜀郡成都人。其先出自有周伯侨。”

㊿熊绎：楚的远祖。《史记·楚世家》：“周成王之时，封熊绎于楚蛮，姓辛氏。”《汉书·叙传》：“班氏之先，与楚同姓，令尹子文之后也。”

[51]自我作故：从我开始作为创例。

[52]“谄祭”二句：族姓不同而谄媚祭祀，则鬼神不享。《左传·僖公三十一年》：“鬼神非其族类，不歆其祀。”

[53]悖德：违反道德。《孝经·圣治》：“不爱其亲（父母）而爱他人者，谓之悖德；不敬其亲而敬他人者，谓之悖礼。”

烦省第三十三

昔荀卿有云：远略近详[1]。则知史之详略不均，其为辨者久矣。及干令升《史议》[2]，历诋诸家，而独归美《左传》，云：“丘明能以三十卷之约，括囊二百四十年之事，靡有孑遗。斯盖立言之高标，著作之良模也[3]。”又张世伟著《班马优劣论》[4]，云：“迁叙三千年事，五十万言，固叙二百四十年事，八十万言。是班不如马也。”然则自古论史之烦省者，咸以左氏为得[5]，史公为次，孟坚为甚。自魏、晋已还，年祚转促[6]，而为其国史亦不减班《书》。此则后来逾烦，其失弥甚者矣。

余以为近史芜累，诚则有诸[7]，亦犹古今不同，势使之然也。辄求其本意，略而论之。何者？当春秋之时，诸侯力争，各闭境相拒[8]，关梁不通[9]。其有吉凶大事，见知于他国者，或因假道而方闻[10]，或以通盟而始赴。苟异于是，则无得而称[11]。鲁史所书，实用此道。至如秦、燕之据有西北，楚、越之大启东南[12]，地僻界于诸戎，人罕通于上国[13]。故载其行事，多有阙如。且其书自宣、成以前[14]，三纪而成一卷[15]，至昭、襄已下[16]，数年而占一篇。是知国阻隔者，记载不详，年浅近者，撰录多备[17]。此丘明随闻见而成传，何有故为简约者哉！

及汉氏之有天下也，普天率土[18]，无思不服[19]。会计之史[20]，岁奏于阙廷[21]；輶轩之使[22]，月驰于郡国。作者居府于京兆[23]，征事于四方[24]，用使夷夏必闻[25]，远近无隔。故汉氏之史，所以倍增于《春秋》也。

降及东京[26]，作者弥众。至如名邦大都，地富才良，高门甲族，代多髦俊[27]。邑老乡贤，竞为别录；家牒宗谱，各成私传。于是笔削所采，闻见益多。此中兴之史[28]，所以又广于《前汉》也。

夫英贤所出，何国而无？书之则与日月长悬，不书则与烟尘永灭。是以谢承尤悉江左[29]，京洛事缺于三吴[30]；陈寿偏委蜀中、巴、梁语详于二国[31]。如宋、齐受命[32]，梁、陈握纪[33]，或地比《禹贡》一州，或年方秦氏二世[34]。夫地之偏小，年之窘迫，适使作者采访易洽，巨细无遗，耆旧可询[35]，隐讳咸露。此小国之史，所以不减于大邦也。

夫论史之烦省者，但当要其事有妄载[36]，苦于榛芜，言有阙书，伤于简略，斯则可矣。必量世事之厚薄，限篇第以多少，理则不然。且必谓丘明为省也，若介葛辨牺于牛鸣[37]，叔孙志梦于天压[38]，楚人教晋以拔旆[39]，城者讴华以弃甲[40]。此而毕书，岂得谓之省邪？且必谓《汉书》为烦也，若武帝乞浆于柏父[41]，陈平献计于天山[42]，长沙戏舞以请地[43]，杨仆怙宠而移关[44]。此而不录，岂得谓之烦邪？由斯而言，则史之烦省不中[45]，从可知矣。

又古今有殊，浇淳不等[46]。帝尧则天称大[47]，《书》惟一篇[48]；周武观兵孟津，言成三誓[49]；

伏羲止画八卦[50]，文王加以《系辞》[51]。俱为大圣，行事若一，其丰俭不类，悬隔如斯。必以古方今，持彼喻此，如蚩尤、黄帝交战阪泉[52]，施于春秋，则城濮、鄢陵之事也[53]。有穷篡夏，少康中兴[54]，施于两汉，则王莽、光武之事也[55]。夫差既灭，句践霸世，施于东晋，则桓玄、宋祖之事也[56]。张仪、马错为秦开蜀[57]，施于三国，则邓艾、钟会之事也[58]。而往之所载，其简如彼；后之所书，其审如此。若使同后来于往世，限一概以成书，将恐学者必诟其疏遗，尤其率略者矣[59]。而议者苟嗤沈、萧之所记[60]，事倍于孙、习[61]；华、谢之所编[62]，语烦于班、马，不亦谬乎！故曰论史之烦省者，但当求其事有妄载，言有阙书，斯则可矣。必量世事之厚薄，限篇第以多少，理则不然，其斯之谓也。

---

①《荀子·非相》："传者，久则论略，近则论详。"

②令昇：干宝字。

③这段话已见《二体》。

④张世伟：即张辅，见《鉴识》注。

⑤得：满意。

⑥年祚：立国的年数。

⑦诚则有诸：确有这种情况。

⑧闭境相拒：谓不与他国交往，闭关自守。。

⑨关梁：指水陆要会之处。关，关门；梁津梁。

⑩假道：借路，即经由他国道路。

⑪称：述说。

⑫启：开拓。

⑬上国：诸侯称帝室（周朝）为上国。

⑭宣：鲁宣公，在位十八年（前711—前694）。　　成：鲁成公，在位十八年（前590—前573）。

⑮纪：十二年为一纪。

⑯昭、襄：二字颠倒，鲁昭公、鲁襄公在位次序是襄公在前，昭公在后。

⑰备：完备，周祥。

⑱普天率土：天下都是君主之境域。《诗经·小雅·北山》："普天之下，莫非王土，率土之滨，莫非王臣。"

⑲无思不服：《诗经·大雅·文王有声》："自西自东，自南自北，无思不服。"郑玄《笺》："心无不归服者。"

⑳会计：这里义同"上计"。地方官本人或遣吏至京上计簿，将全年人口，钱、粮、盗贼，狱讼等事报告朝廷。古代州郡长官于每年年终派计吏一人进京向朝廷汇报政务，称上计。

㉑阙廷：朝廷。

㉒輶（yóu，音由）轩：轻车。使臣所乘之车，这里代指使臣。

㉓居府于京兆：家在京城。

㉔征事：征集史事。

㉕用：以，因。

㉖东京：指东汉。

㉗髦俊：才俊之士。

㉘中兴之史：即《后汉书》。

㉙谢承：三国吴人，撰《后汉书》。见《书志》"谢拾孟坚之遗"注

㉚三吴：指今江南江、浙一带。

㉛巴、梁语详于二国：陈汉章云："此言《蜀志》所载《季汉辅臣传》为魏、吴二志所无。"

㉜受命：古代帝王托神权以即位或巩固统治，自称受命于天。

㉝握纪：掌握纲纪，即掌握统治权力。

㉞秦氏二世：秦二世胡亥，公元前209至公元前207年在位。

㉟耆旧：故老，年老的旧好。

㊱妄载：不据事实而记述。

㊲介葛辨牺于牛鸣：见《言语》"介葛之闻牛"注。

㊳起初，穆子离开叔孙氏，到了鲁国的庚宗，遇一妇女，就让她准备饮食并住在她家。第二天，妇女哭着送走了他。穆子到齐国娶了妻子，生了孟丙和仲壬。他梦见上天压迫自己，不能争脱。见《左传·昭公四年》。

㊴晋、楚战于邲，晋军大败而逃，有战车陷在坑里，楚人教他们抽去车前横木以拖出坑。拖出车，马又盘桓不前。楚人又教他们拔掉车前大旗，扔掉车轭，才得逃走。见《左传·宣公十二年》

㊵城者讴华以弃甲：见《言语》"皤腹弃甲"注。

㊶《汉武故事》载：武帝微服私行，夜至柏谷，住在旅店。向店主要酒。主人翁说："无浆（酒），正有溺（尿）耳。"主人妪见武帝相貌不凡，灌醉翁，杀鸡备饭向武帝致歉。第二天，武帝回宫，召妪赐金千斤。

㊷《汉书·高祖纪》："七年，……至平城，为匈奴所困七日，用陈平秘计得出。"颜师古注引应劭曰："陈平使画工图美女，间遣人遗（赠）阏支（匈奴单于妻）云：'汉有美女如此。今皇帝困厄，欲献之。'阏支畏其夺己宠，因谓单于语：'汉天子亦有神灵，得其土地，非能有也。'于是匈奴开其一角，得突出。"天山，这里代指匈奴。

㊸颜师古《汉书》注引应劭曰："景帝后二年，诸王来朝，有诏更前称寿歌舞。定王但张袖小举。左右笑拙，上怪问之，对曰：'臣国小地狭，不足回旋。'帝乃以武陵，桂阳益焉。"

㊹《汉书·武帝纪》："元鼎三年冬，徙函谷关于新安，以故关为弘农县。"颜师古注引应劭曰：时楼船将军杨仆，数有大功，耻为关外民，上书乞徙东关，以家财给其用度。武帝意亦好广阔。于是徙关于新安，去弘农三百里。"

㊺不中：不当，不合适。

㊻浇淳：风俗浮薄或朴实。

㊼《孟子·滕文公》："孔子曰：'大哉！尧之为君，惟天为大，惟尧则之。'"

㊽《书》惟一篇：指《尚书·尧典》。

㊾三誓：《尚书序》："十有一年，武王代殷。一月，师渡孟津，作《泰誓》（上、中、下）三篇。"

㊿《周易·系辞下》："古者伏羲氏之王天下也，仰则观象于天，俯则观法于地，观鸟兽之文与地之宜，近取诸身，远取诸物，于是始作八卦，以通神明之德，以类万物之精。"

(51)文王加以《系辞》：程千帆认为："当作'文王重以六爻，或"孔子加以《系辞》，乃合。"

(52)《史记·五帝本纪》："黄帝与炎帝战于阪泉之野，与蚩尤战于涿鹿之野。"《集解》："阪泉、涿鹿，在上谷。"

(53)城濮、鄢陵之事：指春秋时晋、楚之间于僖公二十八年的城濮之战和成公十六年的鄢陵之战。

(54)"有穷"二句：相传有穷国君羿善射，夺夏帝相的王位。其相寒浞杀羿，代立为王。夏王相为寒浞的儿子浇所杀，相妻后缗正怀孕，逃到有仍，生少康（禹的七世孙）。少康长大，和旧臣靡合力灭浞，恢复夏王朝。

(55)王莽、光武之事：王莽篡汉，国号新。纷事改革，横征暴敛，法令苛细，民不聊生。新朝末年，各地义军烽起，刘秀与其他义军一起攻灭新朝，并夺取帝位，建立东汉。

(56)桓玄、宋祖之事：桓玄字敬道，东晋桓温之子。元兴元年，举兵东下，攻入建康，迫安帝禅位，建号楚。刘裕起兵讨玄，迎安帝复位，但却掌握军政大权，并最终取代东晋，建立刘宋政权。史称宋武帝。

(57)据《华阳国志》："秦惠文王使张仪、司马错伐蜀，灭之。"

(58)据《三国志》记载：魏于景元四年大举伐蜀，使邓艾，钟会分别统军，分两路入蜀，蜀后主刘禅降。蜀灭，邓艾进太尉，钟会进司徒。

(59)尤：责怪。率略：粗率简略。

(60)沈、萧之所记：指沈约《宋书》和萧子显《南齐书》。

(61)孙、习：指孙盛《晋阳秋》和习凿齿《汉晋春秋》。

(62)华、谢之所编：指华峤《后汉书》和谢沈《后汉书》。谢沈，字行思，博学多识，有史才，撰《后汉书》百卷，惜已佚。

史通卷之十

内　篇

杂述第三十四

在昔三坟、五典、春秋、梼杌，即上代帝王之书[①]，中古诸侯之记。行诸历代，以为格言。其余外传，则神农尝药，厥有《本草》[②]；夏禹敷土，实著《山经》[③]；《世本》辨姓，著自周室[④]；《家语》载言，传诸孔氏[⑤]。是知偏记小说，自成一家。而能与正史参行，其所由来尚矣。

爰及近古，斯道渐烦。史氏流别，殊途并骛。榷而为论，其流有十焉：一曰偏记，二曰小录，三曰逸事，四曰琐言，五曰郡书，六曰家史，七曰别传，八曰杂记，九曰地理书，十曰都邑薄。夫皇王受命，有始有卒，作者著述，详略难均。有权记当时[⑥]，不终一代，若陆贾《楚汉春秋》、乐资《山阳载记》、王韶《晋安帝纪》、姚最《梁昭后略》[⑦]。此之谓偏纪者也。普天率土，人物弘多，求其行事，罕能周悉，则有独举所知，编为短部，若戴逵《竹林名士》、王粲《汉末英雄》、萧世诚《怀旧志》、卢子行《知己传》[⑧]。此之谓小录者也[⑨]。国史之任，记事记言，视听不该[⑩]，必有遗逸。于是好奇之士，补其所亡，若和峤《汲冢纪年》、葛洪《西京杂记》、顾协《琐语》、谢绰《拾遗》[⑪]。此之谓逸事者也。街谈巷议，时有可观，小说卮言[⑫]，犹贤于已[⑬]。故好事君子，无所弃诸，若刘义庆《世说》、裴荣期《语林》、孔思尚《语录》、阳玠松《谈薮》[⑭]。此之谓琐言者也。汝、颍奇士[⑮]，江、汉英灵[⑯]，人物所生，载光郡国[⑰]。故乡人学者，编而记之，若圈称《陈留耆旧》、周斐《汝南先贤》、陈寿《益都耆旧》、虞预《会稽典录》[⑱]。此之谓郡书者也[⑲]。高门华胄，奕世载德[⑳]，才子承家，思显父母。由是纪其先烈，贻厥后来[㉑]，若扬雄《家谍》、殷敬《世传》、《孙氏谱记》、《陆宗系历》[㉒]。此之谓家史者也。贤士贞女，类聚区分，虽百行殊途，而同归于善。则有取其所好，各为之录，若刘向《列女》、梁鸿《逸民》、赵采《忠臣》、徐广《孝子》[㉓]。此之谓别传者也。阴阳为炭，造化为工[㉔]，流形赋象[㉕]，于何不育。求其怪物，有广异闻，若祖台《志怪》、干宝《搜神》、刘义庆《幽明》、刘敬叔《异苑》[㉖]。此之谓杂记者也[㉗]。九州土宇，万国山川，物产殊宜，风化异俗，如各志其本国，足以明此一方，若盛弘之《荆州记》、常璩《华阳国志》、辛氏《三秦》、罗含《湘中》[㉘]。此之谓地理书者也。帝王桑梓，列圣遗尘[㉙]，经始之制[㉚]，不恒厥所[㉛]。苟能书其轨则[㉜]，可以龟镜将来[㉝]，若潘岳《关中记》、陆机《洛阳》、《三辅黄图》、《建康宫殿》[㉞]。此之谓都邑簿者也[㉟]。

大抵偏纪小录之书，皆记即日当时之事，求诸国史，最为实录。然皆言多鄙朴，事罕圆备[㊱]，终不能成其不刊[㊲]，永播来叶[㊳]，徒为后生作者削稿之资焉[㊴]。逸事者，皆前史所遗，后人所记，求诸异说，为益实多。及妄者为之，则苟载传闻，而无铨择。由是真伪不别，是非相乱。如郭子横之《洞冥》[㊵]，王子年之《拾遗》[㊶]，全构虚辞，用惊愚俗。此其为弊之甚者也。琐言者，多载当时辨对，流俗嘲谑，俾夫枢机者藉为舌端[㊷]，谈话者将为口实[㊸]。及蔽者为之[㊹]，则有诋讦相戏[㊺]，施诸祖宗，亵狎鄙言，出自床笫[㊻]。莫不升之纪录，用为雅言，固以无益风规[㊼]，有伤名教者矣。郡书者，矜其乡贤，美其邦族，施于本国，颇得流行，置于他方，罕闻爱异[㊽]。其有如常璩之详审[49]，刘昞之该博[50]，而能传诸不朽，见美来裔者，盖无几焉。家史者，事惟三族[51]，言止一门，正可行于室家，难以播于邦国。且箕裘不堕[52]，则其录犹存；苟薪构已亡[53]，则斯文已丧者矣[54]。别传者，不出胸臆[55]，非由机杼[56]，徒以博采前史，聚而成书。其有足以新言加之别说者，盖不过十一而已。如寡闻末学之流[57]，则深所嘉尚[58]，至于探幽索隐之士[59]，则无所取材。杂记者，若论神仙之道，则服食炼气[60]，可以益寿延年；语魑魅之途[61]，则福善祸淫[62]，可以惩恶劝善，斯则可矣。及谬者为之，则苟谈怪异，务述妖邪，求诸弘益，其义无取[63]。地理书者，若朱赣所采[64]，浃于九州[65]；阚骃所书[66]，殚于四国[67]。斯则言皆雅正，事无偏党者矣[68]。其有异于此者，则人自以为乐土，家自以为名都，竞美所居，谈过其实。又城池旧迹，山水得名，皆传诸委巷，用为故实[69]，鄙哉！都邑薄者，如宫阙、陵庙、街廛、郭邑[70]，辨其规模，明其制度，斯则可矣。及愚者为之，则烦而且滥，博而无限，论榱栋则尺寸皆书，记草木则根株必数[71]，务求详审，持此为能。遂使学者观之，瞀乱而难纪也[72]。于是考兹十品，征彼百家，则史之杂名，其流尽于此矣。至于其间得失纷糅，善恶相兼，既难为觏缕[73]，故粗陈梗概。且同自郐[74]，无足讥焉。

又按子之将史[75]，本为二说。然如《吕氏》、《淮南》、《玄晏》、《抱朴》[76]，凡此诸子，多以叙事为宗，举而论之，抑亦史之杂也，但以名目有异，不复编于此科。

盖语曰："众星之明，不如一月之光[77]。"历观自古，作者著述多矣。虽复门千户万，波委云集[78]。而言皆琐碎，事必丛残[79]。故难以接光尘于《五传》[80]，并辉烈于《三史》[81]。古人以比玉屑满箧[82]，良有旨哉[83]！然则刍荛之言[84]，明王必择；葑菲之体[85]，诗人不弃。故学者欲博闻旧事，多识奇物，若不窥别录，不讨异书，专治周、孔之章句，直守迁、固之纪传，亦何能自致于此乎？且夫子有云："多闻，择其善而从之"，"知之次也[86]。"苟如是，则书有非圣[87]，言多不经[88]，学者博闻，盖在择之而已。

---

①上代：远古时代。

②神农尝药，厥有《本草》：传说古帝神农，尝百草为医药以治疾病。汉代遂有托神农之名的《神农本草经》，共收药三百六十五种。

③夏禹敷土，实著《山经》：《山经》，即《山海经》，汉唐人以为夏禹、伯益所作。王充《论衡·别通》："禹主治水，益主记物，海外山表，无远不至，以所见闻，作《山海经》。"今人认为《山海经》成书于战国时期。

④"《世本》"二句：《汉书·艺文志·六艺略》载有《世本》十五篇，记黄帝以来至春秋时（后人增补至汉）列国诸侯大夫的氏姓、世系、居（都邑）、作（制作）等。此书在唐代已有残缺，至宋末亡佚。

⑤《家语》：即《孔子家语》，详见《六家》注。

⑥权：权且，暂且。

⑦陆贾《楚汉春秋》：见《六家》"《左传》家"注。　乐资：见《六家》"《左传》家注。《隋书·经籍志》杂史类著录其《山阳公载记》十卷。山阳公，即汉献帝。曹丕代汉称帝，封汉献帝刘协为山阳公。　王韶：即南朝宋人王韶之。承父伟之之教，博涉经史，撰成《晋安帝阳秋》。史称其书"善叙事，辞论可观，为后代佳史"。　姚最：见《题目》注。其《梁昭后略》，据《太平御览》，记事起于侯景之乱，但不明讫于何时。以上为偏记。偏记，"谓短述之书，但记近事，而非全史"。

⑧戴逵《竹林名士》：戴逵字道安，东晋人。善属文，工书画，不乐为官。性高洁，以放达为非道，乃著《竹林七贤论》。刘知几为取俪下文"汉末英雄"，改"七贤"为"名士"。　王粲《汉末英雄》：王粲字仲宣，三国魏人。博学多识，文思敏捷，为建安七子之一。《隋书·经籍志》著录其《汉末英雄》八卷。　萧世诚《怀旧志》：梁元帝萧绎，字世诚。《隋书·经籍志》著录其《怀旧志》九卷。　卢子行《知己传》：卢子行，即卢思道。详见《叙事》"妄饰"注。

⑨小录：《史通通释》注："此谓私志之书，名录知交。"

⑩不该：不广博。

⑪和峤：字长舆，西晋人。器宇不凡，兼有才学。庾虢见而叹曰："和峤森森如千丈松，施之大厦，必有栋梁之用。"其

《汲冢纪年》，起自黄帝，终于魏之“今王”，“盖魏国之史记也”。　葛洪《西京杂记》：葛洪，见《论赞》注。其《西京杂记》，所记皆西汉遗文轶事，亦间杂怪诞之传说异闻。　顾协《琐语》：顾协字正礼，南朝梁人。史称其“博极群书，于文字及禽兽草木，尤称精详。”著有《文集》、《异姓苑》和《琐语》。　谢绰《拾遗》：南朝梁谢绰撰《宋拾遗》十卷。参见《书志》“《拾遗》”注。

⑫卮（zhī，音支）言：随人意而变，缺乏主见之言。一说为支离破碎之言。

⑬犹贤于已：写写也比闲着好。贤，胜过。已，不动作的意思。

⑭刘义庆《世说》：见《六家》“尚书”节“临川《世说》”注。　裴荣期《语林》：见《采撰》“《语林》”注。　孔思尚《语录》：见《书志》“五行”节注。　阳玠松《谈薮》：阳玠松，当是阳休之之族人。陈振孙《书目解题》著录：“《谈薮》二卷，北齐秘书省正字北平阳玠松撰。事综南北，时更八代，隋开皇中所述。”以上为琐言。琐言，“谓谐噱之书，略供文料止助谈资”。

⑮汝、颍：汝水、颍川，都在河南。

⑯左思《蜀都赋》：“近则江、汉炳灵，世载其英。”英灵，指杰出的人才。

⑰载光郡国：为故乡增光。

⑱圈称《陈留耆旧》：《隋书·经籍志》杂传类著录：“《陈留耆旧传》二卷，汉议郎圈称撰。”　周斐（fěi，音匪）《汝南先贤》：《隋书·经籍志》杂传类著录：“《汝南先贤传》五卷，魏周斐撰。”　陈寿《益都耆旧》：《隋书·经籍志》杂传类著录：“《益都耆旧传》十四卷，陈寿撰。”虞预《会稽典录》：分别见《二体》、《采撰》注。

⑲郡书：浦起龙注：“此谓乡邦旧德之书，视史家为繁。”

⑳高门华胄：世家贵族的后代子孙。奕世戴德：累世（一代接一代）成德。

㉑贻厥：《尚书·五子之歌》：“有典有则，贻厥子孙。自晋以来常用作歇后语，指子孙。

㉒扬雄自叙谱谍之事，见《汉书·扬雄传》颜师古注。　殷敬《世传》：浦起龙注：“《唐志》作《殷氏家传》三卷，殷敬撰。”　《孙氏谱记》：据浦起龙考证，《唐志》未著撰人姓名。　《陆宗系历》：《新唐书·艺文志》著录《吴郡陆氏宗系谱》一卷，陆景献撰。以上家史。家史，“谓门胄先烈之书，比史体为炫。

㉓刘向《列女》：《隋书·经籍志》杂传类著录《列女传》十五卷，汉刘向撰。　梁鸿《逸民》：梁鸿字伯鸾，东汉人。清高自持，不求仕进。皇甫谧《高士传》序云：“梁鸿颂《逸民》。”　赵采：《玉海》作赵来，生平未详。《忠臣传》乃梁元帝萧绎撰。　徐广《孝子》：徐广字野民，晋朝人。家世好学，至广尤精。两《唐书·艺文志》著录其《孝子传》三卷。以上别传。别传，谓“甄录贞范之书，能补前史缺遗乃贵”。

㉔“阴阳”二句：出自贾谊《鹏鸟赋》。意谓天地阴阳能力无限，自然万物变化无穷。

㉕流形赋象：随物象变化而赋彩绘形。

㉖祖台：祖台之的省称。台之字元辰，晋朝人。《隋书·经籍志》著录其《志怪》二卷。　晋人干宝，撰集古今神祇灵异、人物变化，名为《搜神记》。　刘义庆《幽明》：见《采撰》注。　刘敬叔：南朝宋人。所著《异苑》，词旨简淡，无小说家猥琐之习。

㉗杂记：浦起龙注：“此谓搜采怪异之书，足当外史劝诫乃佳。”

㉘盛弘之：曾任南朝宋临川王刘义庆侍郎，与鲍照友善。所撰《荆州记》，骈散相间，峻洁优美，为郦道元《水经注》所借鉴。　常璩：字道将，西晋人。所撰《华阳国志》，记述巴蜀历史、地理、风俗。　辛氏《三秦》：无考。　罗含：字君章，晋朝人。名重当时，桓温誉其为“江左之秀”。撰《湘中记》一卷。

㉙帝王桑梓，列圣遗尘：语出左思《魏都赋》。意谓帝王的故乡，先圣的遗址。

㉚经始之制：开始营建的规模。

㉛不恒厥所：没有固定处所。

㉜轨则：准则。

㉝龟镜：龟可卜吉凶，镜能辨美恶，犹言借鉴。

㉞新旧《唐书·艺文志》均著录潘岳《关中记》一卷。　《隋书·经籍志》著录陆机《洛阳记》一卷。　《三辅黄图》：见《书志》之《三辅典》注。　《建康宫殿》无考。《太平御览·居处部》引书有《建康宫阙簿》。

㉟都邑簿：浦起龙注：“此指帝京规制言，其书亦史志都城一流。”

㊱事罕圆备：叙事极少周详。

㊲不刊：不可磨灭。

㊳永播来叶：永传后世。

㊴“徒为”句：只能作为后人删改著述的参考资料。

㊵郭子横之《洞冥》：郭子横，郭宪字子横。王莽篡位，征召不应。光武帝征为博士，再迁光禄勋，为人刚正有节。帝曰："关东觥觥郭子横。"《四库全书》著录《汉武洞冥记》四卷。提要云："此书皆怪诞不根之谈，未必真出宪手。"

㊶王子年之《拾遗》：王嘉，字子年，东晋时术士。《隋书·经籍志》杂史类著录："《拾遗录》二卷，伪（后）秦姚苌方士王子年撰。"

㊷枢机者：游谈巧辩的人。　舌端：谈论的资料。

㊸口实：话柄。

㊹蔽者：昧于事理的人。

㊺诋讦（jié，音杰）：毁谤并揭发别人的阴私。

㊻亵狎：轻慢戏弄。　床笫（zǐ，音子）：犹枕席，指私亵之意。《左传·襄公二十七年》："床笫之言不逾阈（yù，门槛）。"

㊼风规：风范规矩。

㊽爱异：珍爱。

㊾详审：详细谨严。

㊿刘昞：见《论赞》注。刘昞著有《敦煌实录》。　该博：谓博学多识。

(51)三族：《仪礼·士昏礼》注："谓父昆弟（兄弟），己昆弟，子昆弟。"

(52)箕裘：见《直书》"河朔王公，箕裘未陨"注。

(53)薪构：见《直书》"邺城将相，薪构犹存"注。

(54)斯文：《论语·子罕》："天之将丧斯文也；后死者不得与于斯文也！"后来以斯文指儒者或文人。

(55)不出胸臆：没有自己的见解。

(56)机杼：比喻诗文创作中构思和布局的新巧。《古诗十九首》之九："纤纤擢素手，札札弄机杼。"机，指织布机。杼，牵引纬线的梭子。

(57)寡闻末学：见闻贫乏，学识浅陋。

(58)嘉尚：赞美。

(59)探幽索隐：探索深奥的道理，搜寻隐秘的事迹。

(60)服食炼气：服食丹药，锻炼心气，道家养生法。

(61)魑魅：（chīmèi，音吃妹）：传说中山林里害人的妖怪。

(62)福善祸淫：语出《尚书·汤诰》。谓行善能得福，作恶则遭祸。

(63)"求诸"二句：从大的教益考虑，其内容不足取。

(64)朱赣所采：《汉书·地理志》："汉承百王之末，国土变改，民人迁徙。成帝时，刘向略言其域分，丞相张禹使属（下属）颍川朱赣，条其风俗，犹未宣究，故辑而论之，终其本末，著于篇。"

(65)浃（jiā，音加）于九州：遍及九州。

(66)阚骃：字玄阴，北魏人。博通经传，撰《十三州志》，行于世。

(67)殚（dān，音丹）于四国：穷尽四方。

(68)偏党：偏私，偏袒徇私。

(69)故实：典故，出处。

(70)街廛（chán，音蝉）：城内街巷。　郭邑：外城市镇。

(71)根株必数（shǔ，音暑）：形容过于琐细。

(72)瞀（mào，音茂）乱：昏乱。

(73)覙（luó，音罗）缕：委曲详言之意。

(74)自郐（kuài，音快）：郐，西周诸侯国。《左传·襄公二十九年》记载：吴公子季札聘鲁，"请观于周乐"，鲁乐工为演奏周及各诸侯国的乐曲，季札先一一加以评论，而"自郐以下无讥焉"。后谓等而下之，不屑评议之作为"自郐以下"。

(75)将：与。

(76)《吕氏》：《吕氏春秋》，见《六家》"春秋家"注。　《淮南》：《淮南子》，又称《淮南鸿烈》，汉淮南王刘安等撰。《玄晏》：《玄晏春秋》，晋皇甫谧（号玄晏先生）撰。　《抱朴》：《抱朴子》，晋葛洪撰。

(77)《文子·上德》："百星之明，不如一月之光。"

(78)波委云集：形容极其纷繁。委，聚积。

(79)丛残：烦琐，细碎。

⑳接光尘于《五传》：接续《五传》的光荣。光尘："和光同尘"之省，而偏义取"和光"之意。《五传》，指《左传》、《公羊传》、《谷梁传》、《邹氏传》、《夹氏传》。

㉛辉烈：光耀。

㉜玉屑满箧：《论衡·书解》："蕞残满车，不成为道；玉屑满箧（碎玉满箱），不成为宝。"

㉝良有旨哉：是很有道理的。

㉞刍荛之言：草野之人的言谈。

㉟葑菲下体：比喻人物有一德可取。《诗经·邶风·谷风》："采葑采菲，无以下体。"葑菲，蔓菁与葍一类的菜。下体，指根茎。无以下体，谓不应因其根茎不良而连叶也抛弃。

㊱"且夫"四句：出自《论语·述而》。原意为广泛听取意见，采用其中合理部分。知之次也，这样的知，是仅次于"生而知之"的。

㊲非圣：诋毁圣人。《孝经》："非圣人者无法，非孝者无亲，此大乱之道也。"

㊳不经：缺乏根据，不近情理。

辨职第三十五

夫设官分职[①]，伫绩课能[②]，欲使上无虚授，下无虚受[③]，其难矣哉！昔汉文帝幸诸将营，而目周亚夫为真将军[④]。嗟夫！必于史职求真，斯乃特为难遇者矣。

史之为务，厥途有三焉。何则？彰善贬恶，不避强御[⑤]，若晋之董狐[⑥]，齐之南史[⑦]，此其上也。编次勒成，郁为不朽[⑧]，若鲁之丘明，汉之子长。此其次也。高才博学，名重一时，若周之史佚[⑨]，楚之倚相[⑩]。此其下也。苟三者并阙，复何为者哉？

昔鲁叟之修《春秋》也[⑪]，不藉三桓之势[⑫]；汉臣之著《史记》也[⑬]，无假七贵之权[⑭]。而近古每有撰述，必以大臣居首。按《晋起居注》载康帝诏[⑮]，盛称著述任重，理藉亲贤[⑯]，遂以武陵王领秘书监[⑰]。寻武陵才非河献[⑱]，识异淮南[⑲]，而辄以彼藩翰[⑳]，董斯邦籍[㉑]，求诸称职，无闻焉尔。既而齐撰礼书，和士开总知[㉒]；唐修《本草》，徐世勣监统[㉓]。夫使辟阳、长信，指挥马、郑之前[㉔]，周勃、张飞，弹压桐、雷之右[㉕]，斯亦怪矣。

大抵监史为难，斯乃尤之尤者[㉖]，若使直若南史，才若马迁，精勤不懈若扬子云[㉗]，谙识故事若应仲远[㉘]，兼斯具美，督彼群才，使夫载言记事，藉为模楷，搦管操觚[㉙]，归其仪的[㉚]，斯则可矣。但今之从政则不然，凡居斯职者，必恩幸贵臣，凡庸贱品，饱食安步，坐啸画诺[㉛]，若斯而已矣。夫人既不知善之为善，则亦不知恶之为恶。故凡所引进，皆非其才，或以势利见升[㉜]，或以干祈取擢[㉝]。遂使当官效用，江左以不落为谣[㉞]；拜职辨名，洛中以职闲为说[㉟]。言之可为大噱[㊱]，可为长叹也。

曾试论之，世之从仕者，若使之为将也，而才无韬略[㊲]；使之为吏也，而术靡循良[㊳]；使之属文也，而匪闲于辞赋[㊴]；使之讲学也，而不习于经典。斯则负乘致寇[㊵]，悔吝旋及[㊶]。虽五尺童儿，犹知调笑者矣。唯夫修史者则不然。或当官卒岁[㊷]，竟无刊述，而人莫之省也[㊸]；或辄不自揆[㊹]，轻弄笔端，而人莫之见也。由斯而言，彼史曹者[㊺]，崇扃峻宇[㊻]，深附九重[㊼]，虽地处禁中[㊽]，而人同方外[㊾]。可以养拙，可以藏愚，绣衣直指所不能绳[㊿]，强项申威所不能及[51]。斯固素餐之窟宅[52]，尸禄之渊薮也[53]。凡有国有家者，何事于斯职哉！

昔子贡欲去告朔之饩羊，子曰："尔爱其羊，我爱其礼[54]。"又语云："虽无老成人，尚有典刑[55]。"观历代之置史臣，有同嬉戏[56]，而竟不废其职者，盖存夫爱礼，吝彼典刑者乎！

昔丘明之修传也，以避时难[57]；子长之立记也，藏于名山[58]；班固之成书也，出自家庭[59]；陈寿之草志也，创于私室[60]。然则古来贤俊，立言垂后[61]，何必身居廨宇[62]，迹参僚属[63]，而后成其事乎？是以深识之士，知其若斯，退居清静，杜门不出，成其一家，独断而已[64]。岂与夫冠猴献状[65]，评议其得失者哉！

---

①《周礼·天官冢宰》："设官分职，以为民极（以为万民的法则）。

②伫绩课能：累计功绩，考核才干。伫，同"贮"，积累。课，考核。

③曹植《求自试表》："故君无虚授，君无虚受。"授，除官，任命。受，受命，接受任命。

④目周亚夫为真将军：见《核才》"灞上儿戏，异乎真将军"注。

⑤不避强御：语出《诗经·大雅·烝民》。意谓不畏惧横暴有势力者。

⑥晋之董狐：春秋晋太史董狐。

⑦齐之南史：春秋齐国史官南史。董狐、南史都是"秉笔直书"的良史。

⑧郁：积，甚。

⑨周之史佚：周初史官。佚，一作逸。《左传·僖公十五年》："且史佚有言曰：'无始祸，无怙乱（乘乱取利）。'"

⑩楚之倚相：春秋楚国的左史倚相。《左传·昭公十二年》："左史倚相趋过，王曰：'良史也。子善视之。是能读三坟、五典、八索、九丘。'"

⑪鲁叟：指孔子。

⑫三桓：春秋鲁大夫孟孙（仲孙）、叔孙、季孙，都是鲁桓公的后代，故称三桓。文公死后，三桓势力日强，分领三军，实际掌握了鲁国的政权。

⑬汉臣：此指司马迁。

⑭七贵：西汉时七个以外戚关系把持政权的家族。《文选》潘岳《西征赋》："窥七贵于汉庭，诪一姓之或在。"《注》："七姓谓吕、霍、上官、赵、丁、傅、王也。"

⑮《晋起居注》载康帝诏：《隋书·经籍志》著录："《晋起居注》三百一十七卷，刘道会撰。"书已佚。

⑯理藉亲贤：理应借助亲而又贤的贵戚之力。藉，同"借"。

⑰晋武陵王司马晞，字道叔，晋元帝子。累官方宰，无所术而有武干。建元初，领秘书监。

⑱武陵才非河献：司马晞没有河间献王的才能。河献，汉河间献王刘德，景弟子，武帝弟。修学好古，潜研儒术，嗜好搜求书籍，藏书之多，几与汉朝秘阁所藏数量相等。

⑲淮南：汉淮南王刘安，汉高祖之孙。为人好书，招致宾客方术之士数千人，撰成《鸿烈》（即《淮南子》）一书。

⑳藩翰：《诗·大雅·板》："价人维藩，大师维垣，大邦维屏，大宗维翰。"《注》："藩，屏也……翰，干也。"后用以喻保卫国家的重臣（就司马晞有武干而言）。

㉑董斯邦籍：董理国家典籍。

㉒齐撰礼书，和士开总知：和士开，字彦通，北齐幸臣。史称其"禀性庸鄙，不窥书传，发言吐论，惟以谄媚自资。"礼书，旧作国史。总知，总管，主持。

㉓唐修《本草》，徐世勣监统：《旧唐书·吕才传》："苏敬上言：'陶弘景所撰《本草》，事多舛谬。'诏才并诸名医增损旧本，仍令司空李勣总监定之。徐世勣，即李勣，本姓徐，名世勣，以犯太宗名讳去"世"，又开为唐开国立功，赐姓李。监统，监督总管。

㉔辟阳、长信：指汉辟阳侯审食其（yì jī，音义鸡）、战国秦长信侯嫪毐（lào ǎi，音涝矮）。审食其，以舍人侍吕后，后从刘邦破项羽，封辟阳侯，为左丞相。幸于吕后，百官皆因决事。嫪毐，秦相吕不韦舍人，与秦太后通，操纵朝政。始皇八年，封长信侯。马、郑：马融、郑玄。

㉕周勃、张飞：皆为著名武将。周勃，随刘邦起义，以功受任将军。文帝即位，以勃为右丞相。其人朴钝少文。张飞，字翼德，三国蜀汉大将，时与关羽同称"万人敌"。这句以勃、飞影射徐世勣。　弹压：制服。　桐、雷：指桐君、雷公，传说中的黄帝主医药之臣。

㉖尤之尤者：困难中最困难的。

㉗扬子云：扬雄，字子云。

㉘应仲远：应劭，字仲远。

㉙搦（nuò，音懦）管操觚（gū，音孤）：执笔写作。

㉚仪的（dì，音弟）：法度，准则。

㉛饱食安步：形容但求享乐，无所用心。　坐啸画诺：指作官而不亲自办事。坐啸，闲坐吟啸。东汉成瑨任南阳太守，用岑晊（公孝）为功曹，公事都交给岑办理，民间传言："南阳太守岑公孝，弘农成瑨但坐啸。"画诺，在文书上签字，表示同

意照办。东汉汝南太守宗资，委任功曹范滂（字孟博）。郡人为谣曰："南太守范孟博，南阳宗资主画诺。"

㉜见升：被登进（升用）。

㉝以干祈取擢：因请求而受擢用（越级升用）。

㉞江左以不落为谣：《颜氏家训·勉学》："梁朝全盛之时，贵游子弟，多无学术，至于谚云：'上车不落则著作（只要登车而不跌落，即可授予著作郎），体中何如则秘书（只要能写寻常问候语，即可任职秘书监）。'"

㉟洛中以职闲为说：《晋书·阎缵传》："国子祭酒邹湛以缵才堪佐著作，荐于秘书监华峤。峤曰：'此职闲廪（俸禄）重，势贵多争之，不暇求其才。'"

㊱大噱（jué，音决）：大笑。

㊲韬略：古兵书有《六韬》、《三略》，后因以韬略指用兵的谋略。

㊳术靡循良：没有循吏良臣致治的方法。

㊴属（zhǔ，音主）文：犹言作文，谓连缀字句，使之相属（连）。　　闲：同"娴"，娴习，熟练。

㊵负乘（shèng，音胜）致寇：因才德不称其位而导致盗贼的进攻。《周易·解卦》："负且乘，致寇至，贞吝。"负乘，谓小人窃据君位。亦称才德不称其位。

㊶悔吝旋及：悔恨随之而来。

㊷卒岁：终年，全年。

㊸省：觉察。

㊹不自揆：不能自我估量，即缺乏自知之明。

㊺史曹：修史官署。

㊻崇扃（jiǒng，音炯）峻宇：高门大户，屋宇巍峨。

㊼深附九重：靠近深远的宫禁。九重，指宫禁，极言其深远。

㊽禁中：秦汉制，皇帝宫中称禁中，言门户有禁，非侍卫及通籍（记名于门籍）之臣，不得入内。

㊾方外：指边远地区。

㊿绣衣直指：汉武帝时，民间起事者众，御史中丞督捕犹不能止，因使光禄大夫范昆诸辅都尉及故九卿张德等衣绣衣，持斧仗节，兴兵镇压，号直指使者。直指，谓处事无所阿私。　　不能绳：不能纠其失。

51强项：性格刚强而不肯低首下人。项，头后部。　　申威：施展威严。　　所不能及：无济于事的意思。

52素餐：空领俸禄而不做事。　　窟宅：指藏身获禄之所。

53尸禄：空受俸禄而不治事。　　渊薮：比喻苟且会聚的地方。渊，鱼所处；薮，兽所处。

54"子贡"四句：引自《论语·八佾》。意谓子贡要把鲁国每月初一告祭祖庙的那只活羊去而不用。孔子道："赐（子贡，姓端木，名赐）呀！你可惜那只羊，我可惜那种礼。"

55《后汉书·孔融传》："（融）与蔡邕素善，邕卒后，有虎贲士貌类于邕，融每酒酣，引与同坐，曰：'虽无老成人，且有典刑。'"谓年高有德之人虽已不在，但旧法常规尚存。刑，通"型"，下同。

56嬉戏：玩乐。

57时难：当时的灾难。《汉书·艺文志》："《春秋》所贬损大人当世君臣，有威权势力，其事实皆形于传，是以隐其书而不宣，所以避时难也。"

58"子长"二句：司马迁《报任安书》："仆诚以著此书，藏诸名山，传之其人，通邑大都，则仆偿前辱之责，虽万被戮，岂有悔哉?"

59"班固"二句：《汉书》成书过程见《六家》"《汉书》"注。

60私室：陈汉章《史通补释》："按私室，语有所本。《魏书·李彪传》：'国之大籍，成于私家，末世之弊，乃至如此，史官之不遇时也。'"

61垂后：流布后世。

62廨（xiè，音谢）宇：官舍。

63迹参僚属：名列史馆属官。

64独断：独自裁断，即自辟蹊径，独自撰述。

65冠猴献状：扮成猴子献媚态。《汉书·盖宽饶传》："京师为清平恩侯许伯入第（新房落成，刚刚搬进），丞相、御史、将将中二千石皆贺，宽饶不往，许伯请之，乃往。……坐者皆属自卑下之。酒酣作乐，长信少府檀长卿起舞，为沐猴与狗斗，坐皆大笑。宽饶不悦，仰视屋而叹。……因起趋出，劾奏长信少府以列卿而沐猴舞，失礼不敬。"这里引以讥诮只知谄媚依附权贵的史官。

自叙第三十六

予幼奉庭训[①]，早游文学[②]。年在纨绮[③]，便受《古文尚书》[④]。每苦其辞艰琐，难为讽读。虽屡逢捶挞[⑤]，而其业不成。尝闻家君为诸兄讲《春秋左氏传》[⑥]，每废《书》而听[⑦]。逮讲毕，即为诸兄说之。因窃叹曰："若使书皆如此，吾不复怠矣。"先君奇其意，于是始授以《左氏》，期年而讲诵都毕[⑧]。于时年甫十有二矣[⑨]。所讲虽未能深解，而大义略举[⑩]。父兄欲令博观义疏[⑪]，精此一经。辞以获麟已后[⑫]，未见其事，乞且观余部[⑬]，以广异闻。次又读《史》、《汉》、《三国志》。既欲知古今沿革，历数相承[⑭]，于是触类而观[⑮]，不假师训。自汉中兴已降，迄乎皇家实录，年十有七，而窥览略周[⑯]。其所读书，多因假赁[⑰]，虽部帙残缺，篇第有遗[⑱]，至于叙事之纪纲，立言之梗概，亦粗知之矣。

但于时将求仕进，兼习揣摩[⑲]，至于专心诸史，我则未暇。洎年登弱冠[⑳]，射策登朝[㉑]，于是思有余闲，获遂本愿[㉒]。旅游京洛[㉓]，颇积数年，公私借书，恣情披阅。至如一代之史，分为数家[㉔]，其间杂记小书，又竞为异说，莫不钻研穿凿[㉕]，尽其利害[㉖]。加以自小观书，喜谈名理[㉗]，其所悟者，皆得之襟腑[㉘]，非由染习。故始在总角[㉙]，读班、谢两《汉》[㉚]，便怪《前书》不应有《古今人表》[㉛]，《后书》宜为更始立纪[㉜]。当时闻者，共责以为童子何知，而敢轻议前哲。于是赧然自失[㉝]，无辞以对。其后见《张衡》、《范晔集》[㉞]，果以二史为非。其有暗合于古人者，盖不可胜纪。始知流俗之士，难与之言。凡有异同[㉟]，蓄诸方寸[㊱]。

及年以过立[㊲]，言悟日多，常恨时无同好，可与言者。维东海徐坚[㊳]，晚与之遇，相得甚欢，虽古者伯牙之识钟期[㊴]，管仲之知鲍叔[㊵]，不过是也。复有永城朱敬则、沛国刘允济、义兴薛谦光、河南元行冲、陈留吴兢、寿春裴怀古[㊶]，亦以言议见许[㊷]，道术相知[㊸]。所有榷扬[㊹]，得尽怀抱。每云："德不孤，必有邻[㊺]，四海之内，知我者不过数子而已矣。"

昔仲尼以睿圣明哲[㊻]，天纵多能[㊼]，睹史籍之繁文，惧览者之不一，删《诗》为三百篇，约史记以修《春秋》[㊽]，赞《易》道以黜八索[㊾]，述《职方》以除九丘，讨论坟、典，断自唐、虞，以迄于周[㊿]。其文不刊[51]，为后王法。自兹厥后，史籍逾多，苟非命世大才[52]，孰能刊正其失？嗟予小子，敢当此任！其于史传也，尝欲自班、马已降，迄于姚、李、令狐、颜、孔诸书[53]，莫不因其旧义，普加厘革[54]。但以无夫子之名，而辄行夫子之事，将恐致惊末俗[55]，取咎时人[56]，徒有其劳，而莫之见赏。所以每握笔叹息，迟回者久之[57]。非欲之而不能，实能之而不敢也[58]。

既朝廷有知意者，遂以载笔见推[59]。由是三为史臣，再入东观[60]。每惟皇家受命[61]，多历年所，史官所编，粗惟纪录。至于纪传及志，则皆未有其书。长安中[62]，会奉诏预修唐史[63]。及今上即位[64]，又敕撰《则天大圣皇后实录》[65]。凡所著述，尝欲行其旧议[66]。而当时同作诸士及监修贵臣[67]，每与其凿枘相违[68]，龃龉难入[69]。故其所载削[70]，皆与俗浮沉[71]。虽自谓依违苟从，然犹大为史官所嫉。嗟乎！虽任当其职，吾道不行；见用于时，而美志不遂。郁怏孤愤[72]，无以寄怀。必寝而不言，默而无述[73]，又恐没世之后，谁知予者[74]。故退而私撰《史通》，以见其志。

昔汉世刘安著书，号曰《淮南子》。其书牢笼天地，博极古今，上自太公[75]，下至商鞅[76]。其错综经纬，自谓兼于数家，无遗力矣。然自《淮南》已后，作者无绝。必商榷而言，则其流又众。盖仲尼既殁，微言不行[77]；史公著书，是非多谬[78]。由是百家诸子，诡说异辞，务为小辨，破彼大道[79]，故扬雄《法言》生焉[80]。儒者之书，博而寡要，得其糟粕，失其菁华。而流俗鄙夫，贵远贱近，转滋抵牾，自相欺惑，故王充《论衡》生焉[81]。民者，冥也[82]，冥然罔知[83]，率彼愚蒙，墙面而视[84]。或讹音鄙句，莫究根源，或守株胶柱[85]，动多拘忌，故应劭《风俗通》生焉[86]。五常异禀[87]，百行殊执[88]，能有兼偏[89]，知有长短[90]。苟随才而任使，则片善不遗，必求备而后用，则举世莫可，故刘劭《人物志》生焉[91]。夫开国承家，立身立事，一文一武，或出或处[92]，虽贤愚壤隔，善恶区分，苟时无品藻，则理难铨综[93]，故陆景《典语》生焉[94]。词人属文，其体非一，譬甘辛殊味[95]，丹素异彩，后来祖述，识昧圆通，家有诋诃，人相掎摭[96]，故刘勰《文心》生焉[97]。

若《史通》之为书也，盖伤当时载笔之士[98]，其义不纯[99]。思欲辨其指归，殚其体统[100]。夫其书虽以史为主，而余波所及，上穷王道，下挟人伦[101]，总括万殊，包吞千有。自《法言》已降，迄于《文心》而往，固以纳诸胸中，曾不慸芥者矣[102]。夫其为义也，有与夺焉[103]，有褒贬焉，有鉴诫焉，有讽刺焉。其为贯穿者深矣，其为网罗者密矣，其所商略者远矣，其所发明者多矣[104]。盖谈经者恶闻服、杜、之嗤[105]，论史者憎言班、马之失。而此书多讥往哲，喜述前非[106]。获罪于时，固其宜矣。犹冀知音君子，时有观焉。尼父有云："罪我者《春秋》，知我者《春秋》[107]。"抑斯之谓也。

昔梁征士刘孝标作《叙传》[108]，其自比于冯敬通者有三[109]。而予辄不自揆，亦窃比于扬子云者有四焉。何者？扬雄尝好雕虫小技[110]，老而悔其少作[111]。余幼喜诗赋，而壮都不为，耻以文士得名，期以述者自命[112]。其似一也。扬雄草《玄》[113]，累年不就，当时闻者，莫不哂其徒劳[114]。余撰《史通》，亦屡移寒暑[115]。悠悠尘俗[116]，共以为愚。其似二也。扬雄撰《法言》，时人竞尤其妄[117]，故作《解嘲》以泋之[118]。余著《史通》，见者亦互言其短，故作《释蒙》以拒之[119]。其似三也。扬雄少为范踆、刘歆所重[120]，及闻其撰《太玄经》，则嘲以恐覆酱瓿[121]。然刘、范之重雄者，盖贵其文彩若《长扬》、《羽猎》之流耳[122]。如《太玄》深奥，理难探赜[123]。既绝窥逾[124]，故加讥诮。余初好文笔[125]，颇获誉于当时。晚谈史传，遂减价于知已。其似四也。夫才唯下劣，而迹类先贤[126]。是用铭之于心，持以自慰。

抑犹有遗恨[127]，惧不似扬雄者有一焉。何者？雄之《玄经》始成，虽为当世所贱，而桓谭以为数百年外，其书必传[128]。其后张衡、陆绩果以为绝伦参圣[129]。夫以《史通》方诸《太玄》，今之君山[130]，即徐、朱等数君是也[131]。后来张、陆，则未之知耳。嗟夫！倘使平子不出[132]，公纪不生[133]，将恐此书与粪土同捐，烟烬俱灭。后之识者，无得而观。此予所以抚卷涟洏[134]，泪尽而继之以血也[135]。

---

①庭训：《论语·季氏》记孔子在庭，其子伯鱼（鲤）趋而过之，孔子教以学《诗》、《礼》。后因以称父教为庭训。

②文学：指文献经典。

③纨绮（wán qǐ，音完启）：谓少年。《隋书·卢思道传·劳生论》："纨绮之年，伏膺教义，规行矩步，从善而登。"

④《古文尚书》：唐代所见之《古文尚书》，已是晋梅赜所献伪《古文尚书》，但唐人不知其伪。

⑤捶挞：鞭打。

⑥家君：父亲。刘知几之父名刘藏器。

⑦废《书》：停止读《尚书》。

⑧期（jī，音机）年：指一周年。

⑨甫：方始，刚刚。十有二：十二岁。有，同"又"。

⑩大义：要旨，指《左传》的主要论旨。略举：大体能讲述。

⑪义疏：六朝以来疏解儒家经义的书。

⑫获麟：指《春秋》终止的年代。鲁哀公十四年，"西狩获麟"，孔子修《春秋》绝笔于此年。《左传》则终于哀公二十七年。

⑬余部：指《左传》之《哀公十四年》至《哀公二十七年》。

⑭历数：指朝代更替的次序。

⑮触类而观：就性质相近的书广泛阅览。

⑯周：普遍。

⑰假赁：借。

⑱篇第：篇章顺序。

⑲揣摩：指悉心求其真意，以相比合。

⑳洎（jì，音计）：及。　弱冠：二十岁，谓男子始成人而加冠。《礼记·曲礼》："二十曰弱冠。"

㉑射策：汉代取士有对策、射策之制。射策由主试者出试题，写在简策上，分甲乙科，列置案上，应试者随意取答，主试者按题目难易和所答内容而定优劣。上者为甲，次者为乙。射，投射之意。　登朝：授官。

㉒获遂（suì，音岁）本愿：得以满足原来的志愿。

㉓京洛：指长安和洛阳。

㉔以《新唐书·艺文志》著录之《晋书》为例，即有王隐、虞预、朱凤、谢灵运、臧荣绪、干宝、萧子云、何法盛等八家。故云"一代之史，分为数家"。

㉕穿凿：深究琢磨。

㉖尽其利害：穷究其得失。

㉗名理：魏晋时把辨别分析事物是非、道理，叫做名理。

㉘襟腑：胸怀，即内心的参悟理解。

㉙总角：古代男女未成年前束发的两结，形状如角，故称总角。

㉚班、谢两《汉》：指班固《汉书》和谢沉所撰《后汉书》。谢沉，字行思，东晋人。康帝时以太学博士征。何充、庾冰共称其有史才，迁著作郎。

㉛《前书》：指《汉书》。

㉜《后书》：指谢沉《后汉书》。　更始：即汉光武帝前之更始帝刘玄。

㉝赧（nǎn，音南上声）然：惭愧的样子。

㉞《隋书·经籍纪志》著录《张衡集》十一卷、《范晔集》十五卷。今皆佚。

㉟异同：指相同与不同之处。

㊱方寸：指心。《三国志·蜀志·诸葛亮传》："（徐）庶辞先主而指其心曰：'……今已失老母，方寸乱矣，无益于事，请从此别。'"

㊲立：而立，三十岁。《论语·为政》："三十而立。"

㊳徐坚：字元固，其郡望为东海。博学多识，玄宗时，任集贤院学士。与徐彦伯、刘知几、张说（yuè，音月）同修《三教珠英》。

㊴《吕氏春秋·本味》记载：伯牙善鼓琴（精于琴艺），只有知友钟子期完全理解琴意，子期死后，伯牙终身不再鼓琴。《注》："伯姓牙名，或作雅。"

㊵春秋时齐管仲与鲍叔牙交情深厚，管仲曾说："生我者父母，知我者鲍子也。"见《史记·管仲传》。

㊶朱敬则：字少连，博学重气节。武后称制，迁正谏大夫，兼修国史。韦安石阅其草，叹曰："董狐笔也。"张易之诬陷魏元忠，无敢言者，敬则独力救之。　刘允济：少孤，事母孝。工文辞，与王勃齐名。累迁著作郎，曾修国史。　薛谦光：博涉文史，与人论史，必广引证据。与徐坚、刘知几友善。　元行冲：名澹，字行冲，以字行。博学，尤通训诂。正直敢言，为狄仁杰所称赏。因族系出拓跋，撰《魏典》三十卷。　吴兢：励志勤学，博通经史。魏元忠、朱敬则荐兢入史馆，专修国史。明皇时屡陈得失，帝颇纳之。兢叙事简核，号良史。曾与刘知几修《武后实录》。　裴怀古：唐代名将，为人清介审慎。从阎知微使突厥，突厥授以伪职，怀古坚拒，抗辞曰："宁守忠以就死，不毁节以求生。"

㊷言议：评论是非。见许：被赞同。

㊸道术：道德学术。

㊹榷扬：约略，举其大概。《汉书·叙传》："扬榷古今，监世盈虚。"《注》："扬，举也，榷，引也。扬榷者，举而引之，陈其趣也。"

㊺"德不孤"二句：出自《论语·里仁》。意谓有道德的人不会孤单，一定会有志同道合的人来和他做伙伴。

㊻睿圣：明智的圣人。　明哲：贤智之人。

㊼天纵多能：语出《论语·子罕》。意谓这是上天使他多才多艺。

㊽史籍：指春秋时列国史书。

㊾赞《易》道：阐扬《周易》的义理。

㊿“睹史籍”九句：出自《尚书序》，总述孔子删定六经之辞。八索、九丘、坟、典、见《题目》“三坟、五典、八索、九丘”注。

51不刊：不可磨灭。

52命世大才：著名于当世的足堪大用之才

53姚：姚思廉，累官弘文馆学士，与魏徵同撰《梁书》、《陈书》。　　李：李百药，撰《北齐书》。令狐：令狐德棻，撰《周书》。　　颜、孔：颜师古、孔颖达，共撰《隋书》。

54厘革：整理改革。

55末俗：末世的衰败习俗。

56取咎时人：受到当代人的谴责。

57迟回：迟疑，徘徊。

58“非欲”二句：系借鉴《西京赋》：“岂欲之而不能，将能之而不欲欤？”

59载笔：指史臣。

60三为史臣，再入东观：程千帆《笺记》云：“三为史臣，谓以著作佐郎兼修国史，以中书舍人兼修国史，以著作郎兼修国史也。”再入东观，屡入史馆。

61惟：思考，谋虑。

62长安中：长安年间。长安，武则天年号（701—704）。

63《唐会要》卷六三载诏武三思、徐坚、吴兢、刘知几等“修唐史，采四方之志，成一家之言”。

64今上：指中宗李显。

65中宗神龙元年（705），诏修《则天实录》。

66旧议：指自己以前关于修史的设想。

67监修贵臣：指武后秉政贵幸而爵为王的武三思。三思善迎谐主意，为武后所宠信。

68凿枘（ruì，音锐）相违：比喻双方不相投合。凿，榫眼。枘，榫头。

69龃龉（jǔyǔ，音举宇）难入：比喻抵触，意见不合。龃龉，牙齿参差不齐。

70载削：编纂。

71与俗浮沉：随俗沉浮，比喻不抱己见，顺从世俗的立场和观点。

72郁怏孤愤：心情压抑而愤世嫉俗。

73默而无述：静默自守，不再写作。

74“又恐”二句：用《论语·卫灵公》“君子疾没世而名不称焉”语意。

75太公：太公望，周初人。姜姓，吕氏，名尚。相传钓于渭滨，周文王出猎相遇，与语大悦，同载而归，说：“吾太公望子久矣！”因号为太公望，立为师。

76商鞅：姓公孙名鞅。以封于商，也称商鞅、商君。相秦十九年，辅助秦孝公变法，提出“治世不一道，便国不法古”的主张。孝公没，被诬谋反，车裂死。

77“仲尼”二句：出自刘歆《移书让太常博士》。微言，精微之言。

78“史公”二句：《汉书·司马迁传赞》：“又其是非（论是非）颇谬于圣人。论大道，则先黄、老而后《六经》……”

79“务为”二句：《大戴礼记·小辨》：“小辨破言，小言破义，小义破道。”

80浦起龙释：“《法言》主谈理。”

81浦起龙释：《论衡》主征据。王充，字仲任，好学苦读，通百家学说。著有《论衡》八十五篇。

82冥：愚昧。

83罔知：无知。

84墙面而视：如面向墙，无所睹见。

85守株胶柱：守株待兔和胶柱鼓瑟的缩语。比喻拘泥而不知变通。

86浦起龙释：“《风俗通》主博洽。”参见《采撰》之“《风俗通》”注。

87五常：《论衡·问孔》：“五常之道，仁、义、礼、智、信也。”

88殊执：操持各异。

89能有兼偏：能力有全面或单一之别。

⑩知有长短：智力有高下不同。

㉛浦起龙释："《人物志》主辨材。"刘劭，字孔才。博洽经史，工于辞章，著《人物志》以品评人物。

⑫或出或处（chǔ，音楚）：或进或退。本于《周易·系辞上》："君子之道，或出或处。"

⑬铨综：综合并加以衡量。

⑭浦起龙释："《典语》主评品。"陆景，字士仁，三国吴名将。史称景"澡身（修养身心）好学，著书数十篇。《隋书·经籍志》著录其所著《典语》十卷。

⑮甘辛：甜辣。

⑯掎摭（jǐzhí 几直）：指摘。

⑰浦起龙释："《文心雕龙》主文章体裁。"刘勰：字彦和，南朝梁人。其所著《文心雕龙》，是我国古代第一部体系较为完整的文学理论著作。

⑱伤：有感于。　　载笔之士：指史官。

⑲其义不纯：他们的识见驳杂不纯。

⑩殚（dān，音单）其体统：穷尽文章的体裁与纲要。

⑩掞（shàn，音善）：发舒，铺张。

⑩䗖（dì，音弟）芥：鲠刺，比喻想不通。

⑩与（yù，音玉）夺：肯定或否定。

⑩发明：阐明，推陈出新。

⑩服、杜：即服虔、杜预。服虔，字子慎，东汉人。曾以《左传》驳何休所论汉事六十条。杜预，字元凯，西晋人，博学，多谋略，人称杜武库。曾对武帝言曰："臣有《左传》癖"。唐代谚云："宁道孔圣误，讳闻郑、服非。"

⑩前非：前人的谬误。

⑩《孟子·滕文公上》："孔子曰：'知我者其惟《春秋》乎，罪我者其《春秋》乎?'"

⑩征士：不就朝廷征聘之士。刘孝标，刘峻字孝标，南朝梁人。其所撰《叙传》，即《自序》。见《梁书·刘峻传》。

⑩冯敬通：冯衍，字敬通，东汉人。有奇才，博通群书。曾依刘玄，后降光武帝。因不得志，潦倒而死。有文集五卷。

⑩雕虫小技：比喻微不足道的技能。扬雄《法言·吾子》："或问：'吾子少而好赋?'曰：'然。童子雕虫篆刻。'俄而曰：'壮夫不为也。'"

⑪少作：年轻时的著述。

⑫自命：自己认为，自我称道。

⑬《玄》：《太玄经》。

⑭哂（shěn，音沈）：讥笑。

⑮"余撰"二句：《史通》始作于长安二年（702），成于景龙四年（710），历时八年。

⑯悠悠：庸俗。

⑰竞尤其妄：竟相责怪他（杨雄）虚妄。

⑱《解嘲》：何焯认为《解嘲》非为《法言》而作，乃为《太玄经》而作。　　詶：《广韵·尤韵》："詶，以言答之。"

⑲《释蒙》：其文已佚，今无考。

⑳扬雄作《太玄》、《法言》，"时人皆忽之，唯刘歆、范逡敬焉。而桓谭以为绝伦"。踆，与"逡"通。

㉑覆酱瓿（bù 音布）：盖酱坛，比喻不为世人所重。汉侯芭常从扬雄学《太玄》、《法言》。刘歆亦尝观之，谓雄曰："空自苦！今学者有禄利，然尚不能明《易》，又如《玄》何？吾恐后人用覆酱瓿也。"见《汉书·扬雄传·赞》。

㉒《汉书·扬雄传》："以为辞莫丽于相如，作四赋。"四赋即《甘泉》、《河东》、《羽猎》、《长杨》。四赋以文辞华丽著称。

㉓探赜（zé，音则）：探索其深奥。

㉔绝窥逾：高深莫测的意思。

㉕文笔：这里指诗文。

㉖迹类先贤：行事与先贤相似。

㉗抑：表示转折，相当于"可是"、"然而"。

㉘桓谭《新论·闵友》："扬子云才智开通，能入圣道，卓绝于众。《玄经》数百年，其书必传。"

㉙绝伦参圣：无与伦比而可置身于圣人中。

㉚君山：桓谭，字君山，东汉人。好音乐，善鼓琴，遍习《五经》，兼通天文。官至议郎。

㉛徐、朱等数君：指前面提到的徐坚、朱敬则等。

⑫平子：张衡，字平子，东汉人。少善属文，《五经》、天文、历算、机械制作。官至尚书。张衡《与崔子玉书》："乃者披读《太玄经》，知子云极阴阳之数，心实与《五经》拟。《玄》四百岁其兴乎？"

⑬公纪：陆绩，字公纪，三国吴人。博学多识，为人正直。虽有政务，著述不废。陆绩《述玄》云："（杨）雄受气纯和，韬真含道，建立《玄经》，与圣人同趣。"

⑭涟洏（ěr，音而）：流泪的样子。

⑮继之以血：继而泣血，形容极其感伤。

（【校注者按】《史通》原书五十二篇，《体统》、《纰缪》、《弛张》已亡逸。三亡篇，旧本仅见于《内篇》目录之末。）

史通卷之十一
外　篇

史官建置第一

夫人寓形天地，其生也若蜉蝣之在世①，如白驹之过隙②，犹且耻当年而功不立，疾没世而名不闻③。上起帝王，下穷匹庶④，近则朝廷之士，远则山林之客，谅其于功也名也，莫不汲汲焉，孜孜焉⑤。夫如是者何哉？皆以图不朽之事也。何者而称不朽乎？盖书名竹帛而已⑥。向使世无竹帛，时阙史官，虽尧、舜之与桀、纣，伊、周之与莽、卓⑦，夷、惠之与跖、跻⑧，商、冒之与曾、闵⑨，但一从物化⑩。坟土未干，则善恶不分，妍媸永灭者矣。苟史官不绝，竹帛长存，则其人已亡，杳成空寂，而其事如在，皎同星汉。用使后之学者，坐披囊箧⑪，而神交万古；不出户庭，而穷览千载。见贤而思齐，见不贤而内自省⑫。若乃《春秋》成而逆子惧，南史至而贼臣书⑬，其记事载言也则如彼，其劝善惩恶也又如此。由斯而言，则史之为用，其利甚博⑭，乃生人之急务，为国家之要道。有国有家者，其可缺之哉！故备陈其事，编之于后。

盖史之建官，其来尚矣。昔轩辕氏受命⑮，仓颉、沮诵实居其职⑯。至于三代，其数渐繁⑰。按《周官》、《礼记》有太史、小史、内史、外史、左史、右史之名⑱。太史掌国之六典⑲，小史掌邦国之志，内史掌书王命⑳，外史掌书使乎四方，左史记言，右史记事。《曲礼》曰："史载笔㉑，大事书之于策，小事简牍而已㉒。"《大戴礼》曰："太子既冠成人，免于保傅，则有司过之史㉓。"《韩诗外传》云："据法守职而不敢为非者，太史令也㉔。"斯则史官之作，肇自黄帝，备于周室，名目既多，职务咸异。至于诸侯列国，亦各有史官，求其位号，一同王者。

至于孔甲、尹逸㉕，名重夏、殷，史佚、倚相㉖，誉高周、楚，晋则伯黡司籍㉗，鲁则丘明受经㉘，此并历代史臣之可得言者。降及战国，史氏无废。盖赵鞅，晋之一大夫尔，有直臣书过，操简笔于门下㉙。田文，齐之一公子尔，每坐对宾客，侍史记于屏风㉚。至若秦、赵二主渑池交会，各命其御史书某年某月鼓瑟、鼓缶㉛，此则《春秋》"君举必书"之义也㉜。

然则官虽无阙，而书尚有遗，故史臣等差，莫辨其序㉝。按《吕氏春秋》曰㉞："夏太史终古见桀惑乱，载其图法出奔商㉟。商太史向挚见纣迷乱，载其图法出奔周㊱。晋太史屠黍见晋之乱，亦以其图法归周㊲。"又《春秋》晋、齐太史书赵、崔之弑㊳；郑公孙黑强与于盟，使太史书其名，且曰七子㊴。昭二年，晋韩宣子来聘㊵，观书于太史氏，见《易象》与《鲁春秋》，曰："周礼尽在鲁矣。”然则诸史之任，太史其最优乎？至秦有天下，太史令胡母敬作《博学章》[41]。此则自夏讫秦，斯职无改者矣。

汉兴之世，武帝又置太史公，位在丞相上，以司马谈为之[42]。汉法，天下计书先上太史[43]，副上丞相[44]。叙事如《春秋》。及谈卒，子迁嗣[45]。迁卒，宣帝以其官为令，行太史公文书而已[46]。寻自古太史之职，虽以著述为宗，而兼掌历象、日月、阴阳、管数[47]。司马迁既殁，后之续《史记》者，若褚先生、刘向、冯商、扬雄之徒[48]，并以别职来知史务[49]。于是太史之署，非复记言之司。故张衡、单飏、王立、高堂隆等[50]，其当官见称，唯知占候而已[51]。

当王莽代汉，改置柱下五史[52]，秩如御史[53]。听事，侍傍记迹言行，盖效古者动则左史书之，言则右史书之，此其义也。

汉氏中兴，明帝以班固为兰台令史[54]，诏撰《光武本纪》及诸列传、载记[55]。又杨子山为郡上计吏[56]，献所作《哀牢传》[57]，为帝所异，征诣兰台。斯则兰台之职，盖当时著述之所也。自章、和已后，图籍盛于东观[58]。凡撰汉记[59]，相继在乎其中，而都为著作，竟无他称。

当魏太和中，始置著作郎[60]，职隶中书，其官即周之左史也。晋元康初，又职隶秘书[61]，著作郎一人，谓之大著作[62]，专掌史任，又置佐著作郎八人。宋、齐已来，以“佐”名施于“作”下[63]。旧事，佐郎职知博采，正郎资以草传，如正、佐有失，则秘监职思其忧[64]。其有才堪撰述，学综文史，虽居他官，或兼领著作。亦有虽为秘书监[65]，而仍领著作郎者。若中朝之华峤、陈寿、陆机、束晳[66]，江左之王隐、虞预、干宝、孙盛[67]，宋之徐爰、苏宝生[68]，梁之沈约、裴子野[69]，斯并史官之尤美，著作之妙选也。而齐、梁二代又置修史学士，陈氏因循[70]，无所变革，若刘陟、谢昊、顾野王、许善心之类是也[71]。

至若偏隅僭国[72]，夷狄伪朝[73]，求其史官，亦有可言者。按《蜀志》称王崇补东观[74]，许盖掌礼仪[75]，又郤正为秘书郎[76]，广求益部书籍[77]。斯则典校无阙，属辞有所矣[78]。而陈寿评云“蜀不置史官”者[79]，得非厚诬诸葛乎[80]？别有《曲笔》篇，言之详矣。吴归命侯时[81]，有左右二国史之职，薛莹为其左[82]，华核为其右[83]。又周处自左国史迁东观令[84]。以斯考察，则其班秩可知[85]。伪汉嘉平初[86]，公师彧以太中大夫领左国史[87]，撰其国君臣纪传。前凉张骏时[88]，刘庆迁儒林郎、中常侍[89]，在东苑撰其国书[90]。蜀李与西凉二朝记事[91]，委之门下[92]。南凉主乌孤初定霸基[93]，欲造国纪，以其参军郭韶为国纪祭酒[94]，使撰录时事。自馀伪主，多置著作官，若前赵之和苞[95]，后燕之董统是也[96]。

元魏初称制[97]，即有史臣，杂取他官，不恒厥职。故如崔浩、高闾之徒[98]，唯知著述[99]，而未列名号。其后始于秘书置著作局，正郎二人，佐郎四人，其佐参史者，不过一二而已[100]。普泰以来[101]，参史稍替[102]，别置修史局，其职有六人。当代都之时[103]，史臣每上奉王言，下询国俗，兼取工于翻译者，来直史曹[104]。及洛京之末[105]，朝议又以为国史当专任代人，不宜归之汉士。于是以谷纂、山伟更主文籍[106]。凡经二十余年，其事阙而不载。斯盖犹秉夷礼，有互乡之风者焉[107]。

高齐及周，迄于隋氏，其史官以大臣统领者，谓之兼修[108]。国史自领，则近循魏代[109]，远效江南[110]，参杂其间，变通而已。唯周建六官[111]，改著作之正郎为上士，佐郎为下士，名号虽易，而班秩不殊。如魏收之擅名河朔[112]，柳虬之独步关右[113]，王劭、魏澹展效于开皇之朝[114]，诸葛颍、刘炫宣功于大业之世[115]，亦各一时也[116]。

暨皇家之建国也，乃别置史馆，通籍禁门[117]。西京则与鸾渚为邻[118]，东都则与凤池相接[119]。而馆宇华丽，酒馔丰厚，得厕其流者，实一时之美事。至咸亨年[120]，以职司多滥[121]，高宗喟然而称曰：“朕甚懵焉[122]。”乃命所司曲加推择，如有居其职而阙其才者，皆不得预于修撰[123]。由是史臣拜职，多取外司[124]，著作一曹，殆成虚设。凡有笔削，毕归于余官[125]。始自武德[126]，迄乎长寿[127]，其间若李仁实以直辞见惮[128]，敬播以叙事推工[129]，许敬宗之矫妄[130]，牛凤及之狂惑[131]，此其善恶尤著者也。

又按《晋令》[132]，著作郎掌起居集注[133]，撰录诸言行勋伐旧载史籍者[134]。元魏置起居令史[135]，每行幸宴会[136]，则在御左右[137]，记录帝言及宾客酬对[138]。后别置修起居注二人，多以余官兼掌。至隋，以吏部散官及校书、正字闲于述注者修之[139]，纳言监领其事[140]。炀帝以为古有内史、外史，今既有著作[141]，宜立起居[142]。遂置起居舍人二员[143]，职隶中书省。如庾自直、崔祖濬、虞世南、蔡允恭等[144]，咸居其职，时谓得人。皇家因之，又加置起居郎二员[145]，职与舍人同。每天子临轩[146]，侍立于玉阶之下，郎居其左，舍人居其右。人主有命，则逼阶延首而听之，退而编录，以为起居注。龙朔中[147]，改名左史、右史。今上即位[148]，仍从国初之号焉[149]。高祖、太宗时，有令狐德棻、吕才、萧钧、褚遂良、上官仪[150]；高宗、则天时，有李安期、顾胤、高智周、张太素、凌季友[151]。斯并当时得名，朝廷所属者也[152]。夫起居注者，编次甲子之书[153]，至于策命、章奏、封拜、薨免[154]，莫不随事记录，载言详审。凡欲撰帝纪者，皆借之以成功。即今为载笔之别曹，立言之贰职[155]。故略述其事，附于斯篇。

又按《诗·邶风·静女》之三章[156]，君子取其彤管。夫彤管者，女史记事规诲之所执也[157]。古者人君，外朝则有国史[158]，内朝则有女史[159]，内之与外，其任皆同。故晋献惑乱，骊姬夜泣[160]，床笫之私，房中之事，不得掩焉。楚昭王宴游，蔡姬对以其愿，王顾谓史："书之，蔡姬许从孤死矣。"夫宴私而有书事之册，盖受命者即女史之流乎[161]？至汉武帝时，有《禁中起居注》；明德马皇后撰《明帝起居注》。凡斯著述，似出宫中，求其职司，未闻位号。隋世王劭上疏[162]，请依古法，复置女史之班，具录内仪，付于外省[163]。文帝不许，遂不施行。

大抵自古史官，其沿革废置如此。夫仲尼修《春秋》、公羊高、谷梁赤作传。汉、魏之陆贾、鱼豢[164]，晋、宋之张璠、范晔[165]，虽身非史职，而私撰国书。若斯人者，有异于是。故不复详而录之。

夫为史之道，其流有二。何者？书事记言，出自当时之简；勒成删定，归于后来之笔。然则当时草创者，资乎博文实录，若董狐、南史是也。后来经始者[166]，贵乎俊识通才[167]，若班固、陈寿是也。必论其事业，前后不同。然相须而成，其归一揆[168]。

观夫周、秦已往，史官之取人，其详不可得而闻也。至于汉、魏已降，则可得而言。然多窃虚号，有声无实。按刘、曹二史[169]，皆当代所撰，能成其事者，盖唯刘珍、蔡邕、王沉、鱼豢之徒耳[170]。而旧史载其同作，非止一家，如王逸、阮籍亦预其列[171]。且叔师研寻章句，儒生之腐者也[172]；嗣宗沉湎曲蘖[173]，酒徒之狂者也。斯岂能错综时事，裁成国典乎？

而近代趋竞之士[174]，尤喜居于史职，至于措辞下笔者，十无一二焉。既而书成缮写，则署名同献；爵赏既行，则攘袂争受[175]。遂使是非无准，真伪相杂，生则厚诬当时，死则致惑来代。而书之谱传，借为美谈；载之碑碣，增其壮观。昔魏帝有言："舜、禹之事，吾知之矣[176]。"此其效欤！

---

①蜉蝣：一种昆虫，寿命很短，所谓"朝生而暮死"。

②如白驹之过隙：语出《庄子·知北游》。比喻时间过得很快，光阴易逝。白驹，白色骏马，喻指太阳。

③《论语·卫灵公》："子曰：'君子疾没世而名不称焉。'"意谓君子担忧到死而名声不被人称述。疾，患，担忧。

④匹庶：庶人，平民。

⑤汲汲：急切的样子，引申为追求。孜孜：勤勉不怠。

⑥书名竹帛：名载史册的意思。

⑦伊、周：伊尹、周公。　莽、卓：王莽、董卓。

⑧夷、惠：伯夷、柳下惠。　跖、蹻：盗跖，相传为春秋末期人柳下惠之弟。庄蹻，战国人，楚庄王之后。跖、蹻都是被古人否定的人物。

⑨商、冒：商臣，即楚穆王，逼其父楚成王自缢而立为国君。冒顿，射杀其父单于头曼，自立为单于。　曾、闵：曾参和闵子骞，孔子弟子，二人皆以孝称。

⑩一从物化：一并死亡。

⑪披（pī，音丕）：披阅，阅读。囊箧（qiè，音妾）：书箱，这里代指书籍。

⑫"见贤"二句：出自《论语·里仁》。意谓看见贤人，便应该向他看齐；看见不贤的人，便应该以他为镜而自我反省。

⑬《左传·襄公二十五年》记载：太史因如实记齐国"崔杼弑其君"而被杀。他的弟弟继承其太史官职，也因这样记载而被杀。南史听说后，执简以往，冒死而书之。

⑭《左传·昭公三年》："君子曰：'仁人之言，其利博哉！"

⑮轩辕：即黄帝。战胜炎帝与蚩尤，诸侯尊为天子。　受命：古代帝王托神权以巩固统治，自称受命于天。

⑯仓颉、沮诵：相传为黄帝的史官，始作文字。

⑰三代：指夏、商、周。　其数渐繁：谓史官人数逐渐增多。

⑱太史、小史、内史、外史：见《周礼·春官·宗伯》。　左史、右史：见《礼记·玉藻》

⑲六典：指治典、教典、礼典、政典、刑典、事典。《礼记·曲礼下》："典，法也。"

⑳王命：帝王的命令。

㉑史载笔：史官携带文具记录王事。

㉒简牍：古时无纸，书于木片曰牍，书于竹版曰简。合数简穿联为策。

㉓"太子"三句：引自《大戴礼记·保傅》。保傅，古代辅导太子和诸侯子弟的官员，统称为保傅。司过之史，记录太子过失的史官。

㉔《韩诗外传》：汉初韩婴撰。此书援引历史故事以解释《诗经》的义理。　太史令：三代为史官及历官之长。周代称太史，秦代始称太史令。

㉕孔甲：传说黄帝史官，而非夏王之孔甲。　尹逸：殷末史官。《周书·克殷解》："尹逸策曰：'殷末孙受，侮灭神只不祀。"

㉖史佚：周初史官。　倚相：春秋时楚国的左史。

㉗伯黡（yǎn，音衍）：春秋时晋之史官。参见《左传·昭公十五年》。　司籍：掌管"晋之典籍"。

㉘丘明受经：谓鲁国太史左丘明"受经（《春秋》）于仲尼（孔子）"。

㉙赵鞅：即赵简子，晋执政上卿。　操简笔于门下：谓周舍事简子，曾表示为秉笔直书，愿"立于门三日"，"司君之过而书之"。

㉚田文：即孟尝君。齐国贵族，曾任齐相。《史记·孟尝君传》："孟尝君待客坐语，而屏风后常有侍史，主记君所与客语。"

㉛鼓瑟、鼓缶：事见《史记·廉颇蔺相如列传》。

㉜君举必书：《左传·庄公二十三年》："庄公如齐视社（社庙），非礼也。曹刿谏曰：'不可，君举必书，书而不法，后嗣何观。'"君举，指国君的行为。

㉝史臣等差，莫辨其序：谓因古籍湮没缺失，史臣的品级次序，已不可考辨。

㉞《吕氏春秋》：是秦相吕不韦招集门客合百家九流之说而编写成的。

㉟《吕氏春秋·先识》："夏太史令终古，出其图法，执而泣之。夏桀迷惑，暴乱愈甚，乃出奔，如（往）商。"图法，图册法典。

㊱《吕氏春秋·先识》："殷内史向挚见纣之愈乱迷惑也，于是载其图法，出亡之周。"

㊲《吕氏春秋·先识》："晋太史屠黍，见晋之乱也，见晋公之骄而无德义也，以其图法归周。"

㊳赵：赵盾，晋国的正卿。《左传·宣公二年》记载：赵穿（赵盾的侄子）在桃园攻打并杀死了晋灵公。赵盾逃走，但尚未出国境，听到这个消息随即返回。太史董狐记载说："赵盾弑其君。"盾辩解，董狐驳斥说："子为正卿，亡不越竟（境），反（返）不讨贼，非子而谁？"　崔：崔杼，事见本篇第一段注⑬。

㊴《左传·昭公元年》记载：郑大夫游楚叛乱失败，郑简公与大夫们在公孙段家里盟誓。罕虎、公孙侨、公孙段、印段、游吉、驷带等也强迫公孙黑和他们盟誓于闺门之外。黑使太史写明七人名氏，以示和六卿并列。

㊵韩宣子：见《六家》之《春秋》注。

㊶秦统一六国后，太史令胡母敬作《博学》七章。

㊷司马谈：司马迁之父。武帝时任太史令，论著阴阳、儒、墨、名、法、道六家要旨。

㊸计书：计籍，载录人事、户口、赋税的簿籍。

㊹副：其次。

㊺嗣：继承（父职）。

㊻行太史公文书：谓职务渐轻，而非“职专记载”。

㊼历象：观测推算天体的运行。　管数：浦起龙释管为“窥天器”。管数，当谓测天以观气数（命运）。

㊽褚先生：褚少孙，汉元成间为博士。《鲁诗》有褚氏之学。　冯商：字子高，西汉人。曾奉成帝之诏续《太史公书》七篇。

㊾知：主持。

㊿单飏：字武宣，东汉人，善明天官算术，曾任太史令。以孤特清苦自立。　王立：汉人，生平未详。　高堂隆：字昇平，三国魏人。学问优深，精于天文。

51占候：视天象变化以测吉凶。

52柱下五史：《汉书·王莽传》：“居摄元年，莽置柱下五史，听政事，侍旁记疏言行。”

53秩：官之品级。

54明帝：即庄宗刘庄。　兰台令史：班固任兰台令史，奉敕撰《光武本纪》及诸传记。

55载记：旧史为曾立名号而非正统者所作的传记，以别于本纪、列传。

56杨子山：名终，显宗时征诣兰台，拜校书郎。　计吏：掌计簿的官吏。

57哀牢：古代我国西南地区少数民族。

58东观（guàn，音贯）：在汉洛阳南宫，是皇家藏书与文士写作的地方。

59汉记：这里指《东观汉记》。

60三国魏明帝始置著作郎，属中书省，专掌编纂国史。

61秘书：指秘书省，掌管图籍的官署。

62大著作：官名，晋武帝时置，专掌史任。

63以“佐”名施于“作”下：即著作郎属下之著作佐郎。

64职思其忧：负责弥补其失误。

65秘书监：官名。东汉桓帝时置，掌管图籍。

66中朝：指曹魏、西晋。　华峤：字叔骏，西晋史学家。　束皙：字广微，西晋人。博学多闻，曾任佐著作郎。

67江左：指东晋。　王隐：多所诣究，晋元帝时任著作郎。　虞预：少好学，擅辞章，曾任秘书丞、著作郎。　干宝：字令升。晋元帝时以佐著作郎领修国史。　孙盛：博学能文，起家佐著作郎，迁秘书监。

68徐爰：字长玉，南朝宋史学家。元嘉六年领著作郎，“终何丞天国史之业”。　苏宝生：元嘉中，立国子学，为毛诗助教，官至南台侍御史。

69沈约：南朝宋文学家、史学家，著有《宋书》、《四声韵谱》等。　裴子野：字几原，南朝梁人。梁武帝见到他说：“其形虽弱，其文甚壮。”并征为著作郎，后迁鸿胪卿。

70陈氏因循：南朝陈沿袭宋、梁之旧。

71刘陟：梁武帝时曾与东宫学士杜伟之抄撰群书。　谢昊：南朝梁中书郎，曾撰《宋书》。　顾野王：字希冯，才高学博。梁亡入陈，天嘉初补撰史学士。撰《国史要略》一百卷。　许善心：字务本。陈时任撰史学士，隋时仿阮孝绪《七录》撰《七志》。

72偏隅：偏远的边陲之地。　僭国：未受封号的国家。

73夷狄：古代对异族的贬称。　伪朝：封建王朝以正统自居，称割据对立的王朝为僭伪或伪朝。

74王崇：字幼远，三国蜀汉人。学识渊博，为东观郎。著有《蜀书》。

75许盖：孙毓修《史通札记》改盖为慈。许慈，字仁笃，三国蜀汉人。善郑氏（郑玄）学，官博士。

76郤正：字令先，三国蜀汉人。博学能文，官秘书令史。

77益部：指今川、滇、黔部分地区。

78属（zhǔ，音主）辞有所：写文章有根据。

79蜀不置史官：出自《三国志·蜀志·后主禅传》。

80厚诬：欺罔太甚。　诸葛：诸葛亮。

81吴归命侯：吴孙皓降晋后，封为归命侯。

㉜薛莹：字道言，三国吴史官，任秘府中书郎。

㉝华核：字永先，三国吴史官。以文学称，孙皓时迁东观令，领右国史。

㉞周处：仕吴时，为东观左丞。

㉟班秩：官位的品级。

㊱嘉平：前赵刘聪年号，相当于西晋怀、愍二帝时。

㊲公师彧（yù，音玉）：《晋书·前赵刘聪》载记有“太中大夫公师彧”句，而无“领左国史，撰其国君臣纪传”之文。

㊳张骏：字公庭。叔父茂卒，骏嗣立，称凉王，据有陇西之地。在位二十二年。

㊴刘庆：崔鸿《十六国春秋·录略》提到张骏命人著《凉春秋》，但未说及刘庆事。

㊵东苑：西凉宫中藏书和文士著书之处。

㊶蜀李：指成汉。《晋书·载记》：“蜀李雄兴学校，置史官。”

㊷门下：仿晋朝而设之门下省。门下省，掌受天下之成事，审查诏令，驳正违失等。

㊸乌孤：《晋书·载记·南凉传》：“秃发乌孤称武威王。”

㊹《晋书·载记·南凉传》：“梁昶、韩疋、张昶、郭韶，中州之才令，官方授才，咸得其所。”

㊺和苞：《隋书·经籍志》著录：“《汉赵记》十卷，和苞撰。”

㊻董统：著有《燕史》。但《晋书·载记》及《录略》皆缺其人。

㊼称制：行使皇帝权力。

㊽崔浩：字伯渊，北魏人。曾官司徒，总理史务。作《国书》三十卷，立石以彰直笔。　高闾：博综经史，文才俊逸。本名驴，司徒崔浩见而奇之，乃改为闾。“为中书监，职典文词。”

㊾唯知著述：只主持著述。意谓崔、高虽专事修史，却无史官名号。

⑩⓪“其佐”二句：意谓佐著作郎职位卑下，能参与修史的很少。

⑩①普泰：北魏节闵帝元恭年号（531—532）。

⑩②参史稍替：谓佐著作郎参与修史者渐趋锐减。替，衰微，引申为锐减。

⑩③代都：鲜卑族拓跋部所建政权，国号代，定都盛京。代都之时，指北魏迁都洛阳之前时。

⑩④直：值班。　史曹：修史官署。

⑩⑤洛京之末：指北魏后期。洛京，北魏都城洛阳。

⑩⑥谷纂：字灵绍，北魏人。有学术，任著作郎并监国史。　山伟：字仲才，其先代人。力主国史应由代人修缉，不宜委之汉士。

⑩⑦互乡之风：《论语·述而》：“互乡难与言。”朱熹注：“互乡，乡名。其人习于不善，难与言善。”

⑩⑧监修：自北齐以来，以大臣领修国史，谓之监修。唐贞观三年，移史馆于禁中之门下省北，由宰相兼修国史。

⑩⑨近循魏代：近遵依北魏。

⑪⓪远效江南：远效仿东晋。

⑪①周建六官：北周依《周礼》建立六卿之官。

⑪②擅名河朔：谓大有名望于北齐。

⑪③柳虬：字仲蟠，北周人。洒脱尚节，有文才，周文帝任命为丞相府记室。　独步关右：无与为偶于北周。独步，独一无二，一时无两。

⑪④王劭：字君懋。隋文帝时为著作郎。　魏澹：字彦深。初仕北齐，入隋后迁著作郎，受诏重修《魏史》，义例与魏收多所不同。

⑪⑤诸葛颍：字汉。清辩有俊才，侯景之乱，由梁奔北齐，齐灭入隋，任著作郎。　刘炫：博学而有节操，曾与著作郎王劭同修国史。　宣功：致力建功。　大业：隋杨广（炀帝）年号（605—618）。

⑪⑥亦各一时：也都是一世之才。一时，一世。《三国志·蜀志·邓芝传》：“诸葛亮亦一时之杰也。”

⑪⑦别置史馆：谓史馆移于禁中之门下省北。　通籍禁门：将记有姓名、年龄、身份等的竹片挂在官门外，经核对，合者乃得经禁门入宫内。

⑪⑧鸾渚：鸾台，唐代门下省的别名。

⑪⑨凤池：凤凰池之省，唐以前指中书省。

⑫⓪咸亨：唐高宗李治年号（670—673）。

⑫①职司：职务。

⑫②懵（méng，音萌）：不明，糊涂。

⑫干预：过问。

⑫外司：指史馆之外的官署。

⑫毕归余官：谓将修史任务完全交由其他官员兼领。

⑫武德：唐高祖年号（618—626）。

⑫长寿：武则天年号（692—694）。

⑫李仁实：唐初任左史，修撰国史，为时所称。

⑫敬播：贞观初擢进士，参纂《隋史》；再迁著作佐郎，兼修国史。房玄龄称其为“陈寿之流”。

⑬许敬宗：许善心子。贞观中除著作郎，兼修国史。性轻傲，矫亢狂妄。

⑬牛凤及：长寿中撰《唐书》。其人狂妄昏惑。

⑬《晋令》：书名，四十卷。《旧唐书·艺文志》注为“贾充等撰”。

⑬起居集注：浦起龙注：“汇集而注记之。”

⑬勋伐：功绩。

⑬起居令史：北魏始置有起居令史，又别置修起居注二人。

⑬行幸：谓帝王出行。

⑬御：对帝王的敬称。

⑬酬对：应答。

⑬校书、正字：皆官名。校书掌校勘书籍；正字掌校雠典籍，刊正文章。

⑭纳言：官名。掌出纳王命。

⑭著作：如古之外史。

⑭起居：隋炀帝谓“置起居官，以掌其内”。

⑭起居舍人：隋内史省置起居舍人，“员二人，从六品”。

⑭庾自直：隋大业初，授著作左郎，“后以本官知起居舍人事”。　崔祖濬：隋炀帝时任起居舍人，修《区宇图志》。　虞世南：字伯施。隋大业初，任起居舍人。　蔡允恭：仕隋，任著作佐郎、起居舍人。

⑭《册府元龟》卷五五四：“太宗贞观初，省（减免）起居舍人，改置起居郎二人，隶门下省。”高宗显庆中复置舍人，故曰“加置起居郎二员”。

⑭临轩：皇帝不坐在正殿而至殿前。

⑭龙朔：唐高宗李治年号（661—663）。

⑭今上：指唐中宗李显。

⑭从国初号：指李显于公元705年第二次即位，复唐国号。

⑮令狐德棻：武德元年任起居舍人。贞观中奏请修梁、陈、周、齐、隋五史，并自领《周书》。高宗朝官弘文馆学士。　吕才：才识超卓，持论儒而不俚。贞观时召直弘文馆。著有《隋记》二十卷。　萧钧：博学有才望，甚为房玄龄、魏徵所重。累迁太子率更令，兼崇贤馆学士。　褚遂良：学识通博，尤工隶书。累迁吏部尚书，同中书门下三品，监修国史。　上官仪：字游韶，贞观进士。太宗、高宗时任弘文馆学士。工于格律，擅长五言诗。

⑮李安期：德林孙，百药子。高宗时任中书舍人。“自德林至安期，三世掌制诰（起草诏令）。”　顾胤：高宗永徽中，迁起居郎，兼修国史。撰《太宗实录》成，授弘文馆学士。　高智周：仪凤初，进同中书门下三品，兼修国史。　张太素：龙朔中，任东台舍人，兼修国史。撰《后魏书》一百卷。　凌季友：无传，生平不详。

⑮属（zhǔ，音主）：倚重（重视，信任）。

⑮编次甲子之书：按岁月排列次第的书。

⑮策命：皇帝的命令，多用于封士授爵。薨免：三品以上大臣之丧或大臣被罢黜。

⑮贰职：副职。

⑮其诗之主旨，在于讽刺卫宣公纳子伋妻的丑剧。

⑮《后汉书·皇后纪·序》：“女史彤管，记功书过。”彤管，赤色管之笔。

⑮外朝：议政事之朝。

⑮内朝：也称燕朝，即帝王在内廷举行的朝会仪式。

⑯《国语·晋语一》：“优施教骊姬夜半而泣，谓（献）公曰：‘吾闻（太子）申生谓君惑于我，必乱国。盍（何不）杀我，无以一妾乱百姓。’公曰：‘不可与政，尔勿忧，吾将图之。’”

⑯受命：接受命令。

⑯王劭上疏：事不见于《隋书·王劭传》。

⑯外省：即外朝。

⑯陆贾、鱼豢：陆贾，汉高祖时拜大中大夫，未任史职，但曾著书十二篇，论秦汉所以兴亡之故。鱼豢，三国魏人，私撰《魏略》五十卷。

⑯张璠、范晔：二人也都未任史职，而私撰有史书。

⑯经始：开始创制。

⑯俊识通才：识见超卓，明达有才。

⑯一揆（kuí，音葵）：同一道理。

⑯刘、曹二史：刘、曹二氏之史，即指《后汉书》、《三国志·魏志》。

⑰刘珍：东汉人，曾撰《东观汉记》一百四十三卷。　王沉：字处道，好书，善属文。曾与阮籍共撰《魏书》。

⑰王逸：字叔师。与蔡邕同时，曾任校书郎。著有《楚辞章句》。

⑰儒生之腐者也：腐儒，迂腐无用的儒生。

⑰“嗣宗”句：谓阮籍整日沉湎于酒中。

⑰趋竞：争名逐利。

⑰攘袂：揎袖捋臂，急不可耐的样子。

⑰“昔魏”三句：《三国志·魏志·文帝纪》：“王升坛即阼。”裴松之注引《魏氏春秋》云：“帝升坛礼毕，顾谓群臣曰：‘舜、禹之事，吾知之矣。’”浦起龙说：“引言取义，讥其无实盗名也。”

史通卷之十二
外　篇

古今正史第二

《易》曰：“上古结绳以理，后世圣人易之以书契[①]。”传者云：“伏羲氏始画八卦，造书契，以代结绳之政，由是文籍生焉[②]。又曰：“伏羲、神农、黄帝之书谓之‘三坟’，言大道也[③]；少昊、颛顼、高辛、唐、虞之书谓之‘五典’，言常道也[④]。”《春秋传》载楚左史倚相能读三坟、五典。《礼记》曰：“外史掌三皇、五帝之书[⑤]。”由斯而言，则坟、典文义，三、五史策[⑥]，至于春秋之时，犹大行于世。爰及后世，其书不传，惟唐、虞已降，可得言者。然自尧而往，圣贤犹述，求其一二，仿佛存焉[⑦]。而后来诸子，广造奇说，其语不经[⑧]，其书非圣[⑨]。故马迁有言：“神农已前，吾不知矣[⑩]。”班固亦曰：“颛顼之事，未可明也[⑪]。”斯则坟、典所记，无得而称者焉。

按尧、舜相承，已见坟、典；周监二代[⑫]，各有书籍。至孔子讨论其义，删为《尚书》[⑬]，始自唐尧，下终秦穆，其言百篇，而各为之序[⑭]。属秦为不道，坑儒禁学[⑮]，孔子之末孙曰惠，壁藏其书[⑯]。汉室龙兴，旁求儒雅[⑰]，闻故秦博士伏胜能传其业[⑱]，诏太常使掌故晁错受焉[⑲]。时伏生年且百岁，言不可晓，口授其书，才二十九篇。自是传其学者有欧阳氏、大小夏侯[⑳]。宣帝时，复有河内女子得《泰誓》一篇献之[㉑]，与伏生所诵合三十篇，行之于世。其篇所载年月不与序相符会，又与《左传》、《国语》、《孟子》所引《泰誓》不同，故汉、魏诸儒，咸疑其缪[㉒]。

《古文尚书》者，即孔惠之所藏，科斗之文字也[㉓]。鲁恭王坏孔子旧宅[㉔]，始得之于壁中。博士孔安国以校伏生所诵，增多二十五篇，更以隶古字写之[㉕]，编为四十六卷。司马迁屡访其事，故多有古说[26]。安国又受诏为之训传[27]。值武帝末，巫蛊事起[28]，经籍道息，不获奏上，藏诸私家。刘向取校欧阳、大小夏侯三家经文，脱误甚众。至于后汉，孔氏之本遂绝。其有见于经典者，诸儒皆谓之逸书[29]。王肃亦注《今文尚书》，而大与《古文》孔《传》相类[30]，或肃私见其本而独秘之乎？

晋元帝时[31]，豫章内史梅赜[32]，始以孔《传》奏上，而缺《舜典》一篇。乃取肃之《尧典》，从"慎徽"以下分为《舜典》以续之。自是欧阳、大小夏侯家等学，马融、郑玄、王肃诸注废，而《古文》孔《传》独行，列于学官[33]，永为世范。

齐建武中[34]，吴兴人姚方兴采马、王之义以造孔《传·舜典》，云于大航购得[35]，诣阙以献[36]。举朝集议，咸以为非[37]。及江陵板荡[38]，其文入北，中原学者得而异之，隋学士刘炫遂取此一篇列诸本第[39]。故今人所习《尚书·舜典》，元出于姚氏者焉[40]。

当周室微弱，诸侯力争，孔子应聘不遇，自卫而归[41]。乃与鲁君子左丘明观书于太史氏[42]，因鲁史记而作《春秋》。上遵周公遗制，下明将来之法，自隐至哀十二公行事[43]。经成以授弟子，弟子退而异言[44]。丘明恐失其真，故论本事而为传[45]，明夫子不以空言说经也。《春秋》所贬当世君臣，其事实皆形于传，故隐其书而不宣，所以免时难也[46]。

及末世[47]，口说流行，故有《公羊》、《谷梁》、《邹》、《夹》之传。邹氏无师，夹氏有录无书[48]，故不显于世。

汉兴，董仲舒、公孙弘并治《公羊》[49]，其传习者有严、颜二家之学[50]。宣帝即位，闻卫太子私好《谷梁》，乃召名儒蔡千秋、萧望之等大议殿中[51]，因置博士。

平帝初，立《左氏》[52]。逮于后汉，儒者数廷毁之。会博士李封卒[53]，遂不复补。逮和帝元兴十一年，郑兴父子奏请重立于学官[54]。至魏、晋，其书渐行，而二传已废。今所用《左氏》本，即杜预所注者[55]。

又当春秋之世，诸侯国自有史。故孔子求众家史记，而得百二十国书[56]。如楚之书，郑之志，鲁之春秋，魏之纪年，此其可得言者。左丘明既配经立传，又撰诸异同，号曰《外传国语》，二十一篇。斯盖采书志等文，非唯鲁之史记而已。楚、汉之际，有好事者，录自古帝王、公侯、卿大夫之世，终乎秦末，号曰《世本》[57]，十五篇。春秋之后，七雄并争，秦并诸侯，则有《战国策》三十三篇[58]。汉兴，太中大夫陆贾纪录时功，作《楚汉春秋》九篇。

孝武之世，太史公司马谈欲错综古今，勒成一史，其意未就而卒。子迁乃述父遗志[59]，采《左传》、《国语》，删《世本》、《战国策》，据楚、汉列国时事，上自黄帝，下讫麟止[60]，作十二本纪、十表、八书、三十世家、七十列传，凡百三十篇[61]，都谓之《史记》。厥协《六经》异传，整齐百家杂言，藏诸名山，副在京师[62]，以俟后圣君子。至宣帝时，迁外孙杨恽祖述其书，遂宣布焉[63]。而十篇未成，有录而已[64]。元、成之间[65]，褚先生更补其缺[66]，作《武帝纪》、《三王世家》、《龟策》、《日者》等传，辞多鄙陋，非迁本意也。晋散骑常侍巴西谯周，以迁书周、秦已上或采家人诸子，不专据正经，于是作《古史考》二十五篇，皆凭旧典以纠其缪。今则与《史记》并行于代焉。

《史记》所书，年止汉武，太初已后，阙而不录。其后刘向，向子歆及诸好事者，若冯商、卫衡、扬雄、史岑、梁审、肆仁、晋冯、段肃、金丹、冯衍、韦融、萧奋、刘恂等相次撰续[67]，迄于哀、平间，犹名《史记》。至建武中，司徒掾班彪以为其言鄙俗，不足以踵前史；又雄、歆褒美伪新[68]，误后惑众，不当垂之后代者也。于是采其旧事，旁贯异闻，作《后传》六十五篇。其子固以父所撰未尽一家，乃起元高皇，终乎王莽，十有二世，二百三十年，综其行事，上下通洽，为《汉书》纪、表、志、传百篇。其事未毕，会有上书云固私改作《史记》者，有诏京兆收系[69]，悉录家书封上。固弟超诣阙自陈[70]，明帝引见，言固续父所作，不敢改易旧书，帝意乃解。即出固，征诣校书[71]，受诏卒业。经二十余载，至章帝建初中乃成[72]。

固后坐窦氏事，卒于洛阳狱[73]，书颇散乱，莫能综理。其妹曹大家博学能属文[74]，奉诏校叙。又选高才郎马融等十人；从大家受读。其八表及《天文志》等，犹未克成，多是待诏东观马续所作[75]。而《古今人表》尤不类本书。始自汉末，迄乎陈世，为其注解者凡二十五家，至于专门受业[76]，遂与《五经》相亚。

初，汉献帝以固书文烦难省，乃诏侍中荀悦依《左氏传》体删为《汉纪》三十篇[77]，命秘书给纸笔。经五六年乃就。其言简要，亦与纪传并行。

在汉中兴，明帝始诏班固与睢阳令陈宗、长陵令尹敏、司隶从事孟异作《世祖本纪》[78]，并撰功臣及新市、平林、公孙述事[79]，作列传、载记二十八篇。

自是以来，春秋世亦以焕炳[80]，而忠臣义士莫之撰勒。于是又诏史官谒者仆射刘珍及谏议大夫李尤杂作记、表，名臣、节士、儒林、外戚诸传[81]，起自建武，讫手永初[82]。事业垂竟而珍、尤继卒。复命侍中伏无忌与谏议大夫黄景作诸王、王子、功臣、恩泽侯表[83]，南单于、西羌传，地理志。至元嘉元年[84]，复令大中大夫边韶、大军营司马崔寔、议郎朱穆、曹寿杂作《献穆》、《孝崇》二皇后及《顺烈皇后传》[85]，又增《外戚传》人安思等后[86]，《儒林传》入崔篆诸人[87]。寔、寿又与议郎延笃杂作《百官表》[88]，顺帝功臣《孙程》、《郭镇》及《郑众》、《蔡伦》等传[89]。凡百十有四篇，号曰《汉记》[90]。

熹平中[91]，光禄大夫马日磾[92]，议郎蔡邕、杨彪、卢植著作东观[93]，接续纪传之可成者，而邕别作《朝会》、《车服》二志。后坐事徙朔方，上书求还，续成十志。会董卓作乱，大驾西迁[94]，史臣废弃，旧文散佚。及在许都[95]，杨彪颇存注记。至于名贤君子，自永初已下阙续[96]。

魏黄初中[97]，唯著《先贤表》，故《汉记》残缺，至晋无成。泰始中[98]，秘书丞司马彪讨论众书[99]，缀其所闻，起元光武，终于孝献，录世十二[100]，编年二百，通综上下，旁引庶事[101]，为纪、志、传凡八十篇，号曰《续汉书》。又散骑常侍华峤删定《东观记》为《汉后书》[102]，帝纪十二、皇后纪二、典十、列传七十、谱三[103]，总九十七篇。其十典竟不成而卒。自斯已往，作者相继，为编年者四族[104]，创纪传者五家[105]，推其所长，华氏居最[106]。而遭晋室东徙，三惟一存[107]。

至宋宣城太守范晔[108]，乃广集学徒，穷览旧籍，删繁补略，作《后汉书》，凡十纪、十志、八十列传，合为百篇。会晔以罪被收，其十志亦未成而死[109]。先是，晋东阳太守袁宏抄撮《汉氏后书》，依荀悦体，著《后汉纪》三十篇。世言汉中兴史者，唯范、袁二家而已。

魏史，黄初、太和中始命尚书卫觊、缪袭草创纪传[110]，累载不成[111]。又命侍中韦诞、应璩[112]，秘书监王沉，大将军从事中郎阮籍，司徒右长史孙该、司隶校尉傅玄等[113]，复共撰定。其后王沉独就其业，勒成《魏书》四十四卷。其书多为时讳，殊非实录[114]。

吴大帝之季年[115]，始命太史令丁孚，郎中项峻撰《吴书》[116]。孚、峻俱非史才，其文不足纪录。至少帝时[117]，更敕韦曜、周昭、薛莹、梁广、华核访求往事[118]，相与记述。并作之中，曜、莹为首[119]。当归命侯时[120]，昭、广先亡，曜、莹徙黜，史官久阙，书遂无闻。核表请召曜、莹续成前史，其后曜独终其书[121]，定为五十五卷。

至晋受命，海内大同，著作陈寿乃集三国史[122]，撰为《国志》，凡六十五篇。夏侯湛时亦著《魏书》，见寿所作，便坏已草而罢[123]。及寿卒，梁州大中正范頵表言《国志》明乎得失，辞多劝诫，有益风化，愿垂采录[124]。于是诏下河南尹，就家写其书[125]。

先是，魏时京兆鱼豢私撰《魏略》，事止明帝。其后孙盛撰《魏氏春秋》[126]，王隐撰《蜀记》，张勃撰《吴录》[127]，异闻错出，其流最多。宋文帝以《国志》载事伤于简略，乃令中书郎裴松之兼采众书，补注其阙[128]。由是世言《三国志》者，以裴注为本焉[129]。

晋史，洛京时，著作郎陆机始撰三祖纪[130]，佐著作郎束 皙又撰十志[131]。会中朝丧乱[132]，其书不存。先是，历阳令陈郡王铨有著述才[133]，每私录晋事及功臣行状[134]，未就而卒。子隐，博学多闻，受父遗业，西都事迹[135]，多所详究。过江为著作郎，受诏撰晋史。为其同僚虞预所诉[136]，坐事免官。家贫无资，书未遂就，乃依征西将军庾亮于武昌镇[137]。亮给其纸笔，由是获成，凡为《晋书》八十九卷。咸康六年[138]，始诣阙奏上。隐虽好述作，而辞拙才钝。其书编次有序者，皆铨所修；章句混漫者，必隐所作。时尚书郎领国史干宝亦撰《晋纪》[139]，自宣迄愍七帝，五十三年，凡二十二卷。其书简略，直而能婉，甚为当时所称。

晋江左史官，自邓粲、孙盛、檀道鸾、王韶之已下[140]，相次继作。远则偏记两帝，近则唯叙八朝[141]。至宋湘东太守何法盛，始撰《晋中兴书》[142]，勒成一家，首尾该备。齐隐士东莞臧荣绪又集东、西二史，合成一书[143]。

皇家贞观中，有诏以前后晋史十有八家[144]，制作虽多，未能尽善，乃敕史官更加纂录[145]。采正典与杂说数十余部，兼引伪史十六国书，为纪十、志二十、列传七十、载记三十，并叙例、目录合为百三十二卷。自是言晋史者，皆弃其旧本，竞从新撰者焉[146]。

宋史，元嘉中，著作郎何承天草创纪传[147]。自此以外，悉委奉朝请山谦之补承天残缺[148]。后又命裴松之续成国史[149]。松之寻卒，史佐孙冲之表求别自创立[150]，为一家之言。孝建初[151]，又敕南台侍御史苏宝生续造诸传[152]，元嘉名臣皆其所撰。宝生被诛，大明六年[153]，又命著作郎徐爰踵成前作[154]。爰因何、孙、山、苏所述，勒为一书，其《臧质》、《鲁爽》、《王僧达》诸传[155]，又皆孝武自造，而序事多虚，难以取信。自永光已后[156]，至禅让十余年中[157]，阙而不载。

至齐，著作郎沈约更补缀所遗，制成新史。始自义熙肇号[158]，终乎昇明三年[159]，为纪十，志三十、列传六十，合百卷，名曰《宋书》。永明末[160]，其书既行，河东裴子野更删为《宋略》二十卷[161]。沈约见而叹曰："吾所不逮也[162]。"由是世之言宋史者，以裴《略》为上，沈《书》次之。

齐史，江淹始受诏著述[163]，以为史之所难，无出于志[164]，故先著十志，以见其才。沈约复著《齐纪》二十篇[165]。梁天监中[166]，太尉录事萧子显启撰齐史。起昇明之年[167]，尽永元之代[168]，为纪八、志十一、列传四十，合成五十九篇。书成，表奏之，诏付秘阁[169]。

时奉朝请吴均亦表请撰齐史[170]，乞给起居注并群臣行状。有诏："齐氏故事，布在流俗，闻见既多，可自搜访也。"均遂撰《齐春秋》三十篇。其书称梁帝为齐明佐命[171]，帝恶其实，诏燔之[172]。然其私本竟能与萧氏所撰并传于后。

梁史，武帝时，沈约与给事中周兴嗣、步兵校尉鲍行卿、秘书监谢昊相承撰录[173]，已有百篇。值承圣沦没，并从焚荡[174]。庐江何之元、沛国刘璠以所闻见究其始末[175]，合撰《梁典》三十篇，而纪传之书未有其作。陈祠部郎中姚察有志撰勒[176]，施功未周[177]。但既当朝务，兼知国史[178]，至于陈亡，其书不就。

陈史，初有吴郡顾野王、北地傅縡各为撰史学士[179]，其武、文二帝纪即顾、傅所修。太建初[180]，中书郎陆琼续撰诸篇[181]，事伤烦杂。姚察就加删改，粗有条贯[182]。及江东不守[183]，持以入关。隋文帝尝索梁、陈事迹，察具以所成每篇续奏，而依违荏苒[184]，竟未绝笔[185]。

皇家贞观初，其子思廉为著作郎[186]，奉诏撰成二史。于是凭其旧稿，加以新录，弥历九载[187]，方始毕功。定为《梁书》五十卷、《陈书》三十六卷，今并行世焉。

十六国史、前赵刘聪时[188]，领左国史公师彧撰《高祖本纪》及功臣传二十人[189]，甚得良史之体。凌修谮其讪谤先帝[190]，聪怒而诛之。刘曜时，平舆子和苞撰《汉赵记》十篇[191]，事止当年，不终曜灭。

后赵石勒命其臣徐光、宗历、傅畅、郑愔等撰《上党国记》、《起居注》、《赵书》[192]。其后又令王兰、陈宴、程阴、徐机等相次撰述[193]。至石虎[194]，并令刊削，使勒功业不传。其后燕太傅长史田融、宋尚书库部郎郭仲产、北中郎参军王度追撰二石事[195]，集为《邺都记》、《赵记》等书。

前燕有起居注[196]，杜辅全录以为《燕纪》[197]。后燕建兴元年[198]，董统受诏草创后书[199]，著本纪并佐命功臣、王公列传，合三十卷。慕容垂称其叙事富赡，足成一家之言。但褒述过美，有惭董、史之直[200]。其后申秀、范亨各取前后二燕合成一史。

南燕有赵郡王景晖[201]，尝事德、超[202]，撰二主起居注。超亡，仕于冯氏[203]，官至中书令，仍撰《南燕录》六卷。

蜀初号曰成，后改称汉。李势散骑常侍常璩撰《汉书》十卷[204]。后入晋秘阁，改为《蜀李书》。璩又撰《华阳国志》，具载李氏兴灭。

前凉张骏十五年[205]，命其西曹边浏集内外事以付秀才索绥[206]，作《梁国春秋》五十卷。又张重华护军参军刘庆在东苑专修国史二十余年[207]，著《梁记》十二卷。建康太守索晖、从事中郎刘昞又各著《梁书》[208]。

前秦史官[209]，初有赵渊、车敬、梁熙、韦谭相继著述[210]。苻坚尝取而观之，见苟太后幸李威事，怒而焚灭其本[211]。后著作郎董朏追录旧语，十不一存[212]。及宋武帝入关，曾访秦国事，又命梁州刺史吉翰问诸仇池[213]，并无所获。先是，秦秘书郎赵整参撰国史，值秦灭，隐于商洛山[214]，著书不辍，有冯翊、车频助其经费[215]。整卒，翰乃启频纂成其书[216]，以元嘉九年起[217]，至二十八年方罢，定为三卷。而年月失次，首尾不伦。河东裴景仁又正其讹僻[218]，删为《秦纪》十一篇。

后秦扶风马僧虔、河东卫隆景并著《秦史》[219]。及姚氏之灭，残缺者多。泓从弟和都仕魏为左民尚书[220]，又追撰《秦纪》十卷[221]。

夏天水赵思群、北地张渊[222]，于真兴、承光之世[223]，并受命著其国书。及统万之亡[224]，多见焚烧[225]。

西凉与西秦[226]，其史或当代所书，或他邦所录。累经迁转，今并失传。段龟龙记吕氏[227]，宗钦记沮渠氏[228]，郭韶记秃髪氏[229]，韩显宗记冯氏[230]。唯有四者可知，自余不详谁作。

魏世黄门侍郎崔鸿，乃考核众家，辨其同异，除烦补阙，错综纲纪[231]，易其国书曰录，主纪曰传，都谓之《十六国春秋》[232]。鸿始以景明之初求诸国逸史[233]，逮正始元年[234]，鸠集稽备[235]，而犹阙蜀事，不果成书。推求十有五年，始于江东购获，乃增其篇目，勒为一百二卷。鸿殁后，永安中[236]，其子缮写奏上，请藏诸秘阁。由是伪史宣布，大行于时。

元魏史，道武时[237]，始令邓渊著国记[238]，唯为十卷，而条例未成。暨乎明元[239]，废而不述。神䴥二年[240]，又诏集诸文士崔浩、浩弟览、高谠、邓颍、晁继、范亨、黄辅等撰国书[241]，为三十卷。又特命浩总监史任，务从实录。复以中书郎高允、散骑侍郎张伟并参著作[242]，续成前书，叙述国事，无隐所恶，而刊石写之，以示行路。浩坐此夷三族[243]，同作死者百二十八人。自是遂废史官。至文成帝和平元年[244]，始复其职，而以高允典著作，修国记。允年已九十，手目俱衰。时有校书郎刘模[245]，长于缉缀，乃令执笔而口占授之。如是者五六岁。所成篇卷，模有力焉。

初，国记自邓、崔以下，皆相承作编年体。至孝文太和十一年[246]，诏秘书丞李彪、著作郎崔光始分为纪传异科[247]。宣武时[248]，命邢峦追撰《孝文起居注》[249]。既而崔光、王遵业补续[250]，下迄孝明之世[251]。温子昇复修《孝庄纪》[252]，济阴王晖业撰《辨宗室录》[253]。魏史官私所撰，尽于斯矣。

齐天保二年[254]，敕秘书监魏收博采旧闻，勒成一史。又命刁柔、辛元植、房延祐、睦仲让、裴昂之、高孝幹等助其编次[255]。收所取史官，惧相凌忽[256]，故刁、辛诸子并乏史才，唯以仿佛学流，凭附得进[257]。于是大征百家谱状，斟酌以成《魏书》。上自道武，下终孝靖，纪、传与志凡百三十卷。收谄齐氏，于魏室多不平。既党北朝，又厚诬江左[258]。性憎胜已，喜念旧恶，甲门盛德与之有怨者[259]，莫不被以丑言，没其善事。迁怒所至，毁及高曾[260]。书成始奏，诏收于尚书省与诸家论讨。前后列诉者百有余人。时尚书令杨遵彦[261]，一代贵臣，势倾朝野，收撰其家传甚美，是以深被党援[262]。诸讼史者皆获重罚，或有毙于狱中。群怨谤声不息。孝昭世[263]，敕收更加研审，然后宣布于外。武成尝访诸群臣[264]，犹云不实，又令治改，其所变易甚多。由是世薄其书，号为“秽史”。

至隋开皇[265]，敕著作郎魏澹与颜之推、辛德源更撰《魏书》[266]，矫正收失。澹以西魏为真，东魏为伪，故文、恭列纪，孝靖称传。合纪、传、论列，总九十二篇。炀帝以澹书犹未能善，又敕左仆射杨素别撰[267]，学士潘徽、褚亮、欧阳询等佐之[268]。会素薨而止。今世称魏史者，犹以收本为主焉。

高齐史，天统初[269]，太常少卿祖孝徵述献武起居[270]，名曰《黄初传天录》。时中书侍郎陆元规常从文宣征讨[271]，著《皇帝实录》，唯记行师，不载他事。自武平后[272]，史官阳休之、杜台卿、祖崇儒、崔子发等相继注记[273]。

逮于齐灭，隋秘书监王劭、内史令李德林并少仕邺中[274]，多识故事。王乃凭述起居注，广以异闻，造编年书[275]，号曰《齐志》，十有六卷。李在齐预修国史，创纪传书二十七卷。至开皇初，奉诏续撰，增多齐史三十八篇，以上送官，藏之秘府。皇家贞观初，敕其子中书舍人百药仍其旧录，杂采他书，演为五十卷。今之言齐史者，唯王、李二家云。

宇文周史[276]，大统年有秘书丞柳虬兼领著作[277]，直辞正色，事有可称。至隋开皇中，秘书监牛弘追撰《周纪》十有八篇[278]，略叙纪纲，仍皆抵忤[279]。皇家贞观初，敕秘书丞令狐德棻、秘书郎岑文本共加修缉[280]，定为《周书》五十卷。

隋史，当开皇、仁寿时[281]，王劭为书八十卷，以类相从，定其篇目。至于编年、纪传，并阙其体。炀帝世，唯有王胄等所修《大业起居注》[282]。及江都之祸[283]，仍多散逸。皇家贞观初，敕中书侍郎颜师古、给事中孔颖达共撰成《隋书》五十五卷[284]，与新撰《周书》并行于时。

初，太宗以梁、陈及齐、周、隋氏并未有书，乃命学士分修，事具于上[285]。仍使秘书监魏徵总知其务，凡有赞论，徵多预焉。始以贞观三年创造，至十八年方就，合为《五代纪传》，并目录凡二百五十二卷。书成，下于史阁。唯有十志，断为三十卷，寻拟续奏，未有其文。又诏左仆射于志宁、太史令李淳风、著作郎韦安仁、符玺郎李延寿同撰[286]。其先撰史人，唯令狐德棻重预其事。太宗崩后，刊勒始成。其篇第虽编入《隋书》，其实别行，俗呼为《五代史志》。

惟大唐之受命也，义宁、武德间[287]，工部尚书温大雅首撰《创业起居注》三篇[288]。自是司空房玄龄、给事中许敬宗、著作佐郎敬播相次立编年体[289]，号为“实录”。迄乎三帝，世有其书。

贞观初，姚思廉始撰纪传，粗成三十卷。至显庆元年[290]，太尉长孙无忌与于志宁、令狐德棻、著作郎刘胤之、杨仁卿、起居郎顾胤等[291]，因其旧作，缀以后事，复为五十卷。虽云繁杂，时有可观。龙朔中[292]，敬宗又以太子少师总统史任，更增前作，混成百卷。如《高宗本纪》及永徽名臣、四夷等传[293]，多是其所造。又起草十志，未半而终。敬宗所作纪传，或曲希时旨，或猥饰私憾[294]，凡有毁誉，多非实录。必方诸魏伯起，亦犹张衡之蔡邕焉[295]。其后左史李仁实续撰《于志宁》、《许敬宗》、《李义府》等传[296]，载言记事，见推直笔。惜其短岁，功业未终。至长寿中[297]，春官侍郎牛凤及又断自武德，终于弘道[298]，撰为《唐书》百有十卷。凤及以喑聋不才[299]，而辄议一代大典，凡所撰录，皆素责私家行状[300]，而世人叙事罕能自远[301]。或言皆比兴，全类歌咏，或语多鄙朴，实同文案[302]，而总入编次，了无厘革[303]。其有出自胸臆，申其机杼[304]，发言则嗤鄙怪诞[305]，叙事则参差倒错。故阅其篇第，岂谓可观；披其章句，不识所以。既而悉收姚、许诸本[306]，欲使其书独行。由是皇家旧事，残缺殆尽。

长安中[107]，余与正谏大夫朱敬则、司封郎中徐坚、左拾遗吴兢奉诏更撰《唐书》[108]，勒成八十卷。神龙元年[109]，又与坚、兢等重修《则天实录》，编为三十卷。夫旧史之坏，其乱如绳，错综艰难[110]，期月方毕[111]。虽言无可择，事多遗恨，庶将来削稿，犹有凭焉。

大抵自古史臣撰录，其梗概如此。盖属辞比事[112]，以月系年，为史氏之根本，作生人之耳目者，略尽于斯矣。自余偏记小说[113]，则不暇具而论之[114]。

---

①所引《易》文，出自《周易·系辞下》。结绳以理（治），结绳而记事。书契，犹言文字。

②“伏羲”三句：出自《尚书序》。文籍：文字书籍。

③大道：大道理。《礼记·礼运》：“大道之行也，天下为公。”

④常道：日常的道理。

⑤《周礼·春官·外史》：“外史，掌书外令，掌四方之志，掌三皇五帝之书（典籍）。”

⑥三、五史策：三坟、五典等历史典籍。

⑦仿佛存焉：大体还保存着。

⑧不经：不合正理。

⑨非圣：诋毁圣人。

⑩《史记·货殖列传》：“太史公曰：‘神农以前，吾不知矣。’”

⑪《汉书·司马迁传》：“唐、虞以前，虽有遗文，其语不经。故言黄帝、颛顼之事，未可明也。”

⑫周监二代：语出《论语·八佾》。意谓周朝的礼仪制度是以夏商两代为根据而制定的。

⑬孔子删润《尚书》的说法，未成定论。

⑭《书经传说》：“班固曰：‘孔子纂《书》凡百篇，而为之序，言其作意。’”

⑮属（zhǔ，音主）：适值，恰遇。　坑儒禁学：《尚书序》云：“秦始皇灭先代典籍，焚书坑儒。天下学士，逃难解散。”

⑯《隋书·经籍志》谓孔子末孙（末代子孙）惠，藏《尚书》于孔子旧堂壁中。

⑰儒雅：儒家思想。这里指儒家典籍。

⑱伏胜：字子贱，人称伏生。秦时博士。汉初，曾以所藏《尚书》教于齐鲁之间。

⑲掌故：汉代太常属官。掌礼乐制度等故事。　晁错：文帝时，从伏生受《尚书》。后为太子家令，称为“智囊”。

⑳欧阳氏：欧阳生，字和伯，事伏生受《尚书》。　大小夏侯：指夏侯胜、夏侯建。

㉑《隋书·经籍志》：“河内女子得《泰誓》一篇献之。”

㉒汉、魏诸儒：指马融，郑玄、王肃等。　咸疑其缪：都怀疑它不是原文。缪，同“谬”。

㉓科斗文：我国古代文字之一种。又名科斗书。以头粗尾细如科斗而名。

㉔鲁恭王：汉景帝五子刘馀，王鲁，卒谥恭。生前好治宫室，坏孔子旧宅以广其官，于壁中得古文经传。

㉕以隶古字写之：阎若璩按：孔颖认为就古文体，从隶定之。“存古为可慕，隶文为可识也。”按：隶即今之真书。

㉖据《汉书·儒林·孔安国传》，司马迁曾“从安国问故”，故司马迁多有古说。

㉗《尚书序》：“（安国）承诏为五十九篇作传。于是遂研精覃思，博考经籍，采摭群言，以立训传。”

㉘巫蛊事起：汉武帝时，女巫出入宫中，教宫人埋木偶祭祀免灾。适遇帝病，江充谓帝祟在巫蛊，固于宫中掘地搜查。充与太子据有嫌隙，遂诬称在太子宫得木偶甚多。太子畏惧，起兵捕杀江充，失败自杀。

㉙诸儒：指马融、郑玄、杜预。　逸书：指汉时所得二十九篇以外的《尚书》，即《古文尚书》。

㉚王肃：字子雍，三国魏人。善贾逵，马融之学。曾伪托孔安国《尚书传》，为《今文尚书》作注。　孔：指孔安国。

㉛晋元帝：司马睿。

㉜《隋书·经籍志》书序云：“至东晋，豫章内史梅赜，始得（孔）安国之《传》，奏之。”

㉝学官：学校。

㉞建武：齐明帝萧鸾年号（494—497）。

㉟大航：今南京地名。

㊱诣阙以献：赴皇帝的殿庭而献上。

㊲原注：“梁武帝时，博士议曰：孔叙称伏生误合五篇，盖文句相连，所以成合。《舜典》必有‘曰若稽古’，伏生虽云昏

耄，何容口口。由是遂不见用也。”

㊳江陵板荡：江南政局变乱。

㊴刘炫：字光伯，隋朝人。曾与著作郎王劭同修国史。著有《尚书述义》、《春秋攻昧》等。性躁竞，好轻侮当世。

㊵元：始。

㊶自卫而归：孔子自卫返鲁，据《左传》，在鲁哀公十一年（前484）冬。

㊷《汉书·艺文志》：“仲尼思存先圣之业，以鲁周公之国（鲁为周公的封国），礼文备物，史官有法，故与左丘明观其史记。”

㊸《史记·十二诸侯年表·序》：“孔子明（发扬）王道，干（求仕进）七十余君，莫能用，故西观周室论（考辨）史记旧闻，兴于鲁而次（编纂）《春秋》，上记隐（公），下至哀（公）之获麟，约其辞文，去其烦重，以制义法，王道备，人事浃（融洽）。”

㊹异言：不同的意见、言论。

㊺本事：原事，实事。

㊻时难：当时的灾难（政治迫害）。

㊼末世：战国近于衰亡的时期。

㊽据《汉书·艺文志》，《邹氏传》十一卷，邹氏无师；《夹氏传》十一卷，夹氏有录无书。故不能如《公羊传》、《谷梁传》立于学官。

㊾董仲舒：西汉大儒，尤精《公羊传》。参见《二体》注。　公孙弘：狱史出身。学《春秋》杂说。汉武帝初征为博士，后迁丞相。曾从胡母生学，专治公羊学。

㊿严、颜二家：严，严彭祖，颜，颜安乐，二人俱师事眭孟。孟死，彭祖、安乐各专门教授，《公羊春秋》遂有严、颜之学。

51蔡千秋：字少君，受《谷梁春秋》于鲁荣广，又事皓星公，为学最笃。　萧望之：字长倩。好学博文。汉宣帝病笃，受遗诏辅政，元帝即位，望之以师傅见重。

52西汉平帝元始五年（5），王莽专权，立《左传》于学官。

53李封：建武中为尚书令。韩歆上疏为《左传》立博士，李封当其任。后群儒颇有争议。及封卒，光武重违众议，因不复补。

54郑兴：字少赣。少学《公羊传》，晚善《左传》，能达其旨趣。其子郑众，字仲师。年十二，从父受《左传》，兼通《周易》和《诗经》，知名于世。

55杜预：字元凯。博学多通，耽思经籍。自称“有《左传》癖”，有《春秋左氏经传集解》。

56百二十国书：即《百国春秋》。清人毕沅辑《墨子佚文》：“‘吾见百国春秋史。’见隋李德林《重答魏收书》。”

57《世本》：记黄帝以来至春秋时列国诸侯大夫的氏姓、世系、居（都邑）、作（制作）等。此书宋末已亡佚。

58《战国策》：简称《国策》。汉刘向编订战国时诸国史料成书。内容多述当时游说之士的言论活动。

59述：遵循。

60麟止：指汉武帝时。因武帝元狩元年（前122）冬十月，至雍获白麟。见梁启超《读史记》。

61“诸侯国自有史……凡百三十篇”：这段文字多采自《后汉书·班彪传·略论》。

62副：副本。

63“迁外孙”二句：出自《汉书·司马迁传》。杨恽，字子幼，杨敬子。恽母，司马迁女。他酷爱《史记》，所作《报孙会宗书》，风格颇似司马迁《报任安书》。

64《汉书·司马迁传》云：“而十篇缺，有录无书。”

65元、成：指汉元帝刘奭、汉成帝刘骜。

66褚先生：指褚少孙。师事名儒王式，元、成间为博士。

67冯商：字子高。治《周易》，善属文。受诏续《太史公书》七篇。　卫衡：即《后汉书·班彪传》的阳城衡。其人见桓谭《新论》。　史岑：此史岑字子孝，仕王莽末。　晋冯、段肃：据《后汉书·班固传》，晋冯好古乐道，玄默自守。段肃学识博洽，才能卓异。　冯衍：字敬通，东汉人。幼有奇才，博通群书。肃宗（章帝）甚重其文。　韦融：据《汉书·韦玄成传》，曾著《续史记》。　刘恂：唐昭宗时官广州司马。文章古雅，精通训诂。　梁审、肆仁、金丹、萧奋：生平均不详。

68杨雄撰有《美新》，“诡清以怀禄”。刘歆则美化“新莽”。《汉书·刘歆传》云：“王莽篡位，歆为国奸。”

69收系：拘禁。

⑩班超：彪少子，固弟。父卒，为官府抄书以养母。后投笔从戎，出使西域三十一年。明帝永平五年（62），为兄免遭冤狱，乃诣阙（到朝廷）上书。

⑪征诣校书：征召至朝廷为校书郎。

⑫据陈汉章《马班作史年岁考》，班固著《汉书》始于永平元年（58），成书于建初七年（82），凡二十五年，固已五十一岁。

⑬《后汉书·班固传》："永元初，大将军窦宪出征匈奴，以固为中护军，与参议。及宪败，固坐免（因此被免官）。初，洛阳令种兢尝行，固奴干（干预）其车骑，畏宪不敢发，心衔（恨）之。至是捕系（拘禁）固，死狱中。"

⑭曹大家（gū，音姑）：班昭，字惠班，班彪女。嫁曹世叔，早寡。固著《汉书》，八表及《天文志》未成而卒，和帝命昭续成之。屡受召入宫，为皇后及诸贵人当教师，号曰大家。

⑮马续：字季则，马援侄孙，马融之兄。聪颖好学，博观群书。《后汉书·曹世叔妻传》："时《汉书》始出，多未能通者。同郡马融伏于阁下，从昭受读。后又诏融兄续，继昭成之。"

⑯注解二十五家：为荀悦、服虔、应劭、伏俨、刘德、郑氏、李斐、李奇、邓展、文颖、张揖、苏林、如淳、孟康、张晏、项昭、韦昭、晋灼、刘宝、郭璞、蔡谟、薛瓒、崔浩、颜师古。其一人未详。　专门受业：《隋书·经籍志·正史》："唯《史记》、《汉书》，师法相传，并有解释。梁时明《汉书》有刘显、韦稜，陈时有姚察，隋代有包恺、萧该，并为名家。

⑰《后汉书·荀悦传》："（献）帝常以《汉书》文繁难省，令悦依《左氏传》本，以为《汉纪》三十篇，辞约事详，论辨多美。"

⑱陈宗：字平仲。曾任睢阳令。　尹敏：字幼季，才学深通。　孟异：生平不详。

⑲新市：西汉末，新市（今湖京山东北）人王匡在此起义，称新市兵。　平林：汉王莽地皇三年，平林人陈牧、廖湛等率众起义，号平林兵。　公孙述：王莽时，为导江卒正。后起兵，据有益州，自立为蜀王，建武元年四月称帝。建武十二年为汉军所破，自杀。

⑳春秋世亦以焕炳：谓光武朝三十多年的史事昭然于世。世，三十年为一世。光武在位三十三年，三十乃举其成数。

㉑刘珍：见《核才》注。　李尤：字伯仁，和帝时召诣东观，拜兰台会史，安帝时为谏议大夫。曾与刘珍共撰《汉记》。

㉒永初：汉安帝刘祜年号（107—113）。

㉓伏无忌：伏湛玄孙，顺帝时为侍中屯骑校尉。博物多识，尤谙经史。　黄景：桓帝元嘉中，与伏无忌、崔寔等共撰《汉记》。

㉔元嘉：东汉刘志（桓帝）年号（151—153）。

㉕边韶：字孝先，以文学知名。桓帝时，征拜太中大夫，著作于东观。　崔寔：字子真，崔骃孙。才美能高，召拜议郎，与边韶、延笃著作于东观。　朱穆：见《核才》注。　曹寿：字世叔，即班昭的丈夫。

㉖安思：安思阎皇后，安帝后。

㉗崔篆：王莽时，以明经征诣公车。后又以篆为建新大尹。光武即位，辞归不仕。

㉘延笃：字叔坚。博通经传及百家之言，以文章名于时。桓帝时征拜议郎，与朱穆、边韶共著作于东观。

㉙孙程：字雅卿。安帝时为中黄门，以迎立顺帝功，封淳阳侯。　郭镇：字桓钟。孙程迎立顺帝，镇率羽林士击杀卫尉阎景，迁尚书令，封定颍侯。　蔡伦：字敬仲。和帝时为中常侍，后加位尚方令。他始用树皮、麻头、破布等原料造纸。

㉚《汉记》：非指《东观汉记》。《东观汉记》，乃班固、刘珍、李尤、崔寔、卢植、马日磾、蔡邕等先后参与编纂。

㉛熹平：汉刘宏（灵帝）年号（172—177）。

㉜马日磾（dī，音低）：字翁叔，马融族子。少传马融业，以才学进。与杨彪、卢植、蔡邕等典校中书，历位九卿。

㉝蔡邕、杨彪、卢植：并见《核才》注

㉞大驾西迁：指初平元年（190）三月，董卓挟献帝迁都长安。

㉟许都：许昌。建安元年，曹操迎献帝都此。

㊱永初：东汉安帝（刘祜）年号（107—113）。

㊲黄初：魏文帝（曹丕）年号（220—226）。

㊳泰始：晋武帝（司马炎）年号（265—274）。

㊴司马彪：字绍统，晋宗室。他鉴于东汉人物甚盛，却无良史，记述也嫌繁杂。谯周虽曾删烦存要，仍不能令人满意。于是潜究众史，撰成《续汉书》八十篇。

⑩⓪录世十二：记述的历史经历了十二代皇帝。

⑩①庶事：众事，诸事。

⑩②华峤：见《二体》注。《东观记》：即《东观汉记》。

⑩谱三：《晋书》华峤本传作“三谱序传目录”。

⑩编年者四族：指张璠《后汉纪》、刘艾《灵献二帝纪》、袁晔《献帝春秋》、孔衍《汉春秋》。说本《史通补释》。

⑩纪传者五家：指谢承《后汉书》、薛莹《后汉纪》、谢沉《后汉书》、张莹《后汉南纪》、袁山松《后汉》。亦本《史通补释》。

⑩华氏居最：《文心雕龙·史论》：“后汉纪传，发源于东观，袁、张所制，偏驳不伦；薛、谢之作，疏谬少信。若司马彪之详实，华峤之准当，则其冠也。”

⑩三唯一存：谓上述史书仅存有三分之一。

⑩范晔：《宋书·范晔传》略云：晔字蔚宗，彭城王义康冠军参军，迁尚书郎。左迁宣城太守，乃删众家《后汉书》为一家之作。

⑩其十志未成而死：谓范晔未写成十志而死，他人以司马彪《续汉书》十志补入。

⑩卫觊、缪袭：卫觊字伯儒，三国魏人。明帝即位，受诏典著作。缪袭字熙伯，有才学，勤于著述。历事魏四世，官至尚书光禄勋。

⑪累载（lěi zǎi，音垒宰）：累年，多年。

⑪韦诞：字仲将，三国魏人。善文章，精书法。官终光禄大夫。曾掌撰《魏书》。应璩：字休琏，应玚弟。博学好属文，齐王即位，迁大将军长史。

⑪孙该、傅玄：孙该字公达，强志好学，著《魏书》。傅玄字休奕，西晋人。能文，解钟律，工篆隶。官至司隶校尉。

⑪《晋书·王沉传》：“（沉）与荀觊、阮籍共撰《魏书》，多为时讳，未若陈寿之实录也。”

⑪吴大帝：孙权。　季年：末年。

⑪丁孚、项峻：二人俱非史才，其所撰作，不足记录。

⑪少帝；孙权少子孙亮，权薨继位。

⑪敕：专称君主的诏命。

⑪从“吴大帝”至“曜，莹为首”：此段文字俱见《三国志·吴志·薛莹传》。韦曜、薛莹，皆有史才，而莹“文章尤妙”。奏上之后，“皓遂召莹还为左国”。

⑫归命侯：指吴末帝孙皓。

⑫浦起龙云：“曜终其书，史无明文。据裴松之《注》，有称韦曜《吴书》者，可知终之者曜矣。”

⑫原注：“前但述二国，此云三国者，据陈所撰书为言也。”

⑫夏侯湛：字孝若，西晋人。与潘岳友善，京都谓之连璧。文章宏富，著论三十余篇，别为一家之言。

⑫垂：垂爱，得蒙君上优待。

⑫“诏下”，二句：谓朝廷指示河南尹到他家誊抄《三国志》。

⑫《魏氏春秋》：即《魏阳秋》，已见《模拟》注。

⑫《隋书·经籍志》著录：“张勃《吴录》三十卷。”其中有《地理志》，知为纪传体。

⑫裴松之博采群书一百四十余种，以补缺、备异、惩妄、论辨等为宗旨，保存大量史料，较原文多出数倍，虽名为注，实为补遗。

⑫本：根基。

⑬三祖纪：《晋书·陆机传》称为《晋帝纪》。

⑬束皙撰十志：见《史官建制》“魏晋史官”章注。

⑬中朝：指西晋。　丧乱：政局动乱。

⑬王铨：王隐之父。著述之才不如其子王隐。

⑬行状：品行，业绩。

⑬西都：西都洛阳，代指西晋。

⑬诉：控告。

⑬庾亮：字元规，东晋人。成帝时，迁征西将军，镇武昌。

⑬咸康：成帝（司马衍）年号（335—342)。

⑬干宝：事见《六家》注及《史官建制》注。

⑭邓粲著《元明纪》十篇。详见《序例》注。　孙盛著《晋阳秋》。详见《论赞》注。　檀道鸾撰《续晋阳秋》，详见《序例》注。王韶之承父伟之志及其所录时事，私撰《晋安帝阳秋》。

⑭“远则”二句：东晋凡十一帝。邓粲只撰《元、明纪》，是远两帝。其后王韶之续至安帝之义熙，而恭帝不入纪，是近八

朝。

⑭何法盛《晋中兴书》：有掠取郗绍之说，附见《杂说》中篇。

⑭臧荣绪括东、西晋各史为一书，纪、录、志、传百一十卷。

⑭《晋史》十八家：正史部有王隐、虞预、朱凤、何法盛、谢灵运、臧荣绪、萧子云、萧子显。编年部有陆机、干宝、曹嘉之、习凿齿、邓粲、张盛、刘谦之、徐广、檀道鸾、郭季产。据《隋书·经籍志》，实为十九家。

⑭《唐会要》卷六十三："贞观二十年闰三月四日诏，令修史所更撰《晋书》，于是房玄龄等掌其事。"

⑭从：就，引申为依据。

⑭元嘉：宋文帝刘义隆年号（424—463）。何承天：聪明好学，博览百家。元嘉十六年除著作佐郎，撰国史。

⑭山谦之：撰有《吴兴统纪》十卷。

⑭《宋书·裴松之传》称："领国子博士，续何承天国史，未及撰述。

⑮孙冲之：晋秘书监孙盛曾孙。

⑮孝建：宋孝武帝刘骏年号（454—456）。

⑮苏宝生：苏宝，名宝生，本寒门，有文义之美。元嘉中，曾任毛诗助教。

⑮大明：宋孝武帝年号（457—464）。

⑮徐爰：大明六年领著作郎，志竟何承天之业，成一家之言。

⑮臧质：字含文，有气干。宋文帝以为徐、兖二州刺史。御魏兵有功，迁雍州刺史。　鲁爽：鲁轨子，少有才艺。初仕魏，后南归。谋反，兵败而死。　王僧达：聪敏有文，文帝以为太子舍人。因参与高阇谋乱，赐死。

⑮永光：前废帝刘子业年号，即公元465年。

⑮永光后：明帝刘彧在位七年，后废帝刘昱在位四年，顺帝刘准在位三年而禅位于齐，通计十五年。

⑮义熙：东晋安帝司马德宗年号（405—418）。

⑮昇明：宋顺帝年号（477—479）。

⑯永明：南齐武帝萧赜年号（483—493）。

⑯《梁书·子野传》："沈约所撰《宋书》既行，子野更删撰为《宋略》二十卷。"

⑯不逮：不及，不如。

⑯江淹：字文通。历仕南朝宋、齐、梁三代，以文章见称于世。梁建元初，为建安王记室，参掌诏册，并典国史。

⑯史之所难，无出于志：因志乃宪章之所系，非老于典故不能为。

⑯沈约《齐纪》：见《二体》注。

⑯天监：梁武帝萧衍年号（502—519）。

⑯昇明：宋顺帝年号（477—479）。

⑯永元：齐东昏侯萧宝卷年号（499—501）。

⑯秘阁：古代禁中藏书之所。

⑰吴均《齐春秋》：见《六家》"《左传》家"注。

⑰"称梁帝"句：说梁帝曾任齐明帝的辅佐之臣。

⑰燔：烧毁。

⑰周兴嗣：字思纂。天监中，以员外散骑侍郎佐撰国史。　鲍行卿：博学多才，曾撰《乘舆飞龙记》二卷。　谢昊：梁中书郎，曾著《梁史》四十九卷。

⑰梁元帝承圣四年（555），北周伐梁，元帝被困江陵，及城陷，元帝为周兵虏杀。梁之官私典籍，亦多被焚毁。承圣，梁元帝萧绎年号（552—555）

⑰何之元：南朝陈人。好学有才思，太建中历湘州刺史。　刘璠：字宝义，擅长文学。学思通博，有著述之誉。

⑰姚察：字伯审，励精学业，闻见该博。

⑰施工未周：谓弥补前人不完密之处。

⑰知：主持

⑰顾野王：字希冯，颖悟博学。梁亡入陈，天嘉初补撰史学士。　傅縡：字宜事，北地人。陈文帝召为撰史学士。

⑱太建：陈宣帝陈顼年号（569—582）。

⑱陆琼：字伯玉。太建元年领大著作，修撰国史。

⑱条贯：谓分条析理与贯穿综合。

⑱江东不守：指陈灭亡。

⑱依违荏苒：反复中时间渐渐逝去。

⑱绝笔：谓生前未能写完。

⑱姚思廉：本名简，以字行。贞观初，迁著作郎。三年诏与魏徵同撰梁、陈二史。

⑱弥历九载：历时满九年。

⑱刘聪：前赵刘渊四子，字玄明。晋永嘉四年杀兄自立。遣王弥、刘曜攻陷洛阳，执晋怀帝。后又遣刘曜攻陷长安，迫使晋愍帝出降。

⑱公师彧：善相术，深受刘渊敬重。后官太史大夫，为刘聪所诛。

⑲谮（zèn）：诬陷。

⑲和苞：刘曜时谏营寿陵，封平舆子。著有《汉赵记》十卷。

⑲石勒：后赵的创建者。字世龙，羯族。东晋太兴二年建立政权，称赵王。东晋咸和五年称帝。　徐光：石勒记室参军，后领秘书监。　傅畅：谙识朝仪，为石勒所器重。

⑲郑愔：生平不详。

⑲石虎：石勒之侄。勒死，虎废勒子弘，自立为赵天王，迁都于邺，后又称帝。

⑲二石事：指有关石勒、石虎的史事。

⑲前燕：鲜卑慕容氏家族所建国，凡四传，八十五年，为前秦所灭。

⑲杜辅全：生平不详。

⑲建兴：后燕慕容垂（武帝）年号（386—396）。

⑲董统：谏慕容垂即皇帝位之人。　后书：后燕史书。

⑳董、史：春秋晋史官董狐、春秋齐史官南史。

⑳南燕：亦慕容氏家族所建国。凡二传，十三年，灭于东晋。　王景晖：苻秦太史令高鲁之甥。鲁遣晖随献玉玺于慕容德，留仕南燕。

⑳德、超：指慕容德、慕容超。

⑳冯氏：指北燕主冯跋、冯弘父子。

⑳李势：成汉寿子。寿死僭即帝位。骄吝荒淫，不恤国事。后降于桓温。　常璩：字道将，曾仕成汉李势。著有《汉义书》、《华阳国志》。

⑳前凉：晋时十六国之一。张轨据凉州，其子茂称凉王，史称前凉。为前秦所灭。

⑳边浏：生平不详。　索绥：字士艾，曾为前凉儒林祭酒。著《凉春秋》五十卷。

⑳张重华：前凉张骏次子，在位八年。

⑳索晖：生平不详。　刘炳：字延明，号玄处先生。有才学，拜乐平王从事中郎。

⑳前秦：晋时十六国之一。氐族苻氏据关中，国号秦，史称前秦。

⑳赵渊、车敬等之生平，无可考。

㉑苟太后幸李威事："坚母（苟太后）少寡，将军李威有辟阳之宠。史官载之。坚收起居注及著作所录而观之，见其事惭怒，乃焚其书而大捡（审查）史官，将加其罪，渊、敬等已死，乃止。"见《册府元龟》卷五五五。

㉑《十六国春秋辑补》："著作郎董朏（fěi，音匪）虽皆书时事，然十不留一。"

㉑吉翰、仇池：吉翰，字休文。宋元嘉元年，任梁、南秦二州刺史。在任有美绩，后迁徐州刺史。见《宋书·吉翰传》。仇池，生平不详。

㉑赵整：字文业。曾任苻坚著作郎、秘书侍郎。后更名道整，隐居商洛山（在今陕西商县东）。

㉑冯翊、车频：生平不详。

㉑启：函请。

㉑元嘉九年：公元432年。元嘉，宋文帝刘义隆年号。

㉑裴景仁：宋殿中员外将军。宋武帝曾命他撰《秦记》十一卷。

㉑后秦：羌族姚苌，太元十年杀秦苻坚，次年称帝于长安，建号秦，史称后秦。　马僧虔、卫隆景：生平无可考。

㉒和都：姓姚。浦起龙注："后秦姚和都，仕至左民尚书，撰《秦记》十卷，记姚苌事。"

㉒《秦纪》：即《秦记》。

㉒夏：匈奴贵族赫连勃勃所建国。　赵思群：赵逸字思群，仕姚兴，拜著作郎。　张渊：曾任赫连氏之太史令。

㉒真兴：赫连勃勃年号。　承光：赫连昌年号。

㉒统万：夏国最初都城，这里代指夏国。

㉕见：被。

㉖西凉：汉族人李暠所建国，都酒泉。西秦：鲜卑贵族乞伏氏所建国，都金城。

㉗段龟龙：曾任后凉（氐人吕氏所建国）著作郎。著《凉记》十卷，记吕光事。

㉘宗钦：字景若，好学，有儒者风。先仕沮渠蒙逊，为中书郎；后入魏，拜著作郎。　沮渠氏：卢水胡沮渠氏所建国，史称北凉。

㉙秃髮氏：鲜卑贵族秃髮氏所建国，都乐都，史称南凉。

㉚韩显宗：字茂章，北魏人。性刚直，有才学，曾任著作郎。著有《燕史》十卷，记冯跋事。

㉛错综纲纪：综合整理大纲要领。

㉜都：总。

㉝景明：北魏宣武帝拓跋恪年号（500—503）。

㉞正始：北魏宣武帝年号（504—508）。

㉟鸠集稽备：搜集整理，考核周详。

㊱永安：北魏孝庄帝拓跋子攸年号（528—530）。

㊲道武帝：拓跋珪。

㊳邓渊：字彦海。博览经籍，道武帝时任著作郎

㊴明元：明元帝拓跋嗣，在位十六年。

㊵神䴥：太武帝拓跋焘年号（428—431）。

㊶崔浩等撰国书：事见《直书》。

㊷高允：字伯恭。博通经史，尤好公羊学。太武帝时任中书博士，后迁著作郎。　张伟：字仲业。初教学乡里，太武帝时任中书博士。

㊸坐此夷三族：谓因此父母、兄弟、妻子皆被杀戮。夷，诛杀。

㊹和平元年：公元460年。

㊺刘模：高允曾荐刘模任校书郎，共修《国记》。

㊻太和十一年：公元487年。太和，北魏孝文帝元宏年号。

㊼李彪：字道固。孝文帝元宏时，曾任秘书丞，参与著作事。　崔光：原名孝伯，字长仁。宣武帝时领著作。孝文帝太和末，李彪被解除史职，由光专主修史。

㊽宣武：宣武帝元恪。公元500—515年在位。

㊾《北齐书·魏收传》："宣武时，命邢峦追撰《孝文起居注》书。"邢峦，字洪宾。有文才干略，曾拜中书博士。

㊿王遵业：博涉经史，官著作佐郎。据《魏书·王遵业传》，遵业系"与司徒左长史崔鸿同撰起居注"。

(251)孝明：孝明帝元诩，公元516—527年在位。

(252)温子昇：字鹏举，晋大将军峤之后。才高博学，文章清婉。官至中军大将军。其文传于江南，梁武帝称许说："曹植、陆机，复生北土。"

(253)王晖业：博涉子史，亦善属文。曾撰《辨宗室录》四十卷。

(254)天保：北齐文宣帝高洋年号（550—559）。

(255)刁柔：国子博士。　辛元植：司空。房延祐：通直常侍。　睦仲让：未著官爵。　裴昂之：国子博士。　高孝幹：尚书郎。

(256)凌忽：欺侮轻视。

(257)凭附得进：谓仰仗权贵而得任史职。

(258)厚诬江左：对南朝欺罔大甚。

(259)甲门盛德：指世家大族中有德望的人。

(260)高、曾：高祖、曾祖。

(261)杨遵彦：杨愔字遵彦。先仕东魏，入齐，官至尚书令。

(262)党援：同党人的声援。

(263)孝昭：北齐孝昭帝高演，在位二年（560—561）。

(264)武成：孝武帝弟，世祖谥号。北齐武成帝高湛在位四年（561—564）。

(265)开皇：隋文帝年号（581—600）。

(266)魏澹：字彦深，专精好学，善属文。隋文帝以魏收所撰书，褒贬失实，诏澹别成魏史。　颜之推：字介。博览群书，

文辞典丽。隋文帝时，牛子召为学士。　辛德源：字孝基。隋文帝时，中弘荐与王劭同修国史。

㉖⑦杨素：字处道。从隋文帝定天下，以功封越国公。以智诈自立，位高欲大。

㉖⑧潘徽：字伯彦。精三史，善属文。炀帝嗣位，命与褚亮等预修《魏书》。　褚亮：字希明。陈亡入隋，大业中，授太常博士。　欧阳询：字信本。博贯经史，仕隋为太常博士。唐贞观初，为宏文馆学士。

㉖⑨天统：北齐后主高纬年号（565—569）。

㉗⓪祖孝徵：名珽。武成帝时，累官至秘书监。后主时，官至尚书左仆射。井献武：北齐高欢之谥。

㉗①陆元规：曾任北齐中书侍郎。

㉗②武平：北齐后主高绍义年号（577—580）。

㉗③阳休之：字子烈。初仕魏，后仕北齐。普泰中，敕与魏收等同修国史。杜台卿：字少山。先仕齐，入隋，任著作郎，修国史。祖崇儒：珽族弟。史称"涉学有词藻"。隋文帝时，任宕州刺史。　崔子发：事迹无考。

㉗④并少仕邺中：谓王劭、李德林年轻时都曾仕于北齐。

㉗⑤造编年书：撰著编年体史书。

㉗⑥宇文周史：宇文氏的北周史。

㉗⑦柳虬：字仲璠。脱略有节操。曾上疏周文帝说："古者立史官，非但书事，所以为鉴诫也。

㉗⑧牛弘：字里仁。隋初为秘书监，后拜礼部尚书。

㉗⑨抵忤：冲突，矛盾。

㉘⓪岑文本：字景仁。隋末任中书侍郎，掌管文牍。贞观中，迁中书舍人。

㉘①仁寿：隋文帝年号（601—604）。

㉘②王胄：字承基。大业初，为著作佐郎，以文章峻洁为炀帝所器重。

㉘③江都之祸：指炀帝幸江都（今江苏扬州）被杀事。这里代指隋朝灭亡。

㉘④颜师古：名籀，之推孙。少传家学，博览群书，精于训诂，善属文。官至弘文馆学士。　孔颖达：字仲达。才赡学博。唐太宗命其撰《五经正义》。

㉘⑤事具于上：将情况上报皇帝。

㉘⑥于志宁：字仲谧。太宗时，任中书侍郎。高宗即位，兼修国史。　李淳风：贞观初，以将仕郎值太史局。累迁太史令。　韦安仁：两《唐书》无传。　李延寿：曾受诏与敬播同修五代史志，迁符玺郎，兼修国史。卒后，调露中，高宗观之，咨美直笔，赐帛其家，其书遂亦见称于世。

㉘⑦义宁：隋炀帝年号（617—618）。　武德：唐高祖李渊年号（618—626）。

㉘⑧温大雅：字彦宏。好学博览，仕隋东宫学士，唐高祖引掌文翰。

㉘⑨许敬宗：字延族。太宗时，任著作郎，中书舍人，兼修国史。敬播：曾与颜师古、孔颖达共撰《隋书》。

㉙⓪显庆：唐高宗李治年号（656—660）。

㉙①长孙无忌：字辅机。累迁吏部尚书。高宗时，迁太尉。　刘胤之：高宗时，任著作郎、弘文馆学士。　杨仁卿：曾任著作郎，参修国史八十一卷。

㉙②龙朔：唐高宗年号（661—663）

㉙③永徽：唐高宗年号（650—655）。

㉙④曲希时旨：曲意迎合当时朝廷的旨意。　猥饰私憾：卑鄙地巧饰私人间的怨恨。

㉙⑤"必方诸"二句：意谓定要以许敬宗与魏收（字伯起）相比，也就如同汉代的张衡与蔡邕（蔡邕与张衡相貌极相似，人云邕是张衡后身）。

㉙⑥李仁实：见《史官建置》注。　李义府：太宗时，为太子舍人、崇贤馆直学士。为人外柔内阴，时号义府笑中刀。

㉙⑦长寿：武则天年号（692—694）。

㉙⑧弘道：唐高宗年号（683）。

㉙⑨喑（yīn，音因）聋：又哑又聋，形容愚钝。

㉚⓪皆素责私家行状：都是平素索取自权门私人的品行、业绩。

㉚①罕能自远：很少能自持远见。

㉚②文案：公式化的公文案卷。

㉚③了无厘革：全无改革。

㉚④机杼：比喻诗文创作中构思和布局的新巧。联系下句，则知意在讽刺。

㉚⑤嗤鄙怪诞：离奇悖理，被讥笑鄙视。嗤鄙，讥笑鄙视。

㉖姚、许：姚思廉、许敬宗。

㉗长安：武则天年号（701—704）。

㉘《唐会要·史馆上·修史官目》："长安三年七月，朱敬则请择史官，上表曰：'国之要者，在乎记事之官，倘不遇良史之才，则大典无由而就。董狐、南史，岂独无于此时，在乎求与不求耳。'"　徐坚：才识卓异，属文典厚。与刘知几、张说同修《三教珠英》。　吴兢：贯知经史，才堪论撰。与刘知几同撰《武后实录》。

㉙神龙：唐中宗李显年号（705—707）。

㉚错综艰难：结构紊乱，文词艰深晦涩。

㉛期（jī，音机）月方毕：用了一整年的时间才重修完毕。期月，一整年。《论语·子路》："苟有用我者，期月而已可也，三年有成。"《疏》："期月，谓周一年之十二月也。"

㉜属（zhǔ，音主）辞比事：连缀文辞，排比史事，亦即撰文记事。

㉝自余：其余。　偏记：刘知几说史除编年、纪传两种体裁之外，还有十流。其中之一为偏记，是记近事的短篇，如汉陆贾《楚汉春秋》。　小说：这里指丛杂的史事撰著。

㉞具：副词，都，全。通"俱"。

史通卷之十三
外　篇

疑古第三

盖古之史氏，区分有二焉：一曰记言，二曰记事，而古人所学，以言为首。至若虞、夏之典，商、周之诰，仲虺、周任之言[①]，史佚、臧文之说[②]，凡有游谈、专对、献策、上书者，莫不引为端绪，归其的准[③]。其于事也则不然。至若少昊之以鸟名官[④]；陶唐之以御龙拜职[⑤]；夏氏之中衰也，其盗有后羿、寒浞[⑥]；齐邦之始建也，其君有蒲姑、伯陵[⑦]。斯并开国承家，异闻奇事。而后世学者，罕传其说，唯夫博物君子[⑧]，或粗知其一隅。此则记事之史不行，而记言之书见重，断可知矣。

及左氏之为传也，虽义释本经，而语杂他事。遂使两汉儒者，嫉之若仇。故二传大行[⑨]，擅名于世[⑩]。又孔门之著述也，《论语》专述言辞，《家语》兼陈事业[⑪]。而自古学徒相授，唯称《论语》而已。由斯而谈，并古人轻事重言之明效也。然则上起唐尧，下终秦穆，其《书》所录，唯有百篇。而《书》之所载，以言为主。至于废兴行事，万不记一。语其缺略，可胜道哉！故令后人有言，唐、虞以下帝王之事，未易明也。

按《论语》曰："君子成人之美，不成人之恶[⑫]。"又曰："成事不说[⑬]，遂事不谏[⑭]，既往不咎[⑮]。"又曰："民可使由之，不可使知之[⑯]。"夫圣人立教，其言若是。在于史籍，其义亦然。是以美者因其美而美之[⑰]，虽有其恶，不加毁也[⑱]；恶者因其恶而恶之[⑲]，虽有其美，不加誉也[⑳]。故孟子曰："尧、舜不胜其美，桀、纣不胜其恶[㉑]。"魏文帝曰："舜、禹之事，吾知之矣[㉒]。"汉景帝曰："言学者无言汤、武受命，不为愚[㉓]。"斯并曩贤精鉴[㉔]，已有先觉。而拘于礼法，限于师训[㉕]，虽口不能言，而心知其不可者，盖亦多矣。

又按鲁史之有《春秋》也，外为贤者，内为本国，事靡洪纤，动辄隐讳[㉖]。斯乃周公之格言。然何必《春秋》[㉗]，在于《六经》，亦皆如此。故观夫子之刊《书》也，夏桀让汤，武王斩纣，其事甚著，而芟夷不存[28]。观夫子之定《礼》也[29]，隐、闵非命[30]，恶、视不终[31]，而奋笔昌言，云“鲁无篡杀”[32]。观夫子之删《诗》也，凡诸《国风》，皆有怨刺[33]，在于鲁国，独无其章[34]。观夫子之《论语》也，君娶于吴，是谓同姓，而司败发问，对以“知礼”[35]。斯验世人之饰智矜愚[36]，爱憎由己者多矣。加以古文载事，其词简约，推者难详[37]，缺漏无补。遂令后来学者，莫究其源，蒙然靡察[38]，有如聋瞽。今故讦其疑事，以著于篇。凡有十条，列之于后。

盖《虞书》之美放勋也[39]，云“克明俊德[40]”。而陆贾《新语》又曰：“尧、舜之人，比屋可封[41]。”盖因《尧典》成文而广造奇说也。按《春秋传》云：高阳、高辛二氏各有才子八人，谓之“元”、“凯”[42]。此十六族也，世济其美，不陨其名[43]，以至于尧，尧不能举[44]。帝鸿氏、少昊氏、颛顼氏各有不才子[45]，谓之“浑沌”、“穷奇”、“梼杌”[46]。此三族也，世济其凶，增其恶名[47]，以至于尧，尧不能去。缙云氏亦有不才子，天下谓之“饕餮”[48]，以比三族，俱称“四凶”。而尧亦不能去。斯则当尧之世，小人君子，比肩齐列[49]，善恶无分，贤愚共贯[50]。且《论语》有云：舜举皋陶，不仁者远[51]。是则当皋陶未举，不仁甚多，弥验尧时群小在位者矣[52]。又安得谓之“克明俊德”、“比屋可封”者乎？其疑一也[53]。

《尧典·序》又云：“将逊于位，让于虞舜。”孔氏《注》曰[54]：“尧知子丹朱不肖，故有禅位之志。”按《汲冢琐语》云[55]：“舜放尧于平阳[56]。”而书云其地有城，以“囚尧”为号。识者凭斯异说，颇以禅授为疑。然则观此二书，已足为证者矣，而犹有所未睹也。何者？据《山海经》，谓放勋之子为帝丹朱[57]，尧未传子，而列名于帝者，得非舜虽废尧[58]，仍立尧子，俄又夺其帝者乎？观近古有奸雄奋发[59]，自号勤王[60]，或废父而立其子，或黜兄而奉其弟，始则示相推戴[61]，终亦成其篡夺。求诸历代，往往而有。必以古方今，千载一揆[62]。斯则尧之授舜，其事难明，谓之让国，徒虚语耳。其疑二也。

《虞书·舜典》又云：“五十载，陟方乃死[63]。”《注》云：“死苍梧之野，因葬焉。”按苍梧者，于楚则川号汨罗[64]，在汉则邑称零、桂[65]。地总百越[66]，山连五岭[67]。人风婐划[68]，地气歊瘴[69]。虽使百金之子[70]，犹惮经履其途；况以万乘之君[71]，而堪巡幸其国？且舜必以精华既竭，形神告劳[72]，舍兹宝位，如释重负。何得以垂殁之年[73]，更践不毛之地[74]？兼复二妃不从[75]，怨旷生离[76]，万里无依，孤魂溘尽[77]，让王高蹈[78]，岂其若是者乎？历观自古人君废逐，若夏桀放于南巢[79]，赵迁迁于房陵[80]，周王流彘[81]，楚帝徙郴[82]，语其艰棘[83]，未有如斯之甚者也。斯则陟方之死，其殆文命之志乎[84]？其疑三也。

《汲冢书》云：“舜放尧于平阳，益为启所诛[85]。”又曰：“太甲杀伊尹[86]，文丁杀季历[87]。”凡此数事，语异正经。其书近出，世人多不之信也。按舜之放尧，文之杀季，无事别说，足验其情，已于篇前言之详矣。夫唯益与伊尹见戮，并于正书犹无其证。推而论之，如启之诛益，仍可覆也[88]。何者？舜废尧而立丹朱，禹黜舜而立商均[89]，益手握机权[90]，势同舜、禹，而欲因循故事[91]，坐膺天禄[92]。其事不成，自贻伊咎[93]。观夫近古篡夺，桓独不全，马仍反正[94]。若启之诛益，亦犹晋之杀玄乎？若舜、禹相代，事业皆成，唯益覆车[95]，伏辜夏后[96]，亦犹桓效曹、马，而独致元兴之祸者乎[97]？其疑四也。

《汤誓·序》云[98]：“汤伐桀，战于鸣条[99]。”又云：“汤放桀于南巢，唯有惭德[100]。”而《周书·殷祝》篇称“桀让汤王位”云云[101]。此则有异于《尚书》。如《周书》之所说，岂非汤既胜桀，力制夏人，使桀推让，归王于己。盖欲比迹尧、舜，袭其高名者乎[102]？又按《墨子》云：“汤以天下让务光，而使人说曰：汤欲加恶名于汝。务光遂投清泠之泉而死[103]。汤乃即位无疑。然则汤之饰让，伪迹甚多[104]。考墨家所言，雅与《周书》相会[105]。夫《周书》之作，本出《尚书》，孔父截剪浮词，裁成雅诰[106]，去其鄙事，直云“惭德”，岂非欲灭汤之过，增桀之恶者乎？其疑五也。

夫《五经》立言，千载犹仰[107]，而求其前后，理甚相乖。何者？称周之盛也，则云三分有二[108]，商纣为独夫[109]；语殷之败也，又云纣有臣亿万人，其亡流血漂杵[110]。斯则是非无准，向背不同者焉。又按武王为《泰誓》，数纣过失，亦犹近代之有吕相为晋绝秦[111]，陈琳为袁檄魏[112]，欲加之罪，能无辞乎？而后来诸子，承其伪说，竞列纣罪，有倍《五经》。故子贡曰："桀、纣之恶不至是，君子恶居下流[113]。班生亦云[114]：安有据妇人临朝[115]！刘向又曰：世人有弑父害君，桀、纣不至是，而天下归恶者必以桀、纣为先[116]。此其自古言辛、癸之罪[117]，将非厚诬者乎[118]？其疑六也。

《微子之命》篇《序》云[119]："杀武庚。"按禄父即商纣之子也。属社稷倾覆，国家沦亡，父首枭悬，母躯分裂[120]，永言怨耻，生人莫二[121]。向使其侯服事周[122]，而全躯保其妻子也，仰天俯地，何以为生？含齿戴发[123]，何以为貌？既而合谋二叔[124]，徇节三监[125]，虽君亲之怨不除，而臣子之诚可见。考诸名教[126]，生死无惭。议者苟以其功业不成，便以顽人为目[127]。必如是，则有君若夏少康，有臣若伍子胥[128]，向若陨仇雪怨[129]，众败身灭，亦当隶迹丑徒，编名逆党者耶？其疑七也。

《论语》曰："大矣，周之德也，三分天下有其二，犹服事殷[130]。"按《尚书序》云："西伯戡黎，殷始咎周[131]。"夫姬氏爵乃诸侯，而辄行征伐，结怨王室，殊无愧畏。此则《春秋》荆蛮之灭诸姬[132]，《论语》季氏之伐颛臾也[133]。又按某书曰：朱雀云云，文王受命称王云云[134]。夫天无二日，地惟一人，有殷犹存，而王号遽立，此即《春秋》楚及吴、越僭号而陵天子也[135]。然则戡黎灭崇[136]，自同王者，服事之道[137]，理不如斯。亦犹近者魏司马文王害权臣[138]，黜少帝，坐加九锡[139]，行驾六马。及其殁也，而荀勖犹谓之人臣以终[140]。盖姬之事殷，当比马之臣魏，必称周德之大者，不亦虚为其说乎？其疑八也。

《论语》曰："太伯，可谓至德也已，三以天下让，民无得而称焉[141]。"按《吴越春秋》所载云云[142]，斯则太王钟爱厥孙[143]，将立其父。太伯年居长嫡，地实妨贤[144]。向若强颜苟视[145]，怀疑不去，大则类卫伋之诛[146]，小则同楚建之逐[147]，虽欲勿让，君亲其立诸[148]？且太王之殂，太伯来赴[149]，季历承考遗命，推让厥昆[150]。太伯以形质已残，有辞获免[151]。原夫毁兹玉体，从彼被发者[152]，本以外绝嫌疑，内释猜忌，譬雄鸡自断其尾，用获免于人牺者焉[153]。又按《春秋》晋士蒍见申生之将废也，曰：为吴太伯，犹有令名[154]。斯则太伯、申生，事如一体。直以出处有异[155]，故成败不同。若夫子之论太伯也，必美其因病成妍，转祸为福，斯则当矣。如云"可谓至德"者，无乃谬为其誉手？其疑九也。

《尚书·金縢》篇云："管、蔡流言，公将不利于孺子[156]。"《左传》云："周公杀管叔而放蔡叔，夫岂不爱，王室故也[157]。"按《尚书·君奭》篇《序》云："召公为保，周公为师[158]，相成王为左右。召公不说[159]。"斯则旦行不臣之礼[160]，挟震主之威[161]，迹居疑似[162]，坐招讪谤[163]。虽奭以亚圣之德[164]，负明允之才[165]，目睹其事，犹怀愤懑。况彼二叔者，才处中人，地居下国[166]，侧闻异议，能不怀猜？原其推戈反噬[167]，事由误我[168]。而周公自以不诚[169]，遽加显戮[170]，与夫汉代之赦淮南[171]，明帝宽阜陵[172]，一何远哉[173]！斯则周公于友于之义薄矣[174]。而《书》之所述，用为美谈者，何哉？其疑十也。

大抵自《春秋》以前，《尚书》之世，其作者述事如此。今取其正经雅言[175]，理有难晓，诸子异说，义或可凭，参而会之[176]，以相研核。如异于此，则无论焉。夫远古之书，与近古之史，非唯繁约不类，固亦向背皆殊。何者？近古之史也，言唯详备，事罕甄择[177]。使夫学者睹一邦之政，则善恶相参；观一主之才，而贤愚殆半。至于远古则不然。夫其所录也，略举纲维，务存褒讳，寻其终始，隐没者多。尝试言之，向使汉、魏、晋、宋之君生于上代[178]，尧、舜、禹、汤之主出于中叶[179]，俾史官异地而书，各叙时事，校其得失[180]，固未可量。若乃轮扁称其糟粕[181]，孔氏述其传疑[182]，孟子曰："尽信《书》，不如无《书》。《武成》之篇，吾取其二三简[183]。"推此而言，则远古之书，其妄甚矣。岂比夫王沉之不实，沈约之多诈[84]，若斯而已哉！

---

①仲虺：人名，商代成汤的左相，奚仲的后代，薛国的祖先。周任：周代的良史。《左传·隐公六年》云："周任有言曰：'为国家者，见恶如农夫之务去草焉。'"

②史佚：周代史官。曾对成王说："天子无戏言。"臧文：臧文仲，鲁国大夫。《左传·庄公十一年》："臧文仲曰：'禹、汤罪己（责备自己），其兴也悖焉（他们就蓬勃兴起）；桀、纣罪人，其亡也忽焉（他们就很快灭亡）。"

③端绪：头绪。的（dì，音弟）准：目的，标准。

④少昊以鸟名官：少昊，也作少皞，传说古部落首领名，黄帝子。《竹书纪年》：少昊登帝位，有凤凰之瑞！或曰名清（上古人名）不居帝位，帅鸟师居西方，以鸟纪官。

⑤陶唐之以御龙拜职：传说夏朝时刘累学养龙，以事帝孔甲，孔甲赐姓为御龙氏。见《左传·昭公二十九年》、《史记·夏纪》。陶唐，帝尧，这里代指夏帝孔甲。

⑥后羿、寒浞：后羿善射，为上古夷族的首领。相传夏太康沉湎于游乐，羿推翻其统治，自立为君，号有穷氏。后来其相寒浞又杀羿自立。

⑦蒲姑、伯陵：伯陵，逢伯陵，殷诸侯。蒲姑，蒲姑氏，殷、周之际诸侯，取代逢伯陵者。二人皆齐国的始建者。《左传·昭公二十年》："昔爽鸠氏始居此地（自田），季荝因之，有逢伯陵因之，蒲姑氏因之，而后太公（吕尚）因之。"

⑧博物：博识多知。

⑨二传：指《公羊传》、《谷梁传》。

⑩擅名：大有名望。

⑪刘知己不知《孔子家语》系三国魏王肃之伪作，故误举与《左传》并列。

⑫"君子"二句：出自《论语·颜渊》。

⑬原注："事已成，不复可解说。"

⑭原注："事已遂（终了），不可复谏。"

⑮既往不咎：对已成过去的错误，不加责难追究。咎，责备。以上三句出自《论语·八佾》。

⑯"民可"二句：出自《论语·泰伯》。意谓：老百姓，可以使他们照着我们的道路走去，不可以使他们知道那是为什么。

⑰因其美而美之：因为他美（好）所以才赞美他。

⑱毁：非毁，恶评。

⑲因其恶而恶（wù，音务）之：因为他恶所以才憎恨他。

⑳誉：称赞其美。

㉑孟子的话引自《风俗通·正失》。不胜，不堪，承受不了。

㉒引文出自《三国志·魏志·文帝纪》注，见《史官建制》注。

㉓《史记·辕固生传》："景帝曰：'食肉不食马肝，不为不知味。言学者无言汤、武受命（受命于天），不为愚。'"

㉔斯并曩贤精鉴：这都是先贤精到的鉴裁（识别）。

㉕师训：老师传统的教诲。

㉖"事靡"二句：事无巨细，动不动就隐讳。

㉗何必：不必，不只。

㉘芟（shān，音山）夷：删除。

㉙定《礼》：即修《春秋》，因《春秋》为周礼旧法，故云。

㉚隐、闵非命：据《左传·隐公十一年》，羽父建议鲁隐公杀桓公，隐公却表示愿让位于桓公，羽父惧，反诬告于桓公而请杀隐公，且果遣人杀之。据《左传·闵公二年》，秋八月，共仲指使卜齮在路寝殿的的旁门武闱刺杀了鲁闵公。

㉛恶、视不终：见《编次》注。

㉜《礼记·明堂位》："是故鲁王礼也，天下传之久矣。君臣未尝相弑也。""奋笔"二句，即针对《礼记》而言。

㉝怨刺：怨恨讽刺。《汉书·礼乐志》："周道始缺，怨刺之诗起。"

㉞原注："鲁多淫僻，岂无刺诗，盖夫子删去不录。"

㉟《论语·述而》："陈司败问昭公知礼乎，孔子曰：'知礼。'"而实际鲁昭公从吴国娶了位夫人，而吴和鲁是同姓国家（姬姓）不便叫她做吴姬，于是叫她做吴孟子。

㊱饰智矜愚：文饰才智来顾惜愚俗。《庄子·达生》："今汝饰智以惊愚，修身以明污。"矜，顾惜。校注者按：《史通》译注

本皆未予注释，大型辞书亦皆疏漏此成语。

㊲推者：推求研究的人。

㊳蒙然：昏昧的样子。靡察：无所觉察。

㊴放勋：尧的名字。

㊵克明俊德：语出《尚书·尧典》。意谓能聪明而有大德。

㊶尧、舜之人：即尧、舜之民。比屋可封：家家都有德行，人人可以旌表。指教化的成就。

㊷元、凯：高辛氏有才子八人，天下之民谓之八元。高阳氏有才子八人，天下之民称作八凯。均见《左传·文公十八年》。

㊸不陨其名：不败坏他们的名声。

㊹举：拔取，任用。

㊺帝鸿氏：黄帝名号。少昊，传说古部落首领名。也作少皞。　颛顼氏：即高阳氏。古帝名，五帝之一。

㊻《左传·文公十八年》略云：昔帝鸿氏有不才子，谓之浑敦；少昊氏有不才子，谓之穷奇；颛顼氏有不才子，谓之梼杌。

㊼“世济”二句：意谓世人每添其凶而增其丑恶的名声。

㊽缙云氏：黄帝时夏官。　饕餮（tāotiè，音掏帖）：本为恶兽名。《左传·文公十八年》：“缙云氏有不才子，贪于饮食，冒于货贿，侵欲崇侈，……谓之‘饕餮’。”

㊾比肩齐列：肩并肩地排列在一起。比喻没有区分。

㊿共贯：混同一起。

51二句引自《论语·颜渊》。意谓舜有了天下，选任皋陶，坏人就难以存在了。

52弥验：更证明。

53浦起龙注：“十疑之中，不言嬗代（朝代更替）之事者，独此首条耳。亦见凡在盛朝，铺张善治，必不免于溢辞（溢美之辞），为后此诸条作引也。”

54孔氏：指孔安国。

55明胡应麟认为《琐语》记事，“诡诞不根”，“大抵如后世《夷坚》、《齐谐》之类，非杂记商、周之事也”。

56《广弘明集》卷十一引《汲冢竹书》云：“舜囚尧于平阳，取之帝位。”

57帝丹朱：《山海经·海内南经》：“苍梧之山，帝舜葬于阳，帝丹朱葬于阴。”郭璞注云：“丹朱称帝者，犹汉山阳公死，加献帝之谥也。”

58得非：无乃，岂不是，反诘词。

59奋发：这里指起兵壮势。

60勤王：为王事尽力。

61推戴：推奉拥戴。

62一揆：一个道理。

63陟（zhì，音志）方：谓帝王巡守。《尚书》孔《传》：“方，道也。舜即位五十年，升道南方巡守，死于苍梧之野而葬焉。”

64汨罗：水名，在湖南东北部。

65零、桂：零陵郡和桂阳郡。

66百越：古地名，今江、浙、闽、粤之地。

67五岭：指大庾、骑田、都庞、萌渚、越城五岭。

68人风：民俗。祼划：指文身。

69歊瘴：即瘴气。

70百金之子：一般家庭的子弟。鲍照咏史诗有“百金不市死（一般家庭的子弟也不轻易卖命）。”

71万乘（shèng，音胜）：犹万辆。周制：天子地方千里，出兵车万乘，诸侯地方百里，出兵车千乘。

72形神告劳：身体疲惫，精神委顿。

73垂殁：谓老迈将死。

74不毛之地：形容地区荒凉、贫瘠。

75二妃：舜娶尧的二女娥皇、女英为妃。

76怨旷生离：怨恨活着别离之久。

77溘（kè，音克）尽：忽然消逝。

78让王：以王位让予他人。高蹈：远行。

(79)放：流放。南巢：在今安徽巢湖东北。

(80)秦人攻赵，赵王迁降，被流放到房陵。《淮南子·泰族训》："赵王迁流于房陵，思故乡，作为山水之讴。闻者莫不陨涕。"

(81)周王流于彘：见《鉴识》注。

(82)楚帝徙郴（chēn，音抻）：项羽遣使徙楚义帝于郴（今属湖南）。

(83)语其艰棘：述说其艰难危急。

(84)文命：夏禹名。浦起龙按云："此条追出'文命之志'一句，志在刘宋之于零陵也。自零陵后，禅位之君罕得全者。"

(85)益：伯益，舜时东夷部落的首领。相传助禹治水有功，禹要让位给益。启杀益之事，只见于不足为据的《汲冢琐语》。

(86)太甲：商王名，成汤孙。即位后，纵欲败度。伊尹：商汤臣，佐商汤伐夏桀，被尊为阿衡（宰相）。

(87)文丁杀季历：文丁杀了周文王的父亲季历（即王季）。

(88)仍可覆也：仍须加以审查。

(89)商均：舜子。

(90)机权：机变之大权。

(91)因循故事：谓沿袭舜、禹的做法。

(92)坐膺（yīng，音英）天禄：坐享天赐的福禄。膺，承受。

(93)自贻伊咎：自己招致这灾祸。伊，是，此。

(94)"桓独"二句：东晋隆安二年，桓玄起兵叛晋。于元兴元年篡位，安帝逃往江陵。三年（404）五月，督护冯迁杀桓玄，安帝复位。

(95)覆车：比喻失败。

(96)伏辜：服罪。

(97)曹、马：指曹氏、司马氏篡权夺位。　元兴之祸：桓玄于东晋安帝时为江州刺史，都督荆江等八州军事，据江陵。元兴元年，举兵东下，攻入建康，迫安帝禅位，建号楚。刘裕起兵讨玄，玄兵败被执，斩于江陵。见《晋书·桓玄传》。

(98)《尚书·汤誓·序》：概述伊尹辅佐成汤讨伐夏桀事。

(99)鸣条：今山西安邑。

(100)惭德：因行为有缺点而内愧于心。

(101)云云：如此，这样（表示引文有所省略）。

(102)比迹：齐步，并驾。袭：继承，因袭。

(103)清泠：古水名。《庄子·让王》："因自投清泠之渊。"泠作"冷"误

(104)伪迹：假象。

(105)雅与《周书》相会：正与《周书》相符。《周书》、《尚书》相传为虞夏商周四代之书。其中《泰誓》至《秦誓》三十二篇，记载周秦之事，称《周书》。

(106)裁成雅诰：删润成轨范的帝王的封赠命令。

(107)仰：敬慕。

(108)朱熹注《春秋传》曰："盖天下归文王六州，惟青、兖、冀尚属纣耳。"

(109)独夫：一夫，即众叛亲离的统治者。

(110)流血漂杵：血流得足以将橹浮起。形容战场上伤亡极多。

(111)《左传·成公十三年》略云：夏季四月五日，晋厉公派吕相去和秦国断绝邦交。

(112)陈琳为袁檄（xí，音习）魏：指陈琳《为袁绍檄豫州》。陈琳为袁绍写的这篇檄文，虽是给刘备的，笔锋却直对曹操。檄文历数曹操无德，故刘知几说"为袁檄魏"。陈琳，字孔璋。初为何进主簿，后归袁绍。绍败归操，操爱其才而不咎，以为记室。

(113)语出《论语·子张》。意谓君子憎恨居于下流（因为一居下流，"天下之恶皆归焉"）。

(114)班生：班伯，西汉人。受《诗经》于师丹，受《尚书》、《论语》于郑宽中、张禹。志气慷慨，学有根柢。

(115)据妇人临朝：浦起龙引《汉书·叙传》云："成帝宴饮，乘舆幄坐，画纣据妲己。上指问班伯曰：纣至是乎？伯对曰："《书》云：'乃用妇人之言'，何有踞肆（傲慢放肆）于朝？所谓众恶归之，不如是之甚也。"

(116)先：首恶。

(117)辛、癸：商纣和夏桀。纣名受辛，桀名履癸。后以辛癸指暴君。

(118)将非：岂非，岂不是。厚诬：欺罔太甚之意。

(119)《尚书·微子之命·序》："成王既黜殷命，杀武庚，命微子启代殷后，作《微子之命》。"武庚，即殷纣之子禄父。

⑳“属社稷”四句：写商朝败灭的惨状。属（zhǔ，音主）：适逢，正当。社稷倾覆：国家政权崩溃。父首枭悬：父亲被斩首悬于木上。

㉑“永言”二句：这永久的深怨奇耻，活人中没有第二个。言，语中助词，无义。

㉒侯服：斥候而服事。侯，候。

㉓含齿戴发：长着牙齿和头发。指人。《列子·黄帝》：“戴发含齿，倚而趣者谓之人，而人未必无兽心，虽有兽心，以状而见亲矣。”

㉔二叔：指管叔、蔡叔。《史记·殷本纪》：“周武王崩，武庚与管叔、蔡叔作乱，成王命周公诛之。

㉕《帝王世纪》云：“自殷都以东为卫，管叔监之，殷都以西为鄘，蔡叔监之，殷都以北为邶，霍叔监之，是为三监。”

㉖名教：以正名定分为中心的封建礼教。

㉗便以顽人为目：便称之为不服从统治的人。目，称。

㉘夏少康：夏王相的儿子，禹的七世孙。相为寒浞的儿子浇所杀，相妻后缗正怀孕。逃到有仍，生少康。少康长大后，和旧臣靡合力灭浞，恢复夏王朝。伍子胥：名员，春秋楚人。父奢兄尚都被楚平王杀害。子胥奔吴，吴封以申地，故称申胥。与孙武共佐吴王阖闾伐楚，五战入郢（楚都），掘平王墓，鞭尸三百。见《史记·伍子胥传》。

㉙陨仇雪怨：报仇冤，解除怨恨。

㉚《论语·泰伯》：“三分天下有其二（周文王得了天下的三分之二），以服事殷（仍向商纣称臣）。周之德，其可谓至德也已矣。”

㉛“西伯”二句：谓周文王征服殷朝畿内的诸侯国黎，商纣才开始憎恶周。《尚书》有《西伯戡黎》。西伯，西方诸侯之长，即周文王。

㉜《左传·僖公二十八年》：“栾贞子曰：‘汉阳诸姬，楚实尽之。”意谓汉水以北的姬姓国家，楚国实在已灭尽了。荆蛮，指楚国。

㉝事载《论语·季氏》。谓季氏准备攻打颛臾。颛臾，鲁国的附庸国家。

㉞浦起龙注：“当有本文，‘云云’字误。”《史记·周本纪》张守节《正义》引《易纬》云：“文王受命，改正朔，有王号于天下。”

㉟陵：陵驾。《管子·五辅》：“贱不逾贵，少不陵长。”

㊱崇：商的相交好之国。在今陕西西安沣水西。崇侯虎时，为周文王所灭。文王在此建立丰邑，作为国都。

㊲服事：诸侯定期朝贡，各依服数以事天子，称为服事。

㊳魏帝曹髦在位时，大将军司马昭专朝政，有篡夺帝位之心。甘露五年（260），杀曹髦和尚书王经等，立曹奂为帝，后自立为晋公。死后，其子司马炎废魏称帝，建立晋朝，追谥为文帝。

㊴九锡：传说古代帝王尊礼大臣所给的九种器物，如衣服、车马、弓矢、乐器等。

㊵荀勖（xù，音旭）：字公曾。性佞媚，为佐司马昭成其篡夺之谋者。《史通增释》引《晋书·石苞传》云：“文帝崩，贾充、荀勖议葬礼未定。苞时奔丧，恸哭曰：‘基业为此，而以人臣终乎?’”可证《史通》误石苞为荀勖。语意为石苞等不满意以人臣之礼葬司马昭。

㊶引文出自《论语·泰伯》。意谓孔子说：太伯，那可以说是品德极崇高了。屡次地把把天下让给季历，老百姓简直找不出恰当的词语来称赞他。太伯，也作泰伯，周朝祖先古公亶父的长子，季历（文王父）的长兄。

㊷《吴越春秋》亦载有泰伯三让事。

㊸钟爱：特别爱。

㊹地实妨贤：谓所处嫡长地位，有碍贤者季历。

㊺强颜：厚颜，谓不知羞耻。苟视：随便窥视。

㊻卫宣公为太子伋娶齐女，见齐女貌美又霸占了她，生子寿、朔。后齐女与寿、朔阴谋谗害伋，串通宣公派伋出使齐国，而使人在边界把他杀害。事见《史记·卫世家》。

㊼楚灵王为太子建娶齐女，派往迎亲的少师费无极，却谄谀灵王自娶齐女，并囚禁建于城父。旋又诬称建将谋反。灵王便派城父司马奋扬杀建，建得知，逃往宋国。

㊽“虽欲”二句：意谓他想不让君位，可是他的父亲肯立他吗？

㊾赴：告丧。今文作“讣”。

㊿“季历”二句：文王将父亲临终授自己的帝位，让给长兄。考，称已死之父。昆，兄，指太伯。

(151)“太伯”二句：谓太伯托辞身体不好，使弟弟接受他的辞让。

(152)从彼被（pī，音批）发：谓如东方之夷散发文身。

⑮③免于人牺：避免人用来作祭品。

⑮④晋太子申生率军灭耿、霍、魏，还，献公为他加修曲沃城，并授爵大夫。士蒍说："太子不得立矣，……不如逃之，无使罪至。为吴太伯（像季历的长兄吴太伯那样），……犹有令名。"令名，美名。

⑮⑤出处（chǔ，音楚）：进退。本于《周易·系辞上》："君子之道，或出或处。"

⑮⑥引文意谓：周武王死后，管叔、蔡叔（皆文王弟）等散布谣言，说："周公将对年幼的成王（武王子）不利。"

⑮⑦"周公"二句：引自《左传·昭公元年》。王室，指周王朝。

⑮⑧"召公"二句：召公任太保，周公任太师。召（shào，音绍）公，姓姬，名奭（shì，音士），周武王之臣。

⑮⑨说：同"悦"。

⑯⓪旦：姬旦，周公。

⑯①挟震主之威：拥有威胁成王的威权。

⑯②迹居疑似：形迹是非难辨。

⑯③坐：因。

⑯④亚圣：指才智、名位次于圣人的贤人。

⑯⑤负明允之才：具有光明信实的才器。

⑯⑥下国：诸侯国，小国。

⑯⑦"原其"句：推究周公举戈杀二叔，却反咬一口说二叔谋反的原因。

⑯⑧误我：贻害自己。

⑯⑨不诚：犹言不和。也作不咸。《左传·僖公二十四年》："昔周公吊二叔之不咸。"

⑰⓪显戮：明正典刑，处决示众。

⑰①汉高祖十一年封子刘长为淮南王，文帝时因谋反被判死刑，诏赦免其死，谪徙蜀郡。

⑰②汉光武帝子刘延，封淮阳，性骄奢放纵。有人告发他作图谶祝诅（诉于鬼神，使降祸于憎恶之人），明帝特宽宥免死，徙为阜陵王。

⑰③一何：何其，多么。

⑰④友于：《尚书·君陈》："惟孝友于兄弟。""于"本介词，后常"友于"连用以称兄弟间的友爱。

⑰⑤正经雅言：指《五经》正典和正确之言。

⑰⑥参而会之：汇总在一起。

⑰⑦事罕甄择：对史事很少鉴别选择。

⑰⑧上代：上古。

⑰⑨中叶：中世，中古时代。这里指汉、魏、晋、南北朝时代。

⑱⓪校（jiào，音叫）：考订。

⑱①《庄子·天道》："桓公读书于堂上，轮扁（制造车论的人）斲轮于堂下，释（放下）椎凿而上，问桓公曰：'敢问，公之所读者何言邪？'公曰：'圣人之言也。'曰：'圣人在乎？'公曰：'已死矣。'曰：'然则君之所读者，古人之糟魄（粕）已夫！'"

⑱②"孔氏"句：孔子曾申述对疑难问题，不作定论，传待他人。

⑱③"尽信"四句：引自《孟子·尽心下》。意谓孟子说："完全相信《书》（《尚书》），那不如没有《书》。我对于《武成》一篇，所取的不过两三页罢了。"

⑱④王沉之不实，沈约之多诈：见《曲笔》注。

史通卷之十四

外　篇

惑经第四

昔孔宣父以大圣之德[1]，应运而生[2]，生民已来，未之有也[3]。故使三千弟子，七十门人[4]，钻仰不及[5]，请益无倦。然则尺有所短，寸有所长[6]，其间切磋酬对[7]，颇亦互闻得失。何者？睹仲由之不悦，则矢天厌以自明[8]；答言偃之弦歌，则称戏言以释难[9]。斯则圣人设教，其理含弘[10]，或援誓以表心，或称非以受屈[11]。岂与夫庸儒末学，文过饰非，使夫问者缄辞杜口[12]，怀疑不展[13]，若斯而已哉？嗟夫！古今世殊，师授路隔，恨不得亲膺洒扫[14]，陪五尺之童[15]；躬奉德音[16]，抚四科之友[17]。而徒以研寻蠹简[18]，穿凿遗文，菁华久谢，糟粕为偶。遂使理有未达，无由质疑。是用握卷踌躇[19]，挥毫悱愤[20]。倘梁木斯坏[21]，魂而有灵，敢效接舆之歌[22]，辄同林放之问[23]。但孔氏之立言行事，删《诗》赞《易》，其义既广，难以具论[24]。今惟摭其史文，评之于后。

按夫子所修之史，是曰《春秋》。窃详《春秋》之义，其所未谕者有十二[25]。

何者？赵孟以无辞伐国，贬号为人[26]；杞伯以夷礼来朝，降爵称子[27]。虞班晋上，恶贪贿而先书[28]；楚长晋盟，讥无信而后列[29]。此则人伦臧否[30]，在我笔端，直道而行[31]，夫何所让[32]？奚为郑、楚及齐，国有弑君，各以疾赴[33]，遂皆书卒？夫臣弑其君，子弑其父，凡在含识[34]，皆知耻惧。苟欺而可免，则谁不愿然？具官为正卿，反不讨贼[35]；地居冢嫡，药不亲尝[36]。遂皆被以恶名，播诸来叶[37]。必以彼三逆，方兹二弑[38]，躬为枭獍，则漏网遗名[39]；迹涉瓜李[40]，乃凝脂显录[41]。嫉恶之情[42]，岂其若是？其所未谕一也。

又按齐乞野幕之戮，事起阳生[43]；楚比乾溪之缢，祸由观从[44]。而《春秋》捐其首谋，舍其亲弑，亦何异鲁酒薄而邯郸围[45]，城门火而池鱼及[46]。必如是，则邾之阍者私憾射姑，以其君卞急而好洁，可行欺以激怒，遂倾瓶水以沃庭，俾废垆而烂卒[47]。斯亦罪之大者，奚不书弑乎[48]？其所未谕二也。

盖明镜之照物也，妍媸必露，不以毛嫱之面或有疵瑕[49]，而寝其鉴也[50]；虚空之传响也，清浊必闻，不以绵驹之歌时有误曲[51]，而辍其应也[52]。夫史官执简，宜类于斯。苟爱而知其丑，憎而知其善[53]，善恶必书，斯为实录。观夫子修《春秋》也，多为贤者讳。狄实灭卫，因桓耻而不书[54]；河阳召王，成文美而称狩[55]。斯则情兼向背，志怀彼我。苟书法其如是也，岂不使为人君者，靡惮宪章[56]，虽玷白圭[57]，无惭良史也乎？其所未谕三也。

哀八年及十三年，公再与吴盟，而皆不书[58]。桓二年，公及戎盟则书之[59]。戎实豺狼，非我族类[60]。夫非所讳而仍讳，谓当耻而无耻，求之折衷，未见其宜。其所未谕四也。

诸国臣子，非卿不书，必以地来奔，则虽贱亦志[61]。斯岂非国之大事，不可限以常流者耶[62]？如阳虎盗入于谨，拥阳关而外叛，《传》具其事，《经》独无闻[63]，何哉？且弓玉中亡，犹获显记；城邑失守，反不沾书。略大存小，理乖惩劝。其所未谕五也。

按诸侯世嫡[64]，嗣业居丧[65]，既未成君，不避其讳。此《春秋》之例也。何为般、野之殁，皆以名书[66]；而恶、视之殂，直云“子卒”[67]。其所未谕六也。

凡在人伦不得其死者[68]，邦君已上皆谓之弑[69]，卿士已上通谓之杀。此又《春秋》之例也。按桓二年，书曰：“宋督弑其君与夷及其大夫孔父。”僖十年，又曰：“晋里克弑其君卓及其大夫荀息[70]。”夫臣当为杀，而称及，与君弑同科。苟弑、杀不分，则君臣靡别者矣[71]。其所未谕七也。

夫臣子所书，君父是党，虽事乖正直，而理合名教[72]。如鲁之隐、桓戕弑[73]，昭、哀放逐[74]，姜氏淫奔[75]，子般夭酷[76]。斯则邦之孔丑[77]，讳之可也。如公送晋葬[78]，公与吴盟，为齐所止[79]，为邾所败[80]，盟而不至，会而后期[81]，并讳而不书，岂非烦碎之甚？且按汲冢竹书《晋春秋》及《纪年》之载事也，如重耳出奔，惠公见获[82]，书其本国，皆无所隐。唯《鲁春秋》之记其国也，则不然。何者？国家事无大小，苟涉嫌疑[83]，动称耻讳，厚诬来世，奚独多乎！其所未谕八也。

按昭十二年，齐纳北燕伯于阳[84]。“伯于阳”者何[85]？公子阳生也。子曰：“我乃知之矣[86]。”在侧者曰：“子苟知之，何以不革？”曰：“如尔所不知何？”夫如是，夫子之修《春秋》，皆遵彼乖僻[87]，习其讹谬，凡所编次，不加刊改者矣。何为其间则一褒一贬，时有弛张[88]；或沿或革，曾无定体。其所未谕九也。

又书事之法，其理宜明。使读者求一家之废兴，则前后相会；讨一人之出入[89]，则始末可寻。如定六年，书“郑灭许，以许男斯归”[90]。而哀元年，书“许男与楚围蔡”[91]。夫许既灭矣，君执家亡[92]，能重列诸侯，举兵围国者何哉？盖其间行事，必当有说。《经》既不书，《传》又阙载[93]，缺略如此，寻绎难知[94]。其所未谕十也。

按晋自鲁闵公已前，未通于上国[95]。至僖二年，灭下阳已降[96]，渐见于《春秋》。盖始命行人自达于鲁也[97]，而《琐语》、《晋春秋》载鲁国闵公时事，言之甚详。斯则闻事必书，无暇相赴者也[98]。盖当时国史，他皆仿此。至于夫子所修也则不然。凡书异国，皆取来告。苟有所告，虽小必书；如无其告，虽大亦阙。故宋飞六鹢[99]，小事也，以有告而书之；晋灭三邦[100]，大事也，以无告而阙之。用使巨细不均[101]，繁省失中，比夫诸国史记，奚事独为疏阔[102]？寻兹例之作也，盖因周礼旧法，鲁策成文[103]。夫子既撰不刊之书[104]，为后王之则[105]，岂可仍其过失，而不中规矩者乎？其所未谕十一也。

盖君子以博闻多识为工，良史以实录直书为贵。而《春秋》记他国之事，必凭来者之辞；而来者所言，多非其实。或兵败而不以败告[106]，君弑而不以弑称，或宜以名而不以名，或应以氏而不以氏[107]，或春崩而以夏闻[108]，或秋葬而以冬赴[109]。皆承其所说而书，遂使真伪莫分，是非相乱。其所未谕十二也。

凡所未谕，其类犹多，静言思之[110]，莫究所以[111]。岂“夫子之墙数仞，不得其门”者欤[112]？将“丘也幸，苟也过，人必知之”者欤[113]？如其与夺[114]，请谢不敏[115]。

又世人以夫子固天攸纵，将圣多能[116]，便谓所著《春秋》，善无不备[117]。而审形者少，随声者多[118]，相与雷同，莫之指实。榷而为论，其虚美者有五焉。

按古者国有史官，具列时事，观汲冢所记，皆与鲁史符同。至如周之东迁[119]，其说稍备；隐、桓已上，难得而详。此之烦省，皆与《春秋》不别。又“获君曰止[120]”，“诛臣曰刺”[121]，“杀其大夫曰杀[122]”，“执我行人[123]”，“郑弃其师[124]”，“陨石于宋五”。诸如此句，多是古史全文。则知夫子之所修者，但因其成事[125]，就加雕饰，仍旧而已，有何力哉[126]？加以史策有阙文，时月有失次，皆存而不正，无所用心，斯又不可殚说矣[127]。而太史公云：夫子“为《春秋》，笔则笔，削则削，子夏之徒，不能赞一辞”[128]。其虚美一也。

又按宋襄公执滕子而诬之以得罪[29]，楚灵王弑郏敖而赴之以疾亡[30]，《春秋》皆承告而书，曾无变革。是则无辜者反加以罪，有罪者得隐其辜，求诸劝戒，其义安在？而左丘明论《春秋》之义云："或求名而不得，或欲盖而名彰"，"善人劝焉，淫人惧焉[31]。"其虚美二也。

又按《春秋》之所书，本以褒贬为主。故《国语》晋司马侯对其君悼公曰："以其善行，以其恶戒，可谓德义矣。"公曰："孰能?"对曰："羊舌肸习于《春秋》[32]。"至于董狐书法而不隐[33]，南史执简而累进[34]，又宁殖出君[35]，而卒自忧名在策书。故知当时史臣各怀直笔，斯则有犯必死，书法无舍者矣。自夫子之修《春秋》也，盖他邦篡贼其君者有三[36]，本国之弑逐其君者有七[37]，莫不缺而靡录，使其有逃名者。而孟子云："孔子成《春秋》，乱臣贼子惧[38]。"无乃乌有之谈欤[39]？其虚美三也。

又按《春秋》之文，虽有成例，或事同书异，理殊画一[40]。故太史公曰："孔子著《春秋》，隐、桓之间则彰，至定、哀之际则微，为其切当世之文，而罔褒讳之辞也[41]。"斯则危行言逊[42]，吐刚茹柔[43]，推避以求全，依违以免祸。而孟子云："孔子曰：'知我者其惟《春秋》乎！罪我者其惟《春秋》乎[44]！"其虚美四也。

又按赵穿杀君而称宣子之弑；江乙亡布而称令尹所盗[45]。此则春秋之世，有识之士莫不微婉其辞，隐晦其说。斯盖当时之恒事[46]，习俗所常行。而班固云："仲尼殁而微言绝[47]。"观微言之作，岂独宣父者邪？其虚美五也。

考兹众美，征其本源[48]，良由达者相承[49]，儒教传授，既欲神其事，故谈过其实。语曰："众善之，必察焉[50]。"孟子曰："尧、舜不胜其美，桀、纣不胜其恶。"寻世之言《春秋》者，得非睹众善而不察[51]，同尧、舜之多美者乎？

昔王充设论，有《问孔》之篇[52]。虽《论语》群言，多见指摘，而《春秋》杂义，曾未发明[53]。是用广彼旧疑，增其新觉[54]，将来学者，幸为详之。

---

①宣父：对孔子的尊称。《新唐书·礼乐志》："贞观十一年，诏尊孔子为宣父。"

②应（yìng，音硬）运：谓顺应天的气数。

③《孟子·公孙丑上》："自生民（从有人类）以来，未有盛于孔子也（没有比孔子更伟大的）。"

④《史记·孔子世家》："孔子以《诗》、《书》、《礼》、《乐》教弟子，盖三千焉。自通六艺者七十有二人。"

⑤钻仰：本于《论语·子罕》"仰之弥高，钻之弥坚"。谓心怀敬仰钻研孔子学说。

⑥"尺有"二句：出自《楚辞·卜居》。这里比喻人各有其长处和短处。

⑦切磋：古时骨器加工称切，象牙加工称磋。后用以比喻相互间的研讨。酬对：应答。

⑧《论语·雍也》："子见南子（卫灵公妻），子路不悦。夫子矢之曰（发誓道）：'予所否者（我若有失礼行为的话），天厌之（天厌弃我罢）！天厌之！'"自明，自我表白。

⑨《论语·阳货》："子之武城（时子游为武城县长），闻弦歌之声。夫子莞尔而笑，曰：'割鸡焉用牛刀（治理这个小地方，用得着教育吗）。子游对曰：昔者偃也闻诸夫子曰：'君子学道则爱人，小人学道则易使也。'子曰：'二三子，偃之言是也。前言戏之耳。'"言偃，字子游，孔子弟子。

⑩含弘：包容弘大。

⑪称非：声言自己错误。

⑫缄（jiān，音坚）辞杜口：难以开口提问。

⑬怀疑不展：怀疑不能消除。

⑭亲膺：亲自承当。

⑮五尺之童：指尚未成年的儿童。《汉书·董仲舒传》："仲尼之门，五尺之童羞称五伯（五霸）。"

⑯躬奉德音：亲自聆听教诲。德音，善言，对尊敬者言辞的敬称。

⑰四科：德行、言语、政事、文学为孔门四科。

⑱蠹简：谓被蠹蚀的书籍。

⑲是用：因此。《诗经·小雅·小旻》："谋夫孔多，是用不集。"

⑳悱（fěi，音匪）愤：忧思郁结。

㉑梁木斯坏：指已辞世的孔子。梁木，栋梁之材。喻圣哲之人或肩负重任之人。《礼记·檀弓上》："泰山其颓乎？梁木其坏乎？哲人其萎乎？"

㉒接舆之歌：《论语·微子》："楚狂（楚国的狂人）接舆歌而过孔子曰："凤兮凤兮！何德之衰？往者不可谏，来者犹可追。已而，已而！今之从政者殆（危）而！"

㉓林放之问：《论语·八佾》："林放问礼之本。子曰：'大哉问！礼，与其奢也，宁俭；丧，与其易（仪文周到），宁戚（宁可过度悲伤）。"

㉔具论：详尽论述。

㉕谕：明白，知道。与"喻"通，下同。

㉖"赵孟"二句：谓春秋时晋国正卿赵武（又称赵孟，赵盾孙）原为荀林父讨卫，在齐、郑二君质问下，乃以杀宋国向戌为托辞。言不由衷，有损人格。

㉗《左传·僖公二十七年》："杞桓公来朝，用夷礼（有悖周礼正统），故曰子。"

㉘《左传·僖公二年》："夏，晋里克、荀息帅师虞师伐虢，灭下阳。先书虞，贿故也。"杜预《注》："虞非倡兵之首，而先书之，恶贪贿也。"

㉙《春秋·襄公二十七年》："叔孙豹会晋赵武、楚屈建、蔡公孙归生、卫石恶、陈孔奂、郑良霄、许人、曹人于宋。"《左传》："晋、楚争先。……乃先楚人。书先晋，晋有信也。"

㉚臧否（pǐ，音匹）：品评，褒贬。

㉛直道：正直之道。刘逢禄《述何》注云："不虚美，不隐恶，褒贬予夺，悉本三代之法。"

㉜让：以辞相责。

㉝"国有"二句：原注：襄七年，郑子驷弑其君僖公；昭元年，楚公子围弑其君郏敖；哀公十年，齐人弑其君悼公。而《春秋》但书云：郑伯髡顽卒，楚子麇卒，齐侯阳生卒。赴，告丧，今文作"讣"。

㉞含识：佛教语。有思想意识者，指人。《北齐书·临淮王像碑》："俾斯含识，俱圆妙果。"

㉟《左传·宣公二年》记载：赵穿（赵盾之侄）在桃园攻杀晋灵公。宣子（赵盾）本欲出国，听到消息又返回。晋太史董狐记载说："赵盾弑其君。"认为他身为正卿，返不讨贼，当承弑君之责。

㊱《左传·昭公十九年》："许悼公疟，饮太子止之药，卒。太子奔晋。书曰：'弑其君。'"《谷梁传》范宁注："责止不尝药。"

㊲播诸来叶：传布于后世。

㊳三逆：指上齐、郑、楚弑君。二弑：指赵盾和许太子止。

㊴"躬为"二句：谓三逆本是吞噬其父母的禽兽，《春秋》却漏而未载。枭獍，旧说枭为恶鸟，生而食母；獍乃恶兽，生而食父。因以喻不忠不孝之人。

㊵迹涉瓜李：谓事涉瓜田纳履、李下正冠，易被人怀疑。

㊶凝脂：凝冻的油脂，全无间隙，比喻严密。汉桓宽《盐铁论·刑德》："昔秦法繁于秋荼，而网（法网）密于凝脂。"显戮：明正典刑，处决示众。《尚书·泰誓下》："功多有厚赏，不迪（不尽力做到的）有显戮。"

㊷嫉恶之情：嫉恶如仇的感情。

㊸《春秋·哀公六年》："齐阳生入于齐，齐陈乞弑其君荼。"按：弑荼者乃朱毛与阳生，而为明乞立阳生，却书陈乞。《左传》云："陈僖子（陈乞）使召公子阳生（齐景公子，悼公），立之。公（阳生）使朱毛迁安孺子（荼）于骀（骀邑，今山东临朐境），不至，杀诸野幕（郊野的帐幕）之下。"

㊹观从：楚观起之子。起被诛，其子从在蔡。后帅陈、蔡之师入楚，以公子比为王，楚灵王被迫缢死。而《春秋·昭公十三年》记云："楚公子比自晋归于楚，弑其君虔（即灵王）于乾溪。"乾溪，楚地名，在今安徽亳县东南。

㊺鲁酒薄而邯郸围：典出《庄子·胠箧》。成玄英《疏》："楚宣王会合诸侯，鲁恭公后到，而所献的酒也淡薄。楚宣王就不高兴，想侮辱他。鲁恭公说：'我是周公的后代，行天子的礼乐，现在我送酒已经失礼了，还要怪我的酒不好，这不是太过分了吗？'于是不告而别。楚宣王生气，遂出兵攻打鲁国。以前，梁惠王一直就想攻打赵国，但是恐怕楚国援救而迟迟不敢出兵，现在正逢楚国和鲁国相争，梁惠王就乘机围攻赵城邯郸。"

㊻城门火而池鱼及：即城门失火，殃及池鱼。语出《风俗通》（据《太平广记》卷四六六）。比喻无辜受牵连。

㊼"则郑"五句：《左传·定公三年》记载：郑庄公站在门楼上，下临朝廷。阍者（守门人）用水瓶在朝廷上洒水，郑庄公

性情急躁而有洁癖，大怒。阍者嫁祸于人说：夷射姑在这里撒了尿。郑庄公欲抓夷射姑而未抓到，更加忿怒，便从床上掉入火炉，被烧焦而死。垆，炉子。

㊽原注：宜书云“阍弑邾子”。

㊾毛嫱：古美女名。一云越王美姬。

㊿寝其鉴：废止照镜。

51绵驹：即揖封（见《韩诗外传》），齐国的著名歌手。《孟子·告子下》：“绵驹处于（住在）高唐，而齐右（齐国西部地方）善歌。”时有误曲：偶尔也将曲调唱错。

52辍其应（yìng，音硬）：停止回声。

53《礼记·曲礼上》：“爱而知其恶，憎而知其善。”

54《左传·闵公二年》：“狄人伐卫，卫师败绩，遂灭卫。”而《春秋》记云：“十有二月，狄入卫。”《谷梁传》范宁集解云：“不言灭而言入者，《春秋》为贤者讳，齐桓公不能攘夷狄，救中国，故为之讳。”

55《春秋·僖公二十八年》：“天王（周襄王）狩于河阳。”《左传》云：“晋侯（晋文公）召王，以诸侯见，且使王狩。仲尼曰：‘以臣召君，不可以训（不能当作典范）。’故书曰：‘天王狩于河阳。’言非其地（河阳不是周襄王狩猎的好地方），且明晋德（表明晋国效忠周王）。”

56靡惮宪章：没有人惧怕典章制度。

57虽玷白圭：即使玷污洁白的美玉（喻指史书）。

58原注：“不书明，耻吴夷也。盟不书，诸侯耻之，故不录也。”

59公及戎盟：《春秋·桓公二年》云：“公及戎盟于唐。”戎，古代少数民族国名。

60族类：指同族。

61《春秋·襄公二十一年》：“邾娄庶其以漆、闾丘来奔。”《左传》云：“庶其非卿也，以地来（因为带着土地来），虽贱必书，重地也。”

62常流：平常的人物。

63《左传·定公八年》：“阳虎说（脱）甲如（去）公宫，取宝玉、大弓以出。……阳虎入于讙（进入讙邑）、阳关以叛（据以反叛）。”《春秋》未予记载。

64世嫡（dí，音迪）：嫡系子孙。

65嗣业：继承基业。居丧：在直系亲长丧期之中。

66《春秋·庄公三十二年》：“八月，公薨于路寝（天子、诸侯的正室），子般卒。”又《春秋·襄公三十一年》：“公薨于楚宫，九月子野卒。”、

67《左传·文公十八年》：“襄仲杀恶及视（杀死太子恶和他的弟弟视）而立宣公。书（指《春秋》）曰‘子卒’，讳之也。”

68不得其死：不属于正常死亡。

69邦君：指诸侯或地方长吏。

70原注：“及”宜改为“杀”。

71原注：《公羊传》曰：及者何？累也。虽有此释，其义难通。既未释此疑，共编于未谕，他皆仿此也。

72党，偏私，偏袒。　理合名教：谓偏袒君父，合乎以正名定分为中心的封建礼教。

73《左传·隐公十一年》：“羽父使贼弑公于寪氏，立桓公。”《春秋》只书“公薨”。杜预注：“实弑，书薨，又不地者，史策所讳也。”《左传·桓公十八年》：齐襄公因与桓公夫人文姜私通，欲害桓公。于是“使公子彭生乘公（给桓公驾驭马车），公薨于车”。《春秋》只记“公薨于齐”。杜预注：“不言戕，讳之也。”

74《左传·昭公二十五年》：“公伐季平子，季氏反兵逐公，公出奔。”《春秋》却写道：“公孙（逊）于齐，次于阳州。”《注》：“讳奔，故曰孙，若自逊让而去位者。”《左传·哀公二十七年》：“公患三桓之侈也，……欲以越伐鲁，而去（除掉）三桓。因孙于邾，乃遂如（至）越。”

75姜氏淫奔：《春秋·庄公元年》：“三月，夫人（桓公夫人文姜，庄公母亲）孙于齐。”《公羊传》云：“内讳奔谓之孙，夫人固在齐矣。”

76子般夭酷：庄公之子子般被杀夭亡。《春秋·庄公三十二年》云：“子般卒。”《公羊传》云：“何以不书葬，未逾年之君也。”

77孔丑：大丑事。

78《左传·成公十年》：“公如（至）晋，晋人止公（扣留了成公），使送葬（让他给晋景公送葬）。”《春秋》则云：“丙午，晋侯獳卒，秋七月，公如晋。”杜预注：“亲吊，非礼。”

⑲《左传·僖公十七年》："淮之会，公有诸侯之事未归而取项（夺取了项国）。齐人以为讨（以为是僖公独自决定攻打项国），而止公（就扣留了僖公）。杜预注："耻见执，故托会以告庙。"

⑳《左传·僖公二十二年》："八月丁未，（僖）公及邾师战于升陉，我师败绩。邾人获公胄（缴获了僖公的头盔），县（悬）诸鱼门（邾国国都城门）。"

㉑《左传·文公十五年》："冬十一月，晋侯、宋公、卫侯、蔡侯、陈侯、郑伯、许男、曹伯盟于扈，且谋伐齐。齐人赂晋侯，故不克而还。于是齐有难，是以公不会。书（《春秋》）曰：'诸侯盟于扈。'无能为故也。凡诸侯会，公不与，不书，讳君恶也。与（与会）而不书，后（迟到）也。"

㉒重耳出奔：重耳，晋文公名，晋献公次子。献公宠爱骊姬，杀太子申生，重耳奔狄，在外十九年。惠公见获：惠公，名夷吾，晋献公第三子。太子申生既死，夷吾奔梁。在秦、齐两国帮助下，得回国即位，是为惠公。后因得罪秦国，秦穆公伐晋，俘虏了惠公，不久放回。

㉓苟涉嫌疑：若牵涉到模糊名教。嫌疑，疑惑难明的事理，这里指名教。

㉔《左传·昭公十二年》："十二年春，齐高偃纳（护送）北燕伯（燕简公）于唐（唐邑），因其众也。"杜预《注》："阳即唐，燕之别邑。"

㉕伯于阳：按"断三字问孔子"乃沿《公羊传》之误。

㉖浦起龙注："此条驳《公羊》也。""《惑经》何以驳《公羊》，以其有孔子语，故及之。"

㉗乖僻：悖理偏执。

㉘弛张：张，拉紧弓弦；弛，放松弓弦。比喻宽严不一。

㉙出入：去来，引申为经历。

㉚《春秋·定公六年》云："六年春，王正月癸亥，郑游（郑大夫叔子）速帅师灭许（许国），以许男斯（许国君主）归。"

㉛《春秋·哀公元年》云："楚子、陈侯、随侯、许男围蔡。"

㉜君执家亡：谓许男被俘，国家灭亡。

㉝二句谓定公六年至哀公元年，《春秋》和《左传》有缺载许国史事之处。

㉞寻绎：反复玩索。

㉟上国：对本国的爱称，这里指鲁国。

㊱《春秋·僖公二年》："虞师、晋师灭下阳。"《左传》云："二年夏，晋里克、荀息帅师会虞师伐虢（虢国），灭下阳。"

㊲行人：使者的通称。

㊳赴：通告。

㊴宋飞六鹢：《春秋·僖公十六年》："六鹢都。"《左传·僖公十六年》云："六鹢退飞过宋都，风也。"杜预注《经》云："鹢，水鸟，高飞遇风而退，宋人以为灾，告于诸侯，故书。"

⑩⓪晋灭三邦：《左传·闵公元年》："晋侯作二军，公（晋献公）将上军，太子申生将下军。赵夙御戎，毕万为右，以灭耿、灭霍、灭魏。"《春秋》未予记载。

⑩①用使：以致

⑩②奚事：为何。疏阔：粗率，不精密。

⑩③周礼旧法：杜预注《左传·隐公十一年》："命者，国之大事政令也。承其告辞，史乃书之于策。若所传闻行言，非将（得）君命，记在简牍而已，不得记于典策。此盖周礼之旧制。"鲁策成文：鲁国史书已有的文章。

⑩④不刊：不可磨灭。

⑩⑤则：法则，准则。

⑩⑥兵败而不以败告：如《左传·隐公十一年》记载：郑庄公率领虢国的军队攻打宋国，宋国军队大败。但因宋国没有前来告知，所以《春秋》未予记载。

⑩⑦"或宜"二句：《春秋释例·氏族例第八》云："《春秋》之义，诸侯之卿，当以名氏备书于《经》，其加贬损，则直称人。若有褒异，则或称官，或但称氏，有内卿有贬，则特称名。"

⑩⑧春崩而以夏闻：谓《春秋》记载天子死亡日期，有的失实。

⑩⑨秋葬而以冬赴：谓《春秋》记载天子举行葬礼的日期，有的与实际有出入。赴，急走报丧，后作"讣"。

⑪⓪言：而，连词。

⑪①莫究所以：不能探究其原故。

⑪②《论语·子张》："子贡曰：'夫子之墙数仞（七尺曰仞），不得其门而入，不见宗庙之美，百官（房舍）之富（式样多）。"

⑪③《论语·述而》："子曰：'丘也幸，苟有过，人必知之。"

⑭如其予夺：如果认为我是在评论是非。

⑮请谢不敏：恭敬地表示能力不行。谢，辞谢。不敏，不聪明，没有才能。

⑯《论语·子罕》："子贡曰：'固天纵之将圣，又多能也。'"意谓这是上天让他成为圣人，又使他多才多艺。

⑰善无不备：完美无缺的意思。

⑱"审形"二句：出自应劭《风俗通·正失》。审形，谓探究客观形势。随声，随声附和。

⑲周之东迁：公元前770年，周平王迁都于洛邑（今河南洛阳），史称东周。

⑳获君曰止：不是《春秋》语，而是《左传·僖公十七年》的语句。见本篇"未谕八"注。

㉑诛臣曰刺：《春秋·成公十六年》："刺公子偃。"杜预注云："鲁杀大夫皆言刺，义取周礼三刺之法。"

㉒杀其大夫曰杀：《春秋·文公九年》："晋人杀其大夫先都。"

㉓执我行人：《春秋·襄公十一年》："楚人执郑行人良宵。"

㉔郑弃其师：《春秋·闵公二年》："冬十二月，郑弃其师。"杜预注云："高克见恶，久不得还，师溃而克奔陈。故克状其事以告鲁也。"

㉕成事：已往的先例。

㉖力：功力。

㉗殚（dān，音丹）说：详尽述说。

㉘"夫子"五句：出自《史记·孔子世家》。子夏之徒，不能赞一辞，谓子夏之类的文学之士，竟不能再添一句话。

㉙宋襄执滕子：《春秋·僖公十九年》："王三月，宋人执滕子婴齐。"杜预注云："称人以执，宋以罪及民告。例在成十五年。"《左传·成公十五年》云：《春秋》记载说："晋厉公抓起了曹成公。"这是在说没有罪及曹国百姓。凡是国君对他的百姓没有道义，诸侯讨伐并把他抓起来，就记载为某人抓起了某公。否则，就不这样记载。

㉚"楚灵王"句：见本篇"其所未谕一"注。

㉛《左传·昭公三十一年》："故曰：《春秋》之称（称谓）微而显，婉而辨，上之人能使昭明，善人劝焉，淫（荒淫）人惧焉，是以君子贵之。"

㉜羊舌佾习于《春秋》：见《六家》"春秋家"注。

㉝董狐：春秋时晋国史官，是撰史直书的典型。孔子赞扬说："董狐，古之良史也，书法不隐。"

㉞南史执简而累进：南史，春秋时齐国史官。齐庄公六年，大夫崔杼杀庄公，太史书曰："崔杼弑其君。"杼恨而杀之。相继几个史官也都被杀。南史听到这消息，毅然执简而往，准备冒死直书。

㉟宁殖出君：《春秋·襄公十四年》："己未，卫侯出奔齐。"杜预注："诸侯之策书孙、宁逐卫侯。《春秋》以其自取奔亡之祸，故诸侯失国者，皆不书逐君之贼也。不书名，从告。"

㊱原注："谓齐、郑、楚，已解于上。"

㊲弑逐其君者有七：隐、闵、般、恶、视五君被弑，昭、哀二主被逐。

㊳"孔子"二句：出自《孟子·滕文公下》。意谓孔子著作了《春秋》，叛乱的臣子、不孝的儿子才有所戒惧。

㊴无乃：岂不是。乌有：司马相如作《子虚赋》，设乌有先生、子虚互为问答。以本无此人，故称乌有。后因称无为乌有。

㊵理殊画一：道理极难统一。

㊶"孔子"五句：出自《史记·匈奴传》。罔，无。《尔雅·释言》："罔，无也。"

㊷危行：行动时存戒惧之心。言逊：言辞谦恭。

㊸吐刚茹柔：比喻凌弱畏强，欺软怕硬。

㊹"孔子"三句：出自《孟子·滕文公下》。意谓了解我的，怕就在于《春秋》这部著作吧！责骂我的，也怕就在于《春秋》这部著作吧！

㊺刘向《列女传·楚江乙母传》载：有潜人楚王宫内行窃者，令尹断然处罚都城大夫江乙，解除其官职。恰在此时，江乙母丢失了布，便向楚王告发令尹偷布。楚王为之辩解。乙母道：我儿因王宫失盗被罢官，难道他知谁行窃吗？请大王明察。

㊻恒事：常事。

㊼微言：精微之言。

㊽征：求，探求。

㊾达者：显贵之人。

㊿《论语·卫灵公》："子曰：'众恶之（大家厌恶他），必察焉；众好之（大家喜欢他），必察焉。'"

(151)得非：无乃，岂不是。

(152)《问孔》：王充《论衡》中的一篇。该篇"问孔子之言，难其不解之文"。

[153]发明：阐明，推陈出新。

[154]新觉：迥异俗眼的领悟。

申左第五

古之人言《春秋》《三传》者多矣。战国之世，其事罕闻。当前汉之初专用《公羊》，宣皇已降[1]，《谷梁》又立于学[2]。至成帝世，刘歆始重《左氏》，而竟不列学官。大抵自古重两传而轻《左氏》者固非一家，美《左氏》而讥两传者亦非一族。互相攻击，各用朋党，哤聒纷竞[3]，是非莫分。然则儒者之学，苟以专精为主，止于治章句，通训释，斯则可矣。至于论大体，举宏纲[4]，则言罕兼统，理无要害。故使今古疑滞莫得而申者焉[5]。

必扬榷而论之[6]，言传者固当以《左氏》为首。但自古学《左氏》者，谈之又不得其情[7]。如贾逵撰《左氏长义》，称在秦者为刘氏，乃汉室所宜推先[8]。但取悦当时，殊无足采。又按桓谭《新论》曰："《左氏传》于《经》，犹衣之表里[9]。"而《东观汉记》陈元奏云[10]："光武兴立《左氏》，而桓谭、卫宏并共诋訾[11]，故中道而废。"班固《艺文志》云："丘明与孔子观鲁史记而作《春秋》，有所贬损，事形于《传》，惧罹时难，故隐其书[12]。末世口说流行，遂有《公羊》、《谷梁》、《邹氏》、《夹氏》诸传。而于《固集》复有难《左氏》九条三评等科[13]。夫以一家之言，一人之说，而参差相背，前后不同。斯又不足观也。

夫解难者以理为本[14]，如理有所阙，欲令有识心伏[15]，不亦难乎？今聊次其所疑[16]，列之于后。

盖《左氏》之义有三长，而二传之义有五短。按《春秋·昭二年》，韩宣子来聘[17]，观书于太史氏，见《鲁春秋》，曰："周礼尽在鲁矣。吾乃今知周公之德与周之所以王也。"然《春秋》之作，始自姬旦[18]，成于仲尼。丘明之《传》，所有笔削及发凡例[19]，皆得周典[20]，传孔教，故能成不刊之书[21]，著将来之法[22]。其长一也。又按哀三年，鲁司铎火[23]，南宫敬叔命周人出御书[24]，子服景伯命宰人出礼书[25]，其时于鲁文籍最备。丘明既躬为太史，博总群书，至如梼杌、纪年之流，《郑书》、《晋志》之类，凡此诸籍，莫不毕睹。其《传》广包他国，每事皆详。其长二也。

《论语》子曰："左丘明耻之，丘亦耻之[26]。"夫以同圣之才，而膺授经之托[27]，加以达者七十，弟子三千，远自四方，同在一国，于是上询夫子，下访其徒，凡所采摭，实广闻见。其长三也。

如谷梁、公羊者，生于异国，长自后来，语地则与鲁书相违[28]，论时则与宣尼不接[29]，安得以传闻之说，与亲见者争先者乎[30]？譬犹近世，汉之太史，晋之著作[31]，撰成国典，时号正书。既而《先贤》、《耆旧》、《语林》、《世说》[32]，竞造异端[33]，强书他事。夫以传自委巷，而将册府抗衡[34]；访诸古老，而与同时并列[35]。斯则难矣。彼二传之方《左氏》，亦奚异于此哉？其短一也。《左氏》述臧哀伯谏桓纳鼎，周内史美其谠言[36]；王子朝告于诸侯，闵马父嘉其辨说[37]。凡如此类，其数实多。斯盖当时发言，形于翰墨[38]；立名不朽，播于他邦。而丘明仍其本语，就加编次。亦犹近代《史记》载乐毅、李斯之文[39]，《汉书》录晁错、贾生之笔[40]。寻其实也，岂是子长稿削，孟坚雌黄所构者哉[41]？观二传所载，有异于此。其录人言也，语乃龃龉[42]，文皆琐碎。夫如是者何哉？盖彼得史官之简书，此传流俗之口说[43]，故使隆促各异，丰俭不同[44]。其短二也。寻《左氏》载诸大夫词令、行人应答，其文典而美，其语博而奥[45]，述远古则委曲如存[46]，征近代则循环可覆[47]。必料其功用厚薄，指意深浅[48]，谅非经营草创，出自一时，琢磨润色，独成一手。斯盖当时国史已有成文，丘明但编而次之，配经称传而行也。如二传者，记言载事，失彼菁华；寻源讨本，取诸胸臆。夫自我作故[49]，无所准绳，故理甚迂僻，言多鄙野[50]，比诸《左氏》，不可同年[51]。其短三也。按二传虽以释《经》为主，其缺漏不可殚论。如《经》云："楚子麇卒"，而《左传》云：公子围所杀[52]。及公、穀作《传》，重述《经》文，无所发明，依违而已[53]。其短四也。《汉书》载成方遂诈称戾太子，至于阙下。隽不疑曰：昔卫蒯聩得罪于先君，将入国，太子辄拒而不纳，《春秋》是之。遂命执以属吏[54]。霍光由是始重儒学[55]。按隽生所引，乃《公羊》正文[56]。如《论语》冉有曰：夫子为卫君乎[57]？子贡曰：夫子不为也。何则？父子争国，枭獍为曹[58]，礼法不容，名教同嫉。而《公羊》释义，反以卫辄为贤，是违父子之教，失圣人之旨，奖进恶徒，疑误后学。其短五也。若以彼三长，校兹五短，胜负之理，断然可知。

必执二传之文，唯取依《经》为主。而于内则为国隐恶，于外则承赴而书[59]，求其本事，大半失实，已于《惑经》篇载之详矣。寻斯义之作也[60]，盖是周礼之故事，鲁国之遗文，夫子因而修之，亦存旧制而已。至于实录，付之丘明，用使善恶毕彰，真伪尽露。向使孔《经》独用，《左传》不作，则当代行事，安得而详者哉？盖语云：仲尼修《春秋》，逆臣贼子惧[61]。又曰：《春秋》之义也，欲盖而彰，求名而亡，善人劝焉，淫人惧焉。寻《左传》所录，无愧斯言。此则传之与经，其犹一体，废一不可，相须而成[62]。如谓不然，则何者称为劝戒者哉[63]？儒者苟讥左氏作传，多叙《经》外别事[64]。如楚、郑与齐三国之贼弑[65]，隐、桓、昭、哀四君之篡逐[66]。其外则承告如彼，其内则隐讳如此。若无左氏立传，其事无由获知。然设使世人习《春秋》而唯取两传也，则其当时二百四十年行事茫然阙如，俾后来学者兀成聋瞽者矣[67]。

且当秦、汉之世，《左氏》未行，遂使《五经》、杂史、百家诸子，其言河汉[68]，无所遵凭。故其记事也：当晋景行霸，公室方强，而云奢岸攻赵，有程婴、杵臼之事[69]；鲁侯御宋，得俊乘丘，而云庄公败绩，有马惊流矢之祸[70]；楚、晋相遇，唯在邲役，而云二国交战，置师于两棠[71]；子罕相国，宋睦于晋，而云晋将伐宋，觇哭于阳门[72]；鲁师灭项，晋止僖公，而云项实齐桓所灭[73]，《春秋》为贤者讳；襄年再盟，君臣和叶，而云诸侯失政，大夫皆执国权[74]。其记时也：盖秦缪居春秋之始，而云其女为荆平夫人[75]；韩、魏处战国之时，而云其君陪楚庄葬马[76]；《列子》书论尼父，而云生在郑穆公之年[77]；扁鹊医疗虢公，而云时当赵简子之日[78]；栾书仕于周子，而云以晋文如猎，犯颜直言[79]；荀息死于奚齐，而云观晋灵作台，累棋申诫[80]。或以先为后，或以后为先，日月颠倒，上下翻覆。古来君子，曾无所疑。及《左传》既行，而其失自显。语其弘益，不亦多乎？而世之学者，犹未之悟。所谓忘我大德，日用而不知者焉[81]。

然自丘明之后，迄于魏灭[82]，年将千祀，其书寝废[83]。至晋太康年中，汲冢获书，全同《左氏》[84]。故束皙云："若使此书出于汉世，刘歆不做五原太守矣[85]。"于是挚虞、束皙引其义以相明，王接、荀觊取其文以相证[86]，杜预申以注释，干宝藉为师范[87]。由是世称实录，不复言非，其书渐行，物无异议[88]。故孔子曰：吾志在《春秋》，行在《孝经》[89]。于是授《春秋》于丘明，授《孝经》于曾子[90]。《史记》云：孔子西观周室，论史记旧闻，次《春秋》[91]。七十子之徒口授其传旨，有刺讥褒讳之文，不可以书见也。鲁君子左丘明惧弟子人各异端，失其真意，故因孔氏史记，具论其语，成《左氏春秋》。夫学者苟能征此二说[92]，以考《三传》，亦足以定是非，明真伪者矣。何必观汲冢而后信者乎？从此而言，则《三传》之优劣见矣。

---

①宣皇：汉宣帝刘询，在位二十五年（前74—前49）。

②汉宣帝于甘露三年（前51），立《谷梁传》于学校。学，学官，学校。

③哤（máng，音忙）聒纷竞：竞相争吵，声音嘈杂。

④大体：实质，要点。宏纲：大纲。

⑤疑滞：疑难与阻滞。

⑥扬榷：也作扬搉，约略，举其大概。

⑦情：指精神实质。

⑧陆逵字景伯，承父教，通《左传》。东汉章帝特好《左传》，诏逵摘示《左传》大义优于《公羊》、《谷梁》者。逵献四十一条三十事，并奏云："《左氏》义深于君父，《公羊》多任于权变，其相绝殊，固已远甚。"《隋书·经籍志》著录："《春秋左氏长经》二十卷，汉侍中贾逵章句。"又，春秋晋大夫士会，以事奔秦，秦用其谋，晋人患之，使魏寿馀诱而归。留在秦国的士会的后人，改姓氏为刘。陆逵欲使《左氏春秋》成为显学，故附会为刘邦的祖先。

⑨《太平御览》卷六百十一引《新论》语云："经而无传，使圣人闭门思之，十年不能知也。"

⑩陈元：字长孙，东汉人。与父钦俱习《左传》，曾上疏奏请立《左传》于学官。

⑪卫宏：字敬仲，有才学，光武时为议郎。诋訾（zǐ，音子）：诋毁。

⑫"丘明"五句：程千帆引《援鹑堂笔记》云："此志所论本取之刘子骏，非班氏之文。"时难，指因时讳而遭难。

⑬九条三评：指关于《左传》摘句问难的材料。

⑭解难（nàn）：解析疑难。

⑮心伏：心服。

⑯聊：姑且。次：编排。

⑰《春秋·昭公二年》："二年春，晋侯使韩起来聘。"韩宣子，韩起，晋国大夫。聘，古代诸侯之间通问修好。

⑱姬旦：周公，周文王子。辅助武王灭纣，建周王朝，封于鲁。

⑲凡例：指周公所制礼经。

⑳周典：周朝的典籍。

㉑不刊：不可磨灭。

㉒著将来之法：垂示后人以法则。

㉓鲁司铎火：鲁国宫殿失火。事载《左传·哀公三年》。司铎，鲁国官殿名。

㉔敬叔：孔子弟子南宫阅。周人：司周书典籍之官。御书：进呈于帝王的书。

㉕子服：春秋鲁大夫，谥景伯。宰人：官名，即冢宰之属。礼书：载祭祀程序之书。以上二事俱见《左传·哀公三年》。

㉖《论语·公冶长》："子曰：'巧言、令色、足恭（十足的恭顺），左丘明耻之，丘亦耻之。'"

㉗膺：承受。

㉘"语地"句：论述的地域与《春秋》不同。

㉙"论时"句：论年代与孔子不同时。

㉚"安得"二句：意谓"远不如近，闻不如见"。

㉛著作：著作郎，专掌编纂国史。

㉜《先贤》：《楚国先贤传》、《汝南先贤行状》。《耆旧》：《益都耆旧传》、《襄阳耆旧传》。《语林》：《裴子语林》。《世说》：《世说新语》。

㉝异端：指有悖正统的见解。

㉞将：与，介词。册府：藏书的地方，这里代指正史。

㉟"访诸"二句：意谓忽视史料的时间性。

㊱《左传·桓公二年》记载：宋国太宰督杀死孔父和殇公，将公子冯从郑国召回，扶他做国君，是为宋庄公。宋国将灭部时所得的部大鼎送给鲁桓公。桓公命置太庙。大夫臧哀伯劝阻说："君人者将昭德塞违（显明仁德，杜绝邪恶），以临照（督责）百官。"谠言，直言。

㊲《左传·昭公二十六年》记载：王子朝派使者，把周朝兴亡的历史告诉诸侯。闵马父听到王子朝的话说："文辞以行礼也。"嘉子朝之辨说，而批评其失礼。

㊳翰墨：笔墨，指文章。

㊴《史记·乐毅传》载毅《报燕惠王书》；《李斯传》载《上秦始皇谏逐客书》。

㊵《汉书·晁错传》载错《论贵粟疏》；《贾谊传》载《吊屈原赋》、《陈政事疏》。

㊶稿削：删改。雌黄：古人以黄纸书字，有误，则以雌黄涂之。因称改易文字为雌黄。

㊷龃龉（jǔyǔ，音举宇）：齿参差不齐。比喻抵触，不合。

㊸流俗：世俗的人。

㊹隆促：高下的意思。丰俭：丰赡与俭薄。

㊺原注：隐公五年僖伯谏君观鱼，僖公二十四年富辰谏王纳狄，宣公三年王孙劳楚而论九鼎，襄公二十九年季札观乐而谈国风，其所援引，皆据礼经之类是也。

㊻原注：如昭公十七年郯子聘鲁，言少昊以鸟名官，文公十八年季孙行父称舜举八元八凯，襄公四年魏绛答晋悼公引《虞人之箴》，昭公十二年子革讽楚灵王诵祈招之诗，其事明白，非厚诬之类是也。委曲如存，曲折婉转而又生动。

㊼征：征集。循环可覆：仿佛再现的意思。覆，重复。

㊽指意：意旨，意向。

㊾自我作故：从我开始作为成例。故，故事，成例。

㊿迂僻：迂阔而鄙陋。鄙野：粗俗。

(51)同年：相等，等同。

(52)《左传·昭公元年》："冬，楚公子围将聘于郑，伍举为介（副使）。未出境，闻王有疾而还。伍举遂聘。十一月己酉，公子围至，人问王疾，缢而弑之。"

(53)依违：或从或违，没有定见。

(54)汉昭帝始元五年，有一男子乘黄犊车，车上竖着画有龟蛇的旗，身穿黄短衣，头戴黄帽，直抵宫门，自称是卫太子戾。昭帝下令调查。京北尹隽不疑命廷尉拘捕了他。经审讯，始知他姓成名方遂，因太子舍人向他问卜时，说他貌像太子，方遂便诈伪行骗。事见《汉书·隽不疑传》。蒯聩，见《叙事》"妄饰"注。

(55)霍光：字子孟，去病异母弟。因欲立昌邑王贺，召问经师夏侯胜，始重儒学。宣帝即位，光以为群臣奏事，太后省政，都应先习经学。

(56)《公羊传·哀公二年》："晋赵鞅帅师纳卫世子（太子）蒯聩于戚。戚者何？卫之邑也。曷为不言入于卫（攻入卫国）？父有子，子不得有父也。"《哀公三年》："（石）曼姑受命乎（卫）灵公而立辄（蒯聩子）。"

(57)引文见《论语·述而》。康有为《论语注》云："为，犹助也。卫以世子蒯聩杀母，逐之，而立蒯聩之子辄。晋赵鞅纳蒯聩于戚。石曼姑受灵王之命辅辄，而围戚。时孔子居卫，卫人以蒯聩得罪于父，而辄嫡孙，当立，故冉有疑而问之。"

(58)枭獍为曹：与禽兽同为一类。枭獍，旧说枭为恶鸟，生而食母；獍乃恶兽，生而食父。曹，类。

(59)"而于"二句：《公羊传·隐公十年》云："《春秋》录内而略外，于外大恶书，小恶不书，于内大恶讳，小恶书。"承赴：接受诸侯崩薨祸福的通告。

(60)寻斯义之作也：追溯这种情况出现的原因。

(61)"仲尼"二句：引自《孟子·滕文公下》。逆臣贼子，儒家指不忠不孝的人。

(62)相须：互相配合，相依。

(63)原注："杜预《释例》曰：凡诸侯无加民之恶，而称人以贬，皆时之赴告，欲重其罪，以加民为辞。国史承赴以书于策，而简牍之记具存。夫子因示虚实，故《左传》随时而著本状，以明其得失也。按杜氏此释实得《经》、《传》之情者也。"

(64)多叙《经》外别事：《晋书·王接传》云："（王）接常谓《左氏》辞义赡富，自是一家书，不主为《经》发。"

(65)楚、郑与齐三国之贼弑：事见《惑经》"其所未谕一也"。

(66)隐、桓、昭、哀四君之篡逐：事见《惑经》"其所未谕八也"。

(67)兀：浑沌无知的样子。聋瞽者：聋耳盲目的人，喻指耳目闭塞的人。

(68)河汉：银河。比喻言论迂阔，不切实际。《庄子·逍遥游》："吾闻言于接舆，大而无当，……吾惊怖其言，犹河汉而无极也。"

(69)《史记·赵世家》记载：晋景公三年，大夫屠岸贾不请而擅攻赵氏于下宫，杀赵朔，灭其族。朔妻成公姊逃入景公宫，生一男孩。屠岸贾闻之，搜索宫中。赵朔客程婴、公孙杵臼密谋藏匿了赵氏孤婴。杨守敬云："屠岸攻赵事，《说苑》、《新序》俱载之，疑别有所出。"

(70)马惊流矢之祸：《左传·庄公十年》记载：齐军、宋军进攻鲁之郎邑，鲁庄公大败宋军于乘丘。《庄公十一年》又云："得俊曰克。"而《礼记·檀弓》则记为鲁军大败，而有马惊流矢之祸。《史通》意谓鲁庄公败宋得俊（俘获敌方勇士），安有马惊流矢之祸。

(71)置师于两棠：贾谊《新书·先醒》："楚庄王围宋伐郑，乃南与晋人战于两棠。"

(72)《礼记·檀弓下》："阳门之介夫（宋国守卫阳门的卫士）死，司城（司空）子罕入而哭之哀。晋人之觇宋者（潜伏于宋的晋国间谍），反报于晋侯曰："阳门之介夫死，而子罕哭之哀，而民悦，殆不可伐也。"

(73)项实齐桓所灭：《左传·僖公十七年》云："（僖）公有诸侯之事，未归而灭项。"《公羊传·僖公十七年》则记为"夏，灭项。"为何不言齐灭，"为桓公讳也"。

⑭《左传·襄公三年》：六月，（襄）公会单顷公及诸侯。己未，同盟于鸡泽。……楚子辛为令尹，侵欲于小国。陈成公使袁侨如会求成（到会请求媾和）……秋，叔孙豹及诸侯之大夫及陈袁侨盟，陈请服（服从晋国）也。”据此，则大夫并未执国权。

⑮《列女传》云：“伯嬴者，秦穆公之女，楚平王之夫人，昭王之母也。当昭王时，楚与吴为伯莒之战，吴胜楚，遂入至郢（楚都），昭王亡，吴王阖闾尽妻其后宫，次至伯嬴，伯嬴持刀不承命。”据《左传》，伯嬴即平王为太子建娶而自娶的秦女，其事上距秦穆公已逾百年。

⑯《史记·滑稽列传·优孟传》：“优孟常以谈笑讽谏。楚庄王马死，欲以大夫礼葬之，左右争之，以为不可。王下令曰：‘有敢谏者，罪至死！’优孟大哭曰：‘薄（礼薄）！请以人君礼葬之。燕、赵陪位于前，韩、魏翼卫其后。诸侯皆知大王贱人而贵马。’王乃以马属太官。”《集解》云：“楚庄王时（前613—前519）未有赵、韩、魏三国。”

⑰汉刘向校《列子》书录云：“列子者，郑人也，与郑穆公同时。”《列子》中亦载有孔子言行。按：郑穆公兰于公元前628—前606年在位，而孔子生于周灵王泄公二十一年（前551）。

⑱《史记·扁鹊传》：“当晋昭公时，赵简子为大夫，专国事，简子赐扁鹊田四万亩。其后扁鹊过虢，虢太子死，扁鹊治以针石，太子苏。”按：赵简子执政于公元前526—前475年，而虢国亡于公元前655年。

⑲刘向《新序·杂事》云：“晋文公逐麋而失之。问农夫老古曰：‘吾麋何在?’老古曰：‘一不意人君如此也。君放不归，人将君之。’文公归遇栾武子。公曰：‘寡人逐麋而失之，得善言。’栾武子曰：‘其人安在乎?’曰：‘吾未与来也。’栾武子曰：‘取人之言，而弃其身，盗也。’文公曰‘善’。还载老古与俱归。”按：栾书，春秋晋栾枝孙，仕历景公、厉公、悼公三朝。厉公失政，与中行偃使程滑弑之而立悼公。卒谥武子。他既不曾仕于周室，也不可能与文公对话。

⑳《文选·西征赋》李善注：“《说苑》云：晋灵公造九层之台，孙息（即荀息）上书求见，曰：‘臣能累十二博棋，加九鸡子（鸡蛋）其上。公曰：‘危哉！’息曰：‘复有危于此者。’公即坏（拆除）九层之台。”按：荀息乃晋献公时大夫。后辅立卓子，卓子被杀，息亦死。荀息去世三十多年后，灵公始即位，故为刘知几所讥。

㉑忘我大德，日用而不知者焉：杨守敬说：“两语出自《老子》。

㉒魏：指曹魏。

㉓寝废：失传的意思。

㉔原注：“汲冢所得书，寻亦亡逸，今惟《纪年》、《琐语》、《师春》在焉。按《纪年》、《琐语》载《春秋》时事，多与《左氏》同。《师春》多载春秋时筮者（占卜者）繇辞，将《左氏》相校，遂无一字差舛。”

㉕《汉书·刘歆传》略云：歆欲建立《左氏春秋》，列于学官，大为众儒所讪，且忤执政大臣，乃出为五原太守。

㉖荀顗：浦起龙注：顗，当作“勖”，并引《晋书·荀勖传》云：“勖字公曾，汉司空爽曾孙也。时得汲冢中古文竹书，诏勖撰次之，以为《中经》。”

㉗师范：学习的范本。

㉘物无异议：众人都没有不同（贬抑）的议论。

㉙“志在”二句：语出《公羊解诂》何休序。

㉚授《孝经》于曾子：《孔子家语·弟子解》：“曾参志存孝道，故孔子因之以作《孝经》。

㉛论：分析，引申为整理。次：编次。

㉜二说：指孔子和司马迁的论述。

史通卷之十五
外　篇

点烦第六

夫史之烦文，已于《叙事》篇言之详矣。虽七卷成言[①]，而三隅莫反[②]。盖语曰："百闻不如一见[③]。"是以聚米为谷[④]，贼虏之虚实可知；画地成图[⑤]，山川之形势易悉。昔陶隐居《本草》[⑥]，药有冷热味者，朱墨点其名[⑦]；阮孝绪《七录》[⑧]，书有文德殿者[⑨]，丹笔写其字。由是区分有别，品类可知。今辄拟其事，钞自古史传文有烦者，皆以笔点其烦上[⑩]。凡字经点者，尽宜去之。如其间有文句亏缺者，细书侧注于其右[⑪]，或回易数字[⑫]，或加足片言，俾分布得所，弥缝无阙。庶观者易悟，其失自彰。知我摭实而谈[⑬]，非是苟诬前哲[⑭]。

《孔子家语》曰[⑮]：鲁公索氏将祭而亡其牲[⑯]。孔子闻之，曰："公索氏不及二年必亡矣。"一年而亡。门人问曰："昔公索氏亡其祭牲，而夫子曰'不及二年必亡'。今果如期而亡，夫子何以知然?"

右除二十四字。

《家语》曰：晋将伐宋，使觇之[⑰]。宋阳门之介夫死，司城子罕哭之哀。觇者反，言于晋侯曰："宋阳门之介夫死，而司城子罕哭之哀，民咸悦矣，宋殆未可伐也[⑱]。"

右除二十一字，加三字[⑲]。

《史记·五帝本纪》曰：诸侯之朝觐者[⑳]，不之丹朱而之舜；百姓之狱讼者[㉑]，不之丹朱而之舜；讴歌者，皆不讴歌丹朱而讴歌舜。……舜年二十以孝闻，三十而帝尧问可用者云云。舜年二十以孝闻，年三十，尧举之。

右除二十九字，加七字。

《夏本纪》曰：禹之父曰鲧，鲧之父曰帝颛顼，颛顼之父曰昌意，昌意之父曰黄帝。禹者，黄帝之玄孙，而帝颛顼之孙也。禹之曾大父昌意及父鲧皆不得在帝位，为人臣。

右除五十七字，加五字[㉒]。

《项羽本纪》曰：项籍者，下相人也，字羽，初起时，年二十四。其季父项梁[㉓]，梁父即楚将项燕，为秦将王翦所杀者也。项氏世世为楚将，封子项，故姓项氏。

右除三十二字，加二十四字，厘革其次序[㉔]。

《吕后本纪》曰：吕太后者，高祖微时妃也[㉕]，生孝惠帝、女鲁元公主。及高祖为汉王，得定陶戚姬，受幸，生赵隐王如意。高祖嫌孝惠为人仁弱[㉖]，高祖以为不类我，常欲废太子，立戚姬子如意，如意类我。又戚姬幸，常独从上之关东，日夜啼泣，欲立其子如意，以代太子。吕后年长，常留守，希见上[㉗]，益疏。如意立为赵王后，几代太子者数矣。赖大臣诤之，及留侯策，太子得无废[㉘]。

右除七十五字，加十字[㉙]。

《宋世家》曰：初，元公之孙纠，景公杀之[㉚]。景公卒，纠之公子特攻杀太子而自立[㉛]，是为昭公。昭公者[32]，父公孙纠，纠父公子耑秦，即元公少子也。景公杀昭公父纠，故昭公怨，杀太子而自立。

右除三十六字，加十三字[33]。

《三王世家》曰：大司马臣去病昧死再拜[34]，上疏皇帝陛下[35]："陛下过听[36]，使臣去病待罪行间，宜专边塞之思虑。暴骸中野，无以报，乃敢惟他议以干用事者[37]。诚见陛下忧劳天下，哀怜百姓以自忘，亏膳贬乐，损郎员[38]。皇子赖天能胜衣趋拜[39]，至今无号位、师傅官。陛下恭让不恤，群臣私望，不敢越职而言。臣窃不胜犬马之心，昧死愿陛下诏有司[40]，因盛夏吉时，定皇子位。惟陛下幸察。臣去病昧死再拜以闻皇帝陛下。"三月乙亥，御史臣光守尚书令奏未央宫。制曰[41]："下御史[42]。"六年三月戊申朔[43]，乙亥，御史臣光、守尚书令、丞非下御史，书到，言："丞相臣青翟、御史大夫臣汤、太常臣充、大行令臣息、太子少傅臣安行宗正事昧死上言[44]：大司马臣去病上疏曰：'陛下过听，使臣去病待罪行间，宜专边塞之思虑。暴骸中野，无以报，乃敢惟他议以干用事者。诚见陛下忧劳天下，哀怜百姓以自忘，亏膳贬乐，损郎员。皇子赖天能胜衣趋拜，至今无号位、师傅官。陛下恭让不恤，群臣私望，不敢越职而言。臣窃不胜犬马之心，昧死愿陛下诏有司，因盛夏吉时，定皇子位。惟陛下幸察。'制曰：'下御史。'臣谨与中二千石、二千石臣贺等议曰：古者裂地立国，并建诸侯以承天子[45]，所以尊宗庙、重社稷也。今臣去病上疏，不忘其职，因以宣恩，乃道天子卑让自贬以劳天下，虑皇子未有号位。臣青翟、臣汤等宜奉义遵职[46]，愚蠢不逮事[47]。方今盛夏吉时，臣青翟、臣汤等昧死请立皇子臣闳、臣旦、臣胥为诸侯王。昧死请所立国名。"

右除一百八十四字，加一字[48]。

已上有言语相重者，今略点废如此。但此一篇所记全宜削除，今辄具列于斯，藉为鉴戒者尔。

凡为史者，国有诏诰，十分不当取其一焉[49]。故汉元帝诏曰："盖闻安民之道，本由阴阳。间者[50]，阴阳错谬，风雨不时。朕之不德，庶几群公有敢言朕之过者。今则不然，偷合苟从，未肯极言[51]，朕甚悯焉[52]。永惟蒸庶之饥寒[53]，远离父母妻子，劳于非业之作，卫于不居之宫，恐非所以佐阴阳之道也。其罢甘泉、建章宫卫士，各今就农。百官各省费，条奏毋有所讳。有司勉之，毋犯四时之禁。丞相、御史举天下明阴阳灾异者各三人。"及荀悦撰《汉纪》，略其文曰："朕惟众庶之饥寒，远离父母妻子，劳于非业之作，卫于不居之宫。其罢甘泉、建章宫卫士，各令就农。丞相、御史举天下明阴阳灾异者各三人。"自余钞撮，他皆仿此。近则天朝诸撰史者，凡有制诰，一字不遗，唯去诏首称"门下"，诏尾去"主者施行"而已。时武承嗣监修国史，见之大怒，谓史官曰："公辈是何人，而敢辄减诏书！"自是史官写诏书，虽门下赞诏亦录。后予闻此说，每嗢噱而已[54]。必以《三王世家》相比，其烦碎则又甚于斯。是知史官之愚，其来尚矣。今之作者，何独笑武承嗣而已哉！

《魏公子传》曰：高祖始微少时，数闻公子贤。及即天子位，每过大梁[55]，常祠公子[56]。高祖十二年，从击黥布还，为公子置守冢五家，世世岁以四时奉祠公子。太史公曰：吾过大梁之墟，求问其所谓夷门，以征信陵君故事。说者云：当战国之时[57]，夷门者，城之东门也。天下诸公子亦有喜士者矣，然而信陵君之接岩穴隐者，不耻下交。名冠诸侯，有以也[58]。高祖每过之，奉祠不绝也。

右除十五字，加二十字[59]。

《鲁仲连传》曰：仲连好奇伟倜傥之画[60]，而不肯仕官任职，好持高节。游于赵。赵孝成王时，而秦王使白起破赵长平之军前后四十余万。秦遂东围邯郸[61]。赵王恐，诸侯之救兵莫敢击秦军。魏安釐王使将军晋鄙救赵[62]，畏秦，止于荡阴，不进。魏王使客将军新垣衍间入邯郸[63]，因平原君谓赵王曰："秦所以急围赵者，前与齐湣王争强为帝，已而复归帝号。今齐湣王已益弱，方今惟秦雄天下，此非必贪邯郸，其意欲复求为帝。赵诚发使尊秦昭王为帝，秦必喜，罢兵去。"平原君犹豫未有所决。此时鲁连适游赵，会秦围赵。闻魏将欲令赵尊秦为帝，乃见平原君曰："事将奈何？"平原君曰："胜也何敢言事！前亡四十万之众于外，今又内围邯郸而不能去。魏王使客将军新垣衍令赵帝秦，今其人在此，胜也何敢言事！"鲁连曰："吾始以君为天下之贤公子也，吾乃今然后知君非天下之贤公子也。梁客新垣衍安在？吾请为君责而归之。"平原君曰："胜请为绍介而见之于先生。"平原君遂见新垣衍曰："东国有鲁连先生者，今其人在此，胜请为绍介，而交之于将军。"新垣衍曰："吾闻鲁连先生，齐之高士也。衍，人臣也，使事有职，吾不愿见鲁连先生。"平原君曰："胜已泄之矣。"新垣衍许诺。鲁仲连见新垣衍而无言。新垣衍曰："吾视居此围城之中者，皆有求平原君者也。今吾观先生之玉貌，非有所求于平原君者也，曷为居此重围之中而不去？"鲁连云云[64]。

"梁未睹秦称帝之害故耳。使梁睹秦称帝之害，则必助赵矣。"新垣衍曰："秦称帝之害奈何？"鲁连曰：云云。

"吾将使秦王烹醢梁王[65]。"新垣衍怏然不悦曰："嘻！亦太甚矣，先生之言也！先生又焉能使秦王烹醢梁王！"鲁连曰："固也[66]，吾将言之。"云云。

"今秦万乘之国也，梁亦万乘之国也。俱据万乘之国，各有称王之名，睹其一战而胜，欲从而帝之"云云。

于是新垣衍起，再拜谢曰："始以先生为庸人，吾乃今日知先生为天下之士也"云云。

适会魏公子无忌夺晋鄙军以救赵，击秦军，秦军遂引而去。于是平原君欲封鲁连，鲁连辞谢者三，终不肯受。平原君乃置酒，酒酣，起前，以千金为鲁连寿云云。

右除二百七十五字，加七字。

《屈原贾生传》曰：汉有贾生为长沙王太傅，过湘水，投书以吊屈原。贾生名谊，洛阳人也云云。

谪贾生为长沙王太傅[67]。贾生既辞往，闻长沙卑湿，自以为寿不得长，又以谪去，意不自得。及渡湘水，为赋以吊屈原，其词曰云云。

贾生为长沙傅三年，有鸮飞入贾生舍，止于坐隅，楚人命鸮曰鹏。贾生既以谪居长沙，长沙卑湿，自恐寿不得长，伤悼之，乃为赋以自广[68]。其词曰云云。

怀王骑，堕马而死，无后。贾生自伤为傅无状[69]。哭泣岁余，亦死，时年三十三矣。

右除七十六字，加三字。

《扁鹊仓公传》曰：太仓公者，齐太仓长，临淄人也，姓淳于氏，名意。少而喜医方术。高后八年，更受师同郡元里公乘阳庆。庆年七十余，无子，使意尽去其故方[70]，更悉以禁方与之[71]，传黄帝、扁鹊之脉书，五色诊病[72]，知人死生，决嫌疑[73]，定可治，及药论甚精。受之三年，为人治病，决死生多验云云。

诏召问所为治病死生验者几何人？主名为谁？诏问故太仓长臣意方伎所长[74]，及所能治病者，有其书无有？皆安受学？受学几何岁？尝有所验，何县里人也？何病？医药已，其病之状皆如何？具悉而对。臣意对曰：自意少时喜医药方，试之多不验者。至高皇后八年，得见师临淄元里公乘阳庆。庆年七十余，意得见事之。谓意曰："尽去而方书[75]，非是也。庆有古先道遗传黄帝、扁鹊之脉书，五色诊病，知人死生，决嫌疑，定可治，及药论书甚精。我家给富，必爱公，欲尽以我禁方书悉教公。"臣意即曰："幸甚，非意之所敢望也。"臣意即避席再拜谒，受其脉书上下经、五色诊、奇咳术、揆度阴阳外变、药论、石神、接阴阳禁书，受读解验之，可一年。明岁即验之，有验，然尚未精也。要事之三年所，即尝以为人诊病，决死生，有验，精良。今庆已死十年。臣意年尽三年，三十九岁也。齐侍御史成自言病头痛，臣意诊其脉，告曰："君之恶病，不可言也[76]。"

右除二百九十五字。

《宋世家》初云"襄公嗣立"，后仍谓为宋襄公，不去"宋襄"二字。《吴世家》云阖闾，《越世家》云勾践，每于其号上加"吴王"、"越王"字，句句未尝舍之。《孟尝君传》曰："冯公形容状貌甚辨[77]。"按形容、状貌同是一说，而敷演重出，分为四言。凡如此流，不可胜载。其《十二诸侯表》曰："孔子次《春秋》"，"约其辞文，去其烦重"。又《屈原传》曰："其文约，其辞微。"观子长此言，实有深鉴[78]。及自撰《史记》，榛芜若此，岂所谓非言之难而行之难乎？

《汉书·龚遂传》曰：上遣使者征遂，议曹王生请从。功曹以为王生素嗜酒，亡节度，不可使。遂不听，从至京师，王生日饮酒，不视太守。会遂引入宫，王生醉，从后呼曰："明府且止[79]，愿有所白。"遂还问其故。王生曰："天子即问君何以治渤海，君不可有所陈对，宜曰：'皆圣主之德，非小臣之力也。'"遂受其言。既至前，上果问以治状，遂对如王生言。天子悦其有让，笑曰："君安得长者之言而称之？"遂因前曰："臣非知此，乃臣议曹教戒臣也"云云。上以议曹王生为水衡丞。

右除八十四字。

《新晋书·袁宏传》曰：袁宏有逸才[80]，文章绝美，曾为《咏史诗》，是其风情所寄。少孤贫，以运租自业。谢尚时镇牛渚[81]，秋夜乘月，率尔与左右微服泛江。会宏在舫中讽其所作《咏史诗》，咏声既清会，词又藻丽，遂驻听久之，遣问焉。答云："是袁临汝郎诵诗。"即其《咏史》之作也。尚倾率有胜致，即迎升舟，与之谈论，申旦不寐[82]。自此名誉日茂云云。从桓温北征[83]，作《北征赋》，皆其文之高者。尝与王珣、伏滔同在温坐，温令滔读其《北征赋》，至"闻所传于相传，云获麟于此野；诞灵物以瑞德，奚授体于虞者[84]。疚尼父之恸泣，似实恸而非假；岂一性之足伤，乃致伤于天下。"其本至此便改韵。珣云："此赋方传千载，无容率尔。今于'天下'之后，移韵徙事，然于写送之致，似为未尽。"滔云："得益写韵一句，或为小胜。"宏应声答曰："感不绝于予心，愬流风而独写"云云[85]。

谢安尝赏其机对辩速[86]，后安为扬州刺史，宏自吏部郎出为东阳郡，乃祖道于冶亭[87]，时贤皆集。谢安欲卒迫试之，临别，执其手，顾就左右取一扇而授之，曰："聊以赠行。"宏应声答曰："辄当奉扬仁风，慰彼庶黎。"观者无不叹服。时人叹其率而能要焉。

右除一百一十四字，加十九字。

《十六国春秋》曰：郭瑀有女始笄[88]，妙选良偶，有心于刘昞[89]。遂别设一席于座前，谓诸弟子曰："吾有一女，年向成长，欲觅一快女婿[90]，谁坐此席者，吾当婚焉。"昞遂奋衣来坐，神志湛然[91]，曰："向闻先生欲求快女婿，昞其人也。"

右除二十二字。

---

①七卷成言：浦起龙注："《叙事》篇在六卷，疑当作六。"

②三隅莫反：《论语·述而》云："举一隅不以三反，则不复也。"隅，方角。物之方者，皆有四隅。三隅莫反，谓举三隅还不能推知一隅。亦即迟钝不能类推。

③百闻不如一见：语出《汉书·赵充国传》。意谓听别人讲一百次，不如亲眼一见。

④聚米为谷：《后汉书·马援传》：刘秀率军讨伐隗嚣，至漆，召马援。"援于帝前聚米为山谷，指画形势……帝曰：'虏在

吾目中矣。'"后以"聚米为谷"为能正确形象地分析军事形势的典故。

⑤画地成图：语出《汉书·张安世传》。指在地上画成地图，以说明地理形势。

⑥《梁书·陶弘景传》略云：弘景，字通明，丹阳人。自号华阳隐居，性好著述，尤明医术本草。所著《本草》，《隋书·经籍志》著录。

⑦朱墨点其名：分别用红笔和黑笔写出药名。

⑧阮孝绪：字士宗，南朝梁人。所著《七录》，是继《七略》、《七志》以后的一部图书分类目录专著。

⑨文德殿：南朝梁宫殿名。

⑩原注："其点用朱粉、雌黄并得。"

⑪原注："其侧书亦用朱粉、雌黄等，如正行用粉，则侧注者用朱黄，以此为别。"

⑫回易：改换。

⑬摭实：据实。

⑭苟诬：随便欺罔。

⑮《孔子家语》：为三国魏王肃所撰。肃一意攻击郑玄，自称得之于孔子二十二世孙猛，每以所记作为攻击郑的论据，故后人疑为出于肃之伪作。

⑯公索氏：鲁国公族。亡其牲：失其祭牲。

⑰觇（chān，音搀）：窥视，侦察。

⑱此条内容《礼记·檀弓下》亦有记载。见《申左》"觇哭于阳门，介夫乃止"注。

⑲加：一作"移"。

⑳朝觐：臣子或诸侯朝见君主。

㉑狱讼：讼事，打官司。

㉒除数太多，恐有误。

浦起龙按：《颛顼纪》中已具云"黄帝是颛顼祖矣"，此篇下云"禹是颛顼孙"，则其上不得更言"黄帝之玄孙"。既上云"昌意及鲧不得在帝位，则于下文不当复云"为人臣"。今就于朱点之中，复有此重复，造次笔削，庸可尽乎?

㉓季父：父之幼弟。

㉔厘革其次序：调整其结构顺序。

㉕微时：微贱之时。

㉖仁弱：宽惠柔弱。

㉗希见上：很少见到高祖。

㉘原注："此事见《高》、《惠》二纪及诸王、《孙叔通》、《张良》等传，过为重叠矣。今又见于《吕后纪》，固可略而不言。"

㉙据文止加八字。

㉚浦起龙注："史无此十字，皆细书混入者。"

㉛浦起龙注："纠之"二字史作"宋"，易"纠之"为宋，则"公"字亦宜省。

㉜"昭公者"后，《史记》有"元公之曾庶孙也昭公"九字。

㉝浦起龙注：据文止加十二字。

㉞去病：霍去病。为人"少言不泄，有气敢往"，曾六出击匈奴。

㉟陛下：对帝王的尊称。　　蔡邕《独断上》："陛下者，阶也，所由升堂也。天子必有近臣执兵陈于陛侧，以戒不虞。谓之陛下者，群臣与天子言，不敢指斥天子，故呼在陛下者而先之，因卑达尊之意也。"

㊱过听：误听。

㊲用事：执政，当权。

㊳损郎员：精简辅佐官员。

㊴胜衣：儿童稍长，体力足以承受得起成人的衣服。

㊵昧死：冒死，不避死罪。有司：官吏。古代设官分职，事各有专司，故称有司。

㊶制：帝王的命令。

㊷下御史：交御史办理。

㊸六年：元狩六年（前117）。

㊹宗正：官名。掌管王室亲族的事物。

㊺承：辅佐。

㊻奉义遵职：奉行道义，谨守职责。

㊼逮事：及事，想到本职工作。

㊽浦起龙注："据文加三字。"

㊾浦起龙注："句意过当，有误。"

㊿间者：近来。

51极言：尽情说出。

52悯：忧，不安。

53蒸庶：众民，百姓。

54嗢噱（wàjué，音袜决）：大笑。

55大梁：今河南开封，战国魏都。

56祠：祭祀。

57《史记》无"以征"以下十五字。

58有以也：是有道理的。

59此条亦见加不见除。

60奇伟倜傥之画：卓越不凡的谋画。

61邯郸：战国赵都，今河北邯郸市。

62魏安釐（xī，音西）：魏昭王的儿子，名圉（yǔ，音雨）。釐，同"僖"。

63客将军：别国人在此国做官，文官称"各卿"，武官称"客将军"。间（jiàn，音见）人：偷偷地进入。

64鲁连云云："云云"后可能是刘知几删略之文。

65烹醢（hǎi，音海）：古代的酷刑。烹，煮；醢，剁成肉酱。

66固也：当然。

67谪：罚罪。

68自广：自我宽慰。

69无状：无功状，无成绩。

70故方：旧方（旧的药方）。

71禁方：秘方（不公开的药方）。

72五色：指神色。

73嫌疑：指疑难病症。

74方伎：也作"方技"，古代指医、卜、星、相。

75而：代词，汝，你。

76原注："已下皆述一生医疗效验事。"

77辨：辨卑，谦恭的样子（辨，通"贬"）。

78深鉴：深刻的鉴识（明识）。

79明府：汉魏以来对太守牧尹，皆称府君或明府君，省称明府。

80袁宏：字彦伯，少有逸才，文章绝美。谢安常赏其机对辨速。撰集《后汉记》三十卷。

81谢尚：字仁祖。脱略细行，不为俗事。善音乐，博综众艺。

82申旦：通宵达旦。

83桓温：字元子，晋明帝女婿。北征苻健、姚襄还，封南郡公，加大司马。

84虞者：古代掌管山泽苑囿、田猎的官。

85愬（sù，音素）流风：谓心向遗风。愬，向。流风，指先代流传下来的好风气。

86谢安：字安石，尚之从弟。少有重名，累辟不起。喜游赏，善草书。桓温请为司马。机对辩速：应对机敏，辩论迅捷。

87祖道：古人于出行前祭祀路神称祖道。

88郭瑀：字元瑜，东晋人。少师事郭荷，精通经义。苻氏之末，略阳王穆起兵酒泉瑀与索嘏应之，为太府左长史。及笄（jī，音机）：刚盘发加笄（簪）之年，即女子十五岁。

89刘昞：字延明，北魏人。曾以三史文繁，著《略记》百三十篇。

90快女婿：称心的女婿。

㉛谌然：安和的样子。

【浦起龙总按】

《点烦》一篇，点既失传，靡从检核矣。然深心嗜古者，按切史篇，循文审校，亦自理绪可寻。诸家或未暇也，故讹漏尤多云。

……太史公杂取《国语》、《世本》、《国策》之群书而汇为一书，叠见复出，古趣自流。数墨寻行，大家弗屑，虽烦亦复何疵！……观是书者，切磋究之，固不必为烦者病，亦不得谓点者苛。

史通卷之十六

外　篇

杂说上第七

《春秋》二条

按《春秋》之书弑也，称君，君无道[①]；称臣，臣之罪[②]。如齐之简公，未闻失德，陈恒构逆[③]，罪莫大焉。而哀十四年，书“齐人弑其君壬于舒州[④]。”斯则贤君见抑，而贼臣是党[⑤]，求诸旧例，理独有违。但此是绝笔获麟之后，弟子追书其事。岂由以索续组[⑥]，不类将圣之能者乎[⑦]？何其乖刺之甚也[⑧]！

按《春秋左氏传》释《经》云：灭而不有其地曰入[⑨]，如入陈，入卫，入郑，入许，即其义也。至柏举之役，子常之败[⑩]，庚辰吴入，独书以郢。夫诸侯列爵，并建国都[⑪]，惟取国名，不称都号。何为郢之见入，遗其楚名[⑫]，比于他例，一何乖踳[⑬]！寻二传所载[⑭]，皆云入楚，岂《左氏》之本，独为谬欤？

《左氏传》二条

《左氏》之叙事也，述行师则簿领盈视[⑮]，哤聒沸腾[⑯]，论备火则区分在目[⑰]，修饰峻整[⑱]；言胜捷则收获都尽[⑲]，记奔败则披靡横前[⑳]；申盟誓则慷慨有余，称谲诈则欺诬可见；谈恩惠则煦如春日，纪严切则凛若秋霜；叙兴邦则滋味无量，陈亡国则凄凉可悯。或腴辞润简牍[㉑]，或美句入咏歌，跌宕而不群，纵横而自得。若斯才者，殆将工侔造化[㉒]，思涉鬼神，著述罕闻，古今卓绝。如二传之叙事也，榛芜溢句[㉓]，疣赘满行，华多而少实[㉔]，言拙而寡味。若必方于《左氏》也，非唯不可为鲁、卫之政[㉕]，差肩雁行[㉖]，亦有云泥路阻[㉗]，君臣礼隔者矣。

《左传》称仲尼曰：“鲍庄子之智不如葵，葵犹能卫其足[㉘]。”夫有生而无识，有质而无性者[㉙]，其唯草木乎？然自古设比兴，而以草木方人者，皆取其善恶薰莸，荣枯贞脆而已[㉚]。必言其含灵畜智，隐身违祸，则无其义也。寻葵之向日倾心，本不卫足，由人睹其形似，强为立名。亦由今俗文士，谓鸟鸣为啼，花发为笑。花之与鸟，安有啼笑之情哉？必以人无喜怒，不知哀乐，便云其智不如花，花犹善笑，其智不如鸟，鸟犹善啼，可谓之谠言者哉[㉛]？如“鲍庄子之智不如葵，葵犹能卫其足”，即其例也。而《左氏》录夫子一时戏言，以为千载笃论[㉜]。成微婉之深累[㉝]，玷良直之高范[㉞]，不其惜乎！

《公羊传》二条

《公羊传》云：“许世子止弑其君[㉟]。”“曷为加弑？讥子道之不尽也。”其次因言乐正子春之视疾，以明许世子之得罪。寻子春孝道，义感神明，固以方驾曾、闵[36]，连踪丁、郭[37]。苟事亲不逮乐正，便以弑逆加名，斯亦拟失其流[38]，责非其罪。盖公羊、乐正，俱出孔父门人，思欲更相引重[39]，曲加谈述。所以乐正行事，无理辄书[40]，致使编次不伦，比喻非类，言之可为嗤怪也[41]。

语曰："彭蠡之滨，以鱼食犬[42]。"斯则地之所富，物不称珍。按齐密迩海隅，鳞介惟错[43]，故上客食肉，中客食鱼[44]，斯即齐之旧俗也。然食鲂鲙鲤，诗人所贵[45]，必施诸他国，是曰珍羞[46]。如《公羊传》云："晋灵公使勇士杀赵盾，见其方食鱼飧[47]。曰：子为晋国重卿而食鱼飧，是子之俭也。吾不忍杀子[48]。盖公羊生自齐邦，不详晋物，以东土所贱[49]，谓西州亦然[50]。遂目彼嘉馔，呼为菲食[51]，著之实录，以为格言，非惟与《左氏》有乖，亦于物理全爽者矣[52]。

《汲冢纪年》一条

语曰："传闻不如所见。[53]"斯则史之所述，其谬已甚，况乃传写旧记，而违其本录者乎？至如虞、夏、商、周之《书》，《春秋》所记之说，可谓备矣。而《竹书纪年》出于晋代，学者始知后启杀益，太甲杀伊尹，文丁杀季历，共伯名和[54]，郑桓公，厉王之子[55]。则与经典所载，乖剌甚多。又《孟子》曰：晋谓春秋为乘。寻《汲冢琐语》，即乘之流邪？其《晋春秋》篇云："平公疾，梦朱罴窥屏[56]。"《左氏》亦载斯事，而云"梦黄熊入门"[57]。必欲舍传闻而取所见，则《左传》非而《晋》文实矣[58]。呜呼！向若二书不出，学者为古所惑，则代成聋瞽，无由觉悟也[59]。

《史记》八条

夫编年叙事，混杂难辨；纪传成体，区别异观。昔读《太史公书》，每怪其所采多是《周书》、《国语》、《世本》、《战国策》之流[60]。近见皇家所撰《晋史》，其所采亦多是短部小书[61]，省功易阅者，若《语林》、《世说》、《搜神记》、《幽明录》之类是也。如曹、干两氏《纪》[62]，孙、檀二《阳秋》[63]，则皆不之取。故其中所载美事，遗略甚多[64]。若以古方今[65]，当然则知史公亦同其失矣。斯则迁之所录，甚为肤浅，而班氏称其勤者[66]，何哉？

孟坚又云："刘向、扬雄博极群书，皆服其善叙事[67]。岂时无英秀[68]，易为雄霸者乎？不然，何虚誉之甚也。《史记·邓通传》云："文帝崩，景帝立。"向若但云景帝立，不言文帝崩，斯亦可知矣，何用兼书其事乎？又《仓公传》称其"传黄帝、扁鹊之脉书，五色诊病，知人死生，决嫌疑，定可治。"诏召问其所长，对曰："传黄帝、扁鹊之脉书。"以下他文，尽同上说。夫上既有其事，下又载其言，言事虽殊，委曲何别？按迁之所述，多有此类，而刘、扬服其善叙事也，何哉？

太史公撰《孔子世家》，多采《论语》旧说。至《管晏列传》，则不取其本书[69]。以为时俗所有，故不复更载也。按《论语》行于讲肆，列于学官[70]，重加编勒，只觉烦费。如管、晏者，诸子杂家，经史外事，弃而不录，实杜异闻[71]。夫以可除而不除，宜取而不取，以斯著述，未睹厥义[72]。

昔孔子力可翘关[73]，不以力称。何则？大圣之德，具美者众，不可以一介末事[74]，持为百行端首也。至如达者七十，分以四科[75]。而太史公述《儒林》，则不取游、夏之文学；著《循吏》，则不言冉、季之政事[76]；至于《货殖》为传，独以子贡居先[77]。掩恶扬善，既忘此义，成人之美，不其阙如[78]？

司马迁《自序传》云：为太史七年，而遭李陵之祸[79]，幽于缧绁[80]。乃喟然而叹曰：是予之罪也，身亏不用矣[81]。自叙如此，何其略哉！夫云"遭李陵之祸，幽于缧绁"者，乍似同陵陷没，以置于刑；又似为陵所间[82]，获罪于国。遂令读者难得而详。赖班固载其《与任安书》，书中具述被刑所以[83]。倘无此录，何以克明其事者乎？

《汉书》载子长《与任少卿书》，历说自古述作，皆因患而起[84]。末云：“不韦迁蜀，世传《吕览》[85]。”按吕氏之修撰也[86]，广招俊客，此迹春、陵[87]，共集异闻，拟书《荀》、《孟》，思刊一字，购以千金，则当时宣布[88]，为日久矣。岂以迁蜀之后，方始传乎？且必以身既流移，书方见重，则又非关作者本因发愤著书之义也。而辄引以自喻，岂其伦乎。若要多举故事，成其博学，何不云虞卿穷愁，著书八篇[89]？而曰“不韦迁蜀，世传《吕览》”，斯盖识有不该[90]，思之未审耳[91]。

昔春秋之时，齐有夙沙卫者，拒晋殿师，郭最称辱[92]；伐鲁行唁，臧坚抉死[93]。此阉官见鄙[94]，其事尤著者也。而太史公《与任少卿书》，论自古刑余之人为士君子所贱者，唯以弥子瑕为始[95]，何浅近之甚邪？但夙沙出《左氏传》，汉代其书不行，故子长不之见也。夫博考前古，而舍兹不载，至于乘传车，探禹穴[96]，亦何为者哉？

《魏世家》太史公曰：“说者皆曰魏以不用信陵君，故国削弱至于亡。余以为不然。天方令秦平海内，其业未成，魏虽得阿衡之徒[97]，曷益乎[98]？”夫论成败者，固当以人事为主，必推命而言，则其理悖矣。盖晋之获也，由夷吾之愎谏[99]；秦之灭也，由胡亥之无道[100]；周之季也[101]，由幽王之惑褒姒；鲁之逐也，由稠父之违子家[102]。然则败晋于韩，狐突已志其兆[103]；亡秦者胡[104]，始皇久铭其说；檿弧箕服[105]，彰于宣、厉之年；征褰与襦，显自文、武之世[106]。恶名早著，天孽难逃。假使彼四君才若桓、文，德同汤、武，其若之何？苟推此理而言，则亡国之君，他皆仿此，安得于魏无讥者哉？

夫国之将亡也若斯，则其将兴也亦然。盖妫后之为公子也[107]，其筮曰[108]：八世莫之与京。毕氏之为大夫也，其占曰：万名其后必大[109]。姬宗之在水浒也[110]，鸑鷟鸣于岐山[111]；刘姓之在中阳也，蛟龙降于丰泽[112]。斯皆瑞表于先，而福居其后。向若四君德不半古[113]，才不逮人，终能坐登大宝[114]，自致宸极矣乎[115]？必如史公之议也，则亦当以其命有必至，理无可辞，不复嗟其智能，颂其神武者矣。

夫推命而论兴灭，委运而忘褒贬[116]，以之垂诫[117]，不其惑乎？自兹以后，作者著述，往往而然。如鱼豢《魏略议》、虞世南《帝王论》[118]，或叙辽东公孙之败[119]，或述江左陈氏之亡[120]，其理并以命而言，可谓与子长同病者也。

诸汉史十条

《汉书·孝成纪·赞》曰：“成帝善修仪容，升东正立，不内顾，不疾言，不亲指[121]。临朝渊默[122]，尊严若神，可谓穆穆天子之容貌矣[123]。”又《五行志》曰：“成帝好微行[124]，选期门郎及私奴客十余人[125]，皆白衣袒帻[126]，自称富平侯家[127]。或乘小车，御者在茵上[128]，或皆骑，出入远至旁县。故谷永谏曰：陛下昼夜在路，独与小人相随。乱服共坐，混淆无别。公卿百寮[129]，不知陛下所在，积数年矣。由斯而言，则成帝鱼服嫚游[130]，乌集无度[131]，虽外饰威重，而内肆轻薄，人君之望，不其缺如。观孟坚《纪》、《志》所言，前后自相矛盾者矣。

观太史公之创表也，于帝王则叙其子孙，于公侯则纪其年月，列行萦纡以相属[132]，编字戢孴而相排[133]。虽燕、越万里，而于径寸之内犬牙可接；虽昭穆九代[134]，而于方尺之中雁行有叙[135]。使读者阅文便睹，举目可详，此其所以为快也。如班氏之《古今人表》者，唯以品藻贤愚，激扬善恶为务尔[136]。既非国家递袭[137]，禄位相承，而以复界重行[138]，狭书细字，比于他表，殆非其类欤！盖人列古今，本殊表限[139]，必吝而不去，则宜以志名篇。始自上上，终于下下，并当明为标榜，显列科条，以种类为篇章，持优劣为次第。仍每于篇后云，右若干品，凡若干人。亦犹《地理志》肇述京华[140]，末陈边塞，先列州郡，后言户口也。

自汉已降，作者多门，虽新书已行，而旧录仍在，必校其事，可得而言。按刘氏初兴，书唯陆贾而已[141]。子长述楚、汉之事，专据此书。譬夫行不由径，出不由户[142]，未之闻也。然观迁之所载，往往与旧不同。如郦生之初谒沛公[143]，高祖之长歌鸿鹄[144]，非唯文句有别，遂乃事理皆殊[145]。又韩王名信都，而辄去“都”留“信”，用使称其名姓，全与淮阴不别[146]。班氏一准太史，曾无弛张[147]，静言思之，深所未了。

司马迁之《叙传》也，始自初生，及乎行历[148]，事无巨细，莫不备陈，可谓审矣[149]。而竟不书其字者，岂墨生所谓大忘者乎[150]？而班固仍其本传，了无损益，此又韩子所以致守株之说也[151]。如固之为《迁传》也，其初宜云“迁字子长，冯翊阳夏人，其序曰”云云。至于事终，则言“其自叙如此”。著述之体，不当如是耶？

马卿为《自叙传》，具在其集中。子长因录斯篇，即为列传，班氏仍旧，曾无改夺。寻固于《马、扬传》末，皆云迁、雄之自叙如此。至于《相如》篇下，独无此言。盖只凭太史之书，未见文园之集[152]，故使言无画一，其例不纯。

《汉书·东方朔传》，委琐烦碎，不类诸篇。且不述其亡殁岁时及子孙继嗣，正与《司马相如》、《司马迁》、《扬雄传》相类。寻其传体，必曼倩之自叙也[153]。但班氏脱略[154]，故世莫之知。

苏子卿父建行事甚寡[155]，韦玄成父贤德业稍多[156]。《汉书》编苏氏之传，则先以苏建标名；列韦相之篇，则不以韦贤冠首，并其失也。

班固称项羽贼义帝，自取天亡[157]。又云：于公高门以待封[158]，严母扫地以待丧[159]。如固斯言，则深信夫天怨神怒，福善祸淫者矣[160]。至于其赋《幽通》也[161]，复以天命久定，非人理所移，故善恶无征，报施多爽，斯则同理异说，前后自相矛盾者焉。

或问，张辅著《班马优劣论》云[162]：迁叙三千年事，五十万言，固叙二百年事，八十万言，是固不如迁也。斯言为是乎？答曰：不然也。按《太史公书》，上起黄帝，下尽宗周，年代虽存，事迹殊略。至于战国已下，始有可观。然迁虽叙三千年事，其间详备者，唯汉兴七十余载而已。其省也则如彼，其烦也则如此，求诸折中，未见其宜。班氏《汉书》全取《史记》，仍去其《日者》、《仓公》等传，以为其事烦芜，不足编次故也。若使马迁易地而处，撰成《汉书》，将恐多言费辞，有逾班氏，安得以此而定其优劣邪？

《汉书》断章，事终新室[163]。如叔皮存殁[164]，时入中兴，而辄引与前书共编者，盖《序传》之恒例者耳。荀悦既删略班史，勒成《汉纪》，而彪《论王命》[165]，列在末篇。夫以规讽隗嚣，翼戴光武[166]，忽以东都之事[167]，擢居西汉之中，必如是，《宾戏》、《幽通》[168]，亦宜同载者矣。

---

①“称君”二句：是说君无道，百姓厌恶，《春秋》则直书君主名字。

②“称臣”二句：是说杀君之臣有罪，《春秋》则直书弑君之臣的名字，以警后世。《左传·宣公四年》杜预注：“称君，谓唯书君名，而称国以弑，言众所共绝也。称臣者，谓书弑者之名，以示来世，终为不义。”

③“齐之简公”三句：齐简公（壬）并没有失德行为，陈恒叛逆而把他杀死。

④《春秋·哀公十四年》云：“六月，齐人弑其君壬于舒州。”《左传》云：“甲午，齐陈恒弑其君于舒州。”

⑤见抑：被贬抑，被冤屈。是党：恣意袒护。

⑥以索续组：用麻绳接续丝带，比喻获麟前后《春秋》质量高下悬殊

⑦《论语·子罕》：“子贡曰：‘固天纵之将圣，又多能也。’”意谓这本是上天让他成为圣人，又使他多才多艺。

⑧乖剌（là，音辣）：违忤，不和谐。

⑨入：战胜敌方而不占领其土地曰入。如《春秋·宣公十一年》云“楚子入陈。”

⑩柏举之役，子常之败：《春秋·定公四年》云：“冬十有一月庚午，蔡侯以吴子及楚人战于柏举，楚师败绩，楚囊瓦（即楚令尹子常）出奔郑，庚辰，吴入郢。”柏举，在今湖北麻城。

⑪国都：指楚国都城郢。

⑫遗其楚名：指“吴人郢”之类不书“楚国”的记载。

⑬一何乖踳（chuǎn，音喘）：多么错谬杂乱。

⑭二传：指《公羊传》、《谷梁传》。

⑮行师：用兵，指挥作战。簿领盈视：形容文书记述甚多。簿领，谓官府记事的簿册或文书。盈视，满眼。

⑯哤（máng，音忙）聒沸腾：声音异常嘈杂。

⑰备火：这里泛指武器与士兵。备，古代的长兵器。火，古时兵制单位，十人为火。

⑱峻整：严正庄重。

⑲收获都尽：谓对方全军覆没。

⑳披靡：草木随风倒伏。以喻军队惊慌溃败，如草木随风倒伏。

㉑腴辞：美辞。

㉒工侔造化：精巧可与天工比美。

㉓榛芜：比喻芜杂。

㉔华多而少实：虚饰多而实录少。

㉕《论语·子路》：“鲁、卫之政，兄弟也。”这里引以说明差不多的意思。

㉖差肩雁行（háng，音航）：比喻质量相当。

㉗云泥路阻：相隔之远如天上的云和地上的泥。比喻质量高下悬殊。语出《后汉书·矫慎传》。

㉘“鲍庄子”二句：引自《左传·成公十七年》。杜预注：“葵倾叶向日，以蔽其根。言鲍牵（即鲍庄子）居乱，不能危行言逊（做正直的事而言谈恭顺）。”

㉙有质而无性：有形体而无性情。

㉚荣枯：草木的盛衰。贞脆：坚劲脆弱。

㉛谠言：直言，正直的话。

㉜笃论：确当的评论。

㉝深累：沉重的拖累。

㉞高范：崇高的典范。

㉟《春秋·昭公十九年》：“许世子（太子）止弑其君买。”《公羊传》云：“止进药而药杀。曷为加弑焉？讥子道（作儿子的孝道）之不尽也。”《左传》杜预注：“药物有毒，当由医，非凡人所知，讥止不舍药物，所以加弑君之名。”并以乐正子春之视疾尽孝，而加止以弑名。

㊱曾、闵：曾参、闵子骞。

㊲丁、郭：丁兰少丧母，刻木为像，事之如生。郭巨家贫而至孝，因儿分母馔，欲埋其子，掘地三尺，得黄金一釜。

㊳拟失其流：谓比喻不伦不类。

㊴更相引重：互相推重。

㊵无理辄书：谓乐正子春之尽孝，与许世子之事相异。

㊶嗤怪：讥笑而惊疑。

㊷“彭蠡”二句：出自《论衡·定贤篇》。彭蠡，即江西鄱阳湖。

㊸鳞介惟错：鱼类与介类很多。

㊹中客食鱼：《战国策·齐策四》：“居有顷，（冯驩）倚柱弹其剑，歌曰：‘长铗归来乎！食无鱼。’”

㊺据程千帆《笺记》，《诗经·陈风·衡门》有“岂其食鱼，必河之鲂，岂其食鱼，必河之鲤”句，又《河洛记》云：“伊洛鲂鲤，天下最美。”

㊻珍羞：珍奇的食物。

㊼事见《公羊传·宣公六年》。鱼飧，鱼做的食物。一说即鱼羹。

㊽勇士见赵盾正食鱼飧，曰：“君将使我杀子，吾不忍杀子也。”

㊾东土：东方地区，指齐国。

㊿西州：西方地区，指晋国。

(51)嘉馔：美味之食品。菲食：菲薄的食物。

(52)于物理全爽：完全背离事物之理。爽，差，引申为背离。

(53)《风俗通义·正失》：“《春秋》以为传闻不如亲见。”

(54)季历：王季，周文王之父。共伯名和：《史记·周本纪》《索隐》：“共，国；伯，爵；和，其名。”

(55)郑宣公，厉王之子：浦起龙云：“句有误，厉王疑本作宣王。”

(56)《史通训诂》引《琐语》云：“晋平公梦见赤罴窥屏，而有疾，使问子产。子产曰：‘昔共工之御（驾车人）曰浮游，既败于颛顼，自没于深淮之渊，其色赤，其状罴。祭颛顼、共工则瘳（病愈）。’公如其言而疾间（病少愈）。”

(57)《左传·昭公十七年》：“（晋平公）梦黄熊入于寝门。”

(58)《左传》非而《晋》文实：《左传》不真实，《晋春秋》才是实录。

(59)无由觉悟：无从得到启发。

(60)《周书》：《尚书》相传为虞夏商周四代之书。其中《泰誓》至《秦誓》三十二篇，记载周秦之事，称《周书》。

(61)短部小书：杂记之书。

(62)曹、干两氏《纪》：曹嘉之《晋纪》十卷，干宝《晋纪》二十三卷。

(63)孙、檀二《阳秋》：指孙盛《晋阳秋》和宋永嘉太守檀道鸾《续晋阳秋》。

(64)遗略：漏略。

(65)若以古方今：浦起龙注：“此处有脱字。”

(66)《汉书·司马迁传·赞》：“迁贯穿经传，驰骋古今上下数千载间，斯以勤矣。”

(67)《汉书·司马迁传·赞》：“刘向、扬雄博极群书，皆称迁有良史之材，服其善叙事，理辩而不华，质而不俚。”

(68)英秀：才华出众。

(69)本书：原注：“谓《管子》、《晏子》也。”

(70)《旧唐书·薛放传》：“汉时《论语》首列学官。”讲肆，讲舍。

(71)杜：杜绝。

(72)未睹厥义：看不出它有什么意义。

(73)《列子·说符》：“孔子之劲，能招国门之关，而不肯以力闻。”招，翘，举起。

(74)一介末事：微小的本领。一介，微小之意。

(75)四科：德行、言语、政事、文学为孔门四科。见《论语·先进》。

(76)冉、季：冉有（冉求）、季路（子路）。

(77)《史记·货殖列传》开篇即叙范蠡生计，随即叙子贡。

(78)不其阙如：不是成了一句空话吗？

(79)李陵之祸：李陵字少卿，名将李广之孙。武帝时任骑都尉，天汉二年，率步兵五千人击匈奴，战败投降。司马迁认为李陵“身虽陷败，彼观其意，且欲得其当而报汉”。武帝闻之怒，施以宫刑（男子割势）。

(80)幽：囚禁。缧绁（léixiè，音雷泄）：拘系犯人的绳索，引申为牢狱。

(81)身亏不用：谓身残而不被重用。

(82)间（jiàn，音见）：嫌隙，因嫌猜而生意见之意。

(83)具述被刑所以：详述受刑的原委。

(84)任安字少卿。司马迁《报任安书》云：“盖文王拘而演《周易》；仲尼厄而作《春秋》；屈原放逐，乃赋《离骚》；左丘失明，厥有《国语》；孙子膑脚，兵法修列；……”

(85)不韦：吕不韦。《吕览》：即《吕氏春秋》。

(86)吕氏之修撰：吕不韦曾命门客编撰《吕氏春秋》。传说，书成，悬于国门，谓有能增损一字者予千金。

(87)春、陵：楚国公子春申君和魏国公子信陵君。

(88)宣布：公之于众。

(89)《史记·虞卿传》：“虞卿者，游说之士也，不得意，乃著书八篇，世传之曰《虞氏春秋》。太史公曰：‘虞卿非穷愁，亦不能著书以自见于后世。’”

(90)识有不该：见识不够广博，该，该洽，广博。

(91)审：周密。

(92)《左传·襄公十八年》载：十一月丁卯朔，晋伐齐人平阴，追赶齐军。夙沙卫把大车连起来堵塞山间小路因而殿后。郭最说：“你为国家的军队殿后，是齐国的耻辱。”

(93)《左传·襄公十七年》载：秋季，齐灵公攻打鲁国北部边境。齐国人擒获了臧坚。齐灵公派夙沙卫慰问他。但臧坚仍抉（挖开）其伤（伤口）而死。

(94)阉官见鄙：被刑臣（指夙沙卫）所鄙视。

(95)弥子瑕：春秋卫灵公之嬖大夫。卫国法，窃驾军车者罪刖。弥子瑕母病，矫驾君车以出，公闻而贤之。及色衰爱弛，公数其罪而黜之。

⑯乘传车，探禹穴：《史记·太史公自序》云："迁二十而南游江淮，上会稽，探禹穴……过梁、楚以归。"

⑰阿衡：伊尹。《诗经·商颂·长发》："实维阿衡，实左右商王。"疏："伊尹名挚，汤以为阿衡。"

⑱曷：何。

⑲《左传·僖公十三年》载：晋灾，秦输粟救之。次年，秦谷不熟，乞粟于晋，晋惠公拒之。晋大夫庆郑直谏："背施幸灾，民所弃也。"十五年，秦伐晋，"秦获晋侯以归"。晋侯，晋惠公，名夷吾。愎谏，一意孤行，不听规劝。

⑳胡亥：秦二世名。

㉑周之季：周朝末年。

㉒《左传·昭公二十五年》记载：九月，攻打季氏，在季氏家门外杀死了公之，于是攻进季氏家中。鲁卿季平子请求带着五辆车逃亡国外，昭公不答应。子家懿伯说："君王应该答应他！政令从他那里发出已经很久了。"昭公不听，遂伐公徒，战败，逃往齐国。鲁昭公名稠，又称稠父。

㉓《左传·僖公十年》记载：晋惠公改葬了共太子申生。狐突到曲沃去，路上遇见太子申生。申生告诉他说："夷吾不知礼义，我已请求天帝了。天帝准备把晋国给予秦国，秦国人将祭祀我。"后秦果败晋于韩，俘虏了夷吾。

㉔胡：指胡亥。

㉕檿弧箕服：周宣王时童谣，《国语·郑语》文，见《书事》注。

㉖征褰与襦：《左传·昭公二十五年》：有鸜鹆来巢，书所无也。师己曰："异哉！吾闻文、武之世，童谣有之。"谣见《言语》篇注。

㉗《左传·庄公二十二年》载：陈国人杀死了他们的太子御寇。陈国的公子完（即敬仲）逃到齐国。齐桓公让他做卿。陈国大夫懿氏准备把女儿嫁给敬仲，他的妻子占卜说："凤皇于飞，和鸣锵锵，有妫（陈国为妫姓）之后，五世其昌，八世之后，莫之与富（高大）。"

㉘筮（shì，音士）：以蓍草占吉凶。

㉙《左传·闵公元年》记载：灭掉耿、霍、魏三国后，晋献公任毕万为大夫，赐给他魏地。掌卜大夫卜偃说："毕万之后必大。万，盈数也；魏，大名也。"

㉚《诗经·大雅·文王之什·绵》："古公亶父（周族领袖，文王的祖父），来朝走马（清晨驱马），率西水浒（沿着渭水往西），至于岐（岐山）下。"

㉛《国语·周语上》："周之兴也，鹫鷟鸣于岐山。"韦昭注："鹫鷟，凤之别名。"

㉜《史记·高祖本纪》："高祖，沛丰邑中阳里人，姓刘氏。父曰太公，母曰刘媪。其先刘媪尝息大泽之陂，梦与神遇，是时雷电晦冥，太公往视，则见蛟龙于其上。已而有身，遂产高祖。"

㉝德不半古：品德不如古代明君的一半。

㉞大宝：最宝贵的事物。《周易·系辞下》："圣人之大宝曰位。"后通指帝位。

㉟宸极：北极星。"星长拱北，川自向东。"古代认为北极星是最尊之星，为众星所拱，因以比喻帝位。

㊱委运：听任命运支配。

㊲垂诫：留给后人的训诫。

㊳鱼豢《魏略》：见《题目》注。其曰《魏略议》者，犹如《史记》、《汉书》之论赞体，《三国志》裴松之注亦有引《魏略议》之文。虞世南：字伯施。博学而有卓见，"太宗引之谈论，每论及古先帝王为政得失，必存规讽"。著有《帝王略论》五卷。

㊴鱼豢《魏略议》说：魏明帝青龙、景初年间，彗星出现于箕宿，并向上穿过高空。这预示更扫除辽东而使辽东政治更新。

㊵虞世南《帝王略论》中说：陈武帝永定元年，会稽人史溥时为扬州从事，梦见有人穿朱衣，着武士之冠，从天而降，手持金版，版上书云："陈氏五主，三十四年。"

㊶《论语·乡党》："车中，不内顾，不疾言，不亲指。"内顾，回头看。疾言，很快地说话。亲指，用手指指画画。

㊷渊默：深沉不言。《庄子·在宥》："尸居而龙见，渊默而雷声。"

㊸穆穆：端庄盛美的样子。《礼记·曲礼下》："天子穆穆。"《疏》："威仪多也。"

㊹微行：不使人知其尊贵的身分，便装出行。

㊺期门郎：官名，掌执兵出入护卫。私奴客：皇帝役使的私奴。

㊻白衣袒帻（zé，音责）：谓只戴白头巾而免冠。

㊼《汉书·五行志》中之上云："成帝为微行出游，常与富平侯张放，自称富平侯家人。"

⑫⑧茵：车垫。

⑫⑨百寮：也作百僚，百官。

⑬⓪鱼服：比喻常人服饰。嫚游：轻率出游。

⑬①乌集：谓如乌之集散。《汉书》颜师古《注》："乍合乍离，如乌之集也。"

⑬②萦纡以相属（zhǔ，音主）：回旋曲折而相连接。

⑬③"编字"句：意谓编排了很多字。戢𦈡（jínì，音吉逆），众多的样子。

⑬④昭穆：泛指家族的辈分。

⑬⑤雁行有叙：谓相次排比，如群雁之飞行有行列。丘迟《与陈伯之书》："今功臣名将，雁行有序。"

⑬⑥激扬善恶：谓除恶扬善。激，冲除。

⑬⑦递袭：次第继承的意思。

⑬⑧界、行（háng，音航）：均指表格的线条。

⑬⑨本殊表限：本来远非表格所能显示。

⑭⓪肇述京华：首先记述京城。

⑭①陆贾：汉初楚人。以客从刘邦建汉王朝，有辩才。著《楚汉春秋》九篇。《汉书·司马迁传·赞》："汉兴，伐秦定天下，有《楚汉春秋》。司马迁述《楚汉春秋》。"

⑭②《列子·说符篇》："稽度皆明而不道也（客观的检验和自身的礼度都已明确而又不遵守它），譬之出不由门（离家不通过门口），行不由径（小路，此处泛指道路）也。"

⑭③郦生：郦食其（yìjī，音义机），汉陈留高阳人。好读书，家贫落魄，人皆谓之狂生。沛公（刘邦）略地陈留，至高阳传舍。食其入谒，沛公方踞床，使两女子洗足。食其长揖不拜，曰："足下必欲诛无道秦，不宜倨见长者。"于是沛公辍洗起衣，延之上座，定计下陈留。

⑭④刘邦欲立戚夫人所生子赵王如意，太子刘盈请商山四皓侍见刘邦。刘邦说："羽翼已成，难动矣。"继而为楚歌曰："鸿雁高飞，一举千里，羽翮已就，横绝四海。横绝四海，当可奈何，虽有矰缴，尚安所施？"见《史记·留侯世家》。

⑭⑤以上是说《史记》原本于《楚汉春秋》，但两书记述颇有出入。

⑭⑥浦起龙认为刘知几失考，注云："详《史》、《汉》之《留侯世家》、《传》、《韩王信传》、《功臣侯表》，或作韩申徒，或作韩司徒，或作韩申都，字虽转，实一官，乃项梁授张良之官，与两韩王无干也。诸人迷本而盲猜，其失直钧。再韩王信，当时直谓韩信。贾谊云：'淮阴侯王楚，韩信王韩。'文且叠见，举封举名转用之，此切据也。"

⑭⑦弛张：比喻宽严。这里是改易的意思。

⑭⑧行历：经历，履历。

⑭⑨审：详细。

⑮⓪大忘：今本《墨子》无大忘之说。其义当为极度健忘。

⑮①守株之说：《韩非子·五蠹》中的守株待兔事。

⑮②文园：《汉书·司马相如传》："相如从上还，拜为孝文园令。"

⑮③《汉书·东方朔传·赞》曰："后世好事者，因取奇言怪语，附著之朔，故详录焉。"颜师古注："言此传所以详录朔之辞语者，为俗人多奇异妄附于朔故耳。欲明传所不记，皆非其实也。""自叙"为后人妄附，刘知几失考。

⑮④脱略：遗漏。

⑮⑤《汉书·苏建传》记述苏建事仅九十余字，所附其子苏武事迹却颇详审，故知几说："建行事寡"，"则先以苏建标名"。

⑮⑥韦贤：质朴笃学，号称邹鲁大儒。本始间以少府代蔡义为丞相。其少子玄成，元帝朝继父相位。玄成为相七年，守正持重不及父。而韦传则以玄成名篇，故知几责以"不以韦贤冠首"。今本《汉书》虽以韦贤标名，但知几所见之本，当以玄成名篇。

⑮⑦《汉书·项籍传》："羽阴使九江王布杀义帝。"又《赞》云："羽身死东城，不自责过失，乃引天亡我，非用兵之罪，岂不谬哉！"

⑮⑧于定国家闾门坏，父老帮忙修缮。定国父于公对父老说："少（稍）高大门闾，令容驷马高盖车。我治狱多阴德，子孙必有兴者。"后来定国官至丞相。见《汉书·于定国传》。

⑮⑨酷吏严延年，有"屠伯"之号。初，其母从东海来，欲与延年共度新年。至洛阳，见其判决罪人的奏章，大惊。遂止都亭，不肯入府。延年至都亭谒母，母闭阁良久乃见。见而严责曰："我不意当老见壮子被刑戮也。去女（离你）东归，扫除墓地耳。"不久，延年果得罪被杀。见《汉书·酷吏·严延年传》。

⑯⓪福善祸淫：行善能得福，作恶则招祸。

⑯《汉书·叙传》："固弱冠而孤，作《幽通赋》以致命遂志。"赋中列举善人未得天福，天命幺定。

⑯张辅著《班马优劣论》：见《鉴识》、《烦省》二篇注。

⑯新室：王莽废汉，自建王朝，改号曰新。称皇室为新室。

⑯叔皮：班彪字。

⑯隗嚣据陇拥众，欲与刘秀争天下，认为"谓汉家复兴，疏矣"。彪感其言，又担心战乱不息，乃著《王命论》以救时难。

⑯翼戴：辅佐拥戴。

⑯东都之事：谓班彪《王命论》本作于东汉。

⑯《宾戏》、《幽通》：班固《汉书·叙传》，载有《答宾戏》、《幽通赋》二篇。此二篇荀悦《汉纪》未载，故借诘之。

史通卷之十七
外　　篇

杂说中第八

诸晋史六条

东晋之史，作者多门，何氏《中兴》[①]，实居其最。而为晋学者，曾未之知，倘湮灭不行，良可惜也。王、檀著书[②]，是晋史之尤劣者，方诸前代，其陆贾、褚先生之比欤！道鸾不揆才浅[③]，好出奇语，所谓欲益反损[④]，求妍更媸者矣。

臧氏《晋书》称苻坚之窃号也[⑤]，虽疆宇狭于石虎，至于人物则过之。按后石之时[⑥]，张据瓜、凉[⑦]，李专巴、蜀[⑧]，自辽而左，人属慕容[⑨]，涉汉而南，地归司马。逮于苻氏，则兼而有之[⑩]。《禹贡》九州，实得其八。而言地劣于赵，是何言欤？夫识事未精，而轻为著述，此其不知量也。张缅抄撮晋史[⑪]，不求异同，而备揭此言[⑫]，不从沙汰，罪又甚焉。

夫学未该博，鉴非详正[⑬]，凡所修撰，多聚异闻，其为踳驳[⑭]，难以觉悟。按应劭《风俗通》载楚有叶君祠，即叶公诸梁庙也。而俗云孝明帝时有河东王乔为叶令，尝飞凫入朝[⑮]。及干宝《搜神记》，乃隐应氏所通[⑯]，而收流俗怪说。又刘敬叔《异苑》称晋武库失火，汉高祖斩蛇剑穿屋而飞[⑰]，其言不经[⑱]。致梁武帝令殷芸编诸《小说》[⑲]，及萧方等撰《三十国史》[⑳]，乃刊为正言[㉑]。既而宋求汉事，旁取令升之书[㉒]，唐征晋语，近凭方等之录[㉓]。编简一定，胶漆不移[㉔]。故令俗之学者，说凫履登朝，则云《汉书》旧记；谈蛇剑穿屋，必曰晋典明文[㉕]。摭彼虚词，成兹实录。语曰："三人成市虎[㉖]。"斯言其得之者乎！

马迁持论，称尧世无许由[㉗]；应劭著录，云汉代无王乔，其言说矣[㉘]。至士安撰《高士传》，具说箕山之迹[㉙]；令升作《搜神记》，深信叶县之灵。此并向声背实[㉚]，舍真从伪，知而故为，罪之甚者。近者，宋临川王义庆著《世说新语》[㉛]，上叙两汉、三国及晋中朝、江左事。刘峻注释，摘其瑕疵，伪迹昭然，理难文饰。而皇家撰《晋史》，多取此书。遂采康王之妄言，违孝标之正说[㉜]。以此书事，奚其厚颜！

汉吕后以妇人称制[㉝]，事同王者。班氏次其年月，虽与诸帝同编[㉞]；而记其事迹，实与后妃齐贯[㉟]。皇家诸学士撰《晋书》，首发凡例[㊱]，而云班《汉》皇后除王、吕之外，不为作传，并编叙行事，寄出《外戚》篇[㊲]。所不载者，唯元后耳[㊳]。安得辄引吕氏以为例乎？盖由读书不精，识事多阙，徒以本纪标目，以编高后之年，遂疑外戚裁篇，辄叙娥姁之事[39]。其为率略，不亦甚邪！

杨王孙布囊盛尸，裸体而葬[40]。伊籍对吴，以“一拜一起，未足为劳”[41]。求两贤立身，各有此一事而已。而《汉书》、《蜀志》，为其立传。前哲致讥，言之详矣。然杨能反经合义[42]，足矫奢葬之愆[43]。伊以敏辞辨对[44]，可免“使乎”之辱。列诸篇第，犹有可取。近者皇家撰《晋书》，著《刘伶》、《毕卓传》。其叙事也，直载其嗜酒沉湎[45]，悖礼乱德，若斯而已。为传如此，复何所取者哉[46]？

《宋略》一条

裴几原删略宋史，定为二十篇。芟烦撮要[47]，实有其力。而所录文章，颇伤芜秽。如文帝《除徐傅官诏》、颜延年《元后哀册文》、颜峻《讨二凶檄》、孝武《拟李夫人赋》、裴松之《上注国志表》、孔熙先《罪许曜词》[48]。凡此诸文，是尤不宜载者。

何则？羡、亮威权震主，负芒猜忌[49]，将欲取之，必先与之[50]。既而罪名具列，刑书是正，则前所降诏，本非实录。而乃先后双载，坐令矛盾两伤[51]。夫国之不造[52]，史有哀册[53]。自晋、宋已还，多载于起居注，词皆虚饰，义不足观[54]。必以“略”言之，故宜去也。昔汉王数项[55]，袁公檄曹[56]，若不具录其文，难以暴扬其过。至于二凶为恶，不言可知，无俟檄数，始明罪状。必刊诸国史，岂益异同[57]。孝武作赋悼亡，钟心内宠[58]，情在儿女，语非军国。松之所论者，其事甚末，兼复文理非工[59]。熙先构逆怀奸[60]，矫言欺众[61]，且所为稿草，本未宣行[62]。斯并同在编次，不加铨择，岂非芜滥者邪？

向若除此数文，别存他说，则宋年美事，遗略盖寡。何乃应取而不取，宜除而不除乎？但近代国史，通多此累[63]，有同自郐[64]，无足致讥。若裴氏者，众作之中，所可与言史者，故偏举其事，以申掎摭云[65]。

《后魏书》二条

《宋书》载佛狸之入寇也[66]，其间胜负，盖皆实录焉。《魏史》所书，则全出沈本。如事有可耻者，则加减随意，依违饰言[67]。至如刘氏献女请和，太武以师婚不许[68]，此言尤可怪也。何者？江左皇族[69]，水乡庶姓[70]，若司马、刘、萧、韩、王[71]，或出于亡命，或起自俘囚，一诣桑乾，皆成禁脔[72]。此皆《魏史》自述，非他国所传。然则北之重南，其礼如此。安有黄旗之主[73]，亲屈己以求婚，而白登之阵，反怀疑而不纳[74]。其言河汉[75]，不亦甚哉！观休文《宋典》[76]，诚曰不工，必比伯起《魏书》，更为良史。而收每云：“我视沈约，正如奴耳[77]。”此可谓饰嫫母而夸西施[78]，持鱼目而笑明月者也。

近者沈约《晋书》，喜造奇说。称元帝牛金之子，以应“牛继马后”之征[79]。邺中学者王劭、宋孝王言之详矣。而魏收深嫉南国，幸书其短，著《司马睿传》，遂具录休文所言。又崔浩谄事狄君[80]，曲为邪说，称拓跋之祖，本李陵之胄[81]。当时众议抵斥[82]，事遂不行。或有窃其书以渡江者，沈约撰《宋书·索虏传》，仍传伯渊所述[83]。凡此诸妄，其流甚多，倘无迹可寻，则真伪难辨者矣。

北齐诸史三条

王劭国史[84]，至于论战争，述纷扰，贾其余勇[85]，弥见所长。至如叙文宣逼孝靖以受魏禅[86]，二王杀杨、燕以废乾明[87]，虽《左氏》载季氏逐昭公[88]，秦伯纳重耳[89]，栾盈起于曲沃[90]，楚灵败于乾溪[91]，殆可连类也。又叙高祖破宇文于邙山[92]，周武自晋阳而平邺[93]，虽《左氏》书城濮之役、鄢陵之战、齐败于鞍、吴师入郢[94]，亦不是过也。

或问曰：王劭《齐志》多记当时鄙言[95]，为是乎？为非乎？

对曰：古往今来，名目各异。区分壤隔[96]，称谓不同。所以晋、楚方言，齐、鲁俗语，《六经》诸子，载之多矣。自汉已降，风俗屡迁，求诸史籍，差睹其事[97]。或君臣之目，施诸朋友；或尊官之称，属诸君父。曲相崇敬，标以处士、王孙[98]；轻加侮辱，号以仆夫、舍长[99]。亦有荆楚训多为伙[100]，庐江目桥为圯[101]。南呼北人曰伧[102]，西谓东胡曰虏[103]。渠、们、底、个[104]，江左彼此之辞；乃、若、君、卿[105]，中朝汝我之义[106]。斯并因地而变，随时而革，布在方册，无假推寻。足以知氓俗之有殊[107]，验土风之不类。

然自二京失守[108]，四夷称制[109]，夷夏相杂，音句尤媸[110]。而彦鸾、伯起[111]，务存隐讳[112]；重规、德芬[113]，志在文饰。遂使中国数百年内，其俗无得而言。盖语曰："知古而不知今，谓之陆沉[114]。"又曰："一物不知，君子所耻[115]。"是则时无远近，事无巨细，必藉多闻以成博识。如今之所谓者，若中州名汉[116]，关右称羌[117]，易臣以奴[118]，呼母云姊[119]。主上有大家之号[120]，师人致儿郎之说[121]。凡如此例，其流甚多。必寻其本源，莫详所出。阅诸《齐志》，则了然可知。由斯而言，劭之所录，其为弘益多矣[122]。足以开后进之蒙蔽[123]，广来者之耳目。微君懋，吾几面墙于近事矣[124]，而子奈何妄加讥诮者哉[125]！

皇家修《五代史》[126]，馆中坠稿仍存[127]，皆因彼旧事，定为新史。观其朱墨所图[128]，铅黄所拂[129]，犹有可识者。或以实为虚，以非为是。其北齐国史，皆称诸帝庙号[130]，及李氏撰《齐书》[131]，其庙号有犯时讳者[132]，即称谥焉。至如变世宗为文襄，改世祖为武成。苟除兹"世"字，而不悟"襄"、"成"有别。诸如此谬，不可胜纪。又其列传之叙事也，或以武定臣佐降在成朝[133]，或以河清事迹擢居襄代[134]。故时日不接而隔越相偶[135]，使读者瞀乱而不测[136]，惊骇而多疑。嗟乎！因斯而言，则自古著书，未能精说[137]。书成绝笔[138]，而遽捐旧章。遂令玉石同烬[139]，真伪难寻者，不其痛哉！

《周书》一条

今俗所行周史，是令狐德棻等所撰。其书文而不实，雅而无检[140]，真迹甚寡，客气尤烦[141]。寻宇文初习华风[142]，事由苏绰[143]。至于军国词令，皆准《尚书》。太祖敕朝廷，他文悉准于此。盖史臣所记，皆禀其规[144]。柳虬之徒[145]，从风而靡。按绰文虽去彼淫丽[146]，存兹典实[147]；而陷于矫枉过正之失，乖夫适俗随时之义。苟记言若是，则其谬逾多。爰及牛弘[148]，弥尚儒雅。即其旧事，因而勒成。务累清言[149]，罕逢佳句[150]。而令狐不能别求他述，用广异闻，唯凭本书，重加润色。遂使周氏一代之史，多非实录者焉。

《隋书》一条

昔贾谊上书，晁错对策[151]，皆有益军国，足贻劝戒[152]。而编于汉史，读者犹恨其繁[153]。如《隋书·王劭》、《袁充》两传[154]，唯录其诡辞妄说，遂盈一篇。寻又申以诋诃，尤其谄惑。夫载言示后者，贵于辞理可观。既以无益而书，孰若遗而不载。盖学者神识有限[155]，而述者注记无涯。以有限之神识，观无涯之注记，必如是，则阅之心目，视听告劳；书之简编，缮写不给[156]。呜呼！苟自古著述其皆若此也，则知李斯之设坑阱[157]，董卓之成帷盖[158]，虽其所行多滥，终亦有可取焉。

按《隋史》讥王君懋撰齐、隋二史，叙录烦碎。至如刘臻还宅[159]，访子方知；王劭思书，为奴所侮[160]。此而毕载，为失更多。可谓尤而效之[161]，罪又甚焉者矣。

---

①何氏《中兴》：何法盛之《晋中兴书》。据《南史·徐广传》附郗绍传，此书实为郗绍所作，何窃为己著。《玉海》亦载何书窃于郗绍，而讥子玄失考。

②王、檀：指王隐、檀道鸾。

③不揆：不自量。

④欲益反损：语出司马迁《报任安书》。意谓想赢得赞美反而自显无知。

⑤臧氏《晋书》：南齐臧荣绪撰《晋书》一百一十卷。

⑥原注："田融《赵史》谓勒为前石，虎为后石也。"

⑦张：前凉王张骏少子张天锡。弑玄靓（张重华子）自立，在位十二年。

⑧李：巴氐族李特。太安初自称益州牧、大都督，改元建初，在位二年。

⑨前燕鲜卑慕容廆，世居辽左。

⑩"逮于"二句：关于前秦苻坚兼并四国事，详见《十六国春秋》与《晋书·前秦·苻坚载记》。

⑪张缅：梁豫章内史。《隋书·经籍志》著录其《晋书钞》三十卷。

⑫备揭：完全列举。

⑬该博：博学多识。鉴：鉴裁，识别。

⑭踳（chǔn，音蠢）驳：杂乱。

⑮王乔：东汉明帝时为叶令。有神术，朔望常自悬来朝，帝怪其来数而不见车骑。令太史伺之，将至，见有双凫从南来，后凫至，举罗张之，但得一双舄。叶君祠，即仙人王乔庙。汉应劭《风俗通义》"叶令祠"条，据《左传》按云："叶公子高，姓沈名诸梁，古者令曰公，忠于社稷，惠恤万民。方城之外，莫不欣戴，及其终也，叶人追思而立祠。此乃春秋之时，何有近孝明乎？"

⑯隐应氏所通：略去应劭《风俗通》所记。

⑰南朝宋刘敬叔《异苑》卷二"武库火"条云："晋惠帝元康五年，武库火。烧汉高祖斩白蛇剑、孔子履、王莽头等三物，中书监张茂先（张华）惧难作，列兵陈卫。咸见此剑穿屋飞去，莫知去向。"

⑱不经：缺乏根据，不近情理。

⑲《隋书·经籍志》：《小说》十卷，梁武帝敕司徒左长史殷芸撰。

⑳《困学纪闻》云："萧方等（梁元帝长子，字实相）为《三十国春秋》，以晋为主，附列刘渊以下二十九国。"又曾注范晔《后汉书》。方等，是以佛家《方等经》取名，见沈涛《铜熨斗斋随笔》卷六。

㉑正言：合于正道的著作。

㉒原注："谓范晔《后汉书》。

㉓原注："谓皇家（唐）所撰《晋书》。"

㉔胶漆不移：像被胶漆粘固一样不可移易。

㉕晋典明文：谓《晋书》中明记其事。

㉖《韩非子·内储说上》："庞恭谓魏王曰：今一人言市有虎，王不信。二人言，王不信。三人言，王信之。夫市之无虎也，明矣。然三人言而成市虎，愿王察之。"

㉗浦起龙注："许由之事，史公亦非遽以为无，特设为疑词，借其人拂起夷、齐之见称耳。"参见《史记·伯夷列传》。

㉘说：正直。

㉙《晋书·皇甫谧传》："谧字士安。所著有《高士传》等。"《高士传》卷上载："尧让天下于许由，由不受而逃去。由殁葬箕山之颠，亦名许由山，在阳城之南十余里。尧因就其号曰箕山公神，世世奉祀，至今不绝。"

㉚向声背实：倾向传闻，背离事实。

㉛《世说新语》：宋临川王刘义庆撰。主要记述东汉末至东晋年间名士文人的言行风貌。高似孙《纬略》云："梁刘孝标注此书，引援详确，有不言之妙。"

㉜康王：刘义庆。其《世说新语》，记事往往荒诞不经。正说：正确注释。孝标所注，纠正义庆之纰缪。

㉝称制：行使皇帝权力。

㉞"班氏"二句：是说《汉书·高后纪》聊与诸帝纪编写法一样，也按年月记其临朝期间的大事。虽，聊，表态副词。

㉟"记其"二句：是说班固又于《外戚传》中立《吕后传》，所记只限与个人行事，与其他《后妃传》全同。

㊱原注："《序例》一卷，《晋书》之首，故云"首发凡例"。

㊲"班《汉》"四句：为《晋书·序例》语，谓除吕后、王后（名政君）各有本纪和专传外，其余诸皇后，均汇列于《外戚传》中。

㊳所不载者，惟元后：是说吕后既有《本纪》，复有《外戚传》记其行事，而只有元后排除于本纪和《外戚传》外，单独立传。

㊴辄叙娥姁之事：意谓本纪以述临朝称制之政，《汉书》元后另有传，故《外戚传》不另述及，不能遽与吕后另有纪，《外

戚传》又述其事视同一律也。娥姁，吕后字。

㊵杨王孙裸葬事：见《论赞》注。

㊶《三国志·蜀志·伊籍传》："籍字机伯，随先主入益州。遣使于吴，孙权欲逆折以辞。籍适入拜，权曰：'劳事无道之君乎?'籍即对曰：'一拜一起，未足为劳。'籍之机捷，类皆如此。权甚异之。"

㊷反经合义：虽违背常道，但仍合于事理。

㊸愆（qiān，音千）：罪过，过失。

㊹敏辞辨对：应对言词敏捷。

㊺沉湎：谓沉溺于酒。

㊻原注："《旧晋史》本无《刘》、《毕传》，皇家新撰，以补前史所缺。"刘伶，字伯伦，晋朝人。性嗜酒，曾说"天生刘伶，以酒为名"。毕卓，字茂世，晋朝人。放达嗜酒，曾为温峤平南长史。

㊼芟（shān，音山）烦撮要：去掉芜杂部分，摘取要点。此为赞裴子野（字几原）语。裴子野曾受诏修何承天《宋史》。

㊽《除徐傅官诏》：除，拜官授职。徐，指徐羡之（《宋书》有传）。傅，指傅亮（《宋书》有传）。宋文帝宠幸潘淑妃后，元后抑郁而死，文帝乃命颜延年作哀策文。颜峻：颜延年长子。二凶，指文帝长子刘劭与始兴王刘浚，二人曾阴谋叛乱。宋孝武帝宠幸殷淑仪，淑仪死，不胜哀悼，因仿汉武帝悼李夫人词，撰悼赋一篇。孔熙先：其父孔默因罪当诛，为彭城王刘义康庇护获免。熙先为报恩，勾结皇宫卫队长许曜以立义康。事发，被处死。见《宋书·范晔传》。

㊾负芒：背负芒刺，比喻局促不安。

㊿《老子·道经》：三十六章："将欲取之，必固与之。"

51坐令矛盾两伤：因使两败俱伤。

52不造：不幸。本于《诗经·周颂·闵予小子》"遭家不造"语。

53哀册：也作哀策。用于迁移皇帝棺木、对太子及后妃诸王大臣死者的策书叫哀策。

54义：指内容。

55汉王数（shǔ，音暑）项：刘邦数说项羽十罪。事见《汉书·高帝纪》。

56袁公檄曹：出自陈琳手笔的《为袁绍檄豫州》，虽是写给刘备的，笔锋却对着曹操。

57异同：有区分，不一样。诸葛亮《出师表》："宫中府中，俱为一体，陟罚臧否，不宜异同。"

58钟心内宠：集注深情于统治者所宠爱的后妃。

59文理：文章内容方面和词句方面的条理。

60构逆：阴谋叛乱。

61矫言：诈称。指孔熙先诈称"江州应出天子，以为义康当之"。

62宣行：宣布施行。

63累（lèi，音类）：缺陷。

64自郐；自郐以下的略语。春秋吴季札观乐于鲁，对各诸侯国的乐歌皆有论赞，惟"自郐以下，以其微（国小政狭）也，无讥焉"。后因用"自郐以下"比喻不值一谈。

65掎（jǐ，音几）摭：指摘。曹植《与杨德祖书》："刘季绪才不逮于作者，而好诋诃文章，掎摭利病。"

66北魏太武帝拓跋焘，字佛狸。

67依违：从违无定，模棱两可。

68北魏世祖拓跋焘亲率大军南征，迫近长江，宋文帝刘义隆大惧，欲走建业，并请和，求进女于皇孙。世祖（焘）以师婚（军中举行婚礼）非礼，乃撤军北还。

69江左皇族：指东晋司马氏皇族。

70庶姓：异姓，对天子或诸侯国君之同姓言。

71司马：司马懿弟馗的八世孙司马楚之，降北魏，与贵族河内公主结婚。刘：刘昶，义隆第九子。子业立，昏狂肆暴，害其亲属。昶惧，间行降北魏，先尚武邑公主，岁余主薨，更尚建兴长公主，主又薨，更尚平阳长公主，为驸马都尉。萧：萧宝夤。萧衍杀其兄弟，将害宝夤，宝夤归诚至魏都，尚南阳长公主。韩：韩延之。司马德宗平西府录事参军。泰常二年"与司马文思来入国，以淮南王女妻延之"。王：王慧龙。刘裕得志，尽杀王氏家人，慧龙北逃降魏，与大臣崔恬女婚。

72桑乾：北魏于天兴元年，定都于桑乾平城。这里以桑乾代指北魏。禁脔：《世说新语·排调》："孝武属王珣求女婿，……珣举谢混。后袁山松欲拟谢婚，王曰：'卿莫近禁脔。'"后因以禁脔为帝婿之典。

73《三国志·吴志·孙权传》裴松之注引《吴书》："紫盖黄旗，运在东南。"紫盖、黄旗，皆指云气，古人附会为象征王者之气。

⑭《汉书·匈奴传》："冒顿围高帝于白登。"颜师古注："白登在平城东南。"因以白登代指北魏。

⑮河汉：比喻言论迂阔，不切实际。《庄子·逍遥游》有"吾惊怖其言，犹河汉（银河）而无极也"之语。

⑯休文《宋典》：即沈约《宋书》。休文，沈约字。

⑰原注："出《关东风俗传》。"

⑱饰嫫母而夸西施：把极丑的嫫母打扮起来，而夸耀于西施面前。

⑲牛继马后：详见《采撰》注。《宋书·符瑞志》所记牛继马后事，杨守敬认为"亦本于孙盛《晋阳秋》。

⑳崔浩谄事狄君：见《古今正史》注。

㉑《宋书·索虏传》："索头虏姓托跋氏，其先汉将李陵后也。"胄，后裔

㉒抵斥：抵制斥责。

㉓伯渊：崔浩字。

㉔王劭国史：指王劭所撰《齐志》。

㉕《左传·成公二年》记载：齐国的高固攻进晋国的军营，举石头投向晋国一士卒，并擒获他，乘坐上他的战车，把桑树根系在车上作标记，遍告齐军说："欲勇者，贾（gǔ，音古）余余勇。"余勇可贾，言犹有余勇以待售。

㉖文宣逼孝靖以受魏禅：《北齐书·文宣帝（高洋）纪》："魏帝以天人之望有归。"《北史·魏纪·孝静帝纪》："东魏孝静皇帝善见，逊位于齐，封帝为中山王，谥曰孝静。"

㉗《北史·齐本纪·废帝纪》："废帝殷，字正道，文宣帝之长子。文宣崩，即帝位，改元乾明。以常山王（高）演为太师，录尚书事。……常山王演矫诏诛尚书令杨愔、右仆射燕子献。……时平秦王归彦亦预谋焉。"二王，即指常山王演和平秦王归彦

㉘季氏逐昭公：事载《左传·昭公二十五年》，详见《杂说》上《史记》条注。

㉙《左传·僖公二十三年》："秦伯（穆公）纳女五人（送给重耳五名女子），怀嬴与焉（晋怀帝的妻子嬴氏也在其中）。"

㉚栾盈起于曲沃：事载《左传·襄公二十三年》。

㉛楚灵败于乾溪：事载《左传·昭公十二年》。

㉜《北史·齐纪·高祖纪》略云：齐高祖神武皇帝高欢，于东魏孝静帝武定元年二月，讨伐据武牢而叛的北豫州刺史高慎。三月周文（宇文泰）率众援高慎，神武大败于芒山（即北邙山）。

㉝《北史·周纪·武帝纪》略云：北周武帝宇文邕，于建德五年十二月率军伐齐。军行至晋州，双方将战，齐军填堑南撤，邕率军追击，齐帝高延宗率数十骑逃往并州。周诸将请撤军，邕不许，命奔并州，延宗又被迫逃邺。次年，邕率军攻邺，擒延宗子恒，遂灭齐。

㉞城濮之役、鄢陵之战、齐败于鞍、吴师入郢：分别见于《左传·僖公二十八年》、《成公十六年》、《成公二年》、《定公四年》。

㉟鄙言：方言、俚语。

㊱壤隔：地域不同。

㊲差（chā，音叉）睹其事：还能了解其风俗演变情况。

㊳处（chǔ，音楚）士：隐居不仕之士。王孙：公子。

㊴仆夫：驾车的人。舍长：客馆之长。

⑩⑩训多为伙：《史记·陈涉世家》："楚人谓多为伙，故天下传之。"训，释。

⑩①《史记·留侯世家》："良尝间从客游下邳圯上。"《集解》引徐广曰："圯，桥也。"

⑩②伧（chéng，音成）：粗野，鄙陋。南北朝对立，南人骂北人为伧。

⑩③虏：对敌方的蔑称。《北史·僭燕传》："西人呼徒河（族）为白虏。"

⑩④渠、们、底、个：浦起龙注："渠们、底个，并可两字连说。渠们，犹言他们；底个，犹言那个。"

⑩⑤乃、若、君、卿：乃、若，犹汝（你）。《东坡墨君堂记》："凡人相与称谓，贵之则'公'，贤之则'君'。"《史记·荆轲传》《索隐》："卿者，对人尊重之号，犹如相尊美亦称子然也。"

⑩⑥中朝：中国，指中原。汝我：浦起龙注："当作'尔汝'。"

⑩⑦氓（méng，音萌）俗：民俗。

⑩⑧二京：指西晋都城长安、洛阳。公元316年，晋愍帝出降刘曜，西晋灭亡。

⑩⑨四夷称制：指五胡十六国相继建立。

⑪⓪音句：语言的顿挫音节。

⑪①彦鸾：崔鸿字。

⑫务求隐讳：谓以雅言代替各族语言。

⑬重规：李百药字。

⑭"知古"二句：出自《论衡·谢短》。陆沉，愚昧，迂执。

⑮"一物"二句：出自《南史·陶弘景传》。

⑯中州：中原。

⑰关右：函谷关以西。

⑱《宋书·鲁爽传》云："虏（少数民族）群下于其主称奴，犹中国称臣也。"

⑲《北齐书·文宣后李氏传》："后讳祖娥。武成（名谌，高欢第九子）践祚，逼后淫乱，有娠。太原王绍德（文宣第二子）至阁不得见。愠（怒）曰：'儿岂不知耶！姊姊腹大，故不见儿。'"

⑳蔡邕《独断》："天子无外，以天下为家，故称大家。"

㉑师人：众人。儿郎：唐时对士兵的昵称。

㉒弘益：弘大的裨益。

㉓蒙蔽：愚顽不明。

㉔面墙：面对墙壁，目无所见。《尚书·周官》"不学墙面"。孔颖达传："人而不学，其犹正墙面而立。"

㉕讥诮：谴责，非议。

㉖皇家修《五代史》：指贞观年间所修之梁、陈、北齐、北周、隋五代史。

㉗坠稿：废弃的史稿。

㉘图：涂改。

㉙拂：除去，删掉。

㉚庙号：帝王死后，在太庙立室奉祀，并追尊以某祖、某宗的名号，称庙号。

㉛李氏《齐书》：李百药《北齐书》。

㉜原注："谓有'世'字，犯太宗文皇帝讳也。"

㉝武定：东魏孝静帝年号（543—550）。武定八年十一月，孝静帝禅位于高洋。降在：后移到。

㉞河清：北齐世祖武成帝高湛年号（562—565）。擢居：提前到。

㉟隔越相偶：把不同朝代的人物列置一起。

㊱瞀（mào，音冒）乱：昏乱。

㊲精谠（dàng，音荡）：精确中理。《集韵·宕韵》："谠，言中理也。"

㊳绝笔：搁笔。

㊴玉石同烬：玉石俱焚。比喻不分优劣、好坏，同归于尽。

㊵检：约束，限制。

㊶客气：文章华而不实。

㊷宇文：指北周。华风：中原风俗。

㊸苏绰：字令绰。少好学，博览群书。宇文泰召为行台郎中。因魏帝祭庙，又命绰依《尚书》体为大诰。自是之后，文笔皆依此体。

㊹禀：遵循。规：法度，模式。

㊺柳虬：擅长文翰。见周文帝（宇文泰），被留为丞相府记室。

㊻淫丽：过于修饰而浮华艳丽。

㊼典实：典雅质实。

㊽牛弘：字里仁。性宽裕，好学博闻。隋初为秘书监，后拜吏部尚书。史称大雅君子。

㊾务累（lěi，音垒）清言：专力于堆砌清淡。

㊿佳句：浦起龙注："据文义，'佳句'恐是'往句'之讹，谓无复原初质语也。"

(151)贾谊有《陈政事疏》、《论积粟疏》。晁错有《论贵粟疏》、《言兵事疏》。

(152)贻：遗留。

(153)《后汉书·荀悦传》："（献）帝好典籍，常以班固《汉书》文繁难省。"

(154)《隋书·王劭袁充传》史臣云："袁充……更以玄象自命，并要求时幸，干进务人。（王）劭经营符瑞，杂以妖讹。"

(155)神识：精力。

(156)不给（jǐ，音挤）：不足。

⑰李斯为秦丞相，奏请非秦记皆烧之，又使御史审讯诸生，将转相告发者四百六十余人，皆坑杀于咸阳。

⑱光武帝迁都洛阳时，官藏典籍需二千余车装载。董卓迁都，竞相弃毁。“其缣帛图书，大则连为帷盖（车的帷幔和顶盖），小乃制为縢囊。”见《后汉书·儒林传·序》。

⑲刘臻还宅：刘臻仕仪同，健忘，欲寻同僚刘讷，从者不知，引之还家。“既扣门，臻尚未悟，据鞍大呼曰：‘刘仪同可出矣！’其子迎门。臻惊曰：‘汝亦来耶？’其子曰：‘此是大人家。’顾盼久之，方悟。”

⑳《隋书·王劭传》略云：劭字君懋，笃好经史，遗落世事，用思既专，性颇恍惚。每至对食，闭目凝思。盘中之肉，辄为仆从所啖。

㉑尤而效之：明知有错误而仿效之。

史通卷之十八
外　篇

杂说下第九

诸史六条

夫盛服饰者，以珠翠为先；工绘事者，以丹青为主。至若错综乖所，分布失宜，则彩绚虽多，巧妙不足者矣。观班氏《公孙弘传·赞》①，直言汉之得人，盛于武、宣二代，至于平津善恶，寂蔑无睹。持论如是，其义靡闻。必矜其美辞，爱而不弃，则宜微有改易，列于《百官公卿表》后。庶寻文究理，颇相附会②。以兹编录，不犹愈乎③？又沈侯《谢灵运传论》，全说文体，备言音律④，此正可为《翰林》之补亡，《流别》之总说耳⑤。如次诸史传，实为乖越⑥。陆士衡有云：“离之则双美，合之则两伤⑦，”信矣哉！

其有事可书而不书者，不应书而书者。至如班固叙事，微小必书，至高祖破项垓下，斩首八万，曾不涉言⑧。李《齐》于《后主纪》则书幸于侍中穆提婆第⑨，于《孝昭纪》则不言亲戎以伐奚⑩。于边疆小寇无不毕纪，如司马消难拥数州之地以叛⑪，曾不挂言。略大举小，其流非一。

昔刘勰有云：“自卿、渊已前，多役才而不课学；向、雄已后，颇引书以助文⑫。”然近史所载，亦多如是。故虽有王平所识，仅通十字⑬；霍光无学，不知一经⑭。而述其言语，必称典诰，良由才乏天然，故事资虚饰者矣。按《宋书》称武帝入关，以镇恶不伐，远方冯异⑮；于渭滨游览，追思太公⑯。夫以宋祖无学⑰，愚智所委⑱，安能援引古事，以酬答群臣者乎？斯不然矣。更有甚于此者，睹周、齐二国，俱出阴山，必言类互乡⑲，则宇文尤甚⑳。而牛弘、王劭并掌策书，其载齐言也，则浅俗如彼；其载周言也，则文雅若此。夫如是，何哉？非两邦有夷夏之殊，由二史有虚实之异故也。夫以记宇文之言，而动遵经典，多依《史》、《汉》㉑，此何异庄子述鲋鱼之对而辩类苏、张㉒，贾生叙鹏鸟之辞而文同屈、宋㉓，施于寓言则可，求诸实录则否矣。世称近史编语㉔，唯《周》多美辞。夫以博采古文而聚成今说，是则俗之所传有《鸡九锡》、《酒孝经》、《房中志》、《醉乡记》㉕，或师范《五经》，或规模《三史》，虽文皆雅正，而事悉虚无，岂可便谓南、董之才，宜居班、马之职也？

自梁室云季，雕虫道长㉖。平头上尾，尤忌于时㉗；对语俪辞㉘，盛行于俗。始自江外，被于洛中。而史之载言，亦同于此㉙。假有辨如郦叟㉚，吃若周昌㉛，子羽修饰而言㉜，仲由率尔而对[33]，莫不拘以文禁，一概而书，必求实录，多见其妄矣。

夫晋、宋已前，帝王传授，始自锡命[34]，终于登极[35]。其间笺疏款曲[36]，诏策频烦。虽事皆伪迹，言并饰让[37]，犹能备其威仪[38]，陈其文物[39]，俾礼容可识，朝野俱瞻。逮于近古，我则不暇[40]。至如梁武之居江陵，齐宣之在晋阳，或文出荆州，假称宣德之令[41]；或书成并部，虚云孝靖之敕[42]。凡此文诰，本不施行，必也载之起居[43]，编之国史，岂所谓撮其机要[44]，剪截浮辞者哉？但二萧《陈》、《梁》诸史，通多此失。唯王劭所撰《齐志》，独无是焉。

夫以暴易暴[45]，古人以为嗤。如彦渊之改魏收也[46]，以非易非，弥见其失矣。而撰《隋史》者，称澹大矫收失者[47]，何哉？且以澹著书方于君懋，岂唯其间可容数人而已[48]，史臣美澹而讥劭者，岂所谓通鉴乎[49]？语曰：“蝉翼为重，千钧为轻[50]。”其斯之谓矣！

别传九条

刘向《列女传》云：“夏姬再为夫人，三为王后[51]。”夫为夫人则难以验也，为王后则断可知矣。按其时诸国称王，唯楚而已。如巫臣谏庄将纳姬氏[52]，不言曾入楚宫，则其为后当在周室。盖周德虽衰，犹称秉礼[53]。岂可族称姬氏而妻厥同姓者乎[54]？且鲁娶于吴，谓之孟子。聚麀之诮，起自昭公[55]。未闻其先已有斯事，礼之所载，何其阙如[56]！又以女子一身，而作嫔三代，求诸人事，理必不然。寻夫春秋之后，国称王者有七[57]。盖由向误以夏姬之生，当夫战国之世，称三为王后者，谓历嫔七国诸王，校以年代，殊为乖剌[58]。至于他篇，兹例甚众。故论楚也，则昭王与秦穆同时[59]；言齐也，则晏婴居宋景之后[60]。今粗举一二，其流可知。

观刘向对成帝，称武、宣行事，世传失实，事具《风俗通》[61]，其言可谓明鉴者矣。及自造《洪范》、《五行》，及《新序》、《说苑》、《列女》、《神仙》诸传，而皆广陈虚事，多构伪辞[62]。非其识不周而才不足，盖以世人多可欺故也。呜呼！后生可畏，何代无人，而辄轻忽若斯者哉！夫传闻失真，书事失实，盖事有不获已，人所不能免也。至于故为异说，以惑后来，则过之尤甚者矣。按苏秦答燕易王，称有妇人将杀夫，令妾进其药酒，妾佯僵而覆之[63]。又甘茂谓苏代云[64]：贫人女与富人女会绩，曰：“无以买烛，而子之光有余，子可分我余光，无损子明[65]。”此并战国之时，游说之士，寓言设理，以相比兴[66]。及向之著书也，乃用苏氏之说，为二妇人立传，定其邦国，加其姓氏，以彼乌有，持为指实，何其妄哉！又有甚于此者，至如伯奇化鸟，对吉甫以哀鸣[67]；宿瘤隐形，干齐王而作后[68]。此则不附于物理者矣。复有怀嬴失节[69]，目为贞女；刘安覆族，定以登仙[70]。立言如是，岂顾丘明之有传，孟坚之有史哉！

扬雄《法言》，好论司马迁而不及左丘明，常称《左氏传》唯有“品藻”二言而已[71]，是其鉴物有所不明者也。且雄哂子长爱奇多杂[72]，又曰不依仲尼之笔，非书也[73]，自序又云不读非圣之书[74]。然其撰《羽猎赋》，则云“鞭宓妃”云云[75]，刘勰《文心》已讥之矣[76]。然则文章小道，无足致嗤。观其《蜀王本纪》，称杜魄化而为鹃，荆尸变而为鳖[77]，其言如是，何其鄙哉！所谓非言之难而行之难也。

夫十室之邑，必有忠信[78]，欲求不朽，弘之在人。何者？交趾远居南裔，越裳之俗也[79]；敦煌僻处西域，昆戎之乡也[80]。求诸人物，自古阙载。盖由地居下国，路绝上京[81]，史官注记，所不能及也。既而士燮著录[82]，刘昞裁书[83]，则磊落英才[84]，粲然盈瞩者矣[85]。向使两贤不出，二郡无记，彼边隅之君子，何以取闻于后世乎？是知著述之功，其力大矣，岂与夫诗赋小技校其优劣者哉[86]？

自战国已下，词人属文，皆伪立客主，假相酬答[87]。至于屈原《离骚》辞，称遇渔父于江渚[88]；宋玉《高唐赋》，云梦神女于阳台[89]。夫言并文章，句结音韵。以兹叙事，足验凭虚[90]。而司马迁、习凿齿之徒，皆采为逸事，编诸史籍，疑误后学，不其甚邪！必如是，则马卿游梁，枚乘潛其好色[91]；曹植至洛，宓妃睹于岩畔[92]。撰汉、魏史者，亦宜编为实录矣。

嵇康撰《高士传》[93]，取《庄子》、《楚辞》二渔父事[94]，合成一篇。夫以园吏之寓言[95]，骚人之假说[96]，而定为实录，斯已谬矣。况此二渔父者，较年则前后别时，论地则南北殊壤，而辄并之为一，岂非惑哉？苟如是，则苏代所言双擒蚌鹬[97]，伍胥所遇渡水芦中[98]，斯并渔父善事，亦可同归一录，何止揄袂缁帷之林，濯缨沧浪之水[99]，若斯而已也。

庄周著书，以寓言为主；嵇康述《高士传》，多引其虚辞。至若神有浑沌[100]，编诸首录。苟以此为实，则其流甚多。至如蛙鳖竞长[101]，蚿蛇相怜[102]，学鸠笑而后言[103]，鲋鱼忿以作色[104]。向使康撰《幽明录》、《齐谐记》[105]，并可引为真事矣。夫识理如此，何为而薄周、孔哉[106]？

杜元凯撰《列女记》[107]，博采经籍前史，显录古老明言，而事有可疑，犹阙而不载。斯岂非理存雅正，心嫉邪僻者乎？君子哉若人也[108]！长者哉若人也！

《李陵集》有《与苏武书》，词采壮丽，音句流靡[109]，观其文体，不类西汉人，殆后来所为，假称陵作也。迁《史》缺而不载，良有以焉[110]。编于《李集》中，斯为谬矣。

杂识十条

夫自古学者，谈称多矣。精于《公羊》者，尤憎《左氏》；习于太史者，偏嫉孟坚。夫能以彼所长而攻此所短，持此之是而述彼之非，兼善者鲜矣。又观世之学者，或耽玩一经[111]，或专精一史。谈《春秋》者，则不知宗周既陨[112]，而人有六雄[113]；论《史》、《汉》者，则不悟刘氏云亡，而地分三国。亦犹武陵隐士，灭迹桃源，当此晋年，犹谓暴秦之地也[114]。假有学穷千载，书总五车[115]，见良直而不觉其善，逢抵牾而不知其失[116]，葛洪所谓藏书之箱箧，《五经》之主人。而夫子有云：虽多亦安用为？其斯之谓也。

夫邹好长缨，齐珍紫服[117]，斯皆一时所尚，非百王不易之道也。至如汉代《公羊》，擅名《三传》，晋年《庄子》，高视《六经》[118]。今并挂壁不行[119]，缀旒无绝[120]。岂与夫《春秋左氏》、《古文尚书》，虽暂废于一朝，终独高于千载。校其优劣，可同年而语哉[121]？

夫书名竹帛[122]，物情所竞[123]，虽圣人无私，而君子亦党。盖《易》之作也，本非记事之流，而孔子《系辞》，辄盛述颜子，称其“殆庶”[124]。虽言则无愧，事非虚美，亦由视予犹父，门人日亲[125]，故非所要言，而曲垂编录者矣[126]。既而扬雄寂寞[127]，师心典诰[128]，至于童乌稚子[129]，蜀汉诸贤[130]，《太玄》、《法言》[131]，恣加褒赏，虽内举不避[132]，而情有所偏者焉。夫以宣尼睿哲[133]，子云参圣[134]，在于著述，不能忘私，则自中庸以降，抑可知矣。如谢承《汉书》，偏党吴、越[135]，魏收《代史》，盛夸胡塞[136]，复焉足怪哉？

子曰：“汝为君子儒，无为小人儒[137]。”儒诚有之，史亦宜然。盖在丘明、司马迁，君子之史也；吴均、魏收，小人之史也。其薰莸不类[138]，何相去之远哉？

“礼云礼云，王帛云乎哉[139]？”史云史云，文饰云乎哉？何则？史者固当以好善为主，嫉恶为次[140]。若司马迁、班叔皮，史之好善者也；晋董狐、齐南史，史之嫉恶者也。必兼此二者，而重之以文饰，其唯左丘明乎！自兹已降，吾未之见也。

夫所谓直笔者，不掩恶，不虚美，书之有益于褒贬，不书无损于劝诫。但举其宏纲，存其大体而已[141]。非谓丝毫必录，琐细无遗者也。如宋孝王、王劭之徒[142]，其所记也，喜论人帷簿不修[143]，言貌鄙事，讦以为直[144]，吾无取焉。

夫故立异端，喜造奇说，汉有刘向，晋有葛洪。近者沈约，又其甚也。后来君子，幸为详焉。

昔魏史称朱异有口才[145]，挚虞有笔才[146]。故知喉舌翰墨，其辞本异。而近世作者，撰彼口语，同诸笔文。斯皆以元瑜、孔璋之才[147]，而处丘明、子长之任。文之与史，何相乱之甚乎？

夫载笔立言，名流今古。如马迁《史记》，能成一家；扬雄《太玄》，可传千载。此则其事尤大，记之于传可也。至于近代则不然。其有雕虫末技，短才小说，或为集不过数卷[48]，或著书才至一篇[49]，莫不一一列名，编诸传末[50]。事同《七略》，巨细必书，斯亦烦之甚者。

子曰："齐景公有马千驷，死之日，人无德而称焉。伯夷、叔齐饿于首阳之下，民到于今称之[51]。"若汉代青翟、刘舍[52]，位登丞相，而班史无录；姜诗，赵壹[53]，身止计吏[54]，而谢书有传。即其例也。今之修史者则不然。其有才德阙如，而位宦通显，史臣载笔，必为立传。其所记也，止具其生前历官，殁后赠谥，若斯而已矣。虽其间伸以状迹，粗陈一二，幺么恒事[55]，曾何足观。始自伯起《魏书》，迄乎皇家《五史》[56]，通多此体。流荡忘归，《史》、《汉》之风，忽焉不嗣者矣[57]。

---

①《公孙弘传·赞》云："上（武帝）方欲用文武，求之如弗及。孝宣亦招选茂异。"极称"汉之得人，于兹为盛"。

②附会：《文心雕龙·附会》："何谓附会？谓总文理，统首尾，定与夺，合涯际，弥纶一篇，使杂而不越者也。"

③不犹愈乎：不是还好些吗？愈，胜过。

④音律：谓诗文声韵的规律。沈约《谢灵运传·论》："正以音律调韵，取高前式。"

⑤原注："李充撰《翰林论》，挚虞撰《文章流别集》。"

⑥乖越：错误。

⑦"离之"二句：出自陆机《文赋》。

⑧《史记·高祖本纪》记述刘、项垓下之战说："（邦）使骑将灌婴追杀项羽东城，斩首八万，遂略定楚地。"《汉书》则只写道："灌婴追斩羽东城，楚地悉定。"

⑨后主幸穆提婆事，已不见于今本李百药《北齐书》。《北齐书·恩倖·穆提婆传》云："天统初，提婆入侍后主（高纬），朝夕左右，大被亲狎。嬉戏丑亵，无所不为。"

⑩《北齐书·孝昭纪》："孝昭皇帝演，幼而英特，早有大志。皇建元年，帝亲戎北讨库莫奚，出长城，虏奔遁。分兵致讨，大获牛马。"

⑪司马消难：字道融。仕齐为北豫州刺史。消难常有自全之谋，为文宣帝所疑，遂举州降于周。入朝授大将军。《北齐书·司马子如传》未予附载。司马子如，消难父。

⑫"自卿"四句：引自《文心雕龙·才略》。役才，恃才。卿，司马相如（字长卿）。渊，王褒（字子渊）。

⑬《三国志·蜀志·王平传》："平字子均。生长戎旅，手不能书，其所识不过十字。而口授作书，皆有意理。"

⑭《汉书·霍光传·赞》："光不学无术，闇于大理。"

⑮《宋书·王镇恶传》："镇恶，北海人。祖猛，高祖（武帝刘裕）谓将门有将。屡战有功，攻陷长安城，高祖至，镇恶于灞上奉迎。高祖劳之曰：'成吾霸业者，真卿也。'镇恶再拜谢曰：'此明公之威，诸将之力，镇恶何功之有焉。'高祖笑曰：'卿欲学冯异耶？'"《后汉书·冯异传》云："异为人谦退不伐，每所止舍，诸将并坐论功。异常独屏树下，军中号曰大树将军。"不伐，不夸耀自己的功劳。

⑯《南史·郑鲜之传》略云：宋武帝北伐至渭滨。叹曰："此地宁复有吕望（太公望）耶？"郑鲜之曰："明公以旰食待士，岂患海内无人？"

⑰《宋书·郑鲜之传》略云：帝（宋高祖）少事军旅，不经涉学，时或谈论进难，帝时有惭恧。

⑱委：悉，确知。

⑲《论语·述而》："互乡难与言。"康有为《论语注》云："互乡，乡名，其人习于不善。"

⑳原注："按王劭《齐志》：宇文公呼高祖曰'汉儿'，夫以献武（齐神武）音词未变胡俗，王、宋所载，其鄙甚多矣。周帝仍称之以华夏，则知其言不逮于齐远矣。"

㉑原注："《周史》述太祖论梁元帝曰：'萧绎可谓天之所废，谁能兴之者乎？'又宇文测为汾州，或谮之，太祖怒曰：'何为间我骨肉，生此贝锦？'此并《六经》之言也。"

㉒《庄子·外物》："（庄）周顾视车辙中，有鲋鱼焉。周问之曰：'鲋鱼来！子为何者邪？'对曰：'我，东海之波臣也。君岂有斗升之水而活我者哉？'周曰：'诺。我且南游吴越之土，激西江之水而迎子，可乎？'鲋鱼忿然作色曰：'……君乃言此，曾不如早索我于枯鱼之肆（干鱼市场）！'"苏、张：苏秦、张仪。

㉓贾谊《鹏鸟赋》云："鹏乃叹息，举首奋翼，口不能言，请对以臆。"屈、宋：屈原、宋玉。

㉔原注："谓'言语'之语也。"

㉕袁淑《俳谐记》有《鸡九锡文》。《酒孝经》刘炫撰。《房中志》皇甫松著。《醉乡记》王绩著。

㉖"自梁"二句：谓自梁朝末年，诗赋之类雕虫小技盛行于世。

㉗《南史·陆厥传》："时沈约等文，皆用宫商将平上去入四声，以此制韵，有平头、上尾、蜂腰、鹤膝。五字之中，音韵悉异，两句之内，角徵（juézhǐ，音决止）不同。不可增减，世呼为永明体。"

㉘对语俪辞：骈俪对偶的文辞。

㉙原注："何之元《梁典》称：议纳侯景，高祖曰：'文叔得尹遵之降而隗嚣灭，安世用羊祜之言而孙皓耳。'夫汉、晋之君，事殊僭盗。梁主必不舍其谥号，呼以姓名。此由须对语俪辞故也。"

㉚郦叟：郦食其。有辩才，常为说客，驰使诸侯。

㉛周昌：为人口吃，敢于直言。汉高祖欲废太子而立戚姬子如意，昌强争而怒曰："臣口不能言，然臣期期知其不可。"

㉜子羽：澹台灭明，字子羽，孔子弟子，擅长外交辞令。《论语·宪问》："子羽修饰之，东里子产润色之。"

㉝《论语·先进》："子路率尔而对曰……"率尔，轻率，不加思索。

㉞锡命：颁布禅位诰命。

㉟登极：帝王即位。

㊱笺疏款曲：奏章深致衷情。款曲，衷情。秦嘉《赠妇诗》之二："念当远离别，思念叙款曲。"

㊲饰让：矫饰虚让。

㊳威仪：礼仪的细节。

㊴文物：指典章制度。

㊵我则不暇：谓私欲膨胀的篡位者则元暇顾及这些礼仪。

㊶齐和帝即位于江陵（荆州）。原注云："江陵之去建业，地阔数千余里。宣德皇后下令（和帝"敬禅神器于梁"），旬日必至，以此而言，其伪可见。"

㊷原注云：高洋杀北魏孝静帝自立，却伪称孝静帝禅位。故"北齐文宣帝（高洋）将受魏禅，密撰锡让、劝进、断表（拒不接受所上章表）文诏，入奏请署，一时顿尽。则知无复前后节文（节制修饰），等差降杀也。"并部，晋阳属并州。

㊸起居：起居注。

㊹机要：精义和要点。

㊺以暴易暴：语出《史记·伯夷列传》。意谓用残暴势力替代残暴势力。

㊻彦渊：魏澹字。

㊼大矫：全面纠正。

㊽《世说新语·排调》云："王丞相枕周伯仁膝，指其腹曰：'卿此中何有？'答曰：'此中空洞无物，然容卿辈数百人。'"陈汉章认为"《史通》用其意"。

㊾通鉴：通达的鉴裁（审察而识别之）。

㊿"蝉翼"二句：语出《楚辞·卜居》。意谓轻重倒置，悖情逆理。

51《列女传》："夏姬，陈大夫徵舒之母，盖老而复壮者，三为王后，七为夫人。"

52《左传·成公二年》略云：楚国讨伐陈国大夫夏氏时，楚庄王想娶夏姬，巫臣说："不可。君召诸侯，以讨罪也。今纳夏姬，贪其色也。贪色为淫，淫为大罚。"

53秉礼：遵守礼法。

54妻：用作动词，娶。同姓：谓夏姬与周王同为姬姓。

55《礼记·曲礼上》："夫惟禽兽无礼，故公子聚麀（yōu，音悠）。"聚麀，谓禽兽不知天伦，父子共一母鹿（麀）。借喻乱伦秽行。君主娶同姓女则始于鲁昭公。见《论语·述而》。

56何其阙如：这是多么大的缺憾啊！阙，与"缺"同。如，助词。

57国称王者有七：指齐、楚、燕、韩、赵、魏、秦。

58乖刺：违忤，不和谐。

59楚昭王与秦穆公：秦穆公于公元前659—前627年在位；楚昭王于公元前515—前489年在位。

60晏婴是齐景公（前547即位）相，而宋景公继帝位时间则是公元前516年。

61应劭《风俗通》记云："成帝曰：'其（指文帝）治天下，孰与孝宣皇帝？'（刘）向曰：'世之毁誉，莫能得实，审形者少，随声者多，或至以无为有。文帝之节俭，似出孝宣皇帝；如其聪明远识，治理之材，恐文帝亦且不及孝宣皇帝。'"

㊷程千帆《史通笺记》云："子玄核论史事，必求其真，固属无可非议，然于著述之体，文章之情态，犹有所未明，则其蔽也。"

㊸苏秦答燕易王：事载《战国策·燕策一》。佯僵而覆之，假装跌倒而倾撒药酒。

㊹《战国策·秦策二》云："甘茂亡秦，且之齐，遇苏子（代），曰：……。"甘茂，战国秦人。事武王为左相。昭王时亡奔齐。

㊺无损子明：不减少你的亮光。

㊻比兴：比，谓指物譬喻；兴，先言他物，以引起所咏之词。

㊼《太平御览》卷九二三载曹植《贪恶鸟论》云："昔尹吉甫信后妻之谗，而杀孝子伯奇。……吉甫后悟，追伤伯奇。出游于田，见异鸟鸣于桑，其声噭然。吉甫心动，曰：'无乃伯奇乎？'鸟乃拊翼（击拍翅膀），其声尤切。"

㊽《列女传·齐宿瘤女》："宿瘤女者，齐东郭采桑之女，闵王之后也。项有大瘤，故号曰宿瘤。初，闵王出游至东郭，百姓尽观，宿瘤女采桑如故。王曰：'奇女也。'遂以为后。"

㊾《列女传·节义·晋圉怀嬴》："怀嬴者，秦穆之女，晋惠公太子（圉）之妃也。圉质于秦（在秦国作人质），穆公以嬴妻之。"

㊿葛洪《神仙传》云："淮南王安临去时，余药器置在中庭，鸡犬舐啄之，尽得升天。"实则刘安因谋反而遭覆族之祸。

71品藻：鉴定等级。二言：两个字。

72哂（shěn，音沈）：讥笑。《法言·君子》："仲尼多爱，爱义也；子长多爱，爱奇也。"

73《法言·问神》："书不经（缺乏根据，不近情理），非书（不是好书）。"

74非圣：诋毁圣人。

75扬雄《羽猎赋》："鞭洛水之宓妃（即洛神）兮，饷屈原与彭（彭咸）、胥（伍子胥）。"

76《文心雕龙·夸饰》："子云校猎，鞭宓妃以饷屈原，娈彼洛神，既非罔两（魍魉），而虚用滥形，不其疏乎？"

77《蜀王本纪》：扬雄撰，已佚。《史通训诂》引《蜀王本纪》云："荆人鳖冷死，尸化随江水上至成都，见蜀王杜宇，杜宇以为相。杜宇号望帝，自以德不如鳖冷，以其国禅之。"又云《说文成都记》云："望帝死，其魄化为鸟，名曰杜鹃。"

78"十室"二句：出自《论语·公冶长》。

79交趾：古地名，指五岭以南一带的地方。《后汉书·南蛮传》："交趾之南，有越裳国。……其俗男女同川而浴。"

80《元和郡县志》："周穆王伐昆戎。"盖自敦煌以西，通称昆戎。

81上京：首都。

82士燮：字威彦，三国吴人。少游学京师，耽玩《左传》。曾任交趾太守。

83刘昞：字延明，北魏人。师承郭瑀，教授酒泉。昞以三史文繁，著《略记》百三十篇。

84磊落：比喻人的俊伟。

85粲然：鲜明的样子。盈瞩：触目皆是的意思。

86校：较量，计较。

87词人：辞赋家。主客酬答：《文心雕龙·杂文》："宋玉含才，颇亦贫俗，始造对问。自对问以后，东方朔效而广之。扬雄解嘲，杂以谐谑。"

88《楚辞·渔父》："屈原既放，游于江潭，行吟泽畔，渔父见而问之。"

89宋玉《高唐赋》："昔者先王尝游高唐，梦一妇人，去而辞曰：'旦为朝云，暮为行雨，朝朝暮暮，阳台之下。'"

90凭虚：凭，依托；虚，无。谓本无此人，与子虚、乌有同一意义。

91司马相如《美人赋》："相如游梁，梁王悦之。邹阳谮之曰：'相如服色妖丽，游王后宫，王察之乎？'王问相如：'子好色乎？'相如曰：'臣不好色也。'"

92曹植《洛神赋》："余朝京师，还济洛川。……睹一丽人，于岩之畔。……御者对曰：'臣闻河洛之神，名曰宓妃。'"

93嵇康：字叔夜。博涉多闻，崇尚老庄。撰《圣贤高士传赞》三卷。

94二渔父事：指《庄子·渔父》所记孔子遇渔父事和《楚辞·渔父》所记屈原遇渔父事。

95《史记·庄子传》："庄子者，名周。周尝为蒙漆园吏，著书十余万言，大抵率寓言也。"

96骚人：指屈原。

97双擒蚌鹬：即《战国策·燕策二》所载"渔人之利"的故事。苏代用以比喻赵、燕互相征伐，会使秦国坐享其利。

98《吴越春秋》："伍员奔吴，至江，渔父渡之，有饥色，曰：'为子取饷。'子胥乃潜身深芦之中。有顷，父来而呼之曰：'芦中人，芦中人。'"

99《庄子·渔父》："孔子游乎缁帷之林，……弦歌鼓琴。奏曲未半，有渔父者，下船而来……被发揄袂（披发扬袖）……

左手据膝，右手持颐（托着下颚）以听。"《楚辞·渔父》："渔父莞尔而笑，乃歌曰："沧浪之水清兮，可以濯我缨。"

⑩《庄子·应帝王》："南海之帝曰为鯈，北海之帝为忽，中央之帝为浑沌。"嵇康《圣贤高士传》首篇即浑沌。

⑩蛙鳖竞长（cháng，音常）：蛙鳖争比所乐。故事载《庄子·秋水》。怜，作"邻"，误。

⑩蚿蛇相怜：多足虫与蛇互相羡慕。故事亦载《庄子·秋水》。

⑩《庄子·逍遥游》略云：《齐谐》言大鹏迁往南海时，"水击三千里，抟扶摇而上者九万里"。学鸠笑之曰："我决起而飞抢榆枋（碰到榆树和檀树）而止。……"

⑩鲋鱼作色：见本篇第三条注。

⑩《幽明录》：刘义庆撰。《齐谐记》：志怪书，南朝宋东阳元疑撰。

⑩薄周、孔：嵇康《与山巨源绝交书》："康又每非汤、武而薄周（周公）、孔（孔子）。"

⑩杜预字元凯，博学多通。晚年撰《女记》十卷。

⑩《论语·宪问》："子曰：'君子哉若人（这人是个君子）！尚德哉若人！'"

⑩流靡：流利而华美。

⑪良有以焉：真是有道理啊。

⑪耽玩：专心研习、玩赏。

⑪宗周：周为诸侯所宗仰，故王都所在称宗周。这里代指周朝。

⑪六雄：战国时，韩、赵、魏、燕、齐、楚六国。

⑪陶渊明《桃花源记》："自云先世避秦时乱，率妻子邑人来此绝境。问今是何世，乃不知有汉，无论魏、晋。"

⑪《庄子·天下》："惠施多方，其书五车（形容读书很多，学问渊博）。"

⑪抵牾：抵触，矛盾。

⑪《韩非子·外储说左上》："邹君好服长缨，左右皆服长缨。"又"齐桓公好服紫，一国尽服紫"。

⑪"晋年"二句：谓晋朝人把《庄子》看得高于《六经》。

⑪挂壁不行：束之高阁的意思。

⑫缀旒（liú，音流）：表彰，评赞。

⑫同年：相等。《史记·秦始皇本纪·论》："试使山东之国，与陈涉度长挈大，比权量力，则不可同年而语矣。"

⑫书名竹帛：意谓希望名字写入史书。

⑫物情所竞：是物理人情所应争取的。

⑫殆庶：谓近乎圣人。《周易·系辞上》："子曰：'颜氏之子，其殆庶几乎！'"

⑫《论语·先进》："子曰：回也视予犹父也，予不得视犹子也。"

⑫曲垂：委曲垂爱。

⑫《汉书·扬雄传》略云：雄校书天禄阁上，治狱事使者来，欲收雄，雄从阁上自投下，几死。京师为之语曰："惟寂寞，自投阁。"

⑫师心：以己意为师，不拘守成法。

⑫《法言·问神》："育而不苗者，吾家之童乌乎？"李轨注："童乌，子云之子也。"

⑬原注：谓严君平、李仲元、郑子真、司马相如。

⑬《太玄》：二字带笔，《太玄》不评论人物。

⑬《左传·襄公二十一年》："叔向曰：'祁（奚）大夫外举不弃仇，内举不失亲。'"

⑬睿哲：犹言圣明。

⑬参圣：接近圣人。

⑬向宗鲁云："谢承，孙权妻弟，故偏党（偏袒）吴、越（吴越，指东吴）。

⑬《代史》：即《魏书》。北魏初，国号曰代。胡塞：指鲜卑拓跋部。

⑬"汝为"二句：出自《论语·雍也》。

⑬薰莸：薰，香草；莸，臭草。比喻优劣悬殊。

⑬"礼云"二句：出自《论语·阳货》。意谓礼呀礼呀，仅是指玉帛等礼物说的吗？

⑭好（hào，音号）善：崇尚美善。嫉恶：憎恨邪恶。

⑭宏纲：大纲。大体：本质，要点。

⑭宋孝王：著有《关东风俗传》。

⑭帷簿不修：帷，簿，都作障隔内外之用。古人对家庭生活淫乱者，婉称为"帷簿不修"。

㊹讦（jié，音节）以为直：揭发人阴私而以正直自我标榜。

㊺魏史：浦起龙注："二字有误。"所言甚是。朱异，三国时吴人，挚虞，晋人，都不可能载入魏史。朱异：字季文。少时往见朱据，据曰：为我赋一物，乃坐。异赋弩曰："南岳之干，钟山之铜，应机命中，获隼高墉。"成而后坐。

㊻王隐《晋书》云：挚虞与太叔广，名位略同。广长口才，虞长笔才。广误，虞不能对；退笔难广，广不能答。

㊼元瑜：阮瑀字。孔璋：陈琳字。

㊽原注："如《陈书·阴铿传》云，有集五卷，其类是也。"

㊾原注："如《梁书·孝元纪》云，撰《同姓名人录》一卷，其类是也。"

㊿原注："如《梁书·孝元纪》云，撰《研神记》；《陈书·姚察传》云，撰《西征记》、《辨茗酪记》；……凡此，书或一卷，两卷而已。"

(151)"子曰"之句：出自《论语·季氏》。康有为《论语注》略云：千驷，凡四千匹，富之至也。伯夷、叔齐采薇于首阳山，至于饿死，穷之至也。而千秋之后，夷、齐与日月同光，齐景与草木同枯。君主之贵，不如饿死。

(152)《汉书·申屠嘉传》谓青翟、刘舍，"为丞相，备员而已，无所能发明功名著于世者"。

(153)姜诗：事母至孝，永平三年察孝廉，拜郎中。赵壹：字元叔。恃才倨傲。光和初举郡上吏。

(154)计吏：掌计簿的官吏。

(155)幺么恒事：微小的常事。幺么，微小之称。

(156)皇家《五史》：唐初所修梁、陈、北齐、北周、隋五史，合称《五代史》。

(157)忽焉不嗣：忽略而未继承。焉，助词。

史通卷之十九
外　篇

《汉书·五行志》错误第十

班氏著志，抵牾者多。在于《五行》，芜累尤甚。今辄条其错缪，定为四科：一曰引书失宜，二曰叙事乖理，三曰释灾多滥，四曰古学不精。又于四科之中，疏为杂目，类聚区分，编之如后。

第一科

引书失宜者，其流有四：一曰史记、《左传》，交错相并；二曰《春秋》、史记，杂乱难别[①]；三曰屡举《春秋》，言无定体；四曰书名去取，所记不同。

其志叙言之不从也[②]，先称史记周单襄公告鲁成公曰，晋将有乱[③]。又称宣公六年郑公子曼满与王子伯廖语，欲为卿[④]。按宣公六年，自《左传》所载也。夫上论单襄，则持史记以标首；下列曼满，则遗《左氏》而无言。遂令读者疑此宣公，亦出史记，而不云鲁后[⑤]，莫定何邦。是非难悟，进退无准。此所谓史记、《左氏》交错相并也。

《志》云：史记成公十六年，公会诸侯于周[⑥]。按成公者，即鲁侯也。班氏凡说鲁之某公，皆以《春秋》为冠。何则？《春秋》者，鲁史之号，言《春秋》则知公是鲁君。今引史记居先，成公在下，书非鲁史，而公舍鲁名。胶柱不移，守株何甚[⑦]。此所谓《春秋》、史记杂乱难别也。

按班《书》为志，本以汉为主。在于汉时，直记其帝号谥耳[⑧]。至于他代，则云某书、某国君，此其大例也。至如叙火不炎上[⑨]，具《春秋》桓公十四年；次叙稼穑不成[⑩]，直云严公二十八年而已[⑪]。夫以火、稼之间，别书汉、莽之事。年代已隔，去鲁尤疏。洎乎改说异端，仍取

《春秋》为始，而于严公之上，不复以《春秋》建名⑫。遂使汉帝、鲁公，同归一揆⑬。必为永例，理亦可容。在诸异科，事又不尔。求之画一，其例无恒。此所谓屡举《春秋》，言无定体也。

按本《志》叙汉已前事，多略其书名。至于服妖章⑭，初云晋献公使太子率师，佩之金玦⑮。续云郑子臧好为聚鹬之冠⑯。此二事之上，每加《左氏》为首。夫一言可悉，而再列其名。省则都捐，繁则太甚。此所谓书名去取，所记不同也。

第二科

叙事乖理者，其流有五：一曰徒发首端，不副征验⑰；二曰虚编古语，讨事不终⑱；三曰直引时谈，竟无他述⑲；四曰科条不整⑳，寻绎难知㉑；五曰标举年号，详略无准。

《志》曰：《左氏》昭公十五年，晋籍谈如周葬穆后㉒。既除丧而燕㉓。叔向曰：王其不终乎！吾闻之，所乐必卒焉㉔。今王一岁而有三年之丧二焉㉕，于是乎与丧宾燕，乐忧甚矣㉖。礼，王之大经也㉗。一动而失二礼㉘，无大经矣，将安用之㉙。按其后七年，王室终如羊舌所说㉚，此即其效也，而班氏了不言之。此所谓徒发首端，不副征验也。

《志》云：《左氏》襄公二十九年，晋女齐语智伯曰㉛：齐高子容、宋司徒皆将不免㉜。子容专，司徒侈㉝，皆亡家之主也。专则速及，侈则将以力毙㉞。九月，高子出奔北燕㉟。所载至此，更无他说。按《左氏》昭公二十年，宋司徒奔陈㊱。而班氏采诸本传，直写片言，阅彼全书，唯征半事。遂令学者疑丘明之说，有是有非；女齐之言，或得或失。此所谓虚编古语，讨事不终也。

《志》云：成帝于鸿嘉、永始之载，好为微行㊲，置私田于民间。谷永谏曰：诸侯梦得田，占为失国㊳。而况王者蓄私田财物，为庶人之事乎。已下弗云成帝悛与不悛㊴，谷永言效与不效。谏词虽具，诸事阙如。此所谓直引时谈，竟无他述者也。

其述庶征之恒寒也㊵，先云厘公十年冬，大雨雹。随载刘向之占㊶，次云《公羊经》曰“大雨雹”，续书董生之解㊷。按《公羊》所说，与上奚殊㊸，而再列其辞，俱云“大雨雹”而已。又此科始言大雪与雹，继言殒霜杀草，起自春秋，讫乎汉代。其事既尽，仍重叙雹灾。分散相离，断绝无趣㊹。夫同是一类，而限成二条㊺。首尾纷挐㊻，而章句错糅。此所谓科条不整，寻绎难知者也。

夫人君改元，肇自刘氏㊼。史官所录，须存凡例。按斯《志》之记异也，首列元封年号㊽，不详汉代何君；次言地节、河平，具述宣、成二帝㊾。武称元鼎，每岁皆书㊿；哀曰建平，同年必录(51)。此所谓标举年号，详略无准者也。

第三科

释灾多滥者，其流有八：一曰商榷前世，全违故实(52)；二曰影响不接，牵强相会(53)；三曰敷演多端，准的无主(54)；四曰轻持善政(55)，用配妖祸；五曰但伸解释，不显符应(56)；六曰考核虽说(57)，义理非精；七曰妖祥可知，寝默无说(58)；八曰不循经典，自任胸怀。

《志》云：“史记周威烈王二十三年，九鼎震。”是岁，韩、魏、赵篡晋而分其地，威烈王命以为诸侯。天子不恤同姓，而爵其贼臣，天下不附矣(59)。按周当战国之世，微弱尤甚。故君疑窃斧，台名逃债(60)。正比夫泗上诸侯(61)，附庸小国者耳。至如三晋跋扈(62)，欲为诸侯，虽假王名，实由己出。譬夫近代莽称安汉(63)，匪平帝之至诚(64)；卓号太师，岂献皇之本愿(65)。而作者苟责威烈以妄施爵赏，坐贻妖孽(66)，岂得谓“人之情伪尽知之矣”者乎(67)！此所谓商榷前世，全违故实也。

《志》云：昭公十六年九月，大雩(68)。先是，昭母夫人归氏薨，昭不戚而大蒐于比蒲(69)。又曰：定公十二年九月，大雩。先是，公自侵郑归而城中城，二大夫围郓(70)。按大搜于比蒲，昭之十一年。城中城、围郓，定之六年也。其二役去雩[71]，皆非一载。夫以国家常事，而坐延灾眚[72]，岁月既遥，而方闻感应。斯岂非乌有成说，扣寂为辞者哉[73]！此所谓影响不接，牵引相会也。

《志》云：严公七年秋，大水[74]。董仲舒、刘向以为严母姜与兄齐侯淫，共杀桓公[75]。严释父仇，复娶齐女[76]，未入而先与之淫，一年再出会[77]，于道逆乱，臣下贱之之应也。又云：十一年秋，宋大水。董仲舒以为时鲁、宋比年有乘丘、鄑之战[78]，百姓愁怨，阴气盛，故二国俱水[79]。按此说有三失焉。何者？严公十年、十一年，公败宋师于乘丘及鄑。夫以制胜克敌，策勋命赏[80]，可以欢荣降福，而反愁怨贻灾邪？其失一也。且先是数年，严遭大水[81]，校其年月，殊在战前。而云与宋交兵，故二国大水，其失二也。况于七年之内，已释水灾，始以齐女为辞，终以宋师为应。前后靡定，向背何依？其失三也。夫以一灾示眚[82]，而三说竞兴，此所谓敷演多端，准的无主也。

其释"厥咎舒，厥罚恒燠"[83]，以为其政弛慢，失在舒缓[84]，故罚之以燠，冬而无冰。寻其解《春秋》之无冰也，皆主内失黎庶[85]，外失诸侯，不事诛赏，不明善恶，蛮夷猾夏[86]，天子不能讨，大夫擅权，邦君不敢制[87]。若斯而已矣。次至武帝元狩六年冬，无冰，而云先是遣卫、霍二将军穷追单于，斩首十余万级归[88]，而大行庆赏。上又闵恤勤劳，遣使巡行天下，存赐鳏寡[89]，假与乏困[90]，举遗逸独行君子诣行在所[91]。郡国有以为便宜者[92]，上丞相、御史以闻。于是天下咸喜[93]。按汉帝其武功文德也如彼，其先猛后宽也如此，岂是有懦弱凌迟之失[94]，而无刑罚戡定之功哉！何得苟以无冰示灾，便谓与昔人同罪。矛盾自己，始末相违，岂其甚邪？此所谓轻持善政，用配妖祸也。

《志》云：孝昭元凤三年[95]，太山有大石立[96]。眭孟以为当有庶人为天子者[97]。京房《易传》云[98]："太山之石颠而下，圣人受命人君虏。"又曰："石立于山，同姓为天下雄。"按此当是孝宣皇帝即位之祥也。夫宣帝出自闾阎，坐登宸极[99]，所谓庶人受命者也。以曾孙血属，上纂皇统[100]，所谓同姓雄者也。昌邑见废[101]，谪居远方，所谓人君虏者也。班《书》载此征祥，虽具有剖析，而求诸后应，曾不缕陈[102]。叙事之宜，岂其若是？苟文有所阙，则何以载言者哉？此所谓但申解释，不显符应也。

《志》云：成帝建始三年，小女陈持弓年九岁，走入未央宫[103]。又云：绥和二年，男子王褒入北司马门，上前殿[104]。班《志》虽已有证据，言多疏阔。今聊演而申之。按女子九岁者，九则阳数之极也。男子王褒者，王则巨君之姓也[105]。入北司马门上前殿者，王莽始为大司马，至哀帝时就国[106]，帝崩后，仍此官，因以篡位。夫人司马门而上殿，亦犹从大司马而升极。灾祥示兆，其事甚明。忽而不书，为略何甚？此所谓解释虽说，义理非精也。

《志》云：哀帝建平四年，山阳女子田无啬怀妊，未生二月[107]，儿啼腹中。及生，不举[108]，葬之陌上[109]。三日，人过闻啼声。母掘土收养。寻本《志》虽述此妖灾，而了无解释。按人从胞至育，含灵受气，始末有成数，前后有定准。至于在孕甫尔[110]，遽发啼声者，亦犹物有基业未彰[111]，而形象已兆，即王氏篡国之征。生而不举，葬而不死者，亦犹物有期运已定[112]，非诛剪所平，即王氏受命之应也。又按班云小女陈持弓者，陈即莽之所出[113]；如女子田无啬者，田故莽之本宗。事既同占，言无一概。岂非唯知其一，而不知其二者乎？此所谓妖祥可知，寝默无说也。

当春秋之时，诸国贤俊多矣。如沙鹿其坏[114]，梁山云崩[115]，鹢退蜚于宋都[116]，龙交斗于郑水[117]。或伯宗、子产，具述其非妖；或卜偃、史过，盛言其必应。盖于时有识君子以为美谈。故左氏书之不刊，贻厥来裔[118]。既而古今路阻，闻见壤隔，至汉代儒者董仲舒、刘向之徒，始别构异闻，辅申他说[119]。以兹后学，陵彼先贤[120]，盖今谚所谓"季与厥昆，争知嫂讳"者也[121]。而班《志》尚舍长用短，捐旧习新，苟出异同，自矜魁博[122]，多见其无识者矣。此所谓不循经典，自任胸怀也。

第四科

古学不精者，其流有三：一曰博引前书，网罗不尽；二曰兼采《左氏》，遗逸甚多；三曰屡举旧事，不知所出。

《志》云：庶征之恒风[23]，刘向以为《春秋》无其应，刘歆以为厘十六年，《左氏》释六鹢退飞是也。按旧史称刘向学《谷梁》，歆学《左氏》。既祖习各异[24]，而闻见不同，信矣。而周木斯拔[25]，郑车偾济[26]，风之为害，被于《尚书》、《春秋》。向则略而不言，歆则知而不传。又详言众怪，历叙群妖。述雨氂为灾[27]，而不录赵毛生地[28]；书异鸟相育[29]，而不载宋雀生鹯[30]。斯皆见小忘大，举轻略重。盖学有不同，识无通鉴故也。且当炎汉之代，厥异尤奇。若武帝承平，赤风如血[31]；于公在职，亢阳为旱[32]。惟纪与传，各具其详。在于《志》中，独无其说者，何哉？此所谓博引前书，网罗不尽也。

《左传》云：宋人逐猰狗，华臣出奔陈[33]。又云：宋公子地有白马，景公夺而朱其尾鬣[34]。地弟辰以萧叛。班《志》书此二事，以为犬马之祸[35]。按《左氏》所载，斯流实繁。如季氏之逆也，由斗鸡而傅介[36]；卫侯之败也，因养鹤以乘轩[37]。曹亡首于获雁[38]，郑弑萌于解鼋[39]。郄至夺豕而家灭[40]，华元杀羊而卒奔[41]。此亦白黑之祥，羽毛之孽。何独舍而不论，唯征犬马而已。此所谓兼采《左氏》，遗逸甚多也。

按《太史公书》自《春秋》已前，所有国家灾眚，贤哲占候，皆出于《左氏》、《国语》者也。今班《志》所引，上自周之幽、厉，下终鲁之定、哀。而不云《国语》，唯称史记，岂非忘本徇末，逐近弃远者乎？此所谓屡举旧事，不知所出也。

所定多目，凡二十种。但其失既众，不可殚论。故每目之中，或时举一事，庶触类而长[42]，他皆可知。又按斯志之作也，本欲明吉凶，释休咎[43]，惩恶劝善，以戒将来。至如春秋已还，汉代而往，其间日蚀、地震、石陨、山崩、雨雹、雨鱼、大旱、大水，犬豕为祸，桃李冬花，多直叙其灾，而不言其应[44]。此乃鲁史之《春秋》、《汉书》之帝纪耳，何用复编之于此志哉！昔班叔皮云：司马迁叙相如则举其郡县，著其字。萧、曹、陈平之属[45]，仲舒并时之人，不记其字，或县而不郡，盖有所未暇也。若孟坚此《志》，错缪殊多，岂亦刊削未周者邪？不然，何脱略之甚也。亦有穿凿成文，强生异义。如蜮之为祸[46]，麋之为迷[47]，陨五石者齐五子之征[48]，溃七山者汉七国之象[49]，叔服会葬，郕伯来奔，亢阳所以成妖[50]，郑易许田，鲁谋莱国，食苗所以为祸[51]。诸如此事，其类弘多。徒有解释，无足观采。知音君子，幸为详焉。

---

①史记：此指春秋诸侯国国史。

②不从：脉络不清楚。

③晋将有乱：《汉书·五行志中之上》引《史记》语。实则《史记·周本纪》及《鲁世家》无此语，而载于《国语·周语下》。

④“又称”二句：《汉书·五行志中之上引自《左传·宣公六年》。

⑤鲁后：鲁国君主。

⑥公会诸侯于周：《汉书·五行志中之上》引《国语·周语下》语。

⑦胶柱、守株：胶柱鼓瑟、守株待兔，均比喻拘泥而不知变通。

⑧号谥：谥号。帝王死后，依其生前事迹给予的称号。

⑨火不炎上：失火而火焰不上腾。

⑩稼穑不成：农业没有收成。

⑪严公：即庄公。下同。

⑫不复以《春秋》建名：谓《春秋》不可能包容王莽时的灾异，其前《春秋》二字管不及此。

⑬同归一揆：混同一起的意思。

⑭服妖：奇装异服。古人认为奇装异服，预兆人事的非常变乱，故称服妖。《尚书大传·洪范五行传》："貌之不恭，是谓不肃……时则有服妖。"

⑮《左传·闵公二年》："晋侯（献公）使太子申生伐东山皋落氏。……太子率师，公衣之偏衣，佩之金玦。"金玦，金制戴于右拇指助拉弓弦之器。

⑯鹬冠：翠鸟羽制成之冠。《左传·僖公二十四年》："郑子华之弟子臧出奔宋，好聚鹬冠。"

⑰不副征验：与吉凶之应验不一致。

⑱讨事不终：叙事有头无尾。

⑲"直引"二句：引述当时人的议论，竟然略其效果。

⑳科条不整：条目不清晰。

㉑寻绎：反复玩索。

㉒这句说：晋国的籍谈前往周朝，为穆后送葬。

㉓这句说：刚除去丧礼之服，就举行宴乐。

㉔"王其"三句：是说周王恐不得善终吧！我听说，所喜欢的事情，必导致因它而死去。

㉕"一岁"句：谓现在周王一年中遇到两次服丧三年的大丧事。

㉖乐忧甚矣：把悲伤当成欢乐也太失礼了。

㉗大经：大法，常规。

㉘"一动"句：谓一次举动而失去两项礼法（不服丧，又宴乐）。

㉙"无大经"二句：谓忘却礼法，即使能历数史典又有什么用。

㉚据《左传·昭公二十二年》，周景王果患心病死去。羊舌，羊舌肸，字叔向，春秋晋大夫。博议多闻，能以礼让为国。

㉛智伯：今本《左传》作知伯。

㉜"齐高"二句：谓齐国的高子容和宋国的司徒华定，都将不免于灾祸。

㉝专：专檀，独断独行。侈：放纵。《孟子·梁惠王上》："苟无恒心，放辟邪侈，无不为已。"

㉞速及：速遭灾祸。将以力毙：将用自己的力量杀害自己。

㉟这句为《春秋》经文，《左传》谓"放高子于北燕"。

㊱《春秋·昭公二十年》："宋华亥、向宁、华定出奔陈。"

㊲微行：不使人知其尊贵的身分，便装出行。

㊳"诸侯"二句：谓诸侯梦获土地，是失国的预兆。

㊴悛（quān，音圈）：悔改。

㊵庶征：某事发生前的许多迹象、征候。恒寒：持续寒冷。下句"厘公"，即僖公。

㊶刘向认为是"厘公立妾为夫人，阴居阳位，阴气盛也"。

㊷董仲舒以为"公协于齐桓公，立妾为夫人，不敢进群妾，故专壹象见诸雹"。

㊸奚殊：有什么不同。

㊹断绝无趣：互相割裂，没有章法。

㊺"同是"二句：指僖公十年事。

㊻纷挐：牵持杂乱。

㊼肇自刘氏：创始于汉武帝刘彻。汉武帝即帝位，以建元为年号。以后新君即位，例于次年改用新年号纪年，称改元。

㊽元封：汉武帝第六个年号（前110—前105）。

㊾原注："宣帝地节四年，成帝河平二年，其纪年号如此。"

㊿原注："始云元鼎二年，又续云元鼎三年。按三年宜除无鼎之号也。"

51原注："始云哀帝建平三年，续复云哀帝建平三年。按同是一年，宜云是岁而已，不当重言其年也。"

52故实：典故，出处。

53牵强相会：牵强附会。

54敷演：铺陈论说。准的（dì，音弟）：标准。

55善政：妥善的法则政令。

56符应：古代迷信，谓天降的祥瑞与人事相应的符应。

57谠：正直，公正

58寝默：沉默。

⑲附：归附。

⑳“君疑”二句：用《汉书·诸侯王表序论》语意。颜师古引服虔曰：“周赧王负责（债），主伯责急，乃逃于此台，后人因以名之。”又曰：“铁钺，王者以为威也。周衰，政令不行，虽有铁钺，无所用之，是谓私窃隐藏之耳。”

㉑泗上诸侯：指鲁国。因泗水在鲁国境内，故称。

㉒三晋：春秋末，晋国为韩、赵、魏三家卿大夫所分，各立为国，史称三晋。

㉓王莽势焰熏天，群臣谀称莽功德，说：“莽有定国安汉家之功，宜赐号安汉王。”见《汉书·王莽传》。

㉔至诚：真心。

㉕卓：董卓。献皇：汉献帝。

㉖坐贻妖孽：遂遗留危害。妖孽，怪异反常的事物。用作危害的意思。

㉗“人之”句：引自《左传·僖公二十八年》。情伪，真假。

㉘大雩（yú，音于）：求雨祭名。《公羊传·桓公五年》：“大雩者何，旱祭也。”

㉙戚：悲哀。大蒐于比蒲：谓春时大行猎于比蒲（鲁地名）。大蒐，春时大行猎。

㉚城中城：在城中修固城。二大夫：指季孙斯、仲孙忌。

㉛二役去雩：两件事情（城中城、围郓）距祭天求雨。

㉜灾眚（shěng，音省）：犹言灾难。

㉝“乌有”二句：本于陆机《文赋》：“课虚无以责有，扣寂寞而求者。”

㉞《左传·庄公七年》：“秋，大水，无麦苗。”

㉟“严母”二句：谓庄公的母亲姜氏与其兄齐侯通奸，两人合谋杀死了庄公父亲桓公。

㊱“严释”二句：谓庄公忘了父仇，又娶齐国的女子为妻。

㊲再出会：两次幽会。

㊳比年：近年。

㊴二国俱水：指庄公七年鲁国水灾和当年宋国大水灾。

㊵策勋：谓纪功于策。颁赏：赏赐。

㊶严遭大水：也指庄公七年水灾。

㊷示眚：表示罪孽。

㊸厥咎舒，厥罚恒燠：意谓纲纪松弛，国君疏懒，上天便用持续炎热来惩罚他。

㊹舒缓：懈怠。

㊺黎庶：黎民，众民。

㊻猾：扰乱，侵扰。

㊼邦君；诸侯。制：制约，限制。

㊽卫青、霍去病穷追单于事，在元狩二年。

㊾存赐：慰问赐物。

㊿假与乏困：周济贫困者。

(91)诣：到。行在所：封建帝王所在的地方。

(92)便（biàn，音变）宜：应办的事，特指对国家有利的事。

(93)咸喜：都高兴。

(94)凌迟：衰败。

(95)孝昭元凤三年：此句至“同姓为天下雄”，节引自《汉书·五行志中之上》。

(96)太山：即泰山。

(97)《汉书·睦弘传》略云：弘字孟，从嬴公受《春秋》，为议郎。

(98)《汉书·京房传》略云：房字君明。治《易》，其说长于灾变。

(99)闾阎：民间，这里指平民。宸极：指帝王之位。

(100)纂：继承。皇统：帝王历代相传的世系。

(101)昌邑见废：昌邑王刘贺的封地被收回。

(102)缕陈：详细条举其事。

(103)《汉代·五行志下之上》释“持弓入未央宫”云：“下人将因女宠而居有宫室之象也。是时帝母王太后弟凤秉国权，其后至王莽篡天下。”

⑩④班《志》又释王褒事云："是时莽为大司马，乞骸骨，天知其必不退，故因是而见象。哀帝征莽还京师，复为大司马，因而篡国。"

⑩⑤巨君：王莽字。

⑩⑥就国：卸任到封地。

⑩⑦未生二月：生产前两个月。

⑩⑧不举：未活。

⑩⑨陌上：田间路边。

⑪⓪甫尔：始尔。训见《词诠》。

⑪①基业：指物之本性。

⑪②期运：运数，气数。

⑪③陈即莽之所出：谓王莽祖姓为陈。

⑪④《左传·僖公十四年》："秋八月，沙鹿（晋国山名）崩。晋卜偃曰：'期年将有大咎，几亡国。'"

⑪⑤《汉书·五行志》云："咸公五年夏，梁山崩。（刘）向以为山阳，君也。……天戒若曰：'君道崩坏，下乱，百姓将失其所矣。'"

⑪⑥《左传·僖公十六年》："六鹢退飞过宋都，风也。"《汉书·五行志》云："刘歆以为风发他所，至宋而高，鹢高飞而逢之则退。象宋襄公与强楚争盟，后六年为楚所执，应六鹢之数"。

⑪⑦龙交斗于郑水：事载《左传·昭公十九年》。《五行志下之上》云："刘向以为近龙，孽也，郑以小国摄于晋、楚之间，重（加上）以强吴，郑当其冲，不能修德，将斗三国，以自危亡。"

⑪⑧贻厥来裔：传给后人。

⑪⑨辅申：附带阐述。

⑫⓪陵：与"凌"通。侵侮。

⑫①原注："今谚曰：'弟与兄，争嫂字。'以其名鄙，故稍文饰之。"

⑫②自矜魁博：自夸最为渊博。

⑫③庶征之恒风：关于长久刮风的众多征象。

⑫④祖习：宗奉学习。

⑫⑤《尚书·金滕》："秋，大熟，未获，天大雷电以风，禾尽偃，大木斯拔（大树被风拔起）。"

⑫⑥《左传·隐公三年》："冬，齐、郑盟于石门，寻卢之盟也。庚戌，郑伯之车偾于济（郑国国君的车翻在济水里）。"

⑫⑦雨氂：下强韧而卷曲的毛。

⑫⑧《风俗通·皇霸》云：赵王迁信秦反间之言，杀李牧，遂为所灭。先此童谣曰："赵为号（哭），秦为笑。以为不信，视地上生毛。"

⑫⑨《汉书·五行志中之下》："成帝绥和二年三月，天水平襄有燕生爵（雀），哺食至大，俱飞去。"京房《易传》曰："燕生爵，诸侯销。"

⑬⓪贾谊《新书》："宋康王时，有雀生鹯（猛禽，似鹞）于城之陬（zōu，角落）。占曰：'吉，小而生大，必霸天下。'康王喜，于是灭滕，伐诸侯。"

⑬①《汉书·孝武纪》："建元四年夏，有赤风如血。"

⑬②于公，于定国父，曾任东海郡决曹。太守误杀一孝妇，郡中大旱三年。新太守询问原因，于公道："孝妇不当死，前太守强断之，咎倘在是乎？"新太守遂祭孝妇冢，表其墓，天果大雨。

⑬③华臣见国人逐瘈狗，惧而奔陈，事载《左传·襄公十七年》，瘈（qì，音契）狗，疯狗。

⑬④"宋公子"二句：载《左传·定公十年》。公子地，宋景公弟。朱其尾鬣，将马之尾及颈领之毛染红。

⑬⑤原注：此二事是班生自释，非引诸儒所言。

⑬⑥《左传·昭公二十五年》载：季氏和郈氏斗鸡。季氏捣碎芥子涂染其鸡毛，郈氏给他的鸡装以金爪。季氏的鸡被斗败，季平子发怒，侵夺郈氏住宅，并且责备他。所以郈昭伯也怨恨季平子。

⑬⑦狄人攻打卫国。卫懿公好养鹤，鹤乘坐轩车，待遇与大夫相同。士兵不服，说："使鹤，鹤实有禄位，余（我们）焉能战。"卫与狄在荧泽交战，结果大败。见《左传·闵公二年》。

⑬⑧曹国国君阳即位，好畋猎弋射。边鄙之人公孙强也好弋射，将擒获的白雁，献给了国君阳。国君阳很喜欢他，让他担任司城官以参与政事，并听信他的奸计，叛晋犯宋，而曹终为宋所灭。见《左传·哀公七年》。

⑬⑨楚国人献给郑灵公一只大鳖。公子宋和子家将要进见。公子宋渴望尝到奇异的美味。而等到以大鳖宴飨大夫们时，郑灵

公召公子前来，都不给他吃。公子怒，萌生了杀父的念头，并与子家合谋，杀死了郑灵公。见《左传·宣公四年》。

⑭晋厉公去畋猎，让大夫们射杀禽兽。郤至奉献野猪，寺人（宫廷的近侍）孟张夺走了它，郤至用箭射死孟张。厉公说："季子（郤至）欺余。"后纳胥重之计，"以戈杀之（三郤：郤锜、郤犨、郤至），皆尸诸朝"。见《左传·成公十七年》。

⑭郑公子归生受命于楚，伐宋。将战，华元杀羊给士卒门吃，没有给他的御者羊斟。到作战时，羊斟说："先前的羊，你作主，今天驾御战车，我作主。"和他一起进入郑国军队中，所以被打败。见《左传·宣公二年》。

⑭触类而长（zhǎng，音掌）：掌握了某一类事物的知识或规律，就能据此增长同类事物的知识。

⑭释休咎：解释吉凶。

⑭原注：载《春秋》时日蚀三十六，而二不言其应（应验），汉时日蚀五十三，而四十不言其应。并见《五行志下之下》。

⑭萧、曹：萧何、曹参。

⑭蜮之为祸：见《书志》"五行章"注。

⑭《汉书·五行志中之上》略云：严公（庄公）十七年冬，多麋。刘向以为麋色青，近青，祥也。麋之为言，迷也，盖牝兽之淫者也。亦是天戒严公勿娶齐之淫女之象。

⑭《汉书·五行志下之下》略云：厘公（僖公）十六年正月，陨石于宋，五。刘歆认为五石象齐桓卒而五公子作乱。惟星陨于宋，象宋襄公将得诸侯之众，而治五子之乱。

⑭《五行志下之上》略云：文帝元年四月齐，楚地山二十九所同日俱发大水，溃出。刘向以为天戒若曰："勿威齐、楚之君，今失制度，将为乱。"至景帝三年，齐、楚七国起兵百余万，汉皆破之。汉七国众山溃，咸被其害。

⑮《五行志中之上》："文公二年，'自十有二月不雨，至于秋七月'。文公即位，天子使叔服（周内史）会葬（葬僖公）。……十三年，'自正月不雨，至于秋七月'。先遇曹伯、杞伯、滕子来朝，郕伯来奔，秦伯使遂来聘，季孙行父城诸及郓（诸、郓，二邑名）。二年之间，五国趋之，内城二邑。炕阳失众。"知文按：《史通》译注本，引此均误。

⑮《五行志下之上》："隐公八年九月，螟。时郑伯以邴将易许田，有贪利心。京房《易传》曰：'臣安禄兹谓贪，厥灾虫，虫食根。"又《五行志中之下》云："宣公六年八月，螽。刘向以为先是时，宣伐莒向（莒国向邑），后比再如齐，谋伐莱。"

《汉书·五行志》杂驳第十一

原注：春秋时事，违误最多，总十五条。

鲁文公二年，不雨。班氏以为自文即位，天子使叔服会葬，毛伯赐命[1]，又会晋侯于戚。上得天子，外得诸侯，沛然自大，故致亢阳之祸[2]。按周之东迁，日以微弱。故郑取温麦[3]，射王中肩[4]，楚绝苞茅[5]，观兵问鼎[6]。事同列国，变《雅》为《风》[7]。如鲁者，方大邦不足，比小国有余。安有暂降衰周使臣，遽以骄矜自恃，坐招厥罚，亢阳为怪，求诸人事，理必不然。天高听卑[8]，岂其若是也。

《春秋》成公元年，无冰。班氏以为其时王札子杀召伯、毛伯[9]。按今《春秋经》札子杀毛、召，事在宣十五年。而此言成公时，未达其说。下去无冰，凡有三载。

《春秋》昭公九年，陈火。董仲舒以为陈夏征舒弑君，楚严王托欲为陈讨贼[10]，陈国辟门而待之[11]，因灭陈。陈之臣子毒恨尤甚，极阴生阳，故致火灾。按楚严王之入陈，乃宣十一年事也。始有蹊田之谤，取愧叔时[12]；终有封国之恩，见贤尼父[13]。毒恨尤甚，其理未闻。又按陈前后为楚所灭者三，始宣十一年为楚严王所灭，次昭八年为楚灵王所灭，后哀十七年为赵惠王所灭。今董生误以陈次亡之役[14]，是楚始灭之时，遂妄有占候[15]，虚辨物色。寻昭之上去于宣，鲁易四公[16]；严之下至于灵，楚经五代[17]。虽悬隔顿别，而混杂无分。嗟乎！下帷三年[18]，诚则勤矣。差之千里[19]，何其阔哉！

《春秋》桓公三年，日有食之，既[20]。京房《易传》以为后楚严始称王，兼地千里[21]。按楚自武王僭号，邓盟是惧[22]，荆尸久传[23]。历文、成、缪三王，方至于严。是则楚之为王已四世矣，何得言严始称之者哉[24]？又鲁桓公薨后，历严、闵、厘、文、宣[25]，凡五公而楚严始作霸，安有桓三年日蚀而已应之者邪？非唯叙事有违，亦自占候失中者矣。

《春秋》釐公二十九年秋，大雨雹。刘向以为釐公末年公子遂专权自恣，至于弑君，阴胁阳之象见。厘公不悟，遂后二年杀公子赤，立宣公[26]。按遂之立宣杀子赤也，此乃文公末代[27]。辄谓僖公暮年，世实悬殊，言何倒错？

《春秋》釐公十二年，日有蚀之。刘向以为是时莒灭杞[28]。按釐十四年，诸侯城缘陵[29]。《公羊传》曰：曷为城？杞灭之。孰灭之？盖徐、莒也[30]。如中垒所释[31]，当以《公羊》为本耳。然则《公羊》所说[32]，不如《左氏》之详。《左氏》襄公二十九年，晋平公时，杞尚在云[33]。

《春秋》文公元年，日有蚀之。刘向以为后晋灭江[34]。按本《经》书文四年，楚人灭江[35]。今云晋灭，其说无取。且江居南裔[36]，与楚为邻；晋处北方，去江殊远。称晋所灭，其理难通。

《左氏传》鲁襄公时，宋有生女子赤而毛，弃之堤下。宋平公母共姬之御者见而收之，因名曰弃。长而美好，纳之平公，生子曰佐[37]。后宋臣伊戾谗太子痤而杀之[38]。先是，大夫华元出奔晋[39]，华合比奔卫[40]。刘向以为时则有火灾赤眚之明应也[41]。按灾祥之作，将应后来；事迹之彰，用符前兆。如华元奔晋，在成十五年，参诸弃堤，实难符会[42]。又合比奔卫，在昭六年，而与华元奔晋，俱云"先是"。惟前与后，事并相违者焉。

《春秋》成公五年，梁山崩[43]。七年，鼷鼠食郊牛角[44]。襄公十五年，日有蚀之[45]。董仲舒、刘向皆以为自此前后，晋为鸡泽之会[46]，诸侯盟，大夫又盟。后为溴梁之会[47]，诸侯在而大夫独相与盟，君若缀旒[48]，不得举手。又襄公十六年五月，地震。刘向以为是岁三月，大夫盟于溴梁，而五月地震矣[49]。又其二十八年春，无冰。班固以为天下异也。襄公时，天下诸侯之大夫皆执国权，君不能制，渐将日甚[50]。按春秋诸国，权臣可得言者，如三桓、六卿、田氏而已[51]。如鸡泽之会，溴梁之盟，其臣岂有若向之所说者邪？然而《谷梁》谓大夫不臣，诸侯失政。讥其无礼自擅[52]，在兹一举而已。非是如"政由宁氏，祭则寡人"[53]，相承世官[54]，遂移国柄[55]。若斯之失也，若董、刘之徒，不窥《左氏》，直凭二传，遂广为他说，多肆奓言[56]。仍云"君若缀旒"，"君将日甚"，何其妄也？

《春秋》昭十七年六月，日有蚀之。董仲舒以为时宿在毕[57]，晋国象也。晋厉公诛四大夫[58]，失众心，以弑死。后莫敢复责大夫，六卿遂相与比周[59]，专晋国。晋君还事之[60]。按晋历公所尸唯三郤耳[61]，何得云诛四大夫者哉？又州满既死[62]，悼公嗣立，选六官者皆获其才[63]，逐七人者尽当其罪[64]。以辱及扬干，将诛魏绛[65]，览书后悟，引愆授职[66]。此则生杀在己，宠辱自由。故能申五利以和戎[67]，驰三驾以挫楚[68]。威行夷夏，霸复文，襄[69]。而云不复责大夫，何厚诬之甚也。自昭公已降[70]，晋政多门[71]。如以君事臣，居下僭上者，此乃因昭之失，渐至陵夷[72]。匪由惩厉之弑，自取沦辱也[73]。岂可辄持彼后事，用诬先代者乎？

哀公十三年十一月，有星孛于东方[74]。董仲舒、刘向以为周之十一月，夏九月，日在氐[75]。出东方者，轸、角、亢也[76]。或曰：角、亢，大国之象，为齐、晋也。其后田氏篡齐，六卿分晋[77]。按星孛之后二年，《春秋》之《经》尽矣[78]。又十一年，《左氏》之《传》尽矣。自《传》尽后八十二年，齐康公为田和所灭[79]。又七年，晋静公为韩、魏、赵所灭[80]，上去星孛之岁，皆出百余年。辰象所缠[81]，氛祲所指[82]，若相感应，何太疏阔者哉？且当《春秋》既终之后，《左传》未尽之前，其间卫弑君[83]，越灭吴[84]，鲁逊越[85]，贼臣逆子破家亡国多矣。此正得东方之象，大国之征，何故舍而不述，远求他代者乎？又范与中行，早从殄灭[86]；智入战国，继踵云亡[87]。辄与三晋连名，总以六卿为目，殊为谬也。寻斯失所起，可以意测。何者？二传所引，事终西狩获麟。《左氏》所书，语连赵襄灭智。汉代学者，唯读二传，不观《左氏》。故事有不周，言多脱略。且春秋之后，战国之时，史官阙书，年祀难记[88]。而学者遂疑篡齐分晋，时与鲁史相邻。故轻引灾祥，用相符会。白圭之玷[89]，何其甚欤？

《春秋》鳌公三十三年十二月，陨霜不杀草。成公五年，梁山崩。七年，鼷鼠食郊牛角。刘向以其后三家逐鲁昭公，卒死于外之象[90]。按乾侯之出，事由季氏[91]。孟、叔二孙，本所不预。况昭子以纳君不遂，发愤而卒[92]。论其义烈，道贯幽明[93]。定为忠臣，犹且无愧；编诸逆党，何乃厚诬？夫以罪由一家，而兼云二族[94]。以此题目，何其滥欤？

《左氏传》昭公十九年，龙斗于郑时门之外洧渊。刘向以为近龙孽也。郑小国摄乎晋、楚之间，重以强吴，郑当其冲，不能修德，将斗三国，以自危亡。是时，子产任政，内惠于民，外善辞令，以交三国，郑卒亡患[95]，此能以德销灾之道也[96]。按昭之十九年，晋、楚连盟，干戈不作。吴虽强暴，未扰诸华[97]。郑无外虞[98]，非子产之力也。又吴为远国，僻在江干[99]，必略中原，当以楚、宋为始。郑居河、颍[100]，地匪夷庚[101]，谓当要冲，殊为乖角[102]。求诸地理，不其爽欤[103]？

《春秋》昭公十五年六月，日有蚀之。董仲舒以为时宿在毕，晋国象也。又云："日比再蚀[104]，其事在《春秋》后，故不载于《经》。"按自昭十五年，迄于获麟之岁，其间日蚀复有九焉。事列本《经》，披文立验，安得云再蚀而已，又在《春秋》之后也？且观班《志》编此九蚀，其八皆载董生所占。复不得言董以事后《春秋》，故不存编录。再思其语，三覆所由[105]，斯盖孟坚之误，非仲舒之罪也。

《春秋》昭公九年，陈火。刘向以为先是陈侯之弟招杀陈太子偃师，楚因灭陈[106]。《春秋》不与蛮夷灭中国，故复书陈火也[107]。按楚县中国以为邑者多矣。如邑有宜见于《经》者，岂可不以楚为名者哉？盖当斯时，陈虽暂亡，寻复旧国，故仍取陈号，不假楚名。独不见郑裨灶之说乎[108]？裨灶之说斯灾也，曰："五年，陈将复封[109]。封五十二年而遂亡。"此其效也。自斯而后，若颛顼之墟，宛丘之地[110]，如有应书于国史者，岂可复谓之陈乎？

---

①《左传·文公元年》："（周襄）王使内使叔服来会葬（参加僖公葬礼）。……王使毛伯卫赐公命（命圭，象征权力和祥瑞的玉圭）。"

②以上《五行志中之上》。沛然：盛气凌人的样子。

③《左传·隐公三年》：四月，郑国大夫祭（cài，音蔡）足率领军队收割了温国（今河南温县）的小麦。

④鲁桓公五年，周桓王剥夺郑庄公参与周王朝政事的特权，庄公不朝。桓王便亲率蔡、卫、陈军队伐郑。战于繻葛。周军败退，郑大夫祝聃射中了周桓王的肩膀。

⑤《左传·僖公四年》略云：春，齐桓公率诸侯各国军队攻打蔡国。蔡军溃败，又攻打楚国。楚成王派使者说："君处北海，寡人处南海，唯是风马牛不相及也，不虞居之涉晋地也，何故？"管仲时曰："……尔贡包茅（古代祭祀时，用以滤酒去滓的束成捆的菁茅草）不入，王祭不共（供），无以缩酒，寡人是征。"

⑥《左庄·宣公三年》略云：楚庄王攻打陆浑之戎，到达洛水，在周朝境内陈兵示威。周定王派王孙满慰劳楚庄王。庄王向他询问九鼎的大小和轻重。问鼎，谓图谋王位。

⑦《诗经·王风·黍离》郑玄《笺》："幽王之乱，宗周灭，平王东迁，政遂微弱，下列诸侯。其诗不能复《雅》，而同归于《国风焉》。"

⑧天高听卑：语出《史记·宋微子世家》。意指上天神明。

⑨颜师古注云："王札子即王子捷。召伯、毛伯皆周大夫。今《春秋经》王札子杀召伯、毛伯，事在宣十五年，而此言成公时，未达其说。"

⑩原注："'严'即'庄'也。"

⑪辟门：打开城门。

⑫《左传·宣公十一年》略云：楚庄王攻打陈国，杀死了夏征舒。大夫申叔时出使齐国返回，向庄王复命后就退出了。庄王派人责备他。申叔时回答说："夏征舒弑其君，其罪大矣，讨而戮之，君之义也。抑人亦有言曰：'牵牛以蹊（踏）人之田，而夺之牛。'牵牛以蹊者，信有罪矣；而夺之牛，罚已重矣。"

⑬《史记·陈世家》："孔子读史记至楚复陈，曰：'贤哉！楚庄王轻千乘之国，而重一言。"

⑭役：事件。

⑮占候：视天象变化以测吉凶。

⑯四公：指宣、成、襄、昭。

⑰五代：指庄王、共王、康王、郏敖、灵王。

⑱下帷三年：谓多年闭门苦读。《史记·董仲舒传》："盖三年董仲舒不观于舍园，其精如此。"下帷，放下帷幕。后称深居读书不与闻外事曰下帷攻读。

⑲《礼记·经解》："君子慎始，差若毫厘，缪以千里。"

⑳既：尽，日全蚀。

㉑在《五行志下之下》。

㉒《左传·桓公二年》："秋七月，蔡侯、郑伯会于邓，始惧楚也。"杜预注："楚武王始僭号称王，欲害中国，蔡、郑姬姓，近楚，故惧而会谋。"

㉓荆尸：春秋时楚的兵阵名。《左传·庄公四年》："楚武王荆尸，授师孑焉（颁发战戟给军队）以伐随。"而非"以荆条抽打尸体"也。

㉔已见《书志》"五行章"注。

㉕严：庄。厘：僖。

㉖《五行志中之下》。

㉗文公末代：文公十八年。

㉘《五经志下之下》。

㉙《左传·僖公十四年》略云：春季，诸侯各国在缘陵筑城，将杞国迁移到那里。

㉚徐：古国名。徐族为古代九夷之一，分布在淮河中下游地区。周初建立徐国，后为吴国所灭。莒（jǔ，音举）：西周诸侯国名。

㉛中垒：刘向，因其曾任中垒令，故称。

㉜然则：作"然而"用。

㉝《左传·襄公二十九年》略云：晋平公是杞国国君的女儿所生的，所以为杞国修筑都城。

㉞事载《五行志下之下》。江，周代国名。嬴姓。在今河南正阳（据今人考证）。

㉟颜师古注《五行志》云："《春秋》文四年，楚人灭江，此云晋，未详其说。"

㊱南裔：《左传·僖公二年》杜预注："江国在汝南安阳县（今河南息县西南）。"

㊲宋芮司徒生女子赤而毛：事载《左传·襄公二十六年》。

㊳《左传·襄公二十六年》略云：宦官惠墙伊戾担任太子痤的内师而不受宠信。他便借随太子痤到郊外宴请楚国客人之机，伪造证据，诬太子谋反，逼太子自缢。

㊴原注："事在成公十五年。"

㊵原注："事在昭公六年。"

㊶在《五行志中之下》。

㊷符会：符合，相合。

㊸在《五行志下之上》。

㊹在《五行志中之上》。

㊺大《五行志下之下》。

㊻《春秋·襄公三年》："六月，（襄）公会单子（单顷公）、晋侯（晋悼公）、宋公（平公）、卫侯（献公）……已未，同盟于鸡泽。"

㊼《春秋·襄公十六年》："三月，公会宋公（平公）、卫侯（殇公）、郑伯（简公）……于溴（gě，音葛）梁（溴水的大堤）。"

㊽缀旒：即赘旒，《公羊传·襄公十六年》："君若赘旒然。"喻虚居其位而无实权。实即为臣下所挟持，大权旁落。旒，旌旗下垂之物。

㊾在《五行志下之上》。

㊿原注："《谷梁》云：'诸侯始失政，大夫执国权。'又曰：'诸侯失政，大夫盟。政在大夫，大夫之不臣也。'"

51三桓：春秋鲁大夫孟孙（仲孙）、叔孙、季孙，都是鲁桓公的后代，故称三桓。六卿：春秋时，晋国的范、中行、知、赵、韩、魏六大家族，世代都是晋卿，故称六卿。田氏：齐国权臣。

㊾自擅：独自专权。

㊿《春秋·襄公二十六年》："二月，卫宁喜弑其君剽。"《左传》同年略云：卫献公流亡居夷，为求返国复位，派遣子鲜以献公口吻对宁喜说："苟反（返），政由宁氏，祭则寡人。"

(51)世官：古代官职由一族一姓世世执掌，称世官。

(52)国柄：国家大权。

(53)多肆奓（chǐ，音尺）言：任意说大话或空话。

(54)宿（xiù，音秀）：星宿。毕宿，二十八宿之一，有星八颗。

(55)四大夫：实际是三大夫，即郤锜、郤犨、郤至。见《左传·成公十七年》。

(56)比周：结伙营私。

(57)还（huán，音环）事之：反而事臣。

(58)尸：陈列尸体以示众。《左传·成公十七年》："以戈杀之（三郤），皆尸诸朝。"

(59)原注："今《春秋左氏》本皆作'州蒲'，误也。当为州满，事具王劭《读书志》。

(60)皆获其才：事见《左传·成公十八年》。

(61)《左传·成公十八年》："王正月辛巳，朝于武宫（在武宫朝祭），逐不臣者（不行臣下之礼的大臣）七人。"

(62)晋悼公弟扬干乱行，卿魏绛戮其仆。悼公怒，欲杀绛。

(63)引愆（qiān，音千）：自认罪过。愆，罪过。

(64)晋卿魏绛，向悼公说和戎五利。公悦，使绛盟诸戎。事见《左传·襄公四年》。

(65)晋悼公接受魏绛的建议，节用好施，恤民安邦。"行之期年（一周年），国乃有节。三驾（三次出兵楚国）而楚不能与争。"见《左传·襄公九年》。

(66)霸复文、襄：恢复了晋文公，襄公时期的霸权。

(67)昭公：指晋昭公。

(68)晋政多门：晋国政权被大夫分裂。

(69)陵夷：衰落。

(70)沦辱：堕落屈辱。

(71)孛（bèi，音背）：彗星。《公羊传·昭公十七年》："孛者何？彗星也。"

(72)氐（dī，音低）：星名，二十八宿之一。

(73)轸：星名，轸宿，二十八宿之一。角：星宿名，二十八宿之一。亢（gāng，音刚）：星名，亢宿，二十八宿之一。

(74)在《五行志下之下》。

(75)《春秋》纪事迄于哀公十四年西狩获麟。

(76)《史记·齐太公世家》："康公十九年（前386），田和始为诸侯，迁康公海滨。"

(77)《史记·晋世家》："静公二年，魏武侯、韩哀侯、赵敬侯灭晋而三分其地，静公迁为家人（仆役）。"

(78)缠：通"躔"。日月星辰等天体的运行。

(79)氛祲：预示灾祸的凶气和阴阳二气相侵所形成的征象不祥的云气。

(80)卫庄公为戎州人己氏所杀。事载《左传·哀公十七年》。

(81)《左传·哀公二十二年》："冬十一月，越灭吴。"

(82)《左传·哀公二十七年》："公欲以越代鲁，而去三桓。秋八月甲戌，公如（前去）公孙有陉氏，因逊（避居）于邾（邾国），乃遂如越。"

(83)殄（tiǎn，音舔）灭：灭亡。

(84)继踵：接踵，前后相接。

(85)年祀：年代。

(86)白圭之玷：比喻缺点。《诗经·大雅·抑》："白圭（白玉）之玷（斑点），尚可磨也；斯言之玷，不可为也。"

(87)"《春秋》……之象"：引录《五行志中之上》。

(88)《左传·昭公二十五年》引童谣云："……公在乾侯（今河北成安东南），征褰与襦（征求裤子和短衣）。"昭公是季平子驱逐的。

(89)叔孙昭子欲请昭公回国，谴责季平子说："子以逐君成名，子孙不忘，不亦伤乎！"见"平子有异志"，不欲纳昭公，气愤而死。见《左传·昭公二十五年》。

⑬道贯幽明：道德贯穿天地。

⑭二族：指孟孙，叔孙两家族。

⑮亡患：无患。

⑯在《五行志下之下》。

⑰诸华：指春秋时期中原诸姬姓封国。

⑱外虞：外患。

⑲江干：江岸。

⑩河、颍：黄河、颍水。

⑩夷庚：平道，大路。

⑩乖角：错误。

⑩爽：差错。

⑩比：近日，最近。

⑩三覆所由：反复思考其中的原因。

⑩陈哀公身患不治之症。公子招和公子过杀死了悼太子偃师，而立公子留为太子。四月，陈哀公自缢而死。“九月，楚公子弃疾帅师奉孙吴国陈。……冬十一月壬午，灭陈。”见《左传·昭公八年》。

⑩颜师古注《五行志之上》云：“（昭公）九年火时，陈已为楚县，犹追书陈国者，以楚蛮夷，不许其灭中夏之国。”

⑩裨灶：春秋郑大夫，明天文占候之术。

⑩复封：恢复祭天，意即复兴国家。封，帝王筑坛祭天。

⑩颛顼之墟：颛顼的故城。宛丘：陈都于宛丘（今河南淮阳东南）之侧。

史通卷之二十

外　篇

暗惑第十二

夫人识有不烛[①]，神有不明，则真伪莫分，邪正靡别。昔人有以发绕炙误其国君者[②]，有置毒于胙诬其太子者[③]。夫发经炎炭，必致焚灼；毒味经时，无复杀害。而行之者伪成其事，受之者信以为然。故使见咎一时[④]，取怨千载。夫史传叙事，亦多如此。其有道理难凭，欺诬可见，如古来学者，莫觉其非，盖往往有焉。今聊举一二[⑤]，加以驳难[⑥]，列之于左。

《史记》本纪曰[⑦]：瞽叟使舜穿井，为匿空旁出[⑧]。瞽叟与象共下土实井[⑨]。瞽叟、象喜，以舜为已死。象乃止舜宫[⑩]。

难曰：夫杳冥不测[⑪]，变化无恒，兵革所不能伤，网罗所不能制，若左慈易质为羊[⑫]，刘根窜形入壁是也[⑬]。时无可移，祸有必至，虽大圣所不能免，若姬伯拘于羑里[⑭]，孔父厄于陈、蔡是也。然俗之愚者，皆谓彼幻化，是为圣人。岂知圣人智周万物[⑮]，才兼百行，若斯而已，与夫方内之士有何异哉[⑯]！如《史记》云重华入于井中[⑰]，匿空出去。此则其意以舜是左慈、刘根之类，非姬伯、孔父之徒。苟识事如斯，难以语夫圣道矣。且按太史公云：黄帝、尧、舜轶事，时时见于他说，余择其言尤雅者[⑱]，著为本纪书首。若如向之所述，岂可谓之雅邪？

又《史记·滑稽传》：孙叔敖为楚相，楚王以霸[⑲]。病死，居数年，其子穷困负薪[⑳]。优孟即为孙叔敖衣冠，抵掌谈语[㉑]。岁余，象孙叔敖[㉒]，楚王及左右不能别也。庄王置酒，优孟为寿，王大惊，以为孙叔敖复生，欲以为相。

难曰：盖语有之："人心不同，有如其面[23]。"故窊隆异等，修短殊姿[24]，皆禀之自然，得诸造化[25]。非由仿效，俾有迁革[26]。如优孟之象孙叔敖也，衣冠谈说，容或乱真，眉目口鼻，如何取类？而楚王与其左右曾无疑惑者邪？昔陈焦既亡[27]，累年而活；秦谍从缢，六日而苏[28]。顾使竹帛显书[29]，古今称怪。况叔敖之殁，时日已久。楚王必谓其复生也，先当诘其枯骸再肉所由，阖棺重开所以[30]。岂有片言不接，一见无疑，遽欲加以宠荣，复其禄位！此乃类梦中行事，岂人伦所为者哉！

又《史记·田敬仲世家》曰：田常成子以大斗出贷，以小斗收。齐人歌之曰："妪乎采芑，归乎田成子[31]。"

难曰：夫人既从物故，然后加以易名[32]。田常见存[33]，而遽呼以谥，此之不实，昭然可知。又按《左氏传》，石碏曰："陈桓公方有宠于王[34]。"《论语》，陈司败问孔子："昭公知礼乎[35]？"《史记》，家令说太上皇曰[36]："高祖虽子，人主也。"诸如此说，其例皆同。然而事由过误，易为笔削。若《田氏世家》之论成子也，乃结以韵语，纂成歌词，欲加刊正，无可厘革。故独举其失，以为标冠云。

又《史记·仲尼弟子列传》曰：孔子既殁，有若状似孔子[37]，弟子相与共立为师，师之如夫子。他日，弟子进问曰："昔夫子当行[38]，使弟子持雨具，已而果雨。""商瞿年长无子，母为取室[39]。孔子曰：'瞿年四十后，当有五丈夫子[40]。'已而果然。敢问夫子何以知此？"有若默然无应。弟子起曰："有若避[41]，此非子之坐也！"

难问：孔门弟子七十二人，柴愚参鲁[42]，宰言游学，师、商可方[43]，回、赐非类[44]。此并圣人品藻，优劣已详，门徒商榷，臧否又定[45]。如有若者，名不隶于四科[46]，誉无偕于十哲[47]。逮尼父既殁，方取为师。以不答所问，始令避坐。同称达者[48]，何见事之晚乎？且退老西河，取疑夫子，犹使丧明致罚，投杖谢愆[49]。何肯公然自欺，诈相策奉[50]？此乃童儿相戏，非复长老所为。观孟轲著书，首陈此说[51]；马迁裁史，仍习其言。得自委巷，曾无先觉，悲夫！

又《史记》、《汉书》皆曰：上自洛阳南宫，从复道望见诸将往往相与坐沙中语[52]，上曰："此何语？"留侯曰："陛下所封皆故人亲爱，所诛皆平生仇忌。此属畏诛[53]，故相聚谋反尔。"上乃忧曰："为之奈何？"留侯曰："上平生所憎，谁最甚者？"上曰："雍齿[54]。"留侯曰："今先封雍齿以示群臣。群臣见雍齿封，则人人自坚矣[55]。"于是上置酒，封雍齿为侯。

难曰：夫公家之事，知无不为[56]，见无礼于君，如鹰鹯之逐鸟雀[57]。按子房之少也，倾家结客，为韩报仇[58]。此则忠义素彰，名节甚著[59]。其事汉也，何为属群小聚谋[60]，将犯其君，遂默然杜口，俟问方对？倘若高祖不问，竟欲无言者邪？且将而必诛[61]，罪在不测。如诸将屯聚，图为祸乱，密言台上，犹惧觉知；群议沙中，何无避忌？为国之道，必不如斯。然则张良虑反侧不安[62]，雍齿以嫌疑受爵，盖当时实有其事也。如复道之望、坐沙而语，是说者敷演[63]，妄溢其端耳[64]。

又《东观汉记》曰：赤眉降后，积甲与熊耳山齐云云[65]。

难曰：按盆子既亡，弃甲诚众。必与山比峻，则未之有也。昔《武成》云："前徒倒戈"，"血流漂杵"[66]。孔安国曰：盖言之甚也。如"积甲与熊耳山齐"者，抑亦"血流漂杵"之徒欤？

又《东观汉记》曰：郭伋为并州牧[67]，行部到西河美稷[68]，有童儿数百，各骑竹马，于道次迎拜。伋问："儿曹何自远来[69]？"对曰："闻使君始到[70]，喜，故奉迎[71]。"伋辞谢之。事讫，诸儿送至郭外[72]，问："使君何日当还？"伋使别驾计日告之[73]。既还，先期一日。伋为违信，止于野亭，须期乃入。

难曰：盖此事不可信者三焉。按汉时方伯[74]，仪比诸侯，其行也，前驱竟野[75]，后乘塞路，鼓吹沸喧，旌棨填咽[76]。彼草莱稚子[77]，龆龀童儿[78]，非唯羞赧不见，亦自惊惶失据[79]。安能犯驺驾[80]，凌襜帷[81]，首触威严，自陈襟抱[82]？其不可信一也。又方伯案部[83]，举州振肃[84]。至于墨绶长吏，黄绶群官[85]，率彼吏人，颙然伫候[86]。兼复扫除逆旅[87]，行李有程[88]，严备供具[89]，憩息有所。如弃而不就，居止无恒，必公私阙拟[90]，客主俱窘。凡为良二千石[91]，固当知人所苦，安得轻赴数童之期[92]，坐失百城之望[93]？其不可信二也。夫以晋阳无竹[94]，古今共知，假有传檄他方，盖亦事同大夏[95]，访诸商贾，不可多得。况在童孺，弥复难求[96]，群戏而乘，如何克办[97]？其不可信三也。凡说此事，总有三科[98]。推而论之，了无一实，异哉！

又《魏志》《注》：《语林》曰[99]：匈奴遣使人来朝，太祖令崔琰在座[100]，而己握刀侍立。既而使人问匈奴使者曰："曹公何如？"对曰："曹公美则美矣，而侍立者非人臣之相。"太祖乃追杀使者云云。

难曰：昔孟阳卧床，诈称齐后[101]；纪信乘纛，矫号汉王[102]。或主遘屯蒙[103]，或朝罹兵革。故权以取济，事非获已[104]。如崔琰本无此急，何得以臣代君者哉？且凡称人君，皆慎其举措[105]，况魏武经纶霸业[106]，南面受朝，而使臣居君座，君处臣位，将何以使万国具瞻[107]，百寮佥瞩也[108]！又汉代之于匈奴，其为绥抚勤矣[109]。虽复赂以金帛，结以亲姻，犹恐虺毒不悛[110]，狼心易扰[111]。如辄杀其使者，不显罪名，复何以怀四夷于外蕃[112]，建五利于中国[113]？且曹公必以所为过失，惧招物议[114]，故诛彼行人[115]，将以杜滋谤口，而言同纶綍[116]，声遍寰区[117]，欲盖而彰，止益其辱[118]。虽愚暗之主，犹所不为，况英略之君，岂其若是？夫刍荛鄙说，闾巷谰言[119]，凡如此书，通无击难[120]。而裴引《语林》斯事，编入《魏史》《注》中，持彼虚词，乱兹实录。盖曹公多诈，好立诡谋，流俗相欺，遂为此说。故特申掎摭[121]，辩其疑误者焉。

又魏世诸小书，皆云文鸯侍讲，殿瓦皆飞云云[122]。

难曰：按《汉书》云：项羽叱咤，慑伏千人[123]。然则呼声之极大者，不过使人披靡而已。寻文鸯武勇，远惭项籍，况侍君侧，固当屏气徐言，安能檐瓦皆飞，有逾武安鸣鼓[124]！且瓦既飘陨，则人必震惊，而魏帝与其群臣焉得岿然无害也？

又《晋阳秋》曰：胡质为荆州刺史，子威自京都省之[125]，见父十余日，告归。质赐绢一疋，为路粮[126]。威曰："大人清高，不审于何得此绢？"质曰："是吾俸禄之余。"

难曰：古人谓方牧为二千石者，以其禄有二千石故也。名以定体，贵实甚焉。设使廉如伯夷，介若黔敖[127]，苟居此职，终不患于贫馁者。如胡威之别其父也，一缣之财，犹且发问，则千石之俸，其费安施[128]？料以牙筹[129]，推以食箸[130]，察其厚薄，知不然矣。或曰观诸史所载，兹流非一。必以多为证，则足可无疑[131]。然人自有身安敝缊[132]，口甘粗粝[133]，而多藏镪帛[134]，无所散用者。故公孙弘位至三公，而卧布被，食脱粟饭[135]。汲黯所谓齐人多诈者是也[136]。安知胡威之徒其俭亦皆如此，而史臣不详厥理，直谓清白当然，缪矣哉！

又《新晋书·阮籍传》曰：籍至孝。母终，正与人围棋。对者求止，籍留与决。既而饮酒二斗，举声一号[137]，吐血数升。及葬，食一蒸豘[138]，饮二斗酒。然后临穴，直言"穷矣！"举声一号，因复吐血数斗。毁瘠骨立，殆致灭性[139]。

难曰：夫人才虽下愚，识虽不肖[140]，始亡天属[141]，必致其哀。但有苴绖未几[142]，悲荒遽辍[143]，如谓本无戚容[144]，则未之有也。况嗣宗当圣善将殁[145]，闵凶所钟[146]，合门惶恐，举族悲咤。居里巷者犹停舂相之音[147]，在邻伍者尚申匍匐之救[148]。而为其子者，方对局求决[149]，举杯酣畅[150]。但当此际，曾无感恻，则心同木石，志如枭獍者[151]，安有既临泉穴，始知摧恸者乎[152]？求诸人情，事必不尔。又孝子之丧亲也，朝夕孺慕[153]，盐酪不尝[154]，斯可至于癯瘠矣[155]。如甘旨在念[156]，则筋肉内宽，醉饱自得，则肌肤外博。况乎溺情犹酒，不改平素，虽复时一呕恸，岂能柴毁骨立乎[57]？盖彼阮生者，不修名教，居丧过失[58]，而说者遂言其无礼如彼。又以其志操本异，才识甚高，而谈者遂言其至性如此。惟毁及誉，皆无取焉。

又《新晋书·王祥传》曰[59]：祥汉末遭乱，扶母携弟览，避地庐江[60]，隐居三十余年，不应州郡之命。母终，徐州刺史吕虔檄为别驾[61]，年垂耳顺[62]，览劝之，乃应召。于时，寇贼充斥，祥率励兵士，频讨破之。时人歌曰："海、沂之康，实赖王祥。"年八十五，太始五年薨。

难曰：祥为徐州别驾，寇盗充斥，固是汉建安中徐州未清时事耳[63]。有魏受命凡四十五年[64]，上去徐州寇贼充斥，下至晋太始五年，当六十年已上矣。祥于建安中年垂耳顺，更加之十载，至晋太始五年薨，则当年一百二十岁矣。而史云年八十五薨者，何也？如必以终时实年八十五，则为徐州别驾，止可年二十五六矣。又云其未从官已前，隐居三十余载者，但其初被檄时，止年二十五六，自此而往，安得复有三十余年乎？必谓祥为别驾在建安后，则徐州清晏[65]，何得云"于时，寇贼充斥，祥率励兵士，频讨破之"乎？求其前后，无一符会也。

凡所驳难，具列如右。盖精《五经》者，讨群儒之别义[66]，练《三史》者，征诸子之异闻。加以探赜索隐[67]，然后辨其纰缪[68]。如向之诸史所载则不然，何者？其叙事也，唯记一途，直论一理，而矛盾自显，表里相乖。非复抵牾，直成狂惑者尔[69]！寻兹失所起，良由作者情多忽略，识惟愚滞[70]。或采彼流言，不加铨择，或传诸缪说，即从编次。用使真伪混淆，是非参错。盖语曰：君子可欺不可罔[71]。至如邪说害正，虚词损实，小人以为信尔，君子知其不然。又语曰：尽信书，不如无书。盖为此也。夫书彼竹帛，事非容易[72]，凡为国史，可不慎诸！

---

①烛：洞悉。《韩非子·孤愤》："智术之士必远见而明察，不明察不能烛私。"

②《韩非子·内储说下》："（晋）文公之时，军臣上炙（烤肉）而发绕之，文公召宰人而谯（责备）之曰：'汝欲寡人之哽邪？奚为以发绕炙。'宰人顿首再拜请曰：'臣有死罪三：援砺砥刀，利犹干将（古剑名）也，切肉，肉断而发不断，臣之罪一也；援木而贯脔（穿肉）而不见发，臣之罪二也；奉炽炉，炭火尽赤红，而炙熟而发不烧，臣之罪三也。'"文公乃诛之。

③置毒于胙：事见《左传·僖公四年》，详《叙事》"尚简章"注。

④见咎：被责备。

⑤聊：姑且。

⑥驳难（读去声）：驳辩而诘难。文中"难曰"的"难"，亦作诘难、诘问解。

⑦《史记》本纪：指《史记·五帝本纪》。

⑧瞽叟：即瞽瞍，舜父之别名。匿空：谓藏避在井壁洞中。

⑨实：填塞。

⑩止舜宫：住在所据舜的宫室。

⑪杳（yǎo，音咬）冥：幽暗。

⑫左慈易质为羊：见《采撰》注。

⑬东汉成帝时，刘根隐居嵩山。根好方术，能隐藏身体于墙壁中。按：《后汉书·方术传》，则只说"其术能令人见鬼"。

⑭商纣王囚周文王于羑（yǒu，音友）里（今河南汤阴北）。见《史记·周本纪》。西伯，西方诸侯之长，即周文王。

⑮智周万物：智慧能包罗万物。《周易·系辞上》："知（智）周乎万物，而道济天下。"

⑯方内之士：世俗之士。王勃《忽梦游仙》诗："仆本江上客，牵迹在方内。"方内，犹言世俗。

⑰重（chóng，音虫）华：虞舜名。

⑱《史记·五帝本纪·赞》："非好学深思，心知其意，固难为浅见寡闻道也。余并论次，择其尤雅者，故著为《本纪》书首。"

⑲楚王以霸：楚庄王因得孙叔敖辅佐而成为霸主。

⑳负薪：背柴草。指任力役。

㉑"优孟"二句：谓优孟穿起孙叔敖的衣服，模仿孙叔敖击掌而语。

㉒象：通“像”。

㉓《左传·襄公三十一年》：“人心之不同，如其面焉，吾岂敢谓子面如吾面乎！”

㉔窊（wā，音洼）隆：低高。修短：长短。

㉕造化：指自然的创造化育。

㉖俾有迁革：使自己有所改变。

㉗《三国志·吴志·景帝纪》：“永安四年，安吴（地名）民陈焦死，埋之。六日更生，穿土中出。”

㉘《左传·宣公八年》略云：夏，白狄会合晋国军队攻打秦国。晋国人俘获了一名秦国间谍，把他缢死在绛都街市上。

㉙顾：乃。竹帛显书：赫然写入史册。

㉚阖棺重开所以：钉紧的棺材又开的原因。

㉛歌谣引自《史记·田敬仲完世家》。《索隐》云：“言姬之采芑菜，皆归入于田成子，以刺齐国之政，将归陈氏也。”

㉜物故：死亡。易名：指谥号。

㉝见存：还活着。

㉞《左传·隐公四年》略云：石碏说：陈桓公正受周天子的宠信。

㉟语见《论语·述而》。

㊱家令：太子属官名。太上星：刘邦父太公。

㊲状：相貌。

㊳当行：临出门时。

㊴取室：娶妻。

㊵五丈夫子：即五个儿子。

㊶避：离开老师的座位。

㊷《论语·先进》：“柴也愚，参也鲁。”意谓高柴（字子羔）愚笨，曾参迟钝。

㊸宰言游学：宰我长于言语，子游（言偃）长于文学。《论语·先进》：“子贡曰：‘师（颛孙师，即子张）与商（卜商，即子夏）也孰贤？’子曰：‘师也过，商也不及。’”

㊹回、赐非类：颜回、端木赐（子贡）不是一个类型的人。

㊺臧否（pǐ，音匹）：褒贬。

㊻四科：德行、言语、政事、文学，为孔门四科。

㊼十哲：指颜渊、闵子骞、冉伯牛、仲弓、宰我、子贡、冉有、季路、子游、子夏。

㊽达者：思想高超的人。

㊾《礼记·檀弓上》略云：子夏因死了儿子而哭瞎了眼睛。曾子去慰问他。子夏说：“天乎，予之无罪也。”曾子生气地说：“商，汝何无罪也？吾与汝事夫子于洙、泗之间，退而老于西河之上，使西河之民，疑汝于夫子（以为你可与夫子媲美），尔罪一也……”子夏投其杖而拜曰：“吾过矣！吾过矣！”谢愆，谢罪。

㊿诈相策奉：诈伪地互相督促尊崇。

(51)《孟子·滕文公上》：“他日，子夏、子张、子游以有若似圣人，欲以所事孔子事之，强曾之。曾子曰：‘不可；江汉以濯之，秋阳（夏日太阳）以暴（曝）之，皜皜乎不可尚己（洁白得无以复加，意谓谁能再比得孔子呢?）。’”

(52)复道：楼阁间有上下两重通道而架空者称复道。

(53)此属：此等辈。

(54)雍齿：从高祖起兵，旋叛去，不久复归高祖。从战有功，然终为高祖所不快。

(55)刘邦先封雍齿为什邡侯，于是诸将皆喜曰：“雍齿且侯，吾属无患矣。”

(56)“公家”二句：《左传·僖公九年》荀息语。意谓对公室有利的事情，知道的没有不去做的。

(57)“见无”二句：出自《左传·文公十八年》。意谓见到对他的国君无礼的人，诛杀他如同鹰、鹯追逐鸟雀一样。鹯（zhān，音沾），猛禽，似鹞。

(58)《史记·留侯世家》：“留侯张良（字子房），其兄韩人，秦灭韩。良年少，未宦事韩。韩破，良悉以家财客刺秦王，为韩报仇。”倾家，尽出家产。

(59)名节：名誉与节操。

(60)属：通“瞩”，注目，注视。

(61)将：指谋反之将雍齿等。

(62)反侧：翻来覆去，形容睡卧不安。

㊸敷演：铺陈论说。

㊹妄溢其端：率意增加其情节。

㊺《东观汉记·刘盆子传》："贼皆输（交出）铠仗，积兵甲宜阳城西，与熊耳山齐。"

㊻"血流"二句：出自《尚书·武成》。意谓前方的军队倒戈，商朝军队败逃，血流成河，捶衣木棒都漂浮了起来。

㊼郭伋：字细侯，以任侠闻。曾任颍川太守，后调任并州牧（并州长官）。

㊽行部：汉制，刺史常于八月巡视部属，考察刑政，称为行部。美稷：汉所置县，在今内蒙古自治区准格尔旗之北。

㊾儿曹：儿辈，孩子们。

㊿使君：汉时称刺史为使君。

(71)奉迎：敬迎。

(72)郭外：外城城郊。

(73)别驾：官名，州刺史的佐吏。

(74)方伯：一方诸侯之长，此指刺史。

(75)前驱：前导。竟野：遍野，形容很多。

(76)旌棨：官吏出行的仪仗。填咽：堵塞，拥挤。

(77)草莱：田野，乡野。

(78)龆龀（tiáochèn，条衬）：儿童换牙，泛指儿童。

(79)失据：失措。

(80)驺（zōu）驾：显贵人的车乘。

(81)凌：触犯。幨（chān，音掺）帷：车上四旁的帷帐。借以代指车驾。

(82)襟抱：内心愿望。

(83)案部：地方大官巡视部属。

(84)振肃：震动而严肃。

(85)墨绂（fú，音浮）：黑绶带，代指县官。黄绶：黄色印绶，指佐贰之官。

(86)颙（yóng，音喁）然：严肃的样子。

(87)逆旅：客舍，宾客居止之处。

(88)行李有程：掌长官巡行之吏有日程安排。

(89)供具：摆设酒食的器具，这里代指酒食。

(90)阙拟：无法安排供具。

(91)凡为良二千石：凡是好的郡守、州牧。

(92)轻赴数童之期：轻意兑现几个孩子的约期。

(93)百城：指一州的属县。

(94)晋阳：今山西太原市。

(95)《史记·大宛传》云：张骞曰：臣在大夏时，见邛竹杖、蜀布。问曰："安得此?"大夏人曰："吾贾人（商人）往市（买）之身毒（印度），身毒在大夏东南可数千里。"

(96)弥复：更加。

(97)克办：能买得到。

(98)三科：一条，指以上所举三点。

(99)《语林》：东晋裴启撰。

(100)太祖：魏太祖曹操。崔琰：字季珪。初从袁绍，曹操破袁氏，辟为别驾从事。琰声姿高畅，眉目疏朗，甚有威重。

(101)小臣孟阳代替齐侯（襄公）卧床上，以骗叛逆者。事见《左传·庄公八年》。

(102)纪信矫号汉王：见《列传》注。

(103)主遭屯蒙：主上遭遇蹇滞。屯蒙，《周易》二卦名，比喻蹇滞，晦暗。

(104)"权以"二句：姑且来应急，不得已而为之。

(105)举措：措施。

(106)经纶：整理丝缕，编丝成绳。引申为筹划治理。

(107)具瞻：为众人所瞻仰。《诗经·小雅·节南山》："赫赫师尹，民具尔瞻。"

(108)百寮：百官。佥瞩：都注视。

⑲绥抚：安抚。

⑩虺毒不悛：比喻狠毒之性不易改。虺（huǐ，音悔）毒，毒蛇。悛（quān，音圈），悔改。

⑪扰：侵掠。

⑫怀：安抚。外蕃：边远少数民族。

⑬五利：见《五行杂驳》“昭公十七年”章注。

⑭物议：众人的议论。

⑮行人：使者的通称。

⑯纶綍（fú，音扶）：制令，即制度号令。

⑰寰区：指全国。

⑱止益其辱：只能增加耻辱。

⑲谰言：诬妄之言。

⑳通无击难：全无抨击和责难。

㉑掎摭：指摘。

㉒文鸯：文钦子。年十八，勇冠三军。曾与骁骑十八，夜袭司马师军营，所向披靡。见《晋书·景帝纪》。

㉓《汉书·项籍传》：“羽至东城，追者数千，羽大呼驰下，汉军皆披靡。扬喜为郎骑追羽，羽还叱之。喜人马俱惊，辟易（退避）数里。”慑伏，因畏惧而屈服。也作慑服。

㉔《史记·赵奢传》：“秦代韩……赵王令赵奢将救之。……秦军军武安（属魏郡）西，鼓噪勒兵（停止军队进行），武安屋瓦尽振。”

㉕胡质：字文德。黄初中累迁东莞太守，以忠清著称。见《晋书·良吏传》。省（xǐng，音醒）：探望。

㉖路粮：路费。

㉗黔敖：浦起龙注：“介当属饿者，文似误，恐当作‘黔娄’。”黔娄，春秋齐之高士，平生宁正而不足，也不希图邪而有余。

㉘安施：怎么支配。

㉙牙筹：用以计数的象牙制的筹码。

㉚食箸：筷子。料以牙筹，推以食箸：意即用计数筹码和筷子略作推算。

㉛原注：“如张堪为蜀郡，乘折辕车；吴隐之为广川，货犬侍客。并其类也。

㉜敝缊：破旧的粗衣。

㉝粗粝：粗米饭。

㉞镪（qiǎng，音抢）：钱贯，引申为钱。帛：丝织物的总称。

㉟脱粟：粗粮，糙米。

㊱汲黯：字长孺。好游侠，尚气节，汉武帝称其为“社稷之臣”。

㊲号（háo，音毫）：哭。

㊳豘：同“豚”，小猪。

㊴毁瘠骨立：毁损身体，极其消瘦。灭性：消灭本性。

㊵识虽不肖：见识即使浅薄。

㊶天属：称有血缘关系的直系亲属为天属。

㊷这句意谓服丧未久。苴绖（jū dié，音拘蝶），古代服重丧者所束的麻带。

㊸悲荒遽辍：极度的悲伤忽然停止。荒，过度。《〈史通〉新校注》释为“灵柩上的饰物”，误。

㊹戚容：悲哀的表情。

㊺嗣宗：阮籍字。圣善：《诗经·邶风·凯风》：“田氏圣善（聪明贤良），我无令人。”后因以作对母亲的美称。

㊻闵凶：指忧丧之事。

㊼《礼记·曲礼上》：“邻有丧，舂不相。”停舂相之音，谓舂杵时停喊劳动号子。

㊽匍匐之救：尽力救助。《诗经·邶风·谷风》：“凡民有丧，匍匐救之。

㊾对局：围棋。

㊿酣畅：畅饮。

⑮枭獍：旧说枭为恶鸟，生而食母；獍乃恶兽，生而食父。因以喻不孝与忘恩负义之人。

⑮摧恸：悲伤。

⑬孺慕：如幼童一样对亲人思慕。

⑭盐酪不尝：《礼记·杂记下》："功衰食菜果，饮水浆，无盐酪。"

⑮癯瘠：瘦弱。

⑯甘旨：美味。

⑰柴毁骨立：因哀毁而消瘦到仿佛只剩骨头架子。

⑱居丧过失：谓居丧期间不守礼法。

⑲王祥：字休徵，汉末人。事继母朱，以孝称著。

⑳庐江：县名，今属安徽。

㉑《三国志·魏志·吕虔传》称："文帝即位，虔迁徐州刺史，请琅琊王祥为别驾（州刺史的佐吏）。民事一以委之，世多以其能任贤。"

㉒耳顺：六十岁。本于《论语·为政》"六十而耳顺"。

㉓"固是"句：与史实不符，因王祥为徐州别驾，乃魏黄初时事。

㉔魏文帝黄初元年（220）至元帝咸熙二年（265）。

㉕清晏：清静安宁。也指局势稳定。

㉖讨群儒之别义：探究群儒的注释。

㉗探赜（zé，音责）索隐：语出《周易·系辞上》。意谓探索深奥的道理，搜寻隐秘的事迹。

㉘纰缪（pīmiù，音批谬）：错误。

㉙狂惑：狂妄昏惑。

㉚愚滞：愚钝泥滞。

㉛《孟子·万章上》："君子可欺以其方，难罔以非其道。"意谓对于君子，可以用合乎人情的方法来欺骗他，不能用违反道理的诡诈欺罔他。

㉜事非容易：不是件轻而易举的事。

忤时第十三

孝和皇帝时[1]，韦、武弄权[2]，母媪预政[3]。士有附丽之者[4]，起家而绾朱紫[5]，予以无所傅会[6]，取摈当时[7]。会天子还京师[8]，朝廷愿从者众。予求番次在后大驾发日[9]，因逗留不去，守司东都[10]。杜门却扫[11]，凡经三载。或有谮予躬为史臣[12]，不书国事而取乐丘园[13]，私自著述者。由是驿召至京，令专执史笔。于时小人道长，纲纪日坏，仕于其间，忽忽不乐[14]，遂与监修国史萧至忠等诸官书求退[15]，曰：

仆幼闻《诗》、《礼》，长涉艺文，至于史传之言，尤所耽悦[16]。寻夫左史、右史，是曰《春秋》、《尚书》；素王、素臣[17]，斯称微婉志晦[18]。两京、三国[19]，班、谢、陈、习阐其谟[20]；中朝、江左[21]，王、陆、干、孙纪其历[22]。刘、石僭号[23]，方策委于和、张[24]；宋、齐应箓[25]，惇史归于萧、沈[26]。亦有汲冢古篆，禹穴残编[27]。孟坚所亡，葛洪刊其《杂记》[28]；休文所缺[29]，谢绰裁其《拾遗》[30]。凡此诸家，其流盖广。莫不赜彼泉薮[31]，寻其枝叶，原始要终，备知之矣[32]。

若乃刘峻作传，自述长于论才[33]；范晔为书，盛言矜其赞体[34]。斯又当仁不让，庶几前哲者焉。然自策名仕伍[35]，待罪朝列，三为史臣，再入东观，竟不能勒成国典[36]，贻彼后来者，何哉？静言思之，其不可有五故也。

何者？古之国史，皆出自一家，如鲁、汉之丘明、子长，晋、齐之董狐、南史，咸能立言不朽，藏诸名山。未闻藉以众功，方云绝笔[37]。唯后汉东观，大集群儒，著述无主，条章靡立[38]。由是伯度讥其不实[39]，公理以为可焚[40]，张、蔡二子纠之于当代[41]，傅、范两家嗤之于后叶[42]。今者史司取士[43]，有倍东京[44]。人自以为荀、袁[45]，家自称为政、骏[46]，每欲记一事，载一言，皆阁笔相视，含毫不断[47]。故头白可期，而汗青无日[48]。其不可一也。

前汉郡国计书[49]，先上太史，副上丞相。后汉公卿所撰，始集公府[50]，乃上兰台[51]。由是史官所修，载事为博。爰自近古，此道不行。史官编录，唯自询采[52]，而左、右二史，阙注起居[53]；衣冠百家[54]，罕通行状[55]。求风俗于州郡，视听不该[56]；讨沿革于台阁[57]，簿籍难见[58]。虽使尼父再出，犹且成于管窥[59]；况仆限以中才，安能遂其博物[60]！其不可二也。

昔董狐之书法，以示于朝；南史之书弑也，执简以往[61]。而近代史局，皆通籍禁门[62]，深居九重[63]，欲人不见。寻其义者，盖由杜彼颜面[64]，防诸请谒故也[65]。然今馆中作者，多士如林[66]，皆愿长喙，无闻齚舌[67]。傥有五始初成[68]，一字加贬，言未绝口而朝野具知，笔未栖毫而搢绅咸诵[69]。夫孙盛实录，取嫉权门；王劭直书，见仇贵族。人之情也，能无畏乎？其不可三也。

古者刊定一史，纂成一家，体统各殊[70]，指归咸别[71]。夫《尚书》之教也，以疏通知远为主[72]；《春秋》之义也，以惩恶劝善为先。《史记》则退处士而进奸雄，《汉书》则抑忠臣而饰主阙[73]。斯并曩时得失之列，良史是非之准，作者言之详矣。顷史官注记，多取禀监修，杨令公则云“必须直词”[74]，宗尚书则云“宜多隐恶”[75]。十羊九牧[76]，其令难行；一国三公，适从何在[77]？其不可四也。

窃以史置监修[78]，虽古无式[79]，寻其名号，可得而言。夫言监者，盖总领之义耳。如创纪编年，则年有断限[80]；草传叙事，则事有丰约[81]。或可略而不略，或应书而不书，此刊削之务也。属辞比事[82]，劳逸宜均，挥铅奋墨[83]，勤惰须等。某帙某篇[84]，付之此职；某传某志，归之彼官。此铨配之理也[85]。斯并宜明立科条，审定区域[86]。倘人思自勉，则书可立成。今监之者既不指授，修之者又无遵奉，用使争学苟且，务相推避，坐变炎凉[87]，徒延岁月。其不可五也。

凡此不可，其流实多，一言以蔽，三隅自反。而时谈物议，安得笑仆编次无闻者哉！比者伏见明公，每汲汲于劝诱[88]，勤勤于课责[89]，或云“坟籍事重，努力用心”。或云“岁序已淹，何时辍手[90]？”切以纲维不举[91]，而督课徒勤，虽威以刺骨之刑[92]，勖以悬金之赏，终不可得也。语曰：“陈力就列，不能者止[93]。”所以比者布怀知己[94]，历抵群公，屡辞载笔之官，愿罢记言之职者，正为此尔。

抑又有所未喻，聊复一二言之。比奉高命，令隶名修史，而其职非一[95]。如张尚书、崔、岑二吏部、郑太常等[96]，既迫以吏道[97]，不可拘之史任。以仆曹务多闲[98]，勒令专知下笔。夫以惟寂惟寞，乃使记事记言。苟如其例，则柳常侍、刘秘监、徐礼部等[99]，并门可张罗[100]，府无堆案[101]，何事置之度外，而使各无羁束乎！

必谓诸贤载削非其所长[102]，以仆铨铨铰铰[103]，故推为首最。就如斯理，亦有其说。何者？仆少小从仕，早蹑通班[104]。当皇上初临万邦[105]，未亲庶务[106]，而以守兹介直[107]，不附奸回[108]，遂使官若土牛[109]，弃同刍狗[110]。逮銮舆西幸，百寮毕从，自惟官曹务简，求以留后。居台常谓朝廷不知，国家于我已矣。岂谓一旦忽承恩旨[111]，州司临门[112]，使者结辙[113]。既而驱驷马入函关，排千门谒天子[114]。引贾生于宣室[115]，虽叹其才；召季布于河东[116]，反增其愧。明公既位居端揆[117]，望重台衡[118]，飞沉属其顾盼[119]，荣辱由其俯仰。曾不上祈宸极[120]，申之以宠光；佥议搢绅，縻我以好爵[121]。其相见也，直云“史笔阙书，为日已久；石渠扫第[122]，思子为劳。”今之仰追，唯此而已。

抑明公足下独不闻刘炫蜀王之说乎[123]？昔刘炫仕隋，为蜀王侍读[124]。尚书牛弘尝问之曰：“君王遇子，其礼如何？”曰：“相期高于周、孔[125]，见待下于奴仆。”弘不悟其言，请闻其义。炫曰：“吾王每有所疑，必先见访，是相期高于周、孔。酒食左右皆餍[126]，而我余沥不沾[127]，是见待下于奴仆也。”仆亦窃不自揆，轻敢方于鄙宗[128]。何者？求史才则千里降追[129]，语宦途则十年不进[130]。意者得非相期高于班、马，见待下于兵卒乎！

又人之品藻[131]，贵识其性。明公视仆于名利何如哉？当其坐啸洛城[132]，非隐非吏，惟以守愚自得[133]，宁以充诎撄心[134]。但今者黾勉从事[135]，挛拘就役[136]，朝廷厚用其才，竟不薄加其礼。求诸隗始[137]，其义安施？倘使事有澹雅若严君平[138]，清廉如段干木[139]，与仆易地而处，亦将弹铗告劳[140]，积薪为恨[141]。况仆未能免俗，能不蒂芥于心者乎[142]！

当今朝号得人，国称多士。蓬山之下[143]，良直差肩[144]；芸阁之中[145]，英奇接武。仆既功亏刻鹄[146]，笔未获麟，徒殚太官之膳[147]，虚索长安之米[148]。乞已本职[149]，还其旧居，多谢简书，请避贤路[150]。唯明公足下，哀而许之。

至忠得书大惭，无以酬答，又惜其才，不许解史任。而宗楚客、崔湜、郑愔等，皆恶闻其短，共仇嫉之[151]。俄而萧、宗等相次伏诛，然后获免于难。

---

①孝和：唐中宗的谥号。中宗名显，高中子，母亲为武则天。高宗死后，登上帝位，然太后武则天临朝称制，把他降为庐陵王。后又立为皇太子，张柬之等诛灭张易之、张昌宗后，迎皇太子监国，则天传位于显，复国号为唐。

②韦、武弄权：韦后（中宗皇后）和武三思玩弄权势。武三思，武则天侄，武后秉政贵幸。累迁春官尚书，监修国史。

③媪（aǒ，袄）：陈汉章云："《史通》此文，呼后为媪，实本《战国·赵策》触砻（龙）称赵太后语。"

④附丽：倾谀而依附。

⑤《汉书·扬雄传》：哀帝时，丁、傅、董贤用事，诸附离（即附丽）之者，或起家至二千石。"起家，起之于家而出任官职。绾（wǎn，音晚），穿着。朱紫，唐三品以上官服用紫，五品以上用朱（红），因以朱紫指代高级官员。

⑥傅会：依附，攀附。

⑦原注："一为中允，四载不迁。"摈，排斥，压抑。

⑧武则天退位，中宗恢复帝位，并从洛阳还都长安。

⑨番次：指还京分批的次序。在后大驾发日：在皇帝出发之后的最后一批。

⑩守司东都：留在洛阳官署。《新唐书》本传："会天子西还，子玄自乞留东都。"

⑪杜门却扫：关闭大门，不再打扫庭院路径。意即闭门谢客，不与外界往来。

⑫谮（zèn，音怎去声）：诬陷。

⑬丘园：《周易·贲卦》："贲于丘园。"《疏》："丘谓丘墟，园谓园圃，唯草木所生，是质素之处，非华美之所。"后多指隐居的地方。

⑭忽忽：迷惑，恍忽，失意的样子。

⑮萧至忠：因逢迎武三思、安乐公主而升任宰相。责备刘知已"著述无课（修史没有计划）"，刘氏遂呈书要求辞职。

⑯耽悦：爱好。

⑰素王：王充《论衡·定贤》："孔子不王，素王之业在《春秋》。"因以素王尊称孔子。素臣：对左丘明的敬称。杜预《左传序》："仲尼自卫反鲁，修《春秋》，立素王，丘明为素臣。"

⑱微婉志晦：意谓把自己的道德观隐含于历史人物与史事评论中。

⑲两京：本指长安和洛阳。这里指西汉、东汉。

⑳班、谢、陈、习：指班固、谢承、陈寿、习凿齿。谟：谋画。

㉑中朝、江左：指西晋、东晋。

㉒王、陆、干、孙：指王隐、陆机、干宝、孙盛。纪其历：谓撰写晋朝历史。

㉓刘、石：指前赵刘渊、后赵石勒。僭（jian，音见）号：旧指与统治王朝对立而自己称王称帝。

㉔方策：同"方册"，典籍，这里指修史任务。和、张：和苞和张氏（名未详）。

㉕应箓：同"膺箓"，谓帝王亲受图箓，应运而兴。

㉖惇史：有德行之人的言行记录。萧、沈：萧子显、沈约。

㉗禹穴：传说在绍兴会稽山上。残编：指摹刻的《岣嵝碑》。

㉘葛洪家藏有刘歆为写《汉书》而编录的汉事。以之与班固《汉书》比较，发现班氏全取刘书，将所未取的两万多言，抄缀为二卷，名曰《西京杂记》。

㉙休文：沈约字。

㉚谢绰有《宋拾遗》十卷。

㉛赜（zé，音责）：幽深玄妙，这里作探索解。泉薮：应为渊薮，避李渊讳作"泉"。渊，鱼所处；薮，兽所处。渊薮，比

喻事物会聚的地方。

㉜以上三句是说：无不探索其渊源流别，详悉其内容。

㉝《梁书·刘峻传》："峻尝为《自序》，其略云：'余自比于冯敬通。'"

㉞《宋书·范晔传》云：晔狱中与甥侄书曰："赞自是五文之杰思，殆无一字空设。"

㉟策名仕伍：出仕作官。

㊱"三为"三句：见《自叙》及原注。国典、国史。

㊲绝笔：完成修史任务。

㊳条章靡立：没有制订修史的规章制度。

㊴伯度：李法字伯度，东汉桓帝时任侍中。他屡次上表指责"史官纪事，无实录之才，虚相褒述，必为后笑"。见常璩《华阳士女志》。

㊵《后汉书·仲长统传》云："仲长统，字公理……性俶傥，敢直言。……又作诗见志云：'百家杂碎，请用以火。'"

㊶张：张衡。张衡曾上疏称迁，固所叙与典籍不合者十余事。蔡：蔡邕。蔡邕曾上书略云："世祖以来，唯有纪传无续志者。建言十志皆当撰录。"

㊷傅、范：傅，指傅玄。著有《傅子》。范，指范晔。

㊸史司：遴选史官的署衙。

㊹有倍东京：人数超过东汉一倍。

㊺荀、袁：指荀悦、袁宏。

㊻政、骏：指刘向（字子政）、刘歆（字子骏）父子。

㊼阁笔：即搁笔。含毫：谓吮笔而不写。

㊽汗青无日：谓书之史策（撰成国史）遥遥无期。

㊾计书：载录人事、户口、赋税的簿籍。

㊿公府：三公的官府。

51兰台：本为汉代宫廷藏书处，设御史中丞掌管，后置兰台令史，掌书奏。

52询采：采访搜集。

53阙注起居：谓所撰起居注多有阙疑。

54衣冠百家：公卿之家。

55行状：品行，业绩。

56不该：不周详。

57台阁：尚书的别称。也指台阁的长官。

58簿籍：指文书档案。

59管窥：管中窥豹，比喻只见局部，而未见全体。

60安能遂其博物：怎么能臻于记事广博。

61"南史"二句：春秋齐国史官南史为写崔杼弑君，拿着书写工具前往。

62通籍禁门：见《史官建制》注。

63九重：指宫禁，极言其深远。

64杜彼颜面：谢绝那些人情。

65请谒：干求，请求。

66多士：士子众多。

67长喙：比喻多言。齚（zé，音则）舌：咬舌，形容闭口不言。

68五始：原指《春秋》章法，这里用作史书的代称。

69栖毫：套上笔帽。搢绅：士大夫。

70体统：体例、纲要。

71指归：意旨、意向。

72《礼记·经解》："疏通知远（通达博古），《书》之教也。"

73饰主阙：掩饰皇帝的过失。

74杨令公：杨再思。居相位十余年，阿附取容，畏慎足恭。唐中宗时，曾监修国史。

75宗尚书：宗楚客，武则天外甥。为韦后和安乐公主所倚重。曾任国史监修。

附 录

《新唐书·刘子玄传》

刘子玄名知几，以玄宗讳嫌，故以字行。年十二，父藏器为授《古文尚书》，业不进[①]，父怒，楚督之[②]。及闻为诸兄讲《春秋左氏》，冒往听[③]，退则辨析所疑，叹曰："书如是，儿何怠！"父奇其意，许授《左氏》。逾年，遂通览群史。与兄知柔俱以善文词知名。擢进士第，调获嘉主簿[④]。

武后证圣初，诏九品以上陈得失。子玄上书，讥"每岁一赦，或一岁再赦，小人之幸，君子之不幸。"又言："君不虚授，臣不虚受。妄受不为忠，妄施不为惠。今群臣无功，遭遇辄迁，至都下有'车载斗量，杷推碗脱'之谚[⑤]。"又谓："刺史非三载以上不可徙[⑥]，宜课功殿[⑦]，明赏罚。"后嘉其直[⑧]，不能用也。

时吏横酷，淫及善人，公卿被诛死者踵相及。子玄悼士无良而甘于祸，作《思慎赋》以刺时[⑨]。苏味道、李峤见而叹曰[⑩]："陆机《豪士》之流乎，周身之道尽矣[⑪]！"子玄与徐坚、元行冲、吴兢等善，尝曰："海内知我者数子耳。"

累迁凤阁舍人，兼修国史。中宗时，擢太子率更令[⑫]，介直自守，累岁不迁。会天子西还，子玄自乞留东都，三年，或言子玄身史臣而私著述，驿召至京，领史事。迁秘书少监。时宰相韦巨源、纪处讷、杨再思、宗楚客、萧至忠皆领监修，子玄病长官多，意尚不一，而至忠数责论次无功[⑬]，又仕偃蹇[⑭]，乃奏记求罢去。因为至忠言"五不可"[⑮]，至忠得书，怅惜不许。楚客等恶其言诋切[⑯]，谓诸史官曰："是子作书，欲致吾何地！"

始，子玄修《武后实录》，有所改正，而武三思等不听。自以为见用于时而志不遂，乃著《史通》内外四十九篇，讥评今古。徐坚读之，叹曰："为史氏者宜置此坐右也[⑰]。"

子玄内负有所未尽[⑱]，乃委国史于吴兢[⑲]，别撰《刘氏家史》及《谱考》[⑳]。上推汉为陆终苗裔，非尧后；彭城丛亭里诸刘，出楚孝王嚣曾孙居巢侯般，不承元王。按据明审，议者高其博。尝曰："吾若得封，必以居巢绍司徒旧邑[㉑]。"后果封居巢县子[㉒]。乡人以其兄弟六人俱有名[㉓]，号其乡曰高阳，里曰居巢。

累迁太子左庶子、兼崇文馆学士[㉔]。皇太子将释奠国学，有司具仪："从臣著衣冠，乘马。子玄议：古大夫以上皆乘车，以马为騑服[㉕]。魏、晋后以牛驾车。江左尚书郎辄轻乘马[㉖]，则御史劾治[㉗]。颜延年罢官，乘马出入闾里，世称放诞[㉘]。此则乘马宜从亵服之明验[㉙]。今陵庙巡谒、王公册命、士庶亲迎，则盛服冠履，乘辂车[㉚]。他事无车，故贵贱通乘马。比法驾所幸[㉛]，侍臣皆马上朝服。且冠履惟可配车，故博带褒衣、革履高冠[㉜]，是车中服。袜而镫[㉝]，跣而鞍[㉞]，非唯不师于古，亦自取惊流俗。马逸人颠，受嗤行路。"太子从之，因著为定令。

开元初，迁左散骑常侍[㉟]。尝议《孝经》郑氏学非康成注，举十二条左证其谬，当以古文为正；《易》无子夏传，《老子》书无河上公注，请存王弼学[㊱]。宰相宋璟等不然其论，奏与诸儒质辩。博士司马贞等阿意，共黜其言，请二家兼行，惟子夏《易传》请罢。诏可。会子贶为太乐令，抵罪，子玄请于执政，玄宗怒，贬安州别驾[37]。卒，年六十一。

子玄领国史且三十年，官虽徙，职常如旧。礼部尚书郑惟忠尝问："自古文士多，史才少，何耶?"对曰："史有三长：才、学、识，世罕兼之，故史者少。夫有学无才，犹愚贾操金，不知殖货；有才无学，犹巧匠无楩楠斧斤[38]，弗能成室。犹须善恶必书，使骄君贼臣知惧，此为无可加者。"时以为笃论[39]。子玄善持论[40]，辩据明锐，视诸儒皆出其下，朝有论著辄豫[41]。殁后，帝诏河南府就家写《史通》，读之称善。追赠工部尚书，谥曰文。(下略)

---

①业不进：学业没有长进。

②楚督之：以小杖挞责他（知几）。楚，古时挞责生徒或子弟的小杖。

③冒：冒昧。

④高宗永隆元年（680），知几举进士。获嘉主簿：获嘉县（今河南县名）县府长官（正九品下）。

⑤《全唐诗》十二函民谣："补缺（官名）连车载，拾遗（官名）平斗量，欋（四齿杷）推侍御史，碗脱校书郎。"注："则天时，选举大滥，天下有是谣。"讥唐武后时授官多，官员冗滥。

⑥徙（xǐ，音洗）：变易官职。

⑦宜课功殿：应考核官吏的成绩划分等差。殿，殿最，上者为最，下者为殿。

⑧后嘉其直：武后赞许他忠直。

⑨无良：无善德，不善。《旧唐书》本传："是时官爵僭滥，而法网严密，士类竞为趋进，而多陷刑戮。知几乃著《思慎赋》以刺时，且以见意。"赋载《文苑英华》卷九二人事门。

⑩苏味道：九岁能属辞，与里人李峤俱以文翰显，时号苏李。李峤：字巨山。曾任凤凰阁舍人，文册大号令，多主为之。峤富才思，前与王勃、杨炯接，中与崔融、苏味道齐名，晚为文章宿老。

⑪《晋书·陆机传》："王冏既矜功自伐，受爵不让，机恶之，作《豪士赋》以刺焉。冏不之悟，而竟以败。"周身：犹言全身。

⑫太子率（lǜ，音律）更令：官名。从四品上，"掌宗族次序礼乐刑罚及漏刻之政令"。时在中宗神龙元年（705）。

⑬数责论次无功：多次指责刘知几修史无功。

⑭又仕偃蹇（jiǎn，音俭）：仕途又趋困顿。

⑮五不可：《忤时》篇已节采，今不录。

⑯诋切：斥责尖锐。

⑰此下《传》又节采《自叙》之文，今亦略而不录。

⑱内负：内心的抱负。

⑲按《古今正史》"唐史"，知几与朱敬则、徐坚、吴兢等奉诏修撰《唐书》，神龙初，又与徐、吴等共修《则天实录》，足见国史原系共修，《传》称"委国史于吴兢，与史实不符。

⑳据《刘知几年谱》，《刘氏家史》、《谱考》撰成于长安四年（704）。

㉑绍：接续。司徒：指刘般。

㉒据《刘知几年谱》，知几受封事在玄宗开元四年（716）。

㉓兄弟六人：据《年谱》，"谓含章、贲、居简、知柔、知章及知几而言，均刘祎玄孙。见《新唐书·宰相世系表》。"

㉔知几于睿宗景云元年（710），迁左庶子，兼崇文馆学士。时知几年五十。

㉕骓（fēi，音非）服：四马驾车时，中间两马夹辕者名服马，两旁之马名骓马，亦称骖马。

㉖江左：长江最下游之地。这里指南朝。轻：轻率。

㉗劾治：揭发惩处。

㉘放诞：放纵不羁，任意而行。

㉙亵服：私居之服。

㉚辂（hé，音何）车：大车。

㉛比：近来。法驾：皇帝的车驾。也称法车。

㉜博带褒衣：褒衣博带，即大袖之衣，宽阔之带。

㉝镫（dèng，音邓）：马鞍两边用以踏足的金属制物。

㉞跣（xiǎn，音显）：光着脚。

㉟据《刘知几年谱》，事在玄宗开元三年（715）。

㊱王弼学：指王弼的治学成果。王弼字辅嗣，三国魏人。年十余，即笃好《老》、《庄》，与钟会并知名。著《道略论》，注《周易》、《老子》，开魏晋以后玄学的先声。

㊲贶（kuàng，音况）：知几长子。知几有六子：贶、悚、汇、秩、迅、迥。　别驾：官名，州刺史的佐吏。知几贬安州别驾，事在开元九年（721）。安州，治所在安陆（今属湖北）。

㊳楩（pián，音骈）楠：楩，即黄楩木，生于南方。楠，即生于南方的干高端伟的楠树。

㊴笃论：确当的评论。

㊵持论：立论，提出主张。

㊶豫：与“预”通，参预。

汉　书

（选录）

〔汉〕班固　撰

高帝纪上

高祖，沛丰邑中阳里人也，姓刘氏。母媪，尝息大泽之陂[①]，梦与神遇。是时雷电晦冥[②]，父太公往视，则见交龙于上。已而有娠，遂产高祖。

高祖为人，隆准而龙颜[③]，美须髯，左股有七十二黑子。宽仁爱人，意豁如也[④]，常有大度。不事家人生产作业。及壮，试吏[⑤]，为泗上亭长，廷中吏无所不狎侮。好酒及色。常从王媪、武负贳酒[⑦]。时饮醉卧，武负、王媪见其上常有怪。高祖每酤留饮，酒雠数倍[⑧]。及见怪，岁竟，此两家常折券弃责[⑧]。

高祖常繇咸阳[⑨]，纵观秦皇帝[⑩]，喟然大息，曰："嗟乎，大丈夫当如此矣!"

单父人吕公善沛令，辟仇[⑪]，从之客[⑫]，因家焉[⑬]。沛中豪杰吏闻令有重客，皆往贺。萧何为主吏，主进，令诸大夫曰："进不满千钱，坐之堂下。"高祖为亭长，素易诸吏[⑭]，乃绐为谒曰"贺钱万"[⑮]，实不持一钱。谒入，吕公大惊，起，迎之门。吕公者，好相人，见高祖状貌，因重敬之，引入，坐上坐。萧何曰："刘季固多大言，少成事。"高祖因狎侮诸客，遂坐上坐，无所诎[⑯]。酒阑[⑰]，吕公因目固留高祖。竟酒，后。吕公曰："臣少好相人，相人多矣，无如季相，愿季自爱。臣有息女[⑱]，愿为箕帚妾。"酒罢，吕媪怒吕公曰："公始常欲奇此女，与贵人。沛令善公，求之不与，何自妄许与刘季?"吕公曰："此非儿女子所知。"卒与高祖。吕公女即吕后也，生孝惠帝、鲁元公主。

高祖尝告归之田[⑲]。吕后与两子居田中，有一老父过，请饮，吕后因餔之[⑳]。老父相后曰："夫人，天下贵人也。"令相两子。见孝惠帝，曰："夫人所以贵者，乃此男也。"相鲁元公主，亦皆贵。老父已去，高祖适从旁舍来，吕后具言客有过，相我子母皆大贵。高祖问。曰："未远。"乃追及，问老父。老父曰："乡者夫人，儿子皆以君，君相贵不可言。"高祖乃谢曰："诚如父言，不敢忘德。"及高祖贵，遂不知老父处。

高祖为亭长，乃以竹皮为冠，令求盗之薛治，时时冠之，及贵常冠，所谓"刘氏冠"也。

高祖以亭长为县送徒骊山，徒多道亡。自度比至皆亡之，到丰西泽中亭，止饮，夜皆解纵所送徒，曰："公等皆去，吾亦从此逝矣!"徒中壮士愿从者十余人。高祖被酒[㉑]，夜径泽中，令一人行前。行前者还报曰："前有大蛇当径，愿还。"高祖醉，曰："壮士行，何畏!"乃前，拔剑斩蛇。蛇分为两，道开。行数里，醉困卧。后人来至蛇所，有一老妪夜哭。人问妪何哭，妪曰："人杀吾子。"人曰："妪子何为见杀?"妪曰："吾子，白帝子也，化为蛇，当道，今者赤帝子斩之，故哭。"人乃以妪为不诚，欲苦之[㉒]，妪因忽不见。后人至，高祖觉，告高祖，高祖乃心独喜，自负。诸从者日益畏之。

秦始皇帝尝曰"东南有天子气"，于是东游以猒当之[㉓]。高祖隐于芒、砀山泽间，吕后与人俱求，常得之。高祖怪，问之，吕后曰："季所居上常有云气，故从往常得季。"高祖又喜。沛中子弟或闻之，多欲附者矣。

秦二世元年秋七月，陈涉起蕲，至陈，自立为楚王。遣武臣、张耳、陈余略赵地。八月，武臣自立为赵王。郡县多杀长吏以应涉。九月，沛令欲以沛应之。掾、主吏萧何、曹参曰："君为秦吏，今欲背之，帅沛子弟，恐不听。愿君召诸亡在外者，可得数百人，因以劫众，众不敢不听。”乃令樊哙召高祖。高祖之众已数百人矣。

于是樊哙从高祖来。沛令后悔，恐其有变，乃闭城城守，欲诛萧、曹。萧、曹恐，逾城保高祖[24]。高祖乃书帛射城上，与沛父老曰：“天下同苦秦久矣。今父老虽为沛令守，诸侯并起，今屠沛。沛今共诛令，择可立立之以应诸侯，即室家完[25]。不然，父子俱屠，无为也。”父老乃帅子弟共杀沛令，开城门，迎高祖，欲以为沛令。高祖曰：“天下方扰，诸侯并起，今置将不善，一败涂地。吾非敢自爱，恐能薄，不能完父兄子弟。此大事，愿更择可者。”萧、曹等皆文吏，自爱，恐事不就，后秦种族其家[26]，尽让高祖。诸父老皆曰：“平生所闻刘季奇怪，当贵，且卜筮之，莫如刘季最吉。”高祖数让。众莫肯为，高祖乃立为沛公。祠黄帝，祭蚩尤于沛廷，而衅鼓旗[27]。帜皆赤，由所杀蛇白帝子，杀者赤帝子故也。于是少年豪吏如萧、曹、樊哙等皆为收沛子弟，得三千人。

是月，项梁与兄子羽起吴。田儋与从弟荣、横起齐，自立为齐王。韩广自立为燕王。魏咎自立为魏王。陈涉之将周章西入关，至戏，秦将章邯距破之。

秦二年十月，沛公攻胡陵、方与，还守丰。秦泗川监平将兵围丰。二日，出与战，破之。令雍齿守丰。十一月，沛公引兵之薛。秦泗川守壮兵败于薛，走至戚，沛公左司马得杀之。沛公还军亢父，至方与。赵王武臣为其将所杀。十二月，楚王陈涉为其御庄贾所杀。魏人周市略地丰、沛，使人谓雍齿曰：“丰，故梁徙也。今魏地已定者数十城。齿今下魏，魏以齿为侯守丰；不下，且屠丰。”雍齿雅不欲属沛公[28]，及魏招之，即反为魏守丰。沛公攻丰，不能取。沛公还之沛，怨雍齿与丰子弟畔之。

正月，张耳等立赵后赵歇为赵王。东阳宁君、秦嘉立景驹为楚王，在留。沛公往从之，道得张良，遂与俱见景驹，请兵以攻丰。时章邯从陈，别将司马𡰱将兵北定楚地，屠相，至砀。东阳宁君、沛公引兵西，与战萧西，不利，还收兵聚留。二月，攻砀，三日拔之。收砀兵，得六千人，与故合九千人。三月，攻下邑，拔之。还击丰，不下。四月，项梁击杀景驹、秦嘉，止薛。沛公往见之，项梁益沛公卒五千人、五大夫将十人。沛公还，引兵攻丰，拔之。雍齿奔魏。

五月，项羽拔襄城还。项梁尽召别将。六月，沛公如薛，与项梁共立楚怀王孙心为楚怀王。章邯破杀魏王咎、齐王田儋于临济。七月，大霖雨[29]。沛公攻亢父。章邯围田荣于东阿。沛公与项梁共救田荣，大破章邯东阿。田荣归，沛公、项羽追北，至城阳，攻屠其城。军濮阳东，复与章邯战，又破之。

章邯复振，守濮阳，环水。沛公、项羽去，攻定陶。八月，田荣立田儋子市为齐王。定陶未下，沛公与项羽西略地，至雍丘，与秦军战，大败之，斩三川守李由。还攻外黄，外黄未下。

项梁再破秦军，有骄色。宋义谏，不听。秦益章邯兵。九月，章邯夜衔枚击项梁定陶，大破之，杀项梁。时连雨自七月至九月。沛公、项羽方攻陈留，闻梁死，士卒恐，乃与将军吕臣引兵而东，徙怀王自盱台都彭城。吕臣军彭城东，项羽军彭城西，沛公军砀。魏咎弟豹自立为魏王。后九月，怀王并吕臣、项羽军自将之。以沛公为砀郡长，封武安侯，将砀郡兵。以羽为鲁公，封长安侯，吕臣为司徒，其父吕青为令尹。

章邯已破项梁，以为楚地兵不足忧，乃渡河，北击赵王歇，大破之。歇保巨鹿城，秦将王离围之。赵数请救，怀王乃以宋义为上将，项羽为次将，范增为末将，北救赵。

初，怀王与诸将约，先入定关中者王之。当是时，秦兵强，常乘胜逐北，诸将莫利先入关[30]，独羽怨秦破项梁，奋势[31]，愿与沛公西入关。怀王诸老将皆曰：“项羽为人剽悍祸贼[32]，尝攻襄城，襄城无噍类[33]，所过无不残灭。且楚数进取，前陈王、项梁皆败，不如更遣长者扶义而西，告谕秦父兄。秦父兄苦其主久矣，今诚得长者往，毋侵暴，宜可下。项羽不可遣，独沛公素宽大长者。”卒不许羽，而遣沛公西收陈王、项梁散卒。乃道砀至阳城与杠里，攻秦军壁，破其二军。

秦三年十月，齐将田都畔田荣，将兵助项羽救赵。沛公攻破东郡尉于成武。十一月，项羽杀宋义，并其兵渡河，自立为上将军，诸将黥布等皆属。十二月，沛公引兵至栗，遇刚武侯，夺其军四千余人，并之，与魏将皇欣、武满军合，攻秦军，破之。故齐王建孙田安下济北，从项羽救赵。羽大破秦军巨鹿下，虏王离，走章邯。

二月，沛公从砀北攻昌邑，遇彭越。越助攻昌邑，未下。沛公西过高阳，郦食其为里监门，曰：“诸将过此者多，吾视沛公大度。”乃求见沛公。沛公方踞床，使两女子洗。郦生不拜，长揖曰：“足下必欲诛无道秦，不宜踞见长者。”于是沛公起，摄衣谢之，延上坐。食其说沛公袭陈留。沛公以为广野君，以其弟商为将，将陈留兵。三月，攻开封，未拔。西与秦将杨熊会战白马，又战曲遇东，大破之。杨熊走之荥阳，二世使使斩之以徇。四月，南攻颍川，屠之。因张良遂略韩地。

时赵别将司马卬方欲渡河入关，沛公乃北攻平阴，绝河津。南，战洛阳东，军不利，从轘辕至阳城，收军中马骑。六月，与南阳守齮战犨东，破之。略南阳郡，南阳守走，保城守宛。沛公引兵过宛西。张良谏曰：“沛公虽欲急入关，秦兵尚众，距险。今不下宛，宛从后击，强秦在前，此危道也。”于是沛公乃夜引军从他道还，偃旗帜，迟明㉞，围宛城三匝。南阳守欲自刭，其舍人陈恢曰：“死未晚也。”乃逾城见沛公，曰：“臣闻足下约先入咸阳者王之，今足下留守宛。宛郡县连城数十，其吏民自以为降必死，故皆坚守乘城㉟。今足下尽日止攻，士死伤者必多；引兵去宛，宛必随足下。足下前则失咸阳之约，后有强宛之患。为足下计，莫若约降，封其守，因使止守，引其甲卒与之西。诸城未下者，闻声争开门而待足下，足下通行无所累。”沛公曰：“善。”七月，南阳守齮降，封为殷侯，封陈恢千户。引兵西，无不下者。至丹水，高武侯鳃、襄侯王陵降。还攻胡阳，遇番君别将梅鋗，与偕攻析、郦，皆降。所过毋得卤掠，秦民喜。遣魏人宁昌使秦。是月，章邯举军降项羽，羽以为雍王。瑕丘申阳下河南。

八月，沛公攻武关，入秦。秦相赵高恐，乃杀二世，使人来，欲约分王关中，沛公不许。九月，赵高立二世兄子子婴为秦王。子婴诛灭赵高，遣将将兵距峣关。沛公欲击之，张良曰：“秦兵尚强，未可轻。愿先遣人益张旗帜于山上为疑兵，使郦食其、陆贾往说秦将，啖以利。”秦将果欲连和。沛公欲许之，张良曰：“此独其将欲叛，恐其士卒不从，不如因其怠懈击之。”沛公引兵绕峣关，逾蒉山，击秦军，大破之蓝田南。遂至蓝田，又战其北，秦兵大败。

元年冬十月，五星聚于东井。沛公至霸上。秦王子婴素车白马，系颈以组㊱，封皇帝玺符节，降枳道旁。诸将或言诛秦王，沛公曰：“始怀王遣我，固以能宽容，且人已服降，杀之不祥。”乃以属吏。遂西入咸阳，欲止宫休舍，樊哙、张良谏，乃封秦重宝财物府库，还军霸上。萧何尽收秦丞相府图籍文书。十一月，召诸县豪杰曰：“父老苦秦苛法久矣，诽谤者族，耦语者弃市㊲。吾与诸侯约，先入关者王之，吾当王关中。与父老约，法三章耳：杀人者死，伤人及盗抵罪。余悉除去秦法。吏民皆按堵如故。凡吾所以来，为父兄除害，非有所侵暴，毋恐！且吾所以军霸上，待诸侯至而定要束耳㊳。”乃使人与秦吏行至县乡邑告谕之。秦民大喜，争持牛羊酒食献享军士。沛公让不受，曰：“仓粟多，不欲费民。”民又益喜，唯恐沛公不为秦王。

或说沛公曰：“秦富十倍天下，地形强。今闻章邯降项羽，羽号曰雍王，王关中。即来，沛公恐不得有此。可急使守函谷关，毋内诸侯军，稍征关中兵以自益，距之。”沛公然其计，从之。十二月，项羽果帅诸侯兵欲西入关，关门闭。闻沛公已定关中，羽大怒，使黥布等攻破函谷关，遂至戏下。沛公左司马曹毋伤闻羽怒，欲攻沛公，使人言羽曰：“沛公欲王关中，令子婴相，珍宝尽有之。”欲以求封。亚父范增说羽曰：“沛公居山东时，贪财好色，今闻其入关，珍物无所取，妇女无所幸，此其志不小。吾使人望其气，皆为龙，成五色，此天子气。急击之，勿失。"于是飨士，旦日合战。是时，羽兵四十万，号百万。沛公兵十万，号二十万，力不敌。会羽季父左尹项伯素善张良，夜驰见张良，具告其实，欲与俱去，毋特俱死。良曰："臣为韩王送沛公，不可不告，亡去不义。"乃与项伯俱见沛公。沛公与伯约为婚姻，曰："吾入关，秋毫无所敢取，籍吏民，封府库，待将军。所以守关者，备他盗也。日夜望将军到，岂敢反邪！愿伯明言不敢背德。"项伯许诺，即夜复去。戒沛公曰："旦日不可不早自来谢。"项伯还，具以沛公言告羽，因曰："沛公不先破关中兵，公巨能入乎？且人有大功，击之不祥，不如因善之。"羽许诺。

沛公旦日从百余骑见羽鸿门，谢曰："臣与将军戮力攻秦，将军战河北，臣战河南，不自意先入关，能破秦，与将军复相见。今者有小人言，令将军与臣有隙。"羽曰：此沛公左司马曹毋伤言之，不然，籍何以至此?"羽因留沛公饮。范增数目羽击沛公，羽不应。范增起，出谓项庄曰："君王为人不忍，汝入，以剑舞，因击沛公，杀之。不者，汝属且为所虏。"庄入为寿，寿毕，曰："军中无以为乐，请以剑舞。"因拔剑舞。项伯亦起舞，常以身翼蔽沛公。樊哙闻事急，直入，怒甚。羽壮之，赐以酒。哙因谯让羽[39]。有顷，沛公起如厕，招樊哙出，置车官属，独骑，与樊哙、靳强、滕公、纪成步，从间道走军，使张良留谢羽。羽问："沛公安在?"曰："闻将军有意督过之，脱身去，间至军，故使臣献璧。"羽受之。又献玉斗范增。增怒，撞其斗，起曰："吾属今为沛公虏矣!"

沛公归数日，羽引兵西屠咸阳，杀秦降王子婴，烧秦宫室，所过无不残灭，秦民大失望。羽使人还报怀王，怀王曰："如约。"羽怨怀王不肯令与沛公俱西入关，而北救赵，后天下约。乃曰："怀王者，吾家所立耳，非有功伐，何以得专主约！本定天下，诸将与籍也。"春正月，阳尊怀王为义帝，实不用其命。

二月，羽自立为西楚霸王，王梁、楚地九郡，都彭城。背约，更立沛公为汉王，王巴、蜀、汉中四十一县，都南郑。三分关中，立秦三将：章邯为雍王，都废丘；司马欣为塞王，都栎阳；董翳为翟王，都高奴。楚将瑕丘申阳为河南王，都洛阳；赵将司马卬为殷王，都朝歌；当阳君英布为九江王，都六；怀王柱国共敖为临江王，都江陵；番君吴芮为衡山王，都邾；故齐王建孙田安为济北王；徙魏王豹为西魏王，都平阳；徙燕王韩广为辽东王；燕将臧荼为燕王，都蓟；徙齐王田市为胶东王；齐将田都为齐王，都临菑；徙赵王歇为代王。赵相张耳为常山王。

汉王怨羽之背约，欲攻之，丞相萧何谏，乃止。

夏四月，诸侯罢戏下，各就国。羽使卒三万人从汉王，楚子、诸侯人之慕从者数万人，从杜南入蚀中。张良辞归韩，汉王送至褒中，因说汉王烧绝栈道，以备诸侯盗兵，亦视项羽无东意[40]。

汉王既至南郑，诸将及士卒皆歌讴思东归，多道亡还者。韩信为治粟都尉，亦亡去，萧何追还之，因荐于汉王，曰："必欲争天下，非信无可与计事者。"于是汉王齐戒设坛场[41]，拜信为大将军。问以计策，信对曰："项羽背约而王君王于南郑，是迁也。吏卒皆山东之人，日夜企而望归，及其锋而用之，可以有大功。天下已定，民皆自宁，不可复用。不如决策东向。"因陈羽可图、三秦易并之计。汉王大说，遂听信策，部署诸将。留萧何收巴、蜀租，给军粮食。

五月，汉王引兵从故道出袭雍。雍王邯迎击汉陈仓，雍兵败，还走；战好畤，又大败，走废丘。汉王遂定雍地。东如咸阳，引兵围雍王废丘，而遣诸将略地。

田荣闻羽徙齐王市于胶东而立田都为齐王，大怒，以齐兵迎击田都。都走降楚。六月，田荣杀田市，自立为齐王。时彭越在巨野，众万余人，无所属。荣与越将军印，因令反梁地。越击杀济北王安，荣遂并三齐之地。燕王韩广亦不肯徙辽东。秋八月，臧荼杀韩广，并其地。塞王欣、翟王翳皆降汉。

初，项梁立韩后公子成为韩王，张良为韩司徒。羽以良从汉王，韩王成又无功，故不遣就国，与俱至彭城，杀之。及闻汉王并关中，而齐、梁畔之，羽大怒，乃以故吴令郑昌为韩王，距汉。令萧公角击彭越。越败角兵。时张良徇韩地[42]，遗羽书曰："汉欲得关中，如约即止，不敢复东。"羽以故无西意，而北击齐。

九月，汉王遣将军薛欧、王吸出武关，因王陵兵，从南阳迎太公、吕后于沛。羽闻之，发兵距之阳夏，不得前。

二年冬十月，项羽使九江王布杀义帝于郴。陈余亦怨羽独不王已，从田荣藉助兵以击常山王张耳。耳败走降汉，汉王厚遇之。陈余迎代王歇还赵，歇立余为代王。张良自韩间行归汉，汉王以为成信侯。

汉王如陕，镇抚关外父老。河南王申阳降，置河南郡。使韩太尉韩信击韩，韩王郑昌降。十一月，立韩太尉信为韩王。汉王还归，都栎阳，使诸将略地，拔陇西。以万人若一郡降者，封万户。缮治河上塞。故秦苑囿园池，令民得田之。

春正月，羽击田荣城阳，荣败走平原，平原民杀之。齐皆降楚，楚焚其城郭，齐人复畔之。诸将拔北地，虏雍王弟章平，赦罪人。二月癸未，令民除秦社稷，立汉社稷。施恩德，赐民爵。蜀汉民给军事劳苦，复勿租税二岁。关中卒从军者，复家一岁。举民年五十以上，有修行，能帅众为善，置以为三老，乡一人。择乡三老一人为县三老，与县令、丞、尉以事相教，复勿徭戍。以十月赐酒肉。

三月，汉王自临晋渡河，魏王豹降，将兵从。下河内，虏殷王卬，置河内郡。至修武，陈平亡楚来降。汉王与语，说之，使参乘，监诸将。南渡平阴津，至洛阳。新城三老董公遮说汉王曰："臣闻'顺德者昌，逆德者亡'，'兵出无名，事故不成'。故曰：'明其为贼，敌乃可服。'项羽为无道，放杀其主，天下之贼也。夫仁不以勇，义不以力，三军之众为之素服，以告之诸侯，为此东伐，四海之内莫不仰德。此三王之举也。"汉王曰："善！非夫子无所闻。"于是汉王为义帝发丧，袒而大哭，哀临三日。发使告诸侯曰："天下共立义帝，北面事之。今项羽放杀义帝江南，大逆无道。寡人亲为发丧，兵皆缟素。悉发关中兵，收三河士，南浮江汉以下，愿从诸侯王击楚之杀义帝。"

夏四月，田荣弟横收得数万人，立荣子广为齐王。羽虽闻汉东，既击齐，欲遂破之而后击汉。汉王以故得劫五诸侯兵，东伐楚。到外黄，彭越将三万人归汉。汉王拜越为魏相国，令定梁地。汉王遂入彭城，收羽美人、货赂，置酒高会。羽闻之，令其将击齐，而自以精兵三万人从鲁出胡陵，至萧，晨击汉军，大战彭城灵壁东睢水上，大破汉军，多杀士卒，睢水为之不流。围汉王三匝。大风从西北起，折木发屋，扬砂石，昼晦[43]。楚军大乱，而汉王得与数十骑遁去。过沛，使人求室家，室家亦已亡，不相得。汉王道逢孝惠、鲁元，载行。楚骑追汉王，汉王急，推堕二子。滕公下，收载，遂得脱。审食其从太公、吕后间行，反遇楚军，羽常置军中以为质。诸侯见汉败，皆亡去。塞王欣、翟王翳降楚。殷王卬死。

吕后兄周吕侯将兵居下邑，汉王往从之，稍收士卒，军砀。

汉王西过梁地，至虞，谓谒者随何曰："公能说九江王布使举兵畔楚，项王必留击之。得留数月，吾取天下必矣。"随何往说布，果使畔楚。

五月，汉王屯荥阳，萧何发关中老弱未傅者悉诣军[44]。韩信亦收兵与汉王会，兵复大振。与楚战荥阳南京、索间，破之。筑甬道，属河，以取敖仓粟。魏王豹谒归视亲疾，至则绝河津，反为楚。

六月，汉王还栎阳。壬午，立太子，赦罪人。令诸侯子在关中者皆集栎阳为卫。引水灌废丘。废丘降，章邯自杀。雍地定八十余县，置河上、谓南、中地、陇西、上郡。令祠官祀天地四方上帝山川，以时祠之。兴关中卒乘边塞。关中大饥，米斛万钱，人相食。令民就食蜀汉。

秋八月，汉王如荥阳，谓郦食其曰："缓颊往说魏王豹[45]，能下之，以魏地万户封生。"食其往，豹不听。汉王以韩信为左丞相，与曹参、灌婴俱击魏。食其还，汉王问："魏大将谁也?"对曰："柏直。"王曰："是口尚乳臭，不能当韩信。骑将谁也?"曰："冯敬。"曰："是秦将冯无择子也，虽贤，不能当灌婴。步卒将谁也?"曰："项它。"曰："是不能当曹参。吾无患矣。"九月，信等虏豹，传诣荥阳。定魏地，置河东、太原、上党郡。信使人请兵三万人，愿以北举燕、赵，东击齐，南绝楚粮道。汉王与之。

三年冬十月，韩信、张耳东下井陉击赵，斩陈余，获赵王歇。置常山、代郡。甲戌，晦，日有食之。十一月癸卯，晦，日有食之。

随何既说黥布，布起兵攻楚。楚使项声、龙且攻布。布战不胜。十二月，布与随何间行归汉。汉王分之兵，与俱收兵至成皋。

项羽数侵夺汉甬道，汉军乏食。与郦食其谋桡楚权[46]。食其欲立六国后以树党，汉王刻印，将遣食其立之。以问张良，良发八难。汉王辍饭，吐哺[47]，曰："竖儒几败乃公事!"令趋销印。又问陈平，乃从其计，与平黄金四万斤，以间疏楚君臣。

夏四月，项羽围汉荥阳。汉王请和，割荥阳以西者为汉。亚父劝项羽急攻荥阳，汉王患之。陈平反间既行，羽果疑亚父。亚父大怒而去，发病死。

五月，将军纪信曰："事急矣！臣请诳楚，可以间出。"于是陈平夜出女子东门二千余人，楚因四面击之。纪信乃乘王车，黄屋左纛[48]，曰："食尽，汉王降楚。"楚皆呼万岁，之城东观，以故汉王得与数十骑出西门遁。令御史大夫周苛、魏豹、枞公守荥阳。羽见纪信，问："汉王安在?"曰："已出去矣。"羽烧杀信。而周苛、枞公相谓曰："反国之王，难与守城。"因杀魏豹。

汉王出荥阳，至成皋。自成皋入关，收兵欲复东。辕生说汉王曰："汉与楚相距荥阳数岁，汉常困。愿君王出武关，项王必引兵南走，王深壁，令荥阳、成皋间且得休息。使韩信等得辑河北赵地[49]，连燕、齐，君王乃复走荥阳。如此，则楚所备者多，力分。汉得休息，复与之战，破之必矣。"汉王从其计，出军宛、叶间，与黥布行收兵。

羽闻汉王在宛，果引兵南，汉王坚壁不与战。是月，彭越渡睢，与项声、薛公战下邳，破杀薛公。羽使终公守成皋，而自东击彭越。汉王引兵北，击破终公，复军成皋。六月，羽已破走彭越，闻汉复军成皋，乃引兵西拔荥阳城，生得周苛。羽谓苛："为我将，以公为上将军，封三万户。"周苛骂曰："若不趋降汉，今为虏矣！若非汉王敌也。"羽亨周苛[50]，并杀枞公，而虏韩王信，遂围成皋。汉王跳[51]，独与滕公共车出成皋玉门，北渡河，宿小修武。自称使者，晨驰入张耳、韩信壁，而夺之军。乃使张耳北收兵赵地。

秋七月，有星孛于大角[52]。汉王得韩信军，复大振。八月，临河南乡，军小修武，欲复战。郎中郑忠说止汉王，高垒深堑，勿战。汉王听其计，使卢绾、刘贾将卒二万人、骑数百，渡白马津，入楚地，佐彭越烧楚积聚。复击破楚军燕郭西，攻下睢阳、外黄十七城。九月，羽谓海春侯大司马曹咎曰："谨守成皋。即汉王欲挑战，慎勿与战；勿令得东而已。我十五日必定梁地，复从将军。"羽引兵东击彭越。

汉王使郦食其说齐王田广，罢守兵与汉和。

四年冬十月，韩信用蒯通计，袭破齐。齐王亨郦生，东走高密。项羽闻韩信破齐，且欲击楚，使龙且救齐。

汉果数挑成皋战，楚军不出，使人辱之数日。大司马咎怒，渡兵汜水。士卒半渡，汉击之，大破楚军，尽得楚国金玉货赂。大司马咎、长史欣皆自刭汜水上。汉王引兵渡河，复取成皋，军广武，就敖仓食。

羽下梁地十余城，闻海春侯破，乃引兵还。汉军方围锺离眛于荥阳东，闻羽至，尽走险阻。羽亦军广武，与汉相守。丁壮苦军旅，老弱罢转饷[53]。汉王、羽相与临广武之间而语，羽欲与汉王独身挑战，汉王数羽曰："吾始与羽俱受命怀王，曰先定关中者王之。羽负约，王我于蜀汉，罪一也；羽矫杀卿子冠军，自尊，罪二也；羽当以救赵还报，而擅劫诸侯兵入关，罪三也；怀王约入秦无暴掠，羽烧秦宫室，掘始皇帝冢，收私其财，罪四也；又强杀秦降王子婴，罪五也；诈坑秦子弟新安二十万，王其将，罪六也；皆王诸将善地，而徙逐故主，令臣下争畔逆，罪七也；出逐义帝彭城，自都之，夺韩王地，并王梁楚，多自与，罪八也；使人阴杀义帝江南，罪九也；夫为人臣而杀其主，杀其已降，为政不平，主约不信，天下所不容，大逆无道，罪十也。吾以义兵从诸侯诛残贼，使刑余罪人击公，何苦乃与公挑战！"羽大怒，伏弩射中汉王。汉王伤胸，乃扪足曰[54]："虏中吾指！"汉王病创卧，张良强请汉王起行劳军，以安士卒，毋令楚乘胜。汉王出行军，疾甚，因驰入成皋。

十一月，韩信与灌婴击破楚军，杀楚将龙且，追至城阳，虏齐王广。齐相田横自立为齐王，奔彭越。汉立张耳为赵王。

汉王疾愈，西入关，至栎阳，存问父老，置酒。枭故塞王欣头栎阳市[55]。留四日，复如军，军广武。关中兵益出，而彭越、田横居梁地，往来苦楚兵，绝其粮食。

韩信已破齐，使人言曰："齐边楚，权轻，不为假王，恐不能安齐。"汉王怒，欲攻之。张良曰："不如因而立之，使自为守。"春二月，遣张良操印，立韩信为齐王。秋七月，立黥布为淮南王。八月，初为算赋。北貉、燕人来致枭骑助汉。汉王下令："军士不幸死者，吏为衣衾棺敛[56]，转送其家。"四方归心焉。

项羽自知少助食尽，韩信又进兵击楚，羽患之。汉遣陆贾说羽，请太公，羽弗听。汉复使侯公说羽，羽乃与汉约，中分天下，割鸿沟以西为汉，以东为楚。九月，归太公、吕后，军皆称万岁。乃封侯公为平国君。羽解而东归。汉王欲西归，张良、陈平谏曰："今汉有天下太半[56]，而诸侯皆附，楚兵罢，食尽，此天亡之时，不因其几而遂取之[57]，所谓养虎自遗患也。"汉王从之。

---

①陂（bēi，音碑）：池塘的岸。

②晦冥（huì míng，音会明）：昏暗不清。

③隆准：高鼻梁。

④豁如：指心胸宽广。

⑤试吏：试用补吏。

⑥负：老太太。　　贳：赊。

⑦雠：售；卖。

⑧责：通"债"。

⑨常：通"尝"。曾经。

⑩纵观：天子出行，放人令观看。

⑪辟仇：躲避仇人。

⑫ 从之客：做客沛令家。

⑬家：定居；安家。

⑭易：轻视；怠慢。

⑮绐：骗。

⑯诎（qū，音屈）：屈曲；屈服。

⑰阑：酒喝到一半时。

⑱息：生。

⑲告：古时官吏休假之称。

⑳餔：送给食物吃。

㉑被酒：喝了许多酒，被酒所醉。

㉒苦：殴打。

㉓猒（yā，音压）：压塞。

㉔保：自安。追随高祖以自保。

㉕即：则。

㉖种族：夷族；族诛。

㉗衅：杀牲以血涂抹鼓上。

㉘雅：素常。

㉙霖雨：雨下三日以上为霖。

㉚莫利：不以为利。

㉛ 奋势：激愤。

㉜祸贼：好为祸害而残贼。

㉝噍（jiào，音叫）类：活着的人。

㉞迟明：天未亮。

㉟乘城：登城

㊱组：系在印上的绶带。表示要自杀。

㊲耦：对。

㊳ 要束：约束。

㊴谯让：责备。

㊵视：示意。

㊶齐戒：斋戒。

㊷徇：巡视。

㊸晦：暗。

㊹傅：登在册籍上，给公家出徭役。

㊺缓颊：婉言劝说。

㊻桡（náo，音挠）：削弱。

㊼哺：口中所含之食。

㊽黄屋：天子座车以黄色为顶，故称黄屋。纛（dào，音道）：天子车上的装饰物。

㊾辑：聚集。

㊿亨：通“烹”。

(51)跳：通“逃”。

(52)孛：流星。古人认为是妖星。

(53)罢：通“疲”。

(54)扪：摸。

(55)枭：悬首级于木上。

(56)衾（qīn，音钦）：被子。

(57)太半：大半。

(58)几：通“机”。机会；机遇。

高帝纪下

五年冬十月，汉王追项羽至阳夏南止军，与齐王信、魏相国越期会击楚，至固陵，不会。楚击汉军，大破之。汉王复入壁，深堑而守。谓张良曰："诸侯不从，奈何?"良对曰："楚兵且破，未有分地，其不至固宜。君王能与共天下，可立致也。齐王信之立，非君王意，信亦不自坚。彭越本定梁地，始君王以魏豹故，拜越为相国。今豹死，越亦望王，而君王不早定。今能取睢阳以北至谷城皆以王彭越，从陈以东傅海与齐王信[①]，信家在楚，其意欲复得故邑。能出捐此地以许两人，使各自为战，则楚易败也。"于是汉王发使使韩信、彭越。至，皆引兵来。

十一月，刘贾入楚地，围寿春。汉亦遣人诱楚大司马周殷。殷畔楚，以舒屠六[②]，举九江兵迎黥布，并行屠城父[③]，随刘贾皆会。

十二月，围羽垓下。羽夜闻汉军四面皆楚歌，知尽得楚地，羽与数百骑走，是以兵大败。灌婴追斩羽东城。楚地悉定，独鲁不下。汉王引天下兵欲屠之，为其守节礼义之国，乃持羽头示其父兄，鲁乃降。初，怀王封羽为鲁公，及死，鲁又为之坚守，故以鲁公葬羽于谷城。汉王为发丧，哭临而去。封项伯等四人为列侯，赐姓刘氏。诸民略在楚者皆归之[④]。汉王还至定陶，驰入齐王信壁，夺其军。初项羽所立临江王共苯前死，子尉嗣立为王，不降。遣卢绾、刘贾击，虏尉。

春正月，追尊兄伯号曰武哀侯。下令曰："楚地已定，义帝亡后，欲存恤楚众，以定其主。齐王信习楚风俗，更立为楚王，王淮北，都下邳。魏相国建城侯彭越勤劳魏民，卑下士卒，常以少击众，数破楚军，其以魏故地王之，号曰梁王，都定陶。"又曰："兵不得休八年，万民与苦甚，今天下事毕，其赦天下殊死以下[⑤]。"

于是诸侯上疏曰："楚王韩信、韩王信、淮南王英布、梁王彭越、故衡山王吴芮、赵王张敖、燕王臧荼昧死再拜言，大王陛下：先时，秦为亡道，天下诛之。大王先得秦王，定关中，于天下功最多。存亡定危，救败继绝，以安万民，功盛德厚。又加惠于诸侯王有功者，使得立社稷。地分已定，而位号比拟，亡上下之分，大王功德之著，于后世不宣。昧死再拜上皇帝尊号。"汉王曰："寡人闻：帝者贤者有也，虚言亡实之名，非所取也。今诸侯王皆推高寡人，将何以处之哉?"诸侯王皆曰："大王起于细微，灭乱秦，威动海内。又以辟陋之地，自汉中行威德，诛不义，立有功，平定海内，功臣皆受地食邑，非私之也。大王德施四海，诸侯王不足以道之，居帝位甚实宜，愿大王以幸天下。"汉王曰："诸侯王幸以为便于天下之民，则可矣。"于是诸侯王及太尉长安侯臣绾等三百人，与博士稷嗣君叔孙通谨择良日，二月甲午，上尊号。汉王即皇帝位于汜水之阳。尊王后曰皇后，太子曰皇太子，追尊先媪曰昭灵夫人。

诏曰："故衡山王吴芮与子二人、兄子一人，从百粤之兵，以佐诸侯，诛暴秦，有大功，诸侯立以为王。项羽侵夺之地，谓之番君。其以长沙、豫章、象郡、桂林、南海立番君芮为长沙王。"又曰："故粤王亡诸世奉粤祀[⑥]，秦侵夺其地，使其社稷不得血食[⑦]。诸侯伐秦，亡诸身帅闽中兵以佐灭秦，项羽废而弗立。今以为闽粤王，王闽中地，勿使失职。"

帝乃西都洛阳。夏五月，兵皆罢归家。诏曰："诸侯子在关中者，复之十二岁，其归者半之。民前或相聚保山泽，不书名数[⑧]，今天下已定，令各归其县，复故爵田宅，吏以文法教训辨告[⑨]，勿笞辱。民以饥饿自卖为人奴婢者，皆免为庶人。军吏卒会赦，其亡罪而亡爵及不满大夫者，皆赐爵为大夫。故大夫以上赐爵各一级，其七大夫以上，皆令食邑，非七大夫以下，皆复其身及户，勿事[⑩]。”又曰：“七大夫、公乘以上，皆高爵也。诸侯子及从军归者，甚多高爵，吾数诏吏先与田宅，及所当求于吏者，亟与[⑪]。爵或人君，上所尊礼，久立吏前，曾不为决，甚亡谓也。异日秦民爵公大夫以上，令丞与亢礼。今吾于爵非轻也，吏独安取此！且法以有功劳行田宅，今小吏未尝从军者多满，而有功者顾不得，背公立私，守尉长吏教训甚不善。其令诸吏善遇高爵，称吾意。且廉问，有不如吾诏者，以重论之。”

帝置酒洛阳南宫。上曰：“通侯诸将毋敢隐朕，皆言其情。吾所以有天下者何？项氏之所以失天下者何？”高起、王陵对曰：“陛下嫚而侮人，项羽仁而敬人。然陛下使人攻城略地，所降下者，因以与之，与天下同利也。项羽妒贤嫉能，有功者害之，贤者疑之，战胜而不与人功，得地而不与人利，此其所以失天下也。”上曰：“公知其一，未知其二。夫运筹帷幄之中，决胜千里之外，吾不如子房；镇国家，抚百姓，给饷餽，不绝粮道，吾不如萧何；连百万之众，战必胜，攻必取，吾不如韩信。三者皆人杰，吾能用之，此吾所以取天下者也；项羽有一范增而不能用，此所以为我禽也[⑫]。”群臣说服。

初，田横归彭越。项羽已灭，横惧诛，与宾客亡入海。上恐其久为乱，遣使者赦横，曰：“横来，大者王，小者侯；不来，且发兵加诛。”横惧，乘传诣洛阳，未至三十里，自杀。上壮其节，为流涕，发卒二千人，以王礼葬焉。

戍卒娄敬求见，说上曰：“陛下取天下与周异，而都洛阳，不便，不如入关，据秦之固。”上以问张良，良因劝上。是日，车驾西都长安，拜娄敬为奉春君，赐姓刘氏。六月壬辰，大赦天下。

秋七月，燕王臧荼反，上自将征之。九月，虏荼。诏诸侯王视有功者立以为燕王。荆王臣信等十人皆曰：“太尉长安侯卢绾功最多，请立以为燕王。”使丞相哙将兵平代地。

利几反[⑬]，上自击破之。利几者，项羽将。羽败，利几为陈令，降，上侯之颍川。上至洛阳，举通侯籍召之，而利几恐，反。

后九月，徙诸侯子关中，治长乐宫。

六年冬十月，令天下县邑城。

人告楚王信谋反，上问左右，左右争欲击之。用陈平计，乃伪游云梦。十二月，会诸侯于陈，楚王信迎谒，因执之。诏曰：“天下既安，豪杰有功者封侯，新立，未能尽图其功。身居军九年，或未习法令，或以其故犯法，大者死刑，吾甚怜之。其赦天下。”田肯贺上曰：“甚善，陛下得韩信，又治秦中。秦，形胜之国也，带河阻山，县隔千里[⑭]，持戟百万，秦得百二焉。地势便利，其以下兵于诸侯，譬犹居高屋之上建瓴水也[⑮]。夫齐，东有琅邪、即墨之饶，南有泰山之固，西有浊河之限，北有勃海之利，地方二千里，持戟百万，县隔千里之外，齐得十二焉。此东西秦也。非亲子弟，莫可使王齐者。”上曰：“善！”赐金五百斤。上还至洛阳，赦韩信，封为淮阴侯。

甲申，始剖符封功臣曹参等为通侯。诏曰：“齐，古之建国也，今为郡县，其复以为诸侯。将军刘贾数有大功，及择宽惠修絜者，王齐、荆地。”

春正月丙午，韩王信等奏请以故东阳郡、鄣郡、吴郡五十三县立刘贾为荆王，以砀郡、薛郡、郯郡三十六县立弟文信君交为楚王。壬子，以云中、雁门、代郡五十三县立兄宜信侯喜为代王，以胶东、胶西、临淄、济北、博阳、城阳郡七十三县立子肥为齐王，以太原郡三十一县为韩国，徙韩王信都晋阳。

上已封大功臣二十余人，其余争功，未得行封。上居南宫，从复道上见诸将往往耦语，以问张良。良曰："陛下与此属共取天下，今已为天子，而所封皆故人所爱，所诛皆平生仇怨。今军吏计功，以天下为不足用遍封，而恐以过失及诛，故相聚谋反耳。"上曰："为之奈何？"良曰："取上素所不快，计群臣所共知最甚者一人，先封以示群臣。"三月，上置酒，封雍齿，因趣丞相急定功行封。罢酒，群臣皆喜，曰："雍齿且侯，吾属亡患矣！"

上归栎阳，五日一朝太公。太公家令说太公曰："天亡二日，土亡二王。皇帝虽子，人主也；太公虽父，人臣也。奈何令人主拜人臣！如此，则威重不行。"后上朝，太公拥彗，迎门却行。上大惊，下扶太公。太公曰："帝，人主，奈何以我乱天下法！"于是上心善家令言，赐黄金五百斤。夏五月丙午，诏曰："人之至亲，莫亲于父子，故父有天下传归于子，子有天下尊归于父，此人道之极也。前日天下大乱，兵革并起，万民苦殃，朕亲被坚执锐，自帅士卒，犯危难，平暴乱，立诸侯，偃兵息民，天下大安，此皆太公之教训也。诸王、通侯、将军、群卿、大夫已尊朕为皇帝，而太公未有号。今上尊太公曰太上皇。"

秋九月，匈奴围韩王信于马邑，信降匈奴。

七年冬十月，上自将击韩王信于铜鞮，斩其将。信亡走匈奴，与其将曼丘臣、王黄共立故赵后赵利为王，收信散兵，与匈奴共距汉。上从晋阳连战，乘胜逐北，至楼烦，会大寒，士卒堕指者什二三。遂至平城，为匈奴所围，七日，用陈平秘计得出。使樊哙留定代地。

十二月，上还过赵，不礼赵王。是月，匈奴攻代，代王喜弃国，自归洛阳，赦为合阳侯。辛卯，立子如意为代王。

春，令郎中有罪耐以上[16]，请之。民产子，复勿事二岁。

二月，至长安。萧何治未央宫，立东阙、北阙、前殿、武库、大仓。上见其壮丽，甚怒，谓何曰："天下匈匈，劳苦数岁，成败未可知，是何治宫室过度也！"何曰："天下方未定，故可因以就宫室。且夫天子以四海为家，非令壮丽亡以重威，且亡令后世有以加也。"上说。自栎阳徙都长安。置宗正官以序九族。夏四月，行如洛阳。

八年冬，上东击韩信余寇于东垣。还过赵，赵相贯高等耻上不礼其王，阴谋欲弑上。上欲宿，心动，问"县名何？"曰："柏人。"上曰："柏人者，迫于人也。"去，弗宿。

十一月，令士卒从军死者为槥[17]，归其县，县给衣衾棺葬具，祠以少牢，长吏视葬。十二月，行自东垣至。

春三月，行如洛阳。令吏卒从军至平城及守城邑者皆复终身勿事。爵非公乘以上毋得冠刘氏冠。贾人毋得衣锦绣绮縠絺纻罽，操兵，乘骑马。秋八月，吏有罪未发觉者，赦之。九月，行自洛阳至，淮南王、梁王、赵王、楚王皆从。

九年冬十月，淮南王、梁王、赵王、楚王朝未央宫，置酒前殿。上奉玉卮为太上皇寿，曰："始大人常以臣亡赖，不能治产业，不如仲力[18]。今某之业所就孰与仲多？"殿上群臣皆称万岁，大笑为乐。

十一月，徙齐、楚大族昭氏、屈氏、景氏、怀氏、田氏五姓关中，与利田宅[19]。

十二月，行如洛阳。

贯高等谋逆发觉，逮捕高等，并捕赵王敖，下狱。诏敢有随王，罪三族。郎中田叔、孟舒等十人自髡钳为王家奴，从王就狱。王实不知其谋。春正月，废赵王敖为宣平侯。徙代王如意为赵王，王赵国。丙寅，前有罪殊死以下，皆赦之。

二月，行自洛阳至。贤赵臣田叔、孟舒等十人，召见与语，汉廷臣无能出其右者。上说，尽拜为郡守、诸侯相。

夏六月乙未，晦，日有食之。

十年冬十月，淮南王、燕王、荆王、梁王、楚王、齐王、长沙王来朝。

夏五月，太上皇后崩。秋七月癸卯，太上皇崩，葬万年。赦栎阳囚死罪以下。八月，令诸侯王皆立太上皇庙于国都。

九月，代相国陈豨反。上曰："豨尝为吾使，甚有信。代地吾所急，故封豨为列侯，以相国守代，今乃与王黄等劫掠代地！吏民非有罪也，能去豨、黄来归者，皆赦之。"上自东，至邯郸。上喜曰："豨不南据邯郸而阻漳水，吾知其亡能为矣。"赵相周昌奏常山二十五城亡其二十城，请诛守、尉。上曰："守、尉反乎?"对曰："不。"上曰："是力不足，亡罪。"上令周昌选赵壮士可令将者，白见四人[20]。上嫚骂曰："竖子能为将乎！"四人惭，皆伏地。上封各千户，以为将。左右谏曰："从入蜀汉，伐楚，尝未遍行，今封此，何功?"上曰："非汝所知。陈豨反，赵、代地皆豨有。吾以羽檄征天下兵，未有至者，今计唯独邯郸中兵耳。吾何爱四千户，不以慰赵子弟！"皆曰："善。"又求"乐毅有后乎?"得其孙叔，封之乐乡，号华成君。问豨将，皆故贾人。上曰："吾知与之矣。"乃多以金购豨将，豨将多降。

十一年冬，上在邯郸。豨将侯敞将万余人游行，王黄将骑千余军曲逆，张春将卒万余人度河攻聊城。汉将军郭蒙与齐将击，大破之。太尉周勃道太原入定代地，至马邑，马邑不下，攻残之[21]。豨将赵利守东垣，高祖攻之不下。卒骂，上怒。城降，卒骂者斩之。诸县坚守不降反寇者，复租赋三岁。

春正月，淮阴侯韩信谋反长安，夷三族。将军柴武斩韩王信于参合。

上还洛阳。诏曰："代地居常山之北，与夷狄边，赵乃从山南有之，远，数有胡寇，难以为国。颇取山南太原之地益属代，代之云中以西为云中郡，则代受边寇益少矣。王、相国、通侯、吏二千石择可立为代王者。"燕王绾、相国何等三十三人皆曰："子恒贤知温良，请立以为代王，都晋阳。"大赦天下。

二月，诏曰："欲省赋甚。今献未有程[22]，吏或多赋以为献，而诸侯王尤多，民疾之。令诸侯王、通侯常以十月朝献，及郡各以其口数率，人岁六十三钱，以给献费。"又曰："盖闻王者莫高于周文，伯者莫高于齐桓，皆待贤人而成名，今天下贤者智能岂特古之人乎？患在人主不交故也，士奚由进！今吾以天之灵，贤士大夫定有天下，以为一家，欲其长久，世世奉宗庙亡绝也。贤人已与我共平之矣，而不与吾共安利之，可乎？贤士大夫有肯从我游者，吾能尊显之。布告天下，使明知朕意。御史大夫昌下相国，相国酂侯下诸侯王，御史中执法下郡守，其有意称明德者，必身劝，为之驾，遣诣相国府，署行、义、年。有而弗言，觉，免。年老癃病，勿遣。"

三月，梁王彭越谋反，夷三族。诏曰："择可以为梁王、淮阳王者。"燕王绾、相国何等请立子恢为梁王，子友为淮阳王。罢东郡，颇益梁；罢颍川郡，颇益淮阳。

夏四月，行自洛阳至。令丰人徙关中者皆复终身。

五月，诏曰："粤人之俗，好相攻击，前时秦徙中县之民南方三郡，使与百粤杂处。会天下诛秦，南海尉它居南方长治之，甚有文理，中县人以故不耗减，粤人相攻击之俗益止，俱赖其力。今立它为南粤王。"使陆贾即授玺绶。它稽首称臣。

六月，令士卒以入蜀、汉、关中者皆复终身。

秋七月，淮南王布反。上问诸将，滕公言故楚令尹薛公有筹策。上召见。薛公言布形势，上善之，封薛公千户。诏王、相国择可立为淮南王者，群臣请立子长为王。上乃发上郡、北地、陇西车骑，巴、蜀材官及中尉卒三万人为皇太子卫，军霸上。布果如薛公言，东击杀荆王刘贾，劫其兵，度淮击楚，楚王交走入薛。上赦天下死罪以下，皆令从军；征诸侯兵，上自将以击布。

十二年冬十月，上破布军于会缶。布走。令别将追之。

上还，过沛，留，置酒沛宫，悉召故人父老子弟佐酒。发沛中儿得百二十人，教之歌。酒酣，上击筑，自歌曰："大风起兮云飞扬，威加海内兮归故乡，安得猛士兮守四方！"令儿皆和习之。上乃起舞，忼慨伤怀，泣数行下。谓沛父兄曰："游子悲故乡。吾虽都关中，万岁之后吾魂魄犹思乐沛。且朕自沛公以诛暴逆，遂有天下，其以沛为朕汤沐邑，复其民，世世无有所与。"沛父老诸母故人日乐饮极欢，道旧故为笑乐。十余日，上欲去，沛父兄固请。上曰："吾人众多，父兄不能给。"乃去。沛中空县皆之邑西献。上留止，张饮三日。沛父兄皆顿首曰："沛幸得复，丰未得，唯陛下哀矜。"上曰："丰者，吾所生长，极不忘耳。吾特以其为雍齿故反我为魏。"沛父兄固请之，乃并复丰，比沛。

汉别将击布军洮水南北，皆大破之，追斩布番阳。

周勃定代，斩陈豨于当城。

诏曰："吴，古之建国也，日者荆王兼有其地㉓，今死亡后。朕欲复立吴王，其议可者。"长沙王臣等言："沛侯濞重厚，请立为吴王。"已拜，上召谓濞曰："汝状有反相。"因拊其背，曰："汉后五十年东南有乱，岂汝邪？然天下同姓一家，汝慎毋反。"濞顿首曰："不敢。"

十一月，行自淮南还。过鲁，以大牢祠孔子。

十二月，诏曰："秦皇帝、楚隐王、魏安釐王、齐愍王、赵悼襄王皆绝亡后。其与秦始皇帝守冢二十家，楚、魏、齐各十家，赵及魏公子亡忌各五家，令视其冢，复亡与它事。"

陈豨降将言豨反时燕王卢绾使人之豨所阴谋。上使辟阳侯审食其迎绾，绾称疾。食其言绾反有端。春二月，使樊哙、周勃将兵击绾。诏曰："燕王绾与吾有故，爱之如子，闻与陈豨有谋，吾以为亡有，故使人迎绾。绾称疾不来，谋反明矣。燕吏民非有罪也，赐其吏六百石以上爵各一级。与绾居，去来归者，赦之，加爵亦一级。"诏诸侯王议可立为燕王者，长沙王臣等请立子建为燕王。

诏曰："南武侯织亦粤之世也，立以为南海王。"

三月，诏曰："吾立为天子，帝有天下，十二年于今矣。与天下之豪士贤大夫共定天下，同安辑之。其有功者上致之王，次为列侯，下乃食邑。而重臣之亲，或为列侯，皆令自置吏，得赋敛，女子公主。为列侯食邑者，皆佩之印，赐大第室。吏二千石，徙之长安，受小第室。入蜀汉定三秦者，皆世世复。吾于天下贤士功臣，可谓亡负矣。其有不义背天子擅起兵者，与天下共伐诛之。布告天下，使明知朕意。"

上击布时，为流矢所中，行道疾。疾甚，吕后迎良医。医入见，上问医。曰："疾可治。"于是上嫚骂之，曰："吾以布衣提三尺取天下，此非天命乎？命乃在天，虽扁鹊何益！"遂不使治疾，赐黄金五十斤，罢之。吕后问曰："陛下百岁后，萧相国既死，谁令代之？"上曰："曹参可。"问其次，曰："王陵可，然少戆㉔，陈平可以助之。陈平知有余，然难独任。周勃重厚少文，然安刘氏者必勃也，可令为太尉。"吕后复问其次，上曰："此后亦非乃所知也。"

卢绾与数千人居塞下候伺，幸上疾愈，自入谢。夏四月甲辰，帝崩于长乐宫。卢绾闻之，遂亡入匈奴。

吕后与审食其谋曰："诸将故与帝为编户民，北面为臣，心常鞅鞅㉕。今乃事少主，非尽族是，天下不安。"以故不发丧。人或闻，以语郦商。郦商见审食其曰："闻帝已崩，四日不发丧，欲诛诸将。诚如此，天下危矣。陈平、灌婴将十万守荥阳，樊哙、周勃将二十万定燕、代，此闻帝崩，诸将皆诛，必连兵还乡，以攻关中。大臣内畔，诸将外反，亡可跷足待也㉖。"审食其入言之，乃以丁未发丧，大赦天下。

起长安西市，修敖仓。

七年冬十月，发车骑、材官诣荥阳，太尉灌婴将。

春正月辛丑朔，日有蚀之。夏五月丁卯，日有蚀之，既⑤。

秋八月戊寅，帝崩于未央宫。九月辛丑，葬安陵。

赞曰：孝惠内修亲亲，外礼宰相，优宠齐悼、赵隐，恩敬笃矣。闻叔孙通之谏则惧然，纳曹相国之对而心说，可谓宽仁之主。遭吕太后亏损至德，悲夫！

---

①盗械者：因罪而戴刑具者。
②颂：宽容。
③鬼薪：为宗庙砍柴的刑罚。　白粲：挑选白米的刑罚。
④完：古代剃去鬓发的刑罚。
⑤既：尽。

高后纪

高皇后吕氏，生惠帝。佐高祖定天下，父兄及高祖而侯者三人。惠帝即位，尊吕后为太后。太后立帝姊鲁元公主女为皇后，无子，取后宫美人子名之以为太子。惠帝崩，太子立为皇帝，年幼，太后临朝称制，大赦天下。乃立兄子吕台、产、禄、台子通四人为王，封诸吕六人为列侯。语在《外戚传》。

元年春正月，诏曰："前日孝惠皇帝言欲除三族罪、妖言令，议未决而崩，今除之。"二月，赐民爵，户一级。初置孝弟力田二千石者一人。夏五月丙申，赵王宫丛台灾。立孝惠后宫子强为淮阳王，不疑为恒山王，弘为襄城侯，朝为轵侯，武为壶关侯。秋，桃李华。

二年春，诏曰："高皇帝匡饬天下，诸有功者皆受分地为列侯，万民大安，莫不受休德。朕思念至于久远而功名不著，亡以尊大谊，施后世。今欲差次列侯功以定朝位，臧于高庙，世世勿绝，嗣子各袭其功位。其与列侯议定奏之。"丞相臣平言："谨与绛侯臣勃、曲周侯臣商、颍阴侯臣婴、安国侯臣陵等议，列侯幸得赐餐钱奉邑，陛下加惠，以功次定朝位，臣请臧高庙。"奏可。

春正月乙卯，地震，羌道、武都道山崩。夏六月丙戌，晦，日有蚀之。秋七月，恒山王不疑薨。行八铢钱。

三年夏，江水溢，流民四千余家。秋，星昼见。

四年夏，少帝自知非皇后子，出怨言，皇太后幽之永巷。诏曰："凡有天下治万民者，盖之如天，容之如地；上有欢心以使百姓，百姓欣然以事其上，欢欣交通而天下治。今皇帝疾久不已，乃失惑昏乱，不能继嗣奉宗庙，守祭祀，不可属天下①。甚议代之。"群臣皆曰："皇太后为天下计，所以安宗庙社稷甚深。顿首奉诏。"五月丙辰，立恒山王弘为皇帝。

五年春，南粤王尉佗自称南武帝。秋八月，淮阳王强薨。九月，发河东、上党骑屯北地。

六年春，星昼见。夏四月，赦天下。秋长陵令二千石②。六月，城长陵。匈奴寇狄道，攻阿阳。行五分钱。

七年冬十二月，匈奴寇狄道，略二千余人。春正月丁丑，赵王友幽死于邸。乙丑，晦，日有蚀之，既。以梁王吕产为相国，赵王禄为上将军。立营陵侯刘泽为琅邪王。夏五月辛未，诏曰："昭灵夫人，太上皇妃也；武哀侯、宣夫人，高皇帝兄姊也。号谥不称，其议尊号。"丞相臣平等请尊昭灵夫人曰昭灵后，武哀侯曰武哀王，宣夫人曰昭哀后。六月，赵王恢自杀。秋九月，燕王建薨。南越侵盗长沙，遣隆虑侯灶将兵击之。

八年春，封中谒者张释卿为列侯。诸中官、宦者令丞皆赐爵关内侯，食邑。夏，江水、汉水溢，流万余家。

秋七月辛巳，皇太后崩于未央宫。遗诏赐诸侯王各千金，将相列侯下至郎吏各有差。大赦天下。

上将军禄、相国产颛兵秉政[3]，自知背高皇帝约，恐为大臣、诸侯王所诛，因谋作乱。时齐悼惠王子朱虚侯章在京师，以禄女为妇，知其谋，乃使人告兄齐王，令发兵西。章欲与太尉勃、丞相平为内应，以诛诸吕。齐王遂发兵，又诈琅邪王泽发其国兵，并将而西。产、禄等遣大将军灌婴将兵击之。婴至荥阳，使人谕齐王与连和，待吕氏变而共诛之。

太尉勃与丞相平谋，以曲周侯郦商子寄与禄善，使人劫商令寄绐说禄，曰："高帝与吕后共定天下，刘氏所立九王，吕氏所立三王，皆大臣之议。事已布告诸侯王，诸侯王以为宜。今太后崩，帝少，足下不急之国守藩，乃为上将将兵留此，为大臣诸侯所疑。何不速归将军印，以兵属太尉，请梁王亦归相国印，与大臣盟而之国，齐兵必罢，大臣得安，足下高枕而王千里，此万世之利也。"禄然其计，使人报产及诸吕老人。或以为不便，计犹豫未有所决。禄信寄，与俱出游，过其姑吕媭。媭怒曰："汝为将而弃军，吕氏今无处矣！"乃悉出珠玉宝器散堂下，曰："无为它人守也！"

八月庚申，平阳侯窋行御史大夫事，见相国产计事。郎中令贾寿使从齐来，因数产曰："王不早之国，今虽欲行，尚可得邪？"具以灌婴与齐、楚合从状告产。平阳侯窋闻其语，驰告丞相平、太尉勃。勃欲入北军，不得入。襄平侯纪通尚符节[4]，乃令持节矫内勃北军。勃复令郦寄、典客刘揭说禄，曰："帝使太尉守北军，欲令足下之国，急归将军印辞去。不然，祸且起。"禄遂解印属典客，而以兵授太尉勃。勃入军门，行令军中曰："为吕氏右袒，为刘氏左袒。"军皆左袒。勃遂将北军。然尚有南军，丞相平召朱虚侯章佐勃。勃令章监军门，令平阳侯告卫尉，毋内相国产殿门。产不知禄已去北军，入未央宫欲为乱。殿门弗内，徘徊往来。平阳侯驰语太尉勃，勃尚恐不胜，未敢诵言诛之[5]，乃谓朱虚侯章曰："急入宫卫帝。"章从勃请卒千人，入未央宫掖门，见产廷中。日餔时，遂击产。产走。天大风，从官乱，莫敢斗者。逐产，杀之郎中府吏舍厕中。

章已杀产，帝令谒者持节劳章。章欲夺节，谒者不肯，章乃从与载，因节信驰斩长乐卫尉吕更始。还入北军，复报太尉勃。勃起拜贺章，曰："所患独产，今已诛，天下定矣。"辛酉，杀吕禄，笞杀吕媭。分部悉捕诸吕男女，无少长皆斩之。

大臣相与阴谋，以为少帝及三弟为王者皆非孝惠子，复共诛之，尊立文帝。语在周勃、高五王《传》。

赞曰：孝惠、高后之时，海内得离战国之苦，君臣俱欲无为，故惠帝拱己[6]，高后女主制政，不出房闼[7]，而天下晏然，刑罚罕用，民务稼墙，衣食滋殖。

①属：委。

②秩：增加俸禄。

③颛：专权。

④尚：主掌。

⑤诵言：宣称；明言。

⑥拱己：垂拱而治。

⑦闼：宫中小门。

文帝纪

孝文皇帝，高祖中子也，母曰薄姬。高祖十一年，诛陈豨，定代地，立为代王，都中都。十七年秋，高后崩，诸吕谋为乱，欲危刘氏。丞相陈平、太尉周勃、朱虚侯刘章等共诛之，谋立代王。语在《高后纪》、《高五王传》。

大臣遂使人迎代王。郎中令张武等议，皆曰："汉大臣皆故高帝时将，习兵事，多谋诈，其属意非止此也，特畏高帝、吕太后威耳。今已诛诸吕，新喋血京师，以迎大王为名，实不可信。愿称疾无往，以观其变。"中尉宋昌进曰："群臣之议皆非也。夫秦失其政，豪杰并起，人人自以为得之者以万数，然卒践天子位者，刘氏也，天下绝望，一矣；高帝王子弟，地犬牙相制，所谓盘石之宗也，天下服其强，二矣；汉兴，除秦烦苛，约法令，施德惠，人人自安，难动摇，三矣。夫以吕太后之严，立诸吕为三王，擅权专制，然而太尉以一节入北军，一呼士皆袒左，为刘氏，畔诸吕，卒以灭之。此乃天授，非人力也。今大臣虽欲为变，百姓弗为使，其党宁能专一邪？内有朱虚、东牟之亲，外畏吴、楚、淮南、琅邪、齐、代之强。方今高帝子独淮南王与大王，大王又长，贤圣仁孝，闻于天下，故大臣因天下之心而欲迎立大王，大王勿疑也。"代王报太后，计犹豫未定。卜之，兆得大横。占曰："大横庚庚，余为天王，夏启以光。"代王曰："寡人固已为王，又何王乎？"卜人曰："所谓天王者，乃天子也。"于是代王乃遣太后弟薄昭见太尉勃，勃等具言所以迎立王者。昭还报曰："信矣，无可疑者。"代王笑谓宋昌曰："果如公言。"乃令宋昌骖乘，张武等六人乘六乘传诣长安。至高陵止，而使宋昌先之长安观变。

昌至渭桥，丞相已下皆迎。昌还报，代王乃进至渭桥。群臣拜谒称臣，代王下拜。太尉勃进曰："愿请间[①]。"宋昌曰："所言公，公言之；所言私，王者无私。"太尉勃乃跪上天子玺。代王谢曰："至邸而议之。"

闰月己酉，入代邸。群臣从至，上议曰："丞相臣平、太尉臣勃、大将军臣武、御史大夫臣苍、宗正臣郢、朱虚侯臣章、东牟侯臣兴居、典客臣揭再拜言大王足下：子弘等皆非孝惠皇帝子，不当奉宗庙。臣谨请阴安侯、顷王后、琅邪王、列侯、吏二千石议，大王，高皇帝子，宜为嗣。愿大王即天子位。"代王曰："奉高帝宗庙，重事也。寡人不佞，不足以称。愿请楚王计宜者，寡人弗敢当。"群臣皆伏，固请。代王西乡让者三[②]，南乡让者再。丞相平等皆曰："臣伏计之，大王奉高祖宗庙最宜称，虽天下诸侯万民皆以为宜。臣等为宗庙社稷计，不敢忽。愿大王幸听臣等。臣谨奉天子玺符再拜上。"代王曰："宗室、将相、王、列侯以为其宜寡人，寡人不敢辞。"遂即天子位。群臣以次侍。使太仆婴、东牟侯兴居先清宫，奉天子法驾迎代邸。皇帝即日夕入未央宫。夜拜宋昌为卫将军，领南、北军，张武为郎中令，行殿中。还坐前殿，下诏曰：

“制诏丞相、太尉、御史大夫：间者诸吕用事擅权，谋为大逆，欲危刘氏宗庙，赖将相列侯宗室大臣诛之，皆伏其辜。朕初即位，其赦天下，赐民爵一级，女子百户牛酒，酺五日。”

元年冬十月辛亥，皇帝见于高庙。遣车骑将军薄昭迎皇太后于代。诏曰：“前吕产自置为相国，吕禄为上将军，擅遣将军灌婴将兵击齐，欲代刘氏。婴留荥阳，与诸侯合谋以诛吕氏。吕产欲为不善，丞相平与太尉勃等谋夺产等军。朱虚侯章首先捕斩产。太尉勃身率襄平侯通持节承诏入北军。典客揭夺吕禄印。其益封太尉勃邑万户，赐金五千斤；丞相平、将军婴邑各三千户，金二千斤；朱虚侯章、襄平侯通邑各二千户，金千斤。封典客揭为阳信侯，赐金千斤。”

十二月，立赵幽王子遂为赵王，徙琅邪王泽为燕王。吕氏所夺齐、楚地皆归之。尽除收帑相坐律令[③]。

正月，有司请蚤建太子[④]，所以尊宗庙也。诏曰：“朕既不德，上帝神明未歆飨也[⑤]，天下人民未有惬志[⑥]。今纵不能博求天下贤圣有德之人而嬗天下焉[⑦]，而曰豫建太子[⑧]，是重吾不德也。谓天下何？其安之。”有司曰：“豫建太子，所以重宗庙社稷，不忘天下也。”上曰：“楚王，季父也，春秋高，阅天下之义理多矣，明于国家之体。吴王于朕，兄也；淮南王，弟也：皆秉德以陪朕，岂为不豫哉！诸侯王宗室昆弟有功臣，多贤及有德义者，若举有德以陪朕之不能终，是社稷之灵，天下之福也。今不选举焉，而曰必子，人其以朕为忘贤有德者而专于子，非所以忧天下也。朕甚不取。”有司固请曰：“古者殷、周有国，治安皆且千岁，有天下者莫长焉，用此道也。立嗣必子，所从来远矣。高帝始平天下，建诸侯，为帝者太祖。诸侯王、列侯始受国者亦皆为其国祖。子孙继嗣，世世不绝，天下之大义也。故高帝设之以抚海内。今释宜建而更选于诸侯宗室，非高帝之志也。更议不宜。子启最长，敦厚慈仁，请建以为太子。”上乃许之。因赐天下民当为父后者爵一级。封将军薄昭为轵侯。

三月，有司请立皇后。皇太后曰：“立太子母窦氏为皇后。”

诏曰：“方春和时，草木群生之物皆有以自乐，而吾百姓鳏寡孤独穷困之人或阽于死亡[⑨]，而莫之省忧。为民父母将何如？其议所以振贷之。”又曰：“老者非帛不暖，非肉不饱。今岁首，不时使人存问长老，又无布帛酒肉之赐，将何以佐天下子孙孝养其亲？今闻吏禀当受鬻者[⑩]，或以陈粟，岂称养老之意哉！具为令。”有司请令县道，年八十已上，赐米人月一石、肉二十斤、酒五斗。其九十已上，又赐帛人二疋、絮三斤。赐物及当禀鬻米者，长吏阅视，丞若尉致[⑪]。不满九十，啬夫、令史致。二千石遣都吏循行，不称者督之。刑者及有罪耐以上不用此令。

楚元王交薨。

四月，齐、楚地震，二十九山同日崩，大水溃出。

六月，令郡国无来献。施惠天下，诸侯、四夷远近欢洽。乃修代来功[⑫]。诏曰：“方大臣诛诸吕迎朕，朕狐疑，皆止朕，唯中尉宋昌劝朕，朕以得保宗庙。已尊昌为卫将军，其封昌为壮武侯。诸从朕六人，官皆至九卿。”又曰：“列侯从高帝入蜀汉者六十八人益邑各三百户。吏二千石以上从高帝颍川守尊等十人食邑六百户，淮阳守申屠嘉等十人五百户，卫尉足等十人四百户。”封淮南王舅赵兼为周阳侯，齐王舅驷钧为靖郭侯，故常山丞相蔡兼为樊侯。

二年冬十月，丞相陈平薨。诏曰：“朕闻古者诸侯建国千余，各守其地，以时入贡，民不劳苦，上下欢欣，靡有违德。今列侯多居长安，邑远，吏卒给输费苦，而列侯亦无繇教训其民[⑬]。其令列侯之国，为吏及诏所止者[⑭]，遣太子。”

十一月癸卯，晦，日有食之。诏曰：“朕闻之，天生民，为之置君以养治之。人主不德，布政不均，则天示之灾以戒不治。乃十一月，晦，日有食之，适见于天，灾孰大焉！朕获保宗庙，以微眇之身托于士民君王之上，天下治乱，在予一人，唯二三执政犹吾股肱也。朕下不能治育群生，上以累三光之明[15]，其不德大矣。令至，其悉思朕之过失及知见之所不及，丐以启告朕[16]。及举贤良方正能直言极谏者，以匡朕之不逮[17]。因各敕以职任，务省徭费以便民。朕既不能远德，故惘然念外人之有非[18]，是以设备未息。今纵不能罢边屯戍，又饬兵厚卫，其罢卫将军军。太仆见马遗财足，余皆以给传置。"

春正月丁亥，诏曰："夫农，天下之本也，其开藉田，朕亲率耕，以给宗庙粢盛。[19]。民谪作县官及贷种食未入、入未备者，皆赦之。"

三月，有司请立皇子为诸侯王。诏曰："前赵幽王幽死，朕甚怜之，已立其太子遂为赵王。遂弟辟强及齐悼惠王子朱虚侯章、东牟侯兴居有功，可王。乃立辟强为河间王、章为城阳王、兴居为济北王。因立皇子武为代王、参为太原王、揖为梁王。

五月，诏曰："古之治天下，朝有进善之旌、诽谤之木，所以通治道而来谏者也。今法有诽谤訞言之罪[20]，是使众臣不敢尽情，而上无由闻过失也。将何以来远方之贤良？其除之。民或祝诅上，以相约而后相谩，吏以为大逆，其有他言，吏又以为诽谤。此细民之愚，无知抵死，朕甚不取。自今以来，有犯此者勿听治。"

九月，初与郡守为铜虎符、竹使符。

诏曰："农，天下之大本也，民所恃以生也，而民或不务本而事末，故生不遂。朕忧其然，故今兹亲率群臣农以劝之。其赐天下民今年田租之半。"

三年冬十月丁酉，晦，日有食之。十一月丁卯，晦，日有蚀之。

诏曰："前日诏遣列侯之国，辞未行。丞相朕之所重，其为朕率列侯之国。"遂免丞相勃，遣就国。十二月太尉颍阴侯灌婴为丞相。罢太尉官，属丞相。

夏四月，城阳王章薨。淮南王长杀辟阳侯审食其。

五月，匈奴入居北地、河南为寇。上幸甘泉，遣丞相灌婴击匈奴，匈奴去。发中尉、材官属卫将军，军长安。

上自甘泉之高奴，因幸太原，见故群臣，皆赐之。举功行赏，诸民里赐牛酒。复晋阳、中都民三岁租。留游太原十余日。

济北王兴居闻帝之代欲自击匈奴，乃反，发兵欲袭荥阳。于是诏罢丞相兵，以棘蒲侯柴武为大将军，将四将军十万众击之。祁侯缯贺为将军，军荥阳。秋七月，上自太原至长安。诏曰："济北王背德反上，诖误吏民[21]，为大逆。济北吏民兵未至先自定及以军城邑降者，皆赦之，复官爵。与王兴居去来者，亦赦之。"八月，虏济北王兴居，自杀。赦诸与兴居反者。

四年冬十二月，丞相灌婴薨。

夏五月，复诸刘有属籍、家无所与。赐诸侯王子邑各二千户。

秋九月，封齐悼惠王子七人为列侯。

绛侯周勃有罪，逮诣廷尉诏狱。

作顾成庙。

五年春二月，地震。

夏四月，除盗铸钱令。更造四铢钱。

六年冬十月，桃李华。

十一月，淮南王长谋反，废，迁蜀严道，死雍。

七年冬十月，令列侯太夫人、夫人、诸侯王子及吏二千石无得擅征捕。

夏四月，赦天下。

六月癸酉，未央宫东阙罘罳灾[22]。

八年夏，封淮南厉王长子四人为列侯。有长星出于东方。

九年春，大旱。

十年冬，行幸甘泉。将军薄昭死。

十一年冬十一月，行幸代。

春正月，上自代还。

夏六月，梁王揖薨。匈奴寇狄道。

十二年冬十二月，河决东郡。

春正月，赐诸侯王女邑各二千户。

二月，出孝惠皇帝后宫美人，令得嫁。

三月，除关无用传。

诏曰："道民之路，在于务本。朕亲率天下农，十年于今，而野不加辟。岁一不登，民有饥色，是从事焉尚寡，而吏未加务也。吾诏书数下，岁劝民种树，而功未兴，是吏奉吾诏不勤，而劝民不明也。且吾农民甚苦，而吏莫之省，将何以劝焉？其赐农民今年租税之半。"

又曰："孝悌，天下之大顺也。力田，为生之本也。三老，众民之师也。廉吏，民之表也。朕甚嘉此二三大夫之行。今万家之县，云无应令，岂实人情？是吏举贤之道未备也。其遣谒者劳赐三老、孝者帛人五匹，悌者、力田二匹，廉吏二百石以上率百石者三匹。及问民所不便安，而以户口率置三老孝悌力田常员，令各率其意以道民焉。"

十三年春二月甲寅，诏曰："朕亲率天下农耕以供粢盛，皇后亲桑以奉祭服，其具礼仪。"

夏，除祕祝，语在《郊祀志》。五月，除肉刑法，语在《刑法志》。

六月，诏曰："农，天下之本，务莫大焉。今仅身从事，而有租税之赋，是谓本末者无以异也，其于劝农之道未备。其除田之租税。赐天下孤寡布帛絮各有数。"

十四年冬，匈奴寇边，杀北地都尉卬。遣三将军军陇西、北地、上郡，中尉周舍为卫将军，郎中令张武为车骑将军，军渭北，车千乘，骑卒十万人。上亲劳军，勒兵，申教令，赐吏卒，自欲征匈奴。群臣谏，不听。皇太后固要上，乃止。于是以东阳侯张相如为大将军，建成侯董赫、内史栾布皆为将军，击匈奴。匈奴走。

春，诏曰："朕获执牺牲珪币以事上帝宗庙，十四年于今。历日弥长，以不敏不明而久抚临天下，朕甚自愧。其广增诸祀坛场珪币。昔先王远施不求其报，望祀不祈其福，右贤左戚，先民后己，至明之极也。今吾闻祠官祝厘[23]，皆归福于朕躬，不为百姓，朕甚愧之。夫以朕之不德，而专乡独美其福，百姓不与焉，是重吾不德也。其令祠官致敬，无有所祈。"

十五年春，黄龙见于成纪。上乃下诏议郊祀。公孙臣明服色，新垣平设五庙。语在《郊祀志》。

夏四月，上幸雍，始郊见五帝，赦天下，修名山大川尝祀而绝者，有司以岁时致礼。

九月，诏诸侯王公卿郡守举贤良能直言极谏者，上亲策之，傅纳以言[24]。语在《晁错传》。

十六年夏四月，上郊祀五帝于渭阳。

五月，立齐悼惠王子六人、淮南厉王子三人皆为王。

秋九月，得玉杯，刻曰"人主延寿"。令天下大酺，明年改元。

后元年冬十月，新垣平诈觉，谋反，夷三族。

春三月，孝惠皇后张氏薨。

诏曰："间者数年比不登[25]，又有水旱疾疫之灾，朕甚忧之。愚而不明，未达其咎。意者朕之政有所失而行有过与？乃天道有不顺，地利或不得，人事多失和，鬼神废不享与？何以致此？

将百官之奉养或费，无用之事或多与？何其民食之寡乏也！夫度田非益寡，而计民未加益，以口量地，其于古犹有余，而食之甚不足者，其咎安在？无乃百姓之从事于末以害农者蕃，为酒醪以靡谷者多，六畜之食焉者众与？细大之义，吾未能得其中。其与丞相、列侯、吏二千石、博士议之，有可以佐百姓者，率意远思，无有所隐。”

二年夏，行幸雍棫阳宫。

六月，代王参薨。匈奴和亲。诏曰：“朕既不明，不能远德，使方外之国或不宁息。夫四荒之外不安其生[26]，封圻之内勤劳不处[27]，二者之咎，皆自于朕之德薄而不能达远也。间者累年，匈奴并暴边境，多杀吏民，边臣兵吏又不能谕其内志，以重吾不德。夫久结难连兵，中外之国将何以自宁？今朕夙兴夜寐，勤劳天下，忧苦万民，为之恻怛不安，未尝一日忘于心，故遣使者冠盖相望，结辙于道，以谕朕志于单于。今单于反古之道，计社稷之安，便万民之利，新与朕俱弃细过，偕之大道，结兄弟之义，以全天下元元之民。和亲以定，始于今年。”

三年春二月，行幸代。

四年夏四月丙寅，晦，日有蚀之。五月，赦天下。免官奴婢为庶人。行幸雍。

五年春正月，行幸陇西。三月，行幸雍。秋七月，行幸代。

六年冬，匈奴三万骑入上郡，三万骑入云中。以中大夫令免为车骑将军，屯飞狐；故楚相苏意为将军，屯句注；将军张武屯北地；河内太守周亚夫为将军，次细柳；宗正刘礼为将军，次霸上；祝兹侯徐厉为将军，次棘门；以备胡。

夏四月，大旱，蝗。令诸侯无入贡，弛山泽，减诸服御，损郎吏员，发仓庾以振民。民得卖爵。

七年夏六月己亥，帝崩于未央宫。遗诏曰：“朕闻之，盖天下万物之萌生，靡不有死。死者，天地之理，物之自然，奚可甚哀！当今之世，咸嘉生而恶死，厚葬以破业，重服以伤生，吾甚不取。且朕既不德，无以佐百姓；今崩，又使重服久临，以罹寒暑之数，哀人父子，伤长老之志，损其饮食，绝鬼神之祭祀，以重吾不德，谓天下何！朕获保宗庙，以眇眇之身托于天下君王之上，二十有余年矣。赖天之灵，社稷之福，方内安宁，靡有兵革。朕既不敏，常畏过行，以羞先帝之遗德。惟年之久长，惧于不终。今乃幸以天年得复供养于高庙，朕之不明与嘉之，其奚哀念之有！其令天下吏民，令到出临三日，皆释服。无禁取妇、嫁女、祠祀饮酒食肉。自当给丧事服临者，皆无践[28]。绖带无过三寸，无布车及兵器，无发民哭临宫殿中。殿中当临者，皆以旦夕各十五举音，礼毕罢。非旦夕临时，禁无得擅哭临。以下，服大红十五日，小红十四日，纤七日，释服。它不在令中者，皆以此令比类从事。布告天下，使明知朕意。霸陵山川因其故，无有所改。归夫人以下至少使[29]。”令中尉亚夫为车骑将军，属国悍为将屯将军，郎中令张武为复土将军，发近县卒万六千人，发内史卒万五千人，臧郭穿复土属将军武。赐诸侯王以下至孝悌力田金钱帛各有数。乙巳，葬霸陵。

赞曰：孝文皇帝即位二十三年，宫室苑囿、车骑服御无所增益。有不便，辄弛以利民。尝欲作露台，召匠计之，直百金。上曰：“百金，中人十家之产也。吾奉先帝宫室，常恐羞之，何以台为！”身衣弋绨[30]，所幸慎夫人衣不曳地，帷帐无文绣，以示敦朴，为天下先。治霸陵，皆瓦器，不得以金银铜锡为饰，因其山，不起坟。南越尉佗自立为帝，召贵佗兄弟，以德怀之，佗遂称臣。与匈奴结和亲，后而背约入盗，令边备守，不发兵深入，恐烦百姓。吴王诈病不朝，赐以几杖。群臣袁盎等谏说虽切，常假借纳用焉。张武等受赂金钱，觉，更加赏赐，以愧其心。专务以德化民，是以海内殷富，兴于礼义，断狱数百，几致刑措[31]。呜呼，仁哉！

①请间：请求私下交谈。
②乡：通"向"。
③帑：通"孥"。收孥：一人有罪收并其家的刑罚。
④蚤：通"早"。
⑤歆（xīn，音新）飨：祭祀时神灵先享其气。
⑥惬：满足。
⑦嬗：通"禅"。禅让。
⑧豫：通"预"。预先。
⑨阽（yán，音沿）：临近。
⑩禀：发给；分发。　　鬻：通"粥"。
⑪若：或者。　　致：送致。
⑫修代来功：封赏从代国随从而来者的功劳。
⑬繇：歌谣。
⑭为吏：在朝为官者。
⑮三光：日、月、星。
⑯丐：请求；恳求。
⑰不逮：考虑不周之处。
⑱僩（xiàn，音限）然：不安的样子。
⑲粢盛（chéng，音程）：盛在祭器内用于祭祀的谷物。
⑳祆：通"妖"。
㉑诖（guà，音卦）误：连累；贻误。
㉒罘罳（fúsī，音浮思）：皇宫门外的屏。
㉓厘：福。
㉔傅：敷陈；陈述。
㉕比：频繁。
㉖荒：荒僻的地方。指国界以外之地。
㉗圻：通"畿"，王畿。　　不处：没有得到安居。
㉘践：斩衰。五服之一。
㉙少使：嫔妃之名。
㉚弋：黑色。
㉛措：搁置；闲置。

景帝纪

孝景皇帝，文帝太子也。母曰窦皇后。后七年六月，文帝崩。丁未，太子即皇帝位，尊皇太后薄氏曰太皇太后，皇后曰皇太后。

九月，有星孛于西方[①]。

元年冬十月，诏曰："盖闻古者祖有功而宗有德，制礼乐各有由。歌者，所以发德也；舞者，所以明功也。高庙酎[②]，奏《武德》、《文始》、《五行》之舞。孝惠庙酎，奏《文始》、《五行》之舞。孝文皇帝临天下，通关梁，不异远方；除诽谤，去肉刑，赏赐长老，收恤孤独，以遂群生；减耆欲，不受献，罪人不帑[③]，不诛亡罪，不私其利也；除宫刑，出美人，重绝人之世也。朕既不敏，弗能胜识。此皆上世之所不及，而孝文皇帝亲行之。德厚侔天地[④]，利泽施四海，靡不获福。明象乎日月，而庙乐不称，朕甚惧焉。其为孝文皇帝庙为《昭德》之舞，以明休德[5]。然后祖宗之功德，施于万世，永永无穷，朕甚嘉之。其与丞相、列侯、中二千石、礼官具礼仪奏。"丞相臣嘉等奏曰："陛下永思孝道，立《昭德》之舞以明孝文皇帝之盛德，皆臣嘉等愚所不及。臣谨议：世功莫大于高皇帝，德莫盛于孝文皇帝。高皇帝庙宜为帝者太祖之庙，孝文皇帝庙宜为帝者太宗之庙。天子宜世世献祖宗之庙。郡国诸侯宜各为孝文皇帝立太宗之庙。诸侯王、列侯使者侍祠天子所献祖宗之庙。请宣布天下。"制曰"可"。

春正月，诏曰："间者岁比不登，民多乏食，夭绝天年，朕甚痛之。郡国或硗狭[6]，无所农桑毄畜[7]；或地饶广，荐草莽[8]，水泉利，而不得徙。其议民欲徙宽大地者，听之。"

夏四月，赦天下。赐民爵一级。

遣御史大夫青翟至代下与匈奴和亲。

五月，令田半租。

秋七月，诏曰："吏受所监临，以饮食免，重；受财物，贱买贵卖，论轻。廷尉与丞相更议著令。"廷尉信谨与丞相议曰："吏及诸有秩受其官属所监、所治、所行、所将，其与饮食计偿费，勿论。它物，若买故贱，卖故贵，皆坐臧为盗，没入臧县官。吏迁徙免罢，受其故官属所将监治送财物，夺爵为士伍，免之。无爵，罚金二斤，令没入所受。有能捕告，畀其所受臧[9]。"

二年冬十二月，有星孛于西南。

令天下男子年二十始傅[10]。

春三月，立皇子德为河间王、阏为临江王、余为淮阳王、非为汝南王、彭祖为广川王、发为长沙王。

夏四月壬午，太皇太后崩。

六月，丞相嘉薨。

封故相国萧何孙係为列侯。

秋，与匈奴和亲。

三年冬十二月，诏曰："襄平侯嘉子恢说不孝，谋反，欲以杀嘉，大逆无道。其赦嘉为襄平侯，及妻子当坐者复故爵。论恢说及妻子如法。"

春正月，淮阳王宫正殿灾。

吴王濞、胶西王卬、楚王戊、赵王遂、济南王辟光、菑川王贤、胶东王雄渠皆举兵反。大赦天下。遣太尉亚夫、大将军窦婴将兵击之。斩御史大夫晁错以谢七国。

二月壬子，晦，日有食之。

诸将破七国，斩首十余万级。追斩吴王濞于丹徒。胶西王卬、楚王戊、赵王遂、济南王辟光、菑川王贤、胶东王雄渠皆自杀。夏六月，诏曰："乃者吴王濞等为逆，起兵相胁，诖误吏民[11]，吏民不得已。今濞等已灭，吏民当坐濞等及逋逃亡军者[12]，皆赦之。楚元王子艺等与濞等为逆，朕不忍加法，除其籍，毋令汙宗室。"立平陆侯刘礼为楚王，续元王后；立皇子端为胶西王、胜为中山王。赐民爵一级。

四年春，复置诸关用传出入。

夏四月己巳，立皇子荣为皇太子、彻为胶东王。

六月，赦天下，赐民爵一级。

秋七月，临江王阏薨。

十月戊戌，晦，日有蚀之。

五年春正月，作阳陵邑。夏，募民徙阳陵，赐钱二十万。

遣公主嫁匈奴单于。

六年冬十二月，雷，霖雨。

秋九月，皇后薄氏废。

七年冬十一月庚寅，晦，日有蚀之。

春正月，废皇太子荣为临江王。

二月，罢太尉官。

夏四月乙巳，立皇后王氏。

丁巳，立胶东王彻为皇太子。赐民为父后者爵一级。

中元年夏四月，赦天下，赐民爵一级。封故御史大夫周苛、周昌孙子为列侯。

二年春二月，令诸侯王薨、列侯初封及之国，大鸿胪奏谥、诔、策[13]。列侯薨及诸侯太傅初除之官，大行奏谥、诔、策。王薨，遣光禄大夫吊襚祠赗[14]，视丧事，因立嗣子。列侯薨，遣大中大夫吊祠，视丧事，因立嗣。其葬，国得发民挽丧，穿复土，治坟无过三百人毕事。

匈奴入燕。

改磔曰弃市[15]，勿复磔。

三月，临江王荣坐侵太宗庙地，征诣中尉，自杀。

夏四月，有星孛于西北。

立皇子越为广川王、寄为胶东王。

秋七月，更郡守为太守、郡尉为都尉。

九月，封故楚、赵傅相内史前死事者四人子皆为列侯。

甲戌，晦，日有蚀之。

三年冬十一月，罢诸侯御史大夫官。

春正月，皇太后崩。

夏旱，禁酤酒。秋九月，蝗。有星孛于西北。戊戌，晦，日有蚀之。

立皇子乘为清河王。

四年春三月，起德阳宫。

御史大夫绾奏禁马高五尺九寸以上，齿未平，不得出关。

夏，蝗。

秋，赦徒作阳陵者，死罪欲腐者[16]，许之。

十月戊午，日有蚀之。

五年夏，立皇子舜为常山王。六月，赦天下，赐民爵一级。

秋八月己酉，未央宫东阙灾。

更名诸侯丞相为相。

九月，诏曰："法令度量，所以禁暴止邪也。狱，人之大命，死者不可复生。吏或不奉法令，以货赂为市，朋党比周，以苛为察，以刻为明，令亡罪者失职，朕甚怜之。有罪者不伏罪，奸法为暴，甚亡谓也。诸狱疑，若虽文致于法而于人心不厌者[17]，辄谳之。"

六年冬十月，行幸雍，郊五畤。

十二月，改诸官名。定铸钱伪黄金弃市律。

春三月，雨雪。

夏四月，梁王薨，分梁为五国，立孝王子五人皆为王。

五月，诏曰："夫吏者，民之师也，车驾衣服宜称。吏六百石以上，皆长吏也。亡度者或不吏服，出入闾里，与民亡异。令长吏二千石车朱两轓，千石至六百石朱左轓。车骑从者不称其官衣服，下吏出入闾巷亡吏体者，二千石上其官属，三辅举不如法令者，皆上丞相御史请之。”先是吏多军功，车服尚轻，故为设禁。又惟酷吏奉宪失中，乃诏有司减笞法，定《棰令》。语在《刑法志》。

六月，匈奴入雁门，至武泉，入上郡，取苑马。吏卒战死者二千人。

秋七月辛亥，晦，日有蚀之。

后元年春正月，诏曰：“狱，重事也。人有智愚，官有上下。狱疑者谳有司。有司所不能决，移廷尉。有令谳而后不当，谳者不为失。欲令治狱者务先宽。”三月，赦天下，赐民爵一级，中二千石诸侯相爵右庶长。夏，大酺五日，民得酤酒。

五月，地震。秋七月乙巳，晦，日有蚀之。

条侯周亚夫下狱死。

二年冬十月，省彻侯之国。

春，匈奴入雁门，太守冯敬与战，死。发车骑材官屯。

春，以岁不登，禁内郡食马粟，没入之。

夏四月，诏曰：“雕文刻镂，伤农事者也；锦绣纂组，害女红者也。农事伤则饥之本也，女红害则寒之原也。夫饥寒并至，而能亡为非者寡矣。朕亲耕，后亲桑，以奉宗庙粢盛祭服，为天下先；不受献，减太官，省繇赋，欲天下务农蚕，素有畜积，以备灾害。强毋攘弱，众毋暴寡，老耆以寿终，幼孤得遂长。今岁或不登，民食颇寡，其咎安在？或诈伪为吏，吏以货赂为市，渔夺百姓，侵牟万民。县丞，长吏也，奸法与盗盗，甚无谓也。其令二千石各修其职；不事官职耗乱者，丞相以闻，请其罪。布告天下，使明知朕意。”

五月，诏曰：“人不患其不知，患其为诈也；不患其不勇，患其为暴也；不患其不富，患其亡厌也。其唯廉士，寡欲易足。今訾算十以上乃得宦，廉士算不必众。有市籍不得宦，无訾又不得宦，朕甚愍之。訾算四得宦，亡令廉士久失职，贪夫长利。”

秋，大旱。

三年春正月，诏曰：“农，天下之本也。黄金珠玉，饥不可食，寒不可衣，以为币用，不识其终始。间岁或不登，意为末者众，农民寡也。其令郡国务劝农桑，益种树，可得衣食物。吏发民若取庸采黄金珠玉者，坐臧为盗。二千石听者，与同罪。”

皇太子冠，赐民为父后者爵一级。

甲子，帝崩于未央宫。遗诏赐诸侯王、列侯马二驷，吏二千石黄金二斤，吏民户百钱。出宫人归其家，复终身。二月癸酉，葬阳陵。

赞曰：孔子称“斯民，三代之所以直道而行也”，信哉！周、秦之敝，罔密文峻，而奸轨不胜。汉兴，扫除烦苛，与民休息。至于孝文，加之以恭俭，孝景遵业，五六十载之间，至于移风易俗，黎民醇厚。周云成、康，汉言文、景，美矣！

---

①孛（bó，音伯）：星芒四射。彗星的别称。

②酎：祭祀用的醇酒，经多次酿造而成。

③帑：通“孥”。一人犯罪将家人收为官奴的惩罚。

④侔：相等。

⑤休：美

⑥硗（qiāo，音敲），土地坚硬而瘠薄。

⑦毄（jì，音记）：饲养牲畜。

⑧荐：草稠密。　　莽：草深密。

⑨畀（bì，音币）：给予；付与。

⑩傅：记入名册服徭役。

⑪诖误：贻误。

⑫逋：逃亡。

⑬诔（lěi，音垒）：古代用以表彰死者德行并致哀悼的文辞。

⑭襚：丧衣。　　祠：丧食。　　赗（fèng，音凤）：送给丧家送葬之物。

⑮磔：古代分割人肢体的死刑。

⑯腐：宫刑。

⑰厌：服。

⑱谳（yàn，音厌）：审判定案。

武帝纪

孝武皇帝，景帝中子也，母曰王美人。年四岁立为胶东王。七岁为皇太子，母为皇后。十六岁，后三年正月，景帝崩。甲子，太子即皇帝位，尊皇太后窦氏曰太皇太后，皇后曰皇太后。三月，封皇太后同母弟田蚡、胜皆为列侯。

建元元年，冬十月，诏丞相、御史、列侯、中二千石、二千石、诸侯相举贤良方正直言极谏之士。丞相绾奏：“所举贤良，或治申、商、韩非、苏秦、张仪之言①，乱国政，请皆罢。”奏可。

春二月，赦天下，赐民爵一级。年八十复二算，九十复甲卒。行三铢钱。

夏四月己巳，诏曰：“古之立教，乡里以齿，朝廷以爵，扶世导民，莫善于德。然则于乡里先耆艾②，奉高年，古之道也。今天下孝子顺孙愿自竭尽以承其亲，外迫公事，内乏资财，是以孝心阙焉。朕甚哀之。民年九十以上，已有受鬻法，为复子若孙，令得身帅妻妾遂其供养之事。”

五月，诏曰：“河海润千里，其令祠官修山川之祠，为岁事，曲加礼”。

赦吴楚七国帑输在官者③。

秋七月，诏曰：“卫士转置送迎二万人，其省万人。罢苑马，以赐贫民。”

议立明堂。遣使者安车蒲轮，束帛加璧，征鲁申公④。

二年冬十月，御史大夫赵绾坐请毋奏事太皇太后，及郎中令王臧皆下狱，自杀。丞相婴、太尉蚡免。

春二月丙戌朔，日有蚀之。夏四月戊申，有如日夜出。

初置茂陵邑。

三年春，河水溢于平原，大饥，人相食。

赐徙茂陵者户钱二十万，田二顷。初作便门桥。

秋七月，有星孛于西北⑤。

济川王明坐杀太傅、中傅废迁防陵。

闽越围东瓯，东瓯告急。遣中大夫严助持节发会稽兵，浮海救之。未至，闽越走，兵还。

九月丙子晦，日有蚀之。

四年夏，有风赤如血。六月，旱。秋九月，有星孛于东北。

五年春，罢三铢钱，行半两钱。

置《五经》博士。

夏四月，平原君薨⑥。

五月，大蝗。

秋八月，广川王越、清河王乘皆薨。

六年春二月乙未，辽东高庙灾。夏四月壬子，高园便殿火。上素服五日。

五月丁亥，太皇太后崩。

秋八月，有星孛于东方，长竟天。

闽越王郢攻南越。遣大行王恢将兵出豫章，大司农韩安国出会稽，击之。未至，越人杀郢降，兵还。

元光元年，冬十一月，初令郡国举孝廉各一人⑦。

卫尉李广为骁骑将军屯云中，中尉程不识为车骑将军屯雁门，六月罢。

夏四月，赦天下，赐民长子爵一级。复七国宗室前绝属者。

五月，诏贤良曰："朕闻昔在唐虞，画象而民不犯，日月所烛，莫不率俾⑧。周之成康，刑错不用⑨，德及鸟兽，教通四海。海外肃慎，北发渠搜，氐羌徕服⑩。星辰不孛，日月不蚀，山陵不崩，川谷不塞。麟凤在郊薮⑪，河洛出图书。呜呼，何施而臻此与！今朕获奉宗庙，夙兴以求⑫，夜寐以思，若涉渊水，未知所济。猗与伟与！何行而可以章先帝之洪业休德，上参尧舜，下配三王！朕之不敏，不能远德，此子大夫之所睹闻也。贤良明于古今王事之体，受策察问，咸以书对，著之于篇，朕亲览焉。"于是董仲舒、公孙弘等出焉。

秋七月癸未，日有蚀之。

二年冬十月，行幸雍，祠五畤。

春，诏问公卿曰："朕饰子女以配单于，金币文绣赂之甚厚，单于待命加嫚⑬，侵盗亡已。边境被害，朕甚闵之。今欲举兵攻之，何如?"大行王恢建议宜击。夏六月，御史大夫韩安国为护军将军，卫尉李广为骁骑将军，太仆公孙贺为轻车将军，大行王恢为将屯将军，太中大夫李息为材官将军，将三十万众屯马邑谷中，诱致单于，欲袭击之。单于入塞，觉之，走出。六月，军罢。将军王恢坐首谋不进⑭，下狱死。

秋九月，令民大酺五日⑮。

三年春，河水徙，从顿丘东南流入勃海。

夏五月，封高祖功臣五人后为列侯。

河水决濮阳，泛郡十六。发卒十万救决河。起龙渊宫。

四年冬，魏其侯窦婴有罪，弃市。

春三月乙卯，丞相蚡薨。

夏四月，陨霜杀草。五月，地震。赦天下。

五年春正月，河间王德薨。

夏，发巴蜀治南夷道，又发卒万人治雁门阻险。

秋七月，大风拔木。

乙巳，皇后陈氏废。捕为巫蛊者⑯，皆枭首。

八月，螟。

征吏民有明当时之务、习先圣之术者，县次续食，令与计偕。

六年冬，初算商车[17]。

春，穿漕渠通渭。

匈奴入上谷，杀略吏民。遣车骑将军卫青出上谷，骑将军公孙敖出代，轻车将军公孙贺出云中，骁骑将军李广出雁门。青至龙城，获首虏七百级。广、敖失师而还。诏曰："夷狄无义，所从来久。间者匈奴数寇边境，故遣将抚师。古者治兵振旅，因遭虏之方入，将吏新会，上下未辑，代郡将军敖、雁门将军广所任不肖[18]，校尉又背义妄行，弃军而北，少吏犯禁。用兵之法：不勤不教，将率之过也；教令宣明，不能尽力，士卒之罪也。将军已下廷尉，使理正之[19]。而又加法于士卒，二者并行，非仁圣之心。朕闵众庶陷害，欲刷耻改行，复奉正义，厥路亡繇[20]。其赦雁门、代郡军士不循法者。"

夏，大旱，蝗。

六月，行幸雍。

秋，匈奴盗边。遣将军韩安国屯渔阳。

元朔元年冬十一月，诏曰："公卿大夫，所使总方略，壹统类，广教化，美风俗也[21]。夫本仁祖义，褒德禄贤，劝善刑暴，五帝三王所繇昌也。朕夙兴夜寐，嘉兴宇内之士臻于斯路。故旅耆老，复孝敬，选豪俊，讲文学，稽参政事，祈进民心，深诏执事，兴廉举孝，庶几成风，绍休圣绪。夫十室之邑，必有忠信；三人并行，厥有我师。今或至阖郡而不荐一人，是化不下究，而积行之君子雍于上闻也[22]。二千石官长纪纲人伦，将何以佐朕烛幽隐，劝元元[23]，厉蒸庶[24]，崇乡党之训哉？且进贤受上赏，蔽贤蒙显戮，古之道也。其与中二千石、礼官、博士议不举者罪。"有司奏议曰："古者，诸侯贡士，壹适谓之好德，再适谓之贤贤，三适谓之有功，乃加九锡[25]。不贡士，壹则黜爵，再则黜地，三而黜爵地毕矣。夫附下罔上者死，附上罔下者刑，与闻国政而无益于民者斥，在上位而不能进贤者退，此所以劝善黜恶也。今诏书昭先帝圣绪，令二千石举孝廉，所以化元元，移风易俗也。不举孝，不奉诏，当以不敬论。不察廉，不胜任也，当免。"奏可。

十二月，江都王非薨。

春三月甲子，立皇后卫氏。诏曰："朕闻天地不变，不成施化。阴阳不变，物不畅茂。易曰'通其变，使民不倦。'诗云'九变复贯，知言之选。'朕嘉唐虞而乐殷周，据旧以鉴新。其赦天下，与民更始。诸逋贷及辞讼在孝景后三年以前[26]，皆勿听治。"

秋，匈奴入辽西，杀太守；入渔阳、雁门，败都尉，杀略三千余人。遣将军卫青出雁门，将军李息出代，获首虏数千级。

东夷薉君南闾等口二十八万人降，为苍海郡。

鲁王余、长沙王发皆薨。

二年冬，赐淮南王、菑川王几杖[27]，毋朝。

春正月，诏曰："梁王、城阳王亲慈同生，愿以邑分弟，其许之。诸侯王请与子弟邑者，朕将亲览，使有列位焉。"于是藩国始分，而子弟毕侯矣。

匈奴入上谷、渔阳，杀略吏民千余人。遣将军卫青、李息出云中，至高阙，遂西至符离，获首虏数千级。收河南地，置朔方、五原郡。

三月乙亥晦，日有蚀之。

夏，募民徙朔方十万口。又徙郡国豪杰及訾三百万以上于茂陵[28]。

秋，燕王定国有罪，自杀。

三年春，罢苍海郡。三月，诏曰："夫刑罚所以防奸也，内长文所以见爱也。以百姓之未洽于教化，朕嘉与士大夫日新厥业，祗而不解。其赦天下。"

夏，匈奴入代，杀太守；入雁门，杀略千余人。

六月庚午，皇太后崩。

秋，罢西南夷，城朔方城。令民大酺五日。

四年冬，行幸甘泉。

夏，匈奴入代、定襄、上郡，杀略数千人。

五年春，大旱。大将军卫青将六将军兵十余万人出朔方、高阙，获首虏万五千级。

夏六月，诏曰："盖闻导民以礼，风之以乐，今礼坏乐崩，朕甚闵焉。故详延天下方闻之士，咸荐诸朝。其令礼官劝学，讲议洽闻，举遗兴礼，以为天下先。太常其议予博士弟子，崇乡党之化，以厉贤材焉。"丞相弘请为博士置弟子员，学者益广。

秋，匈奴入代，杀都尉。

六年春二月，大将军卫青将六将军兵十余万骑出定襄，斩首三千余级。还，休士马于定襄、云中、雁门。赦天下。

夏四月，卫青复将六将军绝幕[29]，大克获。前将军赵信军败，降匈奴。右将军苏建亡军，独身脱还，赎为庶人[30]。

六月，诏曰："朕闻五帝不相复礼，三代不同法，所繇殊路而建德一也。盖孔子对定公以徕远，哀公以论臣，景公以节用，非期不同，所急异务也[31]。今中国一统而北边未安，朕甚悼之。日者大将军巡朔方，征匈奴，斩首虏万八千级，诸禁锢及有过者，咸蒙厚赏，得免减罪。今大将军仍复克获，斩首虏万九千级，受爵赏而欲移卖者，无所流貤[32]。其议为令。"有司奏请置武功赏官，以宠战士。

元狩元年，冬十月，行幸雍，祠五畤。获白麟，作《白麟之歌》。

十一月，淮南王安、衡山王赐谋反，诛。党与死者数万人。

十二月，大雨雪，民冻死。

夏四月，赦天下。

丁卯，立皇太子。赐中二千石爵右庶长，民为父后者一级。诏曰："朕闻咎繇对禹，曰在知人，知人则哲，惟帝难之。盖君者心也，民犹支体，支体伤则心憯怛[33]。日者淮南、衡山修文学，流货赂，两国接壤，怵于邪说[34]，而造篡弑，此朕之不德。诗云：'忧心惨惨[35]，念国之为虐。'已赦天下，涤除与之更始。朕嘉孝弟力田，哀夫老眊孤寡鳏独或匮于衣食[36]，甚怜愍焉。其遣谒者巡行天下，存问致赐。曰'皇帝使谒者赐县三老、孝者帛，人五匹；乡三老、弟者、力田帛，人三匹；年九十以上及鳏寡孤独帛，人二匹，絮三斤；八十以上米，人三石。有冤失职，使者以闻。县乡即赐，毋赘聚'。"

五月乙巳晦，日有蚀之。

匈奴入上谷，杀数百人。

二年冬十月，行幸雍，祠五畤。

春三月戊寅，丞相弘薨。

遣骠骑将军霍去病出陇西，至皋兰，斩首八千余级。

夏，马生余吾水中。南越献驯象、能言鸟。

将军去病、公孙敖出北地二千余里，过居延，斩首虏三万余级。

匈奴入雁门，杀略数百人。遣卫尉张骞、郎中令李广皆出右北平。广杀匈奴三千余人，尽亡其军四千人，独身脱还，及公孙敖、张骞皆后期[37]，当斩，赎为庶人。

江都王建有罪，自杀。胶东王寄薨。

秋，匈奴昆邪王杀休屠王，并将其众合四万余人来降，置五属国以处之。以其地为武威、酒泉郡。

三年春，有星孛于东方。夏五月，赦天下。立胶东康王少子庆为六安王。封故相国萧何曾孙庆为列侯。

秋，匈奴入右北平、定襄，杀略千余人。

遣谒者劝有水灾郡种宿麦。举吏民能假贷贫民者以名闻[38]。

减陇西、北地、上郡戍卒半。

发谪吏穿昆明池。

四年冬，有司言关东贫民徙陇西、北地、西河、上郡、会稽凡七十二万五千口，县官衣食振业，用度不足，请收银锡造白金及皮币以足用。初算缗钱[39]。

春，有星孛于东北。

夏，有长星出于西北。

大将军卫青将四将军出定襄，将军去病出代，各将五万骑。步兵踵军后数十万人[40]。青至幕北围单于，斩首万九千级，至阗颜山乃还。去病与左贤王战，斩获首虏七万余级，封狼居胥山乃还。两军士死者数万人。前将军广、后将军食其皆后期。广自杀，食其赎死。

五年春三月甲午，丞相李蔡有罪，自杀。

天下马少，平牡马匹二十万。

罢半两钱，行五铢钱。

徙天下奸猾吏民于边。

六年冬十月，赐丞相以下至吏二千石金，千石以下至乘从者帛，蛮夷锦各有差。

雨水亡冰。

夏四月乙巳，庙立皇子闳为齐王，旦为燕王，胥为广陵王。初作诰。

六月，诏曰："日者有司以币轻多奸，农伤而末众[41]，又禁兼并之涂，故改币以约之。稽诸往古，制宜于今[42]。废期有月，而山泽之民未谕。夫仁行而从善，义立则俗易，意奉宪者所以导之未明与？将百姓所安殊路，而挢虔吏因乘势以侵蒸庶邪？[43]何纷然其扰也！今遣博士大等六人分循行天下，存问鳏寡废疾，无以自振业者贷与之。谕三老孝弟以为民师，举独行之君子，征诣行在所。朕嘉贤者，乐知其人。广宣厥道，士有特招，使者之任也。详问隐处亡位，及冤失职，奸猾为害，野荒治苛者，举奏。郡国有所以为便者，上丞相、御史以闻。"

秋九月，大司马骠骑将军去病薨。

元鼎元年夏五月，赦天下，大酺五日。

得鼎汾水上。

济东王彭离有罪，废徙上庸。

二年冬十一月，御史大夫张汤有罪，自杀。十二月，丞相青翟下狱死。

春，起柏梁台。

三月，大雨雪。夏，大水，关东饿死者以千数。

秋九月，诏曰："仁不异远，义不辞难[44]。今京师虽未为丰年，山林池泽之饶与民共之。今水潦移于江南[45]，迫隆冬至，朕惧其饥寒不活。江南之地，火耕水耨，方下巴蜀之粟致之江陵，遣博士中等分循行，谕告所抵，无令重困。吏民有振救饥民免其厄者，具举以闻。"

三年冬，徙函谷关于新安。以故关为弘农县。

十一月，令民告缗者以其半与之。

正月戊子，阳陵园火。夏四月，雨雹，关东郡国十余饥，人相食。

常山王舜薨。子教嗣立，有罪，废徙房陵。

四年冬十月，行幸雍，祠五畤。赐民爵一级，女子百户牛酒。行自夏阳，东幸汾阴。十一月甲子，立后土祠于汾阴脽上。礼毕，行幸荥阳。还至洛阳，诏曰："祭地冀州，瞻望河洛，巡省豫州，观于周室，邈而无祀[46]。询问耆老，乃得孽子嘉。其封嘉为周子南君，以奉周祀。"

春二月，中山王胜薨。

夏，封方士栾大为乐通侯，位上将军。

六月，得宝鼎后土祠旁。秋，马生渥洼水中。作《宝鼎》、《天马之歌》。

立常山宪王子商为泗水王。

五年冬十月，行幸雍，祠五畤。遂逾陇，登空同，西临祖厉河而还。

十一月辛巳朔旦，冬至。立泰畤于甘泉。天子亲郊见，朝日夕月。诏曰："朕以眇身托于王侯之上[47]，德未能绥民，民或饥寒，故巡祭后土以祈丰年。冀州脽壤乃显文鼎，获祭于庙。渥洼水出马，朕其御焉。战战兢兢，惧不克任，思昭天地，内惟自新。诗云：'四牡翼翼[48]，以征不服。'亲省边垂，用事所极。望见泰一，修天文禮。辛卯夜，若景光十有二明。《易》曰：'先甲三日，后甲三日。'朕甚念年岁未咸登，饬躬斋戒，丁酉，拜况于郊[49]。"

夏四月，南越王相吕嘉反，杀汉使者及其王、王太后。赦天下。

丁丑晦，日有蚀之。

秋，鼃、虾蟆斗。

遣伏波将军路博德出桂阳，下湟水。楼船将军杨仆出豫章，下浈水。归义越侯严为戈船将军，出零陵，下离水。甲为下濑将军，下苍梧。皆将罪人，江淮以南楼船十万人。越驰义侯遗别将巴蜀罪人，发夜郎兵，下牂柯江，咸会番禺。

九月，列侯坐献黄金酎祭宗庙不如法夺爵者百六人[50]，丞相赵周下狱死。乐通侯栾大坐诬罔要斩。

西羌众十万人反，与匈奴通使。攻故安，围枹罕[51]。匈奴入五原，杀太守。

六年冬十月，发陇西、天水、安定骑士及中尉，河南、河内卒十万人，遣将军李息、郎中令自为征西羌，平之。

行东，将幸缑氏，至左邑桐乡，闻南越破，以为闻喜县。春，至汲新中乡，得吕嘉首，以为获嘉县。驰义侯遗兵未及下，上便令征西南夷，平之。遂定越地，以为南海、苍梧、郁林、合浦、交趾、九真、日南、珠崖、儋耳郡定西南夷，以为武都、牂柯、越雟、沈黎、文山郡。

秋，东越王余善反，攻杀汉将吏。遣横海将军韩说、中尉王温舒出会稽，楼船将军杨仆出豫章，击之。又遣浮沮将军公孙贺出九原，匈河将军赵破奴出令居，皆二千余里，不见虏而还。乃分武威、酒泉地置张掖、敦煌郡，徙民以实之。

元封元年冬十月，诏曰："南越、东瓯咸伏其辜，西蛮北夷颇未辑睦[52]。朕将巡边垂，择兵振旅，躬秉武节，置十二部将军，亲帅师焉。"行自云阳，北历上郡、西河、五原，出长城，北登单于台，至朔方，临北河。勒兵十八万骑[53]，旌旗径千余里，威震匈奴。遣使者告单于曰："南越王头已县于汉北阙矣。单于能战，天子自将待边。不能，亟来臣服。何但亡匿幕北寒苦之地为！"匈奴詟焉。还，祠黄帝于桥山，乃归甘泉。

东越杀王余善降。诏曰："东越险阻反覆，为后世患，迁其民于江淮间。"遂虚其地。

春正月，行幸缑氏。诏曰："朕用事华山，至于中岳，获駮麃[54]，见夏后启母石。翌日亲登嵩高，御史乘属、在庙旁吏卒咸闻呼万岁者三。登礼罔不答[55]。其令祠官加增太室祠，禁无伐其草木。以山下户三百为之奉邑，名曰崇高，独给祠，复亡所与。"行，遂东巡海上。

夏四月癸卯，上还，登封泰山，降坐明堂。诏曰："朕以眇身承至尊，兢兢焉。惟德菲薄，不明于礼乐，故用事八神。遭天地况施，著见景象，屑然如有闻。震于怪物，欲止不敢，遂登封泰山，至于梁父，然后升禮肃然。自新，嘉与士大夫更始，其以十月为元封元年。行所巡至，博、奉高、蛇丘，历城、梁父，民田租逋赋贷，已除。加年七十以上孤寡帛，人二匹。四县无出今年算。赐天下民爵一级，女子百户牛酒。"

行自泰山，复东巡海上，至碣石。自辽西历北边九原，归于甘泉。

秋，有星孛于东井，又孛于三台。

齐王宏薨。

二年冬十月，行幸雍，祠五畤。春，幸缑氏，遂至东莱。夏四月，还祠泰山。至瓠子，临决河，命从臣将军以下皆负薪塞河堤，作《瓠子之歌》。赦所过徒，赐孤独高年米，人四石。还，作甘泉通天台、长安飞廉馆。

朝鲜王攻杀辽东都尉，乃募天下死罪击朝鲜。

六月，诏曰："甘泉宫内中产芝，九茎连叶。上帝博临，不异下房，赐朕弘休。其赦天下，赐云阳都百户牛酒。"作《芝房之歌》。

秋，作明堂于泰山下。

遣楼船将军杨仆、左将军荀彘将应募罪人击朝鲜。又遣将军郭昌、中郎将卫广发巴蜀兵平西南夷未服者，以为益州郡。

三年春，作角抵戏[56]，三百里内皆观。

夏，朝鲜斩其王右渠降，以其地为乐浪、临屯、玄菟、真番郡。

楼船将军杨仆坐失亡多，免为庶民，左将军荀彘坐争功弃市。

秋七月，胶西王端薨。

武都氐人反，分徙酒泉郡。

四年冬十月，行幸雍，祠五畤。通回中道，遂北出萧关，历独鹿、鸣泽，自代而还，幸河东。春三月，祠后土。诏曰："朕躬祭后土地祇，见光集于灵坛，一夜三烛。幸中都宫，殿上见光。其赦汾阴、夏阳、中都死罪以下，赐三县及杨氏皆无出今年租赋。"

夏，大旱，民多暍死[57]。

秋，以匈奴弱，可遂臣服，乃遣使说之。单于使来，死京师。匈奴寇边，遣拔胡将军郭昌屯朔方。

五年冬，行南巡狩，至于盛唐，望祀虞舜于九嶷。登灊天柱山[58]，自寻阳浮江，亲射蛟江中，获之。舳舻千里，薄枞阳而出，作《盛唐枞阳之歌》。遂北至琅邪，并海，所过礼祠其名山大川。春三月，还至泰山，增封。甲子，祠高祖于明堂，以配上帝，因朝诸侯王列侯，受郡国计。夏四月，诏曰："朕巡荆扬，辑江淮物，会大海气，以合泰山。上天见象，增修封禅。其赦天下。所幸县毋出今年租赋，赐鳏寡孤独帛，贫穷者粟。"还幸甘泉，郊泰畤。

大司马大将军青薨。

初置刺史部十三州。名臣文武欲尽，诏曰："盖有非常之功，必待非常之人，故马或奔踶而致千里[59]，士或有负俗之累而立功名。夫泛驾之马，跅弛之士[60]，亦在御之而已。其令州郡察吏

癸亥，地震。

九月，立赵敬肃王子偃为平干王。

匈奴入上谷、五原，杀略吏民。

三年春正月，行幸雍，至安定、北地。匈奴入五原、酒泉，杀两都尉。三月，遣贰师将军广利将七万人出五原，御史大夫商丘成二万人出西河，重合侯马通四万骑出酒泉。成至浚稽山与虏战，多斩首。通至天山，虏引去，因降车师。皆引兵还。广利败，降匈奴。

夏五月，赦天下。

六月，丞相屈氂下狱要斩，妻枭首。

秋，蝗。

九月，反者公孙勇、胡倩发觉[66]，皆伏辜。

四年春正月，行幸东莱，临大海。

二月丁酉，陨石于雍，二，声闻四百里。

三月，上耕于钜定。还幸泰山，修封。庚寅，祀于明堂。癸巳，禅石闾。夏六月，还幸甘泉。

秋八月辛酉晦，日有蚀之。

后元元年春正月，行幸甘泉，郊泰畤，遂幸安定。

昌邑王髆薨。

二月，诏曰："朕郊见上帝，巡于北边，见群鹤留止，以不罗罔，靡所获献。荐于泰畤，光景并见。其赦天下。"

夏六月，御史大夫商丘成有罪自杀。侍中仆射莽何罗与弟重合侯通谋反，侍中驸马都尉金日磾、奉车都尉霍光、骑都尉上官桀讨之[67]。

秋七月，地震，往往涌泉出。

二年春正月，朝诸侯王于甘泉宫，赐宗室。

二月，行幸盩厔五柞宫[68]。乙丑，立皇子弗陵为皇太子。丁卯，帝崩于五柞宫，入殡于未央宫前殿。三月甲申，葬茂陵。

---

①治：研究，学习。

②耆艾：年老的人。耆，六十岁。艾，五十岁。

③帑：妻子和儿女。

④安车：用一匹马拉的可以坐乘的小车。蒲轮：用蒲草裹轮，使车不震动，古代征聘贤士时用，以示尊敬。　束帛加璧：束帛之上又加玉璧，古代贵重的礼物。

⑤孛（beì，音贝）：慧星的一种。

⑥薨（hōng，音轰）：死亡。古代等级观念的反映，诸侯或高官死亡称为薨。

⑦孝廉：孝顺廉洁。

⑧率：遵循。　俾：使。

⑨刑错：无人犯法，刑法搁置不用。错，通"措"，搁置。

⑩徕服：前来臣服。

⑪薮（sǒu，音叟）：湖泽的通称。

⑫夙：白天。

⑬嫚：懈怠。

⑭首谋：倡谋。

⑮酺：聚会饮酒。
⑯巫蛊：巫师使用巫术邪术加祸于人。蛊，毒虫。
⑰初算商车：开始给商人车船上税。
⑱不肖：品行不好。
⑲使理正之：按照法律处罪。
⑳繇（yóu，音尤）：由。
㉑总方略，壹统类，广教化，美风俗：统管计谋策略，统一大纲和条目，广泛扩大政教风化，赞美风尚习惯。
㉒雍：同“壅”，堵塞。
㉓元元：庶民；众民。
㉔蒸庶：大众。
㉕九锡：古代帝王尊礼大臣所给的九种器物。
㉖逋：欠交，拖欠。
㉗几杖：老人居则凭几，行则携杖。
㉘訾：同资，财产。
㉙绝幕：跨越沙漠。
㉚赎：用财物换回人身自由。
㉛非期不同，所急异务也：不是要求的不，而是情势不同，不得不然。
㉜貤（yì，音仪）：通“移”。转移；转手。
㉝憯怛：忧伤痛苦。
㉞怵（xù，音序）：利诱。
㉟惨惨：忧闷的样子。
㊱眊（mào，音貌）：眼睛昏花。
㊲后期：迟到。
㊳假贷：借贷。
㊴缗钱：用绳（缗）穿连成串的钱，即贯钱。
㊵踵：跟随。
㊶末：工商。
㊷稽诸往古，制宜于今：考察过去，制度应适应现今。
㊸挢虔吏：贪污的官吏。
㊹仁不异远，义不辞难：仁不会因为遥远而离开，义不会因为困难而推辞。
㊺潦（lǎo，音老）：雨水大。
㊻邈：遥远。
㊼眇（miǎo，音秒）身：封建帝王的自称。
㊽翼翼：严整有秩序。
㊾况：通贶，赐予。
㊿酎（zhòu，音宙）祭：汉代宗庙祭祀时，诸侯助祭。
(51)枹罕（fú hàn），音“浮汉”。
(52)辑睦：和睦。
(53)勒兵：治军，统率军队。
(54)麃（páo），音“刨”。
(55)登礼罔不答：登礼于神，无不答应。
(56)角抵：古代的一种技艺表演，类似今天的摔跤。
(57)暍（yè，音叶）死：中暑而死。
(58)灊（qián），音“钱”。
(59)奔趸是（dì，音弟）：奔驰。
(60)跅（tuò，音拓）弛：放荡不循规矩。
(61)殊死：死罪。

㉒阻：依仗。

㉓榷（què，音确）酒酤：酒类专卖。

㉔瘗（yì，音义）：掩埋，埋葬。

㉕髆（bó），音“博”。

㉖发觉：暴露，发现。

㉗磾（dī），音“低”。

㉘盩厔（zhōu zhì），音“周至”。

平帝纪

孝平皇帝，元帝庶孙，中山孝王子也。母曰卫姬。年三岁嗣立为王[1]。元寿二年六月，哀帝崩，太皇太后诏曰：“大司马贤年少，不合众心。其上印绶，罢。”贤即日自杀。新都侯王莽为大司马，领尚书事。秋七月，遣车骑将军王舜、大鸿胪左咸使持节迎中山王。辛卯，贬皇太后赵氏为孝成皇后，退居北宫，哀帝皇后傅氏退居桂宫。孔乡侯傅晏、少府董恭等皆免官爵，徙合浦。九月辛酉，中山王即皇帝位，谒高庙，大赦天下。

帝年九岁，太皇太后临朝，大司马莽秉政，百官总己以听于莽[2]。诏曰：“夫赦令者，将与天下更始，诚欲令百姓改行絜己[3]，全其性命也。”往者，有司多举奏赦前事，累增罪过，诛陷亡辜[4]，殆非重信慎刑，洒心自新之意也。及选举者，其历职更事有名之士，则以为难保，废而弗举，甚谬于赦小过，举贤材之义。对诸有臧及内恶未发而荐举者，皆勿案验[5]。令士历精乡进，不以小疵妨大材。自今以来，有司无得陈赦前事置奏上。有不如诏书为亏恩，以不道论。定著令，布告天下，使明知之。”

元始元年春正月，越裳氏重译献白雉一，黑雉二，诏使三公以荐宗庙。

群臣奏言大司马莽功德比周公，赐号安汉公，及太师孔光等皆益封。语在《莽传》。赐天下民爵一级，吏在位二百石以上，一切满秩如真。

立故东平王云太子开明为王，故桃乡顷侯子成都为中山王。封宣帝耳孙信等三十六人皆为列侯。太仆王恽等二十五人前议定陶傅太后尊号，守经法，不阿指从邪，右将军孙建爪牙大臣，大鸿胪咸前正议不阿，后奉节使迎中山王，及宗正刘不恶、执金吾任岑、中郎将孔永、尚书令姚恂、沛郡太守石诩，皆以前与建策，东迎即位，奉事周密勤劳，赐爵关内侯，食邑各有差。赐帝征即位前所过县邑吏二千石以下至佐史爵，各有差。又令诸侯王、公、列侯、关内侯亡子而有孙若子同产子者，皆得以为嗣。公、列侯嗣子有罪，耐以上先请。宗室属未尽而以罪绝者，复其属，其为吏举廉佐史，补四百石。天下吏比二千石以上年老致仕者，参分故禄，以一与之，终其身。遣谏大夫行三辅，举籍吏民，以元寿二年仓卒时横赋敛者，偿其直。义陵民冢不妨殿中者勿发。天下吏民亡得置什器储偫。

二月，置义和官，秩二千石；外史、闾师，秩六百石。班教化，禁淫祀，放郑声[6]。

乙未，义陵寝神衣在柙中[7]。丙申旦，衣在外床上，寝令以急变闻。用太牢祠。

夏五月丁巳朔，日有蚀之。大赦天下。公卿、将军、中二千石举敦厚能直言者各一人[8]。

六月，使少傅左将军丰赐帝母中山孝王姬玺书，拜为中山孝王后。赐帝舅卫宝、宝弟玄爵关内侯。赐帝女弟四人号皆曰君，食邑各二千户。

封周公后公孙相如为褒鲁侯，孔子后孔均为褒成侯，奉其祀。追谥孔子曰褒成宣尼公。

罢明光宫及三辅驰道。

天下女徒已论[⑨]，归家，顾山钱月三百。复贞妇，乡一人。置少府海丞、果丞各一人；大司农部丞十三人，人部一州，劝农桑。

太皇太后省所食汤沐邑十县，属大司农，常别计其租入，以赡贫民。

秋九月，赦天下徒。

以中山苦陉县为中山孝王后汤沐邑。

二年春，黄支国献犀牛。

诏曰："皇帝二名，通于器物，今更名[⑩]，合于古制。使太师光奉太牢，告祠高庙。"

夏四月，立代孝王玄孙之子如意为广宗王，江都易王孙盱台侯宫为广川王，广川惠王曾孙伦为广德王。封故大司马博陆侯霍光从父昆弟曾孙阳、宣平侯张敖玄孙庆忌、绛侯周勃玄孙共、舞阳侯樊哙玄孙之子章皆为列侯，复爵。赐故曲周侯郦商等后玄孙郦明友等百一十三人爵关内侯，食邑各有差。

郡国大旱，蝗。青州尤甚，民流亡。安汉公、四辅、三公、卿大夫、吏民为百姓困乏献其田宅者二百三十人，以口赋贫民。遣使者捕蝗，民捕蝗诣吏，以石㪷受钱[⑪]。天下民赀不满二万，及被灾之郡之不满十万，勿租税。民疾疫者，舍空邸第，为置医药。赐死者一家六尸以上葬钱五千，四尸以上三千，二尸以上二千。罢安定呼池苑，以为安民县，起官寺市里，募徙贫民，县次给食。至徙所，赐田宅什器，假与犁、牛、种、食。又起五里于长安城中，宅二百区，以居贫民。

秋，举勇武有节明兵法，郡一人，诣公车。

九月戊申晦，日有蚀之。赦天下徒。

使谒者大司马掾四十四人持节行边兵。

遣执金吾候陈茂假以钲鼓，募汝南、南阳勇敢吏士三百人，谕说江湖贼成重等二百余人皆自出，送家在所收事。重徙云阳，赐公田宅。

冬，中二千石举治狱平，岁一人。

三年春，诏有司为皇帝纳采安汉公莽女[⑫]。语在《莽传》。又诏光禄大夫刘歆等杂定婚礼[⑬]。四辅、公卿、大夫、博士、郎、吏家属皆以礼娶，亲迎，立轺并马[⑭]。

夏，安汉公奏车服制度，吏民养生、送终、嫁娶、奴婢、田宅、器械之品。立官稷及学官。郡国曰学，县、道、邑、侯国曰校。校、学置经师一人。乡曰庠，聚曰序。序、庠置孝经师一人。

阳陵任横等自称将军，盗库兵，攻官寺，出囚徒。大司徒掾督逐，皆伏辜。

安汉公世子宇与帝外家卫氏有谋。宇下狱死，诛卫氏。

四年春正月，郊祀高祖以配天，宗祀孝文以配上帝。

改殷绍嘉公曰宋公，周承休公曰郑公。

诏曰："盖夫妇正则父子亲，人伦定矣。前诏有司复贞妇，归女徒，诚欲以防邪辟，全贞信。及眊悼之人刑罚所不加[⑮]，圣王之所制也。惟苛暴吏多拘系犯法者亲属，妇女老弱，构怨伤化[⑯]，百姓苦之。其明敕百寮，妇女非身犯法，及男子年八十以上七岁以下，家非坐不道[⑰]，诏所名捕，它皆无得系。其当验者，即验问。定著令。"

二月丁未，立皇后王氏，大赦天下。

遣太仆王恽等八人置副，假节，分行天下，览观风俗。

赐九卿已下至六百石、宗室有属籍者爵，自五大夫以上各有差。赐天下民爵一级，鳏寡孤独高年帛。

夏，皇后见于高庙。加安汉公号曰“宰衡”。赐公太夫人号曰功显君。封公子安、临皆为列侯。

安汉公奏立明堂、辟雍。尊孝宣庙为中宗，孝元庙为高宗，天子世世献祭。置西海郡，徙天下犯禁者处之。

梁王立有罪，自杀。

分京师置前辉光、后丞烈二郡。更公卿、大夫、八十一元士官名位次及十二州名。分界郡国所属，罢置改易，天下多事，吏不能纪。

冬，大风吹长安城东门屋瓦且尽。

五年春正月，祫祭明堂[18]。诸侯王二十八人、列侯百二十人、宗室子九百余人征助祭。礼毕，皆益户，赐爵及金帛，增秩补吏，各有差。

诏曰：“盖闻帝王以德抚民，其次，亲亲以相及也。昔尧睦九族，舜惇叙之。朕以皇帝幼年，且统国政，惟宗室子皆太祖高皇帝子孙，及兄弟吴顷、楚元之后，汉元至今，十有余万人，虽有王侯之属，莫能相纠[19]，或陷入刑罪，教训不至之咎也。传不云乎？‘君子笃于亲，则民兴于仁。’其为宗室自太上皇以来族亲，各以世氏，郡国置宗师以纠之，致教训焉。二千石选有德义者以为宗师。考察不从教令有冤失职者，宗师得因邮亭书言宗伯，请以闻。常以岁正月赐宗师帛各十匹。”

义和刘歆等四人使治明堂、辟雍，令汉与文王灵台、周公作洛同符。太仆王恽等八人使行风俗，宣明德化，万国齐同。皆封为列侯。

征天下通知逸经、古记、天文、历算、钟律、小学、史篇、方术、本草及以五经、论语、孝经、尔雅教授者，在所为驾一封轺传，遣诣京师。至者数千人。

闰月，立梁孝王玄孙之耳孙音为王。

冬十二月丙午，帝崩于未央宫。大赦天下。有司议曰：“礼，臣不殇君[20]。皇帝年十有四岁，宜以礼敛，加元服[21]。”奏可。葬康陵。诏曰：“皇帝仁惠，无不顾哀，每疾一发，气辄上逆，害于言语，故不及有遗诏。其出媵妾，皆归家得嫁，如孝文时故事[22]。”

赞曰：孝平之世，政自莽出，褒善显功，以自尊盛。观其文辞，方外百蛮，亡思不服；休征嘉应，颂声并作。至乎变异见于上，民怨于下，莽亦不能文也。

---

①嗣：继承。

②总：聚束，聚和。

③絜：同“洁”，清洁。

④亡：通“无”。

⑤案验：查讯证实。

⑥放郑声：去除淫荡的乐曲。郑声，古代郑国的俗乐，后指淫荡的乐歌或文学作品。

⑦柙（xiá）：音“侠”。

⑧直言：直率的言语。

⑨已论：已经定罪的。

⑩更名：改名。

⑪斗（dǒu）：同“斗”。

⑫纳采：古代定亲时男方送给女方的聘礼。

⑬杂定：共同确定。

⑭轺（yáo，音摇）：小车。

⑮眊（mào，音冒）：古人八十称眊，指老年。　悼：古人七岁称悼，指年幼。

⑯构怨：结怨。

⑰不道：刑律之名。凡杀一家三人，支解人或以毒药人，或借鬼神杀人，皆属不道。

⑱祫（xiá，音侠）：古代祭祀之名，集合远近祖先神主于太庙合祭。

⑲纠：禁止。

⑳殇（shāng，音商）：未成年而死。

㉑元服：帽子。

㉒故事：先例，旧日的典章制度。

吴王刘濞传

吴王濞，高帝兄仲之子也。高帝立仲为代王。匈奴攻代，仲不能坚守，弃国间行[①]，走洛阳，自归。天子不忍致法[②]，废为合阳侯。子濞，封为沛侯。黥布反，高祖自将往诛之。濞年二十，以骑将从破布军。荆王刘贾为布所杀，无后。上患吴会稽轻悍[③]，无壮王镇之，诸子少，乃立濞于沛，为吴王，王三郡五十三城。已拜受印，高祖召濞，相之，曰："若状有反相。"独悔，业已拜，因拊其背曰[④]："汉后五十年，东南有乱，岂若邪？然天下同姓一家，慎无反！"濞顿首曰："不敢。"

会孝惠、高后时天下初定，郡国诸侯各务自拊循其民[⑤]。吴有豫章郡铜山，即招致天下亡命者盗铸钱，东煮海水为盐，以故无赋，国用饶足。

孝文时，吴太子入见，得侍皇太子，饮博[⑥]。吴太子师傅皆楚人，轻悍，又素骄。博争道，不恭，皇太子引博局提吴太子[⑦]，杀之。于是遣其丧，归葬吴。吴王愠曰[⑧]："天下一宗，死长安即葬长安，何必来葬！"复遣丧之长安葬。吴王由是怨望[⑨]，稍失藩臣礼，称疾不朝。京师知其以子故，验问，实不病。诸吴使来，辄系责治之[⑩]。吴王恐，所谋滋甚。及后使人为秋请[⑪]，上复责问吴使者。使者曰："察见渊中鱼，不祥。今吴王始诈疾，及觉，见责急，愈益闭，恐上诛之，计及无聊[⑫]。唯上与更始[⑬]。"于是天子皆赦吴使者归之，而赐吴王几杖，老，不朝。吴得释，其谋亦益解。然其居国以铜盐故，百姓无赋。卒践更[⑭]，辄予平贾。岁时存问茂材[⑮]，赏赐闾里，它郡国吏欲来捕亡人者，颂共禁不与。如此者三十余年，以故能使其众。

晁错为太子家令，得幸皇太子，数从容言吴过可削[⑰]。数上书说之。文帝宽，不忍罚，以此吴王日益横。及景帝即位，错为御史大夫，说上曰："昔高帝初定天下，昆弟少，诸子弱，大封同姓，故孽子悼惠王王齐七十二城，庶弟元王王楚四十城，兄子王吴五十余城。封三庶孽，分天下半。今吴王前有太子之隙，诈称病不朝，于古法当诛。文帝不忍，因赐几杖，德至厚也。不改过自新，乃益骄恣，公即山铸钱，煮海为盐，诱天下亡人谋作乱逆。今削之变反，不削亦反。削之，其反亟，祸小；不削之，其反迟，祸大。"三年冬，楚王来朝，错因言楚王戊往年为薄太后服，私奸服舍，请诛之。诏赦，削东海郡。及前二年，赵王有罪，削其常山郡。胶西王卬以卖爵事有奸，削其六县。

汉廷臣方议削吴，吴王恐削地无已，因欲发谋举事。念诸侯无足与计者，闻胶西王勇，好兵，诸侯皆畏惮之[16]。于是乃使中大夫应高口说胶西王曰："吴王不肖[18]，有夙夜之忧，不敢自外，使使臣谕其愚心。"王曰："何以教之？"高曰："今者主上任用邪臣，听信谗贼，变更律令，侵削诸侯，征求滋多，诛罚良重[19]，日以益甚。语有之曰：'狧糠及米[20]。'吴与胶西，知名诸侯也，一时见察，不得安肆矣[21]。吴王身有内疾，不能朝请二十余年，常患见疑，无以自白，胁肩累足[22]，犹惧不见释。窃闻大王以爵事有过，所闻诸侯削地，罪不至此，此恐不止削地而已。"王曰："有之，子将奈何？"高曰："同恶相助，同好相留，同情相求，同欲相趋，同利相死。今吴王自以与大王同忧，愿因时循理，弃躯以除患于天下，意亦可乎？"胶西王瞿然骇[23]曰："寡人何敢如是？主上虽急，固有死耳，安得不事？"高曰："御史大夫晁错营或天子[24]，侵夺诸侯，蔽忠塞紧，朝廷疾怨，诸侯皆有背叛之意，人事极矣。彗星出，蝗虫起，此万世一时。而愁劳，圣人所以起也。吴王内以晁错为诛，外从大王后车，方洋天下[25]，所向者降，所指者下，莫敢不服。大王诚幸而许之一言，则吴王率楚王略函谷关，守荥阳敖仓之粟，距汉兵，治次舍，须大王[26]。大王幸而临之，则天下可并，两主分割，不亦可乎？"王曰："善。"归报吴王，犹恐其不果，乃身自为使者，至胶西面约之。

胶西群臣或闻王谋，谏曰："诸侯地不能为汉十二，为叛逆以忧太后，非计也。今承一帝，尚云不易。假令事成，两主分争，患乃益生。"王不听，遂发使约齐、菑川、胶东、济南，皆许诺。

诸侯既新削罚，震恐，多怨错。及削吴会稽、豫章郡书至，则吴王先进兵，诛汉吏二千石以下。胶西、胶东、菑川、济南、楚、赵亦皆反，发兵西。齐王后悔，背约城守。济北王城坏未完，其郎中令劫守王，不得发兵。胶西王、胶东王为渠率[27]，与菑川、济南共攻围临菑。赵王遂亦阴使匈奴与连兵。

七国之发也，吴王悉其士卒，下令国中曰："寡人年六十二，身自将。少子年十四，亦为士卒先。诸年上与寡人同，下与少子等，皆发！"二十余万人。南使闽、东越，闽、东越亦发兵从。

孝景前三年正月甲子，初起兵于广陵。西涉淮，因并楚兵。发使遗诸侯书曰："吴王刘濞，敬问胶西王、胶东王、菑川王、济南王、赵王、楚王、淮南王、衡山王、庐江王、故长沙王子：幸教！以汉有贼臣错，无功天下，侵夺诸侯之地，使吏劾系讯治[28]，以侵辱之为故，不以诸侯人君礼遇刘氏骨肉，绝先帝功臣，进任奸人，诳乱天下，欲危社稷。陛下多病志逸，不能省察[29]。欲举兵诛之，谨闻教。敝国虽狭，地方三千里；人民虽少，精兵具五十万。寡人素事南越三十余年[30]，其王诸君皆不辞分其兵以随寡人，又可得三十万。寡人虽不肖，愿以身从诸王。南越直长沙者，因王子定长沙以北，西走蜀、汉中。告越、楚王、淮南三王，与寡人西面；齐诸王与赵王定河间、河内，或入临晋关，或与寡人会洛阳；燕王、赵王故与胡王有约，燕王北定代、云中，转胡众入萧关，走长安，匡正天下，以安高庙。愿王勉之。楚元王子、淮南三王或不沐洗十余年，怨入骨髓，欲壹有所出久矣。寡有未得诸王之意，未敢听[31]。今诸王苟能存亡继绝，振弱伐暴，以安刘氏，社稷所愿也。吴国虽贫，寡人节衣食用，积金钱，修兵革，聚粮食，夜以继日，三十余年矣。凡皆为此，愿诸王勉之。能斩捕大将者，赐金五千斤，封万户。列将，三千斤，封五千户。裨将，二千斤，封二千户。二千石，千斤，封千户。皆为列侯。其以军若城邑降者，卒万人，邑万户，如得大将。人户五千，如得列将。人户三千，如得裨将。人户千，如得二千石。其小吏皆以差次受爵金。它封赐皆倍军法。其有故爵邑者，更益勿因。愿诸王明以令士大夫，不敢欺也。寡人金钱在天下者往往而有，非必取于吴，诸王日夜用之不能尽。有当赐者告寡人，寡人且往遗之。敬以闻。"

七国反书闻，天子乃遣太尉条侯周亚夫将三十六将军往击吴、楚；遣曲周侯郦寄击赵，将军栾布击齐，大将军窦婴屯荥阳监齐、赵兵。

初，吴、楚反书闻，兵未发，窦婴言故吴相爰盎。召入见，上问以吴、楚之计，盎对曰：“吴、楚相遗书，曰‘贼臣晁错擅適诸侯，削夺之地’，以故后[32]。名为‘西共诛错，复故地而罢’。方今计独斩错，发使赦七国，复其故地，则兵可毋血刃而俱罢。”上从其议，遂斩错。语具在《盎传》。以盎为泰常，奉宗庙，使吴王，吴王弟子德侯为宗正，辅亲戚。使至吴，吴、楚兵已攻梁壁矣。宗正以亲故，先入见，谕吴王拜受诏。吴王闻盎来，亦知其欲说，笑而应曰：“我已为东帝，尚谁拜?”不肯见盎而留军中，欲劫使将。盎不肯，使人围守，且杀之。盎得夜亡走梁，遂归报。

条侯将乘六乘传[33]，会兵荥阳。至洛阳，见剧孟，喜曰：“七国反，吾乘传至此，不自意全。又以为诸侯已得剧孟，孟今无动，吾据荥阳，荥阳以东无足忧者。”至淮阳，向故父绛侯客邓都尉曰：“策安出?”客曰：“吴兵锐甚，难与争锋。楚兵轻，不能久。方今为将军计，莫若引兵东北壁昌邑，以梁委吴，吴必尽锐攻之。将军深沟高垒，使轻兵绝淮泗口，塞吴饷道[34]。使吴、梁相敝而粮食竭，乃以全制其极，破吴必矣。”条侯曰：“善。”从其策，遂坚壁昌邑南，轻兵绝吴饷道。

吴王之初发也，吴臣田禄伯为大将军。田禄伯曰：“兵屯聚而西，无它奇道，难以立功。臣愿得五万人，别循江、淮而上，收淮南、长沙，入武关，与大王会，此亦一奇也。”吴王太子谏曰：“王以反名，此兵难以藉人，人亦且反王，奈何?且擅兵而别，多它利害，徒自损耳。”吴王即不许田禄伯。

吴少将桓将军说王曰：“吴多步兵，步兵利险；汉多车骑，车骑利平地。愿大王所过城不下，直去，疾西据雒阳武库，食敖仓粟，阻山河之险以令诸侯，虽无入关，天下固已定矣。大王徐行，留下城邑，汉军车骑至，骑入梁、楚之郊，事败矣。”吴王问吴老将，老将曰：“此年少推锋可耳，安知大虑!”于是王不用桓将军计。

王专并将其兵，未度淮，诸宾客皆得为将、校尉、行间侯、司马，独周丘不用。周丘者，下邳人，亡命吴，酤酒无行，王薄之，不任。周丘乃上谒，说王曰：“臣以无能，不得待罪行间。臣非敢求有所将也，愿请王一汉节，必有以报。”王乃予之。周丘得节，夜驰入下邳。下邳时闻吴反，皆城守。至传舍。召令入户，使从者以罪斩令。遂召昆弟所善豪吏告曰：“吴反兵且至，屠下邳不过食顷。今先下，家室必完，能者封侯至矣。”出乃相告。下邳皆下。周丘一夜得三万人，使人报吴王，遂将其兵北略城邑。比至城阳，兵十余万，破城阳中尉军。闻吴王败走，自度无与共成功，即引兵归下邳。未至，痈发背死。

二月，吴王兵既破，败走，于是天子制诏将军：“盖闻为善者天报以福，为非者天报以殃。高皇帝亲垂功德，建立诸侯，幽王、悼惠王绝无后，孝文皇帝哀怜加惠，王幽王子遂、悼惠王子卬等，令奉其先王宗庙，为汉藩国，德配天地，明并日月。而吴王濞省德反义，诱受天下亡命罪人，乱天下币，称疾不朝二十余年。有司数请濞罪，孝文皇帝宽之，欲期改行为善。今乃与楚王戊、赵王遂、胶西王卬、济南王辟光、菑川王贤、胶东王雄渠约从谋反，为逆无道，起兵以危宗庙，贼杀大臣及汉使者，迫劫万民，伐杀无罪，烧残民家，掘其丘垄，甚为虐暴。而卬等又重逆无道，烧宗庙，卤御物，朕甚痛之。朕素服避正殿，将军其劝士大夫击反虏。击反虏者，深入多杀为功，斩首捕虏比三百石以上皆杀，无有所置。敢有议诏及不如诏者，皆要斩。”

初，吴王之度淮，与楚王遂西败棘壁，乘胜而前，锐甚。梁孝王恐，遣将军击之，又败梁两军，士卒皆还走。梁数使使条侯求救。条侯不许。又使使诉条侯于上。上使告条侯求梁，又守便宜不行。梁使韩安国及楚死事相弟张羽为将军，乃得颇败吴兵。吴兵欲西，梁城守，不敢西，即走条侯军，会下邑。欲战，条侯壁，不肯战。吴粮绝，卒饥，数挑战，遂夜奔条侯壁，惊东南。条侯使备西北，果从西北。不得入，吴大败，士卒多饥死叛散。于是吴王乃与其戏下壮士千人夜亡去，度淮走丹徒，保东越。东越兵可万余人，使人收聚亡卒。汉使人以利啖东越，东越即绐吴王。吴王出劳军，使人鏦杀吴王㉟，盛其头，驰传以闻。吴王太子驹亡走闽越。吴王之弃军亡也，军遂溃，往往稍降太尉条侯及梁军。楚王戊军败，自杀。

三王之围齐临菑也，三月不能下。汉兵至，胶西、胶东、菑川王各引兵归国。胶西王徒跣，席稿，饮水，谢太后。王太子德曰："汉兵还，臣观之以罢，可袭，愿收王余兵击之，不胜而逃入海，未晚也。"王曰："吾士卒皆已坏，不可用之。"不听。汉将弓高侯穨当遗王书曰："奉诏诛不义，降者赦，除其罪，复故；不降者灭之。王何处？须以从事。"王肉袒叩头汉军壁，谒曰："臣卬奉法不谨，惊骇百姓，乃苦将军远道至于穷国，敢请菹醢之罪！"弓高侯执金鼓见之，曰："王苦军事，愿闻王发兵状。"王顿首膝行，对曰："今者，晁错天子用事臣，变更高皇帝法令，侵夺诸侯地。卬等以为不义，恐其败乱天下，七国发兵且诛错。今闻错已诛，卬等谨已罢兵归。"将军曰："王苟以错为不善，何不以闻，及未有诏虎符，擅发兵击义国，以此观之，意非徒欲诛错也。"乃出诏书，为王读之，曰："王其自图之。"王曰："如卬等死有余罪。"遂自杀。太后、太子皆死。胶东、菑川、济南王皆伏诛。郦将军攻赵十月而下之，赵王自杀，济北王以劫故不诛。初，吴王首反，并将楚兵，连齐赵。正月起，三月皆破灭。

---

①间行：走小路。

②致法：依法治罪。

③轻悍：矫健剽悍。

④拊（fǔ，音附）：抚摩。

⑤拊循：抚慰，安抚。

⑥博：古代一种财输赢的游戏。

⑦博局：博戏用的枰。　　提：投掷。

⑧愠：怨恨，生气。

⑨怨望：心怀不满。

⑩系责：指责。

⑪秋请：秋季朝见皇帝。

⑫无聊：无所依赖。

⑬更始：赦免。

⑭践更：贫者得钱，代替当值应征者为卒。

⑮茂材：有才能的人。

⑯从容：同怂恿，鼓动。

⑰畏惮：畏惧。

⑱不肖：谦辞，品行不好。

⑲良：很。

⑳狧糠及米：喻蚕食不已，得寸进尺。狧，通舐，以舌舐食。

㉑肆：放纵。

㉒胁肩累足：缩敛肩膀，小步走路，形容恐惧。

㉓瞿然：恐惧的样子。

㉔营或：迷惑。

㉕方洋：遨游，驰骋。

㉖须：等待。

㉗渠率：统帅。

㉘劾系：揭发罪行，予以拘禁。　　讯治：审讯治罪。

㉙省察：检讨自己。

㉚不沐洗：心有怨恨，志不在蒙受皇恩。

㉛听：决断。

㉜適：通“谪”。谴责，惩罚。

㉝六乘传：乘传为古代驿站用四匹马拉的车，六乘传为六马。

㉞饷道：粮道。

㉟鏦（cōng，音匆）：短矛。

韩信传

韩信，淮阴人也。家贫无行，不得推择为吏，又不能治生为商贾，常从人寄食。[①]其母死，无以葬，乃行营高燥地，令傍可置万家者。[②]信从下乡南昌亭长食，亭长妻苦之，乃晨炊蓐食。[③]食时信往，不为具食。信亦知其意，自绝去。至城下钓，有一漂母哀之，饭信，竟漂数十日。信谓漂母曰：“吾必重报母。”母怒曰：“大丈夫不能自食，吾哀王孙而进食，岂望报乎！”淮阴少年又侮信曰：“虽长大，好带刀剑，怯耳。”众辱信曰：“能死，刺我；不能，出跨下。”于是信孰视，俛出跨下。[④]一市皆笑信，以为怯。

及项梁度淮，信乃杖剑从之。居戏下，无所知名。[⑤]梁败，又属项羽，为郎中。信数以策干项羽，羽弗用。[⑥]汉王之入蜀，信亡楚归汉，未得知名，为连敖。坐法当斩，其畴十三人皆已斩。[⑦]至信，信乃仰视，适见滕公，曰：“上不欲就天下乎？而斩壮士！”滕公奇其言，壮其貌，释弗斩。与语，大说之，言于汉王。汉王以为治粟都尉，上未奇之也。数与萧何语，何奇之。至南郑，诸将道亡者数十人。信度何等已数言上，不我用，即亡。[⑧]何闻信亡，不及以闻，自追之。人有言上曰：“丞相何亡。”上怒，如失左右手。居一二日，何来谒。上且怒且喜。骂何曰：“若亡，何也？”何曰：“臣非敢亡，追亡者耳。”上曰：“所追者谁也？”曰：“韩信。”上复骂曰：“诸将亡者已数十，公无所追；追信，诈也。”何曰：“诸将易得，至如信，国士无双。王必欲长王汉中，无所事信；[⑨]必欲争天下，非信无可与计事者。顾王策安决。”[⑩]王曰：“吾亦欲东耳，安能郁郁久居此乎？”[⑪]何曰：“王计必东，能用信，信即留；不能用信，信终亡耳。”王曰：“吾为公以为将。”何曰：“虽为将，信不留。”王曰：“以为大将。”何曰：“幸甚。”于是王欲召信拜之。何曰：“王素嫚无礼，今拜大将如召小儿，此乃信所以去也。[⑫]王必欲拜之，择日斋戒，设坛场具礼，乃可。”王许之。诸将皆喜，人人各自以为得大将。至拜，乃韩信也，一军皆惊。

信已拜，上坐。王曰：“丞相数言将军，将军何以教寡人计策？”信谢，因问王曰：“今东乡争权天下，岂非项王邪？”[⑬]上曰：“然。”信曰：“大王自料勇悍仁强，孰与项王？”汉王默然良久，曰：“弗如也。”信再拜贺曰：“唯信亦以为大王弗如也。[⑭]然臣尝事项王。”“请言项王为人也。”“项王意乌猝嗟，千人皆废，然不能任属贤将，此特匹夫之勇也。[⑮]项王见人恭谨，言语姁姁。[⑯]人有病疾，涕泣分食饮。至使人有功，当封爵，刻印刓，忍不能予，此所谓妇人之仁也。[⑰]项王虽霸天下而臣诸侯，不居关中而都彭城；又背义帝约，而以亲爱王，诸侯不平。诸侯之见项王逐义帝江南，亦皆归逐其主，自王善地。项王所过亡不残灭，多怨百姓，百姓不附，特劫於威，强服耳。[18]名虽为霸，实失天下心，故曰其强易弱。今大王诚能反其道，任天下武勇，何不诛！以天下城邑封功臣，何不服！以义兵从思东归之士，何不散！且三秦王为秦将，将秦子弟数岁，而所杀亡不可胜计，又欺其众降诸侯。至新安，项王诈阬秦降卒二十余万人，唯独邯、欣、翳脱。[19]秦父兄怨此三人，痛于骨髓。今楚强以威王此三人，秦民莫爱也。大王之入武关，秋豪亡所害，除秦苛法，与民约，法三章耳，秦民亡不欲得大王王秦者。于诸侯之约，大王当王关中，关中民户知之。王失职之蜀，民亡不恨者。今王举而东，三秦可传檄而定也。"[20]于是汉王大喜，自以为得信晚。遂听信计，部署诸将所击。

汉王举兵东出陈仓，定三秦。二年，出关，收魏、河南，韩、殷王皆降。令齐、赵共击楚彭城，汉兵败散而还。信复发兵与汉王会荥阳，复击破楚京、索间，以故楚兵不能西。

汉之败却彭城，塞王欣、翟王翳亡汉降楚，齐、赵、魏亦皆反，与楚和。[21]汉王使郦生往说魏王豹，豹不听，乃以信为左丞相击魏。信问郦生："魏得毋用周叔为大将乎？"[22]曰："柏直也。"信曰，"竖子耳。"遂进兵击魏。魏盛兵蒲坂，塞临晋。信乃益为疑兵，陈船欲度临晋，而伏兵从夏阳以木罂缶度军，袭安邑。魏王豹惊，引兵迎信。信遂虏豹，定河东，使人请汉王："顾益兵三万人，臣请以北举燕、赵，东击齐，南绝楚之粮道，西与大王会于荥阳。"汉王与兵三万人，遣张耳与俱，进击赵、代。破代，禽夏说阏与。[23]信之下魏、代，汉辄使人收其精兵，诣荥阳以距楚。

信、耳以兵数万，欲东下井陉击赵。赵王、成安君陈余闻汉且击袭之，聚兵井陉口，号称二十万。广武君李左车说成安君曰："闻汉将韩信涉西河，虏魏王，擒夏说，新喋血阏与。[24]今乃辅以张耳，议欲以下赵，此乘胜而去国远斗，其锋不可当。臣闻'千里馈粮，士有饥色。樵苏后爨，师不宿饱。'[25]今井陉之道，车不得方轨，骑不得成列。行数百里，其势粮食必在后。顾足下假臣奇兵三万人，从间路绝其辎重。[26]足下深沟高垒勿与战。彼前不得斗，退不得还，吾奇兵绝其后，野无所掠卤，不至十日，两将之头可致戏下。[27]愿君留意臣之计，必不为二子所禽矣。"成安君，儒者，常称义兵不用诈谋奇计，谓曰："吾闻兵法'什则围之，倍则战。'今韩信兵号数万，其实不能，千里袭我，亦以罢矣。今如此避弗击，后有大者，何以距之？诸侯谓吾怯，而轻来伐我。"不听广武君策。

信使间人窥，知其不用，还报，则大喜，乃敢引兵遂下。[28]未至井陉口三十里，止舍。[29]夜半传发，选轻骑二千人，人持一赤帜，从间道萆山而望赵军，戒曰："赵见我走，必空壁逐我，若疾入，拔赵帜，立汉帜。"[30]令其裨将传餐，曰："今日破赵会食。"诸将皆呒然，阳应曰："诺。"[31]信谓军吏曰："赵已先据便地壁，且彼未见大将旗鼓，未肯击前行，恐吾阻险而还。"乃使万人先行，出，背水陈。[32]赵兵望见大笑。平旦，信建大将旗鼓，鼓行出井陉口，赵开壁击之，大战良久。于是信、张耳弃鼓旗，走水上军，复疾战。赵空壁争汉鼓旗，逐信、耳。信、耳已入水上军，军皆殊死战，不可败。信所出奇兵二千骑者，候赵空壁逐利，即驰入赵壁，皆拔赵旗帜，立汉赤帜二千。赵军已不能得信、耳等，欲还归壁，壁皆汉赤帜，大惊，以汉为皆已破赵王将矣，遂乱，遁走。赵将虽斩之，弗能禁。于是汉兵夹击，破虏赵军，斩成安君泜水上，禽赵王歇。

信乃令军毋斩广武君，有生得之者，购千金。顷之，有缚而至戏下者，信解其缚，东乡坐，西乡对，而师事之。

诸校效首虏休，皆贺，因问信曰："兵法有'右背山陵，前左水泽'，今者，将军令臣等反背水陈，曰破赵会食，臣等不服。然竟以胜，此何术也？"信曰："此在兵法，顾诸君弗察耳。兵法不曰'陷之死地而后生，投之亡地而后存'乎？且信非得素拊循士大夫，经所谓'驱市人而战之'也，其势非置死地，人人自为战；[33]今即予生地，皆走，宁尚得而用之乎！"诸将皆服曰：

"非所及也。"

于是问广武君曰："仆欲北攻燕，东伐齐，何若有功？"广武君辞曰："臣闻'亡国之大夫不可以图存，败军之将不可以语勇。'若臣者，何足以权大事乎！"[34]信曰："仆闻之，百里奚居虞而虞亡，之秦而秦伯，非愚于虞而智于秦也，用与不用，听与不听耳。向使成安君听子计，仆亦禽矣。仆委心归计，愿子勿辞。"[35]广武君曰："臣闻'智者千虑，必有一失；愚者千虑，亦有一得。'故曰'狂夫之言，圣人择焉。'顾恐臣计未足用，愿效愚忠。故成安君有百战百胜之计，一日而失之，军败鄗下，身死泜水上。[36]今足下虏魏王，禽夏说，不旬朝破赵二十万众，诛成安君。名闻海内，威震诸侯，众庶莫不辍作怠惰，靡衣偷食，倾耳以待命者。[37]然而众劳卒罢，其实难用也。今足下举倦敝之兵，顿之燕坚城之下，情见力屈，欲战不拔，旷日持久，粮食单竭。[38]若燕不破，齐必距境而以自强。二国相持，则刘项之权未有所分也。臣愚，窃以为亦过矣。"信曰："然则何由？"广武君对曰："当今之计，不如按甲休兵，百里之内，牛酒日至，以飨士大夫，北首燕路，然后发一乘之使，奉咫尺之书，以使燕，燕必不敢不听。从燕而东临齐，虽有智者，亦不知为齐计矣。如是，则天下事可图也。兵故有先声而后实者，此之谓也。"信曰："善。敬奉教。"于是用广武君策，发使燕，燕从风而靡。乃遣使报汉，因请立张耳王赵以抚其国。汉王许之。

楚数使奇兵度河击赵，王耳、信往来救赵，因行定赵城邑，发卒佐汉。楚方急围汉王荥阳，汉王出，南之宛、叶，得九江王布，入成皋，楚复急围之。四年，汉王出成皋，度河，独与滕公从张耳军修武。至，宿传舍。晨自称汉使，驰入壁。张耳、韩信未起，即其卧，夺其印符，麾召诸将易置之。信、耳起，乃知独汉王来，大惊。汉王夺两人军，即令张耳备守赵地，拜信为相国，发赵兵未发者击齐。

信引兵东，未度平原，闻汉王使郦食其已说下齐。信欲止，蒯通说信令击齐。语在通传。信然其计，遂渡河，袭历下军，至临菑。齐王走高密，使使于楚请救。信已定临菑，东追至高密西。楚使龙且将，号称二十万，救齐。

齐王、龙且并军与信战，未合。或说龙且曰："汉兵远斗，穷寇久战，锋不可当也。齐、楚自居其地战，兵易败散。不如深壁，令齐王使其信臣招所亡城，城闻王在，楚来救，必反汉。汉二千里客居齐，齐城皆反之，其势无所得食，可毋战而降也。"龙且曰："吾平生知韩信为人，易与耳。寄食于漂母，无资身之策；受辱于跨下，无兼人之勇，不足畏也。且救齐而降之，吾何功？今战而胜之，齐半可得，何为而止！"遂战，与信夹潍水陈。信乃夜令人为万余囊，盛沙以壅水上流，引兵半度，击龙且。阳不胜。还走。龙且果喜曰："固知信怯。"遂追度水。信使人决壅囊，水大至。龙且军太半不得度，即急击，杀龙且。龙且水东军散走，齐王广亡去。信追北至城阳，虏广。楚卒皆降，遂平齐。

使人言汉王曰："齐夸诈多变，反覆之国，南边楚，不为假王以填之，其势不定。[39]今权轻，不足以安之，臣请自立为假王。"当是时，楚方急围汉王于荥阳，使者至，发书，汉王大怒，骂曰："吾困于此，旦暮望而来佐我，乃欲自立为王！"张良、陈平伏从蹑汉王足，因附耳语曰："汉方不利，宁能禁信之自王乎？不如因立，善遇之，使自为守。不然，变生。"汉王亦寤，因复骂曰："大丈夫定诸侯，即为真王耳，何以假为！"遣张良立信为齐王，征其兵使击楚。

楚以亡龙且，项王恐，使盱台人武涉往说信曰："足下何不反汉与楚？楚王与足下有旧故。且汉王不可必，身居项王掌握中数矣。[40]然得脱，背约，复击项王，其不可亲信如此。今足下虽自以为与汉王为金石交，然终为汉王所禽矣。足下所以得须臾至今者，以项王在。项王即亡，次取足下。何不与楚连和，三分天下而王齐. 今释此时，自必于汉王以击楚，且为智者固著此邪！"

信谢曰："臣得事项王数年，官不过郎中，位不过执战，言不听，画策不用，故背楚归汉。汉王授我上将军印，数万之众，解衣衣我，推食食我，言听计用，吾得至于此。夫人深亲信我，背之不祥。幸为信谢项王。"武涉已去，蒯通知天下权在于信，深说以三分天下，鼎足而王。语在《通传》。信不忍背汉，又自以功大，汉王不夺我齐，遂不听。

汉王之败固陵，用张良计，征信将兵会陔下。项羽死，高祖袭夺信军，徙信为楚王，都下邳。

信至国，召所从食漂母，赐千金。及下乡亭长，钱百，曰："公，小人，为德不竟。"召辱已少年令出跨下者，以为中尉，告诸将相曰："此壮士也。方辱我时，宁不能死？死之无名，故忍而就此。"

项王亡将钟离眛家在伊庐，素与信善。项王败，眛亡归信。汉怨眛，闻在楚，诏楚捕之。信初之国，行县邑，陈兵出入。有变告信欲反，书闻，上患之。用陈平谋，伪游于云梦者，实欲袭信，信弗知。高祖且至楚，信欲发兵，自度无罪；欲谒上，恐见禽。人或说信曰："斩眛谒上，上必喜，亡患。"信见眛计事，眛曰："汉所以不击取楚，以眛在。公若欲捕我自媚汉，吾今死，公随手亡矣。"乃骂信曰："公非长者！"卒自刭。信持其首谒于陈。高祖令武士缚信，载后车。信曰："果若人言，'狡兔死，良狗亨。'"[41]上曰："人告公反。"遂械信。[42]至洛阳，赦以为淮阴侯。

信知汉王畏恶其能，称疾不朝从。[43]由此日怨望，居常鞅鞅，羞与绛、灌等列。[44]尝过樊将军哙，哙趋拜送迎，言称臣，曰："大王乃肯临臣。"信出门，笑曰："生乃与哙等为伍！"

上尝从容与信言诸将能各有差。上问曰："如我，能将几何？"信曰："陛下不过能将十万。"上曰："如公何如？"曰："如臣，多多益办耳。"上笑曰："多多益办，何为为我禽？"信曰："陛下不能将兵，而善将将，此乃信之为陛下禽也。且陛下所谓天授，非人力也。"

后陈豨为代相监边，辞信，信挈其手，与步于庭数匝，仰天而叹曰："子可与言乎？吾欲与子有言。"[45]豨因曰："唯将军命。"信曰："公之所居，天下精兵处也，而公，陛下之信幸臣也。人言公反，陛下必不信；再至，陛下乃疑；三至，必怒而自将。吾为公从中起，天下可图也。"陈豨素知其能，信之，曰："谨奉教！"

汉十年，豨果反，高帝自将而往，信称病不从。阴使人之豨所，而与家臣谋，夜诈赦诸官徒奴，欲发兵袭吕后、太子。[46]部署已定，待豨报。其舍人得罪信，信囚，欲杀之。舍人弟上书变告信欲反状于吕后。吕后欲召，恐其党不就，乃与萧相国谋，诈令人从帝所来，称豨已死，群臣皆贺。相国绐信曰："虽病，强入贺。"[47]信入，吕后使武士缚信，斩之长乐钟室。信方斩，曰："吾不用蒯通计，反为女子所诈，岂非天哉！"遂夷信三族。[48]

高祖已破豨归，至，闻信死，且喜且哀之，问曰："信死亦何言？"吕后道其语。高祖曰："此齐辩士蒯通也。"召，欲亨之。通至，自说，释弗诛。语在《通传》。

---

①行：吕行。　推择：推举选拔。　治生：谋生。

②行营：营治，经营。

③蓐（rǔ，音辱）食：在草垫上吃饭。

④孰视：定睛细看。　俛：同"俯"，低头。

⑤戏（huī，音挥）：同"麾"，军队中的帅旗。

⑥干：求取。

⑦畴：种类，类别。

⑧度：揣度，猜测。　不我用：不任用我。

⑨无所事信：不任用韩信。

⑩顾王策安决：希望大王立即决定。顾，希望。策，计划。

⑪郁郁：忧闷。

⑫素：一向，向来。　嫚（màn，音慢）：轻慢，懈怠。

⑬乡（xiàng，音向）：通“向”，方向。

⑭唯：语首助词。

⑮意呜猝嗟：怒吼的声音。

⑯姁姁（xǔxǔ，音许）：和悦的样子。

⑰刓（wán，音玩）：通“玩”，抚摩。

⑱残灭：残酷暴虐。

⑲阬（kēng，音坑）：活埋。

⑳传檄：传递檄文，含有不用武力之意。

㉑却：退却。

㉒得毋：可能。

㉓禽：同“擒”，活捉。

㉔喋血：形容杀人流血非常多。喋，践踏。

㉕樵：打柴　苏：取草。　爨（cuàn，音窜）烧火做饭。

㉖假：给予。　间路：小路。　辎重：军用器械、粮食、营帐、服装等的统称。

㉗掠卤：掳掠。

㉘间人：奸细，间谍。

㉙止舍：停止行军休息。

㉚萆（bì，音闭）：同“蔽”，隐蔽。

㉛呒（fǔ，音抚）：通“抚”，惊讶，惊诧。

㉜陈（zhèn）：同“阵”，军队交战时的战斗队列。

㉝拊（fǔ，音附）循：抚慰，安抚。

㉞权：计谋。

㉟委心：倾心，真心。

㊱鄗：音“号”。

㊲靡衣偷食：身着华丽的衣服，苟且偷食。意为心中非常恐惧。

㊳倦敝：疲劳，劳累。

㊴假王：暂署之王，暂时的王。

㊵不可必：可不一定。　掌握：在手掌心中，喻为控制。

㊶亨：通“烹”，煮。

㊷械；拘禁。

㊸朝从：朝见跟从，诸侯对君主的义务。

㊹怨望：心怀不满。　鞅鞅：通“怏怏”，不满意。

㊺挈（qiè，音切）提着，提起。　匝：周，圈。

㊻阴：暗中，秘密地。

㊼绐（dài，音代）；欺骗，哄骗。

㊽夷：灭族。

萧　何　传

萧何，沛人也。以文毋害，为沛主吏掾①。高祖为布衣时，数以吏事护高祖。高祖为亭长，常佑之。高祖以吏繇咸阳，吏皆送奉钱三，何独以五②。秦御史监郡者，与从事辨之。何乃给泗水卒史事第一。秦御史欲入言征何，何固请，得毋行③。

乃高祖起为沛公，何尝为丞督事。沛公至咸阳，诸将皆争走金帛财物之府，分之，何独先入，收秦丞相御史律令图书臧之。沛公具知天下厄塞，户品多少，强弱处，民所疾苦者，以何得秦图书也④。

初，诸侯相与约，先入关破秦者，王其地⑤。沛公既先定秦，项羽后至，欲攻沛公，沛公谢之得解⑥。羽遂屠烧咸阳，与范增谋曰："巴蜀道险，秦之迁民皆居蜀。"乃曰："蜀汉亦关中地也。"故立沛公为汉王，而三分关中地，王秦降将以距汉王⑦。汉王怒，欲谋攻项羽。周勃、灌婴、樊哙皆劝之，何谏之曰："虽王汉中之恶，不犹愈于死乎？"汉王曰："何为乃死也？"何曰："今众弗如，百战百败，不死何为？周书曰'天予不取，反受其咎⑧'。语曰'天汉'，其称甚美。夫能诎于一人之下，而信于万乘之上者，汤武是也⑨。臣愿大王王汉中，养其民以致贤人，收用巴蜀，还定三秦，天下可图也。"汉王曰："善。"乃遂就国，以何为丞相。何进韩信，汉王以为大将军。说汉王令引兵东定三秦。语在信传。

何以丞相留收巴蜀，填抚谕告，使给军食⑩。汉二年，汉王与诸侯击楚，何守关中，侍太子，治栎阳。为令约束，立宗庙、社稷、宫室、县邑，辄奏，上可许以从事⑪。即不及奏，辄以便宜施行，上来以闻⑫。计户转漕给军，汉王数失军遁去，何常兴关中卒，辄补缺⑬。上以此专属任何关中事⑭。

汉三年，与项羽相距京、索间，上数使使劳苦丞相⑮。鲍生谓何曰："今王暴衣露盖，数劳苦君者，有疑君心。为君计，莫若遣君子孙昆弟能胜兵者，悉诣军所，上益信君。"于是何从其计，汉王大说⑯。

汉五年，已杀项羽，即皇帝位，论功行封，群臣争功，岁余不决。上以何功最盛，先封为酂侯，食邑八千户⑰。功臣皆曰："臣等身被坚执兵，多者百余战，少者数十合，攻城略地，大小各有差⑱。今萧何未有汗马之劳，徒持文墨议论，不战，顾居臣等上，何也⑲？"上曰："诸君知猎乎？"曰："知之。""知猎狗乎？"曰："知之。"上曰："夫猎，追杀兽者狗也，而发纵指示兽处者，人也。今诸君徒能走得兽耳，功狗也；至如萧何，发纵指示，功人也。且诸君独以身从我，多者三两人；萧何举宗数十人皆随我，功不可忘也！"群臣后皆莫敢言。

列侯毕已受封，奏位次，皆曰："平阳侯曹参身被七十创，攻城略地，功最多，宜第一。"上已挠功臣多封何，至位次未有以复难之，然心欲何第一⑳。关内侯鄂秋时为谒者，进曰："群臣议皆误。夫曹参虽有野战略地之功，此特一时之事。夫上与楚相距五岁，失军亡众，跳身遁者数矣，然萧何常从关中遣军补其处。非上所诏令召，而数万众会上乏绝者数矣。夫汉与楚相守荥阳数年，军无见粮，萧何转漕关中，给食不乏。陛下虽数亡山东，萧何常全关中待陛下，此万世功也。今虽无曹参等百数，何缺于汉？汉得之不必待以全。奈何欲以一旦之功加万世之功哉！萧何当第一，曹参次之。"上曰："善。"于是乃令何第一，赐带剑履上殿，入朝不趋。上曰："吾闻进贤受上赏，萧何功虽高，待鄂君乃得明。”于是因鄂秋故所食关内侯邑二千户，封为安平侯。是日，悉封何父母兄弟十余人，皆食邑。乃益封何二千户，“以尝繇咸阳时何送我独赢钱二也㉑”。

陈豨反，上自将，至邯郸。而韩信谋反关中，吕后用何计诛信。语在信传。上已闻诛信，使使拜丞相为相国，益封五千户，令卒五百人一都尉为相国卫。诸君皆贺，召平独吊㉒。召平者，故秦东陵侯。秦破，为布衣，贫，种瓜长安城东。瓜美，故世谓“东陵瓜”，从召平始也。平谓何曰：“祸自此始矣。上暴露于外，而君守于内，非被矢石之难，而益君封置卫者，以今者淮阴新反于中，有疑君心。夫置卫卫君，非以宠君也。愿君让封勿受，悉以家私财佐军。”何从其计，上说。

其秋，黥布反，上自将击之，数使使问相国何为。曰：“为上在军，拊循勉百姓，悉所有佐军，如陈豨时㉓。”客又说何曰：“君灭族不久矣㉔。夫君位为相国，功第一，不可复加。然君初入关，本得百姓心，十余年矣。皆附君，尚复孳孳得民和㉕。上所谓数问君，畏君倾动关中。今君胡不多买田地，贱贳贷以自污？上心必安㉖。”于是何从其计，上乃大说。

上罢布军归，民道遮行，上书言相国强贱买民田宅数千人㉗。上至，何谒。上笑曰：“今相国乃利民！”民所上书皆以与何，曰：“君自谢民。”后何为民请曰：“长安地陕，上林中多空地，弃，愿令民得入田，毋收槁为兽食。”上大怒曰：“相国多受贾人财物，为请吾苑！”乃下何廷尉，械击之㉘。数日，王卫尉侍，前问曰：“相国胡大罪，陛下击之暴也？”上曰：“吾闻李斯相秦皇帝，有善归主，有恶自予。今相国多受贾竖金，为请吾苑，以自媚于民。故击治之。”王卫尉曰：“夫职事，苟有便于民而请之，真宰相事也。陛下奈何乃疑相国受贾人钱乎！且陛下距楚数岁，陈豨、黥布反时，陛下自将往，当是时相国守关中，关中摇足则关西非陛下有也㉙。相国不以此时为利，乃利贾人之金乎？且秦以不闻其过亡天下，夫李斯之分过，又何足法哉！陛下何疑宰相之浅也！“上不怿㉚。是日，使使持节赦出何。何年老，素恭谨，徒跣入谢㉛。上曰：“相国休矣！相国为民请吾苑不许，我不过为桀纣主，而相国为贤相。吾故击相国，欲令百姓闻吾过。”

高祖崩，何事惠帝。何病，上亲自临视何疾，因问曰：“君即百岁后，谁可代君㉜？”对曰：“知臣莫如主。”帝曰：“曹参何如？”何顿首曰：“帝得之矣。何死不恨矣！”

何买田宅必居穷辟处，为家不治垣屋㉝。曰：“令后世贤，师吾俭；不贤，毋为势家所夺㉞。”

孝惠二年，何薨，谥曰文终侯。子禄嗣，薨，无子㉟。高后乃封何夫人同为酂侯，小子延为筑阳侯。孝文元年，罢同，更封延为酂侯。薨，子遗嗣。薨，无子。文帝复以遗弟则嗣，有罪免。景帝二年，制诏御史：“故相国萧何，高皇帝大功臣，所与为天下也。今其祀绝，朕甚怜之。其以武阳县户二千封何孙嘉为列侯。”嘉，则弟也。薨，子胜嗣，后有罪免。武帝元狩中，复下诏御史：“以酂户二千四百封何曾孙庆为酂侯，布告天下，令明知朕报萧相国德也。”庆，则子也。薨，子寿成嗣，坐为太常牺牲瘦免。宣帝时，诏丞相御史求问萧相国后在者，得玄孙建世等十二人，复下诏以酂户二千封建世为酂侯。传子至孙获，坐使奴杀人灭死论。成帝时，复封何玄孙之子南䜌长喜为酂侯。传子至曾孙，王莽败，乃绝。

---

①以文毋害：虽然是文吏，却不故意陷害人。

②繇（yáo，音摇）：徭役。

③征：征召，征聘。

④厄塞：险要的地方。

⑤王（wàng，音忘）：称王。

⑥谢：陪罪，道歉。

⑦距：通“拒”，抗拒。

⑧天予不取，反受其咎：上天赐予而不收取，反而会招致灾祸。

⑨诎：通“屈”，屈服，屈就。　信：通“伸”，伸展。　万乘：周制天子地方千里，出兵车万乘，诸侯地方百里，出兵车千乘，因此后以万乘称天子。

⑩填抚：安定抚慰。填，通“镇”，镇压。

⑪约束：限制。

⑫便宜施行：因利乘便，见机行事。

⑬遁：逃走。

⑭专属：专门。

⑮劳苦：慰劳。

⑯说（yuè，音悦）：高兴。

⑰酂：音“赞”。

⑱被（pī，音披）：穿着。　差：分别。

⑲顾：反而。

⑳挠（náo，音挠）：屈服。

㉑赢：多余。

㉒吊：忧虑，怜悯。

㉓拊循：抚慰，安抚。

㉔说（shuì，音睡）：劝说。

㉕孳孳：同“孜孜”，勤勉不懈。

㉖贳（shì，音是）：借贷，赊欠。　贷（tè，音特）：乞贷。

㉗民道遮行：百姓在道路上挡住刘邦的队伍。

㉘械系：用镣铐拘禁。

㉙摇足：摇动双脚。此指称王。

㉚怿（yì，音义）：喜悦。

㉛跣（xiǎn，音鲜）：光脚，赤脚。

㉜百岁：古人认为人生不过百岁，因讳言死，常称死为百岁。

㉝垣：墙。

㉞势家：有权势的家族。

㉟嗣：继承。

卫　青　传

卫青，字仲卿。其父郑季，河东平阳人也，以县吏给事[①]侯家。平阳侯曹寿尚[②]武帝姊阳信长公主。季与主家僮卫媪通，生青。青有同母兄卫长君及姊子夫，子夫自平阳公主家得幸武帝，故青冒姓[③]为卫氏。卫媪长女君孺，次女少儿，次女则子夫。子夫男弟步广，皆冒卫氏。

青为侯家人，少时归其父，父使牧羊。民母[④]之子皆奴畜之，不以为兄弟数。青尝从人至甘泉居室，有一钳徒[⑤]相青曰：“贵人也，官至封侯。”青笑曰：“人奴之生，得无笞骂即足矣，安得封侯事乎！”

青壮，为侯家骑，从平阳主。建元二年春，青姊子夫得入宫幸上。皇后，大长公主女也，无子，妒。大长公主闻卫子夫幸，有身，妒之，乃使人捕青。青时给事建章，未知名。大长公主执囚青，欲杀之。其友骑郎公孙敖与壮士往篡[⑥]之，故得不死。上闻，乃召青为建章监，侍中。及母昆弟贵，赏赐数日间累千金。君孺为太仆公孙贺妻。少儿故与陈掌通，上召贵掌。公孙敖由此益显。子夫为夫人。青为太中大夫。

元光六年，拜为车骑将军，击匈奴，出上谷；公孙贺为轻车将军，出云中；太中大夫公孙敖为骑将军，出代郡；卫尉李广为骁骑将军，出雁门。军各万骑。青至笼城，斩首虏数百。骑将军敖亡七千骑，卫尉广为虏所得，得脱归，皆当斩，赎[7]为庶人。贺亦无功。唯青赐爵关内侯。是后匈奴仍侵犯边。语在《匈奴传》。

元朔元年春，卫夫人有男，立为皇后。其秋，青复将三万骑出雁门，李息出代郡。青斩首虏数千。明年，青复出云中，西至高阙，遂至于陇西，捕首虏数千，畜百余万，走白羊、楼烦王。遂取河南地为朔方郡。以三千八百户封青为长平侯。青校尉苏建为平陵侯，张次公为岸头侯。使建筑朔方城。上曰："匈奴逆天理，乱人伦，暴长虐老，以盗窃为务，行诈诸蛮夷，造谋籍兵，数为边害。故兴师遣将，以征厥罪。《诗》不云乎？'薄伐猃允，至于太原'；'出车彭彭，城彼朔方'。今车骑将军青度西河至高阙，获首二千三百级，车辎畜产毕收为卤，已封为列侯，遂西定河南地，案榆谿旧塞，绝梓领，梁北河，讨蒲泥，破符离，斩轻锐之卒，捕伏听者三千一十七级。执讯获丑[8]，驱马牛羊百有余万，全甲兵而还，益封青三千八百户。"其后匈奴比岁入代郡、雁门、定襄、上郡、朔方，所杀略甚众。语在《匈奴传》。

元朔五年春，令青将三万骑出高阙，卫尉苏建为游击将军，左内史李沮为强弩将军，太仆公孙贺为骑将军，代相李蔡为轻车将军，皆领属车骑将军，俱出朔方。大行李息、岸头侯张次公为将军，俱出右北平。匈奴右贤王当青等兵，以为汉兵不能至此，饮醉。汉兵夜至，围右贤王。右贤王惊，夜逃，独与其爱妾一人骑数百驰，溃围北去。汉轻骑校尉郭成等追数百里，弗得，得右贤裨王十余人，众男女万五千余人，畜数十百万，于是引兵而还。至塞，天子使使者持大将军印，即军中拜青为大将军，诸将皆以兵属，立号而归。上曰："大将军青躬率戎士[9]，师大捷，获匈奴王十有余人，益封青八千七百户。"而封青子伉为宜春侯，子不疑为阴安侯，子登为发干侯。青固谢曰："臣幸得待罪行间，赖陛下神灵，军大捷，皆诸校力战之功也。陛下幸已益封臣青，臣青子在襁褓中，未有勤劳，上幸裂地封为三侯，非臣待罪行间所以劝士力战之意也。伉等三人何敢受封！"上曰："我非忘诸校功也，今固且图之。"乃诏御史曰："护军都尉公孙敖三从大将军击匈奴，常护军傅校获王，封敖为合骑侯。都尉韩说从大军出窴浑，至匈奴右贤王庭，为戏下搏战获王，封说为龙额侯。骑将军贺从大将军获王，封贺为南窌侯[10]。轻车将军李蔡再从大将军获王，封蔡为乐安侯。校尉李朔、赵不虞、公孙戎奴各三从大将军获王，封朔为陟轵侯[11]，不虞为随成侯，戎奴为从平侯。将军李沮、李息及校尉豆如意、中郎将绾皆有功，赐爵关内侯。沮、息、如意食邑各三百户。"其秋，匈奴入代，杀都尉。

明年春，大将军青出定襄，合骑侯敖为中将军，太仆贺为左将军，翕[12]侯赵信为前将军，卫尉苏建为右将军，郎中令李广为后将军，左内史李沮为强弩将军，咸属大将军。斩首数千级而还。月余，悉复出定襄，斩首虏万余人。苏建、赵信并军三千余骑，独逢单于兵，与战一日余，汉兵且尽。信故胡人，降为翕侯，见急，匈奴诱之，遂将其余骑可八百奔降单于[13]。苏建尽亡其军，独以身得亡去，自归青。青问其罪正闳、长史安、议郎周霸等："建当云何？"霸曰："自大将军出，未尝斩裨将，今建弃军，可斩，以明将军之威。"闳、安曰："不然。兵法'小敌之坚，大敌之禽也。'[14]今建以数千当单于数万，力战一日余，士皆不敢有二心。自归而斩之，是示后无反意也。不当斩。"青曰："青幸得以胏附待罪行间，不患无威，而霸说我以明威，甚失臣意。且使臣职虽当斩将，以臣之尊宠而不敢自擅专诛于境外，其归天子，天子自裁之，于以风为人臣不敢专权，不亦可乎？"军吏皆曰"善"。遂囚建行在所。

是岁也，霍去病始侯。

①给事：供职，服役。

②尚：娶公主为妻。

③冒姓：冒名。

④民母：庶母。

⑤钳徒：被钳刑而为徒来者。

⑥篡：劫取。

⑦赎：用财物或行动解除刑罚。

⑧执讯获丑：捉到俘虏加以审讯。

⑨躬率戎士：亲自率领士兵。

⑩戏（huī，音挥）：同“麾”，军队中的帅旗。

⑪窌（jiào）：音“教”　职（zhí）：音“直”。

⑫翕（xī）：音“西”。　属：归属。

⑬奔降：投降。

⑭小敌之坚，大敌之禽：喻寡不敌众。

霍去病传

霍去病，大将军青姊少儿子也。其父霍仲孺先与少儿通，生去病。及卫皇后尊，少儿更为詹事陈掌妻。去病以皇后姊子，年十八为侍中。善骑射，再从大将军。大将军受诏，予壮士，为票姚校尉，与轻勇骑八百直弃大将军数百里赴利，斩捕首虏过当[①]。于是上曰：“票姚校尉去病斩首捕虏二千二十八级，得相国、当户，斩单于大父行藉若侯产，捕季父罗姑比，再冠军，以二千五百户封去病为冠军侯。上谷太守郝贤四从大将军，捕首虏千三百级，封贤为终利侯。骑士孟已有功，赐爵关内侯，邑二百户。”

是岁失两将军，亡翕侯，功不多，故青不益封。苏建至，上弗诛，赎为庶人。青赐千金。是时王夫人方幸于上，宁乘说青曰：“将军所以功未甚多，身食万户，三子皆为侯者，以皇后故也。今王夫人幸，而宗族未富贵，愿将军奉所赐千金为王夫人亲寿。”青以五百金为王夫人亲寿。上闻，问青，青以实对。上乃拜宁乘为东海都尉。

校尉张骞从大将军，以尝使大夏，留匈奴中久，道[②]军，知善水草处，军得以无饥渴，因前使绝国功，封骞为博望侯。

去病侯三岁，元狩二年春为票骑将军，将万骑出陇西，有功。上曰：“票骑将军率戎士逾乌盭[③]，讨遬濮，涉狐奴，历五王国，辎重人众摄詟[④]者弗取，几获单于子。转战六日，过焉支山千有余里，合短兵，鏖皋兰下，杀折兰王，斩卢侯王，锐悍者诛，全甲获丑，执浑邪王子及相国、都尉，捷首虏八千九百六十级，收休屠祭天金人，师率减什七，益封去病二千二百户。”

其夏，去病与合骑侯敖俱出北地，异道[⑤]。博望侯张骞、郎中令李广俱出右北平，异道。广将四千骑先至，骞将万骑后。匈奴左贤王将数万骑围广，广与战二日，死者过半，所杀亦过当。骞至，匈奴引兵去。骞坐行留，当斩，赎为庶人[⑥]。而去病出北地，遂深入，合骑侯失道，不相得[⑦]。去病至祁连山，捕首虏甚多。上曰："票骑将军涉钧耆，济居延，遂臻小月氏，攻祁连山，扬武乎觻[⑧]得，得单于单桓、酋涂王，及相国、都尉以众降下者二千五百人，可谓能舍服知成而止矣。捷首虏三万二百，获五王，王母、单于阏氏、王子五十九人，相国、将军、当户、都尉六十三人，师大率减什三，益封去病五千四百户。赐校尉从至小月氏者爵左庶长。鹰击司马破奴再从票骑将军斩遬濮王，捕稽且王，右千骑将王、王母各一人，王子以下四十一人，捕虏三千三百三十人，前行捕虏千四百人，封破奴为从票侯。校尉高不识从票骑将军捕呼于耆王王子以下十一人，捕虏千七百六十八人，封不识为宜冠侯。校尉仆多有功，封为辉渠侯[⑨]。"合骑侯敖坐行留不与票骑将军会，当斩，赎为庶人。诸宿将所将士马兵亦不如去病，去病所将常选，然亦敢深入，常与壮骑先其大军，军亦有天幸，未尝困绝也[⑩]，然而诸宿将常留落不耦[⑪]。由此去病日以亲贵，比大将军。

其后，单于怒浑邪王居西方数为汉所破，亡数万人，以票骑之兵也，欲召诛浑邪王。浑邪王与休屠王等谋，欲降汉，使人先要道边[⑫]。是时大行李息将城河上，得浑邪王使，即驰传以闻。上恐其以诈降而袭边，乃令去病将兵往迎之。去病既度河，与浑邪众相望。浑邪裨王将见汉军而多欲不降者，颇遁去[⑬]。去病乃驰入，得与浑邪王相见，斩其欲亡者八千人，遂独遣浑邪王乘传先诣行在所，尽将其众度河，降者数万人，号称十万。既至长安，天子所以赏赐数十钜万。封浑邪王万户，为漯阴侯。封其裨王呼毒尼为下摩侯，雁庇为煇渠侯，禽黎为河綦侯，大当户调虽为常乐侯。于是上嘉去病之功，曰："票骑将军去病率师征匈奴，西域王浑邪王及厥众萌咸奔于率[⑭]，以军粮接食，并将控弦万有余人，诛骁悍，捷首虏八千余级，降异国之王三十二。战士不离伤，十万之众毕怀集服[⑮]。仍兴之劳，爰及河塞，庶几亡患。以千七百户益封票骑将军。减陇西、北地、上郡戍卒之半，以宽天下繇役。"乃分处降者于边五郡故塞外，而皆在河南，因其故俗为属国。其明年，匈奴入右北平、定襄，杀略汉千余人。

其明年，上与诸将议曰："翕侯赵信为单于画计[⑯]，常以为汉兵不能度幕轻留，今大发卒，其势必得所欲。"是岁元狩四年也。春，上令大将军青、票骑将军去病各五万骑，步兵转者踵军数十万，而敢力战深入之士皆属去病。去病始为出定襄，当单于。捕虏，虏言单于东，乃更令去病出代郡，令青出定襄。郎中令李广为前将军，太仆公孙贺为左将军，主爵赵食其为右将军，平阳侯襄为后将军，皆属大将军。赵信为单于谋曰："汉兵即度幕，人马罢，匈奴可坐收虏耳。"乃悉远北其辎重，皆以精兵待幕北。而适直青军出塞千余里，见单于兵陈而待，于是青令武刚车自环为营，而纵五千骑往当匈奴，匈奴亦纵万骑。会日且入，而大风起，沙砾击面，两军不相见，汉益纵左右翼绕单于。单于视汉兵多，而士马尚强，战，而匈奴不利。薄莫[⑰]，单于遂乘六蠃，壮骑可数百，直冒汉围西北驰去。昏，汉匈奴相纷挐[⑱]，杀伤大当。汉军左校捕虏，言单于未昏而去，汉军因发轻骑夜追之，青因随其后。匈奴兵亦散走。会明，行二日余里，不得单于，颇捕斩首虏万余级，遂至窴颜山赵信城，得匈奴积粟食军。军留一日而还，悉烧其城余粟以归。

青之与单于会也，而前将军广、右将军食其军别从东道，或失道。大将军引还，过幕南，乃相逢。青欲使使归报，令长史簿责广[⑲]，广自杀。食其赎为庶人。青军入塞，凡斩首虏万九千级。

是时匈奴众失单于十余日，右谷蠡王自立为单于。单于后得其众，右王乃去单于之号。

去病骑兵车重与大将军军等，而亡裨将。悉以李敢等为大校，当裨将，出代、右北平二千余里，直左方兵，所斩捕功已多于青。

既皆还，上曰："票骑将军去病率师躬将所获荤允之士，约轻赍，绝大幕，涉获单于章渠，以诛北车耆，转击左大将双，获旗鼓，历度难侯，济弓卢，获屯头王、韩王等三人，将军、相国、当户、都尉八十三人，封狼居胥山，禅于姑衍，登临翰海，执讯获丑七万有四百四十三级，师率减什二，取食于敌，卓行殊远而粮不绝。以五千八百户益封票骑将军。右北平太守路博德属票骑将军，会兴城，不失期，从至梼余山，斩首捕虏二千八百级，封博德为邳离侯。北地都尉卫山从票骑将军获王，封山为义阳侯。故归义侯因淳王复陆支、楼剸王伊即靬皆从票骑将军有功，封复陆支为杜侯，伊即靬为众利侯。从票侯破奴、昌武侯安稽从票骑有功，益封各三百户。渔阳太守解、校慰敢皆获鼓旗，赐爵关内侯，解食邑三百户，敢二百户。校尉自为爵左庶长。"军吏卒为官，赏赐甚多。而青不得益封，吏卒无封者。唯西河太守常惠、云中太守遂成受赏，遂成秩诸侯相，赐食邑二百户，黄金百斤，惠爵关内侯。

两军之出塞，塞阅官及私马凡[20]十四万匹，而后入塞者不满三万匹。乃置大司马位，大将军、票骑将军皆为大司马。定令，令票骑将军秩禄与大将军等。自是后，青日衰而去病日益贵。青故人门下多去事去病，辄得官爵，唯独任安不肯去。

去病为人少言不泄，有气敢往[21]。上尝欲教之吴孙兵法，对曰："顾方略何如耳，不至学古兵法。"为治第，令视之，封曰："匈奴不灭，无以家为也。"由此上益重爱之。然少而侍中，贵不省士[22]。其从军，上为遣太官赍数十乘，既还，重车余弃粱肉[23]，而士有饥者。其在塞外，卒乏粮，或不能自振，而去病尚穿域蹋鞠也。事多此类。青仁，喜士退让，以和柔[24]自媚于上，然于天下未有称也。

去病自四年军后三岁，元狩六年薨。上悼之，发属国玄甲，军陈自长安至茂陵，为冢象祁连山。谥之并武与广地曰景桓侯。子嬗嗣。嬗字子侯，上爱之，幸其壮而将之。为奉车都尉，从封泰山而薨。无子，国除。

自去病死后，青长子宜春侯伉坐法失侯。后五岁，伉弟二人，阴安侯不疑、发干侯登，皆坐酎金失侯。后二岁，冠军侯国绝。后四年，元封五年，青薨，谥曰烈侯。子伉嗣，六年坐法免。

自青围单于后十四岁而卒，竟不复击匈奴者，以汉马少，又方南诛两越，东伐朝鲜，击羌、西南夷，以故久不伐胡[25]。

初，青既尊贵，而平阳侯曹寿有恶疾就国，长公主问："列侯谁贤者？"左右皆言大将军。主笑曰："此出吾家，常骑从我，奈何？"左右曰："于今尊贵无比。"于是长公主风白皇后，皇后言之，上乃诏青尚平阳主，与主合葬，起冢象庐山云。

---

①过当：超过相当之数。

②道：引导。

③盭（lì）：音"力"。

④摄詟（zhé，音"哲"）：胆小恐惧。

⑤异：离开。

⑥赎：用财物或行动解除刑罚。

⑦失道：迷失道路。

⑧鏂（lù）：音"路"。

⑨煇（hūi）：音"辉"。

⑩常选：选取骁锐。

⑪留落：际遇不好，久不得提拔。

⑫先要道边：首先约定在边界会谈。

⑬遁去：后撤。

⑭咸奔于率：都听从调遣。　控弦：士兵。

⑮集服：归附。

⑯画计：谋划。　幕：通“漠”，沙漠。

⑰薄莫：傍晚。莫，通“暮”。

⑱纷挐：混乱厮杀。

⑲责：责备。

⑳阅：计算。　凡：共。

㉑为人少言不泄，有气敢往：为人少言寡语，但是做事有胆量。

㉒省士：抚恤下属。

㉓粱肉：粮食和肉。　穿域蹋鞠：开辟场地玩蹋鞠的游戏。

㉔和柔：和顺柔和。

㉕以故：因此。

董仲舒传

董仲舒，广川人也。少治《春秋》。孝景时为博士。下帷讲诵，弟子传以久，次相授业，或莫见其面。盖三年不窥园，其精如此。进退容止，非礼不行，学士皆师尊之。

武帝即位，举①贤良文学之士前后百数，而仲舒以贤良对策焉。

制曰：“朕获承至尊休德，传之亡穷，而施之罔极，任大而守重，是以夙夜不皇康宁，永惟万事之统，犹惧有阙②。故广延四方之豪俊，郡国、诸侯公选贤良修絜③博习之士，欲闻大道之要，至论之极。今子大夫褎然为举首，朕甚嘉之。子大夫其精心致思，朕垂听而问焉。

盖闻五帝三王之道，改制作乐而天下洽和④，百王同之。当虞氏之乐，莫盛于韶，于周莫盛于勺。圣王已没，钟鼓管弦之声未衰，而大道微缺，陵夷至乎桀纣之行，王道大坏矣⑤。夫五百年之间，守文之君，当涂之士，欲则先王之法以戴翼其世者甚众⑥。然犹不能反，日以仆灭，至后王而后止，岂其所持操或诗缪而失其统与？固天降命不可复反，必推之于大衰而后息与？乌乎⑦！凡所为屑屑，夙兴夜寐，务法上古者，又将无补与？⑧三代受命，其符安在？灾异之变，何缘而起？性命之情，或夭或寿，或仁或鄙，习闻其号，未烛厥理。伊欲风流而令行，刑轻而奸改。百姓和乐，政事宣昭。何修何饬而膏露降，百谷登。德润四海，泽臻草木⑨。三光全，寒暑平，受天之佑，享鬼神之灵，德泽洋溢，施乎方外，延及群生？子大夫明先圣之业，习俗化之变，终始之序，讲闻高谊之日久矣，其明以谕朕。科别其条，勿猥勿并，取之于术，慎其所出⑩。乃其不正不直，不忠不极，枉于执事，书之不泄，兴于朕躬，毋悼后害⑪。子大夫其尽心，靡有所隐，朕将亲览焉。”

仲舒对曰：

“陛下发德音，下明诏，求天命与情性，皆非愚臣之所能及也。臣谨案《春秋》之中⑫，视前世已行之事，以观天人相与之际，甚可畏也。国家将有失道之败，而天乃先出灾害以谴告之。不知自省，又出怪异以警惧之。尚不知变，而伤败乃至。以此见天心之仁爱人君，而欲止其乱也。自非大亡道之世者，天尽欲扶持而全安之，事在强勉而已矣⑬。强勉学问，则闻见博而知益明；强勉行道，则德日起而大有功，此皆可使还至而有效者也。《诗》曰‘夙夜匪解’，《书》云‘茂哉茂哉！’皆强勉之谓也。⑭

道者，所繇适于治之路也，仁义礼乐皆其具也。⑮故圣王已没，而子孙长久安宁数百岁，此皆礼乐教化之功也。王者未作乐之时，乃用先王之乐宜于世者，而以深入教化于民。教化之情不得，雅颂之乐不成，故王者功成作乐，乐其德也。乐者，所以变民风，化民俗也；其变民也易，其化人也著。故声发于和，而本于情，接于肌肤，臧于骨髓。故王道虽微缺，而管弦之声未衰也。夫虞氏之不为政久矣，然而乐颂遗风犹有存者，是以孔子在齐而闻《韶》也。夫人君莫不欲安存而恶危亡，然而，政乱国危者甚众，所任者非其人，而所繇者非其道，是以政日以仆灭也。夫周道衰于幽厉，非道亡也，幽厉不繇也。至于宣王，思昔先王之德，兴滞补弊，明文武之功业，周道粲然复兴，诗人美之而作，上天佑之，为生贤佐，后世称诵，至今不绝。此夙夜不解，行善之所致也。孔子曰'人能弘道，非道弘人'也。故治乱废兴在于己，非天降命不可得反，其所操持悖谬失其统也。

臣闻天之所大奉使之王者，必有非人力所能致而自至者，此受命之符也。天下之人同心归之。若归父母，故天瑞应诚而至。《书》曰'白鱼入于王舟，有火复于王屋，流为乌'，此盖受命之符也。周公曰'复哉复哉[16]'，孔子曰'德不孤，必有邻'，皆积善垒德之效也。及至后世，淫佚衰微[17]，不能统理群生，诸侯背畔，残贼良民以争壤土，废德教而任刑罚。刑罚不中，则生邪气，邪气积于下，怨恶畜于上。上下不和，则阴阳缪盭而妖孽生矣。此灾异所缘而起也。

臣闻命者，天之令也。性者，生之质也。情者，人之欲也。或夭或寿，或仁或鄙，陶冶而成之，不能粹美，有治乱之所生，故不齐也。孔子曰：'君子之德风，小人之德草，草上之风必偃。'故尧舜行德则民仁寿，桀纣行暴则民鄙夭。夫上之化下，下之从上，犹泥之在钧，唯甄者之所为；犹金之在镕，唯冶者之所铸。'绥之斯徕，动之斯和'，此之谓也。

臣谨案《春秋》之文，求王道之端，得之于正。正次王，王次春。春者，天之所为也[18]。正者，王之所为也。其意曰：上承天之所为，而下以正其所为，正王道之端云尔。然则王者欲有所为，宜求其端于天。天道之大者在阴阳，阳为德，阴为刑，刑主杀而德主生。是故，阳常居大夏，而以生育养长为事；阴常居大冬，而积于空虚不用之处。以此见天之任德不任刑也。天使阳出布施于上而主岁功，使阴入伏于下而时出佐阳；阳不得阴之助，亦不能独成岁。终阳以成岁为名，此天意也。王者承天意以从事，故任德教而不任刑。刑者不可任以治世，犹阴之不可任以成岁也。为政而任刑，不顺于天，故先王莫之肯为也。今废先王德教之官，而独任执法之吏治民，毋乃任刑之意与！孔子曰：'不教而诛，谓之虐。'虐政用于下，而欲德教之被四海，故难成也。

臣谨案《春秋》谓一元之意[19]，一者，万物之所从始也；元者，辞之所谓大也。谓一为元者，视大始而欲正本也。《春秋》深探其本，而反自贵者始。故为人君者，正心以正朝廷，正朝廷以正百官，正百官以正万民，正万民以正四方。四方正，远近莫敢不壹于正，而亡有邪气奸其间者[20]。是以阴阳调而风雨时，群生和而万民殖，五谷孰而草木茂，天地之间被润泽而大丰美，四海之内闻盛德而皆徕臣，诸福之物，可致之祥，莫不毕至，而王道终矣。

孔子曰：'凤鸟不至，河不出图，吾已矣夫！'自悲可致此物，而身卑贱不得致也。今陛下贵为天子，富有四海，居得致之位，操可致之势，又有能致之资，行高而恩厚，知明而意美，爱民而好士，可谓谊主矣[21]。然而，天地未应而美祥莫至者，何也？凡以教化不立而万民不正也[22]。夫万民之从利也，如水之走下，不以教化堤防之，不能止也[23]。是故教化立而奸邪皆止者，其堤防完也；教化废而奸邪并出，刑罚不能胜者，其堤防坏也。古之王者明于此，是故南面而治天下，莫不以教化为大务[24]。立大学以教于国，设庠序以化于邑。渐民以仁，摩民以谊，节民以礼，故其刑罚甚轻而禁不犯者，教化行而习俗美也[25]。

圣王之继乱世也，扫除其迹而悉去之，复修教化而崇起之。教化已明，习俗已成，子孙循之，行五六百岁尚未败也。至周之末世，大为亡道，以失天下。秦继其后，独不能改，又益甚之，重禁文学，不得挟书，弃捐礼谊而恶闻之，其心欲尽灭先王之道，而颛为自恣苟简之治，故立为天子十四岁而国破亡矣[26]。自古以来，未尝有以乱济乱，大败天下之民如秦者也。其遗毒馀烈，至今未灭。使习俗薄恶，人民嚚顽，抵冒殊扞，孰烂如此之甚者也[27]。孔子曰：'腐朽之木不可雕也，粪土之墙不可圬也。'今汉继秦之后，如朽木粪墙矣，虽欲善治之，亡可奈何，法出而奸生，令下而诈起，如以汤止沸，抱薪救火，愈甚亡益也。窃譬之琴瑟不调，甚者必解而更张之，乃可鼓也。为政而不行，甚者必变而更化之，乃可理也。当更张而不更张，虽有良工不能善调也；当更化而不更化，虽有大贤不能善治也。故汉得天下以来，常欲善治而至今不可善治者，失之于当更化而不更化也。古人有言曰：'临渊羡鱼，不如退而结网。'今临政而愿治七十余岁矣，不如退而更化；更化则可善治，善治则灾害日去，福禄日来。诗云：'宜民宜人，受禄于天。'为政而宜于民者，固当受禄于天。夫仁谊礼知信五常之道，王者所当修饬也；五者修饬，故受天之佑，而享鬼神之灵，德施于方外，延及群生也。"

天子览其对而异焉，乃复册之曰：

制曰："盖闻虞舜之时，游于岩郎之上，垂拱无为[28]，而天下太平。周文王至于日昃不暇食，而宇内亦治。夫帝王之道，岂不同条共贯与？何逸劳之殊也？

盖俭者不造玄黄旌旗之饰。及至周室，设两观，乘大路，朱干玉戚，八佾陈于庭[29]，而颂声兴。夫帝王之道岂异指哉？或曰：良玉不琢。又曰：非文无以辅德，二端异焉。

殷人执五刑以督奸，伤肌肤以惩恶。成康不式四十馀年，天下不犯，囹圄空虚。[30]秦国用之，死者甚众，刑者相望，秏矣哀哉！

乌乎[31]！朕夙寤晨兴，惟前帝王之宪[32]，永思所以奉至尊，章洪业，皆在力本任贤。今朕亲耕藉田以为农先，劝孝弟，崇有德，使者冠盖相望，问勤劳，恤孤独，尽思极神，功烈休德未始云获也。今阴阳错缪，氛气充塞，群生寡遂，黎民未济，廉耻贸乱，贤不肖浑殽，未得其真，故详延特起之士，庶几乎！今子大夫待诏百有余人，或道世务而未济，稽诸上古之不同，考之于今而难行，毋乃牵于文系而不得骋与？将所繇异术，所闻殊方与？各悉对，著于篇，毋讳有司。明其指略，切磋究之，以称朕意。"

仲舒对曰：

"臣闻尧受命，以天下为忧，而未以位为乐也。故诛逐乱臣，务求贤圣，是以得舜、禹、稷、卨、咎繇。众圣辅德，贤能佐职，教化大行，天下和洽，万民皆安仁乐谊，各得其宜，动作应礼，从容中道。故孔子曰：'如有王者，必世而后仁[33]'，此之谓也。尧在位七十载，乃逊于位以禅虞舜。尧崩，天下不归尧子丹朱而归舜。舜知不可辟[34]，乃即天子之位，以禹相，因尧之辅佐，继其统业，是以垂拱无为而天下治。孔子曰：'《韶》尽美矣，又尽善矣。'此之谓也。至于殷纣，逆天暴物，杀戮贤知，残贼百姓。伯夷、太公皆当世贤者，隐处而不为臣。守职之人皆奔走逃亡，入于河海。天下秏乱，万民不安，故天下去殷而从周。文王顺天理物，师用贤圣，是以闳夭、大颠、散宜生等亦聚于朝廷。爱施兆民，天下归之，故太公起海滨而即三公也。当此之时，纣尚在上，尊卑昏乱，百姓散亡，故文王悼痛而欲安之，是以日昃而不暇食也。孔子作《春秋》，先正王而系万事，见素王之文焉。繇此观之，帝王之条贯同，然而劳逸异者，所遇之时异也。孔子曰'武尽美矣，未尽善也'，此之谓也。

臣闻制度、文采、玄黄之饰，所以明尊卑，异贵贱，而劝有德也。故《春秋》受命所先制者，改正朔，易服色，所以应天也。然则宫室旌旗之制，有法而然者也。故孔子曰：'奢则不逊，俭则固。'俭非圣人之中制也。臣闻良玉不瑑，资质润美，不待刻瑑，此亡异于达巷党人不学而自知也。然则常玉不瑑，不成文章；君子不学，不成其德。

臣闻圣王之治天下也，少则习之学，长则材诸位，爵禄以养其德，刑罚以威其恶，故民晓于礼谊而耻犯其上。武王行大谊，平残贼，周公作礼乐以文之，至于成康之隆，囹圄空虚四十余年。此亦教化之渐而仁谊之流，非独伤肌肤之效也。至秦则不然。师申商之法，行韩非之说，憎帝王之道，以贪狼为俗，非有文德以教训于天下也。诛名而不察实，为善者不必免，而犯恶者未必刑也。是以百官皆饰虚辞而不顾实，外有事君之礼，内有背上之心，造伪饰诈，趣利无耻。又好用憯酷[35]之吏，赋敛亡度，竭民财力，百姓散亡，不得从耕织之业，群盗并起。是以刑者甚众，死者相望，而奸不息，俗化使然也。故孔子曰：'导之以政，齐之以刑，民免而无耻'，此之谓也。

今陛下并有天下，海内莫不率服，广览兼听，极群下之知，尽天下之美，至德昭然，施于方外。夜郎、康居，殊方万里，说德归谊，此太平之致也。然而功不加于百姓者，殆王心未加焉。曾子曰：'尊其所闻，则高明矣；行其所知，则光大矣。高明光大，不在于它，在乎加之意而已。'愿陛下因用所闻，设诚于内而致行之，则三王何异哉！

陛下亲耕藉田以为农先，夙寤晨兴，忧劳万民，思惟往古，而务以求贤，此亦尧舜之用心也。然而未云获者，士素不厉也。夫不素养士而欲求贤，譬犹不琢玉而求文采也。故养士之大者，莫大乎太学。太学者，贤士之所关也，教化之本原也。今以一郡一国之众，对亡应书者，是王道往往而绝也。臣愿陛下兴太学，置明师，以养天下之士，数考问以尽其材，则英俊宜可得矣。今之郡守、县令，民之师帅，所使承流而宣化也；故师帅不贤，则主德不宣，恩泽不流。今吏既亡教训于下，或不承用主上之法，暴虐百姓，与奸为市，贫穷孤弱，冤苦失职，甚不称陛下之意。是以阴阳错缪，氛气充塞，群生寡遂，黎民未济，皆长吏不明，使至于此也。

夫长吏多出于郎中、中郎，吏二千石子弟选郎吏，又以富訾[36]，未必贤也。且古所谓功者，以任官称职为差，非所谓积日累久也。故小材虽累日，不离于小官。贤材虽未久，不害为辅佐[37]。是以有司竭力尽知，务治其业而以赴功。今则不然。累日以取贵，积久以致官，是以廉耻贸乱，贤不肖浑殽[38]，未得其真。臣愚以为使诸列侯、郡守、二千石各择其吏民之贤者，岁贡各二人以给宿卫，且以观大臣之能。所贡贤者有赏，所贡不肖者有罚。夫如是，诸侯、吏二千石皆尽心于求贤，天下之士可得而官使也。遍得天下之贤人，则三王之盛易为，而尧舜之名可及也。毋以日月为功，实试贤能为上，量材而授官，录德而定位，则廉耻殊路，贤不肖异处矣。陛下加惠，宽臣之罪，令勿牵制于文，使得切磋究之，臣敢不尽愚！"

于是天子复册之。

制曰："盖闻'善言天者必有征于人，善言古者必有验于今'。故朕垂问乎天人之应，上嘉唐虞，下悼桀纣，浸微浸灭浸明浸昌之道[39]，虚心以改。今子大夫明于阴阳所以造化，习于先圣之道业，然而文采未极，岂惑乎当世之务哉？条贯靡竟[40]，统纪未终，意朕之不明与？听若眩与？夫三王之教所祖不同，而皆有失，或谓久而不易者道也，意岂异哉？今子大夫既已著大道之极，陈治乱之端矣，其悉之究之，孰之复之。《诗》不云乎？'嗟尔君子，毋常安息，神之听之，介尔景福。'[41]朕将亲览焉，子大夫其茂明之。"

仲舒复对曰：

"臣闻《论语》曰：'有始有卒者，其唯圣人乎[42]！'今陛下幸加惠，留听于承学之臣。复下明册，以切其意。而究尽圣德，非愚臣之所能具也。前所上对，条贯靡竟，统纪不终，辞不别白[43]，指不分明，此臣浅陋之罪也。

册曰：'善言天者必有征于人，善言古者必有验于今。'臣闻天者群物之祖也，故遍覆包函而无所殊，建日月风雨以和之，经阴阳寒暑以成之。故圣人法天而立道，亦溥爱而亡私，布德施仁以厚之，设谊立礼以导之。春者天之所以生也，仁者君之所以爱也。夏者天之所以长也，德者君之所以养也。霜者天之所以杀也，刑者君之所以罚也。繇此言之，天人之征，古今之道也。孔子作《春秋》，上揆之天道，下质诸人情，参之于古，考之于今。故《春秋》之所讥，灾害之所加也；《春秋》之所恶，怪异之所施也。书邦家之过，兼灾异之变，以此见人之所为，其美恶之极，乃与天地流通而往来相应，此亦言天之一端也。古者修教训之官，务以德善化民，民已大化之后，天下常亡一人之狱矣。今世废而不修，亡以化民，民以故弃行谊而死财利，是以犯法而罪多，一岁之狱以万千数。以此见古之不可不用也，故《春秋》变古则讥之。天令之谓命，命非圣人不行；质朴之谓性，性非教化不成；人欲之谓情，情非度制不节。是故王者上谨于承天意，以顺命也；下务明教化民，以成性也；正法度之宜，别上下之序，以防欲也：修此三者，而大本举矣。人受命于天，固超然异于群生，入有父子兄弟之亲，出有君臣上下之谊，会聚相遇，则有耆老长幼之施。[44]粲然有文以相接，欢然有恩以相爱，此人之所以贵也。生五谷以食之，桑麻以衣之，六畜以养之，服牛乘马，圈豹槛虎，是其得天之灵，贵于物也。故孔子曰：'天地之性，人为贵。'明于天性，知自贵于物；知自贵于物，然后知仁谊；知仁谊，然后重礼节；重礼节，然后安处善；安处善，然后乐循理；乐循理，然后谓之君子。故孔子曰'不知命，亡以为君子'，此之谓也。

册曰：'上嘉唐虞，下悼桀纣，浸微浸灭浸明浸昌之道，虚心以改。'臣闻众少成多，积小致钜，故圣人莫不以晻致明，以微致显[45]。是以尧发于诸侯，舜兴乎深山，非一日而显也，盖有渐以致之矣。言出于己，不可塞也。行发于身，不可掩也。言行，治之大者，君子之所以动天地也。故尽小者大，慎微者著。《诗》云：'惟此文王，小心翼翼[46]。'故尧兢兢日行其道，而舜业业日致其孝，善积而名显，德章而身尊，此其浸明浸昌之道也[47]。积善在身，犹长日加益，而人不知也；积恶在身，犹火之销膏，而人不见也。非明乎情性，察乎流俗者，孰能知之？此唐虞之所以得令名，而桀纣之可为悼惧者也[48]。夫善恶之相从，如景乡之应形声也[49]。故桀纣暴谩，谗贼并进，贤知隐伏，恶日显，国日乱，晏然自以如日在天，终陵夷而大坏[50]。夫暴逆不仁者，非一日而亡也，亦以渐至，故桀、纣虽亡道，然犹享国十余年，此其浸微浸灭之道也[51]。

册曰：'三王之教所祖不同，而皆有失，或谓久而不易者，道也，意岂异哉？'臣闻夫乐而不乱，复而不厌者谓之道。道者万世亡弊，弊者道之失也。先王之道必有偏而不起之处，故政有眊而不行，举其偏者以补其弊而已矣[52]。三王之道所祖不同，非其相反，将以捄溢扶衰，所遭之变然也[53]"故孔子曰：'亡为而治者，其舜乎！'改正朔，易服色，以顺天命而已。其余尽循尧道，何更为哉！故王者有改制之名，亡变道之实。然夏上忠，殷上敬，周上文者，所继之捄，当用此也。孔子曰：'殷因于夏礼，所损益可知也。周因于殷礼，所损益可知也。其或继周者，虽百世可知也。'此言百王之用，以此三者矣。夏因于虞，而独不言所损益者，其道如一而所上同也。道之大原出于天，天不变，道亦不变，是以禹继舜，舜继尧，三圣相受而守一道，亡救弊之政也，故不言其所损益也。繇是观之，继治世者其道同，继乱世者其道变。今汉继大乱之后，若宜少损周之文致，用夏之忠者。

陛下有明德嘉道，愍世俗之靡薄，悼王道之不昭，故举贤良方正之士，论议考问，将欲兴仁谊之休德，明帝王之法制，建太平之道也[54]。臣愚不肖，述所闻，诵所学，道师之言，廑能勿失耳[55]。若乃论政事之得失，察天下之息秏，此大臣辅佐之职，三公九卿之任，非臣仲舒所能及也。然而臣窃有怪者。夫古之天下亦今之天下，今之天下亦古之天下，共是天下。古以大治，上下和睦，习俗美盛，不令而行，不禁而止，吏亡奸邪，民亡盗贼。囹圄空虚，德润草木，泽被四海，凤皇来集，麒麟来游，以古准今，壹何不相逮之远也[56]！安所缪盭而陵夷若是[57]？意者有所失于古之道与？有所诡于天之理与？试迹之于古，返之于天，党可得见乎？

夫天亦有所分予，予之齿者去其角，傅其翼者两其足，是所受大者不得取小也。古之所予禄者，不食于力，不动于末[58]，是亦受大者不得取小，与天同意者也。夫已受大，又取小，天不能足，而况人乎！此民之所以嚣嚣[59]苦不足也。身宠而载高位，家温而食厚禄，因乘富贵之资力，以与民争利于下，民安能如之哉！是故众其奴婢，多其牛羊，广其田宅，博其产业，畜其积委[60]，务此而亡已，以迫蹴民，民日削月朘，浸以大穷。富者奢侈羡溢，贫者穷急愁苦。穷急愁苦而上不救，则民不乐生。民不乐生，尚不避死，安能避罪！此刑罚之所以蕃而奸邪不可胜者也[61]。故受禄之家，食禄而已，不与民争业，然后利可均布，而民可家足。此上天之理，而亦太古之道。天子之所宜法以为制，大夫之所当循以为行也。故公仪子相鲁，之其家见织帛，怒而出其妻，食于舍而茹葵，愠而拔其葵，曰：'吾已食禄，又夺园夫红女利乎[62]！'古之贤人君子在列位者皆如是，是故下高其行而从其教，民化其廉而不贪鄙。及至周室之衰，其卿大夫缓于谊而急于利，亡推让之风而有争田之讼。故诗人疾而刺之，曰：'节彼南山，惟石岩岩，赫赫师尹，民具尔瞻[63]。'尔好谊，则民乡仁而俗善。尔好利，则民好邪而俗败。由是观之，天子大夫者，下民之所视效，远方之所四面而内望也[64]。近者视而放之，远者望而效之，岂可以居贤人之位而为庶人行哉！夫皇皇求财利，常恐乏匮者，庶人之意也[65]。皇皇求仁义，常恐不能化民者，大夫之意也。《易》曰：'负且乘，致寇至。'乘车者，君子之位也，负担者，小人之事也，此言居君子之位而为庶人之行者，其患祸必至也。若居君子之位，当君子之行，则舍公仪休之相鲁，亡可为者矣。

《春秋》大一统者，天地之常经，古今之通谊也。今师异道，人异论，百家殊方，指意不同，是以上亡以持一统；法制数变，下不知所守。臣愚以为诸不在六艺之科孔子之术者，皆绝其道，勿使并进。邪辟之说灭息，然后统纪可一而法度可明，民知所从矣。"

对既毕，天子以仲舒为江都相，事易王。易王，帝兄，素骄好勇。仲舒以礼谊匡正，王敬重焉。久之，王问仲舒曰："粤王句践与大夫泄庸、种、蠡谋伐吴，遂灭之。孔子称殷有三仁，寡人亦以为粤有三仁。桓公决疑于管仲，寡人决疑于君[66]。"仲舒对曰："臣愚不足以奉大对。闻昔者鲁君问柳下惠：'吾欲伐齐，何如?'柳下惠曰：'不可。'归而有忧色，曰：'吾闻伐国不问仁人，此言何为至于我哉！'徒见问耳，且犹羞之，况设诈以伐吴乎？繇此言之，粤本无一仁。夫仁人者，正其谊不谋其利，明其道不计其功，是以仲尼之门，五尺之童羞称五伯，为其先诈力而后仁谊也[67]。苟为诈而已，故不足称于大君子之门也。五伯比于他诸侯为贤，其比三王，犹武夫之与美玉也。"王曰："善。"

仲舒治国，以《春秋》灾异之变推阴阳所以错行[68]。故求雨，闭诸阳，纵诸阴，其止雨反是。行之一国，未尝不得所欲。中废为中大夫。先是辽东高庙、长陵高园殿灾，仲舒居家推说其意，草稿未上[69]。主父偃候仲舒，私见，嫉之，窃其书而奏焉[70]。上召视诸儒，仲舒弟子吕步舒不知其师书，以为大愚。于是下仲舒吏，当死，诏赦之。仲舒遂不敢复言灾异。

仲舒为人廉直[71]。是时方外攘四夷[72]。公孙弘治《春秋》，不如仲舒，而弘希世用事，位至公卿[73]。仲舒以弘为从谀，弘嫉之。胶西王亦上兄也，尤纵恣，数害吏二千石。弘乃言于上曰："独董仲舒可使相胶西王。"胶西王闻仲舒大儒，善待之，仲舒恐久获辠，病免[74]。凡相两国，辄事骄王，正身以率下，数上疏谏争，教令国中，所居而治。及去位归居，终不问家产业，以修学著书为事。

仲舒在家，朝廷如有大议，使使者及廷尉张汤就其家而问之，其对皆有明法。自武帝初立，魏其、武安侯为相而隆儒矣。及仲舒对册，推明孔氏，抑黜百家。立学校之官，州郡举茂材孝廉，皆自仲舒发之。年老，以寿终于家。家徙茂陵，子及孙皆以学至大官。

仲舒所著，皆明经术之意，及上疏条教，凡百二十三篇。而说《春秋》事得失，《闻举》、《玉杯》、《蕃露》、《清明》、《竹林》之属，复数十篇，十余万言，皆传于后世。掇其切当世施朝廷者著于篇。

赞曰：刘向称："董仲舒有王佐之材，虽伊吕亡以加，管晏之属，伯者之佐，殆不及也。"至向子歆以为"伊吕乃圣人之耦，王者不得则不兴。故颜渊死，孔子曰：'噫！天丧余。'唯此一人为能当之，自宰我、子赣、子游、子夏不与焉。仲舒遭汉承秦灭学之后，《六经》离析，下帷发愤，潜心大业，令后学者有所统一，为群儒首。然考其师友渊源所渐，犹未及乎游夏，而曰管晏弗及，伊吕不加，过矣。"至向曾孙龚，笃论君子也，以歆之言为然。

---

①举：举荐。

②休：美。　亡：通无。　夙夜：早晚，朝夕。　不皇：来不及，没有空闲。

③絜：同洁，品行端正。　褎（xiù，音袖）然举首：出众，超出同辈。

④洽和：和协融洽。

⑤陵夷：衰落。

⑥守文：尊守成法。　当涂：执掌大权。　则：效法。　戴翼：推行。

⑦乌乎：同呜呼。

⑧屑屑：劳碌不安的样子。　夙兴夜寐：起早睡晚，言生活勤劳。　风流：教化流行。

⑨草：花草。

⑩猥：堆积。

⑪极：中正的准则。　毋悼后害：不要有后顾之忧。

⑫案：查考。

⑬强勉：努力，勉力。

⑭夙夜匪懈：早晚都不松懈，喻努力勤勉。　茂：通懋，勤勉。

⑮繇（yóu，音尤）：由此。　适：去。　具：完备。

⑯复：报复。

⑰淫佚：纵欲放荡。

⑱缪盭（lì，音力）：同缪戾。错乱，违背。

⑲一元：事物的开始。

⑳亡有：没有。　奸（gān，音干）：犯。

㉑谊主：知礼义的君主。

㉒凡以：大概是因为。

㉓堤防：管束。

㉔南面：古代以坐北朝南为尊位，故天子诸侯见群臣，或卿大夫见僚属，皆南面而坐，后来引申为帝王的统治。

㉕渐：浸润。　摩：磨炼。

㉖颛：同专。　苟简：应付，轻率。

㉗嚚（yín，音银）：顽：愚蠢而顽固。　抵冒：触犯，冒犯。　殊扞（hàn，音汗）：抵触。

㉘垂拱：垂衣拱手，形容无所事事，不费力气。

㉙八佾（yì，音义）：古代天子专有的舞蹈。

㉚式：用。　囹圄：监狱。

㉛宪：法令。　章：显扬。

㉜如有王者，必世而后仁：如果有受王令的人，必定三十年以后，才能成就仁政。

㉝辟（bì，音避）：辞让。

㉞憯（cǎn，音惨）酷：残忍刻毒。

㉟訾：同资。

㊱害：妨碍。

㊲浑殽：混杂。

㊳浸：逐渐。

㊴条贯：条理，系统。

㊵安息：安逸。　介：帮助。　景福：大的福气。

㊶卒：终。

㊷别白：分辨明白。

㊸施：陈设。

㊹晻：黑暗。

㊺翼翼：恭敬的样子。

㊻兢兢：小心戒惧的样子。　业业：畏惧的样子。

㊼悼惧：伤感警惧。

㊽景乡（xiǎng，音响）：如影随形，如响留声。

㊾暴谩：残暴傲慢。　晏然：自安得意。

㊿享国：帝王在位年数。

51不起：弊病。　眊（mào，音貌）：眼睛昏花，喻不明。　举：列举。

52捄（jiù，音旧）：通救。

53靡薄：浅薄奢靡。

54廑（jǐn，音仅）：同仅，仅仅。

55准：标准。

56陵夷：衰落。

57末：此指商业。

58嚣嚣：喧哗的声音。

59积委：积聚，储备。　迫蹴：逼迫。

60蕃：多。

61红（gōng，音工）：女子所做的纺织、缝纫、刺绣等工作。

62岩岩：高峻的样子。　赫赫：显赫的样子。

63视效：仿效，效法。

64皇皇：同遑遑，匆忙的样子。

65决疑：解决疑难问题。

66伯：通霸。

67错行：更迭运行。

68草稿：文章的草底。

60候：探望。

70廉直：廉洁正直。

71擯：排斥。

72希世：迎合世俗。　用事：执政，当权。

73辠（zuì，音罪）：同“罪”。

张 骞 传

张骞，汉中人也。建元中为郎。时匈奴降者言匈奴破月氏王，以其头为饮器，月氏遁而怨匈奴，无与共击之[①]。汉方欲事灭胡，闻此言，欲通使，道必更匈奴中，乃募能使者[②]。骞以郎应募，使月氏，与堂邑氏奴甘父俱出陇西。径匈奴，匈奴得之，传诣单于[③]。单于曰："月氏在吾北，汉何以得往使？吾欲使越，汉肯听我乎？"留骞十余岁，予妻，有子，然骞持汉节不失。

居匈奴西，骞因与其属亡乡月氏，西走数十日至大宛[④]。大宛闻汉之饶财，欲通不得，见骞，喜，问欲何之[⑤]。骞曰："为汉使月氏，而为匈奴所闭道，今亡，唯王使人道送我[⑥]。诚得至，反汉，汉之赂遗王财物不可胜言[⑦]。"大宛以为然，遣骞，为发译道，抵康居[⑧]。康居传致大月氏。大月氏王已为胡所杀，立其夫人为王。既臣大夏而君之，地肥饶，少寇，志安乐，又自以远远汉，殊无报胡之心[⑨]。骞从月氏至大夏，竟不能得月氏要领[⑩]。

留岁余，还，并南山，欲从羌中归，复为匈奴所得[⑪]。留岁余，单于死，国内乱，骞与胡妻及堂邑父俱亡归汉。拜骞太中大夫，堂邑父为奉使君。

骞为人强力，宽大信人，蛮夷爱之[⑫]。堂邑父胡人，善射，穷急射禽兽给食。初，骞行时百余人，去十三岁，唯二人得还。

骞身所至者，大宛、大月氏、大夏、康居，而传闻其旁大国五六，具为天子言其地形，所有。语皆在《西域传》。

骞曰："臣在大夏时，见邛竹杖、蜀布，问安得此，大夏国人曰：'吾贾人往市之身毒国[⑬]。身毒国在大夏东南可数千里。其俗土著，与大夏同，而卑湿暑热。其民乘象以战，其国临大水焉。'以骞度之，大夏去汉万二千里，居西南[⑭]。今身毒又居大夏东南数千里，有蜀物，此其去蜀不远矣。今使大夏，从羌中，险，羌人恶之；少北，则为匈奴所得；从蜀，宜径，又无寇。"天子既闻大宛及大夏、安息之属皆大国，多奇物，土著，颇与中国同俗，而兵弱，贵汉财物；其北则大月氏、康居之属，兵强，可以赂遗设利朝也。诚得而以义属之，则广地万里，重九译，致殊俗，威德遍于四海。天子欣欣以骞言为然。乃令因蜀犍为发间使，四道并出：出駹，出莋，出徙、邛，出僰，皆各行一二千里[⑮]。其北方闭氐、莋，南方闭嶲、昆明[⑯]。昆明之属无君长，善寇盗，辄杀略汉使，终莫得通。然闻其西可千余里，有乘象国，名滇越，而蜀贾间出物者或至焉，于是汉以求大夏道始通滇国。初，汉欲通西南夷，费多，罢之。及骞言可以通大夏，乃复事西南夷。

骞以校尉从大将军击匈奴，知水草处，军得以不乏，乃封骞为博望侯。是岁元朔六年也。后二年，骞为卫尉，与李广俱出右北平击匈奴。匈奴围李将军，军失亡多，而骞后期当斩，赎为庶人[⑰]。是岁骠骑将军破匈奴西边，杀数万人，至祁连山。其秋，浑邪王率众降汉，而金城、河西西并南山至盐泽，空无匈奴。匈奴时有候者到，而希矣[⑱]。后二年，汉击走单于于幕北。[⑲]

天子数问骞大夏之属[⑳]。骞既失侯，因曰："臣居匈奴中，闻乌孙王号昆莫。昆莫父难兜靡本与大月氏俱在祁连、敦煌间，小国也。大月氏攻杀难兜靡，夺其地，人民亡走匈奴。子昆莫新生，傅父布就翎侯抱亡置草中，为求食，还，见狼乳之，又乌衔肉翔其旁，以为神，遂持归匈奴，单于爱养之。及壮，以其父民众与昆莫，使将兵，数有功。时，月氏已为匈奴所破，西击塞王。塞王南走远徙，月氏居其地。昆莫既健，自请单于报父怨，遂西攻破大月氏。大月氏复西走，徙大夏地。昆莫略其众，因留居，兵稍强，会单于死，不肯复朝事匈奴。匈奴遣兵击之，不胜，益以为神而远之。今单于新困于汉，而昆莫地空。蛮夷恋故地，又贪汉物，诚以此时厚赂乌孙，招以东居故地，汉遣公主为夫人，结昆弟，其势宜听，则是断匈奴右臂也。既连乌孙，自其西大夏之属皆可招来而为外臣。”天子以为然，拜骞为中郎将，将三百人，马各二匹，牛羊以万数，赍金币帛直数千钜万，多持节副使，道可便遣之旁国。[21]骞既至乌孙，致赐谕指，未能得其决。语在《西域传》。骞即分遣副使使大宛、康居、月氏、大夏。乌孙发译道送骞，与乌孙使数十人，马数十匹，报谢，因令窥汉，知其广大。

骞还，拜为大行。岁余，骞卒。后岁余，其所遣副使通大夏之属者皆颇与其人俱来，于是西北国始通于汉矣。然骞凿空，诸后使往者皆称博望侯，以为质于外国，外国由是信之。[22]其后，乌孙竟与汉结婚。

初，天子发书《易》，曰“神马当从西北来”。得乌孙马好，名曰“天马”。及得宛汗血马，益壮，更名乌孙马曰“西极马”，宛马曰“天马”云。而汉始筑令居以西，初置酒泉郡，以通西北国。因益发使抵安息、奄蔡、犛靬、条支、身毒国。[23]而天子好宛马，使者相望于道，一辈大者数百，少者百余人，所赍操，大放博望侯时。其后益习而衰少焉。汉率一岁中使者多者十余，少者五六辈，远者八九岁，近者数岁而反。

是时，汉既灭越，蜀所通西南夷皆震，请吏。置牂柯、越巂、益州、沈黎、文山郡，欲地接以前通大夏。[24]乃遣使岁十余辈，出此初郡，皆复闭昆明，为所杀，夺币物。于是汉发兵击昆明，斩首数万。后复遣使，竟不得通。语在《西南夷传》。

自骞开外国道以尊贵，其吏士争上书言外国奇怪利害，求使。天子为其绝远，非人所乐，听其言，予节，募吏民无问所从来，为具备人众遣之，以广其道。来还不能无侵盗币物，及使失指，天子为其习之，辄覆按致重罪，以激怒令赎，复求使。使端无穷，而轻犯法。其吏卒亦辄复盛推外国所有，言大者予节，言小者为副，故妄言无行之徒皆争相效。其使皆私县官赍物，欲贱市以私其利。外国亦厌汉使人人有言轻重，度汉兵远，不能至，而禁其食物，以苦汉使。汉使乏绝，责怨，至相攻击。楼兰、姑师小国，当空道，攻劫汉使王恢等尤甚。[25]而匈奴奇兵又时时遮击之。使者争言外国利害，皆有城邑，兵弱易击。于是天子遣从票侯破奴将属国骑及郡兵数万以击胡，胡皆去。明年，击破姑师，虏楼兰王。酒泉列亭鄣至玉门矣。

而大宛诸国发使随汉使来，观汉广大，以大鸟卵及犛靬眩人献于汉，天子大说[26]。而汉使穷河源，其山多玉石，采来，天子案古图书，名河所出山曰昆仑云。[27]

是时，上方数巡狩海上，乃悉从外国客，大都多人则过之，散财帛赏赐，厚具饶给之，以览视汉富厚焉。大角氐，出奇戏诸怪物，多聚观者，行赏赐，酒池肉林，令外国客遍观各仓库府臧之积，欲以见汉广大倾骇之。[28]及加其眩者之工，而角氐奇戏岁增变，其益兴，自此始。而外国使更来更去。大宛以西皆自恃远，尚骄恣，未可诎，以礼羁縻而使也。[29]

汉使往既多，其少从率进孰于天子，言大宛有善马在贰师城，匿不肯示汉使。[30]天子既好宛马，闻之甘心，使壮士车令等持千金及金马以请宛王贰师城善马。[31]宛国饶汉物，相与谋曰：“汉去我远，而盐水中数有败，出其北有胡寇，出其南乏水草，又且往往而绝邑，乏食者多。汉使数百人为辈来，常乏食，死者过半，是安能致大军乎？且贰师马，宛宝马也。”遂不肯予汉使。汉使怒，妄言，椎金马而去。[32]宛中贵人怒曰：“汉使至轻我！”遣汉使去，令其东边郁成王遮攻，杀汉使，取其财物。天子大怒。诸尝使宛姚定汉等言：“宛兵弱，诚以汉兵不过三千人，强弩射之，即破宛矣。”天子以尝使浞野侯攻楼兰，以七百骑先至，虏其王，以定汉等言为然，而欲侯宠姬李氏，乃以李广利为将军，伐宛。

骞孙猛，字子游，有俊才，元帝时为光禄大夫，使匈奴，给事中，为石显所谮，自杀。㉝

①月氏（zhī，音支）：部族名，也写作月支。其祖先居住在今甘肃敦煌与青海祁连山间。西汉文帝时被匈奴击败，西迁至今新疆伊犁河上游，攻击大夏，占据塞种故地，称大月氏。少数没有西迁的进入祁连山，称小月氏。　　道：逃亡。

②更（gēng，音庚）：经过，路过。

③径：取道，路过。

④乡（xiàng，音向）：朝着，方向。

⑤饶财：富饶。

⑥唯：语首词，希望。　　道：通“导”，引导。

⑦赂遗：赠送财物。

⑧译：翻译。

⑨既臣大夏而君之：征服了大夏，做了大夏的君主。

⑩要领：事物的重点、关键、主要情况。

⑪并：通“傍”，挨着，靠近。

⑫为人强力，宽大信人：为人坚强而有耐心，待人宽厚。

⑬邛（qióng）：音“穷”。　　身（yuán）：音“员”。

⑭度：推测，猜测。　　去：距离。

⑮駹（máng）：音“忙”。　　莋（zuó）：音“昨”。　　僰（bó）：音“伯”。

⑯嶲（xī）：音“希”。

⑰后期：没有按时到达。

⑱候者：侦察的人。

⑲幕：通“漠”，沙漠。

⑳属：情况。

㉑赍（jī，音基）：带着。

㉒凿空：开通，打通。　　质：诚信。

㉓犛靬（líjiān）：音“离尖”。

㉔牂（zāng）：音“脏”。

㉕空：同“孔”，空道，大道。

㉖眩（huàn，音幻）人：魔术艺人。

㉗图书：河图洛书的省称。古代以讲符命占验为主要内容的书。

㉘大角氐：古代的一种竞技表演，略同于现在的摔跤。

㉙诎：同“屈”，屈服。　　羁縻：联络，维系。

㉚少从：随从出使的年青人。

㉛甘心：高兴，心驰神往。

㉜妄言：咒骂。　　椎：捶击。

㉝谮：用坏话诬陷别人。

霍光传

霍光，字子孟，票骑将军去病弟也。父中孺，河东平阳人也。以县吏给事平阳侯家，与侍者卫少儿私通而生去病①。中孺吏毕归家，娶妇生光，因绝不相闻。久之，少儿女弟子夫得幸于武帝，立为皇后，去病以皇后姊子贵幸。既壮大，乃自知父为霍中孺，未及求问。会为票骑将军击匈奴，道出河东，河东太守郊迎，负弩矢先驱，至平阳传舍，遣吏迎霍中孺②。中孺趋入拜谒，将军迎拜，因跪曰："去病不早自知为大人遗体也。"中孺扶服叩头，曰："老臣得托命将军，此天力也③。"去病大为中孺买田宅奴婢而去。还，复过焉，乃将光西至长安，时年十余岁，任光为郎，稍迁诸曹侍中。去病死后，光为奉车都尉光禄大夫，出则奉车，入侍左右，出入禁闼二十余年④。小心谨慎，未尝有过，甚见亲信。

征和二年，卫太子为江充所败，而燕王旦、广陵王胥皆多过失。是时上年老，宠姬钩弋赵倢伃有男，上心欲以为嗣，命大臣辅之。察群臣唯光任大重，可属社稷⑤。上乃使黄门画者画周公负成王朝诸侯以赐光⑥。后元二年春，上游五柞宫，病笃，光涕泣问曰："如有不讳，谁当嗣者⑦？"上曰："君未谕前画意邪？立少子，君行周公之事。"光顿首让曰："臣不如金日磾⑧。"日磾亦曰："臣外国人，不如光。"上以光为大司马大将军，日磾为车骑将军，及太仆上官桀为左将军，搜粟都尉桑弘羊为御史大夫，皆拜卧内床下，受遗诏辅少主。明日，武帝崩，太子袭尊号，是为孝昭皇帝。帝年八岁，政事壹决于光⑨。

先是，后元年，侍中仆射莽何罗与弟重合侯通谋为逆。时光与金日磾、上官桀等共诛之，功未录⑩。武帝病，封玺书曰："帝崩，发书以从事。"遗诏封金日磾为秺侯，上官桀为安阳侯，光为博陆侯，皆以前捕反者功封。时卫尉王莽子男忽侍中，扬语曰："帝崩，忽常在左右，安得遗诏封三子事！群儿自相贵耳。"光闻之，切让王莽，莽鸩杀忽。⑪

光为人沉静详审，长财七尺三寸⑫，白皙，疏眉目，美须髯。每出入下殿门，止进有常处，郎仆射窃识视之，不失尺寸，其资性端正如此。初辅幼主，政自己出，天下想闻其风采。殿中尝有怪，一夜群臣相惊，光召尚符玺郎，郎不肯授光。光欲夺之，郎按剑曰："臣头可得，玺不可得也！"光甚谊之⑬。明日，诏增此郎秩二等。众庶莫不多光⑭。

光与左将军桀结婚相亲，光长女为桀子安妻。有女年与帝相配，桀因帝姊鄂邑盖主内安女后宫为倢伃，数月立为皇后。父安为票骑将军，封桑乐侯。光时休沐出，桀辄入代光决事。桀父子既尊盛，而德长公主。公主内行不修，近幸河间丁外人⑮。桀、安欲为外人求封，幸依国家故事以列侯尚公主者，光不许。又为外人求光禄大夫，欲令得召见，又不许。长主大以是怨光。而桀、安数为外人求官爵弗能得，亦惭⑯。自先帝时，桀已为九卿，位在光右。及父子并为将军，有椒房中宫之重，皇后亲安女，光乃其外祖，而顾专制朝事，繇是与光争权⑰。

燕王旦自以昭帝兄，常怀怨望⑱。及御史大夫桑弘羊建造酒榷盐铁，为国兴利，伐其功，欲为子弟得官，亦怨恨光⑲。于是盖主、上官桀、安及弘羊皆与燕王旦通谋，诈令人为燕王上书，言"光出都肄郎羽林，道上称趕，太官先置⑳。又引苏武前使匈奴，拘留二十年不降，还乃为典属国，而大将军长史敞亡功为搜粟都尉。又擅调益莫府校尉。光专权自恣，疑有非常。臣旦愿归符玺，入宿卫，察奸臣变。”候司光出沐日奏之。桀欲从中下其事，桑弘羊当与诸大臣共执退光。书奏，帝不肯下。

明旦，光闻之，止画室中不入[21]。上问“大将军安在?”左将军桀对曰：“以燕王告其罪，故不敢入。”有诏召大将军。光入，免冠顿首谢，上曰：“将军冠。朕知是书诈也，将军亡罪。”光曰：“陛下何以知之?”上曰：“将军之广明，都郎属耳。调校尉以来未能十日，燕王何以得知之?且将军为非，不须校尉。”是时帝年十四，尚书左右皆惊，而上书者果亡，捕之甚急。桀等惧，白上小事不足遂，上不听[22]。

后桀党与有谮光者，上辄怒曰：“大将军忠臣，先帝所属以辅朕身，敢有毁者坐之[23]。”自是桀等不敢复言，乃谋令长公主置酒请光，伏兵格杀之，因废帝，迎立燕王为天子[24]。事发觉，光尽诛桀、安、弘羊、外人宗族。燕王、盖主皆自杀。光威震海内。昭帝既冠，遂委任光，讫十三年，百姓充实，四夷宾服[25]。

元平元年，昭帝崩，亡嗣。武帝六男独有广陵王胥在，群臣议所立，咸持广陵王。王本以行失道，先帝所不用。光内不自安[26]。郎有上书言“周太王废太伯立王季，文王舍伯邑考立武王，唯在所宜，虽废长立少可也[27]。广陵王不可以承宗庙。”言合光意。光以其书视丞相敞等，擢郎为九江太守，即日承皇太后诏，遣行大鸿胪事少府乐成、宗正德、光禄大夫吉、中郎将利汉迎昌邑王贺。

贺者，武帝孙，昌邑哀王子也。既至，即位，行淫乱[28]。光忧懑，独以问所亲故吏大司农田延年[29]。延年曰：“将军为国柱石，审此人不可，何不建白太后，更选贤而立之?”光曰：“今欲如是，于古尝有此否?”延年曰：“伊尹相殷，废太甲以安宗庙，后世称其忠。将军若能行此，亦汉之伊尹也。”光乃引延年给事中，阴与车骑将军张安世图计，遂召丞相、御史、将军、列侯、中二千石、大夫、博士会议未央宫。光曰：“昌邑王行昏乱，恐危社稷，如何?”群臣皆惊鄂失色，莫敢发言，但唯唯而已[30]。田延年前，离席按剑，曰：“先帝属将军以幼孤，寄将军以天下，以将军忠贤能安刘氏也。今群下鼎沸，社稷将倾，且汉之传谥常为孝者，以长有天下，令宗庙血食也[31]。如令汉家绝祀，将军虽死，何面目见先帝于地下乎?今日之议，不得旋踵[32]。群臣后应者，臣请剑斩之。”光谢曰：“九卿责光是也。天下匈匈不安，光当受难。[33]于是议者皆叩头，曰：“万姓之命在于将军，唯大将军令。”

光即与群臣俱见白太后，具陈昌邑王不可以承宗庙状。皇太后乃车驾幸未央承明殿，诏诸禁门毋内昌邑群臣。王入朝太后还，乘辇欲归温室，中黄门宦者各持门扇，王入，门闭，昌邑群臣不得入。王曰：“何为?”大将军跪曰：“有皇太后诏，毋内昌邑群臣。”王曰：“徐之，何乃惊人如是!”光使尽驱出昌邑群臣，置金马门外。车骑将军安世将羽林骑收缚二百余人，皆送廷尉诏狱[34]。令故昭帝侍中中臣侍守王。光敕左右：“谨宿卫，卒有物故自裁，令我负天下，有杀主名[35]。”王尚未自知当废，谓左右：“我故群臣从官安得罪，而大将军尽系之乎。”顷之，有太后诏召王。王闻召，意恐，乃曰：“我安得罪而召我哉!”太后被珠襦，盛服坐武帐中，侍御数百人皆持兵，期门武士陛戟，陈列殿下[36]。群臣以次上殿，召昌邑王伏前听诏。光与群臣连名奏王，尚书令读奏曰：

“丞相臣敞、大司马大将军臣光、车骑将军臣安世、度辽将军臣明友、前将军臣增、后将军臣充国、御史大夫臣谊、宜春侯臣谭、当涂侯臣圣、随桃侯臣昌乐、杜侯臣屠耆堂、太仆臣延年、太常臣昌、大司农臣延年、宗正臣德、少府臣乐成、廷尉臣光、执金吾臣延寿、大鸿胪臣贤、左冯翊臣广明、右扶风臣德、长信少府臣嘉、典属国臣武、京辅都尉臣广汉、司隶校尉臣辟兵、诸吏文学光禄大夫臣迁、臣畸、臣吉、臣赐、臣管、臣胜、臣梁、臣长幸、臣夏侯胜、太中大夫臣德、臣印昧死言皇太后陛下：臣敞等顿首死罪[37]。天子所以永保宗庙总壹海内者，以慈孝礼谊赏罚为本。孝昭皇帝早弃天下，亡嗣，臣敞等议，礼曰'为人后者为之子也'，昌邑王宜嗣后，遣宗正、大鸿胪、光禄大夫奉节使征昌邑王典丧。服斩缞，亡悲哀之心，废礼谊，居道上不素食，使从官略女子载衣车，内所居传舍。始至谒见，立为皇太子，常私买鸡豚以食。受皇帝信玺、行玺大行前，就次发玺不封。从官更持节，引内昌邑从官驺宰官奴二百余人，常与居禁闼内敖戏[38]。自之符玺取节十六，朝暮临，令从官更持节从。为书曰'皇帝问侍中君卿：使中御府令高昌奉黄金千斤，赐君卿取十妻。'大行在前殿，发乐府乐器，引内昌邑乐人，击鼓歌吹作俳倡。会下还，上前殿，击钟磬，召内泰壹宗庙乐人辇道牟首，鼓吹歌舞，悉奏众乐。发长安厨三太牢具祠阁室中，祀已，与从官饮啗。驾法驾，皮轩鸾旗，驱驰北宫、桂宫，弄彘斗虎。召皇太后御小马车，使官奴骑乘，游戏掖庭中。与孝昭皇帝宫人蒙等淫乱，诏掖庭令敢泄言要斩。"

太后曰："止！为人臣子当悖乱如是邪！"王离席伏。尚书令复读曰：

"取诸侯王、列侯、二千石绶及墨绶、黄绶以并佩昌邑郎官者免奴。变易节上黄旄以赤。发御府金钱刀剑玉器采缯，赏赐所与游戏者。与从官官奴夜饮，湛沔于酒[39]。诏太官上乘舆食如故。食监奏未释服未可御故食，复诏太官趣具，无关食监。太官不敢具，即使从官出买鸡豚，诏殿门内，以为常。独夜设九宾温室，延见姊夫昌邑关内侯。祖宗庙祠未举，为玺书使使者持节，以三太牢祠昌邑哀王园庙，称嗣子皇帝。受玺以来二十七日，使者旁午，持节诏诸官署征发，凡千一百二十七事[40]。文学光禄大夫夏侯胜等及侍中傅嘉数进谏以过失，使人簿责胜，缚嘉系狱。荒淫迷惑，失帝王礼谊，乱汉制度。臣敞等数进谏，不变更，日以益甚，恐危社稷，天下不安。

臣敞等谨与博士臣霸、臣隽舍、臣德、臣虞舍、臣射、臣仓议，皆曰：'高皇帝建功业为汉太祖，孝文皇帝慈仁节俭为太宗，今陛下嗣孝昭皇帝后，行淫辟不轨。《诗》云："籍曰未知，亦既抱子。"五辟之属，莫大不孝。周襄王不能事母，《春秋》曰"天王出居于郑"，繇不孝出之，绝之于天下也。宗庙重于君，陛下未见命高庙，不可以承天序，奉祖宗庙，子万姓，当废。'臣请有司御史大夫臣谊、宗正臣德、太常臣昌与太祝以一太牢具，告祠高庙。臣敞等昧死以闻。"

皇太后诏曰："可。"光令王起拜受诏，王曰："闻天子有争臣七人，虽无道不失天下[41]。"光曰："皇太后诏废，安得天子！"乃即持其手，解脱其玺组，奉上太后，扶王下殿，出金马门，群臣随送。王西面拜，曰："愚戆不任汉事。"起就乘舆副车。大将军光送至昌邑邸，光谢曰："王行自绝于天，臣等驽怯，不能杀身报德[42]。臣宁负王，不敢负社稷。愿王自爱，臣长不复见左右。"光涕泣而去。群臣奏言："古者废放之人屏于远方，不及以政，请徙王贺汉中房陵县。"太后诏归贺昌邑，赐汤沐邑二千户。昌邑群臣坐亡辅导之谊，陷王于恶，光悉诛杀二百余人。出死，号呼市中曰："当断不断，反受其乱。"

光坐庭中，会丞相以下议定所立。广陵王已前不用，及燕剌王反诛，其子不在议中。近亲唯有卫太子孙，号皇曾孙在民间，咸称述焉。光遂复与丞相敞等上奏曰："《礼》曰'人道亲亲故尊祖，尊祖故敬宗。'大宗亡嗣，择支子孙贤者为嗣。孝武皇帝曾孙病已，武帝时有诏掖庭养视，至今年十八，师受《诗》、《论语》、《孝经》，躬行节俭，慈仁爱人，可以嗣孝昭皇帝后，奉承祖宗庙，子万姓。臣昧死以闻。"皇太后诏曰："可。"光遣宗正刘德至曾孙家尚冠里，洗沐赐御衣，太仆以軨猎车迎曾孙就斋宗正府，入未央宫见皇太后，封为阳武侯。已而，光奉上皇帝玺绶，谒于高庙，是为孝宣皇帝。明年，下诏曰："夫褒有德，赏元功，古今通谊也[43]。大司马大将军光宿卫忠正，宣德明恩，守节秉谊，以安宗庙。其以河北、东武阳益封光万七千户。"与故所食凡二万户。赏赐前后黄金七千斤，钱六千万，杂缯三万匹，奴婢百七十人，马二千匹，甲第一区。

自昭帝时，光子禹及兄孙云皆中郎将，云弟山奉车都尉侍中，领胡越兵。光两女婿为东西宫卫尉，昆弟诸婿外孙皆奉朝请，为诸曹大夫，骑都尉，给事中。党亲连体，根据于朝廷[44]。光自后元秉持万机，及上即位，乃归政。上谦让不受，诸事皆先关白光，然后奏御天子[45]。光每朝见，上虚己敛容，礼下之已甚。

光秉政前后二十年，地节二年春病笃，车驾自临问光病，上为之涕泣。光上书谢恩曰："愿分国邑三千户，以封兄孙奉车都尉山为列侯，奉兄票骑将军去病祀。"事下丞相御史，即日拜光子禹为右将军。

光薨，上及皇太后亲临光丧。太中大夫任宣与侍御史五人持节护丧事。中二千石治莫府冢上。赐金钱、缯絮，绣被百领，衣五十箧，璧珠玑玉衣，梓宫、便房、黄肠题凑各一具，枞木外臧椁十五具[46]。东园温明，皆如乘舆制度。载光尸柩以辒辌车，黄屋左纛，发材官轻车北军五校士军陈至茂陵，以送其葬[47]。谥曰宣成侯。发三河卒穿复土，起冢祠堂，置园邑三百家，长丞奉守如旧法。

---

①给（jǐ，音己）事：供职，服役。
②先驱：在前面领路。
③扶（pú，音仆）服：伏在地上。
④禁闼（tà，音踏）：宫禁之中，指皇帝居住的地方。
⑤社稷：社是土神，稷是谷神，古代君主都祭社稷，后来就用社稷代表国家。
⑥黄门画者：宫廷画工。
⑦不讳：死的委婉说法。
⑧日磾（mìdī）：音"密低"。
⑨政事壹决于光：国家政事一律由霍光决定。
⑩录：酬偿。
⑪让：责备。　鸩：用鸩鸟的羽毛泡成的毒酒。
⑫财：通"才"，仅仅，刚刚。
⑬谊：适宜，合理。
⑭多：称赞，赞扬。
⑮内行不休：私生活不检点。
⑯惭：羞愧。
⑰椒房：皇后居住的宫殿。　繇（yóu，音尤）：同"由"，由此。
⑱怨望：心怀不满。
⑲酒榷（què，音雀）盐铁：酒类专卖和盐铁专卖。　伐：夸耀。
⑳道上称跸（bì，音必），太官先置：沿途超越本分，下令禁止通行，派皇帝的膳食官先到目的地准备饮食。
㉑画室：殿前西阁室，壁上绘有图画。
㉒遂：追究。
㉓谮（zèn，怎去声）：诬陷，中伤。
㉔格击：击杀。
㉕宾服：归顺，臣服。
㉖内不自安：内心忧虑不安。
㉗唯在所宜：只要是适宜的。
㉘行淫乱：行为放纵无道。
㉙忧懑：忧虑烦闷。
㉚鄂：同"愕"，惊讶。　唯唯：恭敬而顺从的应答词。
㉛谥（shì，音是）：古代帝王、贵族、大臣死后的封号。　血食：古代杀牲取血，用来祭祀，称为血食。此为受享祀之

意。

㉜旋踵：转动脚跟，比喻行动迅速不迟疑。

㉝匈匈：同“汹汹”，动乱，纷扰。

㉞诏狱：奉皇帝之命关押犯人的监狱。

㉟宿卫：保卫，保护。　卒（cù，音促）：通“猝”，突然。　物故：死亡。　自裁：自杀。

㊱被（pī，音披）：穿着。　珠襦：用珍珠穿成的短上衣。　武帐：皇帝升殿时用的帷帐，内陈兵器，以示威严。陛戟：近臣持戟卫于陛侧。

㊲卬（áng）：音“昂”。

㊳敖戏：嬉戏。

㊴湛沔（chéndān，音沉单）：沉湎，沉迷。

㊵午：一纵一横。

㊶争：通“诤”，谏诤，规劝。

㊷驽怯：懦弱无能。

㊸元功：大功。

㊹党亲连体，根据于朝廷：朋党亲戚在朝中连成一体，根深蒂固地盘据在朝廷。

㊺关白：通过告知。

㊻梓宫：帝后用的梓木棺材。　便房：用楩木做成的椁。　黄肠题凑：用黄心柏木叠累而成，像四面有檐的屋子。置于棺上，木的头部向内，故称题凑。

㊼辒辌（wēnliáng）：音“温凉”。　纛（dào）：音“道”。

王莽传上

王莽，字巨君，孝元皇后之弟子也。元后父及兄弟皆以元、成世封侯，居位辅政。家凡九侯、五大司马，语在《元后传》。唯莽父曼蚤死，不侯[①]。莽群兄弟皆将军五侯子，乘时侈靡，以舆马声色佚游相高[②]。莽独孤贫，因折节为恭俭。受《礼经》，师事沛郡陈参，勤身博学，被服如儒生。事母及寡嫂，养孤兄子，行甚敕备[③]。又外交英俊，内事诸父，曲有礼意。阳朔中，世父大将军凤病，莽侍疾，亲尝药，乱首垢面，不解衣带连月。凤且死，以托太后及帝，拜为黄门郎，迁射声校尉。

久之，叔父成都侯商上书，愿分户邑以封莽，及长乐少府戴崇、侍中金涉、胡骑校尉箕闳、上谷都尉阳并、中郎陈汤，皆当世名士，咸为莽言，上由是贤莽。永始元年，封莽为新都侯。国南阳新野之都乡，千五百户。迁骑都尉光禄大夫侍中，宿卫谨敕，爵位益尊，节操愈谦。散舆马衣裘，振施宾客，家无所余。收赡名士，交结将相卿大夫甚众。故在位更推荐之，游者为之谈说，虚誉隆洽，倾其诸父矣。敢为激发之行，处之不惭恧[④]。

莽兄永为诸曹，蚤死，有子光，莽使学博士门下。莽休沐出，振车骑，奉羊酒，劳遗其师，恩施下竟同学[⑤]。诸生纵观，长老叹息。光年小于莽子宇，莽使同日内妇，宾客满堂。须臾，一人言太夫人苦某痛，当饮某药，比客罢者数起焉[⑥]。尝私买侍婢，昆弟或颇闻知，莽因曰：“后将军朱子元无子，莽闻此儿种宜子，为买之。”即日以婢奉子元。其匿情求名如此[⑦]。

是时，太后姊子淳于长以材能为九卿，先进在莽右[⑧]。莽阴求其罪过，因大司马曲阳侯根白之，长伏诛，莽以获忠直，语在《长传》[⑨]。根因乞骸骨，荐莽自代，上遂擢为大司马[⑩]。是岁，绥和元年也，年三十八矣。莽既拔出同列，继四父而辅政，欲令名誉过前人，遂克己不倦，聘诸贤良以为掾史，赏赐邑钱悉以享士，愈为俭约。母病，公卿列侯遣夫人问疾，莽妻迎之，衣不曳地，布蔽膝[11]。见之者以为僮使，问知其夫人，皆惊。

辅政岁余，成帝崩，哀帝即位，尊皇太后为太皇太后。太后诏莽就第，避帝外家。莽上疏乞骸骨，哀帝遣尚书令诏莽曰："先帝委政于君而弃群臣，朕得奉宗庙，诚嘉与君同心合意。今君移病求退，以著朕之不能奉顺先帝之意，朕甚悲伤焉[12]。已诏尚书待君奏事。"又遣丞相孔光、大司空何武、左将军师丹、卫尉傅喜白太后曰："皇帝闻太后诏，甚悲。大司马即不起，皇帝即不敢听政。"太后复令莽视事。

时哀帝祖母定陶傅太后、母丁姬在，高昌侯董宏上书言："《春秋》之义，母以子贵，丁姬宜上尊号。"莽与师丹共劾宏误朝不道，语在《丹传》[13]。后日，未央宫置酒，内者令为傅太后张幄，坐于太皇太后坐旁。莽案行，责内者令曰："定陶太后藩妾，何以得与至尊并[14]！"彻去，更设坐。傅太后闻之，大怒，不肯会，重怨恚莽[15]。莽复乞骸骨，哀帝赐莽黄金五百斤，安车驷马，罢就第[16]。公卿大夫多称之者，上乃加恩宠，置使家，中黄门十日一赐餐。下诏曰："新都侯莽忧劳国家，执义坚固，朕庶几与为治。太皇太后诏莽就第，朕甚闵焉。其以黄邮聚户三百五十益封莽，位特进，给事中。朝朔望见礼如三公，车驾乘绿车从[17]。"后二岁，傅太后、丁姬皆称尊号，丞相朱博奏："莽前不广尊尊之义，抑贬尊号，亏损孝道，当伏显戮，幸蒙赦令，不宜有爵土，请免为庶人。"上曰："以莽与太皇太后有属，勿免，遣就国。"

莽杜门自守，其中子获杀奴，莽切责获，令自杀。在国三岁，吏上书冤讼莽者以百数[18]。元寿元年，日食。贤良周护、宋崇等对策深颂莽功德，上于是征莽。

始莽就国，南阳太守以莽贵重，选门下掾宛孔休守新都相。休谒见莽，莽尽礼自纳，休亦闻其名，与相答。后莽疾，休候之，莽缘恩意，进其玉具宝剑，欲以为好。休不肯受，莽因曰："诚见君面有瘢，美玉可以灭瘢，欲献其瑑耳。"[19]即解其瑑，休复辞让。莽曰："君嫌其贾邪?"遂椎碎之，自裹以进休，休乃受。及莽征去，欲见休，休称疾不见。

莽还京师。岁余，哀帝崩，无子。而傅太后、丁太后皆先薨，太皇太后即日驾之未央宫收取玺绶，遣使者驰召莽。诏尚书，诸发兵符节，百官奏事，中黄门、期门兵皆属莽。莽白："大司马高安侯董贤年少，不合众心，收印绶。"贤即日自杀。太后诏公卿举可大司马者，大司徒孔光，大司空彭宣举莽，前将军何武、后将军公孙禄互相举。太后拜莽为大司马，与议立嗣。安阳侯王舜，莽之徒弟，其人修饬，太后所信爱也，莽白以舜为车骑将军，使迎中山奉成帝后，是为孝平皇帝[20]。帝年九岁，太后临朝称制，委政于莽[21]。莽白赵氏前害皇子，傅氏骄僭，遂废孝成赵皇后、孝哀傅皇后，皆令自杀，语在《外戚传》[22]。

莽以大司徒孔光名儒，相三主，太后所敬，天下信之，于是盛尊事光，引光女婿甄邯为侍中奉车都尉。诸哀帝外戚及大臣居位素所不说者，莽皆傅致其罪，为请奏，令邯持与光[23]。光素畏慎。不敢不上之，莽白太后，辄可其奏。于是前将军何武、后将军公孙禄坐互相举免，丁、傅及董贤亲属皆免官爵，徙远方。红阳侯立太后亲弟，虽不居位，莽以诸父内敬惮之，畏立从容言太后，令己不得肆意，乃复令光奏立旧恶："前知定陵侯淳于长犯大逆罪，多受其赂，为言误朝[24]。后白以官婢杨寄私子为皇子，众言曰吕氏、少帝复出，纷纷为天下所疑，难以示来世，成襁褓之功。请遣立就国。"太后不听。莽曰："今汉家衰，比世无嗣，太后独代幼主统政，诚可畏惧，力用公正先天下，尚恐不从，今以私恩逆大臣议如此，群下倾邪，乱从此起[25]！宜可且遣就国，安后复征召之。"太后不得已，遣立就国。莽之所以胁持上下，皆此类也。

于是附顺者拔擢，忤恨者诛灭。王舜、王邑为腹心，甄丰、甄邯主击断，平晏领机事，刘歆典文章，孙建为爪牙。丰子寻、歆子棻、涿郡崔发、南阳陈崇皆以材能幸于莽[26]。莽色厉而言方，欲有所为，微见风采，党与承其指意而显奏之。莽稽首涕泣，固推让焉，上以惑太后，下用示信于众庶[27]。

始，风益州令塞外蛮夷献白雉[28]。元始元年正月，莽白太后下诏，以白雉荐宗庙。群臣因奏言太后"委任大司马莽定策安宗庙。故大司马霍光有安宗庙之功，益封三万户，畴其爵邑，比萧相国[29]。莽宜如光故事[30]。"太后问公卿曰："诚以大司马有大功当著之邪？将以骨肉故欲异之也？"于是群臣乃盛陈"莽功德致周成白雉之瑞，千载同符。圣王之法，臣有大功则生有美号，故周公及身在而托号于周。莽有定国安汉家之大功，宜赐号曰安汉公，益户，畴爵邑，上应古制，下准行事，以顺天心。"太后诏尚书具其事。

莽上书言："臣与孔光、王舜、甄丰、甄邯共定策，今愿独条光等功赏，寝置臣莽，勿随辈列[31]。"甄邯白太后下诏曰："'无偏无党，王道荡荡[32]。'属有亲者，义不得阿。君有安宗庙之功，不可以骨肉故蔽隐不扬。君其勿辞。"莽复上书让。太后诏谒者引莽待殿东东厢，莽称疾不肯入。太后使尚书令恂诏之曰："君以选故而辞以疾，君任重，不可阙，以时亟起。"莽遂固辞。太后复使长信太仆闳承制召莽，莽固称疾。左右白太后，宜勿夺莽意，但条孔光等，莽乃肯起。太后下诏曰："太傅博山侯光宿卫四世，世为傅相，忠孝仁笃，行义显著，建议定策，益封万户，以光为太师，与四辅之政。车骑将军安阳侯舜积累仁孝，使迎中山王，折冲万里，功德茂著，益封万户，以舜为太保。左将军光禄勋丰宿卫三世，忠信仁笃，使迎中山王，辅导共养，以安宗庙，封丰为广阳侯，食邑五千户，以丰为少传。皆授四辅之职，畴其爵邑，各赐第一区。侍中奉车都尉邯宿卫勤劳。建议定策，封邯为承阳侯，食邑二千四百户。"四人既受赏，莽尚未起，群臣复上言："莽虽克让，朝所宜章，以时加赏，明重元功，无使百僚元元失望。"太后乃下诏曰："大司马新都侯莽三世为三公，典周公之职，建万世策，功德为忠臣宗，化流海内，远人慕义，越裳氏重译献白雉[33]。其以召陵、新息二县户二万八千益封莽，复其后嗣，畴其爵邑，封功如萧相国。以莽为太傅，干四辅之事，号曰安汉公。以故萧相国甲第为安汉公第，定著于令，传之无穷。"

于是莽为惶恐，不得已而起受策。策曰："汉危无嗣，而公定之。四辅之职，三公之任，而公干之。群僚众位，而公宰之。功德茂著，宗庙以安，盖白雉之瑞，周成象焉。故赐嘉号曰安汉公，辅翼于帝，期于致平，毋违朕意[34]。"莽受太傅安汉公号，让还益户畴爵邑事，云愿须百姓家给，然后加赏。群公复争，太后诏曰："公自期百姓家给，是以听之[35]。其令公奉、舍人、赏赐皆倍故。百姓家给人足，大司徒、大司空以闻。"莽复让不受，而建言宜立诸侯王后及高祖以来功臣子孙，大者封侯，或赐爵关内侯食邑，然后及诸在位，各有第序。上尊宗庙，增加礼乐；下惠士民鳏寡，恩泽之政无所不施。语在《平纪》。

莽既说众庶，又欲专断，知太后厌政，乃风公卿奏言："往者，吏以功次迁至二千石，及州部所举茂材异等吏，率多不称，宜皆见安汉公[36]。又太后不宜亲省小事。"令太后下诏曰："皇帝幼年，朕且统政，比加元服[37]。今众事烦碎，朕春秋高，精气不堪，殆非所以安躬体而育养皇帝者也。故选忠贤，立四辅，群下劝职，永以康宁。孔子曰：'巍巍乎，舜禹之有天下而不与焉！'自今以来，惟封爵乃以闻。他事，安汉公、四辅平决。州牧、二千石及茂材吏初除奏事者，辄引入至近署对安汉公，考故官，问新职，以知其称否。"于是莽人人延问，致密恩意，厚加赠送，其不合指，显奏免之，权与人主侔矣[38]。

莽欲以虚名说太后，自言"亲承前孝哀丁、傅奢侈之后，百姓未赡者多，太后宜且衣缯练，颇损膳[39]，以视天下。"莽因上书，愿出钱百万，献田三十顷，付大司农助给贫民。于是公卿皆慕效焉。莽帅群臣奏言："陛下春秋尊，久衣重练，减御膳，诚非所以辅精气，育皇帝，安宗庙也。臣莽数叩头省户下，白争未见许。今幸赖陛下德泽，间者风雨时，甘露降，神芝生，蓂荚、朱草、嘉禾，休征同时并至。臣莽等不胜大愿，愿陛下爱精休神，阔略思虑，遵帝王之常服，复太官之法膳，使臣子各得尽欢心，备共养。惟哀省察！”莽又令太后下诏曰：“盖闻母后之义，思不出乎门阈[41]。国不蒙佑，皇帝年在襁褓，未任亲政，战战兢兢，惧于宗庙之不安。国家之大纲，微朕孰当统之[41]？是以孔子见南子，周公居摄，盖权时也。勤身极思，忧劳未绥，故国奢则视之以俭，矫枉者过其正，而朕不身帅，将谓天下何！夙夜梦想，五谷丰孰，百姓家给，比皇帝加元服，委政而授焉。今诚未皇于轻靡而备味，庶几与百僚有成，其勖之哉[42]！”每有水旱，莽辄素食，左右以白。太后遣使者诏莽曰：“闻公菜食，忧民深矣。今秋幸孰，公勤于职，以时食肉，爱身为国。”

莽念中国已平，唯四夷未有异，乃遣使者赍黄金币帛，重赂匈奴单于，使上书言：“闻中国讥二名，故名囊知牙斯今更名知，慕从圣制[43]。”又遣王昭君女须卜居次入侍。所以诳耀媚事太后，下至旁侧长御，方故万端。

莽既尊重，欲以女配帝为皇后，以固其权，奏言：“皇帝即位三年，长秋宫未建，液廷媵未充。乃者，国家之难，本从亡嗣，配取不正。请考论五经，定取礼，正十二女之义，以广继嗣。博采二王后及周公孔子世列侯在长安者适子女[44]。”事下有司，上众女名，王氏女多在选中者。莽恐其与己女争，即上言：“身亡德，子材下，不宜与众女并采。”太后以为至诚，乃下诏曰：“王氏女，朕之外家，其勿采。”庶民、诸生、郎吏以上守阙上书者日千余人，公卿大夫或诣廷中，或伏省户下，咸言：“明诏圣德巍巍如彼，安汉公盛勋堂堂若此，今当立后，独奈何废公女？天下安所归命！愿得公女为天下母。”莽遣长史以下分部晓止公卿及诸生，而上书者愈甚。太后不得已，听公卿采莽女。莽复自白：“宜博选众女。”公卿争曰：“不宜采诸女以贰正统[45]。”莽白：“愿见女。”太后遣长乐少府、宗正、尚书令纳采见女，还奏言：“公女渐渍德化，有窈窕之容，宜承天序，奉祭祀[46]。”有诏遣大司徒、大司空策告宗庙，杂加卜筮，皆曰：“兆遇金水王相，卦遇父母得位，所谓‘康强’之占，‘逢吉’之符也。”信乡侯佟上言：“《春秋》，天子将娶于纪，则褒纪子称侯，安汉公国未称古制。”事下有司，皆曰：“古者天子封后父百里，尊而不臣，以重宗庙，孝之至也。佟言应礼，可许。请以新野田二万五千六百顷益封莽，满百里。”莽谢曰：“臣莽子女诚不足以配至尊，复听众议，益封臣莽。伏自惟念，得托肺腑，获爵土，如使子女诚能奉称圣德，臣莽国邑足以共朝贡，不须复加益地之宠。愿归所益。”太后许之。有司奏“故事，聘皇后黄金二万斤，为钱二万万。”莽深辞让，受四千万，而以其三千三百万予十一媵家。群臣复言：“今皇后受聘，逾群妾亡几。”有诏，复益二千三百万，合为三千万。莽复以其千万分予九族贫者。

陈崇时为大司徒司直，与张敞孙竦相善。竦者博通士，为崇草奏，称莽功德，崇奏之，曰：“窃见安汉公自初束脩，值世俗隆奢丽之时，蒙两宫厚骨肉之宠，被诸父赫赫之光，财饶势足，亡所忤意，然而折节行仁，克心履礼，拂世矫俗，确然特立；[47]恶衣恶食，陋车驽马，妃匹无二。闺门之内，孝友之德，众莫不闻；清静乐道，温良下士，惠于故旧，笃于师友。孔子曰“未若贫而乐，富而好礼”，公之谓矣。

及为侍中，故定陵侯淳于长有大逆罪，公不敢私，建白诛讨[48]。周公诛管蔡，季子鸩叔牙，公之谓矣。

是以孝成皇帝命公大司马，委以国统[49]。孝哀即位，高昌侯董宏希指求美，造作二统，公手劾之，以定大纲[50]。建白定陶太后不宜在乘舆幄坐，以明国体。《诗》曰‘柔亦不茹，刚亦不吐，不侮鳏寡，不畏强圉’，公之谓矣。

深执谦退，推诚让位。定陶太后欲立僭号，惮彼面刺幄坐之义，佞惑之雄，朱博之畴，惩此长、宏手劾之事，上下壹心，谗贼交乱，诡辟制度，遂成篡号，斥逐仁贤，诛残戚属，而公被胥、原之诉，远去就国，朝政崩坏，纲纪废驰，危亡之祸，不隧如发[51]。《诗》云‘人之云亡，邦国殄悴’，公之谓矣。

当此之时，宫亡储主，董贤据重，加以傅氏有女之援，皆自知得罪天下，结仇中山，则必同忧，断金相翼，藉假遗诏，频用赏诛，先除所惮，急引所附，遂诬往冤，更征远属，事势张见，其不难矣！赖公立入，即时退贤，及其党亲。当此之时，公运独见之明，奋亡前之威，盱衡厉色，振扬武怒，乘其未坚，厌其未发，震起机动，敌人摧折，虽有贲育不及持刺，虽有樗里不及回知，虽有鬼谷不及造次，是故董贤丧其魂魄，遂自绞杀[52]。人不还踵，日不移晷，霍然四除，更为宁朝[53]。非陛下莫引立公，非公莫克此祸。《诗》云‘惟师尚父，时惟鹰扬，亮彼武王’，孔子曰‘敏则有功’，公之谓矣。

于是，公乃白内故泗水相丰、斄令邯，与大司徒光、车骑将军舜建定社稷，奉节东迎，皆以功德受封益土，为国名臣[54]。《书》曰‘知人则哲’，公之谓也。

公卿咸叹公德，同盛公勋，皆以周公为比，宜赐号安汉公，益封二县，公皆不受。传曰申包胥不受存楚之报，晏平仲不受辅齐之封，孔子曰‘能以礼让为国乎？何有’，公之谓也。

将为皇帝定立妃后，有司上名，公女为首，公深辞让，迫不得已然后受诏。父子之亲天性自然，欲其荣贵甚于为身，皇后之尊侔于天子，当时之会千载希有，然而公惟国家之统，损大福之恩，事事谦退，动而固辞。《书》曰‘舜让于德不嗣’，公之谓矣。

自公受策，以至于今，亹亹翼翼，日新其德，增修雅素以命下国，後俭隆约以矫世俗，割财损家以帅群下，尔躬执平以逮公卿，教子尊学以隆国化[55]。僮奴衣布，马不秣谷，食饮之用，不过凡庶[56]。《诗》云‘温温恭人，如集于木’，孔子曰‘食无求饱，居无求安’，公之谓矣[57]。

克身自约，籴食逮给，物物卬市，日阕亡储[58]。又上书归孝哀皇帝所益封邑，入钱献田，殚尽旧业，为众倡始。于是小大乡和，承风从化，外则王公列侯，内则帷幄侍御，翕然同时，各竭所有，或入金钱，或献田亩，以振贫穷，收赡不足者[59]。昔令尹子文朝不及夕，鲁公仪子不茹园葵，公之谓矣。

开门延士，下及白屋，娄省朝政，综管众治，亲见牧守以下，考迹雅素，审知白黑[60]。《诗》云‘夙夜匪解，以事一人’，《易》曰‘终日乾乾，夕惕若厉’，公之谓矣[61]。

此三世为三公，再奉送大行，秉冢宰职，填安国家，四海辐凑，靡不得所。《书》曰‘纳于大麓，列风雷雨不迷’，公之谓矣。

此皆上世之所鲜，禹稷之所难。而公包其终始，一以贯之，可谓备矣！是以三年之间，化行如神，嘉瑞叠累，岂非陛下知人之效，得贤之致哉！故非独君之受命也，臣之生亦不虚矣。是以伯禹锡玄圭，周公受郊祀，盖以达天之使，不敢擅天之功也。揆公德行，为天下纪[62]。观公功勋，为万世基。基成而赏不配，纪立而褒不副，诚非所以厚国家，顺天心也。

高皇帝褒赏元功，相国萧何邑户既倍，又蒙殊礼，奏事不名，入殿不趋，封其亲属十有余人。乐善无厌，班赏亡遴，苟有一策，即必爵之，是故公孙戎位在充郎，选繇旄头，壹明樊哙，封二千户[63]。孝文皇帝褒赏绛侯，益封万户，赐黄金五千斤。孝武皇帝恤录军功，裂三万户以封卫青，青子三人，或在襁褓，皆为通侯。孝宣皇帝显著霍光，增户命畴，封者三人，延及兄孙[64]。夫绛侯即因汉藩之固，杖朱虚之鲠，依诸将之递，据相扶之势，其事虽丑，要不能遂。霍光即席常任之重，乘大胜之威，未尝遭时不行，陷假离朝，朝之执事，亡非同类，割断历久，统政旷世，虽曰有功，所因亦易，然犹有计策不审过征之累。及至青、戎，标末之功，一言之劳，然犹皆蒙丘山之赏。课功绛、霍、造之与因也；比于青、戎，地之与天也。而公又有宰治之效，乃当上与伯禹、周公等盛齐隆，兼其褒赏，岂特与若云者同日而论哉？然曾不得蒙青等之厚，臣诚惑之！

臣闻功亡原者赏不限，德亡首者褒不检[65]。是故成王之于周公也，度百里之限，越九锡之检，开七百里之宇，兼商、奄之民，赐以附庸殷民六族，大路大旂，封父之繁弱，夏后之璜，祝宗卜史，备物典策，官司彝器，白牡之牲，郊望之礼。[66]王曰：'叔父，建尔元子。'[67]子父俱延拜而受之。可谓不检亡原者矣。非特止此，六子皆封。诗曰：'亡言不雠，亡德不报。'[68]报当如之，不如非报也。近观行事，高祖之约非刘氏不王，然而番君得王长沙，下诏称忠，定著于令，明有大信不拘于制也。《春秋》晋悼公用魏绛之策，诸夏服从。郑伯献乐，悼公于是以半赐之。绛深辞让，晋侯曰：'微子，寡人不能济河。夫赏，国之典，不可废也。子其受之。'魏绛于是有金石之乐，《春秋》善之，取其臣竭忠以辞功，君知臣以遂赏也。今陛下既知公有周公功德，不行成王之褒赏，遂听公之固辞，不顾《春秋》之明义，则民臣何称，万世何述？诚非所以为国也。臣愚以为宜恢公国，令如周公，建立公子，令如伯禽。所赐之品，亦皆如之。诸子之封，皆如六子。即群下较然输忠，黎庶昭然感德。臣诚输忠，民诚感德，则于王事何有？唯陛下深惟祖宗之重，敬畏上天之戒，仪形虞、周之盛，敕尽伯禽之赐，无遴周公之报，令天法有设，后世有祖，天下幸甚！"

太后以视群公，群公方议其事，会吕宽事起。

初，莽欲擅权，白太后："前哀帝立，背恩义，自贵外家丁、傅，挠乱国家，几危社稷[69]。今帝以幼年复奉大宗，为成帝后，宜明一统之义，以戒前事，为后代法[70]。"于是遣甄丰奉玺绶，即拜帝母卫姬为中山孝王后，赐帝舅卫宝、宝弟玄爵关内侯，皆留中山，不得至京师。莽子宇，非莽隔绝卫氏，恐帝长大后见怨[71]。宇即私遣人与宝等通书，教令帝母上书求入。语在《卫后传》。莽不听。宇与师吴章及妇兄吕宽议其故，章以为莽不可谏，而好鬼神，可为变怪以惊惧之，章因推类说令归政于卫氏[72]。宇即使宽夜持血洒莽第，门吏发觉之，莽执宇送狱，饮药死。宇妻焉怀子，系狱，须产子已，杀之[73]。莽奏言："宇为吕宽等所诖误，流言惑众，与管蔡同罪，臣不敢隐其诛[74]。"甄邯等白太后下诏曰："夫唐尧有丹朱，周文王有管蔡，此皆上圣亡奈下愚子何，以其性不可移也。公居周公之位，辅成王之主，而行管蔡之诛，不以亲亲害尊尊，朕甚嘉之。昔周公诛四国之后，大化乃成，至于刑错。公其专意翼国，期于致平。"莽因是诛灭卫氏，穷治吕宽之狱，连引郡国豪杰素非议己者，内及敬武公主、梁王立、红阳侯立、平阿侯仁，使者迫守，皆自杀。死者以百数，海内震焉。大司马护军褒奏言："安汉公遭子宇陷于管蔡之辜，子爱至深，为帝室故不敢顾私。惟宇遭罪，喟然愤发作书八篇，以戒子孙。宜班郡国，令学官以教授。"事下群公，请令天下吏能诵公戒者，以著官簿，比《孝经》。

四年春，郊祀高祖以配天，宗祀孝文皇帝以配上帝。四月丁未，莽女立为皇后，大赦天下。遣大司徒司直陈崇等八人分行天下，览观风俗。

太保舜等奏言："《春秋》列功德之义，太上有立德，其次有立功，其次有立言，唯至德大贤然后能之。其在人臣，则生有大赏，终为宗臣，殷之伊尹，周之周公是也。"及民上书者八千余人，咸曰："伊尹为阿衡，周公为太宰，周公享七子之封，有过上公之赏。宜如陈崇言。"章下有司，有司请"还前所益二县及黄邮聚、新野田，采伊尹、周公称号，加公为宰衡，位上公。掾史秩六百石。三公言事，称'敢言之'。群吏毋得与公同名。出从期门二十人，羽林三十人，前后大车十乘。赐公太夫人号曰功显君，食邑二千户，黄金印赤韨[75]。封公子男二人，安为褒新侯，临为赏都侯。加后聘三千七百万，合为一万万，以明大礼。"太后临前殿，亲封拜。安汉公拜前，二子拜后，如周公故事。莽稽首辞让，出奏封事，愿独受母号，还安、临印韨及号位户邑。事下太师光等，皆曰："赏未足以直功，谦约退让，公之常节，终不可听[76]。"莽求见固让。太后下诏曰："公每见，叩头流涕固辞，今移病，固当听其让，令视事邪？将当遂行其赏，遣归就第也？"光等曰："安、临亲受印韨，策号通天，其义昭昭。黄邮、召陵、新野之田为入尤多，皆止于公，公欲自损以成国化，宜可听许。治平之化当以时成，宰衡之官不可世及。纳征钱，乃以尊皇后，非为公也。功显君户，止身不传。褒新、赏都两国合三千户，甚少矣。忠臣之节，亦宜自屈，而信主上之义。宜遣大司徒、大司空持节承制，诏公亟入视事。[77]诏尚书勿复受公之让奏。"奏可。

莽乃起视事，上书言："臣以元寿二年六月戊午仓卒之夜，以新都侯引入未央宫；庚申拜为大司马，充三公位；元始元年正月丙辰拜为太傅，赐号安汉公，备四辅官，今年四月甲子复拜为宰衡，位上公。臣莽伏自惟，爵为新都侯，号为安汉公，官为宰衡、太傅、大司马，爵贵号尊官重，一身蒙大宠者五，诚非鄙臣所能堪。据元始三年，天下岁已复，官属宜皆置。《穀梁传》曰：'天子之宰，通于四海。'臣愚以为，宰衡官以正百僚平海内为职，而无印信，名实不副。臣莽无兼官之材，今圣朝既过误而用之，臣请御史刻宰衡印章曰'宰衡太傅大司马印'，成，授臣莽，上太傅与大司马之印。"太后诏曰："可。韨如相国，朕亲临授焉。"莽乃复以所益纳征钱千万，遣与长乐长御奉共养者。太保舜奏言："天下闻公不受千乘之土，辞万金之币，散财施予千万数，莫不乡化。蜀郡男子路建等辍讼惭怍而退，虽文王却虞芮何以加！宜报告天下[78]。"奏可。宰衡出，从大车前后各十乘，直事尚书郎、侍御史、谒者、中黄门、期门羽林。宰衡常持节，所止，谒者代持之。宰衡掾史秩六百石，三公称"敢言之"。

是岁，莽奏起明堂、辟雍、灵台，为学者筑舍万区，作市、常满仓，制度甚盛。立《乐经》，益博士员，经各五人。征天下通一艺教授十一人以上，及有逸《礼》、古《书》、《毛诗》、《周官》、《尔雅》、天文、图谶、钟律、月令、兵法、《史篇》文字，通知其意者，皆诣公车[79]。网罗天下异能之士，至者前后千数，皆令记说廷中，将令正乖缪，壹异说云。群臣奏言："昔周公奉继体之嗣，据上公之尊，然犹七年制度乃定。夫明堂、辟雍，堕废千载莫能兴，今安汉公起于第家，辅翼陛下，四年于兹，功德烂然。公以八月载生魄庚子奉使朝，用书临赋营筑，越若翊辛丑，诸生、庶民大和会，十万众并集，平作二旬，大功毕成。唐虞发举，成周造业，诚亡以加。宰衡位宜在诸侯王上，赐以束帛加璧，大国乘车、安车各一，骊马二驷。"诏曰："可。其议九锡之法[80]。"

冬，大风吹长安城，东门屋瓦且尽。

五年正月，祫祭明堂，诸侯王二十八人，列侯百二十人，宗室子九百余人，征助祭。礼毕，封孝宣曾孙信等三十六人为列侯，余皆益户赐爵，金帛之赏各有数。是时，吏民以莽不受新野田而上书者前后四十八万七千五百七十二人，及诸侯王、公、列侯、宗室见者皆叩头言，宜亟加赏于安汉公。于是莽上书曰："臣以外属，越次备位，未能奉称。伏念圣德纯茂，承天当古，制礼以治民，作乐以移风，四海奔走，百蛮并辏，辞去之日，莫不陨涕。非有款诚，岂可虚致[81]？自诸侯王已下至于吏民，咸知臣莽上与陛下有葭莩之故，又得典职，每归功列德者，辄以臣莽为余言[82]。臣见诸侯面言事于前者，未尝不流汗而惭愧也。虽性愚鄙，至诚自知，德薄位尊，力少任大，夙夜悼栗，常恐污辱圣朝。今天下治平，风俗齐同，百蛮率服，皆陛下圣德所自躬亲，太师光、太保舜等辅政佐治，群卿大夫莫不忠良，故能以五年之间至致此焉。臣莽实无奇策异谋。奉承太后圣诏，宣之于下，不能得什一；受群贤之筹画，而上以闻，不能得什伍。当被无益之辜，所以敢且保首领须臾者，诚上休陛下余光，而下依群公之故也。陛下不忍众言，辄下其章于议者。臣莽前欲立奏止，恐其遂不肯止。今大礼已行，助祭者毕辞，不胜至愿，愿诸章下议者皆寝勿上，使臣莽得尽力毕制礼作乐事。事成，以传示天下，与海内平之。即有所间非，则臣莽当被诖上误朝之罪，如无他谴，得全命赐骸骨归家，避贤者路，是臣之私愿也。惟陛下哀怜财幸!”甄邯等白太后，诏曰：“可。唯公功德光于天下，是以诸侯王、公、列侯、宗室、诸生、吏民翕然同辞，连守阙庭，故下其章。诸侯、宗室辞去之日，复见前重陈，虽晓喻罢遣，犹不肯去。告以孟夏将行厥赏，莫不欢悦，称万岁而退。今公每见，辄流涕叩头言愿不受赏，赏即加不敢当位。方制作未定，事须公而决，故且听公。制作毕成，群公以闻。究于前议，其九锡礼仪亟奏。”

于是公卿大夫、博士、议郎、列侯张纯等九百二人皆曰：“圣帝明王招贤劝能，德盛者位高，功大者赏厚。故宗臣有九命上公之尊，则有九锡登等之宠。今九族亲睦，百姓既章，万国和协，黎民时雍，圣瑞毕溱，太平已洽。帝者之盛莫隆于唐虞，而陛下任之；忠臣茂功莫著于伊周，而宰衡配之。所谓异时而兴，如合符者也。谨以《六艺》通义，经文所见，《周官》、《礼记》宜于今者，为九命之锡。臣请命锡。”奏可。策曰：

“惟元始五年五月庚寅，太皇太后临于前殿，延登，亲诏之曰：公进，虚听朕言。前公宿卫孝成皇帝十有六年，纳策尽忠，白诛故定陵侯淳于长，以弥乱发奸，登大司马，职在内辅[83]。孝哀皇帝即位，骄妾窥欲，奸臣萌乱，公手劾高昌侯董宏，改正故定陶共王母之僭坐。自是之后，朝臣论议，靡不据经。以病辞位，归于第家，为贼臣所陷。就国之后，孝哀皇帝觉寤，复还公长安，临病加剧，犹不忘公，复特进位。是夜仓卒，国无储主，奸臣充朝，危殆甚矣。朕惟定国之计莫宜于公，引纳于朝，即日罢退高安侯董贤，转漏之间，忠策辄建，纲纪咸张。绥和、元寿，再遭大行，万事毕举，祸乱不作。辅朕五年，人伦之本正，天地之位定。钦承神只，经纬四时，复千载之废，矫百世之失，天下和会，大众方辑。《诗》之灵台，《书》之作雒，镐京之制，商邑之度，于今复兴。昭章先帝之元功，明著祖宗之令德，推显严父配天之义，修立郊禘宗祀之礼，以光大孝。是以四海雍雍，万国慕义，蛮夷殊俗，不召自至，渐化端冕，奉珍助祭。寻旧本道，遵术重古，动而有成，事得厥中。至德要道，通于神明，祖考嘉享。光耀显章，天符仍臻，元气大同。麟凤龟龙，众祥之瑞，七百有余。遂制礼作乐，有绥靖宗庙社稷之大勋。普天之下，惟公是赖，官在宰衡，位为上公。今加九命之锡，其以助祭，共文武之职，乃遂及厥祖。于戏，岂不休哉[84]”!

于是莽稽首再拜，受绿韨衮冕衣裳，瑒琫瑒珌，句履，鸾路乘马，龙旂九旒，皮弁素积，戎路乘马，彤弓矢，卢弓矢，左建朱钺，右建金戚，甲胄一具，秬鬯二卣，圭瓒二，九命青玉圭二，朱户纳陛[85]。署宗官、祝官、卜官、史官，虎贲三百人，家令丞各一人，宗、祝、卜、史官皆置啬夫，佐安汉公。在中府外第，虎贲为门卫，当出入者传籍。自四辅、三公有事府第，皆用传。以楚王邸为安汉公第，大缮治，通周卫。祖祢庙及寝皆为朱户纳陛。陈崇又奏：“安汉公祠祖祢，出城门，城门校尉宜将骑士从。入有门卫，出有骑士，所以重国也。”奏可。

其秋，莽以皇后有子孙瑞，通子午道。子午道从杜陵直绝南山，径汉中。

风俗使者八人还，言天下风俗齐同，诈为郡国造歌谣，颂功德，凡三万言。莽奏定著令。又奏为市无二贾，官无狱讼，邑无盗贼，野无饥民，道不拾遗，男女异路之制，犯者象刑[86]。刘歆、陈崇等十二人皆以治明堂，宣教化，封为列侯。

莽既致太平，北化匈奴，东致海外，南怀黄支，唯西方未有加。乃遣中郎将平宪等多持金币诱塞外羌，使献地，愿内属。宪等奏言：“羌豪良愿等种，人口可万二千人，愿为内臣，献鲜水海、允谷盐池，平地美草皆予汉民，自居险阻处为藩蔽[87]。问良愿降意，对曰：‘太皇太后圣明，安汉公至仁，天下太平，五谷成孰，或禾长丈余，或一粟三米，或不种自生，或茧不蚕自成，甘露从天下，醴泉自地出，凤皇来仪，神爵降集。从四岁以来，羌人无所疾苦，故思乐内属。’宜以时处业，置属国领护。”事下莽，莽复奏曰：“太后秉统数年，恩泽洋溢，和气四塞，绝域殊俗，靡不慕义。越裳氏重译献白雉，黄支自三万里贡生犀，东夷王度大海奉国珍，匈奴单于顺制作，去二名，今西域良愿等复举地为臣妾，昔唐尧横被四表，亦亡以加之。今谨案已有东海、南海、北海郡，未有西海郡，请受良愿等所献地为西海郡。臣又闻圣王序天文，定地理，因山川民俗以制州界。汉家地广二帝三王，凡十二州，州名及界多不应经。《尧典》十有二州，后定为九州。汉家廓地辽远，州牧行部，远者三万余里，不可为九。谨以经义正十二州名分界，以应正始。”奏可。又增法五十条，犯者徙之西海。徙者以千万数，民始怨矣。

泉陵侯刘庆上书言：“周成王幼少，称孺子，周公居摄。今帝富于春秋，宜令安汉公行天子事，如周公。”群臣皆曰：“宜如庆言。”

冬，荧惑入月中[88]。

平帝疾，莽作策，请命于泰畤，戴璧秉圭，愿以身代。藏策金滕，置于前殿，敕诸公勿敢言。十二月平帝崩，大赦天下。莽征明礼者宗伯凤等与定天下吏六百石以上皆服丧三年。奏尊孝成庙曰统宗，孝平庙曰元宗。时元帝世绝，而宣帝曾孙有见王五人，列侯广戚侯显等四十八人，莽恶其长大，曰：“兄弟不得相为后。”乃选玄孙中最幼广戚侯子婴，年二岁，托以为卜相最吉。

是月，前辉光谢嚣奏武功长孟通浚井得白石，上圆下方，有丹书著石，文曰“告安汉公莽为皇帝”。符命之起，自此始矣。莽使群公以白太后，太后曰：“此诬罔天下，不可施行[89]！”太保舜谓太后：“事已如此，无可奈何，沮之力不能止[90]。又莽非敢有它，但欲称摄以重其权，填服天下耳。”太后听许。舜等即共令太后下诏曰：“盖闻天生众民，不能相治，为之立君以统理之。君年幼稚，必有寄托而居摄焉，然后能奉天施而成地化，群生茂育[91]。《书》不云乎？‘天工，人其代之。’朕以孝平皇帝幼年，且统国政，几加元服，委政而属之。今短命而崩，呜呼哀哉！已使有司征孝宣皇帝玄孙二十三人，差度宜者，以嗣孝平皇帝之后。玄孙年在襁褓，不得至德君子，孰能安之？安汉公莽辅政三世，比遭际会，安光汉室，遂同殊风，至于制作，与周公异世同符。今前辉光嚣、武功长通上言丹石之符，朕深思厥意，云‘为皇帝’者，乃摄行皇帝之事也。夫有法成易，非圣人者亡法。其令安汉公居摄践祚，如周公故事，以武功县为安汉公采地，名曰汉光邑。具礼仪奏[92]。”

于是群臣奏言：“太后圣德昭然，深见天意，诏令安汉公居摄。臣闻周成王幼少，周道未成，成王不能共事天地，修文武之烈。周公权而居摄，则周道成，王室安；不居摄，则恐周队失天命。《书》曰：‘我嗣事子孙，大不克共上下，遏失前人光，在家不知命不易。天应棐谌，乃亡队命。’说曰：周公服天下之冕，南面而朝群臣，发号施令，常称王命，召公贤人，不知圣人之意，故不说也。《礼明堂记》曰：‘周公朝诸侯于明堂，天子负斧依南面而立。’谓‘周公践天子位，六年朝诸侯，制礼作乐，而天下大服’也。召公不说。时武王崩，缞粗未除。由是言之，周公始摄则居天子之位，非乃六年而践阼也。《书》逸《嘉禾篇》曰：‘周公奉鬯立于阼阶，延登，赞曰：“假王莅政，勤和天下。”’此周公摄政，赞者所称。成王加元服，周公则致政。《书》曰‘朕复子明辟’，周公常称王命，专行不报，故言我复子明君也。臣请安汉公居摄践祚，服天子韨冕，背斧依于户牖之间，南面朝群臣，听政事。车服出入警跸，民臣称臣妾，皆如天子之制。郊祀天地，宗祀明堂，共祀宗庙，享祭群神，赞曰‘假皇帝’，民臣谓之‘摄皇帝’，自称曰‘予’。平决朝事，常以皇帝之诏称‘制’，以奉顺皇天之心，辅翼汉室，保安孝平皇帝之幼嗣，遂寄托之义，隆治平之化。其朝见太皇太后、帝皇后，皆复臣节。自施政教于其宫家国采，如诸侯礼仪故事。臣昧死请。”太后诏曰：“可。”明年，改元曰居摄。

居摄元年正月，莽祀上帝于南郊，迎春于东郊，行大射礼于明堂，养三老五更，成礼而去。置柱下五史，秩如御史，听政事，侍旁记疏言行。

三月己丑，立宣帝玄孙婴为皇太子，号曰孺子。以王舜为太傅左辅，甄丰为太阿右拂，甄邯为太保后承。又置四少，秩皆二千石。

四月，安众侯刘崇与相张绍谋曰："安汉公莽专制朝政，必危刘氏。天下非之者，乃莫敢先举，此宗室耻也[93]。吾帅宗族为先，海内必和。"绍等从者百余人，遂进攻宛，不得入而败。绍者，张竦之从兄也。竦与崇族父刘嘉诣阙自归，莽赦弗罪。竦因为嘉作奏曰：

"建平、元寿之间，大统几绝，宗室几弃。赖蒙陛下圣德，扶服振救，遮捍匡卫，国命复延，宗室明目。临朝统政，发号施令，动以宗室为始，登用九族为先，并录支亲，建立王侯，南面之孤，计以百数。收复绝属，存亡续废，得比肩首，复为人者，嫔然成行，所以藩汉国，辅汉宗也[94]。建辟雍，立明堂，班天法，流圣化，朝群后，昭文德，宗室诸侯，咸益土地。天下喁喁，引领而叹，颂声洋洋，满耳而入[95]。国家所以服此美，膺此名，飨此福，受此荣者，岂非太皇太后日昃之思，陛下夕惕之念哉！何谓？乱则统其理，危则致其安，祸则引其福，绝则继其统，幼则代其任，晨夜屑屑，寒暑勤勤，无时休息，孳孳不已者，凡以为天下，厚刘氏也[96]。臣无愚智，民无男女，皆谕至意。

而安众侯崇乃独怀悖惑之心，操畔逆之虑，兴兵动众，欲危宗庙，恶不忍闻，罪不容诛，诚臣子之仇，宗室之雠，国家之贼，天下之害也[97]。是故亲属震落而告其罪，民人溃畔而弃其兵，进不跬步，退伏其殃[98]。百岁之母，孩提之子，同时断斩，悬头竿杪，珠珥在耳，首饰犹存，为计若此，岂不悖哉![99]

臣闻古者畔逆之国，既以诛讨，则猪其宫室，以为污池，纳垢浊焉，名曰凶虚，虽生菜茹，而人不食。四墙其社，覆上栈下，示不得通。辨社诸侯，出门见之，著以为戒。方今天下闻崇之反也，咸欲骞衣手剑而叱之。[100]其先至者，则拂其颈，冲其匈，刃其躯，切其肌；后至者，欲拨其门，仆其墙，夷其屋，焚其器，应声涤地，则时成创。而宗室尤甚，言必切齿焉。何则？以其背畔恩义，而不知重德之所在也。宗室所居或远，嘉幸得先闻，不胜愤愤之愿，愿为宗室倡始，父子兄弟负笼荷锸，驰之南阳，猪崇宫室，令如古制。及崇社宜如亳社，以赐诸侯，用永监戒。愿下四辅公卿大夫议，以明好恶，视四方。"

于是莽大说。公卿曰："皆宜如嘉言。"莽白太后下诏曰："惟嘉父子兄弟，虽与崇有属，不敢阿私，或见萌牙，相率告之，及其祸成，同共雠之，应合古制，忠孝著焉。其以杜衍户千封嘉为帅礼侯，嘉子七人皆赐爵关内侯。"后又封竦为淑德侯。长安为之语曰："欲求封，过张伯松；力战斗，不如巧为奏。"莽又封南阳吏民有功者百余人，污池刘崇室宅。后谋反者，皆污池云。

群臣复白："刘崇等谋逆者，以莽权轻也。宜尊重以填海内。"五月甲辰，太后诏莽朝见太后称"假皇帝"。

冬十月丙辰朔，日有食之。

十二月，群臣奏请："益安汉公宫及家吏，置率更令，庙、厩、厨长丞，中庶子，虎贲以下百余人，又置卫士三百人。安汉公庐为摄省，府为摄殿，第为摄宫。[101]"奏可。

莽白太后下诏曰："故太师光虽前薨，功效已列。太保舜、大司空丰、轻车将军邯、步兵将军建皆为诱进单于筹策，又典灵台、明堂、辟雍、四郊，定制度，开子午道，与宰衡同心说德，合意并力，功德茂著。封舜子匡为同心侯，林为说德侯，光孙寿为合意侯，丰孙匡为并力侯。益邯、建各三千户。

是岁，西羌庞恬、傅幡等怨莽夺其地作西海郡，反攻西海太守程永，永奔走。莽诛永，遣护羌校尉窦况击之。

二年春，窦况等击破西羌。

五月，更造货：错刀，一直五千；契刀，一直五百；大钱，一直五十，与五铢钱并行。民多盗铸者。禁列侯以下不得挟黄金，输御府受直，然卒不与直。

九月，东郡太守翟义都试，勒车骑，因发奔命，立严乡侯刘信为天子，移檄郡国，言莽“毒杀平帝，摄天子位，欲绝汉室，今共行天罚诛莽。”郡国疑惑，众十余万。莽惶惧不能食，昼夜抱孺子告祷郊庙，放《大诰》作策，遣谏大夫桓谭等班于天下，谕以摄位当反政孺子之意。遣王邑、孙建等八将军击义，分屯诸关，守厄塞。槐里男子赵明、霍鸿等起兵，以和翟义，相与谋曰：“诸将精兵悉东，京师空，可攻长安。”众稍多，至且十万人，莽恐，遣将军王奇、王级将兵拒之。以太保甄邯为大将军，受钺高庙，领天下兵，左杖节，右把钺，屯城外。王舜、甄丰昼夜循行殿中。

十二月，王邑等破翟义于圉。司威陈崇使监军上书言：“陛下奉天洪犯，心合宝龟，膺受元命，豫知成败，咸应兆占，是谓配天。配天之主，虑则移气，言则动物，施则成化。臣崇伏读诏书下日，窃计其时，圣思始发，而反虏仍破；诏文始书，反虏大败；制书始下，反虏毕斩。众将未及齐其锋芒，臣崇未及尽其愚虑，而事已决矣。”莽大说。

三年春，地震。大赦天下。

王邑等还京师，西与王级等合击明、鸿，皆破灭，语在《翟义传》。莽大置酒未央宫白虎殿，劳赐将帅。诏陈崇治校军功，第其高下。莽乃上奏曰：“明圣之世，国多贤人，故唐虞之时，可比屋而封，至功成事就，则加赏焉。至于夏后涂山之会，执玉帛者万国，诸侯执玉，附庸执帛。周武王孟津之上，尚有八百诸侯。周公居摄，郊祀后稷以配天，宗祀文王于明堂以配上帝，是以四海之内各以其职来祭，盖诸侯千八百矣。《礼记王制》千七百余国，是以孔子著《孝经》曰：‘不敢遗小国之臣，而况于公侯伯子男乎？故得万国之欢心以事其先王。’此天子之孝也。秦为亡道，残灭诸侯以为郡县，欲擅天下之利，故二世而亡。高皇帝受命除残，考功施赏，建国数百，后稍衰微，其余仅存。太皇太后躬统大纲，广封功德以劝善，兴灭继绝以永世，是以大化流通，旦暮且成。遭羌寇害西海郡，反虏流言东郡，逆贼惑众西土，忠臣孝子莫不奋怒，所征殄灭，尽备厥辜，天下咸宁。今制礼作乐，实考周爵五等，地四等，有明文；殷爵三等，有其说，无其文。孔子曰：‘周监于二代，郁郁乎文哉！吾从周。’臣请诸将帅当受爵邑者爵五等，地四等。”奏可。于是封者高为侯伯，次为子男，当赐爵关内侯者更名曰附城，凡数百人。击西海者以“羌”为号，槐里以“武”为号，翟义以“虏”为号。

群臣复奏言：“太后修功录德，远者千载，近者当世，或以文封，或以武爵，深浅大小，靡不毕举。今摄皇帝背依践祚，宜异于宰国之时，制作虽未毕已，宜进二子爵皆为公。《春秋》‘善善及子孙’，‘贤者之后，宜有土地’。成王广封周公庶子六人，皆有茅土。及汉家名相大将萧、霍之属，咸及支庶。兄子光，可先封为列侯；诸孙，制度毕已，大司徒、大司空上名，如前诏书。”太后诏曰：“进摄皇帝子褒新侯安为新举公，赏都侯临为褒新公，封光为衍功侯。”是时，莽还归新都国，群臣复白以封莽孙宗为新都侯。莽既灭翟义，自谓威德日盛，获天人助，遂谋即真之事矣。[㉚]

九月，莽母功显君死，意不在哀，令太后诏议其服。少阿、羲和刘歆与博士诸儒七十八人皆曰：“居摄之义，所以统立天功，兴崇帝道，成就法度，安辑海内也。昔殷成汤既没，而太子蚤夭，其子太甲幼少不明，伊尹放诸桐宫而居摄，以兴殷道。周武王既没，周道未成，成王幼少，周公屏成王而居摄，以成周道。是以殷有翼翼之化，周有刑错之功[㉛]。今太皇太后比遭家之不造，委任安汉公宰尹群僚，衡平天下。遭孺子幼少，未能共上下，皇天降瑞，出丹石之符，是以太皇太后则天明命，诏安汉公居摄践祚，将以成圣汉之业，与唐虞三代比隆也。摄皇帝遂开秘府，会群儒，制礼作乐，卒定庶官，茂成天功。圣心周悉，卓尔独见，发得周礼，以明因监，则天稽古，而损益焉，犹仲尼之闻韶，日月之不可阶，非圣哲之至，孰能若兹！纲纪咸张，成在一匮，此其所以保佑圣汉，安靖元元之效也。今功显君薨，《礼》‘庶子为后，为其母缌。[104]’传曰‘与尊者为体，不敢服其私亲也。’摄皇帝以圣德承皇天之命，受太后之诏居摄践祚，奉汉大宗之后，上有天地社稷之重，下有元元万机之忧，不得顾其私亲。故太皇太后建厥元孙，俾侯新都，为哀侯后。明摄皇帝与尊者为体，承宗庙之祭，奉共养太皇太后，不得服其私亲也。《周礼》曰‘王为诸侯缌缞’，‘弁而加环绖’，同姓则麻，异姓则葛。摄皇帝当为功显君缌缞，弁而加麻环绖，如天子吊诸侯服，以应圣制。”莽遂行焉，凡壹吊再会，而令新都侯宗为主，服丧三年云。

司威陈崇奏，衍功侯光私报执金吾窦况，令杀人，况为收击，致其法。莽大怒，切责光。光母曰：“女自视孰与长孙、中孙？”遂母子自杀，及况皆死。初，莽以事母、养嫂、抚兄子为名，及后悖虐，复以示公义焉。令光子嘉嗣爵为侯。

莽下书曰：“遏密之义，讫于季冬，正月郊祀，八音当奏。王公卿士，乐凡几等？五声八音，条各云何？其与所部儒生各尽精思，悉陈其义。”

是岁广饶侯刘京、车骑将军千人扈云、大保属臧鸿奏符命。京言齐郡新井，云言巴郡石牛，鸿言扶风雍石，莽皆迎受。十一月甲子，莽上奏太后曰：“陛下至圣，遭家不造，遇汉十二世三七之厄，承天威命，诏臣莽居摄，受孺子之托，任天下之寄。臣莽兢兢业业，惧于不称。宗室广饶侯刘京上书言：‘七月中，齐郡临淄县昌兴亭长辛当一暮数梦，曰：“吾，天公使也。天公使我告亭长曰：‘摄皇帝当为真。’即不信我，此亭中当有新井。”亭长晨起视亭中，诚有新井，入地且百尺。’十一月壬子，直建冬至，巴郡石牛，戊午，雍石文，皆到于未央宫之前殿。臣与太保安阳侯舜等视，天风起，尘冥，风止，得铜符帛图于石前，文曰：‘天告帝符，献者封侯。承天命，用神令。’骑都尉崔发等视说。[105]及前孝哀皇帝建平二年六月甲子下诏书，更为太初元将元年，案其本事，甘忠可、夏贺良谶书臧兰台。臣莽以为元将元年者，大将居摄改元之文也，于今信矣。《尚书康诰》‘王若曰：“孟侯，朕其弟，小子封。”’此周公居摄称王之文也。《春秋》隐公不言即位，摄也。此二经周公、孔子所定，盖为后法。孔子曰：‘畏天命，畏大人，畏圣人之言。’臣莽敢不承用！臣请共事神只宗庙，奏言太皇太后、孝平皇后，皆称假皇帝。其号令天下，天下奏言事，毋言‘摄’。以居摄三年为初始元年，漏刻以百二十为度，用应天命。臣莽夙夜养育隆就孺子，令与周之成王比德，宣明太皇太后威德于万方，期于富而教之。孺子加元服，复子明辟，如周公故事。”奏可。众庶知其奉符命，指意群臣博议别奏，以视即真之渐矣。

期门郎张充等六人谋共劫莽，立楚王。发觉，诛死。

梓潼人哀章学问长安，素无行，好为大言。见莽居摄，即作铜匮，为两检，署其一曰“天帝行玺金匮图”，其一署曰“赤帝行玺某传予黄帝金策书”。某者，高皇帝名也。书言王莽为真天子，皇太后如天命。图书皆书莽大臣八人，又取令名王兴、王盛，章因自窜姓名，凡为十一人，皆署官爵，为辅佐。章闻齐井、石牛事下，即日昏时，衣黄衣，持匮至高庙，以付仆射。仆射以闻。戊辰，莽至高庙拜受金匮神嬗。御王冠，谒太后，还坐未央宫前殿，下书曰：“予以不德，托于皇初祖考黄帝之后，皇始祖考虞帝之苗裔，而太皇太后之末属。皇天上帝隆显大佑，成命统序，符契图文，金匮策书，神明诏告，属予以天下兆民。赤帝汉氏高皇帝之灵，承天命，传国金策之书，予甚祇畏，敢不钦受！以戊辰直定，御王冠，即真天子位，定有天下之号曰新。其改正朔，易服色，变牺牲，殊徽帜，异器制。以十二月朔癸酉为建国元年正月之朔，以鸡鸣为时。服色配德上黄，牺牲应正用白，使节之旄幡皆纯黄，其署曰‘新使五威节’，以承皇天上帝威命也。”

①蚤：同“早”，过早。

②佚：同“逸”，放纵。

③敕：整饬。

④激发：矫柔造作。　　惭恧（nǜ，音衄）：惭愧。

⑤休沐：官吏休息沐浴，指休假。　　振：整顿。　　羊酒：羊和酒。馈赠的礼物，也用作祭品。

⑥比：接连地。　　数（shuò，音朔）：屡次。

⑦匿情：虚情。

⑧右：古人崇尚右，因此以右为尊贵的地位。

⑨阴：暗中，暗地里。

⑩乞骸骨：辞官。旧时称一身为上尽事，因此称辞官为乞骸骨。　　擢：提拨。

⑪衣不曳地，布蔽膝：衣服没有拖在地上，麻布护膝遮住膝盖。

⑫移病：因病移身归家。　　著：显露。

⑬劾：揭发罪状。　　不道：无道。

⑭案行：巡视。

⑮怨恚：怨恨。

⑯安车驷马：用一匹马拉的可以坐乘的小车，礼尊者用四马。

⑰绿车：汉代皇孙用车名。

⑱冤讼：申冤叫屈。

⑲瘢：伤痕。

⑳修饬：严谨。

㉑临朝称制：当朝处理国事，行使皇帝权力。

㉒骄僭：骄横放纵。

㉓傅致其罪：罗列编织罪名。

㉔肆意：任意。

㉕力：尽力，努力。

㉖击断：狱讼。　　机事：机密。　　文章：文书。

㉗色厉：外表严厉。　　言方：言辞刚正。　　风采：表情和颜色。

㉘风：通“讽”，劝告，暗示。

㉙畴：种类，类别。

㉚故事：先例，旧日的典章制度。

㉛条：分门别类。

㉜荡荡：广大，广远。

㉝重译：辗转。

㉞致太平：达到太平。

㉟家给：家家自足。

㊱专断：独自决断。　　猒（yàn，音厌）政：厌倦朝政。猒，通“厌”，厌倦。

㊲元服：帽子。

㊳侔（móu，音谋）：相比。

㊴慕效：仰慕仿效。

㊵阈（yù，音欲）：门槛，喻为界限或范围。

㊶微：没有。

㊷勖（xù，音叙）：勉励。

㊸讥：谴责。

㊹二王：古时新王朝建立以后，封前两朝的王族后裔为诸侯国君，称二王。

㊺贰：搞乱。

㊻渐渍：沾染。　　窈窕：幽闭的样子。

㊼束脩：十条干肉。古代十五岁入学，入学必用束脩，因此用束脩意为上学。　　忤（wǔ，音五）：不顺从。

㊽建白：陈述意见。

㊾国统：国家命脉。

㊿希指：迎合在上者的旨意。

51面刺：当面指责。　　顇（cuì，音脆）：病。

52盱衡：扬眉张目。　　持刺：持兵刃刺杀。

53人不还踵，日不移晷：人还没有转动脚跟，太阳没有移动日影。比喻行动迅速。

54鮐（tái）：音“台”。

55亹亹（wěiwěi，音伟伟）：勤勉不倦的样子。　　翼翼：严肃谨慎的样子。　　雅素：平常的操行。　　逡（qūn，音逡）：遵循。

56布：麻布制成的衣服。

57温温：柔和的样子。

58粜（tiào，音跳）：卖出粮食。　　物物卬市：衣食所需都需要从市场上购买。　　日阕：当日用尽。

59翕然：聚合、一致的样子。

60白屋：平民百姓。古代平民住屋不施彩，故称白屋。

61夙夜匪懈：早晚都不懈怠。　　乾乾：自强不息。　　惕厉：警惕，戒惧。

62揆：宰相。

63遴：吝啬。

64显著：表彰。

65功无原者赏不限，德无首者褒不检：功劳卓著赏赐无限，德行高尚褒扬无限。检；约束，限制。

66度：逾越。　　九锡：古代帝王尊礼大臣所给的九种器物。

67元子：天子和诸侯的嫡长子。

68亡言不雠，亡德不报：有好的言语就采纳，有德的人必定要回报。

69擅权：专权。

70大宗：周代宗法以始祖的嫡长子为大宗，其他为小宗。

71非：非议。

72推类：类推。

73须：等待。

74诖（guà，音挂）误：贻误，连累。

75韨（fú，音服）：系玺印的丝绳。

76赏未足以直功：赏赐不足以抵挡功劳。

77视事：亲自处理政事。

78惭怍：惭愧。

79通知：通晓。　　公车：用公家车马接送应举的人。

80束帛加璧：束帛之上又加玉璧，古代贵重的礼物。

81款诚：忠诚，诚恳。

82葭莩：芦苇中的薄膜，比喻关系疏远淡泊。

83弥乱：清除动乱。

84于戏：同“呜呼”。　　休：美。

85秬鬯（jùchàng，音具畅）：古代祭祀时用的以郁金香和黍酿造的酒。

86二贾（jià，音价）：一种价格，喻物价平稳。　　象刑：不用肉形。

87藩蔽：屏障。

88荧惑：火星。

89诬罔：陷害。

90沮：阻止。

91居摄：暂居皇帝之位，处理政务。

92践祚（zuò，音坐）：皇帝登位。

93先举：首先行动。

⑭嫔然：纷纭众多的样子。

⑮喁喁（yōng，音拥）：景仰归向的样子。　洋洋：众多丰盛的样子。

⑯屑屑：劳碌不安的样子。　勤勤：殷勤的样子。　孳孳：勤勉不懈的样子。

⑰悖惑：谬乱。　畔逆：背叛。畔，同“叛”。

⑱跬（kuǐ，音傀）：半步。　殃：祸害。

⑲杪（miǎo，音秒）：末尾。

⑩褰衣：掀起衣服。

⑩摄：代理。

⑩遂谋即真之事矣：于是谋求做真皇帝的事情。

⑩刑错：无人犯法，刑法搁置不用。

⑩缌（sī，音思）：细麻布。

⑩视说：观其文字解说其意。

王莽传中

始建国元年正月朔，莽帅公侯卿士奉皇太后玺韨，上太皇太后，顺符命，去汉号焉[①]。

初，莽妻宜春侯王氏女，立为皇后，本生四男：宇、获、安、临。二子前诛死，安颇荒忽，乃以临为皇太子，安为新嘉辟[②]。封宇子六人：千为功隆公，寿为功明公，吉为功成公，宗为功崇公，世为功昭公，利为功著公。大赦天下。

莽乃策命孺子曰："咨尔婴，昔皇天右乃太祖，历世十二，享国二百一十载，历数在于予躬。《诗》不云乎？'侯服于周，天命靡常[③]。'封尔为定安公，永为新室宾。于戏！敬天之休，往践乃位，毋废予命。"又曰："其以平原、安德、漯阴、鬲、重丘，凡户万，地方百里，为定安公国。立汉祖宗之庙于其国，与周后并，行其正朔、服色。世世以事其祖宗，永以命德茂功，享历代之祀焉。以孝平皇后为定安太后。"读策毕，莽亲执孺子手，流涕歔欷，曰："昔周公摄位，终得复子明辟。今予独迫皇天威命，不得如意[④]！"哀叹良久。中傅将孺子下殿，北面而称臣。百僚陪位，莫不感动。

又按金匮，辅臣皆封拜。以太傅、左辅、骠骑将军安阳侯王舜为太师，封安新公；大司徒就德侯平晏为太傅、就新公；少阿、羲和、京兆尹红休侯刘歆为国师、嘉新公；广汉梓潼哀章为国将、美新公：是为四辅，位上公。太保、后承阳侯甄邯为大司马、承新公；丕进侯王寻为大司徒，章新公；步兵将军成都侯王邑为大司空、隆新公：是为三公。大阿、右拂、大司空、卫将军广阳侯甄丰为更始将军、广新公；京兆王兴为卫将军、奉新公；轻车将军成武侯孙建为立国将军、成新公；京兆王盛为前将军、崇新公：是为四将。凡十一公。王兴者，故城门令史。王盛者，卖饼。莽按符命求得此姓名十余人，两人容貌应卜相，径从布衣登用，以视神焉。余皆拜为郎。是日，封拜卿大夫、侍中、尚书官凡数百人。诸刘为郡守，皆徙为谏大夫。

改明光宫为定安馆，定安太后居之。以故大鸿胪府为定安公第，皆置门卫使者监领。敕阿乳母不得与语，常在四壁中，至于长大，不能名六畜。后莽以女孙宇子妻之。

莽策群司曰："岁星司肃，东岳太师典致时雨，青炜登平，考景以晷。荧惑司悊，南岳太傅典致时奥，赤炜颂平，考声以律。太白司艾，西岳国师典致时阳，白炜象平，考量以铨。辰星司谋，北岳国将典致时寒，玄炜和平，考星以漏。月刑元股左，司马典致武应，考方法矩，主司天文，钦若昊天，敬授民时，力来农事，以丰年谷。日德元肱右，司徒典致文瑞，考圜合规，主司人道，五教是辅，帅民承上，宣美风俗，五品乃训。斗平元心中，司空典致物图，考度以绳，主司地里，平治水土，掌名山川，众殖鸟兽，蕃茂草木。”各策命以其职，如典诰之文。

置大司马司允、大司徒司直、大司空司若，位皆孤卿。更名大司农曰羲和，后更为纳言；大理曰作士，太常曰秩宗，大鸿胪曰典乐，少府曰共工，水衡都尉曰予虞，与三公司卿凡九卿，分属三公。每一卿置大夫三人，一大夫置元士三人，凡二十七大夫，八十一元士，分主中都官诸职。更名光禄勋曰司中，太仆曰太御，卫尉曰太卫，执金吾曰奋武，中尉曰军正；又置大赘官，主乘舆服御物，后又典兵秩，位皆上卿，号曰六监。改郡太守曰大尹，都尉曰太尉，县令长曰宰，御史曰执法，公车司马曰王路四门，长乐宫曰常乐室，未央宫曰寿成室，前殿曰王路堂，长安曰常安。更名秩百石曰庶士，三百石曰下士，四百石曰中士，五百石曰命士，六百石曰元士，千石曰下大夫，比二千石曰中大夫，二千石曰上大夫，中二千石曰卿。车服黻冕，各有差品。又置司恭、司徒、司明、司聪、司中大夫及诵诗工彻膳宰，以司过。策曰：“予闻上圣欲昭厥德，罔不慎修厥身，用绥于远，是用建尔司于五事。毋隐尤，毋将虚，好恶不愆，立于厥中。于戏，勖哉！”令王路设进善之旌，非谤之木，敢谏之鼓。谏大夫四人常坐王路门受言事者。

封王氏齐缞之属为侯：大功为伯，小功为子，缌麻为男，其女皆为任。男以“睦”、女以“隆”为号焉，皆授印韨。令诸侯立太夫人、夫人、世子，亦受印韨。

又曰：“天无二日，土无二王，百王不易之道也。汉氏诸侯或称王，至于四夷亦如之，违于古典，缪于一统。其定诸侯王之号皆称公，及四夷僭号称王者皆更为侯。”

又曰：“帝王之道，相因而通；盛德之祚，百世享祀。予惟黄帝、帝少昊、帝颛顼、帝喾、帝尧、帝舜、帝夏禹、皋陶、伊尹咸有圣德，假于皇天，功烈巍巍，光施于远。予甚嘉之，营求其后，将祚厥祀。”惟王氏，虞帝之后也，出自帝喾；刘氏，尧之后也，出自颛顼。于是封姚恂为初睦侯，奉黄帝后；梁护为修远伯，奉少昊后；皇孙功隆公千，奉帝喾后；刘歆为祁烈伯，奉颛顼后；国师刘歆子叠为伊休侯，奉尧后；妫昌为始睦侯，奉虞帝后；山遵为褒谋子，奉皋陶后；伊玄为褒衡子，奉伊尹后。汉后定安公刘婴，位为宾。周后卫公姬党，更封为章平公，亦为宾。殷后宋公孔弘，运转次移，更封为章昭侯，位为恪。夏后辽西姒丰，封为章功侯，亦为恪。四代古宗，宗祀于明堂，以配皇始祖考虞帝。周公后褒鲁子姬就，宣尼公后褒成子孔钧，已前定焉。

莽又曰：“予前在摄时，建郊宫，定祧庙，立社稷，神祇报况，或光自上复于下，流为乌，或黄气熏烝，昭耀章明，以著黄、虞之烈焉。自黄帝至于济南伯王，而祖世氏姓有五矣。黄帝二十五子，分赐厥姓十有二氏。虞帝之先，受姓曰姚，其在陶唐曰妫，在周曰陈，在齐曰田，在济南曰王。予伏念皇初祖考黄帝，皇始祖考虞帝，以宗祀于明堂，宜序于祖宗之亲庙。其立祖庙五，亲庙四，后夫人皆配食。郊祀黄帝以配天，黄后以配地。以新都侯东弟为大禖，岁时以祀。家之所尚，种祀天下。姚、妫、陈、田、王氏凡五姓者，皆黄、虞苗裔，予之同族也[5]。《书》不云乎？‘惇序九族[6]。’其令天下上此五姓名籍于秩宗，皆以为宗室。世世复，无有所与。其元城王氏，勿令相嫁娶，以别族理亲焉。”封陈崇为统睦侯，奉胡王后；田丰为世睦侯，奉敬王后。

天下牧守皆以前有翟义、赵明等领州郡，怀忠孝，封牧为男，守为附城。又封旧恩戴崇、金涉、箕闳、杨并等子皆为男。

遣骑都尉嚣等分治黄帝园位于上都桥畤，虞帝于零陵九疑，胡王于淮阳陈，敬王于齐临淄，愍王于城阳莒，伯王于济南东平陵，孺王于魏郡元城，使者四时致祠。其庙当作者，以天下初定，且祫祭于明堂太庙[7]。

以汉高庙为文祖庙。莽曰："予之皇始祖考虞帝受嬗于唐，汉氏初祖唐帝，世有传国之象，予复亲受金策于汉高皇帝之灵。惟思褒厚前代，何有忘时？汉氏祖宗有七，以礼立庙于定安国[8]。其园寝庙在京师者，勿罢，祠荐如故。予以秋九月亲入汉氏高、元、成、平之庙。诸刘更属籍京兆大尹，勿解其复，各终厥身，州牧数存问，勿令有侵冤。"

又曰："予前在大麓，至于摄假，深惟汉氏三七之厄，赤德气尽，思索广求，所以辅刘延期之术，靡所不用。以故作金刀之利，几以济之。然自孔子作《春秋》以为后王法，至于哀之十四而一代毕，协之于今，亦哀之十四也。赤世计尽，终不可强济。皇天明威，黄德当兴，隆显大命，属予以天下。今百姓咸言皇天革汉而立新，废刘而兴王。夫'劉'之为字'卯、金、刀'也，正月刚卯，金刀之利，皆不得行。博谋卿士，佥曰天人同应，昭然著明[9]。其去刚卯莫以为佩，除刀钱勿以为利，承顺天心，快百姓意。"乃更作小钱，径六分，重一铢，文曰"小钱直一"，与前"大钱五十"者为二品，并行。欲防民盗铸，乃禁不得挟铜炭。

是岁四月，徐乡侯刘快结党数千人起兵于其国。快兄殷，故汉胶东王，时改为扶崇公。快举兵攻即墨，殷闭城门，自系狱[10]。吏民距快，快败走，至长广死。莽曰："昔予之祖济南愍王困于燕寇，自齐临淄出保于莒。宗人田单广设奇谋，获杀燕将，复定齐国。今即墨士大夫复同心殄灭反虏，予甚嘉其忠者，怜其无辜[11]。其赦殷等，非快之妻子它亲属当坐者皆勿治。吊问死伤，赐亡者葬钱，人五万，殷知大命，深疾恶快，以故辄伏厥辜。其满殷国户万，地方百里。"又封符命臣十余人。

莽曰："古者，设庐井八家，一夫一妇田百亩，什一而税，则国给民富而颂声作。此唐虞之道，三代所遵行也。秦为无道，厚赋税以自供奉，罢民力以极欲，坏圣制，废井田，是以兼并起，贪鄙生，强者规田以千数，弱者曾无立锥之居[12]。又置奴婢之市，与牛马同兰，制于民臣，颛断其命[13]。奸虐之人因缘为利，至略卖人妻子，逆天心，悖人伦，缪于'天地之性人为贵'之义。《书》曰'予则奴戮女'，唯不用命者，然后被此辜矣。汉氏减轻田租，三十而税一，常有更赋，罢癃咸出，而豪民侵陵，分田劫假[14]。厥名三十税一，实什税五也。父子夫妇终年耕芸，所得不足以自存。故富者犬马余菽粟，骄而为邪；贫者不厌糟糠，穷而为奸。俱陷于辜，刑用不错。予前在大麓，始令天下公田口井，时则有嘉禾之祥，遭反虏逆贼且止。今更名天下田曰'王田'，奴婢曰'私属'，皆不得卖买。其男口不盈八，而田过一井者，分余田予九族邻里乡党。故无田今当受田者，如制度。敢有非井田圣制，无法惑众者，投诸四裔，以御魑魅，如皇始祖考虞帝故事。"

是时百姓便安汉五铢钱，以莽钱大小两行难知，又数变改不信，皆私以五铢钱市买。讹言大钱当罢，莫肯挟。莽患之，复下书："诸挟五铢钱言大钱当罢者，比非井田制，投四裔。"于是农商失业，食货俱废，民人至涕泣于市道。及坐卖买田宅奴婢，铸钱，自诸侯卿大夫至于庶民，抵罪者不可胜数。

秋，遣五威将王奇等十二人班《符命》四十二篇于天下。德祥五事，符命二十五，福应十二，凡四十二篇。其德祥言文、宣之世黄龙见于成纪、新都，高祖考王伯墓门梓柱生枝叶之属。符命言井石、金匮之属。福应言雌鸡化为雄之属。其文尔雅依托，皆为作说，大归言莽当代汉有天下云。总而说之曰："帝王受命，必有德祥之符瑞，协成五命，申以福应，然后能立巍巍之功，传于子孙，永享无穷之祚。故新室之兴也。德祥发于汉三七九世之后。肇命于新都，受瑞于黄支，开王于武功，定命于子同，成命于巴宕，申福于十二应，天所以保佑新室者深矣，固矣！武功丹石出于汉氏平帝末年，火德销尽，土德当代，皇天眷然，去汉与新，以丹石始命于皇帝。[15]皇帝谦让，以摄居之，未当天意，故其秋七月，天重以三能文马。皇帝复谦让，未即位，故三以铁契，四以石龟，五以虞符，六以文圭，七以玄印，八以茂陵石书，九以玄龙石，十以神井，十一以大神石，十二以铜符帛图。申命之瑞，寖以显著，至于十二，以昭告新皇帝。皇帝深惟上天之威不可不畏，故去摄号，犹尚称假，改元为初始，欲以承塞天命，克厌上帝之心[16]。然非皇天所以郑重降符命之意，故是日天复决其以勉书。又侍郎王盱见人衣白布单衣，赤缋方领，冠小冠，立于王路殿前，谓盱曰：'今日天同色，以天下人民属皇帝。'盱怪之，行十余步，人忽不见。至丙寅暮，汉氏高庙有金匮图策：'高帝承天命，以国传新皇帝。'明旦，宗伯忠孝侯刘宏以闻，乃召公卿议，未决，而大神石人谈曰：'趣新皇帝之高庙受命，毋留！'于是新皇帝立登车，之汉氏高庙受命。受命之日，丁卯也。丁，火，汉氏之德也。卯，刘姓所以为字也。明汉刘火德尽，而传于新室也。皇帝谦谦，即备固让，十二符应迫著，命不可辞，惧然祗畏，苇然闵汉氏之终不可济，亹亹在左右之不得从意，为之三夜不御寝，三日不御食。延问公侯卿大夫，佥曰：'宜奉如上天威命。'于是乃改元定号，海内更始。新室既定神祇欢喜，申以福应，吉瑞累仍。《诗》曰：'宜民宜人，受禄于天；保右命之，自天申之。'此之谓也。"五威将奉《符命》，赍印绶，王侯以下及吏官名更者，外及匈奴、西域，徼外蛮夷，皆即授新室印绶，因收故汉印绶。赐吏爵人二级，民爵人一级，女子百户羊酒，蛮夷币帛各有差。大赦天下。

五威将乘乾文车，驾坤六马，背负鷩鸟之毛，服饰甚伟。每一将各置左右前后中帅，凡五帅。衣冠车服驾马，各如其方面色数。将持节，称太一之使；帅持幢，称五帝之使。莽策命曰："普天之下，迄于四表，靡所不至。"其东出者，至玄菟、乐浪、高句骊、夫余；南出者，逾徼外，历益州，贬句町王为侯；西出者，至西域，尽改其王为侯；北出者，至匈奴庭，授单于印，改汉印文，去"玺"曰"章"。单于欲求故印，陈饶椎破之，语在《匈奴传》。单于大怒，而句町、西域后卒以此皆畔。饶还，拜为大将军，封威德子。

置五威司命，中城四关将军。司命司上公以下，中城主十二城门[17]。策命统睦侯陈崇曰："咨尔崇。夫不用命者，乱之原也；大奸猾者，贼之本也；铸伪金钱者，妨宝货之道也[18]；骄奢逾制者，凶害之端也；漏泄省中及尚书事者，'机事不密则害成'也[19]；拜爵王庭，谢恩私门者，禄去公室，政从亡矣：凡此六条，国之纲纪。是用建尔作司命，'柔亦不茹，刚亦不吐，不侮鳏寡，不畏强圉'，帝命帅繇，统睦于朝[20]。"命说符侯崔发曰："'重门击柝，以待暴客[21]。'女作五威中城将军，中德既成，天下说符。"命明威侯王级曰："绕霤之固，南当荆楚。女作五威前关将军，振武奋卫，明威于前。"命尉睦侯王嘉曰："羊头之扼，北当燕赵。女作五威后关将军，壶口捶扼，尉睦于后。"命掌威侯王奇曰："肴黾之险，东当郑卫。女作五威左关将军，函谷批难，掌威于左。"命怀羌子王福曰："汧陇之阻，西当戎狄。女作五威右关将军，成固据守，怀羌于右。"

又遣谏大夫五十人分铸钱于郡国。

是岁，长安狂女子碧呼道中曰："高皇帝大怒，趣归我国[22]。不者，九月必杀汝！"莽收捕杀之。治者掌寇大夫陈成自免去官。真定刘都等谋举兵，发觉，皆诛[23]。真定、常山大雨雹。

二年二月，赦天下。

五威将帅七十二人还奏事，汉诸侯王为公者悉上玺绶为民，无违命者。封将为子，帅为男。

初设六管之令。命县官酤酒，卖盐铁器，铸钱，诸采取名山大泽众物者税之。又令市官收贱卖贵，赊贷予民，收息百月三。牺和置酒士，郡一人，乘传督酒利。禁民不得挟弩铠，徙西海。

匈奴单于求故玺，莽不与，遂寇边郡，杀略吏民。

十一月，立国将军建奏："西域将钦上言，九月辛巳，戊己校尉史陈良、终带共贼杀校尉刁护，劫略吏士，自称废汉大将军，亡入匈奴。又今月癸酉，不知何一男子遮臣建车前，自称'汉氏刘子舆，成帝下妻子也。刘氏当复，趣空宫。'收系男子，即常安姓武，字仲。皆逆天违命，大逆无道。请论仲及陈良等亲属当坐者。奏可。汉氏高皇帝比著戒云，罢吏卒，为宾食，诚欲承天心，全子孙也。其宗庙不当在常安城中，及诸刘为诸侯者当与汉俱废。陛下至仁，久未定。前故安众侯刘崇、徐乡侯刘快、陵乡侯刘曾、扶恩侯刘贵等更聚众谋反。今狂狡之虏或妄自称亡汉将军，或称成帝子子舆，至犯夷灭，连未止者，此圣恩不蚤绝其萌牙故也。臣愚以为汉高皇帝为新室宾，享食明堂。成帝，异姓之兄弟；平帝，婿也，皆不宜复入其庙。元帝与皇太后为体，圣恩所隆，礼亦宜之。臣请汉氏诸庙在京师者皆罢。诸刘为诸侯者，以户多少就五等之差；其为吏者皆罢，待除于家。上当天心，称高皇帝礼灵，塞狂狡之萌。"莽曰："可。嘉新公国师以符命为予四辅，明德侯刘龚、率礼侯刘嘉等凡三十二人皆知天命，或献天符，或贡昌言，或捕告反虏，厥功茂焉。诸刘与三十二人同宗共祖者勿罢，赐姓曰王。"唯国师以女配莽子，故不赐姓。改定安太后号曰黄皇室主，绝之于汉也。

冬十二月，雷。

更名匈奴单于曰降奴服于。莽曰："降奴服于知威侮五行，背畔四条，侵犯西域，延及边垂，为元元害，罪当夷灭[24]。命遣立国将军孙建等凡十二将，十道并出，共行皇天之威，罚于知之身。惟知先祖故呼韩邪单于稽侯狦累世忠孝，保塞守徼，不忍以一知之罪灭稽侯狦之世[25]。今分匈奴国土人民以为十五，立稽侯狦子孙十五人为单于。遣中郎将蔺苞、戴级驰之塞下，召拜当为单于者。诸匈奴人当坐虏知之法者，皆赦除之。"遣五威将军苗䜣、虎贲将军王况出五原，厌难将军陈钦、震狄将军王巡出云中，振武将军王嘉、平狄将军王萌出代郡，相威将军李棽、镇远将军李翁出西河，诛貉将军阳俊、讨秽将军严尤出渔阳，奋武将军王骏、定胡将军王晏出张掖，及偏裨以下百八十人。募天下囚徒、丁男、甲卒三十万人，转众郡委输五大夫衣裘、兵器、粮食，长吏送自负海江淮至北边，使者驰传督趣，以军兴法从事，天下骚动[26]。先至者屯边郡，须毕具乃同时出。

莽以钱币讫不行，复下书曰："民以食为命，以货为资，是以八政以食为首[27]。宝货皆重则小用不给，皆轻则僦载烦费，轻重大小各有差品，则用便而民乐[28]。"于是造宝货五品，语在《食货志》。百姓不从，但行小大钱二品而已。盗铸钱者不可禁，乃重其法，一家铸钱，五家坐之，没入为奴婢。吏民出入，持布钱以副符传，不持者，厨传勿舍，关津苛留。公卿皆持以入宫殿门，欲以重而行之。

是时争为符命封侯，其不为者相戏曰："独无天帝除书乎？"司命陈崇白莽曰："此开奸臣作福之路而乱天命，宜绝其原。"莽亦厌之，遂使尚书大夫赵并验治，非五威将率所班，皆下狱[29]。

初，甄丰、刘歆、王舜为莽腹心，倡导在位，褒扬功德；"安汉"、"宰衡"之号反封莽母、两子、兄子，皆丰等所共谋，而丰、舜、歆亦受其赐，并富贵矣，非复欲令莽居摄也。居摄之萌，出于泉陵侯刘庆、前辉光谢嚣、长安令田终术。莽羽翼已成，意欲称摄。丰等承顺其意，莽辄复封舜、歆两子及丰孙。丰等爵位已盛，心意既满，又实畏汉宗室、天下豪桀。而疏远欲进者，并作符命，莽遂据以即真，舜、歆内惧而已。丰素刚强，莽觉其不说，故徙大阿、右拂、大司空丰，托符命文，为更始将军，与卖饼儿王盛同列。丰父子默默[30]。时子寻为侍中京兆大尹茂德侯，即作符命，言新室当分陕，立二伯，以丰为右伯，太傅平晏为左伯，如周召故事。莽即从之，拜丰为右伯。当述职西出，未行，寻复作符命，言故汉氏平帝后黄皇室主为寻之妻。莽以诈立，心疑大臣怨谤，欲震威以惧下，因是发怒曰："黄皇室主天下母，此何谓也！"收捕寻。寻亡，丰自杀。寻随方士入华山，岁余捕得，辞连国师公歆子侍中东通灵将、五司大夫隆威侯棻，棻弟右曹长水校尉伐虏侯泳，大司空邑弟左关将军掌威侯奇，及歆门人侍中骑都尉丁隆等，牵引公卿党亲列侯以下，死者数百人[31]。寻手理有"天子"字，莽解其臂入视之，曰："此一大子也，或曰一六子也。六者，戮也。明寻父子当戮死也。”乃流棻于幽州，放寻于三危，殛隆于羽山，皆驿车载其尸传致云[32]。

莽为人侈口蹷颐，露眼赤精，大声而嘶[33]。长七尺五寸，好厚履高冠，以氂装衣，反膺高视，瞰临左右。是时有用方技待诏黄门者，或问以莽形貌，待诏曰：“莽所谓鸱目虎吻豺狼之声者也，故能食人，亦当为人所食。”问者告之，莽诛灭待诏，而封告者。后常翳云母屏面，非亲近莫得见也[34]。

是岁，以初睦侯姚恂为宁始将军。

三年，莽曰：“百官改更，职事分移，律令仪法，未及悉定，且因汉律令仪法以从事。令公卿大夫诸侯二千石举吏民有德行，通政事，能言语明文学者各一人，诣王路四门。”

遣尚书大夫赵并使劳北边，还言五原北假膏壤殖谷[35]，异时常置田官。乃以并为田禾将军，发戍卒屯田北假，以助军粮。

是时诸将在边，须大众集，吏士放纵，而内郡愁于征发，民弃城郭流亡为盗贼，并州、平州尤甚[36]。莽令七公六卿号皆兼称将军，遣著武将军逯并等填名都；中郎将、绣衣执法各五十五人，分填缘边大郡，督大奸猾擅弄兵者，皆便为奸于外，挠乱州郡，货赂为市，侵渔百姓[37]。莽下书曰：“虏知罪当夷灭，故遣猛将分十二部，将同时出，一举而决绝之矣。内置司命军正，外设军监十有二人，诚欲以司不奉命，令军人咸正也。今则不然，各为权势，恐猲良民，妄封人颈，得钱者去。[38]毒蠚并作，农民离散。司监若此，可谓称不[39]？自今以来，敢犯此者，辄捕系，以名闻。”然犹放纵自若。[40]

而蔺苞、戴级到塞下，招诱单于弟咸、咸子登入塞，胁拜咸为孝单于，赐黄金千斤，锦绣甚多，遣去；将登至长安，拜为顺单于，留邸[41]。

太师王舜自莽篡位后病悸，寖剧，死[42]。莽曰：“昔齐太公以淑德累世，为周氏太师，盖予之所监也。其以舜子延袭父爵，为安新公，延弟褒新侯匡为太师将军，永为新室辅。”

为太子置师友各四人，秩以大夫。以故大司徒马宫为师疑，故少府宗伯凤为傅丞，博士袁圣为阿辅，京兆尹王嘉为保拂，是为四师，故尚书令唐林为胥附，博士李充为奔走，谏大夫赵襄为先后，中郎将廉丹为御侮，是为四友。又置师友祭酒及侍中、谏议、《六经》祭酒各一人，凡九祭酒，秩上卿。琅邪左咸为讲《春秋》、颍川满昌为讲《诗》、长安国由为讲《易》、平阳唐昌为讲《书》、沛郡陈咸为讲《礼》、崔发为讲《乐》祭酒。遣谒者持安车印绶，即拜楚国龚胜为太子师友祭酒。胜不应征，不食而死[43]。

宁始将军姚恂免，侍中崇禄侯孔永为宁始将军。

是岁，池阳县有小人景，长尺余，或乘车马，或步行，操持万物，小大各相称，三日止。

濒河郡蝗生。

河决魏郡，泛清河以东数郡。先是，莽恐河决为元城冢墓害。及决，东去，元城不忧水，故遂不堤塞。

四年二月，赦天下。

夏，赤气出东南，竟天。

厌难将军陈钦言捕虏生口，虏犯得皆孝单于咸子角所为[44]。莽怒，斩其子登于长安，以视诸蛮夷[45]。

大司马甄邯死，宁始将军孔永为大司马，侍中大赘侯辅为宁始将军。

莽每当出，辄先搜索城中，名曰“横搜”。是月，横搜五日。

莽至明堂，授诸侯茅土[46]。下书曰：“予以不德，袭于圣祖，为万国主。思安黎元，在于建侯，分州正域，以美风俗[47]。追监前代，爰纲爰纪。惟在《尧典》，十有二州，卫有五服。《诗》国十五，布遍九州。《殷颂》有‘奄有九有’之言。《禹贡》之九州无并、幽，《周礼·司马》则无徐、梁。帝王相改，各有云为。或昭其事，或大其本，厥义著明，其务一矣。昔周二后受命，故有东都、西都之居。予之受命，盖亦如之。其以洛阳为新室东都，常安为新室西都。邦畿连体，各有采任。州从《禹贡》为九，爵从周氏有五。诸侯之员千有八百，附城之数亦如之，以俟有功。诸公一同，有众万户，土方百里。侯伯一国，众户五千，土方七十里。子男一则，众户二千有五百，土方五十里。附城大者食邑九成，众户九百，土方三十里。自九以下，降杀以两，至于一成。五差备具，合当一则。今已受茅土者，公十四人，侯九十三人，伯二十一人，子百七十一人，男四百九十七人，凡七百九十六人。附城千五百一十一人。九族之女为任者，八十三人。及汉氏女孙中山承礼君、遵德君、修义君更以为任。十有一公，九卿，十二大夫，二十四元士。定诸国邑采之处，使侍中讲礼大夫孔秉等与州部从郡晓知地理图籍者，共校治于寿成朱鸟堂。予数与群公祭酒上卿亲听视，咸已通矣。夫褒德赏功，所以显仁贤也；九族和睦，所以褒亲亲也。予永惟匪解，思稽前人，将章黜陟，以明好恶，安元元焉。”以图簿未定，未授国邑，且令受奉都内，月钱数千。诸侯皆困乏，至有庸作者[48]。

中郎区博谏莽曰：“井田虽圣王法，其废久矣。周道既衰，而民不从。秦知顺民之心，可以获大利也，故灭庐井而置阡陌，遂王诸夏，讫今海内未厌其敝。今欲违民心，追复千载绝迹，虽尧舜复起，而无百年之渐，弗能行也。天下初定，万民新附，诚未可施行。”莽知民怨，乃下书曰：“诸名食王田，皆得卖之，勿拘以法。犯私买卖庶人者，且一切勿治。”

初，五威将帅出，改句町王以为侯，王邯怨怒不附。莽讽牂柯大尹周歆诈杀邯。邯弟承起兵攻杀歆。先是，莽发高句骊兵，当伐胡，不欲行，郡强迫之，皆亡出塞，因犯法为寇。辽西大尹田谭追击之，为所杀。州郡归咎于高句骊侯驺[49]。严尤奏言：“貉人犯法，不从驺起，正有它心，宜令州郡县尉安之[50]。今猥被以大罪，恐其遂畔，夫余之属必有和者[51]。匈奴未克，夫余、秽貉复起，此大忧也。”莽不尉安，秽貉遂反，诏尤击之。尤诱高句骊侯驺至而斩焉，传首长安。莽大说，下书曰：“乃者，命遣猛将，共行天罚，诛灭虏知，分为十二部，或断其右臂，或斩其左腋，或溃其胸腹，或紬其两胁。今年刑在东方，诛貉之部先纵焉。捕斩虏驺，平定东域，虏知殄灭，在于漏刻。此乃天地群神社稷宗庙佑助之福，公卿大夫士民同心将率虓虎之力也[52]。予甚嘉之。其更名高句骊为下句骊，布告天下，令咸知焉。”于是貉人愈犯边，东北与西南夷皆乱云。

莽志方盛，以为四夷不足吞灭，专念稽古之事，复下书曰：“伏念予之皇始祖考虞帝，受终文祖，在璇玑玉衡以齐七政，遂类于上帝，禋于六宗，望秩于山川，遍于群神，巡狩五岳，群后四朝，敷奏以言，明试以功。予之受命即真，到于建国五年，已五载矣。阳九之厄既度，百六之会已过。岁在寿星，填在明堂，仓龙癸酉，德在中宫。观晋掌岁，龟策告从，其以此年二月建寅之节东巡狩，具体仪调度。”群公奏请募吏民人马布帛绵，又请内郡国十二买马，发帛四十五万匹，输常安，前后毋相须。至者过半，莽下书曰：“文母太后体不安，其且止待后。”

是岁，改十一公号，以“新”为“心”。后又改“心”为“信”。

五年二月，文母皇太后崩，葬渭陵，与元帝合，而沟绝之。立庙于长安，新室世世献祭。元帝配食，坐于床下。莽为太后服丧三年。

大司马孔永乞骸骨，赐安车驷马，以特进就朝位。同风侯逯并为大司马。

是时，长安民闻莽欲都洛阳，不肯缮治室宅，或颇彻之。莽曰：“玄龙石文曰‘定帝德，国洛阳’。符命著明，敢不钦奉！以始建国八年，岁缠星纪，在洛阳之都。其谨缮修常安之都，勿令坏败。敢有犯者，辄以名闻，请其罪。”

是岁，乌孙大小昆弥遣使贡献。大昆弥者，中国外孙也。其胡妇子为小昆弥，而乌孙归附之。莽见匈奴诸边并侵，意欲得乌孙心，乃遣使者引小昆弥使置大昆弥使上。保成师友祭酒满昌劾奏使者曰："夷狄以中国有礼谊，故诎而服从[53]。大昆弥，君也。今序臣使于君使之上，非所以有夷狄也。奉使大不敬！"莽怒，免昌官。

西域诸国以莽积失恩信，焉耆先畔，杀都护但钦。

十一月，彗星出，二十余日，不见。

是岁，以犯挟铜炭者多，除其法[54]。

明年改元曰天凤。

天凤元年正月，赦天下。

莽曰："予以二月建寅之节行巡狩之礼，太官赍糒乾肉，内者行张坐卧，所过毋得有所给。予之东巡，必躬载耒，每县则耕，以劝东作。予之南巡，必躬载耨，每县则薅，以劝南伪。予之西巡，必躬载铚，每县则获，以劝西成。予之北巡，必躬载拂，每县则粟，以劝盖藏。毕北巡狩之礼，即于土中居雒阳之都焉。敢有趋喧犯法，辄以军法从事。"群公奏言："皇帝至孝，往年文母圣体不豫，躬亲供养，衣冠稀解。因遭弃群臣悲哀，颜色未复，饮食损少。今一岁四巡，道路万里，春秋尊，非糒干肉之所能堪。且无巡狩，须阕大服，以安圣体。臣等尽力养牧兆民，奉称明诏。"莽曰："群公、群牧、群司、诸侯、庶尹愿尽力相帅养牧兆民，欲以称予，繇此敬听，其勖之哉！毋食言焉。更以天凤七年，岁在大梁，仓龙庚辰，行巡狩之礼。厥明年，岁在实沈，仓龙辛巳，即土之中雒阳之都。"乃遣太傅平晏、大司空王邑之雒阳，营相宅兆，图起宗庙、社稷、郊兆云。

三月壬申晦，日有食之。大赦天下。策大司马逯并曰："日食无光，干戈不戢，其上大司马印韨，就侯氏朝位[55]。太傅平晏勿领尚书事，省侍中诸曹兼官者。以利苗男䜣为大司马。"

莽即真，尤备大臣，抑夺下权，朝臣有言其过失者，辄拔擢[56]。孔仁、赵博、费兴等以敢击大臣，故见信任，择名官而居之。公卿入宫，吏有常数，太傅平晏从吏过例，掖门仆射苛问不逊，戊曹士收系仆射[57]。莽大怒，使执法发车骑数百围太傅府，捕士，即时死。大司空士夜过奉常亭，亭长苛之，告以官名，亭长醉曰："宁有符传邪？"士以马棰击亭长，亭长斩士，亡，郡县逐之[58]。家上书，莽曰："亭长奉公，勿逐。"大司空邑斥士以谢。国将哀章颇不清，莽为选置和叔，敕曰："非但保国将闺门，当保亲属在西州者。"诸公皆轻贱，而章尤甚。

四月，陨霜，杀草木，海濒尤甚[59]。六月，黄雾四塞。七月，大风拔树，飞北阙直城门屋瓦。雨雹，杀牛羊。

莽以《周官》、《王制》之文，置卒正、连率、大尹，职如太守；属令、属长，职如都尉。置州牧、部监二十五人，见礼如三公。监位上大夫，各主五郡。公氏作牧，侯氏卒正，伯氏连率，子氏属令，男氏属长，皆世其官。其无爵者为尹。分长安城旁六乡，置帅各一人。分三辅为六尉郡，河东、河内、弘农、河南、颍川、南阳为六队郡，置大夫，职如太守；属正，职如都尉。更名河南大尹曰保忠信卿。益河南属县满三十。置六郊州长各一人，人主五县。及它官名悉改。大郡至分为五。郡县以亭为名者三百六十，以应符命文也。缘边又置竟尉，以男为之。诸侯国闲田，为黜陟增减云。莽下书曰："常安西都曰六乡，众县曰六尉。义阳东都曰六州，众县曰六队。粟米之内曰内郡，其外曰近郡。有鄣徼者曰边郡。合百二十有五郡。九州之内，县二千二百有三。公作甸服，是为惟城；诸在侯服，是为惟宁；在采、任诸侯，是为惟翰；在宾服，是为惟屏；在揆文教，奋武卫，是为惟垣；在九州之外，是为惟藩；各以其方为称，总为万国焉。"其后，岁复变更，一郡至五易名，而还复其故。吏民不能纪，每下诏书，辄系其故名，曰："制诏陈留大尹、太尉：其以益岁以南付新平。新平，故淮阳。以雍丘以东付陈定。陈定，故梁郡。以封丘以东付治亭。治亭，故东郡。以陈留以西付祈隧。祈隧，故荥阳。陈留已无复有郡矣。大尹、太尉，皆诣行在所。”其号令变易，皆此类也。

令天下小学，戊子代甲子为六旬首。冠以戊子为元日，昏以戊寅之旬为忌日。百姓多不从者。

匈奴单于知死，弟咸立为单于，求和亲。莽遣使者厚赂之，诈许还其侍子登，因购求陈良、终带等[60]。单于即执良等付使者，槛车诣长安。莽燔烧良等于城北，令吏民会观之。

缘边大饥，人相食。谏大夫如普行边兵，还言“军士久屯塞苦，边郡无以相赡。今单于新和，宜因是罢兵。”校尉韩威进曰：“以新室之威而吞胡虏，无异口中蚤虱。臣愿得勇敢之士五千人，不赍斗粮，饥食虏肉，渴饮其血，可以横行。”莽壮其言，以威为将军。然采普言，征还诸将在边者。免陈钦等十八人，又罢四关填都尉诸屯兵。会匈奴使还，单于知侍子登前诛死，发兵寇边，莽复发军屯。于是边民流入内郡，为人奴婢，乃禁吏民敢挟边民者弃市。

益州蛮夷杀大尹程隆，三边尽反。遣平蛮将军冯茂将兵击之。

宁始将军侯辅免，讲《易》祭酒戴参为宁始将军。

二年二月，置酒王路堂，公卿大夫皆佐酒。大赦天下。

是时，日中见星。

大司马苗䜣左迁司命，以延德侯陈茂为大司马。

讹言黄龙堕死黄山宫中，百姓奔走往观者有万数。莽恶之，捕系问语所从起，不能得。

单于咸既和亲，求其子登尸，莽欲遣使送致，恐咸怨恨害使者，乃收前言当诛侍子者故将军陈钦，以他罪系狱。钦曰：“是欲以我为说于匈奴也。”遂自杀。莽选儒生能颛对者济南王咸为大使，五威将琅邪伏黯等为帅，使送登尸[61]。敕令掘单于知墓，棘鞭其尸。又令匈奴却塞于漠北，责单于马万匹，牛三万头，羊十万头，及稍所略边民生口在者皆还之。莽好为大言如此。咸到单于庭，陈莽威德，责单于背畔之罪，应敌从横。单于不能诎，遂致命而还之。入塞，咸病死，封其子为伯，伏黯等皆为子。

莽意以为制定则天下自平，故锐思于地里，制礼作乐，讲合《六经》之说[62]。公卿旦入暮出，议论连年不决，不暇省狱讼冤结民之急务。县宰缺者，数年守兼，一切贪残日甚。中郎将、绣衣执法在郡国者，并乘权势，传相举奏。又十一公士分布劝农桑，班时令，案诸章，冠盖相望，交错道路，召会吏民，逮捕证左，郡县赋敛，递相赇赂，白黑纷然，守阙告诉者多[63]。莽自见前颛权以得汉政，故务自揽众事，有司受成苟免[64]。诸宝物名、帑藏、钱谷官，皆宦者领之；吏民上封事书，宦官左右开发，尚书不得知。其畏备臣下如此[65]。又好变改制度，政令烦多，当奉行者，辄质问乃以从事，前后相乘，愦眊不渫[66]。莽常御灯火至明，犹不能胜。尚书因是为奸寝事，上书待报者连年不得去，拘系郡县者逢赦而后出，卫卒不交代三岁矣。谷常贵，边兵二十余万人仰衣食，县官愁苦。五原、代郡尤被其毒，起为盗贼，数千人为辈，转入旁郡。莽遣捕盗将军孔仁将兵与郡县合击，岁余乃定，边郡亦略将尽。

邯郸以北大雨雾，水出，深者数丈，流杀数千人。

立国将军孙建死，司命赵闳为立国将军。宁始将军戴参归故官，南城将军廉丹为宁始将军。

三年二月乙酉，地震，大雨雪。关东尤甚，深者一丈，竹柏或枯。大司空王邑上书言：“视事八年，功业不效，司空之职尤独废顿，至乃有地震之变。愿乞骸骨。”莽曰：“夫地有动有震，震者有害，动者不害。《春秋》记地震，《易系·坤》动，动静辟胁，万物生焉。灾异之变，各有云为。天地动威，以戒予躬，公何辜焉，而乞骸骨，非所以助予者也。使诸吏散骑司禄大卫修宁男遵谕予意焉。”

五月，莽下吏禄制度，曰：“予遭阳九之厄，百六之会，国用不足，民人骚动，自公卿以下，一月之禄十缕布二匹，或帛一匹。予每念之，未尝不戚焉。今厄会已度，府帑虽未能充，略颇稍给，其以六月朔庚寅始，赋吏禄皆如制度。”四辅公卿大夫士，下至舆僚，凡十五等。僚禄一岁六十六斛，稍以差增，上至四辅而为万斛云。莽又曰：“‘普天之下，莫非王土；率土之宾，莫非王臣。’盖以天下养焉。《周礼》膳羞百有二十品，今诸侯各食其同、国、则；辟、任、附城食其邑；公、卿、大夫、元士食其采。多少之差，咸有条品。岁丰穰则充其礼，有灾害则有所损，与百姓同忧喜也。其用上计时通计，天下幸无灾害者，太官膳羞备其品矣；即有灾害，以什率多少而损膳焉。东岳太师立国将军保东方三州一部二十五郡；南岳太傅前将军保南方二州一部二十五郡；西岳国师宁始将军保西方一州二部二十五郡；北岳国将卫将军保北方二州一部二十五郡；大司马保纳卿、言卿、仕卿、作卿、京尉、扶尉、兆队、右队、中部左洎前七部；大司徒保乐卿、典卿、宗卿、秩卿、翼尉、光尉、左队、前队、中部、右部，有五郡；大司空保予卿、虞卿、共卿、工卿、师尉、列尉、祈队、后队、中部洎后十郡；及六司，六卿，皆随所属之公保其灾害，亦以十率多少而损其禄。郎、从官、中都官吏食禄都内之委者，以太官膳羞备损而为节。诸侯、辟、任、附城、群吏亦各保其灾害。几上下同心，劝进农业，安元元焉。”莽之制度烦碎如此，课计不可理，吏终不得禄，各因官职为奸，受取赇赂以自共给。

是月戊辰，长平馆西岸崩，邕泾水不流，毁而北行。遣大司空王邑行视，还奏状，群臣上寿，以为《河图》所谓“以土填水”，匈奴灭亡之祥也。乃遣并州牧宋弘、游击都尉任萌等将兵击匈奴，至边止屯。

七月辛酉，霸城门灾，民间所谓青门也。

戊子晦，日有食之。大赦天下。复令公卿大夫诸侯二千石举四行各一人。大司马陈茂以日食免，武建伯严尤为大司马。

十月戊辰，王路朱鸟门鸣，昼夜不绝，崔发等曰：“虞帝辟四门，通四聪。门鸣者，明当修先圣之礼，招四方之士也。”于是令群臣皆贺，所举四行从朱鸟门入而对策焉。

平蛮将军冯茂击句町，士卒疾疫，死者什六七，赋敛民财什取五，益州虚耗而不克，征还下狱死。更遣宁始将军廉丹与庸部牧史熊击句町，颇斩首，有胜。莽征丹、熊，丹、熊愿益调度，必克乃还。复大赋敛，就都大尹冯英不肯给，上言“自越巂遂久仇牛、同亭邪豆之属反畔以来，积且十年，郡县距击不已。续用冯茂，苟施一切之政。僰道以南，山险高深，茂多驱众远居，费以亿计，吏士离毒气死者什七。今丹、熊惧于自诡期会，调发诸郡兵谷，复訾民取其十四，空破梁州，功终不遂。宜罢兵屯田，明设购赏。”莽怒，免英官。后颇觉寤，曰：“英亦未可厚非。”复以英为长沙连率。

翟义党王孙庆捕得，莽使太医、尚方与巧屠共刳剥之，量度五藏，以竹筵导其脉，知所终始，云可以治病。

是岁，遣大使五威将王骏、西域都护李崇将戊己校尉出西域，诸国皆郊迎贡献焉。诸国前杀都护但钦，骏欲袭之，命佐帅何封、戊己校尉郭钦别将。焉耆诈降，伏兵击骏等，皆死。钦、封后到，袭击老弱，从车师还入塞。莽拜钦为填外将军，封剿胡子，何封为集胡男。西域自此绝。

①符命：古代认为祥瑞的出现是帝王受命于天的凭证，固而叫“符命”。

②荒忽：神志不清。

③靡常：无常。

④不得如意：不得已而为之。

⑤苗裔：后代，后裔。

⑥惇（dūn，音敦）：敦厚，厚道。

⑦祫（xiá，音侠）：在太庙中合祭祖先。

⑧褒厚：赞扬。

⑨佥：全，都。

⑩系狱：囚禁在牢狱。

⑪殄灭：消灭。

⑫罢（pí，音皮）：劳累，疲乏。

⑬颛（zhuān，音专）断：独自决定。颛，同“专”。

⑭罢（pí，音皮）癃：敝端。

⑮眷然：器重，照顾。

⑯克厌：克制满足。

⑰司：管理

⑱妨：妨碍。

⑲漏泄：泄露秘密。

⑳茹：吃。

㉑柝（tuò，音拓）：巡夜所敲的木梆。　暴客：盗贼。

㉒趣（cù，音促）：催促。

㉓举兵：发动兵事。

㉔元元：黎民百姓。

㉕ 珊（shān）：音“山”。

㉖督趣：监督催促。

㉗讫：竟然，始终。

㉘僦（jiù，音旧）：租赁。

㉙验治：考问。

㉚默默：失意。

㉛辞：讼辞，口供。　连：连累。　帝引：拉拢。

㉜殛（jí，音集）：杀死。

㉝侈口蹶颐（hàn，音汗）：大嘴巴短下巴。

㉞翳（yì，音义）：遮敝。

㉟膏攘：土地肥沃。

㊱须：等待。

㊲填（zhèn，音振）：通“镇”，安定。

㊳猲（hè，音赭）：威胁，吓唬。

㊴蠚（hē，音喝）：虫类咬刺。

㊵放纵：放任。

㊶将：带。

㊷悸：因害怕而心跳得厉害。　寖：同“浸”。逐渐。

㊸不食：绝食。

㊹生口：指俘虏，奴隶或被贩卖的人。

㊺视：通“示”，示众。

㊻茅土：皇帝社祭的坛用五色土建成，分封诸侯时，把一种颜色的泥土用茅草包好授给受封的人，作为分得土地的象征。

㊼黎元：黎民。

㊽庸作：受雇佣为人作工。

㊾归咎：归罪。

㊿貉（mò）：音“默”， 慰安：慰问安抚。

51猥：多。

52唬（xiāo，音消）：虎怒吼。

53诎：同“屈”，屈服。

54除：废除。

55戢（jí，音集）：收藏，收敛。

56即真：正式即皇帝位。 备：防备。 拔擢：提拔。

57苛：不逊：言语苛刻，出言不逊。

58苛：谴责，责问。 马棰：马鞭。

59海濒：海边。

60购求：悬赏缉捕。

61颛对：遇事出使，交涉应对，随机行事。颛，同“专”。

62制定：制度

63纷然：混乱的样子。

64颛权：独揽大权。颛，同“专”。

65畏备：防备。

66愦眊（mào，音貌）：昏乱糊涂。 渫（xiè，音谢）：分散，扩散。

王莽传下

四年五月，莽曰：“保成师友祭酒唐林、故谏议祭酒琅邪纪逡，孝弟忠恕，敬上爱下，博通旧闻，德行醇备，至于黄发，靡有愆失[①]。其封林为建德侯，逡为封德侯，位皆特进，见礼如三公。赐弟一区，钱三百万，授几杖焉。”

六月，更授诸侯茅土于明堂，曰：“予制作地理，建封五等，考之经艺，合之传记，通于义理，论之思之，至于再三，自始建国之元以来九年于兹，乃今定矣。予亲设文石之平，陈菁茅四色之土，钦告于岱宗泰社后土、先祖先妣，以班授之。各就厥国，养牧民人，用成功业。其在缘边，若江南，非诏所召，遣侍于帝城者，纳言掌货大夫且调都内故钱，予其禄，公岁八十万，侯伯四十万，子男二十万。”然复不能尽得。莽好空言，慕古法，多封爵人，性实遴啬，托以地理未定，故且先赋茅土，用慰喜封者[②]。

是岁，复明六管之令。每一管下，为设科条防禁，犯者罪至死，吏民抵罪者浸众。又一切调上公以下诸有奴婢者，率一口出钱三千六百，天下愈愁，盗贼起。纳言冯常以六管谏，莽大怒，免常官。置执法左右刺奸。选用能吏侯霸等分督六尉、六队，如汉刺史，与三公士郡一人从事。

临淮瓜田仪等为盗贼，依阻会稽长州，琅邪女子吕母亦起。初，吕母子为县吏，为宰所冤杀。母散家财，以酤酒买兵弩，阴厚贫穷少年，得百余人，遂攻海曲县，杀其宰以祭子墓。引兵入海，其众浸多，后皆万数。莽遣使者即赦盗贼，还言“盗贼解，辄复合。问其故，皆曰愁法禁烦苛，不得举手。力作所得，不足以给贡税。闭门自守，又坐邻伍铸钱挟铜，奸吏因以愁民。民穷，悉起为盗贼。”莽大怒，免之。其或顺指，言“民骄黠当诛”，及言“时运适然，且灭不久”，莽说，辄迁之[③]。

是岁八月，莽亲之南郊，铸作威斗。威斗者，以五石铜为之，若北斗，长二尺五寸，欲以厌胜众兵。既成，令司命负之，莽出在前，入在御旁。铸斗日，大寒，百官人马有冻死者。

五年正月朔，北军南门灾。

以大司马司允费兴为荆州牧，见，问到部方略，兴对曰："荆、扬之民率依阻山泽，以渔采为业。间者，国张六管，税山泽，妨夺民之利，连年久旱，百姓饥穷，故为盗贼。兴到部，欲令明晓告盗贼归田里，假贷犁牛种食，阔其租赋，几可以解释安集[④]。"莽怒，免兴官。

天下吏以不得奉禄，并为奸利，郡尹县宰家累千金。莽下诏曰："详考始建国二年胡虏猾夏以来，诸军吏及缘边吏大夫以上为奸利增产致富者，收其家所有财产五分之四，以助边急。"公府士驰传天下，考覆贪饕，开吏告其将，奴婢告其主，几以禁奸，奸愈甚。

皇孙功崇公宗坐自画容貌，被服天子衣冠，刻印三：一曰"维祉冠存己夏处南山臧薄冰"，二曰"肃圣宝继"，三曰"德封昌图"。又宗舅吕宽家前徙合浦，私与宗通，发觉按验，宗自杀[⑤]。莽曰："宗属为皇孙，爵为上公，知宽等叛逆族类，而与交通[⑥]。刻铜印三，文意甚害，不知厌足，窥欲非望。《春秋》之义，'君亲毋将，将而诛焉。'迷惑失道，自取此辜，乌呼哀哉！宗本名会宗，以制作去二名，今复名会宗[⑦]。贬厥爵，改厥号，赐谥为功崇缪伯，以诸伯之礼葬于故同穀城郡。"宗姊妨为卫将军王兴夫人，祝诅姑，杀婢以绝口。事发觉，莽使中常侍䜣恽责问妨，并以责兴，皆自杀。事连及司命孔仁妻，亦自杀。仁见莽免冠谢，莽使尚书劾仁："乘乾车，驾巛马，左苍龙，右白虎，前朱雀，后玄武，右杖威节，左负威斗，号曰赤星，非以骄仁，乃以尊新室之威命也。仁擅免天文冠，大不敬。"有诏勿劾，更易新冠。其好怪如此。

以直道侯王涉为卫将军。涉者，曲阳侯根子也。根，成帝世为大司马，荐莽自代，莽恩之，以为曲阳非令称，乃追谥根曰直道让公，涉嗣其爵。

是岁，赤眉力子都、樊崇等以饥馑相聚，起于琅邪，转钞掠，众皆万数[⑧]。遣使者发郡国兵击之，不能克。

六年春，莽见盗贼多，乃令太史推三万六千岁历纪，六岁一改元，布天下。下书曰："《紫阁图》曰'太一、黄帝皆仙上天，张乐昆仑虔山之上。后世圣主得瑞者，当张乐秦终南山之上。'予之不敏，奉行未明，乃今谕矣。复以宁始将军为更始将军，以顺符命。《易》不云乎？'日新之谓盛德，生生之谓易。'予其飨哉！"欲以诳耀百姓，销解盗贼[⑨]。众皆笑之。

初献《新乐》于明堂、太庙。群臣始冠麟韦之弁。或闻其乐声，曰："清厉而哀，非兴国之声也。"

是时，关东饥旱数年，力子都等党众浸多。更始将军廉丹击益州不能克，征还。更遣复位后大司马护军郭兴、庸部牧李晔击蛮夷若豆等，太傅牺叔士孙喜清洁江湖之盗贼。而匈奴寇边甚。莽乃大募天下丁男及死罪囚、吏民奴，名曰猪突豨勇，以为锐卒。一切税天下吏民，訾三十取一，缣帛皆输长安。令公卿以下至郡县黄绶皆保养军马，多少各以秩为差。又博募有奇技术可以攻匈奴者，将待以不次之位。言便宜者以万数：或言能度水不用舟楫，连马接骑，济百万师；或言不持斗粮，服食药物，三军不饥；或言能飞，一日千里，可窥匈奴。莽辄试之，取大鸟翮为两翼，头与身皆著毛，通引环纽，飞数百步堕。莽知其不可用，苟欲获其名，皆拜为理军，赐以车马，待发。

初，匈奴右骨都侯须卜当，其妻王昭君女也，尝内附。莽遣昭君兄子和亲侯王歙诱呼当至塞下，胁将诣长安，强立以为须卜善于后安公。始欲诱迎当，大司马严尤谏曰："当在匈奴右部，兵不侵边，单于动静，辄语中国，此方面之大助也[⑩]。于今迎当置长安槁街，一胡人耳，不如在匈奴有益。"莽不听。既得当，欲遣尤与廉丹击匈奴，皆赐姓徵氏，号二徵将军，当诛单于舆而立当代之。出车城西横厩，未发。尤素有智略，非莽攻伐西夷，数谏不从，著古名将乐毅、白起不用之意及言边事凡三篇，奏以风谏莽。及当出廷议，尤固言匈奴可且以为后，先忧山东盗贼。

莽大怒，乃策尤曰："视事四年，蛮夷猾夏不能遏绝，寇贼奸宄不能殄灭，不畏天威，不用诏命，貌佷自臧，持必不移，怀执异心，非沮军议[11]。未忍致于理，其上大司马武建伯印韨，归故郡。"以降符伯董忠为大司马。

翼平连率田况奏郡县訾民不实，莽复三十税一。以况忠言忧国，进爵为伯，赐钱二百万。众庶皆詈之[12]。青、徐民多弃乡里流亡，老弱死道路，壮者入贼中。

夙夜连率韩博上言："有奇士，长丈，大十围，来至臣府，曰欲奋击胡虏。自谓巨毋霸，出于蓬莱东南，五城西北昭如海濒，轺车不能载，三马不能胜。即日以大车四马，建虎旗，载霸诣阙。霸卧则枕鼓，以铁箸食，此皇天所以辅新室也。愿陛下作大甲高车，贲育之衣，遣大将一人与虎贲百人迎之于道。京师门户不容者，开高大之，以视百蛮，镇安天下。"博意欲以风莽。莽闻恶之，留霸在所新丰，更其姓曰巨母氏，谓因文母太后而霸王符也。征博下狱，以非所宜言，弃市。

明年改元曰地皇，从三万六千岁历号也。

地皇元年正月乙未，赦天下。下书曰："方出军行师，敢有趋喧犯法者，辄论斩，毋须时，尽岁止[13]。"于是春夏斩人都市，百姓震惧，道路以目[14]。

二月壬申，日正黑。莽恶之，下书曰："乃者日中见昧，阴薄阳，黑气为变，百姓莫不惊怪。兆域大将军王匡遣吏考问上变事者，欲蔽上之明，是以适见于天，以正于理，塞大异焉。"

莽见四方盗贼多，复欲厌之，又下书曰："予之皇初祖考黄帝定天下，将兵为上将军，建华盖，立斗献，内设大将，外置大司马五人，大将军二十五人，偏将军百二十五人，裨将军千二百五十人，校尉万二千五百人，司马三万七千五百人，候十一万二千五百人，当百二十二万五千人，士吏四十五万人，士千三百五十万人，应协于《易》'弧矢之利，以威天下'。予受符命之文，稽前人，将条备焉。"于是置前后左右中大司马之位，赐诸州牧号为大将军，郡卒正、连帅、大尹为偏将军，属令长裨将军，县宰为校尉。乘传使者经历郡国，日且十辈，仓无见谷以给，传车马不能足，赋取道中车马，取办于民。

七月，大风毁王路堂。复下书曰："乃壬午餔时，有列风雷雨发屋折木之变，予甚弁焉，予甚栗焉，予甚恐焉[15]。伏念一旬，迷乃解矣。昔符命文立安为新迁王，临国雒阳，为统义阳王。是时予在摄假，谦不敢当，而以为公。其后金匮文至，议者皆曰：'临国雒阳为统，谓据土中为新室统也，宜为皇太子。'自此后，临久病，虽瘳不平，朝见挈茵舆行。见王路堂者，张于西厢及后阁更衣中，又以皇后被疾，临且去本就舍，妃妾在东永巷。壬午，列风毁王路西厢及后阁更衣中室。昭宁堂池东南榆树大十围，东僵，击东阁，阁即东永巷之西垣也。皆破折瓦坏，发屋拔木，予甚惊焉。又候官奏月犯心前星，厥有占，予甚忧之。伏念《紫阁图》文，太一、黄帝皆得瑞以仙，后世褒主当登终南山。所谓新迁王者，乃太一新迁之后也。统义阳王乃用五统以礼义登阳上迁之后也。临有兄而称太子，名不正。宣尼公曰：'名不正，则言不顺，至于刑罚不中，民无错手足。'惟即位以来，阴阳未和，风雨不时，数遇枯旱蝗螟为灾，谷稼鲜耗，百姓苦饥，蛮夷猾夏，寇贼奸宄，人民正营，无所错手足。深惟厥咎，在名不正焉。其立安为新迁王，临为统义阳王，几以保全二子，子孙千亿，外攘四夷，内安中国焉。"

是月，杜陵便殿乘舆虎文衣废臧在室匣中者出，自树立外堂上，良久乃委地。吏卒见者以闻，莽恶之，下书曰："宝黄厮赤，令郎从官皆衣绛。"

望气为数者多言有土功象，莽又见四方盗贼多，欲视为自安能建万世之基者，乃下书曰："予受命遭阳九之厄，百六之会，府帑空虚，百姓匮乏，宗庙未修，且祫祭于明堂太庙，夙夜永念，非敢宁息。深惟吉昌莫良于今年，予乃卜波水之北，郎池之南，惟玉食。予又卜金水之南，明堂之西，亦惟玉食。予将亲筑焉。”于是遂营长安城南，提封百顷[16]。九月甲申，莽立载行视，亲举筑三下[17]。司徒王寻、大司空王邑持节，及侍中常侍执法杜林等数十人将作。崔发、张邯说莽曰：“德盛者文缛，宜崇其制度，宣视海内，且令万世之后无以复加也。”莽乃博征天下工匠诸图画，以望法度算，及吏民以义入钱谷助作者，骆驿道路[18]。坏彻城西苑中建章、承光、包阳、大台、储元宫及平乐、当路、阳禄馆，凡十余所，取其材瓦，以起九庙。是月，大雨六十余日。令民入米六百斛为郎，其郎吏增秩赐爵至附城。九庙：一曰黄帝太初祖庙，二曰帝虞始祖昭庙，三曰陈胡王统祖穆庙，四曰齐敬王世祖昭庙，五曰济北愍王王祖穆庙，凡五庙不堕云；六曰济南伯王尊祢昭庙，七曰元城孺王尊祢穆庙，八曰阳平顷王戚祢昭庙，九曰新都显王戚祢穆庙。殿皆重屋。太初祖庙东西南北各四十丈，高十七丈，余庙半之。为铜薄栌，饰以金银雕文，穷极百工之巧。带高增下，功费数百巨万，卒徒死者万数。

钜鹿男子马适求等谋举燕赵兵以诛莽，大司空士王丹发觉以闻。莽遣三公大夫逮治党与，连及郡国豪杰数千人，皆诛死。封丹为辅国侯。

自莽为不顺时令，百姓怨恨，莽犹安之，又下书曰：“惟设此壹切之法以来，常安六乡巨邑之都，桴鼓稀鸣，盗贼衰少，百姓安土，岁以有年，此乃立权之力也。今胡虏未灭诛，蛮未绝焚，江湖海泽麻沸，盗贼未尽破殄，又兴奉宗庙社稷之大作，民众动摇[19]。今复壹切行此令，尽二年止之，以全元元，救愚奸。”

是岁，罢大小钱，更行货布，长二寸五分，广一寸，直货钱二十五。货钱径一寸，重五铢，枚直一。两品并行。敢盗铸钱及偏行布货，伍人知不发举，皆没入为官奴婢[20]。

太傅平晏死，以予虞唐尊为太傅。尊曰：“国虚民贫，咎在奢泰[21]。”乃身短衣小袖，乘牝马柴车，藉槁，瓦器，又以历遗公卿。出见男女不异路者，尊自下车，以象刑赭幡污染其衣。莽闻而说之，下诏申敕公卿思与厥齐。封尊为平化侯。

是时，南郡张霸、江夏羊牧、王匡等起云杜绿林，号曰下江兵，众皆万余人。武功中水乡民三舍垫为池。

二年正月，以州牧位三公，刺举怠解，更置牧监副，秩元士，冠法冠，行事如汉刺史。[22]

是月，莽妻死，谥曰孝睦皇后，葬渭陵长寿园西，令永侍文母，名陵曰亿年。初，莽妻以莽数杀其子，涕泣失明，莽令太子临居中养焉。莽妻旁侍者原碧，莽幸之。后临亦通焉，恐事泄，谋共杀莽。临妻愔，国师公女，能为星，语临宫中且有白衣会。临喜，以为所谋且成。后贬为统义阳王，出在外第，愈忧恐。会莽妻病困，临予书曰：“上于子孙至严，前长孙、中孙年俱三十而死。今臣临复适三十，诚恐一旦不保中室，则不知死命所在！”莽候妻疾，见其书，大怒，疑临有恶意，不令得会丧。既葬，收原碧等考问，具服奸、谋杀状。莽欲秘之，使杀案事使者司命从事，埋狱中，家不知所在。赐临药，临不肯饮，自刺死。使侍中票骑将军同说侯林赐魂衣玺韨，策书曰：“符命文立临为统义阳王，此言新室即位三万六千岁后，为临之后者乃当龙阳而起。前过听议者，以临为太子，有烈风之变，辄顺符命，立为统义阳王。在此之前。自此之后，不作信顺，弗蒙厥佑，夭年陨命，呜呼哀哉！迹行赐谥，谥曰缪王。”又诏国师公：“临本不知星，事从愔起。”愔亦自杀。

是月，新迁王安病死。初，莽为侯就国时，幸侍者增秩、怀能、开明。怀能生男兴，增秩生男匡、女晔，开明生女捷，皆留新都国，以其不明故也。及安疾甚，莽自病无子，为安作奏，使上言：“兴等母虽微贱，属犹皇子，不可以弃。”章视群公，皆曰：“安友于兄弟，宜及春夏加封爵。”于是以王车遣使者迎兴等，封兴为功修公，匡为功建公，晔为睦修任，捷为睦逮任。孙公明公寿病死，旬月四丧焉。莽坏汉孝武、孝昭庙，分葬子孙其中。

魏成大尹李焉与卜者王况谋，况谓焉曰："新室即位以来，民田奴婢不得卖买，数改钱货，征发烦数，军旅骚动，四夷并侵，百姓怨恨，盗贼并起，汉家当复兴。君姓李，李音徵，徵火也，当为汉辅。"因为焉作谶书，言"文帝发忿，居地下趣军，北告匈奴，南告越人[23]。江中刘信，执敌报怨，复续古先，四年当发军。江湖有盗，自称樊王，姓为刘氏，万人成行，不受赦令，欲动秦、雒阳。十一年当相攻，太白扬光，岁星入东井，其号当行。"又言莽大臣吉凶，各有日期。会合十余万言。焉令吏写其书，吏亡告之。莽遣使者即捕焉，狱治皆死。

三辅盗贼麻起，乃置捕盗都尉官，令执法谒者追击长安中，建鸣鼓攻贼幡，而使者随其后[24]。遣太师牺仲景尚、更始将军护军王党将兵击青、徐，国师和仲曹放助郭兴击句町。转天下谷币诣西湖、五原、朔方、渔阳，每一郡以百万数，欲以击匈奴。

秋，陨霜杀菽，关东大饥，蝗。

民犯铸钱，伍人相坐，没入为官驻婢。其男子槛车，儿女子步，以铁锁琅当其颈，传诣钟官，以十万数。到者易其夫妇，愁苦死者什六七。孙喜、景尚、曹放等击贼不能克，军师放纵，百姓重困。

莽以王况谶言荆楚当兴，李氏为辅，欲厌之，乃拜侍中掌牧大夫李棽为大将军、扬州牧，赐名圣，使将兵奋击。

上谷储夏自请愿说瓜田仪，莽以为中郎，使出仪。仪文降，未出而死。莽求其尸葬之，为起冢、祠室，谥曰瓜宁殇男，几以招来其余，然无肯降者。

闰月丙辰，大赦天下，天下大服民私服在诏书前亦释除。

郎阳成脩献符命，言继立民母，又曰："黄帝以百二十女致神仙。"莽于是遣中散大夫、谒者各四十五人分行天下，博采乡里所高有淑女者上名。

莽梦长乐宫铜人五枚起立，莽恶之，念铜人铭有"皇帝初兼天下"之文，即使尚方工镌灭所梦铜人膺文。又感汉高庙神灵，遣虎贲武士入高庙，拔剑四面提击，斧坏户牖，桃汤赭鞭鞭洒屋壁，令轻车校尉居其中，又令中军北垒居高寝。

或言黄帝时建华盖以登仙，莽乃造华盖九重，高八丈一尺，金瑵[25]羽葆，载以秘机四轮车，驾六马，力士三百人黄衣帻，车上人击鼓，挽者皆呼"登仙"。莽出，令在前。百官窃言"此似软车，非仙物也。"

是岁，南郡秦丰众且万人。平原女子迟昭平能说博经以八投，亦聚数千人在河阻中。莽召问群臣禽贼方略，皆曰："此天囚行尸，命在漏刻。"[26]故左将军公孙禄征来与议，禄曰："太史令宗宣典星历，候气变，以凶为吉，乱天文，误朝廷。太傅平化侯饰虚伪以偷名位，'贼夫人之子'。国师嘉信公颠倒《五经》，毁师法，令学士疑惑。明学男张邯、地理侯孙阳造井田，使民弃土业。牺和鲁匡设六管，以穷工商。说符侯崔发阿谀取容，令下情不上通。宜诛此数子以慰天下！"又言："匈奴不可攻，当与和亲。臣恐亲室忧不在匈奴，而在封域之中也。"莽怒，使虎贲扶禄出。然颇采其言，左迁鲁匡为五原卒正，以百姓怨非故。六管非匡所独造，莽厌众意而出之。

初，四方皆以饥寒穷愁起为盗贼，稍稍群聚，常思岁熟得归乡里。众虽万数，亶称巨人、从事、三老、祭酒，不敢略有城邑，转掠求食，日阕而已[27]。诸长吏牧守皆自乱斗中兵而死，贼非敢欲杀之也，而莽终不谕其故。是岁，大司马士按章豫州，为贼所获，贼送付县。士还，上书具言状。莽大怒，下狱以为诬罔[28]。因下书责七公曰："夫吏者，理也。宣德明恩，以牧养民，仁之道也。抑强督奸，捕诛盗贼，义之节也。今则不然。盗发不辄得，至成群党，遮略乘传宰士。士得脱者，又妄自言'我责数贼"何故为是?"贼曰"以贫穷故耳"。贼护出我。'今俗人议者率多若此。惟贫困饥寒，犯法为非，大者群盗，小者偷穴，不过二科，今乃结谋连党以千百数，是逆乱之大者，岂饥寒之谓邪？七公其严敕卿大夫、卒正、连率、庶尹，谨牧养善民，急捕殄盗贼。有不同心并力，疾恶黠贼，而妄曰饥寒所为，辄捕系，请其罪。”于是群下愈恐，莫敢言贼情者，亦不得擅发兵，贼由是遂不制。

唯翼平连率田况素果敢，发民年十八以上四万余人，授以库兵，与刻石为约。赤麋闻之，不敢入界[29]。况自劾奏，莽让况：“未赐虎符而擅发兵，此弄兵也，厥罪乏兴。以况自诡必禽灭贼，故且勿治。”后况自请出界击贼，所向皆破。莽以玺书令况领青、徐二州牧事。况上言：“盗贼始发，其原甚微，非部吏、伍人所能禽也。咎在长吏不为意，县欺其郡，郡欺朝廷，实百言十，实千言百。朝廷忽略，不辄督责，遂至延曼连州，乃遣将率，多发使者，传相监趣。郡县力事上官，应塞诘对[30]，共酒食，具资用，以救断斩，不给复忧盗贼治官事。将率又不能躬率吏士，战则为贼所破，吏气浸伤，徒费百姓。前幸蒙赦令，贼欲解散，或反遮击，恐入山谷，转相告语，故郡县降贼，皆更惊骇，恐见诈灭，因饥馑易动，旬日之间更十余万人，此盗贼所以多之故也。今雒阳以东，米石二千。窃见诏书，欲遣太师、更始将军，二人爪牙重臣，多从人众，道上空竭，少则亡以威视远方。宜急选牧、尹以下，明其赏罚，收合离乡。小国无城郭者，徙其老弱置大城中，积藏谷食，并力固守。贼来攻城，则不能下，所过无食，势不得群聚。如此，招之必降，击之则灭。今空复多出将率，郡县苦之，反甚于贼。宜尽征还乘传诸使者，以休息郡县。委任臣况以二州盗贼，必平定之。”莽畏恶况，阴为发代，遣使者赐况玺书。使者至，见况，因令代监其兵。况随使者西，到，拜为师尉大夫。况去，齐地遂败。

三年正月，九庙盖构成，纳神主。莽谒见，大驾乘六马，以五采毛为龙文衣，著角，长三尺。华盖车，元戎十乘在前。因赐治庙者司徒、大司空钱各千万，侍中、中常侍以下皆封。封都匠仇延为邯淡里附城。

二月，霸桥灾，数千人以水沃救，不灭。莽恶之，下书曰：“夫三皇象春，五帝象夏，三王象秋，五伯象冬。皇王，德运也；伯者，继空续乏以成历数，故其道驳。惟常安御道多以所近为名。乃二月癸巳之夜，甲午之辰，火烧霸桥，从东方西行，至甲午夕，桥尽火灭。大司空行视考问，或云寒民舍居桥下，疑以火自燎，为此灾也。其明旦即乙未，立春之日也。予以神明圣祖黄虞遗统受命，至于地皇四年为十五年。正以三年终冬绝灭霸驳之桥，欲以兴成新室统壹长存之道也。又戒此桥空东方之道。今东方岁荒民饥，道路不通，东岳太师亟科条，开东方诸仓，赈贷穷之，以施仁道。其更名霸馆为长存馆，霸桥为长存桥。”

是月，赤眉杀太师牺仲景尚。关东人相食。

四月，遣太师王匡、更始将军廉丹东，祖都门外[31]，天大雨，沾衣止。长老叹曰：“是为泣军！”莽曰：“惟阳九之厄，与害气会，究于去年。枯旱霜蝗，饥馑荐臻，百姓困乏，流离道路，于春尤甚，予甚悼之。今使东岳太师特进褒新侯开东方诸仓，赈贷穷乏。太师公所不过道，分遣大夫谒者并开诸仓，以全元元。太师公因与廉丹大使五威司命位右大司马更始将军平均侯之兖州，填抚所掌[32]，及青、徐故不轨盗贼未尽解散，后复屯聚者，皆清洁之，期于安兆黎矣。”太师、更始合将锐士十余万人，所过放纵。东方为之语曰：“宁逢赤眉，不逢太师！太师尚可，更始杀我！”卒如田况之言。

莽又多遣大夫谒者分教民煮草木为酪，酪不可食，重为烦费。莽下书曰：“惟民困乏，溥开诸仓以赈赡之，犹恐未足。其且开天下山泽之防，诸能采取山泽之物而顺月令者，其恣听之，勿令出税。至地皇三十年如故，是王光上戊之六年也。如令豪吏猾民辜而攉之[33]，小民弗蒙，非予意也。《易》不云乎。‘损上益下，民说无疆。’《书》云：‘言之不从，是谓不艾。’咨乎群公，可不忧哉！”

是时下江兵盛，新市朱鲔、平林陈牧等皆复聚众，攻击乡聚。莽遣司命大将军孔仁部豫州，纳言大将军严尤、秩宗大将军陈茂击荆州，各从吏士百余人，乘船从渭入河，至华阴乃出乘传，到部募士。尤谓茂曰："遣将不与兵符，必先请而后动，是犹绁韩卢而责之获也[34]。"

夏，蝗从东方来，蜚蔽天，至长安，入未央宫，缘殿阁。莽发吏民设购赏捕击。

莽以天下谷贵，欲厌之，为大仓，置卫交戟，名曰"政始掖门"。

流民入关者数十万人，乃置养赡官禀食之。使者监领，与小吏共盗其禀，饥死者十七八。先是，莽使中黄门王业领长安市买，贱取于民，民甚患之。业以省费为功，赐爵附城。莽闻城中饥馑，以问业。业曰："皆流民也。"乃市所卖粱饣乍肉羹，持入视莽，曰："居民食咸如此。"莽信之。

冬，无盐索卢恢等举兵反城。廉丹、王匡攻拔之，斩首万余级。莽遣中郎将奉玺书劳丹、匡，进爵为公，封吏士有功者十余人。

赤眉别校董宪等众数万人在梁郡，王匡欲进击之，廉丹以为新拔城罢劳，当且休士养威。匡不听，引兵独进，丹随之。合战成昌，兵败，匡走。丹使吏持其印韨符节付匡曰："小儿可走，吾不可！"遂止，战死。校尉汝雲、王隆等二十余人别斗，闻之，皆曰："廉公已死，吾谁为生？"驰奔贼，皆战死。莽伤之，下书曰："惟公多拥选士精兵，众郡骏马仓谷帑藏皆得自调，忽于诏策，离其威节，骑马呵噪，为狂刃所害，乌呼哀哉！赐谥曰果公。"

国将哀章谓莽曰："皇祖考黄帝之时，中黄直为将，破杀蚩尤。今臣居中黄直之位，愿平山东。"莽遣章驰东，与太师匡并力。又遣大将军阳浚守敖仓，司徒王寻将十余万屯雒阳填南宫，大司马董忠养士习射中军北垒，大司空王邑兼三公之职。司徒寻初发长安，宿霸昌厩，亡其黄钺。寻士房扬素狂直，乃哭曰："此经所谓'丧其齐斧'者也！"自劾去。莽击杀扬。

四方盗贼往往数万人攻城邑，杀二千石以下。太师王匡等战，数不利。莽知天下溃畔，事穷计迫，乃议遣风俗大夫司国宪等分行天下，除井田奴婢山泽六管之禁，即位以来诏令不便于民者皆收还之。待见未发，会世祖与兄齐武王伯升、宛人李通等帅舂陵子弟数千人，招致新市平林朱鲔、陈牧等合攻拔棘阳。是时严尤、陈茂破下江兵，成丹、王常等数千人别走，入南阳界。

十一月，有星孛于张，东南行，五日不见。莽数召问太史令宗宣，诸术数家皆缪对[35]，言天文安善，群贼且灭。莽差以自安。

四年正月，汉兵得下江王常等以为助兵，击前队大夫甄阜、属正梁丘赐，皆斩之，杀其众数万人。初，京师闻青、徐贼众数十万人，讫无文号旌旗表识，咸怪异之。好事者窃言："此岂如古三皇无文书号谥邪？"莽亦心怪，以问群臣，群臣莫对。唯严尤曰："此不足怪也。自黄帝、汤、武行师，必待部曲旌旗号令，今此无有者，直饥寒群盗，犬羊相聚，不知为之耳。"莽大说，群臣尽服。及后汉兵刘伯升起，皆称将军，攻城略地，既杀甄阜，移书称说。莽闻之忧惧。

汉兵乘胜遂围宛城。初，世祖族兄圣公先在平林兵中。三月辛巳朔，平林、新市、下江兵将王常、朱鲔等共立圣公为帝，改年为更始元年，拜置百官。莽闻之愈恐。欲外视自安，乃染其须发，进所征天下淑女杜陵史氏女为皇后，聘黄金三万斤，车马奴婢杂帛珍宝以巨万计。莽亲迎于前殿两阶间，成同牢之礼于上西堂。备和嫔、美御、和人三，位视公；嫔人九，视卿；美人二十七，视大夫；御人八十一，视元士：凡百二十人，皆佩印韨，执弓韣[36]。封皇后父谌为和平侯，拜为宁始将军，谌子二人皆侍中。是日，大风发屋折木。群臣上寿曰："乃庚子雨水洒道，辛丑清靓无尘，其夕谷风迅疾，从东北来。辛丑，《巽》之宫日也。巽为风为顺，后谊明，母道得，温和慈惠之化也。《易》曰：'受兹介福，于其王母。'《礼》曰：'承天之庆，万福无疆。'诸欲依废汉火刘，皆沃灌雪除，殄灭无余杂矣。百谷丰茂，庶草蕃殖，元元欢喜，兆民赖福，天下幸甚！”莽日与方士涿郡昭君等于后宫考验方术，纵淫乐焉。大赦天下，然犹曰：“故汉氏春陵侯群子刘伯升与其族人婚姻党与，妄流言惑众，悖畔天命，及手害更始将军廉丹、前队大夫甄阜、属正梁丘赐，及北狄胡虏逆舆洎南僰虏若豆、孟迁，不用此书。有能捕得此人者，皆封为上公，食邑万户，赐宝货五千万。”

又诏：“太师王匡、国将哀章、司命孔仁、兖州牧寿良、卒正王闳、扬州牧李圣亟进所部州郡兵凡三十万众，迫措青、徐盗贼。纳言将军严尤、秩宗将军陈茂、车骑将军王巡、左队大夫王吴亟进所部州郡兵凡十万众，迫措前队丑虏。明告以生活丹青之信，复迷惑不解散，皆并力合击，殄灭之矣！大司空隆新公，宗室戚属，前以虎牙将军东指则反虏破坏，西击则逆贼靡碎，此乃新室威宝之臣也。如黠贼不解散，将遣大司空将百万之师征伐劋绝之矣[37]！”遣七公干士隗嚣等七十二人分下赦令晓谕云。嚣等既出，因逃亡矣。

四月，世祖与王常等别攻颍川，下昆阳、郾、定陵。莽闻之愈恐，遣大司空王邑驰传之雒阳，与司徒王寻发众郡兵百万，号曰“虎牙五威兵”，平定山东。得颛封爵，政决于邑，除用征诸明兵法六十三家术者，各持图书，受器械，备军吏。倾府库以遣邑，多赍珍宝猛兽，欲视饶富，用怖山东。邑至雒阳，州郡各选精兵，牧守自将，定会者四十二万人，余在道不绝，车甲士马之盛，自古出师未尝有也。

六月，邑与司徒寻发雒阳，欲至宛，道出颍川，过昆阳。昆阳时已降汉，汉兵守之。严尤、陈茂与二公会，二公纵兵围昆阳。严尤曰：“称尊号者在宛下，宜亟进。彼破，诸城自定矣。”邑曰：“百万之师，所过当灭，今屠此城，喋血而进[38]，前歌后舞，顾不快邪！”遂围城数十重。城中请降，不许。严尤又曰：“‘归师勿遏，围城为之阙’，可如兵法，使得逸出，以怖宛下。”邑又不听。会世祖悉发郾、定陵兵数千人来救昆阳，寻、邑易之，自将万余人行陈，敕诸营皆按部毋得动，独迎，与汉兵战，不利。大军不敢擅相救，汉兵乘胜杀寻。昆阳中兵出并战，邑走，军乱。大风蜚瓦，雨如注水，大众崩坏号呼，虎豹股栗[39]，士卒奔走，各还归其郡。邑独与所将长安勇敢数千人还雒阳。关中闻之震恐，盗贼并起。

又闻汉兵言，莽鸩杀孝平帝。莽乃会公卿以下于王路堂，开所为平帝请命金縢之策，泣以视群臣。命明学男张邯称说其德及符命事，因曰：“《易》言：‘伏戎于莽，升其高陵，三岁不兴。’‘莽’，皇帝之名。‘升’谓刘伯升。‘高陵’谓高陵侯子翟义也。言刘升、翟义为伏戎之兵于新皇帝世，犹殄灭不兴也。”群臣皆称万岁。又令东方槛车传送数人，言“刘伯升等皆行大戮”。民知其诈也。

先是，卫将军王涉素养道士西门君惠。君惠好天文谶记，为涉言：“星孛扫宫室，刘氏当复兴，国师公姓名是也。”涉信其言，以语大司马董忠，数俱至国师殿中庐道语星宿，国师不应。后涉特往，对歆涕泣言：“诚欲与公共安宗族，奈何不信涉也！”歆因为言天文人事，东方必成。涉曰：“新都哀侯小被病，功显君素耆酒，疑帝本非我家子也。董公主中军精兵，涉领宫卫，伊休侯主殿中，如同心合谋，共劫持帝，东降南阳天子，可以全宗族；不者，俱夷灭矣！”伊休侯者，歆长子也，为侍中五官中郎将，莽素爱之。歆怨莽杀其三子，又畏大祸至，遂与涉、忠谋，欲发。歆曰：“当待太白星出，乃可。”忠以司中大赘起武侯孙伋亦主兵，复与伋谋。伋归家，颜色变，不能食。妻怪问之，语其状。妻以告弟云阳陈邯，邯欲告之。七月，伋与邯俱告，莽遣使者分召忠等。时忠方讲兵都肄，护军王咸谓忠谋久不发，恐漏泄，不如遂斩使者，勒兵入。忠不听，遂与歆、涉会省户下。莽令𫐄恽责问，皆服。中黄门各拔刃将忠等送庐，忠拔剑欲自刎，侍中王望传言大司马反，黄门持剑共格杀之。省中相惊传，勒兵至郎署，皆拔刃张弩。更始将军史谌行诸署，告郎吏曰：“大司马有狂病，发，已诛。”皆令弛兵。莽欲以厌凶，使虎贲以斩马剑挫忠，盛以竹器，传曰“反虏出”。下书赦大司马官属吏士为忠所诖误，谋反未发觉者。收忠宗族，以醇醯毒药、尺白刃丛棘并一坎而埋之。刘歆、王涉皆自杀。莽以二人骨肉旧臣，恶其内溃，故隐其诛。伊休侯叠又以素谨，歆讫不告，但免侍中中郎将，更为中散大夫。后日殿中钩盾土山仙人掌旁有白头公青衣，郎吏见者私谓之国师公。衍功侯喜素善卦，莽使筮之，曰：“忧兵火。”莽曰：“小儿安得此左道？是乃予之皇祖叔父子侨欲来迎我也。”

莽军师外破，大臣内畔，左右亡所信，不能复远念郡国，欲呼邑与计议。崔发曰：“邑素小心，今失大众而征，恐其执节引决[41]，宜有以大慰其意。”于是莽遣发驰传谕邑：“我年老毋適子，欲传邑以天下。敕亡得谢，见勿复道。”邑到，以为大司马。大长秋张邯为大司徒，崔发为大司空，司中寿容苗䜣为国师，同说侯林为卫将军。莽忧懑不能食，亶饮酒，啗鳆鱼。读军书倦，因冯几寐，不复就枕矣。性好时日小数，及事迫急，亶为厌胜。遣使坏渭陵、延陵园门罘罳，曰：“毋使民复思也。”又以墨污色其周垣。号将至曰“岁宿”，申水为“助将军”，右庚“刻木校尉”，前丙“耀金都尉”，又曰：“执大斧，伐枯木；流大水，灭发火。”如此属不可胜记。

秋，太白星流入太微，烛地如月光。

成纪隗崔兄弟共劫大尹李育，以兄子隗嚣为大将军，攻杀雍州牧陈庆、安定卒正王旬，并其众，移书郡县，数莽罪恶万于桀纣。

是月，析人邓晔、于匡起兵南乡百余人。时析宰将兵数千屯鄡亭，备武关。晔、匡谓宰曰：“刘帝已立，君何不知命也！”宰请降，尽得其众。晔自称辅汉左将军，匡右将军，拔析、丹水，攻武关，都尉朱萌降。进攻右队大夫宋纲，杀之，西拔湖。莽愈忧，不知所出。崔发言：“《周礼》及《春秋左氏》，国有大灾，则哭以厌之。故《易》称‘先号咷而后笑’。宜呼嗟告天以求救。”莽自知败，乃率群臣至南郊，陈其符命本末，仰天曰：“皇天既命授臣莽，何不殄灭众贼？即令臣莽非是，愿下雷霆诛臣莽！”因搏心大哭，气尽，伏而叩头。又作告天策，自陈功劳千余言。诸生小民会旦夕哭，为设飧粥，甚悲哀及能诵策文者除以为郎，至五千余人。葟恽将领之。

莽拜将军九人，皆以虎为号，号曰“九虎”，将北军精兵数万人东，内其妻子宫中以为质，时省中黄金万斤者为一匮，尚有六十匮，黄门、钩盾、臧府、中尚方处处各有数匮。长乐御府、中御府及都内、平准帑藏钱帛珠玉财物甚众，莽愈爱之，赐九虎士人四千钱。众重怨，无斗意。九虎至华阴回谿，距隘，北从河南至山。于匡持数千弩，乘堆挑战。邓晔将二万余人从阌乡南出枣街、作姑，破其一部，北出九虎后击之。六虎败走。史熊、王况诣阙归死，莽使使责死者安在，皆自杀；其四虎亡。三虎郭钦、陈翚、成重收散卒保京师仓。

邓晔开武关迎汉，丞相司直李松将二千余人至湖，与晔等共攻京师仓，未下。晔以弘农掾王宪为校尉，将数百人北度渭，入左冯翊界，降城略地。李松遣偏将军韩臣等径西至新丰，与莽波水将军战，波水走。韩臣等追奔，遂至长门宫。王宪北至频阳，所过迎降。大姓栎阳申砀、下邽王大皆率众随宪。属县斄严春、茂陵董喜、蓝田王孟、槐里汝臣、盩厔王扶、阳陵严本、杜陵屠门少之属，众皆数千人，假号称汉将。

时李松、邓晔以为京师小小仓尚未可下，何况长安城，当须更始帝大兵到。即引军至华阴，治攻具。而长安旁兵四会城下，闻天水隗氏兵方到，皆争欲先入城，贪立大功卤掠之利。

莽遣使者分赦城中诸狱囚徒，皆授兵，杀豨饮其血[41]，与誓曰：“有不为新室者，社鬼记之！”更始将军史谌将度渭桥，皆散走。谌空还。众兵发掘莽妻子父祖冢，烧其棺椁及九庙、明堂、辟雍，火照城中。或谓莽曰：“城门卒，东方人，不可信。”莽更发越骑士为卫，门置六百人，各一校尉。

十月戊申朔，兵从宣平城门入，民间所谓都门也。张邯行城门，逢兵见杀。王邑、王林、王巡、萇恽等分将兵距击北阙下。汉兵贪莽封力战者七百余人。会日暮，官府邸第尽奔亡。二日己酉，城中少年朱弟、张鱼等恐见卤掠，趋喧并和，烧作室门，斧敬法闼，呼曰："反虏王莽，何不出降？"火及掖廷承明，黄皇室主所居也。莽避火宣室前殿，火辄随之。宫人妇女啼呼曰："当奈何！"时莽绀袀服，带玺韨，持虞帝匕首。天文郎桉栻于前，日时加某，莽旋席随斗柄而坐，曰："天生德于予，汉兵其如予何！"莽时不食，少气困矣。

三日庚戌，晨旦明，群臣扶掖莽，自前殿南下椒除，西出白虎门，和新公王揖奉车待门外。莽就车，之渐台，欲阻池水，犹抱持符命、威斗，公卿大夫、侍中、黄门郎从官尚千余人随之。王邑昼夜战，罢极，士死伤略尽，驰入宫，间关至渐台，见其子侍中睦解衣冠欲逃，邑叱之令还，父子共守莽。军人入殿中，呼曰："反虏王莽安在？"有美人出房曰："在渐台。"众兵追之，围数百重。台上亦弓弩与相射，稍稍落去。矢尽，无以复射，短兵接。王邑父子、萇恽、王巡战死，莽入室。下餔时，众兵上台，王揖、赵博、苗䜣、唐尊、王盛、中常侍王参等皆死台上。商人杜吴杀莽，取其绶。校尉东海公宾就，故大行治礼，见吴问绶主所在。曰："室中西北陬间。"就识，斩莽首。军人分裂莽身，支节肌骨脔分，争相杀者数十人。公宾就持莽首诣王宪。宪自称汉大将军，城中兵数十万皆属焉，舍东宫，妻莽后宫，乘其车服。

六日癸丑，李松、邓晔入长安，将军赵萌、申屠建亦至，以王宪得玺绶不辄上，多挟宫女，建天子鼓旗，收斩之。传莽首诣更始，县宛市，百姓共提击之，或切食其舌。

莽扬州牧李圣、司命孔仁兵败山东，圣格死[42]，仁将其众降，已而叹曰："吾闻食人食者死其事。"拔剑自刺死。及曹部监杜普、陈定大尹沈意、九江连率贾萌皆守郡不降，为汉兵所诛。赏都大尹王钦及郭钦守京师仓，闻莽死，乃降，更始义之，皆封为侯。太师王匡、国将哀章降雒阳，传诣宛，斩之。严尤、陈茂败昆阳下，走至沛郡谯，自称汉将，召会吏民。尤为称说王莽篡位天时所亡圣汉复兴状，茂伏而涕泣。闻故汉钟武侯刘圣聚众汝南称尊号，尤、茂降之。以尤为大司马，茂为丞相。十余日败，尤、茂并死。郡县皆举城降，天下悉归汉。

初，申屠建尝事崔发为《诗》，建至，发降之。后复称说，建令丞相刘赐斩发以徇。史谌、王延、王林、王吴、赵闳亦降，复见杀。初，诸假号兵人人望封侯。申屠建既斩王宪，又扬言三辅黠共杀其主。吏民惶恐，属县屯聚，建等不能下，驰白更始。

二年二月，更始到长安，下诏大赦，非王莽子，他皆除其罪，故王氏宗族得全。三辅悉平，更始都长安，居长乐宫。府藏完具，独未央宫烧攻莽三日，死则案堵复故。更始至，岁余政教不行。明年夏，赤眉樊崇等众数十万人入关，立刘盆子，称尊号，攻更始，更始降之。赤眉遂烧长安宫室市里，害更始。民饥饿相食，死者数十万，长安为虚，城中无人行。宗庙园陵皆发掘，唯霸陵、杜陵完。六月，世祖即位，然后宗庙社稷复立，天下艾安[43]。

---

①黄发：老人发白，白久则黄，固以黄发为长寿象征，也指老人。愆失：丧失。

②遴啬：吝啬。

③顺指：奉承。　　骄黠：傲慢狡猾。

④几：希望。　　解释：消释，消除。安集：安定。

⑤按验：审查拷问。

⑥交通：勾结。

⑦制作：制度。

⑧钞掠：攻掠。

⑨诳耀：迷惑。　　销解：化解。

⑩动静：举动。　　语：通知，告诉。

⑪猾：扰乱。　　貌很：凶残显露在脸上。很（hěn，音狠），残忍。

⑫詈：骂。

⑬趋喧：趋走而喧哗。

⑭道路以目：在道路上用目光交流。

⑮弁：惊恐。

⑯提封：总共。

⑰立载行视：站在车上巡视。

⑱骆驿：往来不绝。

⑲殄：灭绝。

⑳发举：捡举揭发。

㉑奢泰：挥霍无度。

㉒刺举：监视揭发。

㉓谶（chèn，音趁）：预言吉凶得失的文字、图记。

㉔麻：乱麻一样。

㉕蚤（zhǎo，音爪）：古代车盖弓端件出部分，其形如爪。

㉖方略：办法。

㉗亶（dàn，音旦）：同“但”，只是。

㉘诬罔：陷害。

㉙麋（méi，音梅）：同“眉”。

㉚应塞：应付。

㉛祖都门外：在祖道上送于都门外。祖道，古人在出行前祭祀路神称祖道，后指送行的宴会。

㉜填（zhèn，音阵）抚：安抚。

㉝擢（huō，音豁）：把堆积的东西倒出来。

㉞绁（xiè，音谢）捆，拴。

㉟缪对：胡说。

㊱韣（dú，音独）弓套。

㊲剿绝：灭绝。剿，同“劋”。

㊳喋血：血流遍地，形容杀人很多。

㊴股栗：非常恐惧。

㊵引决：自杀。

㊶豨：猪。

㊷格死：战死。

㊸艾（yì，言义）安：太平无事。

后汉书

（选录）

〔南朝·宋〕范晔　撰

光武帝纪上

世祖光武皇帝，讳秀，字文叔，南阳蔡阳人，高祖九世之孙也，出自景帝生长沙定王发。发生舂陵节侯买，买生郁林太守外，外生钜鹿都尉回，回生南顿令钦，钦生光武。光武年九岁而孤，养于叔父良。身长七尺三寸，美须眉，大口，隆准，日角[①]。性勤于稼穑[②]。而兄伯升好侠养士，常非笑光武事田业，比之高祖兄仲。王莽天凤中，乃之长安，受《尚书》，略通大义。

莽末，天下连岁灾蝗，寇盗锋起[③]。地皇三年，南阳荒饥，诸家宾客多为小盗。光武避吏新野，因卖谷于宛。宛人李通等以图谶说光武云："刘氏复起，李氏为辅[④]。"光武初不敢当，然独念兄伯升素结轻客，必举大事，且王莽败亡已兆，天下方乱，遂与定谋，于是乃市兵弩[⑤]。十月，与李通从弟轶等起于宛，时年二十八。

十一月，有星孛于张[⑥]。光武遂将宾客还舂陵。时伯升已会众起兵。初，诸家子弟恐惧，皆亡逃自匿，曰"伯升杀我"。及见光武绛衣大冠，皆惊曰"谨厚者亦复为之"，乃稍自安[⑦]。伯升于是招新市、平林兵，与其帅王凤、陈牧西击长聚。光武初骑牛，杀新野尉乃得马。进屠唐子乡，又杀湖阳尉。军中分财物不均，众恚恨，欲反攻诸刘[⑧]。光武敛宗人所得物，悉以与之，众乃悦。进拔棘阳，与王莽前队大夫甄阜、属正梁丘赐战于小长安，汉军大败，还保棘阳。

更始元年正月甲子朔，汉军复与甄阜、梁丘赐战于沘水西，大破之，斩阜、赐[⑨]。伯升又破王莽纳言将军严尤、秩宗将军陈茂于淯阳，进围宛城。

三月，光武别与诸将徇昆阳、定陵、郾，皆下之[⑩]。多得牛马财物，谷数十万斛，转以馈宛下。莽闻阜、赐死，汉帝立，大惧，遣大司徒王寻、大司空王邑将兵百万，其甲士四十二万人，五月，到颍川，复与严尤、陈茂合。初，光武为舂陵侯家讼逋租于尤，尤见而奇之[⑪]。及是时，城中出降尤者言光武不取财物，但会兵计策。尤笑曰："是美须眉者邪？何为乃如是！"

初，王莽征天下能为兵法者六十三家数百人，并以为军吏。选练武卫，招募猛士，旌旗辎重，千里不绝。时有长人巨无霸，长一丈，大十围，以为垒尉；又驱诸猛兽虎豹犀象之属，以助威武。自秦、汉出师之盛，未尝有也。光武将数千兵，徼之于阳关。诸将见寻、邑兵盛，反走，驰入昆阳，皆惶怖，忧念妻孥，欲散归诸城[⑫]。光武议曰："今兵谷既少，而外寇强大，并力御之，功庶可立；如欲分散，埶无俱全[⑬]。且宛城未拔，不能相救，昆阳即破，一日之间，诸部亦灭矣。今不同心胆共举功名，反欲守妻子财物邪？"诸将怒曰："刘将军何敢如是！"光武笑而起。会候骑还，言大兵且至城北，军陈数百里，不见其后[⑭]。诸将遽相谓曰："更请刘将军计之。"光武复为图画成败。诸将忧迫，皆曰："诺"。时城中唯有八九千人，光武乃使成国上公王凤、廷尉大将军王常留守，夜自与骠骑大将军宗佻、五威将军李轶等十三骑，出城南门，于外收兵[⑮]。时莽军到城下者且十万，光武几不得出。既至郾、定陵，悉发诸营兵，而诸将贪惜财货，欲分留守之。光武曰："今若破敌，珍珤万倍，大功可成[⑯]；如为所败，首领无余，何财物之有！"众乃从。

严尤说王邑曰："昆阳城小而坚，今假号者在宛，亟进大兵，彼必奔走[⑰]。宛败，昆阳自服。"邑曰："吾昔以虎牙将军围翟义，坐不生得，以见责让。今将百万之众，遇城而不能下，何谓邪？"遂围之数十重，列营百数，云车十余丈，瞰临城中，旗帜蔽野，埃尘连天，钲鼓之声闻数百里。或为地道，冲輣橦城[⑱]。积弩乱发，矢下如雨，城中负户而汲。王凤等乞降，不许。寻、邑自以为功在漏刻[19]，意气甚逸。夜有流星坠营中，昼有云如坏山，当营而陨，不及地尺而散，吏士皆厌伏。

六月己卯，光武遂与营部俱进，自将步骑千余，前去大军四五里而陈[20]。寻、邑亦遣兵数千合战。光武奔之，斩首数十级。诸部喜曰："刘将军平生见小敌怯，今见大敌勇，甚可怪也，且复居前。请助将军！"光武复进，寻、邑兵却，诸部共乘之，斩首数百千级。连胜，遂前。时伯升拔宛已三日，而光武尚未知，乃伪使持书报城中，云"宛下兵到"，而阳堕其书。寻、邑得之，不意[21]。诸将既经累捷，胆气益壮，无不一当百。光武乃与敢死者三千人，从城西水上冲其中坚，寻、邑陈乱，乘锐崩之，遂杀王寻。城中亦鼓噪而出，中外合势，震呼动天地，莽兵大溃，走者相腾践，奔殪百余里间[22]。会大雷风，屋瓦皆飞，雨下如注，滍川盛溢，虎豹皆股战，士卒争赴，溺死者以万数，水为不流[23]。王邑、严尤、陈茂轻骑乘死人度水逃去。尽获其军实辎重，车甲珍宝，不可胜算，举之连月不尽，或燔烧其余[24]。

光武因复徇下颍阳。会伯升为更始所害，光武自父城驰诣宛谢。司徒官属迎吊光武，光武难交私语，深引过而已。未尝自伐昆阳之功，又不敢为伯升服丧，饮食言笑如平常[25]。更始以是惭，拜光武为破虏大将军，封武信侯。

九月庚戌，三辅豪桀共诛王莽，传首诣宛。

更始将北都洛阳，以光武行司隶校尉，使前整修宫府。于是置僚属，作文移，从事司察，一如旧章。时三辅吏士东迎更始，见诸将过，皆冠帻，而服妇人衣，诸于绣镼，莫不笑之，或有畏而走者[26]。及见司隶僚属，皆欢喜不自胜。老吏或垂涕曰："不图今日复见汉官威仪！"由是识者皆属心焉。

及更始至洛阳，乃遣光武以破虏将军行大司马事。十月，持节北度河，镇慰州郡。所到部县，辄见二千石、长吏、三老、官属，下至佐史，考察黜陟，如州牧行部事[27]。辄平遣囚徒，除王莽苛政，复汉官名。吏人喜悦，争持牛酒迎劳。

进至邯郸，故赵缪王子林说光武曰："赤眉今在河东，但决水灌之，百万之众可使为鱼。"光武不答，去之真定[28]。林于是乃诈以卜者王郎为成帝子子舆，十二月，立郎为天子，都邯郸，遂遣使者降下郡国。

二月正月，光武以王郎新盛，乃北徇蓟。王郎移檄购光武十万户，而故广阳王子刘接起兵蓟中以应郎，城内扰乱，转相惊恐，言邯郸使者方到，二千石以下皆出迎。于是光武趣驾南辕，晨夜不敢入城邑，舍食道傍[29]。至饶阳，官属皆乏食。光武乃自称邯郸使者，入传舍。传吏方进食，从者饥，争夺之。传吏疑其伪，乃椎鼓数十通，绐言邯郸将军至，官属皆失色[30]。光武升车欲驰；既而惧不免，徐还坐，曰："请邯郸将军入。"久乃驾去。传中人遥语门者闭之。门长曰："天下讵可知，而闭长者乎？"遂得南出。晨夜兼行，蒙犯霜雪，天时寒，面皆破裂。至呼沱河，无船，适遇冰合，得过，未毕数车而陷。进至下博城西，遑惑不知所之。有白衣老父在道旁，指曰："努力！信都郡为长安守，去此八十里。"光武即驰赴之，信都太守任光开门出迎。世祖因发旁县，得四千人，先击堂阳、贳县，皆降之[31]。王莽和成卒正邳彤亦举郡降。又昌城人刘植，宋子人耿纯，各率宗亲子弟，据其县邑，以奉光武。于是北降下曲阳，众稍合，乐附者至有数万人。

复北击中山，拔卢奴。所过发奔命兵，移檄边部，共击邯郸，郡县还复响应。南击新市、真定、元氏、防子，皆下之，因入赵界。

时王郎大将李育屯柏人，汉兵不知而进，前部偏将朱浮、邓禹为育所破，亡失辎重。光武在后闻之，收浮、禹散卒，与育战于郭门，大破之，尽得其所获。育还保城，攻之不下，于是引兵拔广阿。会上谷太守耿况、渔阳太守彭宠各遣其将吴汉、寇恂等将突骑来助击王郎，更始亦遣尚书仆射谢躬讨郎，光武因大飨士卒，遂东围钜鹿[32]。王郎守将王饶坚守，月余不下。郎遣将倪宏、刘奉率数万人救钜鹿，光武逆战于南䜌，斩首数千级[33]。四月，进围邯郸，连战破之。五月甲辰，拔其城，诛王郎。收文书，得吏人与郎交关谤毁者数千章[34]。光武不省，会诸将军烧之，曰："令反侧子自安[35]。"

更始遣侍御史持节立光武为萧王，悉令罢兵诣行在所。光武辞以河北未平，不就征。自是始贰于更始[36]。

是时长安政乱，四方背叛。梁王刘永擅命睢阳，公孙述称王巴蜀，李宪自立为淮南王，秦丰自号楚黎王，张步起琅邪，董宪起东海，延岑起汉中，田戎起夷陵，并置将帅，侵略郡县。又别号诸贼铜马、大彤、高湖、重连、铁胫、大抢、尤来、上江、青犊、五校、檀乡、五幡、五楼、富平、获索等，各领部曲，众合数百万人，所在寇掠[37]。

光武将击之，先遣吴汉北发十郡兵。幽州牧苗曾不从，汉遂斩曾而发其众。秋，光武击铜马于鄡，吴汉将突骑来会清阳[38]。贼数挑战，光武坚营自守；有出卤掠者，辄击取之，绝其粮道[39]。积月余日，贼食尽，夜遁去，追至馆陶，大破之。受降未尽，而高湖、重连从东南来，与铜马余众合，光武复与大战于蒲阳，悉破降之，封其渠帅为列侯[40]。降者犹不自安，光武知其意，敕令各归营勒兵，乃自乘轻骑按行部陈[41]。降者更相语曰："萧王推赤心置人腹中，安得不投死乎！"由是皆服。悉将降人分配诸将，众遂数十万，故关西号光武为"铜马帝"。赤眉别帅与大彤、青犊十余万众在射犬，光武进击，大破之，众皆散走。使吴汉、岑彭袭杀谢躬于邺[42]。

青犊、赤眉贼入函谷关，攻更始。光武乃遣邓禹率六裨将引兵而西，以乘更始、赤眉之乱[43]。时更始使大司马朱鲔、舞阴王李轶等屯洛阳，光武亦令冯异守孟津以拒之[44]。

建武元年春正月，平陵人方望立前孺子刘婴为天子，更始遣丞相李松击斩之。

光武北击尤来、大抢、五幡于元氏，追至右北平，连破之。又战于顺水北，乘胜轻进，反为所败。贼追急，短兵接，光武自投高岸，遇突骑王丰，下马授光武，光武抚其肩而上，顾笑谓耿弇曰："几为虏嗤[45]。"弇频射却贼，得免。士卒死者数千人，散兵归保范阳。军中不见光武，或云已殁，诸将不知所为。吴汉曰："卿曹努力！王兄子在南阳，何忧无主？"众恐惧，数日乃定。贼虽战胜，而素慑大威，客主不相知，夜遂引去。大军复进至安次，与战，破之，斩首三千余级。贼入渔阳，乃遣吴汉率耿弇、陈俊、马武等十二将军追战于潞东，及平谷，大破灭之。

朱鲔遣讨难将军苏茂攻温，冯异、寇恂与战，大破之，斩其将贾强。

于是诸将议上尊号[46]。马武先进曰："天下无主。如有圣人承敝而起，虽仲尼为相，孙子为将，犹恐无能有益。反水不收，后悔无及。大王虽执谦退，奈宗庙社稷何[47]！宜且还蓟即尊位，乃议征伐。今此谁贼而驰骛击之乎[48]？"光武惊曰："何将军出是言？可斩也！"武曰："诸将尽然。"光武使出晓之，乃引军还至蓟。

夏四月，公孙述自称天子。

光武从蓟还，过范阳，命收葬吏士。至中山，诸将复上奏曰："汉遭王莽，宗庙废绝，豪杰愤怒，兆人涂炭[49]。王与伯升首举义兵，更始因其资以据帝位，而不能奉承大统，败乱纲纪，盗贼日多，群生危蹙[50]。大王初征昆阳，王莽自溃。后拔邯郸，北州弭定[51]，参分天下而有其二，跨州据土，带甲百万[52]。言武力则莫之敢抗，论文德则无所与辞。臣闻帝王不可以久旷，天命不可以谦拒，惟大王以社稷为计，万姓为心。"光武又不听。

行到南平棘，诸将复固请之。光武曰："寇贼未平，四面受敌，何遽欲正号位乎？诸将且出。"耿纯进曰："天下士大夫捐亲戚，弃土壤，从大王于矢石之间者，其计固望其攀龙鳞，附凤翼，以成其所志耳。今功业即定，天人亦应，而大王留时逆众，不正号位，纯恐士大夫望绝计穷，则有去归之思，无为久自苦也[53]。大众一散，难可复合。时不可留，众不可逆。”纯言甚诚切，光武深感，曰：“吾将思之。”

行至鄗，光武先在长安时同舍生强华自关中奉《赤伏符》，曰：“刘秀发兵捕不道，四夷云集龙斗野，四七之际火为主[54]”，群臣因复奏曰：“受命之符，人应为大，万里合信，不议同情，周之白鱼，曷足比焉？今上无天子，海内淆乱，符瑞之应，昭然著闻，宜答天神，以塞群望。”光武于是命有司设坛场于鄗南千秋亭五成陌。

六月己未，即皇帝位。燔燎告天，禋于六宗，望于群神[55]。其祝文曰：“皇天上帝，后土神祇，眷顾降命，属秀黎元，为人父母，秀不敢当。群下百辟，不谋同辞，咸曰：‘王莽篡位，秀发愤兴兵，破王寻、王邑于昆阳，诛王郎、铜马于河北，平定天下，海内蒙恩。上当天地之心，下为元元所归。’谶记曰：‘刘秀发兵捕不道，卯金修德为天子。’秀犹固辞，至于再，至于三。群下佥曰：‘皇天大命，不可稽留[56]。’敢不敬承。”于是建元为建武，大赦天下，改鄗为高邑。

是月，赤眉立刘盆子为天子。

甲子，前将军邓禹击更始定国公王匡于安邑，大破之，斩其将刘均。

秋七月辛未，拜前将军邓禹为大司徒。丁丑，以野王令王梁为大司空。壬午，以大将军吴汉为大司马，偏将军景丹为骠骑大将军，大将军耿弇为建威大将军，偏将军盖延为虎牙大将军，偏将军朱祐为建义大将军，中坚将军杜茂为大将军

时宗室刘茂自号“厌新将军”，率众降，封为中山王。

己亥，幸怀。遣耿弇率强弩将军陈俊军五社津，备荥阳以东。使吴汉率朱祐及廷尉岑彭、执金吾贾复、扬化将军坚镡等十一将军围朱鲔于洛阳。

八月壬子，祭社稷。癸丑，祠高祖、太宗、世宗于怀宫。进幸河阳。更始廪丘王田立降。

九月，赤眉入长安，更始奔高陵。辛未，诏曰：“更始破败，弃城逃走，妻子裸袒，流冗道路[57]。朕甚愍之。今封更始为淮阳王。吏人敢有贼害者，罪同大逆。”

甲申，以前密令卓茂为太傅。

辛卯，朱鲔举城降。

冬十月癸丑，车驾入洛阳，幸南宫却非殿，遂定都焉。

遣岑彭击荆州群贼。

十一月甲午，幸怀。

刘永自称天子。

十二月丙戌，至自怀。

赤眉杀更始，而隗嚣据陇右，卢芳起安定。破虏大将军叔寿击五校贼于曲梁，战殁。

二年春正月甲子朔，日有食之。大司马吴汉率九将军击檀乡贼于邺东，大破降之。庚辰，封功臣皆为列侯，大国四县，余各有差。下诏曰：“人情得足，苦于放纵，快须臾之欲，忘慎罚之义[58]。惟诸将业远功大，诚欲传于无穷，宜如临深渊，如履薄冰，战战栗栗，日慎一日。其显效未训，名籍未立者，大鸿胪趣上，朕将差而录之[59]。”博士丁恭议曰：“古帝王封诸侯不过百里，故利以建侯，取法于雷，强干弱枝，所以为治也[60]。今封诸侯四县，不合法制。”帝曰：“古之亡国，皆以无道，未尝闻功臣地多而灭亡者。”乃遣谒者即授印绶，策曰：“在上不骄，高而不危；制节谨度，满而不溢。敬之戒之。传尔子孙，长为汉藩。”

壬午，更始复汉将军邓晔、辅汉将军于匡降，皆复爵位。

壬子，起高庙，建社稷于洛阳，立郊兆于城南，始正火德，色尚赤。

是月，赤眉焚西京宫室，发掘园陵，寇掠关中。大司徒邓禹入长安，遣府掾奉十一帝神主，纳于高庙。

真定王杨、临邑侯让谋反，遣前将军耿纯诛之。

大司空王梁免。壬子，以太中大夫宋弘为大司空。

遣骠骑大将军景丹率征虏将军祭遵等二将军击弘农贼，破之，因遣祭遵围蛮中贼张满。

渔阳太守彭宠反，攻幽州牧朱浮于蓟。

延岑自称武安王于汉中。

辛卯，至自修武。

三月乙未，大赦天下，诏曰："顷狱多冤人，用刑深刻，朕甚愍之。孔子云：'刑罚不中，则民无所措手足。'其与中二千石、诸大夫、博士、议郎议省刑法。"

遣执金吾贾复率二将军击更始郾王尹遵，破降之。

骁骑将军刘植击密贼，战殁。

遣虎牙大将军盖延率四将军伐刘永。夏四月，围永于睢阳。更始将苏茂杀淮阳太守潘蹇而附刘永。

甲午，封叔父良为广阳王，兄子章为太原王，章弟兴为鲁王，舂陵侯嫡子祉为城阳王。

五月庚辰，封更始元氏王歙为泗水王，故真定王杨子得为真定王，周后姬常为周承休公。

癸未，诏曰："民有嫁妻卖子欲归父母者，恣听之。敢拘执，论如律[51]。"

六月戊戌，立贵人郭氏为皇后，子强为皇太子，大赦天下。增郎、谒者、从官秩各一等。丙午，封宗子刘终为淄川王。

秋八月，帝自将征五校。丙辰，幸内黄，大破五校于羛阳，降之。

遣游击将军邓隆救朱浮，与彭宠战于潞，隆军败绩。

盖延拔睢阳，刘永奔谯。

破虏将军邓奉据淯阳反[62]。

九月壬戌，至自内黄。

骠骑大将军景丹薨。

延岑大破赤眉于杜陵。

关中饥，民相食。

冬十一月，以廷尉岑彭为征南大将军，率八将军讨邓奉于堵乡。

铜马、青犊、尤来余贼共立孙登为天子于上郡。登将乐玄杀登，以其众五万余人降。

遣偏将军冯异代邓禹伐赤眉。

使太中大夫伏隆持节安辑青徐二州，招张步降之。

十二月戊午，诏曰："惟宗室列侯为王莽所废，先灵无所依归，朕甚愍之。其并复故国。若侯身已殁，属所上其子孙见名尚书，封拜。"

是岁，盖延等大破刘永于沛西。初，王莽末，天下旱蝗，黄金一斤易粟一斛；至是野谷旅生，麻尗尤盛，野蚕成茧，被于山阜，人收其利焉[63]。

三年春正月甲子，以偏将军冯异为征西大将军，杜茂为骠骑大将军。大司徒邓禹及冯异与赤眉战于回溪，禹、异败绩。

征虏将军祭遵破蛮中，斩张满。

辛巳，立皇考南顿君已上四庙。

壬午，大赦天下。

闰月乙巳，大司徒邓禹免。

冯异与赤眉战于崤底，大破之，余众南向宜阳，帝自将征之。己亥，幸宜阳。甲辰，亲勒六军，大陈戎马，大司马吴汉精卒当前，中军次之，骁骑、武卫分陈左右。赤眉望见震怖，遣使乞降。丙午，赤眉君臣面缚，奉高皇帝玺绶，诏以属城门校尉[64]。戊申，至自宜阳。己酉，诏曰："群盗纵横，贼害元元，盆子窃尊号，乱惑天下。朕奋兵讨击，应时崩解，十余万众束手降服，先帝玺绶归之王府[65]。斯皆祖宗之灵，士人之力，朕曷足以享斯哉！其择吉日祠高庙，赐天下长子当为父后者爵，人一级。"

二月己未，祠高庙，受传国玺。

刘永立董宪为海西王，张步为齐王。步杀光禄大夫伏隆而反。

幸怀。遣吴汉率二将军击青犊于轵西，大破降之[66]。

三月壬寅，以大司徒司直伏湛为大司徒。

彭宠陷蓟城，宠自立为燕王。

帝自将征邓奉，幸堵阳。夏四月，大破邓奉于小长安，斩之。

冯异与延岑战于上林，破之。

吴汉率七将军与刘永将苏茂战于广乐，大破之。虎牙大将军盖延围刘永于睢阳。

五月己酉，车驾还宫。

乙卯晦，日有食之。

六月壬戌，大赦天下。

耿弇与延岑战于穰，大破之。

秋七月，征南大将军岑彭率三将军伐秦丰，战于黎丘，大破之，获其将蔡宏。

庚辰，诏曰："吏不满六百石，下至墨绶长、相，有罪先请. 男子八十以上，十岁以下，及妇人从坐者，自非不道[67]、诏所名捕，皆不得系。当验问者即就验[68]。女徒雇山归家[69]。"

盖延拔睢阳，获刘永，而苏茂、周建立永子纡为梁王。

冬十月壬申，幸舂陵，祠园庙，因置酒旧宅，大会故人父老。十一月乙未，至自舂陵。

涿郡太守张丰反。

是岁，李宪自称天子。西州大将军隗嚣奉奏。建义大将军朱祐率祭遵与延岑战于东阳，斩其将张成。

四年春正月甲申，大赦天下。

二月壬子，幸怀。壬申，至自怀。

遣右将军邓禹率二将军与延岑战于武当，破之。

夏四月丁巳，幸邺。己巳，进幸临平。

遣大司马吴汉击五校贼于箕山，大破之。

五月，进幸元氏。辛巳，进幸卢奴。

遣征虏将军祭遵率四将军讨张丰于涿郡，斩丰。

六月辛亥，车驾还宫。

七月丁亥，幸谯。遣捕虏将军马武、偏将军王霸围刘纡于垂惠。

董宪将贲休以兰陵城降，宪围之。虎牙大将军盖延率平狄将军庞萌救贲休，不克，兰陵为宪所陷。

秋八月戊午，进幸寿春。

太中大夫徐恽擅杀临淮太守刘度，恽坐诛。

遣扬武将军马成率三将军伐李宪。九月，围宪于舒。

冬十月甲寅，车驾还宫。

太傅卓茂薨。

十一月丙申，幸宛。遣建义大将军朱祐率二将军围秦丰于黎丘。十二月丙寅，进幸黎丘。

是岁，征西大将军冯异与公孙述将程焉战于陈仓，破之。

五年春正月癸巳，车驾还宫。

二月丙午，大赦天下。

捕虏将军马武、偏将军王霸拔垂惠。

乙丑，幸魏郡。

壬申，封殷后孔安为殷绍嘉公。

彭宠为其苍头所杀，渔阳平。[70]

大司马吴汉率建威大将军耿弇击富平、获索贼于平原，大破降之。复遣耿弇率二将军讨张步。

三月癸未，徙广阳王良为赵王，始就国。

平狄将军庞萌反，杀楚郡太守孙萌而东附董宪。

遣征南大将军岑彭率二将军伐田戎于津乡，大破之。

夏四月，旱，蝗。

河西大将军窦融始遣使贡献。

五月丙子，诏曰："久旱伤麦，秋种未下，朕甚忧之。将残吏未胜[71]，狱多冤结，元元愁恨，感动天气乎？其令中都官、三辅、郡、国出系囚，罪非犯殊死一切勿案，见徒免为庶人[72]。务进柔良，退贪酷，各正厥事焉[73]。"

六月，建义大将军朱祐拔黎丘，获秦丰；而庞萌、苏茂围桃城。帝时幸蒙，因自将征之。先理兵任城，乃进救桃城，大破萌等。

秋七月丁丑，幸沛，祠高原庙。诏修复西京园陵。进幸湖陵，征董宪。又幸蕃，遂攻董宪于昌虑，大破之。

八月己酉，进幸郯，留吴汉攻刘纡、董宪等，车驾转徇彭城、下邳[74]。吴汉拔郯，获刘纡；汉进围董宪、庞萌于朐。

冬十月，还，幸鲁，使大司空祠孔子。

耿弇等与张步战于临淄，大破之。帝幸临淄，进幸剧。张步斩苏茂以降，齐地平。

初起太学。车驾还宫，幸太学，赐博士弟子各有差。

十一月壬寅，大司徒伏湛免，尚书令侯霸为大司徒。

十二月，卢芳自称天子于九原。

西州大将军隗嚣遣子恂入侍。

交阯牧邓让率七郡太守遣使奉贡。

诏复济阳二年徭役[75]。

是岁，野谷渐少，田亩益广焉。

---

①准：鼻头。　　日角：额角饱满如日，古代相书认为是帝王之相。

②稼穑：种谷曰稼，收获曰穑，泛指农业劳动。

③锋：通蜂，众多。

④图谶：宣扬符命占验的书。

⑤轻客，不怕事的人。　市：购买。

⑥有星孛于张，在二十八星宿中的张宿中发现孛，古人认为将会有兵乱。孛（bèi，音贝），慧星的一种。

⑦绛衣大冠：穿戴将军的红衣大帽。

⑧恚恨：愤怒，怨恨。

⑨沘（bǐ，音比）。

⑩别：分别。徇：夺取。

⑪逋（bū，音布，阴平）：拖欠，拖延。

⑫妻孥：妻子儿女。

⑬埶（shì，音事）：通"势"，形势。

⑭候骑：巡逻侦察的骑兵。

⑮佻（tiáo）：音"挑"。

⑯珤：宝的古字。

⑰假号：僭称帝王。

⑱冲輣：冲、輣（péng，音朋）都是战车名。冲是橦车，輣是楼车。

⑲漏刻：顷刻。

⑳陈（zhèn，音阵）：古代军队战斗时的队形。

㉑憙：（xǐ，音洗）：喜欢，喜好。

㉒殪：跌倒。

㉓滍（zhì）：音"志"。

㉔燔：燃烧。

㉕伐：夸耀。

㉖帻：包头巾，民间所用。诸于：妇女穿的宽大上衣。　绣镼：彩色半臂衣。

㉗黜陟：进退人才。黜，罢免。陟，晋升。

㉘荅（dá，音答）：同"答"，回答。

㉙趣（cù，音促）：催促。

㉚绐：哄骗，欺诈。

㉛贳（shì）：音"是"。

㉜突骑：突击敌军的骑兵。

㉝鄡（luán）：音"峦"。　逆战：迎战。

㉞交关：勾结。

㉟令反侧子自安：让那些反反覆覆的人安下心来。反侧：睡卧不安。

㊱贰：怀有二心。

㊲部曲：部下。

㊳鄡（qiāo）：音"悄"。

㊴卤掠：掠夺。

㊵渠帅：将帅，首领。

㊶敕令：命令。　勒兵：统帅约束。

㊷邺（yè）：音"夜"。

㊸乘：利用

㊹鲔（wěi）：音"伟"。

㊺授：授予，给予。　弇（yǎn）：音"掩"。　嗤：嘲笑。

㊻ 上尊号：拥戴刘秀称帝。

㊼宗庙社稷：宗庙，天子、诸侯祭祀祖先的地方。社稷，土、谷之神。宗庙社稷常用来代指王室、国家和政权。

㊽骛：乱驰、交驰。

㊾涂炭：灾难困苦。

㊿蹙：窘迫。

⑤①弭定：安定。

⑤②参：同“三”。

⑤③留时：空费时光。

⑤④鄗（hào）：音“浩”。

⑤⑤燔燎：放火焚烧草木。　禋：虞诚的祭祀。　六宗：水、火、雷、风、山、泽。　望：遥祭。

⑤⑥佥：都，一致。

⑤⑦妻子裸袒，流冗道路：妻子儿女衣不蔽体，流亡失散在道路上。

⑤⑧须臾：一时。

⑤⑨詶（zhòu，音咒）：通咒、诅咒。

⑥⓪雷：雷声。

⑥①敢拘执，论如律：谁敢拘禁他们，依法论处。

⑥②淯（yù），音“玉”。

⑥③尗（shū，音叔）：同“菽”，豆。

⑥④面缚：两手反绑于身后而面向前，表示投降。

⑥⑤元元：平民，百姓。

⑥⑥轵（zhǐ）：音“只”。

⑥⑦自非：假若不是。　不道：汉律，杀无辜一家三人为不道。　系：拘禁。

⑥⑧当验问者即就验：应当察问的人当即前往察问。

⑥⑨女徒雇山归家：女犯人犯徒罪的让她出钱雇人上山伐木抵罪，本人则放还归家。

⑦⓪苍头：奴仆。

⑦①将残吏未胜：或许是因为残酷的官吏不称职。

⑦②系囚：囚徒。　殊死：死罪。　见徒：正在服刑的人。

⑦③各正厥事焉：各人整顿自己的事情。

⑦④郯（tán）音“谈”。

⑦⑤复：免除。

光武帝纪下

六年春正月丙辰，改舂陵乡为章陵县。世世复徭役，比丰、沛，无有所豫[①]。

辛酉，诏曰：“往岁水旱蝗虫为灾，谷价腾跃，人用困乏。朕惟百姓无以自赡，恻然愍之[②]。其命郡国有谷者，给禀高年、鳏、寡、孤、独及笃癃、无家属贫不能自存者，如律[③]。二千石勉加循抚，无令失职[④]。”

扬武将军马成等拔舒，获李宪。

二月，大司马吴汉拔朐，获董宪、庞萌，山东悉平。诸将还京师，置酒赏赐。

三月，公孙述遣将任满寇南郡。

夏四月丙子，幸长安，始谒高庙，遂有事十一陵[⑤]。

遣虎牙大将军盖延等七将军从陇道伐公孙述。

五月己未，至自长安。

隗嚣反，盖延等因与嚣战于陇阺，诸将败绩。

辛丑，诏曰：“惟天水、陇西、安定、北地吏人为隗嚣所诖误者，又三辅遭难赤眉，有犯法不道者，自殊死以下，皆赦除之[⑥]。”

六月辛卯，诏曰：“夫张官置吏，所以为人也。今百姓遭难，户口耗少，而县官吏职所置尚繁，其令司隶、州牧各实所部，省减吏员。县国不足置长吏可并合者，上大司徒、大司空二府。”于是条奏并省四百余县，吏职减损，十置其一。

代郡太守刘兴击卢芳将贾览于高柳，战殁。

初，乐浪人王调据郡不服。秋，遣乐浪太守王遵击之，郡吏杀调降。

遣前将军李通率二将军，与公孙述将战于西城，破之。

夏，蝗。

秋九月庚子，赦乐流谋反大逆殊死已下。

丙寅晦，日有食之。

冬十月丁丑，诏曰：“吾德薄不明，寇贼为害，强弱相陵，元元失所。《诗》云：‘日月告凶，不用其行[⑦]。’永念厥咎，内疚于心[⑧]。其敕公卿举贤良方正各一人。百僚并上封事，无有隐讳。有司修职，务遵法度。”

十一月丁卯，诏王莽时吏人没入为奴婢不应旧法者，皆免为庶人。

十二月壬辰，大司空宋弘免。

癸巳，诏曰：“顷者师旅未解，用度不足，故行什一之税[⑨]。今军士屯田，粮储差积。其令郡国收见田租三十税一，如旧制。”

隗嚣遣将行巡寇扶风，征西大将军冯异拒，破之。

是岁，初罢郡国都尉官。始遣列侯就国。匈奴遣使来献，使中郎将报命。

七年春正月丙申，诏中都官、三辅、郡、国出系囚，非犯殊死，皆一切勿案其罪。见徒免为庶人。耐罪亡命，吏以文除之[⑩]。

又诏曰：“世以厚葬为德，薄终为鄙，至于富者奢僭，贫者单财，法令不能禁，礼义不能止，仓卒乃知其咎[⑪]。其布告天下，令知忠臣、孝子、慈兄、悌弟薄葬送终之义。”

二月辛巳，罢护漕都尉官。

三月丁酉，诏曰：“今国有众军，并多精勇，宜且罢轻车、骑士、材官、楼船士及军假吏，令还复民伍。[⑫]”

公孙述立隗嚣为朔宁王。

癸亥晦，日有食之，避正殿，寝兵，不听事五日[⑬]。诏曰：“吾德薄致灾，谪见日月，战栗恐惧，夫何言哉！今方念愆，庶消厥咎[⑭]。其令有司各修职任，奉遵法度，惠兹元元。百僚各上封事，无有所讳。其上书者，不得言圣。”

夏四月壬午，诏曰：“比阴阳错谬，日月薄食。百姓有过，在予一人，大赦天下。公、卿、司隶、州牧举贤良方正各一人，遣诣公车，朕将览试焉。”

五月戊戌，前将军李通为大司空。

甲寅，诏吏人遭饥乱及为青、徐贼所略为奴婢下妻，欲去留者，恣听之。敢拘制不还，以卖人法从事。

是夏，连雨水。

汉忠将军王常为横野大将军。

八月丁亥，封前河间王邵为河间王。

隗嚣寇安定，征西大将军冯异、征虏将军祭遵击却之。

冬，卢芳所置朔方太守田飒、云中太守乔扈各举郡降。

是岁，省长水、射声二校尉官。

八年春正月，中郎将来歙袭略阳，杀隗嚣守将而据其城。

夏四月，司隶校尉傅抗下狱死。

隗嚣攻来歙，不能下。闰月，帝自征嚣，河西大将军窦融率五郡太守与车驾会高平。陇右溃，隗嚣奔西城，遣大司马吴汉、征南大将军岑彭围之；进幸上邽，不降，命虎牙大将军盖延、建威大将军耿弇攻之。

颍川盗贼寇没属县，河东守守兵亦叛，京师骚动[15]。

秋，大水。

八月，帝自上邽晨夜东驰。九月乙卯，车驾还宫。

庚申，帝自征颍川盗贼，皆降。

安丘侯张步叛归琅邪，琅邪太守陈俊讨获之。

戊寅，至自颍川。

冬十月丙午，幸怀。十一月乙丑，至自怀。

公孙述遣兵救隗嚣，吴汉、盖延等还军长安。天水、陇西复反归嚣。

十二月，高句丽王遣使奉贡[16]。

是岁大水。

九年春正月，隗嚣病死，其将王元、周宗复立嚣子纯为王。

徙雁门吏人于太原。

三月辛亥，初置青巾左校尉官。

公孙述遣将田戎、任满据荆门。

夏六月丙戌，幸缑氏，登轘辕。

遣大司马吴汉率四将军击卢芳将贾览于高柳，战不利。

秋八月，遣中郎将来歙监征西大将军冯异等五将军讨隗纯于天水。

骠骑大将军杜茂与贾览战于繁畤，茂军败绩。

是岁，省关都尉，复置护羌校尉官。

十年春正月，大司马吴汉率捕虏将军王霸等五将军击贾览于高柳，匈奴遣骑救览，诸将与战，却之。

修理长安高庙。

夏，征西大将军冯异破公孙述将赵匡于天水，斩之。征西大将军冯异薨。

秋八月己亥，幸长安，祠高庙，遂有事十一陵。

戊戌，进幸汧。隗嚣将高峻降。

冬十月，中郎将来歙等大破隗纯于落门，其将王元奔蜀，纯与周宗降，陇右平。

先零羌寇金城、陇西，来歙率诸将击羌于五溪，大破之。

庚寅，车驾还宫。

是岁，省定襄郡，徙其民于西河。泗水王歙薨。淄川王终薨。

十一年春二月己卯，诏曰："天地之性人为贵。其杀奴婢，不得减罪。"

三月己酉，幸南阳；还，幸章陵，祠园陵。

城阳王祉薨。

庚午，车驾还宫。

闰月，征南大将军岑彭率三将军与公孙述将田戎、任满战于荆门，大破之，获任满。威虏将军冯骏围田戎于江州，岑彭遂率舟师伐公孙述，平巴郡。

夏四月丁卯，省大司徒司直官。

先零羌寇临洮。

六月，中郎将来歙率扬武将军马成破公孙述将王元、环安于下辩。安遣间人刺杀中郎将来歙⑰。帝自将征公孙述。秋七月，次长安⑱。八月，岑彭破公孙述将侯丹于黄石。辅威将军臧宫与公孙述将延岑战于沈水，大破之。王元降。至自长安。

癸亥，诏曰："敢灸灼奴婢，论如律，免所灸灼者为庶人。"

冬十月壬午，诏除奴婢射伤人弃市律。

公孙述遣间人刺杀征南大将军岑彭。

马成平武都，因陇西太守马援击破先零羌，徙致天水、陇西、扶风。

十二月，大司马吴汉率舟师伐公孙述。

是岁，省朔方牧，并并州。初断州牧自还奏事。

十二年春正月，大司马吴汉与公孙述将史兴战于武阳，斩之。

三月癸酉，诏陇、蜀民被略为奴婢，自讼者，及狱官未报，一切免为庶人。

夏，甘露降南行唐。六月，黄龙见东阿。

秋七月，威虏将军冯骏拔江州，获田戎。九月，吴汉大破公孙述将谢丰于广都，斩之。辅威将军臧宫拔涪城，斩公孙恢。

大司空李通罢。

冬十一月戊寅，吴汉、臧宫与公孙述战于成都，大破之。述被创，夜死⑲。辛巳，吴汉屠成都，夷述宗族及延岑等。

十二月辛卯，扬武将军马成行大司空事。

是岁，九真徼外蛮夷张游率种人内属，封为归汉里君⑳。省金城郡属陇西。参狼羌寇武都，陇西太守马援讨降之。诏边吏力不足战则守，追虏料敌，不拘以逗留法。横野大将军王常薨。遣骠骑大将军杜茂将众郡施刑屯北边，筑亭候，修烽燧。

十三年春正月庚申，大司徒侯霸薨。

戊子，诏曰："往年已敕郡国，异味不得有所献御，今犹未止，非徒有豫养导择之劳，至乃烦扰道上，疲费过所㉑。其令太官勿复受。明敕下以远方口实所以荐宗庙，自如旧制。"

二月，遣捕虏将军马武屯虖沱河以备匈奴。卢芳自五原亡入匈奴。

丙辰，诏曰："长沙王兴、真定王得、河间王邵、中山王茂，皆袭爵为王，不应经义㉒。其以兴为临湘侯，得为真定侯，邵为乐成侯，茂为单父侯。"其宗室及绝国封侯者凡一百三十七人。丁巳，降赵王良为赵公，太原王章为齐公，鲁王兴为鲁公。庚午，以殷绍嘉公孔安为宋公，周承休公姬为卫公。省并西京十三国：广平属钜鹿，真定属常山，河间属信都，城阳属琅邪，泗水属广陵，淄川属高密，胶东属北海，六安属庐江，广阳属上谷。

三月辛未，沛郡太守韩歆为大司徒。丙子，行大司空马成罢。

夏四月，大司马吴汉自蜀还京师，于是大飨将士，班劳策勋㉓。功臣增邑更封，凡三百六十五人。其外戚恩泽封者四十五人。罢左右将军官。建威大将军耿弇罢。

益州传送公孙述瞽师、郊庙乐器、葆车、舆辇，于是法物始备㉔。时兵革既息，天下少事，文书调役，务从简寡，至乃十存一焉。

甲寅，冀州牧窦融为大司空。

五月，匈奴寇河东。

秋七月，广汉徼外白马羌豪率种人内属。

九月，日南徼外蛮夷献白雉、白兔。

冬十二月甲寅，诏益州民自八年以来被略为奴婢者，皆一切免为庶人；或依托为人下妻，欲去者，恣听之；敢拘留者，比青、徐二州以略人法从事。

复置金城郡。

十四年春正月，起南宫前殿。

匈奴遣使奉献，使中郎将报命。

夏四月辛巳，封孔子后志为褒成侯。

越嶲人任贵自称太守，遣使奉计。

秋九月，平城人贾丹杀卢芳将尹由来降。

是岁，会稽大疫。莎车国、鄯善国遣使奉献。

十二年癸卯，诏益、凉二州奴婢，自八年以来自讼在所官，一切免为庶人，卖者无还直。

十五年春正月辛丑，大司徒韩歆免，自杀。

丁未，有星孛于昴。

汝南太守欧阳歙为大司徒。建义大将军朱祐罢。

丁未，有星孛于营室。

二月，徙雁门、代郡、上谷三郡民，置常山关、居庸关以东。

初，巴蜀既平，大司马吴汉上书请封皇子，不许，重奏连岁。三月，乃诏群臣议。大司空融、固始侯通、胶东侯复、高密侯禹、太常登等奏议曰："下者封建诸侯，以藩屏京师。周封八百，同姓诸姬并为建国，夹辅王室，尊事天子，享国永长，为后世法。故《诗》云：'大启尔宇，为周室辅。[25]'高祖圣德，光有天下，亦务亲亲，封立兄弟诸子，不违旧章。陛下德横天地，兴复宗统，褒德赏勋，亲睦九族，功臣宗室，咸蒙封爵，多受广地，或连属县。今皇子赖天，能胜衣趋拜，陛下恭谦克让，抑而未议，群臣百姓，莫不失望。宜因盛夏吉时，定号位，及广藩辅，明亲亲，尊宗庙，重社稷，应古合旧，厌塞众心。臣请大司空上舆地图，太常择吉日，具礼仪。"制曰："可。"

夏四月戊申，以太牢告祠宗庙。丁巳，使大司空融告庙，封皇子辅为右翊公，英为楚公，阳为东海公，康为济南公，苍为东平公，延为淮阳公，荆为山阳公，衡为临淮公，焉为左翊公，京为琅邪公。癸丑，追谥兄伯升为齐武公，兄仲为鲁哀公。

六月庚午，复置屯骑、长水、射声三校尉官。改青巾左校尉为越骑校尉。

诏下州郡检核垦田顷亩及户口年纪，又考实二千石长吏阿枉不平者[26]。

冬十一月甲戌，大司徒欧阳歙下狱死。十二月庚午，关内侯戴涉为大司徒。

卢芳自匈奴入居高柳。

是岁，骠骑大将军杜茂免。虎牙大将军盖延薨。

十六年春二月，交趾女子征侧反，略有城邑[27]。

三月辛丑晦，日有蚀之。

秋九月，河南尹张伋及诸郡守十余人，坐度田不实，皆下狱死。

郡国大姓及兵长、群盗处处并起，攻劫在所，害杀长吏。郡县追讨，到则解散，去复屯结。青、徐、幽、冀四州尤甚。冬十月，遣使者下郡国，听群盗自相纠擿，五人共斩一人者，除其罪[28]。吏虽逗留回避故纵者，皆勿问，听以禽讨为效。其牧守令长坐界内盗贼而不收捕者，又以畏愞捐城委守者，皆不以为负，但取获贼多少为殿最，唯蔽匿者乃罪之。于是更相追捕，贼并解散。徙其魁帅于它郡，赋田受禀，使安生业。自是牛马放牧，邑门不闭。

卢芳遣使乞降。十二月甲辰，封芳为代王。

初，王莽乱后，货币杂用布、帛、金、粟。是岁，始行五铢钱。

十七年春正月，赵公良薨。

二月乙未晦，日有食之。

夏四月乙卯，南巡狩，皇太子及右翊公辅、楚公英、东海公阳、济南公康、东平公苍从，幸颍川，进幸叶、章陵。五月乙卯，车驾还宫。

六月癸巳，临淮公衡薨。

秋七月，妖巫李广等群起据皖城，遣虎贲中郎将马援、骠骑将军段志讨之。九月破皖城，斩李广等。

冬十月辛巳，废皇后郭氏为中山太后，立贵人阴氏为皇后。进右翊公辅为中山王，食常山郡。其余九国公，皆即旧封进爵为王。

甲申，幸章陵。修园庙，祠旧宅，观田庐，置酒作乐，赏赐。时宗室诸母因酣悦，相与语曰："文叔少时谨信，与人不款曲，唯直柔耳。今乃能如此[29]！"帝闻之，大笑曰："吾理天下，亦欲以柔道行之。"乃悉为舂陵宗室起祠堂。有五凤皇见于颍川之郏县。十二月，至自章陵。

是岁。莎车国遣使贡献。

十八年春二月，蜀郡守将史歆叛，遣大司马吴汉率二将军讨之，围成都。

甲寅，西巡狩，幸长安。三月壬午，祠高庙，遂有事十一陵。历冯翊界，进幸蒲坂，祠后土。夏四月癸酉，车驾还宫。

甲戌诏曰："今边郡盗谷五十斛，罪至于死，开残吏妄杀之路，其蠲除此法，同之内郡[30]。"

遣伏波将军马援率楼船将军段志等击交趾贼徵侧等。

甲申，幸河内。戊子，至自河内。

五月，旱。

卢芳复亡入匈奴。

秋七月，吴汉拔成都，斩史歆等。壬戌，赦益州所部殊死已下。

冬十月庚辰，幸宜城。还，祠章陵。十二月乙丑，车驾还宫。

是岁，罢州牧，置刺史。

十九年春正月庚子，追尊孝宣皇帝曰中宗。始祠昭帝、元帝于太庙，成帝、哀帝、平帝于长安，舂陵节侯以下四世于章陵。

妖巫单臣、傅镇等反，据原武，遣太中大夫臧宫围之。夏四月，拔原武，斩臣、镇等。

伏波将军马援破交趾，斩徵侧等。因击破九真贼都阳等，降之。

闰月戊申，进赵、齐、鲁三国公爵为王。

六月戊申，诏曰："《春秋》之义，立子以贵。东海王阳，皇后之子，宜承大统。皇太子强，崇执谦退，愿备藩国。父子之情，重久违之。其以强为东海王，立阳为皇太子，改名庄。"

秋九月，南巡狩。壬申，幸南阳，进幸汝南南顿县舍，置酒会，赐吏人，复南顿田租岁。父老前叩头言："皇孝居此日久，陛下识知寺舍，每来辄加厚恩，愿赐复十年。"帝曰："天下重器，常恐不任，日复一日，安敢远期十岁乎？"吏人又言："陛下实惜之，何言谦也？"帝大笑，复增一岁。进幸淮阳、梁、沛。

西南夷寇益州郡，遣武威将军刘尚讨之。越巂太守任贵谋叛，十二月，刘尚袭贵，诛之。

是岁，复置函谷关都尉。修西京宫室。

二十年春二月戊子，车驾还宫。

夏四月庚辰，大司徒戴涉下狱死。大司空窦融免。

五月辛亥，大司马吴汉薨。

匈奴寇上党、天水，遂至扶风。

六月庚寅，广汉太守蔡茂为大司徒，太仆朱浮为大司空。壬辰，左中郎将刘隆为骠骑将军，行大司马事。

乙未，徙中山王辅为沛王。

秋，东夷韩国人率众诣乐浪内附。

冬十月，东巡狩。甲午，幸鲁，进幸东海、楚、沛国。

十二月，匈奴寇天水。

壬寅，车驾还宫。

是岁，省五原郡，徙其吏人置河东。复济阳县徭役六岁。

二十一年春正月，武威将军刘尚破益州夷，平之。

夏四月，安定属国胡叛，屯聚青山，遣将兵长史陈䜣讨平之。

秋，鲜卑寇辽东，辽东太守祭彤大破之。

冬十月，遣伏波将军马援出塞击乌桓，不克。

匈奴寇上谷、中山。

其冬，鄯善王、车师王等十六国皆遣子入侍奉献，愿请都护。帝以中国初定，未遑外事，乃还其侍子，厚加赏赐。

二十二年春闰月丙戌，幸长安，祠高庙，遂有事十一陵。二月己巳，至自长安。

夏五月乙未晦，日有食之。

秋七月，司隶校尉苏邺下狱死。

九月戊辰，地震裂。制诏曰："日者地震，南阳尤甚。夫地者，任物至重，静而不动者也。而今震裂，咎在君上。鬼神不顺无德，灾殃将及吏人，朕甚惧焉。其令南阳勿输今年田租刍稿。遣谒者案行，其死罪系囚在戊辰以前，减死罪一等；徒皆弛解钳，衣丝絮。赐郡中居人压死者棺钱，人三千。其口赋逋税而庐宅尤破坏者，勿收责。吏人死亡，或在坏垣毁屋之下，而家羸弱不能收拾者，其以见钱谷取佣，为寻求之。"

冬十月壬子，大司空朱浮免。癸丑，光禄勋杜林为大司空。

是岁，齐王章薨。青州蝗。匈奴薁鞬日逐王比遣使诣渔阳请和亲，使中郎将李茂报命。乌桓击破匈奴，匈奴北徙，幕南地空。诏罢诸边郡亭候吏卒。

二十三年春正月，南郡蛮叛，遣武威将军刘尚讨破之，徙其种人于江夏。

夏五月丁卯，大司徒蔡茂薨。

秋八月丙戌，大司空杜林薨。

九月辛未，陈留太守玉况为大司徒。

冬十月丙申，太仆张纯为大司空。

高句丽率种人诣乐浪内属。

十二月，武陵蛮叛，寇掠郡县，遣刘尚讨之，战于沅水，尚军败殁。

是岁，匈奴薁鞬日逐王比率部曲遣使诣西河内附。

二十四年春正月乙亥，大赦天下。

匈奴薁鞬日逐王比遣使款五原塞，求扞御北虏[31]。

秋七月，武陵蛮寇临沅，遣谒者李嵩、中山太守马成讨蛮，不克，于是伏波将军马援率四将军讨之。

诏有司申明旧制阿附蕃王法。

冬十月，匈奴薁鞬日逐王比自立为南单于，于是分为南、北匈奴。

二十五年春正月，辽东徼外貊人寇右北平、渔阳、上谷、太原，辽东太守祭肜招降之。乌桓大人来朝[32]。

南单于遣使诣阙贡献，奉蕃称臣；又遣其左贤王击破北匈奴，却地千余里。三月，南单于遣子入侍。

戊申晦，日有食之。

伏波将军马援等破武陵蛮于临沅。冬十月，叛蛮悉降。

夫余王遣使奉献。

是岁，乌桓大人率众内属，诣阙朝贡。

二十六年春正月，诏有司增百官奉。其千石已上，减于西京旧制；六百石已下，增于旧秩。

初作寿陵。将作大匠窦融上言园陵广袤，无虑所用[33]。帝曰："古者帝王之葬，皆陶人瓦器，木车茅马，使后世之人不知其处。太宗识终始之义，景帝能述遵孝道，遭天下反覆，而霸陵独完受其福，岂不美哉！今所制地不过二三顷，无为山陵，陂池裁令流水而已。"

遣中郎将段郴授南单于玺绶，令入居云中，始置使匈奴中郎将，将兵卫护之。南单于遣子入侍，奉奏诣阙。于是云中、五原、朔方、北地、定襄、雁门、上谷、代八郡民归于本土。遣谒者分将施刑补理城郭。发遣边民在中国者，布还诸县，皆赐以装钱，转输给食。

二十七年夏四月戊午，大司徒玉况薨。

五月丁丑，诏曰："昔契作司徒，禹作司空，皆无'大'名，其令二府去'大'。"又改大司马为太尉。骠骑大将军行大司马刘隆即日罢，以太仆赵熹为太尉，大司农冯勤为司徒。

益州郡徼外蛮夷率种人内属。

北匈奴遣使诣武威乞和亲。

冬，鲁王兴、齐王石始就国。

二十八年春正月己巳，徙鲁王兴为北海王，以鲁国益东海。赐东海王强虎贲、旄头、钟虡之乐[34]。

夏六月丁卯，沛太后郭氏薨，因诏郡县捕王侯宾客，坐死者数千人。

秋八月戊寅，东海王强、沛王辅、楚王英、济南王康、淮阳王延始就国。

冬十月癸酉，诏死罪系囚皆一切募下蚕室，其女子宫[35]。

北匈奴遣使贡献，乞和亲。

二十九年春二月丁巳朔，日有食之。遣使者举冤狱，出系囚。

庚申，赐天下男子爵，人二级；鳏、寡、孤、独、笃癃、贫不能自存者粟，人五斛。

夏四月乙丑，诏令天下系囚自殊死已下及徒各减本罪一等，其余赎罪输作各有差。

三十年春正月，鲜卑大人内属，朝贺。

二月，东巡狩。甲子，幸鲁，进幸济南。闰月癸丑，车驾还宫。

有星孛于紫宫。

夏四月戊子，徙左翊王焉为中山王。

五月，大水。

赐天下男子爵，人二级；鳏、寡、孤、独、笃癃、贫不能自存者粟，人五斛。

秋七月丁酉，幸鲁国。复济阳县是年徭役。冬十一月丁酉，至自鲁。

三十一年夏五月，大水。

戊辰，赐天下男子爵，人二级；鳏、寡、孤、独、笃癃、贫不能自存者粟，人六斛。

癸酉晦，日有食之。

是夏，蝗。

秋九月甲辰，诏令死罪系囚皆一切募下蚕室，其女子宫。

是岁，陈留雨谷，形如稗实。北匈奴遣使奉献。

中元元年春正月，东海王强、沛王辅、楚王英、济南王康、淮阳王延、赵王盱皆来朝。

丁卯，东巡狩。二月己卯，幸鲁，进幸太山。北海王兴、齐王石朝于东岳。辛卯，柴望岱宗，登封太山[36]。甲午，禅于梁父。

三月戊辰，司空张纯薨。

夏四月癸酉，车驾还宫。己卯，大赦天下。复嬴、博、梁父、奉高，勿出今年田租刍稿。改年为中元。

行幸长安。戊子，祀长陵。五月乙丑，至自长安。

六月辛卯，太仆冯鲂为司空。

乙未，司徒冯勤薨。

是夏，京师醴泉涌出，饮之者固疾皆愈，惟眇、蹇者不瘳。又有赤草生于水崖[37]。郡国频上甘露。群臣奏言："地祇灵应而朱草萌生。孝宣帝每有嘉瑞，辄以改元，神爵、五凤、甘露、黄龙，列为年纪，盖以感致神祇，表彰德信。是以化致升平，称为中兴。今天下清宁，灵物仍降。陛下情存损挹，推而不居，岂可使祥符显庆，没而无闻[38]？宜令太史撰集，以传来世。"帝不纳。常自谦无德，每郡国所上，辄抑而不当，故史官罕得记焉。

秋，郡国三蝗。

冬十月辛未，司隶校尉东莱李䜣为司徒。

甲申，使司空告祠高庙曰："高皇帝与群臣约，非刘氏不王。吕太后贼害三赵，专王吕氏，赖社稷之灵，禄、产伏诛，天命几坠，危朝更安。吕太后不宜配食高庙，同祧至尊[39]。薄太后母德慈仁，孝文皇帝贤明临国，子孙赖福，延祚至今。其上薄太后尊号曰高皇后，配食地祇。迁吕太后庙主于园，四时上祭。"

十一月甲子晦，日有食之。

是岁，初起明堂、灵台、辟雍，及北郊兆域。宣布图谶于天下。复济阳、南顿是年徭役。参狼羌寇武都，败郡兵，陇西太守刘盱遣军救之，及武都郡兵讨叛羌，皆破之。

二年春正月辛未，初立北郊，祀后土。

东夷倭奴国王遣使奉献。

二月戊戌，帝崩于南宫前殿，年六十二。遗诏曰："朕无益百姓，皆如孝文皇帝制度，务从约省。刺史、二千石长吏皆无离城郭，无遣吏及因邮奏。"

初，帝在兵间久，厌武事，且知天下疲耗，思乐息肩[40]。自陇、蜀平后，非儆急，未尝复言军旅。皇太子尝问攻战之事，帝曰："昔卫灵公问陈，孔子不对，此非尔所及。"每旦视朝，日仄乃罢。数引公卿、郎、将讲论经理，夜分乃寐。皇太子见帝勤劳不怠，承间谏曰："陛下有禹汤之明，而失黄老养性之福，愿颐爱精神，优游自宁。"帝曰："我自乐此，不为疲也。"虽身济大业，兢兢如不及，故能明慎政体，总揽权纲，量时度力，举无过事，退功臣而进文吏，戢弓矢而散马牛，虽道未方古，斯亦止戈之武焉。"

① 无有所豫：没有什么可以顾虑的。
②恻然：悲伤的样子。
③笃瘽：病重体弱。瘽（chǒng，音宠），体弱。
④循抚：慰问安抚。　失职：失常，不能生活的意思。
⑤有事：祭祀。
⑥诖误：被别人牵连而受到处分或损害。　诖（guà），音“挂”。
⑦日月告凶，不用其行：日月显示天下凶亡的征兆，是不按正常轨道运行。
⑧永念厥咎，内疚于心：永远记住自己的过失，心里充满内疚。
⑨师旅：军队，指战争。
⑩耐：轻刑之名。　吏以文除之：官吏记下他们的名字而免除其罪。
⑪奢僭：奢侈越礼。　单：耗尽。　仓卒：丧乱。
⑫众军：多种部队。
⑬寝兵：停止军事活动。
⑭愆（qiān，音千）：罪过，过失。
⑮没：攻陷，占据。　骚动：秩序紊乱，动乱。
⑯句（gōu），音“勾”。
⑰间人：间谍。
⑱次：驻扎。
⑲被创：受重伤。
⑳徼外：边界以外。
㉑豫养：预先饲养。导择：挑选。
㉒不应经义：不合经典的义理。
㉓班师策勋：慰劳将士颁布各人的功劳。
㉔瞽（gǔ，音古）师：由盲人担任的乐师。
㉕ 大启尔宇：大力开拓你们的疆土。
㉖检核：检查核实。
㉗略：攻略。
㉘听：听凭。　纠擿：检举揭发。
㉙款曲：殷勤，应酬。
㉚残吏：凶恶残酷的官吏。　蠲除：免除。
㉛扞：同捍。
㉜貊（mò），音“默”。
㉝无虑所用：大概需用的面积。
㉞虡（jù，音据）：古代悬挂钟或磬的架子的立柱。
㉟蚕室：受宫刑的人怕风，所以让其居住在蚕室。　其女子宫：用行幽闭之刑。
㊱柴望：烧柴望祭。
㊲眇：瞎子。　蹇：脚跛。
㊳损挹：谦虚退让。
㊴祧（tiāo，音挑）：祭远祖的庙。
㊵ 思乐息肩：向往太平安乐休养生息。

孝献帝纪

孝献皇帝，讳协，灵帝中子也。母王美人，为何皇后所害。中平六年四月，少帝即位，封帝为勃海王，徙封陈留王。

九月甲戌，即皇帝位。年九岁。迁皇太后于永安宫。大赦天下。改昭宁为永汉。丙子，董卓杀皇太后何氏。

初令侍中、给事黄门侍郎员各六人。赐公卿以下至黄门侍郎家一人为郎，以补宦官所领诸署，侍于殿上。

乙酉，以太尉刘虞为大司马。董卓自为太尉，加铁钺、虎贲①。丙戌，太中大夫杨彪为司空。甲午，豫州牧黄琬为司徒。

遣使吊祠故太傅陈蕃、大将军窦武等。冬十月乙巳，葬灵思皇后。

白波贼寇河东，董卓遣其将牛辅击之。

十一月癸酉，董卓为相国。十二月戊戌，司徒黄琬为太尉，司空杨彪为司徒，光禄勋荀爽为司空。

省扶风都尉，置汉安都护②。

诏除光熹、昭宁、永汉三号，还复中平六年。

初平元年春正月，山东州郡起兵以讨董卓。

辛亥，大赦天下。

癸酉，董卓杀弘农王。

白波贼寇东郡。

二月乙亥，太尉黄琬、司徒杨彪免。

庚辰，董卓杀城门校慰伍琼、督军校尉周珌③。以光禄勋赵谦为太尉，太仆王允为司徒。

丁亥，迁都长安。董卓驱徙京师百姓悉西入关，自留屯毕圭苑。

壬辰，白虹贯日。

三月乙巳，车驾入长安，幸未央宫。

己酉，董卓焚洛阳宫庙及人家。

戊午，董卓杀太傅袁隗、太仆袁基，夷其族。

夏五月，司空荀爽薨。六月辛丑，光禄大夫种拂为司空。

大鸿胪韩融、少府阴修、执金吾胡母班、将作大匠吴修、越骑校尉王瓌安集关东，后将军袁术、河内太守王匡各执而杀之，唯韩融获免。

董卓坏五铢钱，更铸小钱。

冬十一月庚戌，镇星、荧惑、太白合于尾④。

是岁，有司奏，和、安、顺、桓四帝无功德，不宜称宗，又恭怀、敬隐、恭愍三皇后并非正嫡，不合称后，皆请除尊号。制曰："可。"孙坚杀荆州刺史王睿，又杀南阳太守张咨。

二年春正月辛丑，大赦天下。

二月丁丑，董卓自为太师。

袁术遣将孙坚与董卓将胡轸战于阳人，轸军大败。董卓遂发掘洛阳诸帝陵。夏四月，董卓入长安。

六月丙戌，地震。

秋七月，司空种拂免，光禄大夫济南淳于嘉为司空。太尉赵谦罢，太常马日磾为太尉[⑤]。

九月，蚩尤旗见于角、亢[⑥]。

冬十月壬戌，董卓杀卫尉张温。

十一月，青州黄巾寇太山，太山太守应劭击破之。黄巾转寇勃海，公孙瓒与战于东光，复大破之。

是岁，长沙有人死，经月复活。

三年春正月丁丑，大赦天下。

袁术遣将孙坚攻刘表于襄阳，坚战殁[⑦]。

袁绍及公孙瓒战于界桥，瓒军大败。

夏四月辛巳，诛董卓，夷三族。司徒王允录尚书事，总朝政，遣使者张种抚慰山东[⑧]。

青州黄巾击杀兖州刺史刘岱于东平。东郡太守曹操大破黄巾于寿张，降之。

五月丁酉，大赦天下。

丁未，征西将军皇甫嵩为车骑将军。

董卓部曲将李傕、郭汜、樊稠、张济等反，攻京师。六月戊午，陷长安城，太常种拂、太仆鲁旭、大鸿胪周奂、城门校尉崔烈、越骑校尉王颀并战殁，吏民死者万余人。李傕等并自为将军。

己未，大赦天下。

李傕杀司隶校尉黄琬。甲子，杀司徒王允，皆灭其族。丙子，前将军赵谦为司徒。

秋七月庚子，太尉马日磾为太傅，录尚书事。八月，遣日磾及太仆赵岐，持节慰抚天下。车骑将军皇甫嵩为太尉。司徒赵谦罢。

九月，李傕自为车骑将军，郭汜后将军，樊稠右将军，张济镇东将军。济出屯弘农。

甲申，司空淳于嘉为司徒，光禄大夫杨彪为司空，并录尚书事。

冬十二月，太尉皇甫嵩免。光禄大夫周忠为太尉，参录尚书事。

四年春正月甲寅朔，日有食之。

丁卯，大赦天下。

三月，袁术杀杨州刺史陈温，据淮南。

长安宣平城门外屋自坏。

夏五月癸酉，无云而雷，六月，扶风大风，雨雹。华山崩裂。

太尉周忠免，太仆朱儁为太尉，录尚书事。

下邳贼阙宣自称天子。

雨水。遣侍御史裴茂讯诏狱，原轻系[⑨]。六月辛丑，天狗西北行。

九月甲午，试儒生四十余人，上第赐位郎中，次太子舍人，下第者罢之。诏曰："孔子叹'学之不讲'，不讲则所识日忘。今者儒年逾六十，去离本土，营求粮资，不得专业。结童入学，白首空归，长委农野，永绝荣望，朕甚愍焉。其依科罢者，听为太子舍人。"

冬十月，太学行礼，车驾幸永福城门，临观其仪，赐博士以下各有差。

辛丑，京师地震。有星孛于天市[⑩]。

司空杨彪免，太常赵温为司空。

公孙瓒杀大司马刘虞。

十二月辛丑，地震。

司空赵温免，乙巳，卫尉张喜为司空。

是岁，琅邪王容薨。

兴平元年春正月辛酉，大赦天下，改元兴平。甲子，帝加元服[11]。二月壬午，追尊谥皇妣王氏为灵怀皇后，甲申，改葬于文昭陵。丁亥，帝耕于藉田。

三月，韩遂、马腾与郭汜、樊稠战于长平观，遂、腾败绩，左中郎将刘范、前益州刺史种劭战殁。

夏六月丙子，分凉州河西四郡为雍州。

丁丑，地震；戊寅，又震。乙巳晦，日有食之，帝避正殿，寝兵，不听事五日[12]。大蝗。

秋七月壬子，太尉朱儁免。戊午，太常杨彪为太尉，录尚书事。

三辅大旱，自四月至于是月。帝避正殿请雨，遣使者洗囚徒，原轻击。是时谷一斛五十万，豆麦一斛二十万，人相食啖，白骨委积[13]。帝使侍御史侯汶出太仓米豆，为饥人作糜粥，经日而死者无降。帝疑赋恤有虚，乃亲于御坐前量试作糜，乃知非实，使侍中刘艾出讲有司。于是尚书令以下皆诣省阁谢，奏收侯汶考实[14]。诏曰："未忍致汶于理，可杖五十。"自是之后，多得全济。

八月，冯翊羌叛，寇属县，郭汜、樊稠击破之。

九月，桑复生椹，人得以食。

司徒淳于嘉罢。

冬十月，长安市门自坏。

以卫尉赵温为司徒，录尚书事。

十二月，分安定、扶风为新平郡。

是岁，杨州刺史刘繇与袁术将孙策战于曲阿，繇军败绩，孙策遂据江东。太傅马日磾薨于寿春。

二年春正月癸丑，大赦天下。

二月乙亥，李傕杀樊稠，而与郭汜相攻。三月丙寅，李傕胁帝幸其营，焚宫室。

夏四月甲午，立贵人伏氏为皇后。

丁酉，郭汜攻李傕，矢及御前[15]。是日，李傕移帝幸北坞。

大旱。

五月壬午，李傕自为大司马。六月庚午，张济自陕来和傕、汜。

秋七月甲子，车驾东归。郭汜自为车骑将军，杨定为后将军，杨奉为兴义将军，董承为安集将军，并侍送乘舆。张济为票骑将军，还屯陕。八月甲辰，幸新丰。冬十月戊戌，郭汜使其将伍习夜烧所幸学舍，逼胁乘舆。杨定、杨奉与郭汜战，破之。壬寅，幸华阴，露次道南。是夜，有赤气贯紫宫。张济复反，与李傕、郭汜合。十一月庚午，李傕、郭汜等追乘舆，战于东涧，王师败绩，杀光禄勋邓泉、卫尉士孙瑞、廷尉宣播、大长秋苗祀、步兵校尉魏桀、侍中朱展、射声校尉沮儁。壬申，幸曹阳，露次田中[16]。杨奉、董承引白波帅胡才、李乐、韩暹及匈奴左贤王去卑，率师奉迎，与李傕等战，破之。十二月庚辰，车驾乃进。李傕等复来追战，王师大败，杀略宫人，少府田芬、大司农张义等皆战殁。进幸陕，夜度河。乙亥，幸安邑。

是岁，袁绍遣将麴义与公孙瓒战于鲍丘，瓒军大败。

建安元年春正月癸酉，郊祀上帝于安邑，大赦天下，改元建安。

二月，韩暹攻卫将军董承。

夏六月乙未，幸闻喜。秋七月甲子，车驾至洛阳，幸故中常侍赵忠宅。丁丑，郊祀上帝，大赦天下。己卯，谒太庙。八月辛丑，幸南宫杨安殿。

癸卯，安国将军张杨为大司马，韩暹为大将军，杨奉为车骑将军。

是时，宫室烧尽，百官披荆棘，依墙壁间。州郡各拥强兵，而委输不至，群僚饥乏，尚书郎以下自出采稆，或饥死墙壁间，或为兵士所杀[17]。

辛亥，镇东将军曹操自领司隶校尉，录尚书事。曹操杀侍中台崇、尚书冯硕等。封卫将军董承为辅国将军，伏完等十三人为列侯，赠沮儁为弘农大守。

庚申，迁都许。己巳，幸曹操营。

九月，太尉杨彪、司空张喜罢。冬十一月丙戌，曹操自为司空，行车骑将军事，百官总己以听。

二年春，袁术自称天子。三月，袁绍自为大将军。

夏五月，蝗。秋九月，汉水溢。

是岁饥，江淮间民相食。袁术杀陈王宠。孙策遣使奉贡。

三年夏四月，遣谒者裴茂率中郎将段煨讨李傕，夷三族。

吕布叛。

冬十一月，盗杀大司马张杨。

十二月癸酉，曹操击吕布于徐州，斩之。

四年春三月，袁绍攻公孙瓒于易京，获之。

卫将军董承为车骑将军。

夏六月，袁术死。

是岁，初置尚书左右仆射[18]。武陵女子死十四日复活。

五年春正月，车骑将军董承、偏将军王服、越骑校尉种辑受密诏诛曹操，事泄。壬午，曹操杀董承等，夷三族。

秋七月，立皇子冯为南阳王。壬午，南阳王冯薨。

九月庚午朔，日有食之。诏三公举至孝二人，九卿、校尉、郡国守相各一人。皆上封事，靡有所讳。

曹操与袁绍战于官度，绍败走。

冬十月辛亥，有星孛于大梁。

东海王祇薨。

是岁，孙策死，弟权袭其余业。

六年春月丁卯朔，日有食之。

七年夏五月庚戌，袁绍薨。

于阗国献驯象。

是岁，越嶲男子化为女子[19]。

八年冬十月己巳，公卿初迎冬于北郊，总章始复备八佾舞[20]。

初置司直官，督中都官。

九年秋八月戊寅，曹操大破袁尚，平冀州，自领冀州牧。

冬十月，有星孛于东井。

十二月，赐三公已下金帛各有差。自是三年一赐，以为常制。

十年春正月，曹操破袁谭于青州，斩之。

夏四月，黑山贼张燕率众降。

秋九月，赐百官尤贫者金帛各有差。

十一年春正月，有星孛于北斗。

三月，曹操破高幹于并州，获之。

秋七月，武威太守张猛杀雍州刺史邯郸商。

是岁，立故琅邪王容子熙为琅邪王。齐、北海、阜陵、下邳、常山、甘陵、济、平原八国皆除。

十二年秋八月，曹操大破乌桓于柳城，斩其蹋顿。

冬十月辛卯，有星孛于鹑尾。

乙巳，黄巾贼杀济南王贇[21]。

十一月，辽东太守公孙康杀袁尚、袁熙。

十三年春正月，司徒赵温免。

夏六月，罢三公官，置丞相、御史大夫。癸巳，曹操自为丞相。

秋七月，曹操南征刘表。

八月丁未，光禄动郗虑为御史大夫。

壬子，曹操杀太中大夫孔融，夷其族。

是月，刘表卒，少子琮立，琮以荆州降操。

冬十月癸未朔，日有食之。

曹操以舟师伐孙权，权将周瑜败之于乌林、赤壁。

十四年冬十月，荆州地震。

十五年春二月乙巳朔，日有食之。

十六年秋九月庚戌，曹操与韩遂、马超战于渭南，遂等大败，关西平。

是岁，赵王赦薨。

十七年夏五月癸未，诛卫尉马腾，夷三族。

六月庚寅晦，日有食之。

秋七月，洧水、颍水溢。螟[22]。

八月，马超破凉州，杀刺史韦康。

九月庚戌，立皇子熙为济阴王，懿为山阳王，邈为济北王，敦为东海王。

冬十二月，星孛于五诸侯。

十八年春正月庚寅，复《禹贡》九州。

夏五月丙申，曹操自立为魏公，加九锡。

大雨水。

徒赵王圭为博陵王。

是岁，岁星、镇星、荧惑俱入太微。彭城王和薨[23]。

十九年，夏四月，旱。五月，雨水。

刘备破刘璋，据益州。

冬十月，曹操遣将夏侯渊讨宋建于枹罕，获之。

十一月丁卯，曹操杀皇后伏氏，灭其族及二皇子。

二十年春正月甲子，立贵人曹氏为皇后。赐天下男子爵，人一级，孝悌、力田二级。赐诸王侯公卿以下谷各有差。

秋七月，曹操破汉中，张鲁降。

二十一年夏四月甲午，曹操自进号魏王。

五月己亥朔，日有食之。

秋七月，匈奴南单于来朝。

是岁，曹操杀琅邪王熙，国除。

二十二年夏六月，丞相军师华歆为御史大夫。

冬，有星孛于东北。

是岁大疫。

二十三年春正月甲子，少府耿纪、丞相司直韦晃起兵诛曹操，不克，夷三族。

三月，有星孛于东方。

二十四年春二月壬子晦，日有食之。

夏五月，刘备取汉中。

秋七月庚子，刘备自称汉中王。

八月，汉水溢。

冬十一月，孙权取荆州。

二十五年春正月庚子，魏王曹操薨。子丕袭位。

二月丁未朔，日有食之。

三月，改元延康。

冬十月乙卯，皇帝逊位，魏王丕称天子。奉帝为山阳公，邑一万户，位在诸侯王上，奏事不称臣，受诏不拜，以天子车服郊祀天地，宗庙、祖、腊皆如汉制，都山阳之浊鹿城。四皇子封王者，皆降为列侯。

明年，刘备称帝于蜀，孙权亦自王于吴，于是天下遂三分矣。

魏青龙二年三月庚寅，山阳公薨。自逊位至薨，十有四年，年五十四，谥孝献皇帝。八月壬申，以汉天子礼仪葬于禅陵，置园邑令丞。

太子早卒，孙康立五十一年，晋太康六年薨。子瑾立四年，太康十年薨。子秋立二十年，永嘉中为胡贼所杀，国除。

论曰：传称鼎之为器，虽小而重，故神之所宝，不可夺移。至令负而趋者，此亦穷运之归乎！天厌汉德久矣，山阳其何诛焉！

赞曰：献生不辰，身播国屯。终我四百，永作虞宾。

---

①铁钺：铁与钺，刑戮之具，象征权威。　虎贲：职官名，掌管帝王出入仪卫之事。

②省：裁减。

③珌（bì）：音“必”。

④镇星：土星。　荧惑：火星。　太白：金星。　尾：二十八星宿中的尾星。

⑤磾（dī）：音“低”。

⑥蚩尤旗：慧星的一种。

⑦战殁：战死。

⑧抚慰：安抚。

⑨诏狱：奉诏令关押犯人的监狱。原：恕免。

⑩孛（bèi，音贝）：慧星的一种。

⑪元服：帽子。

⑫寝兵：停止军事活动。

⑬斛（hú，音胡）：量器名。十斗为一斛，南宋末年改为五斗。

⑭考实：考证核实。

⑮矢：箭。

⑯露次：止宿野外。

⑰委输：运送。　稆（lǚ，音吕）：野生的禾。

⑱射（yè）：音“夜”。

⑲巂（xī）：音“西”。

⑳总章：乐官名。　八佾（yì，音义）：古代天子专用的舞蹈。佾，舞列。

㉑赟（yūn）：音“晕”。

㉒洧（wěi）：音“伟”。

㉓岁星：木星。

刘玄列传

刘玄，字圣公，光武族兄也。弟为人所杀，圣公结客欲报之。客犯法，圣公避吏于平林。吏系圣公父子张[①]。圣公诈死，使人持丧归舂陵，吏乃出子张，圣公因自逃匿。

王莽末，南方饥馑，人庶群入野泽，掘凫茈而食之，更相侵夺[②]。新市人王匡、王凤为平理诤讼，遂推为渠帅，众数百人[③]。于是诸亡命马武、王常、成丹等往从之。共攻离乡聚，臧于绿林中，数月间至七八千人。地皇二年，荆州牧某发奔命二万人攻之，匡等相率迎击于云杜，大破牧军，杀数千人，尽获辎重，遂攻拔竟陵[④]。转击云杜、安陆，多略妇女，还入绿林中，至有五万余口，州郡不能制。

三年，大疾疫，死者且半，乃各分散引去。王常、成丹西入南郡，号下江兵。王匡、王凤、马武及其支党朱鲔、张卬等北入南阳，号新市兵，皆自称将军[⑤]。七月，匡等进攻随，未能下。平林人陈牧、廖湛复聚众千余人，号平林兵，以应之。圣公因往从牧等，为其军安集掾。

是时光武及兄伯升亦起舂陵，与诸部合兵而进。四年正月，破王莽前队大夫甄阜、属正梁丘赐，斩之。号圣公为更始将军。众虽多而无所统一，诸将遂共议立更始为天子。二月辛巳，设坛场于淯水上沙中，陈兵大会[⑥]。更始即帝位，南面立，朝群臣。素懦弱，羞愧流汗，举手不能言。于是大赦天下，建元曰更始元年。悉拜置诸将，以族父良为国三老，王匡为定国上公，王凤成国上公，朱鲔大司马，伯升大司徒，陈牧大司空，余皆九卿、将军。五月，伯升拔宛。六月，更始入都宛城，尽封宗室及诸将，为列侯者百余人。

更始忌伯升威名，遂诛之，以光禄勋刘赐为大司徒。前钟武侯刘望起兵，略有汝南。时王莽纳言将军严尤、秩宗将军陈茂既败于昆阳，往归之。八月，望遂自立为天子，以尤为大司马，茂为丞相。王莽使太师王匡、国将哀章守洛阳。更始遣定国上公王匡攻洛阳，西屏大将军申屠建、丞相司直李松攻武关，三辅震动。是时海内豪桀翕然响应，皆杀其牧守，自称将军，用汉年号，以待诏命，旬月之间，遍于天下[⑦]。

长安中起兵攻未央宫。九月，东海人公宾就斩王莽于渐台，收玺绶，传首诣宛。更始时在便坐黄堂，取视之，喜曰："莽不如是，当与霍光等。"宠姬韩夫人笑曰："若不如是，帝焉得之乎?"更始悦，乃悬莽首于宛城市。是月，拔洛阳，生缚王匡、哀章，至，皆斩之。十月，使奋威大将军刘信击杀刘望于汝南，并诛严尤、陈茂。更始遂北都洛阳，以刘赐为丞相。申屠建、李松自长安传送乘舆服御，又遣中黄门从官奉迎迁都。二年二月，更始自洛阳而西。初发，李松奉引，马惊奔，触北宫铁柱门，三马皆死。

初，王莽败，唯未央宫被焚而已，其余宫馆一无所毁。宫女数千，备列后庭，自钟鼓、帷帐、舆辇、器服、太仓、武库、官府、市里，不改于旧。更始既至，居长乐宫，升前殿，郎吏以次列庭中。更始羞怍，俯首刮席不敢视⑧。诸将后至者，更始问虏掠得几何，左右侍官皆宫省久吏，各惊相视⑨。

李松与棘阳人赵萌说更始，宜悉王诸功臣。朱鲔争之，以为高祖约，非刘氏不王。更始乃先封宗室太常将军刘祉为定陶王，刘赐为宛王，刘庆为燕王，刘歙为元氏王，大将军刘嘉为汉中王，刘信为汝阴王；后遂立王匡为比阳王，王凤为宜城王，朱鲔为胶东王，卫尉大将军张卬为淮阳王，廷尉大将军王常为邓王，执金吾大将军廖湛为穰王，申屠建为平氏王，尚书胡殷为随王，柱天大将军李通为西平王，五威中郎将李轶为舞阴王，水衡大将军成丹为襄邑王，大司空陈牧为阴平王，骠骑大将军宋佻为颍阴王，尹尊为郾王。唯朱鲔辞曰："臣非刘宗，不敢干典。"遂让不受。乃徙鲔为左大司马，刘赐为前大司马，使与李轶 、李通、王常等镇抚关东。以李松为丞相，赵萌为右大司马，共秉内任。

更始纳赵萌女为夫人，有宠，遂委政于萌，日夜与妇人饮宴后庭⑩。群臣欲言事，辄醉不能见，时不得已，乃令侍中坐帷内与语。诸将识非更始声，出皆怨曰："成败未可知，遽自纵放若此!"韩夫人尤嗜酒，每侍饮，见常侍奏事，辄怒曰："帝方对我饮，正用此时持事来乎!"起，抵破书案。赵萌专权，威福自己，郎吏有说萌放纵者，更始怒，拔剑击之。自是无复敢言。萌私忿侍中，引下斩之，更始救请，不从。时李轶、朱鲔擅命山东，王匡、张卬横暴三辅。其所授官爵者，皆群小贾竖，或有膳夫庖人，多著绣面衣、锦裤、襜褕、诸于，骂詈道中⑪。长安为之语曰："灶下养，中郎将。烂羊胃，骑都尉。烂羊头，关内侯。"

军帅将军豫章李淑上书谏曰："方今贼寇始诛，王化未行，百官有司宜慎其任。夫三公上应台宿，九卿下括河海，故天工人其代之。陛下定业，虽因下江、平林之势，斯盖临时济用，不可施之既安。宜厘改制度，更延英俊，因才授爵，以匡王国⑫。今公卿大位莫非戎陈，尚书显官皆出庸伍，资亭长、贼捕之用，而当辅佐纲维之任⑬。唯名与器，圣人所重。今以所重加非其人，望其毗益万分，兴化致理，譬犹缘木求鱼，升山采珠⑭。海内望此，有以窥度汉祚⑮。臣非有憎疾以求进也，但为陛下惜此举厝⑯。败材伤锦，所宜至虑。惟割既往谬妄之失，思隆周文济济之美。"更始怒，系淑诏狱。自是关中离心，四方怨叛。诸将出征，各自专置牧守，州郡交错，不知所从。

十二月，赤眉西入关。

三年正月，平陵人方望立前孺子刘婴为天子。初，望见更始政乱，度其必败，谓安陵人弓林等曰："前定安公婴，平帝之嗣，虽王莽篡夺，而尝为汉主。今皆云刘氏真人，当更受命，欲共定大功，何如?"林等然之，乃于长安求得婴，将至临泾立之。聚党数千人，望为丞相，林为大司马。更始遣李松与讨难将军苏茂等击破，皆斩之。又使苏茂拒赤眉于弘农，茂军败，死者千余人。

三月，时李松会朱鲔与赤局战于务乡，松等大败，死者三万余人。

时王匡、张卬守河东，为邓禹所破，还奔长安。卬与诸将议曰："赤眉近在郑、华阴间，旦暮且至。今独有长安，见灭不久[17]，不如勒兵掠城中以自富，转攻所在，东归南阳，收宛王等兵。事若不集，复入湖池中为盗耳。”申屠建、廖湛等皆以为然，共入说更始。更始怒不应，莫敢复言。及赤眉立刘盆子，更始使王匡、陈牧、成丹、赵萌屯新丰，李松军掫，以拒之[18]。

张卬、廖湛、胡殷、申屠建等与御史大夫隗嚣合谋，欲以立秋日貙膢时共劫更始，俱成前计[19]。侍中刘能卿知其谋，以告之。更始托病不出，召张卬等。卬等皆入，将悉诛之，唯隗嚣不至。更始狐疑，使卬等四人且待于外庐[20]。卬与湛、殷疑有变，遂突出，独申屠建在，更始斩之。卬与湛、殷遂勒兵掠东西市。昏时，烧门入，战于宫中，更始大败。明旦，将妻子车骑百余，东奔赵萌于新丰。

更始复疑王匡、陈牧、成丹与张卬等同谋，乃并召入。牧、丹先至，即斩之。王匡惧，将兵入长安，与张卬等合。李松还从更始，与赵萌共攻匡、卬于城内。连战月余，匡等败走，更始徙居长信宫。赤眉至高陵，匡等迎降之，遂共连兵而进。更始守城，使李松出战，败，死者二千余人，赤眉生得松。时松弟泛为城门校尉，赤眉使使谓之曰：“开城门，活汝兄。”泛即开门。九月，赤眉入城。更始单骑走，从厨城门出。诸妇女从后连呼曰：“陛下，当下谢城！”更始即下拜，复上马去。

初，侍中刘恭以赤眉立其弟盆子，自系诏狱；闻更始败，乃出，步从至高陵，止传舍。右辅都尉严本恐失更始为赤眉所诛，将兵在外，号为屯卫而实囚之。赤眉下书曰：“圣公降者，封长沙王。过二十日，勿受。”更始遣刘恭请降，赤眉使其将谢禄往受之。十月，更始遂随禄肉袒诣长乐宫，上玺绶于盆子[21]。赤眉坐更始，置庭中，将杀之。刘恭、谢禄为请，不能得，遂引更始出。刘恭追呼曰：“臣诚力极，请得先死。”拔剑欲自刎，赤眉帅樊崇等遽共救止之，乃赦更始，封为畏威侯。刘恭复为固请，竟得封长沙王。更始常依谢禄居，刘恭亦拥护之。

三辅苦赤眉暴虐，皆怜更始，而张卬等以为虑，谓禄曰：“今诸营长多欲篡圣公者。一旦失之，合兵攻公，自灭之道也。”于是禄使从兵与更始共牧马于郊下，因令缢杀之。刘恭夜往收臧其尸。光武闻而伤焉，诏大司徒邓禹葬之于霸陵。

有三子：求，歆，鲤。明年夏，求兄弟与母东诣洛阳，帝封求为襄邑侯，奉更始祀；歆为谷孰侯，鲤为寿光侯。求后徙封成阳侯。求卒，子巡嗣，复徙封瀼泽侯。巡卒，子姚嗣。

论曰：周武王观兵孟津，退而还师，以为纣未可伐，斯时有未至者也。汉起，驱轻黠乌合之众，不当天下万分之一，而旌旃之所扮及，书文之所通被，莫不折戈顿颡，争受职命。非唯汉人余思，固亦几运之会也。夫为权首，鲜或不及。陈、项且犹未兴，况庸庸者乎！

---

①系：拘捕。

②凫茈（fú cí，音扶词）：荸荠。

③平理诤讼，平息调解争吵。　渠帅：首领。

④奔命：古代军队名。

⑤鲔（wěi）：音“伟”。卬（áng）：音“昂”。

⑥淯（yù）：音“玉”。

⑦翕（xī，音西）然：聚合，趋附的样子。

⑧羞怍：羞愧。　俯：低头。

⑨虏掠：掠夺抢劫。

⑩宴：宴饮，纵欲。

⑪贾竖：商人。　膳夫：屠夫。　庖人：厨师。　襜褕（chán yú，音搀于）：短的上衣。　诸于：妇女穿的宽大上衣。詈（lì，音力）：骂。

⑫厘改：改革。

⑬戎陈：军人。

⑭毗：辅助。　兴化致理：振兴教化达到国家大治的目的。

⑮窥度：暗中猜度。

⑯举厝：措施。

⑰见灭：被灭亡。　勒兵：治军，统率军队。

⑱掫（zhōu）：音“周”。

⑲貙膢（chū lōu，音出搂）：立秋日的祭祀。

⑳狐疑：怀疑，多疑。

㉑肉袒：脱去上衣，裸露肢体。古人在谢罪或祭祀时，常脱衣露体，表示虔诚和惶惧。

刘盆子列传

刘盆子者，太山式人。城阳景王章之后也。祖父宪，元帝时封为式侯，父萌嗣。王莽篡位，国除，因为式人焉。

天凤元年，琅邪海曲有吕母者，子为县吏，犯小罪，宰论杀之。吕母怨宰，密聚客，规以报仇[①]。母家素丰，赀产数百万，乃益酿醇酒，买刀剑衣服[②]。少年来酤者，皆赊与之，视其乏者，辄假衣裳，不问多少[③]。数年，财用稍尽，少年欲相与偿之。吕母垂泣曰：“所以厚诸君者，非欲求利，徒以县宰不道，枉杀吾子，欲为报怨耳。诸君宁肯哀之乎！”少年壮其意，又素受恩，皆许诺。其中勇士自号猛虎，遂相聚得数十百人，因与吕母入海中，招合亡命，众至数千。吕母自称将军，引兵还攻破海曲，执县宰。诸吏叩头为宰请。母曰：“吾子犯小罪，不当死，而为宰所杀。杀人当死，又何请乎？”遂斩之，以其首祭子冢，复还海中。

后数岁，琅邪人樊崇起兵于莒，众百余人，转入太山，自号三老。时青、徐大饥，寇贼蜂起，众盗以崇勇猛，皆附之，一岁间至万余人。崇同郡人逄安，东海人徐宣、谢禄、杨音，各起兵，合数万人，复引从崇。共还攻莒，不能下，转掠至姑幕，因击王莽探汤侯田况，大破之，杀万余人，遂北入青州，所过虏掠。还至太山，留屯南城。初，崇等以困穷为寇，无攻城徇地之计。众既浸盛，乃相与为约：杀人者死，伤人者偿创[④]。以言辞为约束，无文书、旌旗、部曲、号令。其中最尊者号三老，次从事，次卒史，泛相称曰巨人。王莽遣平均公廉丹、太师王匡击之。崇等欲战，恐其众与莽兵乱，乃皆朱其眉以相识别，由是号曰赤眉[⑤]。赤眉遂大破丹、匡军，杀万余人，追至无盐，廉丹战死，王匡走。崇又引其兵十余万，复还围莒，数月。或说崇曰：“莒，父母之国，奈何攻之？”乃解去。时吕母病死，其众分入赤眉、青犊、铜马中。赤眉遂寇东海，与王莽沂平大尹战，败，死者数千人，乃引去，掠楚、沛、汝南、颍川、还入陈留，攻拔鲁城，转至濮阳。

会更始都洛阳，遣使降崇。崇等闻汉室复兴，即留其兵，自将渠帅二十余人，随使者至洛阳降更始，皆封为列侯[⑥]。崇等既未有国邑，而留众稍有离叛，乃遂亡归其营，将兵入颍川，分其众为二部，崇与逄安为一部，徐宣、谢禄、杨音为一部。崇、安攻拔长社，南击宛，斩县令。而宣、禄等亦拔阳翟，引之梁，击杀河南太守。赤眉众虽数战胜，而疲敝厌兵，皆日夜愁泣，思欲东归。崇等计议，虑众东向必散，不如西攻长安。更始二年冬，崇、安自武关，宣等从陆浑关，两道俱入。三年正月，俱至弘农，与更始诸将连战克胜，众遂大集。乃分万人为一营，凡三十营，营置三老、从事各一人。进至华阴。

军中常有齐巫鼓舞祠城阳景王，以求福助。巫狂言景王大怒，曰："当为县官，何故为贼?"有笑巫者辄病，军中惊动。时方望弟阳怨更始杀其兄，乃逆说崇等曰："更始荒乱，政令不行，故使将军得至于此[7]。今将军拥百万之众，西向帝城，而无称号，名为群贼，不可以久。不如立宗室，挟义诛伐。以此号令，谁敢不服?"崇等以为然，而巫言益甚。前及郑，乃相与议曰："今迫近长安，而鬼神如此，当求刘氏共尊立之。"六月，遂立盆子为帝，自号建世元年。

初，赤眉过式，掠盆子及二兄恭、茂，皆在军中。恭少习《尚书》，略通大义。及随崇等降更始，即封为式侯。以明经数言事，拜侍中，从更始在长安。盆子与茂留军中，属右校卒史刘侠卿，主刍牧牛，号曰牛吏[8]。及崇等欲立帝，求军中景王后者，得七十余人，唯盆子与茂及前西安侯刘孝最为近属。崇等议曰："闻古天子将兵称上将军。"乃书札为符曰"上将军"，又以两空札置笥中，遂于郑北设坛场，祠城阳景王[9]。诸三老、从事皆大会陛下，列盆子等三人居中立，以年次探札。盆子最幼，后探得符，诸将乃皆称臣拜。盆子时年十五，被发徒跣，敝衣赭汗，见众拜，恐畏欲啼[10]。茂谓曰："善藏符。"盆子即啮折弃之，复还依侠卿。侠卿为制绛单衣、半头赤帻、直綦履，乘轩车大马，赤屏泥，绛襜络，而犹从牧儿遨。

崇虽起勇而为众所宗，然不知书数。徐宣故县狱吏，能通《易经》。遂共推宣为丞相，崇御史大夫，逄安左大司马，谢禄右大司马，自杨音以下皆为列卿。

军及高陵，与更始叛将张卬等连和，遂攻东都门，入长安城，更始来降。

盆子居长乐宫，诸将日会论功，争言欢呼，拔剑击柱，不能相一。三辅郡县营长遣使贡献，兵士辄剽夺之。又数虏吏民，百姓保壁，由是皆复固守。至腊日，崇等乃设乐大会，盆子坐正殿，中黄门持兵在后，公卿皆列坐殿上。酒未行，其中一人出刀笔书谒欲贺，其余不知书者起请之，各各屯聚，更相背向。大司农杨音按剑骂曰："诸卿皆老佣也！今日设君臣之礼，反更殽乱，儿戏尚不如此，皆可格杀[11]！"更相辩斗，而兵众遂各逾宫斩关，入掠酒肉，互相杀伤。卫尉诸葛稚闻之，勒兵入，格杀百余人，乃定[12]。盆子惶恐，日夜啼泣，独与中黄门共卧起，唯得上观阁而不闻外事。

时掖庭中宫女犹有数百千人，自更始败后，幽闭殿内，掘庭中芦菔根，捕池鱼而食之，死者因相埋于宫中。有故祠甘泉乐人，尚共击鼓歌舞，衣服鲜明，见盆子叩头言饥。盆子使中黄门禀之米，人数斗。后盆子去，皆饿死不出。

刘恭见赤眉众乱，知其必败，自恐兄弟俱祸，密教盆子归玺绶，习为辞让之言。建武二年正月朔，崇等大会，刘恭先曰："诸君共立恭弟为帝，德诚深厚。立且一年，肴乱日甚，诚不足以相成[13]。恐死而无所益，愿得退为庶人，更求贤知，唯诸君省察。"崇等谢曰："此皆崇等罪也。"恭复固请。或曰："此宁式侯事邪!"恭惶恐起去。盆子乃下床解玺绶，叩头曰："今设置县官而为贼如故。吏人贡献，辄见剽劫，流闻四方，莫不怨恨，不复信向。此皆立非其人所致，愿乞骸骨，避贤圣[14]。必欲杀盆子以塞责者，无所离死。诚冀诸君肯哀怜之耳!"因涕泣嘘唏。崇等及会者数百人，莫不哀怜之，乃皆避席顿首曰："臣无状，负陛下。请自今已后，不敢复放纵。"因共抱持盆子，带以玺绶。盆子号呼不得已。既罢出，各闭营自守，三辅翕然，称天子聪明。百姓争还长安，市里且满。

后二十余日，赤眉贪财物，复出大掠。城中粮食尽，遂收载珍宝，因大纵火烧宫室，引兵而西。过祠南郊，车甲兵马最为猛盛，众号百万。盆子乘王车，驾三马，从数百骑。乃自南山转掠城邑，与更始将军严春战于郿。破春，杀之，遂入安定、北地。至阳城、番须中，逢大雪，坑谷皆满，士多冻死，乃复还，发掘诸陵，取其宝货，遂污辱吕后尸。凡贼所发，有玉匣殓者率皆如生，故赤眉得多行淫秽。大司徒邓禹时在长安，遣兵击之于郁夷，反为所败，禹乃出之云阳。九月，赤眉复入长安，止桂宫。

时汉中贼延岑出散关，屯杜陵，逢安将十余万人击之。邓禹以逢安精兵在外，唯盆子与羸弱居城中，乃自往攻之。会谢禄救至，夜战槁街中，禹兵败走⑮。延岑及更始将军李宝合兵数万人，与逢安战于杜陵。岑等大败，死者万余人，宝遂降安，而延岑收散卒走。宝乃密使人谓岑曰："子努力还战，吾当于内反之，表里合势，可大破也。"岑即还挑战，安等空营击之，宝从后悉拔赤眉旌帜，更立己幡旗。安等战疲还营，见旗帜皆白，大惊乱走，自投川谷，死者十余万，逢安与数千人脱归长安。时三辅大饥，人相食，城郭皆空，白骨蔽野，遗人往往聚为营保，各坚守不下。赤眉虏掠无所得，十二月，乃引而东归，众尚二十余万，随道复散。

光武乃遣破奸将军侯进等屯新安，建威大将军耿弇等屯宜阳，分为二道，以要其还路。敕诸将曰："贼若东走，可引宜阳兵会新安；贼若南走，可引新安兵会宜阳。"明年正月，邓禹自河北度，击赤眉于湖，禹复败走，赤眉遂出关南向。征西大将军冯异破之于崤底。帝闻，乃自将幸宜阳，盛兵以邀其走路。

赤眉忽遇大军，惊震不知所为，乃遣刘恭乞降，曰："盆子将百万众降，陛下何以待之?"帝曰："待汝以不死耳。"樊崇乃将盆子及丞相徐宣以下三十余人肉袒降⑯。上所得传国玺绶，更始七尺宝剑及玉璧各一。积兵甲宜阳城西，与熊耳山齐。帝令县厨赐食，众积困馁，十余万人皆得饱饫。明旦，大陈兵马临洛水，令盆子君臣列而观之。谓盆子曰："自知当死不?"对曰："罪当应死，犹幸上怜赦之耳。"帝笑曰："儿大黠，宗室无蚩者⑰。"又谓崇等曰："得无悔降乎？朕今遣卿营勒兵，鸣鼓相攻，决其胜负，不欲强相服也。"徐宣等叩头曰："臣等出长安东都门，君臣计议，归命圣德。百姓可与乐成，难与图始，故不告众耳。今日得降，犹去虎口归慈母，诚欢诚喜，无所恨也。"帝曰："卿所谓铁中铮铮，佣中佼佼者也⑱。"又曰："诸卿大为无道，所过皆夷灭老弱，溺社稷，污井灶。然犹有三善：攻破城邑，周遍天下，本故妻妇无所改易，是一善也；立君能用宗室，是二善也；余贼立君，迫急皆持其首降，自以为功，诸卿独完全以付朕，是三善也。"乃令各与妻子居洛阳，赐宅人一区，田二顷。

其夏，樊崇、逄安谋反，诛死。杨音在长安时，遇赵王良有恩，赐爵关内侯，与徐宣俱归乡里，卒于家。刘恭为更始报杀谢禄，自系狱，赦不诛。

帝怜盆子，赏赐甚厚，以为赵王郎中。后病失明，赐荥阳均输官地，以为列肆，使食其税终身。

赞曰：圣公靡闻，假我风云。始顺归历，终然崩分。赤眉阻乱，盆子探符。虽盗皇器，乃食均输。

---

①规：谋划、规划。

②赀产：财产。

③酤（gū，音姑）：买酒。

④浸盛：逐渐兴旺。

⑤朱：涂成大红色。

⑥渠帅：首领，统帅。

⑦逆说：教唆，鼓动。

⑧刍：割草。

⑨笥（sì，音四）：盛饭或盛衣物的方形竹器。

⑩跣（xiǎn，音鲜）：赤脚。　赭：赤色。

⑪殽乱：杂乱，混乱。殽，同“淆”。　格杀：击杀。

⑫勒兵：治军，统率军队。

⑬肴乱：混乱。

⑭乞骸骨：辞官。

⑮槁（gāo）：音“高”。

⑯肉袒：脱去上衣，裸露肢体。古人在谢罪或祭祀时，常脱衣露体，表示虔诚和惶惧。

⑰黠：聪明而狡猾。　蚩：无知，傻。

⑱铁中铮铮：比喻胜过一般人。铮铮，象声词，金属撞击发出的声音。　佣中佼佼：在凡人中算是出类拔萃的。佼佼，胜过一般。

窦融列传

窦融，字周公，扶风平陵人也。七世祖广国，孝文皇后之弟，封章武侯。融高祖父，宣帝时以吏二千石自常山徙焉。融早孤。王莽居摄中，为强弩将军司马，东击翟义，远攻槐里，以军功封建武男。女弟为大司空王邑小妻。家长安中，出入贵戚，连结间里豪杰，以任侠为名。然事母兄，养弱弟，内修行义。王莽末，青、徐贼起，太师王匡请融为助军，与共东征。

及汉兵起，融复从王邑败于昆阳下，归长安。汉兵长驱入关，王邑荐融，拜为波水将军。赐黄金千斤，引兵至新丰。莽败，融以军降更始大司马赵萌，萌以为校尉，甚重之，荐融为钜鹿太守。

融见更始新立，东方尚扰，不欲出关，而高祖父尝为张掖太守，从祖父为护羌校尉，从弟亦为武威太守，累世在河西，知其土俗，独谓兄弟曰：“天下安危未可知，河西殷富，带河为固，张掖属国精兵万骑，一旦缓急，杜绝河津，足以自守，此遗种处也①。”兄弟皆然之。融于是日往守萌，辞让钜鹿，图出河西。萌为言更始，乃得为张掖属国都尉。融大喜，即将家属而西。既到，抚结雄杰，怀辑羌虏，甚得其欢心，河西翕然归之②。

是时酒泉太守梁统、金城太守厍钧、张掖都尉史苞、酒泉都尉竺曾、敦煌都尉辛肜，并州郡英俊，融皆与为厚善③。及更始败，融与梁统等计议曰：“今天下扰乱，未知所归。河西斗绝在羌胡中，不同心戮力则不能自守。权钧力齐，复无以相率④。当推一人为大将军，共全五郡，观时变动。”议既定，而各谦让，咸以融世任河西为吏，人所敬向，乃推融行河西五郡大将军事。是时武威太守马期、张掖太守任仲并孤立无党，乃共移书告示之，二人即解印绶去。于是以梁统为武威太守，史苞为张掖太守，竺曾为酒泉太守，辛肜为敦煌太守，厍钧为金城太守。融居属国，领都尉职如故，置从事监察五郡。河西民俗质朴，而融等政亦宽和，上下相亲，晏然富殖⑤。修兵马，习战射，明烽燧之警，羌胡犯塞，融辄自将与诸郡相救，皆如符要，每辄破之。其后匈奴惩乂，稀复侵寇，而保塞羌胡皆震服亲附，安定、北地、上郡流人避凶饥者，归之不绝⑥。

融等遥闻光武即位，而心欲东向，以河西隔远，未能自通。时隗嚣先称建武年号，融等从受正朔，嚣皆假其将军印绶。嚣外顺人望，内怀异心，使辩士张玄游说河西曰：“更始事业已成，寻复亡灭，此一姓不再兴之效。今即有所主，便相系属，一旦拘制，自令失柄，后有危殆，虽悔无及。今豪杰竞逐，雌雄未决，当各据其土宇，与陇、蜀合从，高可为六国，下不失尉佗。”融等于是召豪杰及诸太守计议，其中智者皆曰："汉承尧运，历数延长。今皇帝姓号见于图书，自前世博物道术之士谷子云、夏贺良等，建明汉有再受命之符，言之久矣，故刘子骏改易名字，冀应其占。及莽末，道士西门君惠言刘秀当为天子，遂谋立子骏。事觉被杀，出谓百姓观者曰：'刘秀真汝主也。'皆近事暴著，智者所共见也⑦。除言天命，且以人事论之：今称帝者数人，而洛阳土地最广，甲兵最强，号令最明。观符命而察人事，它姓殆未能当也。"诸郡太守各有宾客，或同或异。融小心精详，遂决策东向。五年夏，遣长史刘钧奉书献马。

先是，帝闻河西完富，地接陇、蜀，常欲招之，以逼嚣、述，亦发使遗融书，遇钧于道，即与俱还⑧。帝见钧欢甚，礼飨毕，乃遣令还，赐融玺书曰："制诏行河西五郡大将军事、属国都尉：劳镇守边五郡，兵马精强，仓库有蓄，民庶殷富。外则折挫羌胡，内则百姓蒙福。威德流闻，虚心相望，道路隔塞，邑邑何已⑨！长史所奉书献马悉至，深知厚意。今益州有公孙子阳，天水有隗将军，方蜀汉相攻，权在将军，举足左右，便有轻重。以此言之，欲相厚岂有量哉！诸事具长史所见，将军所知。王者迭兴，千载一会。欲遂立桓、文，辅微国，当勉卒功业。欲三分鼎足，连衡合从，亦宜以时定。天下未并，吾与尔绝域，非相吞之国。今之议者，必有任嚣效尉佗制七郡之计。王者有分土，无分民，自适己事而已。今以黄金二百斤赐将军，便宜辄言。"因授融为凉州牧。

玺书既至，河西咸惊，以为天子明见万里之外，网罗张立之情。融即复遣钧上书曰："臣融窃伏自惟，幸得托先后末属，蒙恩为外戚，累世二千石。至臣之身，复备列位，假历将帅，守持一隅。以委质则易为辞，以纳忠则易为力⑩。书不足以深达至诚，故遣刘钧口陈肝胆。自以底里上露，长无纤介⑪。而玺书盛称蜀、汉二主，三分鼎足之权，任嚣、尉佗之谋，窃自痛伤。臣融虽无识，犹知利害之际，顺逆之分。岂可背真旧之主，事奸伪之人。废忠贞之节，为倾之事。弃已成之基，求无冀之利。此三者虽问狂夫，犹知去就，而臣独何以用心！谨遣同产弟友诣阙，口陈区区。"友至高平，会嚣反叛，道绝，驰还，遣司马席封间行通书。帝复遣席封赐融、友书，所以尉藉之甚备。

融既深知帝意，乃与隗嚣书责让之曰："伏惟将军国富政修，士兵怀附。亲遇厄会之际，国家不利之时，守节不回，承事本朝，后遣伯春委身于国，无疑之诚，于斯有效⑫。融等所以欣服高义，愿从役于将军者，良为此也⑬。而忿悁之间，改节易图，君臣分争，上下接兵⑭。委成功，造难就，去从义，为横谋，百年累之，一朝毁之，岂不惜乎！殆执事者贪功建谋，以至于此，融窃痛之⑮！当今西州地势局迫，人兵离散，易以辅人，难以自建。计若失路不反，闻道犹迷，不南合子阳，则北入文伯耳。夫负虚交而易强御，恃远救而轻近敌，未见其利也。融闻智者不危众以举事，仁者不违义以要功。今以小敌大，于众何如？弃子徼功，于义何如⑯？且初事本朝，稽首北面，忠臣节也。及遣伯春，垂涕相送，慈父恩也。俄而背之，谓吏士何？忍而弃之，谓留子何？自兵起以来，转相攻击，城郭皆为丘墟，生人转于沟壑。今其存者，非锋刃之余，则流亡之孤。迄今伤痍之体未愈，哭泣之声尚闻。幸赖天运少还，而将军复重于难，是使积痾不得遂瘳，幼孤将复流离，其为悲痛，尤足愍伤，言之可为酸鼻⑰！庸人且犹不忍，况仁者乎？融闻为忠甚易，得宜实难⑱。忧人大过，以德取怨，知且以言获罪也。区区所献，唯将军省焉。"嚣不纳。融乃与五郡太守共砥厉兵马，上疏请师期⑲。

帝深嘉美之，乃赐融以外属图及太史公《五宗》、《外戚世家》、《魏其侯列传》。诏报曰："每追念外属，孝景皇帝出自窦氏，定王，景帝之子，朕之所祖⑳。昔魏其一言，继统以正，长君、少君尊奉师傅，修成淑德，施及子孙，此皇太后神灵，上天佑汉也。从天水来者写将军所让隗嚣书，痛入骨髓。畔臣见之，当股栗惭愧，忠臣则酸鼻流涕，义士则旷若发蒙，非忠孝悫诚，孰能如此[21]？岂其德薄者所能克堪[22]！嚣自知失河西之助，族祸将及，欲设间离之说，乱惑真心，转相解构，以成其奸[23]。又京师百僚，不晓国家及将军本意，多能采取虚伪，夸诞妄谈，令忠孝失望，传言乖实[24]。毁誉之来，皆不徒然，不可不思。今关东盗贼已定，大兵今当悉西，将军其抗厉威武，以应期会。”融被诏，即与诸郡守将兵入金城。

初，更始时，先零羌封何诸种杀金城太守，居其郡，隗嚣使使赂遗封何，与共结盟，欲发其众[25]。融等因军出，进击封何，大破之，斩首千余级，得牛马羊万头，谷数万斛，因并河扬威武，伺候车驾[26]。时大兵未进，融乃引还。

帝以融信效著明，益嘉之。诏右扶风修理融父坟茔，祠以太牢。数驰轻使，致遗四方珍羞。梁统乃使人刺杀张玄，遂与嚣绝，皆解所假将军印绶。七年夏，酒泉太守竺曾以弟报怨杀人而去郡，融承制拜曾为武锋将军，更以辛彤代之。

秋，隗嚣发兵寇安定，帝将自西征之，先戒融期。会遇雨，道断，且嚣兵已退，乃止。融至姑臧，被诏罢归。融恐大兵遂久不出，乃上书曰：“隗嚣闻车驾当西，臣融东下，士众骚动，计且不战。嚣将高峻之属皆欲逢迎大军，后闻兵罢，峻等复疑。嚣扬言东方有变，西州豪杰遂复附从。嚣又引公孙述将，令守突门。臣融孤弱，介在其间，虽承威灵，宜速救助[27]。国家当其前，臣融促其后，缓急迭用，首尾相资，嚣势排迮，不得进退，此必破也[28]。若兵不早进，久生持疑，则外长寇雠，内示困弱，复令谗邪得有因缘，臣窃忧之[29]。惟陛下哀怜！”帝深美之。

八年夏，车驾西征隗嚣，融率五郡太守及羌虏小月氏等步骑数万，辎重五千余辆，与大军会高平第一。融先遣从事问会见仪适。是时军旅代兴，诸将与三公交错道中，或背使者交私语[30]。帝闻融先问礼仪，甚善之，以宣告百僚。乃置酒高会，引见融等，待以殊礼。拜弟友为奉车都尉，从弟士太中大夫。遂共进军，嚣众大溃，城邑皆降。帝高融功，下诏以安丰、阳泉、蓼、安风四县封融为安丰侯，弟友为显亲侯。遂以次封诸将帅：武锋将军竺曾为助义侯，武威太守梁统为成义侯，张掖太守史苞为褒义侯，金城太守厍钧为辅义侯，酒泉太守辛彤为扶义侯。封爵既毕，乘舆东归，悉遣融等西还所镇。

融以兄弟并受爵位，久专方面，惧不自安，数上书求代[31]。诏报曰：“吾与将军如左右手耳，数执谦退，何不晓人意？勉循士民，无擅离部曲。”

及陇、蜀平，诏融与五郡太守奏事京师，官属宾客相随，驾乘千余辆，马牛羊被野。融到，诣洛阳城门，上凉州牧、张掖属国都尉、安丰侯印绶，诏遣使者还侯印绶。引见，就诸侯位，赏赐恩宠，倾动京师。数月，拜为冀州牧，十余日，又迁大司空。融自以非旧臣，一旦入朝，在功臣之右，每召会进见，容貌辞气卑恭已甚，帝以此愈亲厚之。融小心，久不自安，数辞让爵位，因侍中金迁口达至诚。又上疏曰：“臣融年五十三。有子年十五，质性顽钝。臣融朝夕教导以经艺，不得令观天文，见谶记。诚欲令恭肃畏事，恂恂循道，不愿其有才能，何况乃当传以连城广土，享故诸侯王国哉[32]？”因复请间求见，帝不许。后朝罢，逡巡席后，帝知欲有让，遂使左右传出[33]。它日会见，迎诏融曰：“日者知公欲让职还土，故命公暑热且自便。今相见，宜论它事，勿得复言。”融不敢重陈请。

二十年，大司徒戴涉坐所举人盗金下狱，帝以三公参职，不得已乃策免融。明年，加位特进。二十三年，代阴兴行卫尉事，特进如故，又兼领将作大匠。弟友为城门校尉，兄弟并典禁兵。融复乞骸骨，辄赐钱帛，太官致珍奇[34]。及友卒，帝愍融年衰，遣中常侍、中谒者即其卧内强进酒食。

融长子穆，尚内黄公主[35]。代友为城门校尉。穆子勋，尚东海恭王强女沘阳公主，友子固，亦尚光武女涅阳公主。显宗即位，以融从兄子林为护羌校尉。窦氏一公，两侯，三公主，四二千石，相与并时。自祖及孙，官府邸第相望京邑，奴婢以千数，于亲戚、功臣中莫与为比。

永平二年，林以罪诛，事在《西羌传》。帝由是数下诏切责融，戒以窦婴、田蚡祸败之事。融惶恐乞骸骨，诏令归第养病。岁余，听上卫尉印绶，赐养牛，上樽酒㊱。融在宿卫十余年，年老，子孙纵诞，多不法㊲。穆等遂交通轻薄，属托郡县，干乱政事。以封在安丰，欲令姻戚悉据故六安国，遂矫称阴太后诏，令六安侯刘盱去妇，因以女妻之。五年，盱妇家上书言状，帝大怒，乃尽免穆等官，诸窦为郎吏者皆将家属归故郡，独留融京师。穆等西至函谷关，有诏悉复追还。会融卒，时年七十八，谥曰戴侯，赙送甚厚。

帝以穆不能修尚，而拥富赀，居大第，常令谒者一人监护其家。居数年，谒者奏穆父子自失势，数出怨望语，帝令将家属归本郡，唯勋以沘阳主婿留京师。穆坐赂遗小吏，郡捕系，与子宣俱死平陵狱，勋亦死洛阳狱。久之，诏还融夫人与小孙一人居洛阳家舍。

十四年，封勋弟嘉为安丰侯，食邑二千户，奉融后。和帝初，为少府。及勋子大将军宪被诛，免就国。嘉卒，子万全嗣。万全卒，子会宗嗣。万全弟子武，别有传。

论曰：窦融始以豪侠为名，拔起风尘之中，以投天隙。遂蝉蜕王侯之尊，终膺卿相之位，此则徼功趣势之士也。及其爵位崇满，至乃放远权宠，恂恂似若不能已者，又何智也！尝独详味此子之风度，虽经国之术无足多谈，而进退之礼良可言矣。

---

①累世：历代。　遗种：保全性命。

②抚结：抚慰交往。　怀辑：同“怀集”，招来。　翕然：言论、行为一致的样子。

③厍（shè）：音“舍”。　肜（róng）：音“容”。

④斗绝：陡峭险峻。斗，通“陡”。　权钧力齐，复无以相率：彼此的权力与力量均衡，相互之间无法统率。

⑤晏然：安逸的样子。

⑥惩乂（yì，音义）：被惩创而戒惧，从失败中吸取教训。

⑦暴（pù，音瀑）著：显露，暴露。

⑧完富：十分富有。

⑨邑邑：通“悒悒”，忧郁不乐。

⑩委质：归顺并接受约束。

⑪自以底里上露，长无纤介：自己没有什么可以隐藏的。

⑫厄会：艰难困苦。

⑬欣服：心悦诚服。

⑭忿悁：怨恨，愤恨。

⑮ 执事：各部门的专职人员。

⑯徼（yāo，音腰）：要求。

⑰积痾：疾病。

⑱得宜：合适。

⑲砥厉：磨炼。

⑳外属：外家亲属。

㉑畔：通“叛”，背叛，叛变。　股栗：大腿发抖，形容十分恐惧。　旷若发蒙：昏花的眼睛廓然明朗。

㉒克：克服，克制。

㉓解（xiè，音谢）构：附会造作。

㉔虚伪：弄虚作假。

㉕赂遗：以财物送人。

㉖斛（hú）：音“胡”。

㉗介：处于两者之间。

㉘排迮（zé，音则）：困迫。迮，狭窄。

㉙雠：仇恨。 因缘：机会。

㉚仪适：礼节制度。

㉛久专方面：长期在一方任职。

㉜恂恂：恭敬谨慎的样子。

㉝逡巡：迟疑徘徊，犹豫不决。

㉞乞骸骨：辞官。旧时称一身为上尽事，所以将辞官称为乞骸骨。

㉟尚：匹配，专指娶帝王之女。

㊱听：接受。

㊲纵诞：放纵荒诞。

马援列传

马援，字文渊，扶风茂陵人也。其先赵奢为赵将，号曰马服君，子孙因为氏。武帝时，以吏二千石自邯郸徙焉。曾祖父通，以功封重合侯，坐兄何罗反，被诛，故援再世不显①。援三兄况、余、员，并有才能，王莽时皆为二千石。

援年十二而孤，少有大志，诸兄奇之。尝受《齐诗》，意不能守章句，乃辞况，欲就边郡田牧②。况曰："汝大才，当晚成。良工不示人以朴，且从所好。"会况卒，援行服期年，不离墓所③。敬事寡嫂，不冠不入庐④。后为郡督邮，送囚至司命府，囚有重罪，援哀而纵之，遂亡命北地。遇赦，因留牧畜，宾客多归附者，遂役属数百家。转游陇汉间，常谓宾客曰："丈夫为志，穷当益坚，老当益壮。"因处田牧，至有牛马羊数千头，谷数万斛⑤。既而叹曰："凡殖货财产，贵其能施赈也，否则守钱虏耳。"乃尽散以班昆弟故旧，身衣羊裘皮绔。

王莽末，四方兵起，莽从弟卫将军林广招雄俊，乃辟援及同县原涉为掾，荐之于莽。莽以涉为镇戎大尹，援为新成大尹。及莽败，援兄员时为增山连率，与援俱去郡，复避地凉州。世祖即位，员先诣洛阳，帝遣员复郡，卒于官。援因留西州，隗嚣甚敬重之，以援为绥德将军，与决筹策⑥。

是时公孙述称帝于蜀，嚣使援往观之。援素与述同里闬，相善⑦。以为既至当握手欢如平生，而述盛陈陛卫，以延援入⑧。交拜礼毕，使出就馆，更为援制都布单衣、交让冠，会百官于宗庙中，立旧交之位。述鸾旗旄骑，警跸就车，磬折而入，礼飨官属甚盛，欲授援以封侯大将军位。宾客皆乐留，援晓之曰："天下雄雌未定，公孙不吐哺走迎国士，与图成败，反修饰边幅，如偶人形⑨。此子何足久稽天下士乎⑩？"因辞归，谓嚣曰："子阳井底蛙耳，而妄自尊大，不如专意东方⑪。"

建武四年冬，嚣使援奉书洛阳。援至，引见于宣德殿。世祖迎笑谓援曰："卿遨游二帝间，今见卿，使人大惭⑫。"援顿首辞谢，因曰："当今之世，非独君择臣也，臣亦择君矣。臣与公孙述同县，少相善。臣前至蜀，述陛戟而后进臣。臣今远来，陛下何知非刺客奸人，而简易若是⑬？"帝复笑曰："卿非刺客，顾说客耳⑭。"援曰："天下反覆，盗名字者不可胜数。今见陛下，恢廓大度，同符高祖，乃知帝王自有真也。"帝甚壮之。援从南幸黎丘，转至东海。及还，以为待诏，使太中大夫来歙持节送援西归陇右。

隗嚣与援共卧起，问以东方流言及京师得失[15]。援说嚣曰："前到朝廷，上引见数十，每接宴语，自夕至旦，才明勇略，非人敌也[16]。且开心见诚，无所隐伏，阔达多大节，略与高帝同。经学博览，政事文辩，前世无比。"嚣曰："卿谓何如高帝？"援曰："不如也。高帝无可无不可；今上好吏事，动如节度，又不喜饮酒。"嚣意不怿，曰："如卿言，反复胜邪？"然雅信援，故遂遣长子恂入质[17]。援因将家属随恂归洛阳。居数月而无它职任。援以三辅地旷土沃，而所将宾客猥多，乃上书求屯田上林苑中，帝许之[18]。

会隗嚣用王元计，意更狐疑[19]。援数以书记责譬于嚣。嚣怨援背己，得书增怒，其后遂发兵拒汉。援乃上疏曰："臣援自念归身圣朝，奉事陛下，本无公辅一言之荐，左右为容之助。臣不自陈，陛下何因闻之？夫居前不能令人轾，居后不能令人轩，与人怨不能为人患，臣所耻也[20]。故敢触冒罪忌，昧死陈诚。臣与隗嚣，本实交友。初，嚣遣臣东，谓臣曰：'本欲为汉，愿足下往观之。于汝意可，即专心矣。'及臣还反，报以赤心，实欲导之于善，非敢谲以非义[21]。而嚣自挟奸心，盗憎主人，怨毒之情遂归于臣[22]。臣欲不言，而无以上闻。愿听诣行在所，极陈灭嚣之术，得空匈腹，申愚策，退就陇亩，死无所恨[23]。"帝乃召援计事，援具言谋画。因使援将突骑五千，往来游说嚣将高峻、任禹之属，下及羌豪，为陈祸福，以离嚣支党。

援又为书与嚣将杨广，使晓劝于嚣，曰："春卿无恙。前别冀南，寂无音驿[24]。援间还长安，因留上林。窃见四海已定，兆民同情，而季孟闭拒背畔，为天下表的[25]。常惧海内切齿，思相屠裂，故遗书恋恋，以致恻隐之计[26]。乃闻季孟归罪于援，而纳王游翁谄邪之说，自谓函谷以西，举足可定，以今而观，竟何如邪？援间至河内，过存伯春，见其奴吉从西方还，说伯春小弟仲舒望见吉，欲问伯春无它否，竟不能言，晓夕号泣，婉转尘中。又说其家悲愁之状，不可言也。夫怨雠可刺不可毁，援闻之，不自知泣下也。援素知季孟孝爱，曾、闵不过。夫孝于其亲，岂不慈于其子？可有子抱三木，而跳梁妄作，自同分羹之事乎？季孟平生自言所以拥兵众者，欲以保全父母之国而完坟墓也，又言苟厚士大夫而已。而今所欲全者将破亡之，所欲完者将毁伤之，所欲厚者将反薄之。季孟尝折愧子阳而不受其爵，今更共陆陆，欲往附之，将难为颜乎[27]？若复责以重质，当安从得子主给是哉！往时子阳独欲以王相待，而春卿拒之。今者归老，更欲低头与小儿曹共槽枥而食，并肩侧身于怨家之朝乎？男儿溺死何伤而拘游哉！今国家待春卿意深，宜使牛孺卿与诸耆老大人共说季孟，若计画不从，真可引领去矣。前披舆地图，见天下郡国百有六所，奈何欲以区区二邦以当诸夏百有四乎？春卿事季孟，外有君臣之义，内有朋友之道。言君臣邪，固当谏争。语朋友邪，应有切磋[28]。岂有知其无成，而但萎腇咋舌，叉手从族乎[29]？及今成计，殊尚善也。过是，欲少味矣。且来君叔天下信士，朝廷重之，其意依依，常独为西州言。援商朝廷，尤欲立信于此，必不负约。援不得久留，愿急赐报。"广意不荅[30]。

八年，帝自西征嚣，至漆，诸将多以王师之重，不宜远入险阻，计冘豫未决[31]。会召援，夜至，帝大喜，引入，具以群议质之。援因说隗嚣将帅有土崩之势，兵进有必破之状[32]。又于帝前聚米为山谷，指画形势，开示众军所从道径往来，分析曲折，昭然可晓。帝曰："虏在吾目中矣。"明旦，遂进军至第一，嚣众大溃。

九年，拜援为太中大夫，副来歙监诸将平凉州[33]。自王莽末，西羌寇边，遂入居塞内，金城属县多为虏有。来歙奏言陇西侵残，非马援莫能定。十一年夏，玺书拜援陇西太守。援乃发步骑三千人，击破先零羌于临洮，斩首数百级，获马牛羊万余头[34]。守塞诸羌八千余人诣援降。诸种有数万，屯聚寇钞，拒浩亹隘[35]。援与扬武将军马成击之。羌因将其妻子辎重移阻于允吾谷，援乃潜行间道，掩赴其营。羌大惊坏，复远徙唐翼谷中，援复追讨之。羌引精兵聚北山上，援陈军向山，而分遣数百骑绕袭其后，乘夜放火，击鼓叫噪，虏遂大溃，凡斩首千余级。援以兵少，不得穷追，收其谷粮畜产而还。援中矢贯胫，帝以玺书劳之，赐牛羊数千头，援尽班诸宾客。

是时，朝臣以金城破羌之西，涂远多寇，议欲弃之[36]。援上言，破羌以西城多完牢，易可依固；其田土肥壤，灌溉流通。如令羌在湟中，则为害不休，不可弃也。帝然之，于是诏武威太守，令悉还金城客民，归者三千余口，使各反旧邑，援奏为置长吏，缮城郭，起坞候，开导水田，劝以耕牧，郡中乐业。又遣羌豪杨封譬说塞外羌，皆来和亲[37]。又武都氐人背公孙述来降者，援皆上复其侯王君长，赐印绶，帝悉从之。乃罢马成军。

十三年，武都参狼羌与塞外诸种为寇，杀长史。援将四千余人击之，至氐道县，羌在山上，援军据便地，夺其水草，不与战，羌遂穷困，豪帅数十万户亡出塞，诸种万余人悉降，于是陇右清静[38]。

援务开恩信，宽以待下，任吏以职，但总大体而已。宾客故人，日满其门。诸曹时白外事，援辄曰："此丞、掾之任，何足相烦。颇哀老子，使得遨游。若大姓侵小民，黠羌欲旅距，此乃太守事耳。"傍县尝有报仇者，吏民惊言羌反，百姓奔入城郭。狄道长诣门，请闭城发兵。援时与宾客饮，大笑曰："烧虏何敢复犯我。晓狄道长归守寺舍，良怖急者，可床下伏。"后稍定，郡中服之。视事六年，征入为虎贲中郎将。

初，援在陇西上书，言宜如旧铸五铢钱。事下三府，三府奏以为未可许，事遂寝。及援还，从公府求得前奏，难十余条，乃随牒解释，更具表言。帝从之，天下赖其便。援自还京师，数被进见。为人明须发，眉目如画。闲于进对，尤善述前世行事[39]。每言及三辅长者，下至闾里少年，皆可观听。自皇太子、诸王侍闻者，莫不属耳忘倦。又善兵策，帝常言"伏波论兵，与我意合"，每有所谋，未尝不用。

初，卷人维汜，妖言称神，有弟子数百人，坐伏诛。后其弟子李广等宣言汜神化不死，以诳惑百姓[40]。十七年，遂共聚会徒党，攻没皖城，杀皖侯刘闵，自称"南岳大师"。遣谒者张宗将兵数千人讨之，复为广所败。于是使援发诸郡兵，合万余人，击破广等，斩之。

又交趾女子徵侧及女弟徵贰反，攻没其郡，九真、日南、合浦蛮夷皆应之，寇略岭外六十余城，侧自立为王。于是玺书拜援伏波将军，以扶乐侯刘隆为副，督楼船将军段志等南击交趾。军至合浦而志病卒，诏援并将其兵。遂缘海而进，随山刊道千余里[41]。十八年春，军至浪泊上，与贼战，破之，斩首数千级，降者万余人。援追徵侧等至禁溪，数败之，贼遂散走。明年正月，斩徵侧、徵贰，传首洛阳。封援为新息侯，食邑三千户。援乃击牛酾酒，劳飨军士。从容谓官属曰："吾从弟少游常哀吾慷慨多大志，曰：'士生一世，但取衣食裁足，乘下泽车，御款段马，为郡掾史，守坟墓，乡里称善人，斯可矣。致求盈余，但自苦耳。'当吾在浪泊、西里间，虏未灭之时，下潦上雾，毒气重蒸，仰视飞鸢跕跕堕水中，卧念少游平生时语，何可得也[42]！今赖士大夫之力，被蒙大恩，猥先诸君纡佩金紫，且喜且惭。"吏士皆伏称万岁。

援将楼船大小二千余艘，战士二万余人，进击九真贼徵侧余党都羊等，自无功至居风，斩获五千余人，峤南悉平。援奏言西于县户有三万二千，远界去庭千余里，请分为封溪、望海二县，许之。援所过辄为郡县治城郭，穿渠灌溉，以利其民。条奏越律与汉律驳者十余事，与越人申明旧制以约束之，自后骆越奉行马将军故事。

二十年秋，振旅还京师，军吏经瘴疫死者十四五。赐援兵车一乘，朝见位次九卿。

援好骑，善别名马，于交趾得骆越铜鼓，乃铸为马式，还上之。因表曰："夫行天莫如龙，行地莫如马。马者，甲兵之本，国之大用。安宁则以别尊卑之序，有变则以济远近之难。昔有骐骥，一日千里，伯乐见之，昭然不惑[43]。近世有西河子舆，亦明相法。子舆传西河仪长孺，长孺传茂陵丁君都，君都传成纪杨子阿，臣援尝师事子阿，受相马骨法。考之于事，辄有验效。臣愚以为传闻不如亲见，视景不如察形。今欲形之于生马，则骨法难备具，又不可传之于后。孝武皇帝时，善相马者东门京，铸作铜马法献之，有诏立马于鲁班门外，则更名鲁班门曰金马门。臣谨依仪氏羁，中帛氏口齿，谢氏唇鬐，丁氏身中，备此数家骨相以为法[44]。”马高三尺五寸，围四尺五寸。有诏置于宣德殿下，以为名马式焉。

初，援军还，将至，故人多迎劳之，平陵人孟冀，名有计谋，于坐贺援。援谓之曰：“吾望子有善言，反同众人邪[45]？昔伏波将军路博德开置七郡，裁封数百户[46]。今我微劳，猥飨大县，功薄赏厚，何以能长久乎[47]？先生奚用相济？”冀曰：“愚不及。”援曰：“方今匈奴、乌桓尚扰北边，欲自请击之。男儿要当死于边野，以马革裹尸还葬耳，何能卧床上在儿女子手中邪？”冀曰：“谅为烈士，当如此矣[48]？”

还月余，会匈奴、乌桓寇扶风，援以三辅侵扰，园陵危逼，因请行，许之。自九月至京师，十二月复出屯襄国。诏百官祖道。援谓黄门郎梁松、窦固曰：“凡人为贵，当使可贱，如卿等欲不可复贱，居高坚自持，勉思鄙言[49]。”松后果以贵满致灾，固亦几不免。

明年秋，援乃将三千骑出高柳，行雁门、代郡、上谷障塞。乌桓候者见汉军至，虏遂散去，援无所得而还。

援尝有疾，梁松来候之，独拜床下，援不答。松去后，诸子问曰：“梁伯孙帝婿，贵重朝廷，公卿已下莫不惮之，大人奈何独不为礼？”援曰：“我乃松父友也。虽贵，何得失其序乎？”松由是恨之。

二十四年，武威将军刘尚击武陵五溪蛮夷，深入，军没，援因复请行。时年六十二，帝愍其老，未许之[50]。援自请曰：“臣尚能被甲上马[51]。”帝令试之。援据鞍顾眄，以示可用[52]。帝笑曰：“矍铄哉！是翁也[53]！”遂遣援率中郎将马武、耿舒、刘匡、孙永等，将十二郡募士及弛刑四万余人征五溪。援夜与送者诀，谓友人谒者杜愔曰：“吾受厚恩，年迫余日索，常恐不得死国事。今获所愿，甘心瞑目，但畏长者家儿或在左右，或与从事，殊难得调，介介独恶是耳。”明年春，军至临乡，遇贼攻县，援迎击，破之，斩获二千余人，皆散走入竹林中。

初，军次下隽，有两道可入，从壶头则路近而水险，从充则涂夷而运远，帝初以为疑。及军至，耿舒欲从充道，援以为弃日费粮，不如进壶头，扼其喉咽，充贼自破。以事上之，帝从援策。三月，进营壶头。贼乘高守隘，水疾，船不得上。会暑甚，士卒多疫死，援亦中病，遂困，乃穿岸为室，以避炎气。贼每升险鼓噪，援辄曳足以观之，左右哀其壮意，莫不为之流涕。耿舒与兄好畤侯弇书曰：“前舒上书当先击充，粮虽难运而兵马得用，军人数万争欲先奋[54]。今壶头竟不得进，大众怫郁行死，诚可痛惜[55]。前到临乡，贼无故自致，若夜击之，即可殄灭[56]。伏波类西域贾胡，到一处辄止，以是失利。今果疾疫，皆如舒言。”弇得书，奏之。帝乃使虎贲中郎将梁松乘驿责问援，因代监军。会援病卒，松宿怀不平，遂因事陷之。帝大怒，追收援新息侯印绶。

初，兄子严、敦并喜讥议，而通轻侠客。援前在交趾，还书诫之曰：“吾欲汝曹闻人过失，如闻父母之名，耳可得闻，口不可得言也。好论议人长短，妄是非正法，此吾所大恶也，宁死不愿闻子孙有此行也。汝曹知吾恶之甚矣，所以复言者，施衿结缡，申父母之戒，欲使汝曹不忘之耳[57]。龙伯高敦厚周慎，口无择言，谦约节俭，廉公有威，吾爱之重之，愿汝曹效之。杜季良豪侠好义，忧人之忧，乐人之乐，清浊无所失，父丧致客，数郡毕至，吾爱之重之，不愿汝曹效也。效伯高不得，犹为谨敕之士，所谓刻鹄不成尚类鹜者也。效季良不得，陷为天下轻薄子，所谓画虎不成反类狗者也。讫今季良尚未可知，郡将下车辄切齿，州郡以为言，吾常为寒心，是以不愿子孙效也。”季良名保，京兆人，时为越骑司马。保仇人上书，讼保“为行浮薄，乱群惑众，伏波将军万里还书以诫兄子，而梁松、窦固以之交结，将扇其轻伪，败乱诸夏”。书奏，帝召责松、固，以讼书及援诫书示之，松、固叩头流血，而得不罪。诏免保官。伯高名述，亦京兆人，为山都长，由此擢拜零陵太守。

初，援在交趾，常饵薏苡实，用能轻身省欲，以胜瘴气[58]。南方薏苡实大，援欲以为种，军还，载之一车。时人以为南土珍怪，权贵皆望之。援时方有宠，故莫以闻。及卒后，有上书谮之者，以为前所载还，皆明珠文犀[59]。马武与於陵侯侯昱等皆以章言其状，帝益怒。援妻孥惶惧，不敢以丧还旧茔，裁买城西数亩地槁葬而已[60]。宾客故人莫敢吊会。严与援妻子草索相连，诣阙请罪。帝乃出松书以示之，方知所坐，上书诉冤，前后六上，辞甚哀切，然后得葬。

又前云阳令同郡朱勃诣阙上书曰：

“臣闻王德圣政，不忘人之功，采其一美，不求备于众。故高祖赦蒯通而以王礼葬田横，大臣旷然，咸不自疑[61]。夫大将在外，谗言在内，微过辄记，大功不计，诚为国之所慎也。故章邯畏口而奔楚，燕将据聊而不下。岂其甘心末规哉，悼巧言之伤类也。

窃见故伏波将军新息侯马援，拔自西州，钦慕圣义，间关险难，触冒万死，孤立群贵之间，傍无一言之佐，驰深渊，入虎口，岂顾计哉！宁自知当要七郡之使，徼封侯之福邪？八年，车驾西讨隗嚣，国计狐疑，众营未集，援建宜进之策，卒破西州。及吴汉下陇，冀路断隔，唯独狄道为国坚守，士民饥困，寄命漏刻。援奉诏西使，镇慰边众，乃招集豪杰，晓诱羌戎，谋如涌泉，势如转规，遂救倒县之急，存几亡之城，兵全师进，因粮敌人，陇、冀略平，而独守空郡，兵动有功，师进辄克。诛锄先零，缘入山谷，猛怒力战，飞矢贯胫。又出征交趾，土多瘴气，援与妻子生诀，无悔吝之心，遂斩灭徵侧，克平一州[62]。间复南讨，立陷临乡，师已有业，未竟而死，吏士虽疫，援不独存。夫战或以久而立功，或以速而致败，深入未必为得，不进未必为非。人情岂乐久屯绝地，不生归哉！惟援得事朝廷二十二年，北出寒漠，南度江海，触冒害气，僵死军事，名灭爵绝，国土不传。海内不知其过，众庶未闻其毁，卒遇三夫之言，横被诬罔之谗，家属杜门，葬不归墓，怨隙并兴，宗亲怖栗。死者不能自列，生者莫为之讼，臣窃伤之。

夫明主醲于用赏，约于用刑。高祖尝与陈平金四万斤以间楚军，不问出入所为，岂复疑以钱谷间哉？夫操孔父之忠而不能自免于谗，此邹阳之所悲也。《诗》云：‘取彼谗人，投畀豺虎[63]。豺虎不食，投畀有北。有北不受，投畀有昊。’此言欲令上天而平其恶。惟陛下留思竖儒之言，无使功臣怀恨黄泉。臣闻《春秋》之义，罪以功除。圣王之祀，臣有五义。若援，所谓以死勤事者也。愿下公卿平援功罪，宜绝宜续，以厌海内之望。

臣年已六十，常伏田里，窃感栾布哭彭越之义，冒陈悲愤，战栗阙庭。”

书奏，报，归田里。

勃，字叔阳，年十二能诵《诗》、《书》。常候援兄况。勃衣方领，能矩步，辞言娴雅，援裁知书，见之自失。况知其意，乃自酌酒慰援曰：“朱勃小器速成，智尽此耳，卒当从汝禀学，勿畏也。”朱勃未二十，右扶风请试守渭城宰，及援为将军，封侯，而勃位不过县令。援后虽贵，常待以旧恩而卑侮之，勃愈身自亲，及援遇谗，唯勃能终焉。肃宗即位，追赐勃子谷二千斛。

初，援兄子婿王磐子石，王莽从兄平阿侯仁之子也。莽败，磐拥富赀居故国，为人尚气节而爱士好施，有名江淮间。后游京师，与卫尉阴兴、大司空朱浮、齐王章共相友善。援谓姊子曹训曰：“王氏，废姓也。子石当屏居自守，而反游京师长者，用气自行，多所陵折，其败必也。”后岁余，磐果与司隶校尉苏邺、丁鸿事相连，坐死洛阳狱。而磐子肃复出入北宫及王侯邸第。援谓司马吕种曰：“建武之元，名为天下重开。自今以往，海内日当安耳。但忧国家诸子并壮，而旧防未立，若多通宾客，则大狱起矣。卿曹戒慎之！”及郭后薨，有上书者，以为肃等受诛之家，客因事生乱，虑致贯高、任章之变。帝怒，乃下郡县收捕诸王宾客，更相牵引，死者以千数。吕种亦豫其祸，临命叹曰：“马将军诚神人也！”

永平初，援女立为皇后。显宗图画建武中名臣、列将于云台，以椒房故，独不及援。东平王苍观图，言于帝曰：“何故不画伏波将军像？”帝笑而不言。至十七年，援夫人卒，乃更修封树，起祠堂。

建初三年，肃宗使五官中郎将持节追策，谥援曰忠成侯。

四子：廖，防，光，客卿。

客卿幼而歧嶷[64]，年六岁，能应接诸公，专对宾客。当有死罪亡命者来过，客卿逃匿，不令人知。外若讷而内沉敏。援甚奇之，以为将相器，故以客卿字焉。援卒后，客卿亦夭没。

论曰：马援腾声三辅，遨游二帝，及定节立谋，以干时主，将怀负鼎之愿，盖为千载之遇焉。然其戒人之祸，智矣，而不能自免于谗隙。岂功名之际，理固然乎？夫利不在身，以之谋事则智；虑不私己，以之断义必厉。诚能回观物之智而为反身之察，若施之于人则能恕，自鉴其情亦明矣。

---

①再世：二代人。
②田牧：放牧。
③期年：一年。期（jī）：音“击”。
④嫂：嫂子。
⑤斛（hú，音胡）：古代量器名，也是容量单位，十斗为一斛，南宋末年改为五斗为一斛。
⑥筹策：谋划，计划。
⑦闬（hàn，音汗）：闾里的门。
⑧陛卫：陛侧的卫士。　延：迎接。
⑨吐哺：吐出口中的食物，源自周公，后指殷勤待士的心情。　边幅：人的仪表、衣着。
⑩稽：留下。
⑪专意：专心注意。
⑫惭：惭愧。
⑬简易：诚实，简慢。
⑭说（shuì，音睡）客：游说的人。说，劝说别人听取自己的意见。
⑮流言：传闻。
⑯说：游说。
⑰怿（yì，音义）：喜悦。　雅：平素。
⑱猥多：众多。
⑲狐疑：怀疑，迟疑。
⑳轾：古代车子前低后高曰轾。　轩：古代车子前高后低日轩。
㉑谲（jué，音决）：欺诈。
㉒盗憎：憎恨。
㉓匈：同“胸”。
㉔音驿：书信传递。
㉕表的：目标。
㉖恋恋：依依不舍，挂念。　恻隐；同情。
㉗陆陆：同“碌碌”，平庸无能。
㉘切磋：商量，研讨。
㉙萎腇（něi，音馁）：软弱。腇，舒绥。　咋（zé，音则）舌：不敢说话或说不出话来。　咋，咬。
㉚荅：同“答”，回答，回应。

㉛冘（yóu，音尤）豫：同“犹豫”，迟疑不定。

㉜势：形势、局面。

㉝歙（xī）：音“希”。

㉞乃：于是。

㉟亹（mén）：音“门”。

㊱塗：同“途”，道路。

㊲譬说：用比喻之辞劝说。

㊳便地：有利的地形。

㊴闲：熟悉。

㊵宣言：扬言。　诳惑：欺骗迷惑。

㊶刊：开辟。

㊷跕跕（diédié，音谍谍）：下坠的样子。

㊸昭然：明显，显著。

㊹鞿（jī，音积）：马络头。同“羁”。　唇鬐（qí，音奇）：马脖子上的长毛。

㊺望：期望，盼望。

㊻裁：同“才”，仅仅，刚刚。

㊼猥：谦词。

㊽谅：确实。　烈士：有志建立功业的人。

㊾自持：克制自己保持操守。

㊿愍：怜悯，哀怜。

51被（pī，音披）：穿戴。

52顾眄（miàn，音面）：看，转眼。

53矍铄：老而勇健很有精神。

54弇（yǎn）：音“掩”。

55怫郁：愤懑，心情不舒畅。

56殄灭：歼灭。

57衿（jīn，音斤）：结。　缡（lí，音离）：古代女子出嫁时用来蒙头的头巾。

58薏苡（yì yǐ，音义已）：多年生草本植物。

59谮（zèn，怎的去声）：诬陷，中伤。

60惶惧：恐惧，害怕。　裁：同“才”，只是，刚刚。

61旷然：开朗的样子。

62悔吝：悔恨。

63畀（bì，音闭）：给予。

64岐嶷：幼年聪慧。

梁冀列传

冀，字伯卓。为人鸢肩豺目[①]，洞精矘眄[②]，口吟舌言[③]，裁能书计[④]。少为贵戚，逸游自恣。性嗜酒，能挽满、弹棋、格五、六博、蹴鞠、意钱之戏[⑤]，又好臂鹰走狗，骋马斗鸡。

初为黄门侍郎，转侍中，虎贲中郎将，越骑、步兵校尉，执金吾。永和元年，拜河南尹。冀居职暴恣，多非法，父商所亲客洛阳令吕放，颇与商言及冀之短，商以让冀，冀即遣人于道刺杀放。而恐商知之，乃推疑于放之怨仇，请以放弟禹为洛阳令，使捕之，尽灭其宗亲、宾客百余人。

商薨未及葬，顺帝乃拜冀为大将军，弟侍中不疑为河南尹。

及帝崩，冲帝始在襁褓，太后临朝，诏冀与太傅赵峻、太尉李固参录尚书事⑥。冀虽辞不肯当，而侈暴滋甚。

冲帝又崩，冀立质帝。帝少而聪慧，知冀骄横，尝朝群臣，目冀曰："此跋扈将军也。"冀闻，深恶之，遂令左右进鸩加煮饼。帝即日崩。

复立桓帝，而枉害李固及前太尉杜乔，海内嗟惧，语在《李固传》。建和元年，益封冀万三千户，增大将军府举高第茂才，官属倍于三公。又封不疑为颍阳侯，不疑弟蒙西平侯，冀子胤襄邑侯；各万户。和平元年，重增封冀万户，并前所袭合三万户。

弘农人宰宣素性佞邪，欲取媚于冀，乃上言大将军有周公之功，今既封诸子，则其妻宜为邑君。诏遂封冀妻孙寿为襄城君，兼食阳翟租，岁入五千万，加赐赤绂⑦，比长公主。寿色美而善为妖态，作愁眉、啼妆、堕马髻、折腰步、龋齿笑⑧，以为媚惑。冀亦改易舆服之制，作平上軿车、埤帻、狭冠、折上巾、拥身扇、狐尾单衣⑨。寿性钳忌，能制御冀，冀甚宠惮之。

初，父商献美人友通期于顺帝，通期有微过，帝以归商，商不敢留而出嫁之，冀即遣客盗还通期。会商薨，冀行服⑩，于城西私与之居。寿伺冀出，多从仓头，篡取通期归，截发刮面，笞掠之，欲上书告其事。冀大恐，顿首请于寿母，寿亦不得已而止。冀犹复与私通，生子伯玉，匿不敢出。寿寻知之，使子胤诛灭友氏。冀虑寿害伯玉，常置复壁中。冀爱监奴秦宫，官至太仓令，得出入寿所。寿见宫，辄屏御者，托以言事，因与私焉。宫内外兼宠，威权大震，刺史、二千石皆谒辞之。

冀用寿言，多斥夺诸梁在位者，外以谦让，而实崇孙氏宗亲。冒名而为侍中、卿、校尉、郡守、长吏者十余人，皆贪叨凶淫⑪，各遣私客籍属县富人，被以它罪，闭狱掠拷，使出钱自赎，赀物少者至于死徙。扶风人士孙奋居富而性吝，冀因以马乘遗之，以贷钱五千万，奋以三千万与之，冀大怒，乃告郡县，认奋母为其守臧婢，去盗白珠十斛、紫金千斤以叛，遂收考奋兄弟，死于狱中，悉没赀财亿七千余万。

其四方调发，岁时贡献，皆先输上第于冀，乘舆乃其次焉。吏人赍货求官请罪者，道路相望。冀又遣客出塞，交通外国，广求异物。因行道路，发取伎女御者，而使人复乘势横暴，妻略妇女，殴击吏卒，所在怨毒。

冀乃大起第舍，而寿亦对街为宅，殚极土木，互相夸竞。堂寝皆有阴阳奥室⑫，连房洞户。柱壁雕镂，加以铜漆；窗牖皆有绮疏青琐⑬，图以云气仙灵。台阁周通，更相临望；飞梁石蹬，陵跨水道。金玉珠玑，异方珍怪，充积臧室。远致汗血名马⑭。又广开园囿，采土筑山，十里九坂，以像二崤；深林绝涧，有若自然；奇禽驯兽，飞走其间。冀、寿共乘辇车，张羽盖，饰以金银，游观第内，多从倡伎，鸣钟吹管，酣讴竟路。或连继日夜，以骋娱恣。客到门不得通，皆请谢门者，门者累千金。又多拓林苑，禁同王家，西至弘农，东界荥阳，南极鲁阳，北达河、淇，包含山薮，远带丘荒，周旋封域，殆将千里。又起菟苑于河南城西，经亘数十里，发属县卒徒，缮修楼观，数年乃成。移檄所在，调发生菟，刻其毛以为识，人有犯者，罪至刑死。尝有西域贾胡，不知禁忌，误杀一菟，转相告言，坐死者十余人。冀二弟尝私遣人出猎上党，冀闻而捕其宾客，一时杀三十余人，无生还者。冀又起别第于城西，以纳奸亡。或取良人，悉为奴婢，至数千人，名曰"自卖人"。

元嘉元年，帝以冀有援立之功，欲崇殊典，乃大会公卿，共议其礼，于是有司奏冀入朝不趋，剑履上殿，谒赞不名，礼仪比萧何；悉以定陶、成阳余户增封为四县，比邓禹；赏赐金钱、奴婢、采帛、车马、衣服、甲第，比霍光：以殊元勋。每朝公，与三公绝席。十日一入，平尚书事。宣布天下，为万世法。冀犹以所奏礼薄，意不悦。专擅威柄，凶恣日积，机事大小，莫不谘决之。宫卫近侍，并所亲树；禁省起居，纤微必知。百官迁召，皆先到冀门笺檄谢恩，然后敢诣尚书。下邳人吴树为宛令，之官辞冀，冀宾客布在县界，以情托树。树对曰："小人奸蠹，比屋可诛[15]。明将军以椒房之重[16]，处上将之位，宜崇贤善，以补朝阙。宛为大都，士之渊薮[17]，自侍坐以来，未闻称一长者，而多托非人，诚非敢闻！"冀嘿然不悦。树到县，遂诛杀冀客为人害者数十人，由是深怨之。树后为荆州刺史，临去辞冀，冀为设酒，因鸩之，树出，死车上。又辽东太守侯猛，初拜不谒，冀托以它事，乃腰斩之。

时郎中汝南袁著，年十九，见冀凶纵，不胜其愤，乃诣阙上书曰："臣闻仲尼叹凤鸟不至[18]，河不出图[19]，自伤卑贱，不能致也。今陛下居得致之位，又有能致之资，而和气未应，贤愚失序者，势分权臣，上下壅隔之故也。夫四时之运，功成则退；高爵厚宠，鲜不致灾。今大将军位极功成，可为至戒，宜遵悬车之礼[20]，高枕颐神[21]。传曰：'木实繁者，披枝害心。'若不抑损权盛，将无以全其身矣。左右闻臣言，将侧目切齿，臣特以童蒙见拔，故敢忘忌讳。昔舜、禹相戒无若丹朱，周公戒成王无如殷王纣，愿除诽谤之罪，以开天下之口。"书得奏御，冀闻而密遣掩捕著。著乃变易姓名，后托病伪死，结蒲为人，市棺殡送。冀廉问知其诈[22]，阴求得，笞杀之，隐蔽其事。学生桂阳刘常，当世名儒，素善于著，冀召补令史以辱之。时太原郝絜、胡武，皆危言高论，与著友善。先是絜等连名奏记三府[23]，荐海内高士，而不诣冀，冀追怒之，又疑为著党，敕中都官移檄捕前奏记者并杀之，遂诛武家，死者六十余人。絜初逃亡，知不得免，因舆榇奏书冀门[24]。书入，仰药而死，家乃得全。及冀诛，有诏以礼祀著等。冀诸忍忌，皆此类也。

不疑好经书，善待士，冀阴疾之，因中常侍白帝，转为光禄勋。又讽众人共荐其子胤为河南尹。胤一名胡狗，时年十六，容貌甚陋，不胜冠带，道路见者，莫不蚩笑焉。不疑自耻兄弟有隙，遂让位归第，与弟蒙闭门自守。冀不欲令与宾客交通，阴使人变服至门，记往来者。南郡太守马融、江夏太守田明，初除，过谒不疑，冀讽州郡以它事陷之，皆髡笞徙朔方。融自刺不殊[25]，明遂死于路。

永兴二年，封不疑子马为颍阴侯，胤子桃为城父侯。冀一门前后七封侯、三皇后、六贵人、二大将军，夫人、女食邑称君者七人，尚公主者三人，其余卿、将、尹、校五十七人。在位二十余年，穷极满盛，威行内外，百僚侧目，莫敢违命，天子恭己而不得有所亲豫[26]。

帝既不平之。延熹元年，太史令陈授因小黄门徐璜，陈灾异日食之变，咎在大将军，冀闻之，讽洛阳令收考授，死于狱。帝由此发怒。

初，掖庭人邓香妻宣生女猛，香卒，宣更适梁纪。梁纪者，冀妻寿之舅也。寿引进猛入掖庭，见幸，为贵人，冀因欲认猛为其女以自固，乃易猛姓为梁。时猛姊婿邴尊为议郎，冀恐尊沮败宣意，乃结刺客于偃城，刺杀尊，而又欲杀宣。宣家在延熹里，与中常侍袁赦相比[27]。冀使刺客登赦屋，欲入宣家。赦觉之，鸣鼓会众以告宣。宣驰入以白帝，帝大怒，遂与中常侍单超、具瑗、唐衡、左悺、徐璜等五人成谋诛冀。语在《宦者传》。

冀心疑超等，乃使中黄门张恽入省宿，以防其变。具瑗敕吏收恽，以辄从外入，欲图不轨。帝因是御前殿，召诸尚书入，发其事，使尚书令尹勋持节勒丞郎以下皆操兵守省阁，敛诸符节送省中。使黄门令具瑗将左右厩驺、虎贲、羽林、都候剑戟士，合千余人，与司隶校尉张彪共围冀第。使光禄勋袁盱持节收冀大将军印绶，徙封比景都乡侯。冀及妻寿即日皆自杀。悉收子河南尹胤、叔父屯骑校尉让，及亲从卫尉淑、越骑校尉忠、长水校尉戟等，诸梁及孙氏中外宗亲送诏狱，无长少皆弃市。不疑、蒙先卒。其它所连及公卿、列校、刺史、二千石死者数十人，故吏宾客免黜者三百余人，朝廷为空，唯尹勋、袁盱及廷尉邯郸义在焉。是时事卒从中发，使者交驰，公卿失其度，官府市里鼎沸，数日乃定，百姓莫不称庆。

收冀财货，县官斥卖，合三十余万万，以充王府，用减天下税租之半。散其苑囿，以业穷民，录诛冀功者，封尚书令尹勋以下数十人。

---

①鸢（yuān，音怨）肩：两肩上耸，像鸢鸟栖止的形象。

②洞精：眸子明而不正。　瞠眄（tǎng miǎn，音躺眠）：眼睛无神且斜视。

③口吟：口吃。　舌言：说话不清楚。

④裁能：只能；仅会。

⑤挽满：拉满弓。　弹棋：古时一种游戏，双方用黑、白各六枚棋子轮流对弹。　格五：古时一种掷骰子行棋的赌博游戏。　六博：古时用黑、白各六枚棋两人对局的赌博游戏。　蹴鞠：古时一种踢球的游戏。　意钱：一种猜测钱币的正反面的游戏。

⑥录：总领。

⑦赤绂（fū，音夫）：系在印纽上的红色丝带。

⑧愁眉：细而弯的眉毛。　啼妆：在眼上薄拭，像啼哭的样子。　堕马髻：头发盘起堕在一边。

⑨平上軿车：平顶的有帷幕的乘车。　埤（pí，音皮）帻：低下的头巾。

⑩行服：穿孝服守丧。

⑪贪叨：贪婪。

⑫奥室：深房。

⑬绮疏：镂空花纹。　青琐：深青色的连环花纹。

⑭汗血名马：又称天马。产自西域大宛国。

⑮比屋：邻居。

⑯椒房：汉代后妃所居处的宫殿。

⑰渊薮：鱼和兽聚居住。此比喻人的聚集。

⑱凤鸟不至：传说凤鸟待圣君而出。

⑲河不出图：传说河图待圣君而现。河图：即八卦图。

⑳悬车：把车子挂起来。指辞官家居，不与政事。

㉑颐神：保养精神。

㉒廉问：侦察；刺探。

㉓奏记：汉时朝官对三公、州郡百姓或僚属对长官的书面陈述意见。

㉔榇（chèn，音衬）：棺材。

㉕不殊：未死。

㉖亲豫：亲自参预。

㉗相比：相比邻。

郑玄列传

郑玄，字康成，北海高密人也。八世祖崇，哀帝时尚书仆射。

玄少为乡啬夫，得休归，常诣学官，不乐为吏，父数怒之，不能禁。遂造太学受业，师事京兆第五元先，始通《京氏易》、《公羊春秋》、《三统历》、《九章算术》。又从东郡张恭祖受《周官》、《礼记》、《左氏春秋》、《韩诗》、《古文尚书》。以山东无足问者，乃西入关，因涿郡卢植，事扶风马融。

融门徒四百余人，升堂进者五十余生。融素骄贵，玄在门下，三年不得见，乃使高业弟子传授于玄。玄日夜寻诵，未尝怠倦。会融集诸生考论图纬，闻玄善算，乃召见于楼上。玄因从质诸疑义[①]，问毕，辞归。融喟然谓门人曰："郑生今去，吾道东矣！"

玄自游学十余年，乃归乡里。家贫，客耕东莱。学徒相随已数百千人。及党事起[②]，乃与同郡孙嵩等四十余人俱被禁锢。遂隐修经业，杜门不出。时任城何休好公羊学，遂著《公羊墨守》、《左氏膏肓》、《穀梁废疾》。玄乃发"墨守"、铖"膏肓"、起"废疾"[③]。休见而叹曰："康成入吾室，操吾矛，以伐我乎！"初，中兴之后，范升、陈元、李育、贾逵之徒，争论古今学。后马融答北地太守刘环及玄答何休，义据通深，由是古学遂明。

灵帝末，党禁解，大将军何进闻而辟之。州郡以进权戚，不敢违意，遂迫胁玄。不得已而诣之。进为设几杖，礼待甚优。玄不受朝服，而以幅巾见[④]。一宿逃去。时年六十，弟子河内赵商等自远方至者数千。后将军袁隗表为侍中，以父丧不行。国相孔融深敬于玄，屣履造门[⑤]。告高密县为玄特立一乡，曰："昔齐置'士乡'，越有'君子军'，皆异贤之意也。郑君好学，实怀明德。昔太史公、廷尉吴公、谒者仆射邓公，皆汉之名臣。又南山四皓有园公、夏黄公，潜光隐耀，世嘉其高，皆悉称公。然则公者仁德之正号，不必三事大夫也[⑥]。今郑君乡宜曰'郑公乡'。昔东海于公仅有一节[⑦]，犹或戒乡人侈其门闾，矧乃郑公之德[⑧]，而无驷牡之路[⑨]。可广开门衢[⑩]，令容高车，号为'通德门'。"

董卓迁都长安，公卿举玄为赵相，道断不至。会黄巾军寇青部，乃避地徐州，徐州牧陶谦接以师友之礼。建安元年，自徐州还高密，道遇黄巾贼数万人，见玄皆拜，相约不敢入县境。玄后尝疾笃，自虑，以书戒子益恩曰："吾家旧贫，为父母群弟所容，去厮役之吏，游学周、秦之都，往来幽、并、兖、豫之域，获觐乎在位通人，处逸大儒，得意者咸从捧手[⑪]，有所受焉。遂博稽六艺，粗览传记，时睹秘书纬术之奥。年过四十，乃归供养，假田播殖，以娱朝夕。遇阉尹擅势，坐党禁锢，十有四年，而蒙赦令。举贤良方正有道，辟大将军三司府。公车再召，比牒并名，早为宰相。惟彼数公，懿德大雅，克堪王臣，故宜式序[⑫]。吾自忖度，无任于此，但念述先圣之元意，思整百家之不齐，亦庶几以竭吾才，故闻命罔从。而黄巾为害，萍浮南北[⑬]，复归邦乡。入此岁来，已七十矣。宿素衰落，仍有失误，案之礼典，便合传家[⑭]。今我告尔以老，归尔以事，将闲居以安性，覃思以终业[⑮]。自非拜国君之命，问族亲之忧，展敬坟墓，观省野物，胡尝扶杖出门乎！家事大小，汝一承之。咨尔茕茕一夫，曾无同生相依。其勖求君子之道[⑯]，研钻勿替，敬慎威仪，以近有德。显誉成于僚友，德行立于己志。若致声称，亦有荣于所生[⑰]，可不深念邪！吾虽无绂冕之绪[⑱]，颇有让爵之高，自乐以论赞之功，庶不遗后人之羞。末所愤愤者，徒以亡亲坟垄未成，所好群书率皆腐敝，不得于礼堂写定，传与其人[⑲]。日西方暮，其可图乎！家今差多于昔，勤力务时，无恤饥寒。菲饮食，薄衣服，节夫二者，尚令吾寡恨。若忽忘不识，亦已焉哉！"

时大将军袁绍总兵冀州，遣使要玄[⑳]，大会宾客，玄最后至，乃延升上坐。身长八尺，饮酒一斛，秀眉明目，容仪温伟。绍客多豪俊，并有才说，见玄儒者，未以通人许之，兢设异端，百家互起。玄依方辩对[㉑]，咸出问表，皆得所未闻，莫不嗟服。时汝南应劭亦归于绍，因自赞曰："故太山太守应中远，北面称弟子如何？"玄笑曰："仲尼之门考以四科，回、赐之徒不称官阀。"劭有惭色。绍乃举玄茂才，表为左中郎将，皆不就。公车征为大司农，给安车一乘，所过长吏送迎。玄乃以病自乞还家。

五年春，梦孔子告之曰："起，起，今年岁在辰，来年岁在巳。"既悟，以谶合之，知命当终。有顷寝疾。时袁绍与曹操相拒于官度，令其子谭遣使逼玄随军。不得已，载病到元城县，疾笃不进，其年六月卒，年七十四。遗令薄葬。自郡守以下尝受业者，缞绖赴会千余人㉒。

门人相与撰玄答诸弟子问《五经》，依《论语》作《郑志》八篇。凡玄所注《周易》、《尚书》、《毛诗》、《仪礼》、《礼记》、《论语》、《孝经》、《尚书大传》、《中候》、《乾象历》，又著《天文七政论》、《鲁礼禘祫义》、《六艺论》、《毛诗谱》、《驳许慎五经异义》、《答临孝存周礼难》，凡百余万言。

玄质于辞训㉓，通人颇讥其繁㉔。至于经传洽孰㉕，称为纯儒，齐、鲁间宗之。其门人山阳郗虑至御史大夫，东莱王基，清河崔琰著名于世。又乐安国渊、任嘏，时并童幼，玄称渊为国器、嘏有道德，其余亦多所鉴拔，皆如其言。玄唯有一子益恩，孔融在北海，举为孝廉；及融为黄巾所围，益恩赴难陨身。有遗腹子，玄以其手文似已，名之曰小同。

---

①质：询问；质正。

②党事：党锢之祸。

③发、铖、起：均矫正之意。

④幅巾：古人包头的头巾。

⑤屣履：拖拉着鞋。

⑥三事大夫：即司马、司徒、司空三公。

⑦一节：指善断狱案。

⑧矧（shěn，音审）：况且。

⑨驷牡之路：可过四匹马驾车的大路。

⑩衢：大路。

⑪捧手：恭敬对待之意。

⑫ 式序：任用。

⑬萍浮：四处漂泊。

⑭传家：把家务事交给子孙。

⑮ 覃思：深思。

⑯勖（xù，音序）：勉励。

⑰所生：子孙。

⑱绂冕：做官。　绪：业绩。

⑲其人：指好学者。

⑳要：邀请。

㉑ 方：类别。

㉒缞绖：指身着丧服。

㉓质：质朴。

㉔通人：学者。

㉕洽孰：全面熟悉。

班超列传

班超，字仲升，扶风平陵人。徐令彪之少子也。为人有大志，不修细节。然内孝谨，居家常执勤苦，不耻劳辱。有口辩，而涉猎书传①。永平五年，兄固被召诣校书郎，超与母随至洛阳。家贫，常为官佣书以供养，久劳苦。尝辍业投笔叹曰："大丈夫无它志略，犹当效傅介子、张骞立功异域，以取封侯，安能久事笔研间乎②？"左右皆笑之。超曰："小子安知壮士志哉！"其后行诣相者，曰："祭酒，布衣诸生耳，而当封侯万里之外。"超问其状。相者指曰："生燕颔虎颈，飞而食肉，此万里侯相也。"久之，显宗问固"卿弟安在"，固对"为官写书，受直以养老母"。帝乃除超为兰台令史。后坐事免官。

十六年，奉车都尉窦固出击匈奴，以超为假司马，将兵别击伊吾，战于蒲类海，多斩首虏而还。固以为能，遣与从事郭恂俱使西域。

超到鄯善，鄯善王广奉超礼敬甚备，后忽更疏懈③。超谓其官属曰："宁觉广礼意薄乎？此必有北虏使来，狐疑未知所从故也④。明者睹未萌，况已著邪。"乃召侍胡诈之曰："匈奴使来数日，今安在乎？"侍胡惶恐，具服其状⑤。超乃闭侍胡，悉会其吏士三十六人，与共饮，酒酣，因激怒之曰："卿曹与我俱在绝域，欲立大功，以求富贵。今虏使到裁数日，而王广礼敬即废⑥。如今鄯善收吾属送匈奴，骸骨长为豺狼食矣。为之奈何？"官属皆曰："今在危亡之地，死生从司马。"超曰："不入虎穴，不得虎子。当今之计，独有因夜以火攻虏，使彼不知我多少，必大震怖，可殄尽也⑦。灭此虏，则鄯善破胆，功成事立矣。"众曰："当与从事议之。"超怒曰："吉凶决于今日。从事文俗吏，闻此必恐而谋泄，死无所名，非壮士也！"众曰："善。"初夜，遂将吏士往奔虏营。会天大风，超令十人持鼓藏虏舍后，约曰："见火然，皆当鸣鼓大呼。"余人悉持兵弩，夹门而伏。超乃顺风纵火，前后鼓噪。虏众惊乱，超手格杀三人，吏兵斩其使及从士三十余级，余众百许人悉烧死。明日，乃还告郭恂，恂大惊，既而色动。超知其意，举手曰："掾虽不行，班超何心独擅之乎？"恂乃悦。超于是召鄯善王广，以虏使首示之，一国震怖。超晓告抚慰，遂纳子为质。还奏于窦固，固大喜，具上超功效，并求更选使使西域。帝壮超节，诏固曰："吏如班超，何故不遣而更选乎？今以超为军司马，令遂前功。"超复受使，固欲益其兵，超曰："原将本所从三十余人足矣。如有不虞，多益为累⑧。"

是时，于阗王广德攻破莎车，遂雄张南道，而匈奴遣使监护其国⑨。超既西，先至于阗。广德礼意甚疏，且其俗信巫。巫言："神怒，何故欲向汉？汉使有骗马，急求取以祠我⑩。"广德乃遣使就超请马。超密知其报许之，而令巫自来取马。有顷，巫至，超即斩其首以送广德，因辞让之⑪。广德素闻超在鄯善诛灭虏使，大惶恐，即攻杀匈奴使者而降超。超重赐其王以下，因镇抚焉⑫。

时龟兹王建为匈奴所立，倚恃虏威，据有北道⑬。攻破疏勒，杀其王，而立龟兹人兜题为疏勒王。明年春，超从间道至疏勒，去兜题所居槃橐城九十里，逆遣吏田虑先往降之⑭。敕虑曰："兜题本非疏勒种，国人必不用命。若不即降，便可执之。"虑既到，兜题见虑轻弱，殊无降意。虑因其无备，遂前劫缚兜题。左右出其不意，皆惊惧奔走。虑驰报超，超即赴之，悉召疏勒将吏，说以龟兹无道之状，因立其故王兄子忠为王。国人大悦。忠及官属皆请杀兜题，超不听，欲

非小臣所当被蒙[45]。超之始出，志捐躯命，冀立微功，以自陈效。会陈睦之变，道路隔绝，超以一身转侧绝域，晓譬诸国，因其兵众，每有攻战，辄为先登，身被金夷，不避死亡[46]。赖蒙陛下神灵，且得延命沙漠，至今积三十年。骨肉生离，不复相识。所与相随时人士众，皆已物故[47]。超年最长，今且七十。衰老被病，头发无黑，两手不仁，耳目不聪明，扶仗乃能行[48]。虽欲竭尽其力，以报塞天恩，迫于岁暮，犬马齿索。蛮夷之性，悖逆侮老，而超旦暮入地，久不见代，恐开奸宄之源，生逆乱之心。[49]而卿大夫咸怀一切，莫肯远虑。如有卒暴，超之气力不能从心，便为上损国家累世之功，下弃忠臣竭力之用，诚可痛也。故超万里归诚，自陈苦急，延颈逾望，三年于今，未蒙省录。

妾窃闻古者十五受兵，六十还之，亦有休息不任职也。缘陛下以至孝理天下，得万国之欢心，不遗小国之臣，况超得备侯伯之位，故敢触死为超求哀，丐超余年。[50]一得生还，复见阙庭。使国永无劳远之虑，西域无仓卒之忧，超得长蒙文王葬骨之恩，子方哀老之惠。《诗》云：'民亦劳止，汔可小康，惠此中国，以绥四方。'超有书与妾生诀，恐不复相见。妾诚伤超以壮年竭忠孝于沙漠，疲老则便捐死于旷野，诚可哀怜。如不蒙救护，超后有一旦之变，冀幸超家得蒙赵母、卫姬先请之贷。妾愚戆不知大义，触犯忌讳。"

书奏，帝感其言，乃征超还。

超在西域三十一岁。十四年八月至洛阳，拜为射声校尉。超素有匈胁疾。既至，病遂加。帝遣中黄门问疾，赐医药。其年九月卒，年七十一。朝廷愍惜焉，使者吊祭，赠赗甚厚。子雄嗣。

初，超被征，以戊己校尉任尚为都护。与超交代[51]。尚谓超曰："君侯在外国三十余年，而小人猥承君后，任重虑浅，宜有以诲之[52]。"超曰："年老失智，任君数当大位，岂班超所能及哉！必不得已，愿进愚言。塞外吏士，本非孝子顺孙，皆以罪过徙补边屯。而蛮夷怀鸟兽之心，难养易败。今君性严急，水清无大鱼，察政不得下和。宜荡佚简易，宽小过，总大纲而已[53]。"超去后，尚私谓所亲曰："我以班君当有奇策，今所言平平耳[54]。"尚至数年，而西域反乱，以罪被征，如超所戒。

---

①涉猎：粗略地阅读。

②笔研：笔和砚。

③疏懈：疏远懈怠。

④孤疑：多疑，怀疑。

⑤惶恐：恐惧。

⑥裁：同才，刚刚，仅仅。

⑦因：趁机。　　殄：断绝，灭绝。

⑧不虞：难以预料的事。

⑨雄张：豪横自大。

⑩騧（guā，音刮）：黑嘴的黄马。

⑪ 让：责备。

⑫镇抚：安抚。

⑬龟兹（qiū cí）：音"秋词"。

⑭间道：小道。

⑮叵：于是，就。

⑯向化：归顺。

⑰和辑：和协辑睦。　　铅（yán，音言）：同铅，铅制的刀。

⑱欣欣：喜悦自得。

⑲艰厄：艰难困苦。

⑳生口：俘虏。

㉑控弦：拉弓，引申为士兵。

㉒盛毁：极力诋毁。

㉓谗：谗言，坏话。

㉔切责：深深责备。

㉕节度：部署调度。

㉖恤：顾虑，忧虑。

㉗快意：随心所欲。

㉘啖：以利益诱惑。

㉙赍（jī，音积）：把东西送人。

㉚徼（yāo，音腰）：拦截，阻挡。

㉛符拔：兽名。

㉜钞掠：掠夺。

㉝要：拦截。

㉞晓：告诉，谕告。

㉟牛酒：牛和酒。古代馈问、宴犒、祭祀多用牛酒。

㊱厉度：涉水而渡。

㊲慰抚：安抚。

㊳婴罗：遭受。

㊴震摄：震动而害怕。

㊵元元：百姓。　安集：安定和顺。

㊶蠲：免除。　雠（chóu，音仇）：仇恨。

㊷狐死首丘：传说狐狸要死的时侯，头必朝向出生的山丘。喻不忘本，也喻对故乡的思念。

㊸犬马：古代臣子的卑称。　奄忽：迅疾，倏忽。　僵仆：倒下，喻死亡。

㊹謷（gǔ，音古），言：谦辞，没有根据或不合理的话。

㊺殊绝：非凡。

㊻金夷：兵器所伤。

㊼物故：死亡。

㊽不仁：麻木失去知觉。

㊾奸宄（guǐ，音轨）：为非作歹。

㊿丐：乞求。

(51)交代：移交。

(52)猥：耻辱。

(53)荡佚：摆脱世俗，向求安逸。　简易：简略便易。

(54)平平：一般，普通。

董卓列传

董卓，字仲颖，陇西临洮人也。性粗猛有谋[①]。少尝游羌中，尽与豪帅相结。后归耕于野，诸豪帅有来从之者，卓为杀耕牛，与共宴乐。豪帅感其意，归相敛得杂畜千余头以遗之，由是以健侠知名。为州兵马掾，常徼守塞下[②]。卓膂力过人，双带两鞬，左右驰射，为羌胡所畏[③]。

桓帝末，以六郡良家子为羽林郎，从中郎将张奂为军司马，共击汉阳叛羌，破之，拜郎中，赐缣九千匹。卓曰："为者则己，有者则士[④]。"乃悉分与吏兵，无所留。稍迁西域戊己校尉，坐事免。后为并州刺史、河东太守。

中平元年，拜东中郎将，持节，代卢植击张角于下曲阳，军败抵罪。其冬，北地先零羌及枹罕河关群盗反叛，遂共立湟中义从胡北宫伯玉、李文侯为将军，杀护羌校尉泠征[⑤]。伯玉等乃劫致金城人边章、韩遂，使专任军政，共杀金城太守陈懿，攻烧州郡[⑥]。明年春，将数万骑入寇三辅，侵逼园陵，托诛宦官为名。诏以卓为中郎将，副左车骑将军皇甫嵩征之，嵩以无功免归，而边章、韩遂等大盛。朝廷复以司空张温为车骑将军，假节，执金吾袁滂为副。拜卓破虏将军，与荡寇将军周慎并统于温。并诸郡兵步骑合十余万，屯美阳，以卫园陵。章、遂亦进兵美阳。温、卓与战，辄不利。十一月，夜有流星如火，光长十余丈，照章、遂营中，驴马尽鸣。贼以为不祥，欲归金城。卓闻之喜，明日，乃与右扶风鲍鸿等并兵俱攻，大破之，斩首数千级。章、遂败走榆中，温乃遣周慎将三万人追讨之。温参军事孙坚说慎曰："贼城中无谷，当外转粮食。坚愿得万人断其运道，将军以大兵继后，贼必困乏而不敢战[⑦]。若走入羌中，并力讨之，则凉州可定也。"慎不从，引军围榆中城。而章、遂分屯葵园狭，反断慎运道。慎惧，乃弃车重而退。温时亦使卓将兵三万讨先零羌，卓于望垣北为羌胡所围，粮食乏绝，进退逼急。乃于所度水中伪立鄢，以为捕鱼，而潜从鄢下过军[⑧]。比贼追之，决水已深，不得度。时众军败退，唯卓全师而还，屯于扶风，封斄乡侯，邑千户[⑨]。

三年春，遣使者持节就长安拜张温为太尉。三公在外，始之于温。其冬，征温还京师，韩遂乃杀边章及伯玉、文侯，拥兵十余万，进围陇西。太守李相如反，与遂连和，共杀凉州刺史耿鄙[⑩]。而鄙司马扶风马腾，亦拥兵反叛，又汉阳王国，自号"合众将军"，皆与韩遂合。共推王国为主，悉令领其众，寇掠三辅。五年，围陈仓。乃拜卓前将军，与左将军皇甫嵩击破之。韩遂等复共废王国，而劫故信都令汉阳阎忠，使督统诸部。忠耻为众所胁，感恚病死[⑪]。遂等稍争权利，更相杀害，其诸部曲并各分乖[⑫]。

六年，征卓为少府，不肯就[⑬]。上书言："所将湟中义从及秦胡兵皆诣臣曰：'牢道不毕，禀赐断绝，妻子饥冻[⑭]。'牵挽臣车，使不得行。羌胡敝肠狗态，臣不能禁止，辄将顺安慰。增异复上[⑮]。"朝廷不能制，颇以为虑。及灵帝寝疾，玺书拜卓为并州牧，令以兵属皇甫嵩[⑯]。卓复上书言曰："臣既无老谋，又无壮事，天恩误加，掌戎十年。士卒大小相狎弥久，恋臣畜养之恩，为臣奋一旦之命[⑰]。乞将之北州，效力边垂。"于是驻兵河东，以观时变。

及帝崩，大将军何进、司隶校尉袁绍谋诛阉宦，而太后不许。乃私呼卓将兵入朝，以胁太后。卓得召，即时就道，并上书曰："中常侍张让等窃幸承宠，浊乱海内。臣闻扬汤止沸，莫若去薪；溃痈虽痛，胜于内食[⑱]。昔赵鞅兴晋阳之甲，以逐君侧之恶人。今臣辄鸣钟鼓如洛阳，请收让等，以清奸秽。"卓未至而何进败，虎贲中郎将袁术乃烧南宫，欲讨宦官，而中常侍段珪等劫少帝及陈留王夜走小平津。卓远见火起，引兵急进，未明到城西，闻少帝在北芒，因往奉迎。帝见卓将兵卒至，恐怖涕泣。卓与言，不能辞对，与陈留王语，遂及祸乱之事。卓以王为贤，且为董太后所养，卓自以与太后同族，有废立意。

初，卓之入也，步骑不过三千，自嫌兵少，恐不为远近所服，率四五日辄夜潜出军近营，明旦乃大陈旌鼓而还，以为西兵复至，洛中无知者。寻而何进及弟苗先所领部曲皆归于卓，卓又使吕布杀执金吾丁原而并其众，卓兵士大盛。乃讽朝廷策免司空刘弘而自代之。因集议废立。百僚大会，卓乃奋首而言曰："大者天地，其次君臣，所以为政。皇帝暗弱，不可以奉宗庙，为天下主[⑲]。今欲依伊尹、霍光故事，更立陈留王，何如？"公卿以下莫敢对。卓又抗言曰："昔霍光定策，延年案剑。有敢沮大议，皆以军法从之。"坐者震动。尚书卢植独曰："昔太甲既立不明，昌邑罪过千余，故有废立之事。今上富于春秋，行无失德，非前事之比也。”卓大怒，罢坐。明日复集群僚于崇德前殿，遂胁太后，策废少帝。曰：“皇帝在丧，无人子之心，威仪不类人君，今废为弘农王。”乃立陈留王，是为献帝。又议太后蹙迫永乐太后，至令忧死，逆妇姑之礼，无孝顺之节，迁于永安宫，遂以弑崩[20]。

卓迁太尉，领前将军事，加节传斧钺虎贲，更封郿侯[21]。卓乃与司徒黄琬、司空杨彪，俱带铁锧诣阙上书，追理陈蕃、窦武及诸党人，以从人望[22]。于是悉复蕃等爵位，擢用子孙。

寻进卓为相国，入朝不趋，剑履上殿。封母为池阳君，置令丞。

是时洛中贵戚室第相望，金帛财产，家家殷积。卓纵放兵士，突其庐舍，淫略妇女，剽虏资物，谓之“搜牢”。人情崩恐，不保朝夕。及何后葬，开文陵，卓悉取藏中珍物。又奸乱公主，妻略宫人，虐刑滥罚，睚眦必死，群僚内外莫能自固[23]。卓尝遣军至阳城，时人会于社下，悉令就斩之，驾其车重，载其妇女，以头系车辕，歌呼而还。又坏五铢钱，更铸小钱，悉取洛阳及长安铜人、钟虡、飞廉、铜马之属，以充铸焉。故货贱物贵，谷石数万。又钱无轮郭文章，不便人用[24]。时人以为秦始皇见长人于临洮，乃铸铜人。卓，临洮人也，而今毁之。虽成毁不同，凶暴相类焉。

卓素闻天下同疾阉官诛杀忠良，及其在事，虽行无道，而犹忍性矫情，擢用群士。乃任吏部尚书汉阳周珌、侍中汝南伍琼、尚书郑公业、长史何颙等[25]。以处士荀爽为司空。其染党锢者陈纪、韩融之徒，皆为列卿。幽滞之士，多所显拔[26]。以尚书韩馥为冀州刺史，侍中刘岱为兖州刺史，陈留孔伷为豫州刺史，颍川张咨为南阳太守[27]。卓所亲爱，并不处显职，但将校而已。初平元年，馥等到官，与袁绍之徒十余人，各兴义兵，同盟讨卓，而伍琼、周珌阴为内主。

初，灵帝末，黄巾余党郭太等复起西河白波谷，转寇太原，遂破河东，百姓流转三辅，号为“白波贼”，众十余万。卓遣中郎将牛辅击之，不能却。及闻东方兵起，惧，乃鸩杀弘农王，欲徙都长安。会公卿议，太尉黄琬、司徒杨彪廷争不能得，而伍琼、周珌又固谏之。卓因大怒曰：“卓初入朝，二子劝用善士，故相从，而诸君到官，举兵相图。此二君卖卓，卓何用相负！”遂斩琼、珌。而彪、琬恐惧，诣卓谢曰：“小人恋旧，非欲沮国事也，请以不及为罪。”卓既杀琼、珌，旋亦悔之，故表彪、琬为光禄大夫。于是迁天子西都。

初，长安遭赤眉之乱，宫室营寺焚灭无余，是时唯有高庙、京兆府舍，遂便时幸焉。后移未央宫。于是尽徙洛阳人数百万口于长安，步骑驱蹙，更相蹈藉，饥饿寇掠，积尸盈路。卓自屯留毕圭苑中，悉烧宫庙官府居家，二百里内无复孑遗[28]。又使吕布发诸帝陵，及公卿已下冢墓，收其珍宝。

时长沙太守孙坚亦率豫州诸郡兵讨卓。卓先遣将徐荣、李蒙四出虏掠。荣遇坚于梁，与战，破坚，生禽颍川太守李旻，亨之[29]。卓所得义兵士卒，皆以布缠裹，倒立于地，热膏灌杀之。

时河内太守王匡屯兵河阳津，将以图卓。卓遣疑兵挑战；而潜使锐卒从小平津过津北，破之，死者略尽。明年，孙坚收合散卒，进屯梁县之阳人。卓遣将胡轸、吕布攻之[30]。布与轸不相能，军中自惊恐，士卒散乱[31]。坚追击之，轸、布败走。卓遣将李傕诣坚求和，坚拒绝不受，进军大谷，距洛九十里。卓自出与坚战于诸陵墓间，卓败走，却屯黾池，聚兵于陕。坚进洛阳宣阳城门，更击吕布，布复破走。坚乃扫除宗庙，平塞诸陵，分兵出函谷关，至新安、黾池间，以截卓后[32]。卓谓长史刘艾曰：“关东诸将数败矣，无能为也。唯孙坚小戆，诸将军宜慎之[33]。”乃使东中郎将董越屯黾池，中郎将段煨屯华阴，中郎将牛辅屯安邑，其余中郎将、校尉布在诸县，以御山东。

卓讽朝廷使光禄勋宣璠持节拜卓为太师，位在诸侯王上。[34]乃引还长安。百官迎路拜揖，卓遂僭拟车服，乘金华青盖，爪画两轓，时人号“竿摩车”，言其服饰近天子也[35]。以弟旻为左将军，封鄠侯，兄子璜为侍中、中军校尉，皆典兵事[36]。于是宗族内外，并居列位。其子孙虽在髫龀，男皆封侯，女为邑君[37]。

数与百官置酒宴会，淫乐纵恣。乃结垒于长安城东以自居。又筑坞于郿，高厚七丈，号曰“万岁坞”。积谷为三十年储。自云：“事成，雄据天下；不成，守此足以毕老。”尝至郿行坞，公卿已下祖道于横门外。[38]卓施帐幔饮设，诱降北地反者数百人，于坐中杀之。先断其舌，次斩手足，次凿其眼目，以镬煮之。未及得死，偃转杯案间。会者战慄，亡失匕箸，而卓饮食自若。诸将有言语蹉跌，便戮于前[39]。又稍诛关中旧族，陷以叛逆。

时太史望气，言当有大臣戮死者。卓乃使人诬卫尉张温与袁术交通，遂笞温于市，杀之，以塞天变[40]。前温出屯美阳，令卓与边章等战无功，温召又不时应命，既到，而辞对不逊。时孙坚为温参军，劝温陈兵斩之。温曰：“卓有威名，方倚以西行。”坚曰：“明公亲帅王师，威振天下，何恃于卓而赖之乎？坚闻古之名将，杖钺临众，未有不断斩以示威武者也。故穰苴斩庄贾，魏绛戮杨干。今若纵之，自亏威重，后悔何及！”温不能从，而卓犹怀忌恨，故及于难。

温，字伯慎，少有名誉，累登公卿，亦阴与司徒王允共谋诛卓，事未及发而见害。越骑校尉汝南伍孚忿卓凶毒，志手刃之，乃朝服怀佩刀以见卓。孚语毕辞去，卓起送至阁，以手抚其背，孚因出刀刺之，不中。卓自奋得免，急呼左右执杀之，而大诟曰：“虏欲反耶！”孚大言曰：“恨不得磔裂奸贼于都市，以谢天地！”言未毕而毙[41]。

时王允与吕布及仆射士孙瑞谋诛卓。有人书“吕”字于布上，负而行于市，歌曰：“布乎！”有告卓者，卓不悟。三年四月，帝疾新愈，大会未央殿。卓朝服升车，既而马惊堕泥，还入更衣。其少妻止之，卓不从，遂行。乃陈兵夹道，自垒及宫，左步右骑，屯卫周匝，令吕布等捍卫前后。王允乃与士孙瑞密表其事，使瑞自书诏以授布，令骑都尉李肃与布同心勇士十余人，伪著卫士服于北掖门内以待卓。卓将至，马惊不行，怪惧欲还。吕布劝令进，遂入门。肃以戟刺之，卓衷甲不入，伤臂堕车，顾大呼曰：“吕布何在[42]？”布曰：“有诏讨贼臣。”卓大骂曰：“庸狗敢如是邪！”布应声持矛刺卓，趣兵斩之。主簿田仪及卓仓头前赴其尸，布又杀之[43]。驰赍赦书，以令宫陛内外。士卒皆称万岁，百姓歌舞于道。长安中士女卖其珠玉衣装市酒肉相庆者，填满街肆。使皇甫嵩攻卓弟旻于郿坞，杀其母妻男女，尽灭其族。乃尸卓于市。天时始热，卓素充肥，脂流于地。守尸吏然火置卓脐中，光明达曙，如是积日[44]。诸袁门生又聚董氏之尸，焚灰扬之于路。坞中珍藏有金二三万斤，银八九万斤，锦绮缋縠纨素奇玩，积如丘山。

初，卓以牛辅子婿，素所亲信，使以兵屯陕。辅分遣其校尉李傕、郭汜、张济将步骑数万，击破河南尹朱俊于中牟。因掠陈留、颍川诸县，杀略男女，所过无复遗类。吕布乃使李肃以诏命至陕讨辅等，辅等逆与肃战，肃败走弘农，布诛杀之。其后牛辅营中无故大惊，辅惧，乃赍金宝逾城走。左右利其货，斩辅，送首长安。

傕、汜等以王允、吕布杀董卓，故忿怒并州人，并州人其在军者男女数百人，皆诛杀之。牛辅既败，众无所依，欲各散去。傕等恐，乃先遣使诣长安，求乞赦免。王允以为一岁不可再赦，不许之。傕等益怀忧惧，不知所为。武威人贾诩时在傕军，说之曰：“闻长安中议欲尽诛凉州人，诸君若弃军单行，则一亭长能束君矣。不如相率而西，以攻长安，为董公报仇。事济，奉国家以正天下；若其不合，走未后也。”傕等然之，各相谓曰：“京师不赦我，我当以死决之。若攻长安克，则得天下矣；不克，则钞三辅妇女财物，西归乡里，尚可延命。”众以为然，于是共结盟，率军数千，晨夜西行。王允闻之，乃遣卓故将胡轸、徐荣击之于新丰。荣战死，轸以众降。傕随道收兵，比至长安，已十余万，与卓故部曲樊稠、李蒙等合，围长安。城峻不可攻，守之八日，吕布军有叟兵内反，引傕众得入。城溃，放兵虏掠，死者万余人。杀卫尉种拂等。吕布战败出奔。王允奉天子保宣平城门楼上。于是大赦天下。李傕、郭汜、樊稠等皆为将军。遂围门楼，共表请司徒王允出，问“太师何罪?”允穷蹙乃下，后数日见杀。傕等葬董卓于郿，并收董氏所焚尸之灰，合敛一棺而葬。

论曰：董卓初以虓阚为情，因遭崩剥之势，故得蹈藉彝伦，毁裂畿服。夫以刳肝斮趾之性，则群生不足以厌其快，然犹折意缙绅，迟疑陵夺，尚有盗窃之道焉。及残寇乘之，倒山倾海，昆冈之火，自兹而焚，《版荡》之篇，于焉而极。呜呼，人之生也难矣！天地之不仁甚矣！

赞曰：百六有会，《过》、《剥》成灾。董卓滔天，干逆三才。方夏崩沸，皇京烟埃。无礼虽及，余祲遂广。矢延王辂，兵缠魏象。区服倾回，人神波荡。

---

①粗：粗疏。

②徼（jiào，音叫）：巡查。

③膂（lǚ，音吕）力：体力。膂，脊梁骨。　鞬（jiān，音间）：马上盛弓箭的器具。

④为者则己，有者则士：立功的虽然是自己，和自己共有财物的是士兵。

⑤枹（bāo）：音“包”。

⑥专任：专门掌管。

⑦说（shuì，音睡）：劝说。

⑧隁（yàn，音厌）：同“堰”，堤岸。

⑨鮐（tāi）：音“台”。

⑩连和：联合。

⑪恚（huì，音会）：怨恨。

⑫分乖：分开离散。

⑬就：就职。

⑭牢（lào，音涝）：公家发给的粮食。　廪（lǐn，音凛）：赐人以谷。

⑮敝肠狗态：心肠敝恶，情态如狗。

⑯属：归属。

⑰狎（xiá，音侠）：亲近。　弥久：长久。

⑱溃痈虽痛，胜于内食：烂疮虽然疼痛，但是要比痛毒侵蚀内脏轻得多。

⑲暗弱：昏庸而懦弱。

⑳蹙迫：逼迫。　弑（shì，音式）：古时称臣杀君，子杀父母。

㉑郿（méi）音“眉”。

㉒追理：重新审理。

㉓睚眦（yá zì，音牙自）：怒目而视，引申为小小的怨恨。

㉔钱无轮郭文章：钱面没有边轮、花纹。

㉕珌（bì）：音“闭”。

㉖幽滞：埋没。　显拔：重用。

㉗伷（zhòu，音宙）：同“胄”。

㉘孑（jié，音洁）遗：残存，剩余。孑，残余。

㉙禽：同“擒”。　旻（mín）：音“民”.　亨：即“烹”，古代的一种酷刑。

㉚轸（zhěn）：音“诊”。

㉛不相能：互不相容。

㉜截：拦截。

㉝小戆：小傻子。

㉞璠（fán）：音“凡”。

㉟竿摩：相逼近。

㊱鄠（hù）：音“户”。

㊲髫龀（tiáo chèn，音条趁）：童年。髫，儿童下垂的头发。龀，儿童换牙。

㊳ 祖道：古人在出行前祭祀路神称祖道，后指送行的宴会。

㊴蹉跌：失足。引喻为意外失误。

㊵交通：勾结，联系。

㊶磔裂：车裂。

㊷衷：内衣。引申为穿在里面。

㊸苍头：奴仆。汉代的仆隶都用深青色巾包头，故名。

㊹然：同“燃”，点火。

蔡伦列传

蔡伦，字敬仲，桂阳人也。以永平末始给事宫掖[①]；建初中，为小黄门。及和帝即位，转中常侍，豫参帷幄[②]。

伦有才学，尽心敦慎，数犯严颜，匡弼得失。每至休沐，辄闭门绝宾，暴体田野。后加位尚方令。永元九年，监作秘剑及诸器械，莫不精工坚密，为后世法。

自古书契多编以竹简，其用缣帛者谓之为纸。缣贵而简重，并不便于人。伦乃造意，用树肤、麻头及敝布、鱼网以为纸。元兴元年奏上之，帝善其能，自是莫不从用焉，故天下咸称“蔡侯纸”。

元初元年，邓太后以伦久宿卫，封为龙亭侯，邑三百户。后为长乐太仆。四年，帝以经传之文多不正定，乃选通儒谒者刘珍及博士良史诣东观，各雠校家法[③]，令伦监典其事。

伦初受窦后讽旨[④]，诬陷安帝祖母宋贵人。及太后崩，安帝始亲万机，敕使自致廷尉。伦耻受辱，乃沐浴整衣冠，饮药而死。国除。

①宫掖：宫中。掖：掖庭，指宫中的偏舍。

②豫：参与；参加。

③雠校：校对。　　家法：各家儒术学说。

④讽：含蓄的话；暗示。

张让赵忠列传

张让者，颍川人；赵忠者，安平人也，少皆给事省中[①]，桓帝时为小黄门。忠以与诛梁冀功，封都乡侯。延熹八年，黜为关内侯，食本县租千斛。

灵帝时，让、忠并迁中常侍，封列侯，与曹节、王甫等相为表里。节死后，忠领大长秋。让有监奴典任家事，交通货赂，威形谊赫。扶风人孟佗，资产饶赡，与奴朋结，倾谒馈问[②]，无所遗爱。奴咸德之，问佗曰："君何所欲？力能办也。"曰："吾望汝曹为我一拜耳。"时宾客求谒让者，车恒数百千两，佗时诣让，后至，不得进，监奴乃率诸仓头迎拜于路，遂共轝车入门[③]。宾客咸惊，谓佗善于让，皆争以珍玩赂之。佗分以遗让，让大喜，遂以佗为凉州刺史。

是时让、忠及夏恽、郭胜、孙璋、毕岚、栗嵩、段珪、高望、张恭、韩悝、宋典十二人，皆为中常侍，封侯贵宠，父兄子弟布列州郡，所在贪残，为人蠹害。黄巾既作，盗贼糜沸[④]，郎中中山张钧上书曰："窃惟张角所以能兴乱作乱，万人所以乐附之者，其源皆由十常侍多放父兄、子弟、婚亲、宾客典据州郡，辜榷财利[⑤]，侵掠百姓，百姓之冤无所告诉，故谋议不轨，聚为盗贼。宜斩十常侍，悬头南郊，以谢百姓，又遣使者布告天下，可不须师旅，而大寇自消。"天子以钧章示让等，皆免冠徒跣顿首，乞自致洛阳诏狱，并出家财以助军费。有诏皆冠履视事如故。帝怒钧曰："此真狂子也。十常侍固当有一人善者不?"钧复重上，犹如前章，辄寝不报。诏使廷尉、侍御史考为张角道者，御史承让等旨，遂诬奏钧学黄巾道，收掠死狱中。而让等实多与张角交通。后中常侍封谞、徐奉事独发觉，坐诛。帝因怒诘让等曰："汝曹常言党人欲为不轨，皆令禁锢，或有伏诛。今党人更为国用，汝曹反与张角通，为可斩未?"皆叩头云："故中常侍王甫、侯览所为。"帝乃止。

明年，南宫灾。让、忠等说帝令敛天下田亩税十钱，以修宫室。发太原、河东、狄道诸郡材木及文石，每州郡部送至京师，黄门常侍辄令谴呵不中者，因强折贱买，十分雇一[⑥]，因复货之于宦官，复不为即受，材木遂至腐积，宫室连年不成。刺史、太守复增私调，百姓呼嗟。凡诏所征求，皆令西园驺密约敕[⑦]，号曰"中使"，恐动州郡，多受赇赂。刺史、二千石及茂才孝廉迁除，皆责助军修宫钱，大郡至二三千万，余各有差。当之官者，皆先至西园谐价[⑧]，然后得去。有钱不毕者，或至自杀。其守清者，乞不之官，皆追遣之。

时钜鹿太守河内司马直新除，以有清名，减责三百万。直被诏，怅然曰："为民父母，而反割剥百姓，以称时求，吾不忍也。"辞疾，不听。行至孟津，上书极陈当世之失，古今祸败之戒，即吞药自杀。书奏，帝为暂绝修宫钱。

又造万金堂于西园，引司农金钱缯帛，仞集其中[⑨]。又还河间买田宅，起第观。帝本侯家，宿贫，每叹桓帝不能作家居，故聚为私臧，复寄小黄门常侍钱各数千万。常云："张常侍是我公，赵常侍是我母。"宦官得志，无所惮畏，并起第宅，拟则宫室。帝常登永安候台，宦官恐其望见居处，乃使中大人尚但谏曰："天子不当登高，登高则百姓虚散。"自是不敢复升台榭。

明年，遂使钩盾令宋典缮修南宫玉堂。又使掖庭令毕岚铸铜人四列于苍龙、玄武阙。又铸四钟，皆受二千斛，悬于玉堂及云台殿前。又铸天禄虾蟆，吐水于平门外桥东，转水入宫。又作翻车渴乌，施于桥西，用洒南北郊路，以省百姓洒道之费。又铸四出文钱，钱皆四道。识者窃言侈虐已甚，形象兆见，此钱成，必四道而去。及京师大乱，钱果流布四海。复以忠为车骑将军，百余日罢。

六年，帝崩。中军校尉袁绍说大将军何进，令诛中官以悦天下。谋泄，让、忠等因进入省，遂共杀进。而绍勒兵斩忠，捕宦官无少长悉斩之。让等数十人劫质天子走河上。追急，让等悲哭辞曰："臣等殄灭，天下乱矣。惟陛下自爱！"皆投河而死。

---

①给事：供职；任事。　　省中：即宫禁。汉孝元皇后父名禁，为避讳，改禁中为省中。

②馈问：馈送；馈赠。

③轝（yù，音玉）：抬。

④糜沸：像粥米在锅中沸腾一样。形容很多。

⑤辜榷：独占；独霸。

⑥雇：支付价钱。

⑦驺：养马人。　约：捆在身上。

⑧谐价：商讨价格。

⑨仞：满。

华佗列传

华佗，字元化，沛国谯人也，一名旉。游学徐土，兼通数经。晓养性之术，年且百岁而犹有壮容，时人以为仙。沛相陈珪举孝廉，太尉黄琬辟[1]，皆不就。

精于方药，处齐不过数种[2]，心识分铢，不假称量。针灸不过数处。若疾发结于内，针药所不能及者，及令先以酒服麻沸散，既醉无所觉，因刳破腹背，抽割积聚；若在肠胃，则断截湔洗[3]，除去疾秽，既而缝合，傅以神膏，四五日创愈，一月之间皆平复。

佗尝行道，见有病咽塞者[4]，因语之曰："向来道隅有卖饼人，萍齑甚酸[5]，可取三升饮之，病自当去。"既如佗言，立吐一蛇，乃悬于车而候佗。时佗小儿戏于门中，逆见，自相谓曰："客车边有物，必是逢我翁也。"及客进，顾视壁北，悬蛇以十数，乃知其奇。

又有一郡守笃病久，佗以为盛怒则差[6]，乃多受其货而不加功，无何弃去，又留书骂之。太守果大怒，令人追杀佗，不及，因瞋恚，吐黑血数升而愈。

又有疾者，诣佗求疗，佗曰："君病根深，应当剖破腹。然君寿亦不过十年，病不能相杀也。"病者不堪痛苦，必欲除之，佗遂下疗，应时愈，十年竟死。

广陵太守陈登忽患匈中烦懑[7]，面赤，不食。佗脉之，曰："府君胃中有虫，欲成内疽，腥物所为也。"即作汤二升，再服，须臾，吐出三升许虫，头赤而动，半身犹是生鱼脍，所苦便愈。佗曰："此病后三期当发[8]，遇良医可救。"登至期疾动，时佗不在，遂死。

曹操闻而召佗，常在左右。操积苦头风眩，佗针，随手而差。

有李将军者，妻病，呼佗视脉。佗曰："伤身而胎不去。"将军言间实伤身[9]，胎已去矣。佗曰："案脉[10]，胎未去也。"将军以为不然。妻稍差，百余日复动，更呼佗。佗曰："脉理如前，是两胎。先生者去，血多，故后儿不得出也。胎既已死，血脉不复归，必燥著母脊。"乃为下针，并令进汤。妇因欲产而不通。佗曰："死胎枯燥，势不自生。"使人探之，果得死胎，人形可识，但其色已黑。佗之绝技，皆此类也。

为人性恶，难得意。且耻以医见业，又去家思归，乃就操求还取方，因托妻疾，数期不反。操累书呼之，又敕郡县发遣，佗恃能厌事[11]，犹不能至。操大怒，使人廉之[12]，知妻诈疾，乃收付狱讯，考验首服。荀彧请曰："佗方术实工，人命所悬，宜加全宥。"操不从，竟杀之。佗临死，出一卷书与狱吏，曰："此可以活人。"吏畏法不敢受，佗不强与，索火烧之。

初，军吏李成苦欬[13]，昼夜不寐。佗以为肠痈，与散两钱服之，即吐二升脓血，于此渐愈。乃戒之曰："后十八岁，疾当发动，若不得此药，不可差也。"复分散与之。后五六岁，有里人如成先病，请药甚急，成愍而与之[14]，乃故往谯更从佗求，适值见收[15]，意不忍言。后十八年，成病发，无药而死。

广陵吴普、彭城樊阿皆从佗学。普依准佗疗，多所全济。

佗语普曰："人体欲得劳动，但不当使极耳。动摇则谷气得销，血脉流通，病不得生，譬犹户枢⑯，终不朽也。是以古之仙者为导引之事，熊经鸱顾，引挽腰体，动诸关节，以求难老。吾有一术，名曰五禽之戏：一曰虎，二曰鹿，三曰熊，四曰猿，五曰鸟。亦以除疾，兼利蹄足，以当导引。体有不快，起作一禽之戏，怡而汗出，因以著粉，身体轻便而欲食。"普施行之，年九十余，耳目聪明，齿牙完坚。

阿善针术。凡医咸言背及匈藏之间不可妄针⑰，针之不可过四分，而阿针背入一二寸，巨阙匈藏乃五六寸，而病皆瘳。阿从佗求方可服食益于人者，佗授以漆叶青黏散：漆叶屑一斗，青黏十四两，以是为率。言久服，去三虫，利五藏，轻体，使人头不白。阿从其言，寿百余岁。漆叶处所而有。青黏生于丰、沛、彭城及朝歌间。

---

①辟：征召为官。

②齐：通"剂"。方剂。

③湔（jiān，音奸）洗：洗濯。

④咽：喉。

⑤萍：浮萍。植物名。可入药。　　齑：碎末。

⑥差（chài，音瘥）：病愈。

⑦匈：通"胸"。

⑧期（jī，音机）：一周年。

⑨间：近来；最近。

⑩案：通"按"。

⑪事：侍候别人。

⑫廉：侦察；查访。

⑬欬：咳嗽。

⑭愍：哀怜。

⑮见收：被逮捕。

⑯枢：门轴。

⑰藏：通"脏"。

三国志

(选录)

〔晋〕陈寿 撰

由是笑而恶焉[21]。

二年春，绍、馥遂立虞为帝，虞终不敢当。

夏四月，卓还长安。

秋七月，袁绍胁韩馥，取冀州。

黑山贼于毒、白绕、眭固等十余万众略魏郡、东郡，王肱不能御，太祖引兵入东郡，击白绕于濮阳，破之[22]。袁绍因表太祖为东郡太守，治东武阳。

三年春，太祖军顿丘，毒等攻东武阳[23]。太祖乃引兵西入山，攻毒等本屯[24]。毒闻之，弃武阳还。太祖要击眭固，又击匈奴于夫罗于内黄，皆大破之[25]。

夏四月，司徒王允与吕布共杀卓。卓将李傕、郭汜等杀允攻布，布败，东出武关[26]。傕等擅朝政[27]。

青州黄巾众百万入兖州，杀任城相郑遂，转入东平。刘岱欲击之，鲍信谏曰："今贼众百万，百姓皆震恐，士卒无斗志，不可敌也。观贼众群辈相随，军无辎重，唯以钞略为资，今不若畜士众之力，先为固守[28]。彼欲战不得，攻又不能，其势必离散，后选精锐，据其要害，击之可破也。"岱不从，遂与战，果为所杀。信乃与州吏万潜等至东郡迎太祖领兖州牧。遂进兵击黄巾于寿张东。信力战斗死，仅而破之[29]。购求信丧不得，众乃刻木如信形状，祭而哭焉[30]。追黄巾至济北。乞降。冬，受降卒三十余万，男女百余万口，收其精锐者，号为青州兵。

袁术与绍有隙，术求援于公孙瓒，瓒使刘备屯高唐，单经屯平原，陶谦屯发干，以逼绍[31]。太祖与绍会击，皆破之。

四年春，军鄄城[32]。荆州牧刘表断术粮道，术引军入陈留，屯封丘，黑山余贼及於夫罗等佐之。术使将刘详屯匡亭。太祖击详，术救之。与战，大破之。术退保封丘，遂围之。未合，术走襄邑，追到太寿，决渠水灌城。走宁陵，又追之。走九江。夏，太祖还军定陶。

下邳阙宣聚众数千人，自称天子；徐州牧陶谦与共举兵，取泰山华、费，略任城[33]。秋，太祖征陶谦，下十余城。谦守城不敢出。

是岁，孙策受袁术使渡江，数年间遂有江东。

兴平元年春，太祖自徐州还。初，太祖父嵩，去官后还谯，董卓之乱，避难琅邪，为陶谦所害，故太祖志在复仇东伐。夏，使荀彧、程昱守鄄城，复征陶谦，拔五城，遂略地至东海[34]。还过郯，谦将曹豹与刘备屯郯东，要太祖。太祖击破之，遂攻拔襄贲，所过多所残戮[35]。

会张邈与陈宫叛迎吕布，郡县皆应。荀彧、程昱保鄄城，范、东阿二县固守，太祖乃引军还。布到，攻鄄城不能下，西屯濮阳。太祖曰："布一旦得一州，不能据东平，断亢父、泰山之道乘险要我，而乃屯濮阳，吾知其无能为也。"遂进军攻之。布出兵战，先以骑犯青州兵[36]。青州兵奔，太祖陈乱[37]，驰突火出，坠马，烧左手掌。司马楼异扶太祖上马，遂引去[38]。未至营止，诸将未与太祖相见，皆怖。太祖乃自力劳军，令军中促为攻具，进复攻之，与布相守百余日[39]。蝗虫起，百姓大饿，布粮食亦尽，各引去。

秋九月，太祖还鄄城。布到乘氏，为其县人李进所破，东屯山阳。于是绍使人说太祖，欲连和。太祖新失兖州，军食尽，将许之。程昱止太祖，太祖从之。冬十月，太祖至东阿。

是岁谷一斛五十余万钱，人相食，乃罢吏兵新募者[40]。

陶谦死，刘备代之。

二年春，袭定陶。济阴太守吴资保南城，未拔[41]。会吕布至，又击破之。夏，布将薛兰、李封屯钜野，太祖攻之，布救兰，兰败，布走，遂斩兰等。布复从东缗与陈宫将万余人来战[42]。时太祖兵少，设伏，纵奇兵击，大破之。布夜走，太祖复攻，拔定陶，分兵平诸县。布东奔刘备，张邈从布，使其弟超将家属保雍丘。秋八月，围雍丘。冬十月，天子拜太祖兖州牧。十二月，雍丘溃，超自杀，夷邈三族[43]。邈诣袁术请救，为其众所杀，兖州平，遂东略陈地。

是岁，长安乱，天子东迁，败于曹阳，渡河幸安邑[44]。

建安元年春正月，太祖军临武平，袁术所置陈相袁嗣降。

太祖将迎天子，诸将或疑，荀彧、程昱劝之，乃遣曹洪将兵西迎，卫将军董承与袁术将苌奴拒险，洪不得进[45]。

汝南、颍川黄巾何仪、刘辟、黄邵、何曼等，众各数万，初应袁术，又附孙坚。二月，太祖进军讨破之，斩辟、邵等，仪及其众皆降[46]。天子拜太祖建德将军，夏六月，迁镇东将军，封费亭侯[47]。秋七月，杨奉、韩暹以天子还洛阳，奉别屯梁。太祖遂至洛阳，卫京都，暹遁走。天子假太祖节钺，录尚书事[48]。洛阳残破，董昭等劝太祖都许[49]。九月，车驾出轘辕而东，以太祖为大将军，封武平侯[50]。自天子西迁，朝廷日乱，至是宗庙社稷制度始立[51]。

天子之东也，奉自梁欲要之，不及。冬十月，公征奉，奉南奔袁术，遂攻其梁屯，拔之[52]。于是以袁绍为太尉，绍耻班在公下，不肯受[53]。公乃固辞，以大将军让绍。天子拜公司空，行车骑将军[54]。是岁用枣祗、韩浩等议，始兴屯田[55]。

吕布袭刘备，取下邳。备来奔。程昱说公曰："观刘备有雄才而甚得众心，终不为人下，不如早图之[56]。"公曰："方今收英雄时也，杀一人而失天下之心，不可。"

张济自关中走南阳。济死，从子绣领其众[57]。二年春正月，公到宛。张绣降，既而悔之，复反。公与战，军败，为流矢所中，长子昂、弟子安民遇害。公乃引兵还舞阴，绣将骑来钞，公击破之[58]。绣奔穰，与刘表合。公谓诸将曰："吾降张绣等，失不便取其质，以至于此[59]。吾知所以败。诸卿观之，自今已后不复败矣[60]。"遂还许。

袁术欲称帝于淮南，使人告吕布。布收其使，上其书[61]。术怒，攻布，为布所破。秋九月，术侵陈，公东征之。术闻公自来，弃军走，留其将桥蕤、李丰、梁纲、乐就；公到，击破蕤等，皆斩之[62]。术走渡淮，公还许[63]。

公之自舞阴还也，南阳章陵诸县复叛为绣，公遣曹洪击之，不利，还屯叶，数为绣、表所侵[64]。冬十一月，公自南征，至宛。表将邓济据湖阳。攻拔之，生擒济，湖阳降。攻舞阴，下之。

三年春正月，公还许，初置军师祭酒[65]。三月，公围张绣于穰。夏五月，刘表遣兵救绣，以绝军后。公将引还，绣兵来追，公军不得进，连营稍前[66]。公与荀彧书曰："贼来追吾，虽日行数里，吾策之，到安众，破绣必矣[67]。"到安众，绣与表兵合守险，公军前后受敌。公乃夜凿险为地道，悉过辎重，设奇兵。会明，贼谓公为遁也，悉军来追[68]。乃纵奇兵步骑夹攻，大破之。秋七月，公还许。荀彧问公："前以策贼必破，何也?"公曰："虏遏吾归师，而与吾死地战，吾是以知胜矣[69]。"

吕布复为袁术使高顺攻刘备，公遣夏侯惇救之，不利。备为顺所败。九月，公东征布。冬十月，屠彭城，获其相侯谐[70]。进至下邳，布自将骑逆击[71]。大破之，获其骁将成廉[72]。追至城下，布恐，欲降。陈宫等沮其计，求救于术，劝布出战[73]。战又败，乃还固守，攻之不下。时公连战，士卒罢，欲还，用荀攸、郭嘉计，遂决泗、沂水以灌城[74]。月余，布将宋宪、魏续等执陈宫，举城降，生禽布、宫，皆杀之[75]。太山臧霸、孙观、吴敦、尹礼、昌豨各聚众。布之破刘备也，霸等悉从布。布败，获霸等，公厚纳待，遂割青、徐二州附于海以委焉，分琅邪、东海、北海为城阳、利城、昌虑郡[76]。

初，公为兖州，以东平毕谌为别驾[77]。张邈之叛也，邈劫谌母弟妻子；公谢遣之，曰："卿老母在彼，可去[78]。"谌顿首无二心，公嘉之，为之流涕[79]。既出，遂亡归。及布破，谌生得，众为谌惧，公曰："夫人孝于其亲者，岂不亦忠于君乎！吾所求也。"以为鲁相[80]。

四年春二月，公还至昌邑。张杨将杨醜杀杨，眭固又杀醜，以其众属袁绍，屯射犬。夏四月，进军临河，使史涣、曹仁渡河击之[81]。固使杨故长史薛洪、河内太守缪尚留守，自将兵北迎绍求救，与涣、仁相遇犬城，交战，大破之，斩固[82]。公遂济河，围射犬[83]。洪、尚率众降，封为列侯，还军敖仓[84]。以魏种为河内太守，属以河北事[85]。

初，公举种孝廉。兖州叛，公曰："唯魏种且不弃孤也[86]。"及闻种走，公怒曰："种不南走越、北走胡，不置汝也[87]！"既下射犬，生禽种，公曰："唯其才也！"释其缚而用之。

是时袁绍既并公孙瓒，兼四州之地，众十余万，将进军攻许。诸将以为不可敌，公曰："吾知绍之为人，志大而智小，色厉而胆薄，忌克而少威，兵多而分画不明，将骄而政令不一，土地虽广，粮食虽丰，适足以为吾奉也[88]。"秋八月，公进军黎阳，使臧霸等入青州破齐、北海、东安，留于禁屯河上。九月，公还许，分兵守官渡。冬十一月，张绣率众降，封列侯。十二月，公军官渡。

袁术自败于陈，稍困[89]。袁谭自青州遣迎之，术欲从下邳北过，公遣刘备、朱灵要之。会术病死。程昱、郭嘉闻公遣备，言于公曰："刘备不可纵[90]。"公悔，追之不及。备之未东也，阴与董承等谋反[91]。至下邳，遂杀徐州刺史车胄，举兵屯沛。遣刘岱、王忠击之，不克。

庐江太守刘勋率众降，封为列侯。

五年春正月，董承等谋泄，皆伏诛。公将自东征备，诸将皆曰："与公争天下者，袁绍也。今绍方来而弃之东，绍乘人后，若何？"公曰："夫刘备，人杰也，今不击，必为后患。袁绍虽有大志，而见事迟，必不动也。"郭嘉亦劝公，遂东击备，破之，生禽其将夏侯博。备走奔绍，获其妻子。备将关羽屯下邳，复进攻之，羽降。昌豨叛为备，又攻破之。公还官渡，绍卒不出[92]。

二月，绍遣郭图、淳于琼、颜良攻东郡太守刘延于白马，绍引兵至黎阳，将渡河。夏四月，公北救延。荀攸说公曰："今兵少不敌，分其势乃可。公到延津，若将渡兵向其后者，绍必西应之，然后轻兵袭白马，掩其不备，颜良可禽也。"公从之。绍闻兵渡，即分兵西应之。公乃引军兼行趣白马，未至十余里，良大惊，来逆战[93]。使张辽、关羽前登，击破，斩良[94]。遂解白马围，徙其民，循河而西。绍于是渡河追公军，至延津南。公勒兵驻营南阪下，使登垒望之，曰："可五六百骑[95]。"有顷，复白："骑稍多，步兵不可胜数。"公曰："勿复白。"乃令骑解鞍放马。是时，白马辎重就道。诸将以为敌骑多，不如还保营。荀攸曰："此所以饵敌，如何去之[96]！"绍骑将文醜与刘备将五六千骑前后至。诸将复白："可上马。"公曰："未也。"有顷，骑至稍多，或分趣辎重。公曰："可矣。"乃皆上马。时骑不满六百，遂纵兵击，大破之，斩醜。良、醜皆绍名将也，再战，悉禽，绍军大震。公还军官渡。绍进保阳武。关羽亡归刘备。

八月，绍连营稍前，依沙埴为屯，东西数十里[97]。公亦分营与相当，合战不利[98]。时公兵不满万，伤者十二三[99]。绍复进临官渡，起土山地道。公亦于内作之，以相应。绍射营中，矢如雨下，行者皆蒙楯，众大惧[100]。时公粮少，与荀彧书，议欲还许。彧以为"绍悉众聚官渡，欲与公决胜败。公以至弱当至强，若不能制，必为所乘，是天下之大机也[101]。且绍，布衣之雄耳，能聚人而不能用。夫以公之神武明哲而辅以大顺，何向而不济[102]！"公从之。

孙策闻公与绍相持，乃谋袭许，未发，为刺客所杀。

汝南降贼刘辟等叛应绍，略许下[103]。绍使刘备助辟，公使曹仁击破之。备走，遂破辟屯。

袁绍运谷车千数乘至[104]，公用荀攸计，遣徐晃、史涣邀击，大破之，尽烧其车。公与绍相拒连月，虽比战斩将，然众少粮尽，士卒疲乏[105]。公谓运者曰："却十五日为汝破绍，不复劳汝矣[106]。"

冬十月，绍遣车运谷，使淳于琼等五人将兵万余人送之，宿绍营北四十里。绍谋臣许攸贪财，绍不能足，来奔，因说公击琼等。左右疑之，荀攸、贾诩劝公。公乃留曹洪守，自将步骑五千人夜往，会明至。琼等望见公兵少，出陈门外。公急击之，琼退保营，遂攻之。绍遣骑救琼。左右或言“贼骑稍近，请分兵拒之”。公怒曰：“贼在背后，乃白！”士卒皆殊死战，大破琼等，皆斩之。绍初闻公之击琼，谓长子谭曰：“就彼攻琼等，吾攻拔其营，彼固无所归矣！”乃使张郃、高览攻曹洪。郃等闻琼破，遂来降。绍众大溃，绍及谭弃军走，渡河。追之不及，尽收其辎重图书珍宝，虏其众。公收绍书中，得许下及军中人书，皆焚之。冀州诸郡多举城邑降者。

初，桓帝时有黄星见于楚、宋之分[107]。辽东殷馗善天文，言后五十岁当有真人起于梁、沛之间，其锋不可当[108]。至是凡五十年，而公破绍，天下莫敌矣。

六年夏四月，扬兵河上，击绍仓亭军，破之[109]。绍归，复收散卒，攻定诸叛郡县。九月，公还许。绍之未破也，使刘备略汝南，汝南贼共都等应之。遣蔡扬击都，不利，为都所破。公南征备。备闻公自行，走奔刘表，都等皆散。

七年春正月，公军谯，令曰：“吾起义兵，为天下除暴乱。旧土人民，死丧略尽，国中终日行，不见所识，使吾凄怆伤怀[110]。其举义兵已来，将士绝无后者，求其亲戚以后之，授土田，官给耕牛，置学师以教之[111]。为存者立庙，使祀其先人，魂而有灵，吾百年之后何恨哉！”遂至浚仪，治睢阳渠，遣使以太牢祀桥玄[112]。进军官渡。

绍自军破后，发病欧血，夏五月死[113]。小子尚代，谭自号车骑将军，屯黎阳。秋九月，公征之，连战。谭、尚数败退，固守。

八年春三月，攻其郭，乃出战[114]。击，大破之，谭、尚夜遁。夏四月，进军邺。五月还许，留贾信屯黎阳。

己酉，令曰：“《司马法》‘将军死绥’，故赵括之母，乞不坐括[115]。是古之将者，军破于外，而家受罪于内也。自命将征行，但赏功而不罚罪，非国典也[116]。其令诸将出征，败军者抵罪，失利者免官爵。”

秋七月，令曰：“丧乱已来，十有五年，后生者不见仁义礼让之风，吾甚伤之[117]。其令郡国各修文学，县满五百户置校官，选其乡之俊造而教学之，庶几先生之道不废，而有以益于天下[118]。”

八月，公征刘表，军西平。公之去邺而南也，谭、尚争冀州，谭为尚所败，走保平原。尚攻之急，谭遣辛毗乞降请救。诸将皆疑，荀攸劝公许之，公乃引军还。冬十月，到黎阳，为子整与谭结婚。尚闻公北，乃释平原还邺。东平吕旷、吕翔叛尚，屯阳平，率其众降，封为列侯。

九年春正月，济河，遏淇水入白沟以通粮道。二月，尚复攻谭，留苏由、审配守邺。公进军到洹水，由降。既至，攻邺，为土山、地道。武安长尹楷屯毛城，通上党粮道。夏四月，留曹洪攻邺，公自将击楷，破之而还。尚将沮鹄守邯郸，又击拔之。易阳令韩范、涉长梁岐举县降，赐爵关内侯[119]。五月，毁土山、地道，作围堑，决漳水灌城；城中饿死者过半[120]。秋七月，尚还救邺，诸将皆以为“此归师，人自为战，不如避之”。公曰：“尚从大道来，当避之；若循西山来者，此成禽耳[121]。”尚果循西山来，临滏水为营。夜遣兵犯围，公逆击破走之，遂围其营。未合，尚惧，遣故豫州刺史阴夔及陈琳乞降，公不许，为围益急。尚夜遁，保祁山，追击之。其将马延、张顗等临陈降，众大溃，尚走中山。尽获其辎重，得尚印绶节钺，使尚降人示其家，城中崩沮[122]。八月，审配兄子荣夜开所守城东门内兵[123]。配逆战，败，生禽配，斩之，邺定。公临祀绍墓，哭之流涕；慰劳绍妻，还其家人宝物，赐杂缯絮，廪食之[124]。

初，绍与公共起兵，绍问公曰：“若事不辑，则方面何所可据[125]？”公曰：“足下意以为何如[126]？”绍曰：“吾南据河，北阻燕、代，兼戎狄之众，南向以争天下，庶可以济乎？”公曰：“吾任天下之智力，以道御之，无所不可。”

九月，令曰：“河北罹袁氏之难，其令无出今年租赋[27]！”重豪强兼并之法，百姓喜悦[28]。天子以公领冀州牧，公让还兖州。

公之围邺也，谭略取甘陵、安平、勃海、河间。尚败，还中山。谭攻之，尚奔故安，遂并其众。公遗谭书，责以负约，与之绝婚，女还，然后进军[29]。谭惧，拔平原，走保南皮[30]。十二月，公入平原，略定诸县。

十年春正月，攻谭，破之，斩谭，诛其妻子，冀州平。下令曰：“其与袁氏同恶者，与之更始[31]。”令民不得复私雠，禁厚葬，皆一之于法[32]。是月，袁熙大将焦触、张南等叛攻熙、尚，熙、尚奔三郡乌丸。触等举其县降，封为列侯。初讨谭时，民亡椎冰，令不得降[33]。顷之，亡民有诣门首者，公谓曰：“听汝则违令，杀汝则诛首，归深自藏，无为吏所获。”民垂泣而去；后竟捕得。

夏四月，黑山贼张燕率其众十余万降，封为列侯。故安赵犊、霍奴等杀幽州刺史、涿郡太守。三郡乌丸攻鲜于辅于犷平[34]。秋八月，公征之，斩犊等，乃渡潞河救犷平，乌丸奔走出塞。

九月，令曰：“阿党比周，先圣所疾也[35]。闻冀州俗，父子异部，更相毁誉[36]。昔直不疑无兄，世人谓之盗嫂；第五伯鱼三娶孤女，谓之挝妇翁；王凤擅权，谷永比之申伯；王商忠议，张匡谓之左道：此皆以白为黑，欺天罔君者也[37]。吾欲整齐风俗，四者不除，吾以为羞。”冬十月，公还邺。

初，袁绍以甥高幹领并州牧，公之拔邺，干降，遂以为刺史。幹闻公讨乌丸，乃以州叛，执上党太守，举兵守壶关口。遣乐进、李典击之，干还守壶关城。十一年春正月，公征干。干闻之，乃留其别将守城，走入匈奴，求救于单于，单于不受[38]。公围壶关三月，拔之。干遂走荆州，上洛都尉王琰捕斩之。

秋八月，公东征海贼管承，至淳于，遣乐进、李典击破之，承走入海岛。割东海之襄贲、郯、戚以益琅邪，省昌虑郡[39]。

三郡乌丸承天下乱，破幽州，略有汉民合十余万户[40]。袁绍皆立其酋豪为单于，以家人子为己女，妻焉[41]。辽西单于蹋顿尤强，为绍所厚，故尚兄弟归之，数入塞为害。公将征之，凿渠，自呼淹入泒水，名平虏渠；又从沟河口[42]。凿入潞河，名泉州渠，以通海。

十二年春二月，公自淳于还邺。丁酉，令曰：“吾起义兵诛暴乱，于今十九年，所征必克，岂吾功哉？乃贤士大夫之力也。天下虽未悉定，吾当要与贤士大夫共定之；而专飨其劳，吾何以安焉[43]！其促定功行封。”于是大封功臣二十余人，皆为列侯，其余各以次受封，及复死事之孤，轻重各有差[44]。

将北征三郡乌丸，诸将皆曰：“袁尚，亡虏耳，夷狄贪而无亲，岂能为尚用[45]？今深入征之，刘备必说刘表以袭许。万一为变，事不可悔。”惟郭嘉策表必不能任备，劝公行[46]。夏五月，至无终。秋七月，大水，傍海道不通，田畴请为乡导，公从之[47]。引军出卢龙塞，塞外道绝不通，乃堑山堙谷五百余里，经白檀，历平冈，涉鲜卑庭，东指柳城[48]。未至二百里，虏乃知之。尚、熙与蹋顿、辽西单于楼班、右北平单于能臣抵之等将数万骑逆军。八月，登白狼山，卒与虏遇，众甚盛[49]。公车重在后，被甲者少，左右皆惧[50]。公登高，望虏陈不整，乃纵兵击之，使张辽为先锋，虏众大崩，斩蹋顿及名王已下，胡、汉降者二十余万口[51]。辽东单于速仆丸及辽西、北平诸豪，弃其种人，与尚、熙奔辽东，众尚有数千骑。初，辽东太守公孙康恃远不服，及公破乌丸，或说公遂征之，尚兄弟可禽也。公曰：“吾方使康斩送尚、熙首，不烦兵矣。”九月，公引兵自柳城还，康即斩尚、熙及速仆丸等，传其首。诸将或问：“公还而康斩送尚、熙，何也？”公曰：

“彼素畏尚等，吾急之则并力，缓之则自相图，其势然也。”十一月至易水，代郡乌丸行单于普富卢、上郡乌丸行单于那楼将其名王来贺。

十三年春正月，公还邺，作玄武池以肄舟师[52]。汉罢三公官，置丞相、御史大夫。夏六月，以公为丞相。

秋七月，公南征刘表。八月，表卒，其子琮代，屯襄阳，刘备屯樊[53]。九月，公到新野，琮遂降，备走夏口。公进军江陵，下令荆州吏民，与之更始。乃论荆州服从之功，侯者十五人，以刘表大将文聘为江夏太守，使统本兵，引用荆州名士韩嵩、邓义等。益州牧刘璋始受征役，遣兵给军。十二月，孙权为备攻合肥。公自江陵征备，至巴丘，遣张憙救合肥。权闻憙至，乃走。公至赤壁，与备战，不利。于是大疫，吏士多死者，乃引军还。备遂有荆州江南诸郡。

十四年春三月，军至谯，作轻舟，治水军[54]。秋七月，自涡入淮，出肥水，军合肥[55]。辛未，令曰：“自顷已来，军数征行，或遇疫气，吏士死亡不归，家室怨旷，百姓流离，而仁者岂乐之哉？不得已也[56]。其令死者家无基业不能自存者，县官勿绝廪，长吏存恤抚循，以称吾意[57]。”置扬州郡县长吏，开芍陂屯田[58]。十二月，军还谯。

十五年春，下令曰：“自古受命及中兴之君，曷尝不得贤人君子与之共治天下者乎[59]！及其得贤也，曾不出闾巷，岂幸相遇哉[60]？上之人不求之耳。今天下尚未定，此特求贤之急时也。‘孟公绰为赵、魏老则优，不可以为滕、薛大夫’。若必廉士而后可用，则齐桓其何以霸世！今天下得无有被褐怀玉而钓于渭滨者乎[61]？又得无盗嫂受金而未遇无知者乎？二三子其佐我明扬仄陋，唯才是举，吾得而用之[62]。”冬，作铜雀台[63]。

十六年春正月，天子命公世子丕为五官中郎将，置官属，为丞相副[64]。太原商曜等以大陵叛，遣夏侯渊、徐晃围破之。张鲁据汉中，三月，遣钟繇讨之。公使渊等出河东与繇会。

是时关中诸将疑繇欲自袭，马超遂与韩遂、杨秋、李堪、成宜等叛。遣曹仁讨之。超等屯潼关，公敕诸将：“关西兵精悍，坚壁勿与战[65]。”秋七月，公西征，与超等夹关而军。公急持之，而潜遣徐晃、朱灵等夜渡蒲阪津，据河西为营[66]。公自潼关北渡，未济，超赴船急战。校尉丁斐因放牛马以饵贼，贼乱取牛马，公乃得渡，循河为甬道而南[67]。贼退，拒渭口，公乃多设疑兵，潜以舟载兵入渭，为浮桥，夜，分兵结营于渭南。贼夜攻营，伏兵击破之。超等屯渭南，遣信求割河以西请和，公不许[68]。九月，进军渡渭。超等数挑战，又不许，固请割地，求送任子，公用贾诩计，伪许之[69]。韩遂请与公相见，公与遂父同岁孝廉，又与遂同时侪辈，于是交马语移时，不及军事，但说京都旧故，拊手欢笑[70]。既罢，超等问遂：“公何言?”遂曰：“无所言也。”超等疑之。他日，公又与遂书，多所点窜，如遂改定者，超等愈疑遂[71]。公乃与克日会战，先以轻兵挑之，战良久，乃纵虎骑夹击，大破之[72]。斩成宜、李堪等。遂、超等走凉州，杨秋奔安定，关中平。诸将或问公曰：“初，贼守潼关，渭北道缺，不从河东击冯翊而反守潼关，引日而后北渡，何也[73]?”公曰：“贼守潼关，若吾入河东，贼必引守诸津，则西河未可渡，吾故盛兵向潼关[74]；贼悉众南守，西河之备虚，故二将得擅取西河；然后引军北渡，贼不能与吾争西河者，以有二将之军也。连车树栅，为甬道而南，既为不可胜，且以示弱[75]。渡渭为坚垒，虏至不出，所以骄之也；故贼不为营垒而求割地。吾顺言许之，所以从其意，使自安而不为备，因畜士卒之力，一旦击之，所谓疾雷不及掩耳，兵之变化，固非一道也。”始，贼每一部到，公辄有喜色。贼破之后，诸将问其故。公答曰：“关中长远，若贼各依险阻，征之，不一二年不可定也。今皆来集，其众虽多，莫相归服，军无适主，一举可灭，为功差易，吾是以喜[76]。”

冬十月，军自长安北征，杨秋，围安定。秋降，复其爵位，使留抚其民人。十二月，自安定还，留夏侯渊屯长安。

十七年春正月，公还邺。天子命公赞拜不名[77]，入朝不趋，剑履上殿，如萧何故事[78]。马超余众梁兴等屯蓝田，使夏侯渊击平之。割河内之荡阴、朝歌、林虑，东郡之卫国、顿丘、东武阳、发干，钜鹿之廮陶、曲周、南和，广平之任城，赵之襄国、邯郸、易阳以益魏郡。

冬十月，公征孙权。

十八年春正月，进军濡须口，攻破权江西营，获权都督公孙阳，乃引军还。诏书并十四州，复为九州。夏四月，至邺。

五月丙申，天子使御史大夫郗虑持节策命公为魏公曰：

“朕以不德，少遭愍凶，越在西土，迁于唐、卫[79]。当此之时，若缀旒然，宗庙乏祀，社稷无位；群凶觊觎，分裂诸夏，率土之民，朕无获焉，即我高祖之命将坠于地[80]。朕用夙兴假寐，震悼于厥心，曰“惟祖惟父，股肱先正，其孰能恤朕躬”[81]？乃诱天衷，诞育丞相，保乂我皇家，弘济于艰难，朕实赖之[82]。今将授君典礼，其敬听朕命。

昔者董卓初兴国难，群后释位以谋王室，君则摄进，首启戎行，此君之忠于本朝也[83]。后及黄巾反易天常，侵我三州，延及平民，君又翦之以宁东夏，此又君之功也[84]。韩暹、杨奉专用威命，君则致讨，克黜其难，遂迁许都，造我京畿，设宫兆祀，不失旧物，天地鬼神于是获乂，此又君之功也[85]。袁术僭逆，肆于淮南，慑惮君灵，用丕显谋，蕲阳之役，桥蕤授首，棱威南迈，术以陨溃，此又君之功也[86]。回戈东征，吕布就戮，乘辕将返，张杨殂毙，眭固伏罪，张绣稽服，此又君之功也[87]。袁绍逆乱天常，谋危社稷，凭恃其众，称兵内侮，当此之时，王师寡弱，天下寒心，莫有固志，君执大节，精贯白日，奋其武怒，运其神策，致届官渡，大歼丑类，俾我国家拯于危坠，此又君之功也[88]。济师洪河，拓定四州，袁谭、高干，咸枭其首，海盗奔迸，黑山顺轨，此又君之功也[89]。乌丸三种，崇乱二世，袁尚因之，逼据塞北，束马县车，一征而灭，此又君之功也[90]。刘表背诞，不供贡职，王师首路，威风先逝，百城八郡，交臂屈膝，此又君之功也[91]。马超、成宜，同恶相济，滨据河、潼，求逞所欲，殄之渭南，献馘万计，遂定边境，抚和戎狄，此又君之功也[92]。鲜卑、丁零，重译而至，单于、白屋，请吏率职，此又君之功也[93]。君有定天下之功，重之以明德，班叙海内，宣美风俗，旁施勤教，恤慎刑狱，吏无苛政，民无怀慝；敦崇帝族，表继绝世，旧德前功，罔不咸秩；虽伊尹格于皇天，周公光于四海，方之蔑如也。[94]

朕闻先王并建明德，胙之以土，分之以民，崇其宠章，备其礼物，所以藩卫王室，左右厥世也[95]。其在周成，管、蔡不静，惩难念功，乃使邵康公赐齐太公履，东至于海，西至于河，南至于穆陵，北至于无棣[96]。五侯九伯，实得征之，世祚太师，以表东海[97]。爰及襄王，亦有楚人不供王职，又命晋文登为侯伯，锡以二辂、虎贲、鈇钺、秬鬯、弓矢，大启南阳，世作盟主[98]。故周室之不坏，系二国是赖[99]。今君称丕显德，明保朕躬，奉答天命，导扬弘烈，绥爰九域，莫不率俾，功高于尹、周，而赏卑于齐、晋，朕甚恧焉[100]。朕以眇眇之身，托于兆民之上，永思厥艰，若涉渊冰，非君攸济，朕无任焉[101]。今以冀州之河东、河南、魏郡、赵国、中山、常山、钜鹿、安平、甘陵、平原凡十郡，封君为魏公。锡君玄土，苴以白茅，爰契尔龟，用建冢社[102]。昔在周室，毕公、毛公入为卿佐，周、邵师保出为二伯，外内之任，君实宜之[103]。其以丞相领冀州牧如故。又加君九锡，其敬听朕命[104]。以君经纬礼律，为民轨仪，使安职业，无或迁志，是用锡君大辂、戎辂各一，玄牡二驷[105]。君劝分务本，穑人昏作，粟帛滞积，大业惟兴，是用锡君衮冕之服，赤舄副焉[106]。君敦尚谦让，俾民兴行，少长有礼，上下咸和，是用锡君轩县之乐，六佾之舞[107]。君翼宣风化，爰发四方，远人革面，华夏充实，是用锡君朱户以居[108]。君研其明哲，思帝所难，官才任贤，群善必举，是用锡君纳陛以登[109]。君策国之钧，正色处中，纤毫之恶，靡不抑退，是用锡君虎贲之士三百人[110]。君纠虔天刑，章厥有罪，犯关干纪，莫不诛殛，是用锡君鈇钺各一[111]。君龙骧虎视，旁眺八维，掩讨逆节，折冲四海，是用锡君彤弓一，彤矢百，玈弓十，玈矢千[211]。君以温恭为基，孝友为德，明允笃诚，感于朕思，是用锡君秬鬯一卣，珪瓒副焉[212]。魏国置丞相已下群卿百寮，皆如汉初诸侯王之制[213]。往钦哉，敬服朕命！简恤尔众，时亮庶功，用终尔显德，对扬我高祖之休命[214]！”

秋七月，始建魏社稷宗庙。天子聘公三女为贵人，少者待年于国[215]。九月，作金虎台，凿渠引漳水入白沟以通河。冬十月，分魏郡为东西部，置都尉。十一月，初置尚书、侍中、六卿。

马超在汉阳，复因羌、胡为害，氐王千万叛应超，屯兴国[216]。使夏侯渊讨之。

十九年春正月，始耕籍田[217]。南安赵衢、汉阳尹奉等讨超，枭其妻子，超奔汉中[218]。韩遂徙金城，入氐王千万部，率羌、胡万余骑与夏侯渊战，击，大破之，遂走西平。渊与诸将攻兴国，屠之。省安东、永阳郡。

安定太守毌丘兴将之官，公戒之曰：“羌、胡欲与中国通，自当遣人来，慎勿遣人往[219]。善人难得，必将教羌、胡妄有所请求，因欲以自利；不从便为失异俗意，从之则无益事。”兴至，遣校尉范陵至羌中，陵果教羌，使自请为属国都尉。公曰：“吾预知当尔，非圣也，但更事多耳[220]。”

三月，天子使魏公位在诸侯王上，改授金玺、赤绂、远游冠[221]。

秋七月，公征孙权。

初，陇西宋建自称河首平汉王，聚众枹罕，改元，置百官，三十余年[222]。遣夏侯渊自兴国讨之。冬十月，屠枹罕，斩建，凉州平。

公自合肥还。

十一月，汉皇后伏氏坐昔与父故屯骑校尉完书，云帝以董承被诛怨恨公，辞甚丑恶，发闻，后废黜死，兄弟皆伏法[223]。

十二月，公至孟津。天子命公置旄头，宫殿设钟虡[224]。乙未，令曰：“夫有行之士未必能进取，进取之士未必能有行也[225]。陈平岂笃行，苏秦岂守信邪[226]？而陈平定汉业，苏秦济弱燕。由此言之，士有偏短，庸可废乎[227]！有司明思此义，则士无遗滞，官无废业矣[228]。”又曰：“夫刑，百姓之命也，而军中典狱者或非其人，而任以三军死生之事，吾甚惧之[229]。其选明达法理者，使持典刑。”于是置理曹掾属[230]。

二十年春正月，天子立公中女为皇后。省云中、定襄、五原、朔方郡，郡置一县领其民，合以为新兴郡。

三月，公西征张鲁，至陈仓，将自武都入氐；氐人塞道，先遣张郃、朱灵等攻破之。夏四月，公自陈仓以出散关，至河池。氐王窦茂万余人，恃险不服，五月，公攻屠之。西平、金城诸将麹演、蒋石等共斩送韩遂首。秋七月，公至阳平。张鲁使弟卫与将杨昂等据阳平关，横山筑城十余里，攻之不能拔，乃引军还。贼见大军退，其守备解散。公乃密遣解憟、高祚等乘险夜袭，大破之[231]。斩其将杨任，进攻卫，卫等夜遁，鲁溃奔巴中。公军入南郑，尽得鲁府库珍宝。巴、汉皆降。复汉宁郡为汉中，分汉中之安阳、西城为西城郡，置太守、分锡、上庸郡，置都尉。

八月，孙权围合肥，张辽、李典击破之。

九月，巴七姓夷王朴胡、賨邑侯杜濩举巴夷、賨民来附，于是分巴郡，以胡为巴东太守，濩为巴西太守，皆封列侯[232]。天子命公承制封拜诸侯守相[233]。

冬十月，始置名号侯至五大夫，与旧列侯、关内侯凡六等，以赏军功。

十一月，鲁自巴中将其余众降。封鲁及五子皆为列侯。刘备袭刘璋，取益州，遂据巴中，遣张郃击之。

十二月，公自南郑还，留夏侯渊屯汉中。

二十一年春二月，公还邺。三月壬寅，公亲耕籍田。夏五月，天子进公爵为魏王。代郡乌丸行单于普富卢与其侯王来朝。天子命王女为公主，食汤沐邑[234]。秋七月，匈奴南单于呼厨泉将其名王来朝，待以客礼，遂留魏，使右贤王去卑监其国。八月，以大理钟繇为相国[235]。

冬十月，治兵，遂征孙权，十一月至谯。

二十二年春正月，王军居巢。二月，进军屯江西郝谿。权在濡须口筑城拒守，遂逼攻之，权退走。三月，王引军还，留夏侯惇、曹仁、张辽等屯居巢。

夏四月，天子命王设天子旌旗，出入称警跸[236]。五月，作泮宫[237]。六月，以军师华歆为御史大夫。冬十月，天子命王冕十有二旒，乘金根车，驾六马，设五时副车，以五官中郎将丕为魏太子[238]。

刘备遣张飞、马超、吴兰等屯下辩；遣曹洪拒之。

二十三年春正月，汉太医令吉本与少府耿纪、司直韦晃等反，攻许，烧丞相长史王必营，必与颍川典农中郎将严匡讨斩之。

曹洪破吴兰，斩其将任夔等。三月，张飞、马超走汉中，阴平氐强端斩吴兰，传其首。

夏四月，代郡、上谷乌丸无臣氐等叛，遣鄢陵侯彰讨破之。

六月，令曰："古之葬者，必居瘠薄之地。其规西门豹祠西原上为寿陵，因高为基，不封不树[239]。《周礼》冢人掌公墓之地，凡诸侯居左右以前，卿大夫居后，汉制亦谓之陪陵[240]。其公卿大臣列将有功者，宜陪寿陵，其广为兆域，使足相容[241]。"

秋七月，治兵，遂西征刘备，九月，至长安。

冬十月，宛守将侯音等反，执南阳太守，劫略吏民，保宛。初，曹仁讨关羽，屯樊城，是月使仁围宛。

二十四年春正月，仁屠宛，斩音。

夏侯渊与刘备战于阳平，为备所杀。三月，王自长安出斜谷，军遮要以临汉中，遂至阳平[242]。备因险拒守。

夏五月，引军还长安。

秋七月，以夫人卞氏为王后。遣于禁助曹仁击关羽。八月，汉水溢，灌禁军，军没，羽获禁，遂围仁。使徐晃救之。

九月，相国钟繇坐西曹掾，魏讽反免[243]。

冬十月，军还洛阳。孙权遣使上书，以讨关羽自效。王自洛阳南征羽，未至，晃攻羽，破之，羽走，仁围解。王军摩陂。

二十五年春正月，至洛阳。权击斩羽，传其首。

庚子，王崩于洛阳，年六十六。遗令曰："天下尚未安定，未得遵古也。葬毕，皆除服[244]。其将兵屯戍者，皆不得离屯部。有司各率乃职。敛以时服，无藏金玉珍宝[245]。"谥曰武王[246]。二月丁卯，葬高陵。

评曰：汉末，天下大乱，雄豪并起，而袁绍虎 眡四州，强盛莫敌[247]。太祖运筹演谋，鞭挞宇内，擥申、商之法术，该韩、白之奇策，官方授材，各因其器，矫情任算，不念旧恶，终能总御皇机，克成洪业者，惟其明略最优也[248]。抑可谓非常之人，超世之杰矣。

---

①谯（qiáo，音桥）。

②讳：避讳。古代不能直称帝王或尊长之名，称死去帝王或尊长之名时，名前加“讳”，以示尊敬。

③审：知道，了解。

④权数：谋略；权术。　行（xíng，音形）业：操行，学业。　颙（yóng）。

⑤孝廉：汉代选举的主要科目。取孝顺父母，行为廉洁者。　除：任命。　迁：升任，调职。　征拜：征召任命。

⑥长（zhǎng，音掌）。　脏污：贪污受贿。　奏免其八：此句经后人考证，应为“奏免其八九”。　淫祀：不合祀典规定的祭祀。　奸宄（guǐ，音鬼）：指违法乱纪的人。

⑦会：正逢；恰好。

⑧见：被。

⑨表：上表举荐。

⑩执：抓；逮捕。　诣（yì，音义）：往；到。

⑪行：代理。

⑫邺（yè，音业）。

⑬向使：假使。　倚（yǐ，音以）：依靠。　临：控制。

⑭将：打算。　皋（gāo）：音搞。

⑮莶（xián）：音贤。

⑯从（zòng）：音纵。　遁去：逃走。

⑰将：率领。　尽日：整日。

⑱高会：盛会；盛宴。

⑲责让：责备。　勃海：此代指袁绍。益：增加。

⑳相恶（wù，音务）：憎恨；讨厌。领：兼任。

㉑尝：曾经。　笑：耻笑　恶：厌恶。

㉒ 略：攻夺；掠夺。

㉓军：驻军；屯兵。

㉔本屯：大本营；驻地。

㉕要（yāo，音邀）击：中途截击。

㉖倠（jué）：音决。　汜（sì）：音祀。

㉗擅：专断。

㉘群辈：指农民起义军的家属。　辎重：军用器械、粮草、给养等物资。　钞略：强取；掠夺。　资：给养。畜：同“蓄”。

㉙仅而：勉强能够。

㉚购求：悬赏寻求。　丧：指尸体。

㉛隙：裂痕；隔阂。

㉜鄄（juàn）：音倦。

㉝费（mì）：音密。

㉞彧（yù），音育。　昱（yù），音育。

㉟贲（féi）：音肥。

㊱骑（jì，音寄）：指骑兵。

㊲陈（zhèn，音阵）：通“阵”。军队作战时摆成的战斗队形。

㊳引：退却。

㊴自力：强自支持。　劳（lào，音涝）：慰劳；慰问。　促为：赶快准备。

㊵斛（hú，音胡）：古量具。汉代十斗为一斛。

㊶ 南城：指定陶的南城

㊷缗（mín）：音民。

㊸夷：诛杀。　三族：一般指父族、母族、妻族。

㊹幸：指皇帝到达某地。

㊺或：有人。　劝：劝勉；鼓励。卫将军：官名。位次上卿，掌京师兵卫和边防屯警。

㊻斩辟、邵等：按此处说，似乎刘辟已被杀了，而后面建安五年的记载，刘辟并未死。清代学者沈家本说，这里应为“斩

邵等，辟、仪及其众皆降。”

㊼ 建德将军：官名。　　镇东将军：官名。

㊽假：给予；授予。　　节钺（yuè，音月）：符节和斧钺。古代授予将帅，以示加重其权力。假节，有权杀犯军令者。假钺，总统内外诸军。　　录尚书事：即统领朝政。录，总领之意。东汉以来，政归尚书。汉献帝假曹操节钺，录尚书事，则军政大权都集中于曹操一人之身。

㊾ 都：迁都。用作动词。

㊿车驾：皇帝外出时所乘的车，这里用作皇帝的代称。

51至是：这时。　　社稷：社，土社。稷，谷神。古代帝王必立社稷祭祀。

52公：指曹操。

53班：位，位次。

54司空：官名。

55 屯田：汉代已有屯田制，但都是军屯，即士兵战时打仗，平时耕种。而此处“屯田”，指民屯。农民收获粮食按规定比例交给国家，带有军事性质。

56图：设法对付。

57从（zòng，音纵）子：兄弟的儿子，即侄子。

58钞：亦作“抄”。强取；掠夺。

59降：使……投降。　　失：错误；过失。便：立即；迅速。　　质（zhì，音志）：人质。将人作为抵押品。

60已：同“以”。

61收：扣留。

62蕤：（ruí）：音锐，阳平。

63淮：淮河。

64叶：（shè）：音射。　　数：（shuò）：音朔。

65军师祭酒：官名

66稍前：逐渐前进。

67策：计算；估计。

68会明：正好天亮。会，正好；适逢。

69虏：敌人。　　而与吾死地战：和我处于死地的军队作战。

70屠：大肆残杀。

71逆击：迎击。

72骁（xiāo，音消）将：勇将。

73沮（jǔ，音举）：阻止。

74罢（pí，音疲）：同“疲”。疲劳；疲乏；疲惫。

75禽：通“擒”。活捉。

76割：分割。　　附：靠近。　　委：委任。

77别驾：官名。

78谢：感谢。此处含有惋惜、不得已之意。

79顿首：叩头。

80夫：无义。语助词。

81河：黄河。

82故：原先；以前。

83济：渡。

84列侯：爵位名。

85属：嘱托；交付。

86且：将。表示揣 测可能性的语气词。

87越：古代南方的部族，称为“越”或“粤”。其支系众多，散居于今广东、广西、福建和浙江的部分地区。胡：泛指北方匈奴等少数部族。这里越、胡泛指边远地方。　　不置汝也：不放过你，不饶恕你。置，饶恕。

88忌克：妒忌刻薄。　　分画不明：调配部署不当。画，指挥；部署。　　适足以为吾奉也：正如作为对我的奉献。

⑧⑨ 稍困：逐渐衰弱。

⑨⓪纵：放走。

⑨①阴：暗中；暗地。

⑨②卒：终于。

⑨③兼行：兼程而行。　趣：同“趋”。赶赴；奔赴。

⑨④前登：首先接战。

⑨⑤阪：山坡；斜坡。　可：大约。

⑨⑥饵：引诱。

⑨⑦沙䭔（duī，音堆）：沙堆。

⑨⑧合战：交战。

⑨⑨ 伤者十二三：受伤的士兵占十分之二三。

⑩⓪楯：同“盾”

⑩①制：取胜；制服。　机：指成败的关键。

⑩②神武：聪明威武。　大顺：指以天子之名讨伐不臣的叛逆者。　济：成功。

⑩③许下：许都附近。

⑩④乘（shèng，音胜）：古代四马拉一车称为乘。

⑩⑤比战：每次交战。

⑩⑥却：还；再。

⑩⑦黄星：即土星。　见（xián，音现）：与“现”同。　楚、宋分之：指楚、宋分界之处。

⑩⑧真人：指真命天子。

⑩⑨扬兵：炫耀兵力。

⑪⓪旧土：故乡。　略：几乎；差不多。

⑪①绝：断。　以后之：作为他的后嗣。

⑪②睢（suī）：音虽。　太牢：古时祭祀，用牛、羊、猪三牲作祭品，称太牢。

⑪③欧：同“呕”，吐。

⑪④郭：外城。

⑪⑤已酉：即五月二十五日。　《司马法》：记载古代军事典礼制度之书。　绥：退军；退却。　坐：连坐。古代法律，一人犯法，家属连同治罪。

⑪⑥但：只；仅。

⑪⑦有（yòu，音又）：同“又”。

⑪⑧文学：此处指儒家经书。　校官：主管学校的官员。　俊造：俊士与造士，此指才学优秀者。　庶几（jī，音机）：也许可以。

⑪⑨关内侯：爵位名。

⑫⓪堑（qiàn，音欠）：壕沟。

⑫①西山：太行山。

⑫②崩沮：瓦解；崩溃。

⑫③内（nà，音纳）：同“纳”。

⑫④缯（zēng，音缯）：丝织品的总称。絮：丝絮。　廪食：官府给的粮食。

⑫⑤辑：成功。

⑫⑥足下：古代对人表示敬称之辞。

⑫⑦罹（lí，音离）：遭受。

⑫⑧重：加重。

⑫⑨遗（wèi，音位）：送。

⑬⓪拔：开拔。

⑬①更始：重新开始；改过自新。

⑬②一：一概；都。　一之于法：一概都按法令执行。

⑬③椎（chuí，音锤）冰：凿冰。

⑬④犷（guǎng）：音广。
⑬⑤阿党：结成死党；偏向同党。比周：互相勾结。　疾：憎恨；厌恶。
⑬⑥父子异部，更相毁誉："父子兄弟各树党援，两不相下。"（顾炎武《日知录》卷十三）
⑬⑦罔：欺骗；蒙蔽。
⑬⑧单（chán，音禅）于：匈奴君主称号。
⑬⑨郯（tán）：音谈。　益：扩大。省：减省。引申为撤消。
⑭⓪承：通"乘"，趁机。　略：通"掠"。
⑭①酋豪：部落首领。　家人子：指宗室女，即同姓女。　妻（qì，音气）：用作动词，以女嫁人之意。
⑭②沲（duò）：音舵。　泒（gū）：音孤。
⑭③飨（xiǎng，音享）：通"享"，享受。劳：劳动
⑭④以次：依次。　复：免除徭役租税。死事之孤：为国而死者之子女。　差（cī，音疵）：区别；等级。
⑭⑤夷狄：这里指乌丸。
⑭⑥策：推断。
⑭⑦乡导：向导。
⑭⑧堑（qiàn，音欠）：挖掘。　堙（yīn，音因）：填塞。　鲜卑庭：指鲜卑人居住的区域。
⑭⑨卒（cù，音促）：同"猝"，突然。
⑮⓪车重：即辎重。　被（pī，音披）甲：穿着战服。被，通"披"。
⑮①名王：部族中有名之王。
⑮②肄：训练；演习。
⑮③代：接替；继任。
⑮④治：训练。
⑮⑤涡（guō）：音锅。
⑮⑥怨旷：此指夫妻生离死别而不能团聚。
⑮⑦县官：汉代称天子为县官，此指政府。存恤抚循：慰问救济。
⑮⑧陂（bēi）：音碑。
⑮⑨受命：指开国君主。　中兴：古代称一个朝代由衰落而复兴为中兴。　曷（hé）：音和。
⑯⓪闾（lǘ，音驴）巷：里弄；街巷。幸：侥幸。
⑯①得无：难道没有；哪能没有。　被（pī，音披）褐怀玉：比喻贫穷而有才智的人。
⑯②二三子：诸位；你们。　明扬：发现举荐。　仄陋：卑贱。指出身贫贱而有才干的人。
⑯③铜雀台：楼台名。
⑯④世子：古代天子、诸侯的嫡（正妻）长子。　官属：主官的属吏。
⑯⑤敕（chì，音斥）：告诫。
⑯⑥持：挟制；牵制。
⑯⑦饵：引诱。　甬道：两边筑墙或两边用车、树为屏障的通道。
⑯⑧信：使者。
⑯⑨任子：以送儿子当人质作担保。
⑰⓪侪（chái，音柴）辈：同辈。　拊（fǔ，音府）手：拍手。
⑰①书：信。　点窜：涂改文字。
⑰②克日：限定日期。　虎骑：喻勇猛如虎的骑兵。
⑰③缺：空缺，即没有防备。　冯翊（píng、yì，音平意）：人名。　引日：拖延时日。
⑰④故：故意；特地。　盛兵：众多的兵力。
⑰⑤树栅（zhà，音炸）：立木为栅栏。
⑰⑥适（dí，音敌）主：专主，即统一的主帅。　差易：较容易。
⑰⑦赞拜：古代臣子朝拜皇帝时司仪在旁唱导。不名：不直呼姓名，只称官职。
⑰⑧趋：小步快走。表示恭敬。　剑履上殿：准许佩剑穿鞋上殿。
⑰⑨朕：为皇帝自称。　愍（mǐn，音敏）：忧患。　凶：灾难。　越：远。　西土：指长安。
⑱⓪缀旒（zhuì liú，音坠流）：比喻居其位而无实权。　觊觎（jì yú，音冀俞）：非分的希望，企图。　诸夏：此指当时

全国。　率土：全部国土。

⑱夙（sù，音宿）：早。　兴：起来。假寐：不脱衣而睡。　震悼：震动伤痛。　厥：其。　惟：语助词。股肱（gōng 音工）：比喻辅助帝王的大臣。　恤：怜悯。　躬：自身。

⑱诱：引导。　天衷：天心。　乂（yì，音义）：安定。　弘济于艰难：从危险的境地解救出来。

⑱群后：诸侯。此指当时的州牧、郡守。　摄：代理。　戎行：军队。

⑱易：改变。　常：常规。　翦（jiǎn，音剪）：除掉；消灭。　宁：安定；安宁。

⑱致讨：给以讨伐。　克黜（chù，音触）：除掉。　京畿（jī，音机）：京城。　兆祀：指宗庙社稷恢复了祭祀。旧物：旧日的典章文物。

⑱僭（jiàn，音见）：超越本分。　逆：背叛。　慑惮（dàn，音旦）：畏惧。　丕：大。　显：明。　蕲（qí，音其）。　授首：被斩首。　棱威：威势。

⑱稽（qǐ，音启）服：叩首投降。

⑱称兵内侮：举兵内向侵犯朝廷。　武怒：指威武气势。　届：临。　俾：使。

⑱奔迸（bèng，音蹦）：奔散。　黑山：指黑山农民起义军。

⑲崇乱：作乱。　束马县车：形容翻山越岭之艰难。

⑲背诞：违命放纵，不受节制而妄为。　逝：往。

⑲滨：迫近。　殄（tiǎn，音舔）：消灭；歼灭。　馘（guó，音国）：割取敌人的左耳称馘。

⑲重译：经过几次翻译。　请吏：请汉朝为他们设置官吏。

⑲班叙海内：使天下很有秩序。　慝（tè，音特）：邪念，恶念。　罔：无。　咸：都。　秩：秩序。　格：至；到。　蔑如：不如。

⑲并建：分封。　明德：指功大德高。　胙（zuò，音作）：赏赐。　藩卫：保卫。　左右：同“佐佑”，辅助。厥世：当世。

⑲履：本义为践踏。此处引申为封地所至的范围。

⑲五侯九伯：指天下诸侯。　祚：位置。

⑲爰（yuán，音援）至：乃至。　不供王职：不向周天子朝贡述职。　登：开。　锡：同“赐”。　辂（lù，音路）：车。　虎贲（bēn，音奔）：勇士。　秬鬯（jù chàng，音巨唱）：祭祀时用的一种香酒。启：开拓。

⑲繄（yī，音医）：语气词。

⑳称：赞扬；宣扬。　丕：大。　导扬：发扬。　弘烈：大功。　绥：安抚。　恧（nǜ，音衄）：惭愧。

⑳兆民：广大人民。　渊冰：深渊、薄冰。　攸：所。

⑳玄土：黑土　苴（jū，音居）：包裹。　契：灼刻。　龟：龟甲。　冢（zhǒng，音肿）社：大社，指宗庙社稷。

⑳师保：指大师、太保。　出：指出任地方职务。

⑳九锡：古代天子赐给大臣的最高礼遇。

⑳经纬：编制。　轨仪：准则。　戎辂：军车。　玄牡：黑红色公马。　劝分：有无相济。　务本：务农。穑（sè，音色）人：农人。　衮（gǔn，音滚）。舄（xì，音戏）：鞋。　副：相配。

⑳敦尚：推崇。　轩县之乐：三面悬挂的音乐。　佾（yì，音义）：舞蹈的行列。

⑳翼：辅助。　朱户：红门。

⑳官才：授官给有才能的人。

⑳秉国之钧：执掌国家大权。　处中：不偏不倚。　靡：无。

⑳章：公布。　犯关干纪：触犯国家法律。　殛（jí，音吉）：杀。

⑳掩：尽，遍及。　折冲：指御敌。　玈：黑色。

⑳明：聪明。　允：守信。　卣（yǒu，音有）：盛酒的器皿。　珪瓒（guīzàn，音规赞）：以珪为柄的勺子。珪，上圆下方的玉器。

⑳已：以。　百寮：百官。

⑳钦：恭敬。　简：选拔。　恒：安置；安抚。　众：部下。　时亮庶功：时时明察众事。　对扬：报告；称扬。

⑳贵人：妃嫔的称号。　待年：等待年长。

⑳因：依靠。　氐（dǐ）：音底。

⑳籍田：古代天子、诸侯征用民力所耕之田。而每年春天，天子、诸侯到田中亲耕，以示重示农事。

㉘枭（xiāo，音消）：悬头示众。

㉙毌（guàn，音贯）丘：复姓。　通：往来。

㉚尔：如此；这样。　更：经历。

㉛玺（xǐ，音洗）。　绂：（fú，音伏）：为系印的丝带。　远游冠：乃东汉诸王所佩带的帽子。

㉜枹（fú）：音伏。

㉝发闻：发觉；发现。　伏法：犯法被诛杀。伏，通"服"。

㉞旄（máo，音毛）：即旄头骑。皇帝出行时，仪仗中在前面开道的骑兵。　钟虡（jù，音巨）：古时悬挂钟磬的木架子。

㉟行（xìng，音姓）：德行。

㊱笃（dǔ，音睹）行：纯厚的品行。

㊲偏短：短处；缺点。　庸：岂，难道。

㊳有司：古代设官分职，各有专司，故称有司。　遗滞：遗弃不用。

㊴典：主管。　非其人：不称职的人。

㊵理曹掾（yuàn，音愿）属：掌管刑狱的官署的属官。

㊶解（xiè，音谢）。　㦨，读音未详。或疑为"剽"之误字。

㊷巴：我国古代民族名。　賨（cóng）：音丛。　濩（huò）：音获。

㊸承制：承受天子命令。

㊹汤沐邑：古时诸侯朝见天子，天子赐以斋戒沐浴之地，称为汤沐邑。

㊺大理：官名。

㊻警跸（bì，音必）：古时天子出称警，入称跸。警，警戒。跸，止行人以清道。

㊼泮（pàn，音盼）宫：古时诸侯的学宫。

㊽旒（liú，音流）：古代天子、诸侯、大夫冠冕前后所悬的玉患。　金根车：皇帝专用的车子。

㊾规：规划。　寿陵：古代帝王生前修好的坟墓，未定名前称寿陵。　封：积土成高堆形。　树：植树。

㊿冢人：官名。　陪陵：葬于帝王陵墓附近的功臣陵墓。

241兆域：墓地的界域。

242遮要：以兵拒守险要之处。

243西曹掾：官名。

244除服：脱去丧服。

245敛（liǎn，音脸）：通"殓"。给尸体穿衣下棺。

246谥（shì，音示）：即谥号。

247眎：同"视"。

248鞭挞宇内：指以武力征服天下。　擥：同"揽"，采用，运用。　该：兼备；兼具。　器：才能。　皇机：指朝政大权。克成：完成。

文帝纪

文皇帝讳丕，字子桓，武帝太子也[①]。中平四年冬，生于谯。建安十六年，为五官中郎将、副丞相。二十二年，立为魏太子。太祖崩，嗣位为丞相、魏王[②]。尊王后曰王太后。改建安二十五年为延康元年。

元年二月壬戌，以大中大夫贾诩为太尉、御史大夫华歆为相国、大理王朗为御史大夫[③]。置散骑常侍、侍郎各四人，其宦人为官者不得过诸署令[④]。为金策著令，藏之石室[⑤]。

初，汉熹平五年，黄龙见谯[⑥]。光禄大夫桥玄问太史令单飏："此何祥也？"飏曰："其国后当有王者兴，不及五十年，亦当复见[7]。天事恒象，此其应也[8]。”内黄殷登默而记之。至四十五年，登尚在。三月，黄龙见谯，登闻之曰：“单飏之言，其验兹乎！”

己卯，以前将军夏侯惇为大将军。涉貊、扶余单于、焉耆、于阗王皆各遣使奉献[9]。

夏四月丁巳，饶安县言白雉见。庚午，大将军夏侯惇薨[10]。

五月戊寅，天子命王追尊皇祖太尉曰太王，夫人丁氏曰太王后，封王子睿为武德侯[11]。是月，冯翊山贼郑甘、王照率众降，皆封列侯。

酒泉黄华、张掖张进等各执太守以叛[12]。金城太守苏则讨进，斩之。华降。

六月辛亥，治兵于东郊，庚午，遂南征。

秋七月庚辰，令曰：“轩辕有明台之议，放勋有衢室之问，皆所以广询于下也[13]。百官有司，其务以职尽规谏，将率陈军法，朝士明制度，牧守申政事，缙绅考六艺，吾将兼览焉[14]。”

孙权遣使奉献。蜀将孟达率众降。武都氐王杨仆率种人内附，居汉阳郡[15]。

甲午，军次于谯，大飨六军及谯父老百姓于邑东[16]。八月，石邑县言凤皇集。

冬十一月癸卯，令曰：“诸将征伐，士卒死亡者或未收敛，吾甚哀之；其告郡国给槥椟殡敛，送致其家，官为设祭[17]。”丙午，行至曲蠡。

汉帝以众望在魏，乃召群公卿士，告祠高庙[18]。使兼御史大夫张音持节奉玺绶禅位[19]，册曰：“咨尔魏王：昔者帝尧禅位于虞舜，舜亦以命禹，天命不于常，惟归有德[20]。汉道陵迟，世失其序，降及朕躬，大乱兹昏，群凶肆逆，宇内颠覆[21]。赖武王神武，拯兹难于四方，惟清区夏，以保绥我宗庙，岂予一人获乂，俾九服实受其赐[22]。今王钦承前绪，光于乃德，恢文武之大业，昭尔考之弘烈[23]。皇灵降瑞，人神告征，诞惟亮采，师锡朕命，佥曰尔度克协于虞舜，用率我唐典，敬逊尔位[24]。于戏[25]！天之历数在尔躬，允执其中，天禄永终，君其祗顺大礼，飨兹万国，以肃承天命[26]。”乃为坛于繁阳，庚午，王升坛即阼，百官陪位[27]。事讫，降坛，视燎成礼而反[28]。改延康为黄初，大赦。

黄初元年十一月癸酉，以河内之山阳邑万户奉汉帝为山阳公，行汉正朔，以天子之礼郊祭，上书不称臣，京都有事于太庙，致胙；封公之四子为列侯[29]。追尊皇祖太王曰太皇帝，考武王曰武皇帝，尊王太后曰皇太后。赐男子爵人一级，为父后及孝悌力田人二级[30]。以汉诸侯王为崇德侯，列侯为关中侯。以颍阴之繁阳亭为繁昌县。封爵增位各有差。改相国为司徒，御史大夫为司空，奉常为太常，郎中令为光禄勋，大理为廷尉，大农为大司农。郡国县邑，多所改易。更授匈奴南单于呼厨泉魏玺绶，赐青盖车、乘舆、宝剑、玉玦[31]。十二月，初营洛阳宫，戊午幸洛阳[32]。

是岁，长水校尉戴陵谏不宜数行弋猎，帝大怒；陵减死罪一等[33]。

二年春正月，郊祀天地、明堂[34]。甲戌，校猎至原陵，遣使者以太牢祠汉世祖[35]。乙亥，朝日于东郊[36]。初令郡国口满十万者，岁察孝廉一人；其有秀异，无拘户口[37]。辛巳，分三公户邑，封子弟各一人为列侯。壬午，复颍川郡一年田租[38]。改许县为许昌县。以魏郡东部为阳平郡，西部为广平郡。

诏曰：“昔仲尼资大圣之才，怀帝王之器，当衰周之末，无受命之运，在鲁、卫之朝，教化乎洙、泗之上，凄凄焉，遑遑焉，欲屈己以存道，贬身以救世[39]。于时王公终莫能用之，乃退考五代之礼，修素王之事，因鲁史而制春秋，就太师而正雅颂，俾千载之后，莫不宗其文以述作，仰其圣以成谋，咨[40]！可谓命世之大圣，亿载之师表者也[41]。遭天下大乱，百祀堕坏，旧居之庙，毁而不修，褒成之后，绝而莫继[42]，阙里不闻讲颂之声，四时不睹蒸尝之位，斯岂所谓崇礼报功，盛德百世必祀者哉[43]！其以议郎孔羡为宗圣侯，邑百户，奉孔子祀。”令鲁郡修起旧庙，置百户吏卒以守卫之，又于其外广为室屋以居学者。

春三月，加辽东太守公孙恭为车骑将军。初复五铢钱[44]。夏四月，以车骑将军曹仁为大将军。五月，郑甘复叛，遣曹仁讨斩之。六月庚子，初祀五岳四渎，咸秩群祀[45]。丁卯，夫人甄氏卒。戊辰晦，日有食之，有司奏免太尉，诏曰："灾异之作，以谴元首，而归过股肱，岂禹、汤罪己之义乎[46]？其令百官各虔厥职，后有天地之眚，勿复劾三公[47]。"

秋八月，孙权遣使奉章，并遣于禁等还。丁巳，使太常邢贞持节拜权为大将军，封吴王，加九锡[48]。冬十月，授杨彪光禄大夫。以谷贵，罢五铢钱。己卯，以大将军曹仁为大司马。十二月，行东巡。是岁筑陵云台。

三年春正月丙寅朔，日有蚀之。庚午，行幸许昌宫。诏曰："今之计、考，古之贡士也[49]；十室之邑，必有忠信，若限年然后取士，是吕尚、周晋不显于前世也。其令郡国所选，勿拘老幼；儒通经术，吏达文法，到皆试用。有司纠故不以实者[50]。"

二月，鄯善，龟兹、于阗王各遣使奉献，诏曰："西戎即叙，氐、羌来王，《诗》、《书》美之[51]。顷者西域外夷并款塞内附，其遣使者抚劳之[52]。"是后西域遂通，置戊己校尉。

三月乙丑，立齐公睿为平原王，帝弟鄢陵公彰等十一人皆为王。初制封王之庶子为乡公，嗣王之庶子为亭侯，公之庶子为亭伯[53]。甲戌，立皇子霖为河东王。甲午，行幸襄邑。夏四月戊申，立鄄城侯植为鄄城王[54]。癸亥，行还许昌宫。五月，以荆、扬、江表八郡为荆州，孙权领牧故也；荆州江北诸郡为郢州[55]。

闰月，孙权破刘备于夷陵。初，帝闻备兵东下，与权交战，树栅连营七百余里，谓群臣曰："备不晓兵，岂有七百里营可以拒敌者乎！'苞原隰险阻而为军者为敌所禽'，此兵忌也[56]。孙权上事今至矣。"后七日，破备书到。

秋七月，冀州大蝗，民饥，使尚书杜畿持节开仓廪以振之[57]。八月，蜀大将黄权率众降。

九月甲午，诏曰："夫妇人与政，乱之本也。自今以后，群臣不得奏事太后，后族之家不得当辅政之任，又不得横受茅土之爵[58]；以此诏传后世，若有背违，天下共诛之。"庚子，立皇后郭氏。赐天下男子爵人二级；鳏寡笃癃及贫不能自存者赐谷[59]。

冬十月甲子，表首阳山东为寿陵，作终制曰[60]："礼，国君即位为椑，存不忘亡也[61]。昔尧葬穀林，通树之，禹葬会稽，农不易亩，故葬于山林，则合乎山林[62]。封树之制，非上古也，吾无取焉，寿陵因山为体，无为封树，无立寝殿，造园邑，通神道[63]。夫葬也者，藏也，欲人之不得见也。骨无痛痒之知，冢非栖神之宅，礼不墓祭，欲存亡之不黩也，为棺椁足以朽骨，衣衾足以朽肉而已[64]。故吾营此丘墟不食之地，欲使易代之后不知其处。无施苇炭，无藏金银铜铁，一以瓦器，合古涂车、刍灵之义[65]。棺但漆际会三过，饭含无以珠玉，无施珠襦玉匣，诸愚俗所为也[66]。季孙以玙璠敛，孔子历级而救之，譬之暴骸中原[67]。宋公厚葬，君子谓华元、乐莒不臣，以为弃君于恶[68]。汉文帝之不发，霸陵无求也；光武之掘，原陵封树也[69]。霸陵之完，功在释之；原陵之掘，罪在明帝[70]。是释之忠以利君，明帝爱以害亲也。忠臣孝子，宜思仲尼、丘明、释之之言，鉴华元、乐莒、明帝之戒，存于所以安君定亲，使魂灵万载无危，斯则贤圣之忠孝矣[71]。自古及今，未有不亡之国，亦无不掘之墓也。丧乱以来，汉氏诸陵无不发掘，至乃烧取玉匣金缕，骸骨并尽，是焚如之刑，岂不重痛哉！祸由乎厚葬封树。'桑、霍为我戒'，不亦明乎？其皇后及贵人以下，不随王之国者，有终没皆葬涧西，前又以表其处矣[72]。盖舜葬苍梧，二妃不从，延陵葬子，远在嬴、博，魂而有灵，无不之也，一涧之间，不足为远。若违今诏，妄有所变改造施，吾为戮尸地下，戮而重戮，死而重死[73]。臣子为蔑死君父，不忠不孝，使死者有知，将不福汝[74]。其以此诏藏之宗庙，副在尚书、秘书、三府[75]。"

是月，孙权复叛。复郢州为荆州。帝自许昌南征，诸军兵并进，权临江拒守。十一月辛丑，行幸宛。庚申晦，日有食之。是岁，穿灵芝池[76]。

四年春正月，诏曰："丧乱以来，兵革未戢，天下之人，互相残杀[77]。今海内初定，敢有私复雠者皆族之[78]。"筑南巡台于宛。三月丙申，行自宛还洛阳宫。癸卯，月犯心中央大星[79]。丁未，大司马曹仁薨。是月大疫。

夏五月，有鹈鹕鸟集灵芝池，诏曰："此诗人所谓污泽也[80]。《曹诗》'刺恭公远君子而近小人'，今岂有贤智之士处于下位乎？否则斯鸟何为而至？其博举天下俊德茂才、独行君子，以答曹人之刺[81]。"

六月甲戌，任城王彰薨于京都。甲申，太尉贾诩薨。太白昼见[82]。是月大雨，伊、洛溢流，杀人民，坏庐宅[83]。秋八月丁卯，以廷尉钟繇为太尉。辛未，校猎于荥阳，遂东巡。论征孙权功，诸将已下进爵增户各有差。九月甲辰，行幸许昌宫。

五年春正月，初令谋反大逆乃得相告，其余皆勿听治[84]。敢妄言相告，以其罪罪之。三月，行自许昌，还洛阳宫。夏四月，立太学，制五经课试之法，置《春秋》、《穀梁》博士[85]。五月，有司以公卿朝朔望日，因奏疑事听断，大政论辨得失[86]。秋七月，行东，巡幸许昌宫。八月，为水军亲御龙舟，循蔡、颖浮淮，幸寿春、扬州界[87]。将吏士民犯五岁刑已下，皆原除之。九月，遂至广陵，赦青、徐二州，改易诸将守。冬十月乙卯，太白昼见，行，还许昌宫。十一月庚寅，以冀州饥，遣使者开仓廪振之。戊申晦，日有食之。十二月，诏曰："先王制礼，所以昭孝事祖，大则郊社，其次宗庙。三辰五行、名山大川，非此族也，不在祀典[88]。叔世衰乱，崇信巫史，至乃宫殿之内，户牖之间，无不沃酹[89]。甚矣，其惑也！自今其敢设非祀之祭，巫祝之言，皆以执左道论，著于令典[90]。是岁，穿天渊池。

六年春二月，遣使者循行许昌以东，尽沛郡，问民所疾苦，贫者振贷之。三月，行幸召陵，通讨虏渠。乙巳，还许昌宫。并州刺史梁习讨鲜卑轲比能，大破之。辛未，帝为舟师东征。五月戊申，幸谯。壬戌，荧惑入太微[91]。六月，利成郡兵蔡方等以郡反，杀太守徐质。遣屯骑校尉任福、步兵校尉段昭与青州刺史讨平之，其见胁略及亡命者，皆赦其罪[92]。秋七月，立皇子鉴为东武阳王。八月，帝遂以舟师自谯循涡入淮，从陆道幸徐。九月，筑东巡台。冬十月，行幸广陵故城，临江观兵戎，卒十余万，旌旗数百里。是岁大寒，水道冰舟不得入江，乃引还。十一月，东武阳王鉴薨。十二月，行自谯，过梁，遣使以太牢祀故汉太尉桥玄。

七年春正月，将幸许昌，许昌城南门无故自崩，帝心恶之，遂不入。壬子，行还洛阳宫。三月，筑九华台。夏五月丙辰，帝疾笃，召中军大将军曹真、镇军大将军陈群、征东大将军曹休、抚军大将军司马宣王，并受遗诏辅嗣主[93]。遣后宫淑媛、昭仪已下归其家。丁巳，帝崩于嘉福殿，时年四十。六月戊寅，葬首阳陵。自殡及葬，皆以终制从事。

初，帝好文学，以著述为务，自所勒成垂百篇[94]。又使诸儒撰集经传，随类相从，凡千余篇，号曰《皇览》[95]。

评曰：文帝天资文藻，下笔成章，博闻强识，才艺兼该[96]；若加之旷大之度，励以公平之诚，迈志存道，克广德心，则古之贤主，何远之有哉[97]！

---

①讳（huì，音会）：避讳。古代帝王将相或尊长死后书其名，名前称"讳"，以示尊敬。　字：表字。古代男子二十而冠，另取别名称字。

②嗣（sì，音四）：继承。

③以：任用。

④署令：指少府下属诸署之令。

⑤石室：国家藏图书档案之所。

⑥见：同“现”，出现。

⑦其：表示推测、估计。相当对现代汉语中的“大概”、“可能”。

⑧恒象：经常。

⑨ 涉貊（huìmò）：音会莫。　耆（qí）：音奇。　阗（tián）：音填。

⑩薨（hōng，音轰）：古代指诸侯、重臣去世。

⑪睿（ruì）：音瑞。

⑫执：捉拿；拘捕。　以：而。

⑬轩辕：即黄帝。　明台：传说中为黄帝听政之所。　衢（qú，音渠）室：指帝王听政之所。

⑭将率：将帅。率，通“帅”。　陈：陈述。　缙绅（jìnshēn，音进申）：古指士大夫。　六艺：指儒家的六经。

⑮内附：归附。

⑯次：临时驻扎。　大飨（xiǎng，音想）：大设筵宴。

⑰或：有的。　其：命令；祈使。　槥椟（huì dú，音会读）：小而薄的棺材。　殡敛：入殓停柩。敛：通“殓”。

⑱告祠：祷告和祭祀。

⑲绶：系在王玺上的丝带。

⑳ 册：帝王用于册立、封赠的诏书。　咨：嗟。叹词。

㉑陵迟：衰落；衰败。　兹昏：更加昏乱。

㉒区夏：古代指中原地区。　乂（yì，音义）：安定。　九服：古代指天子所居京都以外的地方。

㉓ 钦承前绪：敬承前人留下的事业。　恢：发扬；扩大。　尔考：你父。死去的父亲称考。

㉔ 告征：用征兆预告。　诞：诞育。　亮采：辅相，指曹丕。　锡：赐。　佥（qiān，音千）：都。　尔度：你的器度。　协：合。　用：以。　率：遵循。　逊：顺。

㉕于戏：感叹词。同“呜呼”。

㉖ 历数：指帝王相继相承的次序。　允执其中：确实掌握中正之道。　祗（zhī，音知）：敬。　飨（xiǎng，音想）：同“享”。　肃承：敬承。

㉗即阼（zuò，音作）：继皇帝位。

㉘讫：完毕。　燎：即燎祭，燃火以祭天地山川。　反：指返回。

㉙正朔：一年的第一天。　有事：这里指祭祀。　胙：祭肉。

㉚赐男子爵人一级：此指恩赐天下男子减免部分税赋。　为父后：为父亲的继承人，亦即一户之长。　力田：系里掌农之官。

㉛玉玦（jué，音决）：玉饰的一种。玦，通“决”。

㉜幸：古代皇帝亲临某处为幸。

㉝数（shuò，音硕）：多次。　弋猎：射猎。

㉞明堂：古代帝王宣明政教的地方。

㉟太牢：祭品名称。

㊱朝日：朝拜太阳。

㊲察：考察后予以荐举。　孝廉：汉代选举的主要科目，以孝顺、廉洁为标准。

㊳复：免除赋税。

㊴资：指具备。　器：器量；器度。　洙、泗：指洙水和泗水，这里代称鲁国的文化和孔子的“教泽”。　道：指儒家学说。

㊵修：学习；研究。　素王：指孔子有帝王之德而未居其位。　就：趋；从。　太师：古代乐官之长。　正：修正；修订。　宗：依据；尊崇。　咨：嗟叹声。

㊶ 命世：著名于当世。

㊷褒成：汉平帝对孔子及其后代所封的爵号。

㊸蒸尝：同“烝尝”，泛指祭祀。

㊹复：恢复。　五铢钱：古货币名。

㊺渎（dú，音读）：大川。　秩：排列次序。　群祀：指祭祀各种祠庙。

㊻ 晦：阴历每月最后一天。　作：起。　股肱（gōng，音工）：比喻辅助帝王的得力臣子。

㊼虔：恭敬。　厥：其；他的。　眚（shěng，音省）：灾异。　劾（hé，音河）：弹劾。

㊽九锡：古代帝王赐给诸侯大臣的九种物品。

㊾ 计：上计吏。　贡士：指经乡贡考试合格者。

㊿经术：犹经学。　文法：法制；法令条文。　纠：检举。

51鄯（shàn）：音善。　龟兹（qiū cí，音秋词）：古代西域国名。　即叙：就序；安定顺从。　王（wàng，音望）：朝见天王（皇帝）。

52夷：我国古代泛指四方的少数民族。　款塞：叩关门。款，叩。指通好。

53庶子：妾所生之子。　嗣王：继位的帝王。

54鄄（juàn）：音倦。

55郢（yǐng）：音影。

56苞：通“包”。围绕。　原隰（x í，音习）：广平低湿之地。　禽：通“擒”。

57仓廪（lǐn，音凛）：粮仓。

58横：任意。　茅土：指受封为王侯

59笃癃（dǔ lóng，音堵龙）：指病重或残疾之人。

60表：标明；指定。　寿陵：生前营造的陵墓。　终制：帝王关于丧葬的文告。

61为：制；造。　椑：最里面的一层棺。

62树：种植。

63封树：聚土为坟叫封，种植松柏叫树。　园邑：守陵者的生活区。

64冢（zhǒng，音肿）：坟墓。　黩（dú，音读）：玷污；蒙辱。　衾（qīn，音亲）：尸体入殓时盖尸体的东西。

65苇炭：烧苇为炭，填塞墓穴。　涂车、刍灵：古代送葬之物。

66际会：交接；会合。　饭含：用玉珠贝米之类纳于死者口中。

67玙璠（fán，音凡）：两种美玉。　历级：登上台阶。　譬：比喻。

68乐莒（yuè jǔ）：音月举。

69不发：不发掘。

70 完：完好。

71存：思念。

72之：到。　终没（mò，音末）：死。

73戮（lù，音路）尸：古代刑罚，即斩戮死者的尸体。

74蔑：无视。

75 副：副本。

76穿：凿通。

77兵革未戢（jí，音及）：战争没有停息过。

78族：即灭族。用作动词。

79心：星宿名。

80鹈鹕（tíhú，音提胡）：鸟名。　污泽：鹈鹕鸟的别名。

81刺：批评；指责。　独行：指志节高尚，不随俗浮沉。

82太白：星名。即金星。

83庐宅：简陋的住宅。这里泛指房舍。

84听治：处治。

85太学：古学校名。　课试：考核。

86 以：因。　朔望：指农历每月初一和十五。　听断：处理断决。

87 循：沿着。

88事：侍奉。　郊社：祭天地。　族：品类；类别。

89叔世：末世。　户牖（yǒu，音有）：门窗。　沃酹（lèi，音类）：灌酒祭祀鬼神。

90令典：国家的宪章法令。

91荧惑：即火星。　太微：星座名。

92胁略：胁从掠夺。

㊸疾笃：病重。

㊹勒成：写成。勒：刻写。　垂：将近。

㊺凡：总共。

㊻强识（zhì，音制）：记忆力强。识，记。　兼该：兼备；完备。

㊼迈志：勉行其志。迈，勤勉。　存道：坚持正道。　克：能。　广：推广。　何远之有哉：有什么远呢！

齐王芳纪

齐王讳芳，字兰卿①。明帝天子，养王及秦王询；宫省事秘，莫有知其所由来者②。青龙三年，立为齐王。景初三年正月丁亥朔，帝病甚，乃立为皇太子③。是日，即皇帝位，大赦。尊皇后曰皇太后。大将军曹爽、太尉司马宣王辅政。诏曰："朕以眇身，继承鸿业，茕茕在疚，靡所控告④。大将军、太尉奉受末命，夹辅朕躬⑤。司徒、司空、冢宰、元辅总率百寮，以宁社稷，其与群卿大夫勉勖乃心，称朕意焉⑥。诸所兴作宫室之役，皆以遗诏罢之⑦。官奴婢六十已上，免为良人⑧。"二月，西域重译献火浣布，诏大将军、太尉临试以示百寮⑨。

丁丑诏曰："太尉体道正直，尽忠三世，南擒孟达，西破蜀虏，东灭公孙渊，功盖海内⑩。昔周成建保傅之官，近汉显宗崇宠邓禹，所以优隆隽乂，必有尊也⑪。其以太尉为太傅，持节统兵都督诸军事如故⑫。"三月，以征东将军满宠为太尉。夏六月，以辽东东沓县吏民渡海居齐郡界，以故纵城为新沓县以居徙民⑬。秋七月，上始亲临朝，听公卿奏事。八月，大赦。冬十月，以镇南将军黄权为车骑将军。

十二月，诏曰："烈祖明皇帝以正月弃背天下，臣子永惟忌日之哀，其复用夏正；虽违先帝通三统之义，斯亦礼制所由变改也⑭。又夏正于数为得天正，其以建寅之月为正始元年正月，以建丑月为后十二月⑮"。

正始元年春二月乙丑，加侍中中书监刘放、侍中中书令孙资为左右光禄大夫。丙戌，以辽东汶、北丰县民流徙渡海，规齐郡之西安、临菑、昌国县界为新汶、南丰县，以居流民。

自去冬十二月至此月不雨。丙寅，诏令狱官亟平冤枉，理出轻微；群公卿士谠言嘉谋，各悉乃心⑯。夏四月，车骑将军黄权薨。秋七月，诏曰："《易》称损上益下，节以制度，不伤财，不害民。方今百姓不足而御府多作金银杂物，将奚以为⑰？今出黄金银物百五十种，千八百余斤，销冶以供军用⑱"。八月，车驾巡省洛阳界秋稼，赐高年力田各有差⑲。

二年春二月，帝初通《论语》，使太常以太牢祭孔子于辟雍，以颜渊配⑳。

夏五月，吴将朱然等围襄阳之樊城，太傅司马宣王率众拒之。六月辛丑，退。己卯，以征东将军王凌为车骑将军。冬十二月，南安郡地震。

三年春正月，东平王徽薨。三月，太尉满宠薨。秋七月甲申，南安郡地震。乙酉，以领军将军蒋济为太尉。冬十二月，魏郡地震。

四年春正月，帝加元服，赐群臣各有差㉑。夏四月乙卯，立皇后甄氏，大赦。五月朔，日有食之，既。秋七月，诏祀故大司马曹真、曹休、征南大将军夏侯尚、太常桓阶、司空陈群、太傅钟繇、车骑将军张郃、左将军徐晃、前将军张辽、右将军乐进、太尉华歆、司徒王朗、骠骑将军曹洪、征西将军夏侯渊、后将军朱灵、文聘、执金吾臧霸、破虏将军李典、立义将军庞德、武猛校尉典韦于太祖庙庭。冬十二月，倭国女王俾弥呼遣使奉献㉒。

五年春二月，诏大将军曹爽率众征蜀。夏四月朔，日有蚀之。五月癸巳，讲《尚书》经通，使太常以太牢祀孔子于辟雍，以颜渊配；赐太傅、大将军及侍讲者各有差。丙午，大将军曹爽引军还。秋八月，秦王询薨。九月，鲜卑内附，置辽东属国，立昌黎县以居之㉓。冬十一月癸卯，诏祀故尚书令荀攸于太祖庙庭。己酉，复秦国为京兆郡。十二月，司空崔林薨。

六年春二月丁卯，南安郡地震。丙子，以骠骑将军赵俨为司空；夏六月，俨薨。八月丁卯，以太常高柔为司空。癸巳，以左光禄大夫刘放为骠骑将军，右光禄大夫孙资为卫将军。冬十一月，祫祭太祖庙，始祀前所论佐命臣二十一人㉔。十二月辛亥，诏故司徒王朗所作《易传》，令学者得以课试㉕。乙亥，诏曰："明日大会群臣，其令太傅乘舆上殿。"

七年春二月，幽州刺史毌丘俭讨高句骊，夏五月，讨涉貊，皆破之㉖。韩那奚等数十国各率种落降㉗。秋八月戊申，诏曰："属到市观见所斥卖官奴婢；年皆七十，或癃疾残病，所谓天民之穷者也㉘。且官以其力竭而复鬻之，进退无谓，其悉遣为良民㉙。若有不能自存者，郡县振给之㉚"。

己酉，诏曰："吾乃当以十九日亲祠，而昨出已见治道，得雨当复更治，徒弃功夫㉛。每念百姓力少役多，夙夜存心㉜。道路但当期于通利，闻乃挝捶老小，务崇修饰，疲困流离，以至哀叹，吾岂安乘此而行，致馨德于宗庙邪㉝？自今已后，明申敕之㉞。"冬十二月，讲《礼记》通，使太常以太牢祀孔子于辟雍，以颜渊配。

八年春二月朔，日有蚀之。夏五月，分河东之汾北十县为平阳郡。

秋七月，尚书何晏奏曰："善为国者必先治其身，治其身者慎其所习㉟。所习正则其身正，其身正则不令而行；所习不正则其身不正，其身不正则虽令不从。是故为人君者，所与游必择正人，所观览必察正象，放郑声而弗听，远佞人而弗近，然后邪心不生而正道可弘也㊱。季末暗主，不知损益，斥远君子，引近小人，忠良疏远，便辟亵狎，乱生近昵，譬之社鼠㊲。考其昏明，所积以然，故圣贤谆谆以为至虑㊳。舜戒禹曰'邻哉邻哉'，言慎所近也，周公戒成王曰'其朋其朋'，言慎所与也㊴。《书》云：'一人有庆，兆民赖之㊵。'可自今以后，御幸式乾殿及游豫后园，皆大臣侍从，因从容戏宴，兼省文书，询谋政事，讲论经义，为万世法㊶。"冬十二月，散骑常侍谏议大夫孔乂奏曰："礼，天子之宫，有斫砻之制，无朱丹之饰，宜循礼复古㊷。今天下已平，君臣之分明，陛下但当不懈于位，平公正之心，审赏罚以使之。可绝后园习骑乘马，出必御辇乘车，天下之福，臣子之愿也。"晏、乂咸因阙以进规谏㊸。

九年春二月，卫将军中书令孙资，癸巳，骠骑将军中书监刘放，三月甲午，司徒卫臻，各逊位，以侯就第，位特进㊹。四月，以司空高柔为司徒；光禄大夫徐邈为司空，固辞不受。秋九月，以车骑将军王凌为司空。冬十月，大风发屋折树。

嘉平元年春正月甲午，车驾谒高平陵。太傅司马宣王奏免大将军曹爽、爽弟中领军羲、武卫将军训、散骑常侍彦官，以侯就第。戊戌，有司奏收黄门张当付廷尉，考实其辞，爽与谋不轨㊺。又尚书丁谧、邓飏、何晏、司隶校尉毕轨、荆州刺使李胜、大司农桓范皆与爽通奸谋，夷三族㊻。语在《爽传》。丙午，大赦。丁未，以太傅司马宣王为丞相，固让乃止。

夏四月乙丑，改年。丙子，太尉蒋济薨。冬十二月辛卯，以司空王凌为太尉。庚子，以司隶校尉孙礼为司空。

二年夏五月，以征西将军郭淮为车骑将军。冬十月，以特进孙资为骠骑将军。十一月，司空孙礼薨。十二月甲辰，东海王霖薨。乙未，征南将军王昶渡江，掩攻吴，破之㊼。

三年春正月，荆州刺史王基、新城太守陈泰攻吴，破之，降者数千口。二月，置南郡之夷陵县以居降附。三月，以尚书令司马孚为司空。四月甲申，以征南将军王昶为征南大将军。壬辰，大赦。丙午，闻太尉王凌谋废帝，立楚王彪，太傅司马宣王东征凌。五月甲寅，凌自杀。六月，彪赐死。秋七月壬戌，皇后甄氏崩。辛未，以司空司马孚为太尉。戊寅，太傅司马宣王薨，以卫将军司马景王为抚军大将军，录尚书事[48]。乙未，葬怀甄后于太清陵。庚子，骠骑将军孙资薨。十一月，有司奏诸功臣应飨食于太祖庙者，更以官为次，太傅司马宣王功高爵尊，最在上[49]。十二月，以光禄勋郑冲为司空。

四年春正月癸卯，以抚军大将军司马景王为大将军。二月，立皇后张氏，大赦。夏五月，鱼二，见于武库屋上[50]。冬十一月，诏征南大将军王昶、征东将军胡遵、镇南将军毌丘俭等征吴。十二月，吴大将军诸葛恪拒战，大破众军于东关[51]。不利而还。

五年夏四月，大赦。五月，吴太傅诸葛恪围合肥新城，诏太尉司马孚拒之。秋七月，恪退还。

八月，诏曰："故中郎西平郭脩，砥节厉行，秉心不回[52]。乃者蜀将姜维寇钞脩郡，为所执略[53]。往岁伪大将军费祎驱率群众，阴圆窥阚，道经汉寿，请会众宾，脩于广坐之中手刃击祎，勇过聂政，功逾介子，可谓杀身成仁，释生取义者矣[54]。夫追加褒宠，所以表扬忠义；祚及后胤，所以奖劝将来[55]。其追封脩为长乐乡侯，食邑千户，谥曰威侯；子袭爵，加拜奉车都尉，赐银千饼，绢千匹，以光宠存亡，永垂来世焉[56]。"

自帝即位至于是岁，郡国县道多所置省，俄或还复，不可胜纪[57]。

六年春二月己丑，镇东将军毌丘俭上言："昔诸葛恪围合肥新城，城中遣士刘整出围传消息，为贼所得，考问所传，语整曰：'诸葛公欲活汝，汝可具服[58]。'整骂曰：'死狗，此何言也！我当必死为魏国鬼，不苟求活，逐汝去也。欲杀我者，便速杀之。'终无他辞。又遣士郑像出城传消息，或以语恪，恪遣马骑寻围迹索，得像还。四五人靮头面缚，将绕城表，敕语像，使大呼，言：'大军已还洛，不如早降[59]。'像不从言，更大呼城中曰：'大军近在围外，壮士努力！'贼以刀筑其口，使不得言，像遂大呼，令城中闻知[60]。整、像为兵，能守义执节，子弟宜有差异[61]。"诏曰："夫显爵所以褒元功，重赏所以宠烈士[62]。整、像召募通使，越蹈重围，冒突白刃，轻身守信，不幸见获，抗节弥厉，扬六军之大势，安城守之惧心，临难不顾，毕志传命[63]。昔解杨执楚，有陨无贰，齐路中大夫以死成命，方之整、像，所不能加。今追赐整、像爵关中侯，各除士名，使子袭爵，如部曲将死事科[64]。"

庚戌，中书令李丰与皇后父光禄大夫张缉等谋废易大臣，以太常夏侯玄为大将军。事觉，诸所连及者皆伏诛。辛亥，大赦。三月，废皇后张氏。夏四月，立皇后王氏，大赦。五月，封后父奉车都尉王夔为广明乡侯、光禄大夫，位特进，妻田氏为宣阳乡君[65]。秋九月，大将军司马景王将谋废帝，以闻皇太后。甲戌，太后令曰："皇帝芳春秋已长，不亲万机，耽淫内宠，沉漫女德，日延倡优，纵其丑谑[66]。迎六宫家人留止内房，毁人伦之叙，乱男女之节；恭孝日亏，悖慠滋甚，不可以承天绪，奉宗庙[67]。使兼太尉高柔奉策，用一元大武告于宗庙，遣芳归藩于齐，以避皇位[68]。"是日迁居别宫，年二十三。使者持节送卫，营齐王宫于河内之重门，制度皆如藩国之礼[69]。

丁丑，令曰："东海王霖，高祖文皇帝之子。霖之诸子，与国至亲，高贵乡公髦有大成之量，其以为明皇帝嗣[70]。"

---

①讳：避讳。古代对帝王或尊长不能直称其名，以示遵敬。书写时名前称"讳"。

②养王：养，收养，抚育。王，指齐王芳。他是曹睿的养子，被封为齐王，故称。　宫省：宫廷。

③朔：阴历每月初一。　太子：帝王选定并册立的预定继承王位的儿子。

④诏：诏书，帝王发布给臣民的文书。　眇身：帝王的自称之谦词。眇：微小。　茕茕（qióng qióng，音穷穷）：无依无靠。疚：忧虑。　靡：无。　控告：告诉。

⑤末命：帝王临终时的遗命。　躬：自身。

⑥冢（zhǒng，音肿）宰：官名。　百寮：百官。寮，通“僚”。　勉勖（xù，音序）：勉励。

⑦兴作：兴建。

⑧良人：平民。

⑨重（chóng，音虫）译：辗转翻译。　火浣（huàn，音换）布：用石棉织成的布。

⑩体：体验；实行。　道：一定的政治主张。

⑪优隆：优待尊重。　隽乂（yì，音义）：此指贤德之人

⑫ 节：符节。传达命令或征调兵将用的凭证。

⑬徙民：移民。徙，迁移。

⑭以：在。　弃背：指尊长亲属的死亡。　惟：思；想。　夏正：夏代的正月，即寅月。　三统：古历法名。

⑮数：历数；历法。　正始：魏齐王芳的年号。

⑯理出：清理放出。　谠（dǎng，音党）言：正直的言论。　悉：尽。

⑰奚：怎么；为什么。

⑱销冶：销熔。

⑲高年：老年。　力田：乡官名。

⑳辟雍：为行礼、学习之所。　配：配享；附祭。

㉑元服：帽子。元，首。帽子戴在头上，故称之为元服。

㉒倭（wō，音窝）国：古代对日本的称呼。

㉓内附：归服。

㉔祫（xiá，音霞）：合祭。

㉕ 得：需要；必须。

㉖毌（guàn）：音贯。　涉貊（huì mò）：音会莫。

㉗种落：同族部落。

㉘属：官属。　斥卖：犹变卖；拿去卖掉。　癃（lóng，音隆）：疲病；衰弱多病。

㉙鬻（yù，音玉）：卖。　无谓：没有意义。

㉚振：通“赈”。救济。

㉛亲祠：亲自祭祀。　治：修治。

㉜夙夜：早晚。　存心：用心思考。

㉝挝（zhuā，音抓）捶：击打。　务崇：追求重视。　馨德：美德。

㉞申敕（chì，音斥）：告诫。

㉟习：熟习；习染。

㊱放：舍弃。　郑声：此代指淫靡的乐曲。　佞人：巧言谄媚的小人。

㊲委末：指一个朝代的末年。　暗主：昏君。　便辟（pián bì，音骈毕）：善于逢迎谄媚。　亵狎（xiè xià，音谢虾）：亲近；宠幸。　近昵：亲近。　社鼠：喻仗势作恶的人。社，土地庙。

㊳考，考察。　至虑：最重要的思虑。

㊴邻：比喻最亲近的大臣。

㊵一人有庆，兆民赖之：一人办了善事，万民都受益。

㊶游豫：游乐；游玩。

㊷斫砻（zhuó lóng，音茁龙）之制：作宫室的椽木可以砍平磨光的规定。斫：砍。砻，磨。

㊸咸：都。　因阙：趁皇上有缺点时。　阙，同“缺”。

㊹逊位：退位。　就第：归家。　特进：官名。

㊺黄门：宦官。　付：交付。　廷尉：官名。

㊻飏（yáng）：音扬。　夷：诛灭。　三族：指父母、兄弟、妻子。又一说指父系、母系及妻系亲属。

㊼昶（chǎng）：音场。　掩：偷袭。

㊽录尚书事：官名，录，总领之意。

㊾飨（xiǎng，音想）食：即享食，享受祭食。　更：改变调换。　次：顺序。

㊿见（xiàn，音现）：出现。

51恪（kè）：音克。

52砥节厉行：磨炼节操和德行。砥，厉；磨炼。　秉：保持。

53乃者：从前；往日。　寇钞：即寇抄，攻劫掠夺。

54祎（yī，音依）。驱：策马。窥阏（yú，音于）：同“窥窬”。伺隙而动；窥伺可乘之隙。　释：舍弃；放弃。

55祚（zuò，音作）：福。　胤（yìn，音印）：后嗣，后代。

56谥（shì，音是）：即谥号。　饼：饼形的金属版。　光宠：荣耀。

57俄：不久。

58活汝：使你活命。　具服：全部承认。

59靮（dí，音敌）：用马缰捆住。　城表：城外。　敕（chì，音斥）：嘱咐；命令。

60筑：击；触。

61差（chāi，音拆）异：不同的封赏。差：职务，公务。

62元功：大功绩；佐兴帝业的人。　宠：荣耀。

63通使：传信的人。　冒突：不顾危险地触犯。　抗节弥厉：坚持节操，更加振奋。六军：军队的统称。

64部曲：古代军队的编制单位。　科：条律。

65夔（kuí，音奎）。

66春秋：指年龄。　耽（dān，音丹）：玩乐，沉溺。　内宠：指姬妾。　沉漫：沉溺放纵。　女德：女色。延：引进；邀请。　倡优：歌舞杂技艺人。　丑谑（xuè，音血）：鄙贱的戏言。

67人伦：指封建社会中人的等级关系。　叙：次序；次第。　悖傲（bèi ào，音被敖）：狂乱傲慢。　天绪：帝王的关系。

68一元大武：指祭宗庙所用的牛。

69藩国：封给诸侯王的封国，即王国。

70髦（máo）：音毛。　大成：指学问，事业等大有成就。此处指能成就帝业。　嗣：此指继承人。

袁绍传

袁绍字本初，汝南汝阳人也。高祖父安，为汉司徒。自安以下四世居三公位，由是势倾天下。绍有姿貌威容，能折节下士，士多附之，太祖少与交焉①。以大将军掾为侍御史，稍迁中军校尉，至司隶②。

灵帝崩，太后兄大将军何进与绍谋诛诸阉官，太后不从。乃召董卓，欲以胁太后。常侍、黄门闻之，皆诣进谢，唯所错置③。时绍劝进便可于此决之，至于再三，而进不许。令绍使洛阳方略武吏，检司诸宦者④。又令绍弟虎贲中郎将术选温厚虎贲二百人，当入禁中，代持兵黄门陛守门户⑤。中常侍段珪等矫太后命，召进入议，遂杀之，宫中乱⑥。术将虎贲烧南宫嘉德殿青琐门，欲以迫出珪等。珪等不出，劫帝及帝弟陈留王走小平津。绍既斩宦者所署司隶校尉许相，遂勒兵捕诸阉人，无少长皆杀之⑦。或有无须而误死者，至自发露形体而后得免。宦者或有行善自守而犹见及。其滥如此，死者二千余人。急追珪等，珪等悉赴河死。帝得还宫。

董卓呼绍，议欲废帝，立陈留王。是时绍叔父隗为太傅，绍伪许之，曰：“此大事，出当与太傅议。”卓曰：“刘氏种不足复遗。”绍不应，横刀长揖而去⑧。绍既出，遂亡奔冀州。侍中周毖、城门校尉伍琼、议郎何颙等，皆名士也，卓信之，而阴为绍，乃说卓曰："夫废立大事，非常人所及。绍不达大体，恐惧故出奔，非有他志也，今购之急，势必为变[⑨]。袁氏树恩四世，门生故吏遍于天下，若收豪杰以聚徒众，英雄因之而起，则山东非公之有也[⑩]。不如赦之，拜一郡守，则绍喜于免罪，必无患矣。"卓以为然，乃拜绍勃海太守，封邟乡侯。

绍遂以勃海起兵，将以诛卓。语在《武纪》。绍自号车骑将军，主盟，与冀州牧韩馥立幽州牧刘虞为帝，遣使奉章诣虞，虞不敢受。后馥军安平，为公孙瓒所败。瓒遂引兵入冀州，以讨卓为名，内欲袭馥。馥怀不自安。会卓西入关，绍还军延津，因馥惶遽，使陈留高幹、颍川荀谌等说馥曰："公孙瓒乘胜来向南，而诸郡应之。袁车骑引军东向，此其意不可知，窃为将军危之[⑪]。"馥曰："为之奈何?"谌曰："公孙提燕、代之卒，其锋不可当。袁氏一时之杰，必不为将军下。夫冀州，天下之重资也，若两雄并力，兵交于城下，危亡可立而待也。夫袁氏，将军之旧，且同盟也，当今为将军计，莫若举冀州以让袁氏[⑫]。袁氏得冀州，则瓒不能与之争，必厚德将军。冀州入于亲交，是将军有让贤之名，而身安于泰山也。愿将军勿疑！"馥素恇怯，因然其计[⑬]。馥长史耿武、别驾闵纯、治中李历谏馥曰："冀州虽鄙，带甲百万，谷支十年。袁绍孤客穷军，仰我鼻息，譬如婴儿在股掌之上，绝其哺乳，立可饿杀[⑭]。奈何乃欲以州与之?"馥曰："吾，袁氏故吏，且才不如本初，度德而让，古人所贵，诸君独何病焉[⑮]！"从事赵浮、程奂请以兵拒之，馥又不听。乃让绍，绍遂领冀州牧[⑯]。

从事沮授说绍曰："将军弱冠登朝，则播名海内[⑰]；值废立之际，则忠义奋发；单骑出奔，则董卓怀怖；济河而北，则勃海稽首[⑱]。振一郡之卒，撮冀州之众，威震河朔，名重天下[⑲]。虽黄巾猾乱，黑山跋扈，举军东向，则青州可定；还讨黑山，则张燕可灭；回众北首，则公孙必丧；震胁戎狄，则匈奴必从[⑳]。横大河之北，合四州之地，收英雄之才，拥百万之众，迎大驾于西京，复宗庙于洛邑[㉑]。号令天下，以讨未复，以此争锋，谁能敌之[㉒]？比及数年，此功不难。"绍喜曰："此吾心也。"即表授为监军、奋威将军。卓遣执金吾胡母班、将作大匠吴脩赍诏书喻绍，绍使河内太守王匡杀之[㉓]。卓闻绍得关东，乃悉诛绍宗族太傅隗等。当是时，豪侠多附绍，皆思为之报，州郡蜂起，莫不假其名。馥怀惧，从绍索去，往依张邈[㉔]。后绍遣使诣邈，有所计议，与邈耳语。馥在坐上，谓见图构，无何起至溷自杀[㉕]。

初，天子之立非绍意，及在河东，绍遣颍川郭图使焉。图还说绍迎天子都邺，绍不从。会太祖迎天子都许，收河南地，关中皆附。绍悔，欲令太祖从天子都鄄城以自密近，太祖拒之[㉖]。天子以绍为太尉，转为大将军，封邺侯，绍让侯不受。顷之，击破瓒于易京，并其众。出长子谭为青州[㉗]。沮授谏绍："必为祸始。"绍不听，曰："孤欲令诸儿各据一州也。"又以中子熙为幽州，甥高幹为并州[㉘]。众数十万，以审配、逢纪统军事，田丰、荀谌、许攸为谋主，颜良、文丑为将率，简精卒十万，骑万匹，将攻许[㉙]。

先是，太祖遣刘备诣徐州拒袁术。术死，备杀刺史车胄，引军屯沛。绍遣骑佐之。太祖遣刘岱、王忠击之，不克。建安五年，太祖自东征备。田丰说绍袭太祖后，绍辞以子疾，不许。丰举杖击地曰："夫遭难遇之机，而以婴儿之病失其会，惜哉[㉚]！"太祖至，击破备；备奔绍。

绍进军黎阳，遣颜良攻刘延于白马。沮授又谏绍："良性促狭，虽骁勇不可独任[㉛]。"绍不听。太祖救延，与良战，破斩良。绍渡河，壁延津南，使刘备、文醜挑战[㉜]。太祖击破之，斩醜，再战，禽绍大将。绍军大震。太祖还官渡。沮授又曰："北兵数众而果劲不及南，南谷虚少而货财不及北；南利在于急战，北利在于缓搏。宜徐持久，旷以日月。"绍不从。连营稍前，逼官渡，合战，太祖军不利，复壁。绍为高橹，起土山，射营中，营中皆蒙楯，众大惧[㉝]。太祖乃为发石车，击绍楼，皆破，绍众号曰霹雳车[㉞]。绍为地道，欲袭太祖营。太祖辄于内为长堑以拒之，又遣奇兵袭击绍运车，大破之，尽焚其谷。太祖与绍相持日久，百姓疲乏，多叛应绍，军食乏。会绍遣淳于琼等将兵万余人北迎运车，沮授说绍："可遣将蒋奇别为支军于表，以断曹公之钞[35]。"绍复不从。琼宿乌巢，去绍军四十里。太祖乃留曹洪守，自将步骑五千候夜潜往攻琼。绍遣骑救之，败走。破琼等，悉斩之。太祖还，未至营，绍将高览、张郃等率其众降。绍众大溃，绍与谭单骑退渡河。余众伪降，尽坑之[36]。沮授不及绍渡，为人所执，诣太祖，太祖厚待之。后谋还袁氏，见杀。

初，绍之南也，田丰说绍曰："曹公善用兵，变化无方，众虽少，未可轻也，不如以久持之。将军据山河之固，拥四州之众，外结英雄，内修农战，然后简其精锐，分为奇兵，乘虚迭出，以扰河南，救右则击其左，救左则击其右，使敌疲于奔命，民不得安业；我未劳而彼已困，不及二年，可坐克也[37]。今释庙胜之策，而决成败于一战，若不如志，悔无及也[38]。"绍不从。丰恳谏，绍怒甚，以为沮众，械系之[39]。绍军既败，或谓丰曰："君必见重。"丰曰："若军有利，吾必全，今军败，吾其死矣[40]。"绍还，谓左右曰："吾不用田丰言，果为所笑。"遂杀之。绍外宽雅，有局度，忧喜不形于色，而内多忌害，皆此类也[41]。

冀州城邑多叛，绍复击定之。自军败后发病，七年，忧死。

绍爱少子尚，貌美，欲以为后而未显[42]。审配、逢纪与辛评、郭图争权，配、纪与尚比，评、图与谭比[43]。众以谭长，欲立之。配等恐谭立而评等为己害，缘绍素意，乃奉尚代绍位[44]。谭至，不得立，自号车骑将军。由是谭、尚有隙。太祖北征谭、尚。谭军黎阳，尚少与谭兵，而使逢纪从谭。谭求益兵，配等议不与。谭怒，杀纪。太祖渡河攻谭，谭告急于尚。尚欲分兵益谭，恐谭遂夺其众，乃使审配守邺，尚自将兵助谭，与太祖相拒于黎阳。自九月至二月，大战城下，谭、尚败退，入城守。太祖将围之，乃夜遁。追至邺，收其麦，拔阴安，引军还许。太祖南征荆州，军至西平。谭、尚遂举兵相攻，谭败奔平原。尚攻之急，谭遣辛毗诣太祖请救。太祖乃还救谭，十月至黎阳。尚闻太祖北，释平原还邺。其将吕旷、吕翔叛尚归太祖，谭复阴刻将军印假旷、翔。太祖知谭诈，与结婚以安之，乃引军还[45]。尚使审配、苏由守邺，复攻谭平原。太祖进军将攻邺，到洹水，去邺五十里，由欲为内应，谋泄，与配战城中，败，出奔太祖。太祖遂进攻之，为地道，配亦于内作堑以当之。配将冯礼开突门，内太祖兵三百余人，配觉之，从城上以大石击突中栅门，栅门闭，入者皆没[46]。太祖遂围之，为堑，周四十里，初令浅，示若可越。配望而笑之，不出争利。太祖一夜掘之，广深二丈，决漳水以灌之，自五月至八月，城中饿死者过半。尚闻邺急，将兵万余人还救之，依西山来，东至阳平亭，去邺十七里，临滏水，举火以示城中，城中亦举火相应。配出兵城北，欲与尚对决围。太祖逆击之，败还，尚亦破走，依曲漳为营，太祖遂围之。未合，尚惧，遣阴夔、陈琳乞降，不听。尚还走滥口，进复围之急，其将马延等临陈降，众大溃，尚奔中山[47]。尽收其辎重，得尚印绶、节钺及衣物，以示其家，城中崩沮[48]。配兄子荣守东门，夜开门内太祖兵，与配战城中，生禽配[49]。配声气壮烈，终无挠辞，见者莫不叹息。遂斩之。高幹以并州降，复以幹为刺史。

太祖之围邺也，谭略取甘陵、安平、勃海、河间，攻尚于中山。尚走故安从熙，谭悉收其众。太祖将讨之，谭乃拔平原，并南皮，自屯龙凑。十二月，太祖军其门，谭不出，夜遁奔南皮，临清河而屯。十年正月，攻拔之，斩谭及图等。熙、尚为其将焦触、张南所攻，奔辽西乌丸。触自号幽州刺史，驱率诸郡太守令长，背袁向曹，陈兵数万，杀白马盟，令曰："违命者斩！"众莫敢语，各以次歃[50]。至别驾韩珩，曰："吾受袁公父子厚恩，今其破亡，智不能救，勇不能死，于义阙矣；若乃北面于曹氏，所弗能为也[51]。"一坐为珩失色。触曰："夫兴大事，当立大义，事之济否，不待一人，可卒珩志，以励事君[52]。"高幹叛，执上党太守，举兵守壶口关。遣乐进、李典击之，未拔。十一年，太祖征斡。斡乃留其将夏昭、邓升守城，自诣匈奴单于求救[53]，不得，独与数骑亡，欲南奔荆州，上洛都尉捕斩之。十二年，太祖至辽西击乌丸。尚、熙与乌丸逆军战，败走奔辽东，公孙康诱斩之，送其首。太祖高韩珩节[54]，屡辟不至，卒于家[55]。

---

①折节下士：降低身份，甘居于士之下。

②掾（yuàn，音院）：属官。

③黄门：指宦官。　唯所错置：此言叫候处置。错置：处置。

④方略：方策谋略。　检司：检察监视。

⑤温厚：汉晋间称养马者为温厚。一说意为温和厚道。　虎贲（bēn，音奔）：勇士。　禁中：宫中。

⑥矫：诈称。

⑦署：任命。　勒：统帅，部署。

⑧横刀：持横刀。

⑨购：悬赏捕捉。

⑩门生：本指门下受业的门徒。从东汉后期至魏晋，投身豪门的依附者亦称门生。

⑪窃：私下。常作为表示个人意见的谦词。

⑫同盟：指联盟共讨董卓。

⑬恇（kuāng，音匡）怯：胆小懦弱。

⑭鄙：指边远的地方。　仰我鼻息：犹言靠我生存。息，一呼一吸。

⑮度（duó，音夺）：估量。　病：责难。

⑯领：兼官称领。

⑰沮（zū）：音租。　弱冠：称二十岁左右的年龄为弱冠。

⑱稽首：叩头到地。此为降服之意。

⑲撮：掌握。

⑳首：向。　戎狄：这里泛指少数民族。

㉑大驾：指黄帝。　宗庙：王室的代称。

㉒复：降伏。

㉓执金吾：官名。　赍（jī，音击）：把东西送给人。

㉔索：求。

㉕图构：图谋加害。　无何：不久。　溷（hùn，音混）：厕所。

㉖鄄（juàn）：音圈。

㉗为青州：为青州刺史。下“为幽州”，“为并州”同此。

㉘中子：第二个儿子。

㉙简：挑选。

㉚遭：遇到。

㉛促狭：急躁，沉不住气。

㉜壁：用作动词，筑壁垒。

㉝橹：望敌之楼。　楯：与盾同。

㉞发石车：用机械原理发射石块的炮车。　霹雳车：发石车声响很大，故称之霹雳车。

㉟表：外围。　抄：掠夺。

㊱坑：坑杀，活埋。

㊲农战：扩广农耕，加强武备。　迭：更迭，轮流。

㊳ 庙胜之策：在朝廷定出计谋而使战场上获胜。

㊴沮众：使众人丧失信心。　械系：加上脚镣手铐。

㊵全：保全，生存。

㊶局度：器量，器度。　忌害：猜忌而陷害别人。

㊷后：嗣子。　显：明确公开。

㊸比：亲近。

㊹缘：因。　素：本。

㊺与结婚以安之：曹操为其子聘袁谭女，以安袁谭之心。

㊻突门：邺城门之一。　内：同纳。

㊼陈：通“阵”。

㊽印绶：指官印，绶是系在印纽上的丝带。　节钺：符节与斧钺。古时拜将，授予节钺以重其权。　崩沮：崩溃，瓦解。

㊾禽：通“擒”。　挠辞：表示屈服的言辞。

㊿歃（shà，音霎）：盟誓时用嘴吸牲血以表诚意。

(51)阙：通“缺”，失。　北面：称臣。

(52)卒：完成。

(53)单于（chán yú）：匈奴君主。

(54)珩（héng）：音恒。

(55)辟：征召。

吕布传

吕布字奉先，五原郡九原人也。以骁武给并州[①]。刺史丁原为骑都尉，屯河内，以布为主簿，大见亲待[②]。灵帝崩，原将兵诣洛阳[③]。与何进谋诛诸黄门，拜执金吾[④]。进败，董卓入京都，将为乱，欲杀原，并其兵众。卓以布见信于原，诱布，令杀原[⑤]。布斩原首诣卓，卓以布为骑都尉，甚爱信之，誓为父子。

布便弓马，膂力过人，号为“飞将”[⑥]。稍迁至中郎将，封都亭侯[⑦]。卓自以遇人无礼，恐人谋己，行止常以布自卫[⑧]。然卓性刚而褊，忿不思难，尝小失意，拔手戟掷布[⑨]。布拳捷避之，为卓顾谢，卓意亦解[⑩]。由是阴怨卓。卓常使布守中阁，布与卓侍婢私通，恐事发觉，心不自安[⑪]。

先是，司徒王允以布州里壮健，厚接纳之[⑫]。后布诣允，陈卓几见杀状。时允与仆射士孙瑞密谋诛卓，是以告布使为内应。布曰：“奈如父子何！”允曰：“君自姓吕，本非骨肉。今忧死不暇，何谓父子？”布遂许之，手刃刺卓。语在《卓传》。允以布为奋武将军，假节，仪比三司，进封温侯，共秉朝政[⑬]。布自杀卓后，畏恶凉州人，凉州人皆怨。由是李傕等遂相结还攻长安城。布不能拒，傕等遂入长安。卓死后六旬，布亦败，将数百骑出武关，欲诣袁术。

布自以杀卓为术报雠，欲以德之[⑭]。术恶其反覆，拒而不受。北诣袁绍，绍与布击张燕于常山。燕精兵万余，骑数千。布有良马曰赤兔。常与其亲近成廉、魏越等陷锋突陈，遂破燕军。而求益兵众，将士钞掠，绍患忌之[⑮]。布觉其意，从绍求去。绍恐还为己害，遣壮士夜掩杀布，不获。事露，布走河内，与张杨合。绍令众追之，皆畏布，莫敢逼近者。

张邈字孟卓，东平寿张人也。少以侠闻，振穷救急，倾家无爱，士多归之[⑯]。太祖、袁绍皆与邈友。辟公府，以高第拜骑都尉，迁陈留太守[⑰]。董卓之乱，太祖与邈首举义兵。汴水之战，邈遣卫兹将兵随太祖。袁绍既为盟主，有骄矜色，邈正议责绍[⑱]。绍使太祖杀邈，太祖不听，责绍曰：“孟卓，亲友也，是非当容之。今天下未定，不宜自相危也。”邈知之，益德太祖。太祖之征陶谦，敕家曰[19]："我若不还，往依孟卓。"后还，见邈，垂泣相对。其亲如此。

吕布之舍袁绍从张杨也，过邈临别，把手共誓。绍闻之，大恨。邈畏太祖终为绍击己也，心不自安。兴平元年，太祖复征谦，邈弟超，与太祖将陈宫、从事中郎许汜、王楷共谋叛太祖。宫说邈曰："今雄杰并起，天下分崩，君以千里之众，当四战之地，抚剑顾眄，亦足以为人豪，而反制于人，不以鄙乎[20]！今州军东征，其处空虚，吕布壮士，善战无前，若权迎之，共牧兖州，观天下形势，俟时事之变通，此亦纵横之一时也[21]。"邈从之。太祖初使宫将兵留屯东郡，遂以其众东迎布为兖州牧，据濮阳。郡县皆应，唯鄄城、东阿、范为太祖守。太祖引军还，与布战于濮阳，太祖军不利，相持百余日。是时岁旱、虫蝗、少谷，百姓相食，布东屯山阳[22]。二年间，太祖乃尽复收诸城，击破布于钜野。布东奔刘备。邈从布，留超将家属屯雍丘。太祖攻围数月，屠之，斩超及其家。邈诣袁术请救未至，自为其兵所杀。

备东击术，布袭取下邳，备还归布。布遣备屯小沛。布自称徐州刺史。术遣将纪灵等步骑三万攻备，备求救于布。布诸将谓布曰："将军常欲杀备，今可假手于术。"布曰："不然。术若破备，则北连太山诸将，吾为在术围中，不得不救也。"便严步兵千、骑二百，驰往赴备[23]。灵等闻布至，皆敛兵不敢复攻[24]。布于沛西南一里安屯，遣铃下请灵等，灵等亦请布共饮食[25]。布谓灵等曰："玄德，布弟也。弟为诸君所困，故来救之。布性不喜合斗，但喜解斗耳[26]。"布令门候于营门中举一只戟，布言："诸君观布射戟小支，一发中者诸君当解去，不中可留决斗[27]。"布举弓射戟，正中小支。诸将皆惊，言"将军天威也"！明日复欢会，然后各罢。

术欲结布为援，乃为子索布女，布许之。术遣使韩胤以僭号议告布，并求迎妇[28]。沛相陈珪恐术、布成婚，则徐、扬合从，将为国难，于是往说布曰："曹公奉迎天子，辅赞国政，威灵命世，将征四海，将军宜与协同策谋，图太山之安[29]。今与术结婚，受天下不义之名，必有累卵之危[30]。"布亦怨术初不己受也，女已在涂，追还绝婚，械送韩胤，枭首许市[31]。珪欲使子登诣太祖，布不肯遣。会使者至，拜布左将军。布大喜，即听登往，并令奉章谢恩[32]。登见太祖，因陈布勇而无计，轻于去就，宜早图之[33]。太祖曰："布，狼子野心，诚难久养，非卿莫能究其情也。"即增珪秩中二千石，拜登广陵太守[34]。临别，太祖执登手曰："东方之事，便以相付。"令登阴合部众以为内应[35]。

始，布因登求徐州牧，登还，布怒，拔戟斫几曰："卿父劝吾协同曹公，绝婚公路；今吾所求无一获，而卿父子并显重，为卿所卖耳[36]！卿为吾言，其说云何[37]？"登不为动容，徐喻之曰："登见曹公言：'待将军譬如养虎，当饱其肉，不饱则将噬人[38]。'公曰：'不如卿言也。譬如养鹰，饥则为用，饱则扬去[39]。'其言如此。"布意乃解。

术怒，与韩暹、杨奉等连势，遣大将张勋攻布[40]。布谓珪曰："今致术军，卿之由也，为之奈何[41]？"圭曰："暹、奉与术，卒合之军耳，策谋不素定，不能相维持，子登策之，比之连鸡，势不俱栖，可解离也[42]。"布用珪策，遣人说暹、奉，使与己并力共击术军，军资所有，悉许暹、奉。于是暹、奉从之，勋大破败[43]。

建安三年，布复叛为术，遣高顺攻刘备于沛，破之。太祖遣夏侯惇救备，为顺所败。太祖自征布，至其城下，遣布书，为陈祸福[44]。布欲降，陈宫等自以负罪深，沮其计[45]。布遣人求救于术，术自将千余骑出战，败走，还保城，不敢出。术亦不能救。布虽骁猛，然无谋而多猜忌，不能制御其党，但信诸将[46]。诸将各异意自疑，故每战多败。太祖堑围之三月，上下离心，其将侯成、宋宪、魏续缚陈宫，将其众降[47]。布与其麾下登白门楼[48]。兵围急，乃下降。遂生缚布，布曰："缚太急，小缓之[49]。"太祖曰："缚虎不得不急也。"布请曰："明公所患不过于布，今已服矣，天下不足忧。明公将步，令布将骑，则天下不足定也。"太祖有疑色。刘备进曰："明公不见布之事丁建阳及董太师乎!”太祖颔之[50]。布因指备曰:“是儿最叵信者。”于是缢杀布[51]。布与宫、顺等皆枭首送许,然后葬之。

太祖之禽宫也,问宫欲活老母及女不,宫对曰:“宫闻孝治天下者不绝人之亲,仁施四海者不乏人之祀,老母在公,不在宫也[52]。”太祖召养其母终其身,嫁其女。

陈登者,字元龙,在广陵有威名。又掎角吕布有功,加伏波将军,年三十九卒[53]。后许汜与刘备并在荆州牧刘表坐,表与备共论天下人,汜曰:“陈元龙湖海之士,豪气不除[54]。”备谓表曰:“许君论是非?”表曰:“欲言非,此君为善士,不宜虚言;欲言是,元龙名重天下。”备问汜:“君言豪,宁有事邪?”汜曰:“昔遭乱过下邳,见元龙。元龙无客主之意,久不相与语,自上大床卧,使客卧下床。”备曰:“君有国士之名,今天下大乱,帝主失所,望君忧国忘家,有救世之意。而君求田问舍,言无可采,是元龙所讳也,何缘当与君语[55]?如小人,欲卧百尺楼上,卧君于地,何但上下床之间邪?”表大笑。备因言曰:“若元龙文武胆志,当求之于古耳,造次难得比也[56]。”

---

①骁武:勇猛矫健。　给:供职。

②主薄:官名。

③将:率领。　诣:往。

④黄门:宦官。　拜:授予官职。

⑤见信:被信任。

⑥便:熟悉。　膂(lǚ,音吕)力:体力。

⑦稍:逐步;逐渐。　迁:升任。

⑧遇:对待。

⑨褊:狭隘。　忿:忿怒。

⑩拳捷:有勇力而又敏捷。　顾谢:道歉请罪。

⑪中阁:中门。阁,小门。　私通:秘密相爱,特指不正当男女关系。

⑫接纳:结交。

⑬假节:假,授予;节,符节。假节,有权杀犯军令者。　仪比三司:谓仪制和三公一样。

⑭ 德:感谢,报答。作动词。

⑮益:增加。　钞掠:掠夺,掠取。

⑯少以侠闻:年轻时以侠义闻名。　振:同“赈”,救济。　爱:吝啬。

⑰辟:征召。　高弟:意为考试或官吏考试成绩列为优等。弟,等弟。

⑱骄矜:骄傲自夸。　正议:议同“义。”

⑲ 敕:告诫。

⑳分崩:四分五裂。　四战之地:地居要冲。　顾眄(miàn,音面):意为左右观看。　鄙:浅陋。

㉑权:暂且。　牧:此处用作动词,意即统治。　俟:等待。

㉒百姓相食:百姓人吃人。

㉓严:意为紧急调遣。

㉔敛兵:停止战斗。

㉕安屯:安营扎寨。　铃下:随从护卫的士兵。

㉖解:调解。

㉗门候:守门兵士。

㉘僭(jiàn,音见)号:古代指私称帝王的名号,即自立为帝。

㉙婚:指亲家。　合从:联合。

㉚累卵:迭起来的鸡蛋很容易倒下打碎,喻处境危险。

㉛初不己受:当初排挤自己。　在涂:在半路上。涂,通途。　械:拘留绑缚。　枭(xiāo,音消)首:斩杀。

许市：许昌。

㉜奉章：捧着奏章。

㉝图：打算。

㉞秩：官吏的职位、品级、俸禄。　中（zhōng，音仲）二千石：官吏的品级之一。

㉟阴合：秘密集合。

㊱因：依靠。　儿：矮小的桌子。　公路：袁术字。

㊲为：对。

㊳徐：缓慢。　喻：开导；告知。　噬（shì，音是）：咬。

㊴扬：飞。

㊵连势：几股力量连接起来。

㊶致：招致。

㊷卒合：仓促结合。卒同“猝。”　素定：事先制定。　策：估计。　连鸡：缚在一起的鸡。比喻互相牵制，不能并容的几种势力。

㊸破败：损伤失败。

㊹陈：陈述。

㊺沮（jǔ，音举）：阻止。

㊻制御：控制驾驭。

㊼堑：壕沟。

㊽麾（huī，音挥）下：部下。

㊾生缚：活捉。

㊿颔：点头。

(51)叵：不可。　缢：勒死。

(52)禽：通“擒。”　不（fǒu，音否）：同“否”。　乏：荒废，引申为断绝。　祀：祭祀。

(53)掎（jǐ，音已）角：牵制。

(54)湖海之士：意气豪放的人。

(55)求田问舍：指专经营家产而无远大志向。　讳：禁忌。

(56)胆志：胆识与志向。　造次：仓促匆忙。

先主传

先主姓刘，讳备，字玄德，涿郡涿县人，汉景帝子中山靖王胜之后也。胜子贞，元狩六年封涿县陆城亭侯，坐酎金失侯，因家焉①。先主祖雄，父弘，世仕州郡。雄举孝廉，官至东郡范令②。

先主少孤，与母贩履织席为业。舍东南角篱上有桑树生高五丈余，遥望见童童如小车盖，往来者皆怪此树非凡，或谓当出贵人③。先主少时，与宗中诸小儿于树下戏，言：“吾必当乘此羽葆盖车④。”叔父子敬谓曰：“汝勿妄语，灭吾门也！”年十五，母使行学，与同宗刘德然、辽西公孙瓒俱事故九江太守同郡卢植。德然父元起常资给先主，与德然等。元起妻曰：“各自一家，何能常尔邪！”起曰：“吾宗中有此儿，非常人也。”而瓒深与先主相友。瓒年长，先主以兄事之。先主不甚乐读书，喜狗马、音乐、美衣服⑤。身长七尺五寸，垂手下膝，顾自见其耳，少语言，善下人，喜怒不形于色，好交结豪侠，年少争附之⑥。中山大商张世平、苏双等赀累千金，贩马周旋于涿郡，见而异之，乃多与之金财⑦。先主由是得用合徒众。

灵帝末，黄巾起，州郡各举义兵，先主率其属从校尉邹靖讨黄巾贼有功，除安喜尉[⑧]。督邮以公事到县，先主求谒，不通，直入缚督邮，杖二百，解绶系其颈着马枊，弃官亡命。顷之，大将军何进遣都尉毌丘毅诣丹杨募兵，先主与俱行，至下邳遇贼，力战有功，除为下密丞。复去官。后为高唐尉，迁为令[⑨]。为贼所破，往奔中郎将公孙瓒，瓒表为别部司马，使与青州刺史田楷以拒冀州牧袁绍。数有战功，试守平原令，后领平原相[⑩]。郡民刘平素轻先主，耻为之下，使客刺之。客不忍刺，语之而去，其得人心如此。

袁绍攻公孙瓒，先主与田楷东屯齐，曹公征徐州，徐州牧陶谦遣使告急于田楷，楷与先主俱救之。时先主自有兵千余人及幽州乌丸杂胡骑，又略得饥民数千人[⑪]。既到，谦以丹杨兵四千益先主，先主遂去楷归谦。谦表先主为豫州刺史，屯小沛。谦病笃，谓别驾麋竺曰："非刘备不能安此州也。"谦死，竺率州人迎先主，先主未敢当。下邳陈登谓先主曰："今汉室陵迟，海内倾覆，立功立事，在于今日，彼州殷富，户口百万，欲屈使君抚临州事。"先主曰："袁公路近在寿春，此君四世五公，海内所归，君可以州与之。"登曰："公路骄豪，非治乱之主。今欲为使君合步骑十万，上可以匡主济民，成五霸之业，下可以割地守境，书功于竹帛。若使君不见听许，登亦未敢听使君也[⑫]。"北海相孔融谓先主曰："袁公路岂忧国忘家者邪？冢中枯骨，何足介意[⑬]。今日之事，百姓与能，天与不取，悔不可追。"先主遂领徐州。袁术来攻先主，先主拒之于盱眙、淮阴。曹公表先主为镇东将军，封宜城亭侯，是岁建安元年也。先主与术相持经月，吕布乘虚袭下邳。下邳守将曹豹反，间迎布，布虏先主妻子，先主转军海西。杨奉、韩暹寇徐、扬间，先主邀击，尽斩之[⑭]。先主求和于吕布，布还其妻子。先主遣关羽守下邳。

先主还小沛，复合兵得万余人，吕布恶之，自出兵攻先主，先主败走归曹公[⑮]。曹公厚遇之，以为豫州牧。将至沛收散卒，给其军粮，益与兵使东击布。布遣高顺攻之，曹公遣夏侯惇往，不能救，为顺所败，复虏先主妻子送布。曹公自出东征，助先主围布于下邳，生禽布[⑯]。先主复得妻子，从曹公还许。表先主为左将军，礼之愈重，出则同舆，坐则同席。袁术欲经徐州北就袁绍，曹公遣先主督朱灵、路招要击术，未至，术病死[⑰]。

先主未出时，献帝舅车骑将军董承辞受帝衣带中密诏，当诛曹公。先主未发[⑱]。是时曹公从容谓先主曰："今天下英雄，唯使君与操耳，本初之徒，不足数也[⑲]。"先主方食，失匕箸[⑳]。遂与承及长水校尉种辑、将军吴子兰、王子服等同谋。会见使，未发。事觉，承等皆伏诛。

先主据下邳。灵等还，先主乃杀徐州刺史车胄，留关羽守下邳，而身还小沛。东海昌霸反，郡县多叛曹公为先主，众数万人，遣孙乾与袁绍连和，曹公遣刘岱、王忠击之，不克。五年，曹公东征先主，先主败绩。曹公尽收其众，虏先主妻子，并禽关羽以归。

先主走青州，青州刺史袁谭，先主故茂才也，将步骑迎先主[㉑]。先主随谭到平原，谭驰使白绍，绍遣将道路奉迎，身去邺二百里，与先主相见[㉒]。驻月余日，所失亡士卒稍稍来集[㉓]。曹公与袁绍相拒于官渡，汝南黄巾刘辟等叛曹公应绍。绍遣先主将兵与辟等略许下[㉔]。关羽亡归先主。曹公遣曹仁将兵击先主，先主还绍军，阴欲离绍，乃说绍南连荆州牧刘表[㉕]。绍遣先主将本兵复至汝南，与贼龚都等合，众数千人。曹公遣蔡阳击之，为先主所杀。

曹公既破绍，自南击先主。先主遣麋竺、孙乾与刘表相闻，表自郊迎，以上宾礼待之，益其兵，使屯新野，荆州豪杰归先主者日益多，表疑其心，阴御之[㉖]。使拒夏侯惇、于禁等于博望。久之，先主设伏兵，一旦自烧屯伪遁，惇等追之，为伏兵所破[㉗]。

十二年，曹公北征乌丸，先主说表袭许，表不能用。曹公南征表，会表卒，子琮代立，遣使请降。先主屯樊，不知曹公卒至，至宛乃闻之，遂将其众去[㉘]。过襄阳，诸葛亮说先主攻琮，荆州可有。先主曰："吾不忍也。"乃驻马呼琮，琮惧不能起，琮左右及荆州人多归先主。比到当阳，众十余万，辎重数千两，日行十余里，别遣关羽乘船数百艘，使会江陵[29]。或谓先主曰："宜速行保江陵，今虽拥大众，被甲者少，若曹公兵至，何以拒之[30]？"先主曰："夫济大事必以人为本，今人归吾，吾何忍弃去[31]！"

曹公以江陵有军实，恐先主据之，乃释辎重，轻军到襄阳，闻先主已过，曹公将精骑五千急追之，一日一夜行三百余里，及于当阳之长坂[32]。先主弃妻子，与诸葛亮、张飞、赵云等数十骑走，曹公大获其人众辎重。先主斜趋汉津，适与羽船会，得济沔，遇表长子江夏太守琦众万余人，与俱到夏口[33]。先主遣诸葛亮自结于孙权，权遣周瑜、程普等水军数万，与先主并力，与曹公战于赤壁，大破之，焚其舟船，先主与吴军水陆并进，追到南郡，时又疾疫，北军多死，曹公引归[34]。

先主表琦为荆州刺史，又南征四郡。武陵太守金旋、长沙太守韩玄、桂阳太守赵范、零陵太守刘度皆降。庐江雷绪率部曲数万口稽颡。琦病死，群下推先主为荆州牧，治公安。权稍畏之，进妹固好[35]。先主至京见权，绸缪恩纪。权遣使云欲共取蜀，或以为宜报听许，吴终不能越荆有蜀，蜀地可为己有。荆州主簿殷观进曰[36]："若为吴先驱，进未能克蜀，退为吴所乘，即事去矣。今但可然赞其伐蜀，而自说新据诸郡，未可兴动，吴必不敢越我而独取蜀。如此进退之计，可以收吴、蜀之利。"先主从之，权果辍计[37]。迁观为别驾从事。

十六年，益州牧刘璋遥闻曹公将遣钟繇等向汉中讨张鲁，内怀恐惧。别驾从事蜀郡张松说璋曰："曹公兵强无敌于天下，若因张鲁之资以取蜀土，谁能御之者乎[38]？"璋曰："吾固忧之而未有计。"松曰："刘豫州，使君之宗室而曹公之深雠也，善用兵，若使之讨鲁，鲁必破，鲁破，则益州强，曹公虽来，无能为也。"璋然之，遣法正将四千人迎先主，前后赂遗以巨亿计[39]。正因陈益州可取之策[40]。先主留诸葛亮、关羽等据荆州，将步卒数万人入益州。至涪，璋自出迎，相见甚欢。张松令法正白先主，及谋臣庞统进说，便可于会所袭璋。先主曰："此大事也，不可仓卒。"璋推先主行大司马，领司隶校尉；先主亦推璋行镇西大将军，领益州牧[41]。璋增先主兵，使击张鲁，又令督白水军。先主并军三万余人，车甲器械资货甚盛。是岁，璋还成都，先主北到葭萌，未即讨鲁，厚树恩德，以收众心。

明年，曹公征孙权，权呼先主自救[42]。先主遣使告璋曰："曹公征吴，吴忧危急，孙氏与孤本为唇齿，又乐进在青泥与关羽相拒，今不往救羽，进必大克，转侵州界，其忧有甚于鲁。鲁自守之贼，不足虑也。"乃从璋求万兵及资实，欲以东行。璋但许兵四千，其余皆给半。张松书与先主及法正曰："今大事垂可立，如何释此去乎[43]！"松兄广汉太守肃，惧祸逮己，白璋发其谋[44]。于是璋收斩松，嫌隙始构矣[45]。璋敕关戍诸将文书勿复关通先主。先主大怒，召璋白水军督杨怀，责以无礼，斩之。乃使黄忠、卓膺勒兵向璋[46]。先主径至关中，质诸将并士卒妻子，引兵与忠、膺等进到涪，据其城。璋遣刘璝、冷苞、张任、邓贤等拒先主于涪，皆破败，退保绵竹。璋复遣李严督绵竹诸军，严率众降先主。先主军益强，分遣诸将平下属县，诸葛亮、张飞、赵云等将兵泝流定白帝、江州、江阳，惟关羽留镇荆州[47]。先主进军围雒；时璋子循守城，被攻且一年。

十九年夏，雒城破，进围成都数十日，璋出降。蜀中殷盛丰乐，先主置酒大飨士卒，取蜀城中金银分赐将士，还其谷帛。先主复领益州牧，诸葛亮为股肱，法正为谋主，关羽、张飞、马超为爪牙，许靖、麋竺、简雍为宾友。及董和、黄权、李严等本璋之所授用也，吴壹、费观等又璋之婚亲也，彭羕又璋之所排摈也，刘巴者宿昔之所忌恨也，皆处之显任，尽其器能。有志之士，无不竞劝。

二十年，孙权以先主已得益州，使使报欲得荆州[48]。先主言："须得凉州，当以荆州相与。"权忿之，乃遣吕蒙袭夺长沙、零陵、桂阳三郡。先主引兵五万下公安，令关羽入益阳。是岁，曹公定汉中，张鲁遁走巴西。先主闻之，与权连和，分荆州江夏、长沙、桂阳东属；南郡、零陵、武陵西属，引军还江州。遣黄权将兵迎张鲁，张鲁已降曹公。曹公使夏侯渊、张郃屯汉中，数数犯暴巴界㊾。先主令张飞进兵宕渠，与郃等战于瓦口，破郃等，郃收兵还南郑。先主亦还成都。

二十三年，先主率诸将进兵汉中。分遣将军吴兰、雷铜等入武都，皆为曹公军所没。先主次于阳平关，与渊、郃等相拒㊿。

二十四年春，自阳平南渡沔水，缘山稍前，于定军兴势作营。渊将兵来争其地。先主命黄忠乘高鼓噪攻之[51]，大破渊军，斩渊及曹公所署益州刺史赵颙等。曹公自长安举众南征。先主遥策之曰："曹公虽来，无能为也，我必有汉川矣。"及曹公至，先主敛众拒险，终不交锋，积月不拔，亡者日多[52]。夏，曹公果引军还，先主遂有汉中，遣刘封、孟达、李平等攻申耽于上庸。

秋，群下上先主为汉中王[53]，表于汉帝曰："平西将军都亭侯臣马超、左将军长史领镇军将军臣许靖、营司马臣庞羲、议曹从事中郎军议中郎将臣射援、军师将军臣诸葛亮、荡寇将军汉寿亭侯臣关羽、征虏将军新亭侯臣张飞、征西将军臣黄忠、镇远将军臣赖恭、扬武将军臣法正、兴业将军臣李严等一百二十人上言曰：昔唐尧至圣而四凶在朝，周成仁贤而四国作难，高后称制而诸吕窃命，孝昭幼冲而上官逆谋，皆冯世宠[54]，藉履国权[55]，穷凶极乱，社稷几危。非大舜、周公、朱虚、博陆，则不能流放禽讨，安危定倾[56]。伏惟陛下诞姿圣德，统理万邦，而遭厄运不造之艰[57]。董卓首难，荡覆京畿[58]。曹操阶祸，窃执天衡[59]。皇后太子，鸩杀见害，剥乱天下，残毁民物[60]。久令陛下蒙尘忧厄，幽处虚邑[61]。人神无主，遏绝王命，厌昧皇极，欲盗神器[62]。左将军领司隶校尉豫、荆、益三州牧宜城亭侯备，受朝爵秩，念在输力，以殉国难[63]。睹其机兆[64]，赫然愤发，与车骑将军董承同谋诛操，将安国家，克宁旧都。会承机事不密，令操游魂得遂长恶，残泯海内[65]。臣等每惧王室大有阎乐之祸，小有定安之变，夙夜惴惴，战栗累息[66]。昔在《虞书》，敦序九族[67]，周监二代，封建同姓，《诗》著其义，历载长久。汉兴之初，割裂疆土，尊王子弟，是以卒折诸吕之难，而成太宗之基。臣等以备肺腑枝叶，宗子藩翰，心存国家，念在弭乱[68]。自操破于汉中，海内英雄望风蚁附[69]。而爵号不显，九锡未加，非所以镇卫社稷，光昭万世也。奉辞在外，礼命断绝。昔河西太守梁统等值汉中兴，限于山河，位同权均，不能相率，咸推窦融以为元帅，卒立效绩，摧破隗嚣。今社稷之难，急于陇、蜀，操外吞天下，内残群寮，朝廷有萧墙之危，而御侮未建，可为寒心[70]。臣等辄依旧典[71]，封备汉中王，拜大司马，董齐六军，纠合同盟，扫灭凶逆。以汉中、巴、蜀、广汉、犍为为国，所署置依汉初诸侯王故典[72]。夫权宜之制[73]，苟利社稷，专之可也。然后功成事立，臣等退伏矫罪，虽死无恨[74]。"遂于沔阳设坛场，陈兵列众，群臣陪位，读奏讫，御王冠于先主[75]。

先主上言汉帝曰："臣以具臣之才，荷上将之任[76]。董督三军，奉辞于外，不得扫除寇难，靖匡王室，久使陛下圣教陵迟，六合之内，否而未泰，惟忧反侧，疢如疾首[77]。曩者董卓造为乱阶[78]，自是之后，群凶纵横，残剥海内。赖陛下圣德威灵，人神同应，或忠义奋讨，或上天降罚，暴逆并殪，以渐冰消[79]。惟独曹操，久未枭除，侵擅国权，恣心极乱[80]。臣昔与车骑将军董承图谋讨操，机事不密，承见陷害，臣播越失据，忠义不果[81]。遂得使操穷凶极逆[82]，主后戮杀，皇子鸩害。虽纠合同盟，念在奋力，懦弱不武，历年未效。常恐殒没，孤负国恩，寤寐永叹，夕惕若厉[83]。今臣群寮以为在昔《虞书》敦叙九族，庶明励翼[84]。五帝损益，此道不废。周监二代，并建诸姬，实赖晋、郑夹辅之福。高祖龙兴，尊王子弟，大启九国，卒斩诸吕，以安大宗。今操恶直丑正，实繁有徒，包藏祸心，篡盗已显[85]。既宗室微弱，帝族无位，斟酌古式，依假权宜，上臣大司马汉中王[86]。臣伏自三省，受国厚恩，荷任一方，陈力未效，所获已过，不宜复忝高位以重罪谤[87]。群寮见逼，迫臣以义。臣退惟寇贼不枭，国难未已，宗庙倾危，社稷将坠，成臣忧责碎首之负[88]。若应权通变，以宁靖圣朝，虽赴水火，所不得辞，敢虑常宜，以防后悔[89]。辄顺众议，拜受印玺，以崇国威[90]。仰惟爵号，位高宠厚，俯思报效，忧深责重，惊怖累息，如临于谷。尽力输诚，奖厉六师，率齐群义，应天顺时，扑讨凶逆，以宁社稷，以报万分[91]。谨拜章因驿上还所假左将军、宜城亭侯印绶[92]。”于是还治成都。拔魏延为都督，镇汉中[93]。时关羽攻曹公将曹仁，禽于禁于樊。俄而孙权袭杀羽，取荆州。[94]。

二十五年，魏文帝称尊号，改年曰黄初。或传闻汉帝见害，先主乃发丧制服，追谥曰孝愍皇帝[95]。是后在所并言众瑞，日月相属[96]。故议郎阳泉侯刘豹、青衣侯向举、偏将军张裔、黄权、大司马属殷纯、益州别驾从事赵莋、治中从事杨洪、从事祭酒何宗、议曹从事杜琼、劝学从事张爽、尹默、谯周等上言：“臣闻《河图》、《洛书》，五经谶、纬，孔子所甄，验应自远[97]。谨案《洛书·甄曜度》曰：‘赤三日德昌，九世会备，合为帝际。’《洛书·宝号命》曰：‘天度帝道备称皇[98]，以统握契，百成不败。’《洛书·录运期》曰：‘九侯七杰争命民炊骸，道路籍籍履人头，谁使主者玄且来[99]。’《孝经·钩命决录》曰：‘帝三建九会备。’臣父群未亡时，言西南数有黄气[100]，直立数丈，见来积年，时时有景云祥风，从璇玑下来应之，此为异瑞。又二十二年中，数有气如旗，从西竟东[101]，中天而行，《图》、《书》曰‘必有天子出其方’。加是年太白、荧惑、填星，常从岁星相追。近汉初兴，五星从岁星谋；岁星主义，汉位在西，义之上方，故汉法常以岁星候人主[102]。当有圣主起于此州，以致中兴。时许帝尚存，故群下不敢漏言。顷者荧惑复追岁星，见在胃昴毕；昴毕为天纲，《经》曰‘帝星处之，众邪消亡’。圣讳豫睹，推揆期验，符合数至，若此非一[103]。臣闻圣王先天而天不违，后天而奉天时，故应际而生，与神合契[104]。愿大王应天顺民，速即洪业，以宁海内[105]。”

太傅许靖、安汉将军麋竺、军师将军诸葛亮、太常赖恭、光禄勋黄柱、少府王谋等上言：“曹丕篡弑，湮灭汉室[106]，窃据神器，劫迫忠良，酷烈无道。人鬼忿毒，咸思刘氏[107]。今上无天子，海内惶惶，靡所式仰[108]。群下前后上书者八百余人，咸称述符瑞，图、谶明征[109]。间黄龙见武阳赤水，九日乃去[110]。《孝经·援神契》曰‘德至渊泉则黄龙见’，龙者，君之象也。易乾九五‘飞龙在天’，大王当龙升，登帝位也。又前关羽围樊、襄阳，襄阳男子张嘉、王休献玉玺，玺潜汉水，伏于渊泉，晖景烛耀，灵光彻天[111]。夫汉者，高祖本所起定天下之国号也，大王袭先帝轨迹，亦兴于汉中也[112]。今天子玉玺神光先见，玺出襄阳，汉水之末，明大王承其下流，授与大王以天子之位，瑞命符应，非人力所致。昔周有乌鱼之瑞，咸曰休哉[113]。二祖受命，《图》、《书》先著，以为征验[114]。今上天告祥[115]，群儒英俊，并起河、洛，孔子谶、记，咸悉具至。伏惟大王出自孝景皇帝中山靖王之胄，本支百世，乾祇降祚，圣姿硕茂，神武在躬，仁覆积德，爱人好士，是以四方归心焉[116]。考省《灵图》，启发谶、纬，神明之表，名讳昭著[117]。宜即帝位，以纂二祖，绍嗣昭穆，天下幸甚[118]。臣等谨与博士许慈、议郎孟光，建立礼仪，择令辰，上尊号[119]。”即皇帝位于成都武担之南。为文曰：“惟建安二十六年四月丙午，皇帝备敢用玄牡[120]，昭告皇天上帝后土神祇：汉有天下，历数无疆。曩者王莽篡盗，光武皇帝震怒致诛，社稷复存。今曹操阻兵安忍，戮杀主后，滔天泯夏，罔顾天显[121]。操子丕，载其凶逆，窃居神器[122]。群臣将士以为社稷堕废，备宜修之，嗣武二祖，龚行天罚[123]。备惟否德，惧忝帝位[124]。询于庶民，外及蛮夷君长，佥曰‘天命不可以不答，祖业不可以久替，四海不可以无主’。率土式望，在备一人[125]。备畏天明命，又惧汉阼将湮于地，谨择元日，与百寮登坛，受皇帝玺绶[126]。脩燔瘗，告类于天神，惟神飨祚于汉家，永绥四海[127]！”

章武元年夏四月，大赦，改年。以诸葛亮为丞相，许靖为司徒。置百官，立宗庙，祫祭高皇帝以下[128]。五月，立皇后吴氏，子禅为皇太子。六月，以子永为鲁王，理为梁王。车骑将军张飞为其左右所害。初，先主忿孙权之袭关羽，将东征，秋七月，遂帅诸军伐吴。孙权遣书请和，先主盛怒不许，吴将陆议、李异、刘阿等屯巫、秭归；将军吴班、冯习自巫攻破异等，军次秭归，武陵五谿蛮夷遣使请兵[129]。

二年春正月，先主军还秭归，将军吴班、陈式水军屯夷陵，夹江东西岸。二月，先主自秭归率诸将进军，缘山截岭[130]，于夷道猇亭驻营，自佷山通武陵，遣侍中马良安慰五谿蛮夷，咸相率响应[131]。镇北将军黄权督江北诸军，与吴军相拒于夷陵道。夏六月，黄气见自秭归十余里中，广数十丈。后十余日，陆议大破先主军于猇亭，将军冯习、张南等皆没。先主自猇亭还秭归，收合离散兵，遂弃船舫[132]。由步道还鱼复，改鱼复县曰永安。吴遣将军李异、刘阿等踵蹑先主军，屯驻南山[133]。秋八月，收兵还巫。司徒许靖卒。冬十月，诏丞相亮营南北郊于成都。孙权闻先主住白帝，甚惧，遣使请和。先主许之，遣太中大夫宗玮报命。冬十二月，汉嘉太守黄元闻先主疾不豫，举兵拒守。

三年春二月，丞相亮自成都到永安。三月，黄元进兵攻临邛县。遣将军陈曶讨元，元军败，顺流下江，为其亲兵所缚，生致成都，斩之[134]。先主病笃，托孤于丞相亮，尚书令李严为副[135]。夏四月癸巳，先主殂于永安宫，时年六十三[136]。

亮上言于后主，曰："伏惟大行皇帝迈仁树德，覆焘无疆，昊天不吊，寝疾弥留，今月二十四日奄忽升遐，臣妾号咷，若丧考妣[137]。乃顾遗诏，事惟大宗，动容损益[138]；百寮发哀，满三日除服，到葬期复如礼[139]；其郡国太守、相、都尉、县令长，三日便除服。臣亮亲受敕戒，震畏神灵，不敢有违[140]。臣请宣下奉行[141]。"五月，梓宫自永安还成都，谥曰昭烈皇帝。秋，八月，葬惠陵。

评曰：先主之弘毅宽厚，知人待士，盖有高祖之风，英雄之器焉[142]。及其举国托孤于诸葛亮，而心神无贰，诚君臣之至公，古今之盛轨也[143]。机权干略，不逮魏武，是以基宇亦狭[144]。然折而不挠，终不为下者。抑揆彼之量必不容己，非唯竞利，且以避害云尔[145]。

---

①酎（zhòu），音咒。

②孝廉：汉代选拔官吏的科目之一。

③童童：重叠覆盖的样子。

④羽葆：古时用鸟羽装饰的车盖。

⑤狗马：供玩赏的物品。

⑥七尺五寸：汉代一尺相当今市尺六寸九分，合0．23米。七尺五寸约当今1．725米。　顾：回头看。　下人：居人之后。

⑦周旋：往来。

⑧除：授职、任命。

⑨迁：提升。

⑩试守：试用。

⑪略：强取。

⑫听许：听从意见。

⑬冢：坟墓。

⑭邀：截击、拦阻。

⑮恶：疾恨。

⑯禽：同擒。

⑰要击：阻击。

⑱发：行动。

⑲使君：指刘备。

⑳匕箸（zhù，音著）：匕，汤匙；箸，筷子。

㉑茂才：秀才。

㉒ 驰使：派使者快步行走。　白：告诉。

㉓稍稍：渐渐。　集：会合。

㉔略：攻打。

㉕阴：暗地里。

㉖郊：泛指城外、野外。

㉗遁：逃跑。

㉘ 卒：同“猝”，突然。

㉙比：及，等到。　辎重：军用器械、粮草、营帐、服装等的统称。

㉚被甲者：指带甲打仗的士兵。被，同“披”。

㉛济：成就。

㉜军实：指器械、粮草等军事物资。

㉝趋：往。　济：渡过。

㉞并力：合力、齐心协力。　时又疾疫：指曹军部队中流行疾疫。

㉟进妹：孙权将自己的妹妹进献给刘备做妻子。　固好：巩固友好关系。

㊱主薄：官名。

㊲辍：中止。

㊳因：利用。

㊴赂遗（wèi，音未）：送给。

㊵因：趁机。　陈：陈述。

㊶推：推举。　行：代理。

㊷自救：救自己。

㊸大事：指袭击刘璋，占据益州。　垂：临近。

㊹发：告发、泄露。

㊺收：逮捕。　嫌隙；隔阂。

㊻勒：率领、指挥。

㊼泝（sù，音速）流：逆流而上，泝，同溯。

㊽报：告诉。

㊾数数：经常、屡次。

㊿次：驻扎。

(51)乘：登。　鼓噪：击鼓大喊。

(52)敛：召集。　亡：逃跑。

(53)上：通“尚”，劝。

(54)冯（píng，音平）：同“凭”。　世宠：世代所受恩宠。

(55)藉：借。　履：践踏，引申为掌握。

(56)禽：同“擒”。

(57)伏惟：旧时用做下属对上有所陈述时的表敬之辞。　诞姿：伟大的资质。诞，大。姿：同“资”。　不造：不幸，遭受困厄。

(58)荡覆：毁坏。　京畿（jī，音饥）：京城附近的地方。

(59)窃执：非法执掌。　天衡：皇权。

(60)鸩（zhèn，音震）杀：鸩是传说中的一种有毒的鸟，用它泡的酒，喝了能毒死人。　见害：被害。　剥乱：扰乱。

(61)蒙尘：蒙受风尘。　幽处：困居。

(62)遏：阻止。　王命：天子的诏令。　厌昧：堵塞昏暗。　神器：帝位。

(63)爵秩：爵位和秩禄。　念：思虑。　输力：献力、尽力。

(64) 睹：看到。　机兆：征兆、苗头。

(65)遂：成。　长恶：增加、滋长罪恶。　残泯：残害、迫害。

⑯惴惴：恐惧的样子。　累息：因恐惧而呼吸急促。

⑰敦序：按照顺序去亲近。

⑱藩翰：藩，篱笆；翰，借为榦，指栋梁。　弭（mǐ，音米）：平息、消灭。

⑲望风：观察风头、势力。　蚁附：象蚂蚁一样依附。

⑳寒心：因失望、恐惧而惊心或痛心。

㉑辄：专断，引申为擅自。

㉒署置：设置。

㉓权宜：因时因事而变通办法。

㉔伏：受到惩罚。　矫罪：假托矫命之罪。　恨：遗憾。

㉕讫：完。　御：进献。

㉖具臣：不称职之臣。　荷：担负。

㉗靖匡：安定辅佐。　陵迟：衰微。　六合：天下四方。　否（pǐ，音匹）而未泰：世道衰败而不兴盛。否、泰是《易经》中的两个卦名："否"表示"天地不交而万物不通"，是坏卦，"泰"表示"天地交而万物通"，是好卦。后常以"否泰"表示世道盛衰和人事通塞。　疢（chèn，音趁）：病。

㉘曩：从前、过去。

㉙殪（yì，音义）：死亡。　以渐冰消：逐渐地好似冰雪融化消散。

⑳枭除：消灭铲除。枭：杀。除：灭。　恣心：任意。

㉛机事：机密要事。　见：被。　播越失据：流离失所。　不果：没有结果。

㉜极逆：干尽坏事。

㉝殒没：死亡。　孤负：同"辜负"。　寐：寝。　永叹：对天长叹。　夕惕苦厉：一天到晚，时刻忧虑会发生灾难。

㉞敦叙九族，庶明励翼：按照顺序亲近九族，使大家贤明以辅佐国家。

㉟恶（wù，音雾）直丑正，实繁有徒：嫉害正直的人，实在是很多的。　包藏祸心：外表和善，内怀恶意。

㊱帝族无位：指皇帝这一族系的没有得到应有的位置，即无人掌权。　古式：古代的范例。　假：借。　权宜：因时制宜。

㊲忝：有愧于，有辱于，指名不符实。　谤：指被人公开指责过失。

㊳未已：未停止。　坠：落。引申为倒塌，倾覆。　成：通"诚"，确实。　忧责：忧虑职责。　碎首之负：有以死报国的责任。碎首：死。负：以背载物，引申为负责、责任。

㊴若：至于。　应权通变：适应时机的变化。　敢：不敢，表示谦词。

㊵印玺：帝王专用的图章。　崇：推崇。

㊶厉：同"励"。　率齐：率领、统一。　应天顺时：响应天意，顺从时势。　扑讨：击讨、讨伐。

㊷章：表彰。

㊸拔：提拔。

㊹俄而：不久。

㊺发丧：发布讣告。　制服：制丧服。　谥：根据死者生前的行为而确定的封号。

㊻在所：所在。　瑞：吉祥。

㊼五经：《易》、《书》、《诗》、《礼》、《春秋》。　谶（chèn，音衬）：预断吉凶祸福的迷信预言。　纬：是用阴阳五行等迷信预言来解释儒家经典。　甄：鉴别、选取。

㊽度（duó，音夺）：揣测，考虑。

㊾炊骸：用死人骨头烧火做饭，指百姓死伤累累。　籍籍：纷乱的样子。　玄：指刘备。

⑩⁰黄气：古时视为天子气。　景云：祥云。　祥风：吉祥的风。　璇玑：指北斗魁第四星。

⑩¹竟：从头到尾。

⑩²汉位在西：此指蜀汉在中国的西部。　义之上方：古时用仁、义、礼、智、信五常配东、西、南、北、中五位，义配属西方。　侯；观测，占验。

⑩³豫：同"预"。刘备曾任豫州牧，人称刘豫州，故言"圣讳"。　推揆：推论揣度。　期验：验证。

⑩⁴先天：在天意之先行动。　违：违背。　后天：在天意显示之后行动。　奉：遵奉。　应际：顺应天时。合契：此指意气相合。

⑩即：就。　洪业：指王业、王位。

⑩篡：臣夺君位。弑：下杀上，臣杀君。曹丕废汉献帝为山阳公，自即帝位。　湮（yān，音烟）灭：埋灭。

⑩毒：痛恨。

⑩惶惶：心情紧张、不安。　靡：没有。

⑩征：同“证”。

⑩间：近来。

⑪潜：沉。　晖景：日光。　彻：达。

⑪袭：继承。　轨迹：车轮的印迹，引申为君位。

⑪周有乌鱼之瑞：周武王准备伐纣，横渡黄河时，有白鱼跳入武王船中，过河后，有火从上到下，至武王所居之屋即变成乌。　休：美，好。

⑪著：显露。

⑪告祥：显示吉祥的征兆。

⑪本支：嫡系子孙和旁支子孙的合称。　乾祇：天地。　祚（zuò，音做）：福。　硕茂：高大魁伟。　躬：自身。　覆：覆盖，此指广施恩惠。

⑪考省（xǐng，音醒）：考察审视。　《灵图》：纬书的一种。　启发：启示。　神明：神圣。　表：标志。　昭著：显著、明白。

⑪纂：同“缵”。继承。　绍嗣：接续，继承。　昭穆：古代宗法制度。

⑪令辰：美好的时辰。

⑫敢：自言冒昧之辞。　玄牡：祭礼用的黑公畜。

⑫阻兵安忍：依仗于残忍。　滔天：形容罪恶极大。　罔：不。　天显：上天所显示的意愿。

⑫载：装载，引申为继承。

⑫修：整顿、治理。　嗣：继承。　武：脚印。　龚：同“恭”。　天罚：上天的惩罚。

⑫否（pǐ，音匹）德：德行低下。

⑫率土：疆域以内。　式望：仰慕。

⑫元日：吉日。

⑫脩：干肉。　燔：烧、烤。　瘗（yì，音义）：埋葬。　告类：祭礼名称。　飨祚：赐福。　绥：安静。

⑫置：安置。

⑫次：驻扎。

⑬截：阻挡、阻拦。

⑬相率：相继。

⑬收合：收集。　舫：小船。

⑬踵蹑：追逐，追踪。

⑬生致：活捉送到。

⑬托孤：将儿子托付给他人。

⑬殂（cú）：死亡。

⑬覆焘（dào，音到）：覆照。　昊（hào，音浩）天：苍天。　不吊：不善。　寝疾：卧床生病。　升遐：古代帝王死称为“升遐”。　号咷：大哭。　考妣（bǐ，音比）：古时父丧后称“考”，母丧后称“妣”。

⑬大宗：周代宗法，以始祖的嫡长子为大宗，其余为小宗，这里指刘禅。　动容：动作、举止。　损益：增减，引申为有度、适当。

⑬除服：守丧期满，除去丧服，也叫“除丧”。

⑭敕：自上命下之辞，特指皇帝的诏书。

⑭宣下：向天下宣告。　奉行：执行。

⑭弘毅：抱负远大，意志坚强。　风：风范。　器：度量、气度。

⑭盛轨：非常好典范。

⑭机权：机智权变。　干略：办事才能和谋略。　逮：及。　基宇：国家的疆域。

⑭抑：或许。　揆（kuí，音葵）：揣测、度量。　彼：指曹操。量：气量。

后 主 传

后主讳禅，字公嗣，先主子也。[①]建安二十四年，先主为汉中王，立为王太子。及即尊号，册曰[②]："惟章武元年五月辛巳，皇帝若曰：太子禅，朕遭汉运艰难，贼臣篡盗，社稷无主，格人群正，以天明命，朕继大统[③]。今以禅为皇太子，以承宗庙，祗肃社稷[④]。使使持节丞相亮授印绶，敬听师傅，行一物而三善皆得焉，可不勉与[⑤]！"三年夏四月，先主殂于永安宫[⑥]。五月，后主袭位于成都，时年十七。尊皇后曰皇太后。大赦，改元[⑦]。是岁魏黄初四年也。

建兴元年夏，牂牁太守朱褒拥郡反[⑧]。先是，益州郡有大姓雍闿反，流太守张裔于吴，据郡不宾，越嶲夷王高定亦背叛[⑨]。是岁，立皇后张氏。遣尚书郎邓芝固好于吴。吴王孙权与蜀和亲使聘，是岁通好[⑩]。

二年春，务农殖谷，闭关息民。

三年春三月，丞相亮南征四郡，四郡皆平。改益州郡为建宁郡，分建宁、永昌郡为云南郡，又分建宁、牂牁为兴古郡。十二月，亮还成都。

四年春，都护李严自永安还住江州，筑大城。

五年春，丞相亮出屯汉中，营沔北阳平石马[⑪]。

六年春，亮出攻祁山，不克。冬，复出散关，围陈仓，粮尽退。魏将王双率军追亮，亮与战，破之，斩双，还汉中。

七年春，亮遣陈式攻武都、阴平，遂克定二郡。冬，亮徙府营于南山下原上，筑汉、乐二城[⑫]。是岁，孙权称帝，与蜀约盟，共交分天下。

八年秋，魏使司马懿由西城，张郃由子午，曹真由斜谷，欲攻汉中。丞相亮待之于城固、赤阪。大雨道绝，真等皆还。是岁，魏延破魏雍州刺史郭淮于阳溪。徙鲁王永为甘陵王、梁王理为安平王，皆以鲁、梁在吴分界故也。

九年春二月，亮复出军围祁山，始以木牛运[⑬]。魏司马懿、张郃救祁山。夏六月，亮粮尽退军，郃追至青封，与亮交战，被箭死。秋八月，都护李平废徙梓潼郡。

十年，亮休士劝农于黄沙，作流马木牛毕，教兵讲武[⑭]。

十一年冬，亮使诸军运米，集于斜谷口，治斜谷邸阁[⑮]。是岁，南夷刘胄反，将军马忠破平之。

十二年春二月，亮由斜谷出，始以流马运。秋八月，亮卒于渭滨。征西大将军魏延与丞相长史杨仪争权，不和，举兵相攻，延败走。斩延首。仪率诸军还成都。大赦。以左将军吴壹为车骑将军，假节督汉中[⑯]。以丞相留府长史蒋琬为尚书令，总统国事。

十三年春正月，中军师杨仪废徙汉嘉郡。夏四月，进蒋琬位，为大将军。

十四年夏四月，后主至湔，登观阪，看汶水之流，旬日还成都[⑰]。徙武都氐王苻健及氐民四百余户于广都。

十五年夏六月，皇后张氏薨。

延熙元年春正月，立皇后张氏[⑱]。大赦，改元。立子 璿为太子，子瑶为安定王。冬十一月，大将军蒋琬出屯汉中。

二年春三月，进蒋琬位为大司马。

三年春，使越巂太守张嶷平定越巂郡。

四年冬十月，尚书令费祎至汉中，与蒋琬谘论事计，岁尽还[19]。

五年春正月，监军姜维督偏军，自汉中还屯涪县[20]。

六年冬十月，大司马蒋琬自汉中还，住涪。十一月，大赦。以尚书令费祎为大将军。

七年闰月，魏大将军曹爽、夏侯玄等向汉中，镇北大将军王平拒兴势围，大将军费祎督诸军往赴救，魏军退。夏四月，安平王理卒。秋九月，祎还成都。

八年秋八月，皇太后薨。十二月，大将军费祎至汉中，行围守[21]。

九年夏六月，费祎还成都。秋，大赦。冬十一月，大司马蒋琬卒。

十年，凉州胡王白虎文、治无戴等率众降，卫将军姜维迎逆安抚，居之于繁县[22]。是岁，汶山平康夷反，维往讨，破平之。

十一年夏五月，大将军费祎出屯汉中。秋，涪陵属国民夷反，车骑将军邓芝往讨，皆破平之。

十二年春正月，魏诛大将军曹爽等，右将军夏侯霸来降[23]。夏四月，大赦。秋，卫将军姜维出攻雍州，不克而还。将军句安、李韶降魏。

十三年，姜维复出西平，不克而还。

十四年夏，大将军费祎还成都。冬，复北驻汉寿。大赦。

十五年，吴王孙权薨。立子琮为西河王。

十六年春正月，大将军费祎为魏降人郭修所杀于汉寿。夏四月，卫将军姜维复率众围南安，不克而还。

十七年春正月，姜维还成都。大赦。夏六月，维复率众出陇西。冬，拔狄道、河关、临洮三县民，居于绵竹、繁县[24]。

十八年春，姜维还成都。夏，复率诸军出狄道，与魏雍州刺史王经战于洮西。大破之。经退保狄道城，维却住钟题[25]。

十九年春，进姜维位为大将军，督戎马，与镇西将军胡济期会上邽，济失誓不至[26]。秋八月，维为魏大将军邓艾所破于上邽。维退军还成都。是岁，立子瓒为新平王。大赦。

二十年，闻魏大将军诸葛诞据寿春以叛，姜维复率众出骆谷，至芒水。是岁大赦。

景耀元年，姜维还成都。史官言景星见，于是大赦，改年[27]。宦人黄皓始专政[28]。吴大将军孙綝废其主亮，立琅邪王休。

二年夏六月，立子谌为北地王，恂为新兴王，虔为上党王。

三年秋九月，追谥故将军关羽、张飞、马超、庞统、黄忠[29]。

四年春三月，追谥故将军赵云。冬十月，大赦。

五年春正月，西河王琮卒。是岁，姜维复率众出侯和，为邓艾所破，还住沓中。

六年夏，魏大兴徒众，命征西将军邓艾、镇西将军钟会、雍州刺史诸葛绪数道并攻。于是遣左右车骑将军张翼、廖化、辅国大将军董厥等拒之。大赦。改元为炎兴。冬，邓艾破卫将军诸葛瞻于绵竹。用光禄大夫谯周策，降于艾，奉书曰[30]："限分江、汉，遇值深远，阶缘蜀土，斗绝一隅，干运犯冒，渐苒历战，遂与京畿攸隔万里[31]。每惟黄初中，文皇帝命虎牙将军鲜于辅，宣温密之诏，申三好之恩，开示门户，大义炳然，而否德暗弱，窃贪遗绪，俯仰累纪，未率大教[32]。天威既震，人鬼归能之数，怖骇王师，神武所次，敢不革面，顺以从命[33]！辄敕群帅投戈释甲，官府帑藏一无所毁[34]。百姓布野，余粮栖亩，以俟后来之惠，全元元之命[35]。伏惟大魏布德施化，宰辅伊、周，含覆藏疾[36]。谨遣私署侍中张绍、光禄大夫谯周、驸马都尉邓良奉赍印绶，请命告诚，敬输忠款，存亡敕赐，惟所裁之[37]。舆榇在近，不复缕陈[38]。”是日，北地王谌伤国之亡，先杀妻子，次以自杀。绍、良与艾相遇于雒县。艾得书，大喜，即报书，遣绍、良先还。艾至城北，后主舆榇自缚，诣军垒门。艾解缚焚榇，延请相见。因承制拜后主为骠骑将军[39]。诸围守悉被后主敕，然后降下。艾使后主止其故宫，身往造焉[40]。资严未发，明年春正月，艾见收[41]。钟会自涪至成都作乱。会既死，蜀中军众钞略，死丧狼籍，数日乃安集[42]。

后主举家东迁，既至洛阳，策命之曰："惟景元五年三月丁亥，皇帝临轩，使太常嘉命刘禅为安乐县公[43]。于戏，其进听朕命[44]！盖统天载物，以咸宁为大，光宅天下，以时雍为盛[45]。故孕育群生者，君人之道也，乃顺承天者，坤元之义也[46]。上下交畅，然后万物协和，庶类获乂[47]。乃者汉氏失统，六合震扰[48]。我太祖承运龙兴，弘济八极，是用应天顺民，抚有区夏[49]。于时乃考因群杰虎争，九服不静，乘间阻远，保据庸蜀，遂使西隅殊封，方外壅隔[50]。自是以来，干戈不戢，元元之民，不得保安其性，几将五纪[51]。朕永惟祖考遗志，思在绥缉四海，率土同轨，故爰整六师，耀威梁、益[52]。公恢崇德度，深秉大正，不惮屈身委质，以爱民全国为贵，降心回虑，应机豹变，履信思顺，以享左右无疆之休，岂不远欤[53]！朕嘉与君公长飨显禄，用考咨前训，开国胙土，率遵旧典，锡兹玄牡，苴以白茅，永为魏藩辅，往钦哉[54]！公其祗服朕命，克广德心，以终乃显烈[55]。"食邑万户，赐绢万匹，奴婢百人，他物称是[56]。子孙为三都尉封侯者五十余人。尚书令樊建、侍中张绍、光禄大夫谯周、秘书令郤正、殿中督张通并封列侯。公泰始七年薨于洛阳。

评曰：后主任贤相则为循理之君，惑阉竖则为昏暗之后，传曰"素丝无常，唯所染之"，信矣哉[57]！礼，国君继体，逾年改元，而章武之三年，则革称建兴，考之古义，体理为违[58]。又国不置史，注记无官，是以行事多遗，灾异靡书[59]。诸葛亮虽达于为政，凡此之类，犹有未周焉。然经载十二而年名不易，军旅屡兴而赦不妄下，不亦卓乎！自亮没后，兹制渐亏，优劣著矣[60]。

---

①后主：史家称一个王朝或一个国家的末代君主为后主。　讳：避讳。古代对帝王或尊长不直称其名，必须说出时，在名前加"讳"字以示尊敬。　先主：指蜀汉开国君主刘备。

②即尊号：就帝位。　册：古代封爵的诏书。皇帝对臣下有所封赏，记其语于简册。

③若：如此；这样。　运：命运；气数。　贼臣：指曹丕。　社稷：国家的代称。　格人：至人。　群正：泛指刘备所属百官。群，众多。正，长官。　大统：指帝位。

④宗庙：祭祀祖宗的庙宇。　祗肃：恭敬。

⑤使持节：古代使臣出行，持符节以示信用。　印授：指官吏的印章。　师傅：太师、太傅。均为辅导太子的官。　一物：一事。　三善：指父子之道、君臣之义、长幼之序。　勉：尽力。

⑥殂（cú，音徂）：死亡。

⑦改元：改用新的年号。

⑧牂牁（zāng kē）：音脏柯。

⑨宾：服从；归顺。　巂（xī，音西）。

⑩使聘：遣使访问。

⑪屯：驻扎。　沔（miǎn，音免）：水名。为汉水上游。

⑫徙：迁移。

⑬木牛：人力独轮车。

⑭流马：人力四轮车。

⑮邸阁：积储粮食和其它军用物资的地方。

⑯假节：授以符节。

⑰浹（jiān）：音兼。 旬日：十天。

⑱皇后张氏：张飞之女，前皇后之妹。

⑲咨：询问，商量。

⑳偏军：指全军的一部分，以别于主力。

㉑行：巡视。

㉒逆：迎接。

㉓诛：杀。

㉔洮（táo）：音桃。

㉕却：退。

㉖失誓：失约。

㉗景星：杂星名。 见：同“现”，显现。

㉘专政：专断国政。

㉙谥（shì，音视）：古代帝王、大臣等死后，依其生前事迹所给予的称号。

㉚奉书：指送上投降书。

㉛阶缘：凭藉。 斗绝：今多作“陡绝”。形容山势或地势险峭。 干运：抵触国命、时命。 渐苒：渐渐过去。 京畿（jī，音机）：国都或国都附近的地方。

㉜温密：情辞恳切。 三：指魏、蜀、吴三国。 否德：卑劣的德行。 暗弱：愚昧软弱。 遗绪：前人未竟的功业。 俯仰：周旋应付。 纪：纪年的单位。古代以十二年为一纪。 率：遵循。

㉝能：和睦，亲善。 数：命运；礼数。 王师：指魏国军队。 神武：指神明威武的军队。 次：往；到。

㉞敕（chì，音斥）：告诫。 帑（tǎng，音躺）藏：国库钱财。

㉟布：陈列；排列。 栖亩：停放在田间。 俟（sì，音四）：等待。 后来之惠：君主到来的恩赐。 元元：黎民百姓。

㊱伏惟：俯地思惟。 宰辅：辅政的大臣。 含覆藏疾：意为包容亡国之人，容纳毒害之物。

㊲赍（jī，音机）：带着。 忠款：真诚。 敕赐：告诫或赏赐。 舆榇（yú chèn 音于衬）：把棺材装在车上，表示有罪当死。 缕陈：细致陈说。

㊳军垒：军营周围的防守。

㊴承制：秉承皇帝的命令。

㊵止：留居。 造：拜访。

㊶资严 即“资装”。 收：逮捕。

㊷安集：安定。

㊸临轩：皇帝不坐正殿，而至殿前平台上接见臣属。

㊹于戏：同“呜呼”。叹词。

㊺光宅：普照；据有。 时雍：时世安宁、太平。

㊻坤元：地德。

㊼庶类：万物。 乂（yì，音义）：安定。

㊽乃者：往昔。 六合：天地四方。泛指天下。

㊾承运：承受天命。 八极：泛指天下。 区夏：指中国。

㊿乃考：你死去的父亲。 九服：这里泛指全国。 间（jiàn，音见）：音隙；机会。 阻：依仗。 西隅：此指蜀汉。 殊封：封赏不同。 方外：中原以外的地区。

(51)戢（jí，音吉）：止息；收敛。

(52)绥缉：安抚平定。 四海：指全国各地。 率土：疆域之内。 爰：于是。 六师：军队的总称。

(53)恢崇：发扬，扩大。 委质：表示归服。质，指形体。 回虑：改变意图。 履信：遵守信用。 休：福禄。

(54)飨（xiǎng，音享）：通“享”。享受。 胙（zuò，音作）土：赐土地。 锡：同“赐”。赐予。 兹：这；此。 玄牡：当作“玄土”。黑色的土地。 苴（jū，音居）：枯草，此处意为包裹。 钦：敬。

(55)克：能。 广：扩大。 终：完成。 显烈：显赫的功业。

(56)食邑：封地。收其赋税而食，故称食邑。 称是：相当。

(57)阉竖：太监的贱称。此指黄皓。 传（zhuàn，音赚）：泛指古书。 信：确实。

陛下之职分也。

至于斟酌损益，进尽忠言，则攸之、祎、允之任也。愿陛下托臣以讨贼兴复之效；不效，则治臣之罪，以告先帝之灵。若无兴德之言，则责攸之、祎、允等之慢，以彰其咎[70]。陛下亦宜自谋，以谘诹善道，察纳雅言，深追先帝遗诏[71]。臣不胜受恩感激。今当远离，临表涕零，不知所言。”

遂行，屯于沔阳。

六年春，扬声由斜谷道取郿，使赵云、邓芝为疑军，据箕谷，魏大将军曹真举众拒之[72]。亮身率诸军攻祁山，戎陈整齐，赏罚肃而号令明，南安、天水、安定三郡叛魏应亮，关中响震[73]。魏明帝西镇长安，命张郃拒亮，亮使马谡督诸军在前，与郃战于街亭。谡违亮节度，举动失宜，大为郃所破[74]。亮拔西县千余家，还于汉中，戮谡以谢众[75]。上疏曰：“臣以弱才，叨窃非据，亲秉旄钺以厉三军，不能训章明法，临事而惧，至有街亭违命之阙，箕谷不戒之失，咎皆在臣授任无方[76]。臣明不知人，恤事多暗，《春秋》责帅，臣职是当[77]。请自贬三等，以督厥咎[78]。”于是以亮为右将军，行丞相事[79]，所总统如前。

冬，亮复出散关，围陈仓，曹真拒之，亮粮尽而还。魏将王双率骑追亮，亮与战，破之，斩双。七年，亮遣陈式攻武都、阴平。魏雍州刺史郭淮率众欲击式，亮自出至建威，淮退还，遂平二郡。诏策亮曰：“街亭之役，咎由马谡，而君引愆，深自贬抑，重违君意，听顺所守[80]。前年耀师，馘斩王双[81]；今岁爰征，郭淮遁走[82]；降集氐、羌，兴复二郡，威镇凶暴，功勋显然。方今天下骚扰，元恶未枭，君受大任，干国之重，而久自挹损，非所以光扬洪烈矣[83]。今复君丞相，君其勿辞。”

九年，亮复出祁山，以木牛运，粮尽退军，与魏将张郃交战，射杀郃[84]。十二年春，亮悉大众由斜谷出，以流马运，据武功五丈原，与司马宣王对于渭南[85]。亮每患粮不继，使己志不申，是以分兵屯田，为久驻之基。耕者杂于渭滨居民之间，而百姓安堵，军无私焉[86]。相持百余日。其年八月，亮疾病，卒于军，时年五十四。及军退，宣王案行其营垒处所，曰：“天下奇才也[87]！”

亮遗命葬汉中定军山，因山为坟，冢足容棺，敛以时服，不须器物[88]。诏策曰：“惟君体资文武，明睿笃诚，受遗托孤，匡辅朕躬，继绝兴微，志存靖乱[89]；爰整六师，无岁不征，神武赫然，威镇八荒，将建殊功于季汉，参伊、周之巨勋[90]。如何不吊，事临垂克，遘疾陨丧[91]！朕用伤悼，肝心若裂[92]。夫崇德序功，纪行命谥，所以光昭将来，刊载不朽[93]。今使使持节左中郎将杜琼，赠君丞相武乡侯印绶，谥君为忠武侯[94]。魂而有灵，嘉兹宠荣[95]。呜呼哀哉！呜呼哀哉！”

初，亮自表后主曰：“成都有桑八百株，薄田十五顷，子弟衣食，自有余饶。至于臣在外任，无别调度，随身衣食，悉仰于官，不别治生，以长尺寸[96]。若臣死之日，不使内有余帛，外有赢财，以负陛下。”及卒，如其所言。

亮性长于巧思，损益连弩，木牛流马，皆出其意[97]；推演兵法，作八陈图，咸得其要云[98]。亮言教书奏多可观，别为一集[99]。

景耀六年春，诏为亮立庙于沔阳。秋，魏镇西将军钟会征蜀，至汉川，祭亮之庙，令军士不得于亮墓所左右刍牧樵采[100]。亮弟均，官至长水校尉。亮子瞻，嗣爵。

《诸葛氏集》（目录略）二十四篇，凡十万四千一百一十二字。

臣寿等言：“臣前在著作郎，侍中领中书监济北侯臣荀勖、中书令关内侯臣和峤奏，使臣定故蜀丞相诸葛亮故事[101]。亮毗佐危国，负阻不宾，然犹存录其言，耻善有遗，诚是大晋光明至德，泽被无疆，自古以来，未之有伦也[102]。辄删除复重，随类相从，凡为二十四篇[103]。

亮少有逸群之才，英霸之器，身长八尺，容貌甚伟，时人异焉[104]。遭汉末扰乱，随叔父玄避难荆州，躬耕于野，不求闻达。时左将军刘备以亮有殊量，乃三顾亮于草庐之中；亮深谓备雄姿杰出，遂解带写诚，厚相结纳[105]。及魏武帝南征荆州，刘琮举州委质，而备失势众寡，无立锥之地[106]。亮时年二十七，乃建奇策，身使孙权，求援吴会。权既宿服仰备，又睹亮奇雅，甚敬重之，即遣兵三万人以助备[107]。备得用与武帝交战，大破其军，乘胜克捷，江南悉平。后备又西取益州，益州既定，以亮为军师将军。备称尊号，拜亮为丞相，录尚书事。及备殂没，嗣子幼弱，事无巨细，亮皆专之。于是外连东吴，内平南越，立法施度，整理戎旅，工械技巧，物究其极，科教严明，赏罚必信，无恶不惩，无善不显，至于吏不容奸，人怀自厉，道不拾遗，强不侵弱，风化肃然也[108]。

当此之时，亮之素志，进欲龙骧虎视，苞括四海，退欲跨陵边疆，震荡宇内[109]。又自以为无身之日，则未有能蹈涉中原、抗衡上国者，是以用兵不戢，屡耀其武[110]。然亮才，于治戎为长，奇谋为短，理民之干，优于将略[111]。而所与对敌，或值人杰，加众寡不侔，攻守异体，故虽连年动众，未能有克[112]。昔萧何荐韩信，管仲举王子城父，皆忖己之长，未能兼有故也[113]。亮之器能政理，抑亦管、萧之亚匹也，而时之名将无城父、韩信，故使功业陵迟，大义不及邪？盖天命有归，不可以智力争也[114]。

青龙二年春，亮帅众出武功，分兵屯田，为久驻之基。其秋病卒，黎庶追思，以为口实[115]。至今梁、益之民，咨述亮者，言犹在耳，虽《甘棠》之咏召公，郑人之歌子产，无以远譬也[116]。孟轲有云：‘以逸道使民，虽劳不怨；以生道杀人，虽死不忿[117]。’信矣！论者或怪亮文彩不艳，而过于丁宁周至[118]。臣愚以为咎繇大贤也，周公圣人也，考之《尚书》，咎繇之谟略而雅，周公之诰烦而悉[119]。何则？咎繇与舜、禹共谈，周公与群下矢誓故也[120]。亮所与言，尽众人凡士，故其文指不得及远也[121]。然其声教遗言，皆经事综物，公诚之心，形于文墨，足以知其人之意理，而有补于当世[122]。

伏惟陛下迈踪古圣，荡然无忌，故虽敌国诽谤之言，咸肆其辞而无所革讳，所以明大通之道也[123]。谨录写上诣著作[124]。臣寿诚惶诚恐，顿首顿首，死罪死罪[125]。泰始十年二月一日癸巳，平阳侯相臣陈寿上。”

乔字伯松，亮兄瑾之第二子也，本字仲慎。与兄元逊俱有名于时，论者以为乔才不及兄，而性业过之[126]。初，亮未有子，求乔为嗣，瑾启孙权遣乔来西，亮以乔为己適子，故易其字焉[127]。拜为驸马都尉，随亮至汉中。年二十五，建兴六元年卒。子攀，官至行护军翊武将军，亦早卒[128]。诸葛恪见诛于吴，子孙皆尽，而亮自有胄裔，故攀还复为瑾后[129]。

瞻字思远。建兴十二年，亮出武功，与兄瑾书曰：“瞻今已八岁，聪慧可爱，嫌其早成，恐不为重器耳[130]。”年十七，尚公主，拜骑都尉[131]。其明年为羽林中郎将，屡迁射声校尉、侍中、尚书仆射，加军师将军[132]。瞻工书画，强识念，蜀人追思亮，咸爱其才敏[133]。每朝廷有一善政佳事，虽非瞻所建倡，百姓皆传相告曰：“葛侯之所为也。”是以美声溢誉，有过其实。景耀四年，为行都护卫将军，与辅国大将军南乡侯董厥并平尚书事[134]。六年冬，魏征西将军邓艾伐蜀，自阴平由景谷道旁入。瞻督诸军至涪停住，前锋破，退还，住绵竹。艾遣书诱瞻曰：“若降者必表为琅邪王。”瞻怒，斩艾使。遂战，大败，临陈死，时年三十七。众皆离散，艾长驱至成都。瞻长子尚，与瞻俱没。次子京及攀子显等，咸熙元年内移河东。

董厥者，丞相亮时为府令史，亮称之曰：“董令史，良士也。吾每与之言，思慎宜适。”徙为主簿[135]。亮卒后，稍迁至尚书仆射，代陈祗为尚书令，迁大将军，平台事，而义阳樊建代焉。延熙十四年，以校尉使吴，值孙权病笃，不自见建。权问诸葛恪曰：“樊建何如宗预也？”恪对曰：“才识不及预，而雅性过之。”后为侍中，守尚书令[136]。自瞻、厥、建统事，姜维常征伐在外，宦人黄皓窃弄机柄，咸共将护，无能匡矫，然建特不与皓和好往来[137]。蜀破之明年春，厥、建俱诣京都，同为相国参军，其秋并兼散骑常侍，使蜀慰劳。

评曰：诸葛亮之为相国也，抚百姓，示仪轨，约官职，从权制，开诚心，布公道[138]；尽忠益时者虽雠必赏，犯法怠慢者虽亲必罚，服罪输情者虽重必释，游辞巧饰者虽轻必戮[139]；善无微而不赏，恶无纤而不贬；庶事精练，物理其本，循名责实，虚伪不齿[140]；终于邦域之内，咸畏而爱之，刑政虽峻而无怨者，以其用心平而劝戒明也[141]。可谓识治之良才，管、萧之亚匹矣。然连年动众，未能成功，盖应变将略，非其所长欤！

---

①从（zòng，音纵）父：叔父。　署：委派。　将：率领。

②会：恰巧。　更选：改派。

③有旧：有交情。

④躬耕陇亩：耕作自食。躬，亲自；陇亩，田地。

⑤八尺：汉代一尺相当于今市尺六寸九分，八尺约相当于今市尺五尺六寸，合一点八四公尺。　许：同意，承认。

⑥信然：确实如此。

⑦先主：开国君主，此指刘备。

⑧器：器重。

⑨就：趋向、接近。就见：意为“去见”。　屈致：委屈他而招他来，即不礼貌地招他来。

⑩枉驾：枉屈大驾，即亲自登门。　顾：拜访。

⑪诣（yì，音意）：前往，到。　凡：共。

⑫屏（bǐng，音丙）：退。　奸臣：指曹操。　窃命：当时曹操挟天子以令诸侯，故说他窃命。　主上：指汉献帝。　蒙尘：天子流亡在外称“蒙尘”。

⑬度（dúo，音夺）：衡量。　信（shēn，音伸）：同“伸”，伸张。　用：因此。　猖獗：颠覆之意，此处为挫折、失败。

⑭已：同“以”。

⑮遂：终于。

⑯沔（miǎn）：音免。　会（kuài）：音快。　用武之国：兵家必争之地。　殆：大概。

⑰ 天府：指自然条件优越，地势险固、物产丰富的地方。

⑱暗弱：昏庸软弱。　存恤：关心爱护。

⑲胄（zhòu，音宙）：后裔。　保：依仗。　岩阻：险要地方。

⑳箪食（dān sì，音单嗣）壶浆：用竹篮盛着饭，用瓦壶装着饮用品，如茶水、开水等。

㉑自安之术：保全自己的办法。　辄：每，即常常。　处画：处理谋划。画，同“划”。

㉒将：带。

㉓规：规划，图谋。

㉔ 会：此处作适逢讲。

㉕方寸：指心。

㉖说（shuì，音税）：劝说。

㉗芟（shān，音山）夷：削除。　大难：大乱。

㉘中国：中原地区。　案兵：按兵不动。　北面而事之：此指向曹操投降称臣。

㉙断：决断。

㉚苟：假如。　遂：就。

㉛济：成功。

㉜精甲：精兵。

㉝鲁缟：鲁地（山东）出产的一种薄绢。

㉞必蹶上将军：出自《孙子·军争》：“五十里而争利，则蹶上将军。”蹶，挫败。

㉟协规：共同规划，合谋。

㊱鼎足之形：三分天下的形势。鼎，古代器物名，有三只脚。

㊲葭（jiā）：音家。　　溯江：逆江而上。

㊳署：兼理。

㊴ 群下：众臣。　　称尊号：称帝。

㊵弇（yǎn，音掩）。　　喁喁（yóng yóng，音颙）：比喻众人景仰归向的样子。

㊶苗族：即苗裔，后代子孙。　　绍世：继世。绍，继承。

㊷策：策封。

㊸不造：即不幸。　　大统：正统，指即皇帝位。　　康宁：安居。　　靖：安定。　　绥：安宁。

㊹于（wū，音巫）戏：同呜呼。　　阙：过失。　　宣：昭示，发扬。　　勖（xù，音绪）：勉励。

㊺假节：有权斩杀犯军令者。

㊻属（zhǔ，音主）：同"嘱"，托付。

㊼嗣子：指刘禅，继位为后主。

㊽股肱：比喻帝王的辅佐。　　效：贡献。

㊾敕（chì，音赤）：告戒，诫。

㊿开府：建立府署，设置属官。

(51)与国：相互亲善友好的国家。

(52)悉：全部。

(53)俟（sì，音四）：等待。

(54)疏：给皇帝的奏章。

(55)崩殂（cú，音徂）：古代天子死称崩，或称殂。　　疲弊：困乏。　　秋：时候。

(56)追：追念；怀念。　　殊遇：特殊的恩遇，即恩宠。

(57)开张圣听：即广开言路，听取意见。　　恢弘：发扬、振作。　　引喻失意：引喻，援引，譬喻。失义，失宜。

(58)宫中：指皇帝禁宫内。　　府中：指诸官府。　　陟（zhì，音志）罚臧否（pǐ，音痞）：即陟臧罚否，升迁好官吏，处罚坏官吏。

(59)科：法律条文。　　有司：指官吏。　　平明：公正明察。

(60)祎（yī）：音伊。　　良实：贤良诚实。　　简拔：选拔。

(61)咨：征询。　　裨：增益。　　阙：同"缺"。

(62) 淑均：和善公平。

(63)行（háng，音航）：行伍。　　陈：同"阵"。

(64)贞良死节：坚贞忠直，能以死报国。　　隆：兴隆、兴盛。

(65)布衣：庶民百姓之称。　　躬耕：亲自耕种。　　闻达：扬名显达。

(66)卑鄙：卑贱，这是自谦之辞。　　猥（wěi，音伟）：谦词。辱。　　枉屈：枉驾屈就。　　驱驰：奔走效劳之意。

(67)寄：托付。　　大事：指托孤之事。

(68)夙夜：早晚。　　不毛：不生草木庄稼之地。

(69)奖：勉励。　　庶：庶几；或许。　　攘除：扫除；排除。　　奸凶：奸诈凶恶，此处指曹操政权。

(70)慢：轻忽、怠慢。　　彰：暴露。

(71)自谋：多用心思，即自强之意。　　谘诹（zōu，音邹）：询求和择取。　　善道：好的措施。　　雅言：忠言。雅，正。

(72) 扬声：扬言。

(73)肃：严格

(74)节度：部署。

(75)家：大夫的采邑食地。　　谢：道歉。

(76)叨窃非据：意为有辱于担任不应担任的职位。　　秉：执掌；掌握。　　旄（māo，音猫）钺：此指特殊的权力。励：激励。　　训章：训导法规。　　明法：严明法纪。　　临事而惧：意为用兵时应存戒慎之心，不可轻忽大意。

(77)恤：顾，即考虑。　　暗：糊涂不明。

(78)督：责。　　厥：其。此指诸葛亮自己。

(79)行：代行。

⑳愆（qiān，音千）：过失。　重（zhòng，音仲）违：难以违背。重，难。　守：请求。

㉑耀师：扬师示威。　馘（guó，音国）斩：斩杀。馘，割下敌人的耳朵。

㉒爰：助词。

㉓元恶：首恶、大恶之人。此指魏明帝曹睿。　枭：把头悬挂在木桩上示众。此处为"诛杀"之意。　干：支持，担任。　挹（yì，音抑）：通"抑"，抑制。　损：谦退。

㉔木牛：人力独轮车。

㉕流马：人力四轮车。

㉖堵：垣墙。安堵，安居如垣墙。

㉗案行：巡视。

㉘冢（zhǒng，音肿）：坟墓。　时服：合乎时令的衣服。

㉙体资：天资。　睿（ruì：音瑞）：智慧。　匡：辅助。

㉚八荒：指远离京畿的荒僻地方。　季汉：汉末。　参（sān，音三）：同"叁（三）"。鼎立而三。

㉛不吊：即不祥、不幸、不善。吊，善。　垂克：接近成功。　遘：遇。　陨丧：死亡。

㉜用：以；因。

㉝行（xìng，音兴）：行为。　谥（shì，音逝）：古代天子或大臣死后，按其生前事迹所给予的称号。

㉞使持节：古代使臣出行，持符节以示信。自汉以后，持节的使节分三等，"使持节"是其中最高一级。"今使"的"使"字，是动词，作派遣讲。

㉟宠荣：特殊荣誉。

㊱官：朝廷。　治生：经营产业。　长（zhǎng，音掌）：增加。

㊲损益：改革。　连弩：可以连发数矢的弓。

㊳八陈图：即八阵图。陈，通"阵"。

㊴言教：言论教诲。　别：总。

⑽刍（chú，音除）：割草。　牧：放牧。　樵：砍柴。　采：采摘。

⑾故事：旧事。

⑿毗（pí，音皮）佐：辅佐。　负阻：凭借险要之地。　宾：归服，顺从。　耻善有遗：以遗漏善言为可耻。　被：覆盖。　伦：类。

⒀随类相从：按类分别。

⒁逸群：超群。　英霸：宏伟。　器：器量；度量。　异：惊异。

⒂殊量：此处谓奇才。　解带写诚：推诚相待。写，倾泻。

⒃委质：古代臣下向君主献礼，表示献身。常用以表示归顺之意。

⒄宿：向来。　服仰：佩服敬仰。　奇雅：奇伟文雅。

⒅科教：法令、规范。　奸：诈伪。　厉：振奋。

⒆龙骧虎视：谓志气高远，顾盼自雄。　苞：同"包"。　跨陵：跨越。

⒇无身：意即死亡。　蹈涉中原：进军中原。　上国：强国。　戢：收敛；停止。

⑪治戎：治理军队。　理民之干：治理国家的才干。

⑫侔：等。

⑬忖：忖量；揣度。

⑭器能：才能。　理政：为政之道。　抑：虽然。　亚匹：即同类人物。亚：次。匹：偶。　陵迟：衰落。

⑮黎庶：百姓。　口实：谈话的资料。

⑯咨述：咨，赞叹；述，追述。

⑰"以逸道使民"四句之意是说，用安民之道使用民力，民虽劳累而无怨言；用保民之道去处死犯法者，被罚者虽死无怨恨。

⑱丁宁：即叮咛，再三告诫。　周至：周到细致。

⑲咎（gāo，音高）繇：即皋陶。　谟：谋略。　诰：古代一种训戒劝勉的文。

⑳矢誓：誓言相约束。

㉑指：同"旨"。　文旨：文辞意旨。

㉒经事综物：整治管理事物。　意理：思想见解。

⑫伏惟：下对上的敬词。　迈踪古圣：跟踪古圣的足迹。　咸：全部。　肆：陈列。　革讳：修改和隐讳。明：显示，表明。　大通：宽宏通达。

⑫上诣：送至。　著作：官署名。

⑫顿首：以头叩地称顿首。

⑫元逊：诸葛恪的字。　性业：性情品德。

⑫適（dí，音嫡）子：同"嫡子"，即正妻所生之子。

⑫行：代理。　翊（yì）：音弋。

⑫胄裔：后裔。　后：后裔。

⑬重（zhòng，音仲）器：大器，比喻能任大事的人。

⑬尚：娶。古代仰攀而婚配者称尚。

⑬射（yè）：音夜。

⑬强识（qiǎng zhì，音抢志）念：意为记忆力强而又刻苦用心。识，记。念，诵。

⑬平：资望浅者称平。

⑬徙：调任。

⑬守：古代官阶低而所任官高称"守"，即代理。

⑬机柄：政权。　将护：迁就。　匡矫：纠正。

⑬仪轨：礼仪法度。　约：简约。　权制：合乎时宜的制度。

⑬戮：杀。

⑭庶事：众多的事。　物理其本：万事万物必从其本而治之。　循名责实：按照名来要求实，就其言观其行，考察是否名实相副。

⑭峻：严厉。

姜维传

姜维字伯约，天水冀人也。少孤，与母居。好郑氏学[①]。仕郡上计掾，州辟为从事[②]。以父冏昔为郡功曹，值羌、戎叛乱，身卫郡将，没于战场，赐维官中郎，参本郡军事[③]。建兴六年，丞相诸葛亮军向祁山，时天水太守适出案行，维及功曹梁绪、主簿尹赏、主记梁虔等从行[④]。太守闻蜀军垂至，而诸县响应，疑维等皆有异心，于是夜亡保上邽[⑤]。维等觉太守去，追迟。至城门，城门已闭，不纳。维等相率还冀，冀亦不入维。维等乃俱诣诸葛亮。会马谡败于街亭，亮拔将西县千余家及维等还，故维遂与母相失。亮辟维为仓曹掾，加奉义将军，封当阳亭侯，时年二十七。亮与留府长史张裔、参军蒋琬书曰[⑥]："姜伯约忠勤时事，思虑精密，考其所有，永南、季常诸人不如也[⑦]。其人，凉州上士也。"又曰："须先教中虎步兵五六千人[⑧]。姜伯约甚敏于军事，既有胆义，深解兵意。此人心存汉室，而才兼于人，毕教军事，当遣诣宫，觐见主上[⑨]。"后迁中监军征西将军。

十二年，亮卒，维还成都，为右监军辅汉将军，统诸军，进封平襄侯。延熙元年，随大将军蒋琬住汉中。琬既迁大司马，以维为司马，数率偏军西入。六年，迁镇西大将军，领凉州刺史[⑩]。十年，迁卫将军，与大将军费祎共录尚书事。是岁，汶山平康夷反，维率众讨定之。又出陇西、南安、金城界，与魏大将军郭淮、夏侯霸等战于洮西。胡王治无戴等举部落降，维将还安处之。十二年，假维节，复出西平，不克而还。维自以练西方风俗，兼负其才武，欲诱诸羌、胡以为羽翼，谓自陇以西可断而有也[⑪]。每欲兴军大举，费祎常裁制不从，与其兵不过万人[⑫]。

十六年春，祎卒。夏，维率数万人出石营，经董亭，围南安，魏雍州刺史陈泰解围至洛门，维粮尽退还。明年，加督中外军事。复出陇西，守狄道长李简举城降⑬。进围襄武，与魏将徐质交锋，斩首破敌，魏军败退。维乘胜多所降下，拔河间、狄道、临洮三县民还⑭。后十八年，复与车骑将军夏侯霸等俱出狄道，大破魏雍州刺史王经于洮西，经众死者数万人⑮。经退保狄道城，维围之。魏征西将军陈泰进兵解围，维却住钟题⑯。

十九年春，就迁维为大将军⑰。更整勒戎马，与镇西大将军胡济期会上邽，济失誓不至，故维为魏大将邓艾所破于段谷，星散流离，死者甚众⑱。众庶由是怨讟，而陇已西亦骚动不宁，维谢过引负，求自贬削⑲。为后将军，行大将军事。

二十年，魏征东大将军诸葛诞反于淮南，分关中兵东下。维欲乘虚向秦川，复率数万人出骆谷，径至沈岭。时长城积谷甚多而守兵乃少，闻维方到，众皆惶惧⑳。魏大将军司马望拒之，邓艾亦自陇右，皆军于长城。维前住芒水，皆倚山为营。望、艾傍渭坚围，维数下挑战，望、艾不应㉑。景耀元年，维闻诞破败，乃还成都。复拜大将军。

初，先主留魏延镇汉中，皆实兵诸围以御外敌，敌若来攻，使不得入。及兴势之役，王平捍拒曹爽，皆承此制。维建议，以为错守诸围，虽合《周易》“重门”之义，然适可御敌，不获大利㉒。不若使闻敌至，诸围皆敛兵聚谷，退就汉、乐二城，使敌不得入平，且重关镇守以捍之㉓。有事之日，令游军并进以伺其虚㉔。敌攻关不克，野无散谷，千里县粮，自然疲乏㉕。引退之日，然后诸城并出，与游军并力搏之，此殄敌之术也㉖。于是令督汉中胡济却住汉寿，监军王含守乐城，护军蒋斌守汉城，又于西安、建威、武卫、石门、武城、建昌、临远皆立围守。

五年，维率众出汉、侯和，为邓艾所破，还住沓中。维本羁旅托国，累年攻战，功绩不立，而宦官黄皓等弄权于内，右大将军阎宇与皓协比，而皓阴欲废维树宇㉗。维亦疑之，故自危惧，不复还成都。六年，维表后主：“闻钟会治兵关中，欲规进取，宜并遣张翼、廖化督诸军分护阳安关口、阴平桥头以防未然㉘。”皓片信鬼巫，谓敌终不自致，启后主寝其事，而群臣不知㉙。及钟会将向骆谷，邓艾将入沓中，然后乃遣右车骑廖化诣沓中为维援，左车骑张翼、辅国大将军董厥等诣阳安关口以为诸围外助。比至阴平，闻魏将诸葛绪向建威，故住待之。月余，维为邓艾所摧，还住阴平。钟会攻围汉、乐二城，遣别将进攻关口，蒋舒开城出降，傅佥格斗而死㉚。会攻乐城，不能克，闻关口已下，长驱而前。翼、厥甫至汉寿，维、化亦舍阴平而退，适与翼、厥合，皆退保剑阁以拒会㉛。会与维书曰：“公侯以文武之德，怀迈世之略，功济巴、汉，声畅华夏，远近莫不归名㉜。每惟畴昔，尝同大化，吴札、郑乔，能喻斯好㉝。”维不答书，列营守险。会不能克，粮运县远，将议还归。

而邓艾自阴平由景谷道傍入，遂破诸葛瞻于绵竹。后主请降于艾，艾前据成都。维等初闻瞻破，或闻后主欲固守成都，或闻欲东入吴，或闻欲南入建宁，于是引军由广汉、郪道以审虚实㉞。寻被后主敕令，乃投戈放甲，诣会于涪军前，将士咸怒，拔刀砍石㉟。

会厚待维等，皆权还其印号节盖㊱。会与维出则同舆，坐则同席，谓长史杜预曰：“以伯约比中土名士，公休、太初不能胜也㊲。”会既构邓艾，艾槛车征，因将维等诣成都，自称益州牧以叛㊳。欲授维兵五万人，使为前驱。魏将士愤怒，杀会及维，维妻子皆伏诛。

郤正著论论维曰㊴：“姜伯约据上将之重，处群臣之右，宅舍弊薄，资财无余，侧室无妾媵之亵，后庭无声乐之娱，衣服取供，舆马取备，饮食节制，不奢不约，官给费用，随手消尽㊵；察其所以然者，非以激贪厉浊，抑情自割也，直谓如是为足，不在多求㊶。凡人之谈，常誉成毁败，扶高抑下，咸以姜维投厝无所，身死宗灭，以是贬削，不复料擿，异乎《春秋》褒贬之义矣㊷。如姜维之乐学不倦，清素节约，自一时之仪表也㊸。”

维昔所俱至蜀，梁绪官至大鸿胪，尹赏执金吾，梁虔大长秋，皆先蜀亡没[44]。

---

①郑氏学：郑玄的学说。

②上计掾：官名。　　从事：官名。

③冏（jiǒng）：音炯。　　郡将：即郡太守。　　没：死。　　中郎：官名。

④适出案行：正逢外出巡视。

⑤垂至：将至。　　邽（guī）：音圭。

⑥长（zhǎng）：音掌。

⑦时事：此处指职事。

⑧中虎步：官名。

⑨兼于人：胜于人。　　觐见：古代朝见天子称觐见。

⑩领：兼任。

⑪练：熟悉。　　断：断取。

⑫裁制：限制。

⑬守：代理。

⑭拔：移。引申为迁徙。

⑮车骑（jū jì）：音居寄。

⑯却：退却。　　钟题：即钟提，镇戍名。

⑰就：俯而从之叫就。此指后主刘禅派人到姜维驻军处任命他为大将军。

⑱整勒：整顿。　　星散流离：言士卒如星一样四处散开，不成队伍，此处形容溃不成军。

⑲怨讟（dú，音独）：怨恨指责。　　已：通“以”。　　谢过引负：指引咎自责。　　求自贬削：自己请求贬官削爵。

⑳方：将

㉑坚围：坚守营寨。

㉒错守：交错防守。　　合《周易》“重门”之义：《周易·系辞》：“重门击柝，以待暴客。”重门，谓设置数层之门。适可：只可，仅可。

㉓平：平地，平原。

㉔游军：临时应变的机动军队。

㉕县：同“悬”。

㉖殄敌：歼灭敌人。

㉗羁旅：寄居在外。　　托国：委身于他国。　　协比：意同“朋比”，勾结在一起的意思。

㉘六年：指景耀六年，公元263年。　　规：图谋。

㉙征信：相信。　　谓敌终不自致：认为敌人最终不会来侵犯自己。　　寝：息，停止。

㉚佥（qiān）：音千。

㉛甫：刚刚。

㉜迈世：起世。　　略：谋略。　　济：成。　　畅：流传。　　归名：推崇。

㉝畴（chóu，音筹）昔：往昔；从前。　　尝同大化：大化，指魏王朝的教化。姜维曾与钟会同在魏任职，所以如此说。

㉞或闻：有人传闻。　　郪（qī）：音欺。　　审：查明。

㉟寻：不久。　　敕令：命令。

㊱权：暂且。　　印号节盖：印鉴，名号、符节、车盖。

㊲舆（yú，音于）：车。

㊳构：陷害。　　槛车：囚车。　　征：召回。

㊴郤（xì）：音隙。

㊵侧室无妾媵（yìng，音映）之亵（xiè，音谢）：只有正妻，无有侍妾。　　取供：仅求够用。　　取备：仅求必需。约：过于俭朴。

㊶激贪厉浊：即激厉贪浊，感化贪浊的人使之廉洁。　　抑情自割：抑制情欲，节制自己。　　直：只。

㊷咸：都。　　投厝（cuò，音措）无所：置于不应投身的地方。投厝：投身；无所：非所。　　料擿（zhì，音质）：估

量，分辨。料：估量；擿：分辨。

㊸乐学：爱好读书。　清素：清廉朴素。　仪表：楷模。

㊹大鸿胪：官名。　执吾金：官名。　大长秋：官名。

孙坚传

孙坚字文台，吴郡富春人，盖孙武之后也。少为县吏，年十七，与父共载船至钱唐，会海贼胡玉等从匏里上掠取贾人财物，方于岸上分之，行旅皆住，船不敢进①。坚谓父曰："此贼可击，请讨之。"父曰："非尔所图也②。"坚行操刀上岸，以手东西指麾，若分部人兵以罗遮贼状，贼望见，以为官兵捕之，即委财物散走③。坚追，斩得一级以还，父大惊。由是显闻，府召署假尉。会稽妖贼许昌起于句章，自称阳明皇帝，与其子韶扇动诸县，众以万数④。坚以郡司马募召精勇，得千余人，与州郡合讨破之。是岁，熹平元年也。刺史臧旻列上功状，诏书除坚盐渎丞，数岁徙盱眙丞，又徙下邳丞。

中平元年，黄巾贼帅张角起于魏郡，托有神灵，遣八使以善道教化天下，而潜相连结，自称黄天泰平。三月甲子，三十六方一旦俱发，天下响应，燔烧郡县，杀害长吏⑤。汉遣车骑将军皇甫嵩、中郎将朱儁将兵讨击之。儁表请坚为佐军司马⑥，乡里少年随在下邳者皆愿从。坚又募诸商旅及淮、泗精兵，合千许人，与儁并力奋击，所向无前⑦。汝、颍贼困迫，走保宛城。坚身当一面，登城先入，众乃蚁附，遂大破之。儁具以状闻上，拜坚别部司马⑧。

边章、韩遂作乱凉州，中郎将董卓拒讨无功。中平三年，遣司空张温行车骑将军，西讨章等。温表请坚与参军事，屯长安⑨。温以诏书召卓，卓良久乃诣温，温责让卓，卓应对不顺⑩。坚时在坐，前耳语谓温曰："卓不怖罪而鸱张大语，宜以召不时至，陈军法斩之⑪。"温曰："卓素著威名于陇蜀之间，今日杀之，西行无依。"坚曰："明公亲率王兵，威震天下，何赖于卓？观卓所言，不假明公⑫，轻上无礼，一罪也；章、遂跋扈经年，当以时进讨，而卓云未可，沮军疑众，二罪也；卓受任无功，应召稽留，而轩昂自高，三罪也。古之名将，伏钺临众，未有不断斩以示威者也⑬，是以穰苴斩庄贾，魏绛戮杨干。今明公垂意于卓，不即加诛，亏损威刑，于是在矣。"温不忍发举，乃曰："君且还，卓将疑人。"坚因起出。章、遂闻大兵向至，党众离散，皆乞降。军还，议者以军未临敌，不断功赏，然闻坚数卓三罪⑭，劝温斩之，无不叹息。拜坚议郎。时长沙贼区星自称将军，众万余人，攻围城邑，乃以坚为长沙太守。到郡亲率将士，施设方略⑮，旬月之间，克破星等。周朝、郭石亦帅徒众起于零、桂，与星相应。遂越境寻讨，三郡肃然⑯。汉朝录前后功，封坚乌程侯。

灵帝崩，卓擅朝政⑰，横恣京城。诸州郡并兴义兵，欲以讨卓。坚亦举兵。荆州刺史王睿素遇坚无礼，坚过杀之。比至南阳，众数万人。南阳太守张咨闻军至，晏然自若。坚以牛酒礼咨⑱，咨明日亦答诣坚。酒酣，长沙主簿入白坚："前移南阳，而道路不治，军资不具，请收主簿推问意故⑲。"咨大惧欲去，兵陈四周不得出。有顷⑳，主簿复入白坚："南阳太守稽停义兵，使贼不时讨，请收出案军法从事。"便牵咨于军门斩之。郡中震慄，无求不获。前到鲁阳，与袁术相见。术表坚行破虏将军，领豫州刺史。遂治兵于鲁阳城。当进军讨卓㉑，遣长史公仇称将兵从事还州督促军粮。施帐幔于城东门外，祖道送称，官属并会㉒。卓遣步骑数万人逆坚，轻骑数十先到。坚方行酒谈笑，敕部曲整顿行陈㉓，无得妄动。后骑渐益，坚徐罢坐㉔。导引入城，乃谓左右曰："向坚所以不即起者，恐兵相蹈藉㉕，诸君不得入耳。"卓兵见坚士众甚整，不敢攻城，乃引还。坚移屯梁东，大为卓军所攻，坚与数十骑溃围而出。坚常著赤罽帻，乃脱帻令亲近将祖茂著之㉖。卓骑争逐茂，故坚从间道得免㉗。茂困迫，下马，以帻冠冢间烧柱，因伏草中。卓骑望见，围绕数重，定近觉是柱，乃去。坚复相收兵，合战于阳人，大破卓军，枭其都督华雄等㉘。是时，或间坚于术㉙，术怀疑，不运军粮。阳人去鲁阳百余里，坚夜驰见术，画地计校，曰："所以出身不顾㉚，上为国家讨贼，下慰将军家门之私雠。坚与卓非有骨肉之怨也，而将军受谮润之言，还相嫌疑！"术踧踖㉛，即调发军粮。坚还屯。卓惮坚猛壮㉜，乃遣将军李傕等来求和亲，令坚列疏子弟任刺史、郡守者，许表用之。坚曰："卓逆天无道，荡覆王室，今不夷汝三族，县示四海，则吾死不瞑目，岂将与乃和亲邪?"复进军大谷，拒雒九十里。卓寻徙都西入关㉝，焚烧雒邑。坚乃前入至雒，修诸陵，平塞卓所发掘。讫㉞，引军还，住鲁阳。

初平三年，术使坚征荆州，击刘表。表遣黄祖逆于樊、邓之间。坚击破之，追渡汉水，遂围襄阳，单马行岘山，为祖军士所射杀。兄子贲，帅将士众就术㉟，术复表贲为豫州刺史。

坚四子：策、权、翊、匡。权既称尊号，谥坚曰武烈皇帝。

---

①载船：坐船、乘船。　会：碰巧。

②图：谋取、对付。

③麾（huī，音挥）：指挥。

④数（shǔ，音暑）：计算。

⑤方：黄巾军的编制名。张角置三十六方，大方万余人，小方六七千。　长吏：汉制下的一种高级吏员。

⑥表：文体的一种，常用于对上的陈请。

⑦许：粗略估计。　所向无前：一往无敌，所到之处无人阻拦。

⑧拜：授职。

⑨屯：军营、驻军。

⑩良久：很久。　诣（yì，音义）：往，往见。　让：以言辞相责。

⑪鸱（chī，音吃）张：好像鸱鸟张翼。　不时：不遵守规定的时候。　陈：施用。

⑫ 不假：不依靠。

⑬断斩：果断地施行斩刑。

⑭数（shǔ，音暑）：责备、数说。

⑮方略：计谋策略。

⑯寻讨：相继接着征讨。　肃然：平安、稳定。

⑰擅：独断专行。

⑱礼：作为礼物赠，用作动词。

⑲白：报告、告知。　收：拘捕、收复。　推问：审问、追问。　意故：原因、意图。

⑳有顷：不一会儿。

㉑当：将要。

㉒帐幔（màn，音慢）：上有顶盖、四周围遮的帷幕。　祖道：祭祀路神。　官属：长官。

㉓敕：命令。　部曲：军队编制单位。汉制，大将军营五部，部下有曲，曲下有屯。

㉔ 益：增加。　罢坐：起身。

㉕蹈藉：践踏。

㉖赤罽（jì，音记）帻（zé，音泽）：红色毛织头巾。罽：毛织品；帻：头巾。

㉗间（jiàn，音践）道：小路。

㉘枭（xiāo，音肖）：杀人悬头于木上示众。

㉙间（jiàn，音践）：挑拨、离间。

㉚出身：不顾自身、献身。

㉛蹴（cù，音促）踖（jí，音及）：局促不安。

㉜惮：畏惧。

㉝寻：不久。

㉞讫（qì，音气）：完毕、终了。

㉟帅将：带领。　就：趋近、依附。

孙 策 传

策字伯符。坚初兴义兵，策将母徙居舒[①]，与周瑜相友。收合士大夫，江、淮间人咸向之。坚薨，还葬曲阿。已乃渡江居江都。

徐州牧陶谦深忌策。策舅吴景，时为丹杨太守，策乃载母徙曲阿，与吕范，孙河俱就景，因缘召募得数百人[②]。兴平元年，从袁术，术甚奇之[③]，以坚部曲还策。太傅马日磾杖节安集关东，在寿春以礼辟策[④]。表拜怀义校尉，术大将乔蕤、张勋皆倾心敬焉。术常叹曰："使术有子如孙郎，死复何恨!"策骑士有罪，逃入术营，隐于内厩。策指使人就斩之，讫，诣术谢。术曰："兵人好叛，当共疾之，何为谢也[⑤]？"由是军中益畏惮之。术初许策为九江太守，已而更用丹杨陈纪。后术欲攻徐州，从庐江太守陆康求米三万斛[⑥]。康不与，术大怒。策昔曾诣康，康不见，使主簿接之。策尝衔恨[⑦]。术遣策攻康，谓曰："前错用陈纪，每恨本意不遂。今若得康，庐江真卿有也。"策攻康，拔之，术复用其故吏刘勋为太守，策益失望[⑧]。先是，刘繇为扬州刺史，州旧治寿春[⑨]。寿春，术已据之，繇乃渡江治曲阿。时吴景尚在丹杨，策从兄贲又为丹杨都尉，繇至，皆迫逐之。景、贲退舍历阳。繇遣樊能、于麋东屯横江津，张英屯当利口，以距术[⑩]。术自用故吏琅邪惠衢为扬州刺史，更以景为督军中郎将，与贲共将兵击英等，连年不克。策乃说术，乞助景等平定江东[⑪]。术表策为折冲校尉，行殄寇将军，兵财千余，骑数十匹，宾客愿从者数百人。比至历阳，众五六千[⑫]。策母先自曲阿徙于历阳，策又徙母阜陵，渡江转斗，所向皆破，莫敢当其锋，而军令整肃，百姓怀之[⑬]。

策为人，美姿颜，好笑语，性阔达听受[⑭]。善于用人，是以士民见者，莫不尽心，乐为致死[⑮]。刘繇弃军遁逃，诸郡守皆捐城郭奔走。吴人严白虎等众各万余人，处处屯聚。吴景等欲先击破虎等，乃至会稽。策曰："虎等群盗，非有大志，此成禽耳[⑯]。"遂引兵渡浙江，据会稽，屠东冶，乃攻破虎等。尽更置长吏，策自领会稽太守，复以吴景为丹杨太守，以孙贲为豫章太守；分豫章为庐陵郡，以贲弟辅为庐陵太守，丹杨朱治为吴郡太守。彭城张昭、广陵张纮、秦松、陈端等为谋主[⑰]。时袁术僭号，策以书责而绝之。曹公表策为讨逆将军，封为吴侯。后术死，长史杨弘、大将张勋等将其众欲就策，庐江太守刘勋要击，悉虏之，收其珍宝以归[⑱]。策闻之，伪与勋好盟。勋新得术众，时豫章上缭宗民万余家在江东，策劝勋攻取之。勋既行，策轻军晨夜袭拔庐江，勋众尽降，勋独与麾下数百人自归曹公。是时袁绍方强，而策并江东，曹公力未能逞，且欲抚之[⑲]。乃以弟女配策小弟匡，又为子章取贲女，皆礼辟策弟权、翊，又命扬州刺史严象举权茂才[⑳]。

建安五年，曹公与袁绍相拒于官渡，策阴欲袭许，迎汉帝，密治兵，部署诸将。未发，会为故吴郡太守许贡客所杀。先是，策杀贡，贡小子与客亡匿江边[21]。策单骑出，卒与客遇，客击伤策，创甚[22]。请张昭等谓曰："中国方乱，夫以吴、越之众，三江之固，足以观成败。公等善相吾弟[23]！"呼权佩以印绶[24]，谓曰："举江东之众，决机于两陈之间[25]，与天下争衡[26]，卿不如我；举贤任能，各尽其心，以保江东，我不如卿。"至夜卒，时年二十六。

权称尊号，追谥策曰长沙桓王，封子绍为吴侯，后改封上虞侯。绍卒，子奉嗣。孙晧时，讹言谓奉当立，诛死[27]。

---

①将（jiāng，音江）：收养。

②就：依附。　因缘：趁各种机缘。

③奇：认为不平凡。

④安集：安抚。集，通"辑"。　辟（bì，音必）：征召。

⑤疾：痛恨。

⑥斛（hú，音胡）：量器名，汉以十斗为一斛。

⑦衔恨：怀恨。

⑧拔：攻克。

⑨治：旧指王都或地方官署所在地。

⑩距：通"拒"，抵抗、防御。

⑪说（shuì 音睡）：劝说。

⑫比：及，等到。

⑬军令：军队中的法令。　怀：归向。

⑭性阔达听受：性格开朗、通达，易于听从，接受他人的意见。

⑮莫：没有人。　致死：尽力到死。

⑯禽：通"擒"，捕捉，俘获。

⑰谋主：出主意的人。

⑱要（yāo，音腰）：邀击、截击。要，通"邀"，拦截。

⑲并：吞并、兼并。

⑳取：通"娶"。　皆：通"偕"，同时。　茂才：秀才。

㉑亡匿：隐匿、逃亡。

㉒卒（cù，音促）：通"猝"，突然。　创甚：伤势严重。创，刀伤。

㉓相：辅佐、帮助。

㉔印绶（shòu，音受）：印，官印；绶，系印的丝带。丝带的不同颜色表示官吏等级不同。

㉕ 两陈：敌我对阵。陈通"阵"。

㉖争衡：在角逐中较量胜负。

㉗讹（é）言：谣言。　当立：应当即帝位。

吴 主 传

孙权，字仲谋。兄策既定诸郡，时权年十五，以为阳羡长。郡察孝廉，州举茂才，行奉义校尉[1]。汉以策远修职责，遣使者刘琬加锡命[2]。琬语人曰："吾观孙氏兄弟虽各才秀明达，然皆禄祚不终，惟中弟孝廉，形貌奇伟，骨体不恒，有大贵之表，年又最寿，尔试识之[3]。”

建安四年，从策征庐江太守刘勋。勋破，进讨黄祖于沙羡[4]。

五年，策薨[5]。以事授权，权哭未及息。策长史张昭谓权曰：“孝廉，此宁哭时邪[6]？且周公立法而伯禽不师，非欲违父，时不得行也。况今奸宄竞逐，豺狼满道，乃欲哀亲戚，顾礼制，是犹开门而揖盗，未可以为仁也[7]。”乃改易权服[8]，扶令上马，使出巡军。是时惟有会稽、吴郡、丹杨、豫章、庐陵，然深险之地犹未尽从，而天下英豪布在州郡，宾旅寄寓之士以安危去就为意，未有君臣之固。张昭、周瑜等谓权可与共成大业，故委心而服事焉[9]。曹公表权为讨虏将军，领会稽太守，屯吴，使丞之郡行文书事。待张昭以师傅之礼，而周瑜、程普、吕范等为将率。招延俊秀，聘求名士，鲁肃、诸葛瑾等始为宾客[10]。分部诸将，镇抚山越，讨不从命。

七年，权母吴氏薨。

八年，权西伐黄祖，破其舟军，惟城未克[11]，而山寇复动。还过豫章，使吕范平鄱阳，程普讨乐安，太史慈领海昏，韩当、周泰、吕蒙等为剧县令长。

九年，权弟丹杨太守翊为左右所害，以从兄瑜代翊。

十年，权使贺齐讨上饶，分为建平县。

十二年，西征黄祖，虏其人民而还。

十三年春，权复征黄祖，祖先遣舟兵拒军，都尉吕蒙破其前锋，而凌统、董袭等尽锐攻之，遂屠其城[12]。祖挺身亡走，骑士冯则追枭其首，虏其男女数万口[13]。是岁，使贺齐讨黟、歙。分歙为始新、新定、犁阳、休阳县，以六县为新都郡。荆州牧刘表死，鲁肃乞奉命吊表二子，且以观变。肃未到，而曹公已临其境，表子琮举众以降。刘备欲南济江，肃与相见，因传权旨，为陈成败[14]。备进住夏口，使诸葛亮诣权[15]。权遣周瑜、程普等行。是时曹公新得表众，形势甚盛，诸议者皆望风畏惧[16]，多劝权迎之[17]，惟瑜、肃执拒之议，意与权同。瑜、普为左右督，各领万人，与备俱进，遇于赤壁，大破曹公军。公烧其余船引退，士卒饥疫，死者大半。备、瑜等复追至南郡，曹公遂北还，留曹仁、徐晃于江陵，使乐进守襄阳。时甘宁在夷陵，为仁党所围[18]。用吕蒙计，留凌统以拒仁，以其半救宁，军以胜反。权自率众围合肥。使张昭攻九江之当涂。昭兵不利，权攻城逾月不能下。曹公自荆州还，遣张喜将骑赴合肥。未至，权退。

十四年，瑜、仁相守岁余，所杀伤甚众。仁委城走。权以瑜为南郡太守。刘备表权行车骑将军，领徐州牧。备领荆州牧，屯公安。

十五年，分豫章为鄱阳郡；分长沙为汉昌郡，以鲁肃为太守，屯陆口。

十六年，权徙治秣陵。明年，城石头，改秣陵为建业。闻曹公将来侵，作濡须坞。

十八年正月，曹公攻濡须，权与相拒月余。曹公望权军，叹其齐肃，乃退。初，曹公恐江滨郡县为权所略，征令内移。民转相惊，自庐江、九江、蕲春、广陵户十余万皆东渡江，江西遂虚，合肥以南惟有皖城。

十九年五月，权征皖城。闰月，克之，获庐江太守朱光及参军董和，男女数万口。是岁刘备定蜀[19]。权以备已得益州，令诸葛瑾从求荆州诸郡。备不许，曰：“吾方图凉州，凉州定，乃尽以荆州与吴耳。”权曰：“此假而不反，而欲以虚辞引岁[20]。”遂置南三郡长吏，关羽尽逐之。权大怒，乃遣吕蒙督鲜于丹、徐忠、孙规等兵二万取长沙、零陵、桂阳三郡，使鲁肃以万人屯巴丘以御关羽。权住陆口，为诸军节度。蒙到，二郡皆服，惟零陵太守郝普未下。会备到公安，使关羽将三万兵至益阳，权乃召蒙等使还助肃。蒙使人诱普，普降，尽得三郡将守，因引军还，与孙皎、潘璋并鲁肃兵并进，拒羽于益阳。未战，会曹公入汉中，备惧失益州，使使求和[21]。权令诸葛瑾报，更寻盟好[22]。遂分荆州长沙、江夏、桂阳以东属权，南郡、零陵、武陵以西属备。备归，而曹公已还。权反自陆口，遂征合肥。合肥未下，彻军还[23]。兵皆就路[24]，权与凌统、甘宁等在津北为魏将张辽所袭，统等以死捍权[25]，权乘骏马越津桥得去。

二十一年冬，曹公次于居巢[26]，遂攻濡须。

二十二年春，权令都尉徐详诣曹公请降，公报使修好，誓重结婚。

二十三年十月，权将如吴[27]，亲乘马射虎于庱亭。马为虎所伤，权投以双戟，虎却废，常从张世击以戈，获之[28]。

二十四年，关羽围曹仁于襄阳，曹公遣左将军于禁救之。会汉水暴起，羽以舟兵尽虏禁等步骑三万送江陵，惟城未拔[29]。权内惮羽，外欲以为己功，笺与曹公，乞以讨羽自效[30]。曹公且欲使羽与权相持以斗之，驿传权书，使曹仁以弩射示羽。羽犹豫不能去。闰月，权征羽，先遣吕蒙袭公安，获将军士仁。蒙到南郡，南郡太守麋芳以城降。蒙据江陵，抚其老弱，释于禁之囚。陆逊别取宜都，获秭归、枝江、夷道，还屯夷陵，守峡口以备蜀。关羽还当阳，西保麦城。权使诱之。羽伪降，立幡旗为象人于城上[31]，因遁走，兵皆解散，尚十余骑。权先使朱然、潘璋断其径路。十二月，璋司马马忠获羽及其子平、都督赵累等于章乡，遂定荆州。是岁大疫，尽除荆州民租税。曹公表权为骠骑将军，假节领荆州牧，封南昌侯[32]。权遣校尉梁寓奉贡于汉，及令王惇市马，又遣朱光等归[33]。

二十五年春正月，曹公薨，太子丕代为丞相魏王，改年为延康。秋，魏将梅敷使张俭求见抚纳[34]。南阳阴、酂、筑阳、山都、中庐五县民五千家来附。冬，魏嗣王称尊号，改元为黄初。二年四月，刘备称帝于蜀。权自公安都鄂，改名武昌，以武昌、下雉、寻阳、阳新、柴桑、沙羡六县为武昌郡。五月，建业言甘露降[35]。八月，城武昌，下令诸将曰："夫存不忘亡，安必虑危，古之善教。昔隽不疑汉之名臣，于安平之世而刀剑不离于身，盖君子之于武备，不可以已。况今处身疆畔，豺狼交接，而可轻忽不思变难哉[36]？顷闻诸将出入，各尚谦约，不从人兵，甚非备虑爱身之谓。夫保己遗名，以安君亲，孰与危辱？宜深警戒，务崇其大，副孤意焉[37]。"自魏文帝践阼，权使命称藩，及遣于禁等还[38]。十一月，策命权曰："盖圣王之法，以德设爵，以功制禄；劳大者禄厚，德盛者礼丰。故叔旦有夹辅之勋，太公有鹰扬之功，并启土宇，并受备物[39]。所以表章元功，殊异贤哲也[40]。近汉高祖受命之初，分裂膏腴以王八姓，斯则前世之懿事，后王之元龟也。朕以不德，承运革命，君临万国，秉统天机[41]，思齐先代，坐而待旦。惟君天资忠亮，命世作佐，深睹历数[42]，达见广兴，远遣行人，浮于潜汉。望风影附，抗疏称藩[43]，兼纳纤絺南方之贡，普遣诸将来还本朝，忠肃内发，款诚外昭，信著金石[44]，义盖山河，朕甚嘉焉。今封君为吴王，使使持节太常高平侯贞，授君玺绶策书、金虎符第一至第五、左竹使符第一至第十，以大将军使持节督交州，领荆州牧事，锡君青土，苴以白茅，封扬朕命，以尹东夏[45]。其上故骠骑将军南昌侯印绶符策。今又加君九锡，其敬听后命。以君绥安东南，纲纪江外，民夷安业，无或携贰，是用锡君大辂、戎辂各一，玄牡二驷[46]。君务财劝农，仓库盈积，是用锡君衮冕之服，赤舄副焉[47]。君化民以德，礼教兴行，是用锡君轩县之乐。君宣导休风，怀柔百越，是用锡君朱户以居[48]。君运其才谋，官方任贤，是用锡君纳陛以登。君忠勇并奋，清除奸慝，是用锡君虎贲之士百人[49]。君振威陵迈，宣力荆南，枭灭凶丑，罪人斯得，是用锡君𫓧钺各一[50]。君文和于内，武信于外，是用锡君彤弓一、彤矢百、兹弓十、兹矢千。君以忠肃为基，恭俭为德，是用锡君秬鬯一卣，圭瓒副焉[51]。钦哉！敬敷训典，以服朕命，以勖相我国家，永终尔显烈[52]。"是岁，刘备帅军来伐，至巫山、秭归，使使诱导武陵蛮夷，假与印传，许之封赏。于是诸县及五溪民皆反为蜀。权以陆逊为督，督朱然、潘璋等以拒之。遣都尉赵咨使魏。魏帝问曰："吴王何等主也？"咨对曰："聪明仁智，雄略之主也。"帝问其状，咨曰："纳鲁肃于凡品[53]，是其聪也；拔吕蒙于行陈，是其明也；获于禁而不害，是其仁也；取荆州而兵不血刃[54]，是其智也；据三州虎视于天下，是其雄也；屈身于陛下，是其略也。”帝欲封权子登，权以登年幼，上书辞封，重遣西曹掾沈珩陈谢，并献方物。立登为王太子。

黄武元年春正月，陆逊部将军宋谦等攻蜀五屯，皆破之，斩其将。三月，鄱阳言黄龙见[55]。蜀军分据险地，前后五十余营，逊随轻重以兵应拒，自正月至闰月，大破之，临陈所斩及投兵降首数万人，刘备奔走，仅以身免[56]。

初，权外托事魏，而诚心不款[57]。魏欲遣侍中辛毗、尚书桓阶往与盟誓，并征任子[58]，权辞让不受。秋九月，魏乃命曹休、张辽、臧霸出洞口，曹仁出濡须，曹真、夏侯尚、张郃、徐晃围南郡。权遣吕范等督五军，以舟军拒休等，诸葛瑾、潘璋、杨粲救南郡，朱桓以濡须督拒仁。时扬、越蛮夷多未平集，内难未弭[59]。故权卑辞上书，求自改厉[60]，“若罪在难除，必不见置，当奉还土地民人，乞寄命交州，以终余年[61]。”文帝报曰：“君生于扰攘之际，本有从横之志，降身奉国，以享兹祚。自君策名已来，贡献盈路。讨备之功，国朝仰成。[62]埋而掘之，古人之所耻。朕之与君，大义已定，岂乐劳师远临江汉？廊庙之议，王者所不得专；三公上君过失，皆有本末。朕以不明，虽有曾母投杼之疑，犹冀言者不信，以为国福[63]。故先遣使者犒劳，又遣尚书、侍中践修前言，以定任子。君遂设辞，不欲使进，议者怪之。又前都尉浩周劝君遣子，乃实朝臣交谋，以此卜君，君果有辞，外引隗嚣遣子不终，内喻卖融守忠而已。世殊时异，人各有心。浩周之还，口陈指麾，益令议者发明众嫌[64]。终始之本，无所据仗，故遂俛仰从群臣议。今省上事，款诚深至，心用慨然，凄怆动容。即日下诏，敕诸军但深沟高垒，不得妄进[65]。若君必效忠节，以解疑议，登身朝到，夕召兵还。此言之诚，有如大江！”权遂改年，临江拒守。冬十一月，大风，范等兵溺死者数千，余军还江南。曹休使臧霸以轻船五百、敢死万人袭攻徐陵，烧攻城军，杀略数千人。将军全琮、徐盛追斩魏将尹卢，杀获数百。十二月，权使太中大夫郑泉聘刘备于白帝[66]，始复通也。然犹与魏文帝相往来，至后年乃绝。是岁改夷陵为西陵。

二年春正月，曹真分军据江陵中州。是月，城江夏山。改四分，用乾象历。三月，曹仁遣将军常彫等，以兵五千，乘油船，晨渡濡须中州[67]。仁子泰因引军急攻朱桓，桓兵拒之，遣将军严圭等击破彫等。是月，魏军皆退。夏四月，权群臣劝即尊号，权不许。刘备薨于白帝。五月，曲阿言甘露降。先是戏口守将晋宗杀将王直，以众叛如魏，魏以为蕲春太守，数犯边境。六月，权令将军贺齐督糜芳、刘邵等袭蕲春，邵等生虏宗[68]。冬十一月，蜀使中郎将邓芝来聘。

三年夏，遣辅义中郎将张温聘于蜀。秋八月，赦死罪。九月，魏文帝出广陵，望大江，曰“彼有人焉，未可图也”，乃还[69]。

四年夏五月，丞相孙邵卒。六月，以太常顾雍为丞相。皖口言木连理[70]。冬十二月，鄱阳贼彭绮自称将军，攻没诸县，众数万人[71]。是岁地连震。

五年春，令曰：“军兴日久，民离农畔，父子夫妇，不听相恤，孤甚愍之[72]。今北虏缩窜，方外无事，其下州郡，有以宽息[73]。”是时陆逊以所在少谷，表令诸将增广农亩。权报曰：“甚善。今孤父子亲自受田，车中八牛以为四耦，虽未及古人，亦欲与众均等其劳也。”秋七月，权闻魏文帝崩，征江夏，围石阳，不克而还。苍梧言凤皇见。分三郡恶地十县置东安郡，以全琮为太守，平讨山越。冬十月，陆逊陈便宜，劝以施德缓刑，宽赋息调[74]。又云：“忠谠之言，不能极陈[75]。求容小臣，数以利闻。”权报曰：“夫法令之设，欲以遏恶防邪，儆戒未然也[76]，焉得不有刑罚以威小人乎？此为先令后诛，不欲使有犯者耳。君以为太重者，孤亦何利其然，但不得已而为之耳。今承来意，当重咨谋，务从其可[77]。且近臣有尽规之谏，亲戚有补察之箴，所以匡君正主明忠信也。《书》载‘予违汝弼，汝无面从’，孤岂不乐忠言以自裨补邪？而云‘不敢极陈’，何得为忠谠哉？若小臣之中，有可纳用者，宁得以人废言而不采择乎[78]？但谄媚取容[79]，虽暗亦所明识也。至于发调者，徒以天下未定，事以众济[80]。若徒守江东，修崇宽政，兵自足用，复用多为[81]？顾坐自守可陋耳。若不豫调[82]，恐临时未可便用也。又孤与君分义特异[83]，荣戚实同[84]，来表云不敢随众容身苟免，此实甘心所望于君也。”于是令有司尽写科条，使郎中褚逢赍以就逊及诸葛瑾，意所不安，令损益之[85]。是岁，分交州置广州，俄复旧[86]。

六年春正月，诸将获彭绮。闰月，韩当子综以其众降魏。

七年春三月，封子虑为建昌侯。罢东安郡。夏五月，鄱阳太守周鲂伪叛[87]，诱魏将曹休。秋八月，权至皖口，使将军陆逊督诸将大破休于石亭。大司马吕范卒。是岁，改合浦为珠官郡。

黄龙元年春，公卿百司皆劝权正尊号。夏四月，夏口、武昌并言黄龙、凤凰见。丙申，南郊即皇帝位，是日大赦，改年。追尊父破虏将军坚为武烈皇帝，母吴氏为武烈皇后，兄讨逆将军策为长沙桓王。吴王太子登为皇太子。将吏皆进爵加赏。初，兴平中，吴中童谣曰：“黄金车，班兰耳，闿昌门，出天子。”五月，使校尉张刚、管笃之辽东。六月，蜀遣卫尉陈震庆权践位。权乃参分天下[88]，豫、青、徐、幽属吴，兖、冀、并、凉属蜀。其司州之土，以函谷关为界，造为盟曰：“天降丧乱，皇纲失叙[89]，逆臣乘衅，劫夺国柄[90]，始于董卓，终于曹操，穷凶极恶，以覆四海，至令九州幅裂，普天无统，民神痛怨，靡所戾止[91]。及操子丕，桀逆遗丑，荐作奸回，偷取天位。而睿么麽[92]，寻丕凶迹，阻兵盗土，未伏厥诛。昔共工乱象而高辛行师，三苗干度而虞舜征焉[93]。今日灭睿，禽其徒党，非汉与吴，将复谁任？夫讨恶翦暴，必声其罪，宜先分裂，夺其土地，使士民之心，各知所归。是以《春秋》晋侯伐卫，先分其田以畀宋人，斯其义也[94]。且古建大事，必先盟誓，故《周礼》有司盟之官，《尚书》有告誓之文，汉之与吴，虽信由中，然分土裂境，宜有盟约。诸葛丞相德威远著，翼戴本国，典戎在外，信感阴阳，诚动天地，重复结盟，广诚约誓，使东西士民咸共闻知。故立坛杀牲，昭告神明，再歃加书，副之天府[95]。天高听下，灵威棐谌[96]，司慎司盟，群神群祀，莫不临之。自今日汉、吴既盟之后，戮力一心，同讨魏贼，救危恤患，分灾共庆，好恶齐之，无或携贰。若有害汉，则吴伐之；若有害吴，则汉伐之。各守分土，无相侵犯。传之后叶，克终若始[97]。凡百之约，皆如载书[98]。信言不艳，实居于好。有渝此盟，创祸先乱，违贰不协，慆慢天命，明神上帝是讨是督，山川百神是纠是殛，俾坠其师[99]，无克祚国，于尔大神，其明鉴之！”秋九月，权迁都建业，因故府不改馆，征上大将军陆逊辅太子登[100]，掌武昌留事。

二年春正月，魏作合肥新城。诏立都讲祭酒，以教学诸子。遣将军卫温、诸葛直将甲士万人浮海求夷洲及亶洲。亶洲在海中，长老传言秦始皇帝遣方士徐福将童男童女数千人入海，求蓬莱神山及仙药，止此洲不还。世相承有数万家，其上人民，时有至会稽货布[101]，会稽东县人海行，亦有遭风流移至亶洲者，所在绝远，卒不可得至[102]，但得夷洲数千人还。

三年春二月，遣太常潘濬率众五万讨武陵蛮夷。卫温、诸葛直皆以违诏无功，下狱诛。夏，有野蚕成茧，大如卵。由拳野稻自生，改为禾兴县。中郎将孙布诈降以诱魏将王凌，凌以军迎布。冬十月，权以大兵潜伏于阜陵俟之，凌觉而走[103]。会稽南始平言嘉禾生。十二月丁卯，大赦，改明年元也。

嘉禾元年春正月，建昌侯虑卒。三月，遣将军周贺、校尉裴潜乘海之辽东。秋九月，魏将田豫要击，斩贺于成山。冬十月，魏辽东太守公孙渊遣校尉宿舒、阆中令孙综称藩于权，并献貂马。权大悦，加渊爵位。

二年春正月，诏曰：“朕以不德，肇受元命，夙夜兢兢，不遑假寝[104]。思平世难，救济黎庶，上答神祇，下慰民望。是以眷眷，勤求俊杰，将与戮力，共定海内。苟在同心，与之偕老。今使持节督幽州领青州牧辽东太守燕王，久胁贼虏，隔在一方，虽乃心于国，其路靡缘[105]。今因天命，远遣二使，款诚显露，章表殷勤[106]，朕之得此，何喜如之！虽汤遇伊尹，周获吕望，世祖未定而得河右，方之今日，岂复是过？普天一统，于是定矣。《书》不云乎，'一人有庆，兆民赖之'。其大赦天下，与之更始[107]。其明下州郡，咸使闻知。特下燕国，奉宣诏恩，令普天率土备闻斯庆。"三月，遣舒、综还，使太常张弥、执金吾许晏、将军贺达等将兵万人，金宝珍货，九锡备物，乘海授渊。举朝大臣，自丞相雍已下皆谏，以为渊未可信，而宠待太厚，但可遣吏兵数百护送舒、综，权终不听。渊果斩弥等，送其首于魏，没其兵资。权大怒，欲自征渊，尚书仆射薛综等切谏乃止。[108]是岁，权向合肥新城，遣将军全琮征六安，皆不克还。

三年春正月，诏曰："兵久不辍，民困于役，岁或不登，其宽诸逋，勿复督课。"夏五月，权遣陆逊、诸葛瑾等屯江夏、沔口，孙韶、张承等向广陵、淮阳，权率大众围合肥新城[109]。是时蜀相诸葛亮出武功，权谓魏明帝不能远出，而帝遣兵助司马宣王拒亮，自率水军东征。未至寿春，权退还，孙韶亦罢。秋八月，以诸葛恪为丹阳太守，讨山越。九月朔，陨霜伤谷。冬十一月，太常潘濬平武陵蛮夷，事毕，还武昌。诏复曲阿为云阳，丹徒为武进。庐陵贼李桓、罗厉等为乱。

四年夏，遣吕岱讨桓等。秋七月，有雹。魏使以马求易珠玑、翡翠、玳瑁[110]，权曰："此皆孤所不用，而可得马，何苦而不听其交易？"

五年春，铸大钱，一当五百[111]。诏使吏民输铜，计铜畀直[112]。设盗铸之科。二月，武昌言甘露降于礼宾殿。辅吴将军张昭卒。中郎将吾粲获李桓，将军唐咨获罗厉等。自十月不雨，至于夏。冬十月，彗星见于东方。鄱阳贼彭旦等为乱。

六年春正月，诏曰："夫三年之丧，天下之达制，人情之极痛也；贤者割哀以从礼，不肖者勉而致之[113]。世治道泰，上下无事，君子不夺人情，故三年不逮孝子之门[114]。至于有事，则杀礼以从宜，要绖而处事[115]。故圣人制法，有礼无时则不行[116]。遭丧不奔非古也，盖随时之宜，以义断恩也[117]。前故设科，长吏在官，当须交代，而故犯之，虽随纠坐，犹已废旷[118]。方事之殷[119]，国家多难，凡在官司，宜各尽节，先公后私，而不恭承，甚非谓也。中外群僚，其更平议，务令得中，详为节度[120]。"顾谭议，以为"奔丧立科，轻则不足以禁孝子之情，重则本非应死之罪，虽严刑益设，违夺必少。若偶有犯者，加其刑则恩所不忍，有减则法废不行。愚以为长吏在远，苟不告语，势不得知。比选代之间，若有传者[121]，必加大辟，则长吏无废职之负，孝子无犯重之刑。"将军胡综议，以为"丧纪之礼，虽有典制，苟无其时，所不得行。方今戎事军国异容[122]，而长吏遭丧，知有科禁，公敢干突[123]，苟念闻忧不奔之耻，不计为臣犯禁之罪，此由科防本轻所致。忠节在国，孝道立家，出身为臣，焉得兼之[124]？故为忠臣不得为孝子。宜定科文，示以大辟，若故违犯，有罪无赦，以杀止杀[125]，行之一人，其后必绝。"丞相雍奏从大辟。其后吴令孟宗丧母奔赴，已而自拘于武昌以听刑。陆逊陈其素行，因为之请[126]，权乃减宗一等，后不得以为比[127]，因此遂绝。二月，陆逊讨彭旦等，其年，皆破之。冬十月，遣卫将军全琮袭六安，不克。诸葛恪平山越事毕，北屯庐江。

赤乌元年春，铸当千大钱。夏，吕岱讨庐陵贼，毕，还陆口。秋八月，武昌言麒麟见。有司奏言麒麟者太平之应，宜改年号。诏曰："间者赤乌集于殿前，朕所亲见，若神灵以为嘉祥者，改年宜以赤乌为元。"群臣奏曰："昔武王伐纣，有赤乌之祥，君臣观之，遂有天下，圣人书策载述最详者，以为近事既嘉，亲见又明也。"于是改年。步夫人卒，追赠皇后[128]。初，权信任校事吕壹，壹性苛惨，用法深刻[129]。太子登数谏，权不纳，大臣由是莫敢言。后壹奸罪发露伏诛，权引咎责躬，乃使中书郎袁礼告谢诸大将，因问时事所当损益。礼还，复有诏责数诸葛瑾、步骘、朱然、吕岱等曰："袁礼还，云与子瑜、子山、义对、定公相见，并以时事当有所先后，各自以不掌民事，不肯便有所陈，悉推之伯言、承明。伯言、承明见礼，泣涕恳恻[130]，辞旨辛苦，至乃怀执危怖，有不自安之心。闻此怅然，深自刻怪[131]。何者？夫惟圣人能无过行，明者能自见耳。人之举措，何能悉中[132]。独当已有以伤拒众意[133]，忽不自觉，故诸君有嫌难耳；不尔，何缘乃至于此乎？自孤兴军五十年，所役赋凡百皆出于民。天下未定，孽类犹存[134]，士民勤苦，诚所贯知。然劳百姓，事不得已耳。与诸君从事，自少至长，发有二色，以谓表里足以明露，公私分计，足用相保。[135]。尽言直谏，所望诸君；拾遗补阙[136]，孤亦望之。昔卫武公年过志壮，勤求辅弼，每独欢责。且布衣韦带，相与交结，分成好合，尚污垢不异[137]。今日诸君与孤从事，虽君臣义存，犹谓骨肉不复是过。荣福喜戚，相与共之。忠不匿情，智无遗计，事统是非，诸君岂得从容而已哉[138]！同船济水，将谁与易？齐桓诸侯之霸者耳，有善管子未尝不叹，有过未尝不谏，谏而不得，终谏不止。今孤自省无桓公之德，而诸君谏诤未出于口，仍执嫌难。以此言之，孤于齐桓良优，未知诸君于管子何如耳？久不相见，因事当笑。共定大业，整齐天下[139]，当复有谁？凡百事要所当损益，乐闻异计，匡所不逮[140]。”

二年春三月，遣使者羊衜、郑胄、将军孙怡之辽东，击魏守将张持、高虑等，虏得男女。零陵言甘露降。夏五月，城沙羡。冬十月，将军蒋秘南讨夷贼。秘所领都督廖式杀临贺太守严纲等，自称平南将军，与弟潜共攻零陵、桂阳，及摇动交州、苍梧、郁林诸郡，众数万人。遣将军吕岱、唐咨讨之，岁余皆破。

三年春正月，诏曰：“盖君非民不立，民非谷不生。顷者以来，民多征役，岁又水旱，年谷有损，而吏或不良，侵夺民时，以致饥困。自今以来，督军郡守，其谨察非法，当农桑时，以役事扰民者，举正以闻[141]。”夏四月，大赦，诏诸郡县治城郭，起谯楼，穿堑发渠[142]，以备盗贼。冬十一月，民饥，诏开仓廪以赈贫穷[143]。

四年春正月，大雪，平地深三尺，鸟兽死者大半。夏四月，遣卫将军全琮略淮南，决芍陂，烧安城邸阁，收其人民。威北将军诸葛恪攻六安。琮与魏将王凌战于芍陂，中郎将秦晃等十余人战死。车骑将军朱然围樊，大将军诸葛瑾取柤中。五月，太子登卒。是月，魏太傅司马宣王救樊。六月，军还。闰月，大将军瑾卒。秋八月，陆逊城邾[144]。

五年春正月，立子和为太子，大赦，改禾兴为嘉兴。百官奏立皇后及四王，诏曰：“今天下未定，民物劳瘁，且有功者或未录，饥寒者尚未恤，猥割土壤以丰子弟[145]，崇爵位以宠妃妾，孤甚不取。其释此议。”三月，海盐县言黄龙见。夏四月，禁进献御[146]，减太官膳。秋七月，遣将军聂友、校尉陆凯以兵三万讨珠崖、儋耳。是岁大疫，有司又奏立后及诸王。八月，立子霸为鲁王。

六年春正月，新都言白虎见。诸葛恪征六安，破魏将谢顺营，收其民人。冬十一月，丞相顾雍卒。十二月，扶南王范旃遣使献乐人及方物。是岁，司马宣王率军入舒，诸葛恪自皖迁于柴桑。

七年春正月，以上大将军陆逊为丞相。秋，宛陵言嘉禾生。是岁，步骘、朱然等各上疏云：“自蜀还者，咸言欲背盟与魏交通，多作舟船，缮治城郭。又蒋琬守汉中，闻司马懿南向，不出兵乘虚以掎角之，反委汉中，还近成都。事已彰灼[147]，无所复疑，宜为之备。”权揆其不然[148]，曰：“吾待蜀不薄，聘享盟誓[149]，无所负之，何致此？又司马懿前来入舒，旬日便退，蜀在万里，何知缓急而便出兵乎[150]？昔魏欲入汉川，此间始严[151]，亦未举动，会闻魏还而止[152]，蜀宁可复以此有疑邪？又人家治国，舟船城郭，何得不护？今此间治军，宁复欲以御蜀邪？人言苦不可信[153]，朕为诸君破家保之。”蜀竟自无谋，如权所筹。

八年春二月，丞相陆逊卒。夏，雷霆犯宫门柱，又击南津大桥楹。茶陵县鸿水溢出，流漂居民二百余家。秋七月，将军马茂等图逆，夷三族[154]。八月，大赦。遣校尉陈勋将屯田及作士三万人凿句容中道，自小其至云阳西城，通会市，作邸阁[155]。

九年春二月，车骑将军朱然征魏柤中，斩获千余。夏四月，武昌言甘露降。秋九月，以骠骑将军步骘为丞相，车骑将军朱然为左大司马，卫将军全琮为右大司马，镇南将军吕岱为上大将军，威北将军诸葛恪为大将军。

十年春正月，右大司马全琮卒。二月，权適南宫。[156]三月，改作太初宫，诸将及州郡皆义作[157]。夏五月，丞相步骘卒。冬十月，赦死罪。

十一年春正月，朱然城江陵。二月，地仍震[158]。三月，宫成。夏四月，雨雹，云阳言黄龙见。五月，鄱阳言白虎仁[159]。诏曰："古者圣王积行累善，修身行道，以有天下，故符瑞应之，所以表德也[160]。朕以不明，何以臻兹[161]？《书》云'虽休勿休'，公卿百司，其勉修所职，以匡不逮[162]。"

十二年春三月，左大司马朱然卒。四月，有两乌衔鹊堕东馆[163]。丙寅，骠骑将军朱据领丞相，燎鹊以祭。

十三年夏五月，日至[164]，荧惑入南斗，秋七月，犯魁第二星而东。八月，丹杨、句容及故鄣、宁国诸山崩，鸿水溢。诏原逋责，给贷种食[165]。废太子和，处故鄣。鲁王霸赐死。冬十月，魏将文钦伪叛以诱朱异，权遣吕据就异以迎钦。异等持重，钦不敢进。十一月，立子亮为太子。遣军十万，作堂邑涂塘以淹北道。十二月，魏大将军王昶围南郡，荆州刺史王基攻西陵，遣将军戴烈、陆凯往拒之，皆引还。是岁，神人授书，告以改年、立后。

太元元年夏五月，立皇后潘氏，大赦，改年。初临海罗阳县有神，自称王表。周旋民间[166]，语言饮食，与人无异，然不见其形。又有一婢，名纺绩。是月，遣中书郎李崇赍辅国将军罗阳王印绶迎表。表随崇俱出，与崇及所在郡守令长谈论，崇等无以易[167]。所历山川，辄遣婢与其神相闻[168]。秋七月，崇与表至，权于苍龙门外为立第舍，数使近臣赍酒食往。表说水旱小事，往往有验。秋八月朔，大风，江海涌溢，平地深八尺，吴高陵松柏斯拔，郡城南门飞落。冬十一月，大赦。权祭南郊还，寝疾[169]。十二月，驿征大将军恪，拜为太子太傅。诏省徭役，减征赋，除民所患苦。

二年春正月，立故太子和为南阳王[170]，居长沙；子奋为齐王，居武昌；子休为琅邪王，居虎林。二月，大赦，改元为神凤。皇后潘氏薨。诸将吏数诣王表请福，表亡去[171]。夏四月，权薨，时年七十一，谥曰大皇帝。秋七月，葬蒋陵。

评曰：孙权屈身忍辱，任才尚计，有句践之奇，英人之杰矣[172]。故能自擅江表，成鼎峙之业[173]。然性多嫌忌，果于杀戮，暨臻末年，弥以滋甚[174]。至于谗说殄行，胤嗣废毙[175]。岂所谓贻厥孙谋以燕翼子者哉[176]？其后叶陵迟[177]，遂致覆国，未必不由此也。

---

①孝廉：汉代选举官吏两种科目的名称。孝，指孝子；廉，指廉洁之士。　茂才：秀才、有才华的人。东汉因避光武帝刘秀讳，改称茂才。　行：代替、代理。

②职贡：根据古制、地方官职每年要向皇帝行职贡礼。　锡（xī，音西）：赐给。

③语：告诉　禄祚：寿命、福气。　不终：不长久。　惟：同"唯"，独。　中弟：二弟。中，通"仲"，孙权在兄弟中排行第二，故称"仲"。　孝廉；代称孙权，因他曾为"郡察孝廉"。　不恒：不平常。　识（zhì，音至）：通"志"，记住。

④破：打败。

⑤薨（hōng，音轰）：古称诸侯的死为薨。

⑥宁：难道、岂能。

⑦奸宄（guǐ，音鬼）：作乱、盗窃的坏人。乱在外曰奸，乱在内曰宄。　豺狼：称当时凶残的当政的人。　亲戚：古时凡父子、兄弟都可称为亲戚，这里指兄。　犹：好比。开门而揖盗：比喻接纳坏人，自取其祸。

⑧改易权服：要孙权脱下丧服，穿上官服。

⑨委心：尽心。　服事，从事职事。

⑩宾客：当时社会上的知名人士，依附于地方豪强但未正式受任官职而受客礼对待的，称为宾客。

⑪克：取胜。

⑫锐攻：强攻。　屠城：毁城，屠杀。

⑬挺身：脱身。　亡走：逃走。

⑭旨：意见、主张。

⑮诣（yì，音义）：拜会、会见。

⑯议者：同孙权共商军政大事的官员。

⑰迎：指降顺。

⑱党：部属、同伙。

⑲定：平定。

⑳假：借。　反：同"返"，归还。　虚辞；空话、假话。　引岁：拖延岁月时间。

㉑使使：派遣使臣。前"使"，动词；后"使"，名词。

㉒报：告知、回答。　盟好：结盟。

㉓彻军：退兵、收兵。彻，通"撤"。

㉔就路：上路。就，趋向回归之路。

㉕捍（hàn，音汗）：保卫。

㉖次：驻军，停留。

㉗如：到、往。

㉘却废：后退、伤残。　常从：经常侍奉在左右的随从人员。

㉙拔：占领，攻占。

㉚笺：信札。这里用如动词，写信。

㉛幡旗：旗帜。这里指军旗。

㉜骠骑将军：官职的一种，仅次于大将军。　假节：古代使臣外出，持节作为凭证，表明使者职位高低，权力的大小。

㉝市：购买，作动词用。

㉞抚纳：抚爱、结纳，有依附、亲善之意。

㉟甘露：甘美的雨露。古人迷信，认为天降甘露是太平的瑞兆。

㊱变难：意外的灾难。

㊲崇（chóng，音虫）：重视。

㊳践阼：即帝位。　称藩：自称藩国。

㊴并启土宇：指叔旦、太公都分封了广大的土地。　备物：各种美好物品。备，美好。

㊵殊异：谓特殊不同的优待。

㊶秉统天机：总管国家大政。

㊷命世：名世。　作佐：作帝王的辅佐。　历数：上天的运数，指王朝更替的次序。

㊸抗疏：上书。疏，文书中的一种。

㊹款诚：恳挚、忠诚。　信著金石：指信义永垂，如铭刻于金石。

㊺苴（jū音居）：包着。　对扬：对答称扬，指表示接受王的策命并发敬意。　尹：治理。

㊻绥安：安抚。　纪纲：治理。　携贰：怀有二心，有不满、仇怨之意。

㊼衮（gǔn，音滚）冕（miǎn，音免）：古代君王所用的礼服。　赤舄（xì，音细）：红色着木的复底鞋。

㊽休风：美善、祥和的风气。　朱户：即朱门，表示尊贵。

㊾奸慝（tè，音特）：奸诈，邪恶的人。　虎贲（bēn，音奔）：似猛虎奔走，比喻勇猛。

㊿罪人斯得：意为捕获罪人。　鈇钺：兵器，鈇，同"斧"。

51秬（ju，音巨）鬯（chàng，音唱）：用郁金香草合黍酿造供祭祀的美酒。　圭瓒（zàn，音赞）：形状如勺，用圭为柄的灌酒器。

㊾勖（xù，音旭）相（xiàng，音向）：勉力辅佐。　显烈：显赫的功业。
㊿凡品：平凡的人。
54兵不刃血：指没有死伤一个人。兵，兵器。血刃，刀刃上沾血，指死伤的人。
55见：同“现”
56投兵降首：投降的士兵、将领。　仅以身免：仅自身逃走。
57事：侍奉。　诚心不款：对曹魏表示的忠心不真挚。
58任子：即“质子”，以儿子作人质。
59平集：平定、安顺。集，通“辑”，安和、顺从。　弭（mǐ，音米）：停止。
60改厉：改悔罪过。
61见置：被赦免。　寄命：寄托生命。
62仰成：仰首期待成功。
63冀：希望。　信：真实。
64指麾：本为手的指示、挥动，这里表示意向。麾，同“挥”。　发明众嫌：发现、证实了众多的怀疑。
65敕（chì，音斥）：但，只是。
66聘：遣使访问、修好。
67油船：船以牛皮为盖，外涂油而战。
68生虏：活捉。
69图：设法对付，谋取。
70木连理：不同根的树木，其枝干却连生在一起。
71攻没：指攻占县城，没收官府财物。
72听：听任、任凭。
73宽息：对民众实行宽松政策，休养生息。
74便宜：指对国家有利应该兴办的事。　息调（diào，音掉）：停止征收绢绵的户税。
75谠（dǎng，音党）：直言。　不能：据下文，此处疑为“不敢”。
76未然也：尚未如此，指还未定实施邪恶、犯罪的人。
77当重（chóng，音虫）：再次商量，考虑。　可：应该，恰当。
78宁得：岂能，怎能。
79谄（chǎn，音产）媚取容：用巴结、奉承来讨好别人。
80事以众济；人多才能办成事。济：成功。
81复用多为：还用得着多征调吗？为：语气词，表反问。
82豫：通“预”，预先。
83分（fèn，音奋）义：名分、大义。
84荣戚：光荣、忧愁。
85损益：删改、增补。
86俄：不久。
87伪叛：假装逃走。
88参（sān，音三）：通“叁”。
89失叙：失去了正常秩序。叙，通“序”。
90国柄：朝政大权。
91靡所戾止：无办法安定。
92么（yāo，音腰）麽（mó，音模）：细小、不足道的人。
93干度：犯法。
94畀（bì，音毕）：给予。
95歃（shà，音刹）：谓歃血。
96棐（fěi，音匪）谌：保佑诚信的人。
97后叶：后代。
98凡百：泛指一切，概括之词。　载书：会盟时订立的誓约文书。

⑲坠其师：丧失他的民众。师，众。

⑩因故府：指利用以前的将军府。　不改馆：不再改建新宫。

⑩货：买，作动词。

⑩卒：同“猝”。仓促，时间短。

⑩俟：等待。

⑩肇（zhào，音照）：开始。　元命；天命。　夙夜：日夜。　不遑（huáng，音黄）：无空闲。　假寝：指不脱衣冠而睡。

⑩贼虏：指魏国。　乃心于国：谓公孙渊心向吴国。

⑩章表：指公孙渊呈送孙权自称藩巨的文书。

⑩更始：开始。

⑩切谏：恳切劝说。

⑩岁：年景，收成。　不登：无收成。　逋：拖欠，民众拖欠的赋税。　督课：督责征收。课，征收。

⑩玳（dǎi，音歹）瑁（mào，音冒）：一种似龟的爬行动物，甲壳可做装饰品。

⑪当：值

⑫输：缴纳。　畀（bì，音毕）：给予、付与。　直：通“值”，价值。

⑬三年之丧：我国古代社会的基本丧制，臣为君、子为父、妻为夫都要守丧三年。　达制：普遍通行的礼制。　不肖者：不贤者。

⑭世治道泰：时世清明，天下太平。　不夺人情：既允许在职官员回奔丧。　孝子：指父母去世在家服丧礼的人。

⑮杀礼：省礼，这里谓减少。　从宜：顺从时宜、权宜。　要绖（die，音碟）：要，“腰”本字。绖，古代与丧服相配、束于腰间的麻带；谓穿着丧服。　处事：谓处理政务。

⑯时：即随时之宜，谓根据不同时期的具体情况，采用合理的变通办法。

⑰以义断恩：以大义舍弃私情。

⑱纠坐：纠，察报、矫正。坐，犯法获罪。　废旷：惩处因奔丧而擅离职守的法令，已如同完全废弃的空文。

⑲方事之殷：当前正值国家多事之时。

⑳节度：规则、制度。

㉑选代之间：考核、选官，职务更替的时候。　传者：因亲丧而迅急离开职守的官员。

㉒军国异容：处理军事与一般政事，应有不同的法度。

㉓干突：违犯法纪。

㉔在：生存。　出身：献身。

㉕以杀止杀：用杀人的重刑禁止人们犯法。

㉖请：求情。

㉗比：例。

㉘追赠：死后封赠。

㉙深刻：严酷、刻毒。

㉚恳测：诚恳痛心。

㉛刻怪：奇怪。刻，怪。

㉜悉中（zhòng，音种）：完全正确。

㉝独当己：仅仅认为自己正确、恰当。

㉞孽类：叛乱的坏人。

㉟发有二色：头发斑白。　公私分计：公，指吴国。私，个人交情。分，身份，地位。计，考虑。　相保：互相依靠。

㊱拾遗补阙：补救过失。

㊲布衣韦带：贫贱之人穿戴的衣物。韦，牛皮带。　污垢不异：谓污垢不离。异：离异、分开。

㊳事统是非：对一切事物应有相同的是非观念，即在态度上，认识上一致。统，同一。　从容：安逸、舒缓的样子。

㊴整齐天下：安定、统一天下。

㊵匡：纠正。　不逮：不及、考虑不周。

㊶举以正闻：列举查处，纠正的情况上报。

⑭穿堑（qiàn，音欠）：挖通壕沟、护城河。

⑭廪：粮仓。

⑭城：修筑。

⑭猥（wěi，音伟）：猝、急。

⑭禁进献御：禁止向皇帝进献贡品。

⑭灼：明显。

⑭揆（kuí，音葵）：揣度、估计。

⑭聘享：遣使访问修好，进献物品。

⑮缓急：偏用急义，紧急，危急。

⑮严：军事戒备。

⑮会：适逢、恰巧。

⑮若：极、甚。

⑮图逆：谋叛。　夷三族：诛灭父族、母族、妻族。

⑮会市：集会商旅或货物贸易。

⑮適（dí，音笛）南宫：指以南宫为正寝。適，专主。

⑮义作：自愿管理宫里劳务。

⑮仍：多次、频。

⑮白虎仁：白虎不伤人。

⑯符瑞：祥瑞的征兆。　表德：上天表彰帝王的功德。

⑯臻（zhēn，音真）兹：至此。

⑯勉修所职：尽力做各人主管的事物。

⑯乌：乌鸦。　鹊：喜鹊。

⑯日至：冬至。

⑯原：恕免。　责："债"本字。

⑯周旋：打交道，应酬。

⑯无以易：无所改变。易，改变。

⑯辄（zhé，音折）：每次、每回。

⑯寝疾：病重卧床不起。

⑰故：原来。

⑰亡：逃走。

⑰屈身忍辱：指向曹丕自称藩属。　尚计：崇尚计谋。

⑰鼎峙之业：指三分天下的帝业。

⑰嫌忌：疑忌。　暨（jì，音记）：及。

⑰谗说：谗言。　殄（tiǎn，音舔）行：暴行。　胤（yìn，音印）嗣：后代子孙。

⑰"贻厥"二句：语见《诗·大雅·文王有声》，意思是：周武王留下了他的远见谋略，可以用来安全保护他的子孙。贻：传；厥，其；孙，读如洵，长远、远见；燕，安全；翼，保护。

⑰后叶：后代。　陵迟：衰败。

周瑜传

周瑜，字公瑾，庐江舒人也。从祖父景，景子忠，皆为汉太尉①。父异，洛阳令。

瑜长壮有姿貌。初，孙坚兴义兵讨董卓，徙家于舒。坚子策与瑜同年，独相友善，瑜推道南大宅以舍策，升堂拜母，有无通共②。瑜从父尚为丹杨太守，瑜往省之③。会策将东渡，到历阳，驰书报瑜，瑜将兵迎策。策大喜曰："吾得卿，谐也[①]。"遂从攻横江、当利，皆拔之[⑤]。乃渡江击秣陵，破笮融、薛礼，转下湖孰、江乘，进入曲阿，刘繇奔走，而策之众已数万矣[⑥]。因谓瑜曰："吾以此众取吴会平山越已足。卿还镇丹杨[⑦]。"瑜还。顷之，袁术遣从弟胤代尚为太守，而瑜与尚俱还寿春。术欲以瑜为将，瑜观术终无所成，故求为居巢长，欲假涂东归，术听之[⑧]。遂自居巢还吴。是岁，建安三年也。策亲自迎瑜，授建威中郎将，即与兵二千人，骑五十匹。瑜时年二十四，吴中皆呼为周郎。以瑜恩信著于庐江，出备牛渚，后领春穀长。顷之，策欲取荆州，以瑜为中护军，领江夏太守，从攻皖，拔之。时得桥公两女，皆国色也[⑨]。策自纳大桥，瑜纳小桥。复进寻阳，破刘勋，讨江夏，还定豫章、庐陵，留镇巴丘。

五年，策薨，权统事[⑩]。瑜将兵赴丧，遂留吴，以中护军与长史张昭共掌众事。十一年，督孙瑜等讨麻、保二屯，枭其渠帅，囚俘万余口，还备宫亭[⑪]。江夏太守黄祖遣将邓龙将兵数千人入柴桑，瑜追讨击，生虏龙送吴。十三年春，权讨江夏，瑜为前部大督[⑫]。

其年九月，曹公入荆州，刘琮举众降，曹公得其水军，船步兵数十万，将士闻之皆恐[⑬]。权延见群下，问以计策。议者咸曰："曹公豺虎也，然托名汉相，挟天子以征四方，动以朝廷为辞，今日拒之，事更不顺[⑭]。且将军大势，可以拒操者，长江也。今操得荆州，奄有其地，刘表治水军，蒙冲斗舰，乃以千数，操悉浮以沿江，兼有步兵，水陆俱下，此为长江之险，已与我共之矣[⑮]。而势力众寡，又不可论[⑯]。愚谓大计不如迎之[⑰]。"瑜曰："不然。操虽托名汉相，其实汉贼也。将军以神武雄才，兼仗父兄之烈，割据江东，地方数千里，兵精足用，英雄乐业，尚当横行天下，为汉家除残去秽[⑱]。况操自送死，而可迎之邪？请为将军筹之：今使北土已安，操无内忧，能旷日持久，来争疆场，又能与我校胜负于船楫间乎[⑲]？今北土既未平安，加马超、韩遂尚在关西，为操后患。且舍鞍马，仗舟楫，与吴越争衡，本非中国所长[⑳]。又今盛寒，马无藁草，驱中国士众远涉江湖之间，不习水土，必生疾病[㉑]。此数四者，用兵之患也，而操皆冒行之[㉒]。将军禽操，宜在今日[㉓]。瑜请得精兵三万人，进住夏口，保为将军破之。"权曰："老贼欲废汉自立久矣，徒忌二袁、吕布、刘表与孤耳[㉔]。今数雄已灭，惟孤尚存，孤与老贼，势不两立。君言当击，甚与孤合，此天以君授孤也。"

时刘备为曹公所破，欲引南渡江，与鲁肃遇于当阳，遂共图计，因进住夏口，遣诸葛亮诣权[㉕]。权遂遣瑜及程普等与备并力逆曹公，遇于赤壁[㉖]。时曹公军众已有疾病，初一交战，公军败退，引次江北[㉗]。瑜等在南岸。瑜部将黄盖曰："今寇众我寡，难与持久。然观操军船舰首尾相接，可烧而走也[㉘]。"乃取蒙冲斗舰数十艘，实以薪草，膏油灌其中，裹以帷幕，上建牙旗，先书报曹公，欺以欲降，又豫备走舸，各系大船后，因引次俱前[㉙]。曹公军吏士皆延颈观望，指言盖降。盖放诸船，同时发火。时风盛猛，悉延烧岸上营落[㉚]。顷之，烟炎张天，人马烧溺死者甚众，军遂败退，还保南郡[㉛]。备与瑜等复共追。曹公留曹仁等守江陵城，径自北归。

瑜与程普又进南郡，与仁相对，各隔大江。兵未交锋，瑜即遣甘宁前据夷陵。仁分兵骑别攻围宁。宁告急于瑜。瑜用吕蒙计，留凌统以守其后，身与蒙上救宁[㉜]。宁围既解，乃渡屯北岸，克期大战[㉝]。瑜亲跨马擽陈，会流矢中右胁，疮甚，便还[㉞]。后仁闻瑜卧未起，勒兵就陈。瑜乃自兴，案行军营，激扬吏士，仁由是遂退[㉟]。

权拜瑜偏将军，领南郡太守。以下隽、汉昌、刘阳、州陵为奉邑，屯据江陵[㊱]。刘备以左将军领荆州牧，治公安。备诣京见权，瑜上疏曰："刘备以枭雄之姿，而有关羽、张飞熊虎之将，必非久屈为人用者[㊲]。愚谓大计宜徙备置吴，盛为筑宫室，多其美女玩好，以娱其耳目，分此二人，各置一方，使如瑜者得挟与攻战，大事可定也。今猥割土地以资业之，聚此三人，俱在疆场，恐蛟龙得云雨，终非池中物也[㊳]。"权以曹公在北方，当广擥英雄，又恐备难卒制，故不纳[39]。

是时刘璋为益州牧，外有张鲁寇侵，瑜乃诣京见权曰："今曹操新折衄，方忧在腹心，未能与将军连兵相事也[40]。乞与奋威俱进取蜀，得蜀而并张鲁，因留奋威固守其地，好与马超结援[41]。瑜还与将军据襄阳以蹙操，北方可图也[42]。"权许之。瑜还江陵，为行装，而道于巴丘病卒，时年三十六。权素服举哀，感动左右。丧当还吴，又迎之芜湖，众事费度，一为供给[43]。后著令曰："故将军周瑜、程普，其有人客，皆不得问[44]。"初瑜见友于策，太妃又使权以兄奉之。是时权位为将军，诸将宾客为礼尚简，而瑜独先尽敬，便执臣节[45]。性度恢廓，大率为得人，惟与程普不睦[46]。

瑜少精意于音乐，虽三爵之后，其有阙误，瑜必知之，知之必顾，故时人谣曰[47]："曲有误，周郎顾。"

瑜两男一女。女配太子登。男循尚公主，拜骑都尉，有瑜风，早卒[48]。循弟胤，初拜兴业都尉，妻以宗女，授兵千人，屯公安[49]。黄龙元年，封都乡侯，后以罪徙庐陵郡。赤乌二年，诸葛瑾、步骘连名上疏曰："故将军周瑜子胤，昔蒙粉饰，受封为将，不能养之以福，思立功效，至纵情欲，招速罪辟[50]。臣窃以瑜昔见宠任，入作心膂，出为爪牙，衔命出征，身当矢石，尽节用命，视死如归[51]。故能摧曹操于乌林，走曹仁于郢都，扬国威德，华夏是震，蠢尔蛮荆，莫不宾服，虽周之方叔，汉之信、布，诚无以尚也[52]。夫折冲捍难之臣，自古帝王莫不贵重，故汉高帝封爵之誓曰'使黄河如带，太山如砺，国以永存，爰及苗裔[53]'；申以丹书，重以盟诅，藏于宗庙，传于无穷，欲使功臣之后，世世相踵，非徒子孙，乃关苗裔，报德明功，勤勤恳恳，如此之至，欲以劝戒后人，用命之臣，死而无悔也[54]。况于瑜身没未久，而其子胤降为匹夫，益可悼伤。窃惟陛下钦明稽古，隆于兴继，为胤归诉，乞丐余罪，还兵复爵，使失旦之鸡，复得一鸣，抱罪之臣，展其后效[55]。"权答曰："腹心旧勋，与孤协事，公瑾有之，诚所不忘。昔胤年少，初无功劳，横受精兵，爵以侯将，盖念公瑾以及于胤也[56]。而胤恃此，酗淫自恣，前后告喻，曾无悛改[57]。孤于公瑾，义犹二君，乐胤成就，岂有已哉？迫胤罪恶，未宜便还，且欲苦之，使自知耳。今二君勤勤援引汉高河山之誓，孤用恧然[58]。虽德非其畴，犹欲庶几，事亦如尔，故未顺旨[59]。以公瑾之子，而二君在中间，苟使能改，亦何患乎[60]！"瑾、骘表比上，朱然及全琮亦俱陈乞，权乃许之[61]。会胤病死。

瑜兄子峻，亦以瑜元功为偏将军，领吏士千人[62]。峻卒，全琮表峻子护为将。权曰："昔走曹操，拓有荆州，皆是公瑾，常不忘之[63]。初闻峻亡，仍欲用护，闻护性行危险，用之适为作祸，故便止之[64]。孤念公瑾，岂有已乎？"

---

①从（zòng，音纵）祖父：祖父的兄弟。

②推：让。　舍：用如动词，给……居住。

③省（xǐng，音醒）：看望。

④谐：成功。

⑤拔：攻克。

⑥笮（zé）：音泽。　乘（shèng）：音胜。

⑦会（guì）：音贵。

⑧假涂：借道。假，借。涂，通"途"。　听：听凭。

⑨国色：形容美貌超群的女子。

⑩薨（hōng，音烘）：古代称诸侯死为薨。

⑪枭（xiāo，音消）：杀人后将头悬挂在木上。　渠帅：首领。渠，大。

⑫前部大督：先头部队的统帅。出征时置，非常制。

⑬琮（cóng，音从）。

⑭ 咸：皆，都。　托名：假借名义。　动：动辄。

⑮奄有：尽有。奄，覆盖、包括。　蒙冲：古代战船名。　斗舰：古代一种大型战船，上有各种攻防设施。

⑯不可论：不可相提并论。

⑰迎之：迎接曹操，就是向其投降的意思。

⑱仗：凭借。　烈：功业。　足用：物资充足。　乐业：乐于报效国家。　除残去秽：铲除奸邪，消灭祸害。

⑲旷日持久：空废时日，相持很久。　疆埸（yì，音易）：国界；疆界。大界曰疆，小界曰埸。　校（jiào，音教）：较量。　船楫（jí，音集）：泛指船。此处代指水军。

⑳吴越：代指孙吴。　争衡：争胜负。　中国：指中原。

㉑槀（gǎo，音搞）草：喂马的干草。

㉒患：禁忌。

㉓禽：通“擒”。

㉔徒忌：只畏惧。　二袁：指袁绍、袁术。

㉕引：引退。　诣（yì，音义）：到；往。

㉖ 逆：迎击。

㉗引次：退驻。

㉘走：使曹军败逃。

㉙建：插起。　牙旗：军旗的一种。　走舸（gě，音葛）：快艇。　引次俱前：依照顺序，一同前进。

㉚悉：尽；全。　营落：军营。

㉛顷之：不久。　张（zhàng，音涨）：布满；弥漫。

㉜身：亲自；自身。此代指周瑜。

㉝ 克期：约定日期。

㉞ 挢（lüè，音掠）陈：进攻敌阵。挢，击，陈，通“阵”。　会：恰巧。

㉟兴：起。　案行：巡视；巡察。

㊱奉邑：将某地的租税划归某人享用。

㊲枭（xiāo，音消）雄：骁勇强悍而有野心的人。

㊳猥（wěi，音委）：滥。　资业之：资助他的事业。

㊴擥：同“揽”，招揽。　卒（cù，音促）制：意为“一下子制伏”。　不纳：不接受。

㊵折衄（nǜ，音恧）：挫折；挫败。　连兵相事：两军相互攻战。

㊶奋威：指孙瑜。

㊷蹙（cù，音促）：逼迫。

㊸一：全部。

㊹“其有人客，皆不得问”：“客”指田客，即豪强大地主的农奴。孙吴有复客制度，承认豪强大族的田客是他们的领民。“皆不得问”是说官府不再向这些田客征派赋税徭役。

㊺便执臣节：便以臣的礼节事奉孙权。

㊻性度恢廓：性情开朗，气度宽宏。　大率：大概，大抵。

㊼爵：古代青铜酒器。　顾：回头看。

㊽尚公主：特指娶公主为妻。尚，匹配。

㊾妻：用如动词：以女嫁人。

㊿骘（zhì）：音智。　粉饰：打扮，装饰。引申为褒美赞扬之意。　罪辟（bì，音必）：罪刑。

51心膂（lǚ，音旅）：比喻亲信得力的人。膂，脊梁骨。　爪牙：比喻战将。　衔命：奉命。

52摧：挫败。　郢（yǐng）：音影。

53折冲捍难：抵御敌人，捍卫国难。　带：衣带。

54丹书：古代颁赐功臣得以传世免罪的文书，以朱砂书写，故称。　盟诅：盟誓。　踵（zhǒng，音种）：脚后跟。此用如动词，意为跟随、继承。　苗裔：子孙后代。　用命：听命；效劳。

55钦：敬。　稽古：稽考古道。　兴继：即是兴灭国，继绝世。　乞丐：乞求。

⑯横受：无功而受。　　爵以侯将：谓即受爵命，又将兵。

⑰酗（xù，音序）淫：酗酒淫乱。　　自恣：恣意妄为。　　悛（quān，音圈）改：悔改。

⑱用：同“以”。　　恧（nǜ，音衄）：惭愧。

⑲畴：通“俦”，同等的；相匹敌的。　　庶几：相近，差不多。

⑳患：忧患，忧虑。

㉑比上：屡次呈上。　　陈乞：陈情请求。

㉒元功：大功。

㉓走：（打败）使逃走。

㉔危险：急躁，狠毒。

鲁肃传

鲁肃，字子敬，临淮东城人也。生而失父，与祖母居。家富于财，性好施与。尔时天下已乱，肃不治家事，大散财货，摽卖田地，以赈穷弊结士为务，甚得乡邑欢心[①]。

周瑜为居巢长，将数百人故过候肃，并求资粮。肃家有两囷米，各三千斛，肃乃指一囷与周瑜，瑜益知其奇也，遂相亲结，定侨、札之分[②]。袁术闻其名，就署东城长。肃见术无纲纪，不足与立事，乃携老弱将轻侠少年百余人，南到居巢就瑜[③]。瑜之东渡，因与同行，留家曲阿。会祖母亡，还葬东城。

刘子扬与肃友善，遗肃书曰[④]：“方今天下豪杰并起，吾子姿才，尤宜今日。急还迎老母，无事滞于东城[⑤]。近郑宝者，今在巢湖，拥众万余，处地肥饶，庐江间人多依就之，况吾徒乎[⑥]？观其形势，又可博集，时不可失，足下速之。”肃答然其计[⑦]。葬毕还曲阿，欲北行。会瑜已徙肃母到吴，肃具以状语瑜[⑧]。时孙策已薨，权尚住吴，瑜谓肃曰：“昔马援答光武云‘当今之世，非但君择臣，臣亦择君’。今主人亲贤贵士，纳奇录异，且吾闻先哲秘论，承运代刘氏者，必兴于东南，推步事势，当其历数，终构帝基，以协天符，是烈士攀龙附凤驰骛之秋[⑨]。吾方达此，足下不须以子扬之言介意也[⑩]。”肃从其言。瑜因荐肃才宜佐时，当广求其比，以成功业，不可令去也[⑪]。

权即见肃，与语甚悦之。众宾罢退，肃亦辞出，乃独引肃还，合榻对饮[⑫]。因密议曰：“今汉室倾危，四方云扰，孤承父兄余业，思有桓文之功。君既惠顾，何以佐之？”肃对曰：“昔高帝区区欲尊事义帝而不获者，以项羽为害也[⑬]。今之曹操，犹昔项羽，将军何由得为桓文乎？肃窃料之，汉室不可复兴，曹操不可卒除[⑭]。为将军计，惟有鼎足江东，以观天下之衅[⑮]。规模如此，亦自无嫌。何者？北方诚多务也[⑯]。因其多务，剿除黄祖，进伐刘表，竟长江所极，据而有之，然后建号帝王，以图天下，此高帝之业也[⑰]。”权曰：“今尽力一方，冀以辅汉耳，此言非所及也。”张昭非肃谦下不足，颇訾毁之，云肃年少粗疏，未可用[⑱]。权不以介意，益贵重之，赐肃母衣服帏帐，居处杂物，富拟其旧。

刘表死，肃进说曰[⑲]：“夫荆楚与国邻接，水流顺北，外带江汉，内阻山陵，有金城之固，沃野万里，士民殷富，若据而有之，此帝王之资也[⑳]。今表新亡，二子素不辑睦，军中诸将，各有彼此[㉑]。加刘备天下枭雄，与操有隙，寄寓于表，表恶其能而不能用也[㉒]。若备与彼协心，上下齐同，则宜抚安，与结盟好；如有离违，宜别图之，以济大事[㉓]。肃请得奉命吊表二子，并慰劳其军中用事者，及说备使抚表众，同心一意，共治曹操，备必喜而从命[24]。如其克谐，天下可定也[25]。今不速往，恐为操所先。”权即遣肃行。到夏口，闻曹公已向荆州，晨夜兼道[26]。比至南郡，而表子琮已降曹公，备惶遽奔走，欲南渡江[27]。肃径迎之，到当阳长阪，与备会，宣腾权旨，及陈江东强固，劝备与权并力，备甚欢悦[28]。时诸葛亮与备相随，肃谓亮曰“我子瑜友也”，即共定交。备遂到夏口，遣亮使权，肃亦反命[29]。

会权得曹公欲东之问，与诸将议，皆劝权迎之，而肃独不言[30]。权起更衣，肃追于宇下，权知其意，执肃手曰：“卿欲何言[31]？”肃对曰：“向察众人之议，专欲误将军，不足与图大事。今肃可迎操耳，如将军，不可也。何以言之？今肃迎操，操当以肃还付乡党，品其名位，犹不失下曹从事，乘犊车，从吏卒，交游士林，累官故不失州郡也[32]。将军迎操，欲安所归[33]？愿早定大计，莫用众人之议也。”权叹息曰：“此诸人持议，甚失孤望；今卿廓开大计，正与孤同，此天以卿赐我也[34]。”

时周瑜受使至鄱阳，肃劝追召瑜还。遂任瑜以行事，以肃为赞军校尉，助画方略[35]。曹公破走，肃即先还，权大请诸将迎肃。肃将入阁拜，权起礼之，因谓曰：“子敬，孤持鞍下马相迎，足以显卿未[36]？”肃趋进曰：“未也。”众人闻之，无不愕然[37]。就坐，徐举鞭言曰：“愿至尊威德加乎四海，总括九州，克成帝业，更以安车软轮征肃，始当显耳[38]。”权抚掌欢笑[39]。

后备诣京见权，求都督荆州，惟肃劝权借之，共拒曹公。曹公闻权以土地业备，方作书，落笔于地[40]。

周瑜病困，上疏曰[41]：“当今天下，方有事役，是瑜乃心夙夜所忧，愿至尊先虑未然，然后康乐[42]。今既与曹操为敌，刘备近在公安，边境密迩，百姓未附，宜得良将以镇抚之[43]。鲁肃智略足任，乞以代瑜。瑜陨踣之日，所怀尽矣[44]。”即拜肃奋武校尉，代瑜领兵。瑜士众四千余人，奉邑四县，皆属焉。令程普领南郡太守。肃初住江陵，后下屯陆口，威恩大行，众增万余人，拜汉昌太守、偏将军。十九年，从权破皖城，转横江将军[45]。

先是，益州牧刘璋纲维颓弛，周瑜、甘宁并劝权取蜀，权以咨备，备内欲自规，乃伪报曰[46]：“备与璋托为宗室，冀凭英灵，以匡汉朝[47]。今璋得罪左右，备独竦惧，非所敢闻，愿加宽贷[48]。若不获请，备当放发归于山林[49]。”后备西图璋，留关羽守，权曰：“猾虏乃敢挟诈！”及羽与肃邻界，数生狐疑，疆埸纷错，肃常以欢好抚之[50]。备既定益州，权求长沙、零、桂，备不承旨，权遣吕蒙率众进取。备闻，自还公安，遣羽争三郡。肃住益阳，与羽相拒。肃邀羽相见，各驻兵马百步上，但诸将军单刀俱会。肃因责数羽曰：“国家区区本以土地借卿家者，卿家军败远来，无以为资故也[51]。今已得益州，既无奉还之意，但求三郡，又不从命。”语未究竟，坐有一人曰[52]：“夫土地者，惟德所在耳，何常之有！”肃厉声呵之，辞色甚切[53]。羽操刀起谓曰：“此自国家事，是人何知！”目使之去[54]。备遂割湘水为界，于是罢军。

肃年四十六，建安二十二年卒。权为举哀，又临其葬[55]。诸葛亮亦为发哀。权称尊号，临坛，顾谓公卿曰：“昔鲁子敬尝道此，可谓明于事势矣。”

肃遗腹子淑既壮，濡须督张承谓终当到至。永安中，为昭武将军、都亭侯、武昌督。建衡中，假节，迁夏口督[56]。所在严整，有方干。凤皇三年卒。子睦袭爵，领兵马[57]。

---

①尔时：那时。　摽（biāo，音标）：通“标”。摽卖，标价出售。　赈穷弊：救济穷困的人。　结士：结交士人。

②囷（qūn，音逡）：圆形的谷仓。　斛（hú，音胡）：量器，也是容量单位。古代以十斗为一斛。　侨、札之分（fèn，音奋）：乔，指春秋时郑国大夫公孙侨，字子产。札，指吴国公子季札。季札出访郑国，见子产如旧相识，互赠礼品，结

为好友。

③纲纪：礼法制度。

④遗（wèi，音卫）：致送。

⑤无事：不必要。　滞：停留。

⑥庐江间人：庐江一带的人。　吾徒：我辈。

⑦答然其计：同意他的意见。

⑧具：通“俱”。都，全。　状：情况。

⑨纳奇录异：接纳录用有奇才异能的人。　推步：推算之意。　历数：指帝王继承的次第。　天符：上天的符命。　烈士：志士。　攀龙附凤：比喻臣下依附帝王以建功立业。　驰骛（wù，音务）：奔走趋赴。　秋：日子；时期。

⑩足下：古代下称上或同辈相称，皆用“足下”，表示尊敬。

⑪比：类、辈。

⑫榻：狭长而低的坐卧用具。

⑬区区：犹“拳拳”，忠爱专一的意思。

⑭窃：私下。谦词。　料：料想；揣度。　卒（cù，音促）：通“猝”。卒除：很快除掉。

⑮鼎足：比喻三方对峙，如鼎之三足。　衅（xìn，音信）：缝隙；破绽。此处指机遇。

⑯多务：多事，意即多变故。

⑰竟：穷尽。　极：顶点；极端。

⑱非：责怪。　谦下：谦逊下士。　訾（zǐ，音紫）毁：非议毁谤。

⑲说（shuì，音税）：劝说。

⑳金城：坚固如金属铸就之城。　资：凭借；依托。

㉑二子：指刘表的长子刘琦、少子刘琮。　辑睦：和睦。

㉒隙：隔阂；矛盾。　恶（wù，音误）：憎恨。这里有嫉妒的意思。

㉓离违：言各有异心，互不合作。

㉔用事者：当权的人。　治：对付。

㉕克谐：能够成功。

㉖兼道：以加倍的速度赶路。

㉗惶遽（jù，音巨）：惊慌。

㉘宣腾：传达。　旨：意见。

㉙反命：犹“复命”。

㉚问：消息。

㉛更衣：上厕所。　宇下：屋檐下。

㉜乡党：泛指乡里。　品：评定。　下曹从事：曹，分科办事的官署；从事，官名。下曹从事是诸曹从事中最下等的。　犊车：牛车。　士林：泛指有文士身份的人。　累官：积功升官。

㉝安：何。　归：归宿、结局。

㉞廓（kuò，音扩）开：阐明。

㉟画：策划。　方略：计谋、策略。

㊱阁（gé，音革）：本意为侧门，这里指殿堂之门。　显：显扬，表彰。　未：疑问词，用同“否”。

㊲趋进：小步急行，表示恭敬。　愕然：吃惊的样子。

㊳安车：一匹马拉的车，可以安坐。　软轮：用蒲草包裹的车轮，行车时较为平稳，常用来迎接贤士。　征：征召。

㊴抚掌：拍手。

㊵业：资助。

㊶病困：病危。

㊷事役：指战事。　夙（sù，音速）夜：早晚。

㊸密迩：靠近。

㊹陨（yǔn，音允）：通“殒”，死。踣（bó，音勃）：跌倒。陨踣：死亡。

㊺转：调任。

㊻先是：在此之前。　纲维：法纪。　颓弛：败坏废弛。　自规：为自己打算。

㊼英灵：指汉朝皇帝祖先的英灵。

㊽左右：指孙权。 竦（sǒng，音耸）惧：恐惧。竦，同“悚”。

㊾放发：散发。 归于山林：辞官隐居。

㊿猾虏：狡猾的敌人。这里是骂刘备。 挟诈：使用诈术。 纷错：混淆交错。

51责数：指责。 国家：指吴主。 卿家：称对方，此处指刘备。

52究竟：完毕，结束。

53呵：呵斥；怒责。 切：严厉。

54目：视。此谓以目示意。

55举哀：举办丧事。 临（lìn，音吝）：哭吊死者。

56 假节：古代大臣出使或出巡，持节（信物）以示信。

57袭爵：继承爵位。

吕蒙传

吕蒙，字子明，汝南富陂人也。少南渡，依姊夫邓当。当为孙策将，数讨山越。蒙年十五六，窃随当击贼，当顾见大惊，呵叱不能禁止。归以告蒙母，母恚欲罚之，蒙曰：“贫贱难可居，脱误有功，富贵可致[①]。且不探虎穴，安得虎子?”母哀而舍之。时当职吏以蒙年小轻之，曰：“彼竖子何能为[②]？此欲以肉喂虎耳。”他日与蒙会，又蚩辱之[③]。蒙大怒，引刀杀吏，出走，逃邑子郑长家[④]。出因校尉袁雄自首，承间为言，策召见奇之，引置左右[⑤]。

数岁，邓当死，张昭荐蒙代当，拜别部司马。权统事，料诸小将兵少而用薄者，欲并合之。蒙阴赊贳，为兵作绛衣行縢，及简日，陈列赫然，兵人练习，权见之大悦，增其兵[⑥]。从讨丹杨，所向有功，拜平北都尉，领广德长。

从征黄祖。祖令都督陈就逆以水军出战[⑦]。蒙勒前锋，亲枭就首，将士乘胜，进攻其城。祖闻就死，委城走，兵追禽之[⑧]。权曰：“事之克，由陈就先获也。”以蒙为横野中郎将，赐钱千万。

是岁，又与周瑜、程普等西破曹公于乌林，围曹仁于南郡。益州将袭肃举军来附，瑜表以肃兵益蒙。蒙盛称肃有胆用，且慕化远来，于义宜益不宜夺也[⑨]。权善其言，还肃兵。瑜使甘宁前据夷陵，曹仁分众攻宁，宁困急，使使请救。诸将以兵少不足分，蒙谓瑜、普曰：“留凌公绩，蒙与君行，解围释急，势亦不久，蒙保公绩能十日守也。”又说瑜分遣三百人柴断险道，贼走可得其马。瑜从之。军到夷陵，即日交战，所杀过半。敌夜遁去，行遇柴道，骑皆舍马步走。兵追蹙击，获马三百匹，方船载还[⑩]。于是将士形势自倍，乃渡江立屯，与相攻击，曹仁退走，遂据南郡，抚定荆州。还，拜偏将军，领寻阳令。

鲁肃代周瑜，当之陆口，过蒙屯下。肃意尚轻蒙，或说肃曰：“吕将军功名日显，不可以故意待也，君宜顾之[⑪]。”遂往诣蒙。酒酣，蒙问肃曰：“君受重任，与关羽为邻，将何计略，以备不虞[⑫]?”肃造次应曰：“临时施宜。”蒙曰：“今东西虽为一家，而关羽实熊虎也，计安可不豫定?”因为肃画五策[⑬]。肃于是越席就之，拊其背曰[⑭]：“吕子明，吾不知卿才略所及乃至于此也。”遂拜蒙母，结友而别。

时蒙与成当、宋定、徐顾屯次比近，三将死，子弟幼弱，权悉以兵并蒙[⑮]。蒙固辞，陈启顾等皆勤劳国事，子弟虽小，不可废也。书三上，权乃听。蒙于是又为择师，使辅导之，其操心率如此。

魏使庐江谢奇为蕲春典农，屯皖田乡，数为边寇。蒙使人诱之，不从，则伺隙袭击。奇遂缩退，其部伍孙子才、宋豪等，皆携负老弱，诣蒙降[16]。后从权拒曹公于濡须，数进奇计，又劝权夹水口立坞，所以备御甚精，曹公不能下而退[17]。

曹公遣朱光为庐江太守，屯皖，大开稻田，又令间人招诱鄱阳贼帅，使作内应[18]。蒙曰："皖田肥美，若一收孰，彼众必增，如是数岁，操态见矣，宜早除之[19]。"乃具陈其状。于是权亲征皖，引见诸将，问以计策。蒙乃荐甘宁为升城督，督攻在前，蒙以精锐继之。侵晨进攻，蒙手执枹鼓，士卒皆腾踊自升，食时破之[20]。既而张辽至夹石，闻城已拔，乃退。权嘉其功，即拜庐江太守，所得人马皆分与之，别赐寻阳屯田六百人，官属三十人。蒙还寻阳，未期而庐陵贼起，诸将讨击不能禽[21]。权曰："鸷鸟累百，不如一鹗。"复令蒙讨之。蒙至，诛其首恶，余皆释放，复为平民[22]。

是时刘备令关羽镇守，专有荆土，权命蒙西取长沙、零、桂三郡。蒙移书二郡，望风归服，惟零陵太守郝普城守不降。而备自蜀亲至公安，遣羽争三郡。权时住陆口，使鲁肃将万人屯益阳拒羽，而飞书召蒙，使舍零陵，急还助肃。初，蒙既定长沙，当之零陵，过酃，载南阳邓玄之，玄之者郝普之旧也，欲令诱普[23]。及被书当还，蒙秘之，夜召诸将，授以方略，晨当攻城，顾谓玄之曰："郝子太闻世间有忠义事，亦欲为之，而不知时也。左将军在汉中，为夏侯渊所围。关羽在南郡，今至尊身自临之。近者破樊本屯，救酃，逆为孙规所破。此皆目前之事，君所亲见也。彼方首尾倒悬，救死不给，岂有余力复营此哉？今吾士卒精锐，人思致命，至尊遣兵，相继于道[24]。今子太以旦夕之命，待不可望之救，犹牛蹄中鱼，冀赖江汉，其不可恃亦明矣[25]。若子太必能一士卒之心，保孤城之守，尚能稽延旦夕，以待所归者，可也。今吾计力度虑，而以攻此，曾不移日，而城必破，城破之后，身死何益于事，而令百岁老母，戴白受诛，岂不痛哉[26]？度此家不得外问，谓援可恃，故至于此耳[27]。君可见之，为陈祸福。"玄之见普，具宣蒙意，普惧而听之。玄之先出报蒙，普寻后当至。蒙豫敕四将，各选百人，普出，便入守城门[28]。须臾普出，蒙迎执其手，与俱下船。语毕，出书示之，因拊手大笑。普见书，知备在公安，而羽在益阳，惭恨入地。蒙留孙皎，委以后事，即日引军赴益阳。刘备请盟，权乃归普等，割湘水，以零陵还之。以寻阳、阳新为蒙奉邑。

师还，遂征合肥，既撤兵，为张辽等所袭，蒙与凌统以死捍卫。后曹公又大出濡须，权以蒙为督，据前所立坞，置强弩万张于其上，以拒曹公。曹公前锋屯未就，蒙攻破之，曹公引退。拜蒙左护军、虎威将军。

鲁肃卒，蒙西屯陆口，肃军人马万余尽以属蒙。又拜汉昌太守，食下隽、刘阳、汉昌、州陵。与关羽分土接境，知羽骁雄，有并兼心，且居国上流，其势难久。初，鲁肃等以为曹公尚存，祸难始构，宜相辅协，与之同仇，不可失也[29]。蒙乃密陈计策曰："今征虏守南郡，潘璋住白帝，蒋钦将游兵万人，循江上下，应敌所在，蒙为国家前据襄阳，如此，何忧于操，何赖于羽？且羽君臣，矜其诈力，所在反覆，不可以腹心待也[30]。今羽所以未便东向者，以至尊圣明，蒙等尚存也。今不于强壮时图之，一旦僵仆，欲复陈力，其可得邪[31]？"权深纳其策，又聊复与论取徐州意，蒙对曰[32]："今操远在河北，新破诸袁，抚集幽、冀，未暇东顾。徐土守兵，闻不足言，往自可克。然地势陆通，骁骑所聘，至尊今日得徐州，操后旬必来争，虽以七八万人守之，犹当怀忧。不如取羽，全据长江，形势益张。"权尤以此言为当。及蒙代肃，初至陆口，外倍修恩厚，与羽结好。

后羽讨樊，留兵将备公安、南郡。蒙上疏曰："羽讨樊而多留备兵，必恐蒙图其后故也。蒙常有病，乞分士众还建业，以治疾为名。羽闻之，必撤备兵，尽赴襄阳。大军浮江，昼夜驰上，袭其空虚，则南郡可下，而羽可禽也。”遂称病笃，权乃露檄召蒙还，阴与图计[33]。羽果信之，稍撤兵以赴樊。魏使于禁救樊，羽尽禽禁等，人马数万，托以粮乏，擅取湘关米[34]。权闻之，遂行，先遣蒙在前。蒙至寻阳，尽伏其精兵𦪇𦨣中，使白衣摇橹，作商贾人服，昼夜兼行，至羽所置江边屯候，尽收缚之，是故羽不闻知[35]。遂到南郡，士仁、麋芳皆降。蒙入据城，尽得羽及将士家属，皆抚慰，约令军中不得干历人家，有所求取[36]。蒙麾下士，是汝南人，取民家一笠，以覆官铠，官铠虽公，蒙犹以为犯军令，不可以乡里故而废法，遂垂涕斩之。于是军中震栗，道不拾遗。蒙旦暮使亲近存恤耆老，问所不足，疾病者给医药，饥寒者赐衣粮。羽府藏财宝，皆封闭以待权至。羽还，在道路，数使人与蒙相闻，蒙辄厚遇其使，周游城中，家家致问，或手书示信。羽人还，私相参讯，咸知家门无恙，见待过于平时，故羽吏士无斗心[37]。会权寻至，羽自知孤穷，乃走麦城，西至漳乡，众皆委羽而降。权使朱然、潘璋断其径路，即父子俱获，荆州遂定[38]。

以蒙为南郡太守，封孱陵侯，赐钱一亿，黄金五百斤[39]。蒙固辞金钱，权不许。封爵未下，会蒙疾发，权时在公安，迎置内殿，所以治护者万方，募封内有能愈蒙疾者，赐千金[40]。时有针加，权为之惨慽，欲数见其颜色，又恐劳动，常穿壁瞻之，见小能下食则喜，顾左右言笑，不然则咄唶，夜不能寐[41]。病中瘳，为下赦令，群臣毕贺[42]。后更增笃，权自临视，命道士于星辰下为之请命。年四十二遂卒于内殿。时权哀痛甚，为之降损[43]。蒙未死时，所得金宝诸赐尽付府藏，敕主者命绝之日皆上还，丧事务约。权闻之，益以悲感。

蒙少不修书传，每陈大事，常口占为笺疏[44]。常以部曲事为江夏太守蔡遗所白，蒙无恨意[45]。及豫章太守顾邵卒，权问所用，蒙因荐遗奉职佳吏，权笑曰：“君欲为祁奚耶?”于是用之。甘宁粗暴好杀，既常失蒙意，又时违权令，权怒之，蒙辄陈请：“天下未定，斗将如宁难得，宜容忍之。”权遂厚宁，卒得其用[46]。

蒙子霸袭爵，与守冢三百家，复田五十顷[47]。霸卒，兄琮袭侯。琮卒，弟睦嗣。

孙权与陆逊论周瑜、鲁肃及蒙曰：“公瑾雄烈，胆略兼人，遂破孟德，开拓荆州，邈焉难继，君今继之[48]。公瑾昔要子敬来东，致达于孤，孤与宴语，便及大略帝王之业，此一快也[49]。后孟德因获刘琮之势，张言方率数十万众水步俱下。孤普请诸将，咨问所宜，无適先对[50]，至子布、文表，俱言宜遣使修檄迎之，子敬即驳言不可，劝孤急呼公瑾，付任以众，逆而击之，此二快也。且其决计策意，出张苏远矣；后虽劝吾借玄德地，是其一短，不足以损其二长也。周公不求备于一人，故孤忘其短而贵其长，常以比方邓禹也。又子明少时，孤谓不辞剧易，果敢有胆而已；及身长大，学问开益，筹略奇至，可以次于公瑾，但言议英发不及之耳[51]。图取关羽，胜于子敬。子敬答孤书云：‘帝王之起，皆有驱除，羽不足忌。’此子敬内不能办，外为大言耳，孤亦恕之，不苟责也。然其作军屯营，不失令行禁止，部界无废负，路无拾遗，其法亦美也[52]。

---

①恚（huì，音会）：愤怒。　脱误：当时口语，倘或，假如之意。

②竖子：鄙称，犹“小子”。

③蚩（chī，音吃）辱：侮辱。

④邑子：同乡。

⑤承间：趁机。

⑥赊贳（shì，音世）：借贷。　行縢（téng，音腾）：裹腿布。

⑦逆：迎击。

⑧委：弃。

⑨胆用：胆识和才干。　　慕化：仰慕教化。

⑩蹙（cù，音促）：迫。　　方船：两船相并。

⑪顾：拜访。

⑫不虞：没有意料到的事。

⑬画：谋画。

⑭拊（fǔ，音府）：拍。

⑮屯次：军队驻扎地。

⑯部伍：这里指部属、将士。

⑰坞：船坞。　　备御：防备抵御。

⑱间（jiàn，音见）人：间谍。

⑲孰：同“熟”。收孰：稻熟而收获之。

⑳侵晨：破晓。　　枹（fú，音俘）鼓：用鼓槌击鼓。　　食时：上午七点到九点，即辰时。

㉑期（jī，音基）：一周年。

㉒鸷（zhì，音至）鸟：凶猛的鸟。　　鹗（è，音遏）：大雕。

㉓酃（líng）：音灵。

㉔致命：犹“捐躯”。

㉕牛蹄中鱼：牛蹄坑中的鱼，比喻命在旦夕。

㉖曾不移日：要不了多少日子。　　戴白：头生白发。

㉗度（duó，音夺）：推测。　　此家：犹“这个人”，指郝普。　　问：消息。

㉘ 豫赖：预先命令。

㉙同仇：同心协力，对付仇敌。

㉚矜其诈力：以诈力自负。

㉛僵仆：死亡。

㉜聊复：约略，顺便。

㉝露檄（xí，音习）：不加封缄的文书。此用露檄，是孙权有意泄密。

㉞托：借口。

㉟艒䑩（gōu lù，音沟鹿）：大型的扁舟。　　屯候：驻军的瞭望哨。

㊱干历：冒犯。

㊲ 参讯：互相讯问。

㊳径路：小路。

㊴孱（zhàn）：音战。

㊵万方：各种药方。　　封内：疆域之内。

㊶针加：即扎针。　　劳动：劳烦惊动。　　咄唶（duō jiè，音多借）：叹息。

㊷瘳（chōu，音抽）：病愈。

㊸ 降损：减乐损膳。

㊹修：学习。　　口占：口述。　　笺疏：书札奏章。

㊺常：通“尝”，曾经。　　部曲：部下。　　白：告发。

㊻卒：终于。

㊼复：免收赋税。

㊽兼人：胜过别人。　　邈：远。

㊾要（yāo，音邀）：同“邀”。　　致达：引荐 。

㊿无適（dí，音敌）先对：没有谁先回答。

51剧：难。

52部界无废负：是说在管辖范围内，没有因废职而得罪过的。

陆逊传

陆逊字伯言，吴郡吴人也。本名议，世江东大族。逊少孤，随从祖庐江太守康在官[①]。袁术与康有隙，将攻康，康遣逊及亲戚还吴[②]。逊年长于康子绩数岁，为之纲纪门户[③]。

孙权为将军，逊年二十一，始仕幕府，历东西曹令史，出为海昌屯田都尉，并领县事[④]。县连年亢旱，逊开仓谷以振贫民，劝督农桑，百姓蒙赖[⑤]。时吴、会稽、丹杨多有伏匿，逊陈便宜，乞与募焉[⑥]。会稽山贼大帅潘临，旧为所在毒害，历年不禽。逊以手下召兵，讨治深险，所向皆服，部曲已有二千余人。鄱阳贼帅尤突作乱，复往讨之。拜定威校尉，军屯利浦[⑦]。

权以兄策女配逊，数访世务[⑧]。逊建议曰："方今英雄棋峙，豺狼窥望，克敌宁乱，非众不济[⑨]。而山寇旧恶，依阻深地[⑩]。夫腹心未平，难以图远，可大部伍，取其精锐。"权纳其策，以为帐下右部督。会丹杨贼帅费栈受曹公印绶，扇动山越，为作内应，权遣逊讨栈。栈支党多而往兵少，逊乃益施牙幢，分布鼓角，夜潜山谷间，鼓噪而前，应时破散[⑪]。遂部伍东三郡，强者为兵，羸者补户，得精卒数万人，宿恶荡除，所过肃清，还屯芜湖[⑫]。

会稽太守淳于式表逊枉取民人，愁扰所在[⑬]。逊后诣都，言次[⑭]，称式佳吏，权曰："式白君而君荐之，何也[⑮]?"逊对曰："式意欲养民，是以白逊。若逊复毁式以乱圣听，不可长也[⑯]。"权曰："此诚长者之事，顾人不能为耳[⑰]。"

吕蒙称疾诣建业，逊往见之，谓曰："关羽接境，如何远下，后不当可忧也?"蒙曰："诚如来言，然我病笃[⑱]。"逊曰："羽矜其骁气，陵轹于人[⑲]。始有大功，意骄志逸[⑳]。但务北进，未嫌于我，有相闻病，必益无备[㉑]。今出其不意，自可禽制。下见至尊，宜好为计[㉒]。"蒙曰："羽素勇猛，既难为敌，且已据荆州，恩信大行，兼始有功，胆势益盛，未易图也。"蒙至都，权问："谁可代卿者?"蒙对曰："陆逊意思深长，才堪负重，观其规虑，终可大任[㉓]。而未有远名，非羽所忌，无复是过。若用之，当令外自韬隐[㉔]，内察形便，然后可克。"权乃召逊，拜偏将军右部督代蒙。

逊至陆口，书与羽曰："前承观衅而动，以律行师[㉕]。小举大克，一何巍巍！敌国败绩，利在同盟，闻庆拊节，想遂席卷，共奖王纲[㉖]。近以不敏，受任来西，延慕光尘，思禀良规[㉗]。"又曰："于禁等见获，遐迩欣叹[㉘]。以为将军之勋足以长世，虽昔晋文城濮之师，淮阴拔赵之略，蔑以尚兹[㉙]。闻徐晃等少骑驻旌，窥望麾葆。操猾虏也，忿不思难，恐潜增众，以逞其心[㉚]。虽云师老，犹有骁悍[㉛]。且战捷之后，常苦轻敌，古人杖术，军胜弥警，愿将军广为方计，以全独克[㉜]。仆书生疏迟，忝所不堪，喜邻威德，乐自倾尽，虽未合策，犹可怀也[㉝]。倘明注仰，有以察之[㉞]。"羽览逊书，有谦下自托之意，意大安，无复所嫌[㉟]。逊具启形状，陈其可禽之要[㊱]。权乃潜军而上，使逊与吕蒙为前部，至即克公安、南郡。逊径进，领宜都太守，拜抚边将军，封华亭侯[㊲]。备宜都太守樊友委郡走，诸城长吏及蛮夷君长皆降。逊请金银铜印，以假授初附[㊳]。是岁建安二十四年十一月也。

逊遣将军李异、谢旌等将三千人，攻蜀将詹晏、陈凤[㊴]。异将水军，旌将步兵，断绝险要，即破晏等，生降得凤。又攻房陵太守邓辅、南乡太守郭睦，大破之。秭归大姓文布、邓凯等合夷兵数千人，首尾西方[㊵]。逊复部旌讨破布、凯[㊶]。布、凯脱走，蜀以为将。逊令人诱之，布帅众还降。前后斩获招纳，凡数万计[42]。权以逊为右护军、镇西将军，进封娄侯[43]。

时荆州士人新还，仕进或未得所，逊上疏曰："昔汉高受命，招延英异，光武中兴，群俊毕至，苟可以熙隆道教者，未必远近[44]。今荆州始定，人物未达，臣愚偻偻，乞普加覆载抽拔之恩[45]。令并获自进，然后四海延颈，思归大化[46]"权敬纳其言。

黄武元年，刘备率大众来向西界，权命逊为大都督、假节，督朱然、潘璋、宋谦、韩当、徐盛、鲜于丹、孙桓等五万人拒之。备从巫峡、建平连围至夷陵界，立数十屯[47]，以金锦爵赏诱动诸夷，使将军冯习为大督，张南为前部，辅匡、赵融、廖淳、傅彤等各为别督，先遣吴班将数千人于平地立营，欲以挑战。诸将皆欲击之，逊曰："此必有谲，且观之[48]。"备知其计不可，乃引伏兵八千，从谷中出。逊曰："所以不听诸君击班者，揣之必有巧故也。"逊上疏曰："夷陵要害，国之关限，虽为易得，亦复易失[49]。失之非徒损一郡之地，荆州可忧。今日争之，当令必谐[50]。备干天常，不守窟穴，而敢自送[51]。臣虽不材，凭奉威灵，以顺讨逆，破坏在近。寻备前后行军，多败少成，推此论之，不足为戚[52]。臣初嫌之，水陆俱进，今反舍船就步，处处结营，察其布置，必无他变。伏愿至尊高枕，不以为念也。"诸将并曰："攻备当在初，今乃令入五六百里，相衔持经七八月，其诸要害皆以固守，击之必无利矣[53]。"逊曰："备是猾虏，更尝事多[54]。其军始集，思虑精专，未可干也。今住已久，不得我便，兵疲意沮，计不复生，掎角此寇，正在今日。"乃先攻一营，不利。诸将皆曰："空杀兵耳。"逊曰："吾已晓破之之术。"乃敕各持一把茅，以火攻拔之[55]。一尔势成，通率诸军同时俱攻，斩张南、冯习及胡王沙摩柯等首，破其四十余营。备将杜路、刘宁等穷逼请降。备升马鞍山，陈兵自绕。逊督促诸军四面蹙之，土崩瓦解，死者万数[56]。备因夜遁，驿人自担烧铙铠断后，仅得入白帝城。其舟船器械，水步军资，一时略尽，尸骸漂流，塞江而下。备大惭恚[57]，曰："吾乃为逊所折辱，岂非天邪！"

初，孙桓别讨备前锋于夷道，为备所围，求救于逊。逊曰："未可。"诸将曰："孙安东公族，见围已困，奈何不救？"逊曰："安东得士众心，城牢粮足，无可忧也。待吾计展，欲不救安东，安东自解。"及方略大施，备果奔溃。桓后见逊曰："前实怨不见救，定至今日，乃知调度自有方耳[58]。"

当御备时，诸将军或是孙策时旧将，或公室贵戚，各自矜恃，不相听从。逊案剑曰："刘备天下知名[59]，曹操所惮，今在境界，此强对也。诸君并荷国恩，当相辑睦，共翦此虏[60]。上报所受，而不相顺，非所谓也[61]。仆虽书生，受命主上。国家所以屈诸君使相承望者，以仆有尺寸可称，能忍辱负重故也[62]。各任其事，岂复得辞！军令有常，不可犯矣。"及至破备，计多出逊，诸将乃服。权闻之，曰："君何以初不启诸将违节度者邪[63]？"逊对曰："受恩深重，任过其才。又此诸将或任腹心，或堪爪牙，或是功臣，皆国家所当与共克定大事者[64]。臣虽驽懦，窃慕相如、寇恂相下之义，以济国事。"权大笑称善，加拜逊辅国将军，领荆州牧，即改封江陵侯。

又备既住白帝，徐盛、潘璋、宋谦等各竞表言备必可禽，乞复攻之。权以问逊，逊与朱然、骆统以为曹丕大合士众，外托助国讨备，内实有奸心，谨决计辄还[65]。无几，魏军果出，三方受敌也。

备寻病亡，子禅袭位，诸葛亮秉政，与权连和[66]。时事所宜，权辄令逊语亮，并刻权印，以置逊所。权每与禅、亮书，常过示逊，轻重可否，有所不安，便令改定，以印封行之[67]。

七年，权使鄱阳太守周鲂谲魏大司马曹休，休果举众入皖，乃召逊假黄钺，为大都督，逆休[68]。休既觉知，耻见欺诱，自恃兵马精多，遂交战。逊自为中部，令朱桓、全琮为左右翼，三道俱进，果冲休伏兵，因驱走之，追亡逐北[69]，径至夹石，斩获万余，牛马骡驴车乘万两，军资器械略尽。休还，疽发背死[70]。诸军振旅过武昌[71]，权令左右以御盖覆逊，入出殿门，凡所赐逊，皆御物上珍，于时莫与为比。遣还西陵。

黄龙元年，拜上大将军、右都护。是岁，权东巡建业，留太子、皇子及尚书九官，征逊辅太子，并掌荆州及豫章三郡事，董督军国。时建昌侯虑于堂前作斗鸭栏，颇施小巧，逊正色曰："君侯宜勤览经典以自新益，用此何为?"虑即时毁彻之[72]。射声校尉松于公子中最亲，戏兵不整，逊对之髡其职吏。南阳谢景善刘廙先刑后礼之论，逊呵景曰："礼之长于刑久矣，廙以细辩而诡先圣之教，皆非也[73]。君今侍东宫，宜遵仁义以彰德音，若彼之谈，不须讲也[74]。"

逊虽身在外，乃心于国，上疏陈时事曰："臣以为科法严峻，下犯者多[75]。顷年以来，将吏罹罪，虽不慎可责，然天下未一，当图进取，小宜恩贷，以安下情[76]。且世务日兴，良能为先，自非奸秽入身，难忍之过，乞复显用，展其力效[77]。此乃圣王忘过记功，以成王业。昔汉高舍陈平之愆，用其奇略，终建勋祚，功垂千载[78]。夫峻法严刑，非帝王之隆业；有罚无恕，非怀远之弘规也。"

权欲遣偏师取夷州及朱崖，皆以谘逊，逊上疏曰："臣愚以为四海未定，当须民力，以济时务[79]。今兵兴历年，见众损减[80]。陛下忧劳圣虑，忘寝与食，将远规夷州，以定大事，臣反覆思惟，未见其利。万里袭取，风波难测，民易水土，必致疾疫，今驱见众，经涉不毛，欲益更损，欲利反害。又珠崖绝险，民犹禽兽，得其民不足济事，无其兵不足亏众。今江东见众，自足图事，但当畜力而后动耳[81]。昔桓王创基，兵不一旅，而开大业。陛下承运，拓定江表。臣闻治乱讨逆，须兵为威，农桑衣食，民之本业，而干戈未戢，民有饥寒[82]。臣愚以为宜育养士民，宽其租赋，众克在和，义以劝勇，则河渭可平，九有一统矣。"权遂征夷州，得不补失[83]。

及公孙渊背盟，权欲往征，逊上疏曰："渊凭险恃固，拘留大使，名马不献，实可仇忿[84]。蛮夷猾夏，未染王化，鸟窜荒裔，拒逆王师，至令陛下爰赫斯怒，欲劳万乘泛轻越海，不虑其危而涉不测。方今天下云扰，群雄虎争，英豪踊跃，张声大视[85]。陛下以神武之姿，诞膺期运，破操乌林，败备西陵，禽羽荆州，斯三虏者当世雄杰，皆摧其锋。圣化所绥，万里草偃，方荡平华夏，总一大猷。今不忍小忿，而发雷霆之怒，违垂堂之戒，轻万乘之重，此臣之所惑也。臣闻志行万里者，不中道而辍足；图四海者，匪怀细以害大。强寇在境，荒服未庭，陛下乘桴远征，必致窥阈，戚至而忧，悔之无及。若使大事时捷，则渊不讨自服；今乃远惜辽东众之与马，奈何独欲捐江东万安之本业而不惜乎？乞息六师，以威大虏，早定中夏，垂耀将来。"权用纳焉。

嘉禾五年，权北征，使逊与诸葛瑾攻襄阳。逊遣亲人韩扁赍表奉报，还，遇敌于沔中，钞逻得扁。瑾闻之甚惧，书与逊云："大驾已旋，贼得韩扁，具知吾阔狭[86]。且水干，宜当急去。"逊未答，方催人种葑豆，与诸将弈棋射戏如常。瑾曰："伯言多智略，其当有以。"自来见逊，逊曰："贼知大驾以旋，无所复戚，得专力于吾。又已守要害之处，兵将意动，且当自定以安之，施设变术，然后出耳。今便示退，贼当谓吾怖，仍来相蹙，必败之势也。"乃密与瑾立计，令瑾督舟船，逊悉上兵马，以向襄阳城。敌素惮逊，遽还赴城。瑾便引船出，逊徐整部伍，张拓声势，步趋船，敌不敢干。军到白围，托言住猎，潜遣将军周峻、张梁等击江夏新市、安陆、石阳，石阳市盛，峻等奄至，人皆捐物入城[87]。城门噎不得关，敌乃自斫杀己民，然后得阖。斩首获生，凡千余人。其所生得，皆加营护，不令兵士干扰侵侮。将家属来者，使就料视。若亡其妻子者，即给衣粮，厚加慰劳，发遣令还，或有感慕相携而归者。邻境怀之，江夏功曹赵濯、弋阳备将裴生及夷王梅颐等，并帅支党来附逊。逊倾财帛，周赡经恤[88]。

又魏江夏太守逯式兼领兵马，颇作边害，而与北旧将文聘子休宿不协。逊闻其然，即假作答式书云："得报恳恻[89]，知与休久结嫌隙，势不两存，欲来归附，辄以密呈来书表闻，撰众相迎[90]，且潜速严，更示定期。"以书置界上，式兵得书以见式，式惶惧，遂自送妻子还洛。由是吏士不复亲附，遂以免罢。

六年，中郎将周祗乞于鄱阳召募，事下问逊。逊以为此郡民易动难安，不可与召，恐致贼寇。而祗固陈取之，郡民吴遽等果作贼杀祗，攻没诸县。豫章、庐陵宿恶民，并应遽为寇[91]。逊自闻，辄讨即破，遽等相率降，逊料得精兵八千余人，三郡平[92]。

时中书典校吕壹，窃弄权柄，擅作威福[93]。逊与太常潘濬同心忧之，言至流涕。后权诛壹，深以自责，语在权传。

时谢渊、谢肱等各陈便宜，欲兴利改作，以事下逊。逊议曰："国以民为本，强由民力，财由民出。夫民殷国弱，民瘠国强者，未之有也。故为国者，得民则治，失之则乱，若不受利，而令尽用立效，亦为难也。是以《诗》叹'宜民宜人，受禄于天'。乞垂圣恩，宁济百姓，数年之间，国用少丰，然后更图。"

赤乌七年，代顾雍为丞相，诏曰："朕以不德，应期践运，王涂未一，奸宄充路，夙夜战惧，不遑鉴寐[94]。惟君天资聪睿，明德显融，统任上将，匡国弭难。夫有超世之功者，必应光大之宠；怀文武之才者，必荷社稷之重。昔伊尹隆汤，吕尚翼周，内外之任，君实兼之。今以君为丞相，使使持节守太常傅常授印绶。君其茂昭明德，修乃懿绩，敬服王命，绥靖四方[95]。於乎！总司三事，以训群寮，可不敬与，君其勖之！其州牧都护领武昌事如故。"

先是，二宫并阙，中外职司，多遣子弟给侍。全琮报逊，逊以为子弟苟有才，不忧不用，不宜私出以要荣利；若其不佳，终为取祸。且闻二宫势敌，必有彼此，此古人之厚忌也[96]。琮子寄，果阿附鲁王，轻为交构。逊书与琮曰："卿不师日磾，而宿留阿寄，终为足下门户致祸矣。"琮既不纳，更以致隙。及太子有不安之议，逊上疏陈："太子正统，宜有盘石之固，鲁王藩臣，当使宠秩有差，彼此得所，上下获安[97]。谨叩头流血以闻。"书三四上，及求诣都，欲口论適庶之分，以匡得失。既不听许，而逊外生顾谭、顾承、姚信，并以亲附太子，枉见流徙。太子太傅吾粲坐数与逊交书，下狱死。权累遣中使责让逊，逊愤恚致卒，时年六十三，家无余财。

初，暨艳造营府之论，逊谏戒之，以为必祸。又谓诸葛恪曰："在我前者，吾必奉之同升；在我下者，则扶持之。今观君气陵其上，意蔑乎下，非安德之基也[98]。"又广陵杨竺少获声名，而逊谓之终败，劝竺兄穆令与别族[99]。其先睹如此。长子延早夭，次子抗袭爵。孙休时，追谥逊曰昭侯[100]。

---

①孤：幼而丧父。　从（zòng，音纵）祖：父亲的堂伯叔。

②隙（xì，音细）：仇怨。　亲戚：古代指家庭成员及内外亲属。

③纲纪：治理，照管。

④领：兼任。

⑤亢（kàng，音抗）旱：大旱。　振：通"赈"。救济。　劝督：勉励，督促。　农桑：指耕织。　蒙赖：蒙受利益。

⑥伏匿：躲藏。　便（biàn，音变）宜：有利国家、合乎时宜的事。

⑦拜：授官。

⑧访：咨询，征求意见。　世务：同"时务"，当世的要事。

⑨棋峙（zhì，音志）：相持不下．如下棋时互相对峙。　宁：平定，止息。

⑩依阻：凭借，仗恃。

⑪牙幢（chuáng，音床）：即牙旗，以象牙为饰的旗。　鼓角：战鼓和号角。　鼓噪：击鼓呼叫。

⑫部位：部署，安排。　羸（léi，音雷）：疲弱。

⑬表：上奏。

⑭言次：谈话中。

⑮白：陈述，表白。这里是“告状”、“告发”之意。

⑯长（zhǎng，音掌）：推崇，提倡。

⑰长（zhǎng，音掌）者：性情谨厚的人。

⑱诚：确实。　来言：刚才听说。　病笃：病重。

⑲骁气：勇猛的气魄。　陵轹（lì，音立）：欺凌。

⑳始有大功：关羽刚刚击破魏国大军，生擒魏将于禁、庞德等。　逸：安闲，不用心。

㉑但：只。　务：致力于。　嫌：疑。

㉒下：吕蒙自陆口赴建业，途经芜湖，与陆逊相见。建业对芜湖而言在长江下游，所以说“下”。　至尊：指帝王。这里指孙权。

㉓规虑：谋划，思虑。

㉔韬隐：隐藏真实意图。

㉕衅（xìn，音信）：间隙，破绽。　以律行师：用法度来整肃部队。

㉖败绩：溃败。　拊（fǔ，音腐）节：用手击节，表示赞赏。　王纲：指汉朝廷。

㉗不敏：谦虚之词。　延慕：倾慕。指殷切盼望。　光尘：称颂人的风采的颂词。　禀：承受。

㉘获：缴获，擒获。　遐迩：远近。

㉙长世：绵延永存。　蔑：没有。　尚：超过。　兹：此。

㉚潜：偷偷地。

㉛师老：军队长期在外，锐气已尽。

㉜ 杖术：掌军用兵的方法。　弥：更。

㉝仆：自称谦词。　忝：自谦之词。有愧于。　不堪：不胜任。　威德：声威德政。这里指关羽。

㉞倘：倘若，假如。

㉟托：依附。

㊱启：禀告，报告。

㊲领：兼任。

㊳假授：非正式任命。

㊴将（jiàng，音降）：率领。

㊵首尾：勾结，关联。

㊶部：安排。

㊷凡：总共。

㊸进封：提升封号。

㊹疏（shū，音书）：书面向皇帝陈述意见。　延：引进。　英异：与下文的“俊”都指才智杰出的人物。　苟：只要。

㊺ 偻偻（lóu，音楼）：勤恳。　覆载：指天地养育及包容万物。　抽拔：提拔。

㊻大化：广大深远的教化。

㊼屯：军营。

㊽谲（jué，音决）：诈。

㊾ 关限：门栓和门槛，今比喻为“大门”。

㊿谐：胜利。

51干：冒犯。　天常：天之常理。　窟穴：大本营。

52寻：探求，考察。　戚：忧虑。

53相衔持：双方对立，互不相下。　以：通“已”。

54尝：经历。

55敕（chì，音斥）：命令。

56蹙（cù，音促）：攻击，追击。

57惭恚（huì，音会）：羞愧愤恨。

58见救：相救。　定至今日：至今日事始定。定、至都是“及”“等到”的意思。

(59)案：通“按”。手抚。
(60)荷（hè，音贺）：承受。　辑睦：和睦。　翦：灭。
(61)非所谓：犹言“不是应该有的情况”。
(62)承望：顺从。　尺寸：指点滴长处。
(63)节度：指挥约束。
(64)腹心：心腹，指亲信。　爪牙：得力的战将。
(65)辄：即时。
(66)寻：不久。　秉政：执掌政事。
(67)过：经过。　不安：不妥。
(68)逆：击。
(69)亡、北：都是“逃跑”的意思。
(70)疽（jū，音居）：毒疮。
(71)振旅：整顿部队。
(72)彻：通“撤”。
(73)诡：违背。
(74)德音：善言。
(75)科法：法令，条律。
(76)顷年：近年。　罹（lí，音离）罪：犯罪。　小：稍。　贷：宽免。
(77)良能：贤能。　自非：除非。　显用：提拔任用。
(78)愆（qiān，音千）：罪过。　垂：流传。
(79)时务：当世的要事。
(80)见：同“现”。
(81)畜：同“蓄”，积蓄。
(82)戢（jí，音级）：停止。
(83)遂：最终。
(84)仇忿：仇视。
(85)张声大视：高声叫喊，瞪目而视。
(86)阔狭：宽窄。这里指虚实。
(87)奄（yǎn，音眼）至：忽然到达。
(88)周赡：周济供给。　经恤：安抚照料。
(89)恳恻：诚恳痛切。
(90)撰众：聚集部队。
(91)宿恶：一贯作恶的人。
(92)料：选择。
(93)威福：刑罚和赏赐。
(94)王涂未一：天下尚未统一。　不遑：没有空闲。　鉴寐：不脱衣冠而睡。
(95)懿绩：美好的功业。　绥靖：安定平服。
(96)必有彼此：必然会产生矛盾。
(97)得所：得到合理的安排。
(98)陵：通“凌”。侵侮。　安德：安全福利。
(99)别族：另立门户。
(100)谥（shì，音事）：君主时代帝王、贵族、大臣等死后，依其生前事迹所给予的称号。

晋　书

(选录)

〔唐〕房玄龄等　撰

武帝纪

武皇帝讳炎，字安世，文帝长子也。宽惠仁厚，沉深有度量。魏嘉平中，封北平亭侯，历给事中、奉车都尉、中垒将军，加散骑常侍，累迁中护军、假节。迎常道乡公于东武阳，迁中抚军，进封新昌乡侯。及晋国建，立为世子，拜抚军大将军，开府、副贰相国。

初，文帝以景帝既宣帝之嫡，早世无后，以帝弟攸为嗣，特加爱异，自谓摄居相位，百年之后，大业宜归攸。每曰："此景王之天下也，吾何与焉。"将议立世子，属意于攸。何曾等固争曰："中抚军聪明神武，有超世之才。发委地，手过膝，此非人臣之相也。"由是遂定。咸熙二年五月，立为晋王太子。

八月辛卯，文帝崩。太子嗣相国、晋王位。下令宽刑宥罪[①]，抚众息役，国内行服三日。是月，长人见于襄武，长三丈，告县人王始曰："今当太平。"

九月戊午，以魏司徒何曾为丞相，镇南将军王沈为御史大夫，中护军贾充为卫将军，议郎裴秀为尚书令、光禄大夫，皆开府。

十一月，初置四护军，以统城外诸军。乙未，令诸郡中正以六条举淹滞：一曰忠恪匪躬，二曰孝敬尽礼，三曰友于兄弟，四曰洁身劳谦，五曰信义可复，六曰学以为己。

是时晋德既洽，四海宅心。于是天子知历数有在，乃使太保郑冲奉策曰："咨尔晋王：我皇祖有虞氏诞膺灵运，受终于陶唐，亦以命于有夏。惟三后陟配于天，而咸用光敷圣德。自兹厥后，天又辑大命于汉。火德既衰，乃眷命我高祖。方轨虞夏四代之明显，我不敢知。惟王乃祖乃父，服膺明哲，辅亮我皇家，勋德光于四海。格尔上下神祇，罔不克顺，地平天成，万邦以乂。应受上帝之命，协皇极之中。肆予一人，祗承天序，以敬授尔位，历数实在尔躬。允执其中，天禄永终。于戏[②]！王其钦顺天命。率循训典，底绥四国，用保天休，无替我二皇之弘烈。"帝初以礼让，魏朝公卿何曾、王沈等固请，乃从之。

泰始元年冬十二月丙寅，设坛于南郊，百僚在位及匈奴南单于四夷会者数万人，柴燎告类于上帝曰[③]："皇帝臣炎敢用玄牡明告于皇皇后帝：魏帝稽协皇运，绍天明命以命炎。昔者唐尧，熙隆大道，禅位虞舜，舜又以禅禹，迈德垂训，多历年载。暨汉德既衰，太祖武皇帝拨乱济时，扶翼刘氏，又用受命于汉。粤在魏室，仍世多故，几于颠坠，实赖有晋匡拯之德，用获保厥肆祀，弘济于艰难，此则晋之有大造于魏也。诞惟四方，罔不祗顺，廓清梁岷，包怀扬越，八紘同轨[④]，祥瑞屡臻，天人协应，无思不服。肆予宪章三后，用集大命于兹。炎维德不嗣，辞不获命。于是群公卿士，百辟庶僚，黎献陪隶，暨于百蛮君长，佥曰：'皇天鉴下，求人之瘼[⑤]，既有成命，固非克让所得距违。天序不可以无统，人神不可以旷主。'炎虔奉皇运，寅畏天威，敬简元辰，升坛受禅，告类上帝，永答众望。"礼毕，即洛阳宫幸太极前殿，诏曰："昔朕皇祖宣王，圣哲钦明，诞应期运，熙帝之载，肇启洪基。伯考景王，履道宣猷，缉熙诸夏。至于皇考文王，睿哲光远[⑥]，允协灵祇，应天顺时，受兹明命。仁济于宇宙，功格于上下。肆魏氏弘鉴于古训，仪刑于唐虞，畴咨群后，爰辑大命于朕身。予一人畏天之命，用不敢违。惟朕寡德，负荷洪烈，托于王公之上，以君临四海，惴惴惟惧，罔知所济。惟尔股肱爪牙之佐，文武不贰之臣，乃祖乃父，实左右我先王，光隆我大业。思与万国，共享休祚[⑦]。"于是大赦，改元。赐天下爵，人五级；鳏寡孤独不能自存者谷，人五斛[8]。复天下租赋及关市之税一年，逋债宿负皆勿收[9]。除旧嫌，解禁锢，亡官失爵者悉复之。

丁卯，遣太仆刘原告于太庙。封魏帝为陈留王，邑万户，居于邺宫；魏氏诸王皆为县侯。追尊宣王为宣皇帝，景王为景皇帝，文王为文皇帝，宣王妃张氏为宣穆皇后。尊太妃王氏曰皇太后，宫曰崇化。封皇叔祖父孚为安平王，皇叔父干为平原王，亮为扶风王，伷为东莞王，骏为汝阴王，肜为梁王，伦为琅邪王，皇弟攸为齐王，鉴为乐安王，机为燕王，皇从伯父望为义阳王，皇从叔父辅为渤海王，晃为下邳王，环为太原王，珪为高阳王，衡为常山王，子文为沛王，泰为陇西王，权为彭城王，绥为范阳王，遂为济南王，逊为谯王，睦为中山王，陵为北海王，斌为陈王，皇从父兄洪为河间王，皇从父弟楙为东平王。以骠骑将军石苞为大司马，封乐陵公，车骑将军陈骞为高平公，卫将军贾充为车骑将军、鲁公，尚书令裴秀为钜鹿公，侍中荀勖为济北公，太保郑冲为太傅、寿光公，太尉王祥为太保、睢陵公，丞相何曾为太尉、朗陵公，御史大夫王沈为骠骑将军、博陵公，司空荀𫖮为临淮公，镇北大将军卫瓘为菑阳公。其余增封进爵各有差，文武普增位二等。改《景初历》为《太始历》，腊以酉，社以丑。

戊辰，下诏大弘俭约，出御府珠玉玩好之物，颁赐王公以下各有差。置中军将军，以统宿卫七军。

己巳，诏陈留王载天子旌旗，备五时副车，行魏正朔，郊祀天地，礼乐制度皆如魏旧，上书不称臣。赐山阳公刘康、安乐公刘禅子弟一人为驸马都尉。乙亥，以安平王孚为太宰、假黄钺、大都督中外诸军事。诏曰："昔王凌谋废齐王，而王竟不足以守位。邓艾虽矜功失节，然束手受罪。今大赦其家，还使立后。兴灭继绝，约法省刑。除魏氏宗室禁锢。诸将吏遭三年丧者，遣宁终丧。百姓复其徭役。罢部曲将长吏以下质任[10]。省郡国御调，禁乐府靡丽百戏之伎及雕文游畋之具[11]。开直言之路，置谏官以掌之。"

是月，凤皇六、青龙三、白龙二、麒麟各一见于郡国。

二年春正月丙戌，遣兼侍中侯史光等持节四方，循省风俗，除禳祝 之不在祀典者。丁亥，有司请建七庙[12]，帝重其役，不许。庚寅，罢鸡鸣歌。辛丑，尊景皇帝夫人羊氏曰景皇后，宫曰弘训。丙午，立皇后杨氏。

二月，除汉宗室禁锢。己未，常山王衡薨。诏曰："五等之封，皆录旧勋。本为县侯者传封次子为亭侯，乡侯为关内侯，亭侯为关中侯，皆食本户十分之一。"丁丑，郊祀宣皇帝以配天，宗祀文皇帝于明堂以配上帝。庚午，诏曰："古者百官，官箴王阙。然保氏特以谏诤为职，今之侍中、常侍实处此位。择其能正色弼违匡救不逮者[13]，以兼此选。"

三月戊戌，吴人来吊祭，有司奏为答诏。帝曰："昔汉文、光武怀抚尉他、公孙述，皆未正君臣之仪，所以羁縻未宾也[14]。皓遣使之始，未知国庆，但以书答之。"

夏五月戊辰，诏曰："陈留王操尚谦冲，每事辄表，非所以优崇之也。主者喻意，非大事皆使王官表上之。"壬子，骠骑将军博陵公王沈卒。

六月壬申，济南王遂薨。

秋七月辛巳，营太庙，致荆山之木，采华山之石；铸铜柱十二，涂以黄金，镂以百物，缀以明珠。戊戌，谯王逊薨。丙午晦，日有蚀之。

八月丙辰，省右将军官。

初，帝虽从汉魏之制，既葬除服，而深衣素冠，降席撤膳，哀敬如丧者。戊辰，有司奏改服进膳，不许，遂礼终而后复吉。及太后之丧，亦如之。九月乙未，散骑常侍皇甫陶、傅玄领谏官，上书谏诤，有司奏请寝之[15]。诏曰："凡关言人主，人臣所至难，而苦不能听纳，自古忠臣直士之所慷慨也。每陈事出付主者，多从深刻，乃云恩贷当由主上，是何言乎？其详评议。”

戊戌，有司奏：“大晋继三皇之踪，蹈舜禹之迹，应天顺时，受禅有魏，宜一用前代正朔服色，皆如虞遵唐故事。”奏可。

冬十月丙午朔，日有蚀之。丁未，诏曰：“昔舜葬苍梧，农不易亩；禹葬成纪，市不改肆。上惟祖考清简之旨，所徙陵十里内居人，动为烦扰，一切停之。”

十一月己卯，倭人来献方物。并圜丘、方丘于南、北郊，二至之祀合于二郊。罢山阳公国督军，除其禁制。己丑，追尊景帝夫人夏侯氏为景怀皇后。辛卯，迁祖祢神主于太庙。

十二月，罢农官为郡县。

是岁，凤皇六、青龙十、黄龙九、麒麟各一见于郡国。

三年春正月癸丑，白龙二见于弘农、渑池。

丁卯，立皇子衷为皇太子。诏曰：“朕以不德，托于四海之上，兢兢祗畏，惧无以康济宇内，思与天下式明王度，正本清源，于置胤树嫡，非所先务。又近世每建太子，宽宥施惠之事，间不获已，顺从王公卿士之议耳。方今世运垂平，将陈之以德义，示之以好恶，使百姓蠲多幸之虑[16]，笃终始之行，曲惠小仁，故无取焉。咸使知闻。”

三月戊寅，初令二千石得终三年丧。丁未，昼昏。罢武卫将军官。以李憙为太子太傅。太山石崩。

夏四月戊午，张掖太守焦胜上言，氐池县大柳谷口有玄石一所，白画成文，实大晋之休祥，图之以献。诏以制币告于太庙，藏之天府。

秋八月，罢都护将军，以其五署还光禄勋。

九月甲申，诏曰：“古者以德诏爵，以庸制禄，虽下士犹食上农，外足以奉公忘私，内足以养亲施惠。今在位者禄不代耕，非所以崇化之本也。其议增吏俸。”赐王公以下帛各有差。以太尉何曾为太保，义阳王望为太尉，司空荀𫖮为司徒。

冬十月，听士卒遭父母丧者，非在疆埸，皆得奔赴。

十二月，徙宗圣侯孔震为奉圣亭侯。山阳公刘康来朝。禁星气谶纬之学[17]。

四年春正月辛未，以尚书令裴秀为司空。

丙戌，律令成，封爵赐帛各有差。有星孛于轸[18]。丁亥，帝耕于藉田[19]。戊子，诏曰：“古设象刑而众不犯[20]，今虽参夷而奸不绝，何德刑相去之远哉！先帝深愍黎元，哀矜庶狱，乃命群后，考正典刑。朕守遗业，永惟保乂皇基，思与万国以无为为政。方今阳春养物，东作始兴，朕亲率王公卿士耕藉田千亩。又律令既就，班之天下，将以简法务本，惠育海内。宜宽有罪，使得自新，其大赦天下。长吏、郡丞、长史各赐马一匹。”

二月庚子，增置山阳公国相、郎中令、陵令、杂工宰人、鼓吹车马各有差。罢中军将军，置北军中候官。甲寅，以东海刘俭有至行，拜为郎。以中军将军羊祜为尚书左仆射，东莞王伷为尚书右仆射。

三月戊子，皇太后王氏崩。

夏四月戊戌，太保、睢陵公王祥薨。己亥，祔葬文明皇后王氏于崇阳陵。罢振威、扬威护军官，置左右积弩将军。

六月丙申朔，诏曰：“郡国守相，三载一巡行属县，必以春，此古者所以述职宣风展义也。见长吏，观风俗，协礼律，考度量，存问耆老，亲见百年。录囚徒[21]，理冤枉，详察政刑得失，知百姓所患苦。无有远近，便若朕亲临之。敦喻五教，劝务农功，勉励学者，思勤正典，无为百家庸末，致远必泥。士庶有好学笃道，孝弟忠信，清白异行者，举而进之；有不孝敬于父母，不长悌于族党，悖礼弃常，不率法令者，纠而罪之。田畴辟，生业修，礼教设，禁令行，则长吏之能也。人穷匮，农事荒，奸盗起，刑狱烦，下陵上替，礼义不兴，斯长吏之否也。若长吏在官公廉，虑不及私，正色直节，不饰名誉者，及身行贪秽，谄黩求容，公节不立，而私门日富者，并谨察之。扬清激浊，举善弹违，此朕所以垂拱总纲㉒，责成于良二千石也。于戏戒哉!"

秋七月，太山石崩，众星西流。戊午，遣使者侯史光循行天下。己卯，谒崇阳陵。

九月，青、徐、兖、豫四州大水，伊洛溢，合于河，开仓以振之。诏曰："虽诏有所欲，及奏得可而于事不便者，皆不可隐情。"

冬十月，吴将施绩入江夏，万郁寇襄阳。遣太尉义阳王望屯龙陂。荆州刺史胡烈击败郁。吴将顾容寇郁林，太守毛炅大破之，斩其交州刺史刘俊、将军修则。

十一月，吴将丁奉等出芍陂，安东将军汝阴王骏与义阳王望击走之。己未，诏王公卿尹及郡国守相，举贤良方正直言之士㉓。

十二月，班五条诏书于郡国：一曰正身，二曰勤百姓，三曰抚孤寡，四曰敦本息末，五曰去人事。庚寅，帝临听讼观，录廷尉洛阳狱囚，亲平决焉。扶南、林邑各遣使来献。

五年春正月癸巳，申戒郡国计吏守相令长，务尽地利，禁游食商贩。丙申，帝临听讼观录囚徒，多所原遣。青龙二见于荥阳。

二月，以雍州陇右五郡及凉州之金城、梁州之阴平置秦州。辛巳，白龙二见于赵国。青、徐、兖三州水，遣使振恤之。壬寅，以尚书左仆射羊祜都督荆州诸军事，征东大将军卫瓘都督青州诸军事，东莞王伷镇东大将军、都督徐州诸军事。丁亥，诏曰："古者岁书群吏之能否，三年而诛赏之。诸令史前后，但简遣疏劣，而无有劝进，非黜陟之谓也。其条勤能有称尤异者，岁以为常。吾将议其功劳。"己未，诏蜀相诸葛亮孙京随才署吏。

夏四月，地震。

五月辛卯朔，凤皇见于赵国。曲赦交趾、九真、日南五岁刑。

六月，鄄奚官督郭廙上疏陈五事以谏，言甚切直，擢为屯留令。西平人麹路伐登闻鼓，言多祆谤㉔，有司奏弃市。帝曰："朕之过也。"舍而不问。罢镇军将军，复置左右将军官。

秋七月，延群公，询谠言㉕。

九月，有星孛于紫宫。

冬十月丙子，以汲郡太守王宏有政绩，赐谷千斛。

十一月，追封谥皇弟兆为城阳哀王，以皇子景度嗣。

十二月，诏州郡举勇猛秀异之才。

六年春正月丁亥朔，帝临轩，不设乐。吴将丁奉入涡口，扬州刺史牵弘击走之。

三月，赦五岁刑已下。

夏四月，白龙二见于东莞。

五月，立寿安亭侯承为南宫王。

六月戊午，秦州刺史胡烈击叛虏于万斛堆，力战，死之。诏遣尚书石鉴行安西将军、都督秦州诸军事，与奋威护军田章讨之。

秋七月丁酉，复陇右五郡遇寇害者租赋，不能自存者廪贷之。乙巳，城阳王景度薨。诏曰："自泰始以来，大事皆撰录秘书，写副。后有其事，辄宜缀集以为常。"丁未，以汝阴王骏为镇西大将军、都督雍凉二州诸军事。

九月，大宛献汗血马，焉耆来贡方物㉖。

冬十一月，幸辟雍㉗，行乡饮酒之礼，赐太常博士、学生帛牛酒各有差。立皇子柬为汝南王。

十二月，吴夏口督、前将军孙秀帅众来奔，拜骠骑将军、开府仪同三司，封会稽公。戊辰，复置镇军官。

七年春正月丙午，皇太子冠，赐王公以下帛各有差。匈奴帅刘猛叛出塞。

三月，孙晧帅众趋寿阳，遣大司马望屯淮北以距之。丙戌，司空、钜鹿公裴秀薨。癸巳，以中护军王业为尚书左仆射，高阳王珪为尚书右仆射。孙秀部将何崇帅众五千人来降。

夏四月，九真太守董元为吴将虞汜所攻，军败，死之。北地胡寇金城，凉州刺史牵弘讨之。群虏内叛，围弘于青山，弘军败，死之。

五月，立皇子宪为城阳王。雍、凉、秦三州饥，赦其境内殊死以下。

闰月，大雩，太官减膳。诏交趾三郡、南中诸郡，无出今年户调[28]。

六月，诏公卿以下举将帅各一人。辛丑，大司马义阳王望薨。大雨霖，伊、洛、河溢，流居人四千余家，杀三百余人，有诏振贷给棺。

秋七月癸酉，以车骑将军贾充为都督秦、凉二州诸军事。吴将陶璜等围交趾，太守杨稷与郁林太守毛炅及日南等三郡降于吴。

八月丙戌，以征东大将军卫瓘为征北大将军、都督幽州诸军事。丙申，城阳王宪薨。分益州之南中四郡置宁州，曲赦四郡殊死已下。

冬十月丁丑，日有蚀之。

十一月丁巳，卫公姬署薨。

十二月，大雪。罢中领军，并北军中候。以光禄大夫郑袤为司空。

八年春正月，监军何桢讨匈奴刘猛，累破之，左部帅李恪杀猛而降。癸亥，帝耕于藉田。

二月乙亥，禁彫文绮组非法之物。壬辰，太宰、安平王孚薨。诏内外群官举任边郡者各三人。帝与右将军皇甫陶论事，陶与帝争言，散骑常侍郑徽表请罪之。帝曰："谠言謇谔[29]，所望于左右也。人主常以阿媚为患，岂以争臣为损哉！徽越职妄奏，岂朕之意。"遂免徽官。

夏四月，置后将军，以备四军。六月，益州牙门张弘诬其刺史皇甫晏反，杀之，传首京师。弘坐伏诛，夷三族。壬辰，大赦。丙申，诏复陇右四郡遇寇害者田租。

秋七月，以车骑将军贾充为司空。

九月，吴西陵督步阐来降，拜卫将军、开府仪同三司，封宜都公。吴将陆抗攻阐，遣车骑将军羊祜帅众出江陵，荆州刺史杨肇迎阐于西陵，巴东监军徐胤击建平以救阐。

冬十月辛未朔，日有蚀之。

十二月，肇攻抗，不克而还。阐城陷，为抗所禽。

九年春正月辛酉，司空、密陵侯郑袤薨。

二月癸巳，司徒、乐陵公石苞薨。立安平亭侯隆为安平王。

三月，立皇子祗为东海王。

夏四月戊辰朔，日有蚀之。

五月，旱。以太保何曾领司徒。

六月乙未，东海王祗薨。

秋七月丁酉朔，日有蚀之。吴将鲁淑围弋阳，征虏将军王浑击败之。罢五官左右中郎将、弘训太仆、卫尉、大长秋等官。鲜卑寇广宁，杀略五千人。诏聘公卿以下子女以备六宫，采择未毕，权禁断婚姻。

冬十月辛巳，制女年十七父母不嫁者，使长吏配之。

郡国二十皆大水。

九月，以太傅何曾为太宰。辛巳，以尚书令李胤为司徒。

冬十月，以征北大将军卫瓘为尚书令。扬州刺史应绰伐吴皖城，斩首五千级，焚谷米百八十万斛。

十一月辛巳，太医司马程据献雉头裘，帝以奇技异服典礼所禁，焚之于殿前。甲申，敕内外敢有犯者罪之。吴昭武将军刘翻、厉武将军祖始来降。辛卯，以尚书杜预都督荆州诸军事。征南大将军羊祜卒。

十二月乙未，西河王斌薨。丁未，太宰朗陵公何曾薨。

是岁，东夷九国内附。

五年春正月，虏帅树机能攻陷凉州。乙丑，使讨虏护军武威太守马隆击之。

二月甲午，白麟见于平原。

三月，匈奴都督拔弈虚帅部落归化。乙亥，以百姓饥馑，减御膳之半。有星孛于柳[34]。

夏四月，又孛于女御[35]。大赦，降除部曲督以下质任。丁亥，郡国八雨雹，伤秋稼，坏百姓庐舍。

秋七月，有星孛于紫宫。

九月甲午，麟见于河南。

冬十月戊寅，匈奴余渠都督独雍等帅部落归化。汲郡人不准掘魏襄王冢，得竹简小篆古书十余万言，藏于秘府。

十一月，大举伐吴，遣镇军将军、琅邪王伷出涂中，安东将军王浑出江西，建威将军王戎出武昌，平南将军胡奋出夏口，镇南大将军杜预出江陵，龙骧将军王濬、广武将军唐彬率巴蜀之卒浮江而下，东西凡二十余万。以太尉贾充为大都督，行冠军将军杨济为副，总统众军。

十二月，马隆击叛虏树机能，大破，斩之，凉州平。肃慎来献楛矢石砮[36]。

太康元年春正月己丑朔，五色气冠日。癸丑，王浑克吴寻阳赖乡诸城，获吴武威将军周兴。

二月戊午，王濬、唐彬等克丹杨城。庚申，又克西陵，杀西陵都督、镇军将军留宪，征南将军成璩，西陵监郑广。壬戌，濬又克夷道乐乡城，杀夷道监陆晏、水军都督陆景。甲戌，杜预克江陵，斩吴江陵督伍延；平南将军胡奋克江安。于是诸军并进，乐乡、荆门诸戍相次来降。乙亥，以濬为都督益、梁二州诸军事，复下诏曰："濬、彬东下，扫除巴丘，与胡奋、王戎共平夏口、武昌，顺流长骛，直造秣陵，与奋、戎审量其宜。杜预当镇静零、桂，怀辑衡阳。大兵既过，荆州南境固当传檄而定，预当分万人给濬，七千给彬。夏口既平，奋宜以七千人给濬。武昌既了，戎当以六千人增彬。太尉充移屯项，总督诸方。"濬进破夏口、武昌，遂泛舟东下，所至皆平。王浑、周浚与吴丞相张悌战于版桥，大破之，斩悌及其将孙震、沈莹，传首洛阳。孙晧穷蹙请降，送玺绶于琅邪王伷。

三月壬寅，王濬以舟师至于建邺之石头，孙晧大惧，面缚舆榇[37]，降于军门。濬杖节解缚焚榇，送于京都。收其图籍，克州四，郡四十三，县三百一十三，户五十二万三千，吏三万二千，兵二十三万，男女口二百三十万。其牧守已下皆因吴所置，除其苛政，示之简易，吴人大悦。乙酉，大赦，改元，大酺五日[38]，恤孤老困穷。

夏四月，河东、高平雨雹，伤秋稼。遣兼侍中张侧、黄门侍郎朱震分使扬越，慰其初附。白麟见于顿丘。三河、魏郡、弘农雨雹，伤宿麦。

五月辛亥，封孙晧为归命侯，拜其太子为中郎，诸子为郎中。吴之旧望，随才擢叙。孙氏大将战亡之家徙于寿阳，将吏渡江复十年，百姓及百工复二十年。

丙寅，帝临轩大会，引晧升殿，群臣咸称万岁。丁卯，荐酃渌酒于太庙[39]。郡国六雹，伤秋稼。庚午，诏诸士卒年六十以上罢归于家。庚辰，以王濬为辅国大将军、襄阳侯，杜预当阳侯，王戎安丰侯，唐彬上庸侯，贾充、琅邪王伷以下增封。于是论功行封，赐公卿以下帛各有差。

六月丁丑，初置翊军校尉官。封丹水侯睦为高阳王。甲申，东夷十国归化。

秋七月，虏轲成泥寇西平、浩亹，杀督将以下三百余人。东夷二十国朝献。庚寅，以尚书魏舒为尚书右仆射。

八月，车师前部遣子入侍。己未，封皇弟延祚为乐平王。白龙三见于永昌。

九月，群臣以天下一统，屡请封禅，帝谦让弗许。

冬十月丁巳，除五女复。

十二月戊辰，广汉王赞薨。

二年春二月，淮南、丹杨地震。

三月丙申，安平王敦薨。赐王公以下吴生口各有差。诏选孙晧妓妾五千人入宫。东夷五国朝献。

夏六月，东夷五国内附。郡国十六雨雹，大风拔树，坏百姓庐舍。江夏、泰山水，流居人三百余家。

秋七月，上党又暴风雨雹，伤秋稼。

八月，有星孛于张[40]。

冬十月，鲜卑慕容廆寇昌黎。

十一月壬寅，大司马陈骞薨。有星孛于轩辕[41]。鲜卑寇辽西，平州刺史鲜于婴讨破之。

三年春正月丁丑，罢秦州，并雍州。甲午，以尚书张华都督幽州诸军事。

三月，安北将军严询败鲜卑慕容廆于昌黎，杀伤数万人。

夏四月庚午，太尉、鲁公贾充薨。

闰月丙子，司徒、广陆侯李胤薨。癸丑，白龙二见于济南。

秋七月，罢平州、宁州刺史三年一入奏事。

九月，东夷二十九国归化，献其方物。吴故将莞恭、帛奉举兵反，攻害建邺令，遂围扬州，徐州刺史嵇喜讨平之。

冬十二月甲申，以司空齐王攸为大司马、督青州诸军事，镇东大将军、琅邪王伷为抚军大将军，汝南王亮为太尉，光禄大夫山涛为司徒，尚书令卫瓘为司空。丙申，诏四方水旱甚者无出田租。

四年春正月甲申，以尚书右仆射魏舒为尚书左仆射，下邳王晃为尚书右仆射。戊午，司徒山涛薨。

二月己丑，立长乐亭侯寔为北海王。

三月辛丑朔，日有蚀之。癸丑，大司马齐王攸薨。

夏四月，任城王陵薨。

五月己亥，大将军、琅邪王伷薨。徙辽东王蕤为东莱王。

六月，增九卿礼秩。牂柯獠二千余落内属。

秋七月壬子，以尚书右仆射、下邳王晃为都督青州诸军事。丙寅，兖州大水，复其田租。

八月，鄯善国遣子入侍，假其归义侯。以陇西王泰为尚书右仆射。

冬十一月戊午，新都王该薨。以尚书左仆射魏舒为司徒。

十二月庚午，大阅于宣武观。

是岁，河内及荆州、扬州大水。

五年春正月己亥，青龙二见于武库井中。

二月丙寅，立南宫王子玷为长乐王。壬辰，地震。

夏四月，任城、鲁国池水赤如血。五月丙午，宣帝庙梁折。

六月，初置黄沙狱。

秋七月戊申，皇子恢薨。任城、梁国、中山雨雹，伤秋稼。减天下户课三分之一。

九月，南安大风折木，郡国五大水，陨霜，伤秋稼。

冬十一月甲辰，太原王辅薨。

十二月庚午，大赦。林邑、大秦国各遣使来献。

闰月，镇南大将军、当阳侯杜预卒。

六年春正月甲申朔，以比岁不登，免租贷宿负。戊辰，以征南大将军王浑为尚书左仆射，尚书褚䂮都督扬州诸军事，杨济都督荆州诸军事。

三月，郡国六陨霜，伤桑麦。

夏四月，扶南等十国来献，参离四千余落内附。郡国四旱，十大水，坏百姓庐舍。

秋七月，巴西地震。

八月丙戌朔，日有蚀之。减百姓绵绢三分之一。白龙见于京兆。以镇军大将军王濬为抚军大将军。

九月丙子，山阳公刘康薨。

冬十月，南安山崩，水出。南阳郡获两足兽。龟兹、焉耆国遣子入侍。

十二月甲申，大阅于宣武观，旬日而罢。庚子，抚军大将军、襄阳侯王濬卒。

七年春正月甲寅朔，日有蚀之。乙卯，诏曰："比年灾异屡发，日蚀三朝，地震山崩。邦之不臧，实在朕躬。公卿大臣各上封事，极言其故，勿有所讳。"

夏五月，郡国十三旱。鲜卑慕容廆寇辽东。

秋七月，朱提山崩，犍为地震。

八月，东夷十一国内附。京兆地震。

九月戊寅，骠骑将军、扶风王骏薨。郡国八大水。

冬十一月壬子，以陇西王泰都督关中诸军事。

十二月，遣侍御史巡遭水诸郡。出后宫才人、妓女以下二百七十人归于家。始制大臣听终丧三年。己亥，河阴雨赤雪二顷。

是岁，扶南等二十一国、马韩等十一国遣使来献。

八年春正月戊申朔，日有蚀之。太庙殿陷。

三月乙丑，临商观震。

夏四月，齐国、天水陨霜，伤麦。

六月，鲁国大风，拔树木，坏百姓庐舍。郡国八大水。

秋七月，前殿地陷，深数丈，中有破船。

八月，东夷二国内附。

九月，改营太庙。

冬十月，南康平固县吏李丰反，聚众攻郡县，自号将军。

十一月，海安令萧辅聚众反。

十二月，吴兴人蒋迪聚党反，围阳羡县，州郡捕讨，皆伏诛。南夷扶南、西域康居国各遣使来献。

是岁，郡国五地震。

九年春正月壬申朔，日有蚀之。诏曰："兴化之本，由政平讼理也。二千石长吏不能勤恤人隐，而轻挟私故，兴长刑狱，又多贪浊，烦挠百姓。其敕刺史二千石纠其秽浊，举其公清，有司议其黜陟。令内外群官举清能，拔寒素。"江东四郡地震。

二月，尚书右仆射、阳夏侯胡奋卒，以尚书朱整为尚书右仆射。

三月丁丑，皇后亲桑于西郊，赐帛各有差。壬辰，初并二社为一。

夏四月，江南郡国八地震；陇西陨霜，伤宿麦。

五月，义阳王奇有罪，黜为三纵亭侯。诏内外群官举守令之才。

六月庚子朔，日有蚀之。徙章武王威为义阳王。郡国三十二大旱，伤麦。

秋八月壬子，星陨如雨。诏郡国五岁刑以下决遣，无留庶狱。

九月，东夷七国诣校尉内附。郡国二十四螟。

冬十二月癸卯，立河间平王洪子英为章武王。戊申，青龙、黄龙各一见于鲁国。

十年夏四月，以京兆太守刘霄、阳平太守梁柳有政绩，各赐谷千斛。郡国八陨霜。太庙成。乙巳，迁神主于新庙，帝迎于道左，遂祫祭。大赦，文武增位一等，作庙者二等。丁未，尚书右仆射、广兴侯朱整卒。癸丑，崇贤殿灾。

五月，鲜卑慕容廆来降，东夷十一国内附。

六月庚子，山阳公刘瑾薨。复置二社。

冬十月壬子，徙南宫王承为武邑王。

十一月丙辰，守尚书令、左光禄大夫荀勖卒。帝疾瘳，赐王公以下帛有差。含章殿鞠室火。

甲申，以汝南王亮为大司马、大都督、假黄钺。改封南阳王柬为秦王，始平王玮为楚王，濮阳王允为淮南王，并假节之国，各统方州军事。立皇子乂为长沙王，颖为成都王，晏为吴王，炽为豫章王，演为代王，皇孙遹为广陵王。立濮阳王子迪为汉王，始平王子仪为毗陵王，汝南王次子羕为西阳公。徙扶风王畅为顺阳王，畅弟歆为新野公，琅邪王觐弟澹为东武公，繇为东安公，漼为广陵公，卷为东莞公。改诸王国相为内史。

十二月庚寅，太庙梁折。

是岁，东夷绝远三十余国、西南夷二十余国来献。虏奚轲男女十万口来降。

太熙元年春正月辛酉朔，改元。己巳，以尚书左仆射王浑为司徒，司空卫瓘为太保。

二月辛丑，东夷七国朝贡。琅邪王觐薨。

三月甲子，以右光禄大夫石鉴为司空。

夏四月辛丑，以侍中车骑将军杨骏为太尉、都督中外诸军、录尚书事。己酉，帝崩于含章殿，时年五十五，葬峻阳陵，庙号世祖。

帝宇量弘厚，造次必于仁恕；容纳谠正，未尝失色于人；明达善谋，能断大事，故得抚宁万国，绥静四方。承魏氏奢侈刻弊之后，百姓思古之遗风，乃厉以恭俭，敦以寡欲。有司尝奏御牛青丝纼断[42]，诏以青麻代之。临朝宽裕，法度有恒。高阳许允既为文帝所杀，允子奇为太常丞。帝将有事于太庙，朝议以奇受害之门，不欲接近左右，请出为长史。帝乃追述允夙望，称奇之才，擢为祠部郎，时论称其夷旷[43]。平吴之后，天下乂安，遂怠于政术，耽于游宴，宠爱后党，亲贵当权，旧臣不得专任，彝章紊废，请谒行矣。爰至末年，知惠帝弗克负荷，然恃皇孙聪睿，故无废立之心。复虑非贾后所生，终致危败，遂与腹心共图后事。说者纷然，久而不定，竟用王佑之谋，遣太子母弟秦王柬都督关中，楚王玮、淮南王允并镇守要害，以强帝室。又恐杨氏之逼[44]，复以佑为北军中候，以典禁兵。既而寝疾弥留，至于大渐，佐命元勋，皆已先没，群臣惶惑，计无所从。会帝小差，有诏以汝南王亮辅政，又欲令朝士之有名望年少者数人佐之，杨骏秘而不宣。帝复寻至迷乱，杨后辄为诏以骏辅政，促亮进发。帝寻小间，问汝南王来未，意欲见之，有所付托。左右答言未至，帝遂困笃。中朝之乱，实始于斯矣。

制曰：武皇承基，诞膺天命，握图御宇，敷化导民，以佚代劳，以治易乱。绝缣纶之贡[45]，去雕琢之饰，制奢俗以变俭约，止浇风而反淳朴。雅好直言，留心采擢，刘毅、裴楷以质直见容，嵇绍、许奇虽仇雠不弃。仁以御物，宽而得众，宏略大度，有帝王之量焉。于时民和俗静，家给人足，聿修武用，思启封疆。决神算于深衷，断雄图于议表。马隆西伐，王濬南征，师不延时，獯虏削迹[46]，兵无血刃，扬越为墟。通上代之不通，服前王之未服。祯祥显应，风教肃清，天人之功成矣，霸王之业大矣。虽登封之礼，让而不为，骄泰之心，因斯以起。见土地之广，谓万叶而无虞；睹天下之安，谓千年而永治。不知处广以思狭，则广可长广；居治而忘危，则治无常治。加之建立非所，委寄失才，志欲就于升平，行先迎于祸乱。是犹将适越者指沙漠以遵途，欲登山者涉舟航而觅路，所趣逾远，所尚转难，南北倍殊，高下相反，求其至也，不亦难乎！况以新集易动之基，而无久安难拔之虑，故贾充凶竖[47]，怀奸志以拥权；杨骏豺狼，苞祸心以专辅。及乎宫车晚出，谅暗未周，藩翰变亲以成疏，连兵竞灭其本；栋梁回忠而起伪，拥众各举其威。曾未数年，纲纪大乱，海内版荡，宗庙播迁。帝道王猷，反居文身之俗；神州赤县，翻成被发之乡。弃所大以资人，掩其小而自托，为天下笑，其故何哉？良由失慎于前，所以贻患于后。且知子者贤父，知臣者明君；子不肖则家亡，臣不忠则国乱；国乱不可以安也，家亡不可以全也。是以君子防其始，圣人闲其端。而世祖惑荀勖之奸谋，迷王浑之伪策，心屡移于众口，事不定于己图。元海当除而不除，卒令扰乱区夏；惠帝可废而不废，终使倾覆洪基。夫全一人者德之轻，拯天下者功之重，弃一子者忍之小，安社稷者孝之大。况乎资三世而成业，延二孽以丧之，所谓取轻德而舍重功，畏小忍而忘大孝。圣贤之道，岂若斯乎！虽则善始于初，而乖令终于末，所以殷勤史策，不能无慷慨焉。

---

①宥（yòu，音又）：宽容，饶恕。

②于戏：又作“呜呼”。

③柴燎：古代烧柴祭祀之俗。

④纮（hóng，音红）：宏大。

⑤瘼（mò，音末）：病，疾苦。

⑥睿（ruì，音瑞）：通达，看得远。

⑦祚（zuò，音作）：福也。

⑧斛（hú，音胡）：古量器名，也是容量单位，十斗为一斛。南宋末年改为五斗一斛。

⑨逋：欠交，拖欠。

⑩部曲：部曲本是大地主胁迫本族贫人、佃户及附近农民组成的私人武装。大地主做将帅时，部曲则做为亲兵随从作战。平时，用部曲压迫民众，霸占田土，横行乡里。部曲有部曲将，他们是大地主的爪牙，是附庸于大地主的剥削者。

⑪畋（tián，音田）：打猎。

⑫有司：官吏。古设官分职，事务有其专司，故称有司。

⑬正色：严肃的态度。 弼：纠正。 逮（dài，音代）：及，达到。

⑭羁縻：笼络。

⑮寝：息，止。引申为扣住不发。

⑯蠲（juān，音捐）：除去，免除。

⑰谶纬：谶录、图纬之简称。是占卜的一种书。谶者诡为隐语，称可预决吉凶。纬者经的支流，衍生旁义。

⑱孛（bèi，音背）：古书上指光芒四射的彗星。　轸（zhěn，音诊）：二十八宿之一，今春分节子正初刻十分之中星。

⑲藉田：亦作籍田。古代天子、诸侯征用民力耕种的田地。相传天子藉田千亩，诸侯百亩。每年春耕前，由天子、诸侯执耒耜在藉田上三推或一拨谓之“藉礼”，以示对农业生产的重视。耒（lěi，音垒），耜（sì，音四），均为古代农具，前者像木叉，后者似锹。

⑳象刑：象，法也。

㉑录囚徒：审查并记录囚犯的罪状。

㉒垂拱：端拱。喻王者敛手无为而治天下。又臣下亦称端拱。

㉓贤良方正：汉代选拔官吏的科目之一。汉文帝（刘恒）时，为了询访政治得失，始诏举“贤良方正直言极谏者。”至武帝（刘彻）时复诏举贤良或贤良文学，名称有时不同，但性质无异。应举者表现优异，即授予官职。历代常看作非常设之制科。

㉔祆：通“妖”。古怪异反常现象称祆。

㉕谠（dǎng，音党）：正直的话，真话。

㉖方物：地方物产。

㉗辟雍：本为西周天子所设大学。辟雍之名乃取其四面周水，环如璧。东汉以后，历代皆有辟雍，除北宋末年为太学之预备学校（亦称“外学”），均仅为祭礼之所。又辟雍在国子监为皇帝讲学之所。

㉘户调：户税。布缕之征曰调，晋武帝时始置户调之制，岁输绢绵若干。唐时有租庸调法。

㉙謇（jiǎn，音減）：忠诚正直。　谔（è，音饿）：言语正直。

㉚铭飨：铭，用文字刻于钟鼎以称述功德。飨，同“享”。此处指纪羊祜等功劳。

㉛角：角宿，二十八宿之一。今清明节子正一刻九分之中星。

㉜翼：二十八宿之一，今惊蛰子初三刻五分之中星。

㉝太仓：古代设在京城的大谷仓。　常平仓：汉以后历朝为“调节粮价，备荒赈恤”而设置的粮仓。汉宣帝五凤四年（前54年）采纳耿寿昌的建议，始在边郡设常平仓，谷贱收进，谷贵卖出。西晋武帝泰始四年（268年）也置常平仓。后又有发展，但在调节经济的同时，弊端百出，常为官吏、大户盘剥百姓之具。清代则名存实亡。

㉞柳：星名。二十八宿之一，今立春节子初一刻七分之中星。亦称鹑火。

㉟女御：星名，二十八宿之一，今立秋节子初二刻二分之中星。

㊱楛（hù，音户）：古书上指荆类植物，可用以制箭杆。　砮（nǔ，音努）：一种可制作箭镞的石头。石制的箭镞。

㊲面缚舆榇：面缚：缚手于背而面向前。另一说，反背而缚之，面就是背，背之而不面向。　舆榇（chèn，音趁）：把棺材放在车上，表明自己有死罪也。

㊳酺（pú，音仆）：聚会饮酒。

㊴荐酃渌酒：荐，献也。酃渌即醽醁，酒名。

㊵张：二十八宿之一，今雨水节子初二刻八分之中星。

㊶轩辕：此处为星名。凡十七星，在七星北，主后宫之象。

㊷纼（zhèn，音振）：牛鼻绳。

㊸夷旷：夷，泰然，镇定。旷，开朗。

㊹逼：逼迫。

㊺缣纶（jiān lún，音尖轮）：缣，细绢。　纶，比丝粗的为纶。多用于赠遗赏赐。

㊻獯（xūn，音熏）：獯鬻，我国古代北方的一个民族。亦称荤粥。

㊼竖：詈人语。指卑贱的人。

省起居。太康三年四月薨，时年六十六。帝为之恸，使使持节、太常奉策追赠太宰，加衮冕之服、绿綟绶、御剑，赐东园秘器、朝服一具、衣一袭，大鸿胪护丧事，假节钺、前后部羽葆、鼓吹、缇麾，大路、銮路、辒辌车[18]、帐下司马大车，椎斧文衣武贲、轻车介士。葬礼依霍光及安平献王故事，给茔田一顷。与石苞等为王功配飨庙庭，谥曰武。追赠充子黎民为鲁殇公。

充妇广城君郭槐，性妒忌。初，黎民年三岁，乳母抱之当阁。黎民见充入，喜笑，充就而拊之。槐望见，谓充私乳母，即鞭杀之。黎民恋念，发病而死。后又生男，过期[19]，复为乳母所抱，充以手摩其头。郭疑乳母，又杀之，儿亦思慕而死。充遂无胤嗣[20]。

及薨，槐辄以外孙韩谧为黎民子，奉充后。郎中令韩咸、中尉曹轸谏槐曰："礼，大宗无后，以小宗支子后之，无异姓为后之文。无令先公怀腆后土[21]，良史书过，岂不痛心。"槐不从。咸等上书求改立嗣，事寝不报[22]。槐遂表陈是充遗意。帝乃诏曰："太宰、鲁公充，崇德立勋，勤劳佐命，背世殂陨[23]，每用悼心。又胤子早终，世嗣未立。古者列国无嗣，取始封支庶，以绍其统，而近代更除其国。至于周之公旦，汉之萧何，或豫建元子，或封爵元妃，盖尊显勋庸，不同常例。太宰素取外孙韩谧为世子黎民后。吾退而断之，外孙骨肉至近，推恩计情，合于人心。其以谧为鲁公世孙，以嗣其国。自非功如太宰，始封无后如太宰，所取必以己自出不如太宰，皆不得以为比。"

及下礼官议充谥，博士秦秀议谥曰荒，帝不纳。博士段畅希旨，建议谥曰武，帝乃从之。自充薨至葬，赙赐二千万[24]。惠帝即位，贾后擅权，加充庙备六佾之乐[25]，母郭为宜城君。及郭氏亡，谥曰宣，特加殊礼。时人讥之，而莫敢言者。

初，充前妻李氏淑美有才行，生二女褒、裕，褒一名荃，裕一名濬。父丰诛，李氏坐流徙。后娶城阳太守郭配女，即广城君也。武帝践阼[26]，李以大赦得还，帝特诏充置左右夫人，充母亦敕充迎李氏。郭槐怒，攘袂数充曰[27]："刊定律令，为佐命之功，我有其分。李那得与我并！"充乃答诏，托以谦冲，不敢当两夫人盛礼，实畏槐也。而荃为齐王攸妃，欲令充遣郭而还其母。时沛国刘含母，及帝舅羽林监王虔前妻，皆毌丘俭孙女。此例既多，质之礼官，俱不能决。虽不遣后妻，多异居私通。充自以宰相为海内准则，乃为李筑室于永年里而不往来。荃、濬每号泣请充，充竟不往。会充当镇关右，公卿供帐祖道，荃、濬惧充遂去，乃排幔出于坐中，叩头流血，向充及群僚陈母应还之意。众以荃王妃，皆惊起而散。充甚愧愕，遣黄门将宫人扶去。既而郭槐女为皇太子妃，帝乃下诏断如李比皆不得还，后荃恚愤而薨[28]。

初，槐欲省李氏，充曰："彼有才气，卿往不如不往。"及女为妃，槐乃盛威仪而去。既入户，李氏出迎，槐不觉脚屈，因遂再拜。自是充每出行，槐辄使人寻之，恐其过李也。初，充母柳见古今重节义，竟不知充与成济事，以济不忠，数追骂之。侍者闻之，无不窃笑。及将亡，充问所欲言，柳曰："我教汝迎李新妇尚不肯，安问他事！"遂无言。及充薨后，李氏二女乃欲令其母祔葬[29]，贾后弗之许也。及后废，李氏乃得合葬。李氏作《女训》行于世。

谧字长深。母贾午，充少女也。父韩寿，字德真，南阳堵阳人，魏司徒暨曾孙。美姿貌，善容止，贾充辟为司空掾[30]。充每宴宾僚，其女辄于青璅中窥之[31]，见寿而悦焉。问其左右识此人不，有一婢说寿姓字，云是故主人。女大感想，发于寤寐。婢后往寿家，具说女意，并言其女光丽艳逸，端美绝伦。寿闻而心动，便令为通殷勤。婢以白女，女遂潜修音好，厚相赠结，呼寿夕入。寿劲捷过人，逾垣而至，家中莫知，惟充觉其女悦畅异于常日。时西域有贡奇香，一著人则经月不歇，帝甚贵之，惟以赐充及大司马陈骞。其女密盗以遗寿，充僚属与寿燕处，闻其芬馥，称之于充。自是充意知女与寿通，而其门阁严峻，不知所由得入。乃夜中阳惊[32]，托言有盗，因使循墙以观其变。左右白曰："无余异，惟东北角如狐狸行处。"充乃考问女之左右，具以状对。

充秘之，遂以女妻寿。寿官至散骑常侍、河南尹。元康初卒，赠骠骑将军。

谧好学，有才思。既为充嗣，继佐命之后，又贾后专恣，谧权过人主，至乃镲系黄门侍郎[33]，其为威福如此。负其骄宠，奢侈逾度，室宇崇僭，器服珍丽，歌僮舞女，选极一时。开阁延宾，海内辐凑，贵游豪戚及浮竞之徒，莫不尽礼事之。或著文章称美谧，以方贾谊。渤海石崇欧阳建、荥阳潘岳、吴国陆机陆云、兰陵缪徵、京兆杜斌挚虞、琅邪诸葛诠、弘农王粹、襄城杜育、南阳邹捷、齐国左思、清河崔基、沛国刘瓌、汝南和郁周恢、安平牵秀、颍川陈昣、太原郭彰、高阳许猛、彭城刘讷、中山刘舆刘琨皆傅会于谧，号曰“二十四友”，其余不得预焉。

历位散骑常侍、后军将军。广城君薨，去职。丧未终，起为秘书监，掌国史。先是，朝廷议立晋书限断，中书监荀勖谓宜以魏正始起年，著作郎王瓒欲引嘉平已下朝臣尽入晋史，于时依违未有所决。惠帝立，更使议之。谧上议，请从泰始为断。于是事下三府，司徒王戎、司空张华、领军将军王衍、侍中乐广、黄门侍郎嵇绍、国子博士谢衡皆从谧议。骑都尉济北侯荀畯、侍中荀藩、黄门侍郎华混以为宜用正始开元。博士荀熙、刁协谓宜嘉平起年。谧重执奏戎、华之议，事遂施行。

寻转侍中，领秘书监如故。谧时从帝幸宣武观校猎，讽尚书于会中召谧受拜，诫左右勿使人知，于是众疑其有异志矣。谧既亲贵，数入二宫，共愍怀太子游处，无屈降心。常与太子弈棋争道，成都王颖在坐，正色曰：“皇太子，国之储君，贾谧何得无礼！”谧惧，言之于后，遂出颖为平北将军，镇邺。

及为常侍，侍讲东宫，太子意有不悦，谧患之。而其家数有妖异，飘风吹其朝服飞上数百丈，坠于中丞台，又蛇出其被中，夜暴雷震其室，柱陷入地，压毁床帐，谧益恐。及迁侍中，专掌禁内，遂与后成谋，诬陷太子。及赵王伦废后，以诏召谧于殿前，将戮之。走入西钟下，呼曰：“阿后救我！”乃就斩之。韩寿少弟蔚有器望，及寿兄巩令保、弟散骑侍郎预、吴王友鉴、谧母贾午皆伏诛。

初，充伐吴时，尝屯项城，军中忽失充所在。充帐下都督周勤时昼寝，梦见百余人录充，引入一径[34]。勤惊觉，闻失充，乃出寻索，忽睹所梦之道，遂往求之。果见充行至一府舍，侍卫甚盛。府公南面坐，声色甚厉，谓充曰：“将乱吾家事，必尔与荀勖，既惑吾子，又乱吾孙。间使任恺黜汝而不去，又使庾纯詈汝而不改。今吴寇当平，汝方表斩张华。汝之暗戆，皆此类也。若不悛慎[35]，当旦夕加罪。”充因叩头流血。公曰：“汝所以延日月而名器如此者，是卫府之勋耳。终当使系嗣死于钟虡之间[36]，大子毙于金酒之中，小子困于枯木之下。荀勖亦宜同，然其先德小浓，故在汝后，数世之外，国嗣亦替。”言毕，命去。充忽然得还营，颜色憔悴，性理昏丧，经日乃复。及是，谧死于钟下，贾后服金酒而死，贾午考竟用大杖，终皆如所言。

赵王伦之败，朝廷追述充勋，议立其后。欲以充从孙散骑侍郎众为嗣，众阳狂自免。以子禿后充，封鲁公，又病死。永兴中，立充从曾孙湛为鲁公，奉充后，遭乱死，国除。泰始中，人为充等谣曰：“贾、裴、王，乱纪纲。王、裴、贾，济天下。”言亡魏而成晋也。

充弟混字宫奇，笃厚自守，无殊才能。太康中，为宗正卿。历镇军将军，领城门校尉，加侍中，封永平侯。卒，赠中军大将军、仪同三司。

充从子彝、遵并有鉴裁，俱为黄门郎。遵弟模最知名。

模字思范，少有志尚。颇览载籍，而沉深有智算，确然难夺。深为充所信爱，每事筹之焉。充年衰疾剧，恒忧己谥传，模曰：“是非久自见，不可掩也。”

起家为邵陵令，遂历事二宫尚书吏部郎，以公事免，起为车骑司马。豫诛杨骏，封平阳乡侯，邑千户。及楚王玮矫诏害汝南王亮、太保卫瓘，诏使模将中驺二百人救之[37]。

管夷吾，无复忧矣。”过江人士，每至暇日，相要出新亭饮宴。周顗中坐而叹曰：“风景不殊，举目有江河之异。”皆相视流涕。惟导愀然变色曰：“当共勠力王室，克复神州，何至作楚囚相对泣邪！”众收泪而谢之。俄拜右将军、扬州刺史、监江南诸军事，迁骠骑将军，加散骑常侍、都督中外诸军、领中书监、录尚书事、假节，刺史如故。导以敦统六州，固辞中外都督。后坐事除节。

于时军旅不息，学校未修，导上书曰：

“夫风化之本在于正人伦，人伦之正存乎设庠序[⑦]。庠序设，五教明，德礼洽通，彝伦攸叙，而有耻且格，父子兄弟夫妇长幼之序顺，而君臣之义固矣。《易》所谓‘正家而天下定’者也。故圣王蒙以养正，少而教之，使化沾肌骨，习以成性，迁善远罪而不自知，行成德立，然后裁之以位。虽王之世子，犹与国子齿，使知道而后贵。其取才用士，咸先本之于学。故《周礼》，卿大夫献贤能之书于王，王拜而受之，所以尊道而贵士也。人知士之贵由道存，则退而修其身以及家，正其家以及乡，学于乡以登朝，反本复始，各求诸己，敦朴之业著，浮伪之竞息，教使然也。故以之事君则忠，用之莅下则仁。孟轲所谓‘未有仁而遗其亲，义而后其君者也’。

“自顷皇纲失统，颂声不兴，于今将二纪矣。传曰‘三年不为礼，礼必坏；三年不为乐，乐必崩’，而况如此之久乎！先进忘揖让之容，后生惟金鼓是闻，干戈日寻，俎豆不设，先王之道弥远，华伪之俗遂滋，非所以端本靖末之谓也。殿下以命世之资，属阳九之运，礼乐征伐，翼成中兴。诚宜经纶稽古，建明学业，以训后生，渐之教义，使文武之道坠而复兴，俎豆之仪幽而更彰。方今戎虏扇炽，国耻未雪，忠臣义夫所以扼腕拊心。苟礼仪膠固，淳风渐著，则化之所感者深而德之所被者大。使帝典阙而复补，皇纲弛而更张，兽心革面，饕餮检情[⑧]，揖让而服四夷，缓带而天下从。得乎其道，岂难也哉！故有虞舞干戚而化三苗，鲁僖作泮宫而服淮夷[⑨]。桓文之霸，皆先教而后战。今若聿遵前典，兴复道教，择朝之子弟并入于学，选明博修礼之士而为之师，化成俗定，莫尚于斯。”

帝甚纳之。

及帝登尊号，百官陪列，命导升御床共坐。导固辞，至于三四，曰：“若太阳下同万物，苍生何由仰照！”帝乃止。进骠骑大将军、仪同三司。以讨华轶功，封武冈侯。进位侍中、司空、假节、录尚书，领中书监。会太山太守徐龛反，帝访可以镇抚河南者，导举太子左卫率羊鉴。既而鉴败，抵罪。导上疏曰：“徐龛叛戾，久稽天诛，臣创议征讨，调举羊鉴。鉴暗懦复师，有司极法。圣恩降天地之施，全其首领。然臣受重任，总录机衡，使三军挫衄[⑩]，臣之责也。乞自贬黜，以穆朝伦。”诏不许。寻代贺循领太子太傅。时中兴草创，未置史官，导始启立，于是典籍颇具。时孝怀太子为胡所害，始奉讳，有司奏天子三朝举哀，群臣一哭而已。导以为皇太子副贰宸极，普天有情，宜同三朝之哀。从之。及刘隗用事，导渐见疏远，任真推分，澹如也。有识咸称导善处兴废焉。

王敦之反也，刘隗劝帝悉诛王氏，论者为之危心。导率群从昆弟子侄二十余人，每旦诣台待罪。帝以导忠节有素，特还朝服，召见之。导稽首谢曰：“逆臣贼子，何世无之，岂意今者近出臣族！”帝跣而执之曰[⑪]：“茂弘，方托百里之命于卿，是何言邪！”乃诏曰：“导以大义灭亲，可以吾为安东时节假之。”及敦得志，加导守尚书令。初，西都覆没，海内思主，群臣及四方并劝进于帝。时王氏强盛，有专天下之心，敦惮帝贤明，欲更议所立，导固争乃止。及此役也，敦谓导曰：“不从吾言，几致覆族。”导犹执正议，敦无以能夺。

自汉魏已来，赐谥多由封爵，虽位通德重，先无爵者，例不加谥。导乃上疏，称“武官有爵必谥，卿校常伯无爵不谥，甚失制度之本意也”。从之。自后公卿无爵而谥，导所议也。

初，帝爱琅邪王裒，将有夺嫡之议，以问导。导曰："夫立子以长，且绍又贤，不宜改革。"帝犹疑之。导日夕陈谏，故太子卒定。

及明帝即位，导受遗诏辅政，解扬州，迁司徒，一依陈群辅魏故事。王敦又举兵内向。时敦始寝疾，导便率子弟发哀，众闻，谓敦死，咸有奋志。及帝伐敦，假导节，都督诸军，领扬州刺史。敦平，进封始兴郡公，邑三千户，赐绢九千匹，进位太保，司徒如故，剑履上殿，入朝不趋，赞拜不名。固让。帝崩，导复与庾亮等同受遗诏，共辅幼主，是为成帝。加羽葆鼓吹[12]，班剑二十人。及石勒侵阜陵，诏加导大司马、假黄钺，出讨之。军次江宁，帝亲饯于郊。俄而贼退，解大司马。

庾亮将征苏峻，访之于导。导曰："峻猜险，必不奉诏。且山薮藏疾，宜包容之。"固争不从。亮遂召峻。既而难作，六军败绩，导入宫侍帝。峻以导德望，不敢加害，犹以本官居己之右。峻又逼乘舆幸石头，导争之不得。峻日来帝前肆丑言，导深惧有不测之祸。时路永、匡术、贾宁并说峻，令杀导，尽诛大臣，更树腹心。峻敬导，不纳，故永等贰于峻。导使参军袁耽潜讽诱永等，谋奉帝出奔义军。而峻卫御甚严，事遂不果。导乃携二子随永奔于白石。

及贼平，宗庙宫室并为灰烬，温峤议迁都豫章，三吴之豪请都会稽，二论纷纭，未有所适。导曰："建康，古之金陵，旧为帝里，又孙仲谋、刘玄德俱言王者之宅。古之帝王不必以丰俭移都，苟弘卫文大帛之冠，则无往不可。若不绩其麻，则乐土为虚矣。且北寇游魂，伺我之隙，一旦示弱，窜于蛮越，求之望实，惧非良计。今特宜镇之以静，群情自安。"由是峤等谋并不行。

导善于因事，虽无日用之益，而岁计有余。时帑藏空竭，库中惟有練数千端[13]，鬻之不售，而国用不给。导患之，乃与朝贤俱制練布单衣，于是士人翕然竞服之，練遂踊贵。乃令主者出卖，端至一金。其为时所慕如此。

六年冬，蒸，诏归胙于导[14]，曰："无下拜。"导辞疾不敢当。初，帝幼冲[15]，见导，每拜。又尝与导书手诏，则云："惶恐言"，中书作诏，则曰："敬问"，于是以为定制。自后元正，导入，帝犹为之兴焉。

时大旱，导上疏逊位。诏曰："夫圣王御世，动合至道，运无不周，故能人伦攸叙，万物获宜。朕荷祖宗之重，托于王公之上，不能仰陶玄风，俯洽宇宙，亢阳逾时，兆庶胥怨，邦之不臧，惟予一人。公体道明哲，弘犹深远，勋格四海，翼亮三世，国典之不坠，实仲山甫补之。而猥崇谦光，引咎克让，元首之愆，寄责宰辅，祗增其阙。博综万机，不可一日有旷。公宜遗履谦之近节，遵经国之远略。门下速遣侍中以下敦喻。"导固让。诏累逼之，然后视事。

导简素寡欲，仓无储谷，衣不重帛。帝知之，给布万匹，以供私费。导有羸疾，不堪朝会，帝幸其府，纵酒作乐，后令舆车入殿，其见敬如此。

石季龙掠骑至历阳，导请出讨之。加大司马、假黄钺、中外诸军事，置左右长史、司马，给布万匹。俄而贼退，解大司马，复转中外大都督，进位太傅，又拜丞相，依汉制罢司徒官以并之。册曰："朕夙罹不造，肆陟帝位，未堪多难，祸乱旁兴。公文贯九功，武经七德，外缉四海，内齐八政，天地以平，人神以和，业同伊尹，道隆姬旦。仰思唐虞，登庸俊乂，申命群官，允厘庶绩。朕思凭高谟，弘济远猷，维稽古建尔于上公，永为晋辅。往践厥职，敬敷道训，以亮天工。不亦休哉！公其戒之！"

是岁，妻曹氏卒，赠金章紫绶。初，曹氏性妒，导甚惮之，乃密营别馆，以处众妾。曹氏知，将往焉。导恐妾被辱，遽令命驾，犹恐迟之，以所执麈尾柄驱牛而进[16]。司徒蔡谟闻之，戏导曰："朝廷欲加公九锡[17]。"导弗之觉，但谦退而已。谟曰："不闻余物，惟有短辕犊车，长柄麈尾。"导大怒，谓人曰："吾往与群贤共游洛中，何曾闻有蔡克儿也。"

于时庾亮以望重地逼，出镇于外。南蛮校尉陶称间说亮当举兵内向，或劝导密为之防。导曰：“吾与元规休戚是同[18]，悠悠之谈，宜绝智者之口。则如君言，元规若来，吾便角巾还第，复何惧哉！”又与称书，以为庾公帝之元舅，宜善事之。于是谗间遂息。时亮虽居外镇，而执朝廷之权，既据上流，拥强兵，趣向者多归之。导内不能平，常遇西风尘起，举扇自蔽，徐曰：“元规尘污人。”

自汉魏以来，群臣不拜山陵。导以元帝眷同布衣[19]，匪惟君臣而已，每一崇进，皆就拜，不胜哀戚。由是诏百官拜陵，自导始也。

咸康五年薨，时年六十四。帝举哀于朝堂三日，遣大鸿胪持节监护丧事，赗襚之礼[20]，一依汉博陆侯及安平献王故事。及葬，给九游辒辌车[21]、黄屋左纛、前后羽葆鼓吹、武贲班剑百人，中兴名臣莫与为比。册曰：“盖高位以酬明德，厚爵以答懋勋；至乎阖棺标迹，莫尚号谥，风流百代，于是乎在。惟公迈达冲虚，玄鉴劭邈；夷淡以约其心，体仁以流其惠；栖迟务外，则名俊中夏，应期濯缨，则潜算独运。昔我中宗、肃祖之基中兴也，下帷委诚而策定江左，拱己宅心而庶绩咸熙。故能威之所振，寇虐改心，化之所鼓，梼杌易质[22]；调阴阳之和，通彝伦之纪；辽陇承风，丹穴景附。隆高世之功，复宣武之绩，旧物不失，公协其猷。若乃荷负顾命，保朕冲人，遭遇艰圮，夷险委顺；拯其沦坠而济之以道，扶其颠倾而弘之以仁，经纬三朝而蕴道弥旷。方赖高谟，以穆四海，昊天不吊，奄忽薨殂，朕用震恸于心。虽有殷之殒保衡，有周之丧二南，曷谕兹怀！今遣使持节、谒者仆射任瞻锡谥曰文献，祠以太牢。魂而有灵，嘉兹荣宠！”

二弟：颖、敞，少与导俱知名，时人以颖方温太真，以敞比邓伯道，并早卒。导六子：悦、恬、洽、协、劭、荟。

悦字长豫，弱冠有高名，事亲色养，导甚爱之。导尝共悦弈棋，争道，导笑曰：“相与有瓜葛，那得为尔邪[23]！”导性俭节，帐下甘果烂败，令弃之，云：“勿使大郎知。”

悦少侍讲东宫，历吴王友、中书侍郎，先导卒，谥贞世子。先是，导梦人以百万钱买悦，潜为祈祷者备矣。寻掘地，得钱百万，意甚恶之，一皆藏闭。及悦疾笃，导忧念特至，不食积日。忽见一人形状甚伟，被甲持刀，导问：“君是何人？”曰：“仆是蒋侯也。公儿不佳，欲为请命，故来耳。公勿复忧。”因求食，遂啖数升。食毕，勃然谓导曰：“中书患，非可救者。”言讫不见，悦亦殒绝。悦与导语，恒以慎密为端。导还台，及行，悦未尝不送至车后，又恒为母曹氏襞敛箱箧中物。悦亡后，导还台，自悦常所送处哭至台门，其母长封作箧，不忍复开。

悦无子，以弟恬子琨为嗣，袭导爵丹杨尹，卒，赠太常。子嘏嗣，尚鄱阳公主，历中领军、尚书。卒，子恢嗣，义熙末，为游击将军。

恬字敬豫，少好武，不为公门所重。导见悦辄喜，见恬便有怒色。州辟别驾，不行，袭爵即丘子。

性傲诞[24]，不拘礼法。谢万尝造恬，既坐，少顷，恬便入内。万以为必厚待己，殊有喜色。恬久之乃沐头散发而出，据胡床于庭中晒发，神气傲迈，竟无宾主之礼。万怅然而归。晚节更好士，多技艺，善弈棋，为中兴第一。

迁中书郎。帝欲以为中书令，导固让，从之。除后将军、魏郡太守，加给事中，领兵镇石头。导薨，去官。俄起为后将军，复镇石头。转吴国、会稽内史，加散骑常侍。卒，赠中军将军，谥曰宪。

洽字敬和，导诸子中最知名，与荀羡俱有美称。弱冠，历散骑、中书郎、中军长史、司徒左长史、建武将军、吴郡内史。征拜领军，寻加中书令，固让，表疏十上。穆帝诏曰："敬和清裁贵令，昔为中书郎，吾时尚小，数呼见，意甚亲之。今所以用为令，既机任须才，且欲时时相见，共讲文章，待以友臣之义。而累表固让，甚违本怀。其催洽令拜。"苦让，遂不受。升平二年卒于官，年三十六。二子：珣、珉。

珣字元琳。弱冠与陈郡谢玄为桓温掾[25]，俱为温所敬重，尝谓之曰："谢掾年四十，必拥旄杖节。王掾当作黑头公。皆未易才也。"珣转主簿。时温经略中夏，竟无宁岁，军中机务并委珣焉。文武数万人，悉识其面。从讨袁真，封东亭侯，转大司马参军、琅邪王友、中军长史、给事黄门侍郎。

珣兄弟皆谢氏婿，以猜嫌致隙。太傅安既与珣绝婚，又离珉妻，由是二族遂成仇衅。时希安旨，乃出珣为豫章太守，不之官。除散骑常侍，不拜。迁秘书监。安卒后，迁侍中，孝武深杖之。转辅国将军、吴国内史，在郡为士庶所悦。征为尚书右仆射，领吏部，转左仆射，加征虏将军，复领太子詹事。

时帝雅好典籍，珣与殷仲堪、徐邈、王恭、郗恢等并以才学文章见昵于帝。及王国宝自媚于会稽王道子，而与珣等不协，帝虑晏驾后怨隙必生，故出恭、恢为方伯，而委珣端右。珣梦人以大笔如椽与之，既觉，语人云："此当有大手笔事。"俄而帝崩，哀册谥议，皆珣所草。

隆安初，国宝用事，谋黜旧臣，迁珣尚书令。王恭赴山陵，欲杀国宝，珣止之曰："国宝虽终为祸乱，要罪逆未彰，今便先事而发，必大失朝野之望。况拥强兵，窃发于京辇，谁谓非逆！国宝若遂不改，恶布天下，然后顺时望除之，亦无忧不济也。"恭乃止[26]。既而谓珣曰："比来视君，一似胡广。"珣曰："王陵廷争，陈平慎默，但问岁终何如耳。"恭寻起兵，国宝将杀珣等，仅而得免，语在《国宝传》。二年，恭复举兵，假珣节，进卫将军、都督琅邪水陆军事。事平，上所假节，加散骑常侍。

四年，以疾解职。岁余，卒，时年五十二。追赠车骑将军、开府，谥曰献穆。桓玄与会稽王道子书曰："珣神情朗悟，经史明彻，风流之美，公私所寄。虽逼嫌谤，才用不尽；然君子在朝，弘益自多。时事艰难，忽尔丧失，叹惧之深，岂但风流相悼而已！其崎岖九折，风霜备经，虽赖明公神鉴，亦识会居之故也。卒以寿终，殆无所哀。但情发去来，置之未易耳。"玄辅政，改赠司徒。

初，珣既与谢安有隙，在东闻安薨，便出京师，诣族弟献之，曰："吾欲哭谢公。"献之惊曰："所望于法护。"于是直前哭之甚恸。法护，珣小字也。珣五子：弘、虞、柳、孺、昙首，宋世并有高名。

珉字季琰。少有才艺，善行书，名出珣右。时人为之语曰："法护非不佳，僧弥难为兄。"僧弥，珉小字也。时有外国沙门，名提婆，妙解法理，为珣兄弟讲《毗昙经》。珉时尚幼，讲未半，便云已解，即于别室与沙门法纲等数人自讲。法纲叹曰："大义皆是，但小未精耳。"辟州主簿，举秀才，不行。后历著作、散骑郎、国子博士、黄门侍郎、侍中，代王献之为长兼中书令。二人素齐名，世谓献之为"大令"，珉为"小令"。太元十三年卒，时年三十八，追赠太常。二子：朗、练。义熙中，并历侍中。

协字敬祖，元帝抚军参军，袭爵武冈侯，早卒，无子，以弟劭子谧为嗣。

谧字稚远。少有美誉，与谯国桓胤、太原王绥齐名。拜秘书郎，袭父爵，迁秘书丞，历中军长史、黄门郎、侍中。及桓玄举兵，诏谧衔命诣玄，玄深敬昵焉。拜建威将军、吴国内史，未至郡，玄以为中书令、领军将军、吏部尚书，迁中书监，加散骑常侍，领司徒。及玄将篡，以谧兼太保，奉玺册诣玄。玄篡，封武昌县开国公，加班剑二十人。

初，刘裕为布衣，众未之识也，惟谧独奇贵之，尝谓裕曰："卿当为一代英雄。"及裕破桓玄，谧以本官加侍中，领扬州刺史、录尚书事。谧既受宠桓氏，常不自安。护军将军刘毅尝问谧曰："玺绶何在?"谧益惧。会王绥以桓氏甥自疑，谋反，父子兄弟皆伏诛。谧从弟谌，少骁果轻侠，欲诱谧还吴，起兵为乱，乃说谧曰："王绥无罪，而义旗诛之，是除时望也。兄少立名誉，加位地如此，欲不危，得乎!"谧惧而出奔。刘裕笺诣大将军。武陵王遵，遣人追蹑。谧既还，委任如先，加谧班剑二十人。义熙三年卒，时年四十八。追赠侍中、司徒，谥曰文恭。三子：瓘、球、琇。入宋，皆至大官。

劭字敬伦，历东阳太守、吏部郎、司徒左长史、丹阳尹。劭美姿容，有风操，虽家人近习，未尝见其堕替之容。桓温甚器之。迁吏部尚书、尚书仆射，领中领军，出为建威将军、吴国内史。卒，赠车骑将军，谥曰简。三子：穆、默、恢。穆，临海太守。默，吴国内史，加二千石。恢，右卫将军。穆三子：简、智、超。默二子：鉴、惠。义熙中，并历显职。

荟字敬文。恬虚守靖，不竞荣利，少历清官，除吏部郎、侍中、建威将军、吴国内史。时年饥粟贵，人多饿死，荟以私米作饘粥[27]，以饴饿者，所济活甚众。征补中领军，不拜。徙尚书，领中护军，复为征虏将军、吴国内史。顷之，桓冲表请荟为江州刺史，固辞不拜。转督浙江东五郡、左将军、会稽内史，进号镇军将军，加散骑常侍。卒于官，赠卫将军。

子廞，历太子中庶子、司徒左长史。以母丧，居于吴。王恭举兵，假廞建武将军、吴国内史，令起军，助为声援。廞即墨绖合众[28]，诛杀异己，仍遣前吴国内史虞啸父等入吴兴、义兴聚兵，轻侠赴者万计。廞自谓义兵一动，势必未宁，可乘间而取富贵。而曾不旬日，国宝赐死，恭罢兵符，廞去职。廞大怒，迴众讨恭。恭遣司马刘牢之距战于曲阿，廞众溃奔走，遂不知所在。长子泰为恭所杀，少子华以不知廞存亡，忧毁布衣蔬食。后从兄谧言其死所，华始发丧，入仕。

初，导渡淮，使郭璞筮之，卦成，璞曰："吉，无不利。淮水绝，王氏灭。"其后子孙繁衍，竟如璞言。

史臣曰：飞龙御天，故资云雨之势；帝王兴运，必俟股肱之力。轩辕，圣人也，杖师臣而授图；商汤，哲后也，托负鼎而成业。自斯已降，罔不由之。原夫典午发踪，本于陵寡，金行抚运，无德在时。九土未宅其心，四夷已承其弊。既而中原荡覆，江左嗣兴，兆著玄石之图，乖少康之祀夏；时无思晋之士，异文叔之兴刘；辅佐中宗，艰哉甚矣！茂弘策名枝屏，叶情交好，负其才智，恃彼江湖，思建克复之功，用成翌宣之道。于是王敦内侮，凭天邑而狼顾；苏峻连兵，指宸居而隼击。实赖元宰，固怀匪石之心；潜运忠谟，竟翦吞沙之寇。乃诚贯日，主垂饵以终全；贞志陵霜，国缀旒而不灭[29]。观其开设学校，存乎沸鼎之中，爰立章程，在乎栉风之际，虽则世道多故，而规模弘远矣。比夫萧曹弼汉，六合为家，奭望匡周，万方同轨，功未半古，不足为俦。至若夷吾体仁，能相小国；孔明践义，善翊新邦，抚事论情，抑斯之类也。提挈三世，终始一心，称为"仲父"，盖其宜矣。恬珣踵德，副吕虔之赠刀；谧乃隤声[30]，惭刘毅之征玺。语曰："深山大泽，有龙有蛇。"实斯之谓也。

赞曰：赟啸猋驰[31]，龙升云映。武冈矫矫，匡时缉政。懿绩克宣，忠规靡竞。契叶三主，荣逾九命。贻刀表祥，筮水流庆。赫矣门族，重光斯盛。

---

①禊（xì，音戏）：祓祭。古人禳除妖祟的一种民俗。每年春、秋两季在水边举行。阴历三月三日上巳修禊，尤为流行。

②觇（chān，音掺）：偷看，侦察。此处指南方士族顾荣等在门隙偷看晋元帝一行活动。

③乂（yì，音义）：有才能的人。

④否（pǐ，音痞）：否为六十四卦中的卦名，否是坏的卦。

⑤笺：信札。

⑥颓毁：衰落，腐败。

⑦庠序：《汉书·儒林传》："殷曰庠，周曰序。"泛指学校。

⑧饕餮（tāo tiè，音涛铁去声）：传说中一种凶恶贪食的野兽。一说为四凶之一，四凶乃舜流放的四个人，即浑敦、穷奇、梼杌、饕餮。

⑨泮（pàn，音判）：古代天子、诸侯举行宴会或射礼的宫殿。后来也指学校。

⑩衄（nǜ）：战败。

⑪跣（xiǎn，音显）：赤脚。

⑫羽葆：见《贾充列传》注①。

⑬ 竦（shū，音书）：据《桂海虞衡志》，竦子出两江州洞，似苎织，有花的叫做花竦。 端：量词，布帛的长度单位。倍丈为端，一说六丈为一端。

⑭胙（zuò，音作）：赏赐。

⑮ 冲：同"冲"。年幼。

⑯麈（zhǔ，音主）：古书上指鹿一类动物。其尾巴可以做拂尘。

⑰九锡：古代帝王赐给有大功或有权势的大臣的九种物品。《公羊传·庄公元年》："加我服也。"何休注："礼有九锡：一曰车马，二曰衣服，三曰乐则，四曰朱户，五曰纳陛，六曰虎贲，七曰弓矢，八曰钛（斧）钺，九曰秬鬯。"秬：黑色的黍。鬯，古代祭祀用的一种酒。

⑱戚：亲戚，忧愁，休戚相关。

⑲眷：关心照顾，念念不忘。

⑳赗襚（fèng suí，音凤遂）：赗，送财物给人办丧事。襚，赠死者之衣物。古时殓衣外，别有庶襚，亲属僚友所致衣服，陈而不用，大殓后加于尸上。

㉑辒辌车：见《贾充》注⑱。

㉒梼杌（táo wù，音桃务）：古代传说中的一种猛兽，借喻凶恶之人。四凶之一。

㉓郍：古"那"字。"那"之讹字。

㉔ 傲诞：傲慢，不通情理。傲，同"傲"。

㉕掾：见《贾充列传》注㉚。

㉖乃：于是。

㉗ 饘（zhān，音沾）：稠粥。

㉘绖（dié，音叠）：古时丧服上麻布带子，系在腰上或头上。

㉙旒（líu，音流）：古代帝王礼帽前后的玉串。

㉚ 隤：同"颓"。

㉛赟（xuàn，音旋）：一种野兽名。猋（biāo，音标）：犬行走的样子。

醉，扶路唱乐，不觉至州门。左右白曰："此西州门。"昙悲感不已，以马策扣扉[29]，诵曹子建诗曰："生存华屋处，零落归山丘。"恸哭而去。

安有二子：瑶、琰。瑶袭爵，官至琅邪王友，早卒。子该嗣，终东阳太守。无子，弟光禄勋模以子承伯嗣，有罪，国除。

刘裕以安勋德济世，特更封该弟澹为柴桑侯，邑千户[30]，奉安祀。澹少历显位。桓玄篡位，以澹兼太尉，与王谧俱赍册到姑孰。元熙中，为光禄大夫，复兼太保，持节奉册禅宋。

琰字瑗度。弱冠，以贞干称，美风姿。与从兄护军淡虽比居，不往来，宗中子弟惟与才令者数人相接。拜著作郎，转秘书丞，累迁散骑常侍、侍中。苻坚之役，安以琰有军国才用，出为辅国将军，以精卒八千，与从兄玄俱陷阵破坚，以勋封望蔡公。寻遭父忧去官[31]，服阕，除征虏将军、会稽内史。顷之，征为尚书右仆射，领太子詹事，加散骑常侍，将军如故。又遭母忧，朝廷疑其葬礼。时议者云："潘岳为贾充妇《宜城宣君诔》云[32]：'昔在武侯，丧礼殊伦。伉俪一体，朝仪则均。'谓宜资给葬礼，悉依太傅故事。"先是，王珣娶万女，珣弟珉娶安女，并不终，由是与谢氏有隙。珣时为仆射，犹以前憾缓其事。琰闻耻之，遂自造辒辌车以葬[33]，议者讥之。

太元末，为护军将军，加右将军。会稽王道子以为司马，右将军如故。王恭举兵，假琰节，都督前锋军事。恭平，迁卫将军、徐州刺史、假节。

孙恩作乱，加督吴兴、义兴二郡军事，讨恩。至义兴，斩贼许允之，迎太守魏鄢还郡。进讨吴兴贼丘尩，破之。又诏琰与辅国将军刘牢之俱讨孙恩。恩逃于海岛，朝廷忧之，以琰为会稽内史、都督五郡军事，本官并如故。琰既以资望镇越土，议者谓无复东顾之虞。及至郡，无绥抚之能，而不为武备。将帅皆谏曰："强贼在海，伺人形便，宜振扬仁风，开其自新之路。"琰曰："苻坚百万，尚送死淮南，况孙恩奔衄归海[34]，何能复出！若其复至，正是天不养国贼，令速就戮耳。"遂不从其言。恩后果复寇浃口，入余姚，破上虞，进及邢浦，去山阴北三十五里。琰遣参军刘宣之距破恩。既而上党太守张虔硕战败，群贼锐进，人情震骇，咸以宜持重严备，且列水军于南湖，分兵设伏以待之。琰不听。贼既至，尚未食，琰曰："要当先灭此寇而后食也。"跨马而出。广武将军桓宝为前锋，摧锋陷阵，杀贼甚多，而塘路迮狭[35]，琰军鱼贯而前，贼于舰中傍射之，前后断绝。琰至千秋亭，败绩。琰帐下都督张猛于后斫琰马，琰坠地，与二子肇、峻俱被害，宝亦死之。后刘裕左里之捷，生擒猛，送琰小子混，混刳肝生食之[36]。诏以琰父子陨于君亲，忠孝萃于一门，赠琰侍中、司空，谥曰忠肃。

三子：肇、峻、混。肇历骠骑参军，峻以琰勋封建昌侯。及没于贼，诏赠肇散骑常侍，峻散骑侍郎。

混字叔源，少有美誉，善属文[37]。初，孝武帝为晋陵公主求婿，谓王珣曰："主婿但如刘真长、王子敬便足。如王处仲、桓元子诚可，才小富贵，便豫人家事[38]。"珣对曰："谢混虽不及真长，不减子敬。"帝曰："如此便足。"未几，帝崩，袁山松欲以女妻之，珣曰："卿莫近禁脔[39]。"初，元帝始镇建业，公私窘罄，每得一纯[40]，以为珍膳，项上一脔尤美，辄以荐帝，群下未尝敢食，于时呼为"禁脔"，故珣因以为戏。混竟尚主，袭父爵。桓玄尝欲以安宅为营，混曰："召伯之仁，犹惠及甘棠[41]；文靖之德，更不保五亩之宅邪？"玄闻，惭而止。历中书令、中领军、尚书左仆射、领选。以党刘毅诛，国除。及宋受禅，谢晦谓刘裕曰："陛下应天受命，登坛日恨不得谢益寿奉玺绂[42]。"裕亦叹曰："吾甚恨之，使后生不得见其风流！"益寿，混小字也。

奕字无奕，少有名誉。初为剡令，有老人犯法，奕以醇酒饮之，醉犹未已。安时年七八岁，在奕膝边，谏止之。奕为改容，遣之。与桓温善。温辟为安西司马，犹推布衣好。在温坐，岸帻笑咏[43]，无异常日。桓温曰："我方外司马。"奕每因酒，无复朝廷礼，尝逼温饮，温走入南康主门避之。主曰："君若无狂司马，我何由得相见！"奕遂携酒就听事，引温一兵帅共饮，曰："失一老兵，得一老兵，亦何所怪。"温不之责。

从兄尚有德政，既卒，为西藩所思，朝议以奕立行有素，必能嗣尚事，乃迁都督豫司冀并四州军事、安西将军、豫州刺史、假节。未几，卒官，赠镇西将军。

三子：泉、靖、玄。泉早有名誉，历义兴太守。靖官至太常。

玄字幼度。少颖悟，与从兄朗俱为叔父安所器重。安尝戒约子侄，因曰："子弟亦何豫人事，而正欲使其佳？"诸人莫有言者。玄答曰："譬如芝兰玉树，欲使其生于庭阶耳。"安悦。玄少好佩紫罗香囊，安患之，而不欲伤其意，因戏赌取，即焚之，于此遂止。

及长，有经国才略，屡辟不起[44]。后与王珣俱被桓温辟为掾，并礼重之。转征西将军桓豁司马、领南郡相、监北征诸军事。于时苻坚强盛，边境数被侵寇，朝廷求文武良将可以镇御北方者，安乃以玄应举。中书郎郗超虽素与玄不善，闻而叹之，曰："安违众举亲[45]，明也。玄必不负举，才也。"时咸以为不然。超曰："吾尝与玄共在桓公府，见其使才，虽履屐间亦得其任，所以知之。"于是征还，拜建武将军、兖州刺史、领广陵相、监江北诸军事。

时苻坚遣军围襄阳，车骑将军桓冲御之。诏玄发三州人丁，遣彭城内史何谦游军淮泗，以为形援。襄阳既没，坚将彭超攻龙骧将军戴逯于彭城。玄率东莞太守高衡、后军将军何谦次于泗口，欲遣间使报逯，令知救至，其道无由。小将田泓请行，乃没水潜行，将趣城[46]，为贼所获。贼厚赂泓，使云"南军已败"。泓伪许之。既而，告城中曰："南军垂至，我单行来报，为贼所得，勉之！"遂遇害。时彭超置辎重于留城，玄乃扬声遣谦等向留城。超闻之，还保辎重。谦驰进，解彭城围。超复进军南侵，坚将句难、毛当自襄阳来会。超围幽州刺史田洛于三阿，有众六万。诏征虏将军谢石率水军次涂中，右卫将军毛安之、游击将军河间王昙之、淮南太守杨广、宣城内史丘准次堂邑。既而盱眙城陷，高密内史毛藻没，安之等军人相惊，遂各散退，朝廷震动。玄于是自广陵西讨难等。何谦解田洛围，进据白马，与贼大战，破之，斩其伪将都颜。因复进击，又破之，斩其伪将邵保。超、难引退。玄率何谦、戴逯、田洛追之，战于君川，复大破之。玄参军刘牢之攻破浮航及白船，督护诸葛侃、单父令李都又破其运舰。难等相率北走，仅以身免。于是罢彭城、下邳二戍。诏遣殿中将军慰劳，进号冠军，加领徐州刺史，还于广陵，以功封东兴县侯。

及苻坚自率兵次于项城，众号百万，而凉州之师始达咸阳，蜀汉顺流，幽并系至。先遣苻融、慕容暐、张蚝、苻方等至颍口，梁成、王显等屯洛涧。诏以玄为前锋、都督徐兖青三州扬州之晋陵幽州之燕国诸军事，与叔父征虏将军石、从弟辅国将军琰、西中郎将桓伊、龙骧将军檀玄、建威将军戴熙、扬武将军陶隐等距之，众凡八万。玄先遣广陵相刘牢之五千人直指洛涧，即斩梁成及成弟云，步骑崩溃，争赴淮水。牢之纵兵追之，生擒坚伪将梁他、王显、梁悌、慕容屈氏等，收其军实[47]。坚进屯寿阳，列阵临肥水，玄军不得渡。玄使谓苻融曰："君远涉吾境，而临水为阵，是不欲速战。诸君稍却，令将士得周旋，仆与诸君缓辔而观之，不亦乐乎！"坚众皆曰："宜阻肥水，莫令得上。我众彼寡，势必万全。"坚曰："但却军，令得过，而我以铁骑数十万向水，逼而杀之。"融亦以为然，遂麾使却阵，众因乱不能止。于是玄与琰、伊等以精锐八千涉渡肥水。石军距张蚝，小退。玄、琰仍进，决战肥水南。坚中流矢，临阵斩融。坚众奔溃，自相蹈藉投水死者不可胜计[48]，肥水为之不流。余众弃甲宵遁，闻风声鹤唳，皆以为王师已至，草行露宿，重以饥冻，死者十七八。获坚乘舆云母车[49]，仪服、器械、军资、珍宝山积，牛马驴骡骆驼十万余。诏遣殿中将军慰劳，进号前将军、假节，固让不受。赐钱百万，綵千匹[50]。

既而安奏苻坚丧败，宜乘其衅会[51]，以玄为前锋都督，率冠军将军桓石虔径造涡颍，经略旧都[52]。玄复率众次于彭城，遣参军刘袭攻坚兖州刺史张崇于鄄城，走之，使刘牢之守鄄城。兖州即平，玄患水道险涩，粮运艰难，用督护闻人奭谋，堰吕梁水，树栅，立七埭为派[53]，拥二岸之流，以利运漕，自此公私利便。又进伐青州，故谓之青州派。遣淮陵太守高素以三千人向广固，降坚青州刺史苻朗。又进伐冀州，遣龙骧将军刘牢之、济北太守丁匡据太碻磝，济阳太守郭满据滑台，奋武将军颜雄渡河立营。坚子丕遣将桑据屯黎阳。玄命刘袭夜袭据，走之。丕惶遽欲降，玄许之。丕告饥，玄馈丕米二千斛[54]。又遣晋陵太守滕恬之渡河守黎阳，三魏皆降。以兖、青、司、豫平，加玄都督徐、兖、青、司、冀、幽、并七州军事。玄上疏以方平河北，幽冀宜须总督，司州悬远，应统豫州。以勋封康乐县公。玄请以先封东兴侯赐兄子玩，诏听之，更封玩豫宁伯。复遣宁远将军昚演伐申凯于魏郡，破之。玄欲令豫州刺史朱序镇梁国，玄住彭城，北固河上，西援洛阳，内藩朝廷。朝议以征役既久，宜置戍而还，使玄还镇淮阴，序镇寿阳。会翟辽据黎阳反，执滕恬之，又秦山太守张愿举郡叛，河北骚动，玄自以处分失所，上疏送节，尽求解所职。诏慰劳，令且还镇淮阴，以朱序代镇彭城。

玄既还，遇疾，上疏解职，诏书不许。玄又自陈，既不堪摄职，虑有旷废。诏又使移镇东阳城。玄即路，于道疾笃[55]，上疏曰：

"臣以常人，才不佐世，忽蒙殊遇，不复自量，遂从戎政。驱驰十载，不辞鸣镝之险，每有征事，辄请为军锋，由恩厚忘躯，甘死若生也。冀有毫厘，上报荣宠。天祚大晋，王威屡举，实由陛下神武英断，无思不服。亡叔臣安协赞雍熙，以成天工。而雰雾尚翳，六合未朗[56]，遗黎涂炭，巢窟宜除，复命臣荷戈前驱，董司戎首。冀仰凭皇威，宇宙宁一，陛下致太平之化，庸臣以尘露报恩，然后从亡叔臣安退身东山，以道养寿。此诚以形于文旨，达于圣听矣。臣所以区区家国，实在于此。不谓臣愆咎夙积，罪钟中年，上延亡叔臣安、亡兄臣靖，数月之间，相系殂背[57]，下逮稚子，寻复夭昏。哀毒兼缠，痛百常情。臣不胜祸酷暴集，每一恸殆弊。所以含哀忍悲，期之必存者，虽哲辅倾落，圣明方融，伊周嗣作，人怀自厉，犹欲申臣本志，隆国保家，故能豁其情滞，同之无心耳。

"去冬奉司徒道子告括囊远图，逮问臣进止之宜。臣进不达事机，以蹙境为耻，退不自揆，故欲顺其宿心。岂谓经略不振，自贻斯戾[58]。是以奉送章节，待罪有司，执徇常仪，实有愧心。而圣恩赦过，黩法垂宥，使抱罪之臣复得更名于所司。木石犹感，而况臣乎！顾将身不良，动与衅会，谦德不著，害盈是荷，先疾既动，便至委笃。陛下体臣疢重[59]，使还藩淮侧。甫欲休兵静众，绥怀善抚，兼苦自疗，冀日月渐瘳[60]，缮甲俟会，思更奋迅。而所患沈顿，有增无损。今者惙惙[61]，救命朝夕。臣之平日，率其常矩，加以匪懈，犹不能令政理弘宣，况今内外天隔，永不复接，宁可卧居重任，以招患虑。

"追寻前事，可为寒心。臣之微身，复何足惜，区区血诚，忧国实深。谨遣兼长史刘济重奉送节盖章传。伏愿陛下垂天地之仁，拯将绝之气，时遣军司镇慰荒杂，听臣所乞，尽医药消息，归诚道门，冀神祇之祐。若此而不差，修短命也。使臣得及视息，瞻睹坟柏，以此之尽，公私真无恨矣。伏枕悲慨，不觉流涕。"

诏遣高手医一人，令自消息，又使还京口疗疾。

玄奉诏便还，病久不差，又上疏曰："臣同生七人，凋落相继，惟臣一己，孑然独存。在生荼酷，无如臣比。所以含哀忍痛，希延视息者，欲报之德，实怀罔极，庶蒙一瘳，申其此志。且臣孤遗满目，顾之恻然，为欲极其求生之心，未能自分于灰土。惨惨之情，可哀可愍。伏愿陛下矜其所诉，霈然垂恕，不令微臣衔恨泉壤。”表寝不报。前后表疏十余上，久之，乃转授散骑常侍、左将军、会稽内史。时吴兴太守晋宁侯张玄之亦以才学显，自吏部尚书与玄同年之郡，而玄之名亚于玄，时人称为“南北二玄”，论者美之。

玄既舆疾之郡，十三年，卒于官，时年四十六。追赠车骑将军、开府仪同三司，谥曰献武。

子瑍嗣，秘书郎，早卒。子灵运嗣。瑍少不惠，而灵运文藻艳逸，玄尝称曰：“我尚生瑍，瑍那得生灵运！”永熙中，为刘裕世子左卫率。

始从玄征伐者，何谦字恭子，东海人，戴逯字安丘，处士逵之弟，并骁果多权略。逵厉操东山，而逯以武勇显。谢安尝谓逯曰：“卿兄弟志业何殊？”逯曰：“下官不堪其忧，家兄不改其乐。”逯以军功封广信侯，位至大司农。

万字万石，才器俊秀，虽器量不及安，而善自衒曜[62]，故早有时誉。工言论，善属文，叙渔父、屈原、季主、贾谊、楚老、龚胜、孙登、嵇康四隐四显为《八贤论》，其旨以处者为优，出者为劣，以示孙绰。绰与往反，以体公识远者则出处同归。尝与蔡系送客于征虏亭，与系争言。系推万落床，冠帽倾脱。万徐拂衣就席，神意自若，坐定，谓系曰：“卿几坏我面。”系曰：“本不为卿面计。”然俱不以介意，时亦以此称之。

弱冠[63]，辟司徒掾，迁右西属，不就。简文帝作相，闻其名，召为抚军从事中郎。万著白纶巾，鹤氅裘，履版而前[64]。既见，与帝共谈移日。太原王述，万之妻父也，为扬州刺史。万尝衣白纶巾，乘平肩舆[65]，径至听事前，谓述曰：“人言君侯痴，君侯信自痴。”述曰：“非无此论，但晚合耳。”

万再迁豫州刺史、领淮南太守、监司豫冀并四州军事、假节。王羲之与桓温笺曰：“谢万才流经通，处廊庙[66]，参讽议，故是后来一器。而今屈其迈往之气，为俯顺荒余，近是违才易务矣。”温不从。

万既受任北征，矜豪傲物，尝以啸咏自高，未尝抚众。兄安深忧之，自队主将帅已下，安无不慰勉。谓万曰：“汝为元帅，诸将宜数接对，以悦其心，岂有傲诞若斯而能济事也！”万乃召集诸将，都无所说，直以如意指四坐云：“诸将皆劲卒。”诸将益恨之。既而先遣征虏将军刘建修治马头城池，自率众入涡颍，以援洛阳。北中郎将郗昙以疾病退还彭城，万以为贼盛致退，便引军还，众遂溃散，狼狈单归，废为庶人。后复以为散骑常侍，会卒，时年四十二，因以为赠。

子韶，字穆度，少有名。时谢氏尤彦秀者，称封、胡、羯、末。封谓韶，胡谓朗，羯谓玄，末谓川，皆其小字也。韶、朗、川并早卒，惟玄以功名终。韶至车骑司马。韶子恩，字景伯，宏达有远略，韶为黄门郎、武昌太守。恩三子：曜、弘、微，皆历显位。

朗字长度。父据，早卒。朗善言玄理，文义艳发，名亚于玄。总角时，病新起，体甚羸，未堪劳，于叔父安前与沙门支遁讲论，遂至相苦。其母王氏再遣信令还，安欲留，使竟论，王氏因出云：“新妇少遭艰难，一生所寄惟在此儿。”遂流涕携朗去。安谓坐客曰：“家嫂辞情慷慨，恨不使朝士见之。”朗终于东阳太守。

子重，字景重，明秀有才名，为会稽王道子骠骑长史。尝因侍坐，于时月夜明净，道子叹以为佳。重率尔曰：“意谓乃不如微云点缀。”道子因戏重曰：“卿居心不净，乃复强欲滓秽太清邪？”

子绚，字宣映，会于公坐戏调，无礼于其舅袁湛。湛甚不堪之，谓曰："汝父昔已轻舅，汝今复来加我，可谓世无渭阳情也。"绚父重，即王胡之外孙，与舅亦有不协之论，湛故有此及云。

石字石奴。初拜秘书郎，累迁尚书仆射。征句难，以勋封兴平县伯。淮肥之役，诏石解仆射，以将军假节征讨大都督，与兄子玄、琰破苻坚。先是，童谣云："谁谓尔坚石打碎。"故桓豁皆以"石"名子，以邀功焉。坚之败也，虽功始牢之，而成于玄、琰，然石时实为都督焉。迁中军将军、尚书令，更封南康郡公。于时学校陵迟，石上疏请兴复国学，以训胄子，班下州郡，普修乡校[57]。疏奏，孝武帝纳焉。

兄安薨，石迁卫将军，加散骑常侍。以公事与吏部郎王恭互相短长，恭甚忿恨，自陈褊厄不允[68]，且疾源深固，乞还私门。石亦上疏逊位。有司奏，石辄去职，免官。诏曰："石以疾求退，岂准之常制！其喻令还。"岁余不起。表十余上，帝不许。石乞依故尚书令王彪之例，于府综摄，诏听之。疾笃，进位开府仪同三司，加鼓吹，未拜，卒，时年六十二。

石少患面创，疗之莫愈，乃自匿。夜有物来舐其疮，随舐随差，舐处甚白，故世呼为谢白面。石在职务存文刻，既无他才望，直以宰相弟兼有大勋，遂居清显，而聚敛无餍，取讥当世。追赠司空，礼官议谥，博士范弘之议谥曰襄墨公，语在《弘之传》。朝议不从，单谥曰襄。

子汪嗣，早卒。汪从兄冲以子明慧嗣，为孙恩所害。明慧从兄喻复以子暠嗣。宋受禅，国除。

邈字茂度。父铁，永嘉太守。邈性刚骾[69]，无所屈挠，颇有理识。累迁侍中。时孝武帝觞乐之后多赐侍臣文诏，辞义有不雅者，邈辄焚毁之，其他侍臣被诏者或宣扬之，故论者以此多邈[70]。后为吴兴太守。孙恩之乱，为贼胡桀、郜骠等所执，害之，贼逼令北面，邈厉声曰："我不得罪天子，何北面之有！"遂害之。邈妻郗氏，甚妒。邈先娶妾，郗氏怨怼[71]，与邈书告绝。邈以其书非妇人词，疑其门下生仇玄达为之作，遂斥玄达。玄达怒，遂投孙恩，并害邈兄弟，竟至灭门。

史臣曰：建元之后，时政多虞，臣猾陆梁，权臣横恣。其有兼将相于中外，系存亡于社稷，负扆资之以端拱[72]，凿井赖之以晏安者，其惟谢氏乎！简侯任总中台，效彰分阃[73]；正议云唱，丧礼堕而复弘；遗音既补，雅乐缺而还备。君子哉，斯人也！文靖始居尘外，高谢人间，啸咏山林，浮泛江海，当此之时，萧然有陵霞之致。暨于褫薜萝而袭朱组，去衡泌而践丹墀[74]，庶绩于是用康，彝伦以之载穆。苻坚百万之众已瞰吴江，桓温九五之心将移晋鼎，衣冠易虑，远迩崩心。从容而杜奸谋，宴衎而清群寇[75]，宸居获太山之固，惟扬去累卵之危，斯为盛矣。然激繁会于期服之辰，敦一欢于百金之费，废礼于媮薄之俗[76]，崇侈于耕战之秋，虽欲混哀乐而同归，齐奢俭于一致，而不知颓风已扇，雅道日沦，国之仪刑，岂期若是！琰称贞干，卒以忠勇垂名；混曰风流，竟以文词获誉：并阶时宰，无堕家风。奕万以放肆为高，石奴以褊浊兴累，虽粤微颣[77]，犹称名实。康乐才兼文武，志存匡济，淮肥之役，勍寇望之而土崩；涡颍之师，中州应之而席卷。方欲西平巩洛，北定幽燕，庙算有遗[78]，良图不果，降龄何促，功败垂成，拊其遗文，经纶远矣。

赞曰：安西英爽，才兼辩博。宣力方镇，流声台阁。太保沉浮，旷若虚舟。任高百辟，情惟一丘。琰邈忠壮，奕万虚放。为龙为光，或卿或将。伟哉献武，功宣授斧。克翦凶渠，几清中宇。

①从弟：堂房亲属。

②总角：亦称总发。系指男女未冠笄者之称。古人男子二十而冠，举行冠礼。女子十五而笄，表示已经成人。笄（jī，音机），古人束发用的簪子。

③亹（wěi，音伪）：勤勉不倦之状。

④除：任命，授职。

⑤距：同"拒"。抗拒，抵御。

⑥有司：见《武帝纪》注⑫。

⑦泛：漂浮。

⑧衡门：横木为门，卑陋之意。

⑨帻（zé，音则）：头巾。

⑩留：阻止。

⑪笺：信札。

⑫时誉：有声誉于当时。在当时小有名气。

⑬顾命：皇帝驾崩之遗诏。皇帝将要死去而回顾所说的话。

⑭手版：笏（hù，音户）。古时大臣朝见天子时所执者，有事则记于其上，以备忘。笏用玉或象牙制成。

⑮碎金：此处意为，善为文者，其绪余也是很珍贵的。绪余即余事，非长技也。

⑯噂㗊（zǔn yǎo，音尊咬）：纷纷议论。

⑰辑穆：和睦相处。

⑱九锡：见《王导》注⑰。

⑲胼胝（pián zhī，音骈知）：手脚上的老茧。

⑳旰食：晚食。意谓事多繁忙，欲食不遑（闲暇），连吃饭的时间也没有了。

㉑埸（yì，音易）：疆界。

㉒户限：门下横木。即俗称门槛者。

㉓期（jī，音机）：一周年。

㉔专城：古地方官的称谓。说明他的权力能为一城之主。古州牧太守多称之。

㉕秘器：见《贾充》注⑱。

㉖竞市：争购。

㉗斅：同"学"。

㉘埭（dài，音代）：土坝。

㉙策：马鞭子。 扉（fēi，音非）：门扇。

㉚邑：见《贾充列传》注③。

㉛忧：见《贾充列传》注⑨。

㉜诔（lěi，音垒）：叙述死者生前事迹，表示哀悼（多用于上对下）的一种哀祭文体。

㉝辒辌车：见《贾充列传》注⑱。

㉞衄：见《王导列传》注⑩。

㉟迮（zé，音则）：仓卒，蹙迫。

㊱刳（kū，音哭）：剖，剖开。

㊲属文：做文章。

㊳豫：悦乐；安适。

㊴脔（luán，音栾）：切成小块的肉。脔婿，古人于榜下择婿之谓。晋孝武帝欲以晋陵公主妻谢混，未几，袁山松又欲以女妻之，王珣曰："卿莫近禁脔。"以此得脔婿之典。

㊵豚（tún，音屯）：猪。先秦时豕、彘指大猪；猪、豚指小猪。此后四者无大小之别了。

㊶甘棠：木名，即棠梨。周召公食采于召，故称召伯。周召伯循行南国，以宣传文王之政，或居于甘棠之下，民思念其恩德，故爱其树。后人以周召甘棠之典喻官吏政绩卓著者。

㊷玺绂（xǐ fú，音喜福）：绂为系印章或佩玉用的丝带，其颜色依官位品级而异。此处指皇帝的玉玺。

㊸岸帻：帻（zé），头巾。帻本戛于额上。岸帻，则露出额头。举动脱略（放任、轻慢，不拘束）之意。

㊹辟：征召。

伏利度，告诸胡曰："今起大事，我与伏利度孰堪为主?"诸胡咸以推勒。勒于是释伏利度，率其部众归元海。元海加勒督山东征讨诸军事，以伏利度众配之。

元海使刘聪攻壶关，命勒率所统七千为前锋都督。刘琨遣护军黄秀等救壶关，勒败秀于白田，秀死之，勒遂陷壶关。元海命勒与刘零、阎罴等七将率众三万寇魏郡、顿丘诸垒壁，多陷之，假垒主将军⑥、都尉，简强壮五万为军士，老弱安堵如故，军无私掠，百姓怀之。

及元海僭号，遣使授勒持节、平东大将军、校尉、都督、王如故。勒并军寇邺，邺溃，和郁奔于卫国。执魏郡太守王粹于三台。进攻赵郡，害冀州西部都尉冯冲。攻乞活赦亭、田禋于中丘，皆杀之。元海授勒安东大将军、开府，置左右长史、司马、从事中郎。进军攻钜鹿、常山，害二郡守将。陷冀州郡县堡壁百余，众至十余万，其衣冠人物集为君子营。乃引张宾为谋主，始署军功曹，以刁膺、张敬为股肱，夔安、孔苌为爪牙，支雄、呼延莫、王阳、桃豹、逯明、吴豫等为将率。使其将张斯率骑诣并州山北诸郡县，说诸胡羯，晓以安危。诸胡惧勒威名，多有附者。进军常山，分遣诸将攻中山、博陵、高阳诸县，降之者数万人。

王浚使其将祁弘帅鲜卑段务尘等十余万骑讨勒，大败勒于飞龙山，死者万余。勒退屯黎阳，分命诸将攻诸未下及叛者，降三十余壁，置守宰以抚之。进寇信都，害冀州刺史王斌。于是车骑将军王堪、北中郎将裴宪自洛阳率众讨勒，勒烧营并粮，回军距之，次于黄牛垒。魏郡太守刘矩以郡附于勒，勒使矩统其垒众为中军左翼。勒至黎阳，裴宪弃其军奔于淮南，王堪退堡仓垣。元海授勒镇东大将军，封汲郡公，持节、都督、王如故。勒固让公不受。与阎罴攻胳圈、苑市二垒，陷之，罴中流矢死，勒并统其众。潜自石桥济河，攻陷白马，坑男女三千余口。东袭鄄城，害兖州刺史袁孚。因攻仓垣，陷之，遂害堪。渡河攻广宗、清河、平原、阳平诸县，降勒者九万余口。复南济河，荥阳太守裴纯奔于建业。

时刘聪攻河内，勒率骑会之，攻冠军将军梁巨于武德，怀帝遣兵救之。勒留诸将守武德，与王桑逆巨于长陵。巨请降，勒弗许，巨逾城而遁，军人执之。勒驰如武德，坑降卒万余，数梁巨罪而害之。王师退还，河北诸堡壁大震，皆请降送任于勒。

及元海死，刘聪授勒征东大将军、并州刺史、汲郡公，持节、开府、都督、校尉、王如故。勒固辞将军，乃止。

刘粲率众四万寇洛阳，勒留辎重于重门，率骑二万会粲于大阳，大败王师于渑池，遂至洛川。粲出镮辕，勒出成皋关，围陈留太守王赞于仓垣，为赞所败，退屯文石津。将北攻王浚，会浚将王甲始率辽西鲜卑万余骑败赵固于津北，勒乃烧船弃营，引军向柏门，迎重门辎重，至于石门，济河，攻襄城太守崔旷于繁昌，害之。

先是，雍州流人王如、侯脱、严嶷等起兵江淮间，闻勒之来也，惧，遣众一万屯襄城以距⑦，勒击败之，尽俘其众。勒至南阳，屯于宛北山。如惧勒之攻襄也，使送珍宝车马犒师，结为兄弟，勒纳之。如与侯脱不平，说勒攻脱。勒夜令三军鸡鸣而驾，晨压宛门，攻之，旬有二日而克。严嶷率众救脱，至则无及，逐降于勒。勒斩脱，囚嶷送于平阳，尽并其众，军势弥盛。

勒南寇襄阳，攻陷江西垒壁三十余所，留刁膺守襄阳，躬帅精骑三万还攻王如。惮如之盛，遂趣襄城。如知之，遣弟璃率骑二万五千，诈言犒军，实欲袭勒。勒逆击，灭之，复屯江西，盖欲有雄据江汉之志也。张宾以为不可，劝勒北还，弗从，以宾为参军都尉，领记室，位次司马，专居中总事。

元帝虑勒南寇，使王导率众讨勒。勒军粮不接，死疫太半，纳张宾之策，乃焚辎重，裹粮卷甲，渡沔，寇江夏，太守杨岠弃郡而走。北寇新蔡，害新蔡王确于南顿，朗陵公何袭、广陵公陟眕、上党太守羊综、广平太守邵肇等率众降于勒。勒进陷许昌，害平东将军王康。

先是，东海王越率洛阳之众二十余万讨勒，越薨于军，众推太尉王衍为主，率众东下，勒轻骑追及之。衍遣将军钱端与勒战，为勒所败，端死之，衍军大溃，勒分骑围而射之，相登如山，无一免者。于是执衍及襄阳王范、任城王济、西河王喜、梁王禧、齐王超、吏部尚书刘望、豫州刺史刘乔、太傅长史庾敳等，坐之于幕下，问以晋故。衍、济等惧死，多自陈说，惟范神色俨然，意气自若，顾呵之曰："今日之事，何复纷纭！"勒甚奇之。勒于是引诸王公卿士于外害之，死者甚众。勒重衍清辨，奇范神气，不能加之兵刃，夜使人排墙填杀之。左卫何伦、右卫李恽闻越薨，奉越妃裴氏及越世子毗出自洛阳。勒逆毗于洧仓，军复大溃，执毗及诸王公卿士，皆害之，死者甚众。因率精骑三万，入自成皋关。会刘曜、王弥寇洛阳，洛阳既陷，勒归功弥、曜，遂出轘辕，屯于许昌。刘聪署勒征东大将军，勒固辞不受。

先是，平阳人李洪有众数千，垒于舞阳，苟晞假洪雍州刺史。勒进寇谷阳，害冠军将军王兹。破王赞于阳夏，获赞，以为从事中郎。袭破大将军苟晞于蒙城，执晞，署为左司马。刘聪授勒征东大将军、幽州牧，固辞将军不受。

先是，王弥纳刘暾之说，将先诛勒，东王青州，使暾征其将曹嶷于齐。勒游骑获暾，得弥所与嶷书，勒杀之，密有图弥之计矣。会弥将徐邈辄引部兵去弥，弥渐削弱。及勒之获苟晞也，弥恶之，伪卑辞使谓勒曰："公获苟晞而赦之，何其神也！使晞为公左，弥为公右，天下不足定。"勒谓张宾曰："王弥位重言卑，恐其遂成前狗意也。"宾曰："观王公有青州之心，桑梓本邦[8]，固人情之所乐，明公独无并州之思乎？王公迟回未发者，惧明公踵其后，已有规明公之志，但未获便尔。今不图之，恐曹嶷复至，共为羽翼，后虽欲悔，何所及邪！徐邈既去，军势稍弱，观其控御之怀犹盛，可诱而灭之。"勒以为然。勒时与陈午相攻于蓬关，王弥亦与刘瑞相持甚急。弥请救于勒，勒未之许。张宾进曰："明公常恐不得王公之便，今天以其便授我矣。陈午小竖[9]，何能为寇？王弥人杰，将为我害。"勒因回军击瑞，斩之。弥大悦，谓勒深心推奉，无复疑也。勒引师攻陈午于肥泽，午司马上党李头说勒曰："公天生神武，当平定四海，四海士庶皆仰属明公，望济于涂炭。有与公争天下者，公不早图之，而返攻我曹流人。我曹乡党[10]，终当奉戴，何遽见逼乎！"勒心然之，诘朝引退。诡请王弥宴于已吾，弥长史张嵩谏弥勿就，恐有专诸、孙峻之祸，弥不从。既入，酒酣，勒手斩弥而并其众，启聪称弥叛逆之状。聪署勒镇东大将军、督并幽二州诸军事、领并州刺史，持节、征讨都督、校尉、开府、幽州牧、公如故。

苟晞、王赞谋叛勒，勒害之。以将军左伏肃为前锋都尉，攻掠豫州诸郡，临江而还，屯于葛陂，降诸夷楚，署将军二千石以下，税其义谷，以供军士。

初，勒被鬻平原，与母王相失。至是，刘琨遣张儒送王于勒，遗勒书曰："将军发迹河朔，席卷兖豫，饮马江淮，折冲汉沔，虽自古名将，未足为谕。所以攻城而不有其人，略地而不有其土，翕尔云合，忽复星散，将军岂知其然哉？存亡决在得主，成败要在所附；得主则为义兵，附逆则为贼众。义兵虽败，而功业必成；贼众虽克，而终归殄灭[11]。昔赤眉、黄巾横逆宇宙，所以一旦败亡者，正以兵出无名，聚而为乱。将军以天挺之质，威振宇内，择有德而推崇，随时望而归之，勋义堂堂，长享遐贵[12]。背聪则祸除，向主则福至。采纳往诲，翻然改图，天下不足定，蚁寇不足扫[13]。今相授侍中、持节、车骑大将军、领护匈奴中郎将、襄城郡公，总内外之任，兼华戎之号，显封大郡，以表殊能，将军其受之，副远近之望也。自古以来诚无戎人而为帝王者，至于名臣建功业者，则有之矣。今之迟想，盖以天下大乱，当须雄才。遥闻将军攻城野战，合于机神，虽不视兵书，暗与孙吴同契[14]，所谓生而知之者上，学而知之者次。但得精骑五千，以将军之才，何向不摧！至心实事，皆张儒所具。"勒报琨曰："事功殊途，非腐儒所闻。君当逞节本朝，吾自夷，难为效。"遗琨名马珍宝，厚宾其使，谢归以绝之。

勒于葛陂缮室宇，课农造舟，将寇建邺。会霖雨历三月不止，元帝使诸将率江南之众大集寿春，勒军中饥疫死者太半。檄书朝夕继至，勒会诸将计之。右长史刁膺谏勒先送款于帝，求扫平河朔，待军退之后徐更计之。勒愀然长啸[15]。中坚夔安劝勒就高避水，勒曰："将军何其怯乎！"孔苌、支雄等三十余将进曰："及吴军未集，苌等请各将三百步卒，乘船三十余道，夜登其城，斩吴将头，得其城，食其仓米。今年要当破丹杨，定江南，尽生缚取司马家儿辈。"勒笑曰："是勇将之计也。"各赐铠马一匹。顾问张宾曰："於君计何如？"宾曰："将军攻陷帝都，囚执天子，杀害王侯，妻略妃主，擢将军之发不足以数将军之罪[16]，奈何复还相臣奉乎！去年诛王弥之后，不宜于此营建。天降霖雨方数百里中，示将军不应留也。邺有三台之固，西接平阳，四塞山河，有喉衿之势[17]，宜北徙据之。伐叛怀服，河朔既定，莫有处将军之右者。晋之保寿春，惧将军之往击尔，今卒闻回军，必欣于敌去，未遑奇兵掎击也[18]。辎重迳从北道，大军向寿春，辎重既过，大军徐回，何惧进退无地乎！"勒攘袂鼓髯曰[19]："宾之计是也。"责刁膺曰："君共相辅佐，当规成功业，如何便相劝降！此计应斩。然相明性怯，所以宥君。"于是退膺为将军，擢宾为右长史，加中垒将军，号曰"右侯"。

发自葛陂，遣石季龙率骑二千距寿春。会江南运船至，获米布数十艘，将士争之，不设备。晋伏兵大发，败季龙于巨灵口，赴水死者五百余人，奔退百里，及于勒军。军中震扰，谓王师大至，勒阵以待之。晋惧有伏兵，退还寿春。勒所过路次，皆坚壁清野，采掠无所获，军中大饥，士众相食。行达东燕，闻汲郡向冰有众数千，壁于枋头，勒将于棘津北渡，惧冰邀之，会诸将问计。张宾进曰："如闻冰船尽在渎中，未上枋内[20]，可简壮勇者千人，诡道潜渡，袭取其船，以济大军。大军既济，冰必可擒也。"勒从之，使支雄、孔苌等从文石津缚筏潜渡，勒引其众自酸枣向棘津。冰闻勒军至，始欲内其船[21]。会雄等已渡，屯其垒门，下船三十余艘以济其军，令主簿鲜于丰挑战，设三伏以待之。冰怒，乃出军，将战，而三伏齐发，夹击攻之，又因其资，军遂丰振。长驱寇邺，攻北中郎将刘演于三台。演部将临深、牟穆等率众数万降于勒。

时诸将佐议欲攻取三台以据之，张宾进曰："刘演众犹数千，三台险固，攻守未可卒下，舍之则能自溃。王彭祖、刘越石大敌也，宜及其未有备，密规进据罕城，广运粮储，西禀平阳，扫定并蓟，桓文之业可以济也。且今天下鼎沸，战争方始，游行羁旅[22]，人无定志，难以保万全、制天下也。夫得地者昌，失地者亡。邯郸、襄国，赵之旧都，依山凭险，形胜之国，可择此二邑而都之，然后命将四出，授以奇略，推亡固存，兼弱攻昧，则群凶可除，王业可图矣。"勒曰："右侯之计是也。"于是进据襄国。宾又言于勒曰："今我都此，越石、彭祖深所忌也，恐及吾城池未固，资储未广，送死于我。闻广平诸县秋稼大成，可分遣诸将收掠野谷。遣使平阳，陈宜镇此之意。"勒又然之。于是上表于刘聪，分命诸将攻冀州郡县垒壁，率多降附，运粮以输勒。刘聪署勒使持节、散骑常侍、都督冀幽并营四州杂夷、征讨诸军事、冀州牧，进封本国上党郡公，邑五万户，开府、幽州牧、东夷校尉如故。

广平游纶、张豺拥众数万，受王浚假署，保据苑乡。勒使夔安、支雄等七将攻之，破其外垒。浚遣督护王昌及鲜卑段就六眷、末柸、匹磾等部众五万余以讨勒。时城隍未修，乃于襄国筑隔城重栅，设鄣以待之[23]。就六眷屯于渚阳，勒分遣诸将连出挑战，频为就六眷所败，又闻其大造攻具，勒顾谓其将佐曰："今寇来转逼，彼众我寡，恐攻围不解，外救不至，内粮罄绝，纵孙吴重生，亦不能固也。吾将简练将士，大阵于野以决之，何如？"诸将皆曰："宜固守以疲寇，彼师老自退，追而击之，蔑不克矣[24]。"勒顾谓张宾、孔苌曰："君以为何如？"宾、苌俱曰："闻就六眷克来月上旬送死北城，其大众远来，战守连日，以我军势寡弱，谓不敢出战，意必懈怠。今段氏种众之悍，末柸尤最，其卒之精勇，悉在末柸所，可勿复出战，示之以弱。速凿北垒为突门二十余道，候贼列守未定，出其不意，直冲末柸帐，敌必震惶，计不及设，所谓迅雷不及掩耳。末柸之众既奔，余自摧散。擒末柸之后，彭祖可指辰而定。”勒笑而纳之，即以苌为攻战都督，造突门于北城。鲜卑入屯北垒，勒候其阵未定，躬率将士鼓噪于城上。会孔苌督诸突门伏兵俱出击之，生擒末柸，就六眷等众遂奔散。苌乘胜追击，枕尸三十余里，获铠马五千匹。就六眷收其遗众，屯于渚阳，遣使求和，送铠马金银，并以末柸三弟为质而请末柸。诸将并劝勒杀末柸以挫之，勒曰：“辽西鲜卑，健国也，与我素无怨雠，为王浚所使耳。今杀一人，结怨一国，非计也。放之必悦，不复为王浚用矣。”于是纳其质，遣石季龙盟就六眷于渚阳，结为兄弟，就六眷等引还。使参军阎综献捷于刘聪。于是游纶、张豺请降称藩，勒将袭幽州，务养将士，权宜许之，皆就署将军。于是遣众寇信都，害冀州刺史王象。王浚复以邵举行冀州刺史，保于信都。

建兴元年，石季龙攻邺三台，邺溃，刘演奔于廪丘，将军谢胥、田青、郎牧等率三台流人降于勒，勒以桃豹为魏郡太守以抚之。命段末柸为子，署为使持节、安北将军、北平公，遣还辽西。末柸感勒厚恩，在途日南面而拜者三，段氏遂专心归附，自是王浚威势渐衰。

勒袭苑乡，执游纶以为主簿。攻乞活李恽于上白，斩之，将坑其降卒，见郭敬而识之，曰：“汝郭季子乎？”敬叩头曰：“是也。”勒下马执其手，泣曰：“今日相遇，岂非天邪！”赐衣服车马，署敬上将军，悉免降者以配之。其将孔苌寇定陵，害兖州刺史田徽。乌丸薄盛执渤海太守刘既，率户五千降于勒。刘聪授勒侍中、征东大将军，余如故，拜其母王氏为上党国太夫人，妻刘氏上党国夫人，章绶首饰一同王妃。

段末柸任弟亡归辽西，勒大怒，所经令尉皆杀之。

乌丸审广、渐裳、郝袭背王浚，密遣使降于勒，勒厚加抚纳。同冀渐宁，人始租赋。立太学，简明经善书吏署为文学掾，选将佐子弟三百人教之。勒母王氏死，潜窆山谷[25]，莫详其所。既而备九命之礼[26]，虚葬于襄国城南。

勒谓张宾曰：“邺，魏之旧都，吾将营建。既风俗殷杂，须贤望以绥之，谁可任也？”宾曰：“晋故东莱太守南阳赵彭忠亮笃敏，有佐时良干，将军若任之，必能允副神规。”勒于是征彭，署为魏郡太守。彭至，入泣而辞曰：“臣往策名晋室，食其禄矣。犬马恋主，切不敢忘。诚知晋之宗庙鞠为茂草[27]，亦犹洪川东逝，往而不还。明公应符受命，可谓攀龙之会[28]。但受人之荣，复事二姓，臣志所不为，恐亦明公之所不许。若赐臣余年、全臣一介之愿者，明公大造之惠也。”勒默然。张宾进曰：“自将军神旗所经，衣冠之士靡不变节，未有能以大义进退者。至如此贤，以将军为高祖，自拟为四公，所谓君臣相知，此亦足成将军不世之高，何必吏之。”勒大悦，曰：“右侯之言得孤心矣。”于是赐安车驷马，养以卿禄，辟其子明为参军。勒以石季龙为魏郡太守，镇邺三台，季龙篡夺之萌兆于此矣。

时王浚署置百官，奢纵淫虐，勒有吞并之意，欲先遣使以观察之。议者佥曰[29]：“宜如羊祜与陆抗书相闻。”时张宾有疾，勒就而谋之。宾曰：“王浚假三部之力，称制南面，虽曰晋藩，实怀僭逆之志，必思协英雄，图济事业。将军威声震于海内，去就为存亡，所在为轻重，浚之欲将军，犹楚之招韩信也。今权谲遣使[30]，无诚款之形，脱生猜疑，图之兆露，后虽奇略，无所设也。夫立大事者必先为之卑，当称藩推奉，尚恐未信，羊、陆之事，臣未见其可。”勒曰：“右侯之计是也。”乃遣其舍人王子春、董肇等多赍珍宝[31]，奉表推崇浚为天子曰：“勒本小胡，出于戎裔，值晋纲弛御，海内饥乱，流离屯厄，窜命冀州，共相帅合，以救性命。今晋祚沦夷，远播吴会，中原无主，苍生无系。伏惟明公殿下，州乡贵望，四海所宗，为帝王者，非公复谁？勒所以捐躯命、兴义兵诛暴乱者，正为明公驱除尔。伏愿殿下应天顺时，践登皇阼[32]。勒奉戴明公，如天地父母，明公当察勒微心，慈眄如子也[33]。”亦遣枣嵩书而厚赂之。浚谓子春等曰：“石公一时英武，据赵旧都，成鼎峙之势，何为称藩于孤，其可信乎？”子春对曰：“石将军英才俊拔，士马雄盛，实如圣旨。仰惟明公州乡贵望，累叶重光，出镇藩岳，威声播于八表，固以胡越钦风，戎夷歌德，岂唯区区小府而敢不敛衽神阙者乎[34]！昔陈婴岂其鄙王而不王，韩信薄帝而不帝者哉？但以知帝王不可以智力争故也。石将军之拟明公，犹阴精之比太阳，江河之比洪海尔。项籍、子阳覆车不远，是石将军之明鉴，明公亦何怪乎？且自古诚胡人而为名臣者实有之，帝王则未之有也。石将军非所以恶帝王而让明公也，顾取之不为天人之所许耳。愿公勿疑。”浚大悦，封子春等为列侯，遣使报勒，答以方物[35]。浚司马游统时镇范阳，阴叛浚，驰使降于勒。勒斩其使，送于浚，以表诚实。浚虽不罪统，弥信勒之忠诚，无复疑矣。

子春等与王浚使至，勒命匿劲卒精甲，虚府羸师以示之，北面拜使而受浚书。浚遗勒麈尾[36]，勒伪不敢执，悬之于壁，朝夕拜之，云：“我不得见王公，见王公所赐如见公也。”复遣董肇奉表于浚，期亲诣幽州奉上尊号，亦修笺于枣嵩，乞并州牧、广平公，以见必信之诚也。

勒将图浚，引子春问之。子春曰：“幽州自去岁大水，人不粒食，浚积粟百万，不能赡恤，刑政苛酷，赋役殷烦，贼害贤良，诛斥谏士，下不堪命，流叛略尽。鲜卑、乌丸离二于外，枣嵩、田矫贪暴于内，人情沮扰，甲士羸弊。而浚犹置立台阁，布列百官，自言汉高、魏武不足并也。又幽州谣怪特甚，闻者莫不为之寒心，浚意气自若，曾无惧容，此亡期之至也。”勒抚几笑曰：“王彭祖真可擒也。”浚使达幽州，具陈勒形势寡弱，款诚无二。浚大悦，以勒为信然。

勒纂兵戒期[37]，将袭浚，而惧刘琨及鲜卑、乌丸为其后患，沉吟未发。张宾进曰：“夫袭敌国，当出其不意。军严经日不行，岂顾有三方之虑乎？”勒曰：“然，为之奈何？”宾曰：“彭祖之据幽州，唯仗三部，今皆离叛，还为寇雠，此则外无声援以抗我也。幽州饥俭，人皆蔬食，众叛亲离，甲旅寡弱，此则内无强兵以御我也。若大军在郊，必土崩瓦解。今三方未靖，将军便能悬军千里以征幽州也。轻军往返，不出二旬。就使三方有动，势足旋趾[38]。宜应机电发，勿后时也。且刘琨、王浚虽同名晋藩，其实仇敌。若修笺于琨，送质请和，琨必欣于得我，喜于浚灭，终不救浚而袭我也。”勒曰：“吾所不了，右侯已了，复何疑哉！”

于是轻骑袭幽州，以火宵行[39]。至柏人，杀主薄游纶，以其兄统在范阳，惧声军计故也。遣张虑奉笺于刘琨，陈己过深重，求讨浚以自效。琨既素疾浚，乃檄诸州郡，说勒知命思愆，收累年之咎，求拔幽都，效善将来，今听所请，受任通和。军达易水，浚督护孙纬驰遣白浚，将引军距勒，游统禁之。浚将佐咸请出击勒，浚怒曰：“石公来，正欲奉戴我也，敢言击者斩！”乃命设飨以待之。勒晨至蓟，叱门者开门。疑有伏兵，先驱牛羊数千头，声言上礼，实欲填诸街巷，使兵不得发。浚乃惧，或坐或起。勒升其厅事，命甲士执浚，立之于前，使徐光让浚曰：“君位冠元台；爵列上公，据幽都骁悍之国，跨全燕突骑之乡，手握强兵，坐观京师倾覆，不救天子，而欲自尊。又专任奸暴，杀害忠良，肆情恣欲，毒遍燕壤，自贻于此，非为天也。”使其将王洛生驿送浚襄国市斩之。于是分遣流人各还桑梓，擢荀绰、裴宪，资给车服。数朱硕、枣嵩、田矫等以贿乱政，责游统以不忠于浚，皆斩之。迁乌丸审广、渐裳、赦袭、靳市等于襄国。焚烧浚宫殿。以晋尚书刘翰为宁朔将军、行幽州刺史，戍蓟，置守宰而还。遣其东曹掾傅遘兼左长史，封王浚首，献捷于刘聪。勒既还襄国，刘翰叛勒，奔段匹磾。襄国大饥，谷二升直银二斤，肉一斤直银一两。刘聪以平幽州之勋，乃遣其使人柳纯持节署勒大都督陕东诸军事、骠骑大将军、东单于，侍中、使持节、开府、校尉、二州牧、公如故，加金钲黄钺[40]，前后鼓吹二部，增封十二郡。勒固辞，受二郡而已。勒封左长史张敬等十一人为伯、子、侯，文武进位有差。

勒将支雄攻刘演于廪丘，为演所败。演遣其将韩弘、潘良袭顿丘，斩勒所署太守邵攀。支雄追击弘等，害潘良于廪丘。刘琨遣乐平太守焦球攻勒常山，斩其太守邢泰。琨司马温峤西讨山胡，勒将逯明要之，败峤于潞城。

勒以幽冀渐平，始下州郡阅实人户，户赀二匹[41]，租二斛。

勒将陈午以浚仪叛于勒。逯明攻宁黑于茌平，降之，因破东燕酸枣而还，徙降人二万余户于襄国。勒使其将葛薄寇濮阳，陷之，害太守韩弘。

刘聪遣其使人范龛持节策命勒，赐以弓矢，加崇为陕东伯，得专征伐，拜封刺史、将军、守宰、列侯，岁尽集上。署其长子兴为上党国世子，加翼军将军，为骠骑副贰。

刘琨遣王旦攻中山，逐勒所署太守秦固。勒将刘勔距旦，败之，执旦于望都关。勒袭邵续于乐陵。续尽众逆战，大败而还。

章武人王眘起兵于科斗垒，扰乱勒河间、渤海诸郡。勒以扬武张夷为河间太守，参军临深为渤海太守，各率步骑三千以镇静之，使长乐太守程遐屯于昌亭为之声势。

徙平原乌丸展广、刘哆等部落三万余户于襄国。

使石季龙袭乞活王平于梁城，败绩而归。又攻刘演于廪丘。支雄、逯明击宁黑于东武阳，陷之，黑赴河而死，徙其众万余于襄国。邵续使文鸯救演，季龙退止卢关津避之，文鸯弗能进，屯于景亭。兖豫豪右张平等起兵救演。季龙夜弃营设伏于外，扬声将归河北。平等以为信然，入于空营。季龙回击败之，遂陷廪丘，演奔文鸯军，获演弟启，送于襄国。演即刘琨之兄子也。勒以琨抚存其母，德之，赐启田宅，令儒官授其经。

时大蝗，中山、常山尤甚。中山丁零翟鼠叛勒，攻中山、常山，勒率骑讨之，获其母妻而还。鼠保于胥关，遂奔代郡。

勒攻乐平太守韩据于坫城，刘琨遣将军姬澹率众十余万讨勒，琨次广牧，为澹声援。勒将距之，或谏之曰："澹兵马精盛，其锋不可当，宜深沟高垒以挫其锐，攻守势异，必获万全，"勒曰："澹大众远来，体疲力竭，犬羊乌合，号令不齐，可一战而擒之，何强之有？寇已垂至，胡可舍去，大军一动，岂易中还！若澹乘我之退，顾乃无暇，焉得深沟高垒乎！此为不战而自灭亡之道。"立斩谏者。以孔苌为前锋都督，令三军后出者斩。设疑兵于山上，分为二伏。勒轻骑与澹战，伪收众而北。澹纵兵追之，勒前后伏发，夹击，澹军大败，获铠马万匹，澹奔代郡，据奔刘琨。琨长史李弘以并州降于勒，琨遂奔于段匹磾。勒迁阳曲、乐平户于襄国，置守宰而退。孔苌追姬澹于桑乾。勒遣兼左长史张敷献捷于刘聪。

勒之征乐平也，其南和令赵领招合广川、平原、渤海数千户叛勒，奔于邵续。河间邢嘏累征不至，亦聚众数百以叛。勒巡下冀州诸县，以右司马程遐为宁朔将军、监冀州七郡诸军事。

勒姊夫广威张越与诸将蒱博[42]，勒亲临观之。越戏言忤勒，勒大怒，叱力士折其胫而杀之。

孔苌攻代郡，澹死之。时司、冀、并、兖州流人数万户在于辽西，迭相招引，人不安业。孔苌等攻马严、冯䐗，久而不克。勒问计于张宾，宾对曰："冯䐗等本非明公之深仇，辽西流人悉有恋本之思。今宜班师息甲，差选良守，任之以龚遂之事，不拘常制，奉宣仁泽，奋扬威武，幽冀之寇可翘足而静，辽西流人可指时而至。"勒曰："右侯之计是也。"召苌等归，署武遂令李回为易北都护、振武将军、高阳太守。马严士众多李潜军人，回先为潜府长史，素服回威德，多叛严归之。严以部众离贰，惧，奔于幽州，溺水而死。冯䐗率众降于勒。回移居易京，流人降者岁常数千，勒甚嘉之，封回弋阳子，邑三百户。加宾封一千户，进宾位前将军，固辞不受。

河朔大蝗，初穿地而生，二旬则化状若蚕，七八日而卧，四日蜕而飞，弥亘百草，唯不食三豆及麻，并、冀尤甚。

石季龙济自长寿津，寇梁国，害内史荀阖。刘琨与段匹磾、涉复辰、疾六眷、段末柸等会于固安，将谋讨勒，勒使参军王续赍金宝遗末柸以间之。末柸既思有以报勒恩，又忻于厚赂[43]，乃说辰眷等引还，琨、匹磾亦退如蓟城。

邵续使兄子济攻勒渤海，虏三千余人而还。刘聪将赵固以洛阳归顺，恐勒袭之，遣参军高少奉书推崇勒，请师讨聪。勒以大义让之，固深恨恚[44]，与郭默攻掠河内、汲郡。

段末柸杀鲜卑单于截附真，立忽跋邻为单于。段匹磾自幽州攻末柸，末柸逆击败之，匹磾奔还幽州，因害太尉刘琨，琨将佐相继降勒。末柸遣弟骑督击匹磾于幽州，匹磾率其部众数千，将奔邵续，勒将石越要之于盐山，大败之，匹磾退保幽州。越中流矢死，勒为之屏乐三月，赠平南将军。

初，曹嶷据有青州，既叛刘聪，南禀王命，以建邺悬远，势援不接，惧勒袭之，故遣通和。勒授嶷东州大将军、青州牧，封琅邪公。

刘聪疾甚，驿召勒为大将军[45]、录尚书事，受遗诏辅政，勒固辞乃止。聪又遣其使人持节署勒大将军、持节钺，都督、侍中、校尉、二州牧、公如故，增封十郡，勒不受。聪死，其子粲袭伪位，其大将军靳准杀粲于平阳，勒命张敬率骑五千为前锋以讨准，勒统精锐五万继之，据襄陵北原，羌羯降者四万余落[46]。准数挑战，勒坚壁以挫之。刘曜自长安屯于蒲阪，曜复僭号，署勒大司马、大将军，加九锡，增封十郡，并前十三郡，进爵赵公。勒攻准于平阳小城，平阳大尹周置等率杂户六千降于勒。巴帅及诸羌羯降者十余万落，徙之司州诸县。准使卜泰送乘舆服御请和，勒与刘曜竞有招怀之计，乃送泰于曜，使知城内无归曜之意，以挫其军势。曜潜与泰结盟，使还平阳宣慰诸屠各。勒疑泰与曜有谋，欲斩泰以速降之，诸将皆曰："今斩卜泰，准必不复降，就令泰宣汉要盟于城中，使相率诛斩准，准必惧而速降矣。"勒久乃从诸将议遣之。泰入平阳，与准将乔泰、马忠等起兵攻准，杀之，推靳明为盟主，遣泰及卜玄奉传国六玺送于刘曜。勒大怒，遣令史羊升使平阳，责明杀准之状。明怒，斩升。勒怒甚，进军攻明，明出战，勒击败之，枕尸二里。明筑城门坚守，不复出战。勒遣其左长史王脩献捷于刘曜。晋彭城内史周坚害沛内史周默，以彭沛降于勒。石季龙率幽、冀州兵会勒攻平阳。刘曜遣征东刘畅救明。勒命舍师于蒲上。靳明率平阳之众奔于刘曜，曜西奔粟邑。勒焚平阳宫室，使裴宪、石会修复元海、聪二墓，收刘粲已下百余尸葬之，徙浑仪、乐器于襄国。

刘曜又遣其使人郭汜等持节署勒太宰，领大将军，进爵赵王，增封七郡，并前二十郡，出入警跸[47]，冕十有二旒，乘金根车，驾六马，如曹公辅汉故事，夫人为王后，世子为王太子。勒舍人曹平乐因使留仕于曜，言于曜曰："大司马遣王脩等来，外表至虔，内觇大驾强弱[48]，谋待脩之返，将轻袭乘舆。"时曜势实残弊，惧脩宣之。曜大怒，追汜等还，斩脩于粟邑，停太宰之授。刘茂逃归，言王脩死故，勒大怒，诛平乐三族，赠脩太常。又知停殊礼之授，怒甚，下令曰："孤兄弟之奉刘家，人臣之道过矣，若微孤兄弟，岂能南面称朕哉！根基既立，便欲相图。天不助恶，使假手靳准。孤惟事君之体当资舜求瞽瞍之义[49]，故复推崇令主，齐好如初，何图长恶不悛，杀奉诚之使。帝王之起，复何常邪！赵王、赵帝，孤自取之，名号大小，岂其所节邪！"于是置太医、尚 方、御府诸令，命参军晁赞成正阳门。俄而门崩，勒大怒，斩赞。既怒刑仓卒，寻亦悔之，赐以棺服，赠大鸿胪。

平西将军祖逖攻陈川于蓬关，石季龙救川，逖退屯梁国，季龙使扬武左伏肃攻之。

勒增置宣文、宣教、崇儒、崇训十余小学于襄国四门，简将佐豪右子弟百余人以教之，且备击柝之卫。置挈壶署，铸丰货钱。

河西鲜卑日六延叛于勒，石季龙讨之，败延于朔方，斩首二万级，俘三万余人，获牛马十余万。孔苌讨平幽州诸郡。时段匹磾部众饥散，弃其妻子，匹磾奔邵续。曹嶷遣使来聘，献其方物，请以河为断。桃豹至蓬关，祖逖退如淮南。徙陈川部众五千余户于广宗。

石季龙与张敬、张宾及诸将佐百余人劝勒称尊号，勒下书曰："孤猥以寡德，忝荷崇宠，夙夜战惶，如临深薄，岂可假尊窃号，取讥四方！昔周文以三分之重，犹服事殷朝；小白居一匡之盛，而尊崇周室。况国家道隆殷周，孤德卑二伯哉！其亟止斯议，勿复纷纭。自今敢言，刑兹无赦！"乃止。

勒又下书曰："今大乱之后，律令滋烦，其采集律令之要，为施行条制。"于是命法曹令史贯志造《辛亥制度》五千文，施行十余岁，乃用律令。晋太山太守徐龛叛降于勒。

石季龙及张敬、张宾、左右 司马张屈六、程遐文武等一百二十九人上疏曰："臣等闻有非常之度，必有非常之功；有非常之功，必有非常之事。是以三代陵迟，五伯迭兴，静难济时，绩侔睿后。伏惟殿下天纵圣哲，诞应符运，鞭挞宇宙，弼成皇业，普天率土，莫不来苏，嘉瑞征祥，日月相继，物望去刘氏、威怀于明公者十分而九矣。今山川夷静，星辰不孛[50]，夏海重译，天人系仰，诚应升御中坛，即皇帝位，使攀附之徒蒙寸尺之润。请依刘备在蜀、魏王在邺故事，以河内、魏、汲、顿丘、平原、清河、钜鹿、常山、中山、长乐、乐平十一郡，并前赵国、广平、阳平、章武、渤海、河间、上党、定襄、范阳、渔阳、武邑、燕国、乐陵十三郡，合二十四郡、户二十九万为赵国。封内依旧改为内史，准《禹贡》、魏武复冀州之境，南至盟津，西达龙门，东至于河，北至于塞垣。以大单于镇抚百蛮。罢并、朔、司三州通置部司以监之。伏愿钦若昊天[51]，垂副群望也。"勒西面而让者五，南面而让者四，百僚皆叩头固请，勒乃许之。

---

①率：通"帅"。小率，小头目。

②鞞（bǐng，音丙）：古代军队中用的小鼓。　铎（dúo，音夺）：大铃。古代宣布政教法令或有战事时使用。

③鬻（zhù，音注）："粥"的本字。

④騄（lù，音路）：良马名。周穆王八骏之一，亦作騄駬。骥：骏马，千里马。

⑤昵（nì，音逆）：亲近。

⑥假：官之兼任者，兼差。

⑦流人：流亡之人。　距：同"拒"。

⑧桑梓：乡里。

⑨小竖：骂人语。指卑贱的人。

⑩曹：辈，即今之"们"也。

⑪殄（tiǎn，音舔）：消灭，灭绝。

⑫遐（xiá，音狭）：长久的。

⑬蚁寇：小寇。不足畏也。

⑭契：相合，投合。

⑮愀（qiǎo，音巧）：容色变动的样子。

⑯擢（zhuō，音拙）：拔。　数（sǔo，音署）：列举过失而指责。此处描写指责对方过失很多。

⑰衿（jīn，音金）：纲要的一个比喻。

⑱掎（jǐ，音挤）：作战时，分兵牵制或合兵夹击称掎角之势。

⑲攘袂鼓髯：卷起袖子，抖动胡须。形容激动的样子。

⑳枋（fāng，音方）：在今河南浚县之西南有叫做枋头的地方，曰淇门渡。魏武（曹操）于淇水口下大枋木为堰，遏其水于白沟以通漕运。时人谓其地为枋头。

㉑内（nà，音那）：收容，接纳。

㉒羁：寄居在外。羁旅，长久寄居他乡。

㉓鄣：同"障"。古塞上要险处筑城以为障蔽。

㉔老：衰竭，疲怠。　蔑：无，没有。

㉕窆（biǎn，音贬）：埋葬。

㉖九命之礼：按《周官》之秩，自一至九命凡九等。上公九命为伯，侯伯七命，子男五命，王之三公八命，……举凡宫室车旗衣服礼仪各视其命之数而异。

㉗鞠：养育，抚养。

㉘攀龙之会：喻依附英明的君主而立功业。古时称天子为真龙故称攀龙。

㉙佥：都，皆。一致赞同。

㉚谲（júe，音决）：欺诈，玩弄手段。

㉛赍（jī，音机）：送物给人。

㉜践登皇阼：见《武帝纪》注⑦。

㉝眄（miàn，音面）：斜着眼看。

㉞八表：八方之外。八方：四维四方称八方。　敛衽（liǎn rèn，音脸认）：整理衣襟，表示敬意。　阙（qüè，音确）：原指皇宫前面两边的楼台。

㉟方物：地方产物。

㊱麈尾：见《王导列传》注⑯。

㊲纂兵戒期：限期调动部队。纂，集中。戒，告诫。

㊳旋趾：与旋踵相似，都是形容速度很快。

㊴以火宵行：宵，夜。指趁夜袭击。

㊵钲（zhēng，音争）：古代行军时用的一种乐器。　钺（yuè，音月）：古代一种像斧子一样的兵器，如铁（斧）钺。

㊶赀：通“资”。

㊷蒲博：蒱（pú，音仆）。蒱博即摴（chū，音初）蒱，古代一种博戏，类似今之掷骰子。

㊸忻：同“欣”。喜悦。

㊹恚：见《贾充》注㉘。

㊺驿（yì，音义）：古代供传递公文或传递信息的马。驿站为供驿马中途休息的地方。此处引申为驰命召石勒为大将军等职。

㊻落：人所聚居之处，如部落、墟落、聚落、村落。“倾巢举落，望德如归。”此处指部落，是少数民族的社会组织。

㊼跸：见《贾充》注㊿。

㊽觇：见《王导》注②。

㊾舜求瞽瞍：瞽瞍，舜之父，舜父有目，不能别好恶，故时人谓之瞽，配字曰瞍，无目之称。

㊿孛：见《武帝纪》注⑱。

51昊（hào，音号）：大。常用来指天，昊天。

石勒载记下

太兴二年，勒伪称赵王，赦殊死已下，均百姓田租之半，赐孝悌力田死义之孤帛各有差，孤老鳏寡谷人三石，大酺七日[①]。依春秋列国、汉初侯王每世称元。改称赵王元年。始建社稷，立宗庙，营东西宫。署从事中郎裴宪、参军傅畅、杜嘏并领经学祭酒，参军续咸、庚景为律学祭酒，任播、崔濬为史学祭酒。中垒支雄、游击王阳并领门臣祭酒，专明胡人辞讼，以张离、张良、刘群、刘谟等为门生主书，司典胡人出内，重其禁法，不得侮易衣冠华族。号胡为国人。遣使循行州郡，劝课农桑。加张宾大执法，专总朝政，位冠僚首。署石季龙为单于元辅、都督禁卫诸军事，署前将军李寒领司兵勋，教国子击刺战射之法。命记室佐明楷、程机撰《上党国记》，中大夫傅彪、贾蒲、江轨撰《大将军起居注》，参军石泰、石同、石谦、孔隆撰《大单于志》。自是朝会常以天子礼乐飨其群下，威仪冠冕从容可观矣。群臣议请论功，勒曰：“自孤起军，十六年于兹矣。文武将士从孤征伐者，莫不蒙犯矢石，备尝艰阻，其在葛陂之役，厥功尤著，宜为赏之先也。若身见存，爵封轻重随功位为差，死事之孤，赏加一等，庶足以慰答存亡，申孤之心也。”又下书禁国人不听报嫂及在丧婚娶②，其烧葬令如本俗。

孔苌攻邵续别营十一，皆下之。续寻为石季龙所获，送于襄国。刘曜将尹安、宋始据洛阳，降于勒。

晋徐州刺史蔡豹败徐龛于檀丘，龛遣使诣勒，陈讨豹之计。勒遣将王步都为龛前锋，使张敬率骑继之。敬达东平，龛疑敬之袭己也，斩步都等三百余人，复降于晋。勒大怒，命张敬据其襟要以守之③。

大雨霖，中山、常山尤甚，滹沲泛溢，冲陷山谷，巨松僵拔，浮于滹沲，东至渤海，原隰之间皆如山积④。

孔苌攻陷文鸯十余营，苌不设备，鸯夜击之，大败而归。

勒始制轩悬之乐，八佾之舞，为金根大辂⑤，黄屋左纛，天子车旗，礼乐备矣。

使石季龙率步骑四万讨徐龛，龛遣长史刘霄诣勒乞降，送妻子为质，纳之，时蔡豹屯于谯城，季龙攻豹，豹夜遁，季龙引军城封丘而旋。

徙朝臣掾属已上士族者三百户于襄国崇仁里⑥，置公族大夫以领之。勒宫殿及诸门始就，制法令甚严，讳胡尤峻。有醉胡乘马突入止车门，勒大怒，谓宫门小执法冯翥曰：“夫人君为令，尚望威行天下，况宫阙之间乎！向驰马入门为是何人，而不弹白邪⑦？”翥惶惧忘讳，对曰：“向有醉胡乘马驰入，甚呵御之，而不可与语。”勒笑曰：“胡人正自难与言。”恕而不罪。

使石季龙击托候部掘咄哪于岍北，大破之，俘获牛马二十余万。

勒清定五品，以张宾领选。复续定九品。署张班为左执法郎，孟卓为右执法郎，典定士族，副选举之任。令群僚及州郡岁各举秀才、至孝、廉清、贤良、直言、武勇之士各一人。置署都部从事各一部一州，秩二千石⑧，职准丞相司直。

勒下令曰：“去年水出巨材，所在山积，将皇天欲孤缮修宫宇也！其拟洛阳之太极起建德殿。”遣从事中郎任汪帅使工匠五千采木以供之。黎阳人陈武妻一产三男一女，武携其妻子诣襄国上书自陈。勒下书以为二仪谐畅，和气所致，赐其乳婢一口，谷一百石，杂綵四十匹。

石季龙攻段匹磾于厌次。孔苌讨匹磾部内诸城，陷之。匹磾势穷，乃率其臣下舆榇出降⑨。季龙送之襄国，勒署匹磾为冠军将军，以其弟文鸯、亚将卫麟为左右中郎将，皆金章紫绶。散诸流人三万余户，复其本业，置守宰以抚之，于是冀、并、幽州、辽西巴西诸屯结皆陷于勒。

时晋征北将军祖逖据谯，将平中原。逖善于抚纳，自河以南多背勒归顺。勒惮之，不敢为寇，乃下书曰：“祖逖屡为边患。逖，北州士望也，倘有首丘之思⑩。其下幽州，修祖氏坟墓，为置守冢二家。冀逖如赵他感恩，辍其寇暴。”逖闻之甚悦，遣参军王愉使于勒，赠以方物，修结和好。勒厚宾其使，遣左常侍董树报聘，以马百匹、金五十斤答之。自是兖、豫乂安，人得休息矣。

从事中郎刘奥坐营建德殿井木斜缩，斩于殿中。勒悔之，赠太常。

建德校尉王和掘得员石⑪，铭曰：“律权石，重四钧，同律度量衡，有新氏造。”议者未详，或以为瑞。参军续咸曰：“王莽时物也。”其时兵乱之后，典度堙灭⑫，遂命下礼官为准程定式。又得一鼎，容四升，中有大钱三十文，曰：“百当千，千当万。”鼎铭十三字，篆书不可晓，藏之于永丰仓。因此令公私行钱，而人情不乐，乃出公绢市钱，限中绢匹一千二百，下绢八百。然百姓私买中绢四千，下绢二千，巧利者贱买私钱，贵卖于官，坐死者十数人，而钱终不行。勒徙洛阳铜马、翁仲二于襄国，列之永丰门。

祖逖牙门童建害新蔡内史周密，遣使降于勒。勒斩之，送首于祖逖，曰："天下之恶一也。叛臣逃吏，吾之深仇，将军之恶，犹吾恶也。"逖遣使报谢。自是兖豫间垒壁叛者，逖皆不纳，二州之人率多两属矣。

勒令武乡耆旧赴襄国[13]。既至，勒亲与乡老齿坐欢饮[14]，语及平生。初，勒与李阳邻居，岁常争麻池，迭相殴击。至是，谓父老曰："李阳，壮士也，何以不来？沤麻是布衣之恨，孤方崇信于天下，宁雠匹夫乎！"乃使召阳。既至，勒与酣谑，引阳臂笑曰："孤往日厌卿老拳，卿亦饱孤毒手。"因赐甲第一区，拜参军都尉。令曰："武乡，吾之丰沛，万岁之后，魂灵当归之，其复之三世。"勒以百姓始复业，资储未丰，于是重制禁酿，郊祀宗庙皆以醴酒[15]，行之数年，无复酿者。

寻署石季龙为车骑将军，率骑三万讨鲜卑郁粥于离石，俘获及牛马十余万，郁粥奔乌丸，悉降其众城。

先是，勒世子兴死，至是，立子弘为世子，领中领军。

遣季龙统中外精卒四万讨徐龛，龛坚守不战，于是筑室返耕，列长围以守之。晋镇北将军刘隗降于勒，拜镇南将军，封列侯。石季龙攻陷徐龛，送之襄国，勒囊盛于百尺楼自上撲杀之，令步都等妻子刳而食之[16]，坑龛降卒三千。晋兖州刺史刘遐惧，自邹山退屯于下邳。琅邪内史孙默以琅邪叛降于勒。徐兖间垒壁多送任请降，皆就拜守宰。

清河张披为程遐长史，遐甚委昵之，张宾举为别驾，引参政事。遐疾披去己，又恶宾之权盛。勒世子弘，即遐之甥也，自以有援，欲收威重于朝，乃使弘之母谮之曰[17]："张披与张宾为游侠，门客日百余乘，物望皆归之，非社稷之利也，宜除披以便国家。"勒然之。至是，披取急召不时至，因此遂杀之。宾知遐之间己，遂弗敢请。无几，以遐为右长史，总执朝政，自是朝臣莫不震惧，赴于程氏矣。

时祖逖卒，勒始侵寇边戍。勒征虏石他败王师于酂西，执将军卫荣而归。征北将军祖约惧，退如寿春。勒境内大疫，死者十二三，乃罢徽文殿作。遣其将王阳屯于豫州，有窥窬之志，于是兵难日寻，梁郑之间骚然矣。

又遣季龙统中外步骑四万讨曹嶷。先是，嶷议欲徙海中，保根余山，会疾疫甚，计未及就。季龙进兵围广固，东莱太守刘巴、长广太守吕披皆以郡降。以石他为征东将军，击羌胡于河西。左军石挺济师于广固，曹嶷降，送于襄国。勒害之，坑其众三万。季龙将尽杀嶷众，其青州刺史刘徵曰："今留徵，使牧人也；无人焉牧，徵将归矣。"季龙乃留男女七百口配徵，镇广固。青州诸郡县垒壁尽陷。

勒司州刺史石生攻晋扬武将军郭诵于阳翟，不克，进寇襄城，俘获千余而还。

勒以参军樊坦清贫，擢授章武内史。既而入辞，勒见坦衣冠弊坏，大惊曰："樊参军何贫之甚也！"坦性诚朴，率然而对曰："顷遭羯贼无道，资财荡尽。"勒笑曰："羯贼乃尔暴掠邪！今当相偿耳。"坦大惧，叩头泣谢。勒曰："孤律自防俗士[18]，不关卿辈老书生也。"赐车马衣服装钱三百万，以励贪俗。

勒将兵都尉石瞻寇下邳，败晋将军刘长，遂寇兰陵，又败彭城内史刘续。东莞太守竺珍、东海太守萧诞以郡叛降于勒。

勒亲临大小学，考诸学生经义，尤高者赏帛有差。勒雅好文学，虽在军旅，常令儒生读史书而听之，每以其意论古帝王善恶，朝贤儒士听者莫不归美焉。尝使人读《汉书》，闻郦食其劝立六国后，大惊曰："此法当失，何得遂成天下！"至留侯谏，乃曰："赖有此耳。"其天资英达如此。

勒征徐、扬州兵，会石瞻于下邳，刘遐惧，又自下邳奔于泗汭。

石生攻刘曜河内太守尹平于新安，斩之，克垒壁十余，降掠五千余户而归。自是刘、石祸结，兵戈日交，河东、弘农间百姓无聊矣。

以右常侍霍皓为劝课大夫，与典农使者朱表、典劝都尉陆充等循行州郡[19]，核定户籍，劝课农桑。农桑最修者赐爵五大夫。

使石生自延寿关出寇许颍，俘获万余，降者二万，生遂攻陷康城。晋将军郭诵追生，生大败，死者千余，生收散卒，屯于康城。勒汲郡内史石聪闻生败，驰救之，进攻郭默，俘获男女二千余人。石聪攻败晋将李矩、郭默等。

勒将狩于近郊，主簿程琅谏曰："刘、马刺客，离布如林[20]，变起仓卒，帝王亦一夫之敌耳。孙策之祸可不虑乎？且枯木朽株尽能为害，驰骋之弊，今古戒之。"勒勃然曰："吾干力自可，足能裁量。但知卿文书事，不须白此辈也。"是日逐兽，马触木而死，勒亦几殆，乃曰："不用忠臣言，吾之过也。"乃赐琅朝服锦绢，爵关内侯。于是朝臣谒见，忠言竞进矣。

晋都尉鲁潜叛，以许昌降于勒。石瞻攻陷晋兖州刺史檀斌于邹山，斌死之。勒西夷中郎将王胜袭杀并州刺史崔琨、上党内史王昚，以并州叛于勒。先是，石季龙攻刘曜将刘岳于石梁，至是，石梁溃，执岳送襄国。季龙又攻王胜于并州，杀之。李矩以刘岳之败也，惧，自荥阳遁归。矩长史崔宣率矩众二千降于勒。于是尽有司兖之地，徐豫滨淮诸郡县皆降之。

勒命徙洛阳晷影于襄国[21]，列之单于庭。铭佐命功臣三十九人于石函，置于建德前殿。立桑梓苑于襄国。

勒尝夜微行，检察营卫，赍缯帛金银以赂门者求出。永昌门门候王假欲收捕之，从者至，乃止。旦召假以为振忠都尉，爵关内侯。勒如苑乡，召记室参军徐光，光醉不至。以光物情所凑，常不平之，因此发怒，退为牙门。勒自苑乡如邺，徐光侍直，愠然攘袂振纷，仰视不顾。勒因而恶之，让光曰："何负卿而敢怏怏邪！"于是幽光并其妻子于狱。

勒既将营邺宫，又欲以其世子弘为镇，密与程遐谋之。石季龙自以勋效之重，仗邺为基，雅无去意。及修构三台，迁其家室，季龙深恨遐，遣左右数十人夜入遐宅，奸其妻女，掠衣物而去。勒以弘镇邺，配禁兵万人，车骑所统五十四营悉配之，以骁骑领门臣祭酒王阳专统六夷以辅之。

石聪攻寿春，不克，遂寇逡遒、阜陵，杀掠五千余人，京师大震。

济岷太守刘闿、将军张阖等叛，害下邳内史夏侯嘉，以下邳降于石生。

石瞻攻河南太守王羡于邾，陷之。

龙骧将军王国叛，以南郡降于勒。晋彭城内史刘续复据兰陵、石城，石瞻攻陷之。

勒令州郡，有坟发掘不掩覆者推劾之，骸骨暴露者县为备棺衾之具。以牙门将王波为记室参军，典定九流[22]，始立秀、孝试经之制。

在平令师欢获黑兔，献之于勒，程遐等以为勒"龙飞革命之祥，于晋以水承金，兔阴精之兽，玄为水色，此示殿下宜速副天人之望也"。于是大赦，以咸和三年改年曰太和。

石堪攻晋豫州刺史祖约于寿春，屯师淮上。晋龙骧将军王国以南郡叛降于堪。南阳都尉董幼叛，率襄阳之众又降于堪。祖约诸将佐皆阴遣使附于勒。石聪与堪济淮，陷寿春，祖约奔历阳，寿春百姓陷于聪者二万余户。

刘曜败季龙于高候，遂围洛阳。勒荥阳太守尹矩、野王太守张进等皆降之，襄国大震。勒将亲救洛阳，左右长史、司马郭敖、程遐等固谏曰："刘曜乘胜雄盛，难与争锋，金墉粮丰，攻之未可卒拔。曜悬军千里，势不支久。不可亲动，动无万全，大业去矣。"勒大怒，按剑叱遐等出。

于是赦徐光，召而谓之曰："刘曜乘高候之势，围守洛阳，庸人之情皆谓其锋不可当也。然曜带甲十万，攻一城而百日不克，师老卒殆，以我初锐击之，可一战而擒。若洛阳不守，曜必送死冀州，自河已北，席卷南向，吾事去矣。程遐等不欲吾亲行，卿以为何如？"光对曰："刘曜乘高候之势而不能进临襄国，更守金墉，此其无能为也。悬军三时，亡攻战之利，若鸾旗亲驾，必望旌奔败。定天下之计，在今一举。今此机会，所谓天授，授而弗应，祸之攸集。"勒笑曰："光之言是也。"佛图澄亦谓勒曰："大军若出，必擒刘曜。"勒尤悦，使内外戒严，有谏者斩。命石堪、石聪及豫州刺史桃豹等各统见众会荥阳，使石季龙进据石门，以左卫石邃都督中军事，勒统步骑四万赴金墉，济自大堨。先是，流澌风猛，军至，冰泮清和[23]，济毕，流澌大至，勒以为神灵之助也，命曰灵昌津。勒顾谓徐光曰："曜盛兵成皋关，上计也；阻洛水，其次也；坐守洛阳者成擒也。"诸军集于成皋，步卒六万，骑二万七千。勒见曜无守军，大悦，举手指天，又自指额曰："天也！"乃卷甲衔枚而诡道兼路[24]，出于巩、訾之间。知曜陈其军十余万于城西，弥悦[25]，谓左右曰："可以贺我矣！"勒统步骑四万入自宣阳门，升故太极前殿。季龙步卒三万，自城北而西，攻其中军，石堪、石聪等各以精骑八千，城西而北，击其前锋，大战于西阳门。勒躬贯甲胄，出自阊阖，夹击之。曜军大溃，石堪执曜，送之以徇于军[26]，斩首五万余级，枕尸于金谷。勒下令曰："所欲擒者一人耳，今已获之，其敕将士抑锋止锐，纵其归命之路。"乃旋师。使征东石邃等帅骑卫曜而北。

及是，祖约举兵败，降于勒，勒使王波让之曰："卿逆极势穷，方来归命，吾朝岂逋逃之薮邪？而卿敢有靦面目也。"示之以前后檄书，乃赦之。

刘曜子熙等去长安，奔于上邽，遣季龙讨之。

勒巡行冀州诸郡，引见高年、孝悌、力田、文学之士，班赐谷帛有差。令远近牧守宣告属城，诸所欲言，靡有隐讳，使知区区之朝虚渴谠言也。

季龙克上邽，遣主簿赵封送传国玉玺、金玺、太子玉玺各一于勒。季龙进攻集木且羌于河西，克之，俘获数万，秦陇悉平。凉州牧张骏大惧，遣使称藩，贡方物于勒。徙氐羌十五万落于司、冀州。

勒群臣议以勒功业既隆，祥符并萃，宜时革徽号以答乾坤之望，于是石季龙等奉皇帝玺绶，上尊号于勒，勒弗许。群臣固请，勒乃以咸和五年僭号赵天王，行皇帝事。尊其祖邪曰宣王，父周曰元王。立其妻刘氏为王后，世子弘为太子。署其子宏为持节、散骑常侍、都督中外诸军事、骠骑大将军、大单于，封秦王；左卫将军斌太原王；小子恢为辅国将军、南阳王；中山公季龙为太尉、守尚书令、中山王；石生河东王；石堪彭城王；以季龙子邃为冀州刺史，封齐王，加散骑常侍、武卫将军；宣在将军；挺侍中、梁王。署左长史郭敖为尚书左仆射，右长史程遐为右仆射、领吏部尚书，左司马夔安、右司马郭殷、从事中郎李凤、前郎中令裴宪为尚书，署参军事徐光为中书令、领秘书监。论功封爵，开国郡公文武二十一人，侯二十四人，县公二十六人，侯二十二人，其余文武各有差。侍中任播等参议，以赵承金为水德，旗帜尚玄，牲牡尚白，子社丑腊，勒从之。勒下书曰："自今有疑难大事，八坐及委丞郎齐诣东堂，诠详平决。其有军国要务须启，有令仆尚书随局入陈，勿避寒暑昏夜也。"

勒以祖约不忠于本朝，诛之，及其诸子侄亲属百余人。

群臣固请勒宜即尊号，勒乃僭即皇帝位，大赦境内，改元曰建平，自襄国都临漳。追尊其高祖曰顺皇，会祖曰威皇，祖曰宣皇，父曰世宗元皇帝，妣曰元昭皇太后，文武封进各有差。立其妻刘氏为皇后，又定昭仪、夫人位视上公，贵嫔、贵人视列侯，员各一人；三英、九华视伯，淑媛、淑仪视子，容华、美人视男，务简贤淑，不限员数。

勒荆州监军郭敬、南蛮校尉董幼寇襄阳。勒驿敕敬退屯樊城，戒之使偃藏旗帜，寂若无人，彼若使人观察，则告之曰："自爱坚守，后七八日大骑将至，相策不复得走矣。"敬使人浴马于津，周而复始，昼夜不绝。侦谍还告南中郎将周抚，抚以为勒军大至，惧而奔武昌。敬入襄阳，军无私掠，百姓安之。晋平北将军魏该弟遐等率该部众自石城降于敬。敬毁襄阳，迁其百姓于沔北，城樊城以戍之。

秦州休屠王羌叛于勒，刺史临深遣司马管光帅州军讨之，为羌所败，陇右大扰，氐羌悉叛。勒遣石生进据陇城。王羌兄子擢与羌有仇，生乃赂擢，与掎击之。羌败，奔凉州。徙秦州夷豪五千余户于雍州。

勒下书曰："自今诸有处法，悉依科令。吾所忿戮、怒发中旨者，若德位已高，不宜训罚，或服勤死事之孤，邂逅罹谴，门下皆各列奏之，吾当思择而行也。"堂阳人陈猪妻一产三男，赐其衣帛廪食[27]，乳婢一口，复三岁勿事。时高句丽、肃慎致其楛矢，宇文屋孤并献名马于勒。凉州牧张骏遣长史马诜奉图送高昌、于窴、鄯善、大宛使，献其方物。晋荆州牧陶侃遣兼长史王敷聘于勒，致江南之珍宝奇兽。秦州送白兽、白鹿，荆州送白雉、白兔，济阴木连理，甘露降苑乡。勒以休瑞并臻，遐方慕义，赦三岁刑已下，均百姓去年逋调[28]；特赦凉州殊死，凉州计吏皆拜郎中，赐绢十匹，绵十斤。勒南郊，有白气自坛属天，勒大悦，还宫，赦四岁刑。遣使封张骏武威郡公，食凉州诸郡。勒亲耕藉田[29]，还宫，赦五岁刑，赐其公卿已下金帛有差。勒以日蚀，避正殿三日，令群公卿士各上封事。禁州郡诸祠堂非正典者皆除之，其能兴云致雨，有益于百姓者，郡县更为立祠堂，殖嘉树，准岳渎已下为差等。

勒将营邺宫，廷尉续咸上书切谏。勒大怒，曰："不斩此老臣，朕宫不得成也！"敕御史收之。中书令徐光进曰："陛下天资聪睿，超迈唐虞，而更不欲闻忠臣之言，岂夏癸、商辛之君邪？其言可用用之，不可用故当容之，奈何一旦以直言而斩列卿乎！"勒叹曰："为人君不得自专如是！岂不识此言之忠乎？向戏之尔。人家有百匹资，尚欲市别宅，况有天下之富，万乘之尊乎！终当缮之耳。且敕停作，成吾直臣之气也。"因赐咸绢百匹，稻百斛。又下书令公卿百僚岁荐贤良、方正、直言、秀异、至孝、廉清各一人，答策上第者拜议郎，中第中郎，下第郎中。其举人得递相荐引，广招贤之路。起明堂、辟雍、灵台于襄国城西[30]。时大雨霖，中山西北暴水，流漂巨木百余万根，集于堂阳。勒大悦，谓公卿曰："诸卿知不？此非为灾也，天意欲吾营邺都耳。"于是令少府任汪、都水使者张渐等监营邺宫，勒亲授规模。

蜀梓潼、建平、汉固三郡蛮巴降于勒。

勒以成周土中，汉晋旧京，复欲有移都之意，乃命洛阳为南都，置行台治书侍御史于洛阳。

勒因飨高句丽、宇文屋孤使，酒酣，谓徐光曰："朕方自古开基何等主也？"封曰："陛下神武筹略迈于高皇，雄艺卓荦超绝魏祖，自三王已来无可比也，其轩辕之亚乎！"勒笑曰："人岂不自知，卿言亦以太过。朕若逢高皇，当北面而事之，与韩彭竞鞭而争先耳。脱遇光武，当并驱于中原，未知鹿死谁手。大丈夫行事当礌礌落落，如日月皎然，终不能如曹孟德、司马仲达父子，欺他孤儿寡妇，狐媚以取天下也。朕当在二刘之间耳，轩辕岂所拟乎！"其群臣皆顿首称万岁。

晋将军赵胤攻克马头，石堪遣将军韩雍救之，至则无及，遂寇南沙、海虞，俘获五千余人。初，郭敬之退据樊城也，王师复戍襄阳。至是，敬又攻陷之，留戍而归。

暴风大雨，震电建德殿端门、襄国市西门，杀五人。雹起西河介山，大如鸡子，平地三尺，洿下丈余[31]，行人禽兽死者万数，历太原、乐平、武乡、赵郡、广平、钜鹿千余里，树木摧折，禾稼荡然。勒正服于东堂，以问徐光曰："历代已来有斯灾几也？"光对曰："周、汉、魏、晋皆有之，虽天地之常事，然明主未始不为变，所以敬天之怒也。去年禁寒食，介推，帝乡之神也，历代所尊，或者以为未宜替也。一人吁嗟，王道尚为之亏，况群神怨憾而不怒动上帝乎？纵不能令天下同尔，介山左右，晋文之所封也，宜任百姓奉之。”勒下书曰：“寒食既并州之旧风，朕生其俗，不能异也。前者外议以子推诸侯之臣，王者不应为忌，故从其议，倘或由之而致斯灾乎！子推虽朕乡之神，非法食者亦不得乱也，尚书其促检旧典定议以闻。”有司奏以子推历代攸尊，请普复寒食，更为植嘉树，立祠堂，给户奉祀。勒黄门郎韦謏驳曰：“案《春秋》，藏冰失道，阴气发泄为雹。自子推已前，雹者复何所致？此自阴阳乖错所为耳。且子推贤者，曷为暴害如此！求之冥趣，必不然矣。今虽为冰室，惧所藏之冰不在固阴冱寒之地[32]，多皆山川之侧，气泄为雹也。以子推忠贤，令绵、介之间奉之为允，于天下则不通矣。”勒从之。于是迁冰室于重阴凝寒之所，并州复寒食如初。

勒令其太子省可尚书奏事，使中常侍严震参综可否，征伐刑断大事乃呈之。自是震威权之盛过于主相矣。季龙之门可设雀罗，季龙愈怏怏不悦。

郭敬南掠江西，晋南中郎将桓宣承其虚攻樊城，取城中之众而去。敬旋师救樊，追战于涅水。敬前军大败，宣亦死伤太半，尽取所掠而止。宣遂南取襄阳，留军戍之。

勒如邺，临石季龙第，谓之曰：“功力不可并兴，待宫殿成后，当为王起第，勿以卑小悒悒也[33]。”季龙免冠拜谢，勒曰：“与王共有天下，何所谢也！”有流星大如象，尾足蛇形，自北极西南流五十余丈，光明烛地，坠于河，声闻九百余里。黑龙见邺井中，勒观龙有喜色。朝其群臣于邺。

命郡国立学官，每郡置博士祭酒二人，弟子百五十人，三考修成，显升台府。于是擢拜太学生五人为佐著作郎，录述时事。时大旱，勒亲临廷尉录囚徒[34]，五岁刑已下皆轻决遣之，重者赐酒食，听沐浴，一须秋论。还未及宫，澍雨大降[35]。

勒如其泮水宫，因疾甚而还。召石季龙与其太子弘、中常侍严震等侍疾禁中[36]。季龙矫命绝弘、震及内外群臣亲戚，勒疾之增损莫有知者。诈召石宏、石堪还襄国。勒疾小瘳，见宏，惊曰：“秦王何故来邪？使王藩镇，正备今日。有呼者邪？自来也？有呼者诛之！”季龙大惧曰：“秦王思慕暂还耳，今谨遣之。”数日复问之，季龙曰：“奉诏即遣，今已半路矣。”更谕宏在外，遂不遣之。

广阿蝗。季龙密遣其子邃率骑三千游于蝗所。荧惑入昴[37]。星陨于邺东北六十里，初赤黑黄云如幕，长数十匹，交错，声如雷震，坠地气热如火，尘起连天。时有耕者往视之，土犹燃沸，见有一石方尺余，青色而轻，击之音如磬。

勒疾甚，遗令：“三日而葬，内外百僚既葬除服，无禁婚娶、祭祀、饮酒、食肉，征镇牧守不得辄离所司以奔丧，敛以时服，载以常车，无藏金宝，无内器玩。大雅冲幼，恐非能构荷朕志。中山已下其各司所典，无违朕命，大雅与斌宜善相维持，司马氏汝等之殷鉴，其务于敦穆也。中山王深可三思周霍，勿为将来口实。”以咸和七年死，时年六十，在位十五年。夜瘗山谷[38]，莫知其所，备文物虚葬，号高平陵。伪谥明皇帝，庙号高祖。

弘字大雅，勒之第二子也。幼有孝行，以恭谦自守，受经于杜嘏，诵律于续咸。勒曰：“今世非承平，不可专以文业教也。”于是使刘徵、任播授以兵书，王阳教之击刺。立为世子，领中领军，寻署卫将军，使领开府辟召，后镇邺。

勒僭位，立为太子。虚襟爱士，好为文咏，其所亲昵，莫非儒素。勒谓徐光曰：“大雅愔愔[39]，殊不似将家子。”光曰：“汉祖以马上取天下，孝文以玄默守之，圣人之后，必世胜残，天之道也。”勒大悦。光因曰：“皇太子仁孝温恭，中山王雄暴多诈，陛下一旦不讳，臣恐社稷必危，宜渐夺中山威权，使太子早参朝政。”勒纳之。程遐又言于勒曰：“中山王勇武权智，群臣莫有及者。观其志也，自陛下之外，视之蔑如。兼荷专征岁久，威振外内，性又不仁，残忍无赖。其诸子并长，皆预兵权。陛下在，自当无他，恐其怏怏不可辅少主也。宜早除之，以便大计。”勒曰：“今天下未平，兵难未已，大雅冲幼，宜任强辅。中山佐命功臣，亲同鲁卫，方委以伊霍之任，何至如卿言也。卿当恐辅幼主之日，不得独擅帝舅之权故耳。吾亦当参卿于顾命[41]，勿为过惧也。”遐泣曰：“臣所言者至公，陛下以私赐距，岂明主开襟纳说，忠臣必尽之义乎？中山虽为皇太后所养，非陛下天属，不可以亲义期也。杖陛下神规，微建鹰犬之效，陛下酬其父子以恩荣，亦以足矣。魏任司马懿父子，终于鼎祚沦移[41]，以此而观，中山岂将来有益者乎？臣因缘多幸，托瓜葛于东宫，臣而不竭言于陛下，而谁言之？陛下若不除中山，臣已见社稷不复血食矣[42]。”勒不听。遐退告徐光曰：“主上向言如此，太子必危，将若之何？”光曰：“中山常切齿于吾二人，恐非但国危，亦为家祸，当为安国宁家之计，不可坐而受祸也。”光复承间言于勒曰：“陛下廓平八州，帝有海内，而神色不悦者何也？”勒曰：“吴蜀未平，书轨不一，司马家犹不绝于丹杨，恐后之人将以吾为不应符箓[43]。每一思之，不觉见于神色。”光曰：“臣以陛下为忧腹心之患，而何暇更忧四支乎！何则？魏承汉运，为正朔帝王，刘备虽绍兴巴蜀，亦不可谓汉不灭也。吴虽跨江东，岂有亏魏美？陛下既苞括二都，为中国帝王，彼司马家儿复何异玄德，李氏亦犹孙权。符箓不在陛下，竟欲安归？此四支之轻患耳。中山王藉陛下指授神略，天下皆言其英武亚于陛下，兼其残暴多奸，见利忘义，无伊霍之忠。父子爵位之重，势倾王室。观其耿耿，常有不满之心。近于东宫曲宴，有轻皇太子之色。陛下隐忍容之，臣恐陛下万年之后，宗庙必生荆棘，此心腹之重疾也，惟陛下图之。”勒默然，而竟不从。

及勒死，季龙执弘使临轩[44]，命收程遐、徐光下廷尉，召其子邃率兵入宿卫，文武靡不奔散。弘大惧，让位于季龙。季龙曰：“君薨而世子立，臣安敢乱之！”弘泣而固让，季龙怒曰：“若其不堪，天下自当有大议，何足预论！”遂以咸和七年逼立之，改年曰延熙，文武百僚进位一等。诛程遐、徐光。弘策拜季龙为丞相、魏王、大单于，加九锡，以魏郡等十三郡为邑，总摄百揆[45]。季龙伪固让，久而受命，赦其境内殊死已下，立季龙妻郑氏为魏王后，子邃为魏太子，加使持节、侍中、大都督中外诸军事、大将军、录尚书事；宣为使持节、车骑大将军、冀州刺史，封河间王；韬为前锋将军、司隶校尉，封乐安王；遵齐王，鉴代王，苞乐平王；徙太原王斌为章武王。勒文武旧臣皆补左右丞相闲任，季龙府僚旧昵悉署台省禁要。命太子宫曰崇训宫，勒妻刘氏已下皆徙居之。简其美淑及勒车马、珍宝、服御之上者，皆入于己署。镇军夔安领左仆射，尚书郭殷为右仆射。

刘氏谓石堪曰：“皇祚之灭不复久矣，王将何以图之？”堪曰：“先帝旧臣皆已斥外，众旅不复由人，宫殿之内无所措筹，臣请出奔兖州，据廪丘，挟南阳王为盟主，宣太后诏于诸牧守征镇，令各率义兵同讨桀逆，蔑不济也。”刘氏曰：“事急矣，便可速发，恐事淹变生。”堪许诺，微服轻骑袭兖州，失期，不克，遂南奔谯城。季龙遣其将郭太等追击之，获堪于城父，送襄国，炙而杀之。征石恢还于襄国。刘氏谋泄，季龙杀之。尊弘母程氏为皇太后。

时石生镇关中，石郎镇洛阳，皆起兵于二镇。季龙留子邃守襄国，统步骑七万攻朗于金墉。金墉溃，获朗，刖而斩之[46]。进师攻长安，以石挺为前锋大都督。生遣将军郭权率鲜卑涉璝部众二万为前锋距之，生统大军继发，次于蒲坂。前锋及挺大战潼关，败绩。挺及丞相左长史刘隗皆战死，季龙退奔渑池，枕尸三百余里。鲜卑密通于季龙，背生而击之。生时停蒲坂，不知挺之死也，惧，单马奔长安。郭权乃复收众三千，与越骑校尉石广相持于渭汭。生遂去长安，潜于鸡头山。将军蒋英固守长安。季龙闻生之奔也，进师入关，进攻长安，旬余拔之，斩蒋英等。分遣诸将屯于汧。徙雍、秦州华戎十余万户于关东，生部下斩生于鸡头山。季龙还襄国，大赦，讽弘命己建魏台，一如魏辅汉故事。

郭权以生败，据上邽以归顺，诏以权为镇西将军、秦州刺史，于是京兆、新平、扶风、冯翊、北地皆应之。弘镇西石广与权战，败绩。季龙遣郭敖及其子斌等率步骑四万讨之，次于华阴。上邽豪族害权以降。徙秦州三万余户于青、并二州诸郡。南氐杨难敌等送任通和。长安陈良夫奔于黑羌，招诱北羌四角王薄句大等扰北地、冯翊，与石斌相持。石韬等率骑掎句大之后，与斌夹击，败之，句大奔于马兰山。郭敖等悬军追北，为羌所败，死者十七八。斌等收军还于三城。季龙闻而大怒，遣使杀郭敖。石宏有怨言，季龙幽之。

弘赍玺绶亲诣季龙[47]，谕禅位意。季龙曰："天下人自当有议，何为自论此也！"弘还宫，对其母流涕曰："先帝真无复遗矣！"俄而季龙遣丞相郭殷持节入，废弘为海阳王。弘安步就车，容色自若，谓群臣曰："不堪纂承大统，顾惭群后，此亦天命去矣，又何言！"百官莫不流涕，宫人恸哭。咸康元年，幽弘及程氏并宏、恢于崇训宫，寻杀之，在位二年，时年二十二。

张宾字孟孙，赵郡中丘人也。父瑶，中山太守。宾少好学，博涉经史，不为章句，阔达有大节，常谓昆弟曰；"吾自言智算鉴识不后子房，但不遇高祖耳。"为中丘王帐下都督，非其好也，病免。

及永嘉大乱，石勒为刘元海辅汉将军，与诸将下山东，宾谓所亲曰："吾历观诸将多矣，独胡将军可与共成大事。"乃提剑军门，大呼请见，勒亦未之奇也。后渐进规谟[48]，乃异之，引为谋主，机不虚发，算无遗策，成勒之基业，皆宾之勋也。及为右长史、大执法，封濮阳侯，任遇优显，宠冠当时，而谦虚敬慎，开襟下士，士无贤愚，造之者莫不得尽其情焉。肃清百僚，屏绝私昵，入则格言，出则归美。勒甚重之，每朝，常为之正容貌，简辞令，呼曰："右侯"而不名之，勒朝莫与为比也。

及卒，勒亲临哭之，哀恸左右，赠散骑常侍、右光禄大夫、仪同三司，谥曰景。将葬，送于正阳门，望之流涕，顾左右曰："天欲不成吾事邪，何夺吾右侯之早也！"程遐代为右长史，勒每与遐议，有所不合，辄叹曰："右侯舍我去，令我与此辈共事，岂非酷乎！"因流涕弥日。

---

①酺：见《武帝纪》注㊳。

②报嫂：报，淫也。此处指石勒下令禁止兄死，弟与嫂婚配。

③襟要：也称襟喉，均指军事要地。

④隰（xí，音习）：低湿之地。

⑤轩悬之乐：古诸侯陈乐器如钟磬之类，三面悬挂。　八佾之舞：佾（yì，音义），舞蹈行列。行数人数，纵横皆同曰佾。天子八佾六十四人，诸侯六，大夫四，士人二。　辂：（lù，音路）：绑在车辕上用以牵引车子的横木，引申为车子的泛称。

⑥掾：见《贾充》注㉚。

⑦弹白：制止。

⑧秩：俸禄。

⑨舆榇：见《武帝纪》注㊲。

⑩首丘：古人云，狐死正丘首。丘是狐窟穴根本之处，虽狼狈而死，其犹向此丘。后人返葬故乡为归正首丘。此处为石勒对祖逖劝降之言。

⑪员：通"园"。园石即墓碣石。

⑫典度堙灭：堙（yīn，音因），埋没，淹没。指典章制度因战乱而破坏。

⑬耆（qí，音奇）：老。指石勒的旧同乡。

⑭齿：岁数，年龄。此处指按年龄而不是按官阶排座次。

⑮醴：甜酒。

⑯搏：（bó，音伯）：搏击。　刳：剖开。

⑰谮（zèn，音怎去声）：说坏话诬陷别人。

⑱孤：王侯之谦称。此处是石勒自称。　俗士：普通人。

⑲循行：即巡行，视察。

⑳离：同“魑”。魑（chī，音吃），古代传说中指山林里侵害人的妖怪。此处指各种坏人。

㉑晷（guǐ，音鬼）：太阳光的影子。古利用太阳光的影子测时的器具叫做日晷。

㉒九流：儒，道，阴阳，法，名，墨，纵横，杂，农是为九家，小说则为十家。

㉓澌（sī，音司）：解冻时流动的冰。　泮（pàn，音判）：解冻。

㉔衔枚：古行军时令军士口中横衔似箸者，枚用绳从项后系住，行军中不能偶语，以禁喧嚣。

㉕弥：更加，充满。

㉖徇（xùn，音训）：示众。此处是说将被俘的刘曜在军中示众。

㉗廪食：廪粟，官家所给的粮食。

㉘逋（bū，音晡阴平）：拖欠的赋税。

㉙藉田：见《晋帝纪》注⑲。

㉚明堂：古时祀天，祭祖，朝诸侯皆于明堂进行，它是天子宫室之初名。　辟雍：见《晋武帝》注㉗。　灵台：望气之台。

㉛洿（wū，音屋）：浊水不流。

㉜冱（hù，音户）：寒冻。

㉝悒（yì，音义）：悒悒不乐，忧愁不安。

㉞录囚徒：见《武帝纪》注㉑。

㉟澍（shù，音术）：及时的雨。

㊱禁中：汉制天子所居之处曰禁中。言门户有禁，非侍御之臣不得入内。后避元后父名改称省中。

㊲荧惑入昴：荧惑，火星之别名。昴（mǒu，音卯），二十八宿之一，今立冬节子正三刻四分之中星，亦称旄头。

㊳瘗（yì，音义）：埋祭品或尸体，随葬物。

㊴愔（yīn）：深沉，静默。

㊵顾命：见《谢安》注⑬。

㊶鼎祚沦移：意指皇帝的位子被别人夺去。

㊷血食：原指享祭，古时取血膋（liáo，音辽，肠部的脂肪）以祭。《左传》“抑社稷实不血食，而君焉取余。”此处指政权将易手之意。

㊸符箓：道士画的图形或线条，宣扬符能驱使鬼神，消灾求福，以此愚弄人民。

㊹临轩：古时称天子不御正座而御平台谓之临轩。

㊺百揆：总揽国政之官，无所不管之意。

㊻刖（yuè，音月）：古时一种把人脚砍掉的酷刑。

㊼玺绶：玺，秦以后专指皇帝的印章。绶，常用以拴系印章。此处指石弘将玉玺交给了石虎（季龙）。

㊽谟（mó，音模）：计谋，谋略。

苻坚载记上

苻坚字永固，一名文玉，雄之子也。祖洪，从石季龙徙邺，家于永贵里。其母苟氏尝游漳水，祈子于西门豹祠，其夜梦与神交，因而有孕，十二月而生坚焉。有神光自天烛其庭。背有赤文，隐起成字，曰“草付臣又土王咸阳”。臂垂过膝，目有紫光。洪奇而爱之，名曰坚头。

年七岁，聪敏好施，举止不逾规矩。每侍洪侧，辄量洪举措，取与不失机候。洪每曰："此儿姿貌瑰伟[①]，质性过人，非常相也。"高平徐统有知人之鉴，遇坚于路，异之，执其手曰："苻郎，此官之御街，小儿敢戏于此，不畏司隶缚邪？"坚曰："司隶缚罪人，不缚小儿戏也。"统谓左右曰："此儿有霸王之相。"左右怪之，统曰："非尔所及也。"后又遇之，统下车屏人，密谓之曰："苻郎骨相不恒，后当大贵，但仆不见，如何？"坚曰："诚如公言，不敢忘德。"八岁，请师就家学。洪曰："汝戎狄异类，世知饮酒，今乃求学邪？"欣而许之。健之入关也，梦天神遣使者朱衣赤冠，命拜坚为龙骧将军，健翌日为坛于曲沃以授之。健泣谓坚曰："汝祖昔受此号，今汝复为神明所命，可不勉之！"坚挥剑捶马，志气感厉，士卒莫不惮服焉。性至孝，博学多才艺，有经济大志，要结英豪，以图纬世之宜。王猛、吕婆楼、强汪、梁平老等并有王佐之才，为其羽翼。太原薛赞、略阳权翼见而惊曰："非常人也！"

及苻生嗣伪位，赞、翼说坚曰："今主上昏虐，天下离心。有德者昌，无德受殃，天之道也。神器业重[②]，不可令他人取之，愿君王行汤武之事，以顺天人之心。"坚深然之，纳为谋主。生既残虐无度，梁平老等亟以为言，坚遂弑生，以伪位让其兄法。法自以庶孽，不敢当。坚及母苟氏并虑众心未服，难居大位，群僚固请，乃从之。以升平元年僭称大秦天王，诛生佞幸臣董龙、赵韶等二十余人，赦其境内，改元曰永兴。追谥父雄为文桓皇帝，尊母苟氏为皇太后，妻苟氏为皇后，子宏为皇太子。兄法为使持节、侍中、都督中外诸军事、丞相、录尚书，从祖侯为太尉，从兄柳为车骑大将军、尚书令，封弟融为阳平公，双河南公，子丕长乐公，晖平原公，熙广平公，睿钜鹿公。李威为卫将军、尚书左仆射；梁平老为右仆射；强汪为领军将军；仇腾为尚书，领选；席宝为丞相长史、行太子詹事；吕婆楼为司隶校尉；王猛、薛赞为中书侍郎；权翼为给事黄门侍郎，与猛、赞并掌机密。追复鱼遵、雷弱儿、毛贵、王堕、梁楞、梁安、段纯、辛牢等本官，以礼改葬之，其子孙皆随才擢授。初，坚母以法长而贤，又得众心，惧终为变，至此，遣杀之。坚性仁友，与法诀于东堂，恸哭呕血，赠以本官，谥曰哀，封其子阳为东海公，敷为清河公。于是修废职，继绝世，礼神祇，课农桑，立学校，鳏寡孤独高年不自存者，赐谷帛有差，其殊才异行、孝友忠义、德业可称者，令在所以闻。

其将张平以并州叛，坚率众讨之，以其建节将军邓羌为前锋，率骑五千据汾上。坚至铜壁，平尽众拒战，为羌所败，获其养子蚝，送之，平惧，乃降于坚。坚赦其罪，署为右将军，蚝武贲中郎将，加广武将军，徙其所部三千余户于长安。

坚自临晋登龙门，顾谓其群臣曰："美哉山河之固！娄敬有言，'关中四塞之国'，真不虚也。"权翼、薛赞对曰："臣闻夏殷之都非不险也，周秦之众非不多也，终于身窜南巢，首悬白旗，躯残于犬戎，国分于项籍者何也？德之不修故耳。吴起有言：'在德不在险。'深愿陛下追踪唐虞，怀远以德，山河之固不足恃也。"坚大悦，乃还长安。赐为父后者爵一级，鳏寡高年谷帛有差，丐所过田租之半[③]。是秋，大旱，坚减膳彻悬，金玉绮绣皆散之戎士，后宫悉去罗纨[④]，衣不曳地。开山泽之利，公私共之，偃甲息兵，与境内休息。

王猛亲宠愈密，朝政莫不由之。特进樊世，氐豪也，有大勋于苻氏，负气倨傲，众辱猛曰："吾辈与先帝共兴事业，而不预时权；君无汗马之劳，何敢专管大任？是为我耕稼而君食之乎！"猛曰："方当使君为宰夫，安直耕稼而已。"世大怒曰："要当悬汝头于长安城门，不尔者，终不处于世也。"猛言之于坚，坚怒曰："必须杀此老氐，然后百僚可整。"俄而世入言事，坚谓猛曰："吾欲以杨璧尚主[⑤]，璧何如人也？"世勃然曰："杨璧，臣之婿也，婚已久定，陛下安得令之尚主乎！"猛让世曰："陛下帝有海内，而君敢竞婚，是为二天子，安有上下！"世怒起，将击猛，左右止之。世遂丑言大骂，坚由此发怒，命斩之于西厩。诸氐纷纭，竞陈猛短，坚恚甚[⑥]，慢骂，或有鞭挞于殿庭者。权翼进曰："陛下宏达大度，善驭英豪，神武卓荦，录功舍过，有汉祖之风。然慢易之言，所宜除之。"坚笑曰："朕之过也。"自是公卿以下无不惮猛焉。

坚起明堂，缮南北郊，郊祀其祖洪以配天，宗祀其伯健于明堂以配上帝。亲耕藉田⑦，其妻苟氏亲蚕于近郊。

坚南游霸陵，顾谓群臣曰："汉祖起自布衣，廓平四海，佐命功臣孰为首乎?"权翼进曰："《汉书》以萧曹为功臣之冠。"坚曰："汉祖与项羽争天下，困于京索之间，身被七十余创，通中六七，父母妻子为楚所囚。平城之下，七日不火食，赖陈平之谋，太上、妻子克全，免匈奴之祸。二相何得独高也！虽有人狗之喻，岂黄中之言乎！"于是酣饮极欢，命群臣赋诗。大赦，复改元曰甘露。以王猛为侍中、中书令、京兆尹。

其特进强德，健妻之弟也，昏酒豪横，为百姓之患。猛捕而杀之，陈尸于市。其中丞邓羌，性鲠直不挠，与猛协规齐志，数旬之间，贵戚强豪诛死者二十有余人。于是百僚震肃，豪右屏气⑧，路不拾遗，风化大行。坚叹曰："吾今始知天下之有法也，天子之为尊也！"于是遣使巡察四方及戎夷种落，州郡有高年孤寡，不能自存，长吏刑罚失中，为百姓所苦，清修疾恶、劝课农桑、有便于俗，笃学至孝、义烈力田者，皆令具条以闻。

时匈奴左贤王卫辰遣使降于坚，遂请田内地，坚许之。云中护军贾雍遣其司马徐斌率骑袭之，因纵兵掠夺。坚怒曰："朕方修魏绛和戎之术⑨，不可以小利忘大信。昔荆吴之战，事兴蚕妇；浇瓜之惠，梁宋息兵。夫怨不在大，事不在小，扰边动众，非国之利也。所获资产，其悉以归之。"免雍官，以白衣领护军，遣使修和，示之信义。辰于是入居塞内，贡献相寻。乌丸独孤、鲜卑没奕于率众数万又降于坚。坚初欲处之塞内，苻融以"匈奴为患，其兴自古。比虏马不敢南首者，畏威故也。今处之于内地，见其弱矣，方当窥兵郡县⑩，为北边之害。不如徙之塞外，以存荒服之义"。坚从之。

坚僭位五年，凤皇集于东阙，大赦其境内，百僚进位一级。初，坚之将为赦也，与王猛、苻融密议于露堂，悉屏左右。坚亲为赦文，猛、融供进纸墨。有一大苍蝇入自牖间，鸣声甚大，集于笔端，驱而复来。俄而长安街巷市里人相告曰："官今大赦。"有司以闻⑪。坚惊谓融、猛曰："禁中无耳属之理，事何从泄也?"于是敕外穷推之，咸言有一小人衣黑衣，大呼于市曰："官今大赦。"须臾不见。坚叹曰："其向苍蝇乎？声状非常，吾固恶之。谚曰：'欲人勿知，莫若勿为。'声无细而弗闻，事未形而必彰者，其此之谓也。"坚广修学官，召郡国学生通一经以上充之，公卿已下子孙并遣受业。其有学为通儒、才堪干事、清修廉直、孝悌力田者，皆旌表之。于是人思劝励，号称多士，盗贼止息，请托路绝⑫，田畴修辟，帑藏充盈，典章法物靡不悉备。坚亲临太学，考学生经义优劣，品而第之。问难五经，博士多不能对。坚谓博士王寔曰："朕一月三临太学，黜陟幽明⑬，躬亲奖励，罔敢倦违，庶几周孔微言不由朕而坠，汉之二武其可追乎！"寔对曰："自刘石扰覆华畿，二都鞠为茂草，儒生罕有或存，坟籍灭而莫纪，经沦学废，奄若秦皇。陛下神武拨乱，道隆虞夏，开庠序之美⑭，弘儒教之风，化盛隆周，垂馨千祀，汉之二武焉足论哉！"坚自是每月一临太学，诸生竞劝焉。

屠各张罔聚众数千，自称大单于，寇掠郡县。坚以其尚书邓羌为建节将军，率众七千讨平之。

时商人赵掇、丁妃、邹瓫等皆家累千金，车服之盛，拟则王侯，坚之诸公竞引之为国二卿。黄门侍郎程宪言于坚曰："赵掇等皆商贩丑竖，市郭小人，车马衣服僭同王者，官齐君子，为藩国列卿，伤风败俗，有尘圣化，宜肃明典法，使清浊显分。"坚于是推检引掇等为国卿者，降其爵。乃下制："非命士已上，不得乘车马于都城百里之内。金银锦绣，工商、皂隶、妇女不得服之，犯者弃市[15]。"

兴宁三年，坚又改元为建元。慕容暐遣其太宰慕容恪攻拔洛阳，略地至于崤渑[16]。坚惧其入关，亲屯陕城以备之。

匈奴右贤王曹毂、左贤王卫辰举兵叛，率众二万攻其杏城已南郡县，屯于马兰山。索虏乌延等亦叛坚而通于辰、毂。坚率中外精锐以讨之，以其前将军杨安、镇军毛盛等为前锋都督。毂遣弟活距战于同官川，安大败之，斩活并四千余级，毂惧而降。坚徙其酋豪六千余户于长安。进击乌延，斩之。邓羌讨卫辰，擒之于木根山。坚自骢马城如朔方，巡抚夷狄，以卫辰为夏阳公以统其众。毂寻死，分其部落，贰城已西二万余落封其长子玺为骆川侯，贰城已东二万余落封其小子寅为力川侯，故号东、西曹。

秦、雍二州地震裂，水泉涌出，金象生毛，长安大风震电，坏屋杀人，坚惧而愈修德政焉。

使王猛、杨安等率众二万寇荆州北鄙诸郡，掠汉阳万余户而还。羌敛岐叛坚，自称益州刺史，率部落四千余家西依张天锡叛将李俨。坚遣王猛与陇西太守姜衡、南安太守邵羌讨敛岐于略阳。张天锡率步骑三万击李俨，攻其大夏、武始二郡，克之。天锡将掌据又败俨诸军于葵谷，俨惧，遣兄子纯谢罪于坚，仍请救。寻而猛攻破略阳，敛岐奔白马。坚遣杨安与建威王抚率众会猛以救俨。猛遣邵羌追敛岐，使王抚守侯和，姜衡守白石。猛与杨安救枹罕，及天锡将杨遹战于枹罕东；猛不利。邵羌擒敛岐于白马，送之长安。天锡遂引师而归。俨犹凭城未出，猛乃服白乘舆，从数十人，请与相见。俨开门延之，未及设备，而将士续入，遂虏俨而还。坚以其将军彭越为平西将军、凉州刺史，镇枹罕。以俨为光禄勋、归安侯。

是岁，苻双据上邽、苻柳据蒲坂叛于坚，苻庾据陕城、苻武据安定并应之，将共伐长安。坚遣使谕之，各啮梨以为信[17]，皆不受坚命，阻兵自守。坚遣后禁将军杨成世、左将军毛嵩等讨双、武，王猛、邓羌攻蒲坂，杨安、张蚝攻陕城。成世、毛嵩为双、武所败，坚又遣其武卫王鉴、宁朔吕光等率中外精锐以讨之，左卫苻雅、左禁窦冲率羽林骑七千继发。双、武乘胜至于榆眉，鉴等击败之，斩获万五千人。武弃安定，随双奔上邽，鉴等攻之。苻柳出挑战，猛闭垒不应。柳以猛为惮己，留其世子良守蒲坂，率众二万，将攻长安。长安去蒲坂百余里，邓羌率劲骑七千夜袭败之，柳引军还，猛又尽众邀击，悉俘其卒，柳与数百骑入于蒲坂。鉴等攻上邽，克之，斩双、武。猛又寻破蒲坂，斩柳及其妻子，传首长安。猛屯蒲坂，遣邓羌与王鉴等攻陷陕城，克之，送庾于长安，杀之。

太和四年，晋大司马桓温伐慕容暐，次于枋头。暐众屡败，遣使乞师于坚，请割武牢以西之地。坚亦欲与暐连横，乃遣其将苟池等率步骑二万救暐。王师寻败，引归，池乃还。

是时慕容垂避害奔于坚，王猛言于坚曰："慕容垂，燕之戚属，世雄东夏，宽仁惠下，恩结士庶，燕赵之间咸有奉戴之意。观其才略，权智无方，兼其诸子明毅有干艺，人之杰也。蛟龙猛兽，非可驯之物，不如除之。"坚曰："吾方以义致英豪，建不世之功。且其初至，吾告之至诚，今而害之，人将谓我何?"

王师既旋，慕容暐悔割武牢之地，遣使谓坚曰："顷者割地，行人失辞。有国有家，分灾救患，理之常也。"坚大怒，遣王猛与建威梁成、邓羌率步骑三万，署慕容垂为冠军将军，以为乡导，攻暐洛州刺史慕容筑于洛阳。暐遣其将慕容臧率精卒十万，将解筑围。猛使梁成等以精锐万人卷甲赴之，大破臧于荥阳。筑惧而请降，猛陈师以受之，留邓羌镇金墉，猛振旅而归。

太和五年，又遣猛率杨安、张蚝、邓羌等十将率步骑六万伐暐。坚亲送猛于霸东，谓曰："今授卿精兵，委以重任，便可从壶关、上党出潞川，此捷济之机，所谓捷雷不及掩耳。吾当躬自率众以继卿后，于邺相见。已敕运漕相继，但忧贼，不烦后虑也。"猛曰："臣庸劣孤生，操无豪介，蒙陛下恩荣，内侍帷幄，出总戎旅，藉宗庙之灵，禀陛下神算，残胡不足平也。愿不烦銮轸[18]，冒犯霜露。臣虽不武，望克不淹时。但愿速敕有司，部置鲜卑之所。"坚大悦。于是进师。杨安攻晋阳。猛攻壶关，执暐上党太守慕容越，所经郡县皆降于猛，猛留屯骑校尉苟苌戍壶关。会杨安攻晋阳，为地道，遣张蚝率壮士数百人入其城中，大呼斩关，猛、安遂入晋阳，执暐并州刺史慕容庄。暐遣其太傅慕容评率众四十余万以救二城，评惮猛不敢进，屯于潞川。猛留将军毛当戍晋阳，进师与评相持。遣游击郭庆以锐卒五千，夜从间道出评营后，傍山起火，烧其辎重，火见邺中。暐惧，遣使让评，催之速战。猛知评卖水鬻薪，有可乘之会，评又求战，乃阵于渭原而誓众曰："王景略受国厚恩，任兼内外，今与诸君深入贼地，宜各勉进，不可退也。愿戮力行间，以报恩顾，受爵明君之朝，庆觞父母之室，不亦美乎！"众皆勇奋，破釜弃粮，大呼竞进。猛望评师之众也，恶之，谓邓羌曰："今日之事，非将军莫可以捷。成败之机，在斯一举。将军其勉之！"羌曰："若以司隶见与者，公无以为忧。"猛曰："此非吾之所及也。必以安定太守、万户侯相处。"羌不悦而退。俄而兵交，猛召之，羌寝而弗应。猛驰就许之，羌于是大饮帐中，与张蚝、徐成等跨马运矛，驰入评军，出入数四，旁若无人，搴旗斩将，杀伤甚众。及日中，评众大败，俘斩五万有余，乘胜追击，又降斩十万，于是进师围邺。坚闻之，留李威辅其太子宏守长安，以苻融镇洛阳，躬率精锐十万向邺。七日而至于安阳，过旧闾，引诸耆老语及祖父之事，泫然流涕，乃停信宿[19]。猛潜至安阳迎坚，坚谓之曰："昔亚夫不出军迎汉文，将军何以临敌而弃众也？"猛曰："臣每览亚夫之事，尝谓前却人主，以此而为名将，窃未多之。臣奉陛下神算，击垂亡之虏，若摧枯拉朽，何足虑也！监国冲幼，銮驾远临，脱有不虞，其如宗庙何！"坚遂攻邺，陷之。慕容暐出奔高阳，坚将郭庆执而送之。坚入邺宫，阅其名籍，凡郡百五十七，县一千五百七十九，户二百四十五万八千九百六十九，口九百九十八万七千九百三十五。诸州郡牧守及六夷渠帅尽降于坚。郭庆穷追余烬，慕容评奔于高句丽，庆追至辽海，句丽缚评送之。坚散暐宫人珍宝以赐将士，论功封赏各有差。以王猛为使持节、都督关东六州诸军事、车骑大将军、开府仪同三司、冀州牧，镇邺，以郭庆为持节、都督幽州诸军事、扬武将军、幽州刺史，镇蓟。

坚自邺如枋头，宴诸父老，改枋头为永昌县，复之终世。坚至自永昌，行饮至之礼，歌劳止之诗，以飨其群臣。赦慕容暐及其王公已下，皆徙于长安，封授有差。坚于是行礼于辟雍[20]，祀先师孔子，其太子及公侯卿大夫士之元子，皆束脩释奠焉[21]。徙关东豪杰及诸杂夷十万户于关中，处乌丸杂类于冯翊、北地，丁零翟斌于新安，徙陈留、东阿万户以实青州。诸因乱流移，避仇远徙，欲还旧业者，悉听之。

晋叛臣袁瑾固守寿春，为大司马桓温所围，遣使请救于坚。坚遣王鉴、张蚝率步骑二万救之，鉴据洛涧，蚝屯八公山。桓温遣诸将夜袭鉴、蚝，败之，鉴、蚝屯慎城。

初，仇池氐杨世以地降于坚，坚署为平南将军、秦州刺史、仇池公。既而归顺于晋。世死，子纂代立，遂受天子爵命而绝于坚。世弟统骁武得众，起兵武都，与纂分争。坚遣其将苻雅、杨安与益州刺史王统率步骑七万，先取仇池，进图宁益。雅等次于鹫陕，纂率众五万距雅。晋梁州刺史杨亮遣督护郭宝率骑千余救之，战于陕中，为雅等所败，纂收众奔还。雅进攻仇池，杨统帅武都之众降于雅。纂将杨他遣子硕密降于雅，请为内应。纂惧，面缚出降。雅释其缚，送之长安。以杨统为平远将军、南秦州刺史，加杨安都督，镇仇池。

先是，王猛获张天锡将敦煌阴据及甲士五千，坚既东平六州，西擒杨纂，欲以德怀远，且跨威河右，至是悉送所获还凉州。天锡惧而遣使谢罪称藩，坚大悦，即署天锡为使持节、散骑常侍、都督河右诸军事、骠骑大将军、开府仪同三司、凉州刺史、西域都护、西平公。

吐谷浑碎奚以杨纂既降，惧而遣使送马五千匹、金银五百斤。坚拜奚安远将军、漒川侯。

坚尝如邺，狩于西山，旬余，乐而忘返。伶人王洛叩马谏曰："臣闻千金之子坐不垂堂，万乘之主行不履危。故文帝驰车，袁公止辔；孝武好田，相如献规。陛下为百姓父母，苍生所系，何可盘于游田，以玷圣德。若祸起须臾，变在不测者，其如宗庙何！其如太后何！"坚曰："善。昔文公悟愆于虞人，朕闻罪于王洛，吾过也。"自是遂不复猎。

坚闻桓温废海西公也，谓群臣曰："温前败灞上，后败枋头，十五年间，再倾国师。六十岁公举动如此，不能思愆免退[22]，以谢百姓，方废君以自悦，将如四海何！谚云'怒其室而作色于父'者，其桓温之谓乎！"

坚以境内旱，课百姓区种。惧岁不登，省节谷帛之费，太官、后宫减常度二等，百僚之秩以次降之。复魏晋士籍，使役有常闻，诸非正道，典学一皆禁之[23]。坚临太学，考学生经义，上第擢叙者八十三人。自永嘉之乱，庠序无闻，及坚之僭，颇留心儒学，王猛整齐风俗，政理称举，学校渐兴。关陇清晏，百姓丰乐，自长安至于诸州，皆夹路树槐柳，二十里一亭，四十里一驿，旅行者取给于途，工商贸贩于道。百姓歌之曰："长安大街，夹树杨槐。下走朱轮，上有鸾栖。英彦云集，诲我萌黎。"

是岁，有大风从西南来，俄而晦冥，恒星皆见，又有赤星见于西南。太史令魏延言于坚曰："于占西南国亡，明年必当平蜀汉。"坚大悦，命秦梁密严戎备。乃以王猛为丞相，以苻融为镇东大将军，代猛为冀州牧。融将发，坚祖于霸东，奏乐赋诗。坚母苟氏以融少子，甚爱之，比发，三至灞上，其夕又窃如融所，内外莫知。是夜，坚寝于前殿，魏延上言："天市南门屏内后妃星失明，左右阍寺不见，后妃移动之象。"坚推问知之，惊曰："天道与人何其不远！"遂重星官。王猛至长安，加都督中外诸军事，猛辞让再三，坚不许。

其后天鼓鸣，有彗星出于尾箕，长十余丈，名蚩尤旗，经太微，扫东井，自夏及秋冬不灭。太史令张孟言于坚曰："彗起尾箕[24]，而扫东井，此燕灭秦之象。"因劝坚诛慕容暐及其子弟。坚不纳，更以暐为尚书，垂为京兆尹，冲为平阳太守。苻融闻之，上疏于坚曰："臣闻东胡在燕，历数弥久，逮于石乱，遂据华夏，跨有六州，南面称帝。陛下爰命六师[25]，大举征讨，劳卒频年，勤而后获，本非慕义怀德归化。而今父子兄弟列官满朝，执权履职，势倾劳旧，陛下亲而幸之。臣愚以为猛兽不可养，狼子野心。往年星异，灾起于燕，愿少留意，以思天戒。臣据可言之地，不容默已。《诗》曰：'兄弟急难'，'朋友好合'。昔刘向以肺腑之亲，尚能极言，况于臣乎！"坚报之曰："汝为德未充而怀是非，立善未称而名过其实。《诗》云：'德辅如毛[26]，人鲜克举。'君子处高，戒惧倾败，可不务乎！今四海事旷，兆庶未宁，黎元应抚，夷狄应和，方将混六合以一家[27]，同有形于赤子，汝其息之，勿怀耿介。夫天道助顺，修德则禳灾。苟求诸己，何惧外患焉。"

晋梁州刺史杨亮遣子广袭仇池，与坚将杨安战，广败绩，晋沮水诸戍皆委城奔溃，亮惧而退守磬险，安遂进寇汉川。坚遣王统、朱彤率卒二万为前锋寇蜀，前禁将军毛当、鹰扬将军徐成率步骑三万入自剑阁。杨亮率巴獠万余拒之，战于青谷，王师不利，亮奔固西城。彤乘胜陷汉中，徐成又攻二剑，克之，杨安进据梓潼。晋奋威将军、西蛮校尉周虓降于彤。扬武将军、益州刺史周仲孙勒兵距彤等于绵竹，闻坚将毛当将至成都，仲孙率骑五千奔于南中。安、当进兵，遂陷益州。于是西南夷邛莋、夜郎等皆归之。坚以安为右大将军、益州牧，镇成都；毛当为镇西将军、梁州刺史，镇汉中；姚苌为宁州刺史、领西蛮校尉；王统为南秦州刺史，镇仇池。

蜀人张育、杨光等起兵，与巴獠相应，以叛于坚。晋益州刺史竺瑶、威远将军桓石虔率众三万据垫江。育乃自号蜀王，遣使归顺，与巴獠酋帅张重、尹万等五万余人进围成都。寻而育与万争权，举兵相持，坚遣邓羌与杨安等击败之，育、光退屯绵竹。安又败张重、尹万于成都南，重死之，及首级二万三千。邓羌复击张育、杨光于绵竹，皆害之。桓石虔败姚苌于垫江，苌退据五城，石虔与竺瑶移屯巴东。

时有人于坚明光殿大呼谓坚曰："甲申乙酉，鱼羊食人，悲哉无复遗。"坚命执之，俄而不见。秘书监朱彤等因请诛鲜卑，坚不从。遣使巡行四方，观风俗，问政道，明黜陟，恤孤独不能自存者。以安车蒲轮征隐士乐陵王欢为国子祭酒。及王猛卒，坚置听讼观于未央之南。禁《老》、《庄》、图谶之学[28]。中外四禁、二卫、四军长上将士，皆令修学。课后宫，置典学，立内司，以授于掖庭[29]，选阉人及女隶有聪识者署博士以授经。

遣其武卫苟苌、左将军毛盛、中书令梁熙、步兵校尉姚苌等率骑十三万伐张天锡于姑臧。遣尚书郎阎负、梁殊衔命军前，下书征天锡。坚严饰卤簿，亲饯苌等于城西，赏行将各有差。又遣其秦州刺史苟池、河州刺史李辩、凉州刺史王统，率三州之众以继之。阎负等到凉州，天锡自以晋之列藩，志在保境，命斩之，遣将军马建出距苌等。俄而梁熙、王统等自清石津攻其将梁粲于河会城，陷之。苟苌济自石城津，与梁熙等会攻缠缩城，又陷之。马建惧，自杨非退还清塞。天锡又遣将军掌据率众三万，与马建阵于洪池。苟苌遣姚苌以甲卒三千挑战，诸将劝据击之，以挫其锋，据不从。天锡乃率中军三万次金昌。苌、熙闻天锡来逼，急攻据、建，建降于苌，遂攻据，害之，及其军司席仂。苌进军入清塞，乘高列阵。天锡又遣司兵赵充哲为前锋，率劲勇五万，与苌等战于赤岸，哲大败。天锡惧而奔还，致笺请降。苌至姑臧，天锡乘素车白马，面缚舆榇[30]，降于军门。苌释缚焚榇，送之于长安，诸郡县悉降。坚以梁熙为持节、西中郎将、凉州刺史，领护西羌校尉，镇姑臧。徙豪右七千余户于关中，五品税百姓金银一万三千斤以赏军士，余皆安堵如故[31]。坚封天锡重光县之东宁乡二百户，号归义侯。初，苌等将征天锡，坚为其立第于长安，至是而居之。

坚既平凉州，又遣其安北将军、幽州刺史苻洛为北讨大都督，率幽州兵十万讨代王涉翼犍。又遣后将军俱难与邓羌等率步骑二十万东出和龙，西出上郡，与洛会于涉翼犍庭。翼犍战败，遁于弱水。苻洛逐之，势窘迫，退还阴山。其子翼圭缚父请降，洛等振旅而还，封赏有差。坚以翼犍荒俗，未参仁义，令入太学习礼。以翼圭执父不孝，迁之于蜀。散其部落于汉鄣边故地，立尉、监行事，官僚领押，课之治业营生，三五取丁，优复三年无税租。其渠帅岁终令朝献，出入行来为之制限。坚尝之太学，召涉翼犍问曰："中国以学养性，而人寿考，漠北啖牛羊而人不寿，何也？"翼犍不能答。又问："卿种人有堪将者，可召为国家用。"对曰："漠北人能捕六畜，善驰走，逐水草而已，何堪为将！"又问："好学否？"对曰："若不好学，陛下用教臣何为？"坚善其答。

坚以关中水旱不时，议依郑白故事，发其王侯已下及豪望富室僮隶三万人，开泾水上源，凿山起堤，通渠引渎，以溉冈卤之田[32]。及春而成，百姓赖其利。以凉州新附，复租赋一年。为父后者赐爵一级，孝悌力田爵二级，孤寡高年谷帛有差，女子百户牛酒，大酺三日[33]。

遣其尚书令苻丕率司马慕容暐、苟苌等步骑七万寇襄阳。使杨安将樊邓之众为前锋，屯骑校尉石越率精骑一万出鲁阳关，慕容垂与姚苌出自南乡，苟池等与强弩王显将劲卒四万从武当继进，大会汉阳。师次沔北，晋南中郎将朱序以丕军无舟楫，不以为虞，石越遂游马以渡。序大惧，固守中城。越攻陷外郭[34]，获船百余艘以济军。丕率诸将进攻中城，遣苟池、石越、毛当以众五万屯于江陵。晋车骑将军桓冲拥众七万为序声援，惮池等不进，保据上明。兖州刺史彭超遣使上言于坚曰："晋沛郡太守戴逯以卒数千戍彭城，臣请率精锐五万攻之，愿更遣重将讨淮南诸城。"坚于是又遣其后将军俱难率右将军毛当、后禁毛盛、陵江邵保等步骑七万寇淮阴、盱眙。

扬武彭超寇彭城。梁州刺史韦钟寇魏兴，攻太守吉挹于西城。晋将军毛武生率众五万距之，与俱难等相持于淮南。

先是，梁熙遣使西域，称扬坚之威德，并以缯綵赐诸国王[35]，于是朝献者十有余国。大宛献天马千里驹，皆汗血、朱鬣、五色、凤膺、麟身，及诸珍异五百余种。坚曰："吾思汉文之返千里马，咨嗟美咏。今所献马，其悉返之，庶克念前王，仿佛古人矣。"乃命群臣作《止马诗》而遣之，示无欲也。其下以为盛德之事，远同汉文，于是献诗者四百余人。

是时苻丕久围襄阳，御史中丞李柔劾丕以师老无功，请征下廷尉。坚曰："丕等费广无成，实宜贬戮。但师已淹时，不可虚然中返，其特原之，令以功成赎罪。"因遣其黄门郎韦华持节切让丕等，仍赐以剑，曰："来春不捷者，汝可自裁，不足复持面见吾也。"初，丕之寇襄阳也，将急攻之，苟苌谏曰："今以十倍之众，积粟如山，但掠徙荆楚之人内于许洛，绝其粮运，使外援不接，粮尽无人，不攻自溃，何为促攻以伤将士之命？"丕从之。及坚让至，众咸疑惧，莫知所为。征南主簿河东王施进曰："以大将军英秀，诸将勇锐，以攻小城，何异洪炉燎羽毛。所以缓攻，欲以计制之。若决一旦之机，可指日而定。今破襄阳，上明自遁，复何所疑！愿请一旬之期，以展三军之势。如其不捷，施请为戮首。"丕于是促围攻之。坚将亲率众助丕等，使苻融将关东甲卒会于寿春，梁熙统河西之众以继中军。融、熙并上言，以为未可兴师，乃止。

太元四年，晋兖州刺史谢玄率众数万次于泗汭，将救彭城。苻丕陷襄阳，执南中郎将朱序，送于长安，坚署为度支尚书。以其中垒梁成为南中郎将、都督荆扬州诸军事、荆州刺史，领护南蛮校尉，配兵一万镇襄阳，以征南府器杖给之。彭超围彭城也，置辎重于留城。至是，晋将谢玄遣将军何谦之、高衡率众万余，声趣留城，超引军赴之。戴逯率彭城之众奔于谢玄，超留其治中徐褒守彭城而复寇盱眙。俱难既陷淮阴，留邵保戍之，与超会师而南。晋将毛武生救魏兴，遣前锋督护赵福、将军袁虞等将水军一万，溯江而上。坚南巴校尉姜宇遣将张绍、仇生等水陆五千距之，战于南县，王师败绩。寻而韦钟攻陷魏兴，执太守吉挹。毛当与王显自襄阳而东，会攻淮南。彭超陷盱眙，获晋建威将军、高密内史毛璪之，遂攻晋幽州刺史田洛于三阿，去广陵百里，京都大震，临江列戍。孝武帝遣征虏将军谢石率水军次于涂中，右卫将军毛安之、游击将军河间王昙之次于堂邑，谢玄自广陵救三阿。毛当、毛盛驰袭安之，王师败绩。玄率众三万次于白马塘，俱难遣其将都颜率骑逆玄，战于塘西，玄大败之，斩颜。玄进兵至三阿，与难、超战，超等又败，退保盱眙。玄进次石梁，与田洛攻盱眙，难、超出战，复败，退屯淮阴。玄遣将军何谦之、督护诸葛侃率舟师乘潮而上，焚淮桥，又与难等合战，谦之斩其将邵保，难、超退师淮北。难归罪彭超，斩其司马柳浑。坚闻之，大怒，槛车征超下狱，超自杀，难免为庶人。

坚以毛当为平南将军、徐州刺史，镇彭城；毛盛为平东将军、兖州刺史，镇胡陆；王显为平吴校尉、扬州刺史，戍下邳：赏堂邑之功也。又以苻洛为散骑常侍、持节、都督益宁西南夷诸军事、征南大将军、益州牧，领护西夷校尉，镇成都，命从伊阙自襄阳溯汉而上。洛，健之兄子也。雄勇多力，而猛气绝人，坚深忌之，故常为边牧。洛有征伐之功而未赏，及是迁也，恚怒，谋于众曰："孤于帝室，至亲也，主上不能以将相任孤，常摈孤于外，既投之西裔，复不听过京师，此必有伏计，令梁成沉孤于汉水矣。为宜束手就命，为追晋阳之事以匡社稷邪？诸君意如何？"其治中平颜妄陈祥瑞，劝洛举兵。洛因攘袂大言曰："孤计决矣，沮谋者斩[35]！"于是自称大将军、大都督、秦王，署置官司，以平颜为辅国将军、幽州刺史，为其谋主。分遣使者征兵于鲜卑、乌丸、高句丽、百济及薛罗、休忍等诸国，并不从。洛惧而欲止，平颜曰："且宜声言受诏，尽幽并之兵出自中山、常山，阳平公必郊迎于路，因而执之，进据冀州，总关东之众以图秦雍，可使百姓不觉易主而大业定矣。"洛从之，乃率众七万发和龙，将图长安。于是关中骚动，盗贼并起。坚遣使数之曰[37]："天下未一家，兄弟匪他，何为而反？可还和龙，当以幽州永为世封。"洛谓使者曰："汝还白东海王，幽州褊厄[38]，不足容万乘，须还王咸阳，以承高祖之业。若能候驾潼关者，位为上公，爵归本国。"坚大怒，遣其左将军窦冲及吕光率步骑四万讨之，右将军都贵驰传诣邺，率冀州兵三万为前锋，以苻融为大都督，授之节度。使石越率骑一万，自东莱出石径，袭和龙，海行四百余里。苻重亦尽蓟城之众会洛，次于中山，有众十万。冲等与洛战于中山，大败之，执洛及其将兰殊，送于长安。吕光追斩苻重于幽州，石越克和龙，斩平颜及其党与百余人。坚赦兰殊，署为将军，徙洛于凉州，征苻融为车骑大将军、领宗正、录尚书事。

洛即平，坚以关东地广人殷，思所以镇静之，引其群臣于东堂议曰："凡我族类，支胤弥繁，今欲分三原、九峻、武都、汧、雍十五万户于诸方要镇，不忘旧德，为磐石之宗，于诸君之意如何？"皆曰："此有周所以祚隆八百，社稷之利也。"于是分四帅子弟三千户，以配苻丕镇邺，如世封诸侯，为新券主。坚送丕于灞上，流涕而别。诸戎子弟离其父兄者，皆悲号哀恸，酸感行人，识者以为丧乱流离之象。于是分幽州置平州，以石越为平州刺史，领护鲜卑中郎将，镇龙城；大鸿胪韩胤领护赤沙中郎将，移乌丸府于代郡之平城；中书令梁谠为安远将军、幽州刺史，镇蓟城；毛兴为镇西将军、河州刺史，镇枹罕；王腾为鹰扬将军、并州刺史，领护匈奴中郎将，镇晋阳；二州各配支户三千；苻晖为镇东大将军、豫州牧，镇洛阳；苻睿为安东将军、雍州刺史，镇蒲坂。

先是，高陆人穿井得龟，大三尺，背有八卦文，坚命太卜池养之，食以粟，及此而死，藏其骨于太庙。其夜庙丞高虏梦龟谓之曰："我本出将归江南，遭时不遇，陨命秦庭。"又有人梦中谓虏曰："龟三千六百岁而终，终必妖兴，亡国之征也。"

坚自平诸国之后，国内殷实，遂示人以侈，悬珠帘于正殿，以朝群臣，宫宇车乘，器物服御，悉以珠玑、琅玕[39]、奇宝、珍怪饰之。尚书朗裴元略谏曰："臣闻尧舜茅茨[40]，周卑宫室，故致和平，庆隆八百。始皇穷极奢丽，嗣不及孙。愿陛下则采椽之不琢，鄙琼室而不居，敷纯风于天下，流休范于无穷，贱金玉，珍谷帛，勤恤人隐，劝课农桑，捐无用之器，弃难得之货，敦至道以厉薄俗，修文德以怀远人。然后一轨九州[41]，同风天下，刑措既登，告成东岳，踪轩皇以齐美，哂二汉之徙封，臣之愿也。"坚大悦，命去珠帘，以元略为谏议大夫。

鄯善王、车师前部王来朝，大宛献汗血马，肃慎贡楛矢，天竺献火浣布[42]，康居、于阗及海东诸国，凡六十有二王，皆遣使贡其方物。

初，坚母少寡，将军李威有辟阳之宠，史官载之。至是，坚收起居注及著作所录而观之，见其事，惭怒，乃焚其书而大检史官，将加其罪。著作郎赵泉、车敬等已死，乃止。

荆州刺史都贵遣其司马阎振、中兵参军吴仲等率众二万寇竟陵，留辎重于管城，水陆轻进。桓冲遣南平太守桓石虔、竟陵太守郭铨等水陆二万距之，相持月余，战于激水。振等大败，退保管城。石虔乘胜攻破之，斩振及仲，俘斩万七千。

---

①瑰：品质奇特。

②神器：帝位。

③丐：与。

④纨（wán，音丸）：一种精制的丝织品。

⑤尚：娶公主为妻。

⑥恚：见《贾充》注㉘。

⑦藉田：见《晋武帝》注⑲。

⑧豪右：豪强。豪者豪宗，右者右族。称霸一方者曰豪右。

⑨和戎：古代谓与周边少数族维持和平关系为“和戎”。魏绛提出了与西部戎族和好的政策，因而晋时无戎逖之患。

⑩窥：小视。

⑪有司：见《武帝纪》注⑫。

⑫请托：以私事相托，走门路，通关节。即今俗称“走后门”也。

⑬黜陟（chù zhì，音处至）：黜，罢免；陟，提拔。

⑭庠序：见《王导列传》注⑦。

⑮皂隶：皂、隶均为奴隶的一个等级。《左传·昭公七年》：“士臣皂，皂臣舆，舆臣隶。”臣是统属，管辖的意思。后世通称役于官署，出司呵殿，入执刑仗侍立者为皂隶。　　弃市：在闹市执行死刑并暴尸街头。

⑯略地：略同掠。

⑰啮：咬。古有“啮臂盟”为誓。

⑱銮轸：轸（zhěn，音枕），古时车箱底部后面的横木，泛指车子。銮，马所系之铃。此处指不须苻坚亲征。

⑲信宿：凡师一宿为舍，再宿为信。

⑳辟雍：见《武帝纪》注㉗。

㉑释奠：古始学者行释菜之礼，即以芹藻之属礼先师也。

㉒愆（qiān，音千）：过失。

㉓典学：后世称天子入学为典学。

㉔尾箕：星名。尾宿，箕宿。

㉕六师：天子的六军。《周礼》：凡制军，万有二千五百人为军。王六军，大国三军，次国二军，小国一军。

㉖辖（yóu，音由）：古代的一种轻便车。

㉗六合：天地四方之谓。

㉘图谶：谶（chèn，音趁），方士、巫师编造的隐语或预言。他们宣扬这些隐语出自天意，必将应验。谶有附图，故称图谶。

㉙掖庭：古宫中嫔妃所居住的地方。

㉚面缚舆榇：见《武帝纪》注㊲。

㉛安堵：相安。

㉜渎（dú，音独）：河流，大川。　　冈卤：冈，较低而平的山脊。卤，不长庄稼的盐碱地。这里是指引大河之水以灌溉旱地和改良盐碱地。

㉝酺：见《武帝纪》注㊳。

㉞郛（fú，音福）：亦作垺。指外城。

㉟缯綵：缯（zēng，音曾），丝织品总称。綵，彩色的丝织品。古代綵、彩是两个意义不同的字。綵，仅用于彩色的丝织品。而彩则指彩色，光彩而言。今綵简化为彩。

㊱沮（jǔ，音举）：阻止。

㊲数（shǔ，音暑）：列举过失而指责。泛指责备。

㊳褊厄：见《谢安列传》注㊽。

㊴琅玕（láng gān，音郎干）：像珠子一样的美石。又，传说中的宝树。

㊵茅茨（máo cí，音毛慈）：用茅草、芦苇搭盖的屋子。

㊶一轨九州：一轨；一统。九州：古分天下为九州，而制各不同。《周礼》为，扬，荆、豫，青，兖，雍，幽，冀，并。九州之制的创者，其说不一，或为黄帝或为颛顼。

㊷楛矢：见《武帝纪》注㊱。　　火浣布：遇火不燃之布。古书中说法不一。《列子》：“火浣之布，浣之必投于火，布则火色，垢则布色，出火而振之，皓然疑乎雪。”《抱朴子》：“海中萧丘，有自生火，常以春起秋灭，木为火所焚而不糜，取此木叶绩为布，其木皮赤，剥以灰煮，治以为布，但粗不及叶，俱可以火浣。”古时西南少数族常作贡品。

苻坚载记下

太元七年，坚飨群臣于前殿，乐奏赋诗。秦州别驾天水姜平子诗有“丁”字，直而不曲。坚问其故，平子曰：“臣丁至刚，不可以屈，且曲下者不正之物，未足献也。”坚笑曰：“名不虚行。”因擢为上第。

坚兄法子东海公阳与王猛子散骑侍郎皮谋反，事泄，坚问反状，阳曰：“《礼》云，父母之仇，不同天地。臣父哀公，死不以罪，齐襄复九世之仇，而况臣也！”皮曰：“臣父丞相有佐命之勋，而臣不免贫馁[①]，所以图富也。”坚流涕谓阳曰：“哀公之薨，事不在朕，卿宁不知之！”让皮曰：“丞相临终，托卿以十具牛为田，不闻为卿求位。知子莫若父，何斯言之征也！”皆赦不诛，徙阳于高昌，皮于朔方之北。苻融以位忝宗正，不能肃遏奸萌，上疏请待罪私藩。坚不许。将以融为司徒，融固辞。坚锐意荆扬，将谋入寇，乃改授融征南大将军、开府仪同三司。

新平郡献玉器。初，坚即伪位，新平王雕陈说图谶，坚大悦，以雕为太史令。尝言于坚曰：“谨案谶云：‘古月之末乱中州，洪水大起健西流，惟有雄子定八州。’此即三祖、陛下之圣讳也。又曰：‘当有草付臣又土，灭东燕，破白虏，氐在中，华在表。’案图谶之文，陛下当灭燕，平六州。愿徙汧陇诸氐于京师，三秦大户置之于边地，以应图谶之言。”坚访之王猛，猛以雕为左道惑众，劝坚诛之。雕临刑上疏曰：“臣以赵建武四年，从京兆刘湛学，明于图记，谓臣曰：‘新平地古颛顼之墟，里名曰鸡闾。记云，此里应出帝王宝器，其名曰延寿宝鼎。颛顼有云，河上先生为吾隐之于咸阳西北，吾之孙有草付臣又土应之。’湛又云：‘吾尝斋于室中，夜有流星大如半月，落于此地，斯盖是乎！’愿陛下志之，平七州之后，出于壬午之年。”至是而新平人得之以献，器铭篆书文题之法，一为天王，二为王后，三为三公，四为诸侯，五为伯子男，六为卿大夫，七为元士。自此已下，考载文记，列帝王名臣，自天子王后，内外次序，上应天文，象紫宫布列，依玉牒版辞[②]，不违帝王之数。从上元人皇起，至中元，穷于下元，天地一变，尽三元而止[③]。坚以雕言有征，追赠光禄大夫。

幽州蝗，广袤千里。坚遣其散骑常侍刘兰持节为使者，发青、冀、幽、并百姓讨之。

以苻朗为使持节、都督青徐兖三州诸军事、镇东将军、青州刺史，以谏议大夫裴元略为陵江将军、西夷校尉、巴西梓潼二郡太守，密授规模，令与王抚备舟师于蜀，将以入寇。

车师前部王弥寘、鄯善王休密驮朝于坚，坚赐以朝服，引见西堂。寘等观其宫宇壮丽，仪卫严肃，甚惧，因请年年贡献。坚以西域路遥，不许，令三年一贡，九年一朝，以为永制。寘等请曰：“大宛诸国虽通贡献，然诚节未纯，请乞依汉置都护故事。若王师出关，请为乡导。”坚于是以骁骑吕光为持节、都督西讨诸军事，与陵江将军姜飞、轻骑将军彭晃等配兵七万，以讨定西域。苻融以虚耗中国，投兵万里之外，得其人不可役，得其地不可耕，固谏以为不可。坚曰：“二汉力不能制匈奴，犹出师西域。今匈奴既平，易若摧朽，虽劳师远役，可传檄而定[④]，化被昆山，垂芳千载，不亦美哉！”朝臣又屡谏，皆不纳。

晋将军朱绰焚践沔北屯田，掠六百余户而还。坚引群臣会议，曰：“吾统承大业垂二十载，芟夷逋秽，四方略定，惟东南一隅未宾王化。吾每思天下不一，未尝不临食辍餔[⑤]，今欲起天下兵以讨之。略计兵杖精卒，可有九十七万，吾将躬先启行，薄伐南裔，于诸卿意何如?”秘书监朱肜曰："陛下应天顺时，恭行天罚，啸咤则五岳摧覆，呼吸则江海绝流，若一举百万，必有征无战。晋主自当衔璧舆榇，启颡军门[⑥]，若迷而弗悟，必逃死江海，猛将追之，即可赐命南巢。中州之人，还之桑梓。然后回驾岱宗[⑦]，告成封禅，起白云于中坛，受万岁于中岳，尔则终古一时，书契未有。"坚大悦曰："吾之志也。"左仆射权翼进曰："臣以为晋未可伐。夫以纣之无道，天下离心，八百诸侯不谋而至，武王犹曰彼有人焉，回师止旆[⑧]。三仁诛放[⑨]，然后奋戈牧野。今晋道虽微，未闻丧德，君臣和睦，上下同心。谢安、桓冲，江表伟才，可谓晋有人焉。臣闻师克在和，今晋和矣，未可图也。"坚默然久之，曰："诸君各言其志。"太子左卫率石越对曰："吴人恃险偏隅，不宾王命，陛下亲御六师，问罪衡越，诚合人神四海之望。但今岁镇星守斗牛[⑩]，福德在吴。悬象无差，弗可犯也。且晋中宗，藩王耳，夷夏之情，咸共推之，遗爱犹在于人。昌明，其孙也，国有长江之险，朝无昏贰之衅。臣愚以为利用修德，未宜动师。孔子曰：'远人不服，修文德以来之。'愿保境养兵，伺其虚隙。"坚曰："吾闻武王伐纣，逆岁犯星。天道幽远，未可知也。昔夫差威陵上国，而为勾践所灭。仲谋泽洽全吴，孙皓因三代之业，龙骧一呼，君臣面缚，虽有长江，其能固乎？以吾之众旅，投鞭于江，足断其流。"越曰："臣闻纣为无道，天下患之。夫差淫虐，孙皓昏暴，众叛亲离，所以败也。今晋虽无德，未有斯罪，深愿厉兵积粟以待天时。"群臣各有异同，庭议者久之。坚曰："所谓筑室于道，沮计万端，吾当内断于心矣。"群臣出后，独留苻融议之。坚曰："自古大事，定策者一两人而已，群议纷纭，徒乱人意，吾当与汝决之。"融曰："岁镇在斗牛，吴越之福，不可以伐一也。晋主休明，朝臣用命，不可以伐二也。我数战，兵疲将倦，有惮敌之意，不可以伐三也。诸言不可者，策之上也，愿陛下纳之。"坚作色曰："汝复如此，天下之事吾当谁与言之！今有众百万，资仗如山，吾虽未称令主，亦不为暗劣[⑪]。以累捷之威，击垂亡之寇，何不克之有乎！吾终不以贼遗子孙，为宗庙社稷之忧也。"融泣曰："吴之不可伐昭然，虚劳大举，必无功而反。臣之所忧，非此而已。陛下宠育鲜卑、羌、羯，布诸畿甸[⑫]，旧人族类，斥徙遐方。今倾国而去，如有风尘之变者[⑬]，其如宗庙何？监国以弱卒数万留守京师，鲜卑、羌、羯攒聚如林，此皆国之贼也，我之仇也。臣恐非但徒返而已，亦未必万全。臣智识愚浅，诚不足采；王景略一时奇士，陛下每拟之孔明，其临终之言不可忘也。"坚不纳。游于东苑，命沙门道安同辇。权翼谏曰："臣闻天子法驾，侍中陪乘，清道而行，进止有度。三代末主，或亏大伦，适一时之情，书恶来世。故班姬辞辇，垂美无穷。道安毁形贱士，不宜参秽神舆。"坚作色曰："安公道冥至境，德为时尊，朕举天下之重，未足以易之。非公与辇之荣，此乃朕之显也。"命翼扶安升辇，顾谓安曰："朕将与公南游吴越，整六师而巡狩，谒虞陵于疑岭，瞻禹穴于会稽，泛长江，临沧海，不亦乐乎！"安曰："陛下应天御世，居中土而制四维，逍遥顺时，以适圣躬，动则鸣銮清道，止则神栖无为，端拱而化[⑭]，与尧舜比隆，何为劳身于驰骑，口倦于经略，栉风沐雨，蒙尘野次乎？且东南区区，地下气疠，虞舜游而不返，大禹适而弗归，何足以上劳神驾，下困苍生。《诗》云：'惠此中国，以绥四方。'苟文德足以怀远，可不烦寸兵而坐宾百越。"坚曰："非为地不广、人不足也，但思混一六合，以济苍生。天生蒸庶[⑮]，树之君者，所以除烦去乱，安得惮劳！朕既大运所钟，将简天心以行天罚。高辛有熊泉之役，唐尧有丹水之师，此皆著之前典，昭之后王。诚如公言，帝王无省方之文乎？且朕此行也，以义举耳，使流度衣冠之胄，还其墟坟，复其桑梓，止为济难铨才，不欲穷兵极武。"安曰："若銮驾必欲亲动，犹不愿远涉江淮，可暂幸洛阳，明授胜略，驰纸檄于丹杨，开其改迷之路。如其不庭[⑯]，伐之可也。"坚不纳。先是，群臣以坚信重道安，谓安曰："主上欲有事于东南，公何不为苍生致一言也！"故安因此而谏。苻融及尚书原绍、石越等上书面谏，前后数十，坚终不从。坚少子中山公诜有宠于坚，又谏曰："臣闻季梁在随，楚人惮之；宫奇在虞，晋不窥兵。国有人焉故也。及谋之不用，而亡不淹岁。前车之覆轨，后车之明鉴。阳平公，国之谋主，而陛下违之；晋有谢安、桓冲，而陛下伐之。是行也，臣窃惑焉。”坚曰：“国有元龟[17]，可以决大谋；朝有公卿，可以定进否。孺子言焉，将为戮也。”

所司奏刘兰讨蝗幽州，经秋冬不灭，请征下廷尉诏狱。坚曰：“灾降自天，殆非人力所能除也。此自朕之政违所致，兰何罪焉！”

明年，吕光发长安，坚送于建章宫，谓光曰：“西戎荒俗，非礼义之邦。羁縻之道[18]，服而赦之，示以中国之威，导以王化之法，勿极武穷兵，过深残掠。”加鄯善王休密驮使持节、散骑常侍、都督西域诸军事、宁西将军，车师前部王弥窴使持节、平西将军、西域都护，率其国兵为光乡导。

是年，益州西南夷、海东诸国皆遣使贡其方物。

坚南游灞上，从容谓群臣曰：“轩辕，大圣也，其仁若天，其智若神，犹随不顺者从而征之，居无常所，以兵为卫，故能日月所照，风雨所至，莫不率从。今天下垂平，惟东南未殄[19]。朕忝荷大业，巨责攸归，岂敢优游卒岁，不建大同之业！每思桓温之寇也，江东不可不灭。今有劲卒百万，文武如林，鼓行而摧遗晋，若商风之陨秋箨[20]。朝廷内外，皆言不可，吾实未解所由。晋武若信朝士之言而不征吴者，天下何由一轨！吾计决矣，不复与诸卿议也。”太子宏进曰：“吴今得岁，不可伐也。且晋主无罪，人为之用；谢安、桓冲兄弟皆一方之俊才，君臣戮力，阻险长江，未可图也。但可厉兵积粟，以待暴主，一举而灭之。今若动而无功，则威名损于外，资财竭于内。是故圣王之行师也，内断必诚，然后用之。彼若凭长江以固守，徙江北百姓于江南，增城清野，杜门不战，我已疲矣。彼未引弓，土下气疠，不可久留，陛下将若之何?”坚曰：“往年车骑灭燕，亦犯岁而捷之。天道幽远，非汝所知也。昔始皇之灭六国，其王岂皆暴乎? 且吾内断于心久矣，举必克之，何为无功！吾方命蛮夷以攻其内，精甲劲兵以攻其外，内外如此，安有不克！”道安曰：“太子之言是也，愿陛下纳之。”坚弗从。冠军慕容垂言于坚曰：“陛下德侔轩唐，功高汤武，威泽被于八表[21]，远夷重译而归。司马昌明因余烬之资，敢距王命，是而不诛，法将安措！孙氏跨僭江东，终并于晋，其势然也。臣闻小不敌大，弱不御强，况大秦之应符，陛下之圣武，强兵百万，韩白盈朝，而令其偷魂假号，以贼虏遗子孙哉！《诗》云：‘筑室于道谋，是用不溃于成。’陛下内断神谋足矣，不烦广访朝臣以乱圣虑。昔晋武之平吴也，言可者张杜数贤而已，若采群臣之言，岂能建不世之功！谚云凭天俟时，时已至矣，其可已乎?”坚大悦，曰：“与吾定天下者，其惟卿耳。”赐帛五百匹。

彗星扫东井。自坚之建元十七年四月，长安有水影，远观若水，视地则见人，至是则止。坚恶之。上林竹死，洛阳地陷。

晋车骑将军桓冲率众十万伐坚，遂攻襄阳。遣前将军刘波、冠军桓石虔、振威桓石民攻沔北诸城；辅国杨亮伐蜀，攻拔伍城，进攻涪城，龙骧胡彬攻下蔡；鹰扬郭铨攻武当；冲别将攻万岁城，拔之。坚大怒，遣其子征南睿及冠军慕容垂、左卫毛当率步骑五万救襄阳，扬武张崇救武当，后将军张蚝、步兵校尉姚苌救涪城。睿次新野，垂次邓城。王师败张崇于武当，掠二千余户而归。睿遣垂及骁骑石越为前锋，次于沔水。垂、越夜命三军人持十炬火，系炬于树枝，光照十数里中。冲惧，退还上明。张蚝出斜谷，杨亮亦引兵退归。

坚下书悉发诸州公私马，人十丁遣一兵。门在灼然者，为崇文义从。良家子年二十已下，武艺骁勇，富室材雄者，皆拜羽林郎。下书期克捷之日，以帝为尚书左仆射，谢安为吏部尚书，桓冲为侍中，并立第以待之。良家子至者三万余骑。其秦州主簿金城赵盛之为建威将军、少年都统。遣征南苻融、骠骑张蚝、抚军苻方、卫军梁成、平南慕容暐、冠军慕容垂率步骑二十五万为前锋。坚发长安，戎卒六十余万，骑二十七万，前后千里，旗鼓相望。坚至项城，凉州之兵始达咸阳，蜀汉之军顺流而下，幽冀之众至于彭城，东西万里，水陆齐进。运漕万艘，自河入石门，达于汝颍。

融等攻陷寿春，执晋平虏将军徐元喜、安丰太守王先。垂攻陷郧城，害晋将军王太丘。梁成与其扬州刺史王显、弋阳太守王咏等率众五万，屯于洛涧，栅淮以遏东军。成频败王师。晋遣都督谢石、徐州刺史谢玄、豫州刺史桓伊、辅国谢琰等水陆七万，相继距融，去洛涧二十五里，惮成不进。龙骧将军胡彬先保硖石，为融所逼，粮尽，诈扬沙以示融军，潜遣使告石等曰："今贼盛粮尽，恐不见大军。"融军人获而送之。融乃驰使白坚曰："贼少易俘，但惧其越逸，宜速进众军，掎禽贼帅[22]。"坚大悦，恐石等遁也，舍大军于项城，以轻骑八千兼道赴之，令军人曰："敢言吾至寿春者拔舌。"故石等弗知。晋龙骧将军刘牢之率劲卒五千，夜袭梁成垒，克之，斩成及王显、王咏等十将，士卒死者万五千。谢石等以既败梁成，水陆继进。坚与苻融登城而望王师，见部阵齐整，将士精锐，又北望八公山上草木，皆类人形，顾谓融曰："此亦勍敌也[23]，何谓少乎！"怃然有惧色。初，朝廷闻坚入寇，会稽王道子以威仪鼓吹求助于钟山之神，奉以相国之号。及坚之见草木状人，若有力焉。

坚遣其尚书朱序说石等以众盛，欲胁而降之。序诡谓石曰："若秦百万之众皆至，则莫可敌也。及其众军未集，宜在速战。若挫其前锋，可以得志。"石闻坚在寿春也，惧，谋不战以疲之。谢琰劝从序言，遣使请战，许之。时张蚝败谢石于肥南，谢玄、谢琰勒卒数万，阵以待之。蚝乃退，列阵逼肥水。王师不得渡，遣使谓融曰："君悬军深入，置阵逼水，此持久之计，岂欲战者乎？若小退师，令将士周旋，仆与君公缓辔而观之，不亦美乎！"融于是麾军却阵，欲因其济水，覆而取之。军遂奔退，制之不可止。融驰骑略阵，马倒被杀，军遂大败。王师乘胜追击，至于青冈，死者相枕。坚为流矢所中，单骑遁还于淮北，饥甚，人有进壶飧豚髀者[24]，坚食之，大悦，曰："昔公孙豆粥何以加也！"命赐帛十匹，绵十斤。辞曰："臣闻白龙厌天池之乐而见困豫且，陛下目所睹也，耳所闻也。今蒙尘之难，岂自天乎！且妄施不为惠，妄受不为忠。陛下，臣之父母也，安有子养而求报哉！"弗顾而退。坚大惭，顾谓其夫人张氏曰："朕若用朝臣之言，岂见今日之事邪！当何面目复临天下乎？"潸然流涕而去。闻风声鹤唳，皆谓晋师之至。其仆射张天锡、尚书朱序及徐元喜等皆归顺。初，谚言"坚不出项"，群臣劝坚停项，为六军声镇，坚不从，故败。

诸军悉溃，惟慕容垂一军独全，坚以千余骑赴之。垂子宝劝垂杀坚，垂不从，乃以兵属坚。初，慕容暐屯郧城，姜成等守漳口，晋随郡太守夏侯澄攻姜成，斩之，暐弃其众奔还。坚收离集散，比至洛阳，众十余万，百官威仪军容粗备。未及关而垂有贰志，说坚请巡抚燕岱，并求拜墓，坚许之。权翼固谏以为不可，坚不从。寻惧垂为变，悔之，遣骁骑石越率卒三千戍邺，骠骑张蚝率羽林五千戍并州，留兵四千配镇军毛当戍洛阳。坚至自淮南，次于长安东之行宫，哭苻融而后入，告罪于其太庙，赦殊死已下，文武增位一级，厉兵课农，存恤孤老，诸士卒不返者皆复其家终世。赠融大司马，谥曰哀公。

卫军从事中郎丁零翟斌反于河南，长乐公苻丕遣慕容垂及苻飞龙讨之。垂南结丁零，杀飞龙，尽坑其众。豫州牧、平原公苻晖遣毛当击翟斌，为斌所败，当死之。垂子农亡奔列人，招集群盗，众至万数千。丕遣石越击之，为农所败，越死之。垂引丁零、乌丸之众二十余万，为飞梯地道以攻邺城。

慕容暐弟燕故济北王泓先为北地长史，闻垂攻邺，亡命奔关东，收诸马牧鲜卑，众至数千，还屯华阴。慕容暐乃潜使诸弟及宗人起兵于外[25]。坚遣将军强永率骑击之，为泓所败，泓众遂盛，自称使持节、大都督陕西诸军事、大将军、雍州牧、济北王，推叔父垂为丞相、都督陕东诸军事、领大司马、冀州牧、吴王。

坚谓权翼曰："吾不从卿言，鲜卑至是。关东之地，吾不复与之争，将若泓何?"翼曰："寇不可长。慕容垂正可据山东为乱，不暇近逼。今暐及宗族种类尽在京师，鲜卑之众布于畿甸，实社稷之元忧，宜遣重将讨之。"坚乃以广平公苻熙为使持节、都督雍州杂戎诸军事、镇东大将军、雍州刺史，镇蒲坂。征苻睿为都督中外诸军事、卫大将军、司隶校尉、录尚书事，配兵五万，以左将军窦冲为长史，龙骧姚苌为司马，讨泓于华泽。平阳太守慕容冲起兵河东，有众二万，进攻蒲坂，坚命窦冲讨之。苻睿勇果轻敌，不恤士众。泓闻其至也，惧，率众将奔关东，睿驰兵要之。姚苌谏曰："鲜卑有思归之心，宜驱令出关，不可遏也。"睿弗从，战于华泽，睿败绩，被杀。坚大怒。苌惧诛，遂叛。窦冲击慕容冲于河东，大破之，冲率骑八千奔于泓军。泓众至十余万，遣使谓坚曰："秦为无道，灭我社稷。今天诱其衷，使秦师倾败，将欲兴复大燕。吴王已定关东，可速资备大驾，奉送家兄皇帝并宗室功臣之家。泓当率关中燕人，翼卫皇帝，还返邺都，与秦以武牢为界，分王天下，永为邻好，不复为秦之患也。钜鹿公轻戆锐进[26]，为乱兵所害，非泓之意。"坚大怒，召慕容暐责之曰："卿父子干纪僭乱，乘逆人神，朕应天行罚，尽兵势而得卿。卿非改迷归善，而合宗蒙宥，兄弟布列上将、纳言，虽曰破灭，其实若归。奈何因王师小败，便猖悖若此！垂为长蛇于关东，泓、冲称兵内侮。泓书如此，卿欲去者，朕当相资。卿之宗族，可谓人面兽心，殆不可以国士期也。"暐叩头流血，泣涕陈谢。坚久之曰："《书》云，父子兄弟无相及也。卿之忠诚，实简朕心，此自三竖之罪，非卿之过。"复其位而待之如初。命暐以书招喻垂及泓、冲，使息兵还长安，恕其反叛之咎。而暐密遣使者谓泓曰："今秦数已终，长安怪异特甚，当不复能久立。吾既笼中之人，必无还理。昔不能保守宗庙，致令倾丧若斯，吾罪人也，不足复顾吾之存亡。社稷不轻，勉建大业，以兴复为务。可以吴王为相国，中山王为太宰、领大司马，汝可为大将军、领司徒，承制封拜。听吾死问，汝便即尊位。"泓于是进向长安，改年曰燕兴。是时鬼夜哭，三旬而止。

坚率步骑二万讨姚苌于北地，次于赵氏坞，使护军杨璧游骑三千，断其奔路，右军徐成、左军窦冲、镇军毛盛等屡战败之，仍断其运水之路。冯翊游钦因淮南之败，聚众数千，保据频阳，遣军运水及粟，以馈姚苌，杨璧尽获之。苌军渴甚，遣其弟镇北尹买率劲卒二万决堰。窦冲率众败其军于鹳雀渠，斩尹买及首级万三千。苌众危惧，人有渴死者。俄而降雨于苌营，营中水三尺，周营百步之外，寸余而已，于是苌军大振。坚方食，去案怒曰："天其无心，何故降泽贼营!"苌又东引慕容泓为援。

泓谋臣高盖、宿勤崇等以泓德望后冲，且持法苛峻，乃杀泓，立冲为皇太弟，承制行事，自相署置。

姚苌留其弟征虏绪守杨渠川大营，率众七万来攻坚。坚遣杨璧等击之，为苌所败，获杨璧、毛盛、徐成及前军齐午等数十人，皆礼而遣之。

苻晖率洛阳、陕城之众七万归于长安。益州刺史王广遣将军王蚝率蜀汉之众来赴难。坚闻慕容冲去长安二百余里，引师而归，使抚军苻方戍骊山，拜苻晖使持节、散骑常侍、都督中外诸军事、车骑大将军、司隶校尉、录尚书，配兵五万距冲，河间公苻琳为中军大将军，为晖后继。冲乃令妇人乘牛马为众，揭竿为旗，扬土为尘，督厉其众，晨攻晖营于郑西。晖出距战，冲扬尘鼓噪，晖师败绩。坚又以尚书姜宇为前将军，与苻琳率众三万，击冲于灞上，为冲所败，宇死之，琳中流失，冲遂据阿房城。初，坚之灭燕，冲姊为清河公主，年十四，有殊色，坚纳之，宠冠后庭。冲年十二，亦有龙阳之姿，坚又幸之。姊弟专宠，宫人莫进。长安歌之曰："一雌复一雄，双飞入紫宫。”咸惧为乱。王猛切谏，坚乃出冲。长安又谣曰：“凤皇凤皇止阿房。”坚以凤皇非梧桐不栖，非竹实不食，乃植桐竹数十万株于阿房城以待之。冲小字凤皇，至是，终为坚贼，入止阿房城焉。

晋西中郎将桓石虔进据鲁阳，遣河南太守高茂北戍洛阳。晋冠军谢玄次于下邳，徐州刺史赵迁弃彭城奔还。玄前锋张愿追迁及于砀山，转战而免。玄进据彭城。

时吕光讨平西域三十六国，所获珍宝以万万计。坚下书以光为使持节、散骑常侍、都督玉门以西诸军事、安西将军、西域校尉，进封顺乡侯，增邑一千户。

刘牢之伐兖州，坚刺史张崇弃鄄城奔于慕容垂。牢之遣将军刘袭追崇，战于河南，斩其东平太守杨光而退。牢之遂据鄄城。

慕容冲进逼长安，坚登城观之，叹曰：“此虏何从出也？其强若斯！”大言责冲曰：“尔辈群奴正可牧牛羊，何为送死！”冲曰：“奴则奴矣，既厌奴苦，复欲取尔见代。”坚遣使送锦袍一领遗冲，称诏曰：“古人兵交，使在其间。卿远来草创，得无劳乎？今送一袍，以明本怀。朕于卿恩分如何，而于一朝忽为此变！”冲命詹事答之，亦称“皇太弟有令：孤今心在天下，岂顾一袍小惠。苟能知命，便可君臣束手，早送皇帝，自当宽贷苻氏，以酬曩好[27]，终不使既往之施独美于前。”坚大怒曰：“吾不用王景略、阳平公之言，使白虏敢至于此。”

苻丕在邺粮竭，马无草，削松木而食之。会丁零叛慕容垂，垂引师去邺，始具西问，知苻睿等丧败，长安危逼，乃遣其阳平太守邵兴率骑一千，将北引重合侯苻谟、高邑侯苻亮、阜城侯苻定于常山，固安侯苻鉴、中山太守王兖于中山，以为己援。垂遣将军张崇要兴，获之于襄国南。又遣其参军封孚西引张蚝、并州刺史王腾于晋阳，蚝、腾以众寡不赴。丕进退路穷，乃谋于群僚。司马杨膺唱归顺之计，丕犹未从。会晋遣济北太守丁匡据碻磝，济阳太守郭满据滑台，将军颜肱、刘袭次于河北，丕遣将军桑据距之，为王师所败。袭等进攻黎阳，克之。丕惧，乃遣从弟就与参军焦逵请救于谢玄。丕书称假途求粮，还赴国难，须军援既接，以邺与之，若西路不通，长安陷没，请率所领保守邺城。乃羁縻一方，文降而已。逵与参军姜让密谓杨膺曰：“今祸难如此，京师阻隔，吉凶莫审，密迩寇仇，三军罄绝，倾危之甚，朝不及夕。观公豪气不除，非救世之主，既不能竭尽诚款，速致粮援，方设两端，必无成也。今日之殆，疾于转机，不容虚设，徒成反覆。宜正书为表，以结殷勤。若王师之至，必当致身。如其不从，可逼缚与之。苟不义服，一人力耳。古人行权，宁济为功，况君侯累叶载德，显祖初著名于晋朝，今复建崇勋，使功业相继，千载一时，不可失也。”膺素轻丕，自以力能逼之，乃改书而遣逵等，并遣济南毛蜀、毛鲜等分房为任于晋。

坚遣鸿胪郝稚征处士王嘉于到兽山。既至，坚每日召嘉与道安于外殿，动静咨问之。慕容暐入见东堂，稽首谢曰：“弟冲不识义方，孤背国恩，臣罪应万死。陛下垂天地之容，臣蒙更生之惠。臣二子昨婚，明当三日，愚欲暂屈銮驾，幸臣私第。”坚许之。暐出，嘉曰：“椎芦作蘧篨[28]，不成文章，会天大雨，不得杀羊。”坚与群臣莫之能解。是夜大雨，晨不果出。初，暐之遣诸弟起兵于外也，坚防守甚严，谋应之而无因。时鲜卑在城者犹有千余人，暐乃密结鲜卑之众，谋伏兵请坚，因而杀之。令其豪帅悉罗腾、屈突铁侯等潜告之曰：“官今使侯外镇，听旧人悉随，可于某日会集某处。”鲜卑信之。北部人突贤与其妹别，妹为左将军窦冲小妻，闻以告冲，请留其兄。冲驰入白坚，坚大惊，召腾问之，腾具首服[29]。坚乃诛暐父子及其宗族，城内鲜卑无少长及妇女皆杀之。

慕容垂复围邺城。焦逵既至，朝廷果欲征丕任子，然后出师。逵固陈丕款诚无贰，并宣杨膺之意，乃遣刘牢之等率众二万，水陆运漕救邺。

时长安大饥，人相食，诸将归而吐肉以饴妻子。

慕容冲僭称尊号于阿房，改年更始。坚与冲战，各有胜负。尝为冲军所围，殿中上将军邓迈、左中郎将邓绥、尚书郎邓琼相谓曰："吾门世荷荣宠，先君建殊功于国家，不可不立忠效节，以成先君之志。且不死君难者，非丈夫也。"于是与毛长乐等蒙兽皮，奋矛而击冲军。冲军溃，坚获免，嘉其忠勇，并拜五校，加三品将军，赐爵关内侯。冲又遣其尚书令高盖率众夜袭长安，攻陷南门，入于南城。左将军窦冲、前禁将军李辩等击败之，斩首千八百级，分其尸而食之。坚寻败冲于城西，追奔至于阿城。诸将请乘胜入城，坚惧为冲所获，乃击金以止军。

是时刘牢之至枋头。征东参军徐义、宦人孟丰告苻丕，杨膺、姜让等谋反，丕收膺、让戮之。牢之以丕自相屠戮，盘桓不进。

苻晖屡为冲所败，坚让之曰："汝，吾之子也，拥大众，屡为白虏小儿所摧，何用生为！"晖愤恚自杀。关中堡壁三千余所，推平远将军冯翊赵敖为统主，相率结盟，遣兵粮助坚。左将军苟池、右将军俱石子率骑五千，与冲争麦，战于骊山，为冲所败，池死之，石子奔邺。坚大怒，复遣领军杨定率左右精骑二千五百击冲，大败之，俘掠鲜卑万余而还。坚怒，悉坑之。定果勇善战，冲深惮之，遂穿马埳以自固[30]。

刘牢之至邺，慕容垂北如新城。邺中饥甚，丕率邺城之众就晋谷于枋头。牢之入屯邺城。慕容垂军人饥甚，多奔中山，幽冀人相食。初，关东谣曰："幽州𩻸，生当灭。若不灭，百姓绝。"𩻸，垂之本名。与丕相持经年，百姓死几绝。

先是，姚苌攻新平，新平太守苟辅将降之，郡人辽西太守冯杰、莲勺令冯翊等谏曰："天下丧乱，忠臣乃见。昔田单守一城而存齐，今秦之所有，犹连州累镇，郡国百城。臣子之于君父，尽心焉，尽力焉，死而后已，岂宜贰哉！"辅大悦，于是凭城固守。苌为土山地道，辅亦为之。或战山峰，苌众死者万有余人。辅乃诈降，苌将入，觉之，引众而退。辅驰出击之，斩获万计。至是，粮竭矢尽，外救不至，苌遣吏谓辅曰："吾方以义取天下，岂仇忠臣乎？卿但率见众男女还长安，吾须此城置镇。"辅以为然，率男女万五千口出城，苌围而坑之，男女无遗。初，石季龙末，清河崔悦为新平相，为郡人所杀。悦子液后仕坚，为尚书郎，自表父仇不同天地，请还冀州。坚愍之，禁锢新平人，缺其城角以耻之。新平酋望深以为惭，故相率距苌，以立忠义。

时有群乌数万，翔鸣于长安城上，其声甚悲，占者以为斗羽不终年，有甲兵入城之象。冲率众登城，坚身贯甲胄，督战距之，飞矢满身，血流被体。时虽兵寇危逼，冯翊诸堡壁犹有负粮冒难而至者，多为贼所杀。坚谓之曰："闻来者率不善达，诚是忠臣赴难之义。当今寇难殷繁，非一人之力所能济也。庶明灵有照，祸极灾返，善保诚顺，为国自爱，蓄粮厉甲，端听师期，不可徒丧无成，相随兽口。"三辅人为冲所略者[31]，咸遣使告坚，请放火以为内应。坚曰："哀诸卿忠诚之意也，何复已已。但时运圮丧[32]，恐无益于国，空使诸卿坐自夷灭，吾所不忍也。且吾精兵若兽，利器如霜，而衄于乌合疲钝之贼，岂非天也！宜善思之。"众固请曰："臣等不爱性命，投身为国，若上天有灵，单诚或冀一济，没无遗恨矣。"坚遣骑七百应之。而冲营放火者为风焰所烧，其能免者十有一二。坚深痛之，身为设祭而招之曰："有忠有灵，来就此庭。归汝先父，勿为妖形。"歔欷流涕，悲不自胜。众咸相谓曰："至尊慈恩如此，吾等有死无移。"冲毒暴关中，人皆流散，道路断绝，千里无烟。坚以甘松护军仇腾为冯翊太守，加辅国将军，与破虏将军蜀人兰犊慰勉冯翊诸县之众。众咸曰："与陛下同死共生，誓无有二。"

每夜有人周城大呼曰："杨定健儿应属我，宫殿台观应坐我，父子同出不共汝。"旦寻而不见人迹。城中有书曰《古符传贾录》，载"帝出五将久长得"。先是，又谣曰："坚入五将山长得。"坚大信之，告其太子宏曰："脱如此言[33]，天或导予。今留汝兼总戎政，勿与贼争利，朕当出陇收兵运粮以给汝。天其或者正训予也。”于是遣卫将军杨定击冲于城西，为冲所擒。坚弥惧，付宏以后事，将中山公诜、张夫人率骑数百出如五将，宣告州郡，期以孟冬救长安。宏寻将母妻宗室男女数千骑出奔，百僚逃散。慕容冲入据长安，纵兵大掠，死者不可胜计。

初，秦之未乱也，关中土然[34]，无火而烟气大起，方数十里中，月余不灭。坚每临听讼观，令百姓有怨者举烟于城北，观而录之。长安为之语曰：“欲得必存当举烟。”又为谣曰：“长鞘马鞭击左股，太岁南行当复虏。”秦人呼鲜卑为白虏。慕容垂之起于关东，岁在癸未。坚之分氐户于诸镇也，赵整因侍，援琴而歌曰：“阿得脂，阿得脂，博劳旧父是仇绥，尾长翼短不能飞，远徙种人留鲜卑，一旦缓急语阿谁！”坚笑而不纳。至是，整言验矣。

坚至五将山，姚苌遣将军吴忠围之。坚众奔散，独侍御十数人而已。神色自若，坐而待之，召宰人进食[35]。俄而忠至，执坚以归新平，幽之于别室。苌求传国玺于坚曰：“苌次膺符历，可以为惠。”坚瞋目叱之曰：“小羌乃敢干逼天子，岂以传国玺授汝羌也。图纬符命，何所依据？五胡次序，无汝羌名。违天不祥，其能久乎！玺已送晋，不可得也。”苌又遣尹纬说坚，求为尧舜禅代之事。坚责纬曰：“禅代者，圣贤之事。姚苌叛贼，奈何拟之古人！”坚既不许苌以禅代，骂而求死，苌乃缢坚于新平佛寺中，时年四十八。中山公诜及张夫人并自杀。是岁，太元十年也。

宏之奔也，归其南秦州刺史杨璧于下辩，璧距之，乃奔武都氐豪强熙，假道归顺，朝廷处宏于江州。宏历位辅国将军。桓玄篡位，以宏为梁州刺史。义熙初，以谋叛被诛。

初，坚强盛之时，国有童谣云：“河水清复清，苻诏死新城。”坚闻而恶之，每征伐，戒军候云[36]：“地有名新者避之。”时又童谣云：“阿坚连牵三十年，若后欲败当在江淮间。”坚在位二十七年，因寿春之败，其国大乱，后二年，竟死于新平佛寺，咸应谣言矣。丕僭号，伪追谥坚曰世祖宣昭皇帝。

王猛字景略，北海剧人也，家于魏郡。少贫贱，以鬻畚为业[37]。尝货畚于洛阳，乃有一人贵买其畚，而云无直，自言家去此无远，可随我取直。猛利其贵而从之，行不觉远，忽至深山，见一父老，须发皓然，踞胡床而坐，左右十许人，有一人引猛进拜之。父老曰：“王公何缘拜也！”乃十倍偿畚直[38]，遣人送之。猛既出，顾视，乃嵩高山也。

猛瑰姿俊伟，博学好兵书，谨重严毅，气度雄远，细事不干其虑，自不参其神契，略不与交通，是以浮华之士咸轻而笑之。猛悠然自得，不以屑怀。少游于邺都，时人罕能识也。惟徐统见而奇之，召为功曹。遁而不应，遂隐于华阴山。怀佐世之志，希龙颜之主，敛翼待时，候风云而后动。桓温入关，猛被褐而诣之，一面谈当世之事，扪虱而言[39]，旁若无人。温察而异之，问曰：“吾奉天子之命，率锐师十万，杖义讨逆，为百姓除残贼，而三秦豪杰未有至者何也？”猛曰：“公不远数千里，深入寇境，长安咫尺而不渡灞水，百姓未见公心故也，所以不至。”温默然无以酬之。温之将还，赐猛车马，拜高官督护，请与俱南。猛还山咨师，师曰：“卿与桓温岂并世哉！在此自可富贵，何为远乎！”猛乃止。

苻坚将有大志，闻猛名，遣吕婆楼招之，一见便若平生，语及废兴大事，异符同契，若玄德之遇孔明也。及坚僭位[40]，以猛为中书侍郎。时始平多枋头西归之人，豪右纵横，劫盗充斥，乃转猛为始平令。猛下车[41]，明法峻刑，澄察善恶，禁勒强豪。鞭杀一吏，百姓上书讼之，有司劾奏，槛车征下廷尉诏狱。坚亲问之，曰：“为政之体，德化为先，莅任未几而杀戮无数，何其酷也！”猛曰：“臣闻宰宁国以礼，治乱邦以法。陛下不以臣不才，任臣以剧邑[42]，谨为明君翦除凶猾。始杀一奸，余尚万数，若以臣不能穷残尽暴，肃清轨法者，敢不甘心鼎镬，以谢孤负。酷政之刑，臣实未敢受之。”坚谓群臣曰：“王景略固是夷吾、子产之俦也。”于是赦之。

迁尚书左丞、咸阳内史、京兆尹。未几，除吏部尚书、太子詹事，又迁尚书左仆射、辅国将军、司隶校尉，加骑都尉，居中宿卫。时猛年三十六，岁中五迁，权倾内外，宗戚旧臣皆害其宠。尚书仇腾、丞相长史席宝数谮毁之，坚大怒，黜腾为甘松护军，宝白衣领长史。尔后上下咸服，莫有敢言。顷之，迁尚书令、太子太傅，加散骑常侍。猛频表累让，坚竟不许。又转司徒、录尚书事，余如故。猛辞以无功，不拜。

后率诸军讨慕容暐，军禁严明，师无私犯。猛之未至邺也，劫盗公行，及猛之至，远近帖然[43]，燕人安之。军还，以功进封清河郡侯，赐以美妾五人，上女妓十二人，中妓三十八人，马百匹，车十乘。猛上疏固辞不受。

时既留镇冀州，坚遣猛于六州之内听以便宜从事[44]，简召英俊，以补关东守宰，授讫，言台除正。居数月，上疏曰："臣前所以朝闻夕拜，不顾艰虞者，正以方难未夷，军机权速，庶竭命戎行，甘驱驰之役，敷宣皇威，展筋骨之效，故僶俛从事，叨据负乘[45]，可谓恭命于济时，俟太平于今日。今圣德格于皇天，威灵被于八表，弘化已熙，六合清泰，窃敢披贡丹诚，请避贤路。设官分职，各有司存，岂应孤任愚臣，以速倾败！东夏之事，非臣区区所能康理，愿徙授亲贤，济臣颠坠。若以臣有鹰犬微勤，未忍捐弃者，乞待罪一州，效尽力命。徐方始宾，淮汝防重，六州处分，府选便宜，辄以悉停。督任弗可虚旷，深愿时降神规。"坚不许，遣其侍中梁谠诣邺喻旨，猛乃视事如前。

俄入为丞相、中书监、尚书令、太子太傅、司隶校尉，持节、常侍、将军、侯如故。稍加都督中外诸军事。猛表让久之。坚曰："卿昔螭蟠布衣[46]，朕龙潜弱冠，属世事纷纭，厉士之际，颠覆厥德。朕奇卿于暂见，拟卿为卧龙，卿亦异朕于一言，回《考槃》之雅志，岂不精契神交，千载之会！虽傅岩入梦，姜公悟兆，今古一时，亦不殊也。自卿辅政，几将二纪，内厘百揆，外荡群凶，天下向定，彝伦始叙[47]。朕且欲从容于上，望卿劳心于下，弘济之务，非卿而谁！"遂不许。其后数年，复授司徒。猛复上疏曰："臣闻乾象盈虚，惟后则之；位称以才，官非则旷。郑武翼周，仍世载咏；王叔昧宠，政替身亡，斯则成败之殷监，为臣之炯戒。窃惟鼎宰崇重，参路太阶，宜妙尽时贤，对扬休命。魏祖以文和为公，贻笑孙后；千秋一言致相，匈奴哂之[48]。臣何庸狷[49]，而应斯举！不但取嗤邻远，实令为虏轻秦。昔东野穷驭，颜子知其将弊。陛下不复料度臣之才力，私惧败亡是及。且上亏宪典，臣何颜处之！虽陛下私臣，其如天下何！愿回日月之鉴，矜臣后悔，使上无过授之谤，臣蒙覆焘之恩。"坚竟不从。猛乃受命。军国内外万机之务，事无巨细，莫不归之。

猛宰政公平，流放尸素[50]，拔幽滞，显贤才，外修兵革，内崇儒学，劝课农桑，教以廉耻，无罪而不刑，无才而不任，庶绩咸熙，百揆时叙。于是兵强国富，垂及升平，猛之力也。坚尝从容谓猛曰："卿夙夜匪懈，忧勤万机，若文王得太公，吾将优游以卒岁。"猛曰："不图陛下知臣之过，臣何足以拟古人！"坚曰："以吾观之，太公岂能过也。"常敕其太子宏、长乐公丕等曰："汝事王公，如事我也。"其见重如此。

广平麻思流寄关右，因母亡归葬，请还冀州。猛谓思曰："便可速装，是暮已符卿发遣。"及始出关，郡县已被符管摄。其令行禁整，事无留滞，皆此类也。性刚明清肃，于善恶尤分。微时一餐之惠，睚眦之忿[51]，靡不报焉，时论颇以此少之。

其年寝疾[52]，坚亲祈南北郊、宗庙、社稷，分遣侍臣祷河岳诸祀，靡不周备。猛疾未瘳[53]，乃大赦其境内殊死已下。猛疾甚，因上疏谢恩，并言时政，多所弘益。坚览之流涕，悲恸左右。及疾笃，坚亲临省病，问以后事。猛曰："晋虽僻陋吴越，乃正朔相承。亲仁善邻，国之宝也。臣没之后，愿不以晋为图。鲜卑、羌虏，我之仇也，终为人患，宜渐除之，以便社稷。"言终而死，时年五十一。坚哭之恸。比敛[54]，三临，谓太子宏曰："天不欲使吾平一六合邪？何夺吾景略之速也！"赠侍中，丞相余如故。给东园温明祕器[55]，帛三千匹，谷万石。谒者仆射监护丧事，葬礼一依汉大将军霍光故事。谥曰武侯。朝野巷哭三日。

苻融字博休，坚之季弟也。少而岐嶷夙成[56]，魁伟美姿度。健之世封安乐王，融上疏固辞，健深奇之，曰："且成吾儿箕山之操。"乃止。苻生爱其器貌，常侍左右，未弱冠便有台辅之望[57]。长而令誉弥高，为朝野所属。

坚僭号，拜侍中，寻除中军将军。融聪辩明慧，下笔成章，至于谈玄论道，虽道安无以出之。耳闻则诵，过目不忘，时人拟之王粲。尝著《浮图赋》，壮丽清赡，世咸珍之。未有升高不赋，临丧不诔[58]，朱彤、赵整等推其妙速。旅力雄勇，骑射击刺，百夫之敌也。铨综内外[59]，刑政修理，进才理滞，王景略之流也。尤善断狱，奸无所容，故为坚所委任。

后为司隶校尉。京兆人董丰游学三年而返，过宿妻家。是夜妻为贼所杀，妻兄疑丰杀之，送丰有司。丰不堪楚掠[60]，诬引杀妻。融察而疑之，问曰："汝行往还，颇有怪异及卜筮以不？"丰曰："初将发，夜梦乘马南渡水，返而北渡，复自北而南，马停水中，鞭策不去。俯而视之，见两日在于水下，马左白而湿，右黑而燥。寤而心悸，窃以为不祥。还之夜。复梦如初。问之筮者，筮者云：'忧狱讼，远三枕，避三沐。'既至，妻为具沐，夜授丰枕。丰记筮者之言，皆不从之。妻乃自沐，枕枕而寝。"融曰："吾知之矣。《周易·坎》为水，马为《离》，梦乘马南渡，旋北而南者，从《坎》之《离》。三爻同变，变而成《离》。《离》为中女，《坎》为中男。两日，二夫之象。《坎》为执法吏。吏诘其夫，妇人被流血而死。《坎》二阴一阳，《离》二阳一阴，相承易位。《离》下《坎》上，《既济》，文王遇之囚牖里，有礼而生，无礼而死。马左而湿，湿，水也，左水右马，冯字也。两日，昌字也。其冯昌杀之乎！"于是推检[61]，获昌而诘之，昌具首服，曰："本与其妻谋杀董丰，期以新沐枕枕为验，是以误中妇人。"在冀州，有老母遇劫于路，母扬声唱盗，行人为母逐之。既擒劫者，劫者返诬行人为盗。时日垂暮，母及路人莫知孰是，乃俱送之。融见而笑曰："此易知耳，可二人并走，先出凤阳门者非盗。"既而还入，融正色谓后出者曰："汝真是盗，何以诬人！"其发奸摘伏[62]，皆此类也。所在盗贼止息，路不拾遗。坚及朝臣雅皆叹服，州郡疑狱莫不折之于融[63]。融观色察形，无不尽其情状。虽镇关东，朝之大事靡不驰驿与融议之。

性至孝，初届冀州，遣使参问其母动止，或日有再三。坚以为烦，月听一使。后上疏请还侍养，坚遣使慰喻不许。久之，征拜侍中、中书监、都督中外诸军事、车骑大将军、司隶校尉、太子太傅、领宗正、录尚书事。俄转司徒，融苦让不受。

融为将善谋略，好施爱士，专方征伐，必有殊功。

坚既有意荆扬，时慕容垂、姚苌等常说坚以平吴封禅之事，坚谓江东可平，寝不暇旦。融每谏曰："知足不辱，知止不殆，穷兵极武，未有不亡。且国家，戎族也，正朔会不归人。江东虽不绝如綖[64]，然天之所相，终不可灭。"坚曰："帝王历数岂有常哉，惟德之所授耳！汝所以不如吾者，正病此不达变通大运。刘禅可非汉之遗祚，然终为中国之所并。吾将任汝以天下之事，奈何事事折吾，沮坏大谋！汝尚如此，况于众乎！"坚之将入寇也，融又切谏曰："陛下听信鲜卑、羌虏谄谀之言，采纳良家少年利口之说，臣恐非但无成，亦大事去矣。垂、苌皆我之仇敌，思闻风尘之变，冀因之以逞其凶德。少年等皆富足子弟，希关军旅，苟说佞谄之言，以会陛下之意，不足采也。"坚弗纳。及淮南之败，垂、苌之叛，坚悼恨弥深。

苻朗字元达，坚之从兄子也。性宏达，神气爽迈，幼怀远操，不屑时荣。坚尝目之曰："吾家千里驹也。"征拜镇东将军、青州刺史，封乐安男，不得已起而就官。及为方伯，有若素士，耽玩经籍，手不释卷，每谈虚语玄，不觉日之将夕；登涉山水，不知老之将至。在任甚有称绩。

后晋遣淮阴太守高素伐青州，朗遣使诣谢玄于彭城求降，玄表朗许之，诏加员外散骑侍郎。既至扬州，风流迈于一时，超然自得，志陵万物，所与悟言，不过一二人而已。骠骑长史王忱，江东之俊秀，闻而诣之，朗称疾不见。沙门释法汰问朗曰："见王吏部兄弟未?"朗曰："吏部为谁？非人面而狗心、狗面而人心兄弟者乎?"王忱丑而才慧，国宝美貌而才劣于弟，故朗云然。汰怅然自失。其忤物侮人，皆此类也。

谢安常设宴请之，朝士盈坐[65]，并机褥壶席。朗每事欲夸之，唾则令小儿跪而张口，既唾而含出，顷复如之，坐者以为不及之远也。又善识味，咸酢及肉皆别所由[66]。会稽王司马道子为朗设盛馔，极江左精肴。食讫，问曰："关中之食孰若此?"答曰："皆好，惟盐味小生耳。"既问宰夫，皆如其言。或人杀鸡以食之，既进，朗曰："此鸡栖恒半露[67]。"检之，皆验。又食鹅肉，知黑白之处。人不信，记而试之，无豪厘之差。时人咸以为知味。

后数年，王国宝谮而杀之。王忱将为荆州刺史，待杀朗而后发。临刑，志色自若，为诗曰："四大起何因？聚散无穷已。既过一生中，又入一死理。冥心乘和畅，未觉有终始。如何箕山夫，奄焉处东市！旷此百年期，远同嵇叔子。命也归自天，委化任冥纪。"著《苻子》数十篇行于世，亦《老》、《庄》之流也。

---

①倭：同"馁"。饥饿。

②牒：简札，古人在发明造纸前，书写用的小而薄的木片、竹片。版：古时写字用的木片。

③三元：术数家以六十甲子配九宫，必180年后度尽。以第一甲子为上元，第二甲子为中元，第三甲子为下元。

④传檄：以文书传布。

⑤酺：聚会饮酒。

⑥颡（sǎng，音嗓）：额，脑门。　军门：军营之门。古时行军树两旗为门。

⑦岱宗：泰山的别称。亦称岱宗，岱岳。

⑧旆（pèi，音沛）：旌旗。

⑨三仁诛放：微子去之，箕子为之奴，比干谏而死。孔子曰殷有三人焉。（见《论语》）

⑩斗牛：星宿名。二十八宿之一。

⑪暗：愚昧。

⑫畿甸：畿，国都四周的广大地区。又指京城所辖之地区。甸，上古时代国都城外百里以内称"郊"，郊外称"甸"。又泛指都城的郊外。

⑬风尘：戎马所至，如风驰而尘物，喻兵乱之象。

⑭端拱：见《武帝纪》注㉒。

⑮蒸庶：百姓。

⑯不庭：不来朝拜。

⑰元龟：大龟。古用于卜筮。

⑱羁縻：笼络。

⑲殄：见《石勒载记（上）》注⑪。

⑳若商风之陨秋箨：商风，西风。《楚辞》"商风肃而害生兮。"陨，坠落。箨（luò，音洛），草木脱落之皮叶。全句意为，如同西风扫落叶，苻坚形容灭晋易如反掌。

㉑八表：见《石勒载记（上）》注㉞。

㉒掎（jǐ，音椅）：牵制。

㉓勍（qíng，音情）：强，劲。

㉔飧（sūn，音孙）：熟食，饭食。　豚髀（tún bì，音屯壁）：猪腿。

㉕宗人：同宗之人。

㉖戆（zhuàng，音壮）：愚，刚直。

㉗曩（nǎng，音囊上声）：从前，过去的。

㉘蘧蒢：疑为籧篨之误。籧篨（qú chú，音渠除），古代指用竹或苇编织的粗席。籧，蘧麦，即瞿麦，是一种多年生的草本植物。蒢是一种苦菜。可能是形近而误。从原文的“椎芦作蘧蒢”（“椎芦”是指对芦锤打加工之意。）似也可得出原文有误的印象。又籧篨比喻看人颜色行事。

㉙首服：自首而服罪。原指冠，帽子。

㉚埳：同“坎”。陷阱。

㉛三辅：汉以京兆、左冯翊、右扶风为三辅。今陕西关中。

㉜圮（pǐ，音痞）：毁坏，坍塌。

㉝脱：或许，也许。如果，倘若。导：引导，启发。

㉞然：同“燃”。

㉟宰人：宰官。

㊱军候：行军中担负侦察敌情的官。

㊲畚（běn，音本）：用蒲草编织的盛物工具。

㊳直：价值。此处指钱。

㊴被褐：披着破旧的短衣。　扪虱：捉虱子。

㊵僭（jiàn，音建）：超越本分。此处指苻坚称帝。

㊶下车：官吏初到任。

㊷剧邑：剧，繁难。邑，封地。此处则可引申为委以重任。

㊸帖然：安定。

㊹便宜从事：不须清示，灵活处置。

㊺僶俛（mǐn miǎn，音敏免）：努力，勉力。　叨（tāo，音涛）：谦词，忝。

㊻螭蟠（chī pán，音吃盘）：螭：传说中一种没有角的龙。蟠：盘曲地伏着。此处喻王猛早年怀才不遇之状。

㊼厘：治。　揆：管理。《左传·文公十八年》：“以揆百事”，引申为宰相。　彝伦：伦常。

㊽哂（shěn，音审）：哂笑。

㊾狷（juàn，音眷）：洁身自好。

㊿尸素：尸位素餐。尸位：占有职位而不尽职守。素餐，吃闲饭。

51睚眦：怒目而视。引申为小的仇根。

52寝疾：见《贾充列传》注⑬。

53廖：见《谢安列传》注60。

54敛：装敛。殡殓之殓，经传皆作敛。为死者易衣曰小殓，入棺曰大殓。

55祕器：见《贾充列传》注⑱。

56嶷（nì，音匿）：幼时聪慧懂事。

57台辅：宰相。

58诔：见《谢安列传》注㉜。

59铨（quán，音全）：称量轻重。

60楚：打人的荆条。又可释为“打”。

61推：推勘，审查。

62发奸摘伏：摘奸发伏，揭发奸邪也。摘亦作擿（tī，音梯），意为揭发。

63折：驳斥，使对方屈服。

64綖（yán，音延）：冕上覆也。

65朝士：泛指京朝之官。

66酢：同“醋”。

67鸡栖：鸡所栖之处。

宋　书

（选录）

〔梁〕沈约　撰

武帝本纪上

高祖武皇帝讳裕[1]，字德舆，小名寄奴，彭城县绥舆里人，汉高帝弟楚元王交之后也。交生红懿侯富，富生宗正辟彊，辟彊生阳城缪侯德，德生阳城节侯安民，安民生阳城厘侯庆忌，庆忌生阳城肃侯岑，岑生宗正平，平生东武城令某，某生东莱太守景，景生明经洽，洽生博士弘，弘生琅邪都尉悝，悝生魏定襄太守某，某生邪城令亮，亮生晋北平太守膺，膺生相国掾熙，熙生开封令旭孙。旭孙生混，始过江，居晋陵郡丹徒县之京口里，官至武原令。混生东安太守靖，靖生郡功曹翘，是为皇考。高祖以晋哀帝兴宁元年岁次癸亥三月壬寅夜生。及长，身长七尺六寸，风骨奇特。家贫，有大志，不治廉隅[2]，事继母以孝谨称[3]。

初为冠军孙无终司马。安帝隆安三年十一月，妖贼孙恩作乱于会稽，晋朝卫将军谢琰、前将军刘牢之东讨。牢之请高祖参府军事。十二月，牢之至吴，而贼缘道屯结，牢之命高祖与数十人觇贼远近[4]。会遇贼至，众数千人，高祖便进与战。所将人多死，而战意方厉，手奋长刀，所杀伤甚众。牢之子敬宣疑高祖淹久[5]，恐为贼所困，乃轻骑寻之。既而众骑并至，贼乃奔退，斩获千余人，推锋而进，平山阴，恩遁还入海。

四年五月，恩复入会稽，杀卫将军谢琰。十一月，刘牢之复率众东征，恩退走。牢之屯上虞，使高祖戍句章城[6]。句章城既卑小，战士不盈数百人。高祖常被坚执锐[7]，为士卒先[8]，每战辄摧锋陷阵[9]，贼乃退还浃口。于时东伐诸帅，御军无律[10]，士卒暴掠，甚为百姓所苦。唯高祖法令明整，所至莫不亲赖焉。

五年春，孙恩频攻句章，高祖屡摧破之，恩复走入海。三月，恩北出海盐，高祖追而翼之[11]，筑城于海盐故治。贼日来攻城，城内兵力甚弱，高祖乃选敢死之士数百人，咸脱甲胄，执短兵，并鼓噪而出，贼震惧夺气，因其惧而奔之，并弃甲散走，斩其大帅姚盛。虽连战克胜，然众寡不敌，高祖独深虑之。一夜，偃旗匿众，若已遁者。明晨开门，使羸疾数人登城[12]。贼遥问刘裕所在。曰："夜已走矣。"贼信之，乃率众大上。高祖乘其懈怠，奋击，大破之。恩知城不可下，乃进向沪渎。高祖复弃城追之。海盐令鲍陋遣子嗣之以吴兵一千[13]，请为前驱。高祖曰："贼兵甚精，吴人不习战，若前驱失利，必败我军。可在后为声援。"不从。是夜，高祖多设伏兵，兼置旗鼓，然一处不过数人。明日，贼率众万余迎战。前驱既交，诸伏皆出，举旗鸣鼓。贼谓四面有军，乃退。嗣之追奔，为贼所没[14]。高祖且战且退，贼盛，所领死伤且尽。高祖虑不免，至向伏兵处，乃止，令左右脱取死人衣。贼谓当走反停，疑犹有伏。高祖因呼更战，气色甚猛，贼众以为然[15]，乃引军去。高祖徐归，然后散兵稍集。五月，孙恩破沪渎，杀吴国内史袁山松，死者四千人。是月，高祖复破贼于娄县。

六月，恩乘胜浮海，奄至丹徒[16]，战士十余万。刘牢之犹屯山阴，京邑震动。高祖倍道兼行[17]，与贼俱至。于时众力既寡，加以步远疲劳，而丹徒守军莫有斗志。恩率众数万，鼓噪登蒜山，居民皆荷担而立。高祖率所领奔击，大破之，投巘赴水死者甚众[18]。恩以彭排自载[19]，仅得还船。虽被摧破，犹恃其众力，径向京师。楼船高大，值风不得进，旬日乃至白石。寻知刘牢之已还，朝廷有备，遂走向郁州。八月，以高祖为建武将军、下邳太守，领水军追讨至郁州，复大破恩。恩南走。十一月，高祖追恩于沪渎，及海盐，又破之。三战并大获，俘馘以万数[20]。恩自是饥馑疾疫，死者太半，自浃口奔临海。

元兴元年正月，骠骑将军司马元显西伐荆州刺史桓玄，玄亦率荆楚大众，下讨元显。元显遣镇北将军刘牢之拒之，高祖参其军事。次溧洲[21]。玄至，高祖请击之，不许。将遣子敬宣诣玄请和。高祖与牢之甥东海何无忌并固谏，不从。遂遣敬宣诣玄。玄克京邑，杀元显，以牢之为会稽内史。惧而告高祖曰："便夺我兵，祸其至矣。今当北就高雅于广陵举事，卿能从我去乎?"答曰："将军以劲卒数万，望风降服。彼新得志，威震天下。三军人情，都已去矣，广陵岂可得至邪！裕当反服还京口耳。"牢之叛走自缢死。何无忌谓高祖曰："我将何之?"高祖曰："镇北去必不免，卿可随我还京口。桓玄必能守节北面，我当与卿事之；不然，与卿图之。今方是玄矫情任算之日[22]，必将用我辈也。"桓玄从兄修以抚军镇丹徒[23]，以高祖为中兵参军，军、郡如故。

孙恩自奔败之后，徒旅渐散，惧生见获，乃于临海投水死。余众推恩妹夫卢循为主。桓玄欲且缉宁东土，以循为永嘉太守。循虽受命，而寇暴不已。五月，玄复遣高祖东征。时循自临海入东阳。二年正月，玄复遣高祖破循于东阳。循奔永嘉。复追破之，斩其大帅张士道，追讨至于晋安。循浮海南走。六月，加高祖彭城内史。

桓玄为楚王，将谋篡盗。玄从兄卫将军谦屏人问高祖曰[24]："楚王勋德隆重，四海归怀。朝廷之情，咸谓宜有揖让[25]。卿意以为何如?"高祖既志欲图玄，乃逊辞答曰："楚王，宣武之子，勋德盖世。晋室微弱，民望久移，乘运禅代，有何不可。"谦喜曰："卿谓可尔，便当是真可尔。"十二月，桓玄篡帝位，迁天子于寻阳。桓修入朝，高祖从至京邑。玄见高祖，谓司徒王谧曰："昨见刘裕，风骨不恒[26]，盖人杰也。"每游集，辄引接殷勤，赠赐甚厚。高祖愈恶之。或说玄曰："刘裕龙行虎步，视瞻不凡。恐不为人下，宜蚤为其所。"玄曰："我方欲平荡中原，非刘裕莫可付以大事。关、陇平定，然后当别议之耳。"玄乃下诏曰："刘裕以寡制众，屡摧妖锋。泛海穷追，十殄其八[27]。诸将力战，多被重创。自元帅以下至于将士，并宜论赏，以叙勋烈。"

先是高祖东征卢循，何无忌随至山阴，劝于会稽举义。高祖以为玄未据极位，且会稽遥远，事济为难；俟其篡逆事著，徐于京口图之，不忧不克。至是桓修还京，高祖托以金创疾动，不堪步从，乃与无忌同船共还，建兴复之计。于是与弟道规、沛郡刘毅、平昌孟昶、任城魏咏之、高平檀凭之、琅邪诸葛长民、太原王元德、陇西辛扈兴、东莞童厚之，并同义谋。时桓修弟弘为征虏将军、青州刺史，镇广陵。道规为弘中兵参军，昶为州主簿。乃令毅潜往就昶，聚徒于江北，谋起兵杀弘。长民为豫州刺史刁逵左军府参军，谋据历阳相应。元德、厚之谋于京邑聚众攻玄，并克期齐发[28]。

三年二月己丑朔，乙卯，高祖托以游猎，与无忌等收集义徒。凡同谋何无忌、魏咏之、咏之弟欣之、顺之、檀凭之、凭之从子韶、韶弟祗、隆、道济、道济从兄范之、高祖弟道怜、刘毅、毅从弟藩、孟昶、昶族弟怀玉、河内向弥、管义之、陈留周安穆、临淮刘蔚、从弟珪之、东莞臧熹、从弟宝符、从子穆生、童茂宗、陈郡周道民、渔阳田演、谯国范清等二十七人；愿从者百余人。丙辰，诘旦[29]，城开，无忌服传诏服，称诏居前。义众驰入，齐声大呼，吏士惊散，莫敢动，即斩修以徇。高祖哭甚恸，厚加殡敛。孟昶劝弘其日出猎。未明开门，出猎人，昶、道规、毅等率壮士五六十人因开门直入。弘方啖粥[30]，即斩之，因收众济江。

义军初克京城，修司马刁弘率文武佐吏来赴。高祖登城谓之曰："郭江州已奉乘舆反正于寻阳，我等并被密诏，诛除逆党，同会今日。贼玄之首，已当枭于大航矣。诸君非大晋之臣乎，今来欲何为?"弘等信之，收众而退。毅既至，高祖命诛弘。

毅兄迈先在京师，事未发数日，高祖遣同谋周安穆报之，使为内应。迈外虽酬许，内甚震惧。安穆见其惶骇，虑事必泄，乃驰归。时玄以迈为竟陵太守，迈不知所为，便下船欲之郡。是夜，玄与迈书曰："北府人情云何？卿近见刘裕何所道？"迈谓玄已知其谋，晨起白之。玄惊惧，封迈为重安侯；既而嫌迈不执安穆，使得逃去，乃杀之。诛元德、扈兴、厚之等。召桓谦、卞范之等谋拒高祖。谦等曰："亟遣兵击之。"玄曰："不然。彼兵速锐，计出万死。若行遣水军，不足相抗，如有蹉跌，则彼气成而吾事败矣。不如屯大众于覆舟山以待之。彼空行二百里，无所措手，锐气已挫，既至，忽见大军，必惊惧骇愕。我案兵坚阵[31]，勿与交锋；彼求战不得，自然散走。此计之上也。"谦等固请，乃遣顿丘太守吴甫之、右卫将军皇甫敷北拒义军。

玄自闻军起，忧惧无复为计。或曰："刘裕等众力甚弱，岂办之有成，陛下何虑之甚。"玄曰："刘裕足为一世之雄；刘毅家无担石之储，摴蒲一掷百万[32]；何无忌，刘牢之甥，酷似其舅。共举大事，何谓无成。"

众推高祖为盟主，移檄京邑，曰：

"夫治乱相因[33]，理不常泰，狡焉肆虐，或值圣明。自我大晋，阳九屡构[34]，隆安以来，难结皇室，忠臣碎于虎口，贞良弊于豺狼。逆臣桓玄，陵虐人鬼，阻兵荆、郢，肆暴都邑。天未亡难，凶力繁兴，逾年之间，遂倾皇祚。主上播越[35]，流幸非所；神器沉沦，七庙毁坠。夏后之罹浞、豷，有汉之遭莽、卓，方之于玄，未足为喻。自玄篡逆，于今历年，亢旱弥时，民无生气。加以士庶疲于转输，文武困于造筑，父子乖离，室家分散。岂唯《大东》有杼轴之悲[36]，《摽梅》有倾筐之塈而已哉[37]。仰观天文，俯察人事，此而能久，孰有可亡。凡在有心，谁不扼腕[38]。裕等所以叩心泣血，不遑启处者也。是故夕寐宵兴，援奖忠烈，潜构崎岖，险过履虎。辅国将军刘毅、广武将军何无忌、镇北主簿孟昶、兖州主簿魏咏之、宁远将军刘道规、龙骧将军刘藩、振威将军檀凭之等，忠烈断金，精贯白日，荷戈奋袂，志在毕命。益州刺史毛璩，万里齐契，扫定荆楚。江州刺史郭昶之，奉迎主上，宫于寻阳。镇北参军王元德等，并率部曲，保据石头。扬武将军诸葛长民，收集义士，已据历阳。征虏参军庾赜之等，潜相连结，以为内应。同力协规，所在蜂起，即日斩伪徐州刺史安城王修、青州刺史弘首。义众既集，文武争先，咸谓不有一统，则事无以辑。裕辞不获已，遂总军要。庶上凭祖宗之灵，下罄义夫之力，剪馘逋逆，荡清京辇。

公侯诸君，或世树忠贞，或身荷爵宠，而并俯眉猾竖[39]，自效莫由，顾瞻周道，宁不吊乎！今日之举，良其会也。裕以虚薄，才非古人，势接于已践之机，受任于既颓之运。丹诚未宣，感慨愤跃，望霄汉以永怀，眄山川以增厉。授檄之日，神驰贼廷。"

以孟昶为长史，总摄后事；檀凭之为司马。百姓愿从者千余人。

三月戊午朔[40]，遇吴甫之于江乘。甫之，玄骁将也，其兵甚锐。高祖躬执长刀，大呼以冲之，众皆披靡，即斩甫之。进至罗落桥，皇甫敷率数千人逆战。宁远将军檀凭之与高祖各御一队，凭之战败见杀[41]，其众退散。高祖进战弥厉，前后奋击，应时摧破，即斩敷首。初高祖与何无忌等共建大谋，有善相者相高祖及无忌等并当大贵，其应甚近，惟云凭之无相。高祖与无忌密相谓曰："吾等既为同舟，理无偏异。吾徒咸皆富贵，则檀不应独殊。"深不解相者之言。至是而凭之战死，高祖知其事必捷。

玄闻敷等并没，愈惧。使桓谦屯东陵口，卞范之屯覆舟山西，众合二万。己未旦，义军食毕，弃其余粮，进至覆舟山东，使丐士张旗帜于山上，以为疑兵。玄又遣武骑将军庾祎之，配以精卒利器，助谦等。高祖躬先士卒以奔之，将士皆殊死战，无不一当百，呼声动天地。时东北风急，因命纵火，烟焰张天，鼓噪之音震京邑。谦等诸军，一时土崩。玄始虽遣军置阵，而走意已决，别使领军将军殷仲文具舟于石头，仍将子侄浮江南走。

庚申，高祖镇石头城，立留台官。焚桓温神主于宣阳门外，造晋新主，立于太庙。遣诸将帅追玄，尚书王嘏率百官奉迎乘舆。司徒王谧与众议推高祖领扬州，固辞。乃以谧为录尚书事，领扬州刺史。于是推高祖为使持节，都督扬、徐、兖、豫、青、冀、幽、并八州诸军事，领军将军，徐州刺史。

先是朝廷承晋氏乱政，百司纵弛。桓玄虽欲厘整，而众莫从之；高祖以身范物[42]，先以威禁内外，百官皆肃然奉职，二三日间，风俗顿改。且桓玄虽以雄豪见推[43]，而一朝便有极位，晋氏四方牧守及在朝大臣，尽心伏事，臣主之分定矣。高祖位微於朝，众无一旅，奋臂草莱之中，倡大义以复皇祚。由是王谧等诸人时失民望，莫不愧而惮焉[44]。

诸葛长民失期不得发，刁逵执送之，未至而玄败。

玄经寻阳，江州刺史郭昶之备乘舆法物资之。玄收略得二千余人[45]，挟天子走江陵。冠军将军刘毅、辅国将军何无忌、振武将军刘道规率诸军追讨。

尚书左仆射王愉、愉子荆州刺史绥等，江左冠族。绥少有重名，以高祖起自布衣，甚相凌忽[46]。绥，桓氏甥，亦有自疑之志。高祖悉诛之。

四月，奉武陵王遵为大将军，承制。大赦天下，唯桓玄一祖后不在赦例。

初高祖家贫，尝负刁逵社钱三万，经时无以还。逵执录甚严，王谧造逵见之，密以钱代还，由是得释。高祖名微位薄，盛流皆不与相知，唯谧交焉。桓玄将篡，谧手解安帝玺绂[47]，为玄佐命功臣。及义旗建，众并谓谧宜诛，唯高祖保持之。刘毅尝因朝会，问谧玺绂所在，谧益惧。及王愉父子诛，谧从弟谌谓谧曰："王驹无罪，而义旗诛之，此是剪除胜己，以绝民望。兄既桓氏党附，名位如此，欲求免得乎？"驹，愉小字也。谧惧，奔于曲阿。高祖笺白大将军，深相保谧，迎还复位。光禄勋卞承之、左卫将军褚粲、游击将军司马秀役使官人，为御史中丞王祯之所纠察，谢笺言辞怨愤。承之造司宜藏。高祖与大将军笺[48]，白"粲等备位大臣，所怀必尽。执宪不允，自应据理陈诉，而横兴怨忿，归咎有司。宜加裁当，以清风轨[49]。"并免官。

桓玄兄子歆，聚众向历阳，高祖命辅国将军诸葛长民击走之。无忌、道规破玄大将郭铨等于桑落洲，众军进据寻阳。加高祖都督江州诸军事。玄既还荆郢，大聚兵众，召水军造楼船、器械，率众二万，挟天子发江陵，浮江东下，与冠军将军刘毅等相遇于峥嵘洲，众军下击，大破之。玄弃众，复挟天子还复江陵。玄党殷仲文奉晋二皇后还京师。玄至江陵，因西走。南郡太守王腾之、荆州别驾王康产奉天子入南郡府。初征虏将军、益州刺史毛璩，遣从孙祐之与参军费恬送弟丧下，有众二百。璩弟子修之时为玄屯骑校尉，诱玄以入蜀。至枚回洲，恬与祐之迎射之。益州督护冯迁斩玄首，传京师。又斩玄子升于江陵市。

初玄败于峥嵘洲，义军以为大事已定，追蹑不速。玄死几一旬，众军犹不至。玄从子振逃于华容之涌中，招聚逆党数千人，晨袭江陵城，居民竞出赴之。腾之、康产皆被杀。桓谦先匿于沮川，亦聚众以应。振为玄举哀，立丧廷。谦率众官奉玺绶于安帝。无忌、道规既至江陵，与桓振战于灵溪。玄党冯该又设伏于杨林，义军奔败，退还寻阳。

兖州刺史辛禺怀贰。会北青州刺史刘该反，禺求征该，次淮阴，又反。禺长史羊穆之斩禺，传首京师。十月，高祖领青州刺史，甲仗百人入殿。

刘毅诸军复进至夏口。毅攻鲁城，道规攻偃月垒，皆拔之。十二月，诸军进平巴陵。

义熙元年正月，毅等至江津，破桓谦、桓振。江陵平，天子反正。三月，天子至自江陵。诏曰：

"古称大者天地，其次君臣，所以列贯三辰[50]，神人代序，谅理本于造昧，而运周于万叶。故盈否时袭，四灵通其变，王道或昧，贞贤拯其危，天命所以永固，人心所以攸穆[51]。虽夏、周中倾、赖靡、申之绩，莽、伦载窃，实二代是维[52]。或乘资藉号，或业隆异世，犹《诗》《书》以之休咏，记策用为美谈。未有因心抚民，而诚发理应，援神器于已沦，若在今之盛者也。

朕以寡昧，遭家不造，越自遘闵，属当屯极。逆臣桓玄，乘衅纵慝，穷凶恣虐，滔天猾夏。遂诬罔人神，肆其篡乱。祖宗之基既湮，七庙之飨胥殄[53]，若坠渊谷，未足斯譬。

皇度有晋，天纵英哲，使持节，都督扬、徐、兖、豫、青、冀、幽、并、江九州诸军事，镇军将军，徐、青二州刺史，忠诚天亮，神武命世，用能贞明协契，义夫响臻[54]。故顺声一唱[55]，二溟卷波，英风振路，宸居清翳[56]。暨冠军将军毅、辅国将军无忌、振武将军道规，舟旗遄迈[57]，而元凶传首，回戈叠挥，则荆、汉雾廓[58]。俾宣、元之祚，永固于嵩、岱，倾基重造，再集于朕躬。宗庙歆七百之祐[59]，皇基融载新之命。念功惟德，永言铭怀。固已道冠开辟，独绝终古，书契以来[60]，未之前闻矣。虽则功高靡尚，理至难文，而崇庸命德，哲王攸先者，将以弘道制治，深关盛衰。故伊、望膺殊命之锡，桓、文飨备物之礼，况宏征不世，顾邈百代者，宜极名器之隆[61]，以光大国之盛。而镇军谦虚自衷，诚旨屡显，朕重逆仲父[62]，乃所以愈彰德美也。镇军可进位侍中、车骑将军、都督中外诸军事，使持节、徐、青二州刺史如故。显祚大邦，启兹疆宇。”

高祖固让。加录尚书事，又不受，屡请归藩。天子不许，遣百僚敦劝，又亲幸公第。高祖惶惧诣阙陈请，天子不能夺。是月，旋镇丹徒。天子重遣大使敦劝，又不受。乃改授都督荆、司、梁、益、宁、雍、凉七州，并前十六州诸军事，本官如故。于是受命解青州，加领兖州刺史。

卢循浮海破广州，获刺史吴隐之。即以循为广州刺史，以其同党徐道覆为始兴相。

二年三月，督交、广二州。十月，高祖上言曰：“昔天祸皇室，巨狡纵篡，臣等义惟旧隶，豫蒙国恩，仰契信顺之符，俯厉人臣之愤，虽社稷之灵，抑亦事由众济。其翼奖忠勤之佐，文武毕力之士，敷执在己之谦，用亏国体之大。辄申摄众军先上，同谋起义，始平京口、广陵二城。臣及抚军将军毅等二百七十二人，并后赴义出都缘道大战，所余一千五百六十六人；又辅国将军长民、故给事中王元德等十人，合一千八百四十八人，乞正封赏。其西征众军，须论集续上。”于是尚书奏封唱义谋主镇军将军裕豫章郡公，食邑万户，赐绢三万匹。其余封赏各有差。镇军府佐吏，降故太傅谢安府一等。

十一月，天子重申前令，加高祖侍中，进号车骑将军、开府仪同三司。固让。诏遣百僚敦劝。

三年二月，高祖还京师，将诣廷尉，天子先诏狱官不得受，诣阙陈让[63]，乃见听。旋于丹徒[64]。

闰月，府将骆冰谋作乱，将被执，单骑走，追斩之。诛冰父永嘉太守球。球本东阳郡史，孙恩之乱，起义于长山，故见擢用[65]。初桓玄之败，以桓冲忠贞，署其孙胤。至是冰谋以胤为主，与东阳太守殷仲文潜相连结。乃诛仲文及仲文二弟。凡桓玄余党，至是皆诛夷。

天子遣兼太常葛籍授公策曰：“有扈滔天，夷羿乘衅，乱节干纪，实梲皇极。贼臣桓玄，怙宠肆逆，乃摧倾华、霍，倒拔嵩、岱。五岳既夷，六地易所。公命世英纵，藏器待时，因心资敬，誓雪国耻，慨愤陵夷，诚发宵寐。既而岁月屡迁，神器已远，忠孝幽寄，实贯三灵。尔乃介石胜机，宣契毕举，诉苍天以为正，挥义旅而一驱。奔锋数百，势烈激电，百万不能抗限，制路日直植城。遂使冲鲸溃流，暴鳞江汉，庙胜远加，重氛载涤，二仪廓清[66]，三光反照，事遂永代，功高开辟，理微称谓，义感朕心。若夫道为身济，犹縻厥爵，况乃诚德俱深，勋冠天人者乎。是用建兹邦国，永祚山河，言念载怀，匪云足报。往钦哉！俾屏余一人，长弼皇晋，流风垂祚，晖烈无穷。其降承嘉策，对扬朕命。”

十二月，司徒、录尚书、扬州刺史王谧薨。

四年正月，征公入辅，授侍中、车骑将军、开府仪同三司、扬州刺史、录尚书，徐、兖二州刺史如故。表解兖州。先是遣冠军刘敬宣伐蜀贼谯纵，无功而返。九月，以敬宣挫退，逊位，不许。乃降为中军将军，开府如故。

初伪燕王鲜卑慕容德僭号于青州，德死，兄子超袭位，前后屡为边患。五年二月，大掠淮北，执阳平太守刘千载、济南太守赵元，驱略千余家。三月，公抗表北讨，以丹阳尹孟昶监中军留府事。四月，舟师发京都，溯淮入泗。五月，至下邳，留船舰辎重，步军进琅邪。所过皆筑城留守。鲜卑梁父、莒城二戍并奔走。

慕容超闻王师将至，其大将公孙五楼说超："宜断据大岘，刈除粟苗，坚壁清野以待之。彼侨军无资，求战不得，旬月之间，折棰以笞之耳。"超不从，曰："彼远来疲劳，势不能久，但当引令过岘，我以铁骑践之，不忧不破也。岂有预芟苗稼，先自蹙弱邪[67]。"初公将行，议者以为贼闻大军远出，必不敢战，若不断大岘，当坚守广固，刈粟清野，以绝三军之资，非唯难以有功，将不能自反。公曰："我揣之熟矣。鲜卑贪，不及远计，进利克获，退惜粟苗。谓我孤军远入，不能持久，不过进据临朐，退守广固。我一得入岘，则人无退心，驱必死之众，向怀贰之虏，何忧不克。彼不能清野固守，为诸君保之。"公既入岘，举手指天曰："吾事济矣!"

六月，慕容超遣五楼及广宁王贺赖卢先据临朐城。既闻大军至，留羸老守广固，乃悉出。临朐有巨蔑水，去城四十里。超告五楼曰："急往据之，晋军得水，则难击也。"五楼驰进。龙骧将军孟龙符领骑居前，奔往争之，五楼乃退。

众军步进，有车四千两，分车为两翼，方轨徐行，车悉张幔，御者执矟[68]。又以轻骑为游军。军令严肃，行伍齐整。未及临朐数里，贼铁骑万余，前后交至。公命兖州刺史刘藩、弟并州刺史道怜、谘议参军刘敬宣、陶延寿、参军刘怀玉、慎仲道、索邈等，齐力击之。日向昃，公遣谘议参军檀韶直趋临朐。韶率建威将军向弥、参军胡藩驰往，即日陷城，斩其牙旗，悉虏超辎重。超闻临朐已拔，引众走。公亲鼓之，贼乃大奔。超遁还广固。获超马、伪辇、玉玺、豹尾等，送于京师。斩其大将段晖等十余人，其余斩获千计。

明日，大军进广固，即屠大城，超退保小城。于是设长围守之，围高三丈，外穿三重堑。停江、淮转输，馆谷于齐土。抚纳降附，华戎欢悦，援才授爵，因而任之。七月，诏加公北青、冀二州刺史。超大将垣遵、遵弟苗并率众归顺。公方治攻具，城上人曰："汝不得张纲，何能为也?"纲者，超伪尚书郎，其人有巧思。会超遣纲称藩于姚兴[69]，乞师请救。兴伪许之，而实惮公，不敢遣。纲从长安还，泰山太守申宣执送之。乃升纲于楼车，以示城内，城内莫不失色。于是使纲大治攻具。超求救不获，纲反见虏，转忧惧。乃请称藩，求割大岘为界，献马千匹。不听，围之转急。河北居民荷戈负粮至者，日以千数。

录事参军刘穆之，有经略才具，公以为谋主，动止必谘焉。时姚兴遣使告公云："慕容见与邻好，又以穷告急，今当遣铁骑十万，迳据洛阳。晋军若不退者，便当遣铁骑长驱而进。"公呼兴使答曰："语汝姚兴，我定燕之后，息甲三年，当平关、洛。今能自送，便可速来。"穆之闻有羌使，驰入，而公发遣已去。以兴所言并答，具语穆之。穆之尤公曰[70]："常日事无大小，必赐与谋之。此宜善详之，云何卒尔便答? 公所答兴言，未能威敌，正足怒彼耳。若燕未可拔，羌救奄至，不审何以待之[71]?"公笑曰："此是兵机，非卿所解，故不语耳。夫兵贵神速，彼若审能遣救，必畏我知，宁容先遣信命! 此是其见我伐燕，内已怀惧，自张之辞耳。"

九月，进公太尉、中书监。固让。

伪徐州刺史段宏先奔索虏，十月，自河北归顺。

张纲治攻具成，设诸奇巧，飞楼木幔之属，莫不毕备。城上火石弓矢，无所用之。六年二月丁亥，屠广固。超逾城走，征虏贼曹乔胥获之，杀其王公以下，纳口万余，马二千匹，送超京师，斩于建康市。

公之北伐也，徐道覆仍有窥阈之志[72]，劝卢循乘虚而出，循不从。道覆乃至番禺说循曰："本住岭外，岂以理极于此，正以刘公难与为敌故也。今方顿兵坚城之下，未有旋日。以此思归死士，掩袭何、刘之徒，如反掌耳。不乘此机而保一日之安，若平齐之后，小息甲养众，不过一二年间，必玺书征君。若刘公自率众至豫章，遣锐师过岭，虽复将军神武，恐必不能当也。今日之机，万不可失。既克都邑，倾其根本，刘公虽还，无能为也。"循从之，乃率众过岭。是月，寇南康、卢陵、豫章，诸郡守皆委任奔走。于时平齐问未至，即驰使征公。公之初克齐也，欲停镇下邳，清荡河、洛，既而被征使至，即日班师。

镇南将军何无忌与徐道覆战于豫章，败绩，无忌被害。内外震骇。朝廷欲奉乘舆北走就公，寻知贼定未至，人情小安。公至下邳，以船运辎重，自率精锐步归。至山阳，闻无忌被害，则虑京邑失守，乃卷甲兼行，与数十人至淮上，问行旅以朝廷消息。人曰："贼尚未至。刘公若还，便无所忧也。"公大喜，单船过江，迳至京口，众乃大安。四月癸未，公至京师，解严息甲[73]。

抚军将军刘毅抗表南征，公与毅书曰："吾往习击妖贼，晓其变态，新获奸利，其锋不可轻。宜须装严毕，与弟同举。"又遣毅从弟藩往止之。毅不从，舟师二万，发自姑孰。循之初下也，使道覆向寻阳，自寇湘中诸郡。荆州刺史道规遣军至长沙，为循所败。迳至巴陵，将向江陵。道覆闻毅上，驰使报循曰："毅兵众甚盛，成败事系之于此，宜并力摧之。若此克捷，天下无复事矣。根本既定，不忧上面不平也。"循即日发巴陵，与道覆连旗而下。别有八艚舰九枚，起四层，高十二丈。公以南藩覆没，表送章绶[74]。诏不听。五月，刘毅败绩于桑落洲，弃船步走，余众不得去者，皆为贼所擒。

初循至寻阳，闻公已还，不信也。既破毅，乃审凯入之问，并相视失色。循欲退还寻阳，进平江陵，据二州以抗朝廷。道覆谓宜乘胜径进，固争之。疑议多日，乃见从。

毅败问至，内外汹扰。于时北师始还，多创痍疾病。京师战士，不盈数千。贼既破江、豫二镇，战士十余万，舟车百里不绝。奔败还者，并声其雄盛。孟昶、诸葛长民惧寇渐逼，欲拥天子过江。公不听。昶固请不止。公曰："今重镇外倾，强寇内逼，人情危骇，莫有固志。若一旦迁动，便自瓦解土崩，江北亦岂可得至！设令得至，不过延日月耳。今兵士虽少，自足以一战。若其克济，则臣主同休[75]；苟厄运必至，我当以死卫社稷，横尸庙门，遂其由来以身许国之志，不能远窜于草间求活也。我计决矣，卿勿复言！"昶恐其不济，乃为表曰："臣裕北讨，众并不同，唯臣赞裕行计，致使强贼乘间，社稷危逼，臣之罪也。今谨引分以谢天下。"封表毕，乃仰药而死。

于是大开赏募，投身赴义者，一同登京城之科。发居民治石头城，建牙戒严[76]。时议者谓宜分兵守诸津要。公以为："贼众我寡，若分兵屯，则人测虚实。且一处失利，则沮三军之心。今聚众石头，随宜应赴，既令贼无以测多少，又于众力不分。若徒旅转集，徐更论之耳。"移屯石头，乃栅淮断查浦。既而群贼大至，公策之曰："贼若于新亭直进，其锋不可当，宜且回避。胜负之事，未可量也。若回泊西岸，此成擒耳。"

道覆欲自新亭、白石焚舟而上。循多疑少决，每欲以万全为虑。谓道覆曰："大军未至，孟昶便望风自裁，大势言之，自当计日溃乱。今决胜负于一朝，既非必定之道，且杀伤士卒，不如按兵待之。"公于时登石头城以望循军。初见引向新亭，公顾左右失色。既而回泊蔡洲。道覆犹欲上，循禁之。自是众军转集，修治越城，筑查浦、药园、廷尉三垒，皆守以实众。冠军将军刘敬宣屯北郊，辅国将军孟怀玉屯丹阳郡西，建武将军王仲德屯越城，广武将军刘怀默屯建阳门外。使宁朔将军索邈领鲜卑具装虎班突骑千余匹，皆被练五色，自淮北至于新亭。贼并聚观，咸畏惮之；然犹冀京邑及三吴有应之者。遣十余舰来拔石头栅，公命神弩射之，发辄摧陷，循乃止不复攻栅。设伏兵于南岸，使羸老悉乘舟舰向白石。公忧其从白石步上，乃率刘毅、诸葛长民北出拒之。留参军徐赤特戍南岸，命坚守勿动。公既去，贼焚查浦步上，赤特军战败，死没有百余人。赤特弃余众，单舸济淮。贼遂率数万屯丹阳郡。公率诸军驰归。众忧贼过，咸谓公当径还拒战。公先分军还石头，众莫之晓。解甲息士，洗浴饮食之，乃出列阵于南塘[77]。以赤特违处分，斩之。命参军褚叔度、朱龄石率劲勇千余人过淮。群贼数千，皆长刀矛铤，精甲曜日，奋跃争进。龄石所领多鲜卑，善步矟，并结陈以待之。贼短兵弗能抗，死伤者数百人，乃退走。会日莫[78]，众亦归。

刘毅之败，豫州主簿袁兴国反叛，据历阳以应贼。琅邪内史魏顺之遣将谢宝讨斩之。兴国司马袭宝，顺之不救而退，公怒斩之。顺之，咏之之弟也。于是功臣震慑，莫敢不用命。

六月，更授公太尉、中书监，加黄钺[79]。受黄钺，余固辞。以司马庚悦为建威将军、江州刺史，自东阳出豫章。

七月庚申，群贼自蔡州南走，还屯寻阳。遣辅国将军王仲德、广川太守刘钟、河间太守蒯恩追之。公还东府，大治水军，皆大舰重楼，高者十余丈。卢循遣其大将荀林寇江陵。桓谦先于江陵奔羌，又自羌入蜀，伪主谯纵以为荆州刺史。谦及谯道福率军二万，出寇江陵，适与林会，相去百余里。荆州刺史道规斩谦于枝江，破林于江津，追至竹町斩之。

初循之走也，公知其必寇江陵，登遣淮陵内史索邈领马军步道援荆州。又遣建威将军孙季高率众三千，自海道袭番禺。江州刺史庾悦至五亩峤，贼遣千余人据断峤道，悦前驱鄱阳太守虞丘进攻破之。公治兵大办。十月，率兖州刺史刘藩、宁朔将军檀韶等舟师南伐。以后将军刘毅监太尉留守府，后事皆委焉。

是月，徐道覆率众三万寇江陵。荆州刺史道规又大破之，斩首万余级，道覆走还盆口。初公之遣索邈也，邈在道为贼所断，道覆败后方达。自循东下，江陵断绝京邑之问，传者皆云已没。及邈至，方知循走。

循初自蔡洲南走，留其亲党范崇民五千人，高舰百余，戍南陵。王仲德等闻大军且至，乃进攻之。十一月，大破崇民军，焚其舟舰，收其散卒。

循广州守兵，不以海道为防。是月，建威将军孙季高乘海奄至，而城池峻整，兵犹数千。季高焚贼舟舰，悉力而上，四面攻之，即日屠其城。循父以轻舟奔始兴。季高抚其旧民，戮其亲党，勒兵谨守。初公之遣季高也，众咸以海道艰远[80]，必至为难；且分撤见力，二三非要。公不从。敕季高曰："大军十二月之交，必破妖虏。卿今时当至广州，倾其巢窟，令贼奔走之日，无所归投。"季高受命而行，如期克捷。

循方治兵旅舟舰，设诸攻备。公欲御以长算，乃屯军雷池。贼扬声不攻雷池，当乘流迳下。公知其欲战，且虑贼战败，或于京江入海，遣王仲德以水舰二百于吉阳下断之。十二月，循、道覆率众数万，方舰而下[81]，前后相抗，莫见舳舻之际。公悉出轻利斗舰，躬提幡鼓，命众军齐力击之。又上步骑于西岸。右军参军庾乐生乘舰不进，斩而徇之。于是众军并踊腾争先。军中多万钧神弩，所至莫不摧陷。公中流蹙之，因风水之势，贼舰悉泊西岸。岸上军先备火具，乃投火焚之，烟焰张天，贼众大败，追奔至夜乃归。循等还寻阳。初分遣步军，莫不疑怪，及烧贼舰，众乃悦服。召王仲德，请还为前驱，留辅国将军孟怀玉守雷池。循闻大军上，欲走向豫章，乃悉力栅断左里。大军至左里，将战，公所执麾竿折，折幡沉水。众并怪惧。公欢笑曰："往年覆舟之战，幡竿亦折，今者复然，贼必破矣。"即攻栅而进。循兵虽殊死战，弗能禁。诸军乘胜奔之，循单舸走。所杀及投水死，凡万余人。纳其降附，宥其逋略[82]。遣刘藩、孟怀玉轻军追之。循收散卒，尚有数千人，迳还广州。道覆还保始兴。公旋自左里。天子遣侍中、黄门劳师于行所[83]。

①讳：旧时对帝王或尊长不敢直称其名字，叫讳。也指所讳的名字，而称其名为“讳”。

②廉隅：喻人品行端方，有志节。

③称：著称，有名气。

④觇（chān，音搀）：窥视。

⑤淹：长久逗留。

⑥戍：（军队）防守。

⑦被坚执锐：身穿结实的铠甲，手拿锋利的武器。被，通“披”。

⑧为士卒先：做士兵的表率。

⑨辄：总是，就。

⑩御军无律：军队领导治军无方（无规则无约束）。

⑪翼之：展鸟翼式包围敌方。

⑫羸（léi，音雷）：瘦弱。

⑬以：带领。

⑭没（mò，音默）：通“殁”。死。

⑮以为然：认为是这样。即前文贼“疑刘裕犹有伏”，据贼观刘裕表现，确为有伏兵，所以“贼众以为然”。

⑯奄至：突然到来。

⑰倍道兼行：一日行两日路。

⑱巘（yǎn，音眼）：山顶。

⑲彭排：即盾牌。彭，通“旁”，旁排。

⑳馘（guó，音国）：古代战争中割掉敌人右耳计数献功。

㉑次：驻扎。

㉒矫情任算：故意违反常情，听凭自己利益打算谋划。

㉓从兄：堂兄。从（zòng，音纵），同宗，堂房。

㉔屏人：使闲杂人退开。屏（bǐng，音饼），退，使退开。

㉕揖让：拱手相让。此处为禅让。

㉖不恒：不平常，不一般。

㉗殄（tiǎn，音舔）：灭绝。

㉘克期：严格限定期限。

㉙诘旦：第二日早晨。

㉚啖粥：吃粥。

㉛案兵坚阵：按兵不动（不出击），坚守阵地。案，通“按”。

㉜摴蒲（chū pú，音初仆）：古代一种游戏，像后代的掷色子。

㉝相因：相承，相继，相连续。

㉞阳九屡构：屡遇灾荒之年或厄运。构，通“遘”，相遇。阳九，古代术数家说法，四千六百一十七岁为一元，初入元一百零六岁，内有旱灾九岁，称为“阳九”。古人因以指灾难之年或厄运。

㉟播越：流亡，流离失所。播，迁。越，逸，逃跑。

㊱杼轴：织布机的主要部件，此处喻指国家重臣。

㊲倾筐之塈：全部取走。塈（xì，音细），取。

㊳扼腕：感情激动时用力握持自己手腕，表愤慨之情。

㊴俛眉猾竖：俯首于坏人，即投降坏人，为坏人干事。竖，竖子，坏人。眉，借代头部，犹如“低眉”，即低头。

㊵朔：农历初一（每月初一）。

㊶见杀：被杀。

㊷以身范物：意以身作则。范物，为物之范。

㊸以雄豪见推：因雄豪而被推崇。

㊹惮（dàn，音旦）：怕，畏惧。

㊺略：大约，大致。

㊻凌忽：欺侮看不起。

㊼玺绂：帝王印。绂（fú，音福），系印之带。
㊽笺（jiān，音间）：信。
㊾以清风轨：使风轨清正。轨，法。
㊿三辰：日月星。
51攸穆：恭敬。攸，语助词，无义。
52二代是维：保全二代。维，保全。是，提前宾语的标志，不译。
53胥殄：齐毁。胥（xū，音须），齐，全。
54臻：达到（美好的境地）。
55顺声一唱：按形势需要而倡导。唱，通“倡”。
56宸居清翳：帝王身边一切不良因素一扫而光。宸居，帝王居住处，引申为王位、帝王的代称。翳（yì，音义），遮蔽。
57遄迈：往来频繁。
58雾廓：雾散云开，比喻写法。廓，开也。
59歆七百之祜：飨七百之福。歆（xīn，音新），谓祭祀时神灵先享其气。祜（hù，音户），福。
60书契：指文字。
61名器：名贵的器物，特指钟鼎。亦指名号及车服仪制。
62重逆仲父：重迎仲父。逆，迎。
63诣阙陈让：到皇帝处陈拒绝加封之情。阙，宫门前两边供了望的楼，泛指帝王住所。让，辞让。
64旋：返回。
65故见擢用：所以被提升录用。擢（zhuó，音浊），提拔。
66二仪：天地。
67蹙（cù，音促）：紧迫。
68矟（sāo，音骚）：矛。后文铤（chán，音婵），为古代一种铁把短矛。
69称藩：请求作属国。
70穆之尤公：穆之埋怨刘裕。尤，怨恨，归咎。
71不审：不知道。审，知道。
72窥觎（kuī yú，音窥余）：觊觎，即窥伺可乘之隙以实现非分之想。
73解严息甲：解除戒严状态，停止甲兵不战。
74表送章绶：写表章上奏，且送还章绶（因南藩才智覆没，刘裕自认有罪）。
75同休：同欢乐。休，欢乐，吉庆。
76建牙：古代出征建立军旗。
77列陈：列阵。陈，通“阵”。
78日莫：日暮，太阳落山。
79黄钺：以黄金为饰的斧。古代帝王专用，或赐给专主征伐的重臣。
80众咸以海道艰远：大家都认为从海上走又远又困难。以，认为。
81方舰而下：正乘舰顺流而下。
82宥其逋略：宽恕他们的逋略罪行。
83劳师：慰问军队将士。劳（lào，音涝），慰问。

武帝本纪中

七年正月己未，振旅于京师[①]。改授大将军、扬州牧，给班剑二十人，本官悉如故。固辞。凡南北征伐战亡者，并列上赙赠。尸丧未反，遣主帅迎接，致还本土。

二月，卢循至番禺，为孙季高所破，收余众南走。刘藩、孟怀玉斩徐道覆于始兴。

晋自中兴以来，治纲大弛，权门并兼，强弱相凌，百姓流离，不得保其产业。桓玄颇欲厘改[②]，竟不能行。公既作辅，大示轨则，豪强肃然，远近知禁。至是会稽、余姚、虞亮复藏匿亡命千余人。公诛亮，免会稽内史司马休之。

天子又申前命，公固辞。于是改授太尉、中书监，乃受命。奉送黄钺，解冀州。

交州刺史杜慧度斩卢循，传首京师。

先是诸州郡所遣秀才、孝廉，多非其人。公表天子，申明旧制，依旧策试。

征西将军、荆州刺史道规疾患求归，八年四月，改授豫州刺史，以后将军、豫州刺史刘毅代之。毅与公俱举大义，兴复晋室，自谓京城、广陵，功业足以相抗。虽权事推公，而心不服也。毅既有雄才大志，厚自矜许，朝士素望者多归之。与尚书仆射谢混、丹阳尹郗僧施并深相结。及西镇江陵，豫州旧府，多割以自随，请僧施为南蛮校尉。既知毅不能居下，终为异端，密图之。毅至西，称疾笃，表求从弟兖州刺史藩以为副贰，伪许焉。九月，藩入朝，公命收藩及谢混，并于狱赐死。自表讨毅。又假黄钺[③]，率诸军西征。以前镇军将军司马休之为平西将军、荆州刺史，兖州刺史道怜镇丹徒，豫州刺史诸葛长民监太尉留府事，加太尉司马、丹阳尹刘穆之建威将军，配以实力。壬午，发自京师。遣参军王镇恶、龙骧将军蒯恩前袭江陵。十月，镇恶克江陵，毅及党与皆伏诛。

十一月己卯，公至江陵，下书曰：

“夫去弊拯民，必存简恕，舍网修纲，虽烦易理。江、荆凋残，刑政多阙，顷年事故，绥抚未周。遂令百姓疲匮，岁月滋甚，财伤役困，虑不幸生。凋残之余，而不减旧，刻剥征求，不循政道。宰莅之司，或非良干，未能菲躬俭，苟求盈给，积习生常，渐不知改。

近因戎役，来涉二州。践境亲民，愈见其瘼[④]，思欲振其所急，恤其所苦。凡租税调役，悉宜以见户为正。州郡县屯田池塞，诸非军国所资，利入守宰者，今一切除之。州郡县吏，皆依尚书定制实户置。台调癸卯梓材，庚子皮毛，可悉停省，别量所出。巴陵均折度支，依旧兵运。原五岁刑已下。凡所质录贼家余口，亦悉原放。”

以荆州十郡为湘州，公乃进督。以西阳太守朱龄石为益州刺史，率众伐蜀。进公太傅、扬州牧，加羽葆、鼓吹[⑤]、班剑二十人。

九年二月乙丑，公至自江陵。初诸葛长民贪淫骄横，为士民所患苦，公以其同大义，优容之。刘毅既诛，长民谓所亲曰：“昔年醢彭越，今年诛韩信，祸其至矣。”将谋作乱。公克期至京邑，而每淹留不进。公卿以下频日奉候于新亭，长民亦骤出。既而公轻舟密至，已还东府矣。长民到门。引前，却人闲语[⑥]，凡平生于长民所不尽者，皆与及之。长民甚说。已密命左右壮士丁旿等自幔后出，于坐拉焉。长民坠床，又于地殴之，死于床侧。舆尸付廷尉。并诛其弟黎民。旿骁勇有气力，时人为之语曰：“勿跋扈，付丁旿。”

先是山湖川泽，皆为豪强所专，小民薪采渔钓，皆责税直，至是禁断之。时民居未一，公表曰：

“臣闻先王制治，九土攸序[⑦]，分境画疆，各安其居。在昔盛世，人无迁业，故井田之制，三代以隆。秦革斯政，汉遂不改，富强兼并，于是为弊。然九服弗扰，所托成旧，在汉西京，大迁田、景之族，以实关中，即以三辅为乡闾，不复系之于齐、楚。自永嘉播越，爰托淮、海，朝有匡复之算，民怀思本之心，经略之图[⑧]，日不暇给。是以宁民绥治，犹有未遑。及至大司马桓温，以民无定本，伤治为深，庚戌土断，以一其业。于时财阜国丰，实由于此。自兹迄今，弥历年载，画一之制，渐用颓弛。杂居流寓，闾伍弗修，王化所以未纯，民瘼所以犹在。

臣荷重任，耻责实深，自非改调解张，无以济治。夫人情滞常，难与虑始，所谓父母之邦以为桑梓者[⑨]，诚以生焉终焉，敬爱所托耳。今所居累世，坟垄成行，敬恭之诚，岂不与事而至。请准庚戌土断之科[⑩]，庶子本所弘，稍与事著。然后率之以仁义，鼓之以威武，超大江而跨黄河，抚九州而复旧土，则恋本之志，乃速申于当年，在始暂勤，要终所以能易。

伏惟陛下，垂矜万民，怜其所失，永怀《鸿雁》之诗[⑪]，思隆中兴之业。既委臣以国重，期臣以宁济，若所启合允，请付外施行。”

于是依界土断，唯徐、兖、青三州居晋陵者，不在断例。诸流寓郡县，多被并省。

以公领镇西将军、豫州刺史。公固让太傅、州牧及班剑，奉还黄钺。

七月，朱龄石平蜀，斩伪蜀王谯纵，传首京师。

九月，封公次子义真为桂阳县公，以赏平齐及定卢循也。天子重申前命，授公太傅、扬州牧，加羽葆、鼓吹、班剑二十人。将吏百余敦劝，乃受羽葆、鼓吹、班剑，余固辞。

十年，息民简役。筑东府，起府舍。

平西将军、荆州刺史司马休之，宗室之重，又得江汉人心，公疑其有异志，而休之兄子谯王文思在京师，招集轻侠，公执文思送还休之，令自为其所。休之表废文思，并与公书陈谢。十一年正月，公收休之子文宝、兄子文祖，并于狱赐死，率众军西讨。复加黄钺，领荆州刺史。辛巳，发京师，以中军将军道怜监留府事。休之上表自陈曰：

“臣闻运不常一，治乱代有，阳九既谢，圮终则泰[⑫]。昔篡臣肆逆，皇纲绝纽，卜世未改，鼎祚再隆。太尉臣裕威武明断，首建义旗，除荡元凶，皇居反正。布衣匹夫，匡复社稷，南剿卢循，北定广固，千载以来，功无与等。由是四海归美，朝野推崇。既位穷台牧，权倾人主，不能以道处功，恃宠骄溢。自以酬赏既极，便情在无上，刑戮逆滥，政用暴苛。问鼎之迹日彰[⑬]，人臣之礼顿缺。陛下四时膳御，触事县空[⑭]，宫省供奉，十不一在。皇后寝疾之际，汤药不周，手与家书，多所求告。皆是朝士共所闻见，莫不伤怀愤叹，口不敢言。前扬州刺史元显第五息法兴，桓玄之衅，逃远于外，王路既开，始得归本。太傅之胤[⑮]，绝而复兴，凡在有怀，谁不感庆。裕吞噬之心，不避轻重，以法兴聪敏明慧，必为民望所归，芳兰既茂，内怀憎恶，乃妄扇异言，无罪即戮。大司马臣德文及王妃公主，情计切逼，并狼狈请命。逆肆祸毒，誓不矜许，冤酷之痛，感动行路。自以地卑位重，荷恩崇大，乃以庶孽与德文嫡婚，致兹非偶，实由威逼。故卫将军刘毅、右将军刘藩、前将军诸葛长民、尚书仆射谢混、南蛮校尉郗僧施，或盛勋德胤，令望在身，皆社稷辅弼，协赞所寄，无罪无辜，一旦夷灭。猜忍之性，终古所希。

臣自惟门户衰破，赖之获存，皇家所重，终古难匹。是以公私归冯，事尽祗顺。再授荆州，辄苦陈告，自以才弱位隆，不宜久荷分陕，屡求解任，必不见听。前经携侍老母，半家俱西，凡诸子侄，悉留京辇。臣兄子谯王文思，虽年少常人，粗免咎悔，性好交游，未知防远，群丑交构，为其风声。裕遂翦戮人士，远送文思。臣顺其此旨，表送章节，请废文思，改袭大宗，遣息文宝送女东归。自谓推诚奉顺，理不过此。岂意裕苞藏祸心，遂见讨伐，加恶文思，构生罪衅。群小之言，远近噂𠴲[16]，而臣纯愚，暗信必谓不然。寻臣府司马张茂度狼狈东归，南平太守檀范之复以此月三日委郡叛逆，寻有审问，东军已上。裕今此举，非有怨憎，正以臣王室之干，位居藩岳。时贤既尽，唯臣独存，规以翦灭，成其篡杀。镇北将军臣宗之、青州刺史臣敬宣，并是裕所深忌惮，欲以次除荡，然后倾移天日，于事可易。

今荆、雍义徒，不召而集，子来之众，其会如林。岂臣无德所能绥致，盖七庙之灵，理贯幽显。辄授文思振武将军、南郡太守。宗之子竟陵太守鲁轨进号辅国将军。臣今与宗之亲御大众，出据江津，案甲抗威，随宜应赴。今绛旗所指，唯裕兄弟父子而已。须克荡寇逆，寻续驰闻。由臣轻弱，致裕凌横，上惭俯愧，无以厝颜。"

休之府录事参军韩延之，故吏也，有干用才能。公未至江陵，密使与之书曰："文思事源，远近所知，去秋遣康之送还司马君者，推至公之极也。而了不逊愧，又无表疏。文思经正不反，此是天地之不容。吾受命西讨，止其父子而已。彼土侨旧，为所驱逼，一无所问。往年郗僧施、谢邵、任集之等，交构积岁，专为刘毅谋主，所以至此。卿等诸人，一时逼迫，本无纤衅[17]。吾处怀期物，自有由来。今在近路，正是诸人归身之日。若大军登道，交锋接刃，兰艾吾诚不分。故具示意，并示同怀诸人。"延之报曰：

"承亲率戎马，远履西畿，阖境士庶，莫不恇骇。何者？莫知师出之名故也。今辱来疏，始知以谯王前事，良增叹息。司马平西体国忠贞，款爱待物，当于古人中求耳。以君公有匡复之勋，家国蒙赖，推德委诚，每事询仰。谯王往以微事见劾[18]，犹自表逊位；况以大过而当默然邪。但康之前言有所不尽，故重使胡道谘白所怀。道未及反，已奏表废之，所不尽者命耳。推寄相与之怀，正当如此。有何不可，便兴兵戈？自义旗秉权以来，四方方伯，谁敢不先相谘畴[19]，而迳表天子邪。谯王为宰相所责，又表废之，经正何归，表使何因？可谓'欲加之罪，其无辞乎'！

刘裕足下，海内之人，谁不见足下此心，而复欲欺诳国士！天地所不容，在彼不在此矣。来示言'处怀期物，自有由来'。今伐人之君，啖人以利，真可谓'处怀期物，自有由来'者矣。刘藩死于阊阖之内，诸葛毙于左右之手，甘言诧方伯，袭之以轻兵，遂使席上靡款怀之士[20]，阃外无自信诸侯，以是为得算，良可耻也。贵府将佐及朝廷贤德，寄性命以过日[21]，心企太平久矣。吾诚鄙劣，尝闻道于君子。以平西之至德，宁可无授命之臣乎！未能自投虎口，比迹郗、任之徒明矣。假令天长丧乱，九流浑浊，当与臧洪游于地下，不复多言。"

公视书叹息，以示诸佐曰："事人当如此。"

三月，军次江陵。初雍州刺史鲁宗之常虑不为公所容，与休之相结，至是率其子竟陵太守轨会于江陵。江夏太守刘虔之邀之，军败见杀。公命彭城内史徐逵之、参军王允之出江夏口，复为轨所败，并没。时公军泊马头，即日率众军济江，躬督诸将登岸，莫不奋踊争先。休之众溃，与轨等奔襄阳，江陵平。加领南蛮校尉。

将拜，值四废日，佐史郑鲜之、褚叔度、王弘、傅亮白迁日，不许。下书曰："此州积弊，事故相仍[22]，民疲田芜，杼轴空匮。加以旧章乖昧[23]，事役频苦，童耄夺养[24]，老稚服戎，空户从役，或越绋应召。每永怀民瘼，宵分忘寝，诚宜蠲除苛政，弘兹简惠。庶令凋风弊政，与事而新，宁一之化，成于期月[25]。荆、雍二州，西局、蛮府吏及军人年十二以还；六十以上，及扶养孤幼，单丁大艰，悉仰遣之。穷独不能存者，给其长赈。府州久勤将吏，依劳铨序[26]。并除今年租税。"

四月，公复率众进讨，至襄阳，休之奔羌。天子复重申前命，授太傅、扬州牧，剑履上殿，入朝不趋，赞拜不名[27]，加前部羽葆、鼓吹，置左右长史、司马、从事中郎四人。封公第三子义隆为北彭城县公。以中军将军道怜为荆州刺史。

八月甲子，公至自江陵，奉还黄钺，固辞太傅、州牧、前部羽葆、鼓吹，其余受命。朝议以公道尊勋重，不宜复施护军，既加殊礼，奏事不复称名。以世子为兖州刺吏。

十二年正月，诏公依旧辟士[28]。加领平北将军、兖州刺史。增都督南秦，凡二十二州。公以平北文武寡少，不宜别置。于是罢平北府，以并大府。以世子为豫州刺史。三月，加公中外大都督。

初公平齐，仍有定关、洛之意，值卢循侵逼，故其事不谐。荆、雍既平，方谋外略。会羌主姚兴死，子泓立，兄弟相杀，关中扰乱，公乃戒严北讨。加领征西将军、司豫二州刺史。以世子为徐、兖二州刺史。下书曰："吾倡大义，首自本州，克复皇祚，遂建勋烈。外夷勍敌，内清奸轨，皆邦人州党竭诚尽力之效也。情若风霜，义贯金石[29]。今当奉辞西旆，有事关、河，弱嗣叨蒙，复忝今授[30]，情事缠绵，可谓深矣。顷军国务殷，刑辟未息，眷言怀之，能不多叹。其犯罪系五岁以还，可一原遣。文武劳满未蒙荣转者，便随班序报。"

公受中外都督及司州，并辞大司马琅邪王礼敬，朝议从之。公欲以义声怀远[31]，奉琅邪王北伐。五月，羌伪黄门侍郎尹冲率兄弟归顺。又加公北雍州刺史，前部羽葆、鼓吹，增班剑为四十人。解中书监。八月丁巳，率大众发京师。以世子为中军将军，监太尉留府事。尚书右仆射刘穆之为左仆射，领监军、中军二府军司，入居东府，总摄内外。九月，公次于彭城，加领徐州刺史。

先是遣冠军将军檀道济、龙骧将军王镇恶步向许、洛，羌缘道屯守，皆望风降服。伪兖州刺史韦华先据仓垣，亦率众归顺。公又遣北兖州刺史王仲德先以水军入河。仲德破索虏于东郡凉城，进平滑台。十月，众军至洛阳，围金墉。泓弟伪平南将军洸请降，送于京师。修复晋五陵，置守卫。

天子诏曰：

"夫嵩、岱配极，则乾道增辉，藩岳作屏，则帝王成务。是以夏、殷资昆、彭之伯，有周倚齐、晋之辅。鉴诸前典，仪刑万代，翼治扶危，靡不由此。

太尉公命世天纵，齐圣广渊，明烛四方，道光宇宙[32]。爰自□□初迪，则投勤王国，妖蛰孔炽，则功存社稷。固以四维是荷，万邦攸赖者矣。暨桓玄僭逆，倾荡四海，公深秉大节，灵武霆震，弘济朕躬，再造王室，每惟勋德，铭于厥心。遂北清海、岱，南夷百越，荆、雍稽服[33]，庸、岷顺轨，克黜方难，式遏寇虐。及阿衡王猷，班序内外，仰兴绝风，傍嗣逸业。秉礼以整俗，遵王以垂训，声教远被，无思不洽。爰暨木居海处之酋，被发凋题之长，莫不忘其陋险，九译来庭[34]，此盖播诸徽策，靡究其详者也。曩者永嘉不纲，诸夏幅裂，终古帝居，沦胥戎虏，永言园陵，率土同慕。公明发遐慨，抚机电征，亲董侯伯，棱威致讨。旗旝首涂[35]，则八表响震；偏师先路，则多垒云彻。旧都载清，五陵复礼，百城屈膝，千落影从。自篇籍所载，生民以来，勋德懋功，未有若此之盛者也。

昔周、吕佐睿圣之主，因三分之形，把旄仗钺，一时指麾，皆大启疆宇，跨州兼国。其在桓、文，方兹尤俭，然亦显被宠章，光锡殊品。况乃独绝百代，顾邈前烈者哉[36]！朕每弘鉴古训，思遵令图。以公深秉冲挹，用阙大礼　天人引领，于兹历载。况今禹迹齐轨，九隩同文，司勋抗策，普天增伫。遂公高挹，大愆国章，三灵眷属，朕实祗惧。便宜显答群望，允崇盛典。其进位相国，总百揆，扬州牧，封十郡为宋公，备九锡之礼[37]，加玺绶、远游冠，位在诸侯王上，加相国绿綟绶。"

策曰：

"朕以寡昧，仰赞洪基，夷羿乘衅，荡覆王室，越在南鄙，迁于九江。宗祀绝飨，人神无位，提挈群凶，寄命江浒。则我祖宗之业，奄坠于地，七百之祚，翦焉既倾，若涉渊海，罔知攸济。天未绝晋，诞育英辅，振厥弛维，再造区宇，兴亡继绝，俾昏作明[38]。元勋至德，朕实赖焉。今将授公典策，其敬听朕命：

乃者桓玄肆僭，滔天泯夏，拔本塞源，颠倒六位，庶僚俯眉，四方莫恤。公精贯朝日，气凌霄汉，奋其灵武，大歼群慝，克复皇邑，奉帝歆神。此公之大节，始于勤王者也。授律群后，溯流长骛，薄伐峥嵘，献捷南郢，大憝折首，群逆毕夷，三光旋采，旧物反正。此又公之功也。出藩入辅，弘兹保弼，阜财利用，繁殖生民，编户岁滋，疆宇日启，导德明刑，四境有截。此又公之功也。鲜卑负众，僭盗三齐，狼噬冀、青，虔刘沂、岱，介恃遐阻，仍为边毒。公搜乘秣驷，夐入远疆，冲橹四临，万雉俱溃，窃号之虏，显戮司寇，拓土三千，申威龙漠。此又公之功也。卢循妖凶，伺隙五岭，乘虚肆逆，侵覆江、豫，旍拂寰内，矢及王城，朝野丧沮，莫有固志，家献徙卜之计，国议迁都之规。公乘辕南济，义形于色，嶷然内湛，视崄若夷，摅略运奇，英谟不世，狡寇穷衄，丧旗宵遁，俾我畿甸，拯于将坠。此又公之功也。追奔逐北，扬旍江渍，偏旅浮海，指日遄至。番禺之功，俘级万数，左里之捷，鱼溃鸟散。元凶远迸，传首万里，海南肃清，荒服来款[39]。此又公之功也。刘毅叛换，负衅西夏，凌上罔主，志肆奸暴，附丽协党，扇荡王畿。公御轨以刑，消之不日，仓兕电溯，神兵风扫，罪人斯得，荆、衡清晏。此又公之功也。谯纵怙乱，寇窃一隅，王化阻阂，三巴沦溺。公指命偏师，授以良图，凌波浮湍，致届井络，僭竖伏锧[40]，梁、岷草偃。此又公之功也。马休、鲁宗，阻兵内侮，驱率二方，连旗称乱。公投袂星言，研其上略，江津之师，势逾风电，回旆沔川，实繁震慑，二叛奔迸，荆、雍来苏，玄泽浸育，温风潜被。此又公之功也。永嘉不竞，四夷擅华，五都幅裂，山陵幽辱，祖宗怀没世之愤，遗氓有匪风之思。公远齐伊宰纳隍之仁，近同小白灭亡之耻，鞠旅陈师，赫然大号，分命群帅，北徇司、兖。许、郑风靡，巩、洛载清，伪牧逆藩，交臂请罪，百年榛秽[41]，一朝扫涤。此又公之功也。

公有康宇内之勋，重之以明德。爰初发迹，则奇谟冠古，电击强妖，则锋无前对，聿宁东畿，大造黔首。若乃草昧经纶，化融于岁计，扶危静乱，道固于苞桑。辩方正位，纳之轨度，蠲削烦苛，较若画一，淳风美化，盈塞宇宙。是以绝域献琛[42]，遐夷纳贡，王略所宣，九服率从。虽文命之东渐西被，咎繇之迈于种德，何以尚兹。朕闻先王之宰世也，庸勋尊贤，建侯胙土，褒以宠章，崇其徽物，所以协辅皇家，永隆藩屏。故曲阜光启，遂荒徐宅，营丘表海，四履有闻。其在襄王，亦赖匡霸，又命晋文，备物光锡。惟公道冠前烈，勋高振古，而殊典未加，朕甚懵焉。今进授相国，以徐州之彭城沛兰陵下邳淮阳山阳广陵、兖州之高平鲁泰山十郡，封公为宋公。锡兹玄土，苴以白茅，爰定尔居，用建冢社[43]。昔晋、郑启藩，入作乡士，周、邵保傅，出总二南，内外之重，公实兼之。今命使持节，兼太尉、尚书左仆射、晋宁县五等男湛授相国印绶，宋公玺绂；使持节、兼司空、散骑常侍、尚书、阳遂乡侯泰授宋公茅土，金虎符第一至第五左，竹使符第一至第十左。相国位无不总，礼绝朝班，居常之名，宜与事革。其以相国总百揆，去'录尚书'之号。上送所假节、侍中貂蝉、中外都督太傅太尉印绶，豫章公印策。进扬州牧，领征西将军、司豫北徐雍四州刺史如故。

公纪纲礼度，万国是式，乘介蹈方，罔有迁志。是以赐公大辂、戎辂各一，玄牡二驷。公抑末敦本[44]，务农重积，采蘩实殷，稼穑惟阜。是用锡公衮冕之服，赤舄副焉。公闲邪纳正，移风改俗，陶钧品物，如乐之和。是用锡公轩县之乐，六佾之舞[45]。公宣美王化，导扬休风，华夷企踵，远人胥萃。是用锡公朱户以居。公官方任能，网罗幽滞，九皋辞野，髦士盈朝。是用锡公纳陛以登。公当轴处中，率下以义，式遏寇雠，清除苛慝。是用锡公虎贲之士三百人。公明罚恤刑，庶狱详允，放命干纪[46]，罔有攸纵。是用锡公铁、钺各一。公龙骧凤矫，咫尺八纮[47]，括囊四海，折冲无外。是用锡公彤弓一，彤矢百，卢弓十，卢矢千。公温恭孝思，致虔禋祀，忠肃之志，仪刑万方。是用锡公秬鬯一卣[48]，圭瓒副焉。宋国置丞相以下，一遵旧仪。钦哉！其祇服往命，茂对天休[49]，简恤庶邦，敬敷显德，以终我高祖之嘉命。"

置宋国侍中、黄门侍郎、尚书左丞、郎，随大使奉迎。

枹罕虏乞佛炽槃遣使诣公求效力讨羌，拜平西将军、河南公。

十三年正月，公以舟师进讨，留彭城公义隆镇彭城。军次留城，经张良庙，令曰："夫盛德不泯，义在祀典，微管之叹，抚事弥深。张子房道亚黄中，照邻殆庶，风云玄感，蔚为帝师，大拯横流，夷项定汉，固以参轨伊、望，冠德如仁。若乃神交圯上，道契商洛，显晦之间，窈然难究，源流渊浩，莫测其端矣。涂次旧沛，伫驾留城，灵庙荒残，遗象陈昧，抚迹怀人，慨然永叹。过大梁者或伫想于夷门，游九原者亦流连于随会。可改构榱桷[50]，修饰丹青，蘋蘩行潦，以时致荐。以纾怀古之情，用存不刊之烈[51]。"天子追赠公祖为太常，父为左光禄大夫，让不受。

二月，冠军将军檀道济等次潼关。三月庚辰，大军入河。索虏步骑十万，营据河津。公命诸军济河击破之。公至洛阳。七月，至陕城。龙骧将军王镇恶伐木为舟，自河浮渭。八月，扶风太守沈田子大破姚泓于蓝田。王镇恶克长安，生擒泓。九月，公至长安。长安丰全，帑藏盈积[52]。公先收其彝器、浑仪、土圭之属，献于京师；其余珍宝珠玉，以班赐将帅。执送姚泓，斩于建康市。谒汉高帝陵，大会文武于未央殿。

十月，天子诏曰：

"朕闻先王之莅天下也，上则大宝以尊德，下则建侯以褒功。是以成勋告就，文命有玄圭之锡，四海来王，姬旦飨龟、蒙之封。夫翼圣宣绩，辅德弘猷，礼穷元赏，宠章希世。况明保冲昧，独运陶钧者哉[53]！

朕以不德，遭家多难，云雷作屯，夷羿窃命，失位京邑，遂播蛮荆，艰难卑约，制命凶丑。相国宋公，天纵睿圣，命世应期，诚贯三灵，大节宏发。拯朕躬于巢幕，回灵命于已崩，固已道穷北面，晖格八表者矣。及外积全国之勋，内累戡黎之伐，芟夷强妖之始，蕴崇奸猾之源，显仁藏用之道，六府孔修之绩，莫不云行雨施，能事必举，谅已方轨于三、五，不容于曲策者焉。自永嘉丧师，绵逾十纪，五都分崩，然正朔时暨；唯三秦悬隔，未之暂宾。至令羌虏袭乱，淫虐三世，资百二之易守，恃函欲之可关，庙算韬略，不谋之日久矣。公命世抚运，阐曜威灵，内研诸侯之虑，外致上天之罚。故能仓兕甫训，则许、郑风偃，钲钺未指，则瀍、洛雾披。俾旧阙之阳，复集万国之轸，东京父老，重睹司隶之章。俾朕负扆高拱，而保大洪烈。是用远鉴前典，延即群谋，敬授殊锡，光启疆宇。乘马之制，有陋旧章；徽称之美，未穷上爵。岂足以显报懋功，允塞民望[54]，藩辅王畿，长辔六合者乎。实以公每秉谦德，卑不可逾，难进之道，以宠为戚。是故降损盛制，且有后命也。自兹迄今，洪勋弥劭，棱威九河，魏、赵底服，回辕崤、潼，连城冰泮。遂长驱灞、浐，悬旍龙门，逆虏姚泓，系颈就擒。百稔梗秽，涤于崇朝；祖宗遗愤，雪于一旦。涉禹之迹，方行天下，至于海外，罔有不服。功固万世，其宁惟永，岂金石《雅》、《颂》所能赞扬，实可以告于神明，勒铭嵩、岱者已[55]。

朕又闻之，周道方远，则鸑鷟鸣岐，二南播德，则麟驺呈瑞。自公大号初发，爰暨告成，灵祥炳焕，不可胜纪，岂伊素雉远至，嘉禾近归而已哉！朕每仰鉴玄应，俯察人谋，进惟道勋，退惟国典，岂得遂公冲挹，而久蕴盛策。便宜敬行大礼，允副幽显之望。其进宋公爵为王，以徐州之海陵东安北琅邪北东莞北东海北谯北梁、豫州之汝南北颍川北南顿凡十郡，益宋国。其相

国、扬州牧、领征西将军、司豫北徐雍四州刺史如故。”留

十一月，前将军刘穆之卒，以左司马徐羡之代掌留任。大事昔所决于穆之者，皆悉以谘。公欲息驾长安，经略赵、魏，会穆之卒，乃归。十二月庚子，发自长安，以桂阳公义真为安西将军、雍州刺史，留腹心将佐以辅之。闰月，公自洛入河，开汴渠以归。

十四年正月壬戌，公至彭城，解严息甲。以辅国将军刘遵考为并州刺史，领河东太守，镇蒲坂。公解司州，领徐、冀二州刺史，固让进爵。

六月，受相国宋公九锡之命。令曰：“孤以寡薄，负荷殊重，守位奉藩，危溢是惧。朝恩隆泰，委美推功，遂方轨齐、晋，拟议国典。虽亮诚守分，十稔于今，而成命弗回，百辟胥暨内外庶僚，敦勉周至。籍运来之功，参休明之迹，乘菲薄之资，同盛德之事，监寐永言，未知攸托。隆祚之始，思覃斯庆。其赦国内殊死以下，今月二十三日昧爽以前[56]，悉皆原宥。鳏寡孤独不能自存者，人赐粟五斛。府州刑罪，亦同荡然[57]。其余详依旧准。”诏崇豫章公太夫人为宋公太妃，世子中军将军，副贰相国府。以太尉军谘祭酒孔季恭为宋国尚书令，青州刺史檀祗为领军将军，相国左长史王弘为尚书仆射。其余百官悉依天朝之制。又诏宋国所封十郡之外，悉得除用。

先是安西中兵参军沈田子杀安西司马王镇恶，诸将军复杀安西长史王修。关中乱。十月，公遣右将军朱龄石代安西将军桂阳公义真为雍州刺史。义真既还，为佛佛虏所追，大败，仅以身免。诸将帅及龄石并没。领军檀祗卒，以中军司马檀道济为中领军。

十二月，天子崩，大司马琅邪王即帝位。

元熙元年正月，诏遣大使征公入辅。又申前命，进公爵为王。以徐州之海陵北东海北谯北梁、豫州之新蔡、兖州之北陈留、司州之陈郡汝南颍川荥阳十郡，增宋国。七月，乃受命，赦国内五岁刑以下。迁都寿阳。以尚书刘怀慎为北徐州刺史，镇彭城。九月，解扬州。

十二月，天子命王冕十有二旒[58]，建天子旌旗，出警入跸，乘金根车，驾六马，备五时副车，置旄头云罕，乐舞八佾，设钟虡宫县。进王太妃为太后，王妃为王后，世子为太子，王子、王孙爵命之号，一如旧仪。

二年四月，征王入辅。六月，至京师。晋帝禅位于王，诏曰：

“夫天造草昧，树之司牧，所以陶钧三极，统天施化。故大道之行，选贤与能，隆替无常期，禅代非一族[59]，贯之百王，由来尚矣。晋道陵迟，仍世多故，爰暨元兴，祸难既积，至三光贸位，冠履易所，安皇播越，宗祀堕泯，则我宣、元之祚，永坠于地，顾瞻区域，翦焉已倾。相国宋王，天纵圣德，灵武秀世，一匡颓运，再造区夏，固以兴灭继绝，舟航沦溺矣。若夫仰在璇玑，旁穆七政，薄伐不庭，开复疆宇。遂乃三俘伪主，开涤王都，雕颜卉服之乡，龙荒朔漠之长，莫不回首朝阳，沐浴玄泽。故四灵效瑞，川岳启图，嘉祥杂遝，休应炳著[60]，玄象表革命之期，华裔注乐推之愿。代德之符，著乎幽显，瞻乌爰止，允集明哲，夫岂延康有归，咸熙告谢而已哉！

昔火德既微，魏祖底绩，黄运不竞，三后肆勤。故天之历数，实有攸在。朕虽庸暗，昧于大道，永鉴废兴，为日已久。念四代之高义，稽天人之至望，予其逊位别宫，归禅于宋，一依唐虞、汉魏故事[61]。”

诏草既成，送呈天子使书之，天子即便操笔，谓左右曰：“桓玄之时，天命已改，重为刘公所延，将二十载。今日之事，本所甘心。”甲子，策曰：

“咨尔宋王：夫玄古权舆，悠哉邈矣，其详靡得而闻。爰自书契，降逮三、五，莫不以上圣君四海，止戈定大业。然则帝王者，宰物之通器；君道者，天下之至公。昔在上叶，深鉴兹道，是以天禄既终，唐、虞弗得传其嗣；符命来格，舜、禹不获全其谦[62]。所以经纬三才，澄序彝化，作范振古，垂风万叶，莫尚于兹。自是厥后，历代弥劭，汉既嗣德于放勋，魏亦方轨于重

华。谅以协谋乎人鬼，而以百姓为心者也。

昔我祖宗钦明，辰居其极，而明晦代序，盈亏有期。翦商兆祸，非唯一世，曾是弗克，矧伊在今，天之所废，有自来矣。惟王体上圣之姿，苞二仪之德，明齐日月，道合四时。乃者社稷倾覆，王拯而存之，中原芜梗，又济而复之。自负固不宾，干纪放命，肆逆滔天，窃据万里。靡不润之以风雨，震之以雷霆。九伐之道既敷，八法之化自理。岂伊博施于民，济斯黔庶；固以义洽四海，道威八荒者矣。至于上天垂象，四灵效征，图谶之文既明，人神之望已改。百工歌于朝，庶民颂于野，亿兆抃踊，倾伫惟新。自非百姓乐推，天命攸集，岂伊在予，所得独专[63]。是用仰祇皇灵，俯顺群议，敬禅神器，授帝位于尔躬。大祚告穷，天禄永终。于戏！王其允执其中，敬遵典训，副率土之嘉愿，恢洪业于无穷，时膺休佑，以答三灵之眷望。”

又玺书曰：

“盖闻天生蒸民，树之以君，帝皇寄世，实公四海，崇替系于勋德，升降存乎其人。故有国必亡，卜年著其数，代谢无常，圣哲握其符。昔在上世，三圣系轨，畴咨四岳，以弘揖让。惟先王之有作，永垂范于无穷。及刘氏致禅，实尧是法，有魏告终，亦宪兹典。我世祖所以抚归运而顺人事，乘利见而定天保者也。而道不常泰，戎夷乱华，丧我洛食，蹙国江表，仍遘否运，沦没相因。逮于元兴，遂倾宗祀。幸赖神武光天，大节宏发，匡复我社稷，重造我国家。惟王圣德钦明，则天光大，应期诞载，明保王室。内纾国难，外播宏略，诛大憝于汉阳，逋僭盗于沂渚，澄氛西岷，肃清南越，再静江、湘，拓定樊、沔。若乃永怀区宇，思一声教，王师首路，则伊、洛澄流，棱威崤、潼，则华岳褰霭，伪酋衔璧，咸阳即序。虽彝器所铭，《诗》、《书》所咏，庸勋之盛，莫之与二也。遂偃武修文，诞敷德政，八统以驭万民，九职以刑邦国，思兼三王，以施四事。故能信著幽显，义感殊方。自历世所宾，舟车所暨，靡不讴歌仁德，抃舞来庭。

朕每敬惟道勋，永察符运，天之历数，实在尔躬。是以五纬升度，屡示除旧之迹；三光协数，必昭布新之祥。图谶祯瑞，皎然斯在。加以龙颜英特，天授殊姿，君人之表，焕如日月。传称‘惟天为大，惟尧则之。’《诗》云：‘有命自天，命此文王。’夫‘或跃在渊’者，终飨九王之位[64]：‘勋格天地’者，必膺大宝之业。昔土德告沴，传祚于我有晋；今历运改卜，永终于兹，亦以金德而传于宋。仰四代之休义，鉴明昏之定期，询于群公，爰逮庶尹，咸曰休哉[65]，罔违朕志。今遣使持节、兼太保、散骑常侍、光禄大夫澹，兼太尉、尚书宣范奉皇帝玺绶，受终之礼，一如唐虞、汉魏故事[66]。王其允答人神，君临万国，时膺灵祉，酬于上天之眷命。”

王奉表陈让，晋帝已逊琅邪王第，表不获通。于是陈留王虔嗣等二百七十人，及宋台群臣，并上表劝进。上犹不许。太史令骆达陈天文符瑞数十条，群臣又固请，王乃从之。

---

①振旅：整军。

②厘（lí，音离）改：厘正，改革。

③假黄钺：借黄钺。黄钺，帝王用的斧钺。

④瘼（mò，音漠）：疾苦。

⑤羽葆：羽盖，用鸟羽装饰的车盖。　鼓吹：古代的一种乐器合奏，以鼓、钲、箫、茄合奏的器乐曲。

⑥却人闲语：使其他人退出，（刘裕）与长民聊天。

⑦九土攸序：全国土地有次序地（分境划疆）。攸（yōu，音优），语助，无义。

⑧经略之图：策划处理的打算。

⑨桑梓：原指家乡的桑树梓树是父母所种，对它要表示敬意。后人用它比喻故乡。梓（zǐ，音子），树的一种。

⑩土断之科：分境之举。

⑪《鸿雁》之诗：《诗·小雅》篇名。《诗·序》说是赞美周宣王能安集离散的万民，使其得所。一说是记宣王命使臣安集流

民之事。

⑫以上四句是讲兴衰治乱各代都有，毁坏性的恶运结束，好运必然到来。

⑬彰：明显，显著。

⑭县空：县，通“悬”。指晋帝被架空，无权落实任何事情，是个有名无实的皇帝。讲此话意在挑起晋帝对刘裕的不满。

⑮胤（yìn，音印）：后代，后嗣。

⑯噂沓（zǔn tà，音撙沓）：议论纷纭。

⑰纤畔：小罪过。

⑱以微事见劾：因小事被弹劾。 劾（hé，音合）：弹劾。君主时代担任监察职务的官员检举官吏的罪状。

⑲谘畴：跟别人商量、筹划。畴，通“筹”。

⑳靡款怀之士：没有诚恳坦荡胸怀的人。

㉑寄性命以过日：提心吊胆地过日子。

㉒事故相仍：事故接连不断。

㉓旧章乖昧：旧典章制度不合理。

㉔耄（mào，音冒）：八九十岁年纪，泛指老人。

㉕期（jī，音机）月：一个月。

㉖依勤铨序：依每人工作辛勤状况按序选拔。铨，选拔。

㉗ 以上三句是皇上给予刘裕入朝觐见时的特权：可佩剑、可缓步不趋、可不自报姓氏。

㉘辟（bì，音必）士：征召士人。按视定征召只能由皇帝或相应机构进行，这里是晋帝给刘裕的特权。

㉙ 此两句表明刘裕对“邦人州党”在铲除内忧外患中的谒忠尽力予以肯定与赞扬。

㉚复忝今授：今天，我又惭愧地接受您（晋王）对我长子所赐的封号。 忝，谦辞。

㉛怀远：使远方人民感恩，从而归顺。

㉜此四句是晋帝时刘裕的美誉，说他天命所归，功盖寰宇，光照日月。

㉝稽（qǐ，音企）服：恭恭敬敬地臣服。稽，古代一种礼节，跪拜，五体投地。

㉞九译：辗转翻译。指九度译言始至中国者。亦指边远地区或外国。

㉟首涂：亦作“首途”。上路，启程。

㊱独绝百代，顾邈前烈：意为刘裕的功绩前无古人可比。

㊲九锡之礼：古代帝王赐给有大功或有权势的诸侯大臣的九种礼品，即车马、衣服、乐则、朱户、纳陛、虎贲、弓矢、铁钺、秬鬯。

㊳此六句是晋帝盛赞刘裕，说他挽救了晋王朝即将覆灭的命运，使晋王朝拨云见日。 俾（bǐ，音比），使。

㊴款：扣关，意指主动臣服。

㊵伏锧：伏斧锧。 锧，铡刀（古代刑具）座。

㊶榛秽：此处指政权上的伪逆。

㊷琛（chēn，音瞋）：珍宝。

㊸ 此四句是指晋帝依刘裕功绩而裂土分茅许他建立宋国。冢社，大社。冢，大。社，古代地区单位之一，方六里（二十五家）为社。

㊹抑末敦本：抑制发展商业，敦促发展农业。本，指农业。末，指商业。

㊺六佾：诸侯用的一种乐舞，舞者纵横排列均为六人，共三十六人。天子为八佾。

㊻干纪：犯纪。

㊼八纮：八方极远之地。

㊽秬鬯一卣：一卣（古代酒器）用黑黍和香草酿造的酒，用于祭祀降神。

㊾天休：天赐福佑。

㊿榱（cuī，音崔）：屋椽屋桷的总称。

51不刊之烈：不能改易的功业，此处指不可磨灭的历史功绩。

52帑（tǎng，音躺）：国库中的钱财。

53陶钧：制造陶器所用的转轮，比喻造就、创建。

54显报懋功，允塞民望：回报他勤勉的功劳，满足百姓的愿望。

55勒铭：铭刻。

㊻昧爽：天将亮未亮时。

㊼荡然：原有东西完全消失无存。

㊽十有二旒：帝王礼帽前后共有十二条玉串。有，通“又”。

㊾禅代非一族：帝王禅让王位不是一族的事，是关系到行大道选贤能的事。

㊿炳著：显著。以上四句是说禅让王位给刘裕有多方吉兆显示。

[61]一依唐虞、汉魏故事：全依照唐虞、汉魏禅让的先例。

[62]以上几句是说历史上的禅让都是“天禄”已终，人力无法挽回。

[63]以上几句是说天命、人望都在刘裕身上，晋帝无法“独专”。

[64]九五之位：帝王之位。

[65]咸曰休哉：都说好啊。联系上文即是说禅位于刘裕大家都同意。

[66]故事：此处指前朝先例，即前朝已有过的作法（或“成法”）。

武帝本纪下

永初元年夏六月丁卯，设坛于南郊，即皇帝位，柴燎告天。策曰：

“皇帝臣裕，敢用玄牡[1]，昭告皇天后帝。晋帝以卜世告终，历数有归，钦若景运[2]，以命于裕。夫树君宰世，天下为公，德充帝王，乐推攸集[3]。越俶唐、虞[4]，降暨汉、魏，靡不以上哲格文祖[5]，元勋陟帝位[6]，故能大拯黔首[7]，垂训无穷。晋自东迁，四维不振，宰辅焉依，为日已久。难棘隆安，祸成元兴，遂至帝主迁播，宗祀堙灭。裕虽地非齐、晋，众无一旅，仰愤时难，俯悼横流，投袂一麾，则皇祀克复。及危而能持，颠而能扶，奸宄具歼[8]，僭伪必灭[9]。诚兴废有期，否终有数[10]。至于大造晋室，拨乱济民，因藉时来，实尸其重。加以殊俗慕义[11]，重译来庭，正朔所暨，咸服声教。至乃三灵垂象，山川告祥，人神协祉，岁月滋著。是以群公卿士，亿兆夷人，佥曰皇灵降鉴于上，晋朝款诚于下，天命不可以久淹，宸极不可以暂旷，遂逼群议[12]，恭兹大礼。

猥以寡德，托于兆民之上，虽仰畏天威，略是小节，顾深永怀，祗惧若陨[13]。敬简元辰，升坛受禅，告类上帝，用酬万国之情。克隆天保，永祚于有宋。惟明灵是飨。”

礼毕，备法驾幸建康宫，临太极前殿。诏曰：“夫世代迭兴，承天统极，虽遭遇异涂，因革殊事，若乃功济区宇，道振生民，兴废所阶，异世一揆[14]。朕以寡薄，属当艰运，藉否终之期，因士民之力，用获拯溺，匡世拨乱，安国宁民，业未半古，功参曩烈[15]。晋氏以多难仍遘，历运已移，钦若前王，宪章令轨，用集大命于朕躬。惟德匪嗣，辞不获申，遂祗顺三灵，飨兹景祚，燔柴于南郊，受终于文祖。猥当与能之期，爰集乐推之运，嘉祚肇开[16]，隆庆惟始，思俾休嘉，惠兹兆庶。其大赦天下。改晋元熙二年为永初元年。赐民爵二级。鳏寡孤独不能自存者，人谷五斛。逋租宿债勿复收。其有犯乡论清议[17]、赃污淫盗，一皆荡涤洗除，与之更始。长徒之身，特皆原遣。亡官失爵，禁锢夺劳，一依旧准。”

封晋帝为零陵王，全食一郡。载天子旌旗，乘五时副车，行晋正朔[18]，郊祀天地礼乐制度，皆用晋典。上书不为表，答表勿称诏。追尊皇考为孝穆皇帝，皇妣为穆皇后，尊王太后为皇太后。诏曰：“夫微禹之感，叹深后昆[19]，盛德必祀，道隆百世。晋氏封爵，咸随运改，至于德参微管，勋济苍生，爱人怀树，犹或勿翦，虽在异代，义无泯绝。降杀之宜，一依前典。可降始兴公封始兴县公，庐陵公封柴桑县公，各千户；始安公封荔浦县侯，长沙公封醴陵县侯，康乐公可即封县侯，各五百户：以奉晋故丞相王导、太傅谢安、大将军温峤、大司马陶侃、车骑将军谢玄之祀。其宣力义熙，豫同艰难者，一仍本秩[20]，无所减降。”封晋临川王司马宝为西丰县侯，食邑千户。

庚午，以司空道怜为太尉，封长沙王。追封司徒道规为临川王。尚书仆射徐羡之加镇军将军，右卫将军谢晦为中领军，宋国领军檀道济为护军将军，中领军刘义欣为青州刺史。立南郡公义庆为临川王。又诏曰：“夫铭功纪劳，有国之要典，慎终追旧，在心之所隆。自大业创基，十有七载，世路迍邅[21]，戎车岁动，自东徂西，靡有宁日。实赖将帅竭心，文武尽效，宁内拓外，迄用有成。威灵远著，寇逆消荡，遂当揖让之礼，猥飨天人之祚。念功简劳，无忘鉴寐[22]，凡厥诚勤，宜同国庆。其酬赏复除之科，以时论举。战亡之身，厚加复赠。”乙亥，立桂阳公义真为庐陵王，彭城公义隆为宜都王，第四皇子义康为彭城王。

丁丑，诏曰：“古之王者，巡狩省方，躬览民物，搜扬幽隐，拯灾恤患，用能风泽遐被，远至迩安。朕以寡暗，道谢前哲，因受终之期，托兆庶之上，鉴寐属虑，思求民瘼。才弱事艰，若无津济，夕惕永念，心驰遐域。可遣大使分行四方，旌贤举善，问所疾苦。其有狱讼亏滥，政刑乖愆[23]，伤化扰治，未允民听者，皆当具以事闻。万事之宜，无失厥中，畅朝廷乃眷之旨，宣下民壅隔之情。”戊寅，诏曰：“百官事殷俸薄，禄不代耕[24]。虽国储未丰，要令公私周济。诸供给昔减半者，可悉复旧。六军见禄粗可，不在此例。其余官僚，或自本俸素少者，亦畴量增之。”

己卯，改晋《泰始历》为《永初历》。

秋七月丁亥，原放劫贼余口没在台府者，诸流徙家并听还本土。又运舟材及运船，不复下诸郡输出，悉委都水别量。台府所须，皆别遣主帅与民和市，即时裨直，不复责租民求办。又停废虏车牛，不得以官威假借。又以市税繁苦，优量减降。从征关、洛，殒身战场，幽没不反者，赡赐其家。己丑，陈留王曹虔嗣薨。

辛卯，复置五校三将官，增殿中将军员二十人，余在员外。戊戌，后将军、雍州刺史赵伦之进号安北将军，征虏将军、北徐州刺史刘怀慎进号平北将军，征西大将军、开府仪同三司杨盛进号车骑大将军。甲辰，镇西将军李歆进号征西将军，平西将军乞佛炽盘进号安西大将军，征东将军高句骊王高琏进号征东大将军，镇东将军百济王扶馀映进号镇东大将军。置东宫冗从仆射、旅贲中郎将官。

戊申，迁神主于太庙，车驾亲奉。

壬子，诏曰：“往者军国务殷，事有权制，劫科峻重，施之一时。今王道惟新，政和法简，可一除之，还遵旧条。反叛淫盗三犯补冶士，本谓一事三犯，终无悛革[25]。主者顷多并数众事，合而为三，甚违立制之旨，普更申明。”

八月戊午，西中郎将、荆州刺史宜都王义隆进号镇西将军。

辛酉，开亡叛赦，限内首出，蠲租布二年。先有资状、黄籍犹存者，听复本注。诸旧郡县以北为名者，悉除；寓立于南者，听以南为号。又制有无故自残伤者补冶士，实由政刑烦苛，民不堪命，可除此条。

罢青州并兖州。

戊辰，诏曰：“彭、沛、下邳三郡，首事所基，情义缱绻[26]，事由情奖，古今所同。彭城桑梓本乡，加隆攸在，优复之制，宜同丰、沛。其沛郡、下邳可复租布三十年。”

辛未，追谥妃臧氏为敬皇后。癸酉，立王太子为皇太子。乙亥，诏曰：“朕承历受终，猥飨天命。荷积善之祚，藉士民之力，七庙备文，率由令范。先后祗严，获遂宣训，蒸尝肇建[27]，情敬无违。加以储宫备礼，皇基弥固，国庆家礼，爰集旬日，岂予一人，独荷兹庆。其见刑罪无轻重，可悉原赦。限百日，以今为始。先因军事所发奴僮，各还本主；若死亡及勋劳破免，亦依限还直[28]。”

闰月壬午朔，诏曰：“晋世帝后及藩王诸陵守卫，宜便置格。其名贤先哲，见优前代，或立德著节，或宁乱庇民，坟茔未远，并宜洒扫。主者具条以闻。”丁酉，特进、左光禄大夫孔季恭加开府仪同三司。

辛丑，诏曰：“主者处案虽多所谘详，若众官命议，宜令明审。自顷或总称参详，于文漫略。自今有厝意者，皆当指名其人。所见不同，依旧继启。”又诏曰：“诸处冬使，或遣或不，事役宜省，今可悉停。唯元正大庆，不在其例。郡县遣冬使诣州及都督府，亦停之。”

九月壬子朔，置东宫殿中将军十人，员外二十人。壬申，置都官尚书。

冬十月辛卯，改晋所用王肃祥禫二十六月仪，依郑玄二十七月而后除。

十二月辛巳朔，车驾临延贤堂听讼。

二年春正月辛酉，车驾祠南郊，大赦天下。丙寅，断金银涂[29]。以扬州刺史庐陵王义真为司徒，以尚书仆射、镇军将军徐羡之为尚书令、扬州刺史。丙子，南康揭阳蛮反，郡县讨破之。己卯，禁丧事用铜钉。罢会稽郡府。

二月己丑，车驾幸延贤堂策试诸州郡秀才、孝廉。扬州秀才顾练、豫州秀才殷朗所对称旨[30]，并以为著作佐郎。戊申，制中二千石加公田一顷。

三月乙丑，初限荆州府置将不得过二千人，吏不得过一万人；州置将不得过五百人，吏不得过五千人。兵士不在此限。

夏四月己卯朔，诏曰：“淫祠惑民费财，前典所绝，可并下在所除诸房庙。其先贤及以勋德立祠者，不在此例。”戊申，车驾于华林园听讼。己亥，以左卫将军王仲德为冀州刺史。

五月己酉，置东宫屯骑、步兵、翊军三校尉官。甲戌，车驾又幸华林园听讼。

六月壬寅，诏曰：“杖罚虽有旧科，然职务殷碎，推坐相寻[31]。若皆有其实，则体所不堪；文行而已，又非设罚之意。可筹量粗为中否之格。”车驾又于华林园听讼。甲辰，制诸署敕吏四品以下，又府署所得辄罚者，听统府寺行四十杖。

秋七月己巳，地震。

八月壬辰，车驾又于华林园听讼[32]。

九月己丑，零陵王薨。车驾三朝率百僚举哀于朝堂，一依魏明帝服山阳公故事。太尉持节监护，葬以晋礼。

冬十月丁酉，诏曰：“兵制峻重，务在得宜。役身死叛，辄考傍亲，流迁弥广，未见其极。遂令冠带之伦，沦陷非所。宜革以弘泰，去其密科。自今犯罪充兵合举户从役者，便付营押领。其有户统及谪止一身者，不得复侵滥服亲，以相连染。”己亥，以凉州胡帅大沮渠蒙逊为镇军大将军、开府仪同三司、凉州刺史。癸卯，车驾于延贤堂听讼，以员外散骑常侍应袭为宁州刺史。

三年春正月甲辰朔，诏刑罚无轻重，悉皆原降。壬子，以前冀州刺史王仲德为徐州刺史。癸丑，以尚书令、扬州刺史徐羡之为司空、录尚书事，刺史如故。抚军将军、江州刺史王弘进号卫将军、开府仪同三司，太子詹事傅亮为尚书仆射，中领军谢晦为领军将军。乙卯，以辅国将军毛德祖为司州刺史。乙丑，诏曰：“古之建国，教学为先，弘风训世，莫尚于此，发蒙启滞，咸必由之。故爰自盛王，迄于近代，莫不敦崇学艺，修建庠序[33]。自昔多故，戎马在郊，旍旗卷舒，日不暇给。遂令学校荒废，讲诵蔑闻，军旅日陈，俎豆藏器，训诱之风，将坠于地。后生大惧于墙面，故老窃叹于《子衿》[34]。此《国风》所以永思，《小雅》所以怀古。今王略远届，华域载清，仰风之士，日月以冀。便宜博延胄子，陶奖童蒙，选备儒官，弘振国学。主者考详旧典，以时施行。"

二月丁丑，诏曰："豫州南临江浒，北接河、洛，民荒境旷，转输艰远，抚莅之宜，各有其便。淮西诸郡，可立为豫州；自淮以东，为南豫州。"以豫州刺史彭城王义康为南豫州刺史，征虏将军刘粹为豫州刺史。又分荆州十郡还立湘州，左卫将军张邵为湘州刺史。戊寅，以徐州之梁，还属豫州。

三月，上不豫[35]。太尉长沙王道怜、司空徐羡之、尚书仆射傅亮、领军将军谢晦、护军将军檀道济并入侍医药。群臣请祈祷神祇，上不许，唯使侍中谢方明以疾告庙而已。丁未，以司徒庐陵王义真为车骑将军、开府仪同三司、南豫州刺史。上疾瘳[36]。己未，大赦天下。时秦雍流户悉南入梁州。庚申，送纻绢万匹，荆、雍州运米，委州刺史随宜赋给。辛酉，亡命刁弥攻京城，得入。太尉留府司马陆仲元讨斩之。

夏四月乙亥，封仇池公杨盛为武都王，平南将军杨抚进号安南将军。丁亥，以车骑司马徐琰为兖州刺史。庚寅，左光禄大夫、开府仪同三司孔季恭薨。

五月，上疾甚，召太子诫之曰："檀道济虽有干略，而无远志，非如兄韶有难御之气也。徐羡之、傅亮当无异图。谢晦数从征伐，颇识机变，若有同异[37]，必此人也。小却，可以会稽、江州处之。"又为手诏曰："朝廷不须复有别府，宰相带扬州，可置甲士千人。若大臣中任要，宜有爪牙以备不祥人者[38]，可以台见队给之。有征讨悉配以台见军队，行还复旧。后世若有幼主，朝事一委宰相，母后不烦临朝。仗既不许入台殿门[39]，要重人可详给班剑[40]。"癸亥，上崩于西殿，时年六十。秋七月己酉，葬丹阳建康县蒋山初宁陵。

上清简寡欲，严整有法度，未尝视珠玉舆马之饰，后庭无纨绮丝竹之音。宁州尝献虎魄枕，光色甚丽。时将北征，以虎魄治金创，上大悦，命捣碎分付诸将。平关中，得姚兴从女，有盛宠，以之废事。谢晦谏，即时遣出。财帛皆在外府，内无私藏。宋台既建，有司奏东西堂施局脚床、银涂钉，上不许；使用直脚床，钉用铁。诸主出适[41]，遣送不过二十万，无锦绣金玉。内外奉禁，莫不节俭。性尤简易，常著连齿木屐；好出神虎门逍遥，左右从者不过十余人。时徐羡之住西州，尝幸羡之，便步出西掖门，羽仪络驿追随，已出西明门矣。诸子旦问起居，入阁脱公服，止著裙帽，如家人之礼。孝武大明中，坏上所居阴室，于其处起玉烛殿，与群臣观之。床头有土鄣，壁上挂葛灯笼、麻绳拂。侍中袁颛盛称上俭素之德。孝武不答，独曰："田舍公得此，以为过矣。"故能光有天下，克成大业者焉。

史臣曰：汉氏载祀四百，比祚隆周，虽复四海横溃，而民系刘氏，惵惵黔首[42]，未有迁奉之心。魏武直以兵威服众，故能坐移天历，鼎运虽改，而民未忘汉。及魏室衰孤，怨非结下。晋藉宰辅之柄，因皇族之微[43]，世擅重权，用基王业。至于宋祖受命，义越前模。晋自社庙南迁，禄去王室，朝权国命，递归台辅。君道虽存，主威久谢。桓温雄才盖世，勋高一时，移鼎之业已成，天人之望将改。自斯以后，晋道弥昏，道子开其祸端，元显成其末衅，桓玄藉运乘时，加以先父之业，因基革命，人无异心。高祖地非桓、文，众无一旅，曾不浃旬[44]，夷凶翦暴，祀晋配天，不失旧物，诛内清外，功格区宇。至于钟石变声，柴天改物，民已去晋，异于延康之初，功实静乱[45]，又殊咸熙之末。所以恭皇高逊，殆均释负。若夫乐推所归，讴歌所集[46]，魏、晋采其名，高祖收其实矣。盛哉！

---

①玄牡：黑色公牛（做祭品）。

②景运：大运，指国运。

③乐推攸集：乐意拥载推举集于一身。攸，所。

④俶（chù，音处）：开始。

⑤格：推究。

⑥陟（zhì，音至）：登高。

⑦黔首：百姓。

⑧奸宄（guǐ，音鬼）：坏人。由内而起叫奸，由外而起叫宄。

⑨僭伪：超越本份、虚假者，指篡位者。僭（jiàn，音见），超越本分。

⑩此二句意为兴废更替必然，坏命运终了有日。

⑪殊俗：不同风俗，指边远地方，此处借指该处之人。

⑫逼群议：被群议所逼，即被形势所逼而就帝位。

⑬如陨（yǔn，音允）：如星坠落，意为内心不安。

⑭一揆（kuí，音葵）：同一道理。

⑮曩烈：前代伟业，先辈功业。曩（nǎng，音攮），以往，从前，过去的。

⑯肇开：始开。

⑰清议：公平的评论。

⑱正朔：一年第一天开始的时候。行晋正朔，即按晋原行历法计时。　旂旗：即旌旗。旂，同“旌”。

⑲后昆：后嗣，子孙。

⑳本秩：从此秩为本，即照此秩办理。秩，次序，此处可作“规定”解。

㉑迍邅（zhūnzhān，音谆毡）：处境困难。　徂（cú，音殂）：到，往。

㉒鉴寐：假寐。不脱衣冠而睡。

㉓乖愆：不合情理的（用刑）过失。

㉔禄不代耕：意为所得俸禄不足以糊口果腹温饱。

㉕悛（quān，音圈）革：悔改，变好。

㉖缱绻（qiǎnquǎn，音浅犬）：情深，难舍。

㉗蒸尝肇建：始建祭祀祖先制度。蒸，冬季祭祀。尝，秋季祭祀。

㉘直：通“值”。

㉙断金银涂：意为禁止金银涂饰。

㉚称旨：合皇帝的心意。

㉛推坐相寻：由某人已知罪行事实而推未知，罪行连坐于家属亲朋邻里。

㉜车驾：借指皇帝。

㉝庠（xiáng，音详）序：古代地方所设学校

㉞故老窃叹于《子衿》：意为年老而有声望的人（多指旧臣），暗地慨叹学校不修、教育废弛。《子衿》，《诗·郑风》篇名。《诗·序》以为刺“学校废”，谓“乱世则学校不修焉”。

㉟不豫：不安适，此处指皇帝身体欠安。

㊱疾瘳（chōu，音抽）：病愈。

㊲若有同异：意为如有变故（异常事件发生）。

㊳ 爪牙：借指得力助手。

㊴仗：兵器总称。

㊵班剑：有纹饰的剑。班，通“斑”。

㊶诸主出适：诸公主出嫁。适，嫁。

㊷慄慄：恐惧的样子。

㊸皇族之微：帝室势衰。

㊹曾（zēng，音增）：竟然。

㊺静乱：靖乱，使乱平安。

㊻所归、所集：（乐推）归之处，（讴歌）集之地。所与后面动词结合，指处所，作名词。

南齐书

(选录)

〔梁〕萧子显　撰

高帝本纪上

太祖高皇帝讳道成，字绍伯，姓萧氏，小讳斗将，汉相国萧何二十四世孙也。何子酂定侯延生侍中彪，彪生公府掾章，章生皓，皓生仰，仰生御史大夫望之，望之生光禄大夫育，育生御史中丞绍，绍生光禄勋闳，闳生济阴太守阐，阐生吴郡太守永，永生中山相苞，苞生博士周，周生蛇丘长矫，矫生州从事逵，逵生孝廉休，休生广陵府丞豹，豹生太中大夫裔，裔生淮阴令整，整生即丘令俊，俊生辅国参军乐子，宋升明二年九月赠太常，生皇考①。萧何居沛，侍中彪免官居东海兰陵县中都乡中都里。晋元康元年，分东海为兰陵郡。中朝乱，淮阴令整字公齐，过江居晋陵武进县之东城里。寓居江左者，皆侨置本土，加以南名，于是为南兰陵兰陵人也。

皇考讳承之，字嗣伯。少有大志，才力过人，宗人丹阳尹摹之、北兖州刺史源之并见知重。初为建威府参军，义熙中，蜀贼谯纵初平，皇考迁扬武将军、安固汶山二郡太守，善于绥抚。

元嘉初，徙为威烈将军、济南太守。七年，右将军到彦之北伐大败，虏乘胜破青部诸郡国，别帅安平公乙旃眷寇济南，皇考率数百人拒战，退之。虏众大集，皇考使偃兵开城门。众谏曰："贼众我寡，何轻敌之甚！"皇考曰："今日悬守穷城，事已危急，若复示弱，必为所屠，惟当见强待之耳。"虏疑有伏兵，遂引去。青州刺史萧思话欲委镇保险，皇考固谏不从，思话失据溃走。明年，征南大将军檀道济于寿张转战班师，滑台陷没，兖州刺史竺灵秀抵罪。宋文帝以皇考有全城之功，手书与都督长沙王义欣曰："承之理民直亦不在武干后，今拟为兖州，□□檀征南详之。"皇考与道济无素故，事遂寝。迁辅国镇北中兵参军、员外郎。

十年，萧思话为梁州刺史，皇考为其横野府司马、汉中太守。氐帅杨难当寇汉川，梁州刺史甄法护弃城走，思话至襄阳不进，皇考轻军前行，攻氐伪魏兴太守薛健于黄金山，克之。黄金山，张鲁旧戍，南接汉川，北枕驿道，险固之极。健既溃散，皇考即据之。氐伪梁、秦二州刺史赵温先据州城，闻皇考至，退据小城，薛健退屯下桃城，立柴营，皇考引军与对垒，相去二里。健与伪冯翊太守蒲早子悉力出战，皇考大破之，健等闭营自守不敢出，思话继至，贼乃稍退。皇考进至峨公山，为左卫将军、沙州刺史吕平大众所围积日，建武将军萧汪之、平西督护段虬等至，表里奋击，大破之。难当又遣息和领步骑万余人，夹汉水两岸，援赵温，攻逼皇考。相拒四十余日。贼皆衣犀甲，刀箭不能伤。皇考命军中断槊长数尺，以大斧搥其后②，贼不能当，乃焚营退。皇考追至南城，众军自后而进，连战皆捷，梁州平。诏曰："承之禀命先驱，蒙险深入，全军屡克，奋其忠果，可龙骧将军。"随府转宁朔司马，太守如故。

入为太子屯骑校尉。文帝以平氐之劳，青州缺，将欲授用。彭城王义康秉政，皇考不附，乃转为江夏王司徒中兵参军、龙骧将军、南泰山太守，封晋兴县五等男，邑三百四十户。迁右军将军。元嘉二十四年殂，年六十四。梁土民思之，于峨公山立庙祭祀。升明二年，赠散骑常侍、金紫光禄大夫。

太祖以元嘉四年丁卯岁生，姿表英异，龙颡钟声，鳞文遍体。儒士雷次宗立学于鸡笼山，太祖年十三，受业，治《礼》及《左氏春秋》。十七年，宋大将军彭城王义康被黜，镇豫章，皇考领兵防守，太祖舍业南行。十九年，竟陵蛮动，文帝遣太祖领偏军讨沔北蛮。二十一年，伐索虏，至丘槛山，并破走。二十三年，雍州刺史萧思话镇襄阳，启太祖自随，戍沔北，讨樊、邓诸山蛮，破其聚落。初为左军中兵参军。二十七年，索虏围汝南戍主陈宪，台遣宁朔将军臧质、安蛮司马刘康祖救之，文帝使太祖宣旨，授节度。闻虏主拓跋焘向彭城，质等回军救援，至盱眙，太祖与质别军主胡宗之等五军，步骑数千人前驱，焘已潜过淮，卒相遇于莞山下，合战败绩，缘淮奔退，宗之等皆陷没。太祖还就质固守，为虏所攻围，甚危急，事宁，还京师。二十九年，领偏军征仇池。梁州西界旧有武兴戍，晋隆安中没属氐；武兴西北有兰皋戍，去仇池二百里。太祖击二垒，皆破之。遂从谷口入关，未至长安八十里，梁州刺史刘秀之遣司马注助太祖攻谈堤城，拔之，虏伪河间公奔走。虏救兵至，太祖军力疲少，又闻文帝崩，乃烧城还南郑。袭爵晋兴县五等男。孝建初，除江夏王大司马参军，随府转太宰，迁员外郎、直阁中书舍人、西阳王抚军参军、建康令。新安王子鸾有盛宠，简选僚佐，为北中郎中兵参军。陈太后忧，起为武烈将军，复为建康令，中兵如故。景和世，除后军将军。值明帝立，为右军将军。

时四方反叛，会稽太守寻阳王子房及东诸郡皆起兵，明帝加太祖辅国将军，率众东讨。至晋陵，与贼前锋将程捍、孙昙瓘等战，一日破贼十二垒。分军定诸县，晋陵太守袁摽弃城走，东境诸城相继奔散。

徐州刺史薛安都反彭城，从子索儿寇淮阴，山阳太守程天祚举城叛，徐州刺史申令孙又降，征太祖讨之。时太祖平东贼还，又将南讨，出次新亭，前军已发，而索儿自睢陵渡淮，马步万余人，击杀台军主孙耿，纵兵逼前军张永营，告急。明帝闻贼渡，遽追太祖往救之，屯破釜。索儿向钟离，永遣宁朔将军王宽据盱眙，遏其归路。索儿击破台军主高道庆，走之于石鳖，将西归。王宽与军主任农夫先据白鹄涧，张永遣太祖驰督宽，索儿东要击太祖，使不得前。太祖鼓行结阵[3]，直入宽垒，索儿望见不敢发。经数日，索儿引军顿石梁，太祖追之至葛冢，候骑还云贼至，太祖乃顿军引管，分两马军夹营外以待之。俄顷，贼马步奄至，又推火车数道攻战。相持移日，乃出轻兵攻贼西，使马军合击其后，贼众大败，追奔获其器仗。进屯石梁涧北。索儿夜遣千人来斫营，营中惊，太祖卧不起，宣令左右案部不得动[4]，须臾贼散。太祖议欲于石梁西南高地筑垒通南道，断贼走路，索儿果来争之，太祖率军击破之，贼马自相践藉死。索儿走向钟离，太祖追至黯黮而还。除骁骑将军，封西阳县侯，邑六百户。

迁巴陵王卫军司马，随镇会稽。江州刺史晋安王子勋遣临川内史张淹自鄱阳峤道入三吴，台军主沈思仁与伪龙骧将军任皇、镇西参军刘越绪各据险相守。明帝遣太祖领三千人讨之。时朝廷器甲皆充南讨，太祖军容寡阙，乃编棕皮为马具装[5]，析竹为寄生，夜举火进军，贼望见恐惧，未战而走。还除桂阳王征北司马、南东海太守、行南徐州事。

初，明帝遣张永、沈攸之以众喻降薛安都[6]，谓太祖曰："吾今因此北讨，卿意以为何如?"太祖对曰："安都才识不足，狡猾有余。若长辔缓御，则必遣子入朝；今以兵逼之，彼将惧而为计，恐非国之利也。"帝曰："众军猛锐，何往不克。卿每杖策[7]，幸勿多言。"安都见兵至，果引索虏，永等败于彭城。淮南孤弱，以太祖为假冠军将军、持节、都督北讨前锋诸军事，镇淮阴。

泰始三年，沈攸之、吴喜北败于睢口，诸城戍大小悉奔归，虏遂进至淮北，围角城，戍主贾法度力弱不敌。诸将劝太祖渡岸救之，太祖不许，遣军主高道庆将数百张弩浮舰淮中，遥射城外虏，弩一发数百箭俱去，虏骑相引避之，乃命进战，城围即解。迁督南兖徐二州诸军事、南兖州刺史，持节、假冠军、督北讨如故。五年，进督兖、青、冀三州。六年，除黄门侍郎，领越骑校尉，不拜。复授冠军将军，留本任。

明帝常嫌太祖非人臣相，而民间流言，云："萧道成当为天子"，明帝愈以为疑，遣冠军将军吴喜以三千人北使，令喜留军破釜，自持银壶酒封赐太祖。太祖戎衣出门迎，即酌饮之。喜还，帝意乃悦。七年，征还京师，部下劝勿就征，太祖曰："诸卿暗于见事。主上自诛诸弟，为太子稚弱，作万岁后计，何关佗族。惟应速发，事缓必见疑。今骨肉相害，自非灵长之运，祸难将兴，方与卿等戮力耳。"拜散骑常侍、太子左卫率。时世祖以功当别封赣县，太祖以一门二封，固辞不受，诏许之。加邑二百户。

明帝崩，遗诏为右卫将军，领卫尉，加兵五百人。与尚书令袁粲、护军褚渊、领军刘勔共掌机事。又别领东北选事。寻解卫尉，加侍中，领石头戍军事。

明帝诛戮蕃戚，江州刺史桂阳王休范以人凡获全。及苍梧王立，更有窥窬之望[8]，密与左右阉人于后堂习驰马，招聚亡命。元徽二年五月，举兵于寻阳，收略官民，数日便办，众二万人，骑五百匹。发盆口，悉乘商旅船舫。大雷戍主杜道欣、鹊头戍主刘僧期告变，朝廷惶骇。太祖与护军褚渊、征北张永、领军刘勔、仆射刘秉、游击将军戴明宝、骁骑将军阮佃夫、右军将军王道隆、中书舍人孙千龄、员外郎杨运长集中书省计议，莫有言者。太祖曰："昔上流谋逆，皆因淹缓，至于覆败。休范必远惩前失，轻兵急下，乘我无备。今应变之术，不宜念远，若偏师失律，则大沮众心。宜顿新亭、白下，坚守宫掖、东府、石头以待。贼千里孤军，后无委积[9]，求战不得，自然瓦解。我请顿新亭以当其锋；征北可以见甲守白下；中堂旧是置兵地，领军宜屯宣阳门为诸军节度；诸贵安坐殿中，右军诸人不须竞出，我自前驱，破贼必矣。"因索笔下议，并注同。中书舍人孙千龄与休范有密契，独曰："宜依旧遣军据梁山、鲁显间，右卫若不出白下，则应进顿南州。"太祖正色曰："贼今已近，梁山岂可得至。新亭既是兵冲，所以欲死报国耳。常日乃可屈曲相从，今不得也。"座起，太祖顾谓刘勔曰："领军已同鄙议，不可改易。"乃单车白服出新亭。加太祖使持节、都督征讨诸军、平南将军，加鼓吹一部。

治新亭城垒未毕，贼前军已至，太祖方解衣高卧，以安众心。乃索白虎幡，登西垣，使宁朔将军高道庆、羽林监陈显达、员外郎王敬则浮舸与贼水战，自新林至赤岸，大破之，烧其船舰，死伤甚众。贼步上新林，太祖驰使报刘勔，急开大小桁，拨淮中船舫，悉渡北岸。

休范乘肩舆率众至垒南，上遣宁朔将军黄回、马军主周盘龙将步骑出垒对阵。休范分兵攻垒东，短兵接战，自巳至午[10]，众皆失色。太祖曰："贼虽多而乱，寻破也。"杨运长领三齐射手七百人，引彊命中，故贼不得逼城。未时，张敬儿斩休范首。太祖遣队主陈灵宝送首还台，灵宝路中遇贼军，埋首道侧。台军不见休范首，愈疑惧。贼众亦不知休范已死，别率杜黑蠡急攻垒东，司空主簿萧惠朗数百人突入东门，叫噪至堂下，城上守门兵披退。太祖挺身上马，率数百人出战，贼皆推楯而前，相去数丈，分兵横射，太祖引满将发，左右将戴仲绪举楯扞之，箭应手饮羽[11]，伤百余人，贼死战不能当，乃却。众军复得保城，与黑蠡拒战，自晡达明旦[12]，矢石不息。其夜大雨，鼓叫不复相闻[13]，将士积日不得寝食，军中马夜惊，城内乱走，太祖秉烛正坐，厉声呵止之，如此者数四。

贼帅丁文豪设伏破台军于皂荚桥，直至朱雀桁，刘勔欲开桁，王道隆不从，勔及道隆并战没。初，勔高尚其意，托造园宅，名为"东山"，颇忽世务。太祖谓之曰："将军以顾命之重，任兼内外，主上春秋未几，诸王并幼冲，上流声议，遐迩所闻，此是将军艰难之日，而将军深尚从容，废省羽翼，一朝事至，虽悔何追。"勔竟不纳。

贼进至杜姥宅，车骑典签茅恬开东府纳贼，冠军将军沈怀明于石头奔散，张永溃于白下，宫内传新亭亦陷，太后执苍梧王手泣曰："天下败矣！"太祖遣军主陈显达、任农夫、张敬儿、周盘龙等，从石头济淮，间道从承明门入卫宫阙。

休范既死，典签许公与诈称休范在新亭，士庶惶惑，诣垒投名者千数，太祖随得辄烧之，乃列兵登城北，谓曰："刘休范父子先昨皆已即戮，尸在南冈下，身是萧平南，诸君善见观！君等名皆已焚除，勿有惧也。”台分遣众军击杜姥宅、宣阳门诸贼，皆破平之。太祖振旅凯入，百姓缘道聚观，曰：“全国家者此公也。”

太祖与袁粲、褚渊、刘秉引咎解职，不许。迁散骑常侍、中领军、都督南兖徐兖青冀五州军事、镇军将军、南兖州刺史，持节如故。进爵为公，增邑二千户。太祖欲分其功，请益粲等户，更日入直决事，号为“四贵”。秦时有太后、穰侯、泾阳、高陵君，称为“四贵”，至是乃复有焉。四年，加太祖尚书左仆射，本官如故。

休范平后，苍梧王渐行凶暴，南徐州刺史建平王景素少有令誉[14]，朝野归心。景素亦潜为自全之计，布款诚于太祖，太祖拒而不纳。七月，羽林监袁祗奔景素，便举兵，太祖出屯玄武湖，遣众军北讨，事平乃还。

太祖威名既重，苍梧王深相猜忌，几加大祸。陈太妃骂之曰：“萧道成有功于国，今若害之，后谁复为汝著力者?”乃止。

太祖密谋废立。五年七月戊子，帝微行出北湖，常单马先走，羽仪禁卫随后追之，于堤塘相蹈藉，左右张互儿马坠湖，帝怒，取马置光明亭前，自驰骑刺杀之，因共屠割，与左右作羌胡伎为乐。又于蛮冈赌跳。际夕乃还仁寿殿东阿毡屋中寝。语左右杨玉夫：“伺织女度，报我。”时杀害无常，人怀危惧。玉夫与其党陈奉伯等二十五人同谋，于毡屋中取千牛刀杀苍梧王，称敕，使厢下奏伎，因将首出与王敬则，敬则送太祖。太祖夜从承明门乘常所骑赤马入，殿内惊怖，既知苍梧王死，咸称万岁。及太祖践阼，号此马为“龙骧将军”，世谓为“龙骧赤”。

明日，太祖戎服出殿庭槐树下，召四贵集议。太祖谓刘秉曰：“丹阳国家重戚，今日之事，属有所归。”秉让不当。太祖次让袁粲，粲又不受。太祖乃下议，备法驾诣东城，迎立顺帝。于是长刀遮粲、秉等，各失色而去。甲午，太祖移镇东府，与袁粲、褚渊、刘秉各甲仗五十人入殿。丙申，进位侍中、司空、录尚书事、骠骑大将军，持节、都督、刺史如故，封竟陵郡公，邑五千户，给油幢络车，班剑三十人[15]。太祖固辞上台，即骠骑大将军、开府仪同三司。庚戌，进督南徐州刺史。封杨玉夫等二十五人爵邑各有差。十月戊辰，又进督豫、司二州。

初，荆州刺史沈攸之与太祖于景和世同直殿省，申以欢好，以长女义兴公主妻攸之第三子元和。攸之为郢州，值明帝晚运，阴有异图。自郢州迁为荆州，聚敛兵力，将吏逃亡，辄讨质邻伍。养马至二千余匹，皆分赋戍逻将士，使耕田而食，廪财悉充仓储。荆州作部岁送数千人仗，攸之割留，簿上供讨四山蛮。装治战舰数百千艘，沈之灵溪里，钱帛器械巨积，朝廷畏之。高道庆家在华容，假还过江陵，道庆素便马，攸之与宴饮，于听事前合马槊，道庆槊中破攸之马鞍，攸之怒，索刃槊，道庆驰马而出。还都，说攸之反状，请三千人袭之，朝议虑其事难济，太祖又保持不许。太祖既废立，遣攸之子司徒左长史元琰赍苍梧王诸虐害器物示之，攸之未得即起兵，乃上表称庆，并与太祖书推功。

攸之有素书十数行，常韬在裲裆角[16]，云是明帝与己约誓。十二月，遂举兵。其妾崔氏、许氏谏攸之曰：“官年已老，那不为百口计!”攸之指裲裆角示之，称太后令召己下都。京师恐惧。乙卯，太祖入居朝堂，命诸将西讨，平西将军黄回为都督前驱。

前湘州刺史王蕴，太后兄子，少有胆力，以父揩名宦不达，欲以将途自奋。每抚刀曰：“龙渊、太阿，汝知我者。”叔父景文诫之曰：“阿答，汝灭我门户!”蕴曰：“答与童乌贵贱觉异。”童乌，景文子绚小字；答，蕴小字也。蕴遭母丧罢任，还至巴陵，停舟一月，日与攸之密相交构。时攸之未便举兵，蕴乃下达郢州。世祖为郢州长史，蕴期世祖出吊，因作乱据郢城，世祖知之，不出。蕴还至东府前，又期太祖出，太祖又不出吊，再计不行，外谋愈固。

司徒袁粲、尚书令刘秉见太祖威权稍盛，虑不自安，与蕴及黄回等相结举事，殿内宿卫主帅，无不协同。攸之反问初至，太祖往石头与粲谋议，粲称疾不相见。克壬申夜起兵据石头，刘秉恇怯，晡时，从丹阳郡载妇女入石头，朝廷不知也。其夜，丹阳丞王逊告变，秉从弟领军韫及直阁将军卜伯兴等严兵为内应。太祖命王敬则于宫内诛之。遣诸将攻石头，王蕴将数百精手带甲赴粲，城门已闭，官军又至，乃散。众军攻石头，斩粲，刘秉走雒檐湖，蕴逃斗场，并禽斩之。

粲位任虽重，无经世之略，踈放好酒，步屧白杨郊野閒[17]，道遇一士大夫，便呼与酣饮。明日，此人谓被知顾，到门求通，粲曰："昨饮酒无偶，聊相要耳。"竟不与相见。尝作五言诗云："访迹虽中宇，循寄乃沧州。"盖其志也。

刘秉少以宗室清谨见知，孝武世，秉弟遐坐通嫡母殷氏养女，殷亡口中血出，众疑行毒害，孝武使秉从弟祗讽秉启证其事。秉曰："行路之人，尚不应尔，今日乃可一门同尽，无容奉敕。"众以此称之。故为明帝所任。苍梧废，秉出集议，于路逢弟韫，韫开车迎问秉曰："今日之事，固当归兄邪?"秉曰："吾等已让领军矣。"韫槌胸曰："君肉中讵有血[18]!"

粲典签莫嗣祖知粲谋，太祖召问嗣祖："袁谋反，何不启闻?"嗣祖曰："事主义无二心，虽死不敢泄也。"蕴嬖人张承伯藏匿蕴[19]。太祖并赦而用之。黄回顿新亭，闻石头鼓噪，率兵来赴之，朱雀桁有戍军，受节度，不听夜过，会石头已平，因称救援。太祖知而不言，抚之愈厚，遣回西上，流涕告别。

太祖屯阅武堂，驰结军旅。闰月辛丑，诏假黄钺，率大众出屯新亭中兴堂，治严筑垒。教曰："河南称慈，谅由掩胔，广汉流仁，实存殡朽。近袤制兹营，崇沟浚堑，古墟曩隧，时有湮移，深松茂草，或致刊薙[20]。凭轩动怀，巡隍增怆。宜并为收改葬，并设薄祀。"

二年正月，沈攸之攻郢城不克，众溃，自经死[21]，传首京邑。丙子，太祖旋镇东府。二月癸未，进太祖太尉，增封三千户，都督南徐、南兖、徐、兖、青、冀、司、豫、荆、雍、湘、郢、梁、益、广、越十六州诸军事。太祖解骠骑，辞都督，不许，乃表送黄钺。三月己酉，增班剑为四十人、甲仗百人入殿。丙子，加羽葆鼓吹，余并如故。

辛卯，太祖诛镇北将军黄回。

大明泰始以来，相承奢侈，百姓成俗。太祖辅政，罢御府，省二尚方诸饰玩。至是又上表禁民间华伪杂物：不得以金银为箔，马乘具不得金银度，不得织成绣裙，道路不得著锦履，不得用红色为幡盖衣服，不得翦彩帛为杂花，不得以绫作杂服饰，不得作鹿行锦及局脚柽柏床[22]、牙箱笼杂物、彩帛作屏鄣、锦缘荐席，不得私作器仗，不得以七宝饰乐器又诸杂漆物，不得以金银为花兽，不得辄铸金铜为像。皆须墨敕，凡十七条。其中宫及诸王服用，虽依旧例，亦请详衷。

九月丙午，进位假黄钺、都督中外诸军事、太傅、领扬州牧，剑履上殿，入朝不趋，赞拜不名。置左右长史、司马、从事中郎、掾、属各四人，使持节、太尉、骠骑大将军、录尚书、南徐州刺史如故。固辞，诏遣敦劝，乃受黄钺，辞殊礼。甲寅，给三望车。

三年正月乙巳，太祖表蠲百姓逋负。丙辰，加前部羽葆鼓吹。丁巳，命太傅府依旧辟召。丁卯，给太祖甲仗五百人，出入殿省。甲午，重申前命，剑履上殿，入朝不趋，赞拜不名。三月甲辰，诏进位相国，总百揆，封十郡为齐公，备九锡之礼，加玺绂远游冠，位在诸侯王上，加相国绿綟绶，其骠骑大将军、扬州牧、南徐州刺史如故。太祖三让，公卿敦劝固请，乃受。甲寅，策相国齐公曰：

"天地变通，莫大乎炎凉，悬象著明，莫崇乎日月。严冬播气，贞松之操自高，光景时昏，若华之暎弥显[23]。是故英睿当乱而不移，忠贤临危而尽节。自景和昏虐，王纲弛紊，太宗受命，绍开中兴，运属屯难，四郊多垒。萧将军震威华戎，寔资义烈，康国济民，于是乎在。朕以不造，夙罹闵凶。嗣君失德，书契未纪。威侮五行，虔刘九县，神歇灵绎，海水群飞，彝器已尘，宗禋谁主，缀旒之殆，未足为譬，岂直《小宛》兴刺，《黍离》作歌而已哉。天赞皇宋，实启明宰，爰登寡昧，纂承大业，鸿绪再维，闳基重造，高勋至德，振古绝伦。昔保衡翼殷，博陆匡汉，方斯蔑如也。今将授公典礼，其敬听朕命。

乃者，袁邓构祸，实繁有徒[24]，子房不臣，称兵协乱，跨蹈五湖，凭陵吴、越，浮祲亏辰，沈氛晦景，桴鼓振于王畿，锋镝交乎天邑。顾瞻宫掖，将成茂草，言念邦国，翦为仇雠。当此之时，人无固志。公投袂殉难，超然奋发，执金板而先驰，登寅车而戒路，军政端严，卒乘辑睦，麾钺一临，凶党冰泮。此则霸业之基，勤王之始也。安都背叛，窃据徐方，敢率犬羊，陵虐淮浒，索儿愚悖，同恶相济，天祚无象，背顺归逆，北鄙黔黎，奄坠涂炭，均人废职，边师告警。公受命宗祊，精贯朝日，拥节和门，气逾霄汉，破釜之捷，斩馘蔽野，石梁之战，禽其渠帅，保境全民，江阳即序。此又公之功也。张淹迷昧，弗顾本朝，爰自南区，志图东夏，潜军间入，窃觊不虞。于时江服未夷，皇涂荐阻。公忠诚慷慨，在险弥亮，深识九变，妙察五色，以寡制众，所向风偃[25]。朝廷无东顾之忧，闽、越有来苏之庆。此又公之功也。匈奴野心，侵掠疆埸，前师失律，王旅崩挠，洒血成川，伏尸千里。丑羯侜张[26]，势振彭、泗，乘胜长驱，窥觎京甸，冠带之轨将湮，被发之容行及。公奉辞伐罪，戒旦晨征，兵车始交，氛祲时荡，吊死抚伤，弘宣皇泽，俾我淮、肥，复沾盛化。此又公之功也。自兹厥后，猃狁孔炽，封豕辰蛇[27]，重窥上国。而世故相仍，师出日老，战士无临阵之心，戎卒有怀归之思。是以下邳精甲，望风振恐，角城高垒，指日沦陷。公眷言王事，发愤忘食，躬擐甲胄[28]，视险若夷，短兵才接，巨猾鸟散，分疆画界，开创青、兖。此又公之功也。泰始之末，入参禁旅，任兼军国，事同顾命。桂阳负众，轻问九鼎，裂冠毁冕，拔本塞源，入兵万乘之国，顿戟象魏之下，烈火焚于王城，飞矢集乎君屋。机变倏忽[29]，终古莫二，群后忧惶，元戎无主。公按剑凝神，则奇谋贯世，秉旄指麾，则懦夫成勇。曾不崇朝，新亭献捷，信宿之间，宣阳底定，云雾廓清，区宇康乂。此又公之功也。皇室多难，衅起戚蕃，邗、晋、应、韩，翻为仇敌，建平失图，兴兵内侮。公又指授六师，义形乎色，役未逾旬，朱方宁晏。此又公之功也。苍梧肆虐，诸夏麋沸，淫刑以逞，谁则无罪，火炎昆冈，玉石俱焚，黔首相悲，朝不谋夕，高祖之业已沦，文、明之轨谁嗣。公远稽殷、汉之义，近遵魏、晋之典，猥以眇身，入奉宗祏[30]，七庙清谧，九区反政。此又公之功也。袁粲无质，刘秉携贰，韫、述相扇，成此乱阶，丑图潜构，危机窃发，据有石头，志犯应、路。公神谋内运，霜锋外举，妖沴载澄，国涂悦穆。此又公之功也。沈攸之苞祸，岁月滋彰，蜂目豺声，阻兵安忍。哀彼荆汉，独为匪民，乃眷西顾，缅同异域。而经纶维始，九伐未申，长恶不悛，遂逞凶逆。驱合奸回，势过虓虎[31]，朝野忧疑，三军沮气。公秉钺出关，凝威江甸，正情与暾日同亮，明略与秋云竞爽。至义所感，人百其心，蕢鼓一麾[32]，夏首宁谧，云梯未举，鲁山克定。积年逋诛，一朝显戮，沮浦安流，章台顺轨。此又公之功也。公有济天下之勋，重之以明哲，道庇生民，志匡宇宙，戮力肆心，劬劳王室，自东徂西，靡有宁晏，险阻艰难，备尝之矣。若乃缔构宗稷之勤，造物资始之泽，云布雾散，光被六幽，弼予一人[33]，永清四海。是以秬草腾芳于郊园，景星垂晖于清汉，遐方款关而慕义，荒服重译而来庭，汪哉邈乎！无得而名焉。

朕闻畴庸表德，前王盛典，崇树侯伯，有国攸同。所以文命成功，玄圭显锡，姬旦秉哲，曲阜启蕃，或改玉以弘风，或胙土以宣化，礼绝常班，宠冠群辟，爰逮桓文，车服异数。惟公勋业超于先烈，而褒赏阙于旧章，古今之道，何其爽欤？静言钦叹，良有缺然。今进授相国，以青州之齐郡，徐州之梁郡，南徐州之兰陵、鲁郡、琅邪、东海、晋陵、义兴，扬州之吴郡、会稽，凡十郡，封公为齐公。锡兹玄土，苴以白茅[34]，定尔邦家，用建冢社。斯实尚父故蕃，世作盟主，纪纲侯甸，率由旧则。往者周、邵建国，师保兼任，毛、毕执圭，入作卿士，内外之寄，同规在昔。今命使持节、兼太尉、侍中、中书监、司空、卫将军、雩都县开国侯渊授公相国印绶，齐公玺绂；持节、兼司空副、守尚书令僧虔授齐公茅土，金虎符第一至第五左，竹使符第一至第十左。相国位总百辟，秩逾三铉[35]，职以礼移，号随事革。其以相国总百辟，去录尚书之称。送所假节、侍中貂蝉[36]、中外都督太傅太尉印绶、竟陵公印策。其骠骑大将军、扬州牧、南徐州刺史如故。又加公九锡，其敬听后命：以公秉礼弘律，仪刑区宇，遐迩一礼，民无异业，是用锡公大辂、戎辂各一，玄牡二驷。公崇修南亩，所宝惟谷，王府充实，百姓繁阜，是用锡公衮冕之服，赤舄副焉。公居身以谦，导物以义，熔钧庶品，罔不和悦，是用锡公轩县之乐，六佾之舞。公翼赞王猷，声教远洽，蛮夷竭欢，回首内附，是用锡公朱户以居。公明鉴人伦，澄辨泾渭，官方与能，英乂克举，是用锡公纳陛以登。公保佑皇朝，厉身化下，杜渐防萌，含生奰式[37]，是用锡公虎贲之士三百人。公御宄以刑，御奸以德，君亲无将，将而必诛，是用锡公铁钺各一。公凤举四维，龙骞八表，威灵所振，异域同文，是用锡公彤弓一，彤矢百，玈弓十，玈矢千[38]。公明发载怀，肃恭禋祀，孝敬之重，义感灵祇，是用锡公秬鬯一卣[39]，圭瓒副焉。齐国置丞相以下，一遵旧式。往钦哉！其祗服朕命，经纬乾坤，宏亮洪业，茂昭尔大德，阐扬我高祖之休命。”

太祖三让，公卿敦劝固请，乃受之。

丁巳，下令赦国内殊死以下，今月十五日昧爽以前[40]，一皆原赦，鳏寡孤独不能自存者，赐谷五斛，府州所领，亦同荡然。

宋帝诏齐公十郡之外，随宜除用。以齐国初建，给钱五百万，布五千匹，绢五千匹。四月癸酉，诏进齐公爵为王，以豫州之南梁、陈郡、颍川、陈留，南兖州之盱眙、山阳、秦郡、广陵、海陵、南沛十郡增封。使持节、司空、卫将军褚渊奉策授玺绂，金虎符第一至第五左，竹使符第一至第十左，锡兹玄土，苴白茅，改立王社。相国、扬州牧、骠骑大将军、南徐州刺史如故。丙戌，命齐王冕十有二旒，建天子旌旗，出警入跸，乘金根车，驾六马，备五时副车，置旄头云罕，乐舞八佾[41]，设钟𨱔宫县。王世子为太子，王女王孙爵命一如旧仪。

辛卯，宋帝禅位，下诏曰：

“惟德动天，玉衡所以载序，穷神知化，亿兆所以归心，用能经纬乾坤，弥纶宇宙，阐扬鸿烈，大庇生民。晦往明来，积代同轨，前王踵武，世必由之。宋德湮微，昏毁相袭，景和骋悖于前，元徽肆虐于后，三光再霾，七庙将坠，璇极委驭，含识知泯，我文、武之祚，眇焉如缀。静惟此紊，夕惕疚心。

相国齐王，天诞睿圣，河岳炳灵，拯倾提危，澄氛静乱，匡济艰难，功均造物。宏谋霜照，秘筭云回，旌旆所临，一麾必捷，英风所拂，无思不偃，表里清夷，遐迩宁谧。既而光启宪章，弘宣礼教，奸宄之类，睹降威而隔情，慕善之俦，仰徽猷而增厉。道迈于重华，勋超乎文命，荡荡乎无得而称焉。是以辫发左衽之酋，款关请吏，木衣卉服之长，航海来庭，岂惟肃慎献楛，越裳荐翚而已哉[42]。故四奥载宅，六府克和，川陆效珍，祯祥鳞集，卿烟玉露，旦夕扬藻，嘉穟芝英[43]，晷刻呈茂。革运斯炳，代终弥亮，负扆握枢[44]，允归明哲，固以狱讼去宋，讴歌适齐。

昔金政既沦，水德缔构，天之历数，皎焉攸征。朕虽寡昧，暗于大道，稽览隆替，为日已久，敢忘列代遗则，人神至愿乎？便逊位别宫，敬禅于齐，一依唐虞、魏晋故事。”

是日宋帝逊于东邸，备羽仪，乘画轮车，出东掖门，问今日何不奏鼓吹，左右莫有答者。

壬辰，策命齐王曰：

“伊太古初陈，万物纷纶，开耀灵以鉴品物，立元后以驭蒸人。若夫容成、大庭之世，宓羲、五龙之辰，靡得而详焉。自轩黄以降，坟素所纪，略可言者，莫崇乎尧舜。披金绳而握天镜，开玉匣而总地维，德之休明，宸居灵极。期运有终，归禅与能。所以大唐逊位，谤然兴歌[45]，有虞揖让，卿云发采。亮符命之攸臻，坦至公以成务，怀生载怿[46]，灵祇效祉，遗风余烈，光被无垠。汉魏因循，弗敢失坠，爰逮晋氏，亦遵前仪。惟我祖宗英睿，勋格幽显，从天人而齐七政，凝至德而抚四维。末叶不造，仍世多故，日蚀星陨，山沦川竭。

惟王圣哲渊明，荣镜宇宙，体望日之威，资就云之泽，临下以简，御众以宽，仁育群生，义征不谌[47]，国涂荐阻，弘五虑而乂宁，皇绪将湮，秉六术以匡济。及至权臣内侮，蕃屏陵上，兵革云翔，万邦震骇，裁之以武风，绥之以文化，遐迩清夷，表里肃穆。戢琱戈而事黼黻[48]，委旌门而恭儒馆，声化远洎，荒服无尘，殊类同规，华戎一揆。是以五光来仪于轩庭，九穗含芳于郊牧。象纬昭澈，布新之符已显，图谶彪炳，受终之义既彰。灵祇乃眷，兆民引领。朕闻至道深微，惟人是弘，天命无常，惟德是与。所以仰鉴玄情，俯察群望，敬禅神器，授帝位于尔躬。四海困穷，天禄永终。于戏！王其允执厥中，仪刑前式，以副率土之欣望。命司裘而谒苍昊，奏《云门》而升圆丘，时膺大礼，永保洪业，岂不盛欤！”

再命玺书曰：

“皇帝敬问相国齐王。大道之行，与三代之英，朕虽暗昧，而有志焉。夫昏明相袭，晷景之恒度，春秋递运，时岁之常序。求诸天数，犹且隆替，矧伊在人，能无终谢。是故勋华弘风于上叶，汉魏垂式于后昆。

昔我高祖，钦明文思，振民育德，皇灵眷命，奄有四海。晚世多难，奸宄实繁，鼖鼓宵闻，元戎旦警，亿兆夷人，启处靡厝[49]。加以嗣君荒怠，敷虐万方，神鼎将迁，宝策无主，实赖英圣，匡济艰危。惟王体天则地，舍弘光大，明并日月，惠均云雨。国步斯梗，则棱威外发，王猷不造，则渊谟内昭。重构闽、吴，再宁淮、济，静九江之洪波，卷海沂之氛沴，放斥凶昧，存我宗祀，旧物惟新，三光改照[50]。逮至宠臣裂冠，则裁以庙略，荆汉反噬，则震以雷霆。麾旆所临，风行草靡，神筭所指，龙举云属。诸夏廓清，戎翟思韪，兴文偃武，阐扬洪烈。明保冲昧，翱翔礼乐之场，抚柔黔首，咸跻仁寿之域。自霜露所坠，星辰所经，正朔不通，人迹罕至者，莫不逾山越海，北面称蕃，款关重译[51]，修其职贡。是以祯祥发采，左史载其奇，玄象垂文，保章审其度，凤书表肆类之运，龙图显班瑞之期。重以珠衡日角，神姿特挺，君人之义，在事必彰。《书》不云乎，“皇天无亲，惟德是辅”。民心无常，惟惠之怀。神祇之眷如彼，苍生之愿如此。笙管变声，钟石改调。朕所以拥琁持衡，倾伫明哲。

昔金德既沦，而传祚于我有宋，历数告终，实在兹日，亦以水德而传于齐。式遵前典，广询群议，王公卿士，咸曰惟宜。今遣使持节、兼太保、侍中、中书监、司空、卫将军、雩都县侯渊，兼太尉、守尚书令僧虔奉皇帝玺绶，受终之礼，一依唐虞故事。王其允副幽明，时登元后，宠绥八表，以酬昊天之休命。”

太祖三辞，宋帝王公以下固请。兼太史令、将作匠陈文建奏符命曰：“六，亢位也[52]。后汉自建武至建安二十五年，一百九十六年而禅魏；魏自黄初至咸熙二年，四十六年而禅晋；晋自太始至元熙二年，一百五十六年而禅宋；宋自永初元年至升明三年，凡六十年：咸以六终六受。六，亢位也。验往揆今，若斯昭著。敢以职任，备陈管穴。伏愿顺天时，膺符瑞。”二朝百辟又固请。尚书右仆射王俭奏：“被宋诏逊位。臣等参议，宜克日舆驾受禅，撰立仪注。”太祖乃许焉。

史臣曰：案《太一九宫占》推汉高五年，太一在四宫，主人与客俱得吉，计先举事者胜，是岁高祖破楚。晋元兴二年，太一在七宫，太一为帝，天目为辅佐，迫胁太一，是年安帝为桓玄所逼出宫。大将在一宫，参相在三宫，格太一。经言格者，已立政事，上下格之，不利有为，安居之世，不利举动。元兴三年，太一在七宫，宋武破桓玄。元嘉元年，太一在六宫，不利有为，徐、傅废营阳王。七年，太一在八宫，关囚恶岁，大小将皆不得立，其年到彦之北伐，初胜后败，客主俱不利。十八年，太一在二宫，客主俱不利，是岁氏杨难当寇梁、益，来年仇池破。十九年，大小将皆见关不立，凶，其年裴方明伐仇池，克百顷，明年失之。泰始元年，太一在二宫，为大小将奄击之，其年景和废。二年，太一在三宫，不利先起，主人胜，其年晋安王子勋反。元徽二年，太一在六宫，先起败，是岁桂阳王休范反，并伏诛。四年，太一在七宫，先起者客，西北走，其年建平王景素败。升明元年，太一在七宫，不利为客，安居之世，举事为主人，应发为客，袁粲、沈攸之等反，伏诛。是岁太一在杜门，临八宫，宋帝禅位，不利为客，安居之世，举事为主人，禅代之应也。

---

①皇考：皇帝已经死去的父亲。

②搥：同“捶”。

③鼓行：击鼓而进军。

④案：通“按”。

⑤棕：常绿乔木，棕衣可制绳索。

⑥喻：说明，告知。

⑦杖策：手持鞭。

⑧窥窬（yú，音于）之望：此处意为企图篡夺王位。窬，从墙上爬过去。

⑨委积：古代以国用之余财储蓄备荒。此处指作战时的后勤供应。

⑩自巳至午：古用“地支”（又称十二支）计时。子时为今晚11时至次日凌晨1时，分别为子初子正。用此法推算可知：自巳至午为上午9时至下午1时。

⑪楯：同“盾”。 扞：同“捍”。 饮羽：意为箭命中后深入至没箭羽。

⑫晡：申时，即今下午3~5时。旦：天亮，早晨。

⑬皷：鼓之异体字。

⑭令誉：令，善，美。《周书·萧概传》“幼有令誉。”故用为敬称，如令郎，令亲等。

⑮班剑：汉制，朝服带剑，晋以木代之，谓之班剑。班剑无刃，假作剑形，画之以文，故曰班。

⑯裲裆（liǎng dāng，音两当）：古代指背心。韬：隐藏。

⑰踈：同“疏”。疏忽。屟（xiè，音谢）：古代鞋中的木底，泛指鞋。閒：同“间”。

⑱槌胸：同“捶胸”。讵（jù，音巨）：岂，表示反问。

⑲嬖（bì，音闭）：受到宠幸的人。

⑳薙：同“剃”。

㉑自经：自缢。

㉒柽（chēng，音撑）：落叶小乔木。亦称三春柳或红柳。

㉓暎：同“映”。

㉔寔繁有徒：繁，多；徒，徒众。意为实在有不少这样的人。

㉕九变：人情之变有九。据《管子》言民之所以守战至死，而不德其上者，有此数者存于其间：①亲戚坟墓所在；②田宅富厚足居；③州县乡党宗族足怀乐；④上之慈爱；⑤山村泽谷之利足生；⑥地形险阻易守；⑦罚严赏明；⑧有深怨于敌；⑨有厚功于上。 五色：青黄赤白黑为五色。旧时以此五者为主要之色，凡众彩斑斓，皆称五色。 偃：仰面倒下。

㉖侜（zhōu，音周）张：欺骗，作伪。亦作诪张。

㉗封豕长蛇：封：大；豕（zhǐ，音纸）：猪。大猪长蛇，比喻贪婪横暴之人。

㉘擐（huàn，音焕）：穿。例：躬擐甲胄。

㉙儵：同“倏”（shū，音殊）。

㉚祏（shí，音时）：古代宗庙中藏神主的石室。

㉛虓（xiāo，音消）：虎怒吼。

㉜鼖（fén，音坟）：古代军中所用大鼓。据《考工记》记载：鼓长八尺，鼓面之广四尺，中围加三之一。

㉝弼：纠正，违背。

㉞苴（jū，音居）：包裹。《三国志·魏书·武帝纪》："封君为魏公，錫君玄土，苴以白茅。"

㉟铉：古代横贯鼎耳以扛鼎的器具。

㊱貂蝉：汉代侍从官帽上的装饰物。后用作达官贵人的代称。

㊲夤（yín，音寅）：敬畏。

㊳兹（lú，音卢）：黑色。兹弓：黑弓，亦作卢弓。《左传·僖公二十八年》："兹弓矢千。"

㊴卣（yǒu，音友）：古代酒器。青铜制，椭圆口，深腹，圈足，有盖和提梁。也有作圆筒形的，器形变化较多。盛行于商和西周初。

㊵昧爽：黎明，天将亮未亮之时。

㊶乐舞八佾：古代宫廷的一种乐舞。

㊷左衽：衽，衣襟。我国古代某些少数族的服装，前襟向左掩，与中原人右衽不同。所以中原人常以左衽为受异族统治之代称。翚（huī，音挥）：①飞翔。②古书上指一种有五彩羽毛的野鸡。

㊸穟（suì，音遂）同"穗"。嘉穟：喻禾苗茁壮。

㊹负扆握枢：负扆（yǐ，音以）：扆，屏风。天子朝诸侯时背屏风而立，故称负扆。枢：原指门上的转轴。引申为事物的关键部位。

㊺譊（láo，音劳）：声也。

㊻怿（yì，音意）：欢喜，高兴。

㊼譓（huì，音会）：顺服。

㊽戢（jí）：收敛。琱：同"雕"。黼（fǔ，音俯）：古代礼服上所绣花纹为黑白相次作斧形，刃白身黑。黻（fú，音浮）：黑青相次，作亚形。又用以比喻华丽的辞章。

㊾厝（cuò，音措）：放置，安排。

㊿三光：《白虎通》："天有三光，日月星。"

51重译：辗转翻译。《三国志·吴志·薛综传》："山川长远，习俗不齐，言语同异，重译乃通。"

52亢（kàng，音抗）：二十八宿之一。

高帝本纪下

建元元年夏四月甲午，上即皇帝位于南郊，设坛柴燎告天曰："皇帝臣道成敢用玄牡[①]，昭告皇皇后帝。宋帝陟鉴乾序，钦若明命，以命于道成。夫肇自生民，树以司牧，所以阐极则天，开元创物，肆兹大道。天下惟公，命不于常。昔在虞、夏，受终上代，粤自汉、魏，揖让中叶，咸炳诸典谟，载在方册。水德既微，仍世多故，寔赖道成匡拯之功，以弘济于厥艰。大造颠坠，再构区宇，宣礼明刑，缔仁缉义。晷纬凝象，川岳表灵，诞惟天人，罔弗和会。乃仰协归运。景属与能，用集大命于兹。辞德匪嗣，至于累仍，而群公卿士，庶尹御事，爰及黎献，至于百戎，佥曰：'皇天眷命，不可以固违，人神无托，不可以旷主。'畏天之威，敢不祇从鸿历[②]。敬简元辰，虔奉皇符，升坛受禅，告类上帝，以永答民衷，式敷万国。惟明灵是飨！"

礼毕，大驾还宫，临太极前殿。诏曰："五德更绍，帝迹所以代昌，三正迭隆，王度所以改耀。世有质文，时或因革，其资元膺历，经道振民，固以异术同揆，殊流共贯者矣。朕以寡昧，属值艰季，推肆勤之诚，藉乐治之数，贤能悉心，士民致力，用获拯溺奠暴[③]，一匡天下。业未参古，功殆侔昔[④]。宋氏以陵夷有征，历数攸及，思弘乐推，永鉴崇替，爰集天禄于朕躬。惟志菲薄，辞弗获昭，遂钦从天人，式蹈景命，祗月正于文祖，升禋罍于上帝。猥以寡德，光宅四海，纂革代之踪，托王公之上，若涉渊水，罔知所济。宝祚初启，洪庆惟新，思俾利泽，宣被亿兆，可大赦天下。改升明三年为建元元年。赐民爵二级，文武进位二等，鳏寡孤独不能自存者谷人五斛。逋租宿债勿复收。有犯乡论清议，赃污淫盗，一皆荡涤，洗除先注，与之更始。长徒敕系之囚，特皆原遣。亡官失爵，禁锢夺劳，一依旧典。”

封宋帝为汝阴王，筑宫丹阳县故治，行宋正朔，车旗服色，一如故事，上书不为表，答表不称诏。降宋晋熙王燮为阴安公，江夏王跻为沙阳公，随王翽为舞阴公，新兴王嵩为定襄公，建安王禧为荔浦公，郡公主为县君，县公主为乡君。诏曰：“继世象贤，列代盛典，畴庸嗣美，前载令图。宋氏通侯，乃宜随运省替。但钦德怀义，尚表坟闾，况功济区夏，道光民俗者哉。降差之典，宜遵往制。南康县公华容县公可为侯，萍乡县侯可为伯，减户有差，以继刘穆之、王弘、何无忌后。”

以司空褚渊为司徒，吴郡太守柳世隆为南豫州刺史。诏曰：“宸运肇创[⑤]，宝命惟新，宜弘庆宥，广敷蠲汰。劫贼余口没在台府者，悉原放。诸负衅流徙，普听还本。”以齐国左卫将军陈显达为中护军，中领军王敬则为南兖州刺史，左卫将军李安民为中领军。戊戌，以荆州刺史嶷为尚书令、骠骑大将军、开府仪同三司、扬州刺史，冠军将军映为荆州刺史，西中郎将晃为南徐州刺史，冠军将军垣崇祖为豫州刺史，骠骑司马崔文仲为徐州刺史。

断四方上庆礼。己亥，诏曰：“自庐井毁制[⑥]，农桑易业，盐铁妨民，货鬻伤治，历代成俗，流蠹岁滋。援拯遗弊，革末反本，使公不专利，氓无失业。二宫诸王，悉不得营立屯邸，封略山湖。太官池禦[⑦]，宫停税入，优量省置。”庚子，诏“宋帝后蕃王诸陵，宜有守卫”。有司奏帝陵各置长一人，兵有差，王陵五人，妃嫔三人。

五月丙午，进河南王吐谷浑拾寅号骠骑大将军。诏曰：“宸运革命，引爵改封，宋氏第秩，虽宜省替，其有预效屯夷，宣力齐业者，一仍本封，无所减降。”有司奏留襄阳郡公张敬儿等六十二人，除广兴郡公沈昙亮等百二十二人。改《元嘉历》为《建元历》，木德盛卯终未，以正月卯祖，十二月未腊。丁未，诏曰：“设募取将，悬赏购士，盖出权宜，非曰恒制。顷世艰险，浸以成俗，且长逋逸，开罪山湖。是为黥刑不辱，亡窜无咎。自今以后，可断众募。”壬子，诏封佐命文武功臣新除司徒褚渊等三十一人，进爵增户各有差。乙卯，河南王吐谷浑拾寅奉表贡献。丙辰，诏遣大使分行四方，遣兼散骑常侍十二人巡行。以交宁道远，不遣使。己未，汝阴王薨，追谥为宋顺帝，终礼依魏元、晋恭帝故事。辛酉，阴安公刘燮等伏诛。追封谥上兄道度为衡阳元王，道生为始安贞王。丙寅，追尊皇考曰宣皇帝，皇妣为孝皇后，妃为昭皇后。

六月辛未，诏：“相国骠骑中军三府职，可依资劳度二官，若职限已盈，所余可赐满。”壬申，以游击将军周山图为兖州刺史。乙亥，诏曰：“宋末频年戎寇，兼灾疾凋损，或枯骸不收，毁椟莫掩，宜速宣下埋藏营邺。若标题犹存，姓字可识，可即运载，致还本乡。有司奏遣外监典事四人，周行离门外三十五里为限。其余班下州郡。无棺器标题者，属所以台钱供市。”庚辰，七庙主备法驾即于太庙。诏“诸将及客，戮力艰难，尽勤直卫，其从还宫者，普赐位一阶”。辛巳，罢荆州刺史。甲申，立皇太子赜。断诸州郡礼庆。见刑入重者，降一等，并申前赦恩百日，立皇子嶷为豫章王，映为临川王，晃为长沙王，晔为武陵王，皓为安成王，锵为鄱阳王，铄为桂阳王，鉴为广陵王，皇孙长懋为南郡王。乙酉，葬宋顺帝于遂宁陵。

秋七月丁未，诏曰：“交址比景，独隔书朔，斯乃前运方季，负海不朝，因迷遂往，归款莫由。曲赦交州部内李叔献一人即抚南土，交武详才选用。并遣大使宣扬朝恩。”以试守武平太守行交州府事李叔献为交州刺史。丙辰，以虏伪茄芦镇主阴平公杨广香为沙州刺史。丁巳，诏“南兰陵桑梓本乡，长蠲租布；武进王业所基，复十年”。

九月辛丑，诏“二吴、义兴三郡遭水，减今年田租”。乙巳，以新除尚书令、骠骑将军豫章王嶷为荆、湘二州刺史，平西将军临川王映为扬州刺史。丙午，司空褚渊领尚书令。戊申，车驾幸宣武堂宴会，诏诸王公以下赋诗。

冬十月丙子，立彭城刘胤为汝阴王，奉宋帝后。己卯，车驾殷祠太庙。辛巳，诏曰："朕婴缀世务，三十余岁，险阻艰难，备尝之矣。末路屯夷，戎车岁驾，诚藉时来之运，实资士民之力。宋元徽二年以来，诸从军得官者，未悉蒙禄，可催速下访，随正即给。才堪余任者，访洗量序。若四州士庶，本乡沦陷，簿籍不存，寻校无所，可听州郡保押，从实除奏。荒远阙中正者，特许据军簿奏除。或戍捍边役，末由旋反，听于同军各立五保，所隶有司，时为言列。"汝阴太妃王氏薨，追赠为宋恭皇后。

十一月庚子，以太子左卫率萧景先为司州刺史。辛亥，立皇太子妃裴氏。甲申，封功臣骠骑长史江谧等十人爵户各有差。

二年春正月戊戌朔，大赦天下。以司空尚书令褚渊为司徒，中军将军张敬儿为车骑将军，中领军李安民为领军将军，中护军陈显达为护军将军。辛丑，车驾亲祠南郊。癸卯，诏索虏寇淮、泗，遣众军北伐，内外纂严。

二月丁卯，虏寇寿阳，豫州刺史垣崇祖破走之。置巴州。壬申，以三巴校尉明慧昭为巴州刺史。戊子，以宁蛮校尉萧赤斧为雍州刺史，南蛮长史崔惠景为梁、南秦二州刺史。辛卯，诏西境献捷，解严。癸巳，遣大使巡慰淮、肥，徐、豫边民尤贫遘难者[8]，刺史二千石量加赈邺。甲午，诏："江西北民避难流徙者，制遣还本，蠲今年租税。单贫及孤老不能自存者，即听番籍，郡县押领。"

三月丁酉，以侍中西昌侯鸾为郢州刺史。戊戌，以护军将军陈显达为南兖州刺史，吴郡太守张岱为中护军。己亥，车驾幸乐游苑宴会，王公以下赋诗。辛丑，以征虏将军崔祖思为青、冀二州刺史。

夏四月丙寅，进高丽王乐浪公高琏号骠骑大将军。

五月，立六门都墙。

六月癸未，诏"昔岁水旱，曲赦丹阳、二吴、义兴四郡遭水尤剧之县，元年以前，三调未充，虚列已毕，官长局吏应共偿备外，详所除宥"。

秋七月甲寅，以辅国将军卢绍之为青、冀二州刺史。戊午，皇太子妃裴氏薨。

闰月辛巳，遣领军将军李安民行淮、泗。庚寅，索虏攻朐山，青、冀二州刺史卢绍之等破走之。

冬十一月戊子，以氐杨后起为秦州刺史。

十二月戊戌，以司空褚渊为司徒。乙巳，车驾幸中堂听讼。壬子，以骠骑大将军豫章王嶷为司空，扬州刺史、前将军临川王映为荆州刺史。

三年春正月壬戌朔，诏王公卿士荐谠言。丙子，以平北将军陈显达为益州刺史，贞阳公柳世隆为南兖州刺史，皇子锋为江夏王。领军将军李安民等破虏于淮阳。

夏四月，以宁朔将军沈景德为广州刺史。

六月壬子，大赦。逋租宿债，除减有差。

秋七月，以冠军将军垣荣祖为徐州刺史。

冬十月戊子，以河南王世子吐谷浑度易侯为西秦河二州刺史、河南王。

四年春正月壬戌，诏曰："夫膠庠之典，彝伦攸先，所以招振才端，启发性绪，弘字黎氓，纳之轨义，是故五礼之迹可传[9]，六乐之容不泯。朕自膺历受图，志阐经训，且有司群僚，奏议咸集，盖以戎车时警，文教未宣，思乐泮宫，永言多慨。今关燧无虞，时和岁稔，远迩同风，华夷慕义。便可式遵前准，修建敩学，精选儒官，广延国胄。"以江州刺史王延之为右光禄大夫。

癸亥，诏曰："比岁申威西北，义勇争先，殒气寇场，命尽王事。战亡蠲复，虽有恒典，主者遵用，每伤简薄。建元以来战亡，赏蠲租布二十年，杂役十年。其不得收尸，主军保押，亦同此例。"以后将军长沙王晃为护军将军，中军将军南郡王长懋为南徐州刺史，冠军将军安成王皓为江州刺史。

二月乙未，以冠军将军桓康为青、冀二州刺史。上不豫[10]。庚辰，诏原京师囚系有差，元年以前逋责皆原除。

三月庚申，召司徒褚渊、左仆射王俭诏曰："吾本布衣素族，念不到此，因藉时来，遂隆大业。风道沾被，升平可期。遘疾弥留，至于大渐[11]。公等奉太子如事吾，柔远能迩，缉和内外，当令太子敦穆亲戚，委任贤才，崇尚节俭，弘宣简惠，则天下之理尽矣。死生有命，夫复何言！"壬戌，上崩于临光殿，年五十六。

四月庚寅，上谥曰太祖高皇帝。奉梓宫于东府前渚升龙舟。丙午，窆武进泰安陵[12]。

上少沈深有大量，宽严清俭，喜怒无色。博涉经史，善属文，工草隶书，弈棋第二品。虽经纶夷险，不废素业。从谏察谋，以威重得众。即位后，身不御精细之物，敕中书舍人桓景真曰："主衣中似有玉介导，此制始自大明末，后泰始尤增其丽。留此置主衣，政是兴长疾源，可即时打碎。凡复有可异物，皆宜随例也。"后宫器物栏槛以铜为饰者，皆改用铁，内殿施黄纱帐，宫人著紫皮履，华盖除金花爪，用铁回钉，每曰："使我治天下十年，当使黄金与土同价。"欲以身率天下，移变风俗。

上姓名骨体及期运历数，并远应图谶数十百条，历代所未有，臣下撰录，上抑而不宣，盛矣。

史臣曰：孙卿有言："圣人之有天下，受之也，非取之也。"汉高神武骏圣，观秦氏东游，盖是雅多大言，非始自知天命；光武闻少公之论谶，亦特一时之笑语；魏武初起义兵，所期"征西"之墓；晋宣不内迫曹爽，岂有定霸浮桥；宋氏屈起匹夫，兵由义立：咸皆一世推雄，卒开鼎祚。宋氏正位八君，卜年五纪，四绝长嫡，三称中兴，内难边虞，兵革世动。太祖基命之初，武功潜用，泰始开运，大拯时艰，龙德在田，见猜云雨之迹。及苍梧暴虐，衅结朝野，百姓懔懔，命悬朝夕。权道既行，兼济天下。元功振主，利器难以假人，群才勠力，实怀尺寸之望[13]。岂其天厌水行，固已人希木德。归功与能，事极乎此。虽至公于四海，而运实时来，无心于黄屋，而道随物变。应而不为，此皇齐所以集大命也。

赞曰：于皇太祖，有命自天。同度宇宙，合量山渊。宋德不绍，神器虚传。宁乱以武，黜暴资贤。庸发西疆，功兴北翰。偏师独克，孤旅霆断。援旆东夏，职司静乱。指斧徐方，时惟伐叛。抗威京辇，坐清江汉。文艺在躬，芳尘渊塞。用下以才，镇民以德。端己雄晬[14]，君临尊默。苞括四海，大造家国。

---

①玄牡：玄，黑中带红。牡，雄性马。《本纪》(上)："玄牡二驷。"驷，同驾一辆马车的四匹马。或疑为"玄牝"之误。《老子》："玄牝之门，是谓天地根。"玄：微妙；牝：雌性。他认为，"道"犹如母体一般生殖万物，故称玄牝。《老子》又说："谷神不死，是谓玄牝。"河上公解：玄为天，人之鼻；牝为地，人之口。鼻口之门为天地之元气。

②祗：恭敬。

③毚：暴。

④侔：通"牟"。

⑤宸（chén，音陈）：北辰所居，因以指帝王之宫殿，引申为帝位、帝王之代称。

⑥庐井：即古井田之制。相传八家共井，故称八家之庐舍为庐井。

⑦禦（yù，音玉）：古代帝王之禁苑。

⑧遘（gòu，音够）：遭遇。

⑨五礼：古人以祭祀之事为吉礼；冠婚之事为嘉礼；宾客之事为宾礼；军旅之事为军礼；丧葬之事为凶礼，总称五礼。

⑩上不豫：豫，悦。旧称帝王有病为不豫。

⑪大渐：加剧。

⑫窆（biǎn，音扁）：埋葬。

⑬尺寸：《孟子》“无尺寸之肤不爱焉，无尺寸之肤不养也。”

⑭晬（zuì，音最）：婴儿周岁。